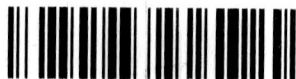

中国现当代文学作品选

（下）

主　编　王向阳　　任东华　李定春
副主编　欧阳柏霖　雷振华　李　婷
　　　　向贵云　　彭映艳　罗见闻

电子科技大学出版社
University of Electronic Science and Technology of China Press

图书在版编目（CIP）数据

中国现当代文学作品选：全 2 册 / 王向阳，任东华,李定春主编.
-- 成都：电子科技大学出版社,2022.6
ISBN 978-7-5647-5640-6

Ⅰ.①中… Ⅱ.①王…②任…③李… Ⅲ.①中国文学－现代文学－作品综合集－高等学校－教材
②中国文学－当代文学－作品综合集－高等学校－教材 Ⅳ.①I216.1

中国版本图书馆 CIP 数据核字(2018)第 019959 号

内容简介

本书是为适应高校转型发展、配合中国现当代文学课程教学改革需要而编写的教材。所选作品皆为中国新文学发展史上不同发展阶段的代表作家的代表作品，也是展现新文学巨大成就的典范性作品。教材分上、下两册，全部选篇按传统的小说、诗歌、散文、戏剧等文体分类编排，适合高校中文类专业教学选用。

中国现当代文学作品选
王向阳 任东华 李定春 主编

策划编辑	汤云辉
责任编辑	刘 凡 兰 凯

出版发行	电子科技大学出版社
	成都市一环路东一段 159 号电子信息产业大厦九楼 邮编 610051
主 页	www.uestcp.com.cn
服务电话	028-83203399
邮购电话	028-8 201495

印 刷	唐山北亚印刷股份有限公司
成品尺寸	185mm×260mm
印 张	27
字 数	895 千字
版 次	2023 年 6 月第 1 版
印 次	2023 年 6 月第 1 次印刷
书 号	ISBN 978-7-5647-5640-6
定 价	118.80元（上下册）

前言
PREFACE

　　新中国 60 多年的历史就这样呼啸而过，谈笑间便是 60 多年。但是，感慨不能替代历史叙述。当我们回望 60 多年文学历史的时候，因其激变的速度和复杂的线索不仅深感千头万绪，而且也深怀矛盾和犹疑不决。任何一个历史时期，我们如果稍加驻足，对它的叙述就会格外漫长。因此，60 多年的文学历史发展，既有"风卷红旗过大关"的历史"合目的性"的一面，也有"万花纷谢一时稀"的曲折迂回。社会历史的发展与文学发展就是这样纠结缠绕在一起，这就是中国当代文学"不确定性"的现代性过程。但无论如何，这是一个崭新的文学历史。

　　如果说学界常以"潮流""长河"比喻文学史，那么，经典便是有分量之"石"。岁月淘洗，历史变迁，"经典"却多能以其永恒的文学性魅力超越时代。就此意义而言，当代文学作品选的编选不仅应勉力捕捉、标记那逝者如斯的文学史长河，更应沉潜至文学史的深层，发现、打捞那历久弥新的"经典"。"水落石出"，这才应是当代文学作品选之所以区别于文学史的独特学术形态。

　　从这个意义上讲，当代文学作品选的工作实在是一件极为"困难"的工作：既要有对当代文学史的整体把握能力，又要有甄别"经典"的审美力。我们在自知能力不足的情况下"执意"要编选一本《中国当代文学作品选》实在不是要证明自己的所谓独到的见解，而是被中国当代文学的恢宏气势而折服。60 多年前，一位诗人用"时间开始了"这样富有感受性和感染力的诗句，向新中国的诞生和祖国的历史翻开崭新的一页，表达了中国文学界的崇高敬意。祖国历史重新开始的时间，也意味着祖国文学的历史时间的新的开始。60 多年的中国当代文学的历史证明，纵观中国几千年历史，我们的文学从来没有过如此直接地、紧密地与祖国的血脉息息相通，与祖国的命运共振相连。

　　在这样一个伟大的时代回顾我们的文学之路，其中必然有很多不尽的感慨，"文学即人学"，阅读你面前的这本选集，就是阅读你自己，就是阅读中国！

　　在阅读之前，还有几句罗嗦的话要提及。

　　一、本书的编选宗旨：以筛选经典作品为最高审美标准，站在历史的维度审视中国当代文学的发展历程，力图反映 60 多年来当代文学的精品力作。

　　二、本书的编选性质：既为广大中文专业的本科和专科学生提供一部篇幅不大、内容精要、适合阅读学习的当代文学作品选，也为一般文学爱好者提供一部艺术性强的文学普及选本。

　　三、本书编选范围：20 世纪的优秀汉语作品，包括小说、诗歌、散文、戏剧。长篇小说和篇幅较长的中篇小说选取最能体现该作家艺术风格的精彩片段；其余的中篇小说和短篇小说均收录其中。散文在中国当代文学中是最为活跃也是最高产的体裁，我们精选了其中部分名家的作品，也包括当代散文界比较公认的部分作品。诗歌在经过 20 世纪 80 年代短暂的辉煌之后，显得有些乏力,因此以80年代及80年代以前的作品较多。另外要提及的是网络文学。网络文学在1999年开始兴起,当代文学理应有其一席之地,本书在选编之初拟单独选部分作品,但在选择过程中却因为资料的缺乏和其作品的庞杂一时无法选入其中,这也说明了我们的网络文学需要有更大的支持与关注。

四、本套教材具体编写分工如下:王向阳老师负责编写了散文部分;李定春老师、向本贵老师、彭映艳老师、罗见闻老师共同编写了小说部分;任东华老师和雷振华老师负责编写了诗歌部分;李婷老师负责编写了戏剧部分;最后全书由王向阳老师、任东华老师、李定春老师负责修改、总纂和定稿。

五、需要说明的是因为编者的知识水平有限,所以难免有不足与错误之处,希望读者批评指正。

编 者

目录
CONTENTS

诗　歌

散文

戏 剧

小 说

风云初记（节选）

孙犁

一九三七年春夏两季，翼中平原大旱。五月，滹沱河底晒干了，热风卷着黄沙，吹干河滩上蔓延生长的红色的水柳。三稜草和别的杂色的小花，在夜间开放，白天就枯焦。农民们说：不要看眼下这么旱，定然是个水涝之年。可是一直到六月初，还没落下透雨，从北平、保定一带回家歇伏的买卖人，把日本侵略华北的消息带到乡村。

河北子午镇的农民，中午躺在村北大堤埝的树荫凉里歇晌。在堤埝拐角一棵大榆树下面，有两个年轻的妇女，对着怀纺线。从她们的长相和穿着上看，全好像姐妹俩，小的十六七岁，大的也不过二十七八。姐姐脸儿有些黄瘦，眉眼带些愁苦；可是，过多的希望，过早的热情，已经在妹妹的神情举动里，充分的流露出来。

她们头顶的树叶纹丝不动，知了叫的焦躁刺耳，沙沙的粘虫屎，掉到地面上来。

远处有一辆小轿车，在高的矮的、黄的绿的庄稼中间，红色的托泥和车脚一闪一闪。两个乌头大骡子，在中午燥热的太阳光里，甩着尾巴跑着。

两个妇女仄着身子看，姐姐说：

"又有人回家了！"

"我看是不是俺姐夫？"妹妹站起身来。

"你就不想念咱爹？"姐姐说。

"我谁也想，可是想不回来！"妹妹提着脚跟，仔细看了一会，赶紧坐卜拧起纺车来，嘟念着说：

"真败兴！那是大班的车，到保府去接少当家的死着回来了。咱的人，一个也不回来，今年不知道能回来一个也不？"

轿车跑到村边，从她们眼前赶进了寨门。大把式老常从前辕跳下来，摇着带红缨的长苗鞭，笑着打了个招呼。少当家的露着一只穿着黑色丝袜子的脚，也从车里探出头来望了她们一眼。她们低着头。

这姐妹两个姓吴，大的叫秋分，小的叫春儿。大的已经出嫁，婆家是五龙堂。

五龙堂是紧靠滹沱河南岸的一个小村庄，河从西南上滚滚流来，到了这个地方，突然曲敛一下，转了一个死弯。五龙堂的居民，在河流转角的地方，打起高堤，钉上桩木，这是滹沱河有名的一段险堤。

大水好多次冲平了这小小的村庄：或是卷走它所有的一切，旋成一个深坑；或是一滚黄沙，淤平村里最高的房顶。小村庄并没叫大水征服，每逢堤埝出险，一声锣响，全村的男女老少，立时全站到堤埝上来。他们用一切力量和物料堵塞险口，他们摘下门窗，拆下梁木砖瓦，女人们抬来箱柜桌椅，抱来被褥炕席。传说：有一年，一切力量用尽了，一切东西用光了，口子还是堵不住，有五个青年人跳进大流里去，平身躺下，招呼着人们在他们的身上填压泥土，堵塞住水流。

他们救了这一带村庄的生命财产，人民替他们修了一座大庙，就叫五龙堂。年代久了，就成了村庄的名字。

这小村庄站立在平原上，实际是生活在风险的海里。人民的生活很苦，多少年来，人口和住户增加的很少。

每年大水冲了房，不等水撤完，他们就互助着打墼烧砖，刨树拉锯，盖起新房来。房基打得更坚实、墙垒得更厚，房盖得比冲毁的更高。他们的房没有院墙和陪衬，都是孤伶伶的一座北屋，远处看去，就像一座一座的小塔。台阶非常高，从院子走到屋里，好像上楼一样。

秋分的公爹叫高四海，现在有六十年纪了。这一带村庄喜好乐器，老头儿从光着屁股就学吹大管，不久成了一把好手。他吹起大管，十里以外的行人，就能听到，在滹沱河夜晚航行的船夫们，听着他的大管，会忘记旅程的艰难。他的大管能夺过一台大戏的观众，能使一棚僧道对坛的音乐，像战败的画眉一样，搭翅低头，不敢吱声。

这老人不只是一个音乐家，还是有名的热情人，村庄活动的组织家。

在十年以前，这里曾有一次农民的暴动，暴动从高阳、蠡县开始，各个村庄都打出了红旗，集在田野里开会。红旗是第一次在平原上出现，热情又鲜明。

高四海和他的十八岁的儿子庆山，十七岁刚过门的儿媳秋分全参加了，因为勇敢，庆山成了一个领袖。

可是只有几天的工夫，暴动很快的失败了。一个炎热的日子，暴动的农民退到河堤上来，把红旗插在五龙堂的庙顶。农民作了最后的抵抗，庆山胸部受了伤。到了夜晚，高四海拜托了一个知己，把他和本村一个叫高翔的中学生装在一只小船的底舱，逃了出去。

在那样兵荒马乱的时候，送庆山出走的只有两个人。年老的父亲，扳着船舱的小窗户说：

"走吧！出去了哪里也是活路！叫他们等着吧！"

用力帮着推开小船，就回去了。他还要帮着那些农民，那些一起斗争过、现在失败了的同志们，葬埋战死在田野里的难友。

另外送行的是十七岁的女孩子秋分，当父亲和庆山说话的时候，她站在远远的堤坡上，从西山上来的黑云，遮盖住半个天的星星，谁也看不见她。当小船快要开到河心了，她才跑下去，把怀里的一个小包裹，像投梭一样，扔进了小船的窗口。躺在船舱里的庆山，摸到了这个小包包，探身在窗口叫了一声。

秋分没有说话，她只是傍着小船在河边上走，雨过来了，紧密的铜钱大的雨点，打得河水拍拍的响。西北风吹送着小船，一个亮闪，接着一声暴雷。亮闪照的清清楚楚，她卷起裤脚，把带来的一条破口袋，折成一个三角风帽，披在头上，一直遮到大腿，跟着小船跑了十里路。

风雨锤炼着革命的种子，把它深深埋藏在地下，嘱咐它等待来年春天，风云再起的时候……

庆山出去，十年没有音讯，死活不知。和他一块逃出的那个学生，在上海工厂里被捕，去年解到北平来坐狱，才捎来一个口讯，说庆山到江西去了。

高四海只有四亩地，全躺在河滩上，每年闹好了，收点小黑豆。他在堤埝上垒了一座小屋，前面搭了一架凉棚，开茶馆卖大碗面。这里是一个小小的渡口。

秋分擀面，公公拉风箱。老人从村里远远挑来甜水，卖给客人，又求过往的帆船，从正定带些便宜的大砟，这样赚出两口人的吃喝。

秋分在小屋的周围，都种上菜，小屋有个向南开的小窗，晚上把灯放在窗台上，就是船家的指引。她在小窗前面栽了一架丝瓜，长大的丝瓜从浓密的叶子里垂下来，打到地面。又在小屋的西南角栽上一排望日莲，叫它们站在河流的旁边，辗转思念着远方的行人……

每年春夏两季，河底干了，摆渡闲了，秋分就告诉公公不要忘记给望日莲和丝瓜浇水，回到子午镇来，帮着妹妹纺线织布。

子午镇和五龙堂隔河相望，却不常犯水，村东村北都是好胶泥地，很多种成了水浇园子，一年两三季收成，和五龙堂的白沙碱地旱涝不收的情形，恰恰相反。

子午镇的几家地主都是姓田，田大瞎子（那年暴动，他跟着县里的保卫团追剿农民，打伤了一只眼睛。）在村里号称"大班"，当着村长。他眼下种着三四顷好园子地，雇着四五个大小长工。在正村北有一所大庄基，连场隔院。左边是住宅，前后三截院子，都是这几年里新盖，一色的洋灰灌浆，磨砖对缝，远远望去，就像平地上起了一座恶山。右边是场院，里面是长工屋，牲口棚，磨房碾房，猪圈鸡窝。土墙周围，栽种着白杨、垂柳、桃、杏、香椿，堆垛着陈年的麦秸、秫秸、高粱楂子。五六匹大骡子在树荫凉里拴着，三五个青石大碌碡在场院里滚着。

小做活的芒种和打杂的老温，在柳树下面锄草，切碎的草屑，从铡刀口飞起来，不久就落成大堆，一只毛腿老母鸡在草堆旁边找食,红着脸张慌的叫了几声,丢出一个热蛋,叫碎草掩埋了。

轿车赶到梢门口,老常打了几声焦脆的鞭花,进了场院,把鞭子往车卒上一插。少当家田耀武拍拍衣裳下来。老常帮着往里院搬行李。芒种放下铡刀跑过来,把牲口卸下,牵到外面井台上去打滚饮水,老温卷着长套。

田耀武的母亲,穿着一身白夏布出来,到车跟前探身看了看,有没有丢下儿子的东西,告诉老温:

"不要摘套,明儿还得去接人家配种哩! 没见过当媳妇的这么尊贵,不请不接就不回来!"

说着,又到东墙根鸡窝里摸了摸,回头看见芒种牵着牲口进来就问:

"叫你歇晌看着鸡,把蛋都丢到哪里去了?"

"天热!"芒种赶紧说,"它们在窝里卧不住,净去找凉快地方,看也看不住!"

"看你会说! 先去打肉,回来村边村沿,绕世界找找去!"

田耀武的母亲说着家去了。

一家团聚。田耀武把从北平买来的、日本走私的丝绸衣料拿出来,孝敬父母。又带回一些乡下还没见过的新鲜物件:暖壶、手电棒儿和保险刀。把一部《六法全书》陈列在条案上。他在北平朝阳大学专学的是法律,在一年级的时候,就习练官场的做派:长袍马褂,丝袜缎鞋,在宿舍里打牌,往公寓里叫窑姐儿。临到毕业,日本人得寸进尺,北平的空气很是紧张,"一二九"以后,同学们更实际起来,有的深入到军队里进行鼓动,有的回到乡下去组织农民。田耀武一贯对这些活动没有兴趣,他积极奔走官场,可也没得攀缘上去,考试完了,只好先回家来。父亲安慰他说:"能巴结上个官儿,自然很好,实在不行哩,咱家业也不是愁吃愁穿,就在家里吧。供给你上学原不过是叫你学会写个呈文状纸,能保住咱这点家业过活就行了!"

晚上,二门以外也有个小小的宴会。老常和老温坐在牲口棚里的短炕上,芒种点着槽头上的煤油灯,提着料斗,给牲口撒上料。老常说:

"芒种! 去看看二门上了没有,摸摸要是上了,轿车车底下盛碎皮条的小木箱里有一个瓶子,你去拿来!"

芒种一丢料斗子就跑了出去,提回一瓶酒来,拔开棒子核,仰着脖子喝了一口,递给老温。老常说:

"尝尝我办来的货吧,真正的二锅头!"

"等等!"芒种小声说,"我预备点菜。"

他抓起喂牲口的大料枓,在水桶里涮洗涮洗,把两辆车上的油瓶里的黑油倒了来,又在草堆里摸着几个鸡蛋,在炕洞里支起火来炒熟了,折了几根秋秸尖当筷了。

老常说:"小小的年纪,瘾头挺大,别喝多了!"

可是每回轮到芒种,他总是大口招呼,不多几口,就到炕头上趴着去了。

"这孩子!"老常叹了一口气。

老温说:"老常哥,保府热闹吧!"

"我看着很乱腾,人心不安。"老常说。

"看样子,得和日本人打打吧?"

"车站上军队倒是不少,家眷可净往南开。"

"那是不打听! 日本人到了什么地方? 咱这里要紧不? 少当家的怎么说?"老温着急的问。

"他知道什么?"老常笑着说,"他就知道三样:到了保府,还去住了一宿哩!"

"咳,这才是!"芒种一滚爬起来说,"佩钟等了半年,怎么不憋到家就撒了!"

老温说:"这你就精神了!"

"我看咱们少当家的成不了气候,"老常又叹了口气,"虽说上的是大学,言谈行事,还不如他媳妇。一家子苦筋拔力,供给着这么个废物!"

"苦什么筋,拔什么力呀?"老温说,"地里有的是大车大车的粮食,铺子里放债有的是利钱,还有油坊花店,怕不够他糟吗? 一抽一送,倒不费劲。我们这些人,再加上城里打油轧花的那一帮子,可得一点汗一点血干一整年哩!""你看俺们这个,"老温又摩着芒种的头说,"别说大学,连小学也没进过!"

芒种也拍着老温的脊梁说:"闹的俺老温哥快五十了,连个媳妇毛也摸不上广'芒种,来我给你破个谜,"

老温笑着，"两根筷子，夹着一根鱼刺儿——是什么？"

"我猜不着。"

"我们两个大光棍加着你这小光棍！"老温说，"咱们这长工屋，也该起个堂号了，就叫光棍堂，要不就挂块匾：五世同光！别说了，安置着睡觉！"说着一抬大腿从炕上跳下去。

芒种露天睡在场院里，地下铺着一领盖垛的席。天晴的很好，刮着小西北风，没有蚊虫，天河从头上斜过去，夜深人静，引导着四面八方的相思。

这孩子，已经到了入睡以前要胡思乱想一阵的年龄。今年十八岁了，在这个人家已经当了六年小工。他原是春儿的爹吴大印在这里当领青的时候引进来的，那一年大秋上，为多叫长工们吃了一顿稀饭，田大瞎子恼了，又常提秋分的女婿是共产党，吴大印一气辞了活，扯起一件破袍子下了关东，临走把两个女儿托靠给亲家高四海，把芒种托靠给伙计老常。告诉两个女儿，芒种要是缝缝补补，短了鞋啦袜的，帮凑一下。芒种也早起晚睡，抽空给她姐俩担挑水，做重力气活。

农村的贫苦的青年，一在劳动上结合，一在吃穿上关心，就是爱情了。

今天，芒种去打水饮牲口，春儿在堤埝上低着头纺线，纺车轮子在她怀里转成一朵花，她的身子歪来歪去。芒种直直的望着，牲口把水喝干了，用嘴把梢桶挑起来，当啷一声，差一点没掉到井里去，春儿回过头来笑了。

芒种望着天河寻找着织女星。他还找着了落在织女身边的、丈夫扔过去的牛勾槽，和牛郎身边织女投过来的梭。他好像看见牛郎沿着天河慌忙追赶，心里怀恨为什么织女要逃亡。他想：什么时候才能制得起一身新人的嫁装，才能雇得起一乘娶亲的花轿？什么时候才能有二三亩大小的一块自己名下的地，和一间自己家里的房？

半夜了，天空滴着露水。在田野里，它滴在拔节生长的高粱棵上，在土墙周围，它滴在发红裂缝的枣儿上，在宽大的场院里，滴年轻力壮的芒种身上和躺在他身边的大青石碌碡上。

这时候，春儿躺在自己家里炕头上，睡的很香甜，并不知道在这样夜深，会有人想念她。她也听不见身边的姐姐长久的翻身，和梦里的热情的喃喃。养在窗外葫芦架上的一只嫩绿的蝈蝈儿，吸饱了露水，叫的正高兴；葫芦沉重的下垂，遍体生着像婴儿嫩皮上的茸毛，露水穿过茸毛滴落。架上面，一朵宽大的白花，挺着长长的箭，向着天空开放了。蝈蝈儿叫着，慢慢爬到那里去。

红旗谱（节选）

梁　斌

平地一声雷，震动了锁井镇一带四十八村："狠心的恶霸冯兰池，他要砸掉这古钟了！"

那时，小虎子才十五岁，听得镇上人们为这座古钟议论纷纷，从家里走出来。宅院后头，不远有一条弯弯曲曲的长堤，是千里堤。堤上有座河神庙，庙台上有两棵古柏树。这座铜钟就在柏树底下，戳在地上有两人高。伸手一敲，嗡嗡地响，伸开臂膊一撞，纹丝不动。根据老人们传说，这座钟是一个有名的工匠铸造的。钟上铸满了细致的花纹：有狮子滚绣球，有二龙戏珠，有五凤朝阳，有捐钱人家的姓名住址，还有一幅"大禹治水图"。乡村里人们喜欢这座古钟，从大堤上走过，总爱站在钟前仔细看看，伸手摸摸。年代远了，摸得多了，常摸的地方，锃明彻亮，如同一面铜镜，照得见人影。能映出向晚的霞光，早晨的雾露。雨后的霓虹，也能映出滹沱河上的四季景色。不常摸的地方，如同长了一层绿色的釉子，紫黝黝的。

小虎子听得说，要为这座古钟掀起惊天动地的大事变，一片好奇心，走上千里堤，看了一会子古钟；伸出指头蘸上唾沫，描画钟上的花纹。他自小就为生活忙碌，在这钟前走来走去，不知走过了多少趟，也没留心过钟上的花纹。心里想："怪不得，好大的一座铜钟哩！也闹不清能卖多少钱，也值得这么大惊小怪！"

他看完了钟，一口气跑下大堤，走回家去。一进门，听得父亲响亮的喊声："土豪霸道们！欺侮了咱们几辈子。你想，堤董他们当着，堤款被他们吞使了。不把堤坝打好，决了口发了大水，淹得人们拿不起田赋银子，又要损坏这座古钟！"

另一个人，是父亲的朋友老祥大伯的声音，说："又有什么办法？人家上排户商量定了，要砸钟卖铜顶赋税。也好，几年里连发几场大水，这个年月，一拿起田赋百税，还不是庄园地土乱动？"

小虎子听得两个人在小屋里唉声叹气，他扒着窗格棂一望，父亲坐在炕沿上，撅起小胡髭，瞪着眼睛生气。老人家听得老祥大伯说，猫着腰虎虎势势地跑前两步，手掌拍得膝盖呱呱地响，说："我那大哥！这你还不明白？那不是什么砸钟卖铜顶田赋，他是要砸钟灭口，存心霸占河神庙前后四十八亩官地！"

老祥大伯从嘴上拿下旱烟袋，扬起下巴眨巴着眼睛，想了老半天，豁地明白过来，呆了半天才说："可也就是！自从冯兰池当上堤董，把官地南头栽上柳树，北头栽上芦苇。那林子柳树也多老高了。看起来他是存心不善……"说到这里，就沉下了头去，把下巴拄在胸脯上，反来复去思忖了老半天，又猛地抬起头来说："可谁又管得了？"

父亲忽地把脸庞向下一拉，说："谁又管得了？我朱老巩就要管管！"

老祥大伯张开两条胳膊，往天上一挥一扬地说："管什么？说说算了，打官司咱又打不过人家。冯兰池是有了名的刀笔，咱是庄稼脑袋瓜子，能碰过人家！"

父亲听了直是气呼呼的，血充红了眼睛，跺着脚连声说：

"咱不跟他打官司，把我这罐子血倒给他！"

朱老巩是庄稼人出身，跳跳过拳脚，轰过脚车，扛了一辈子长工。这人正在壮年，个子不高，身子骨儿结实，怒恼起来，喊声像打雷。听得说冯兰池要砸钟灭口，霸占官产，牙关打着得得，成日里喊出喊进："和狗日的们干！和狗日的们干！"不知不觉，传出一个口风："朱老巩要为这座古钟，代表四十八村人们的愿望，出头拼命了！"

那天黄昏时分，朱老巩坐在河神庙台上，对着那座铜钟呆了老半天，心里暗想："顶公款！就等于独吞，我不能叫冯兰池把四十八村的公产独吞了！"看看日头红了，落在西山上，夜暗像灰色的轻纱，从天上抛下来。他一个人，连饭也没吃，走到小严村，去找严老祥。老祥大娘正点着灯做晚饭，看见朱老巩走进来，低下头坐在台阶上。她说："老巩！算了吧，忍了这个肚里疼吧！咱小人家小主的，不是咱自个儿的事情，管的那么宽了干吗！"

朱老巩说："一听到这件事情，我就心气不平。冯兰池，他霸道惯了！"

老祥大娘说："算了吧，兄弟！几辈子都是这么过来的，还能改变了这个老世界？"

朱老巩说："不，到了这个节骨眼儿上，咱就得跟他分说清楚！"说着话，看看天色黑了，严老祥还不回来，他又拿起脚走出来，老祥大娘叫他吃了饭再回去，他也没有听见，一股劲走回锁井镇。

一进村，朱全富在街口上站着，看见朱老巩从黑影里走过来，往前走了两步把他拉住。拽到门楼底下，把门掩上攥住他的手，细声细气儿说："大侄子！我有个话儿想跟你说说，听呢算着，不听扔在脖子后头算了。"

朱老巩说："叔叔说话，我能不听！"

朱全富摸着胡子，抖着手腕说："听说你要为河神庙上的铜钟，伸一下子大拇手指头，是真的？"

朱老巩点着下颏说："唔！"

朱全富弯下腰，无声地合了一下掌，说："天爷！你捅那个马蜂窝干吗？你爹和你爷爷，几辈子都是窝着脖子活过来的，躲还躲不及，能招是惹非？哪有搂着脑袋望火炕里钻的？"

朱老巩说："我知道他厉害，可是人活百岁也是死，不如早死早超生，左不过是这么回子事了，反正人死了眼珠子是老鸹的。"

朱全富摇摇头说："唉！别，别呀，好汉子不吃眼前亏，那么一来，你就交上没好运了！"

朱老巩和朱全富，在黑影里说了一会子话。朱老巩说：

"叔叔！要说别的我听你。说这个，我主意已定！"

说着，他放下朱全富，走出大门。回到家里也没吃饭，坐在炕沿上，扬着下颏出了半天神。等虎子和他姐姐吃完了饭，睡了觉，他悄悄地从门道口扯出那把铡刀，坐在板凳上，在磨刀石上磨着。

在夜里，小虎子睡着睡着，听得磨刀的声音。他从被窝里伸出头来，睁开大眼睛，趴着炕沿一看，父亲眯缝起眼睛，在一盏小油灯下，悄悄地磨着铡刀，磨得刀锋在灯光下闪亮。朱老巩看见虎子睁着大眼睛看他，鼓了鼓嘴唇，说："唔！虎子！明儿早晨，你站在千里堤上看着。嗯，要是有人去砸钟，快跑回来告诉我。"嗯！"小虎子点着头听了父亲的话，眨巴眨巴眼睛，又把脑袋缩进被窝里，他还不理解这是一回子什么事。第二天早晨，他早早起来，抱着肩胛足了足劲，走上千里堤。他学着大人，把手倒背在脊梁后头，在杨树底下走来走去，走了两趟又站住，张眼看着眼前这条长河。

眼前这条河，是滹沱河。滹沱河从太行山上流下来，像一匹烈性的马。它在峡谷里，要腾空飞蹿，到了平原上，就满地奔驰。夏秋季节涌起吓人的浪头，到了冬天，在茸厚的积雪下，汩汩细流。流着流着，由南往北，又由北往东，形成一带大河湾。老年间在河湾上筑起一座堤，就是这座千里堤。堤下的村庄，就是锁井镇。锁井以东不远就是小严村和大严村，锁井以西是大刘庄和小刘庄。隔河对岸是李家屯。立在千里堤上一望，一片片树林，一簇簇村庄，郁郁苍苍。

小虎子一个人在那里站着，听见林子北面芦苇萧萧地响起，秋风起来了！可是村里没有柴草，田地上没有谷捆。泛滥的河水，在原野上闪着寒光。西北风吹起了，全家大小还没有遮冬的衣裳。他搂起双膝，坐在庙台上想睡一刻。河风飘着白色的芦花吹过来，吹得大杨树上的叶子红了黄了，卜棱棱地飘落。白色的芦花，随风飘上天空。

他迷迷糊糊看着堤坝上的枯草。在风前抖颤，身上更觉冷搜身飕飕的。正在睡着，堤岸那头走过两个人来，说话搭讪儿走到跟前。他们把油锤和盛干粮的褡裢放在庙台上，每人抽起一袋烟，吧嗒着嘴唇围着铜钟看。这时小虎子一下子从梦里跳起来，愣着眼睛看了看，返回身跑下千里堤，跑到家里拍着窗棂喊："爹！爹！砸钟的扛着榔头来了！"

朱老巩又在磨着一把大斧子，听得说，裂起嘴唇用拇指试了试刀锋，放在一边，皱起眉头想了想，拿起脚走上大堤去。他弯下腰，直着眼睛看着那两个人，压低嗓音问："你们来干什么？"

铜匠是两个小墩子鼓儿，翘起下巴看着朱老巩说："砸钟！"

朱老巩问："钟是你们的？"

铜匠说："花了钱就是俺的。"

朱老巩往前走了两步，又问："你钱花在谁手里？"

铜匠说："花在冯堤董手里。"

这时朱老巩怒气冲冲，大声喊叫："你钱花在冯堤董手里，去砸冯堤董。看谁敢动这座古钟一手指头！"他登时红了脖子脸，气愤鼓动着胸脯。

铜匠瞪了他两眼，故意不理他。两个人悄悄吃完了干粮，脱下蓝布棉袄，提起油锤就要砸钟。朱老巩二话不说，又开巴掌，劈脖子盖脸打过去，说："去你娘的！"一巴掌把铜匠打了个大斤斗，滚在地上。铜匠爬起来一看他这个架势，不敢跟他动手，转身跑下千里堤去叫冯兰池。

当时冯兰池才三十多岁，是锁井镇上的村长，千里堤上的堤董，长得长条个子白净脸。穿着蓝布长袍，青缎坎肩，正在大街上铺子门口站着，手里托着画眉笼子，画眉鸟在笼子里叫着。他正歪着头，眯缝着眼睛品鸟音。听说朱老巩阻拦卖钟，左手把衣襟一提，一阵风走上千里堤，从老远里就喊：

"谁敢阻拦卖钟，要他把全村的赋税银子都拿出来！"

朱老巩看冯兰池骂骂咧咧地跑了来，走前几步。把两条胳膊一绷，拍着胸膛说："我朱老巩就敢！"

冯兰池把画眉笼子在柳树上一挂，气势汹汹地扭起脖根轴子问："谁他娘裤裆破了，露出你来？"

朱老巩听冯兰池口出不逊，鼓了鼓鼻子，摇着两条臂膀赶上去，伸手抓住冯兰池的手腕子，说："姓冯的，你把话说小点！"他瞪起眼睛，鼓起胸膛气得呼呼的。

这是人命事，四十八村的人们，听得说朱老巩和冯兰池为要这座钟，白刀子进去，红刀子出来！一群群一伙伙，缕缕行行地走了来。不凉不酸的人，来瞧红火看热闹。心气不平的人，来站站脚助助威。堤岸上大柳树林子里，挤得乌压压的，人山人海。暗下里议论："看他们霸道成什么样子了？""骑着穷人脖子拉屎？看不平了就上手呀！"有一个弯着腰的白胡子老头说："有胆量的人，要为四十八村的人抱不平了！"

小虎子站在庙台上看着，心上敲起小鼓儿，害怕闹出大事来。听得人们谈论，觉得父亲干得好，攥着两只拳头，心上一直鼓着劲。

朱老巩睁大了眼睛，看了看四周围热情的乡亲们，合住虎口把冯兰池的手腕子一捏，说："姓冯的！你来看……"他扯起冯兰池走到铜钟跟前，手指戳着钟上的字文说："钟上明明刻着：'……大明朝嘉靖丙午年，滹沱河下梢四十八村，为修桥补堤，集资购地四十八亩，空口无凭铸钟为证……'你不能一人专权出卖古钟！"他越说越快，直急得嘴上喷出唾沫星子。

一句话戳着冯兰池的心尖子，他倒竖起眉毛，抖擞起脸庞，麻沙着嗓子说："喳！住口！铜钟是我锁井镇上的庙产，并不关系别村的事。你朱老巩为什么胳膊肘子往外扭？好事的人们在钟上铸了字文，居心讹诈！"

他这么一说，气得朱老巩暴跳如雷，摔过他的右手，又抓起他的左手，说："呔！胡呦！仗着你冯家大院里财大气粗，要霸占官产……"他抢起右手，往大柳树林子上画了个大圆圈。

冯兰池看朱老巩恼得像狮子一样，心里说："他真个要想推这个横车！"镇定了一下精神，把辫子盘在帽盔上，把衣襟掖在腰带里，撇起嘴来说："不怕你满嘴胡呦，现有红契在手。"

他伸手从衣袋里掏出红契文书。

朱老巩一见四十八亩官地的红契文书，眼里冒出火星子，啪的一声，向红契文书抓过去。冯兰池手疾眼快，胳膊一抽，把红契文书塞进怀襟里。朱老巩没抓住红契文书，拍了拍胸膛，说："河神庙前后四十八亩庙产，自从你当上堤董，凭仗刀笔行事，税成你冯氏的祖产。冯兰池呀冯兰池！今天咱四十八村要跟你算清老账，要是算不清楚，我叫你活不过去！"

冯兰池一听，脸上腾地红起来，老羞成怒，猛地一伸手揸住朱老巩的领口子。他瞪起大眼睛，唬着说："朱老巩！你血口喷人，不讲道理！有小子骨头你来，试试！"冯兰池说着火起来，五官都挪了位置。把朱老巩从长堤上拽下来，拉到大柳树林子里，四十八村的人们围护着跟到大柳树林子里，两个人一递一句地动了交涉。冯兰池满口唇舌遮掩，搁不住朱老巩利嘴揭发，翻着冯家的老账簿子，一条一理地数落，羞得冯兰池满脸飞红。朱老巩摆脱了他的手爪,四十八村的人们拥拥挤挤地围随着。冯兰池举起手,指挥铜匠说:"来!有我一面承当,开锤砸钟!"

这时,小虎子在一边看着,又气又急,两眼睁得圆圆。看冯兰池像凶煞似的,父亲一点也不让他,由不得眼角上揹着泪珠,攥紧两只拳头撑在腰上,左右不肯离开他的老爹。

四十八村的人们,对着这个令人不平的场面,掂着手可惜这座古钟的命运,替朱老巩捏起一把冷汗。铜匠刚刚举起油锤要砸钟,人群里闪出一个人来。这人宽肩膀大身量,手粗脚长,手持一把劈柴大斧,横起腰膀走上去,张开大嘴说:

"你砸不了!"

这时,四十八村的人们一齐抬头看,正是严老祥。朱老巩见严老祥来了,也慌忙跑回家去扯出那片铡刀,一行跑着,大声喊叫:"老祥哥!可不能让他们砸了这座古钟!"喊着,又跑回大堤上。

铜匠脱了个小打扮儿,又举起油锤砸钟。朱老巩猛地跑上去,把脑袋钻在油锤底下,张开两条胳膊,搂住古钟说:"呸!要砸钟?得先砸死我!"小虎子一看,油锤就要落在他父亲的头上。他两步窜上去,搂住父亲的脑袋,哭出来说:

"要砸我爹,得先砸死我!"

铜匠干睁着大眼看着目前的架势,不敢落下油锤。四十八村的人们眼睁睁地看着这个危急的场面,偷偷地落下泪来。朱全富说:"天爷!瞎了我的眼睛吧,不要叫我看见。"老祥大娘哭出来说:"咳!欺侮死人了!"小虎子两只手抹着泪,他想不到父亲披星星戴月亮地做了一辈子长工,最后落到这步田地上!

冯兰池还是坚持要砸钟,嘴上喷着白沫,说出很多节外生枝的话。他说:"官土打官墙,大铜钟是全村的财产,砸钟卖铜顶公款,官司打到京城,告了御状我也不怕!"朱老巩反问了一句说:"锁井镇上,大半个村子的土地都是你冯家的,顶谁家的公款?"这时他眉棱一横下了决心,闪开衣裳,脱了个大光膀子。小辫子盘在头顶上,挽了个搪扭儿。又开腿把腰一横,举起铡刀,刀光晃着人们的眼睛,张开大嘴喊:"大铜钟是四十八村的,今天谁敢捅它一手指头,这片铡刀就是他的对头!"

老祥大伯也举起劈柴的大斧,说:"谁敢捅这铜钟一手指头,日他娘,管保他的脑袋就要分家!"

冯兰池冷睁眼一看,他怔住了。朱老巩和严老祥,就像两只老虎在他眼前转。冯家大院里虽说人多势众,也不敢动手,只得打发人请来了严老尚。严老尚绰号严大善人,这人气魄大,手眼也大。庚子年间,当过义和团的大师兄,放火烧了教堂,杀了外国的传教士,在这一方人口里有些资望。乡村里传说,这人骨头很硬,有一天他正在开着"宝",开到劲头上,用大拇指头捻上了一锅子烟,说:"嗨!递个火儿来!"旁边一个人,用火筷子夹了个红火球来,问:"搁在哪儿?"严老尚把裤角往上一揸,拍起大腿说:"放在这儿!"那人咧起嘴角说:"嘿!我娘,那能行?"严老尚把眉毛一拧,仄起头来,指头点着大腿说:"这,又有什么关系!"红火球在大腿上一搁,烧得大腿肉哧溜溜地响,他声色不动。

这个大高老头子,弓着肩提着条大烟袋,走上千里堤。看见朱老巩和严老祥逼着打架的式子,捋着他的长胡子,笑花了眼睛说:"这是干吗?青天白日在这里耍把式,招来这么多的人看热闹,你看这不像玩狗熊?"

朱老巩气愤愤地说:"我看看谁敢损坏这座古钟?"严老祥也说:"谁要损坏这座古钟,他就是千古的罪人!"

严老尚冷笑一声,说:"哼哼!狗咬狗两嘴毛!"伸出右胳膊,挽住朱老巩的左手,伸出左胳膊,挽住严老祥的右手,说:"一个个膘膘楞楞的,一戳四直溜的五尺汉子,打架斗殴,不嫌人家笑话?"说着,望着严老祥瞪了一眼。严老祥给他扛过长工,见严老尚拿眼瞪他,垂下头不再说什么。他们两人跟着严老尚走到大街上荤馆里,严老尚叫跑堂的端上酒菜。这时,小虎子还是一步不离地跟着他爹,心里扑通乱跳,又是害怕,又是激愤。

严老尚嘴唇上像抹上香油,比古说今,说着圆场的话。朱老巩坐在凳子上喝了两盅酒,听得漫天当啷一声响,盯住哆哆嗦嗦地端着杯子的手,静静愣住。又听得连连响了好几声,好像油锤击在他的脑壳上。大睁着眼睛,痛苦地摇摇头,像货郎鼓儿。冷不丁地抬起头来,抖擞着两只手说:"咳!是油锤砸在铜钟上,铜钟碎了!"朱老巩明白过来,是调虎离山计,一时气炸了肺,眼睁睁看着严老尚,吐了两口鲜血倒在地上,脸上像蜡渣一样黄。

严老尚装着也一本正经地拍着桌子大骂："这他娘的是干什么？掘坟先埋了送殡的！给朱老巩使了调虎离山计，又掀大腿迈了我个过顶。"说着，把大袖子一剪，就走开了。

这时，严老祥慌了神，猫下腰抱起朱老巩，说："兄弟！兄弟！醒醒！留得青山在，不怕没柴烧啊！事情摆着哩，三辈子下去四十八村的人们也饶不了他们！何必动这么大气性。"

小虎子流着泪，连忙给他老爹捶腿捏脖子。朱老巩垂下头，鼻子里只有一丝凉气。严老祥看他一下子还醒不过来，两手一抄把朱老巩挟回家去。

这场架一直打了一天，太阳平西了，四十八村的人们还在千里堤上怔着。眼看着铜钟被砸破，油锤钉着破钟，像砸他们的心肝一样疼，直到天黑下来，才漫散回家。这天晚上，滹沱河里的水静静地流着，锁井大街上死气沉沉，寂寞得厉害，早早没了一个人，没了一点声音。人们把门关得紧紧，点上灯坐在屋子里沉默着，悄悄谈论着，揣摩着事情的变化和发展。在那个年月里，朱老巩是人们眼里的英雄，他拼了一场命，并没有保护下这座古钟，没有替四十八村的人们争回这口气。他们的希望破灭了，只有低下头去，唉声叹气，再不敢抬起头来了。

朱老巩躺在炕上，一下子病了半月，炕上有病人，地下有愁人。那时母亲早就去世了，小虎子和姐姐成天价围着炕沿转。日子过得急窄，想汤没汤，想药没药，眼看病人越黄越瘦。那时姐姐才十八岁，青春的年岁象一枝花。她看着父亲直勾勾的眼神，心里害起怕来。朱老巩斜起眼睛，看了看闺女，伸手拍拍炕沿，说："闺女！娘没了爹疼你们，舍不得你们！可是我不行了！"他凝着眼神，上下左右看了看姐姐。又说："闺女！你要扶持兄弟长大！"又摩挲着小虎子的头顶说："儿啊！土豪霸道们，靠着银钱土地剥削我们一辈子，压迫我们一辈子。他们是在洋钱堆上长起来的，咱是脱掉毛的光屁股鸡，势不两立！咱穷人的气出不了，咳！我这一辈子又完了！要记住，你久后一日只要有一口气，就要为我报仇，告诉人们说，我朱老巩不是为自己死去，是为四十八村人的利益死去的！"他说到这里，眼神发散了，再也说不下去。

小虎子和姐姐趴在炕沿上，哭得泪人儿一般。朱老巩看孩子们哭得痛切，一时心疼，吐了两口鲜血，一个支持不住，把脑袋咕咚地磕在炕沿上。他失血过多，一口气上不来，就把眼睛闭上了！

姐姐和弟弟扑在父亲身上，放声大哭起来。这天晚上，严老祥一句话也没说，把脑袋垂在胸脯上，靠着桶扇门站着。到了这刻上，他两手搂住脑袋，慢吞吞地走出来，坐在锅台上无声地流着眼泪……听孩子们哭得实在悲切，又一步一步地走进小屋，蹲在朱老巩头前，凄切地说："兄弟！你带我一块回去吧！我对不起你，后悔拦着你，没叫你闯了关东。你在九泉下放心吧！你白死不了，人们知道你是为什么死的，我们受苦人将子子孙孙战斗在千里堤上！"

青春之歌（节选）

杨 沫

十一月下旬的一个夜晚，寒冷的北方飘忽了濛濛的白雪。

寒风卷着雪片，在寂静的夜空、在空寥的街巷正不停地飞舞。

这时，江华冒着大雪到道静的住处来敲门。

道静正在灯下写什么，熊熊燃烧的煤火炉就在她身边。一见江华进来，她帮他掸去身上的雪片，顺手把煤火捅得更旺些。

"下雪了，外边很冷吧？"她给他倒了一杯白开水，脸上露着欣喜的笑容，"你知道不？老江，今天北大学生自治会成立了，并且已经决定参加平津学生联合会了！"

江华烤着火，看着道静微笑不语，好像这些情况他都已熟知似的。道静却高兴地滔滔说起来："感谢你给我们的帮助和鼓励，北大的工作可大有转机。消沉了几年的群众，现在也都动起来啦。不过，不知别的学校怎么样，抗日民族统一战线的方针，在北大实行起来，也不是那么简单的，甚至党员同志都有的搞不通——说这是投降。过去进步同学只顾自己谈救亡天，交救亡朋友，对落后的同学却骂他们是汉奸，理也不理。可是现在情况变了，中间同学都被团结起来了；反动家伙们孤立了；王晓燕像个傻子一样在历史系的改选会上低着头什么也不敢看一眼。那个猴子王忠叫李绍桐当着一百多同学的面，揭穿了他们欺骗、卑鄙的嘴脸。因为吴禹平得到了一张他收到国民党经费的收条。我们当场给他读了出来。同学们可气坏了，我们的改选就非常顺利了。老江，你看多么大快人心呀！"说到这里，她喘了一口气，发觉自己太兴奋了。有点奇怪，为什么一见这个高大的沉稳而温厚的同志，她就变成了一个热情横溢的小孩子似的呢？为什么对他说话总和对别人说话不一样呢？想到这里她有点不好意思了。

于是竭力使自己冷静下来，并且把声音慢慢放低："老江，对不起你，你不是早就说，有什么话要对我谈吗？这几天我都没有在，今天来谈谈吧。看这半天，光是我一个人说了。"

一句话反使江华不好意思张口了。说吗？不说吗？怎么张口呢？……他黑黑的脸红了。两只大手在火上不停地搓着，搓着——好用这个来掩饰他激动的心情。二十九岁的人，除了中学时代偶然的一次钟情，李孟瑜还从来没有被这样强烈的爱情冲击过。他忍耐着，放过了多少幸福的时刻。可是现在他不应当再等待了，不应当再叫自己苦恼、再叫他心爱的人苦恼了。于是他抬起头来，轻轻地握住站在他身边的道静的手，竭力克制住身上的战栗，率直地低声说："道静，今天找你来，不是谈工作的。我想来问问你——你说咱俩的关系，可以比同志的关系更进一步吗？……"

道静直直地注视着江华那张从没见过的热情的面孔。他那双蕴藏着深沉的爱和痛苦的眼睛使她一下子明白了，什么都明白了。许久以来她的猜测完全证实了。这时，欢喜吗？悲痛吗？幸福吗？她什么也分辨不出来、也感觉不出来。她只觉得一阵心跳、头晕、脚下发软……甚至眼泪也在眼里打起转来。这个坚强的、她久已敬仰的同志，就将要变成她的爱人吗？而她所深深爱着的、几年来时常萦绕梦怀的人，可又并不是他呀……

可是，她不再犹豫。真的，像江华这样的布尔什维克同志是值得她深深热爱的，她有什么理由拒绝这个早已深爱自己的人呢？

道静抬起头，默默地盯着江华。沉了一会儿，她用温柔的安静的声音回答他："可以，老江。我很喜欢你……"

江华对她望了一会儿，突然伸出坚实的双臂把她拥抱了。

夜深了，江华还没有走的意思，道静挨在他的身边说："还不走呀？都一点钟了，明天再来。"

江华盯着她，幸福使他的脸孔发着烧。他突然又抱住她，用颤抖的低声在她耳边说："为什么赶我走？我不走了……"

道静站起来走到屋外去。听到江华的要求，她霎地感到这样惶乱、这样不安，甚至有些痛苦。屋外是一片洁白，雪很大，还掺杂着凛冽的寒风。屋上、地下、树梢，甚至整个天宇全笼罩在白茫茫的风雪中。道静站在静无人声的院子里，双脚插在冰冷的积雪中，思潮起伏、激动惶惑。在幸福中，她又尝到了意想不到的痛楚。好久以来，刚刚有些淡漠的卢嘉川的影子，想不到今夜竟又闯入她的心头，而且很强烈。她不会忘掉他的，永远不会！可是为什么单在这个时候来扰乱人心呢？她在心里轻轻呼唤着他，眼前浮现了那明亮深湛的眼睛，浮现了阴森的监狱，也浮现了他轧断了两腿还顽强地在地上爬来爬去的景象……她的眼泪流下来了。在扑面的风雪中，她的胸中交织着复杂的矛盾的情绪。站了一会儿，竭力想用清冷的空气驱赶这些杂乱的思绪，但是还没等奏效，她又跑回屋里来——她不忍扔下江华一个人长久地等待她。一到屋里，她站在他身边，激动地看着他，然后慢慢地低声说："真的？你——你不走啦？……那、那就不用走啦！……"她突然害羞地伏在他宽厚的肩膀上，并且用力抱住了他的颈脖。

天刚刚亮，幸福甜美的梦还在朦胧地继续着。突然一阵叩门声，把两人同时惊醒了。这打门的声音虽不高，但急促紧迫，似乎有什么严重的事。他们两个同时从床上一跃而起，互相用沉重的探询的目光在晨曦中凝望了一下。

"有什么重要的文件吗？给我吞下去！"道静用沉痛的小声急促地说，并且掀起枕头准备寻找什么。

"冷静！"江华只说了这两个字，就悄悄披起衣服走到窗前，侧着身从门缝向外窥探。

就在这时，随着叩门声有一个微细的女人的声音传了进来："小林，开门！是我——晓燕……"

"晓燕？……"

江华返回身赶快穿起衣服，道静却披着衣服就跑去开了门。门一开晓燕就踉跄地走进屋里。她眼镜也没戴，头发乱蓬蓬，当她抬头看有一个男子站在道静的身后，她吓了一跳，但她没顾得和他打招呼，却一下子抱住道静的肩膀哭了。这个沉静温厚的姑娘大改常态：她呜咽地哭着，眼泪纵流着，却一句话也不说，仿佛被什么沉重的绝望的悲伤撕碎了心。

"晓燕，冷静一点，有什么事就告诉我吧！"道静的声音温存、真挚，好像她们间从来不曾有过什么变故一般的亲切。

但是眼泪流湿了道静的肩背，晓燕还是说不出一句话。

道静也不再说话，只是抱着她，轻轻用手抚摸着她抽动的胸口。

"小林，我对不起你！……我告诉你……"晓燕极力抑制住自己，想说话，刚哽咽地说了一句又说不出了。等了一会儿，她才拭着眼泪抽噎着说："郑、郑——君——才是……是个叛徒、走狗，我、我才知道！……"

过于沉重的意外打击，使得王晓燕涌流着激泪。过了半天才能把她所发现的、所遭遇的一切告诉道静和江华。

戴愉在王晓燕面前自称是北平共产党的市委书记，王晓燕爱他，敬重他。所以当道静和她断绝音讯以后，她相信了他的诬陷，竟在悲伤中把对道静的印象转了一个一百八十度的大弯。但是慢慢的，她对他的印象有了改变——他的精神越来越不正常，萎靡、颓丧，说话时而侃侃而谈头头是道，似乎叫人非服从不可；但时而又吞吞吐吐自相矛盾。在他身上常常闻到酒味，嗅到女人的脂粉香，而他又在用各种言词来掩饰。由于他在私人生活上暴露了许多可疑的痕迹，她联系到政治上，也就对他起了怀疑。他真是市委书记？而王晓燕自己的所谓"党员"是真的吗？北大王忠那些人专门打击好同学会是好人么？而林道静究竟是怎么回事呢？……在失望中，她就开始注意他的行动了。

当她决心要了解戴愉究竟是个怎样的人以后，她就试图从各方面去进行。但是她不知道他住在哪里；也不知道他的亲属和朋友；而想在王忠那儿了解则更不可能。发现了这个事实，她就更加不安起来。可是爱情——她第一次的钟情,她的热烈的青春的幻梦使她不但不能和他断绝,反而更加强烈地想证明这一切都只是自己的幻想。她想,如果能够证明这一切猜疑只不过是自己的狭隘和多心,而他仍然像他自己所说的是个正直的一切为了党的事业的好同志,那她该是多么幸福啊!可是,她太不幸了!好像是命运把她推到绝望的深渊。好像用生命的碧血所建造起来的一座美丽的冰山突然坍塌了,坍塌得无影无踪了。第一次,她悄悄地跟在他身后,在宣武门外丞相胡同的小巷里,发现他敲开了一座红漆小门,一个穿皮大衣、瘦削、风骚而阔绰的中年女人给他开了门。在门口,他想拉她的手,那女人甩开他,却在他脸上捏了一把,并且说了句:"进去吧,等着我!"就姗姗地走了。而郑君才却像个乞丐样趄进门去。

晓燕气坏了。这女人是他的什么人呢?妻子吗?情妇吗?

但是他为什么却不断对晓燕说爱她、尊敬她,而且他的眼睛里也流露过那似乎真实的爱情呢?……晓燕发现了这件事以后,有几天不再理他;但是他却像受不了似的痛苦着,为她流着眼泪。她诘问他那个女人是谁时,他说是女同志,必须装扮成这样才不惹敌人注意。他们的关系只是工作关系。晓燕又半信半疑地在痛苦中接受他的"指示",继续在学校中欺骗幼稚的同学。

直到前几天,在历史系的学生大会上,李绍桐读了王忠的收款条之后,她更觉得事情有些糟糕。正当她感到无地自容的时候,昨天夜里——就是这个刚刚过去的夜里,郑君才喝得醉醺醺地又来找她了。没有坐稳,他嘴里说了两句含糊不清的话,就倒在她的床上像死人一样地睡去了。这时,晓燕注意了他,开始翻他的衣袋。在他的西装里面的口袋里,发现了一封信,一个奇怪的只有号码的证件和一张各个学校的人名单。晓燕抽出信来一读——立即就像雷电轰来一样地把她殛伤了。

这信是胡梦安写的。他是在回答"愉兄"——他这样称呼他,叫他安心在北平工作,好好听从领导,将来必大有作为。至于要求上南昌去的意图,现在办不到,因为按组织系统,他不便调动他。一切真相大白了!那人名单显然是各个学校的共产党员或者将要逮捕的积极分子;那个证件自然就是戴愉的特务证明了。原来这个诬陷别人是叛徒、是奸细的东西,自己正是最无耻的叛徒和奸细!这时,晓燕就像疯了一般,用簌簌发抖的手,照着戴愉的脸颊狠狠地打着、打着,直打得自己的手都麻木了,他还是不醒。这时晓燕就拿着这几件东西踉踉跄跄地奔到院里去。她几乎站立不稳地扶着一棵秃秃的丁香树,在凛冽刺骨的寒风中一直站到后半夜。

夜里两三点了,戴愉突然奔到院里来。他醉醺醺地一把抓住她,几乎是把冻僵的她抱回到屋里去。他跪下了,他哭。

他说对不起晓燕,对不起党,他诅咒自己的软弱和无耻,忏悔自己的罪恶。但是倒在床上似乎麻木了的晓燕,不再听这一套骗人的鬼话,她的心冷了、僵了,她不再说一句话,仿佛世界即将毁灭,而她的一生也就此完了。但是戴愉并不肯放过她,他煞有介事地哭着,他发誓说他是真爱她的,因为爱她,和她真纯的爱,这才给他留下了一点人性,在他污浊的心灵里,还有一点点光明的地方——这就是晓燕的善良,这就是她高贵的影子。

晓燕听着这一切的诉说,再也不动心了,她像个木头人似的在屋里愣愣地走来走去躲避着他;但是他也走来走去地跟在她身边说说,撒着酒疯,癫狂得像个疯子。他说,他被自己一时的怯懦害了终身,辜负了党对他的培养;他说阴毒的敌人利用了他的怯懦一步一步逼他走了罪恶的深渊,使他不能回顾、不能自拔。他是"不得已"才害过一些自己的同志的。他说晓燕看见的那个女人是一个女特务。她抓住他,要他听从她的指挥,叫他供她的淫乐,他身不由主只好执行她的命令,不然,他就随时有被害死的可能。他还说,当他对晓燕产生了爱情后,他很想挣脱这个罪恶的环境,和她一起过一点"自由"的生活,免得成天勾心斗角、提心吊胆。

所以他才给胡梦安写封信,叫他调走他。他说,只要离开那个女人的魔掌以后,他就打算和晓燕结婚。他会爱她,做她的好丈夫,永远不离开她的……这些话晓燕再也不要听了,她在打主意,在痛切地思索,她再也不能和这罪恶的人搅在一起了……戴愉说了一阵,晓燕只是不理他,她趴在桌上假装睡着了。这时,他就踉踉跄跄酒还没醒似的走了出去。他刚走,她就跑来找道静了。

叙述到这里,她哭着说道:"小林!小林!我完啦——什么都完啦!你,你救救我吧!"

"晓燕,你没完。一切都可以重新开始。"道静的声音很低、很安静。她替晓燕拭着眼泪说,"你怎么会知道我的住址？真奇怪！"

晓燕紧握住道静的手，脸上露出一丝悲苦的笑容："我也跟过你呀。可是，我没有告诉过他——那个骗子。小林，你说，请你替我出个主意，我该怎样生活下去，还——怎样对待他呀？"她看看道静'又看看江华，用手巾擦着红肿的眼睛。

"晓燕，请问你，"江华这时插了话。他向晓燕点点头，"咱们见过面对不对？现在请问你，你得到戴愉的那些东西哪里去了？"

"他抢回去了。"晓燕抹着泪说。

"噢。"江华沉吟片刻又说道，"晓燕，我想提醒你，戴愉的问题不只是你一个人的命运问题，所以只是悲伤痛苦是不能缓和目前的紧张情况的——你是不是已经明白了这种情况？"

"你说什么？"晓燕睁大着悲哀的泪眼喃喃道，"我什么都没有想，我来只是想告诉小林——我过去错怪了她，想请求她的宽恕。"

"别这么说。"道静拉住她的手，"晓燕，我看你太疲乏了，倒在床上躺一会儿好不好？"

这时江华和道静一边一个扶着浑身簌簌发抖的王晓燕，让她倒在床上去。

"情况很可能要这样发展下来的，"江华沉思着说，"戴愉酒醒之后，会觉得自己很可笑地向你说了些'梦话'，这些话随即会成为他的精神负担，况且他的重要证件还落入过你的手中。那么，晓燕，按一般的常规看来，如果你不肯再继续被他利用的话，他就会因惧怕你——甚至恼恨你而用对付敌人的手段对付你。这一点你想到过没有？"

"没有。"晓燕闭着眼睛，脸上像死人一样的灰白，"他——不会！他忍心吗？他，他是爱我的……"

道静忍不住靠在晓燕的枕边插了嘴："晓燕，对他，你现在还能这样看吗？你怎么还在希望着他的爱情和怜悯？这可是极端危险的！"

晓燕闭着眼睛没有说话。泪水顺着她的脸颊汩汩而下。

沉了一会，江华站在床边看看晓燕，用低沉而亲切的声音说："晓燕，不管怎么样，提高警惕总是只有好处的。不仅你要提高警惕，各个学校的进步分子全要提高警惕。看来这个特务写了黑名单，还准备用更毒辣的手段对付我们。我看你和小林都要找个地方躲几天才好。而且也要叫你家里的人赶快躲开……噢，晓燕，你还记得那些名单上的名字吗？"

"记不清了。"晓燕拭泪说，"只记得北大有李绍桐、侯瑞、李槐英，还有她！"她向道静一指。

道静挨着晓燕柔声说道："你看，连李槐英那样的人都上了戴愉的黑名单，可见这是个多么狠毒的家伙！你该完全相信这点了吧？……所以，听江华的话，咱俩也要躲一躲才好。"看晓燕仍是流泪不语，道静用手帕替她擦着眼泪又说，"燕，你不知道，这些日子我为失掉了你，多么痛苦……现在好了，我又看见你在我的身边，我真是说不上来的高兴……唉，不说这些了，现在，咱们还是商量商量怎么办吧。我看，我带你上一个地方躲几天好不好？"

"我想再和他谈一次。"晓燕睁开眼睛乞求着，"相信我，我不会再相信他。我会回来的。"

"燕，绝不能叫你去！"道静果决地说，一面拉起她来，"燕，我们赶快离开这儿吧！万一他知道了我这个地方，如果他别处找不到你，就许上我这儿来。江华，你先走，我和晓燕也就走。我们找个同学的家里待几天。"

江华温存地看了道静一眼，在她耳边说了几句话，然后又走到晓燕跟前和她握握手，他就扭身走了出去。

"为我，拆散了你们。"晓燕失神地看着江华的背影，"小林，我们走吧！我不见他了……"

戴愉从晓燕那里回到了自己的寓所又足足睡了半天，这场酩酊大醉才完全清醒了。醒来，像迷离的梦境，他想起了和王晓燕间的纠纷，心情非常懊恼。情况很复杂，这几天北平的学生运动急转直下，这个学校成立了学生自治会，那个学校成立了抗日救国会，多少学校都纷纷成立了新的学生组织参加到学联去。而各个学校里他所指挥的那班人马，却像垃圾样被觉醒了的广大学生踢到一边去了。为这个，他已经挨了主子的斥责，受了警告，因为心情烦恼，他才喝得大醉。

可是一波未平，一波又起，正在他困难的时候，王晓燕又发现了他的真面目。事情很糟糕，本来她是他最忠实可靠的工具,也是他空虚的灵魂中的一丝火花,可是,醉酒——因为醉酒被她看穿了。怎么办呢? 怎么挽回这僵局? 怎么挽回自己已失掉的地位呢? 他床也不起,脸也不洗,在挂着厚窗帘的昏暗的屋中反复思考、捉摸。一根接一根地吸着烟,弄得满屋子都是混浊的烟气。

下午两点,戴愉才爬起床来。打开窗帘,一股清新爽人的冷气,穿过温旭的日光,迎面吹到了他憔悴黯淡的面孔上。

他搔着头发连连打了几个大喷嚏,吓得他又赶快关上了窗户。

饭也没吃,他就开始梳洗打扮。洗澡、梳头、换上雪白的衬衣并且洒上了香水。然后在一套笔挺的咖啡色呢子西装外面,套上了蓝呢子大衣。最后才是一顶英国出品的呢子帽戴到他油亮的头上。多么奇怪,心情烦恼的戴愉,今天却比任何一次去见晓燕时都打扮得漂亮、清爽。看起来,他的心情并不坏。打扮好了,他就风度翩翩、轻松愉快地到王晓燕家里去了。

他是这样估计他和晓燕的关系的:她见到了他的那些秘密东西,自然是会失望痛苦的,但是,她已经爱上了他,她已经和他走上了同一条道路,"生米煮成了熟饭",她痛苦一阵又能怎么样? 只要他戴愉再用一点高明的办法来向晓燕"解释"一下,只要再经他用热泪向爱情的花朵上灌溉一下,那么这诚实而单纯的姑娘对他还能有什么变化吗?

可是晓燕不在家。她一清早就出去了。他赶快又找到学校,宿舍里没有她,课堂里也没有她。他有点儿奇怪,她能上哪儿去呢? 他又到她的几个同学处看了看,仍然没有。他只好又回到晓燕的家里。他想她一定会回家的,他们一定要好好地谈一谈。

王教授夫妇看他在等晓燕,便同他攀谈起来。王夫人殷勤地给他拿茶点,王教授也开了话匣子:"君才,"王教授像孩子一样兴高采烈地说,"你知道我们北大的情况近来大不相同了么? 不光是那些青年小伙子全活跃起来了,几乎人人口中都在谈论救亡问题;就连我们这些老头子、老教授们,也耐不住一腔热血,也都在一起座谈起国难问题啦! 这就叫人心不死,人心不死是不是?"王教授用大拳头猛地向桌子上一擂,站起身来哈哈一笑,把个坐在小沙发上的戴愉吓了一跳。不知怎的,他的脸色突然苍白了,好像害了急病似的战栗了一下。但他立刻控制住自己,露出同情的样子微笑道:"老伯这大年纪,还这样关心国事,真是了不得。这就激励我们青年人要更加发奋图强了。"

王教授把手一挥:"君才,说哪里话来! 我一个人算得什么? 根据马克思的观点,只有群众才是真正的英雄,才是世界的创造者。个人,个人是多么微不足道! 告诉你,君才,在读书做学问上,老教授们是先生;可是提到爱国、提到革命、提到斗争,可还是你们青年人呵! 我见到我的好些学生这些天为了挽救危急的祖国,那种奔走呼号、废寝忘食的情况。真叫我这老头子忍不住流下眼泪来!"说到这里,王教授真的摘下眼镜,微微不好意思地拿手帕去擦泪了。

"看,这老头子,真是! ……"王夫人看到丈夫那种激动的样子,哭笑不得地瞅了他一眼,赶快岔开话说,"君才,在家里吃夜饭吧。晓燕一早出去,不见她回来,是不是昨夜你们吵了嘴?"

戴愉摇头笑道:"没有。只是工作意见有些不同。现在形势这样紧张,日本人一天天地逼近,晓燕是个稳重的慢性子,我催催她要加紧干,她就着了急,所以我今天特来向她道歉。"

"那算得什么!"王教授的大嗓子又喊起来了,"晓燕这丫头怎么忽然小气起来了? 不要紧,回来我同她说……"

"你说什么?"王夫人笑着打断了丈夫的话,"他们两个人的事哪用我们来多管。好,你们谈,我去烧菜。晓燕一会儿也该回来吃饭了。"

王夫人出屋后,王教授又滔滔地议论起国家大事来,戴愉得了空子随便问道:"老伯,你刚才谈教授们也都开了座谈会,都是些什么人? 我恐怕也有认识的。"

"是呵,人不少。"王教授嘴里含糊地应答,心里却思考着:会上大家约定谁也不把名字向外说,郑君才虽然是自己未来的女婿,可是,也不能徇私呵。于是这粗中有细的老人突然又爆发了一阵大笑,笑过了,好像忘掉了刚才戴愉的问话,说:"君才,说说你近来的情况。你的工作怎么样? 成绩还很不错吧?"

"平常,能力薄弱……"戴愉瞪着两只金鱼眼睛,闷声闷气地回答,"这老滑头! 老不死的红鬼!"他暗暗诅咒着,忽然掠过一个念头,"也该把他列在名单上。"

晓燕总不回来，王教授夫妇开始着急了；他们打了电话问学校、问同学，都回答说没有见。戴愉听了这消息，比王教授夫妇更着急，他的如意算盘开始破产了。他估计到晓燕必是有了变故：是自杀了？还是投到共产党那边去了？这两种可能对他说来都不好，但后者尤其可怕。因为她看到了他的秘密，尤其是那张各个学校的共产党员和进步分子的名单。

等到晚十时多，他只好走了。因为情况的突然变化，使得他必须要采取许多紧急措施。他一个人走在漆黑的小巷里，一阵冷风吹来，他紧抱双肩，想，——不停地想："要杀死她！不然，我——就完了……"他的眼前突然闪过王晓燕那温柔的善良的眼睛，这眼睛像电一样痖了他一下子，他踉跄地走了几步，几乎要跌倒。但他振作一下仍又想道："逮捕了王鸿宾。就可以知道开座谈会的教授的名单。这样立了一功，可以赎回……损失。"想到了这里，他伸手摸摸准备就要交上去的黑名单还像宝贝一样藏在口袋中，他放下心来，一缕冷冷的笑意浮上了他的嘴角。

冷风继续在寂静的小巷里吹动，他穿过两条小巷，就要走出一条深长而狭小的胡同。正在这个时候，突然有两只大手卡住了他的喉管。多么憋闷呵，他一丝一毫也喊不出来了。

接着，不知怎的，他已经被人架到了一辆昏黑的汽车上。

这下子，他更加吓昏了。"完了，"他在心里想。"完了。江华他们要执行我的死刑了……"他还在闭着眼睛想："也许他们还会放掉我——我，我可再不干这种勾当了……"

"郑君才，你这无用的蠢材！"这个声音一喊，戴愉猛地睁开眼睛笑了。这个声音是谁？这不是共产党员江华，这是他的情妇兼上级王凤娟。她大概在和他开玩笑，在惩罚他不常去找她……于是，他开始在黑暗中摸索，想去握住凤娟的手。谁知就在这时，一条粗大的麻绳已经套在他的颈脖上，而且越拉越紧。他再也喊不出声音来，可是，他却还能够听到王凤娟的声音："你这废物！连一个王晓燕都斗不了！连一个王忠都领导不好！把北平的学校闹得一团糟……"她突然把声音提高，"送他回老家！给他一个整尸首！"

汽车飞驰着开到了郊外。在荒漠的昏黑的野地里，戴愉又被从汽车里摔了出来。惨淡的星星仿佛嘲笑般的还对他僵硬的尸体眨着眼睛。

王鸿宾教授在他朋友狭窄的屋地上。背着手不停地走来走去，显得很烦躁。

默然不语的王晓燕低头坐在小桌旁。她的面容消瘦憔悴，像忽然长大十岁似的苍老了。

这样的情况似乎继续很久了，因此，王教授不耐烦地站住脚步问晓燕，他虽然烦躁，却又竭力压低了音声："晓燕，不应该叫爸爸这样着急呀！有什么事你就讲吧，——你为什么这样痛苦？警察局为什么突然到我们家里来搜查？幸亏你不在，我也不在。可是我们却都逃起难来。看样子这其中必有缘故。"

"爸爸，请你不要告诉妈妈！"晓燕抬起头来，用她深深悲哀的眼睛，无力地瞅着父亲焦灼的面孔。可是还没张口，她又被泪水咽住了。她用双手掩住脸断断续续地说，"爸爸，我对不起你们，我辜负了你，……妈妈，……对我的希望……"

王教授的面孔变色了。他绛紫脸膛由深红变成了灰白。他不知女儿发生了什么事竟这样伤心、这样绝望。他颠颠地蹲在女儿身边，用大手抚摸着她凌乱的头发，喘吁吁地说："燕，好孩子，别这样……是郑——你们间有什么问题发生了吗？我看你们近来时常吵嘴……"

"爸爸，"晓燕霍地站起身来，在她绝望的悲伤的眼睛里，忽然迸放出一种狠狠的坚决的光焰，"他不是人，他是狼！是奸细！是叛徒！他毁了我！——我什么都完啦！"她一头倒在一张小床上痛哭起来了。

王教授惊愕地摘下眼镜又戴上，戴上又摘下。他慌乱得两只大手不知做什么好。站在女儿身边怔了半天，他才轻轻扳起女儿的头慈祥而又怜悯地小声说："好孩子！好晓燕！这究竟是怎么回事？是他丧了良心来捕我们的吗？你详细点告诉爸爸。不，不要说也可以了。我明白了！……"王教授抬起头突然把手一挥，把眼一瞪，好像戴愉就站在他面前，他凛然地吼了一口道，"我明白了！奸细，叛徒，原来是伪君子，是无耻的走狗！晓燕，我猜得对不对？要是这样，我们又何必气愤呢？他当他的走狗，我们干我们的工作，量他还能怎么样我们？最后再看谁胜谁负好了。"

"不，不，他已经死了——已经被人弄死了。"晓燕从牙齿缝里挤出的这句话，不禁又叫王教授大吃一惊。他连着大声咳嗽了几声，瞪大了眼睛。"这一切真是奇怪！真奇怪！好像传奇一样。晓燕，你说的都是真话吗？"

没有回答。晓燕倒在小床上不再哭泣,也不再讲话。从她苍白的脸孔、从她紧咬着的嘴唇上可以看出,这时她的内心正在激烈地斗争着。她要把这个无耻的人从她的记忆里赶出去,永远赶出去。她为什么还要提起这个罪恶的人,还要为他伤心流泪呢?让这一切都像噩梦一样消逝掉——永远消逝得无影无踪吧!

"燕,可不要消极呵!"王教授坐在一把椅子上也渐渐冷静了。他担忧地看着女儿小声说,"现在形势的发展很快,正需要你们青年人加倍的努力,奋发有为。把过去的一切都忘掉吧!一切重新开始。哦,还没有问你,共产党方面不怀疑你吗?还可以相信你吗?"教授皱紧双眉庄严地追问了一句。

"爸爸,我和林道静又和好了。"晓燕憔悴的脸上露出一丝欣慰的笑容,"我们失和,都是'他'闹的。你问共产党还相信我吗?相信!完全相信!不是党来挽救我,我就真的完了。"晓燕克制着,竭力克制着才没有使自己又哭出声来。可是她妈妈却哭着把她抱住了。王夫人就在戴愉走后的当夜,得到晓燕写来的通知,也和丈夫一同逃到朋友家里藏起来。刚才,她隐身在窗外听晓燕父女谈了好久,她为女儿痛心,也为自己感到羞耻。想到为女儿和郑君才行订婚礼的那幕戏,她被悔恨和悲伤攫住了。她奔进屋来,一把抱住女儿,流着眼泪说道:"孩子!妈妈对不起你!可怜你年纪轻轻……都是那个该死的畜生!"

晓燕这时反而冷静了,她安慰着妈妈:"妈妈,别难过。我已经不难过了。有社会舆论的声援,那些坏家伙们不会把我们怎么样的。你们可以回家去住了。现在小林在等我,我们的工作很多。听说北平学联将要发动一次大规模的游行示威,爸爸你知道了吗?"

这时女儿脸上的坚毅的充满信心的神情,使父母的心上感到惊奇,也感到安慰。尤其是王教授,他看着女儿擦了把脸,站起身就走的那种绝不回顾的、好像一切的污秽、一切的阴暗与不幸都远远地落在她身后的姿态,他欣快地长出了一口气,像对妻子、又像自语似的说道:"暴风雨又要起来了!看,这些年轻的鹰是多么勇敢啊!"

班主任

刘心武

一

你愿意结识一个小流氓，并且每天同他相处吗？我想，你肯定不愿意，甚至会嗔怪我何以提出这么一个荒唐的问题。但是，在光明中学党支部办公室里，当黑瘦而结实的支部书记老曹，用信任的眼光望着初三（3）班班主任张俊石老师，换一种方式向他提出这个问题时，张老师并不以为古怪荒唐。他只是极其严肃地考虑了一分钟左右，便断然回答说："好吧！我愿意认识认识他……"事情是这样的：前些日子，公安局从拘留所把小流氓宋宝琦放了出来。他是因为卷进了一次集体犯罪活动被拘留的。在审讯过程中，面对着无产阶级专政的强大威力与政策感召，他浑身冒汗，嘴唇哆嗦，作了较为彻底的坦白交代，并且揭发检举了首犯的关键罪行。因此，公安局根据他的具体情况——情节较轻而坦白揭发较好，加上还不足十六岁——将他教育释放了。他的父母感到再也难在老邻居们面前抛头露面，便通过换房的办法搬了家，恰好搬到光明中学附近。根据这几年实行的"就近入学"办法，他父母来申请将宋宝琦转入光明中学上学。他该上初三，而初三（3）班又恰好有空位子。再加上张老师有十几年的班主任工作经验，又是这个年级班主任里唯一的党员。因此，经过党支部研究，接受了宋宝琦的转学要求，并且由老曾直接找到张老师，直截了当地摆出情况，问他说："怎么样？你把宋宝琦收下吧？"正像你所知道的那样，张老师思忖的目光刚同老曹那饱含期待、鼓励的目光相遇，他便答应下来了。

二

张老师是个什么样的人呢？

趁他顶着春天的风沙，骑车去公安局了解宋宝琦情况的当日，我们可以仔细观察他一番。

张老师实在太平凡了。他今年三十六岁，中等身材，稍微有点发胖。他的衣裤都明显地旧了，但非常整洁。每一个纽扣都扣得规规矩矩，连制服外套的风纪扣，也一丝不苟地扣着。他脸庞长圆，额上有三条挺深的抬头纹，眼睛不算大，但能闪闪放光地看人，撒谎的学生最怕他这目光；不过，更让学生们敬畏的是张老师的那张嘴，人们都说薄嘴唇的人能说会道，张老师却是一对厚嘴唇，冬春常被风吹得爆出干皮儿；从这对厚嘴唇里进出的话语，总是那么热情、生动、流利，像一架永不生锈的播种机，不断在学生们的心田上播下革命思想和知识的种子，又像一把大笤帚，不停歇地把学生心田上的灰尘无情地扫去……

一路上，张老师的表情似乎挺平淡。等到听完公安局同志的情况介绍、翻完卷宗以后，他的脸上才显露出强烈的表情来——很难形容，既不全是愤慨，也不排除厌恶与蔑视，似乎渐渐又由决心占了上风，但忧虑与沉重也明显可见。

张老师从公安局回到学校时，已经是下午三点钟。他掏出叠得很整齐的手绢，一边擦着脑门上的汗，一边走进年级组办公室。显然同组的老师们都已知道宋宝琦将于明天到他班上课的事了。教数学的尹达磊老师头一个迎上他，形成了关于宋宝琦的第一个波澜。

三

尹老师和张老师同岁，同是一个师范学院毕业，同时分配到光明中学任教，又经常同教一个年级。他们一贯推心置腹，就是吵嘴，也从不含沙射影、指桑骂槐，总是把想法倾巢倒出，一点"底儿"也不留。

尹老师身材细长，五官长得紧凑，这就使他永远摆脱不了"娃娃相"，多亏鼻梁上架着副深度近视镜，才使他在学生们面前不至于失长者的尊严。

在这 1977 年的春天，尹老师感到心里一片灿烂的阳光。他对教育战线，对自己的学校、所教的课程和班级，都充满了闪动着光晕的憧憬。他觉得一切不合理的事物都应该而且能够迅速得到改进。他认为"四人帮"既已揪出，扫荡"四人帮"在教育战线的流毒，形成理想的境界应当不需要太多的时间。不过，最近这些天他有点沉不住气。他愿意一切都如春江放舟般顺利，不曾想却仍要面临一些复杂的问题。

*

关于宋宝琦即将"驾到"的消息一入他的耳中，他就忍不住热血沸腾。张老师刚一迈进办公室，他便把满腔的"不理解"朝老战友发泄出来。他劈面责问张老师："你为什么答应下来？眼下，全年级面临的形势是要狠抓教学质量，你弄个小流氓来，陷到作他个别工作的泥坑里去，哪还有精力抓教学质量？闹不好，还弄个'一粒耗子屎坏掉一锅粥'！你呀你，也不冷静地想想，就答应下来，真让人没法理解……"

办公室的其他老师，有的赞同尹老师的观点，却不赞同他那生硬的态度；有的不赞成他的观点，却又觉得他的确是出于一片好心；有的一时还拿不准道理上该怎么看，只是为张老师凭空添了这么副重担子，滋生了同情与担忧……因此，虽然都或坐或站地望着张老师，却一时都没有说话。就连搁放在存物架上的生理卫生课教具——耳朵模型，仿佛也特意把自己拉成一尺半长，在专注地等待着张老师作答。

张老师觉得尹老师的意见未免偏激。但并不认为尹老师的话毫无道理。他静静地考虑了一分钟，便答辩似地说："现在，既没有道理把宋宝琦退回给公安局，也没有必要让他回原学校上学。我既然是个班主任老师，那么，他来了，我就开展工作吧……"

这真是几句淡而无味的话。倘若张老师咄咄逼人地反驳尹老师，也许会引起一场火爆的争论，而他竟出乎意料地这样作答，尹老师仿佛反被慑服了。别的老师也挺感动，有的还不禁低首自问："要是把宋宝琦分到我的班上，我会怎么想呢？"

张老师的确必须立即开展工作，因为，就在这时，他班上的团支部书记谢惠敏找他来了。

四

谢惠敏的个头比一般男生还高，她腰板总挺得直直的，显得很健壮。有一回，她打业余体校栅栏墙外走过，一眼被里头的篮球教练看中。教练热情地把她请了进去，满心以为发现了个难得的培养对象。谁知让这位长圆脸、大眼睛的姑娘试着跑了几次篮后，竟格外地失望——原来，她弹跳力很差，手臂手腕的关节也显得过分僵硬，一问，她根本对任何球类活动都没有兴趣。

的确，谢惠敏除了随着大伙看看电影、唱唱每个阶段的推荐歌曲，几乎没有什么业余爱好。她功课中平，作业有时完不成，主要是由于社会工作占去的精力和时间大多了——因此倒也能获得老师和同学们的谅解。

头年夏天，张老师接任这个班的班主任时，谢惠敏已经是团支部书记了。张老师到任不久便轮到这个班下乡学农，返校的那天，队伍离村二里多了，谢惠敏突然发现有个男生手里转动着个麦穗，她不禁又惊又气地跑过去批评说："你怎么能带走贫下中农的麦子？给我！得送回去！"那个男生不服气地辩解说："我要拿回家给家长看，让他们知道这儿的麦子长得有多么棒！"结果引起一场争论，多数同学并不站在谢惠敏一边，有的说她"死心眼"，有的说她"太过分"。最后自然轮到张老师表态，谢惠敏手里紧紧握着那根丰满的麦穗，微张着嘴唇，期待地望着张老师。出乎许多同学的意料，张老师同意了谢惠敏送回麦穗的请求。耳边响着一片扬声争论与喁喁低议交织成的音波，望着在雨后泥泞的大车道上奔回村庄的谢惠敏那独特的背影，张老师曾经感动地想：问题不在于小小的麦穗是否一定要这样来处理；看哪，这个仅仅只有三个月团龄的支部书记，正用全部纯洁而高尚的感情，在维护"绝不能让贫下中农损失一粒麦子"的信念——她的身上，有着多么可贵的闪光素质啊！

但是，这以后，直到"四人帮"揪出来之前，浓郁的阴云笼罩着我们祖国的大地，阴云的暗影自然也投射到了小小的初三(3)班。被"四人帮"那个大黑干将控制的团市委，已经向光明中学派驻了联络员，据说是来培养某种"典型"，是否在初三(3)班设点，已在他们考虑之中，谢惠敏自然常被他们找去谈话。谢惠敏对他们的"教诲"并不能心领神会，因为她没有丝毫的政治投机心理，她单纯而真诚。但是，打从这时候起，张老师同谢惠敏之间开始显露出某种似乎解释不清的矛盾。比如说，谢惠敏来告状，说团支部过组织生活时，五个团员竟有两个打瞌睡。张老师没有去责难那两个不像样子的团员，却向谢惠敏建议说："为什么过组织生活总是念报纸呢？下回搞一次爬山比赛不成吗？保险他们不会打瞌睡！"谢惠敏瞪圆了双眼，几乎不相信自己的耳朵，隔了好一阵，才抗议地说："爬山，那叫什么组织生活？我们读的是批宋江的文章啊……"再比如，那一天热得像被扣在了蒸笼里，下了课，女孩子们都跑拢窗口去透气，张老师把谢惠敏叫到一边，上下打量着她说："你为什么还穿长袖衬衫呢？你该带头换上短袖才是，而且，你们女孩子该穿裙子才对啊！"谢惠敏虽然热得直喘气，却惊讶得满脸涨红，她简直不能理解张老师在提倡什么作风！班上只有宣传委员石红才穿带小碎花的短袖衬衫，还有那种带褶子的短裙，这在谢惠敏看来，乃是"沾染了资产阶级作风"的表现！

"四人帮"揪出来之后，张老师同谢惠敏之间的矛盾自然可以解释清楚了，但并没有完全消除。现在，谢惠敏找到张老师。向他汇报说："班上同学都知道宋宝琦要来了，有的男生说他原来是什么'菜市口老四'，特别厉害；有些女生害怕了，说是明天宋宝琦真来，她们就不上学了！"

张老师一愣。他还没有来得及预料到这些情况。现在既然出现了这些情况，他感到格外需要团支部配合工作，便问谢惠敏：

"你怕吗？你说该怎么办？"

谢惠敏晃晃小短辫说："我怕什么？这是阶级斗争！他敢犯狂，我们就跟他斗！"

张老师心里一热。一霎时，那在泥泞的大车道上奔走的背影活跳在记忆的屏幕上。他亲热地对谢惠敏说："你赶紧把团支部和班委会的人找齐，咱们到教室开个干部会！"

五

四点二十左右，干部会结束了。其他干部们都走了，教室里只剩下张老师、谢惠敏和石红三个人。石红恰好面对窗户坐着，午后的春阳射到她的圆脸庞上，使她的两颊更加红润；她拿笔的手托着腮，张大的眼眶里，晶亮的眸子缓慢地游动着，丰满的下巴微微上翘——这是每当她要想出一个更巧妙的方法来解决一道教学题时，为数学老师所熟悉、所喜爱的神态。可是此刻她并不是在解数学题，而是在琢磨怎么写出明天一早同大家——也包括宋宝琦——见面的"号角诗"。

张老师同谢惠敏在一旁谈着话。围绕着接收宋宝琦需要展开的工作，已经全部落实。男生干部们分头找男生们做工作去了，跟他们讲宋宝琦并不是什么威震菜市口的"英雄"，而是个犯了错误的需要帮助的人。对他既别好奇乃至于敬畏，也不能歧视打击，大家要齐心合力地帮助他。女生干部将分头到那几个或者是因为胆小，或者是出于赌气，宣布明天不来上学的女生家去，对她们和她们的家长讲清楚，学校一定会保证女孩子们不受宋宝琦欺侮；对宋宝琦这样的小流氓，消极躲避只能助长他的恶习，只有团结起来同他斗争，进行教育，才能化有害为无害，并且逐步化无害为有益。张老师则要对宋宝琦进行家访，对他以及他的家长进行初步了解，并进行第一次思想工作，石红的"口角诗"明天一早将向大家强调："让我们的教室响彻向'四化'进军的脚步声！"

当石红的"号角诗"快要写完的时候，张老师同谢惠敏的谈话结束了。张老师把摊在桌上、刚给干部们看过的几件东西往一块敛。那是张老师从派出所带回来的、宋宝琦犯案后被搜出的物品：一把用来斗殴的自行车弹簧锁，一副残破油腻的扑克牌，一个式样新颖附有打火机的镀镍烟盒，还有一本撕掉了封皮的小说。小干部们面对这些东西都厌恶得皱鼻子、撇嘴角。谢惠敏提议说："团支部明天课后开个现场会，积极

分子们也参加,摆出这些东西,狠狠批判一顿!"大伙都同意,张老师也点头说:

"对,要利用这个机会,进一步抓好反腐蚀教育。"

没曾想,临到张老师收敛这几件物品时,突然出现了矛盾,还闹得挺僵。

别的东西都收进书包了,只剩下那本小说。张老师原来顾不得细翻,这时拿起来一检查,不由得"啊!"了一声。原来那是本中国青年出版社出版的长篇小说《牛虻》。

谢惠敏感到张老师神情有点异常,忙把那本书要过来翻看。她以前没听说过、更没看见过这本书,她见里头有外国男女讲恋爱的插图,不禁惊叫起来:"哎呀! 真黄! 明天得狠批这本黄书!"

张老师皱起眉头,思索着。他回忆起自己中学时代的情况。那时候,团支部曾向班上同学们推荐过这本小说……围坐在篝火旁,大伙用青春的热情轮流朗读过它;倚扶着万里长城的城堞,大伙热烈地讨论过"牛虻"这个人物的优缺点……这本英国小说家伏尼契写成的作品,曾激动过当年的张老师和他的同辈人,他们曾从小说主人公的形象中,汲取过向上的力量……也许,当年对这本小说的缺点批判不够? 也许,当年对小说的精华部分理解得也不够准确、不够深刻? ……但,不管怎么说——张老师想到这儿,忍不住对谢惠敏开口分辩道:

"这本《牛虻》可不能说成是黄书……"

谢惠敏的两撇眉毛险些飞出脑门,她瞪圆了双眼望着张老师,激烈地质问说:"怎么? 不是黄书?! 这号书不是黄书什么是黄书!"在谢惠敏的心目中,早已形成一种铁的逻辑,那就是凡不是书店出售的、图书馆外借的书,全是黑书、黄书。这实在也不能怪她。她开始接触图书的这些年,恰好是"四人帮"搞法西斯文化专制主义最凶的几年。可爱而又可怜的谢惠敏啊,她单纯地崇信一切用铅字新排印出来的东西,而在"四人帮"控制舆论工具的那几年里,她用虔诚的态度拜读的报纸刊物上,充塞着多少他们的"帮文",喷溅出了多少戕害青少年的毒汁啊! 倘若在谢惠敏最亲近的人当中,有人及时向她点明:张春桥、姚文元那两篇号称"阐述无产阶级专政理论"的"重要文章"大可怀疑,而"梁效""唐晓文"之类的大块文章也绝非马列主义的"权威论著"……那该有多好啊! 但是,由于种种主观和客观上的原因,没有人向她点明这一点。她的父母经常嘱咐谢惠敏及其弟妹,要听毛主席的话,要认真听广播、看报纸;要求他们遵守纪律、尊重老师;要求他们好好学功课……谢惠敏从这样的家庭教育中受益不浅,具备了强烈的无产阶级感情、劳动者后代的气质;但是,在资产阶级、修正主义的白骨精化为美女现形的斗争环境里,光有朴素的无产阶级感情就容易陷于轻信和盲从,而"白骨精"们正是拼命利用一些人的轻信与盲从以售其奸! 就这样,谢惠敏正当风华正茂之年,满心满意想成为一个好的革命者,想为共产主义这个大目标而奋斗,却被"四人帮"害得界限狭窄、是非模糊。岂止《牛虻》这本书她会认为是毒草,我们这段故事发生的时候,《青春之歌》已经进行再版了,但谢惠敏还保持着"四人帮"揪出前形成的习惯——把那些热衷于传播"文艺消息",什么又会有某个新电影上演啦、电台又播了个什么新歌呀这样的同学们,看成是"沾染了资产阶级思想"。就在前几天,她发现石红在自习课上看一本厚厚的小说,下课她便给没收了。那是1959年出版的《青春之歌》,她随便翻检了几页,把自己弄得心跳神乱——断定是本"黄书",正想拿来上交给张老师,石红笑嘻嘻地一把抢了回去,还拍着封面说:"可带劲啦! 你也看看吧!"结果两人争吵了一场;后来她忙着去团委开会,倒忘记向张老师反映了,没想到今天张老师竟比石红还要石红——亲口否认这本外国"黄书"不黄! 在谢惠敏心中,外国的"黄书"当然一律又要比中国的"黄书"更黄了。面对着这样一位张老师,她又联想起以前的许多细琐冲突来。于是,往常毕竟占据支配地位的尊敬之感,顿然减少了许多。她微微噘起嘴,飞走的眉毛落回来拧成个死疙瘩。

这时候,石红写完"号角诗",正准备给张老师和谢惠敏朗诵,突然听到张老师说:"这本《牛虻》可不能说成是黄书……"她这才知道那本书原来就是《牛虻》,赶忙凑拢谢惠敏身边去看,谢惠敏大声质问张老师的话刚一出口,她便热情地晃动着谢惠敏胳膊说:"别这么说! 我听爸爸妈妈讲过,《牛虻》这本书值得一读! 这两天我正读《钢铁是怎样炼成的》,里头的保尔·柯察金是个无产阶级英雄,可他就特别佩服'牛虻'……"石红早就想找本《牛虻》来看,一直没有借到,所以她从谢惠敏手中拿起书来翻动时,心里翻腾着强烈的求知欲:这本书写的是什么时代的事儿? 故事发生在什么地方? "牛虻"究竟是个啥样的人? 真的有值得佩服的地方吗? ……当她把破书还到张老师手上时,不禁问道:"读这本书,该注意些啥? 学习些啥?"谢惠敏咬住嘴唇,眯起眼睛,不满地望着石红,心里怦怦直跳。张老师翻动着那本饱经沧桑的《牛虻》,他本想耐心地对谢惠敏解释为什么不能把它算作"黄书"，但是这本书是从宋宝琦那儿抄出来的，并且，瞧，插图上凡有女主角琼玛出现，一律野蛮地给她添上了八字胡须。又焉知宋宝琦他们不是把它当成"黄书"来看的呢？生活现象是复杂的。这本《牛虻》的遭遇也够光怪陆离了。对谢惠敏这样实际上还很幼稚的孩子，分析过于复杂的生活现象和精华糟粕并存的文艺作品，需要充裕的时间和适宜的场合。

想到这些，我们的张老师便把破旧的《牛虻》放入书包。和蔼地对谢惠敏说："关于这本书的事儿，咱们改天再谈吧。看，快五点了，咱们赶紧听听石红写的'号角诗'吧，听完分头按计划行动。"

石红念的诗，谢惠敏一句也没装进脑子里去。她痛苦而惶惑地望着映在课桌上的那些斑驳的树影。她非常、非常愿意尊敬张老师，可张老师对这样一本书的古怪态度，又让她不能不在心里嘀咕："还是老师呢，怎么会这样啊?!……"

六

五点刚过，张老师骑车抵达宋家的新居。小院的两间东屋里东西还来不及仔细整理，显得很凌乱。比如说，一盆开始挂花的"令箭"，就很不恰当地摆放在歪盖着塑料布的缝纫机上。

宋宝琦的母亲是个售货员，这天正为搬家倒休，忙不迭地拾掇着屋子。见张老师来了，她有点宽慰，又有点羞愧，忙把宋宝琦从堂屋喊出来，让他给老师敬礼，又让他去倒茶。我们且不忙随张老师的眼光去打量宋宝琦，先随张老师坐下来同宋宝琦母亲谈谈，了解一下这个家庭的大概。

宋宝琦的父亲在园林局苗圃场工作，一直上"正常班"，就是说，下午六点以后就能往家奔了。但他每天常常要八、九点钟才回家。为什么？宋宝琦母亲说起来连连叹气，原来这些年他养成了个坏习惯：下班的路上经过月坛，总要把自行车一撇，到小树林里同一些人席地而坐，打扑克消遣，有时打到天黑也不散，挪到路灯底下接茬打，非得其中有个人站起来赶着去工厂上夜班，他们才散。

显然，这样一位父亲，既然缺乏丰富而有意义的精神生活，那么，对宋宝琦的缺乏教育管束也就可想而知了。至于当母亲的，从她含怨的叙述中，不难看出她是怎样自食了溺爱与放任独生子的苦果。

绝不要以为这个家庭很差劲。张老师注意到，尽管他们还有大量的清理与安置工作，才能使房间达到窗明几净的程度，但是一张镶镜框的毛主席像，却已端正地挂到了北墙，并且，一张稍小的周总理像，装在一个自制的环绕着银白梅花图案的镜框中，被郑重地摆放在了小衣柜的正中。这说明这对年近半百的平凡夫妇，内心里也涌荡着和亿万人民相同的感情波澜。那么，除了他们自身的弱点以外，谁应当对他们精神生活的贫乏负责呢?……

差一刻六点的时候，张老师请当母亲的尽管去忙她的家务事，他把宋宝琦带进里屋，开始了对小流氓的第一次谈话。

现在我们可以仔细看看宋宝琦是个什么模样了。他上身只穿着尼龙弹力背心，一疙瘩一疙瘩的横肉，和那白里透红的肤色，充分说明他有幸生活在我们这个不愁吃不愁穿的社会里，营养是多么充分，躯体里蕴藏着多么充沛的精力。唉，他那张脸啊，即便是以经常直视受教育者为习惯的张老师，乍一看也不免浑身起栗。并非五官不端正，令人寒心的是从面部肌肉里，从殴斗中打裂过又缝上的上唇中，从鼻翅的神经质扇动中，特别是从那双一目了然地充斥着空虚与愚蠢的眼神中，你立即会感觉到，仿佛一个被污水泼得变了形的灵魂，赤裸裸地立在了聚光灯下。

经过三十来个回合的问答，张老师已在心里对宋宝琦有了如下的估计：缺乏起码的政治觉悟，知识水平大约只相当初中一年级程度，别看有着一身蛮肉，实际上对任何一种正规的体育活动都不在行。张老师想到，一些满足于贴贴标签的人批判起宋宝琦这样的小流氓来，一定会说他是"满脑子资产阶级思想"。但是，随着进一步地询问，张老师便愈来愈深切地感到，笼统地说宋宝琦这样的小流氓具有资产阶级思想，那就近乎无的放矢，对引导他走上正路也无济于事。

宋宝琦的确有严重的资产阶级思想，但究竟是哪一些资产阶级思想呢？

资产阶级标榜"自由、平等、博爱"，讲究"个人奋斗""成名成家"，用虚伪的"人性论"掩盖他们追求剥削、压迫的罪行。而宋宝琦呢？他自从陷入了那个流氓集团以后，便无时无刻不处于森严的约束之中，并且多次被大流氓"扇耳刮子"与用烟头烫后脑勺。他愤怒吗？反抗吗？不，他既无追求"个性解放"、呼号"自由、平等"的思想行动，也从未想到过"博爱"；他一方面迷信"哥儿们义气"，心甘情愿地替大流氓当"炊拨儿"，另一方面又把扇比他更小的流氓耳光当作最大的乐趣。什么"成名成家"，他连想也没有想过，因为从他懂事的时候起，一切专门家——科学家、工程师、作家、教授……几乎都被林贼、"四人帮"打成了"臭老九"，论排行，似乎还在他们流氓之下，对他来说，何羡慕之有？有何奋斗而求之的必要？资产阶级的典型思想之一是"知识即力量"，对不起，我们的宋宝琦也绝无此种观念。知识有什么用？无休无止地"造反"最好。张铁生考试据说得了个"大鸭蛋"，不是也当上大官了吗？……所以，不能笼统地给宋宝琦贴上个"满脑袋资产阶级思想"的标签便罢休，要对症下药！资分阶级在上升阶段的那些个思想观点，他头脑里并不多甚至没有，他有的反倒是封建时代的"哥儿们义气"以及资产阶级在没落阶段的享乐主义一类的反动思想影响……请不要在张老师对宋宝琦的这种剖析面前闭上你的眼睛，塞上你的耳朵，这是事实！而且，很遗憾，如果你热爱我们的祖国，为我们可爱的祖国的未来操心的话，那么，你还要承认，宋宝琦身上所反映出的这种问题，在一定程度上还并不是极个别的！

请抱着解决实际问题、治疗我们祖国健壮躯体上的局部痈疽的态度，同我们的张老师一起，来考虑考虑如何教育、转变宋宝琦这类青少年吧！

张老师从书包里取出那本饱遭蹂躏的小说来，问宋宝琦："这本书叫什么名儿？你还记得吗？"

宋宝琦刚经历过专政机关严厉的审讯和带强制性的训斥，那滋味当然远比一个班主任老师的询问与教育难受，所以，他尽可能用最恭顺的态度回答说："记得。这是牛亡。"他不认识虻字，照他识字的惯例，只读一半。

"不是牛亡，是'牛虻'。你知道这两个字是什么意思吗？"

宋宝琦面部没有表情，两眼直愣愣地望着对面在窗玻璃外扑腾的一只粉蝶，极坦率地答说："不懂。"

"那么，这本书你究竟读完了没有呢？"

"翻了两篇。我不懂。"

"不懂，你要它干什么呢？这本书是打哪儿来的呢？"

"我们偷的。"

"打哪儿偷的呢？偷它干什么呢？"

"打原来我们学校废书库偷的。听说那里头的书都是不让借、不让看的。全是坏书。我们撬开锁，偷了两大抱。我们偷出来为的是拿去卖。"

"怎么没把这本卖了呢？"

"后来都没卖。我们听说，盖了图书馆戳子的书，我们要是卖去，人家就要逮"。"你们偷出来的书里，还有些什么呢？你还能说出几个名儿来吗？"

"能！"宋宝琦为能表现一下自己并非愚钝无知感到非常高兴，他第一次有了专注的神情，眨着眼，费劲地回忆着："有《红岩》，有……《和平与战争》，要不，就是《战争与和平》，对了，还有一本书特怪，叫……《新嫁车的词儿》……"

这让张老师吃了一惊。他想了想，掏出钢笔在手心里写了《辛稼轩词选》几个字，伸出去让宋宝琦看，宋宝琦赶忙点头："就是！没错儿！"

张老师心里一阵阵发痛。几个小流氓偷书，倒还并不令人心悸。问题是，凭什么把这样一些有价值的、乃至于非但不是毒草，有的还是香花的书籍，统统扔到库房里锁起来，宣布为禁书呢？宋宝琦同他流氓伙伴堕落的原因之一，出乎一般人的逻辑推理之外，并非一定是由于读了有毒素的书而中毒受害，恰恰是因为他们相信能折腾就能"拔份儿"，什么书也不读而坠落于无知的深渊！

张老师翻动着《牛虻》，责问宋宝琦："给这插图上的妇女全画上胡子，算干什么呢？你是怎样想的呢？"

宋宝琦垂下眼皮，认罪地说："我们比赛来着，一人拿一本，翻画儿，翻着女的就画，谁画的多'谁运气就好……"

张老师愤然注视着宋宝琦，一时说不出话来。宋宝琦抬起眼皮偷觑了张老师一眼，以为一定是自己的态度不够老实，忙补充说："我们不对，我们不该看这黄书……我们算命，看谁先交上女朋友……我们……我再也不敢了！"他想起了在公安局里受审的情景，也想起了母亲接他出来那天，两只红红的、交织着疼和恨的眼睛。

"我们不该看这黄书"——这句话像鼓槌落到鼓面上，使张老师的心"咚"地一响。怪吗？也不怪——谢惠敏那样品行端方的好孩子，同宋宝琦这样品质低劣的坏孩子，他们之间的差别该有多么大啊，但在认定《牛虻》是"黄书"这一点上，却又不谋而合——而且，他们又都是在并未阅读这本书的情况下，"自然而然"地做出这个结论的。这是多么令人震惊的一种社会现象！谁造成的？谁？

当然是"四人帮"！

一种前所未及的，对"四人帮"铭心刻骨的仇恨，像火山般喷烧在张老师的心中，截至目前，在人类文明史上，能找出几个像"四人帮"这样用最革命的"逻辑"与口号，掩盖最反动的愚民政策的例子呢？望着低头坐在床上，两只肌肉饱满的胳膊撑在床边，两眼无聊地瞅着互相搓动的、穿着白边懒鞋的双脚，拒绝接受一切人类文明史上有益的知识和美好的艺术结晶的这个宋宝琦，张老师只觉得心里的火苗扑腾扑腾往上蹿，一种无形的力量冲击着他的喉头，他几乎要喊出来——救救被"四人帮"坑害了的孩子！

七

春天日短。当远处电报大楼的七记钟声，悠悠地随风飘来时，暮色已经笼罩着光明中学附近的街道和胡同。

张老师推着自行车，有意识拐进了免费出入、日夜开放的小公园里。他寻了一条偏僻处的长椅，支上车，坐到长椅上，燃起一支香烟，眉尖耸动着，有意让胸中汹涌的感情波涛，能集中到理智的闸门，顺合理的渠道奔流出去，化为强劲有力的行动，来执行自己这班主任的职责。

晚风吹动着一直拖到椅背上来的柳丝，身上落下了一些随风旋转而来的干榆钱，在看不见的地方，丁香花开了，飘来沁人心脾的芳馥气息。

同宋宝琦本人及其家庭的初步接触，竟将张老师心弦中的爱弦和恨弦拨动得如此之剧烈，颤动得他竟难以控制自己。他恨不能立时召集全班同学，来这长椅前开个班会。他有许多深刻而动人的想法，有许多诚挚而严峻的意念，有许多倾心而深沉的嘱托、建议、批评、引导和号召，就在这个时候，能以最奔放的感情，最有感染力的方式，包括使用许多一定能脱口而出的丰富而奇特的、易于为孩子们所接受的例证和比喻，淋漓尽致地表达出来……

他感到，他比以往任何时候，都更爱我们亲爱的祖国。想到她的未来，想到她的光明前景，想到本世纪结束、下世纪开始时，"四化"初具规模的迷人境界，他便产生了一种不容任何人凌辱、戏弄祖国，不许任何人扼杀、窒息祖国未来的强烈感情！他想到自己的职责——人民教师，班主任，他所培养的，不要说只是一些学生，一些花朵，那分明就是祖国的未来。就是使中华民族在这九百六十万平方公里的土地上，强盛地延续下去，发展下去，屹立于世界民族之林的未来！

他感到，他比以往任何时候，都更深刻地仇恨"四人帮"这伙祸国殃民的蟊贼。不要仅仅看到"四人帮"给国民经济所造成的有形危害，更要看到"四人帮"向亿万群众灵魂上泼去的无形污秽；不要仅仅注意到"四人帮"培养出了一小撮"头上长角、浑身长刺"的张铁生式五类，还要注意到，有多少宋宝琦式的"畸形儿"已经出现！而且，甚至像谢惠敏这样本质纯正的孩子身上，都有着"四人帮"用残酷的愚民政策所打下的黑色烙印！

"四人帮"不仅糟蹋着中华民族的现在，更残害着中华民族的未来！

对丑类的恨加深着对人民的爱，对人民的爱又加深着对丑类的恨。当爱和恨交织在一起的时候，人们就有了为真理而斗争的无穷勇气，就有了不怕牺牲去夺取胜利的无穷力量。

张老师陡然站了起来，他看看表，七点一刻。他想到了晚饭。不是他感到饿了，考虑到自己该回家吃饭去，他简直把自己也需要吃晚饭这件事忘到爪哇岛去了。他是打算亲自到几个同学家里去，了解一下他们对宋宝琦来初三（3）班的反应。而这个时候，同学们家里一定都在吃饭，吃饭的时候进行家访是不适宜的。他想了想，便背着手，在小公园的树林子里踱起步来，同时确定下来，七点半左右再离开这里……

丁香花的芳馨一阵阵更加浓郁。浓郁的香气令人联想起最称心如意的事。张老师想到"四人帮"已经被扫进了垃圾箱，想到党中央已经在短短的半年内打出了崭新的局面，想到亲爱的祖国不但今天有了可靠的保证，未来也更加充满希望，他便感到宋宝琦也并非朽不可雕的烂树，而谢惠敏的糊涂处以及对自己的误解与反感，比之于蕴藏在她身上的优良素质和社会主义积极性来，简直更不是什么难以消融的冰雪了。

八

张老师推车走出小公园时，恰巧遇上了提着鼓囊囊的塑料包，打从小公园门口走过的尹老师。

尹老师大吃一惊："俊石，你怎么还有逛公园的雅兴？"

张老师笑了笑，没有解释。他也并不问尹老师从哪儿来，到哪儿去。他知道，尹老师坚持有一个多月了，每天下午四点以后，除了在学校组织一些数学后进的学生补课以外，还要轮流到他们家里去进行个别辅导。他熟悉尹老师的脾性，特别是"四人帮"控制着文教战线的时期，他往往牢骚满腹，对教育部不满，对学校领导不满，对学生不满，对家长不满。倘是一个局外人，听了他那些愤激之情溢于言表的话，一定会以为他是个惯于撂挑子、甩袖子的人；其实尹老师牢骚归牢骚，工作归工作，不管是什么时候，不管遇上什么打击、障碍、困难和挫折，他从未放弃过辛勤的教学劳动。就是在"四人帮"把学生中的无政府主义思潮煽动得达于极点，课堂里往往乱得像一锅煮沸的粥时，他虽然能在办公室里把牢骚话说到"咱们干脆罢教"的地步，一听到上课铃响，却又立即奔赴教室，仍然竭尽全力地用粉笔敲着黑板，用劝导、吆喝、说服、恫吓来让同学们听他讲述那些方程式和多面体。

张老师知道这是他已经结束了个别辅导，要奔赴胡同外的汽车站，乘车回家去了。他既然是忙完了工作，那么，牢骚一定是一触即发。果不其然，不等张老师开口，他便拍着张老师自行车的车座子，长叹一声说："'四人帮'给咱们造成了些什么样的学生啊！你想想看吧，我教的是初三了，可刚才却还在为两个学生翻来覆去地讲勾股定理……你比我更有'福气'——摊上个'新文盲'宋宝琦！说实在的我不能理解你，眼下是'百废待举'，该做的事情那么多，而光是今天一个下午，你就为收留一个小流氓耗费了那么多心血，犯得上吗？！让宋宝琦滚蛋吧！公安局不收，让他回原来的学校！原来的学校不要，就让他在家待着！……"

张老师诚恳地对他说："经过这一下午，我越来越自觉地认识到，症结不在是不是一定要收下来宋宝琦——的确，也许应当为他这样的学生专门办一种学校，或者把他同相似的学生专门编成一班，要不按他的文化程度，干脆把他降到初一去从头学起……但这都不是主要的。症结在哪里呢？今天下午围绕着收留宋宝琦发生的这一件又一件的事情，好比一面镜子，照出了四人帮糟害我们下一代的罪恶，有些'四人帮'的流毒和影响，我以前或者没有觉察出来，或者没有像今天这样感到触目惊心，我想到了很多、很多……达磊，现在是1977年的春天，这是多么美好、多么幸福的春天啊，可它又是要求我们迎向更深刻的斗争、付出更艰苦的劳动的春天，因而也是要求我们更加严格的一个春天！朝前看吧，达磊！……"

尹老师从这简单的话语里不可能感受到张老师已经感受到的一切，但是，当他同张老师那饱含着醒悟、深思、信心、力量的动人目光相遇时，他的牢骚和烦躁情绪顿时消失了。

1977年春天的晚风吹拂着这两个平平常常、默默无闻的人民教师，有那么一两分钟，他们各自任自己的思绪飞扬奔腾，静静地没有交谈。

张老师想到，过几天，针对尹老师思想方法偏于简单和急躁的缺点，一定要好好地找他谈一谈：感情绝不能代替政策；迫切希望革命事业向前迈进的心情，不能简单表现为焦躁和牢骚；锲而不舍地坚持斗争的同时，又应当对事物的发展抱相应的积极等待的态度；对宋宝琦这类小流氓的厌恨，还可以转化为对祖国的幼苗遭到"四人帮"戕害而生的怜惜和疼爱……总之，要好好地同尹老师谈谈哲学，谈谈辩证法，谈谈现在和未来，谈谈爱和恨，谈谈生活和工作乃至于谈谈《红岩》和《牛虻》……

远处又飘来了报告七点半已到的一记钟声，张老师收回沸腾的思绪，拍拍尹老师肩膀说："咱俩另找个时间好好聊聊吧。我还要到几个同学家里去一下。"

"快去石红那儿吧，"尹老师忽然想起，赶紧告诉张老师："我刚从他们楼里出来，听我那班的一个同学说，谢惠敏跟石红吵了一架，你快去了解一下吧！"

张老师心里一震,他立即骑上车,朝石红家所在的居民楼驰去。

九

石红的爸爸是区上的一个干部,妈妈是个小学教师。两口子都是在轰轰烈烈的"四清"运动里入党的;从入党前后起,他们形成了一种很好的习惯,就是坚持学习马列、毛主席著作,他们书架上的马恩、列宁四卷集、毛选四卷和许多厚薄不一的马列、毛主席著作单行本,书边几乎全有浅灰的手印,书里不乏折痕、重点线和某些意味着深深思索的符号……石红深深受着这种认真读书的气氛的熏陶,她也成了个小书迷。

石红是幸运的。"晚饭以后"成了她家的一个专用语,那意味着围坐在大方桌旁,互相督促着学习马列、毛主席著作,以及在互相关怀的气氛中各自做自己的事——爸爸有时是读他爱读的历史书,妈妈批改学生的作文。石红抿着嘴唇、全神贯注地思考着一道物理习题或是解着一个不等式……有时一家又在一起分析时事或者谈论文艺作品,父亲和母亲,父母和女儿之间,展开愉快的、激烈的争论。即便在"四人帮"推行法西斯文化专制主义最凶狠的情况下,这家人的书架上仍然屹立着《暴风骤雨》《红岩》《茅盾文集》《盖达尔选集》《欧也妮·葛朗台》《唐诗三百首》……这样一些书籍。

张老师曾经把石红通读过的《共产党宣言》《马克思主义的三个来源和三个组成部分》和毛选四卷,以及她的两本学习笔记,拿到班会上和家长会上传看过,但是,他觉得更可欣喜的是,这孩子常常能够根据马列主义、毛泽东思想的原则去思考、分析一些问题,这些思考和分析,往往比较正确,并体现在她积极的行动中。

我们这个故事发生的那一天,张老师敲开石红他们家那个单元的门后,发现迎门的那间屋里,坐满了人。石红坐在屋中饭桌边,正朗读着一本书。另外有五个女孩子,也都是张老师班上的学生,散坐在屋中不同的部位,有的右手托腮、睁大双眼出神地望着石红;有的双臂折放在椅背上,把头枕上去;有的低首揉弄着小辫梢……显然,她们都正听得入神。根据下午谢惠敏的汇报,这恰恰是那几个因为害怕或赌气,而扬言明天宋宝琦去了她们就不去上学的同学。

石红读得专心致志,没有发觉张老师的到来;有两三个女孩子抬眼瞧见了张老师,也只是羞涩地对他笑笑,没有出声叫他"张老师",那显然并非是忘记了礼貌,而是不忍心中断她们已经沉浸进去的那个动人的故事。

来开门的石红妈妈把张老师引到隔壁屋里,请他坐下,轻声地解释说:"孩子们正在读鲁迅翻译的《表》……"

《表》是苏联作家班台莱耶夫在十月革命后不久写的一部儿童作品。它描写了一个流浪儿在苏维埃教养院里的转变过程。鲁迅先生当年以巨大的热情翻译了它。张老师虽然好多年没翻过这本书了,但石红妈妈一提,这本书里的一些人物形象和片断情节,顿时涌现在张老师的脑海中。张老师在短短的几分钟里,已经猜测出石红家里出现这种局面的来龙去脉了。果然,石红妈妈告诉他:"石红一回家就把宋宝琦的事跟我说了。吃晚饭的时候她一个劲眨巴眼睛,洗碗的时候她跟我商量:'妈妈,要是我约上谢惠敏,把那些害怕、赌气的同学们都找来,读读《表》这本书怎么样呢?'我很赞成。我跟她说:'有党的领导,有社会主义制度,只要老师、同学们发挥集体的作用,小流氓也是能转变的啊!'后来她就找同学们去了——只是谢惠敏不知怎么没有来……"

正说着,石红读完一个段落,知道张老师来了,拿着书跳进里屋,高兴地嚷:"张老师,你来得正好!快给我们讲讲吧!"

张老师被她拉到了外屋,几个小姑娘都站起来叫"张老师",不等他发话,各种各样的问题就争先恐后地提出来了:

"张老师,这本书我们能读吗?"

"张老师,这本书里的小流氓,怎么又惹人生气,又惹人同情呢?"

"张老师,谢惠敏说我们读毒草,这本书能叫毒草吗?"

"张老师,您见着宋宝琦了吗? 跟这本书的小流氓比,他好点儿还是坏点儿呢?"

张老师且不忙回答，却反问她们："谢惠敏为什么不来呢？石红跟她吵嘴啦？你们应该齐心合力把她拉来啊！"

小姑娘们激动地同声回答起来，吵成一片，结果一句也听不清，还是石红让大伙静下来，解释说："拉不来啊！除非现在报上专门登篇文章宣布。原来，石红刚一找到谢惠敏的时候，谢惠敏见石红工作这么积极，还挺高兴。可是一听是找一块儿去读一本外国小说，她就打心眼里反感。石红向她解释，这本书挺不错，读了对解决那几个同学的问题能有启发……谢惠敏没等石红说完，立刻反问道："报上推荐过吗？"这一问使石红呆住了，半晌才回答："没推荐呢。""读没推荐的书不怕中毒吗？现在正反腐蚀，咱们干部可不能带头受腐蚀呀！……"谢惠敏一脸警惕的神色警告着石红，不仅自己拒绝参加这个活动，还劝说石红不要"犯错误"……这把石红惹恼了，同她吵了一场，但临走时仍然拉着她的手，央告她去"听听再说"，她把石红的手拂开了。石红走后，谢惠敏激动地走出屋子，晚风吹拂着她火烫的面颊，她很痛苦，上牙把下唇咬出了很深的印子……

在石红家里，接下来出现了这样的场面：张老师坐在桌边，石红和那几个小姑娘围住他，师生一起无拘无奈地谈了起来，从《表》谈到苏联，从《表》里的流浪儿谈到宋宝琦；从应当怎样改造小流氓谈到大多数小流氓是能够教育好的，最后渐渐进到明天以后班里面临的新形势，张老师笑着问那几个小姑娘："怎么样，你们还罢课吗？"

她们互相交换完眼色，便都望着张老师，几乎是异口同声地说："不罢啦！"

张老师离开石红家的时候，满天的星斗正在宝蓝色的晚空中熠熠闪光。

用不着思索，蹬上自行车以后，他自然而然地向谢惠敏家里驰去。说实在的，当他同石红和那几个小姑娘议论时，谢惠敏无时不在他的心中；他疼爱谢惠敏，如同医生疼爱一个不幸患上传染病的健壮孩子；他相信，凭着谢惠敏那正直的品格和朴实的感情，只要倾注全力加以治疗，那些"四人帮"在她身上播下的病菌，是一定能够被杀灭的。

离谢惠敏的家越近，张老师心上的内疚感便越沉重。过去，对谢惠敏成为这样一种状态，他总觉得自己难以承担责任——他在接班不久的情况下，就向谢惠敏含蓄地指出过，不要只是学习零星的语录，不要迷信解释领袖思想的文章，要认真学习原著，要独立思考……但谢惠敏并未领悟。今天，张老师有了新的感触，他责问自己，虽然去年十月以前的那个学期里，是个乌云压顶的形势，可是，难道自己就不能更勇敢、更坚决地同荒诞、反动的东西做斗争吗？就不能更直截了当地、更倾注全力地同谢惠敏谈心，引导她擦亮眼睛、识别真假吗？……

快到谢惠敏家的门口时，一个计划已在张老师心中初现轮廓：他今天要把书包中的那本《牛虻》留给谢惠敏，说服她去读读这本书。允许她对这本书发表任何读后感，然后，从分析这本书入手，引导谢惠敏运用马列主义、毛泽东思想的立场、观点、方法去解答一系列互相关联的问题：应当怎样认识生活？应当怎样了解历史？应当怎样对待人类社会产生的一切文明成果？应当怎样批判过去文化遗产中的糟粕而吸取其精华？应当怎样全面地、辩证地看问题？应当怎样辨别香花和毒草，识别真假马列主义？应当使自己成为一个什么样的人？应当怎样去为祖国的"四化"，为共产主义的灿烂未来而斗争？……

张老师心中掀动着激昂的感情波澜。当他刹住车，在谢惠敏家门口站定时，心中的计划进一步明朗起来：不仅要从这件事入手，来帮助谢惠敏消除"四人帮"的流毒，而且，还要以揭批"四人帮"为纲，开展有指导的阅读活动，来教育包括宋宝琦在内的全班同学……他决定明天一早就去请示党支部，会获得支持吗？他眼前浮现出老曹在支部会上目光灼灼地发言的面影："现在，是真格儿按毛主席的思想体系搞教育的时候了！"他正是要"真格儿"地大干一场啊，一定会得到组织支持的！他心中又闪过了一些老师可能发出的疑问，于是，他决定，要争取在教师会上发言，阐述自己的想法：现在，我们不仅要加强课堂教学，使孩子们掌握好课本和课堂上的科学文化知识，获得德、智、体全面发展；不仅要继续带领他们学工、学农，把理论和实践结合起来；而且，还要引导他们注目于更广阔的世界，使他们对人类全部文明成果产生兴趣，具有更高的分析能力，从而成为社会主义革命和社会主义建设的更强有力的接班人……

这时，春风送来沁鼻的花香，满天的星星都在眨眼欢笑，仿佛对张老师那美好的想法给予着肯定与鼓励……

冬天里的春天(节选)

李国文

也许应该追溯得更远一点。

在石湖，只要提起一九三〇年令人心悸的汪洋大水，活着逃脱那场灾难的乡民，都会念一声佛，感谢菩萨保佑。

哦，在于而龙眼底下的石湖，顷刻间由绿变白，成了水天相接、无边无际的大海。船只可以一直驶到鹊山半坡的山神庙，三王庄成了鱼虾的宫殿。可怕的饥饿，恐怖的瘟疫和残酷的杀人越货的江洋大盗，像无情的鞭子，抽打着差不多已经奄奄一息的灾民。

真是一场浩劫啊！那股祸水疯狂地冲毁一切，破坏一切，而且久久地淹没住这块土地不能消退，可以想象那些受苦受难的人们，是怎样熬过那在死亡威胁下的日日夜夜了。于而龙至今还记得：麇集在鹊山上那些嗷嗷待哺的饥民，伸出双手，向苍天祷告："救救我们吧！老天爷！救救我们吧！"哀号声、悲鸣声、祈求声，听起来让人胆战心寒，毛骨悚然。有些上了年岁，深信不疑上苍定会慈悲为怀的老人，就趴在地下，冲着老天，一个劲儿磕着响头，有的头皮碰出了鲜血，有的撞得昏厥过去。但是老天却是以瓢泼大雨，无尽无休地倒下来，加重人们的灾难。

那时，于而龙也就十二三岁的样子，但在渔村，甚至刚刚懂事，就要挑起生活的重担。船上无闲人，往往在母亲乳汁还没干的时候，就会尝到生活的酸辛。他也曾吞咽过观音土的，那该是他第一次领受到上帝的慈悲。不过，他要比鹊山上的饥民，命运稍强一些，因为他们有条船。而那些人——天哪！于而龙把眼睛闭上了，简直惨不忍睹。他忘不了人们是怎样挤在鹊山的洞穴里，挖那种浅白色的黏土吃，又是怎样排不出便来，活活给折磨死的情景。那是一时半时断不了气的，然而人总是有着强烈的求生欲望，尽管活得那么痛苦，那么勉强，但也不愿意闭上那双眼睛。挣扎，滚扑，按着那硬得像铁块似的腹部，再也忍不住地咒骂开苍天："死了吧！死了吧！你这瞎了眼的老天啊！……"

谢天谢地——于而龙松了一口气，这些都已经成为历史了。

早些年，偶尔有一次翻到过一本《东方杂志》，里面刊登过那时灾区的照片，虽然未必是石湖，但还是马上递给了孩子，指给他们看。当时于莲和于菱，看完以后，并不觉得有什么新鲜。那个中学生不以为然地说："我以为什么稀奇，爸爸真能大惊小怪！"学美术的漂亮女儿，指着照片里泡在水中的灾民议论："我真奇怪，他们怎么毫无表情，显得麻木不仁的样子？要不就屈服，要不就斗争，这算什么？死不死，活不活！"

"行啦行啦，快吃饭吧！"谢若萍是个讲究健康之道的人，便对于而龙说："以后在饭桌上，少拿这些影响食欲的东西，给孩子们看。"

他瞪了他爱人一眼，心里想：你是城里人，倘若你要在鹊山那充满尸臭的悲惨世界里生活过一天，就会在脑膜上烙下铁印，永远也不能抹掉，那么，岂不一辈子影响食欲，该怎么办？

那本发黄变脆的旧杂志，使于而龙久久不能平静，劫后余生，痛定思痛，才知道可怕的不是灾难，而是人类束手无策的可怜，只知跪在那里把头磕得山响，祈求菩萨慈悲，可洪水照样泛滥，以致淹没了九州八府，百万生灵涂炭。可当初为什么没有力量约束住这股祸水？或者早早地消弭成灾的隐患呢？

所以等到灾难降临到头上的时候，就免不了那种麻木不仁、毫无表情的样子，那正是无能为力的表现啊！

不过那时他们弟兄俩和好心肠的妈,好在有一条船,在白浪滔天、饿殍千里的灾区里,多少算是幸运儿,而且发大水的年头,鱼也又多又肥。但也同样,人到了无以聊生的地步,铤而走险的也比比皆是。所以幸运儿也只有不至于饿死的幸运,而提心吊胆的日子,并不比鹊山上坐以待毙的苦人儿好受些。白天,他们尽可能躲得离人远些,竭力把船隐藏在树梢里,好不被打劫者发现,直到夜幕降临,才敢悄悄地打捞些什么,找些可以糊口的食物。

芦花,那个新四军的女指导员,倘若有谁问她,她究竟姓什么?是什么地方生人?她准确的年龄是多大?究竟哪一天是她的生日?……这些,她除了笑笑以外,都无法答复上来。

她唯一能告诉人的,就是从这场一九三〇年汪洋大海似的水灾开始,摆脱了奴隶的命运。

在她记事以前,就可能被卖或者被拐,离开了亲人,因此,所能追忆到的全部童年,好像除了挨骂、挨打、挨饿的无穷折磨以外,整个画面上,看不到一点堪称得上光亮的色彩。她说过,那还是于莲在她怀抱里头一回咯咯乐出声的时候,告诉老林嫂:"小时候,我不会笑,说出来人都不信,真的,那么多年,我压根儿没笑过一回。为我那副哭丧着的脸,不知被人打了多少回!"

最后,辗转换了几个主人,落到了人贩子手里,十五块钢洋是她的价格,运往上海一家纱厂当包身工去。

"什么是包身工?老实讲!"十年间猃猃的声音在耳边响起,那是亲自过堂审讯的高歌拍着桌子怒吼着。因为他觉得厂里专门成立的"于而龙专案组",搞了那么多日子,竟狗屁东西拿不出来,大为恼火,况且王纬宇那嘲弄眼光,也使他的自尊心受不了。于是他根据从夏岚那儿先搞到的一份,后来全国奉为圭臬的经验,坐镇专案组,不把于而龙打成叛徒,死不瞑目。

被缚得结结实实的于而龙,押在了一个烧得通红的大火炉子前面烤着。尽管他舌干口燥,尽管他像叩见龙颜似的不得抬头,心里却在想:"当初你高歌不去制造那种虚假的学习心得,而踏踏实实看些书的话,也不至于把包身工看成殷墟出土的甲骨文还难懂了。"

早先,于莲向他探听芦花妈妈的情况,关于包身工,无须做过多的解释,只要向她推荐一篇报告文学——唯一接触到包身工题材的现代中国文学作品就足够了。但是他敢对这些杀气腾腾的人们讲"三十年代"四个字吗?罪恶滔天,那还了得?但是沉默是不准许的,在人们一迭声喊他交代的情况下,他不得不抬起头来,朝着那个脸色苍白的高歌说:"关于这个问题,最好去问一问你们那位王老吧!"

全场大哗,差点把他塞进那只用汽油桶改装的火炉里去。就在这个时候,一张纸片从屋外传到了审判官的手里,于而龙才从老君炉里被拉了出来,除燎了一绺头发外别无损失。深夜,高歌累了,宣布散会,找他的卷毛青鬃马去了,新贵们和那些棒子队员们也一哄而散,只剩下于而龙一个人打扫会场,还要把那个炉子的煤火封住,以便明天晚上继续烤他。这没有什么可笑的,共产党员在被敌人活埋之前,不都是自己替自己挖坑吗!

那张纸片被他的扫帚从桌底扫了出来,趁着押解人员在门外未加注意的一刹那,他赶紧掠了一眼,笔迹是那样的熟悉,上面写着:"包身工有什么油水可捞?问别的。"

于而龙想:王老啊王老,你是无论如何料不着这句话,早在三十年以前,就从别人的嘴里讲出来了……

那一船挤得满满的包身工,装载密度不亚于十八世纪贩卖黑人的奴隶船。天灾和瘟疫是结伴而来的孪生兄弟,打摆子和瘪罗痧折磨着一船未成年的女奴。漫天的大水,使得人贩子连薄皮棺材钱都省了,按照水手的葬仪,念一声阿弥陀佛,往水里一推喂鱼去了。每从舱里拖出一具死尸,人贩子便呼天抢地地骂娘:"妈的,十五块钢洋攒进水里去了,包身工有什么油水可捞啊!"

历史竟会如此前呼后应地重复,难道不值得奇怪么?

大凡越是受过苦的命越硬,芦花要比所有的女孩结实些,非但不曾被病魔缠倒,而且还能体贴照顾身旁的一些伙伴。虽然谁都不认识谁,但相似的命运,使得芦花不由得不去体贴别人,只要她能帮助,芦花是从不吝惜自己的力气和同情。

船过石湖,接二连三地死去了好几个。人贩子红了眼,把一个以为是死了,但还没有咽气的女孩子,拖出了船舱,像扔一只小鸡似的,提起一只脚要往湖里扔去。

芦花从舱里爬出来,喊着:"她活着——"

"唔?"屠夫似的人贩子摸摸那个女孩的鼻孔,冷笑着:"算她命好,趁活给她放了生吧!"

"不能,不能,她还有口气。"

"你给我滚回舱里去!"他飞起一脚,把芦花踢倒在舱板上。然后,他像做了蚀本买卖的投机商一样嚎叫:"老子就爱听扔进水去的扑通一声,我一高兴,把你们统统扔去喂王八,给我升你的天堂去吧!"

他把那个奄奄一息的女孩子,摔进了波涛起伏的湖水里。可能经冷水一激,那个垂危的苦命人,从死亡的边缘惊醒过来,睁开了眼,立刻意识到马上有被淹死的危险,她恐怖地呼救,但是一张嘴,灌满了水,只是把最后一点希望,寄托在芦花身上,把眼睛死死地盯住她。

"她能活,她不该死的,救救她吧,求你们搭救她一把吧!"

那个女孩从波浪里又蹿出个头来,望着芦花,把她当做救星那样祈求和盼望。芦花看那个嘿嘿冷笑的人贩子,根本无动于衷,她自己也不知从哪里来的劲头,纵身朝湖里那个挣扎着的女孩子跳去。

人贩子登时大怒,火冒三丈地在船板上跺脚大骂:"这个找死的货!"抢过撑船的竹篙,朝着那根本不懂水性的芦花戳去。"我叫你也活不成。"

芦花终于拉住她的同伴,要不是那个船工夺住竹篙,要不是那些姐妹围住了疯狂的畜生,要不是一股汹涌的激流,把她们和船只冲开离散,芦花的故事早在四十年前就结束了。于而龙想:"高歌,也就省得你拍桌子审讯什么是包身工了。"

载着包身工和那个活阎王的船走远了,一对苦命人总算侥幸,靠一捆漂浮过来的芦苇,她们才免遭灭顶之灾。可是芦花被人贩子的竹篙,在腿上扎了个窟窿,鲜血染红了裤脚管,也染红了她俯卧的芦苇。看来,她救活了别人,自己倒付出了沉重的代价。

生活总是这样来惩治那些善良人,好心未必能得到好报,这已经不是什么新鲜事了。

亏得那天,于二龙一家早一点出来,因为船上既没吃的,也没烧的了。应该说:救了她性命的是那捆芦苇,她为什么姓芦名花,是含有一点纪念的。二龙的妈妈打算捞起那捆芦苇,好留着当柴烧,没想到芦花昏昏沉沉,神志不清,还死死地搂住那捆救命的芦苇,于是她招呼两个弟把芦花拉上船。

至于她那个同伴,倒比她早一点得了救。她就是后来被王纬宇钟情的四姐,也就是于而龙今天清晨在陈庄见到的,戴着孝花的珊珊娘啊!

他们把芦花抱上船,正是红艳艳的太阳,往西天波涛里沉没下去的时候,满天彩霞烧得通红通红,映照在海洋般辽阔的石湖上,金色的浪花不停地起伏翻滚,折射出无数道跳跃闪烁的光芒。那明亮得出奇的晚天,照亮了破旧的渔船,照亮了贫穷的船舱,也照亮了苦命的芦花。不知为什么,所有物件都涂上了一层神秘的色彩。因此,她那褴褛的衣衫,憔悴的面色,以及满是胼胝的手,和身上新的创伤,旧的鞭痕,是那样吸引了这一家母子三人。二龙娘给她梳理着发辫,叹口气说:"是个苦家孩子啊!"

芦花随即苏醒过来,也许她从来不曾被人抚慰过吧?睁开了眼,看着这一家人,没有露出什么新奇意外的感情,相反,倒像长途跋涉,历经坎坷崎岖的道路,终于回到了家,找到了归宿似的安心踏实,又昏昏沉沉地安睡过去。

从此,他们那艘破船上,又多了一张吃饭的嘴。路旁的野草,例如马齿苋,生命力就是相当强劲的,据石湖流行的传说,甚至神圣的太阳,也曾在它肥厚的叶子底下,躲避过敌人的袭击,所以太阳不得不允诺它,越晒,长得越旺盛,越旱,活得越结实。它真不愧为植物界的一位强者,踩倒了,伸直起腰,压弯了,挺立起头,即使在冰雪的积压下,在寒冬的淫威里,它根部也是绿莹莹的,带着青春的气息,而且嫩芽新叶,正等待着破土而出,芦花,就这样奇迹似的活了过来。

于而龙想起她第一次真正的笑容,当他们弟兄俩像两只鱼鹰合伙从湖里捉上一条大鲤鱼,扔给坐在后梢的芦花时,她嘴角和面颊不自然地抖动着,大概她果真不会笑,先是有些发窘,但终于似笑非笑,露出牙齿,粲然地漾出两个旖旎的酒窝。而她依旧软弱的身子和那未愈的腿伤,按不住那条活蹦乱跳的鱼,又怕它蹦回湖里去,于是求援地喊叫:"快来呀! 哥——"从此,她那格格的笑声,使狭小的船舱里,充满了年轻女性的生气。

他记得,他女儿听到这里,曾经露出一丝疑惑的眼神,纳闷地询问过:不是说大灾之年生活艰难么?不是说勉强糊口的日子都混不下去么?凭空添一个闲人,究竟为了什么?

应该怎样对他女儿讲呢?这是所有做父母为儿为女的本性啊!男婚女嫁,是上一代人义不容辞的责任。穷人有自己的算盘，儿子终归是得娶媳妇的，在盛行溺婴——特别是女婴的陋习恶风之下，娶亲不是那么容易的。因此，添上一个吃饭的童养媳，总比花上彩礼，正经八百地说媒下聘，要经济划算得多。

芦花的童养媳身份，大家都知道，她心里也有数，但将来长大了，究竟是大龙的媳妇，或者还是二龙的妻子，一直也是糊着层薄纸，谁也不去捅破。然而事情摆得清清楚楚，最终她是属于老大的人。但二龙妈并未点明，这样，一直维持到她去世时为止。

难道可以责备饱尝人间酸辛的母亲么？在她心中，不论哪个孩子，都能在那宏大的胸怀里，博得一个公平的位置。自然，二龙娘在临死前，那番深思熟虑的话，有她自己的心曲，一是于二龙和四姐，无论是真是假，也不管人家早有悔亲之意，总是换过庚帖；二是于大龙那沉默内向的性格，一个老实巴交的人，恐怕难得人家肯把女儿给他。所以才在生命的最后时刻开了口："芦花，你要是不嫌这个家穷，你就跟大龙成亲，顶门立户地过下去吧！"还没容芦花答应，她就闭上了眼，溘然去世了。

做母亲的会没看出来么？共同生活在船舱那样狭窄的天地里，又不是深宅大院，绣阁闺房，什么能逃过当妈的眼睛，她会不明白芦花心里有谁？然而，手心是肉，手背也是肉呀，她当然要于大龙多多着想了。

芦花起心眼里难以首肯，但也无法表示异议；于二龙当时认为她至少是打算接受既成事实。那一阵子，她就像现在带上直升飞机里来的一篮鲜花，开始有些发蔫，有些枯萎。再加上还不清借下的棺材钱和失去平衡的生活，弄得芦花一点兴头都打不起来，只是坐在舱里给那个必须要离开这条船而远走他乡的人纳鞋底，用锥子狠狠地扎着。然而，她不敢鼓起勇气表白，更缺乏力量作出决断，因为她终究不是喝石湖水长大的。

要是石湖姑娘的话，早就和心上人双双飞走了。

所以那时候，水上人家是很遭正人君子物议的，于而龙记得有一年春节。四姐家求识字的先生写了副对联，贴在船舱门楣上，结果不论停泊在哪个码头上，都会惹起人们的哄笑，引得许多人驻足看热闹。后来，四姐全家才明白那位调侃的先生骂了他们：上联是"伤风败俗船家女"；下联是"寡廉鲜耻捕鱼人"；横批是"石湖败类"。气得姐儿几个，七窍生烟，但也只是骂一顿扯掉了事，谁让自己一个大字都不识呢！

那时，于二龙也不过十五六岁吧，其实他有何相干呢？两家那时还没换帖嘛！但于二龙打听到那个写对联的先生住处，隔了不久，正是黄鳝该上市的时候，他也裁了两张红纸，求写对联去了。那位先生看见满满一篓游来游去的鲜活礼品，作为润笔，来不及地答允了，立刻磨墨准备动手提笔写。

于二龙告诉说有点事，回头来取，扬长走出门去，因为他实在憋不住，差点要笑出声。当然，他是不会回去取的了，装满一大鱼篓的，哪是黄鳝哦！而是几十条花花绿绿，粗粗细细的水蛇，赤链蛇，青竹标，以及几只大癞蛤蟆，足够那位先生恶心半个月的。

据说，后来是四姐自己提出这门亲事的，她挑中了这个有正义感的年轻人。其实她和芦花一样，都是大水漂泊来的，但她多少有着石湖姑娘那大胆放浪的性格，也许是她那几个风流姐姐熏陶出来的吧？

恐怕直到如今，石湖姑娘的感情，也比较地要丰富些，就那个声称要去赎罪的女孩子，于而龙从她漂亮动人的眼睛里，看到多少溢于言表的大胆神情，是多么敢于表露自己啊！

可是，芦花，一直到参加革命以后，才在那一天，在沼泽地，在雾蒙蒙的雨里，在那丛扇状的灌木林伫立的时候，终于感情爆发地对于二龙说："谁也不要折磨自己了，我是你的……"

也许因为她太想讲出心里憋了多年的话，非讲不可了，逼得她无法再不表态了，所以见约定来接的摆渡船，总不出现在烟雨缥缈的湖面上，便说："走吧，二龙，咱们绕点远吧！"

"万一要来了，不见我们又该着急了。"

那是中心县委的领导干部，来参加的一次地下党委会，也是一次决定命运的会。

芦花望着满天的细雨，催促着："走吧，谁知那些人怎么搞的？船还不来！"

"再等等看！"于二龙坚持着。

"你真是像俗话说的那样：傻汉等老婆！"说到这里，她可能发觉到这句话运用得不那么妥当，扑哧笑了，连忙改口："好吧，你要等就不勉强，我可情愿多走两步，看谁先到吧？"她抖了抖蓑衣上的水珠，吧嗒吧嗒地走了。

她已经走出好远，湖面上是洋洋洒洒的冷风斜雨，水鸟的影子都瞅不见，于二龙踌躇了，便招呼着："芦花,等着我。"紧走两步追上去。

也许是侥幸,他俩算是免去落入敌人兜捕的网里,那时,人们的斗争经验还差,对于渡船未能按约而来接应,竟一点没引起警觉,好像万无一失,绝不会出事似的。其实,城里的鬼子和那时还不是汉奸的王经宇,彼此默契地从两个方向朝沼泽地摸过来,企图一网打尽,扑灭石湖刚刚燃烧起来的革命火焰。

经过最初的较量以后,措手不及的反动阶级开始反扑,他们凭借人力、物力、甚至心理上的优势,来围攻小小的石湖支队,革命进入了第一个艰难的低潮期,那已是一九三九年的事情了。

芦花边走边问:"二龙,上级会不会叫我们扯下红旗,散伙拉倒,回家当老百姓去7"

"凭什么?"

"我想也不能吧!"

这个把生命都曾献进去燃烧的神圣的火,是无论如何也舍不得叫它熄灭的。可是,在那青黄不接的梅雨季节里,哦,抗日游击队的苦难岁月,可不大容易熬呀!于二龙是一队之长,他不怕人们的米袋子瘪下去,而是怕老林哥脸上的笑容开始消失,那简直是最恐怖的不祥之兆,意味着灾难就要降临。因为他生性乐观宽心,从不发愁,即使前脚迈进地狱的门槛,人们也相信他还会哼着轻快的小曲。只要有半点指望,他脸上也绝不会有阴影。如今,不但无米下锅,甚至他的火镰火绒,也都湿得捏出一把水来,那个连火种都失去了的春天,实在令人心寒哪!

游击队员拖着沉重的脚步,和缠在脚板上的大团黏泥,裹着湿漉漉的衣衫,和透心的凉气,使队伍越走越吃力,越缓慢,敌人也越是容易接近,总是盯着屁股紧追不放地袭击着,围剿着。他们从这个村,转移到那个村,有时候,村边都不敢沾,因为那里难找到可以藏身立脚之地,谁让他们是一支缺乏群众基础的队伍呢?只好在芦苇丛中,荒草滩上,灌木林里,湖心的岛子找地方宿营。冷哪!尽管那不是冬天,却比冬天还冷;直到后来,他们悟过这个道理来,把心和老百姓贴在一起,才明白真正的春天,是在人民群众中间。

缠绵不断的梅雨,说大也不大,说小也不小,它不是下在人们的身上,而是下在同志们的心里。游击队长会不知道么?凉丝丝的一大块在心口洼着,那是什么滋味?顶好喝上一大碗热面糊,使浑身发霉长锈的关节缓解开。但是办不到呀,纵使有了干柴,找到火种,一旦举火冒出了烟,鬼子的汽艇和讨伐队,王经宇的保安团就会赶来的。

艰苦的岁月对人的意志是严峻的考验,队伍愈来愈短,有的人打个招呼告辞了,不干了;有的人吭也不吭一声,悄悄开了小差;有的人甚至拖枪叛变,投降王经宇去了。加上负伤的、生病的不得不离队的人员,于是剩下的几乎清一色都是参加较早的老同志。好像是个规律,在队里呆的日子越短,离开得也越早,唯一的例外,只有一张不曾动摇的新面孔,那就是王纬宇。

尽管那个高门楼公鸭嗓管家,肩负王经宇的使命来找过他,希望他回去,不要跟渔花子混在一起,并且不念旧恶,原谅他把老兄打得落花流水,狼狈败窜,寄人篱下的往事。但王纬宇却把这个公鸭嗓绑来,交赵亮和于二龙发落。

"搞啥名堂?"于二龙并非一点警惕心理都不抱:"也不能扒开肠子看看,他到底是真情,还是假意。"

梅雨季节下得人心烦意乱,雨一阵密,一阵疏,以致人的心灵也成了阴沉彤彤乌云密布的世界。芦花又问:"说不定会把我们调别处去,例如去滨海,跟老江一块干。"

"谁也揣摸不透上级的心思……"

她望着苍茫混沌的石湖,惋惜地说:"就这么丢手走了,真不甘心,好不容易开了个头。"

"谁不是呢!热土难离啊!"

她突然激奋地说:"我就不信,石湖这么大,会没有我们容身站脚的地方。二龙,咱们跟上级提出要求,订下保证,你看行不行?"

"老王也表示过这个意思。"

"他?"

"只是随便一说。"

"说些什么?"

于二龙告诉芦花:"他意见是尽量争取留下来,不要离开石湖——"其实王纬宇谈得更加透彻些。他晓谕地说："一旦离开本乡本土，好比寄居在亲戚朋友的家里，无论人家待你如何好，拿你不当外人，总不如在自己家里那样方便自由。"于二龙知道芦花对他怀有一种偏执的心理，并不曾讲出来。

芦花很不客气地追问："他什么时候对你讲的？"

"昨儿下午。"

"你跟他讲了今天在沼泽地开会的事？"

"哦，看你，我会这点密都保不住？"

"那他怎么晓得我们要研究决定的问题？"

"他是个聪明人——"

"不，我看他这两天老找大龙。"

"别疑神见鬼啦！"

芦花高声嚷了起来："还是我那句老话，七月十五，日子不吉利啊！"

农历七月十五，也叫盂兰节，在渔村，认为是鬼魂的中秋节，是所有亡魂死鬼的节日。王纬宇就是在这一天，加入石湖抗日游击支队的。

"别迷信啦，人家不是一直到现在，还跟咱们一块吃糠咽菜吗？"

"好好，算我没说。"

这是他和他妻子一辈子唯一谈不拢的观点，对于高门楼的二先生，他俩总是谈崩。不是那个于而龙从来不相信的噩梦，就是这句成了口头禅的话："七月十五，日子不吉利啊！……"

其实那只是偶然的巧合。但偏偏却在那一天的傍晚，王纬宇来了，要和渔花子一块抗日。

突然袭击是他的拿手好戏，包括他搞那些花花绿绿的勾当，也是这种手段；现在，他招呼不打一声，坐到他们几个人的对面来了。他以直言不讳的坦率，单刀直入地——他从来不怕在最难处下笔做文章，对游击队几位领导人慷慨陈言："诸位也都明白，我是走投无路，只好找你们共产党的游击队了。是啊，不管怎么讲，我跟在座的打过几回交道，肯定，不一定能相信我是真心实意。可大伙都了解我家的实情，那时有我身不由己的苦衷，得罪各位，并非我的本意。现在，我倾心情愿来跟大伙一块抗日，要把这一腔子血贡献出来，这片心我也没法剖给你们看，就看诸位敢不敢收留我；点头，我就留下，不点头，我马上抬腿走，决不叫你们为难。"

那时候，一九三八年的秋天，经过最初两个回合的胜利，算是一个初创的兴旺时期，再加上国民党准备撤退，日本鬼子还未进犯到石湖的空隙，石湖人民的抗日活动，有了一个意想不到的好开端。即便如此，要动员一个群众，豁出身家性命参加游击队伍，总是费一番口舌，然而他，高门楼的二先生，不请自来，主动上门了。可怜当时支队的四位党员，赵亮、老林哥、芦花和于二龙，竟不得不请他略为等一等，让他们研究商量一下。

王纬宇像一位老师似的，睨视着四位回答不出问题的学生，那眼光仿佛在说："好吧，我就恩准你们交头接耳，议论一番吧！"他背着手，踱了出去，在屋外打谷场上，抬头观看秋色葱茏的鹊山。

鹊山上的枫叶正红，在绿水中的倒影，也像燃起一堆火，上下交相辉映，越发衬得那慈祥的老人，红光满面，喜气盈盈。它透过窗棂，看着四个苦苦思索的党员，很同情他们，这道题也确实不大容易演算。说来惭愧，那时他们的政治水平低，马列主义不多，全凭着朴素的阶级感情和一股血气方刚的勇气，在干革命罢了。赵亮要比其他三个人有见识些，他到底是在江西苏区待过的嘛。但他懂得三张反对票的力量，贸然付诸表决，肯定不会有人赞同他的；因此，那个车轴汉子提议：理一理王纬宇怎么走上抗日道路的头绪。

"账是再好算没有。"老林哥掰着手指头："老子死了，没了后台，四姐嫁了，没了指望，钱柜封了，没了活路，白眼狼翻了脸，逼得他上了梁山。"

肥油篓子一死，王纬宇确实是厄运开始了。

于二龙从冰洞下攀死捉到的那条红荷包鲤，并没给王纬宇带来吉祥如意。因为城里那位千金的长相和那身材，总使他联想起倭瓜；造物者喜欢搞些恶作剧，在给予财富权势的同时，也给予一副丑陋可憎的嘴脸。尤其是王纬宇怀抱里有了那个美人四姐以后，就更不愿意牺牲自己的幸福了。

王敬堂在他两个继承人中间，偏爱是比较明显的，除了嘴角的阴鸷和残忍外，两兄弟毫无共同的地方，一个眉宇轩昂，身材魁伟；一个精神委琐，瘦小枯干，因此，王纬宇更得老头子的欢心些。尽管他非常支持大儿子扩充保安团，开拓新地盘的雄图大略；但小儿子对和亲政策不肯俯就，溺爱的父亲也不得不让步，只好以"缓议"二字，暂时平息了兄弟间的不和。

但是，此刻躺在停尸床上的肥油篓子，无法来支持王纬宇了。于是乎急不可待的保安团司令，在来不及收殓的情况下，要迫使王纬宇就范了。

"听着，老二，婚事不能无限期地拖下去，你得明白。"

王纬宇料到会有这一手："你还是赶快去请郑老夫子，给爸做祭文，你先少操心我。"

"我打发人叫去啦！"

"哼！一个秀才怕不是随便叫得来的吧！"

"看他长没长那分胆子，敢违抗我！"言语中自然也是借机敲一敲失去后盾的王纬宇。

果然，去叫的人空手回来了："老东西讲：'我一不是高门楼的佃户；二不是三王庄的渔家，对不住，没那工夫奉陪！'碰了个钉子，大先生。"

"混账，拿我的名片，摇条体面的船去，把那老货弄来，别神气活现，会有叫他买账的一天。"

王纬宇知道他指桑骂槐，哼了一声。

在他们那种门第里，正出和庶出在名分上有着很大差别，好像王纬宇的生母，也是个使女之流的可怜人，所以现在王经宇更加有恃无恐地要收拾他老弟了。

于而龙记得他刚来游击队的时候，有时闲谈，他说他的血管里，也流着奴隶的血液。芦花还曾悄悄地问过："二龙，我怎么不明白，一个人的血，分有好多样的？"

"鬼知道，他的那些学问。"

正是由于他的学问，使得白眼狼不得不慎重地对待，而安排了一个圈套，让王纬宇慢慢掉进去，不能自拔。爱情是盲目的，那个四姐也陪着坠落毂中，成为一个真正的牺牲品。

谁也不知道珊珊娘，是怎样度过整整四十年的漫长岁月？那额上的皱纹，头上的白发，脸上的愁容，可见她的生活过得并不那么惬意。根本谈不上什么幸福，也许是在幻想和等待中，消磨掉一生的吧？

对于这位阶级姐妹，于而龙或是芦花，就不负一点责任了吗？赵亮曾经说过，她也是无产阶级，不过是一个被腐化了的无产阶级。当那艘装粮的船折回头驶往三王庄的时候，在船舱里战战兢兢的四姐，和那个小石头有什么两样，只不过劫持的形式不同而已。当时只消一句话："回来吧，跟我们在一块吧！我们不会多你一个人的。"尤其是芦花，她曾经救过四姐的命，她要坚决地把手伸向她的话，四姐该不会是今天早晨，他见到的珊珊娘的样子了。

但是芦花恨她，并不是因为她和于二龙订过亲，纯属女性的嫉妒心理，不，而是咒诅她瞎了眼，抛弃了于二龙，竟投入了与芦花不共戴天的仇敌怀抱里。

四姐在十五六岁的时候，或许对那个英俊的年轻鱼鹰，石湖上赫赫有名的神叉手，流露过一点少女的慕恋。但那是一个腐蚀灵魂、消融意志的社会呀！在她前面二个声名狼藉的姐姐，嫁的嫁了，跑的跑了，私奔的下落都不明了，对她，怎么会有良好的影响呢？因此，一个出息得像支粉荷似的姑娘心里，于二龙，那个年轻穷苦的渔民，占的位置就愈来愈小了。

偏偏这个时候，王纬宇一脚踏上了她家的船。

在那狭窄的船舱里，四姐一下子就被神色懊丧，而由于吵架显得激动的王纬宇吸引住了。他们之间的鸿沟，至少相隔得有一百个石湖那么阔，但是，爱情的小鸟可不在乎，扑棱着翅膀起飞了，她的心在扑腾扑腾地跳动，只不过瞟了一眼，她觉得自己心里，印下了他的影子。

恐怕那影子一直存留到今天吧？

王纬宇并不曾注意后舱里，还有双注视他的眼睛，直到伸过来一双白皙的手，端着一杯盖碗茶，才看到坐在身后，只隔一层舱板的四姐。

她羞羞答答地说："请喝点茶吧，二先生。"

如果说：刚才在县城里见到的那位千金，是块难以消化的大肉团子，那么眼前的船家姑娘，该是酥嫩可口的奶油点心了。一个漂亮点的女性，脸庞上会自然地散发出一层光彩，小小的船舱里，充满了温暖、舒适、宁静的感觉。他看得出她虽然有些羞涩，但并不回避，像所有船家姑娘一样，那大胆的，多少有些撩拨的笑吟吟的眼光，在探索着他的心。

四姐脸上的笑靥，钩住了王纬宇的灵魂，县城相亲之行，犹如在沙漠里长途跋涉，感到空虚和寂寞。现在，船舱如同绿洲，四姐的笑脸仿佛一汪清泉，他真的感到口渴了，揭开碗盖，七枚红枣在碗里晃动。

呵，乞巧同心，每一个时代有它不同的表达爱情的方式。王纬宇刚刚端起杯子，就觉得自己有点醉了。

但是，他们俩的爱情，却是在另一双豺狼般的眼睛下进行的。王经宇有意放松门禁，准许一个船家姑娘进出高门楼，而且也不干预他兄弟的开销，关照公鸭嗓的账房先生："老二愿意支多少钱，就由他支。"

女人的虚荣心，好比狐狸身上美丽的毛皮一样，往往因此倒坑害了自己。四姐从来也不曾在物质上、精神上这样得到满足过，何况是在那样一个狭窄天地里成长起来的女性。她的奢望、她的渴求、她的向往，对以高门楼账房为后盾的王纬宇来说，确实是轻而易举地就能办到的。

此时，那条鱼鹰在她心里已经不占任何分量了。

也许她完全明白那是短暂的幸福。是注定要付出沉痛代价的幸福，然而她却要恣意尽兴地去爱，去笑，去欢乐，去享受……很可能在笑之后，紧接着无穷无尽的痛苦，也比不痛不痒地度过一生，要活得更火爆些、炽热些……

爱情蒙住了她眼睛，金钱是可以打开所有门户的钥匙，再加上王纬宇那海盗般突然袭击的手段，使她猝不及防。这样，她像所有轻率地失身少女一样，难免要尝到那种爱情的苦痛果实，她发现自己怀孕了。

王经宇终于等到了这一天，他老弟的把柄被他抓到了手，"由不得你不服帖"。就在停尸的花厅里，用哀的美敦式语言说："做出这种败坏门风的事，老二，你该懂得怎么办的！当然，我们不一定非按家法办不可，但必须要妥善处理。唯一能补救的万全之策，只有尽快地成了县里那门亲事。"

王纬宇轻轻一笑，身边有个死人躺着，是笑不起来的；但他还是笑了，此时此刻，要不泰然自若地笑笑，是示弱的表现："漫说我不赞同那门亲事，就打我满心满意高兴，爹的尸骨未寒，马上娶亲成礼，说得过去吗？"

"你们可以到上海去结婚。"

"什么？"他没料到他哥会有这个鬼点子。

"我看你也不必守七了，女家也是同意了的，依我说，早办早了，明天就可以启程动身。"

"你想得倒美——"王纬宇吼了起来。

正好，被人磕头作揖，千不是，万不是赔情说好话，请了来的郑勉之，大摇大摆地被礼让到花厅里。

"……二位贤契，我既不是会看风水的阴阳先生，也不是能嚎得两声的哭丧婆，找我来顶个屁用！"

别看他是个秀才童生，倒是个喜怒笑骂皆成文章的骚人墨客，他不大遵古制，不大喜欢自己营垒里的人，所以一辈子也不曾吃过香，可以说是终生潦倒。原来请他去编撰县志的，偏又不肯歌功颂德，当一名乖乖的御用文人，得罪了有头有脸的人家，干脆连县志都停办了。他自己两盅酒后，有时也叹息："我怎么就不能把笔杆弯过来写呢？""勉之先生请上座！"两位泣血稽颡的孝子，在蒲团上跪了一跪，算是尽了一点苦块之礼，然后把死者弥留期间的遗愿，表达了出来。

说来也可笑，跺一脚石湖都晃的王敬堂，临死前，一定要儿子请秀才先生来做一篇呜呼尚飨的祭文，而且还要老夫子戴上顶子给他点主。谁知是他的可笑虚荣，还是由于作孽多端的胆怯，害怕阴司报应，需要一个有功名的前清人物给他保险？坚持要儿子答应以后才闭眼的。偏偏板桥先生的后裔，是个不识抬举的穷骨头，那是何等光荣，何等面子的事？就拿夏岚来讲，自打进了写作班子以后，立刻开口上头，闭口首长地神气起来，还做了件"娘子军"式短袖褂子，裹住那略显丰满的身体，在报纸第三版上，张开血盆大口，看谁不顺眼，就咬上一口。子莲直到今天还蒙在鼓里，那篇点了她名的评论，实际是夏岚的杰作，这正是"饶你好似鬼，喝了老娘洗脚水"，她算抓住了这个好差使，风云际会，甚至红过了王纬宇。但是老秀才却奇怪地问道："为什么偏要我写，难道我郑某做的祭文，是'派司'，可以通行阴间？"

一个秀才敢用洋泾浜英语，比画印象派更大逆不道。

孝子连忙说："家大人一向仰慕老夫子的道德文章。"

"两位佥少爷休多说了，老朽也明白了，至于做篇祭文，本非难事，不过，你们是知道的——"

王经宇以为老东西趁此敲笔竹杠："放心，我们心里有数，老夫子是一字千金……"用现在的话讲，就是稿费绝不会少，对你这样出了名的作家，文章无论优劣，总会刊登出来，总会给个好价钱的。

"正是一字千金，所以我才说，你们还是另请高明吧！"

"那怎么行？先考的遗愿吗！"

"一定要我写？"郑勉之追问了一句。

"当然当然！"

"那好，写好写坏可怪不得我。"

"那是自然，请！"

郑老夫子被请到书斋里，进行创作去了。这里弟兄俩接着打嘴巴官司。其实，没有仲裁人的裁判，胜利永远属于力量占优势的一方，现在，王经宇是猫，王纬宇是鼠，结局已经揭晓了。

"怎么样，如此了结，你以为如何？"猫问。

王纬宇想不到他老兄这手不留余地的"逼宫"，当然，他不能俯就，但要试一试对方的实力，突然把话延宕了一下："我倒是很想去上海。"

"好极了！"喵呜喵呜的猫恨不能去亲一口那只相貌堂堂的老鼠。

王纬宇告诉他："但不是你想巴结攀附的那一位。"

"谁？"其实猫也是多余问的。

"我只能跟你看不起的下贱姑娘结婚！"王纬宇宣布："我们走，离开石湖，到上海去！"

他以为他哥哥一定会暴跳如雷，但王经宇毫无动静，奋拉着眼皮，好像对躺在那里的王敬堂尸首讲："你是再也跳不起来了，不信，你就试试看……"。

郑勉之行文作画，一向是才思敏捷，不费踌躇的。据说，他画他祖先郑板桥爱画的竹子，甚至一壶酒还没烫热，洋洋洒洒，像泼墨似的，一丛乱竹跃然纸上，生气盎然。哥儿俩的架还打得没告一段落，祭文已经做好送来了。

"老夫子呢？"

"掸掸袖子，走了！"

"唔？"王经宇一看那篇记载他老爹一生行状的"暴露文学"，气得他两眼发黑，"什么祭文，妈的，这老婊子养的——"恨不能从他老子尸首身上跳过去，把那个胆敢顶撞保安团司令的老货抓回来。王纬宇接过一看，哪是祭文，活像法院的判决书，什么为富不仁啦，鱼肉乡里啦，盘剥平民啦，蹂躏妇女啦，气得他把一笔潇洒的板桥体书法撕个粉碎。不过他没有暴跳，而是冷冷地说："先礼后兵，用船送回去。"

先礼后兵，无疑给他哥一个信号，王经宇哼了一声："敢欺侮到我头上，不给点颜色看看，不行。"他禁止派船。

"办丧事要紧，量他一个老梆子，往哪儿跑？"

最后，船既没有派，但也没有抓他回来，老夫子在大毒日头下走回闸口，要不是遇上于二龙，差点中暑死去。但是，那弟兄俩的争吵，并没有结束。

高门楼的盛大丧事告一段落以后，王经宇回到陈庄区公所，派人把四姐的醉鬼哥哥找来，慷慨地给了一把票子，要他尽快地找个人家，把四姐打发出去，要不然的话……

手里的钱，和区长铁青色的瘟神面孔，老晚尽管满心不乐意，也无可奈何地屈从了。

王纬宇也在做和四姐去上海的准备，但奇怪的是账房那里，大宗钱再支不出来，公鸭嗓给他打马虎眼，三文两地对付着。他终于明白底里，现在除非把王敬堂从祖坟里起死回生，谁也无法使王经宇改变主意："好——"王纬宇嘿嘿一笑，阴森森地在心里说："等着瞧吧，我不会让你自在的。"

他还来不及琢磨出一条报复的妙计，失魂落魄的四姐，倒先来报告噩耗，说她哥哥已经给她找了婆家，而且马上就要娶亲过门，真是晴天霹雳，望着心都碎了的四姐："你怎么才来？"

"家里不许我出来，这里不准我进！"

他立刻悟到是他老兄釜底抽薪的伎俩，喃喃地自语："好极啦"

四姐瞪大了眼睛，恐惧地看着他。他知道她误会了，赶紧抓住她手："你别怕，我马上去陈庄找他。"

"要不是那赘住我心上的肉，我恨不能——"她扑在了他的怀里，凡是落到了如此境地的软弱女性，通常都是想到了死，因为觉得死比活着受屈辱要容易些。

王纬宇到了陈庄，没想到他哥倒是笑脸相迎，活像猫看着落到自己爪牙之下的老鼠一样，劈头就说："老二，人不能太痴情，事情总要有个适度。"

老鼠开始反抗，决定朝他的虚弱处下刀："甭提那些啦，咱俩言归正传，分家吧！"

"喝！"正在倚仗雄厚财力开创事业的王经宇，不禁赞叹他老弟出手不凡，"这步棋走得不俗！"一只老鼠，霎时间长得比猫还要大了。"那你准备打几年官司？"

"你打算打几年，我奉陪几年，我在大学时旁听过两年法律课，研究过几天《六法全书》。"

"为了一个女人？"

"不，为了我这口气。"

"你以为分了家，就能达到目的？好像你还蒙在鼓里，那女人已经变了心，而且马上就要嫁人啦！"

"不要要把戏啦，你这招棋太臭！"

"那是我成全你的名声，老二，那些船家女人，是惯于栽赃的，把不是你的孩子，硬说成是你的。"

"你胡说八道。"

"谁能担保她只有你一个相好的，就是天天守着的妻妾，还难免偷人轧姘头，何况那样一个水性杨花的船家姑娘？"

他相信四姐对他纯真的爱情，但是在他以前呢？夏娃早在伊甸园里就受了诱惑……他记得四姐说过，她的那些放荡的姐姐，是怎样脱得赤条条地，钻进夜幕笼罩的湖水里，悄悄去和情人幽会，船上人家的声名啊……

"那些朝秦暮楚的女人，钱，不光光买她们一张笑脸，老二，别糊涂油蒙了心。"王经宇还很少如此语重心长地，和他剀切地谈过："分家，与我有损，与你无益，现在只有寻一个两全其美的办法，才能不伤彼此和气。城里的亲事，不错，固然是为了我，从长远看。还是为了你，有那样一个靠山，女婿等于半子，将来你可以大展宏图。而船家姑娘，咱们也不妨明修栈道，暗度陈仓，我已经派人告诉她哥，找一个不成材的女婿，让他当活王八就是了。至于城里那位小姐，大户人家出身，终归要贤德些，识大体些，怕不会那样争风吃醋，你不觉得可以试一试吗？"

老鼠变成了多疑的狐狸，而怀疑是一味致命的毒药。

王纬宇动摇了，他尝试走一条捷径，心里正在想着："我得跟她商量商量！"但他哥看出了他的迟疑，问道："什么时候能给我回话？可不要太拖了！"

"明天吧！"他卓有把握地说。

但是，四姐想不到等了半天，却是一个尴尬苦痛的结果。石湖上的姑娘是大胆的，甚至是放纵的、毫不顾忌的，可那是水底里的云彩，一个浅浅的浪花就打散了。但是，真的爱起来，拼出性命也在所不惜，那可是翻腾的暴风雨中的石湖，一种惊心动魄的爱。她怎么能甘心过忍辱负重，苟且偷安的奴性式爱情生活？怎么能从别人的杯子里分得一口残羹？不，石湖上有多少姑娘，为了打断锁链，为了冲破束缚，悄悄迈出船艄，和情人远走天涯海角，她的一个姐姐，就那样一去了无影踪。

她对王纬宇哭着说："只要你舍得，咱俩飞吧，不管飞到哪，哪怕我去一口一口讨饭，我也能养活你……"

这是一个女人嘴里说出来的话呀！

即便如此，王纬宇仍然摇头："那不是闹着玩的，四姐，听我的，忍了吧！"

四姐，一个石湖上充满炽烈爱情，而且渴求真正爱情的女人，从他怀里挣脱出来。"你说什么？"

王纬宇向她保证："我永远一片真心给你，只给你。"

也许这并不是石湖女人的特有性格，在爱情上，要么全有，要么全无，在这个问题上，所有女性，是谈不到温良恭俭让的。

爱情是自私的，自从产生爱情以来。

"你上哪儿去？四姐——"王纬宇喊着。

那个需要纯真的全部的爱情，半口气都不能忍的四姐，头也不回地走出了高门楼。

王纬宇急匆匆地追赶离去的情人，紧接着就是生死诀别的场面。

谁知道王纬宇怎么居然会萌生死的念头？也许是一时愚昧而寻短见，也许是被哀伤的四姐所感动，那些属于王纬宇心底的奥秘，是贴上了封条，永远禁锢在不见阳光的角落里，谁也不可能获悉的了。

但是，那个花朵一样的四姐，一个可怜的被腐化了的无产阶级，怀有三四个月的身孕，而且马上要嫁给一个烂浮尸式的男人，死的念头是相当坚决的。她让王纬宇捆住了自己的手，哪怕稍为会点水，都必须这样才能被淹死。然后，她又扑在了王纬宇的怀里，哭着，贴着，亲着，直到远远地有了追寻他们的动静时，王纬宇才闭着眼睛，咬咬牙说："搂住我，咱们一块跳湖自尽吧！"

他们俩这场悲剧的高潮，只有一个人看得清清楚楚，那就是芦花。

她是听了赵亮那句发自肺腑的呼声："我们不能不管她！"特地跑到三王庄来的。阶级的心灵总是引起共鸣，这句话使她想起了波浪滔天的石湖，都是被买去当包身工的可怜人嘛！尽管她不喜欢四姐那粉白的脸，细嫩的手；不喜欢她那身打扮，那身穿戴，但决定还是来找她，因为听说她又来高门楼找王纬宇了。

芦花真想当头猛喝一声："我的好四姐，你别糊涂，他是拿着你看不见鞭子的人贩子啊！你还不醒醒啊！……"

凑巧，正是四姐从高门楼里彻底绝望冲出来的时候，芦花喊了一声，她不答应，也不理会，拦她一下，拉她一把，偏又没有截住。

那个怀着必死之心的船家姑娘，已经对生活、对人生、对世界不发生任何兴趣，毫无留恋牵挂之心了。

"四姐……"芦花冲那个死不回头的女人悲愤地喊，她本想追回那个可怜人，但是王纬宇从她面前急匆匆地穿过去，神色仓皇、气急败坏地追撵着四姐，芦花只得放慢脚步走过去。当然，那位高门楼的二先生，并不知道关键时刻会出现个第三者。

"你活着吧，让我死……"那个哀哀欲毁的女人，在生命的最后时刻，还甘心情愿地为所爱的人做出牺牲。

"不，咱们生不成双，死也成对——"

四姐怀着感激的心情泣诉着："有你这句话，我死了也是倾心乐意的，你留在世上吧，逢年过节给我烧两张纸。我，走了——"

她挣脱出王纬宇的怀抱，往湖滨大堤跑去。

"四姐……"王纬宇追上去。"咱俩一块走！我也不想活啦！"

两个人先是难分难舍地搂抱，然后，紧紧拉扯着，从陡峭的堤上朝石湖跳去。四姐，捆绑住双手的船家姑娘，半点犹豫都没有，纵身跳进了那水色青白的湖中之河——塘河里去。

王纬宇在最后一刹那，也不知是贪生怕死的欲望控制住他，还是压根儿就不想兑现诺言，他在大堤的边缘，要跳未跳的时候，身子晃了两晃，保持住平衡，站稳了。可耻啊，他背叛了那个为他献身的姑娘。然后，他失了声地没命地呼喊："救人哪！快来救人哪……"

也许这是芦花亲眼目睹的事实，所以她一辈子都对王纬宇投不信任票。她那明亮的眼睛，清澈如水，望着那三个党员问道："共产党讲不讲良心？"

"良心？"赵亮琢磨着这个和革命似无关连的字眼。

"是的——"芦花问："一个没良心的人，咱们队伍能要吗？"

按照共产党人的道德观点，良心这种东西，是属于感情范畴的，而衡量感情的标尺上，往往缺乏理智的刻度。从道义上讲，王纬宇应该跳下去，但是，他要是真的随四姐而去，岂不是加倍的愚蠢了吗？这种没有必要，毫无价值的自杀，究竟有什么意义？然而，良心，却是一个砝码，一个相当重要的砝码，十年来，不是有那么一些人，完全抛弃了自己心中的砝码，而干了许许多多丧尽天良的事。

赵亮也不知拿这个"良心"怎么办？只是同芦花商榷似的问着："让我们留下他来看一看，好吗？"

芦花眼里又闪出了于二龙熟悉的，"我要杀死他"的仇恨光芒，她坚决地："就冲他杀了小石头——"

就在这个时候，从三王庄方向传来了密密的锣声，越敲越紧，打断了他们的磋商，走出屋来，只见一股浓烟，冲上天空，烟下是吐着火舌的光亮，还隐隐约约听到嘈杂的人声："走水啦！走水啦！快来救火啊……"

老林哥说："七月十五，不晓得谁家香烛纸马不小心，燎了房啦？"赵亮赶忙招呼着："去，救火去，不能让老乡受损失,二龙,快——"站在大草垛上眺望的于二龙跳了下来,告诉大家:"好像是高门楼着了火!"他对王纬宇说:"是你们家——"

王纬宇无动于衷地回答:"是我们家,不会错的。"

人们有些奇怪,他怎么能知道的。

他平静地,若无其事地说:"因为这把火是我放的!"

大家面面相觑,惊愕得说不出一句话来。

就在七月十五这一天火光烛天的晚上,王纬宇参加了石湖抗日游击队。

直升飞机正在沼泽地的上空,地面一汪汪水塘像无数面镜子似的在反光。于而龙眼睛再也离不开那块地方了。他从心里不只是感到,像昨晚在小姑家的抗属家,今晨在三河镇的残废人家的那种亲切,而且也感到那种无言的责备,似乎沼泽地在对他说:"怎么? 只是从空中看一眼就走了吗?"

他突然向江海提出来:"你去跟驾驶员说一声,叫他降落一下。"

"干吗?"

"下去,到沼泽地去!"

"你疯啦?"

"江海,我固然非常想知道芦花的下落,可我还有更想弄清楚的东西,让我下去,让我脚踏实地走一走!"

"别胡闹啦!"

"不!"于而龙坚定地说,半点讨价还价的余地都不留。

江海看那样子,又想到周浩电话里关照的话,跑到驾驶员舱去说了几句,又摇摇晃晃地走回来。

那两个洒药的小伙子笑话他们:"你们陷在沼泽地里出不来,我们可没办法救你们脱险哦!"

"你胆怯了吗? 江海!"于而龙问。

"笑话,我们两个不是吃素的。"

这时,驾驶员走了过来,是一个英俊的讨人喜欢的小伙子,笑容可掬地朝于而龙伸出手,问着江海:"江书记,这位是——"

"我给你介绍一下,这是于而龙同志,当年石湖支队——"

还没容江海把话讲完,那个年轻人一把抓紧于而龙,激动地:

"于伯伯,是你?"

"你是——"

"你知道我是谁吗? 我是念芦,我是念芦呀……"

"念芦?"于而龙愣住了。"他是谁呀! 我怎么一点印象都记不起来呢? 我和民航或者空军的谁有些瓜葛呢? ……"

"我妈妈是肖奎,于伯伯。"

"啊! 你是肖奎的孩子?"江海也惊讶地喊了起来。

顿时,于而龙眼里热烘烘地。啊,肖奎的孩子都长得这么大了,不知为什么,他的心突然激动起来,又追问了一句:"孩子,你叫什么?"

"怀念的念,芦花姨的芦——"

毫无疑问,肯定是孩子的妈妈,为了纪念那位牺牲的女指导员,而起的名字。于而龙一股热流又在胸臆间回荡,使他无法平静,可是他该怎样对孩子说呢? "你大概不会知道,你妈妈心里惦念着的,那个亲姐姐似的女战士,也就是你的芦花姨,却连坟墓、棺木、石碑,甚至骨骸都无影无踪了……"

那只编织着红荷包鲤的花篮,仍旧那样鲜艳,但是篮子里面的花朵,已经弯下了沉思的头,低垂着,显得心事重重的样子。

江海想起了他那个主意:"二龙,还记得那位把骨灰洒在祖国山河上的伟人么? 来呀,孩子,让我们一起把这些无处可以奉献的鲜花,从高空里往石湖洒下去吧!"

于而龙似乎从呼啸的风声里,听到了芦花的声音:"七月十五,日子不吉利啊! ……"

剪辑错了的故事

茹志鹃

开宗明义，这是衔接错了的故事，但我努力让它显得很连贯的样子，免得读者莫名其妙。

一

拍大腿唱小调，但总有点寂寥

周围的公社、大队，前脚后脚都放出了亩产一万二、一万三千斤的高产卫星。到处红旗招展，锣鼓喧天，捷报四传，参观的人群如云。甘木公社的甘书记深感有急起直追的必要，于是和一大队支书老韩做了三宿的思想工作，终于一大队也紧赶慢赶地筹备了起来。甘书记觉得，都到这时候了，要放就要有点气派，放一颗特大的卫星，亩产一万六千斤！顿时，甘木公社也热闹起来了。松柏牌楼搭起来；锣鼓家什敲起来；卫星田的四周红旗插起来；介绍经验的稿子编起来。参观的人一多，专业接待人员编了两个班。真正是热火朝天，风光得不能再风光了，不仅名扬全县，同时简报也送到了省里、中央。具体传了谁的名不大清楚。不过不久以后，公社甘书记提为县的副书记了，人们猜测有没有可能就是这时扬的名，这仅是猜测，不足为据。

一开始，一大队的干部和贫下中农，尚觉热闹、有趣，但是过不多久，随着高产，便来了个按产征购。十多亩稻子，硬搬到一亩地里去收割，不是搬着玩玩的，要拿出实货来的。这时候社员急了，社员一急，就惊动了三队副队长、梨园的经管人老寿。

老寿本名叫田寿本，不过大家一直叫他老寿，主要是冲着他那副长相：长眉善目，大大的秃脑瓜，什么时候脸上都是和和顺顺的，从没见他发过脾气，也从没见他有过气恼。很有点像那财主家玻璃罩子里站着的寿星。其实他年纪并不老，才六十六，不过是个老党员，过去这个地区"拉锯"时，还做过交通。他不大会说话，不过一开口，别人就乐。他不明白这是为什么，自己是认认真真的，说的也不是什么笑话。没法，现下年轻人就是这样，大概他们本来想笑，不过拿他作个由头罢了。时间一长，这也成了个习惯。大家呢，觉得他有点迂，叫他老寿的意思里，也包含着这一层。不过大家都乐意接近他，除了过组织生活的时候，平时很少有人想到他是个老党员。他自己呢，还挺讲个组织性、纪律性。

他走出梨园，就看见村道上一溜停着四挂大车，装满了粮食，插满了彩旗。头挂车的辕马头上，还顶着一朵红花，车上拉了一条横幅，上写"荣缴高产粮"，车上还放着全套锣鼓家什。一切齐全，就少了赶车的，派谁，谁就甩手走开。眼看日头已经两丈高，参观的人潮马上就要涌来，这里却派不动人。支书老韩正急得跺脚，一眼看到老寿走过来，老韩高兴得像拾了一个宝，马上把赶车的鞭子塞到老寿手里，说："赶快，把车赶到征购站去，我们已经缴晚了，甘书记已经不愿意啦！"说话时，参观的人群已经进了村，老韩掉转身，立即笑着脸迎上前去。这时候，要是老寿噼啪一挥响鞭，四挂大车隆隆地从人群中驰出村去，有多威风！可是老寿却一手抱着那杆老长的鞭子，一手扯扯老韩的衣角，然后伸出大拇指和食指，悄悄地在胸前做了一个"八"字。

"要八个人？十个人都可以，你招呼去就是，工分照记。"老韩说完，就和参观的同志握手，照例是先带他们去参观那块大队和公社合种的高产试验田。然后再请到祠堂大厅里坐下，递上井水浸过的手巾，再送上碧绿的热茶，边歇着边听经验介绍。

这一天参观的人当中，有一个大概是搞农技的，学得特别认真，问得也特别详细。掐了一穗稻，数了粒，还要包回去称，又看每一蔸稻，发了多少棵，还问插秧的行距、棵距。大队长被问得一件白褂子湿了半件，可是那位参观的同志还在又惊叹又奇怪地问："稻子长得这么密，通风问题你们怎么解决的呢？"

"嗯！……用竹竿……"老韩正在支吾，不料后面有个人说话了。

"用风扇煽！城里不有那电风扇吗？往里煽！"原来老寿抱着鞭杆还没走，也跟着来了。陪同参观的社员一听，差点笑出声来，老韩可没这份闲心，急得车转身向他竖竖眉毛，抬抬下巴，意思让他快走。老寿也不是不懂，他也急，趁着支书瞅着他的机会，又急急地在胸前做了一个"八"字。可是老韩也不知看没看见，又转过身去了，因为参观的人也在急急地问："你们这里有电了吗？"

"没有。嗯，我们是用小马达，借拖拉机上的小马达……"老韩赶紧堵着漏洞，接着就恼火地对身边一个社员悄悄说道："叫老寿快赶车去！"

好不容易带大家看过了高产田，参观的人都坐在祠堂的大厅里听经验介绍了。这有稿子，老韩比较自在了一些。介绍到社员们对高产的兴奋劲，编了个顺口溜，"一年种出四年稻，今后生活甭提有多好，拍大腿，唱小调，共产主义眼看就来到……"不过他说着说着，总觉得窗外有个什么在晃动，抬头一看，老寿抱着鞭杆，站在窗外直瞪自己。一看到老韩看他，又伸手做了一个"八"字，两个手指还直晃晃。看得出老寿也急了。老韩没办法，只好请大家等一等，走了出来，便一把拉了老寿，走到医院中央那株大榆树后面，才轻声说道："咋的！大爷你今天是犯了'八'字病了？"

"唉！我就是没灾没病。喝得下，吃得香才着急呢！老韩哪，大伙儿都说这四车粮食不能走啊！要送走，咱口粮一天只有八大两啦！"老寿又做了一个大大的"八"字。

老韩叹了口气，拉起敞着的衣襟，抹了抹满脑门的汗，说道："没法，上面是按产量征购的。甘书记说一定得送。"

"你不能再跟甘书记说说，他心里明白，这是咋个高产法儿的。"

"说了，叫送。"老韩已有点不耐烦了。

"那……咱还得再耐着点性子，再去说说，啊？"老寿首先表现了自己的耐心，一脸的笑，笑得眼睛都弯了起来，说道："咱肩上掮着几百口子呢！这八大两咋过？"

老韩紧�着眉没开口，只是直摇头。这种地方，老寿就不大会看气色了，他还在用手背拍着支书的胸，顺便又做了一个不大明确的"八"字，说："这个数，总不行。甘书记总不能不顾几百号人的嘴吧！……"

"寿大爷，你别背时了。叫咱送咱就送，说了有屁用。"老韩窝了一肚的火，冲着老寿来了。老寿倒并不觉得这是对自己的不恭敬，他仍然含笑说道："下级服从上级，我懂。不过，还不兴说说咱的难处？"

老韩实在不耐烦了。"你去说吧！我没工夫了！"说着扭头就走。剩下老寿一个人站在那里，他慢慢地搔着下巴上的胡茬，心里说着："没办法，叫我去说，我就去说吧！不过，车子，还得赶了去。意见归意见，服从归服从，他要同意呢，咱就拉回来。面条饺子可不能下在一锅里。"老寿打定了主意，就叫上三个老头帮着赶车，一气奔到了公社。可是公社的同志说，甘书记如今是县委副书记兼公社书记了。现在省里领导下来了人，他去接待、汇报。

"没办法，只好委屈这几匹哑巴牲口，上县里走一趟了。"老寿并没有泄气，倒反更来了劲，干脆脱了褂子，单穿一件粗夏布的背心，跳上车又要走了。这时候那三个跟来的老头打退堂鼓了，说："拉倒吧！老寿，咱几个上县里去算是哪门子呀！"

"哎！这，你们就错了。"老寿的长眉毛飞舞了起来，"咱去咱八路的县政府，这可不又对路又对门哪！"

"人家甘书记正跟省里的领导说话，咱去了往哪站啊？"

"这，你们又不懂了。省领导又不是客，他们下来是为了工作，就是为了咱。说不定当场给咱解决了困难，叫咱把粮拉回去。这也叫老韩看看，咱这些背时老头办事的麻利劲！"说着就跳上大车，甩了个响鞭，直奔县委。

老寿的估计不是一切都错了，也不是一切都对了。县委的大院没有进得去，粮食交到了收购站，老寿他们在门卫旁边的接待室里坐了两个小时，甘书记总算见到了。一见面，老寿还没开口，他就语重心长地说道："不是我一见面就批评你们。你们的眼光太浅了，整天盯着几颗粮食。现在的形势是一天等于二十年，要跑步进入共产主义的时候，一步差劲，就要落后。你们老同志更应该听党的话'想想过去战争年代，那时候,咱算过七大两、八大两吗?……"

一席话,说得老寿低头无语,坐着空车回去的路上,也没吭声。他把鞭杆插在车帮上,任牲口自在地走着,他则是眯着眼,肚子里推开了磨。甘书记的话是句句在理,过去真的没计较过七大两、八大两,为了将来能过上好日子,饿肚子也没叫苦的。现在看样子,这好日子还要在将来……将来又是什么时候呢?这一点,甘书记没说。要是从前老甘的话,也许不会让大家只吃八大两。……哎!谁知道呢!兴许是自己老背时了,老落后了。他想不清。随着大车的颠簸,他倒有点朦胧起来了。

二

老甘不一定就是甘书记,也不一定就不是甘书记,不过老寿还是这个老寿

一九四七年的冬天刚开始,就给穷人来了个下马威,冻得舌头都僵了。这里正跟敌人"拉锯",土改还没开始。老寿仍裹着他那件破棉袄,腰里扎了根绳子,背着个小粪筐,在外转了一天,现在天都黑净了,才跑回家来。一进门就对老伴说:"有吃的吗?给一口,肚里都结冰了。"说着就丢下粪筐,蹲到灶门前,拨着余火,烤着打颤颤的身子。

老寿的老婆是个苦死累死不讨饶的硬女人,就是爱唠叨几句。照老寿的话说,"是个贤德的人,话多,也多在理上。"

老伴一看老寿冻成这样,心疼了:"这一整天都没吃?"

"上哪吃去?"老寿用烤热的手,使劲擦着脸。老伴急忙掀锅盖,一碗现成的红薯叶玉米糊糊坐在热水里,她又特别优待,拿下馍馍筐子,掰了一大块高粱饼子给他。一边给,一边轻轻问道:"有情况啦?"

"还乡团领着一个团的匪兵,还带了两把铡刀,已经到了镇上。"

"那快给县大队报信呀!"

"我又不傻。这不刚从老甘那里来。"老寿耸了耸眉毛,端起了碗。但还没顾上喝,又把碗放在锅台上,从怀里掏出了四条干粮袋,眼瞅着地上说道:"老甘他们决定今晚就蹿到敌人后面去,让过这股锋头,再打回来。他们到新区去,吃粮怕有难处……"

老伴一看这情景就明白了,也不等他把话说完,就揭开小木柜,拎出个面口袋,摔到老寿怀里,说道:"就这点高粱面了,这天寒地冻,咱不吃,叫孩子也不吃?你看着办吧!"

"有难处,这不假啊!"老寿仍旧两眼瞅着地上,说道:"可是我是个在党的人。再说我们冷了,饿了,在家还能烤烤火,摘把野菜。老甘他们走出这么远去,还不知睡哪里,吃什么呢!这不都是为了咱……"

"唉!装吧装吧!罗唆个啥!我才说了两句,你就说了一大套,谁不知道革命就是为了咱穷老百姓呀!"

"对!你是个明白人,都怪我嘴碎。说实在的。这点粮还不够他们吃一顿的,不过是个心,给防个急。回头老甘要从这里过,我让他来拿的。"老寿就这么检讨着,说着,和老伴一起把高粱面装进了干粮袋。最后面袋空了,而四条干粮袋只装了三条。

"该够啊!一条干粮袋装三斤,三四一十二。"老寿捏着那只空的干粮袋,踢踏着脚,转了一个身,又眼望着地,说道:"我咋记得家里还有十五斤高粱面呢!"

"这两天没吃啊?正巧我今天又烙了饼。""饼!也行啊!把饼切成小条条,装进去也成啊!"说着也没敢抬头,拿起刀就切老伴优待自己的那半拉饼子。这一次,老伴没吭气,把饼筐子递过来了。老寿把饼切好,装进口袋,然后端起灶台上那碗糊糊,看了看,重又坐到锅里。用手掌抹了抹嘴,说:"留给铁栓吧!"

"你喝了它吧!"老伴眼里已转了半晌的泪,到底流了下来。

"别难过,等解放以后,那时候啊!……嗨!到共产主义那更美了,吃香的,喝辣的,任挑。"老寿吹灭了灯,又在灶门前蹲了下来。一边想着将来,一边等着老甘那轻轻的叩门声。

村里的狗,叫了几声,老甘来了。老寿在黑地里递上四条干粮袋,最难受的是他不得不说明其中有一袋是饼条子。

"老寿,你放心。哪里有老百姓就饿不着咱们。你们这点心,我带去防个急用。"

老甘紧紧捏了捏老寿的手就走了。

老寿看他走远了，回身进屋关门。一摸，门闩上挂着两条干粮袋，老甘只拿了一半上了远路。打仗的人，留下了一半安家的粮。老寿悄悄地用手掌抹去两眼的热泪，把门关上。

三

也不知是老寿背了"时"，还是"时"背了老寿

老寿悄悄地用手掌拭去了两汪眼泪，把车悄悄地赶回村里。那三个跟去的老头，在村头上就下了车各走各的。老寿一个人卸下牲口，牵到饲养院里。有那聪明人一见，便跟在后面问道："老寿上县委啦？甘书记请你吸红牡丹了吧！""你们走开吧！"老寿说。"这，你就错了。"聪明人学着老寿的口气，"甘书记说了些啥，也给咱传达传达嘛！""行！"老寿把牲口拴到槽上，回过身来，扬着眉，颤着声说道："甘书记请我吸的黄烟，喝的绿茶，还捏着我的手，叫我放心，有党在，就饿不着老百姓。怎么样？够劲吧！"说完，老寿掉身就走了。

梨才鸡蛋大，老寿就搬上凉床，上梨园那个小窝棚里住去了。说是去守梨，实际呢，老寿也说不出为什么，他想清静些；再有，就把梨看护好。梨要甜的时候，最易招虫，有那种细虫，一咬就往里钻，钻到梨心，这梨就毁了。今年梨是大年，大伙儿可是指望着它，过冬的口粮，过年的新衣裳，都在这树上长着呢！于是老寿学着人家那有名气的水果的保养法儿，上小学讨来了一些废旧本子，把树上的小梨头也一个一个地用纸包了起来。这些土梨一包上纸，也显得娇贵了。这果园还从来没有这么排场过。社员们从梨园边上过，都抬头望着，高兴地招呼说："老寿哪！你也不敲锣，也不打鼓，一个人不声不吭也在搞大跃进啊！"

老寿说："跃进不跃进，我不在行，我就想让虫少咬一个梨。"

白天他爬上爬下包着一个一个的小梨头。晚上就坐在小窝棚前面，望着一天的繁星。有时，这里那里会点起一溜气灯：有人在挑灯夜战。老寿一个人吧嗒着旱烟，这时候，他才觉出自己心里有忧，有愁，还不知为什么有点伤心。他说不出，但总觉得现在的革命，不像过去那么真刀真枪，干部和老百姓的情分，也没过去那样实心实意。现在好像掺了假，革命有点像变戏法，亩产一万二，一万四，自己大队变出了一个一万六。为什么变戏法？变给谁看呢？……说起来也丢人，种地的人心里都有数，可是装得真像有那么一回事，还一层层向上报喜。看来戏法还是变给上面看的，这，这革命为了谁呀！……

"颠倒了，倒过来了……"老寿捏着早已熄灭的旱烟杆，喃喃着。这不，做工作不是真正为了老百姓，反要老百姓花了功夫，变着法儿让领导听着开心，看着满意。老百姓高兴不高兴，没人问了。老寿一想到这里，心里顿时害怕起来，吓得手脚都凉了。可不得了，咱这不是有点反领导的意思了吗？……甘书记劝我要听党的话，难道自己真的跟党有了二心？

"杀了头也不能有这个心啊！"老寿陡地站了起来，当即离了窝棚，当即走出梨园，当即找到支部书记老韩的家里，他要原原本本，向党反映反映自己的思想，表明自己跟党没有二心。

当他推开老韩家的堂屋门，就一只脚门里，一只脚门外，愣住了。原来甘书记带着他那个秘书正坐在里面。甘书记一见了老寿，便笑道："哦！你来得正好，上次你对领导提了些意见，……"

"我，……我，"老寿这时恨不得浑身都长出嘴来，把一肚的话全吐出来，但是越急越说不出来，脸也红了，口也吃了，心也跳了，挣了一会，才挣出一句话来，"我，我就是来说说这……"

"不要说了。上次你提的意见很好嘛！现在我就到你们队来蹲点，要来个全党大办粮食，扎扎实实解决粮食问题，把一切可以种粮的地，都要种上粮。粮是宝中宝，要以粮为纲嘛！你说对不对？"

"对！对！"老寿边说边朝老韩看看。老韩低着头在吸烟，没搭腔。

"很好。"甘书记果断地说："你是老党员，事先跟你打个招呼，这是党对你的爱护。现在形势发展这么快，争取不犯错误，就是前进。"说到这里，甘书记也向老韩看了一眼。老韩还是低着头抽烟，一声不吭。老寿听不大懂，心里琢磨着，是不是嫌亩产一万六千斤还不够高？正想着，甘书记又说话了，不过不是对老寿说的："我看应该写个简报，争取三天三夜改变原貌，应该有这种事不隔夜，雷厉风行的作风，老韩，你看怎么样？"

"哎！"老韩应了一声，声音就像是大病当中的呻吟。

"好！"甘书记就向秘书说："那你就起草吧！"接着又对老寿说："你也别蹲在屋里，去发动社员写写决心书，搞出一些声势来。老寿，你是看梨园的，更应该表个决心。"

"我，我决心早下了，跟党没有二心。"老寿终于抓紧机会，说出了梗在心里的一句要紧话。

"好！很好！"甘书记听了以后，竟站起身来，握着老寿的手摇了一下，说道，"那你就来带这个头，你先写了贴出去，我给你写到简报里去。"

老寿又是意外，又是激动，又有点茫然，说："写啥！咋写？"

老韩抬起眼，看到老寿抖动着眉毛，手足无措的样子，便站起身来，说道："走吧！我告诉你咋写。"说完就和老寿一起走出门，走出院子，一直走到村道上了，老韩还没吱声，老寿心又跳起来了，说："到底咋回事，你吭个声啊！"

"你听着，老寿。"老韩显得十分乏力地说道，"领导已决定把梨园砍掉，让出地来种麦。"

"啥？"老寿猛地收住了脚。

"今晚上就要组织劳力干了。甘书记不是说了限三天三夜？要放倒树，整好地，下好种，要改变面貌，这是要上报的。"

"毁了！这下全毁了！"老寿腿一软，坐到了地上。他恨不得在地上打滚，可是他连打滚的力气都没了。

"你胡说啥呀！"老韩一把拉起了老寿，说道："你不要忘记自己是个党员。"

"……大伙儿……大伙儿都指望着今年的梨呀！"老寿说到这里，心里像是插上了一把刀，他捶胸顿脚地干号了起来。老韩一看他这样，便猛喝了一声："你疯啦？你……"话没说完，老寿骤然停止了号哭，把脸凑到老韩的脸前，说道："你，你手摸胸膛说一句，这样干对不对？……你说呀！这样做，咱对得起谁？对得起党？对得起老少社员？你说呀！……你为什么不言语？……你亏心！你孬种！我去跟他说。"说着就返身要走。老韩一把拉住了说道："你这是怎么啦？这事是上面有文的。"

"上面的文也得听听老百姓的。"老寿不知哪来的劲，一下摔开了老韩的手，回头就往甘书记住的院里走去。

四

"大地啊！母亲"不是诗人创造的

老寿走进屋子，又走出来，走出来又走进去，他睡不着啊！走到第八次的时候，星星已经淡下去了，鸡叫了第一遍。

老寿伫立在屋前的枣树下，听着那炒豆似的机枪、大炮也轰轰地连成了串，天上的照明弹，一挂就是一大溜。千里淮海平原，汇集了百万大军，把敌人搓成一球一球地围了起来。捷报，捷报，又一个捷报。这样的大战，真是百世难遇啊！远道来的粮车，像一道道流不完的长流水，成日成夜吱扭吱扭地往前送。千里之外的老百姓，都在为淮海大战贡献力量，可是咱呢？……老寿想到这里，心里像开了的锅，身上那件三层新的棉袄，烧得他前胸后背尽冒汗。

鸡啼二遍的时候，副区长老甘来了。他刚一进门，老寿都不敢认他了。才几天没见，他瘦落了形，眼窝塌下去了，腮帮子凹下去了，一脸黑茬茬的络腮胡子，围着一张干裂的嘴，裂开的血口子都发了黑。他一进门，就背靠着炕沿，坐倒在蒲垫上，说："老寿，快帮我通知党团员、积极分子，马上来开个会。还有……你有没有热水，给我一碗。"

"有！有！"老寿连连应着，走出门去，伸手就在屋檐上，使劲拽了两把屋草，进来就填进灶膛里，点着了火。老寿在锅里添了水，又敲了四个鸡蛋。一边忙一边说道："老甘哪，遇见啥困难了，你开口嘛！"

"啥困难？柴草！老寿，解放军打这样的大仗，粮食不用咱筹划，咱连个柴草都供不上，像话吗？"老甘说着，一边使劲地用手搓着脸，胡茬子搓得刷刷响。

"土地庙拆了，土改前的那些小破屋也拆了，还有啥？啊！"

是啊，还有啥呢？老寿的老伴刚去世。她心爱的小木柜子上次也支援了前线。

"别着急，咱再合计合计。"老寿把一碗滚热的汤鸡蛋端到老甘面前的矮桌上，就急急出门去通知人了。

等到老韩和其他党团员、积极分子十多个人,跟着老寿走到屋里,只见老甘背靠着炕,双手搭在匣子枪上,头歪到肩膀上睡得正香,桌上那碗汤鸡蛋已经冰凉了。

大伙儿蹑着脚,悄悄地围着那个睡着了的人,蹲下来,坐下来,开了一个哑巴会,议题是明白的:柴草。大家你看着我,我看着你,谁也没有说一句话,可是大家都被紧急地动员了起来:柴草。

最后,大家看着老甘睡沉了的脸,相互坚决的眼色,点点头,散了会。

老寿送大伙儿走出屋去,没再进来。他站在屋前的枣树下发起愣来。这枣树不大,可是结的小甜枣,可真没说的,土改时,老伴对分进的这三间草屋倒不怎样,可是对屋前这七棵枣树,喜得几宿都没合上眼,头年打下的枣,她只给正要去参军的儿子铁栓尝了几颗,全部都送到了部队,慰劳了解放军。

"铁栓娘,还是你想得好啊!"老寿在心里跟老伴合计着,"可不,你早就想到了慰劳解放军。"

鸡叫三遍,晨曦初露的时候,老寿已脱了棉袄,抢起斧子,"哼"的一声,向枣树砍了下去,树不大,老寿哼了三下,树就倒了,枝梢上还带着几颗红透了的枣子。起早的孩子们欢叫着,一哄而上。老寿却笑得眼睛弯弯的,打量这棵树,捆捆扎扎,不过担把光景,七棵树,不过七担柴。

"少是少了点儿,总比没有的强。"老寿想着,又"哼"的一声,向第二棵枣树砍了下去。当他砍到第五棵的时候,他的膀子叫人从后面抱住了。回头一看,是老甘,再一看,周围站着的,不尽是孩子,村里的一些爷们也站在那里,默默地看着。老寿笑着说:"这地里的东西嘛!去了还能再长。去了枣树种梨树,咱拿枣儿换梨吃。那梨又水灵又甜,比枣强多了。"

老甘紧紧捏着老寿的膀子,眼里转着泪花,说:"将来我们点灯不用油,耕地不用牛,当然也有各种各样的果园。不过现在,你还是留两棵给孩子们解解馋吧!"说话时,那些参加哑巴会的,也有没有参加的,挑的挑,扛的扛,都来了。大木柜,石榴树,旧水车,洋槐树,一个老大爷带了两个孩子,抬来了一副板,老大爷挤到老甘面前说:"咱没树,我有副寿材板,可行?"

老甘没有说话,他环顾着大家,又仔细地看着一件件的东西,最后说道:"老少爷们,革命的衣食父母,你们对革命的贡献,党是不会忘记的。"

这个不算大的村落里,一天放倒了二百多棵树,于是村子成了赤膊村。老甘含着两眶热泪,从这个小小的赤膊村里,运走了一千担硬柴。

第二年的春天,当百万雄师飞渡长江的时候,老寿为村里果园培育的梨树苗苗,已有筷子长了。当村里有人来看望苗苗的时候,这是老寿最高兴的事情了,眉毛一耸一耸地说:"桃三梨四,大伙儿算算看,再过四年,老甘说的那种铁牛,咱不牵它三五条回来才有鬼呢!"说着就坐在苗圃边的田埂上,抱着膝盖,乐得直摇晃身子。

五

一味的梨呀!梨呀!哪像个革命的样子

老寿坐在窝棚前的地上,抱着膝盖,摇晃着身子,嘴里喃喃着什么,像傻了一样。刚才甘书记已经说了,现在革命深入了,要不是看着他是个老同志,早把他当绊脚石搬掉了。社员们见老寿这模样,含着眼泪劝他,哄他,拉着架着地把他弄回家去。可是过不了一会儿,老寿又摇摇晃晃地走回来,重又坐在窝棚前的地上,抱着膝盖,摇晃着身子,眼睁睁地看着那汽灯抬起了,锯着斧子搬来了,锣鼓家伙敲起来了,社员们举起斧子,梨树倒下来了,那用纸包裹着的青梨,也跟着横了在地上。老寿身子摇得更厉害了,嘴里叨叨得也更响了,他唤着:"老甘哪!你来呀!咱那老甘哪,你怎么不见啦!……"他唤着,同时用手小心地把包梨的纸扒拉开来,原先像鸡蛋大的青梨,已足足大了一圈,颜色也转淡了一些。

"哎!"老寿长长地呻吟了一声,就霍地立起来,直愣愣地走到参加夜战的甘书记面前,他想说:"凭良心,你限时限刻把梨树砍光,是真为了革命?是真为了夺秋粮?你这是欺弄人,你这是为了向上报喜,你这是假革命!"可是老寿并没吃过豹子胆,他也没这口才。他摇摇晃晃,站在甘书记面前,只是喃喃地说道:"再等二十天,只要二十天,梨熟了再砍,啊?等梨下来了就砍,啊?麦子先下在树行间,不耽误啊!"

老韩在旁一听,替他捏汗,便抢着说道:"老寿,你不要再说了。三天要改变面貌,这是党的决定。"

"甘书记，不能等了？二十天也不行？"老寿仍不死心。

"不行！"甘书记面容严肃，说道："我们现在不是闹生产，这是闹革命！需要的时候，命都要豁上，你还是梨呀，梨呀！还是一个党员，像话吗？"

"哎！"老寿像是受了伤，痛苦地唤了一声，就两手扒开了衣裳，露出了瘦骨嶙峋的胸膛，哑声地说道："拿去吧！为革命我没怕死过。把我这块石头搬了吧！我是块石头，绊脚的石头，我赶不了这形势，我闹不来这革命，我想不通，把我搬掉吧！搬掉吧！……"

老韩急忙喝道："老寿你喝醉啦？快回去。"甘书记却摇头叹息道："可见这场革命考人。他要向右倒，想拉也拉不住啊！"

终于，老寿被搬了石头，撤销了他生产队队委，梨园管理负责人等职。然后，甘书记主持召开了支部大会，认为老寿是个典型的、自己跳出来的右倾分子。给予留党察看两年的处分。甘书记说："这还是照顾他是个老同志，否则的话……"当然，这事也及时写了简报，说明以粮为纲也是在斗争中取得胜利的。

老寿一下变老了，皱纹深了，人也佝偻了，整天坐在屋门前那两棵枣树下。人说他在打盹，他自己说他睡不着，晚上也睡不着。他那双朦胧的双眼，总是一动不动地在望着什么。也许是望着那没有梨树的梨园！那里虽然已撤下麦种，不过梨树的根还埋在地下。甘书记完成了任务，回县去了，大队也已得到了通报表扬。正因为得到了表扬，又是甘书记抓的点，大队得到的化肥，城镇劳力的支援，救济粮，都比别队多，所以老寿担心的每天八大两倒没成问题。有点变化的是甘书记已经不兼公社书记，是县里分工抓棉粮油的书记了。

不过，看来他也不像在望梨园。老寿自从那天从党员会上回来以后，他再也没有提过梨园，更不问队里的事。他那朦胧的两眼，一动不动地望着一个地方，可以半天也不改动一下姿态。只是偶尔翕动着嘴，像是在跟人说话，有时也举起那须眉全白了的头，看看树上的枣儿是不是有红了的。

这也是老寿脾性上的一个改变。往年，枣儿等不到红，就全给孩子们钩个光，本来，这就是给孩子们解馋的嘛！可是今年变了，老寿不许孩子们动一个，连自己那宝贝孙子也不给，摘下来的枣，全晒了起来。有时，他就不吃饭，抓把枣当饭，儿子媳妇问他干嘛这样，他轻轻说道："我试试，看能耐饥不？"说着又似睡非睡地待着不动了。

这朦胧的双眼，有人说是神经失常的症状，有人说是气恼苦闷的表现，有人说是他在回忆过去，怀念老甘。谁知道呢！这朦胧的双眼里，到底变幻着什么？……

六

老寿心里发生的一切，是发生在心里吗

反侵略战争爆发了。真正考验人的时候到了。有些基干民兵参了军。老韩天天被叫去开会，一开会就要净拣那些好听的说，因为上面要看汇报呢！

村子里一下冷清了，人心都有点发紧。敌人虽然离得还远，但是那飞机却是呼呼地，没日没夜地在头顶上转，转一圈就翘起屁股下蛋，黑烟柱一个一个冲得半天高。村里有那胆小的，没经过战争锻炼的，就像掐了头的苍蝇瞎闯，更加上还有坏人的造谣惑众。眼看着人心要散了。

这时候，老寿打定了主意，站出来了。在组织里的人嘛，他不出来谁出来！他浑身披挂得又利索又威武。腿上绑腿打得紧腾腾的，腰扎宽皮带，左右掖着四个手榴弹，左肩斜背一支牛角号，右肩斜背着一条干粮袋。老寿对大伙儿说话了："没事，啥事也没。咱的老甘在，就在西边那架大山的对面。俺这就去找他。有了他，胜利就是咱的。现在敌人不过是派些飞机来撅屁股拉屎，怕他怎的。当年淮海大战，那个枪子炮弹，哗哗地像下雹子。咱那口子在擀面条，说是缺个小葱，走走出一里地去，到她娘家后院里掐了几根，又走回来，根本不理那个茬。咱眼下第一要紧的事，是要组织起来，我说得分一拨人去挖防空洞，民兵呢？得在仓库前面站一个岗，村前村后都巡回流动哨，祠堂的屋顶高，在那里再安一个防空哨。敌机来了，要是过路的，咱不睬它，要是奔着咱来的，就吹号报警，大家就钻洞。敌机一走，再吹号，咱该干啥就干啥。"不知怎么的，老寿变得怪能说话了，而且腿脚也灵便了。说着，把牛角号交给了民兵，自己把干粮袋背好，说："第二要

紧的事,是把老甘找回来。我这就去。大家说说可在理?"

乡亲们听完以后,一片声地说道:"这就合上榫了。这才是正理。快去把咱的老甘找回吧!有了他,咱们怎么难,都能打胜仗。"乡亲们递给老寿一根梨木削成的棍杖;乡亲们递给老寿一袋炒得喷鼻香的小麦面,说道:"好老寿,你可要把咱的老甘找回来呀!"

老寿接受了委托,告辞了乡亲,直往西边的大山奔去。

山哪!好高哦!老寿却头也不抬,只顾一步一步往上攀。他知道,山高望不见顶,可是走是能走到顶的。只要这么一步一步登上去,登上去。这山哪!好险哦!岌岌的悬崖,沉沉的深渊,怪石流沙,没有现成的路。但是老寿目不旁顾。他知道,只要脚底下踩得稳稳的,就摔不死人。他翻过一架山,又有一架更高的山,翻过更高的山,还有更高更高的山。这山哪!多深哦!没有人迹,也没有战争的烽烟。这里有的是奇寒,大苍雪,冷风,还有山石上的冰凌。为找老甘他披着霜雪,涉过溪流,踏破了山鞋,挂破了衣裳,为找老甘,他终于爬到了山巅上。望望山那边,跟他来的路上一样,是一片苍苍莽莽的大地,伸展开去,似乎无垠无极。这上哪里去找?这上哪里去寻?老寿张开双臂,从肺腑里发出一声呼号:

"老甘哪!回来呀!咱有话对你说,咱有事跟你商量!"

"……老甘!……老甘!……回来!……回来!……商量!……商量!……"荒山深峪里的回声,也似乎在帮他寻找,一递一声地把声音传到很远很远的地方。

"回来呀!跟咱同患难的人!回来呀!为咱受煎熬的人!回来啊!咱们党的光荣!回来啊!咱们胜利的保证!"老寿嘶声地喊着,回声也以加倍宏大的声音响应起来:

"回来!回来!……党的光荣,胜利的保证……"

……雪又密密地飘落下来,把老寿来的足迹掩盖了,把老寿要去的路,铺垫得厚厚的,洁白然而难行。

几天以后,老寿疲惫地回来了。他没有找到老甘,不过已打听到了他的下落。有人清清楚楚告诉他,老甘哪!他不在大山的那一边,他在一个最美的地方。那里的山上树成林,那里的山腰上,茶园果园成片,那里山下五谷丰登,六畜兴旺。哪里最美,哪里就是他工作的地方。

老寿心里有了底,准备回来把吃空了的干粮袋,重新装满。换去磨烂了的鞋,歇息走乏了的腿,然后再出发去找。可是当他刚刚走到村边,就遇上了敌机的扫射,他前后左右的土,都被打得噗噗直响,村里烟火冲天,老寿知道不好,便猫着腰,一口气奔进村里。果然,队里的粮仓中了弹。

真金哪怕烈火烧,老寿大喊了一声:"救粮仓要紧。"就一个鹞子翻身,从倒塌的墙上,翻进了火焰直蹿的仓库。可是大家一进尘烟弥漫的仓库,都愣了。原来仓库里空空荡荡,既没有重重叠叠的粮袋,也没有大大小小的粮囤,只有靠墙放着几个口袋,插的标签上写明是各式种子。当大家拎着出来的时候,房梁屋顶就一齐倒了下来。

打仗怕的就是粮尽弹绝。仓库的底一露馅,大伙儿心里立时坠上了千斤石。就在这当儿,老寿报告了老甘的下落,同时老韩也跑来说,情况有了变化,敌人在附近降下了伞兵。于是当场大家一条声地推老寿带队,决定一起去找老甘,带上骡马,牛羊,愿跟老甘一起上山,一起钻洞,一起抗敌,一起胜利。决定以后,各自回去准备,约定半夜以老寿的牛角号为准,一起动身起程。

老寿回到家里,打好了背包,换好了鞋,把干枣灌进干粮袋,当一切准备停当的时候,忽然有人轻轻叩了三下门。

啊!这不是老甘吗?他就是这么敲门的、难道真把他给盼来了?老寿赶紧拔栓开门,一看,不禁吓了一跳。进来的却是甘书记,他蓬乱着头,身上又是雪又是泥,没一个跟随的人,手里捏着一条空空的干粮袋,一进来就把门关上,气喘吁吁地说道:"后面有人朝我放枪!"

"胡说!你动摇军心。"老寿威严地说道。

"是真的。我跟你们一起行动吧!我不能一个人走。"

"这得问问大伙儿。"

"胡说!我是你们的领导。"

"这也得问问大伙儿。"老寿认准了一个理,而且竟都说出来了。他自己都觉着奇怪,自己的胆子怎么会这么大。

"谁都知道我是个领导干部，只有反党分子才不承认。我这是好意才提醒你这些话。快给我装上干粮，我带领你们行动。"甘书记说着就递上了那条空粮袋。

"我没有粮食。"老寿决断地说。

"哼！看你那粮袋鼓鼓地，还说没有？"甘书记冷笑一声，说："不装也不要紧。我是干部，有你们吃的，就有我的一份。"说着从口袋里掏出一张纸来，晃了晃，说，"这是有文的，规定的。"

"有文！有文也没有粮食给你吃。我这是干枣。"

"干枣就干枣。"说着，他就张开了袋口来接。

老寿气得正要爆发，忽然响起了砰！啪！两下震耳的声音。这是啥！

七

这不是结尾

冲天炮一个接一个的蹿上了半空，还夹着一挂一挂的小鞭炮，噼噼啪啪地响个不停。"爷爷，爷爷！"孙儿摇着老寿，兴高采烈地报告说："咱大队炼出钢来啦！用坩埚炼出来的。快去看呀！"

老寿努力睁大蒙眬的眼睛，茫然地说道："炼钢？谁炼钢？那，那老甘呢？仗不打啦？……"

"你说啥呀！爷爷。我说咱大队自己炼出钢来啦！有了钢，咱就可以造拖拉机了。"

"哦！拖拉机，……"老寿想起很早很早以前，老甘是说过耕地不用牛的。

"拖拉机，那敢情好！可是……"可是老寿又觉得自己种了一辈子庄稼，如今又要去炼钢，又要造拖拉机，他更加迷惘起来。全白了的长眉下面，眼睛又朦胧地合了起来。慢慢地，从他那合起的眼睛里，迸出了两颗浑浊的泪水。他还想在梦幻中去找回那威武雄壮的故事来，但现在连这也隐遁了。他依然是一块背时的石头，被人搬到了路边的一块绊脚的石头。

"对呀，为什么不真的找老甘去？"老寿猛然睁大了眼睛，醒悟过来，"我找老甘去。跟他说说去。他会告诉我，这是咋回事，这到底是谁背了时！"老寿颤巍巍地站了起来，颤巍巍地走出村去。……

结尾于一九七九年元月，老寿老甘重逢之时，互诉衷肠之际。奋斗，寻求多少年的理想，多少年，多少代价啊！终于付于实现之年，中国人民大喜，大幸，大干之年。

绿化树(节选)

张贤亮

我们刚把自己的铺位铺好,干草的烟尘还在土房里飞扬的时候,那个瘸子又来了,他说队长叫他领我们吃饭去。

好极了!吃饭!村子里有了活气。冬天的夕阳在西南方向放射着金色的光辉,黄色的土墙上和七拼八凑的玻璃窗上,都映得光灿灿的。小土房上小小的烟囱,一个个冒出袅娜的轻烟,村子里弥漫着一股苦艾和蒿草的香气。这种与劳改农场迥然不同的、如风俗小说里描写的村居情景,使我莫名地兴奋起来:贫穷也罢,困苦也罢,我毕竟又回到了正常的环境中!

伙房很小,看起来没有几个人在伙房搭伙。这使我有点担心:搭伙的人越少,每个人被炊事员剥削的量就越大。不过所幸的是,我们现在是工人了,我们可以进入伙房里面去打饭了。在瘸子——现在我知道他是队上的保管员兼管理员——向炊事员嘀嘀咕咕地交代给我们按多少定量打饭的时候,我的近视眼迅速地在伙房里睃巡了一遍:扔在案板上的笼屉布,沾着许多馍馍渣!其实,像"营业部主任"这类人真蠢。他们不断地用最哀切的言辞向家中勒索,搞得家里人惶恐不宁,扎紧裤腰带来支援他们。我呢,既然不忍心盘剥老母亲,就要发挥自己的智能。而我凭智能在目前的生活圈子里搞到的吃食,并不比从外面给他们寄来的邮包少。

每人四两:一个稗子面馍馍,再加一碗已经冷却的咸菜汤。我磨蹭着最后一个打饭。我笑着对炊事员说:"我不要稗子面馍馍,你让我刮那笼屉布吧。"

"行,"炊事员诧异地看了我一眼,递给我一把饭铲,"你要刮你就刮吧。"我仔仔细细地把笼屉布刮得比水洗的还干净,足足刮了一罐头筒馍馍渣。按分量说,至少有一斤!

"祖宗有灵!"虽然有股蒸锅水味,还是很好吃!

只有自由的人才能进伙房刮馍馍渣。自由真好!

吃完了饭,队长给我们提着一盏马灯来了。

"大家都来啦?来了就好,来了就好!……"

他在身上摸索着火柴。我马上走过去,帮他提着马灯,点上火,然后接过马灯挂在我的头顶上——这盏马灯有一半归我用了!没有外援的劳改生活锻炼出了我的机灵,依靠外援活下来的"营业部主任"之流只能靠他们的后盾。

"队长,咱们就这么随便睡哇?"躺在门口的"营业部主任"想改变现状。"随便睡,随便睡,睡哪儿都行……"队长一屁股坐下来,在他的草铺上盘起腿,没有领会他的意图。

"队长,有没有好一点的房子?"上过朝鲜战场的中尉不满地说:"这房子连炕也没有。"

"凑合住吧,家嘛,在人收拾。"队长有点不悦了。他是个干瘦的中年汉子,自我介绍说姓谢。在马灯昏黄的灯光下只看见他一脸胡茬,神色疲惫,穿一件补满补丁的棉干部服。他说:"想睡炕,就得脱炕面子。这大冬天的,脱下的炕面子也不结实。等开春再说吧。"

这就是说,我们要到春天才能睡上炕。而到春天,没有炕睡也行了。几个人向谢队长打听怎么往这儿写信?场部在哪里?人保科什么时候办公?迁移户口的事应该找谁?谢队长很快就知道了这几个人是不准备在这里干长的。他把目光向我转来。我坐在马灯底座下面的阴影里。他眯缝着眼睛问:

"喂,小尕子,你叫啥名字?"

"章永璘。"我欠了欠身子,干草在我屁股下作响。他把手中的一张纸就着灯光吃力地看了看。

"你家在北京?才二十五岁?"

"在北京。是的,刚满二十五岁。"

"你们几个就你年轻。咋?你也要回吗?"

"我不回。""好,不回就在这儿好好干。"谢队长高兴了,脸朝着我和蔼地说,"这儿也不坏,总比你们原来待的地方强。供应嘛,一个月二十五斤粮,还有两包烟。工资嘛,一级十八块,二级二十一块……你们先拿十八块,干了半年,根据你们的劳力再说话……""是,是……"我表示很满足地点着头。其他人靠在铺盖上冷冷地听着。呆滞的灯光把他们的脸照得像一张张没有表情的面具。实际上,这里并没有什么值得高兴的。比劳改农场强的只是有工资。而十八块钱在这困难时期买不到十斤黄萝卜,况且这里还不发衣裳。粮食定量和劳改农场一样,七扣八扣,真正吃到嘴的至多二十斤(一月二十五斤定量在正常条件下也差不多够了,但在没有一点副食、油脂、菜蔬并且每天都要干体力活儿的情况下,你吃一个月试试!而我长年累月都是如此。六〇年定量还要低,每月只有十五斤)。我满足的不过是,他在说话时有意避开了"劳改队"三个字而已。

谢队长又从几个口袋里东掏西摸地拿出一堆香烟,发给每个人两包,向每人收了一角六分钱:"双鱼牌",八分钱一包。太好了!这是真正的香烟,不是葵花叶子、白菜叶子、茄子叶子……这类代用品。香烟,对我来说几乎和粮食同等重要。但我看到不吸烟的"营业部主任"也有一份,又不禁妒火中烧。他会在你烟瘾大发时,用两毛钱一根的高价"让"给你。平均主义的原则毕竟有弊病!

"每天九点开饭,十点出工。下午四点收工。大冬天的,也没啥营生干。你们明天就出工吧,等到休息天再休息……"谢队长站起来,拍拍屁股要走。他不说星期天,却说"休息天",但不知哪天算"休息天"。

"队长,没有炕,砌个炉子行不行?这屋子,晚上要冻死人。"中尉围在被窝里,又提出特殊要求。这个集体需要有这样一个人!"炉子是要砌的。那有几块土坯就行。可公家只有烟煤,没有干炭。"谢队长袖着手,他也觉得冷,"还有窗子,也要糊一下,明天早上你们去办公室领点旧报纸,再到伙房打点糨子。""烧烟煤的炉子我会砌。"我自告奋勇地说。我有两个稗子面馍馍的贮存,还是愿意干重活的。

"哦?那跟烧干炭的炉子可不一样哩。"谢队长用感到意外的眼光看了看我,"这样吧,明天你就留在家里,把炉子砌了,窗子糊了……哦,对了,你们还得有个组长。"

晚上,我万分小心地钻进棉花网套里,就像把一件珍贵器皿放进衬着缎垫的锦匣中一样。因为我既要当心脚趾头伸进破洞里去,或是勾断了线,把破洞越撕越大,又不能把被筒敞得太开,不然脊背就直接贴在稻草上挨扎了。随后,从盖在网套上的棉衣里掏出早上得到的两个稗子面馍馍,在被筒里嗅一嗅,玩味玩味,用洗脸的毛巾包好,埋在墙根下的稻草里面。夜,寂静使人以为世界已经离开了自己。而在劳改农场里,半夜都有值班人员的脚步声。

于是,我的另一面开始活动了。那被痛苦的、我不理解的现实所粉碎了的精神碎片,这时都聚集拢来,用如碎玻璃似的锋利的碴子碾磨着我。深夜,是我最清醒的时刻。

白天,我被求生的本能所驱使,我谄媚,我讨好,我妒忌,我耍各式各样的小聪明……但在黑夜,白天的种种卑贱和邪恶念头却使自己吃惊,就像朵连格莱看到被灵猫施了魔法的画像,看到了我灵魂被蒙上的灰尘;回忆在我的眼前默默地层开它的画卷,我审视这一天的生活,带着对自己深深的厌恶。我颤栗;我诅咒自己。

可怕的不是堕落,而是堕落的时候非常清醒。

我不认为人的堕落全在于客观环境,如果是那样的话,精神力量就完全无能为力了;这个世界就纯粹是物质与力的世界,人也就降低到了禽兽的水平。宗教史上的圣徒可以为了神而献身,唯物主义的诗人把崇高的理想当作自己的神。我没有死,那就说明我还活着。而活的目的是什么?难道仅仅是为了活?如果没有比活更高的东西,活着还有什么意义?

可是,现在我是一切为了活,为了活着而活着。

我想起了普希金的诗句:

当阿波罗还没有向诗人要求庄严的牺牲的时候，

诗人尽在琐事上盘算，

想着世俗的无谓的烦忧；

他的神圣的竖琴暗哑了，

他的灵魂沉浸于寒冷的梦；

在游戏世界的顽童中间，

也许他比谁过得都空洞。

我何止于"空洞"，简直是腐烂！但怎么办？"牺牲"，必须要有一个明确的目的。过去朦胧的理想，在它还没有成形时就被批判得破灭了。尽管我也怀疑为什么把能促使人精神高尚起来的东西、把不平凡的抒情力量都否定掉，但我也不得不承认，现实的否定比一切批判都有力！那么，新的理想、新的生活目的究竟应该是什么呢？

一

据说，我这种家庭出身的人，一生的目的都在于改造自己，但是说"牺牲就是为了改造自己"，显然是不合理的。因为那等于说我不死便不能改造好，改造自己也就失去了意义。今天，我已成了自由人，如果说接受惩罚是为了赎罪，那么，惩罚结束了就可说是赎清了"右派"的罪行；如果说释放标志着改造告一段落，那么，对我的改造也就进行得差不多了吧。今后怎么样生活呢？这是不能不考虑的。但是，这个农场并不能使我感到乐观，并不能把我的文化知识发挥出来，以检验我改造的程度。我虽然自由了，但我觉得我并没有落在某一处实地上，相反，更像是悬浮在四边没有着落的空中……

我脸朝着墙壁。墙角散发着潮湿的霉味和老鼠洞的气味，还有一股淡淡的、温暖的干草味。旁边，老会计在坚韧不拔地磨牙，那不把牙齿咬碎不罢休的格格声，仿佛象征着我们艰辛的未来。棉絮冷似铁，我浑身没有一点热气。"我怎么会落到这种地步"的感叹又油然而生。我经常发这样的感叹。这成了揣摩不透的谜。有时，我觉得劳改之前不过是场大梦，有时，我又觉得现在是场噩梦，第二天醒来我照旧会到课堂上去给学员们讲唐诗宋词，或是在我的书桌前读心爱的莎士比亚。但是肚皮给了我最唯物主义的教育。你不正视现实吗？那就让你挨挨饿吧？我目前的境遇是铁的现实！

那么，这是宿命吗？但普遍性的饥饿正使千千万万人共享着同样的命运。我耳边又响起了哲学讲师的声音："个人的命运和国家的命运是连在一起的。"

我悄悄摸了摸枕在我头底下的《资本论》。"也许你还能从那里知道，我们今天怎么会成了这种样子。"现在，只有这本书作为我和理念世界的联系了，只有这本书能使我重新进入我原来很熟悉的精神生活中去，使我从馍馍渣、黄萝卜、咸菜汤和调稀饭中升华出来，使我和饥饿的野兽区别开……

棉花网套被我微弱的体温慢慢焐暖了。我感到暖烘烘的、软绵绵的，感到了我的存在。存在是什么？笛卡尔说，我思，故我在。活着多么好，能够思想多么好！好得我都不想睡觉……但我还是睡着了。

第二天早上一起床，第一件事就令我极为懊丧，乐极果然生悲——两个稗子面馍馍都被老鼠吃光了！

是老鼠吃的，不是人偷走的，洗脸毛巾也被咬破了。我悄悄地团起烂得像渔网似的毛巾，塞进裤子口袋里。我还不能声张，"营业部主任"知道了，又会幸灾乐祸地嘲笑我。

九点钟才开饭，我靠在叠起来的棉花网套上，几乎要晕过去。如果这两个稗子面馍馍不丢，即使我不吃它也不觉着什么。而这巨大的损失加深了我的恐惧心理，竟使我觉得非常非常的饿。饥饿会变成一种有重量、有体积的实体，在胃里横冲直闯；还会发出声音，向全身的每一根神经呼喊：要吃！要吃！要吃！……我没有力气动弹，更没有心思思想，只一个劲儿地转念头：必须把损失加倍地捞回来！

这时，昨夜里那些聚集拢来的精神碎片又四面进散了，我又成了生活的全部目的都是为了活着的狼孩！

从伙房打回饭，都坐在各自的草铺上默默地吃着。罐头筒的优势失去了。这儿的炊事员似乎没有视觉误差，他绝对相信自己手中的勺子，没有给我多加一点。但是没关系，我已经把门路想好了。吃完饭，按照谢队长的安排，由一个面目阴沉的农工领着其他几个人随大队出工。那个瘸子保管员腋下夹着一卷旧报纸又来了。他放下报纸，告诉我土坯在什么地方，砖在什么地方，小车在什么地方，又领我到库房里去拿了把铁锹，一个小水桶，一把瓦刀，几根做炉箅的铁条。临走时说，糨子到伙房去打，他已经跟炊事员说好了。另外还需要什么，可以到办公室去找他。砌炉子，至少是两个人的事：一个大工，一个小工。但我宁可不要小工。土坯和砖都近得很，就堆在我们的房头上。土嘛，院子里随便挖一点就行，这儿是碱土，不冻的。至于水，还是少用为好，不然光烤干炉子就要用很长时间。瘸子一走，我拿起一张报纸首先跑到伙房去。

"师傅，我打糨子来了。"我笑嘻嘻地和他打招呼，仿佛我经常吃得很饱似的。"你自己去舀吧。"他坐在门口晒太阳，他是真正地吃饱了，"你可别舀得太多。""你看，"我把报纸一扬，"包一包就行。"

案板上放着半脸盆灰白色的稗子面，看来是事先给我准备的。我摊开报纸，把所有的稗子面都倒光，摁得实实的，捧了回来。什么"打糨子"，吃得饱饱的人永远不会注意到，稗子面是没有粘性的。即使借着潮湿糊上报纸，水分一干就会掉下来。我先不糊窗子，现在最急需的是火。我在劳改农场跟中国第一流的供暖工程师干了一个月活，专给干部砌炉子——他也是"右派"，他当大工，我当小工。他曾教给我一个最简便的砌烟灶的方法；他还说，只要给他一把铁锹，其余什么也不用，他在坡地上就能挖出一个火又旺柴又省的炉灶：学问不过在进风口、深度和烟道上。我一会儿上房，一会儿挖土，干得满头冒汗，不到两小时，我就把一个最原始而又最合乎科学的取暖炉砌好了。

我一分钟也不歇息，拉上小车去伙房门口装了半车烟煤——一车我拉不动。沿途又顺手在不知谁家的柴禾堆上抽了几根干柴。我用颤抖的手划着了火柴，点燃了炉膛里的柴禾。火苗和烟都朝着烟道窜过去。一会儿，烟没有了，淡红色的火苗在烟道里呼呼地叫。又一会儿，火焰旺得像火山口喷出的岩浆，在炉膛里形成一个扇面，争先恐后地往狭窄的烟道口跑。这时候，我加上一铁锹煤，炉子里像施了魔法一般，腾起一股黑烟。但即刻被烟道吸了进去。火焰仍顽强地从煤的缝隙中往外冒。不到五分钟，火焰的颜色逐渐加深，由淡红变为深红，然后变成带青色的火红，这就是真正的煤火的颜气了。

下一步，就是不能让人家看见我在房子里干什么。我找到办公室，瘸子恰好在里面像泥人儿似的呆坐着。我无暇念及有人干得满头是汗而有人却什么都不干这种现象是多么可笑，问他要了一把小钉子、几片破纸盒上的纸板、一把剪刀——只要不领吃的东西，他都会慷慨地给我，旋即急匆匆地跑回来。我把硬纸板剪成一条条长条，压住铺在窗户上的报纸，用钉子在窗棂上钉得牢牢的。

像个宿舍样了。按谢队长的说法，这就是"家"！

我干活的步骤是符合运筹学原理的。这时，炉子已经烧得通红了：烟煤燃尽了烟，火力非常强。我先把洗得干干净净的铁锹头支在炉口上，把稗子面倒一些在罐头筒里，再加上适量的清水，用匙子搅成糊状的流汁，哧啦一声倒一撮在滚烫的铁锹上。黄土高原用的是平板铁锹，宛如一只平底锅，稗子面糊均匀地向四周摊开，边缘冒着一瞬即逝的气泡，不到一分钟就煎成了一张煎饼。

我一上午辛辛苦苦的忙碌就是为了这个美好的时刻！

我煎一张，吃一张，煎一张，吃一张……头几张我根本尝不出味道，越吃到后来越香。趁稗子面糊在铁锹上煎着的空隙，我还把我草铺下的老鼠洞堵了起来。这里有老鼠，没有料到！劳改农场是没有老鼠的——那里没有什么东西给它吃，它自己反而有被吃掉的危险。

土房里暖和了起来。我肚子里暖和了起来。我身上也暖和了起来。我坐在炉子旁边昏昏欲睡了。但现在不是睡觉的时候。我从棉花网套里掏出"双鱼牌"香烟，抽出一根，转圈捏了一遍——还好，没有烟梗子——拣起铁条上掉下的煤渣把它点燃。我不让一丝烟从我的口腔和鼻孔漏出去，屏住气息，全部吞进肚子里。一霎间，一种特别舒服的陶醉感立即传遍了我的全身。可是，不知怎么，我心中却窜出了一阵扎心扎肺的酸楚……不能多想！我知道我肚子一胀，心里就会有一种比饥饿还要深刻的痛苦。饿了也苦，胀了也苦，但肉体的痛苦总比心灵的痛苦好受。我小心地掐灭香烟，把烟蒂仍装进烟盒里。我要找点事情来干。收拾好工具后，我把剩下的稗子面包上几层报纸，在墙上挂起来。把炉子加足了煤，拿起我补了又补的五指手套，拍拍身上的土，走出了我们的"家"。

爱，是不能忘记的

张 洁

我和我们这个共和国同年。卅岁，对于一个共和国来说，那是太年轻了。而对一个姑娘来说，却有嫁不出去的危险。

不过，眼下我倒有一个正儿八经的求婚者。看见过希腊伟大的雕塑家米伦所创造的"掷铁饼者"那座雕塑么？乔林的身躯几乎就是那尊雕塑的翻版。即使在冬天，臃肿的棉衣也不能掩盖住他身上那些线条的优美的轮廓。他的面孔黝黑，鼻子、嘴巴的线条都很粗犷。宽阔的前额下，是一双长长的眼睛。光看这张脸和这个身躯，大多数的姑娘都会喜欢他。

可是，倒是我自己拿不准主意要不要嫁给他。因为我闹不清楚我究竟爱他的什么，而他又爱我的什么？

我知道，已经有人在背地里说长道短："凭她那些条件，还想找个什么样的？"

在他们的想象中，我不过是一头劣种的牲畜，却变着法儿想要混个肯出大价钱的冤大头。这引起他们的气恼，好像我真的干了什么伤天害理的、冒犯了众人的事情。

自然，我不能对他们过于苛求。在商品生产还存在的社会里，婚姻，也像许多问题一样，难免不带着商品交换的烙印。

我和乔林相处将近两年了，可直到现在我还摸不透他那缄默的习惯到底是因为不爱讲话，还是因为讲不出来什么？逢到我起意要对他来点智力测验，一定逼着他说出对某事或某物的看法时，他也只能说出托儿所里常用的那种词汇："好！"或"不好！"就这么两挡，再也不能换换别的花样儿了。

当我问起"乔林，你为什么爱我？"的时候，他认真地思索了好一阵子。对他来说，那段时间实在够长了。凭着他那宽阔的额头上难得出现的皱纹，我知道，他那美丽的脑壳里面的组织细胞，一定在进行着紧张的思维活动。我不由地对他生出一种怜悯和一种歉意，好像我用这个问题刁难了他。

然后，他抬起那双儿童般的、清澈的眸子对我说："因为你好！"

我的心被一种深刻的寂寞填满了。"谢谢你，乔林！"

我不由地想：当他成为我的丈夫，我也成为他的妻子的时候，我们能不能把妻子和丈夫的责任和义务承担到底呢？也许能够。因为法律和道义已经紧紧地把我们拴在一起。而如果我们仅仅是遵从着法律和道义来承担彼此的责任和义务，那又是多么悲哀啊！那么，有没有比法律和道义更牢固、更坚实的东西把我们联系在一起呢？

逢到我这样想着的时候，我总是有一种古怪的感觉，好像我不是一个准备出嫁的姑娘，而是一个研究社会学的老学究。

也许我不必想这么许多，我们可以照大多数的家庭那样生活下去：生儿育女，厮守在一起，绝对地保持着法律所规定的忠诚……虽说人类社会已经进入了廿世纪七十年代，可在这点上，倒也不妨像几千年来人们所做过的那样，把婚姻当成一种传宗接代的工具，一种交换、买卖，而婚姻和爱情也可以是分离着的。既然许多人都是这么过来的，为什么我就偏偏不可以照这样过下去呢？

不，我还是下不了决心。我想起小的时候，我总是没缘没故地整夜啼哭，不仅闹得自己睡不安生，也闹得全家睡不安生。我那没有什么文化却相当有见地的老保姆说我"贼风入耳"了。我想这带有预言性的结论大概很有一点科学性，因为直到如今我还依然如故，总好拿些不成问题的问题不但搅扰得自己不得安宁，也搅扰得别人不得安宁。所谓"禀性难移"吧！"

我呢，还会想到我的母亲，如果她还活着，她会对我的这些想法，对乔林，对我要不要答应他的求婚说些什么?!

我之所以习惯地想到她，绝不因为她是一个严酷的母亲，即使已经不在人世也依然用她的阴魂主宰着我的命运。不，她甚至不是一个母亲，而是推心置腹的朋友。我想，这多半就是我那么爱她，一想到她已经离我远去便悲从中来的原因吧！

她从不教训我，她只是用她那没有什么女性温柔的低沉的嗓音，柔和地对我谈她一生中的过失或成功，让我从这过失或成功里找到我自己需要的东西。不过，她成功的时候似乎很少，一生里总是伴着许许多多的失败。

在她最后的那些日子里，她总是用那双细细的、灵秀的眼睛长久地跟随着我，仿佛在估量着我有没有独立生活下去的能力，又好像有什么重要的话要叮嘱我，可又拿不准主意该不该对我说。准是我那没心没肺，凡事都不大有所谓的派头让她感到了悬心。她忽然冒出了一句："珊珊，要是你吃不准自己究竟要的是什么，我看你就是独身生活下去，也比糊里糊涂地嫁出去要好得多！"

照别人看来，作为一个母亲对女儿讲这样的话，似乎不近情理。而在我看来，那句话里包含着以往生活里的痛苦经验，真是一句至理名言。我倒不觉得她这样叮咛我是看轻我或是低估了我对生活的认识。她爱我，希望我生活得没有烦恼，是不是？

"妈妈，我不想嫁人！"我这么说，绝不是因为害臊或是忸怩作态。说真的，我真不知道一个姑娘什么时候需要做出害臊或忸怩的姿态，一切在一般人看来应该对孩子隐讳的事情，母亲早已从正面让我认识了它。

"要是遇见合适的，还是应该结婚。我说的是合适的！"

"恐怕没有什么合适的！"

"有还是有，不过难一点——因为世界是这么大，我担心的是你会不会遇上就是了！"她并不关心我嫁得出去还是嫁不出去，她关心的倒是婚姻的实质。

"其实，您一个人过得不是挺好吗？"

"谁说我过得挺好？"

"我这么觉得。"

"我是不得不如此……"她停住了说话，沉思起来。一种淡淡的、忧郁的神情来到了她的脸上。她那忧郁的、满是皱纹的脸，让我想起我早年夹在书页里的那些已经枯萎了的花。

"为什么不得不如此呢？"

"你的为什么太多了。"她在回避我。她心里一定藏着什么不愿意让我知道的心事。我知道，她不告诉我，并不是因为她耻于向我披露，而多半是怕我不能准确地估量那事情的深浅而曲扭了它，也多半是因为人人都有一点珍藏起来的、留给自己的东西。想到这里，我有点不自在。这不自在的感觉迫使我没有礼貌，没有教养地追问下去："是不是您还爱着爸爸？"

"不，我从没有爱过他。"

"他爱您吗？"

"不，他也不爱我！"

"那你们当初为什么结婚呢？"

她停了停，准是想找出更准确的字眼来说明这令人费解和反常的现象。然后显出无限悔恨的样子对我说："人在年轻的时候，并不一定了解自己追求的、需要的是什么，甚至别人的起哄也会促成一桩婚姻。等到你再长大一些、更成熟一些的时候，你才会明白你真正需要的是什么。可那时，你已经干了许多悔恨得让您感到锥心的蠢事。你巴不得付出任何代价，只求重新生活一遍才好，那你就会变得比较聪明了。人说'知足者常乐'，我却享受不到这样的快乐。"说着，她自嘲地笑了笑。"我只能是一个痛苦的理想主义者。"

莫非我那"贼风入耳"的毛病是从她那里来的？大约我们的细胞中主管"贼风入耳"这种遗传性状的是一个特别尽职尽责的基因。

"您为什么不再结婚呢？"

她不大情愿地说:"我怕自己还是吃不准自己到底要什么。"她明明还是不肯对我说真话。

我不记得我的父亲。他和母亲在我很小的时候便分手了。我只记得母亲曾经很害羞地对我说过他是一个相当漂亮的、公子哥儿似的人物。我明白她准是因为自己也曾追求过那种浅薄而无聊的东西感到害臊。她对我说过:"晚上睡不着觉的时候,我常常迫使自己硬着头皮去回忆年青时代所做过的那些蠢事、错事!为的是使自己清醒。固然,这是很不愉快的,我常会羞愧地用被单蒙上自己的脸,好像黑暗里也有许多人在盯着我瞧似的。不过这种不愉快的感觉里倒也有一种赎罪似的快乐。"

我真对她不再结婚感到遗憾。她是一个很有趣味的人,如果她和一个她爱着的人结婚,一定会组织起一个十分有趣味的家庭。虽然她生得并不漂亮,可是优雅,淡泊。像一幅淡墨的山水画。文章写得也比较美,和她很熟悉的一位作家喜欢开这样的玩笑:"光看你的作品,人家就会爱上你的!"

母亲便会接着说:"要是他知道他爱的竟是一个满脸皱纹、满头白发的老太婆,他准会吓跑了。"

到了这种年龄,她绝不会是还不知道自己到底要什么。这分明是一句遁词。我之所以这么说,是因为她有些引起我生出许多疑问的怪毛病。

比如,不论她上哪儿出差,她必得带上那廿七本一套的,一九五〇年到一九五五年出版的契诃夫小说选集中的一本。并且叮咛着我:"千万别动我这套书。你要看,就看我给你买的那一套。"这话明明是多余的,我有自己的一套,干嘛要去动她的那套呢?况且这话早已三令五申地不知说过多少遍了。可她还是怕有个万一的时候。她爱那套书爱得简直像得了魔怔一般。

我们家有两套契诃夫小说选集。这也许说明对契诃夫的爱好是我们家的家风,但也许更多的是为了招架我和别的喜欢契诃夫的人。逢到有人想要借阅的时候,她便拿了我房间里的那套给人。有一次,她不在家的时候,一位很熟的朋友拿了她那套里的一本。她知道了之后,急得如同火烧了眉毛,立刻拿了我的一本去换了回来。

从我记事的那天起,那套书便放在她的书橱里了。别管我多么钦佩伟大的契诃夫,我也不能明白,那套书就那么百看、千看、万看不厌。廿多年来有什么必要天天非得读它一读?

有时,她写东西写累了,便会端着一杯浓茶,坐在书橱对面,瞧着那套契诃夫小说选集出神。要是这个时候我突然走进了她的房间,她便会显得慌乱不安,不是把茶水泼了自己一身,便是像初恋的女孩子、头一次和情人约会便让人撞见似地羞红了脸。

我便想:她是不是爱上契诃夫?要是契诃夫还活着,没准真会发生这样的事。

当她神志不清,就要离开这个世界的时候,她对我说的最后一句话是:"那套书——"她已经没有力气说出"那套契诃夫小说选集"这样一个长句子。不过我明白她指的就是那一套。"……还有,写着'爱,是不能忘记的'…"笔记本,和我一同火葬。"

她最后叮咛我的这句话,有些,我为她做了。比如那套书。有些,我没有为她做。比如那些题着"爱,是不能忘记的"笔记本子。我舍不得。我常想,要是能够出版,那一定是她写过的那些作品里最动人的一篇。不过它当然是不能出版的。

起先,我以为那不过是她为了写东西而积累的一些素材。因为它既不像小说,也不像札记;既不像书信,也不像日记。只是当我从头到尾把它们读了一遍的时候,渐渐地,那些只言片语与我那支离破碎的回忆交织成了一个形状模糊的东西。经过久久的思索,我终于明白,我手里捧着的,并不是没有生命、没有血肉的文字,而是一颗灼人的、充满了爱情和痛苦的心,我还看见那颗心怎样在这爱情和痛苦里挣扎、熬煎。廿多年啦,那个人占有着她全部的情感,可是她却得不到他。她只有把这些笔记本当作是他的替身,在这上面和他倾心交谈。每时,每天,每月,每年。

难怪她从没有对任何一个够意思的求婚者动过心,难怪她对那些说不出来是善意的愿望或是恶意的闲话总是淡然地一笑付之。原来她的心已经填得那么满,任什么别的东西都装不进去了。我想起"曾经沧海难为水,除却巫山不是云"的诗句,想到我们当中有人多半不会这样去爱,而且也没有人会照这个样子爱我的时候,我便感到一种说不出来的怅惘。

我知道他卅年代他在上海做地下工作的时候,一位老工人为了掩护他而被捕牺牲,撇下了无依无靠的妻子和女儿。他,出于道义、责任、阶级情谊和对死者的感念,毫不犹豫地娶了那位姑娘。逢到他看见那些由于"爱情"而结合的夫妇又因为"爱情"而生出无限的烦恼，他便会想："谢天谢地，我虽然不是因为爱情而结婚，可是我们生活得和睦、融洽，就像一个人的左膀右臂。"几十年风里来、雨里去，他们可以说是患难夫妻。

他一定是她那机关里的一位同志。我会不会见过他呢？从到过我家的客人里，我看不出任何迹象，他究竟是谁呢？

大约六二年的春天，我和母亲去音乐会。剧场离我们家太远。我们没有乘车。

一辆黑色的小轿车悄无声息地停在人行道旁边。从车上走下来一个满头白发、穿着一套黑色毛呢中山装的、上了年纪的男人。那头白发生得堂皇而又气派！他给人一种严谨的、一丝不苟的、脱俗的、明澄得像水晶一样的印象。特别是他的眼睛，十分冷峻地闪着寒光，当他急速地瞥向什么东西的时候，会让人联想起闪电或是舞动着的剑影。要使这样一对冰冷的眼睛充满柔情，那必定得是特别强大的爱情，而且得为了一个确实值得爱的女人才行。

他走过来，对母亲说："您好！钟雨同志，好久不见了。"

"您好！"母亲牵着我的那只手突然变得冰凉，而且轻轻地颤抖着。

他们面对面地站着，脸上带着凄厉的、甚至是严峻的神情，谁也不看谁。母亲瞧着路旁那些还没有抽出嫩芽的灌木丛。他呢，却看着我："已经长成大姑娘了。真好，太好了，和妈妈长得一样。"

他没有和母亲握手，却和我握了握手。而那手也和母亲的手一样，也是冰冷的，也是轻轻地颤抖着的。我好像变成了一路电流的导体，立刻感到了震动和压抑。我很快地从他的手里抽出我的手，说道："不好，一点也不好！"

他惊讶地问我："为什么不好？"或许我以为他故作惊讶。因为凡是孩子们说了什么直率得可爱的话的时候，大人们都会显出这副神态的。

我看了看他的面孔。是，我真像她。这让我有些失望："因为她不漂亮！"

他笑了起来，幽默地说："真可惜，竟然有个孩子嫌自己的妈妈不漂亮。记得吗？五三年你妈妈刚调到北京，带你来机关报到的那一天？她把你这个小淘气留在了走廊外面，你到处串楼梯，扒门缝，在我房间的门上夹疼了手指头。你哇啦哇啦地哭着，我抱着你去找妈妈？"

"不，我不记得了。"我不大高兴，他竟然提起我穿开裆裤时代的事情。

"啊，还是上了年纪的人不容易忘记。"他突然转身向我的母亲说，"您最近写的那部小说我读过了。我要坦率地说，有一点您写得不准确。您不该在作品里非难那位女主人公……要知道，一个人对另一个人产生感情原没有什么可以非议的地方，她并没有伤害另一个人的生活……其实，那男主人公对她也会有感情的。不过为了另一个人的快乐，他们不得不割舍自己的爱情……"

这时，有一个交通民警走到停放小汽车的地方，大声地训斥着司机车停的不是地方。司机为难地解释着。他停住了说话，回头朝那边望了望，匆匆地说了声："再见"！便大步走到汽车旁边，向那民警说："对不起，这不怪司机，是我……"

我看着这上了年纪的人，也俯首帖耳地听着民警的训斥，觉得很是有趣。当我把顽皮的笑脸转向母亲的时候，我看见她是怎样地窘迫呀！就像小学校里一个一年级的小女孩，凄凄惶惶地站在那严厉的校长面前一样，好像那民警训斥的是她。

汽车开走了，留下了一道轻烟。很快地，就连这道轻烟也随风消散了，好像什么都没有发生过，而我，不知道为什么却没有很快地忘记。

现在回想起来，他准是以他那强大的精神力量引动了母亲的心。那强大的精神力量来自他那成熟而坚定的政治头脑，他在动荡的革命时代的出生入死的经历，他活跃的思维、工作的魄力，文学艺术上的素养……而且——说起来奇怪，他和母亲一样喜欢双簧管。对了，她准是崇拜他。她说过，要是她不崇拜那个人，那爱情准连一天也维持不了。

至于他爱不爱我的母亲，我就猜不透了。要是他不爱她，为什么笔记本里会有这样一段记载呢？

"这礼物太厚重了。不过您怎么知道我喜好契诃夫呢？"

"你说过的！"

"我不记得了。"

"我记得。"

原来那套契诃夫小说选集是他送给母亲的。对于她,那几乎就是爱情的信物。

没准,他这个不相信爱情的人,到了头发都白了的时候才意识到他心里也有那种可以称为爱情的东西存在。这可真够凄惨的。

关于他,能够回到我的记忆里来的就是这么一小点。

她那么迷恋他,却又得不到他的心情有多么苦呀!为了看一眼他乘的那辆小车、以及从汽车的后窗里看一眼他的后脑勺,她怎样煞费苦心地计算过他上下班可能经过那条马路的时间;每当他在台上做报告,她坐在台下,隔着距离、烟雾、昏暗的灯光,窜动的人头,看着他那模糊不清的面孔,她便觉得心里好像有什么东西凝固了,泪水会不由地充满她的眼眶。为了把自己的泪水瞒住别人,她使劲地咽下它们。逢到他咳嗽得讲不下去,她就会揪心地想到为什么没人阻止他吸烟?担心他又会犯了气管炎。她不明白为什么他离她那么近而又那么遥远?

他呢,为了看见她一眼,天天,从小车的小窗里,眼巴巴地瞧着自行车道上流水一样的自行车。闹得眼花缭乱,担心着她那辆自行车的闸灵不灵,会不会出车祸;逢到万一有个不开会的夜晚,他会不乘小车,自己费了许多周折来到我们家的附近,不过是为了从我们家的大院门口走这么一趟;他在百忙中也不会忘记注意着各种报刊,为的是看一看有没有我母亲发表的作品。他不能明白,为什么生活偏偏是这样安排着的?

可是,临到他们难得在机关大院里碰了面,他们又在竭力地躲避着对方,匆匆地点个头便赶紧走开去。即使这样,也足以使我母亲失魂落魄,失去听觉、视觉和思维的能力,世界立刻会变成一片空白……如果那时她遇见一个叫老王的同志,她一定会叫人家老郭,对人家说些连她自己也听不懂的话。

她一定死死地挣扎过,因为她写道:——

我们曾经相约:让我们互相忘记。可是我欺骗了你,我没有忘记。我想,你也同样没有忘记。我们不过是在互相欺骗着,把我们的苦楚深深地隐藏着。不过我并不是有意要欺骗你,我曾经多么努力地去实行它。有多少次我有意地滞留在远离北京的地方,把希望寄托在时间和空间上,我甚至觉得我似乎忘记了。可是等到我出差回来,火车离北京越来越近的时候,我简直承受不了冲击得使我头晕眼花的心跳。我是怎样急切地站在月台上张望,好像有什么人在等着我似地。不,当然不会有。我明白了,什么也没有忘记,一切都还留在原来的地方。年复一年,就跟一棵大树一样,它的根却越来越深地扎下去,想要拔掉这生了根的东西实在太困难了,我无能为力。

每当一天过去,我总是觉得忘记了什么重要的事情,或是夜里突然从梦中惊醒:发生了什么事情?!不,什么也没有发生,我清清楚楚地意识到:没有你!于是什么都显得是有缺陷的,不完满的,而且是没有任何东西可以弥补的。我们已经到了这一生快要完结的时候了,为什么还要像小孩子一样地忘情?为什么生活总是让人经过艰辛的跋涉之后才把你追求了一生的梦想展现在你的眼前?而这梦想因为当初闭着眼睛走路,不但在叉道上错过了,而且这中间还隔着许多不可逾越的沟壑。

对了,每每母亲从外地出差回来,她从不让我去车站接她,她一定愿意自己孤零零地站在月台上,享受他去接她的那种幻觉。她,头发都白了的、可怜的妈妈,简直就像个痴情的女孩子。

那些文字并没有多少是叙述他们的爱情的,而多半记载的都是她生活里的一些琐事:她的文章为什么失败,她对自己的才能感到了惶惑和猜疑;珊珊(就是我)为什么淘气,该不该罚她;因为心神恍惚她看错了戏票上的时间,错过了一场多么好的话剧;她出去散步,忘了带伞,淋得像个落汤鸡……她的精神明明日日夜夜都和他在一起,就像一对恩爱的夫妻。其实,把他们这一辈子接触过的时间累计起来计算,也不会超过廿四小时,而这廿四小时,大约比有些人一生享受到的东西还深、还多。莎士比亚笔下的朱丽叶说过:"我不能清算我财富的一半。"大约,她也不能清算她的财富的一半。

似乎他在"文化大革命"中死于非命。也许因为当时那种特定的历史条件,这一段的文字记载相当含糊和隐晦。我奇怪我那因为写文章而受着那么厉害的冲击的母亲,是用什么办法把这习惯坚持下来的?从这隐晦的文字里,我还是可以猜得出,他大约是对那位红极一世、权极一时的"理论权威"的理论提出了疑问,并且不知对谁说过:"这简直就是右派言论。"从母亲那沾满泪痕的纸页上可以看出,他被整得相当惨,不过那老头子似乎十分坚强，从没有对这位有大来头的人物低过头，直到死的时候，留下来的最后一句话还是："就是到了马克思那里，这个官司也非得打下去不可！"

这件事一定发生在六九年的冬天。因为在那个冬天里，还刚近五十岁的母亲一下子头发全白了。而且，她的手臂上还缠上了一道黑纱。那时，她的处境也很难。为了这条黑纱，她挨了好一顿批斗，说她坚持四旧，并且让她交代这是为了谁？

"妈妈，这是为了谁？"我惊恐地问她。

"为一个亲人！"然后怕我受惊似地解释着："一个你不熟悉的亲人！"

"我要不要戴呢？"她做了一个许久都没有对我做过的动作，用手拍了拍我的脸颊，就像我小的时候她常做的那样。她好久都没有显出过这么温柔的样子了。我常觉得，随着她的年龄和阅历的增长，特别是那几年她所受过的折磨，那种温柔的东西似乎离她越来越远了，也或许是被她越藏越深了，以致常常让我感到她像个男人。

她恍惚而悲凉地笑了笑，说："不，你不用戴。"

她那双又干又涩的眼睛显得没有一点水分，好像已经把眼泪哭干了。我很想安慰她，或做点什么使她高兴的事。她却说：

"去吧！"

我当时不知为什么生出了一种恐怖的感觉，我觉得我那亲爱的母亲似乎有一半已经随着什么离我而去了。我不由地叫了一声："妈妈！"

我的心情一定被我那敏感的妈妈一览无余地看透了。她温和地对我说："别怕，去吧！让我自己待一会儿。"

我没有错，因为她的确这样地写着：——

你去了。似乎我灵性里的一部分也随你而去了。

我甚至不能知道你的下落，更谈不上最后看你一眼。我也没有权利去向他们质询，因为我既不是亲眷又不是生前好友……我们便这样地分离了。我恨不能为你承担那非人的折磨，而应该让你活下去！为了等到昭雪的那一天。为了你将重新为这个社会工作，为了爱你的那些个人们，你都应该活着啊！我从不相信你是什么三反分子，你是被杀害的、最优秀中间的一个。假如不是这样，我怎么会爱你呢？我已经不怕说出这三个字。

纷纷扬扬的大雪不停地降落着。天呐，连上帝也是这样地虚伪，他用一片洁白覆盖了你的鲜血和这谋杀的丑恶。

我从没有拿我自己的存在当成一回事。可现在，我无时不在想，我的一言一行会不会惹得你严厉地皱起你那双浓密的眉毛？我想到我要好好地活着，好好地生活，像你那样，为我们这个社会——它不会总像现在这样，惩罚的利剑已经悬在那帮狗男女的头上——真正做一点工作。

我独自一人，走在我们唯一一次曾经一同走过的那条柏油小路上。听着我一个人的脚步声在沉寂的夜色里响着、响着……我每每在这小路上徘徊、流连，哪一次也没有像现在这样使我肝肠寸断。那时，你虽然也不在我身边，但我知道，你还在这个世界上，我便觉得你在伴随着我，而今，你的的确确不在了，我真不能相信！

我走到了小路的尽头，又折回去，重新开始，再走一遍。

我弯过那道栅栏，习惯地回头望去，好像你还在那里，向我挥手告别。我们曾淡淡地、心不在焉地微笑着，像两个没有什么深交的人，为的是尽力地掩饰我们心里那刻骨铭心的爱情。那是一个没有一点诗意的初春的夜晚，依然在刮着冷峭的风。我们默默地走着，彼此离得很远。你因为长年害着气管炎，微微地喘息着。我心疼你，想要走得慢一点。可不知为什么却不能。我们走得飞快，好像有什么重要的事情在等着我们去做，我们非得赶快走完这段路不可，我们多么珍惜这一生中唯一的一次"散步"，可我们分明害怕，怕我们把持不住自己，会说出那可怕的、折磨了我们许多年的那三个字："我爱你"。除了我们自己，大概这个世界上没有一个活着的人会相信我们连手也没有握过一次！更不要说到其它！

不，妈妈，我相信，再没有人能像我那样眼见过你敞开的灵魂。

啊，那条柏油小路，我真不知道它是那样充满了辛酸的回忆的一条小路。我想，我们切不可忽略世界上任何一个最不起眼的小角落，谁知道呢？那些意想不到的小角落会沉默地缄藏着多少隐秘的痛苦和欢乐呢？

当她写东西写得疲倦了的时候，她还会沿着我们窗后的那条柏油小路慢慢地踱来踱去。有时是彻夜不眠后的清晨，有时甚至是月黑风高的夜晚，哪怕是在冬天，哪怕峭厉的风像发狂的野兽似地吼叫，卷着沙石噼哩叭啦地敲打着窗棂……那时，我只以为那不过是她的一种怪癖，却不知她是去和他的灵魂相会。

她还喜欢站在窗前，瞅着窗外的那条柏油小路出神。有一次，她显出那样奇特的神情，以致我以为柏油小路上走来了我们最熟悉的、最欢迎的客人。我连忙凑到窗前，在深秋的傍晚。只有冷风卷着桔黄的落叶，飘过那空荡荡的小路的路面。

好像他还活着一样，用文字和他倾心交谈的习惯并没有因为他的去世而中断。直到她自己拿不起来笔的那一天。在最后一页上，她对他说了最后的话：我是一个信仰唯物主义的人。现在我却希冀着天国，倘若真有所谓天国，我知道，你一定在那里待着我。我就要到那里去和你相会，我们将永远在一起，再也不会分离。再也不必怕影响另一个人的生活而割舍我们自己。亲爱的，等着我，我就要来了。

我真不知道，妈妈，在她行将就木的这一天，还会爱得那么沉重。像她自己所说的，那是镂骨铭心的。我觉得那简直不是爱，而是一种疾痛，或是比死亡更强大的一种力量。假如世界上真有所谓不朽的爱，这也就是极限了。她分明至死都感到幸福：她真正地爱过。她没有半点遗憾。

如今，他们的皱纹和白发早已从碳水化合物变成了其它的什么元素。可我知道，不管他们变成什么，他们仍然在相爱。尽管没有什么人间的法律和道义把他们拴在一起，尽管他们连一次手也没有握过，他们却完完全全地占有着对方。那是什么都不能分离的。哪怕千百年过去，只要有一朵白云追逐着另一朵白云；一棵青草情依着另一棵青草；一层浪花拍着另一层浪花；一阵轻风紧跟着另一阵轻风，相信我，那一定就是他们。

每每我看着那些题着"爱，是不能忘记的"笔记本，我就不能抑制住自己的眼泪。我哭，我不止一次地痛哭，仿佛遭遇了这凄凉而悲惨的爱情的是我自己。这要不是大悲剧就是大笑话。别管它多么美，多么动人，我可不愿意重复它！

英国大作家哈代说过："呼唤人的和被呼唤的很少能互相答应。"我已经不能从普通意义上的道德观念去谴责他们应该或是不应该相爱。我要谴责的却是：为什么他们不互相等待着那个呼唤着自己的灵魂？

如果我们都能够互相等待，而不糊里糊涂地结婚，我们会免去多少这样的悲剧哟！

到了共产主义，还会不会发生这种婚姻和爱情分离着的事情呢？既然世界这么大，互相呼唤的人也就可能有互相不能答应的时候，那么说，这样的事情还会发生？可是，那是多么悲哀啊！可也许到了那时，便有了解脱这悲哀的办法！

我为什么要钻牛角尖呢？

说到底，这悲哀也许该由我们自己负责。谁知道呢？也说不定还得由过去的生活所遗留下来的那种旧意识负责。因为一个人要是老不结婚，就会变成对这种意识的一种挑战。有人就会说你的神经出了毛病，或是你有什么见不得人的隐私，或是你政治上出了什么问题，或是你刁钻古怪，看不起凡人，不尊重千百年来的社会习惯，你准是个离经叛道的邪人。总之，他们会想出种种庸俗无聊的玩意儿来糟蹋你。于是，你只好屈从这种意识的压力，草草地结婚了事。把那不堪忍受的婚姻和爱情分离着的镣铐套到自己的脖子上去，来日又会为这不能摆脱的镣铐而受苦终身。

我真想大声疾呼地说："别管人家的闲事吧，让我们耐心地等待着，等着那呼唤我们的人，即使等不到也不要糊里糊涂地结婚！不要担心这么一来独身生活会成为一种可怕的灾难。要知道，这兴许正是社会生活在文化、教养、趣味……等等方面进化的一种表现！"

哦，香雪

铁　凝

如果不是有人发明了火车，如果不是有人把铁轨铺进深山，你怎么也不会发现台儿沟这个小村。它和它的十几户乡亲，一心一意掩藏在大山那深深的皱褶里，从春到夏，从秋到冬，默默地接受着大山任意给予的温存和粗暴。

然而，两根纤细、闪亮的铁轨延伸过来了。它勇敢地盘旋在山腰，又悄悄的试探着前进，弯弯曲曲，曲曲弯弯，终于绕到台儿沟脚下，然后钻进幽暗的隧道，冲向又一道山梁，朝着神秘的远方奔去。

不久，这条线正式营运，人们挤在村口，看见那绿色的长龙一路呼啸，挟带着来自山外的陌生、新鲜的清风，擦着台儿沟贫弱的脊背匆匆而过。它走的那样急忙，连车轮碾轧钢轨时发出的声音好像都在说：不停不停，不停不停！是啊，它有什么理由在台儿沟站脚呢，台儿沟有人要出远门吗？山外有人来台儿沟探亲访友吗？还是这里有石油储存，有金矿埋藏？台儿沟，无论从哪方面讲，都不具备挽住火车在它身边留步的力量。

可是，记不清从什么时候起，列车的时刻表上，还是多了"台儿沟"这一站。也许乘车的旅客提出过要求，他们中有哪位说话算数的人和台儿沟沾亲；也许是那个快乐的男乘务员发现台儿沟有一群十七、八岁的漂亮姑娘，每逢列车疾驰而过，她们就成帮搭伙地站在村口，翘起下巴，贪婪、专注地仰望着火车。有人朝车厢指点，不时能听见她们由于互相捶打而发出的一、两声娇嗔的尖叫。也许什么都不为，就因为台儿沟太小了，小得叫人心疼，就是钢筋铁骨的巨龙在它面前也不能昂首阔步，也不能不停下来。总之，台儿沟上了列车时刻表，每晚七点钟，由首都方向开往山西的这列火车在这里停留一分钟。

这短暂的一分钟，搅乱了台儿沟以往的宁静。从前，台儿沟人历来是吃过晚饭就钻被窝，他们仿佛是在同一时刻听到大山无声的命令。于是，台儿沟那一小变石头房子在同一时刻忽然完全静止了，静得那样深沉、真切，好像在默默地向大山诉说着自己的虔诚。如今，台儿沟的姑娘们刚把晚饭端上桌就慌了神，她们心不在焉地胡乱吃几口，扔下碗就开始梳妆打扮。她们洗净蒙受了一天的黄土、风尘，露出粗糙、红润的面色，把头发梳的乌亮，然后就比赛着穿出最好的衣裳。有人换上过年时才穿得新鞋，有人还悄悄往脸上涂点胭脂。尽管火车到站时已经天黑，她们还是按照自己的心思，刻意斟酌着服饰和容貌。然后，她们就朝村口，朝火车经过的地方跑去。香雪总是第一个出门，隔壁的凤娇第二个就跟了出来。

七点钟，火车喘息着向台儿沟滑过来，接着一阵空哐乱响，车身震颤一下，才停住不动了。姑娘们心跳着涌上前去，像看电影一样，挨着窗口观望。只有香雪躲在后面，双手紧紧捂着耳朵。看火车，她跑在最前边，火车来了，她却缩到最后去了。她有点害怕它那巨大的车头，车头那么雄壮地吐着白雾，仿佛一口气就能把台儿沟吸进肚里。它那撼天动地的轰鸣也叫她感到恐惧。在它跟前，她简直像一叶没根的小草。

"香雪，过来呀，看！"凤娇拉过香雪向一个妇女头上指，她指的是那个妇女头上别着的那一排金圈圈。

"怎么我看不见？"香雪微微眯着眼睛。

"就是靠里边那个，那个大圆脸。看，还有手表哪，比指甲盖还小哩！"凤娇又有了新发现。

香雪不言不语地点着头，她终于看见了妇女头上的金圈圈和她腕上比指甲盖还要小的手表。但她也很快就发现了别的。"皮书包！"她指着行李架上一只普通的棕色人造革学生书包。就是那种连小城市都随处可见的学生书包。

尽管姑娘们对香雪的发现总是不感兴趣,但她们还是围了上来。

"呦,我的妈呀!你踩着我的脚啦!"凤娇一声尖叫,埋怨着挤上来的一位姑娘。她老是爱一惊一乍的。

"你咋呼什么呀,是想叫那个小白脸和你答话来了吧?"被埋怨的姑娘也不示弱。

"我撕了你的嘴!"凤娇骂着,眼睛却不由自主地朝第三节车厢的车门望去。

那个白白净净的年轻乘务员真下车来了。他身材高大,头发乌黑,说一口漂亮的北京话。也许因为这一点,姑娘们私下里都叫他"北京话"。"北京话"双手抱住胳膊肘,和她们站得不远不近地说:"喂,我说小姑娘们,别扒窗户,危险!"

"呦,我们小,你就老了吗?"大胆的凤娇回敬了一句。姑娘们一阵大笑,不知谁还把凤娇往前一操。弄得她差点撞在他身上,这一来反倒更壮了凤娇的胆,"喂,你们老待在车上不头晕?"她又问。

"房顶子上那个大刀片似的,那是干什么用的?"又一个姑娘问。她指的是车厢里的电扇。

"烧水在哪儿?"

"开到没路的地方怎么办?"

"你们城里人一天吃几顿饭?"香雪也紧跟在姑娘们后面小声问了一句。

"真没治!""北京话"陷在姑娘们的包围圈里,不知所措地嘟囔着。

快开车了,她们才让出一条路,放他走。他一边看表,一边朝车门跑去,跑到门口,又扭头对她们说:"下次吧,下次一定告诉你们!"他的两条长腿灵巧地向上一跨就上了车,接着一阵叽里哐啷,绿色的车门就在姑娘门面前沉重地合上了。列车一头扎进黑暗,把她们撇在冰冷的铁轨旁边。很久,她们还能感觉到它那越来越轻的震颤。

一切又恢复了寂静,静得叫人惆怅。姑娘们走回家去,路上还要为一点小事争论不休:

"谁知道别在头上的金圈圈是几个?"

"八个。"

"九个。"

"不是!"

"就是!"

"凤娇你说哪?"

"她呀,还在想'北京话'哪!"

"去你的,谁说谁就想。"凤娇说着捏了一下香雪的手,意思是叫香雪帮腔。

香雪没说话,慌得脸都红了。她才十七岁,还没学会怎样在这种事上给人家帮腔。

"他的脸多白呀!"那个姑娘还在逗凤娇。

"白?还不是在那大绿屋里捂的。叫他到咱台儿沟住几天试试。"有人在黑影里说。

可不,城里人就靠捂。要论白,叫他们和咱们香雪比比。咱们香雪,天生一副好皮子,再照火车那些闺女的样儿,把头发烫成弯弯绕,啧啧!'真没治'!凤娇姐,你说是不是?"

凤娇不接茬儿,松开了香雪的手。好像姑娘们真的在贬低她的什么人一样,她心里真有点替他抱不平呢。不知怎么的,她认定他的脸绝不是捂白的,那是天生。

香雪又悄悄把手送到凤娇手心里,她示意凤娇握住她的手,仿佛请求凤娇的宽恕,仿佛是她使凤娇受了委屈。

"凤娇,你哑巴啦?"还是那个姑娘。

"谁哑巴啦!谁像你们,专看人家脸黑脸白。你们喜欢,你们可跟上人家走啊!"凤娇的嘴巴很硬。

"我们不配!"

"你担保人家没有相好的?"

不管在路上吵得怎样厉害,分手时大家还是十分友好的,因为一个叫人兴奋的念头又在她们心中升起:明天,火车还要经过,她们还会有一个美妙的一分钟。和它相比,闹点小别扭还算回事吗?

哦,五彩缤纷的一分钟,你饱含着台儿沟的姑娘们多少喜怒哀乐!

日久天长,这五彩缤纷的一分钟,竟变得更加五彩缤纷起来,就在这个一分钟里,她们开始跨上装满核桃、鸡蛋、大枣的长方形柳条篮子，站在车窗下，抓紧时间跟旅客和和气气地做买卖。她们垫着脚尖，双臂伸得直直的，把整筐的鸡蛋、红枣举上窗口，换回台儿沟少见的挂面、火柴，以及属于姑娘们自己的发卡、香皂。有时，有人还会冒着回家挨骂的风险，换回花色繁多的纱巾和能松能紧的尼龙袜。

凤娇好像是大家有意分配给那个"北京话"的，每次都是她提着篮子去找他。她和他做买卖故意磨磨蹭蹭，车快开时才把整篮的鸡蛋塞给他。又是他先把鸡蛋拿走，下次见面时再付钱，那就更够意思了。如果他给她捎回一捆挂面、两条纱巾，凤娇就一定抽回一斤挂面还给他。她觉得，只有这样才对得起和他的交往，她愿意这种交往和一般的做买卖有区别。有时她也想起姑娘们的话："你担保人家没有相好的？"其实，有没有相好的不关凤娇的事，她又没想过跟他走。可她愿意对他好，难道非得是相好的才能这么做吗？

香雪平时话不多，胆子又小，但做起买卖却是姑娘中最顺利的一个。旅客们爱买她的货，因为她是那么信任地瞧着你，那洁如水晶的眼睛告诉你，站在车窗下的这个女孩子还不知道什么叫受骗。她还不知道怎么讲价钱，只说："你看着给吧。"你望着她那洁净得仿佛一分钟前才诞生的面孔，望着她那柔软得宛若红缎子似的嘴唇，心中会升起一种美好的感情。你不忍心跟这样的小姑娘耍滑头，在她面前，再爱计较的人也会变得慷慨大度。

有时她也抓空儿向他们打听外面的事，打听北京的大学要不要台儿沟人，打听什么叫"配乐诗朗诵"（那是她偶然在同桌的一本书上看到的）。有一回她向一位戴眼镜的中年妇女打听能自动开关的铅笔盒，还问到它的价钱。谁知没等人家回话，车已经开动了。她追着它跑了好远，当秋风和车轮的呼啸一同在她耳边鸣响时，她才停下脚步意识到，自己的行为是多么可笑啊。

火车眨眼间就无影无踪了。姑娘们围住香雪，当她们知道她追火车的原因后，便觉得好笑起来。

"傻丫头！"

"值不当的！"

她们像长者那样拍着她的肩膀。

"就怪我磨蹭，问慢了。"香雪可不认为这是一件值不当的事，她只是埋怨自己没抓紧时间。

"咳，你问什么不行呀！"凤娇替香雪挎起篮子说。

"谁叫咱们香雪是学生呢。"也有人替香雪分辩。

也许就因为香雪是学生吧，是台儿沟唯一考上初中的人。

台儿沟没有学校，香雪每天上学要到十五里以外的公社。尽管不爱说话是她的天性，但和台儿沟的姐妹们总是有话可说的。公社中学可就没那么多姐妹了，虽然女同学不少，但她们的言谈举止，一个眼神，一声轻轻的笑，好像都是为了叫香雪意识到，她是小地方来的，穷地方来的。她们故意一遍又一遍地问她："你们那儿一天吃几顿饭？"她不明白她们的用意，每次都认真的回答："两顿。"然后又友好地瞧着她们反问道："你们呢？"

"三顿！"她们每次都理直气壮地回答。之后，又对香雪在这方面的迟钝感到说不出的怜悯和气恼。

"你上学怎么不带铅笔盒呀？"她们又问。

"那不是吗。"香雪指指桌角。

其实，她们早知道桌角那只小木盒就是香雪的铅笔盒，但她们还是做出吃惊的样子。每到这时，香雪的同桌就把自己那只宽大的泡沫塑料铅笔盒摆弄得哒哒乱响。这是一只可以自动合上的铅笔盒，很久以后，香雪才知道它所以能自动合上，是因为铅笔盒里包藏着一块不大不小的吸铁石。香雪的小木盒呢，尽管那是当木匠的父亲为她考上中学特意制作的，它在台儿沟还是独一无二的呢。可在这儿，和同桌的铅笔盒一比，为什么显得那样笨拙、陈旧？它在一阵哒哒声中有几分羞涩地畏缩在桌角上。

香雪的心再也不能平静了，她好像忽然明白了同学对她的再三盘问，明白了台儿沟是多么贫穷。她第一次意识到这是不光彩的，因为贫穷，同学才敢一遍又一遍地盘问她。她盯住同桌那只铅笔盒，猜测它来自遥远的大城市，猜测它的价值肯定非同寻常。三十个鸡蛋换来得吗？还是四十个、五十个？这时她的心又忽地一沉：怎么想起这些了？娘攒下鸡蛋，不是为了叫她乱打主意啊！可是，为什么那诱人的哒哒声老是在耳边响个没完？

深秋，山风渐渐凛冽了，天也黑得越来越早。但香雪和她的姐妹们对于七点钟的火车，是照等不误的。

她们可以穿起花棉袄了,凤娇头上别起了淡粉色的有机玻璃发卡,有些姑娘的辫梢还缠上了夹丝橡皮筋。那是她们用鸡蛋、核桃从火车上换来的。她们仿照火车上那些城里姑娘的样子把自己武装起来,整齐地排列在铁路旁,像是等待欢迎远方的贵宾,又像是准备着接受检阅。

火车停了,发出一阵沉重的叹息,像是在抱怨着台儿沟的寒冷。今天,它对台儿沟表现了少有的冷漠:车窗全部紧闭着,旅客在黄昏的灯光下喝茶、看报,没有人像窗外瞥一眼。那些眼熟的、长跑这条线的人们,似乎也忘记了台儿沟的姑娘。

凤娇照例跑到第三节车厢去找她的"北京话",香雪紧紧头上的紫红色线围巾,把臂弯里的篮子换了换手,也顺着车身不停地跑着。她尽量高高地踮起脚尖,希望车厢里的人能看见她的脸。车上一直没有人发现她,她却在一张堆满食品的小桌上,发现了渴望已久的东西。它的出现,使她再也不想往前走了,她放下篮子,心跳着,双手紧紧扒住窗框,认清了那真是一只铅笔盒,一只装有吸铁石的自动铅笔盒。它和她离得那样近,她一伸手就可以摸到。

一位中年女乘务员走过来拉了香雪。香雪挎起篮子站在远处继续观察。当她断定它属于靠窗的那位女学生模样的姑娘时,就果断地跑过去敲起了玻璃。女学生转过脸来,看见香雪臂弯里的篮子,抱歉地冲她摆了摆手,并没有打开车窗的意思,不知怎么的她就朝车门跑去,当她在门口站定时,还一把扒住了扶手。如果说跑的时候她还有点犹豫,那么从车厢里送出来的一阵阵温馨的、火车特有的气息却坚定了她的信心,她学着"北京话"的样子,轻巧地跃上了踏板。她打算以最快的速度跑进车厢,以最快的速度用鸡蛋换回铅笔盒。也许,她所以能够在几秒钟内就决定上车,正是因为她拥有那么多鸡蛋吧,那是四十个。

香雪终于站在火车上了。她挽紧篮子,小心地朝车厢迈出了第一步。这时,车身忽然悸动了一下,接着,车门被人关上了。当她意识到眼前发生了什么事时,列车已经缓缓地向台儿沟告别了。香雪扑在车门上,看见凤娇的脸在车下一晃。看来这不是梦,一切都是真的,她确实离开姐妹们,站在这又熟悉、又陌生的火车上了。她拍打着玻璃,冲凤娇叫喊:"凤娇!我怎么办呀,我可怎么办呀!"

列车无情地载着香雪一路飞奔,台儿沟刹那间就被抛在后面了。下一站叫西山口,西山口离台儿沟三十里。

三十里,对于火车,汽车真的不算什么,西山口在旅客们闲聊之中就到了。这里上车的人不少,下车的只有一位旅客,那就是香雪,她胳膊上少了那只篮子,她把它塞到那个女学生座位下面了。

在车上,当她红着脸告诉女学生,想用鸡蛋和她换铅笔盒时,女学生不知怎么的也红了脸。她一定要把铅笔盒送给香雪,还说她住在学校吃食堂,鸡蛋带回去也没法吃。她怕香雪不信,又指了指胸前的校徽,上面果真有"矿冶学院"几个字。香雪却觉着她在哄她,难道除了学校她就没家吗?香雪一面摆弄着铅笔盒,一面想着主意。台儿沟再穷,她也从没白拿过别人的东西。就在火车停顿前发出的几秒钟的震颤里,香雪还是猛然把篮子塞到女学生的座位下面,迅速离开了。

车上,旅客们曾劝她在西山口住上一夜再回台儿沟。热情的"北京话"还告诉她,他爱人有个亲戚就住在站上。香雪没有住,更不打算去找"北京话"的什么亲戚,他的话倒更使她感到了委屈,她替凤娇委屈,替台儿沟委屈。她只是一心一意地想:赶快走回去,明天理直气壮地去上学,理直气壮地打开书包,把"它"摆在桌上。车上的人既不了解火车的呼啸曾经怎样叫她像只受惊的小鹿那样不知所措,更不了解山里的女孩子在大山和黑夜面前到底有多大本事。

列车很快就从西山口车站消失了,留给她的又是一片空旷。一阵寒风扑来,吸吮着她单薄的身体。她把滑到肩上的围巾紧裹在头上。缩起身子在铁轨上坐了下来。香雪感受过各种各样的害怕,小时候她怕头发,身上粘着一根头发择不下来,她会急得哭起来;长大了她怕晚上一个人到院子里去,怕毛毛虫,怕被人胳肢(凤娇最爱和她来这一手)。现在她害怕这陌生的西山口,害怕四周黑幽幽的大山,害怕叫人心惊肉跳的寂静,当风吹响近处的小树林时,她又害怕小树林发出的窸窸窣窣的声音。三十里,一路走回去,该路过多少大大小小地林子啊!

一轮满月升起来了,照亮了寂静的山谷,灰白的小路,照亮了秋日的败草,粗糙的树干,还有一丛丛荆棘、怪石,还有满山遍野那树的队伍,还有香雪手中那只闪闪发光的小盒子。

她这才想到把它举起来仔细端详。它想,为什么坐了一路火车,竟没有拿出来好好看看?现在,在皎洁的月光下，它才看清了它是淡绿色的，盒盖上有两朵洁白的马蹄莲。她小心地把它打开，又学着同桌的样子轻轻一拍盒盖，"哒"的一声，它便合得严严实实。她又打开盒盖，觉得应该立刻装点东西进去。她从兜里摸出一只盛擦脸油的小盒放进去，又合上了盖子。只有这时，她才觉得这铅笔盒真属于她了，真的。它又想到了明天，明天上学时，她多么盼望她们会再三盘问她啊！

她站了起来，忽然感到心里很满意，风也柔和了许多。她发现月亮是这样明净。群山被月光笼罩着，像母亲庄严、神圣的胸脯；那秋风吹干的一树树核桃叶，卷起来像一树树金铃铛，她第一次听清它们在夜晚，在风的怂恿下"豁啷啷"地歌唱。她不再害怕了，在枕木上跨着大步，一直朝前走去。大山原来是这样的！月亮原来是这样的！核桃树原来是这样的！香雪走着，就像第一次认出养育她长大成人的山谷。台儿沟呢？不知怎么的，她加快了脚步。她急着见到它，就像从来没有见过它那样觉得新奇。台儿沟一定会是"这样的"：那时台儿沟的姑娘不再央求别人，也用不着回答人家的再三盘问。火车上的漂亮小伙子都会求上门来，火车也会停得久一些，也许三分、四分，也许十分、八分。它会向台儿沟打开所有的门窗，要是再碰上今晚这种情况，谁都能从从容容地下车。

今晚台儿沟发生了什么事？对了，火车拉走了香雪，为什么现在她像闹着玩儿似的去回忆呢？四十个鸡蛋没有了，娘会怎么说呢？爹不是盼望每天都有人家娶媳妇、聘闺女吗？那时他才有干不完的活儿，他才能光着红铜似的脊梁。不分昼夜地打出那些躺柜、碗橱、板箱，挣回香雪的学费。想到这儿，香雪站住了，月光好像也黯淡下来，脚下的枕木变成一片模糊。回去怎么说？她环视群山，群山沉默着；她又朝着近处的杨树林张望，杨树林窸窸窣窣地响着，并不真心告诉她应该怎么做。是哪来的流水声？她寻找着，发现离铁轨几米远的地方，有一道浅浅的小溪。她走下铁轨，在小溪旁边坐了下来。她想起小时候有一回和凤娇在河边洗衣裳，碰见一个换芝麻糖的老头。凤娇劝香雪拿一件汗衫换几块糖吃，还教她对娘说，那件衣裳不小心叫河水给冲走了。香雪很想吃芝麻糖，可她到底没换。她还记得，那老头真心实意等了她半天呢。为什么她会想起这件小事？也许现在应该骗娘吧，因为芝麻糖怎么也不能和铅笔盒的重要性相比。她要告诉娘，这是一个宝盒子，谁用上它，就能一切顺心如意，就能上大学、坐上火车到处跑，就能要什么有什么，就再也不会被人盘问她们每天吃几顿饭了。娘会相信的，因为香雪从来不骗人。

小溪的歌唱高昂起来了，它欢腾着向前奔跑，撞击着水中的石块，不时溅起一朵小小的浪花。香雪也要赶路了，她捧起溪水洗了把脸，又用沾着水的手抿光被风吹乱的头发。水很凉，但她觉得很精神。她告别了小溪，又回到了长长的铁路上。

前边又是什么？是隧道，它愣在那里，就像大山的一只黑眼睛。香雪又站住了，但她没有返回去，她想到怀里的铅笔盒，想到同学门惊羡的目光，那些目光好像就在隧道里闪烁。她弯腰拔下一根枯草，将草茎插在小辫里。娘告诉她，这样可以"避邪"。然后她就朝隧道跑去。确切地说，是冲去。

香雪越走越热了，她解下围巾，把它搭在脖子上。她走出了多少里？不知道。尽管草丛里的"纺织娘""油葫芦"总在鸣叫着提醒她。台儿沟在哪儿？她向前望去，她看见迎面有一颗颗黑点在铁轨上蠕动。再近一些她才看清，那是人，是迎着她走过来的人群。第一个是凤娇，凤娇身后是台儿沟的姐妹们。

香雪想快点跑过去，但腿为什么变得异常沉重？她站在枕木上，回头望着笔直的铁轨，铁轨在月亮的照耀下泛着清淡的光，它冷静地记载着香雪的路程。她忽然觉得心头一紧，不知怎么的就哭了起来，那是欢乐的泪水，满足的泪水。面对严峻而又温厚的大山，她心中升起一种从未有过的骄傲。她用手背抹净眼泪，拿下插在辫子里的那根草棍儿，然后举起铅笔盒，迎着对面的人群跑去。

山谷里突然爆发了姑娘们欢乐的呐喊，她们叫着香雪的名字，声音是那样奔放、热烈；她们笑着，笑得是那样不加掩饰，无所顾忌。古老的群山终于被感动得战栗了，它发出宽亮低沉的回音，和她们共同欢呼着。

哦，香雪！香雪！

陈奂生上城（节选）

高晓声

"漏斗户主"陈奂生，今日悠悠上城来。

一次寒潮刚过，天气已经好转，轻风微微吹，太阳暖烘烘，陈奂生肚里吃得饱，身上穿得新，手里提着一个装满东西的干干净净的旅行包，也许是气力大，也许是包儿轻，简直像拎了束灯草，晃荡晃荡，全不放在心上。他个儿又高、腿儿又长，上城三十里，经不起他几晃荡；往常挑了重担都不乘车，今天等于是空身，自更不用说，何况太阳还高，到城嫌早，他尽量放慢脚步，一路如游春看风光。

他到城里去干啥？他到城里去做买卖。稻子收好了，麦垄种完了，公粮余粮卖掉了，口粮柴草分到了，乘这个空当，出门活动活动，赚几个活钱买零碎。自由市场开放了，他又不投机倒把，卖一点农副产品，冠冕堂皇。

他去卖什么？卖油绳（油绳——一种油煎的面食。）。自家的面粉，自家的油，自己动手做成的。今天做好今天卖，格啦嘣脆，又香又酥，比店里的新鲜，比店里的好吃，这旅行包里装的尽是它；还用小塑料袋包装好，有五根一袋的，有十根一袋的，又好看，又干净。一共六斤，卖完了，稳赚三元钱。

赚了钱打算干什么？打算买一顶簇新的、呱呱叫的帽子。说真话，从三岁以后，四十五年来，没买过帽子。解放前是穷，买不起；解放后是正当青年，用不着；"文化大革命"以来，肚子吃不饱，顾不上穿戴，虽说年纪到把，也怕脑后风了。正在无可奈何，幸亏有人送了他一顶"漏斗户主"帽，也就只得戴上，横竖不要钱。七八年决分以后，帽子不翼而飞，当时只觉得头上轻松，竟不曾想到冷。今年好像变娇了，上两趟寒流来，就缩头缩颈，伤风打喷嚏，日子不好过，非买一顶帽子不行。好在这也不是大事情，现在活路大，这几个钱，上一趟城就赚到了。

陈奂生真是无忧无虑，他的精神面貌和去年大不相同了。他是过惯苦日子的，现在开始好起来，又相信会越来越好，他还不满意么？他满意透了。他身上有了肉，脸上有了笑；有时候半夜里醒过来，想到囤里有米、橱里有衣，总算像家人家了，就兴致勃勃睡不着，禁不住要把老婆推醒了陪他聊天讲闲话。

提到讲话，就触到了陈奂生的短处，对着老婆，他还常能说说，对着别人，往往默默无言。他并非不想说，实在是无可说。别人能说东道西，扯三拉四，他非常羡慕。他不知道别人怎么会碰到那么多新鲜事儿，怎么会想得出那么多特别的主意，怎么会具备那么多离奇的经历，怎么会记牢那么多怪异的故事，又怎么会讲得那么动听。他毫无办法，简直犯了死症毛病，他从来不会打听什么，上一趟街，回来只会说"今天街上人多"或"人少""猪行里有猪""青菜贱得卖不掉"之类的话。他的经历又和村上大多数人一样，既不特别，又是别人一目了然的，讲起来无非是"小时候娘常打我的屁股，爹倒不凶""也算上了四年学，早忘光了""三九年大旱，断了河底。大家捉鱼吃""四九年改朝换代，共产党打败了国民党"。"成亲以后，养了一个儿子、一个小女"……索然无味，等于不说。他又看不懂书；看戏听故事，又记不牢。看了《三打白骨精》，老婆要他讲，他也只会说："孙行者最凶，都是他打死的。"老婆不满意，又问白骨精是谁，他就说："是妖怪变的。"还是儿子巧，声明"白骨精不是妖怪变的，是白骨精变成的妖怪。"才算没有错到底。他又想不出新鲜花样来，比如种田，只会讲"种麦要用锄头抨碎泥块""莳秧一蔸莳六棵"……谁也不要听。再如这卖油绳的行当，也根本不是他发明的，好些人已经做过一阵了，怎样用料？怎样加工？怎样包装？什么价钱？多少利润？什么地方、什么时间买客多、销路好？都是向大家学来的经验。如果他再向大家夸耀，岂不成了笑话！甚至刻薄些的人还会吊他的背筋："嗳！连'漏斗户主'也有油、粮卖油绳了，还当新闻哩！"还是不开口也罢。

如今，为了这点，他总觉得比别人矮一头。黄昏空闲时，人们聚拢来聊天，他总只听不说，别人讲话也总不朝他看，因为知道他不会答话，所以就像等于没有他这个人。他只好自卑，他只有羡慕。他不知道世界上有"精神生活"这一个名词，但是生活好转以后，他渴望过精神生活。哪里有听的，他爱去听，哪里有演的，他爱去看，没听没看，他就觉得没趣。有一次大家闲谈，一个问题专家出了个题目："在本大队你最佩服哪一个？"他忍不住也答了腔，说："陆龙飞最狠。"人家问："一个说书的，狠什么？"他说："就为他能说书，我佩服他一张嘴。"引得众人哈哈大笑。

于是，他又惭愧了，觉得自己总是不会说，又被人家笑，还是不说为好。他总想，要是能碰到一件大家都不曾经过的事情，讲给大家听听就好了，就神气了。

当然，陈奂生的这个念头，无关大局，往往蹲在离脑门三四寸的地方，不大跳出来，只是在尴尬时冒一冒尖，让自己存个希望罢了。比如现在上城卖油绳，想着的就只是新帽子。尽管放慢脚步，走到县城的时候，还只下午六点不到。他不忙做生意，先就着茶摊，出一分钱买了杯热茶，啃了随身带着当晚餐的几块僵饼，填饱了肚子，然后向火车站走去。一路游街看店，遇上百货公司，就弯进去侦察有没有他想买的帽子，要多少价钱。三爿店查下来，他找到了满意的一种。这时候突然一拍屁股，想到没有带钱。原先只想卖了油绳赚了利润再买帽子，没想到油绳未卖之前商店就要打烊；那么，等到赚了钱，这帽子就得明天才能买了。可自己根本不会在城里住夜，一无亲，二无眷，从来是连夜回去的，这一趟分明就买不成，还得光着头冻几天。

受了这点挫折，心情不挺愉快，一路走来，便觉得头上凉飕飕，更加懊恼起来。到火车站时，已过八点了。时间还早，但既然来了，也就选了一块地方，敞开包裹，亮出商品，摆出摊子来。这时车站上人数不少，但陈奂生知道难得会有顾客，因为这些都是吃饱了晚饭来候车的，不会买他的油绳，除非小孩嘴馋吵不过，大人才会买。只有火车上下车的旅客到了，生意才会忙起来。他知道九点四十分、十点半，各有一班车到站，这油绳到那时候才能卖掉，因为时近半夜，店摊收歇，能买到吃的地方不多，旅客又饿了，自然争着买。如果十点半卖不掉，十一点二十分还有一班车，不过太晏了，陈奂生宁可剩点回去也不想等，免得一夜不得睡，须知跑回去也是三十里啊。

果然不错，这些经验很灵，十点半以后。陈奂生的油绳就已经卖光了。下车的旅客一拥而上，七手八脚，伸手来拿，把陈奂生搞得昏头昏脑，卖完一算账，竟少了三角钱，因为头昏，怕算错了，再认真算了一遍，还是缺三角，看来是哪个贪小利拿了油绳未付款。他叹了一口气，自认晦气。本来他也晓得，人家买他的油绳，是不能向公家报销的，那要买而不肯私人掏腰包的，就会耍一点魔术，所以他总是特别当心，可还是丢失了，真是双拳不敌四手，两眼难顾八方。只好认了吧，横竖三块钱赚头，还是有的。

他又叹了口气，想动身凯旋回府。谁知一站起来，双腿发软，两膝打颤，竟是浑身无力。他不觉大吃一惊，莫非生病了吗？刚才做生意，精神紧张，不曾觉得，现在心定下来，才感浑身不适，原先喉咙嘶哑，以为是讨价还价喊哑的，现在连口腔上爿都像冒烟，鼻气火热；一摸额头，果然滚烫，一阵阵冷风吹得头皮好不难受。他毫无办法，只想先找杯热茶解渴。那时茶摊已无，想起车站上有个茶水供应地方，便硬撑着移步过去。到了那里，打开龙头，热水倒有，只是找不到茶杯。原来现在讲究卫生，旅客大都自带茶缸，车站上落得省劲，就把杯子节约掉了。陈奂生也顾不得卫生不卫生，双手捧起龙头里流下的水就喝。那水倒也有点烫，但陈奂生此时手上的热度也高，还忍得住，喝了几口，算是好过一点。但想到回家，竟是千难万难；平常时候，那三十里路，好像经不起脚板一颠，现在看来，真如隔了十万八千里，实难登程。他只得找个位置坐下，耐性受痛，觉得此番遭遇，完全错在忘记了带钱去买帽子，才受凉发病。一着走错，满盘皆输；弄得上不上下不下，进不得退不得，卡在这儿，真叫尴尬。万一严重起来，此地举目无亲，耽误就医吃药，岂不要送掉老命？可又一想，他陈奂生是个堂堂男子汉，一生干净，问心无愧，死了也口眼不闭，活在世上多种几年田，有益无害，完全应该提供宽裕的时间，没有任何匆忙的必要。想到这里，陈奂生高兴起来，他嘴巴干燥，笑不出声，只是两个嘴角，向左右同时嘻开，露出一个微笑。那扶在椅上的右手，轻轻提了起来，像听到了美妙的乐曲似的，在右腿上赏心地拍了一拍，松松地吐出口气，便一头横躺在椅子上卧倒了。

一觉醒来，天光已经大亮，陈奂生肢体瘫软，头脑不清，眼皮发沉，喉咙痒痒地咳了几声；他懒得睁眼，翻了一个身便又想睡。谁知此身一翻，竟浑身颤了几顿，一颗心像被线穿着吊了几吊，牵肚挂肠。他用手一摸，身下贼软；连忙一个翻身，低头望去，证实自己猜得一点不错，是睡在一张棕绷大床上。陈奂生吃了一惊，连忙平躺端正，闭起眼睛，要弄清楚怎么会到这里来的。他好像有点印象，一时又糊涂难记，只得细细琢磨，好不容易才想出了县委吴书记和他的汽车，一下子理出头绪，把一串细关节脉都拉了出来。

原来陈奂生这一年真交了好运，逢到急难，总有救星。他发高烧昏睡不久，候车室门口就开来一部吉普车，载来了县委书记吴楚。他是要乘十二点一刻那班车到省里去参加明天的会议。到火车站时，刚只十一点四十分，吴楚也就不忙，在候车室徒步起来，那司机一向要等吴楚进了站台才走，免得他临时有事找不到人，这次也照例陪着。因为是半夜，候车室旅客不多，吴楚转过半圈，就发现了睡着的陈奂生。吴楚不禁笑了起来，他今秋在陈奂生的生产队里蹲了两个月，一眼就认出他来，心想这老实肯干的忠厚人，怎么在这儿睡着了？若要乘车，岂不误事。便走去推醒他；推了一推，又发现那屁股底下，垫着个瘪包，心想坏了，莫非东西被偷了？就着紧推他，竟也不醒。这吴楚原和农民玩惯了的，一时调皮起来，就去捏他的鼻子；一摸到皮肤热辣辣，才晓得他病倒了，连忙把他扶起，总算把他弄醒了。

这些事情，陈奂生当然不晓得。现在能想起来的，是自己看到吴书记之后，就一把抓牢，听到吴书记问他。"你生病了吗？"他点点头。吴书记问他："你怎么到这里来的？"他就去摸了摸旅行包。吴书记问他："包里的东西呢？"他就笑了一笑。当时他说了什么？究竟有没有说？他都不记得了；只记得吴书记好像已经完全明白了他的意思，便和驾驶员一同扶他上了车，车子开了一段路，叫开了一家门（机关门诊室），扶他下车进去，见到了一个穿白衣服的人，晓得是医生了。那医生替他诊断片刻，向吴书记笑着说了几句话（重感冒，不要紧），倒过半杯水，让他吃了几片药，又包了一点放在他口袋里，也不曾索钱，便代替吴书记把他扶上了车，还关照说："我这儿没有床，住招待所吧，安排清静一点的地方睡一夜就好了。"车子又开动，又听吴书记说："还有十三分钟了，先送我上车站，再送他上招待所，给他一个单独房间，就说是我的朋友……"

陈奂生想到这里，听见自己的心扑扑跳得比打钟还响，合上的眼皮，流出晶莹的泪珠，在眼角膜里停留片刻，便一条线挂下来了。这个吴书记真是大好人，竟看得起他陈奂生，把他当朋友，一旦有难，能挺身而出，拔刀相助，救了他一条性命，实在难得。

陈奂生想，他和吴楚之间，其实也谈不上交情，不过认识罢了。要说有什么私人交往，平生只有一次。记得秋天吴楚在大队蹲点，有一天突然闯到他家来吃了一顿便饭，听那话音，像是特地来体验体验"漏斗户"的生活改善到什么程度的。还带来了一斤块块糖，给孩子们吃。细算起来，等于两顿半饭钱。那还算什么交情呢！说来说去，是吴书记做了官不曾忘记老百姓。

陈奂生想罢，心头暖烘烘，眼泪热辣辣，在被日上拭了拭，便睁开来细细打量这住的地方，却又吃了一惊。原来这房里的一切，都新堂堂，亮澄澄，平顶（天花板）白得耀眼，四周的墙，用青漆漆了一人高，再往上就刷刷白，地板暗红闪光，照出人影子来；紫檀色五斗橱，嫩黄色写字台，更有两张出奇的矮凳，比太师椅还大，里外包着皮，也叫不出它的名字来。再看床上，垫的是花床单，盖的是新被子，雪白的被底，崭新的绸面，呱呱叫三层新（三层新——被面、被里、被絮都是新的）。陈奂生不由自主地立刻在被窝里缩成一团，他知道自己身上（特别是脚）不大干净，生怕弄脏了被子……随即悄悄起身，悄悄穿好了衣服，不敢弄出一点声音来，好像做了偷儿，被人发现就会抓住似的。他下了床，把鞋子拎在手里，光着脚跑出去；又眷顾着那两张大皮椅，走近去摸一摸，轻轻捺了捺，知道里边有弹簧，却不敢坐，怕压瘪了弹不饱。然后才真的悄悄开门，走出去了。

到了走廊里，脚底已冻得冰冷，一瞧别人是穿了鞋走路的，知道不碍，也套上了鞋。心想吴书记照顾得太好了，这哪儿是我该住的地方！一向听说招待所的住宿费贵，我又没处报销，这样好的房间，不知要多少钱，闹不好，一夜天把顶帽子钱住掉了，才算不来呢！

他心里不安，赶忙要弄清楚。横竖他要走了，去付了钱吧。

他走到门口柜台处，朝里面正在看报的大姑娘说："同志，算账。"

"几号房间？"那大姑娘恋着报纸说，并未看他。

"几号不知道。我住在最东那一间。"

那姑娘连忙丢了报纸，朝他看看，甜甜地笑着说："是吴书记汽车送来的？你身体好了吗？"

"不要紧，我要回去了。"

"何必急,你和吴书记是老战友吗?你现在在哪里工作?……"大姑娘一面软款款地寻话说,一面就把开好的发票交给他。笑得甜极了。陈奂生看看她,真是绝色!

但是,接到发票,低头一看,陈奂生便像给火钳烫着了手。他认识那几个字,却不肯相信。"多少?"他忍不住问,浑身燥热起来。"五元。"

"一夜天?"他冒汗了。

"是一夜五元。"

陈奂生的心,忐忑忐忑大跳。"我的天!"他想,"我还怕困掉一顶帽子,谁知竟要两顶!"

"你的病还没有好,还正在出汗呢!"大姑娘惊怪地说。

千不该,万不该,陈奂生竟说了一句这样的外行语:"我是半夜里来的呀!"

大姑娘立刻看出他不是一个人物,她不笑了,话也不甜了,像菜刀剁着砧板似的笃笃响着说:"不管你什么时候来,横竖到今午十二点为止,都收一天钱。"这还是客气的,没有嘲笑他,是看了吴书记的面子。

陈奂生看着那冷若冰霜的脸,知道自己说错了话,得罪了人,哪里还敢再开口,只得抖着手伸进袋里去摸钞票,然后细细数了三遍,数定了五元;交给大姑娘时,那外面一张人民币,已经半湿了,尽是汗。

这时大姑娘已在看报,见递来的钞票太零碎,更皱了眉头。但她还有点涵养,并不曾说什么,收进去了。

陈奂生出了大价钱,不曾讨得大姑娘欢喜,心里也有点忿忿然。本想一走了之,想到旅行包还丢在房间里,就又回过来。

推开房间,看看照出人影的地板,又站住犹豫:"脱不脱鞋?"一转念,忿忿想道:"出了五块钱呢!"再也不怕弄脏,大摇大摆走了进去,往弹簧太师椅上一坐:"管它,坐瘪了不关我事,出了五元钱呢。"

他饿了,摸摸袋里还剩一块僵饼,拿出来啃了一口,看见了热水瓶,便去倒一杯开水和着饼吃。回头看刚才坐的皮凳,竟没有瘪,便故意立直身子,扑通坐下去……试了三次,也没有坏,才相信果然是好家伙。便安心坐着啃饼,觉得很舒服,头脑清爽,热度退尽了,分明是刚才出了一身大汗的功劳。他是个看得穿的人,这时就有了兴头,想道:"这等于出晦气钱——譬如买药吃掉!"

啃完饼,想想又肉痛起来,究竟是五元钱呢!他昨晚上在百货店看中的帽子,实实在在是二元五一顶,为什么睡一夜要出两顶帽钱呢?连沈万山(沈万山——民间传说里的大富翁)都要住穷;他一个农业社员,去年工分单价七角,困一夜做七天还要倒贴一角,这不是开了大玩笑!从昨半夜到现在,总共不过七八个钟头,几乎一个钟头要做一天工,贵死人!真是阴错阳差,他这副骨头能在那种床上躺尸吗!现在别的便宜抬不着,大姑娘说可以住到十二点,那就再困吧,团到足十二点走,这也是捞着多少算多少。对,就是这个主意。

这陈奂生确是个向前看的人,认准了自然就干,但刚才出了汗,吃了东西,脸上嘴上,都不惬意,想找块毛巾洗脸,却没有。心一横,便把提花枕巾捞起来干擦了一阵,然后衣服也不脱,就盖上被头困了,这一次再也不怕弄脏了什么,他出了五元钱呢。——即使房间弄成了猪圈,也不值!

可是他睡不着,他想起了吴书记。这个好人,大概只想到关心他,不曾想到他这个人经不起这样高级的关心。不过人家忙着赶火车,哪能想得周全!千怪万怪,只怪自己不曾先买帽子,才伤了风,才走不动,才碰着吴书记,才住招待所,才把油绳的利润用光,连本钱也蚀掉一块多……那么,帽子还买不买呢?他一狠心:买,不买还要倒霉的!

想到油绳,又觉得肚皮饿了。那一块僵饼,本来就填不饱,可惜昨夜生意太好,油绳全卖光了,能剩几袋倒好;现在懊悔已晚,再在这床上困下去,会越来越饿,身上没有粮票,中饭到哪里去吃!到时候饿得走不动,难道再在这儿住一夜吗?他慌了,两脚一蹬,把被头踢开,拎了旅行包。开门就走。此地虽好,不是久恋之所,虽然还剩得有二三个钟点,又带不走,忍痛放弃算了。

他出得门来,再无别的念头,直奔百货公司,把剩下来的油绳本钱,买了一顶帽子,立即戴在头上,飘然而去。

一路上看看野景,倒也容易走过;眼看离家不远,忽然想到这次出门,连本搭利,几乎全部搞光,马上要见老婆,交不出账,少不得又要受气,得想个主意对付她。怎么说呢?就说输掉了;不对,自己从不赌。就说吃掉了;不对,自己从不死吃。就说被扒掉;不对,自己不当心,照样挨骂。就说做好事救济了别人;不对,自己都要别人救济。就说送给一个大姑娘了，不对，老婆要犯疑……那怎么办？

陈奂生自问自答，左思右想，总是不妥。忽然心里一亮，拍着大腿，高兴地叫道："有了。"他想到此趟上城，有此一番动人的经历，这五块钱花得值透。他总算有点自豪的东西可以讲讲了。试问，全大队的干部、社员，有谁坐过吴书记的汽车？有谁住过五元钱一夜的高级房间？他可要讲给大家听听，看谁还能说他没有什么讲的！看谁还能说他没见过世面了看谁还能瞧不起他，唔！……他精神陡增，顿时好像高大了许多。老婆已不在他眼里了；他有办法对付，只要一提到吴书记，说这五块钱还是吴书记看得起他，才让他用掉的，老婆保证服帖。哈，人总有得意的时候，他仅仅花了五块钱就买到了精神的满足，真是拾到了非常的便宜货，他愉快地划着快步，像一阵清风荡到了家门。

果然，从此以后，陈奂生的身份显著提高了，不但村上的人要听他讲，连大队干部对他的态度也友好得多，而且，上街的时候，背后也常有人指点着他告诉别人说："他坐过吴书记的汽车。"或者"他住过五元钱一天的高级房间。"……公社农机厂的采购员有一次碰着他，也拍拍他的肩胛说："我就没有那个运气，三天两头住招待所，也住不进那样的房间。"

从此，陈奂生一直很神气，做起事来，更比以前有劲得多了。

我是谁

宗璞

韦弥推开厨房门，忽然发出一声撕裂人心的尖叫。

她踉跄地转过身，跌跌撞撞地冲下楼来。刹时，她觉得天地变成了漆黑一团，不知该往哪里走。她摇摇摆摆地转来转去，一下子跌倒在路旁，好像一堆破旧的麻袋，夕阳一片血红，照得天地都是血污的颜色。楼旁的栅栏参差不齐，投在墙上的黑影像是一个个浸染着鲜血的手印。

黄昏的校园里，这一片住宅区是寂静的，只在寂静中有一种不安的肃杀之气。在革命的口号下变得热狂的人群还没有回来，但仍不时有人走过。一个人看见路旁躺倒的一团，不由得上前去俯身问道："怎么了？"一面关心地扶起她的头。他吃惊地叫了："韦弥！"便连忙把她轻轻放回原处，好像她既是个定时炸弹，又是件珍贵器皿。他惊恐地往四周看，看有人注意没有，因为像他这样已"揪出"的人，和韦弥的任何联系，都足以导致对他更剧烈的批斗。

又有人走过来了，也去观察路边的人形。"哦，韦弥。"他那年轻的脸上显示出厌恶的颜色。"黑帮的红人！特务！"遂即转身走了。

又有人走了过来。"又是谁跳楼了？"这对他似乎是件开心事。他用脚踢了踢韦弥，看见她头上只有一半头发。便不再去辨认。"别装蒜！你这牛鬼蛇神！自绝于党，自绝于人民！你的狗命值几个大子儿！"又重重地踢了她一下，扬长而去。

韦弥恰恰在这时醒过来了。如血的残阳照着她蜡黄的脸，摔倒时脸上蹭破了两处，血还在慢慢地流出来。她猛地站起身，几滴血甩落在秋天的枯萎的土地上，落叶飘了下来，遮盖了血迹。

"你这牛鬼蛇神！自绝于人民！"这声音轰隆轰隆地响着。"特务！黑帮的红狗！""杀人不见血的笑杆反革命！""狠毒透顶的反动权威！"批斗会上的口号一起涌来，把韦弥挤得无处容身，只好歪歪倒倒无目的地走着，想要从声音的空隙里钻过去。

忽然迎面跑来一个五六岁的小女孩，她高兴地叫着："韦弥姑！你和孟伯伯怎么好久不和我叠纸，不和我过家家了呵？"满脸血迹、双目发直的韦弥，马上把孩子吓住了，孩子"哇"的一声哭了起来，跑开了。

"韦弥姑！"这声音好奇怪。谁是韦弥？在她的思想中，孟伯伯很自然地译成了孟文起三个字。可谁又是孟文起？但这些都不必管，最要紧的是：我是谁？我，这被轰鸣着的唾骂逼赶着的我，这脸上、心中流淌着鲜血的我，我是谁呵？我——是谁？

韦弥走几步就摔一跤，慢慢走出了这一片住宅区，来到一带小山前。小山满是乱蓬蓬的衰草，再也梳解不开。石径曲折，但却平坦地穿过小山。韦弥在这平坦的路上走，却好像是在爬什么险峰峻岭，不时手脚并用。还常常向后翻滚，滚着滚着，爬起来再向前走。她只想着向前走，去弄清楚这"我"，究竟是谁？

路分岔处有一座小小的假山，很是玲珑剔透，每一块石头都可以引起许多联想。韦弥定睛看这假山，渐渐看出一副狰狞的妖魔面目。凹进去的大大小小的洞，涂染着夕阳的光辉，宛如一个个血盆大口。她忽然觉得这些血盆大口都是长在自己身上的，她便用它们来吃人！"我是牛鬼——！"她大叫起来，跌倒了。

韦弥看见自己了。青面獠牙，凶恶万状，张着簸箕大的手掌，在追赶许多瘦长的、圆胖的、各式各样的小娃娃。那些小娃娃一个个粉妆玉琢，吓得四散奔逃。哦！这不是显微镜下的植物细胞吗？那是韦弥一辈子为之献身的。她为它们耽误了生儿育女。她确实把这些植物细胞当成了自己的儿女，正像孟文起把那些奇怪的公式当成自己的血肉一样。她怎么会把"儿女"送进血盆大口去呢？她不明白。是了！那吼叫的声音是说她用这些植物细胞毒害青年，杀戮别人的儿女。可是怎样杀的呢！她还是不明白。只见那些小娃娃排起队，冲锋了，它们喧闹着、叫嚷着，冲进愈来愈黯淡的残阳的光辉里，不见了。

它们杀戮的尸首在哪里？尸首，哦，尸首！不是悬挂在厨房的暖气管上么？韦弥开门时，它似乎还晃荡了一下。

韦弥恐怖地睁大无神的眼睛，转身看着自家的窗户。她仿佛看见只有半边头发的孟文起从楼上飘了下来，举止还是那样文雅，他越走越近，脸上带着微笑。他一见她那青面獠牙的相貌，便惊恐地奔跑起来，也冲进残阳的光辉里，不见了。

"我杀了人！我确实杀了一个人！"韦弥号啕大哭，拼命撕扯着自己的衣服。"我杀了孟文起！他死了——他死了！"

昨天，韦弥和孟文起同在校一级游斗大会上惨遭批斗。在轰轰烈烈的革命口号声中，他们这一群批斗对象都被剃成了阴阳头。

呵！那耻辱的标记！这一群秃着半个脑袋的人，被驱赶着，鞭打着，在学校的四个游斗点，任人侮辱毒打。详情又何必细说！散会后，还要他们到学校东门外去清理、焚烧垃圾。他们默默地、机器般地干着活。忽然，韦弥听得孟文起呻吟了一声，抬头看时，只见他坐在地上，一只手歙歙地抖着，举着几张废纸。"我的——我的！"他断断续续地说，把纸伸到韦弥眼前。那些奇怪的公式是多么熟悉呵！那是文起多年研究的结果，是比自己生命还要宝贵的研究成果！几个月前，他听从命令，把全部手稿上交审查，没想到他的心、他的魂、他的命根子，变成了破烂的废纸，变成了垃圾堆的组成部分，马上就要烧掉！

"你干吗！"一个监管人员劈手夺过那几张纸，把它们用力扔进熊熊的火堆。多年的、再也无法重复的辛苦，化成了一道青烟，袅袅地上升，消散了。

孟文起和韦弥都愣住了。他们在发愣的状态下回到家中，韦弥低声说道："只有死！只有死！"孟文起那迟钝的眼睛忽然闪亮了一下，他在死亡里看见了希望。他们知道，很快要隔离审查，便会失去甚至是死的自由。一切都是这样残酷，残酷到了不可想象的奇特地步。只有死，现在还在自己的掌握之中。于是就在一夜之间，他俩落进了生和死隔绝的深渊，落进了理智与混沌隔绝的深渊。韦弥正在这深渊里踽踽独行，她继续在寻找"我是谁"的答案。

一缕灵光投到她记忆的深处，在暮色苍茫中，她恍惚看见一朵洁白的小花。小花眼看着很快长大，细细的花茎有一人高，花朵颤巍巍地向她颔首微笑。"这是我！"韦弥含泪笑道，一面扑过去抱住这朵花，那其实是一片峭立的石头。石头碰破了她的脸，血又流下来，但韦弥并不觉得。

她觉得的是自己坐在高高的枝头，看着周围一片花海，她觉得自己是雪白的，纯洁而单纯，觉得世界是这样鲜艳、光亮和美好！她看见自己的父母从普通的木门内走出来，拿着喷壶，像多少年前那样，淋下了细细的甘霖，浇灌着竹篱下的花朵。他们也把水珠洒在韦弥身上，一面喃喃地说："我们的花儿！"每一个孩子都是父母心上的花儿，长大成人后又都是填充世界的泥土，从这泥土上再长出鲜花来。这本是自然的规律。但韦弥现在连做泥土的资格都没有，因为她有毒。那逼赶着她的各种血淋淋的辱骂，使得她的头几乎要炸裂。辱骂声中越来越响的是："她浸透了毒汁！""她放毒杀人！"是的，她浸透了知识的毒汁，传播了知识的剧毒。是否她所研究过的植物的毒素都集中到她身上了呢？雪白的花闪耀着磷火的光彩，在愈见浓重的暮色中显示着"我有毒！"

这时，孟文起走过来了。那是青年时代的他，风度翩翩，十分潇洒飘逸。那还是韦弥第一面见他的印象。他手里为她举着一束植物细胞的切片，高兴地走过来。韦弥觉得幸福得快要溶化了。"来吧！把我也做成切片吧！"她热切地想。但她忽然猛省："我有毒！"

她大叫，"不要碰我，我有毒！"

孟文起和韦弥同样地惊恐，同时扑倒在地，变成了两条虫子。"这便是蛇神了！"韦弥平静地想。蛇挑唆夏娃吃了智慧之果，使人类脱离了蒙昧状态，被罚永远贴着土地，不能直立。那么，知识分子变成虫子在地上爬，正是理所当然的了。韦弥困难地爬着，像真正的虫子一样，先缩起后半身，拱起了背，再向前伸开，好不容易绕过这一处假山石。孟文起显然比她爬得快，她看不见他，不时艰难地抬起头来寻找。

他在哪里呢？他在哪里？对了！他是挂在厨房的暖气管上。那样大的一条虫子，挂在暖气管上！韦弥想要回头看一看，但她没有脖颈，无法转过头来。她不觉还是向前爬去，身后留下一道长长的血迹。

一阵风来，带来了秋天的森冷。"至少他在厨房里，不至于冷吧。"韦弥这样想，不无几分安慰，甚至感到温暖。那小小的厨房，是他们多年茹苦含辛，向科学进军的见证。清晨深夜，不过是几杯淡茶支持着他们疲惫的身体，而这小厨房，为多少年轻的探索者提供了力量。这也是腐蚀青年向无产阶级进攻的罪证。孟文起便在这里得到辛勤劳动的下场。

"我现在是条大毒虫！"韦弥觉得知道自己是谁了，便想笑，但她怎么能笑呢？虫子会笑！那在疯子的世界中才会出现呢！她还是在地上爬着，颇觉心安理得。这是六十年代末期中国知识分子应有的地位，没有比待在自己应有的地位上更使人平静的了。

可能是大家都不得不待在应有的地位吧。韦弥看见，四面八方，爬来了不少虫子，虽然它们并没有脸，她还是一眼便认出了熟人。他们中间文科的教授、讲师居多，理科的也不少，它们大都伤痕累累，血迹斑斑，却一本正经地爬着。但是一种十分痛苦的、屈辱的气氛笼罩着这蠕动的一大堆。忽然有一条驼背的、格外臃肿的虫子（那分明是一位物理学泰斗），发出了"咝咝"的声音，它是在努力叫嚷，如果它有手臂，当然是要振臂高呼的。但它只能喘端着，发出"咝咝"的声音，这声音韦弥可以懂，它说的是："我——是——谁？"

韦弥不禁大吃一惊。是呵，"我是谁？"她那暂时平静的心情过去了，脑海中又翻滚轰鸣着各种置人死地的辱骂。她这念头一闪时，周围的虫子们都不见了。只剩她孤零零向前爬去。

"我就是一条毒虫？不！可这究竟是谁呢？"韦弥苦恼地在巨大的轰响中思索着。

不久，前面出现了一泓秋水，那是校园中最僻静的所在，池沼迭连，多年的灌木丛绞结在一起，显得阴森森的。

天空中忽然响起一阵哀叫，几只大雁在完全黑下来的天空中飞着。他们迷了路，不知道应该飞向何方。韦弥一下子跳了起来，向前奔跑。她伸出两臂，想去捕捉那迷途的、飘零的鸿雁。

刹那间，韦弥觉得自己飞翔在雁群中。她记起了一九四九年春，她从大洋彼岸回国，又从上海乘飞机投奔已经解放了的北京，飞机曾在纷飞的炮火中寻找降落地点。她忽然很清醒了，很清醒地记忆起那翱翔在九霄云外的心情！虽然随时可以粉身碎骨，但却因为觉得一切是这样神圣而感到兴高采烈。她是来投奔共产党、投奔人民的！她是在飞向祖国、飞向革命！祖国呵，亲爱的母亲！革命呵，伟大的熔炉！她和文起想到祖国的温暖，也想到革命的艰辛。他们还认真地考虑到脱胎换骨的痛苦，但是他们情愿跳进革命的熔炉，把自己炼成干将、莫邪那样两口斩金切玉的宝剑，以披斩科学道路上的荆棘。剑是献给母亲的。可是如今剑在哪里？母亲又在哪里？自己不是牛鬼吗？不是蛇神吗？不是毒而又毒的反革命杀人犯吗？飞起来吧！离开这扭曲了的世界！飞起来——飞起来！她觉得自己也是一只迷途的孤雁，在黑暗的天空中哭泣。

她跑着，拼命地跑着，头顶上只剩下一半的头发往一边飘着；她伸开手臂，模拟着飞的动作。灌木划破了她的衣服、身体，她还是跑着。湖水愈来愈近，也愈来愈明亮了。

哀鸣的声音愈来愈凄厉，许多只飞雁集合在一起了。它们在空中旋转着、扑打着翅膀，它们愈来愈高，要离开这被玷污了的、浸染着鲜血和耻辱的土地。韦弥用尽力钻追赶，但它们把她也遗弃了。夜色迷茫，一时不见了鸟儿的踪影。她好像猛然从空中掉了下来，站住不动了。她迷惘地四处看着，觉得自己在溶化，在碎作微尘，变成空气，渐渐地，愈来愈稀薄了。她感到一阵莫名的恐怖，尖声哭叫起来："我呵，这正在消失的我，究竟是谁！？"

凄厉的哭声在这寂静的校园里东冲西撞，找不到出路。

忽然间，黑色的天空上出现了一个明亮的"人"字。人，是由集体排组成的，正在慢慢地飞向远方。

这飘然远去的人字在天空发着异彩。仿佛凝聚了日月的光辉。但在明亮之中有许多黑点在窜动，仔细看时，只见不少的骷髅、蛇蝎、虫豸正在挖它、推它、咬它！它们想拆散、推翻这"人"字，再在人的光辉上践踏、爬行——

韦弥静下来了。她觉得已经化为乌有的自己正在凝聚起来，从理智与混沌隔绝的深渊中冉冉升起。我出现在她面前。她用尽全身的力量叫喊："我是——！"她很快地向前冲进了湖水，投身到她和文起所终生执着的亲爱的祖国——母亲的怀抱，那并不澄清的秋水起了一圈圈泡沫涟漪，她那凄厉的、又充满了觉醒和信心的声音在漩涡中淹没了。

剩下的是一片黑暗和沉寂。

然而只要到了真正的春天，"人"总还会回到自己的土地。或者说，只有"人"回到了自己的土地，才会有真正的春天。

腊月·正月（节选）

贾平凹

　　白沟是商字山后的一个坳，离镇子七里，离商字山顶上的商芝庙三里，是全公社最偏僻的地方。这镇子既然是名镇，坐落的风水也是极妙的。以镇子辐射开去的，是七个大队，七个自然村。东是林家河，马门湾；西是箭沟垭，西坡岭；北是夜村，堡子坪；南是白沟。东西北三面几乎全在河的北岸，村村有公路通达，唯这白沟地处山坳，交通很不方便。从镇子走去，穿河滩地，过了老堤，过新堤，河面上有一座木板桥。桥是五道支架，全用原木为桩，三十六斤重的石柱才砸下去，冬冬夏夏，水涨潮落，木桩也没有能冲去。这条河一直流归汉江，据《商州方志》记载：嘉庆年间，汉江的船可以到达这里，镇子便是沿河最后一站码头。那时候，湖北、四川、河南的商船运上来食盐、棉花、火纸、瓷器、染料、煤油；秦岭的木耳、黄花、桐油、木炭、生漆往镇上集中，再运下去。镇街上便有八家客栈。韩玄子的祖先经营着唯一的挂面坊，有"韧、薄、光、煎、稀、汪、酸、辣、香"九大特点，名传远近。至今，韩玄子还记得，他小时候，仍见过家里有上挂面架的高条凳，一人多高，后来闹土匪，一把火烧了韩家的宅院，那凳子也没能保留下来。

　　或许由于日月运转，桑田变迁吧，这条河虽然还是"地间犹是一"者，但毕竟渐渐水变小了，而且越来越小，田地便蚕食般侵占了河滩。如今的老堤，谁也说不清筑于何年何代，即使那个新堤，也是韩玄子的父亲经手，方圆十几个村的人联名修的。当然喽，汉江的船就再不会上来。以致到了这些年，河水更小，天旱的时候，那木板桥并不用架，只支了一溜石头，人便跳着过去了，猫儿狗儿也能跳着过去。

　　过了河，就顺着商字山脚下一个沟道往里走，走五里，进入一个深坳，这就是白沟村。坳中有一个潭，常年往外流着水，沿潭的四边，东边低，西边高，于是住家多集中在西边，正应了"靠山吃山，靠水吃水"的俗语。这些人家就用石板铺了村道，一台一台拾阶而上，那屋舍也便前墙石头，后墙石头，除了石头还是石头。地是没有半亩平的，又满是料浆石，五谷杂粮都长，可又都长不多。唯有那黑豆，随便在脸脸畔畔挖窝下种，都必有收获，然而产量也是低得可怜。白沟人就年年用豆油来镇上粜换麦子、苞谷。总而言之，是全公社最苦焦的大队。

　　二贝常常记得他们小时候的事。那时大贝领着他和叶子，三天两头到商字山上割草，拾柴，采商芝，挖野蒜，满山跑得累了，就到白沟村来讨水喝，或者钻进人家的黑豆地里，扯几把还嫩的豆稞子，在地头点火来烤，烟冒上来！呛得就要打喷嚏。于是被主人发觉。一阵呼喊叫骂，主人可以撵出沟来，甚至追至河边；他们就飞速跑过木板桥。拉掉一块板，放大胆地隔河向怒不可消却又无可奈何的主人们扮鬼脸。

　　他们也认识了一个叫巩德胜的，是个没妻没子的驼背。这驼背是追不上他们的，他们便常常向他的黑豆地进攻。时间长了，这驼背再看见他们到商字山来，竟殷勤地招呼他们去家喝水，还拿了一碗炒豆儿让他们大吃大嚼。他们从此就不好意思去骚扰了。还时常将采得的商芝送给他们一捆二捆。直到五年前，这驼背看中镇上一位大他三岁的寡妇，就男进女门，作了人家的老女婿，还是和韩家有来有往。

　　土地承包的前二年，公社在这里办了个油坊，四乡八村的黑豆都集中到白沟，白沟人差不多家家都有卖油的，卖油饼的；手是油的，脸是油的，衣着鞋袜油串串，大凡一见面听打招呼：

　　"哎，油锤子！"就知道是白沟人来了！

　　土地承包以后，油坊也承包给了私人。王才的媳妇是白沟人，他便入了承包队，油腻得人不人、鬼不鬼的，很是让镇上人耻笑了许久。二贝就去找过他一次。

　　油坊是在村后一条小土沟里,沟里流一条水道子,沿沟畔凿七八孔土窑。二贝一进小土沟。就听见"咚!咚!咚!"的响声,闷得像打雷,雷却像是在高高的云层之上,也像是在深深的地心之中。他钻进一孔大窑,里边蒙沉沉的,一股热腾腾的、油腻腻的气味便往外喷,看得见深处是几盏灯,恍恍惚惚,犹如进了魔窟,那"咚!咚!"的响声就从里边传出来。他摸摸索索往里走,脚下尽是软软的草,眼睛不能适应,蓦地看见了人影,竟是七八个汉子,一律光头、光身、光脚、光腿,只穿一条短裤,全抱着一个大夯——是一个屋的大梁,在空中吊了——一声呐喊,退后去,极快地瞄准油槽上的大木桩,一个震耳欲聋的"咚"声便砸出来了!

　　他从未见过这样的场面,感到了野蛮和雄壮,感到了原始和力量,他喊一声"王才哥!"呛人的油的烟的汗的气味,就灌进了他的口鼻,他简直要窒息了。

　　王才却从旁边的一个拐窑里钻出来,他五短身材,更是剥得精光。他将二贝拉到拐窑去。原来他的分工是将磨碎的黑豆蒸成半熟,再用稻草包裹成一个一个的"豆包"。他满身满脸的油垢,只有眼睛小小的,聚光而黑明。

　　"你怎么干这个?"二贝说。

　　"我没力气嘛,包豆包你以为轻省吗?"王才说,"一天包四十个豆包,我就只挣得一元五角哩。"

　　二贝把王才拉出窑,告诉这小个子:"你没力气,干这活吃不消,我是专门来告诉你要重寻门路的。"王才一脸哭相,说地分了,粮够吃了,可一家六口人,没有一个挣钱的,只出不入,他又没本事,只有这么干了。

　　二贝说:"你是没力气,可你一肚子精明,这事只能你干,谁也干不了。咱商字山上产商芝,天下独一无二,每年春上,镇街上卖商芝的一篓挨一篓,你何不全收买了,蒸熟晒干,向城市销售?我已经对县上商业局干部谈了,他们直拍大腿叫好,建议用塑料袋包装,每包不要多,只装一把,你五角钱收一篓,一小包可以赚七角八角,不出一年,你就是先富起来的农民了!"

　　王才说:"我的兄弟,这商芝是咱山里人的野菜,谁要这玩意儿?"

　　二贝说:"你哪里知道,现在的城里人大鱼大肉吃腻了,就想吃一口山货土产的鲜,又都讲究营养,这商芝营养价值最高,听说能活血、健胃、滋精益神,要不秦时四皓隐居这里,长年不吃五谷,吃这东西倒活得很久。要经营,每袋附两份说明,一份讲清它的营养价值,一份说明食用方法。袋子上的名字我已经想好了,就叫'商字山四皓商芝'!"

　　王才当下也就热了,辞退了油坊工作,四处筹款,一等春季到来,大量收购商芝,二贝也忙着为他到县塑料厂订购袋子,又着手起草说明书内容。但是,韩玄子竟将二贝臭骂了一顿:"你小子逞什么能?那王才是什么角色?他能办成了什么?现在政策变了,是龙的要上天,是虫的也要上天;看老牛屙屎,把小牛尻子撑破也不行!你一天尽跟了什么人闹腾?"

　　二贝说:"爹不了解王才,那是不显山露水的人哩,只是没力气,他要干这些事,保准成功。现在土地承包了,各人管了各人,能人多得很。你要看重这些人,别一天到黑只和公社大院的来往。"

　　韩玄子倒不高兴,甚至是火了:"亏你倒来教训我了?现在是不比以前了,可天还是天,地还是地,公社的领导还是领导!人家能看得起你爹,你爹能给个冷脸,不睬睬,活独人、死人吗?你知道什么叫社会?!"

　　二贝的行动受到了限制,王才自然搞不来塑料袋,也写不了说明书。人却是有志气的,一股气憋着,春天收了几麻袋商芝拿到省城去卖。结果,大折其本,可怜得坐在城墙根呜呜地哭。亏得他人勤眼活,在城里一家街道食品加工厂干了两个月临时工,回来就又闹腾着也办食品加工厂。当然,一张嘴对人只是叙说当临时工的"过五关斩六将",至于折本之事,则绝口不提。

　　二贝没能为王才办成事,心里极愧,和爹也就闹起意见来。王才办起了食品加工厂,他在家里只字不说,一切顺爹的话儿转,暗地里却总在王才那里出主意,帮手脚。韩玄子也看得出来,对他和白银就烦了,终于为修补照壁的事,矛盾激化,导致一家分了两家。

　　事情过去也就过去了罢,可二贝万万没有想到,爹和他的认识越来越不统一。为了叶子的婚事,他又要经常到这白沟村来了。

　　叶子是他的大妹,二十出头,出脱得万般儿人才,高挑个,细腰身,长长的两条腿,眼睛极大,双层皮儿包着,一忽闪看人,两包清水似的。人长得俏,性情却全是娘的,说话细声慢气,走路轻手轻脚,三、六、九日集市,很少抛头露面,偶尔去一趟,别人一看她,她就不吭不哈,也不笑,小猫似的往回走。人都说,现在的女子疯张了，难得叶子这样温顺！因此，提亲说媒的特别多，又大多是这儿年发了财的、富了家的专业户。叶子性子软，拿不准主意，要听爹的，韩玄子却是一概反对。

"爹是怎么啦？"二贝疑惑起来，"这家反对，那家反对，你要给叶子找什么样的人家呀？"

韩玄子只是一句话："什么人家都行，就是不能嫁那些专业户！"

这当儿，有人就提起白沟三娃。三娃家住潭水的东头，家里人口不兴，父辈弟兄仨，三家却只有他同一个哥哥。哥哥是地质工人，没想三年前一次施工事故中，不幸丧命。地质队将他照顾招了工。家里三间上屋、两间厦房的小院，从此门就锁了。韩玄子看中了这门亲，说这家好处有四：一是三娃吃商品粮。工作虽然艰苦，工资却高，其哥死于事故，当然可见其施工之危险，但天下地质人员百万，别人不死，偏偏死他。也是他阳寿到了的缘故；二是家有房有院，其父兄弟仨守这一个后根，可谓三海碗合盛了一小碗，家底必是丰厚的。当然，好儿不在家当，好女不在陪妆，但家资丰裕毕竟有益无害；三是其父母过世，上无老的要孝敬，下无小的要扶携，过门便是掌柜。这样，叶子不免身单力薄，屋内屋外之活无人指拨，却落得不生是作非，安然清静；四是离爹娘不远，叶子有甚作难事，他们可以照顾，他们往后年岁大了，叶子也能常来伺候。

二贝不同意爹的看法。先嫌三娃个头不高，又嫌家里太孤单，再嫌白沟不是个地方，说来道去，样样都不如专业户的子弟好。韩玄子不听他的，让叶子自己定主意，叶子还是依了爹，二贝一肚子不悦意。

婚事定后，说要结婚，好日子订在腊月初八。因为三娃家没人料理，若在家办事，亲朋至友、街坊邻居必是要招待的。粗粗计算，就是三十多席，不说花销多少，谁来受这份劳累呢？于是就决定出外旅行结婚，这是极文明的事。出外回来，叶子就是白沟的人了，开始在家里请木匠，做家具，修屋顶，泥院墙，忙活起她的小家庭了。本来一场大事已经过去，但韩玄子却一定要在家再待一次客。二贝和爹又吵开了：

"事过又待客，那何必旅行结婚？花那钱给别人吃了喝了干啥？"

韩玄子说："咱就说是给叶子送路，只待本家本族的，外人除了相好的，不叫不行的，任何人也不请。不待怎么成呢？你爹是爱热闹的，不说有多少能耐，总还在人面前走动，别人会笑话咱待不起！人情世故就是这样嘛，待一次客，也是咱的体面。咱对好多人家也有过好处，他们也想趁机会谢呈咱呢。"

二贝说："爹说了这话，倒引起我一肚子意见！你是退休了的人，公社的事，他们要你参与，你本是不该去的，你按你的看法处理事，保不准会有差错，对一些人好了，这些人要来谢呈，可势必又要得罪一些人，对爹有了忌恨。咱若这么待客，肯定要来一些谢呈的，那影响不好呢。"

韩玄子说："谁忌恨了？我就是想待客，请谁不请谁，让那些人看哩！你和白银愿意也行，不愿意也行，这客我是要待的，给你妹子办事，你们都是这个样子？"

二贝就岔了爹的话，说爹说这话，会破坏他们兄妹的关系，爹既然决心下定，就依爹的来，花多少钱，他可以和大贝分着出，只是家里的事他以后什么也不管了。今早娘又让去白沟，爹又发了火，他和白银便只能听从，不敢多言多语，也不想多一言多一语。

韩玄子看着二贝和白银从门道里走出去，就长长出了一口气，说：

"唉，这镇子里多少家庭不和，都是我去调解的，到了咱自己，我倒束手无策了！"

老伴说："罢了，罢了，现在分房另住了，你睁一只眼，闭一只眼吧！咱还能活几天？眼一闭，这一切还不都是人家的。"

韩玄子说："分是分了，外人倒有说我太过分了。我也是不愿意分的，我是让他们分出去后试试艰难，若回心转意，顺听顺说，咱就再合起来。可你瞧瞧，人家倒越发信马由缰了！"

韩玄子愁云上了脸，闷坐了一会儿，就翻出那本《商州方志》来。书已经发黄，破烂不堪，他是用布夹儿重换了封面，平日压在炕席底下，常常要拿出来看的。今天又看了一段商字山四皓的传说，寻思：在那秦乱之期，这四个老汉在此又是怎么个愁法呢！呆呆作了一阵痴，就站在院子里看花台上的花。冬天的花全冻死了，唯有水流纹的石子踏道两边，是两株夹竹桃，还长得翠绿绿的。就又往鸡棚前蹲了一会，便又坐回屋里去生炭火。

老伴知道这是老汉最百无聊赖的时候，就不再插言插语。自己从柜子里往外舀稻子，舀一升，倒在笸箩里，舀一升，倒在笸箩里；她是过日子细法惯了的人，一升就是一升，不及亦不过，末了问道："舀了四斗，你看够嘛？"

"你看着办吧。"

"我看着办?"老伴说,"我知道你准备待几席客?"

韩玄子说:"我也说不清,还没计算呢;多舀一斗吧。"

老伴就又舀出十升来,却见老汉披了那件羊皮大袄顺门出去了。

"你又要到哪儿去?"

韩玄子并没有回答,脚步声从院门口响到照壁后,听不见了。老伴叹了一口气,停下手中的升子,过来将刚刚生起的炭火拨开来,唾几口唾沫,让它灭了,嘟囔道:"没了魂似的,又往哪里去了呢?"

韩玄子是去找巩德胜的。这驼背从白沟进了镇街寡妇的门,夜夜有暖脚的,得了许多人生好处,也吃了好多光棍不吃的苦头:那寡妇是泼人,一张嘴骂街,舌头如刀子一般,凡事大小,只能我亏人,不能人亏我,好强要盛,偏偏争不了一口气——不会生儿。三个女子三个客娃,四十岁上抱养了一个男的,长到五岁,还不会说话,只以为说话迟点,到了十六七岁,还不开口说话,才相信果然是个哑巴。如今两个女儿都出嫁了,哑巴儿子又百事不中,日子过得紧紧巴巴。就来给韩玄子说好听的,央求能帮他办个营业执照,他要办杂货店。韩玄子去公社说了一回,从此驼背就成了杂货店主,仅仅两年功夫,手头也慢慢滋润起来,人模狗样的再不是当年的"油棰子"相了。韩玄子半年以来,酒量增大,少不得心中有事,就在那里喝开了。

今早的雾不比往常,太阳已经冒花了,还没有散尽。韩玄子站在塬头上,镇子街口依然还是看不分明。这镇子真是好风水,河水从秦岭的深外七拐八弯地下来,到了西梢岭,突然就闪出一大片地面来,真可谓"柳暗花明"!河水沿南山根弓弓地往下流,流过五里,马鞍岭迎头一拦,又向北流,流出一里地,绕马鞍岭山嘴再折东南而去,这里便是一个偌大的盆地了,西边高,东边低,中间的盆底就是整个镇街。韩玄子对镇街的二千三百口人家,了如指掌;知道谁家的狗咬人,谁家的狗见人不咬。

他披着羊皮大袄从竹丛边小路往下走,下了漫坡,到了大片河滩地,再往西走,就是镇街了。他家的二亩六分地全在河滩,初冬播下麦后,他和二贝来灌过一次水,好长时间没来了。现在顺脚拐到自家地边,见麦子长得还高,只是黄瘦瘦的。有几家人开始担着锅灰、炕土,在地里施浮肥,老远看见他了,就都笑笑的,说:

"韩先生,起得早啊!"

他吭了一声,看着那些人乌烟瘴气地撒灰,说:"施得那么厚,不怕麦子将来倒伏吗?"

这是一个光头汉子,冬冬夏夏,胸口的衣扣不系,其实并没有衣扣,那么一抿,用一根牛皮裤带紧了。老年人腰里紧一条粗布腰带,青年人绝对觉得难看;他却离不开腰带,腰带又必是牛皮裤带,是个老小之间的过渡人,说:"我不能和你佬比呀,你佬能买下化肥。别看你家的麦子黄黄的,开春撒了化肥,就手提一般的疯长!我家没有牛,踏不出粪,种时甜甜种的,再不上些炕土,真要长出蝇子头大的穗穗了!"

光头的话,多少使韩玄子心中有了些安慰。土地承包后,村子里的牛全卖给了私人。但现在的人,脑袋都是空的,做农民,也做生意,是卖主,也是买主,有买有卖,翻手为云,覆手为雨,这牛几经倒手,就全卖给了山外平原上的人,抓了现钱了。这样,地里没有可施的肥,化肥就成了稀罕物。韩玄子为此也发出牢骚,认定这几年,粮食丰产,那是人出了最大的力,地也出最大的力,若长期以往,地土都板结起来,还会再丰收吗?

退一步又想:罢了,罢了,咱不是政府,又不能制定政策,天下如此,我也如此了!可幸的是,每年公社拨化肥指标,别人买不到,他能买到,至今炕角还堆有两袋化肥,当他提着化肥在田里撒的时候,让那些人眼红去吧!

"唉,"他却偏要叹息,"能收多少麦呀,化肥钱一年就得几十元呢!"

光头撇撇厚嘴,低声说:"你愁什么呀,又有钱,又能买到化肥!"说着,丢下担笼,过来搓着手,从棉袄怀里掏出一包烟来,递给韩玄子一支,"等过了年,你佬能不能替我买几袋呢?"

韩玄子望着那一颗青光脑袋,心里说:要我办事,就拿出这一支烟来;买几袋化肥,就值这一支烟吗?

"那费了我什么了,我不是也常托你帮忙吗?我说狗剩,你就这几亩地,炕土上得这么厚厚一层,还用得着化肥呀?"

光头狗剩却说:

"你还不知道呢,我现在是六亩地哩。王才家忙着搞他的加工厂,他家的三亩多地转让我种了。"

王才，又是王才，韩玄子一听到这个名字，心里就窜上一股气来。他问道："你说什么？他转让地了？这事经谁允许的？他这么大本事，敢随便出租土地，他这是剥削你，雇你的长工！"

狗剩见韩玄子变脸失色起来，当下心里"怦怦"作响，忙四周斜眼看看，没有外人，便将火柴擦着，为老汉点着烟，说："你佬快不要声张，这是我两家协商的。王才家先是要卖商芝，不成了，还买了压面机要压面，现在只是一心张罗他的食品加工，买了好多机器，院里搭了作坊，能做点心、酥饼，还有豆角砂糖，吃起来倒比县食品加工厂的油重，又酥得直掉渣渣。小商小贩都来买他的货哩。他现在一家大小八口，还有两个女婿，正招收人入股，开春想大干哩！这地当然腾不出手脚来种，咱是粗脚笨手的人，做生意没有脚蟹，只会刨扒这土疙瘩。我们商定三亩多地一年两季给他家二担粮，这也是周瑜打黄盖，他愿意打，我愿意挨。"

韩玄子叫道："胡来，胡来！谁给他的政策？他要转你，你就敢接？"

狗剩说："当初我也不敢，王才说，河南早就这么干了，恐怕很快上边也要有条文下来。我也想，现在的政策也是边行边改，真说不定会这样。再说，现在是能人干事的社会，谁能干，国家都支持，咱只会种庄稼，仅仅那三亩地，咱就能发了？韩先生，韩伯，这事你千万不要对公社的人讲啊！"

韩玄子支吾了一句，从麦地边走过去了。

地的中间，本来是有一条宽宽的路，可以过马车，一头通到镇街上，一头通到马鞍岭下，可以直下河南、湖北。早年路畔有一庙，是汉代建造，庙里的四个泥胎就是四皓，"文化大革命"中倒坍了。随之不久，公路在塬上修通，这条路就荒芜起来。韩玄子每每走到这里，就要对着四皓庙倒坍后的一堆石条大发感慨。好久未到这里来了，今见种地人都在扩大自己土地的面积，将路蚕食得弯弯扭扭。韩玄子一面走，一面骂着"造孽！"

"唉唉，人心都瞎了，瞎了，没人修路了！"

对于土地承包耕种的政策，韩玄子是直道英明的；他不是那种大锅饭的既得利益者。那些年里，他在外教书，老伴常年有病，四个孩子正是能吃而不能干，家里总是闹粮荒，每月的工资几乎全贴在嘴上了。而今分地到家，虽然耕种不好，但够吃够喝，还有剩余，挣得的钱就有一个落一个，全可用在家庭文明建设上了。他是信服一句老话的：天下最劳力者，是农民；农民对于国家，是水，国家对于农民，是船；水可以浮船，水亦可以覆船。如果那种大锅饭再继续下去，国穷民贫，天下将会大乱，恐怕是不可避免的。

但是，新政策的颁发，却使他愈来愈看不惯许多人、许多事。当土地承包的时候，生产队曾经开了五个通宵会，回回都炸锅。因为无论怎样，土地的质量难以平等，谁分到好地，谁分到坏地，各人只看见自己碗里的肉少。结果，平均主义一时兴起，抓纸蛋儿十分盛行，于是平平整整的大块面积，硬是划为一条一溜，界石就像西瓜一样出现了一地。地畔的柳树、白杨、苦楝木，也都标了价，一律将钱数用红漆写在树上，凭纸蛋儿抓定，原则上这些树不长成材，不能砍伐，可偏偏有人就砍了，伐了，大的作梁作柱，小的搭棚苫圈。水渠无人管理，石堰被人扒去作了房基。这些乱七八糟的现象，韩玄子看不上眼，心里便估摸不清农村的前途将会如何发展？他毕竟是有文墨的人，每一天的报纸都仔细研究。政府的政策似乎并没有改变，他便想：承包土地一定是国家的权宜之计。可这想法时不时又被自己否定了。最又是那些轻狂的人，碗里饭稠了，腰里有了几个钱，就得意忘形，他不止一次警告那些人："大凡人事、国事、天下事，都是合久必分，分久必合啊！"后边的话，他不说出口，其实他也不知道该怎么说了对，只是自己想想；自己给自己想的，何必说出来呢。

如今，王才竟又转让起了土地，使他本来就被家事、村事搅得乱乱的心绪越发混乱了。

王才，那算是个什么角色呢？韩玄子一向是不把他放在眼里；但是。王才的影响越来越大，几乎成了这个镇上的头号新闻人物！人人都在提说他，又几乎时时在威胁着、抗争着他韩家的影响，他就心里愤愤不平。

他还在县中教书的时候，王才是他的学生，又瘦又小，家里守一个瞎眼老娘，日子恓惶得是什么模样？冬天里，穿不上袜子——麻秆子细腿，垢甲多厚，又尿床，一条被子总是晒在学校的后墙头上。什么时候能体面地走到人前来呢？

初中二年级，王才的姐姐要出嫁，家里要的财物很重，甚至向男方要求为瞎眼娘买一口寿棺。这事传到学校，好不让人耻笑，结果王才就抬不起头，秋天里偷偷卷了被子回家，再也不来上学了。

当了农民,王才个子还是不长。犁地,他不会,撒种,他不会,工分就一直是六分。直到瞎眼娘下世、新媳妇过门,他依旧是什么都没有。

就这么个不如人的人,土地承包以后,竟然暴发了!

"哼,什么人也要富起来了!"韩玄子一边往镇街上走,一边心里不服气。远远看见河边的水磨坊里,一人半高的大水轮在那里转着,他知道王才一家还在那里磨麦子,就恨恨地唾了一口:我不如你吗?就算你有钱,有粮,可你活的什么人呢;我姓韩的,一家八口,两个在省城挣钱,两个在本地挣钱,我虽不在公社大院,这镇子上谁不晓得我呢,我倒怵火了你?!

走进镇街,一街两行的人家都在忙碌。街道是很低的,两边人家的房基却高,砖砌的台阶儿,一律墨染的开面板门。街面上的人得天独厚,全是兼农兼商,两栖手脚。房间十分拥挤,满是门和窗子,他们虽不及上海人的善于拥挤,但一切都习惯于向高空发展:家家有大立柜;木房改作二层砖楼,下开饭店、旅店、豆腐坊、粉条坊,上住小居老,一道铁丝在窗沿拴了,被子毯子也晾,裤衩尿布也挂。正是腊月天里,"腊八"已过,家家开张营业,或是筹备年货。有的将一切家什搬上街道,登高趴低地扫尘刷墙;有的在烟腾雾罩地做豆腐,酿米酒;更多的是一群一伙地在逛街。那些专业户、个体户的子弟已经戴上了手表,穿上了筒裤,三个人、四个人,一排儿横着在街上走,一见韩玄子,哗地就散开,钻进什么人家的店里去了。几家正在修理房子。木工一群,泥瓦工一群,乱糟糟的不可开交。他们见了韩玄子,却全停下手中的活,笑着打招呼。韩玄子走过去,站在修理房子的一家门前,对着山墙头脚手架上的一个人说:"哈,真要过年了,收拾房子呀!"

"啊,是韩先生呀!给先生散烟呀!"脚手架上的人喜欢地叫着,就跳下来,"房子也旧了,不收拾不行了,我想再盖出一间,办代销店呀!"

"让巩德胜的生意惹红眼了?"韩玄子笑着说。

"能寻几个钱是几个钱吧,地里活一完,就没事干了嘛。韩先生,我啥时要去找你呢,眼看房子修好了,营业证还没办哩。"

韩玄子知道他要说什么事了,便叫道:"都在办店了,天神,有多少人来买呢?真不得了,公社王书记给我说,现在要办营业证的人家多得排队哩……"

"是难办。"那人说,"咱不认识人,怕还办不成哩,这全要靠你老了。"

"好说。我可以给王书记说说,看行不行。"

韩玄子想立即走掉,那人却还死死拉住他,说:"只要你一句话,还能不行吗?先生是什么人,谁不知道呢!哎,听说咱女子出嫁了,你怎么不声不吭的,把我也当了外人了?"

韩玄子说:"现在讲究旅行结婚嘛。娃的事腊月初八就办了。"

那人说:"旅行是旅行,可咱这里有这里的风俗嘛,总要给娃送个'路'吧!日子定在几时?"

"算了,不惊动镇上人了。"

那人说:"那怎么行?你不说,我会打听出来的。"

韩玄子只是笑着不言语,要走,又走不脱,就听见有人锐声叫道:"他韩伯,怎么不来屋里坐呀!"

众人扭过头去,见是巩德胜的老婆。这是个枣核女人,头小脚小,腰却粗得如桶。想必是清早掏了一篮红萝卜去河里洗了,才回到街上。一只手提着篮子,一只手伸在衣襟下取暖,看见了韩玄子,就大声吆喝。这吆喝声小半是叫韩玄子听,多半是让一街两行的人家听的。

"这枣核精!"那人低声骂一句,对韩玄子说,"进屋歇会吧,屋里有炭火哩。"

韩玄子说:"不啦,我去买些酒去。"

说罢就走,还听见那人在后边说:"先生,那事就托付你佬了!"

巩德胜的杂货店台阶最高。三间房里,一间盘了柜台,里边安了三个大货架,摆着各式各样百货杂物,两间打通,依立柱垒了界墙,里面是住处,外边安放方桌。桌是两张漆染的旧桌,凳是八条宽板儿条凳,是供吃酒人坐的。巩德胜背是驼的,衣服只能做得前边短,后边长。鼻子很大,又总是红的。一辈子的风火眼,去年手中有了积蓄,才去县医院就诊,良药没有,便配了一副眼镜戴上。

一见韩玄子上了台阶,巩德胜就从柜台里走出来,说:"四天了,不见你来,我估摸你那酒也该喝完了,不是晌午就是晚上该来了,没想大清早的……"

招呼坐了，取了纸烟递过，就对老婆说："切一盘猪耳朵，我和他韩伯喝几盅！"

枣核女人就刀随案响，三下两下切了一盘酱好的猪耳朵，又拿了酒壶到瓮上，用酒勺子一下一下慢慢地倒。

韩玄子说："甭喝了吧，要喝我来买，你们做生意的，哪能招得住这样。"

枣核女人把勺子慢慢端上来，却并不端平，手那么一动，让酒洒出了几滴，说："计较别人，还计较你呀！"

韩玄子笑了笑，心里说：人真不敢做了生意，把钱看得金贵了！瞧，让我来喝，还一勺子一勺子计算，又端不平，使奸哩，哼，那瓮里的酒能不掺了水吗？酒端上来，拿缸子里的热水烫了，韩玄子喝了一口，就尝出里边果然是掺了大量的水。问道："这几天生意还好？"

"凑合。"巩德胜说，"小打小闹，总算手头不紧张了，这还不是全托了你的福吗？"

酒喝过了两壶，两人都晕晕乎乎起来，巩德胜问起韩玄子家里的事来，韩玄子一肚子的闷气就随酒扩散到全身毛细血管，脸色顿时紫红，一宗一宗数说起白银的不是——从她的发型，到她的一件西式春秋衫以及脚上的拖鞋——越说越气。巩德胜每一句话都是投韩玄子之所好，韩玄子便认作知己，脱了羊皮大袄。说：

"兄弟，这话哥窝在肚里，对别人说不起啊，咱是什么人家，怎么就出了这种东西！世道变得快呀，变得不中眼啊！现在你看，谁能管了谁？老子管不了儿女，队长管不了社员；地一到户，经济独立，各自为政，公社那么一个大院里，书记干部六七人，也只是能抓个计划生育呀！"

巩德胜说："现在自由是自由，可该受尊敬的，还是受尊敬，公社大院里的干部，说到底还是咱的领导。你老哥英武一辈子，现在哪家有红白喜事，还不是请了你坐上席？正人毕竟是正人；什么社会，什么世道，是龙的还是在天上，是虫的还得在地上！"

这话又投在韩玄子的心上，他就说道："这倒是名言正理！就说王才那小个子吧，别瞧他现在武武张张，他把他前几年的辛酸忘记了，那活得像个人？"

巩德胜压低了声音说："老哥，你知道吗？听说小个子手里有这么些票子哩！"

他伸出手来，一正一反晃了晃，继续说道："他怎么就能弄到这么多，他不日鬼能成？不偷税漏税能成？政府的政策是让一部分人先富起来，可能让他富得毛眼里都流油吗？"

韩玄子耳脸已经发烫，可达去摸酒壶，酒却洒在桌子上，巩德胜忙俯下身子，凑了嘴在桌上吮干了。韩玄子正要接他的话，见此状便噗地笑了："你这人真会过日子，这酒里掺了水，滴几点还心疼呀！"

一句酒后的笑话，却使巩德胜脸色赤红，说："这酒哪里会掺了水，咱是什么人，干那缺德的事？！"忙借故取烟来抽。

韩玄子倒嘎地又笑了，说："我怕是醉了。再喝一壶吧，这壶我掏钱。"

巩德胜竟充起大方来，又唤枣核女人倒酒，说："老哥，这个店说是我办的，也可以说是你办的，你来了我心里高兴！常言说：酒席好摆客难请。打个比方，那个小个子听说家里有汾酒，菜或许比我的丰盛，可七碟子八盘子摆三桌五桌，怕还请不到你呢。来，咱俩划几拳热闹热闹！"

吆三喝五划过几拳一，韩玄子却拳拳皆赢，巩德胜眼睛都直起来了。枣核女人一直在旁观战，心里不是疼着老汉，只是可惜那酒，就喊后院的哑巴儿子进来替爹喝。那哑巴趔趔趄趄进来，歪眉斜眼立在一旁，夺了巩德胜手中的酒盅就喝，巩德胜一把推过，吼道：

"滚！我哪儿就能醉了？我和你韩伯正喝到兴头，再喝十壶八壶也喝不醉。老哥，我现在能喝了这几两酒，也全是承蒙你提携。你看，就咱这点小利，这街坊四邻倒都眼红了，街那边姓刘的，人家也要办杂货店了，也要卖酒啦！那是一辈子不走正路的人，随着那小个子王才跑，这号人，能领到营业证？"

韩玄子说："这说不来，你能领，人家恐怕也能领。"

"那就把咱这老实人整治了！"巩德胜说，"兄弟这店能不能办下去。还得你老哥照顾哩！"

韩玄子喝得头有些沉，心里却极清楚，偏是口里不说：只要我去公社谈谈，他姓刘的就甭想领营业证了！而只是笑着。

"我是那号人吗？要是看不上你，我也不会喝你的酒。我现在只给你说，正月十五，我给叶子'送路'，谁我也不招呼，到时候你来吧。"

巩德胜说："我怎么能不去呢？你的女子就是我的女子嘛。东西备得怎么样了？"

韩玄子说:"什么都好了,你给我留上十几瓶好酒,我今日先带五瓶。"

钱从口袋掏出来,硬铮铮的,放在桌子上。巩德胜却放着大话说不急,韩玄子就又说:"不是向你兄弟夸口,一家四个人挣钱哩,你要少收一分,这酒我也就不提了。"

这当儿,韩玄子的小女儿跑进店来,一见爹喝得眼睛红红的,就说:"你又是喝,喝,那马尿有什么可喝的!"

韩玄子对儿女要求极严,唯独十分疼爱这小女儿;小女儿在任何场合说他,他也不怪,当下笑着说:"瞧我这小女子! 家里有啥事吗?"

小女儿说:"王才哥在家等你半天了。"

杂货店里一切都安静了。巩德胜紧张地看着韩玄子的脸,以为他要发怒了。韩玄子没有言语,只是喝酒,喝得又急又猛,捏起了空盅子举起来,却轻轻放下了,说:"他找我,找我干啥?"

人生（节选）

路　遥

吃过早饭不久，在大马河川道通往县城的简易公路上，已经开始出现了熙熙攘攘去赶集的庄稼人，由于这两年农村政策的变化，个体经济有了大发展，赶集上会，买卖生意，已经重新成了庄稼人生活的重要内容。

公路上，年轻人骑着用彩色塑料缠绕得花花绿绿的自行车，一群一伙地奔驰而过。他们都穿上了崭新的"见人"衣裳，不是涤卡，就是涤良，看起来时兴得很。粗糙的庄稼人的赤脚片上，庄重地穿上尼龙袜和塑料凉鞋。脸洗得干干净净，头梳得光光溜溜，兴高采烈地去县城露面：去逛商店，去看戏，去买时兴货，去交朋友，去和对象见面……

更多的庄稼人大都是肩挑手提：担柴的，挑菜的，吆猪的，牵羊的，提蛋的，抱鸡的，拉驴的，推车的；秤匠、鞋匠、铁匠、木匠、石匠、篾匠、毡匠、箍锅匠、泥瓦匠、游医、巫婆、赌棍、小偷、吹鼓手、牲口贩子……都纷纷向县城涌去了。川川山根下的公路上，趟起了一股又一股的黄尘。

当高加林挽着一篮子蒸馍加入这个洪流的时候，他立刻后悔起来。他感到自己突然变成一个真正的乡巴佬了。他觉得公路上前前后后的人都朝他看。他，一个曾经是潇潇洒洒的教师，现在却像一个农村老太婆一样，上集卖蒸馍去了！他的心难受得像无数虫子在咬着。

但这一切是毫无办法的。严峻的生活把他赶上了这条尘土飞扬的路。他不得不承认，他现在只能这样开始新的生活。家里已经连买油量盐的钱都没了，父母亲那么大的年纪都还整天为生活苦熬苦累，他一个年轻轻的后生，怎好意思一股劲呆下吃闲饭呢？他提着蒸馍篮子，头尽量低着，什么也不看，只瞅着脚下的路，匆匆地向县城走。路上，他想起父亲临走时吩咐他，叫他卖馍时要吆喝，他的脸立刻感到火辣辣地发烧。

天啊，他怎能喊出声来！

"可是，"他想，"如果我不叫卖，谁知道我提这蒸馍是干啥哩？"走到一个小沟岔的时候，高加林突然想：干脆让我先跑到这没人的拐沟里试验喊叫一下，到城里好习惯一些嘛！他满脸通红朝公路两头望了望，见没什么人，于是就像做一件见不得不的事一样，匆忙地折身走进了公路边的那条拐沟里。他在这荒沟里走了好一段路，直到看不见公路的时候才站住。他站住，口张了一下，但没勇气喊出声来。又张了一下口，还是不行。短短的时间里，汗水已经沁满了他的额头。四野里静悄悄的，几只雪白的蝴蝶在他面前一丛淡蓝色的野花里安详地飞着；两面山坡上茂密的苦艾发出一股新鲜刺鼻的味道。高加林感到整个大地都在敛声屏气地等待他那一声"白蒸馍哎——！"啊呀，这是那么的难人！他感到就像要在大庭广众面前学一声狗叫唤一样受辱。他用手背擦了一下额头的汗水，决心下一声非喊出来不可！他狠狠地咽了一口唾沫，把眼一闭，张开嘴怪叫一声："白蒸馍哎——"他听见四山里都在回荡着他那一声演戏般的、悲哀的喊叫声。他牙咬住嘴唇，强忍着没让眼里的泪花子溢出来。

他直愣愣地在这个荒沟野地里站了老半天，才难受地回到公路上，继续向县城走去。从他们村到县城有十来里路，但他感到这段路是多么的漫长和艰难。他知道，更大的困难还在前头——在那万头攒动的集市上！

当他走到大马河与县河交汇的地方，县城的全貌已经出现在视野之内了。一片平房和楼房交织的建筑物，高低错落，从半山坡一直延伸到河岸上。亲爱的县城还像往日一样，灰蓬蓬地显出了它那诱人的魅力。他没有走过更大的城市，县城在他的眼里就是大城市，就是别一番天地。他对这里的一切都是熟悉的，亲切的;从初中到高中,他都是在这里度过。他对自己和社会的深入认识,对未来生活的无数梦想,都是在这里开始的。学校、街道、电影院、商店、浴池、体育场……生活是多么的丰富多彩!可是,三年前,他就和这一切告别了……现在,他又来了。再不是当年的翩翩少年,衣服整洁而笔挺,满身的香皂味,胸前骄傲地别着本县最高学府的校徽。他现在是提着蒸馍篮子,是一个普通的赶集的庄稼人了。

往事的回忆使他心酸。他靠在大马河桥的石栏杆上,感到头有点眩晕起来。四面八方赶集的人群正源源不绝地通过大桥,进了街道。远处城市中心街道的上空,腾起很大一片灰尘,嘈杂的市声听起来像蜂群发出的嗡嗡声一般。

他猛然想到一个更糟糕的问题:要是碰上他在县城的同学怎么办?他下意识地抬起头,先慌忙朝前后看了看。这时候他才真正后悔赶这趟集了。一般的赶集倒也没什么,可他是来卖蒸馍的呀!现在折回去吗,可这怎行呢!他已经走到了县城。再说,家里连一点零花钱都没有了,这样回去,父母亲虽然不会说什么,但他们肯定心里会难受的——不仅为这篮没卖掉的蒸馍,更为他的没出息而难受!

"不,"他想,"我既然来了,就是硬是头皮也要到集上去!"

当然,他也在心里祈告,千万不要碰上县城里同学。

他很快提起篮子,过了桥,向街道上走去。他准备穿过街道,到南关里去。那里是猪市、粮食市和菜市,人很稠,除过买菜的干部,大部分是庄稼人,不显眼。

当他路过汽车站候车室外面的马路时,脸刷一下白了——白了的脸很快又变得通红。他感到全身的血一下都向脸上涌上来了:他猛然看见他高中时的同班同学黄亚萍和张克南正站在候车室门口。躲是来不及了,他俩显然也看见了他,已经先后向他走过来了。高加林恨不得把这篮子馍一下扔到一个人所不知的地方。张克南和黄亚萍很快走到地面前了,他只好伸出空着的那只手和克南握了握手。他俩问他提个篮子干啥去呀?他即兴撒了个谎,说去城南一个亲戚家里走一趟。黄亚萍很快热情地对他说:"加林,你进步真大呀!我看见你在地区报上发表的那几篇散文啦!真不简单!文笔很优美,我都在笔记本上抄了好几段呢!"

"你还在马店教书吗?"克南问他。

他摇摇头,苦笑了一下说:"已经被大队书记的儿子换下来了,现在已经回队当了社员。"

黄亚萍立刻焦虑地说:"那你学习和写文章的时间更少了!"高加林解嘲地说:"时间更多了!不是有一个诗人写诗说:'我们用镢头在大地上写下了无数的诗行'吗?"

他的幽默把他的两个同学都逗笑了。

"你们出差去吗?"加林问他们俩。他隐约地感到,他两个的关系似乎有点微妙。在中学时,他俩的关系倒也很一般。

"我不出去。克南要到北京给他们单位买彩色电视机。我是闲逛哩……"黄亚萍说,似乎有点不好意思。

"你还在副食公司当保管吗?"加林问克南。

"不。前不久刚调到副食门市上。"克南说。

"高升了!当了门市部主任!不过,前面还有个副字!"亚萍有点嘲弄地看了看克南,不以为然地撇了一下嘴。

"要买什么烟酒一类的东西,你来,我尽量给你想办法。我这人没其它能耐。就能办这么些具体事。唉,现在乡下人买一点东西真难!"克南对他说。

尽管张克南这些话都是真诚的,但高加林由于他自己的地位,对这些话却敏感了。他觉得张克南这些话是在夸耀自己的优越感。他的自尊心太强了,因此精神立刻处于一种藐视一切的状态,稍有点不客气地说:"要买我想其它办法,不敢给老同学添麻烦!"一句话把张克南刺了个大红脸。

黄亚萍也是个灵人,已经听出他俩话不投机,便对高加林说:"你下午要是有空,上我们广播站来坐坐嘛!你毕业后,进县城从来不找我们拉拉话。你还是那个样子,脾气真犟!"

"你们现在位置高了,咱区区老百姓,实在不取高攀!"加林的坏毛病又犯了!一旦他感到自己受了辱,话立刻变得非常刻薄,简直叫人下不了台。

张克南已经明显地有点受不了了,正好车站的广播员让旅客排队买票,这一下把大家都解脱了。

克南马上和他握了手，先走了。亚萍犹豫了一下，对他说："……我真的想和你拉拉话。你知道，我也爱好文学，但这几年当个广播员，光练了嘴皮子了，连一篇小小的东西都写不成，你一定来！"她的邀请是真诚的，但高加林不知为什么，心里感到很不舒服。他对亚萍说："有空我会来的。你快去送克南吧，我走了。"

黄亚萍的脸刷一下红了，说："我不是去送他的！我来车站接一个老家来的亲戚……"

她显然也即兴撒了个谎。加林心里想：你根本没必要撒谎！

高加林再不说什么，他向她很礼貌地点点头，便转身向街道上走去。他一边走，一边心里为他和亚萍各自撒的谎感到好笑，忍不住自言自语说："你去接你的'亲戚'吧，我也得看我的'亲戚'去了……"

但是，刚才和克南、亚萍的见面，很快又勾起了他对往日学校生活的回忆。在学校时，亚萍是班长，他是学习干事，他们之间的交往是比较多的。他俩也是班上学习最好的，又都爱好文学，互相都很尊重。他和克南平时不是太接近的，因为都在校篮球队，只是打球的时候才一块交往得多一些。

黄亚萍是江苏人，她父亲是县武装部长和县委常委。亚萍是在他刚上高中的那年随父亲调来县上，插入他那个班的。她带有鲜明的南方姑娘的特点，又经见过世面；那种聪敏、大方和不俗气，立刻在整个学校都很惹眼了。高加林虽然出身农民家庭，也没走过大城门，但平时读书涉猎的范围很广；又由于山区闭塞的环境反而刺激了他爱幻想的天性，因而显得比一般同学飘洒，眼界了宽阔。黄亚萍很快发现了他的这种气质，很自然地在班上更接近他。他同样也喜欢和她在一块。因为在这之前，他还没有接触过这样的女生。本地女同学和黄亚萍相比，都有点不方，有的又很俗气，动不动就说吃说穿，学习大部分都赶不上男同学，他很少和她们交往。他俩有时在一块讨论共同看过的一本小说，或者谈音乐，说绘画，谈论国际问题。班上的同学一度曾议论过他们的长长短短。他当时并不敢想什么出边的事。他和黄亚萍相比，有难以克服的自卑感。这不是说他个人比她差，而是指家庭、经济条件和社会地位这些方面而言。在这些方面，张克南全部有，克南父亲是县商业局长，他母亲也是县药材公司的副经理，在县上都是很像样的人物。当时克南也对亚萍有好感，经常设法和她接近，但看出她并没有和他过多交往的愿望。

很快，高中毕业了。他们班一个也没有考上大学。农村户口的同学都回了农村，城市户口的纷纷寻门路找工作。亚萍凭她一口高水平的普通话到了县广播站，当了播音员。克南在县副食公司当了保管。生活的变化使他们很快就隔开很远了，尽管他们相距只有十来里路，但在实际生活中，他们已经是在两个世界了。高加林回村后，起初每当听见黄亚萍清脆好听的普通话播音的时候，总有一种很惆怅的感觉，就好像丢了一件贵重的东西，而且没指望找回来了。后来，这一切都渐渐地淡漠了。只是不知什么时候，他隐约听另外村一个同学说，黄亚萍可能正和张克南谈恋爱时，他才又莫名其妙地难受了一下。以后他便很快把这一切都推得更远了，很长时间甚至没有想到过他们……他刚才碰见他们，感到很晦气。他现在一边提着蒸馍篮子往热闹的集市中间走一边眼睛灵活地转动着，以防再碰上城里工作的同学。刚到十字街口，接近人流漩涡的地方，他又碰到了一个熟人！

不过，这回他倒没什么恐慌。当他们城关公社文教专干马占胜有点尴尬地过来和他握手时，他这一刻不觉得胳膊上挽的蒸馍篮子丢人了——哼！让他看看吧，正是他们把他逼到了这个地步！当专干问他干啥时，他很干脆地告诉他：卖蒸馍！他并且从篮子里取出一个来，硬往马占胜手里塞；他感到他拿的是一颗冒烟的、带有强烈报复性的手榴弹！

马占胜两只手慌忙把这个蒸馍捏住，又重新硬塞到篮子里，手在已经有了胡茬的脸上摸了一把，显得很难受的样子说："加林！你大概一直在心里恨我哩！我一肚子苦水无处倒哇！有些话，我真想给你说，又不好说！现在你听我给你说。"马占胜把高加林拉在十字街自行车修理部的一个拐角处，又摸了一把脸，放低声音说：

"唉，好加林哩！你不知情，咱公社的赵书记和你们村的高明楼是十几年的老交情了。别看是上下级关系，两人好得不分你我。前几年，明楼家没什么要安排的人，就一直让你教书。今年他二小子高中毕业了，他在公社跑了几回，老赵当然要考虑。你知道，这几年国民经济调整哩，国家在农村又不招工招干，因此农村把民办教师这工作看得很重要。明楼当然想叫他小子干这事嘛！下另外村子的教师，人家谁让哩？因此，就只好把你下了，让三星上。这事虽然是我在会上宣布的，可这不是我决定的嘛！我马占胜哪有这么大的牛皮！因此，好加林哩，你千万不要恨我！"

高加林心不在焉地用手指头理了理头发，对专干说："老马，你太多心了。你不说，我也都了解这些情况，我们共事几年了，你应该了解我。"

"我当然了解你！全公社教师里面，你是拔尖的！再说，你这娃娃心眼活，性子硬，我就喜欢这号人。不怕！……噢，我忘记告诉你了，我已经调到县政府的劳动局，算是提拔了，当了个副局长。我前几天还给公社赵书记谈过，叫他有机会就考虑再让当教师。赵书记满口答应了……不怕！你等着！……你快忙你的，我还要开个会哩！新官上任三把火！咱烧不起来火。最起码得按时给人家应酬嘛！……"

马占胜说完，手在脸上摸了一把，和高加林握了一下手，像逃避什么似的很快就钻到了人群里。

高加林因为一直就对这个公社有名的滑头没有好感，所以基本上没认真听他说了些什么。他现在只知道他离开了城关公社，高升到县政府了。但这些和他有什么关系呢？他现在最要紧的是把胳膊上挽的这篮子蒸馍卖掉！

高加林很快从街道里的人群中挤过，向南关的交易市场走去。

县城南关的交易市场热闹得简直叫人眼花缭乱。一大片空场地，挤满了各式各样买卖东西的人。以菜市、猪市、牲口市和熟食摊为主，形成了四个基本的中心。另一个最大的人群中心是河南一个什么县的驯兽表演团，用破旧的蓝布围了一个大圈当剧场，庄稼人挤破脑袋两毛钱买一张票，去看狗熊打篮球，哈巴狗跳罗圈。市场上弥漫着灰尘，噪音像洪水声一般喧嚣，到处充满了庄稼人的烟味和汗味。

高加林提着那篮子馍，从本县那条主要的大街上满头大汗地挤过来，就投入到这个闹哄哄的人海里了。

他提着篮子盖在人群里瞎挤了一气，自己也不知道该到哪里去。他是个讲卫生的人，雪白的毛巾一直把馍篮子得严严的，生怕落进去灰尘。谁也看不出他是个干什么的，有几次他试图把口张开，喊叫一声，但怎么也喊不出声音来。他听见市场上所有卖东西的人都在吆喝，尤其是一些生意油子，那叫卖的声音简直成了一种表演艺术。他以前听见这样的喊叫，只觉得好笑。可现在他在心里很佩服这种什么也不顾忌的欢畅舒坦的叫喊声；觉得也是一种很大的本事。他自己明显地感到，他在这个界里，成了一个最无能的人。

正当他在人堆里茫然乱挤的时候，听见背后有个妇女对旁边一个什么人说："今儿个死老头子又要喝酒，请下一堆客人，热得不想做饭，国营食堂的馍又黑又脏，串了半天，这市场上还没个卖好白馍的……"

高加林一听，赶忙转过身，准备把蒸馍上的毛巾揭开。可他身子刚转过去，马上又转了过来，慌忙躲到一个卖木锨的老汉身后——他看见那个寻找着买馍的妇女正好是张克南他妈！以前上学时，他去过克南家一两次，克南他妈认识他！

可怜的小伙子像小偷一样藏在那个卖木锨的老汉背后，直等到看不见克南他妈才又走动起来。也许克南他妈早认不得他了，但他的自尊心使他不能和这样一个过去认识的人做这笔买卖。

这时候，满城的高音喇叭响了起来。喇叭里传来了黄亚萍预报节目的声音。亚萍的声音通过扩音器，变得更庄重和柔和；普通话的水话的水平简直可以和中央台的女播音员乱真。高加林疲乏地背靠在一根水泥电杆上，两道剑眉在眉骨上一跳一跳的。他眼睛微微地闭住，牙齿咬着嘴唇。他想到克南此刻也许正在长途汽车上悠闲地观赏着原野上的风光；黄亚萍正坐在漂亮的播音室里，高雅地念着广播稿……而他，却在这尘土飞扬的市场上颠簸着为几个钱受屈受辱，心里顿时翻起了一股苦涩的味道。

他已经完全无心卖馍了。他决定离开这个他无能为力的场所，到一个稍微清静的地方待一会，至于馍卖不了怎么办，现在他也不想考虑了。到哪里去呢？他突然想起了他已经久违的县文化馆阅览室。他很快又从大街里挤过来，来到十字街以北的县文化馆。因为他爱好文学，文化馆他有几人熟人，本来想进去喝点水，但他很快又打消了这个念头——他今天怕见任何熟人！

他径直进了阅览室，把馍篮放在长椅的角上，从报架上把《人民日报》《光明日报》《中国青年报》《参考消息》和本省的报纸取了一堆，坐在椅子上看起来。这里没什么人。在城市喧嚣的海洋里，难得有这平静的一隅。

他最近由于生活发生了混乱，很多天没看报纸杂志了。他从初中就养成了每天看报的习惯，一天不看报纸总像缺个什么似的。当他好多天以后重新进入报纸的世界立刻就把所有的一切都忘了个一干二净。

他首先看《人民日报》的国际版。他很关心国际问题，曾梦想过进国际关系学院读书。在高中时，他曾钉过一个很大的笔记本，里面虚张声势地写上"中东问题""欧洲共同体国家相互政治经济关系研究""东盟五国和印支三国未来关系的演变""中美苏三角关系中美国的因素"等等胡思乱想的"研究"题目。现在他想起来已经有点可笑,但当时的"气派"却把同学们吓了一跳! 其实他也并没能"研究"什么只不过剪贴了一点报刊资料而已。他先把各种报纸翻着浏览了一遍,然后找了一篇长一点的文章"过瘾"。他身子蜷曲在长椅子里,看起了韩念龙在联合国召开的柬埔寨国际会议上的发言。

他把几种大报好多天的重要内容几乎通通看完以后,浑身感到一种十分熨帖舒服的疲倦。

直到阅览室的工作人员来关门的时候,他才大吃一惊:现在已经到城里人吃下午饭的时光了!

他慌忙提起蒸馍篮子,出了阅览室。

太阳已经远远向西边倾斜过去了。市声基本落下,街道上稀稀落落的没有了多少人。啊呀,他在阅览室待的时间太长了! 现在怎么办呢? 庄稼人大部分都已经像潮水一样退出了城市,这时候他要是再出现在街上,很容易碰见熟悉的同学。

想来想去,没有什么办法了。他站在阅览室的门口踌躇了半天,最后只好决定提篮子回家去。

他垂头丧气出了城,向大马河川道那里走去,一切都还是来的样子,篮子里的白馍一个了没少。他赶这回集,连一分钱的买卖都没做。他走到大马河桥上时,突然看见他们村的巧珍立在桥头上,手里拿块红手帕扇着脸,身边撑着他们家新买的那辆"飞鸽"牌自行车。巧珍看见他,主动走过来了,并且站在了他的面前——

实际上等于把他堵在了路上。

"加林,你是不是卖馍去了?"她脸红扑扑的,不知为什么,看来精神有点紧张,身体像发抖似地微微颤动着,两条腿似乎都有点站不稳。"嗯……"高加林应承了一声,很奇怪地看了她一眼,没话寻话地说:"你也赶集去了?"

"嗯……"巧珍用手帕揩着脸上沁出的汗珠,眼睛斜看着她的自行车,但精神却在注意他,说:"我来赶集,一点事也没……加林,"她突然转过脸看着他说,"我知道你一个馍也没卖掉! 我知道哩! 你怕丢人! 你干脆把馍给我,你在这里把我的车子看住,让我给你卖去!"

巧珍说着,两只手很快过来拿他的篮子。

高加林闷头闷脑地还没反应过来这是怎么一回事,巧珍已经从他胳膊上把篮子夺走了。她什么话也没说,提着篮子就返身向街道上走去了。高加林望着她远去的苗条的背影,不知该如何是好。他两只手在桥栏杆摸来摸去,怎么也弄不清楚为什么突然出现了这样的事情。对于巧珍来说,她今天的行动是蓄谋已久的。不是一天两天,而是多少年埋藏在她心中的感情,已经忍无可忍——她要爆发了! 否则,她觉得自己简直活不下去了!

刘立本这个漂亮得像花朵一样的二女子,并不是那种简单的农村姑娘。她虽然没有上过学,但感受和理解事物的能力很强,因此精神方面的追求很不平常。加上她天生的多情,形成了她极为丰富的内心世界。村前庄后的庄稼人只看见她外表的美,而不能理解她那绚丽的精神光彩。可惜她自己又没文化,无法接近她认为"更有意思"的人。她在有文化的人面前,有一种深刻的自卑感。她常在心里怨她父亲不供她学。等她明白过来时,一切都已经为时过晚了。为了这个无法弥补的不幸,她不知暗暗哭过多少回鼻子。

但她决心要选择一个有文化而又在精神方面很丰富的男人做自己的伴侣。就她的漂亮来说,要找个公社的一般干部,或者农村出去的国家正式工人,都是很容易的;而且给她介绍这方面对象的媒人把她家的门槛都快踩断了。但她统统拒绝了。这些人在她看来,有的连农民都不如。退一步说,就是和这样的人结婚,男人经常在外门,一年回不来几次;娃娃、家庭都要她一个人操磨。这样的例子在农村多得很! 而最根本的是,这些人里没有她看得上的。如果真正有合她心的男人,她就是做出任何牺牲也心甘情愿。她就是这样的人!

她父亲虽然生了她,养活了她,但根本不理解她。他见她不寻干部、工人,就急着给她找农村的。并且一心看下个马店的马拴。马拴这人前几年公社农田基建会战时,她和他接触不少。他人诚实,心眼也不死,做买卖很利索,劳动也是村前庄后出名的。家里的光景富裕而殷实,拿农村的眼光看,算是上等人家。但她就是产生不了爱马拴的感情。尽管马拴热心地三一回五一回常往她家里跑,她总是躲着不见面,急得她父亲把她骂过好几回了。

其实,她并不是没有自己心上的人。多年来,她内心里一直都在为这个人发狂发痴——这人就是高加林!

巧珍刚懂得人世间还有爱情这一回事的时候,就在心里爱上了加林。她爱他的飘洒的风度,漂亮的体型和那处处都表现出来的大丈夫气质。她认为男人就应该像个男人;她最讨厌男人身上的女人气。她想,她如果跟了加林这样的男人,就是跟上他跳了崖也值得!她同时也非常喜欢他的那一身本事:吹拉弹唱,样样在行;会安电灯,会开拖拉机,还会给报纸上写文章哩!再说,又爱讲卫生,衣服不管新旧,常穿得干干净净,浑身的香皂味!

她曾在心里无数次梦想她和这个人在一起的情景:她把她的手放在他的手里,让他拉着,在春天的田野里,在夏天的花丛中,在秋天的果林里,在冬天的雪地上,走呀,跑呀,并且像人家电影里一样,让他把她抱住,亲她……

可是在现实生活里,她的自卑感使她连走近他的勇气都没有。她时时刻刻在想念他,又处处在躲避他。她怕她的走路、姿势和说话在他面前显出什么不妥当来,惹她心爱的人笑话。但是,她的心思和眼睛却从来也没有离开过他啊!

加林上高中时,她尽管知道人家将来肯定要远走高飞,她永远不会得到他,但她仍然一往情深,在内心里爱着他。每当加林星期天回来的时候,她便找借口不出山,坐在自家院子的河畔上,偷偷地望对面加林家的院子。加林要是到村子前面的水潭去游泳,她就赶忙提个猪草篮子到水潭附近的地里去打猪草。星期天下午,她目送着加林出了村子。上县城去了,她便忍不住眼泪汪汪,感到他再也不回高家村了。

加林高中毕业没考上大学,灰溜溜地回到村里以后,巧珍高兴得几乎发了疯。她多少次的梦想露出了希望的光芒。她谋算:加林现在成了农民,大概将来就得找个农村媳妇吧?如果他找农村户口的姑娘,她虽然没文化,但她自己有信心让他爱她。她知道她有一个别的姑娘很难比上的长处:俊。

可是,希望的光芒很快暗淡了。加林当了教师。教师现在是唯一有希望进入商品粮世界的。按加林的能力来说,将来完全有把握转成正式教师。

她又陷入了深深的痛苦之中。她常常一个人躲在她们家河畔上的那棵老槐树后面,向学校那里呆呆地张望。她目送着加林从那条被学生娃踩得白光刺眼的小路上向学校走去;又望着他从那条路上向村里走来……

她是个心眼很活的姑娘!所有这一切做得谁也看不出来。是的,村里谁也不知道这个俊女孩子的梦想和痛苦!只有她在县城正上高中的妹妹巧玲,似乎有一点觉察,有时对她麻木的发呆和莫名其妙的焦躁不安,诡秘地一笑,或真诚地为她叹息一声!现在,在高加林又一次当了农民的时候,她那长期被压抑的感情又一次剧烈地复活了。这次就好像火山冲破了地壳,感情的洪流简直连她自己也控制不住了。她为他当了农民而高兴,又同时为他的痛苦而痛苦——为此,她甚至还在高大姐面前骂高明楼不是个人。

她不知道该怎样心疼他。昨天中午,她看见他去游泳的时候,匆忙提了猪草篮在水潭边的玉米地里穿过,顺便摘了自留地的一个甜瓜,想破开脸皮去安慰一下他;今天她看见他上集了,又骑了个车子撵来了。她今天上集的确什么事也没;她赶这回架集,完全是想找机会对他说出她全部的心里话!她今天实际上一直都不远不近地跟着加林在集上的人群里挤。她看见亲爱的人提着蒸馍篮子,在人群里躲躲闪闪,一个也卖不了,后来痛苦地靠在水泥电杆上闭起眼睛的时候,她脸上的泪水也刷刷地淌着手帕揩也揩不及。

后来,她看见加林进了文化馆,知道他的蒸馍是卖不出去了。她当时很想也进阅览室去,但她想自己不识字,进那里去干什么?再说,那里面人多,她不好和加林说什么话。于是,她就骑车来到大马河桥上,在那里等他过来,从中午一直站到下午……刘巧珍现在提着一篮子蒸馍,兴奋地走在县城的大街上,感到天地一下子变得非常明亮了;好像街道上所有的人在咧开嘴巴或者抿着嘴向她笑。迎面过来一群幼儿园刚放了学的娃娃,她抱住一个就亲了一口!

直到过了十字街,穿过城里那条主要街道,来到南关的自由交易市场时,她才停住了脚步,忍不住害臊地笑自己的荒唐:她原来根本不是打算来卖这篮蒸馍的,而准备去给城里她的一个姨姨家。她姨家住在十字街上面的山坡上,她现在却疯头涨脑地跑到了这里!至于馍钱,她不会向姨姨要的,她早已给加林准备好了。她并且还给加林买了一条好烟,已放在自行车的花布提包里了。

她很快又掉转身。向姨姨家走去。巧珍把一篮子蒸馍给姨姨家放下，折转身就起身。她姨和她姨夫硬拉住让她吃饭，她坚决地拒绝了：她怕加林在桥上等她等得不耐烦。

她提着空篮子从姨姨家出来，几乎是跑着向大马河桥上赶去。

高加林立在大马河桥上，对刚才发生的事半天百思不得其解。他后来索性把这事看得很简单：巧珍是个单纯的女子，又是同村人，看见他没把馍卖掉，就主动为他帮了个忙。农村姑娘经常赶集上会买卖东西，不像他一样窘迫和为难。

但不论怎样，他对巧珍给他帮这个忙，心里很感谢她。他虽然和刘立本家里的人很少交往，可是感觉刘立本的三个女儿和刘立本不太一样。她们都继承了刘立本的精明，但品行看来都比刘立本端正；对待村里贫家薄业的庄稼人，也不像她们的父亲那般傲气十足。她们都尊大爱小，村里人看来都喜欢她们。三姐妹长得都很出众，可惜巧珍和她姐巧英都没上过学；妹妹巧玲正上高中，听说是现在中学里的"校花"。对于一个农民来说，找到刘立本家的女子做媳妇的确是难得的。高明楼眼疾手快，把巧英给他大儿子娶过去了。现在巧珍的媒人也是踢破门槛；这一段马店的马拴又里外的良穿上往刘立本家愣跑哩。高加林想起马拴那天的打扮，又忍不住笑了。太阳正从大马河西边无垠的大山中间沉落。通往他们村的川道里，已经罩上了暗影；川道里庄稼的绿色似乎显得深了一些。夹在庄稼地中间的公路上，几乎没有了人迹，公路静悄悄地伸向绿色的深处。东南方向的县城，已经罩在一片蓝色的烟气中了。从北边流来的县河，水面不像深秋那般开阔，平静地在县城下边绕过，向南流去了；水面上辉映着夕阳明亮的光芒。河边上，一群光屁股小孩在泥滩上追逐，嬉耍；洗衣服的城市妇女正在收拾晒在岸边草地上花花绿绿的衣服和床单。高加林不时回头向县城街道那边张望。他觉得巧珍也不一定能把那篮子馍卖了——因为现在集市都已经散了。

当他终于看见巧珍提着篮子小跑着向他走来时，他认定她没有把馍卖掉——这其间的时间太短了！

巧珍来到他面前，很快把一卷钱塞到他手里说："你点点。一毛五一个，看对不对？"

高加林惊讶地看了看她胳膊上的空篮子，接过钱塞在口袋里，心里对她充满了非常感激的心情。他不知该向她说句什么话。停了半天，才说："巧珍，你真能行！"

刘巧珍听了加林的这句表扬话，高兴得满脸光彩，甚至眼睛里都水汪汪的。加林伸出手，说："把篮子给我，你赶快骑车回去，太阳都要落了。"巧珍没给他，反而把篮子往她的自行车前把上一挂，说："咱们一块走！"说着就推车。

加林一下子感到很为难。和同村的一个女子骑一辆车子回家，让庄前村后的人看见了，实在不美气。但他又感到急忙找不出理由拒绝巧珍的好心。

他略踌躇了一下，对巧珍撒谎说："我骑车带人不行，怕把你摔了。""我带你！"巧珍两只手扶着车把，亲切地看了加林一眼，又不好意思地低下了头。"啊呀，那怎行呢！"加林一只手在头发里搔着，不知该怎么办。"干脆，咱别骑车，一搭里走着回。"巧珍漂亮的大眼睛执拗地望着他，突起的胸脯一起一伏。

看来她真诚地要和他相跟着回村了。加林看没办法了。只好说："行，那咱走，让我把子推上。"

他伸手要推车，巧珍用肩膀轻轻把他推了一下，说："你走了一天，累了。我来时骑着车，一点也不累，让我来推。"

就这样，他俩相跟着起身了，出了桥头，向西一拐，上了大马河川道的简易公路向高家村走去。

太阳刚刚落山，西边的天上飞起了一大片红色的霞朵。除过山尖上染着一抹淡淡的橘黄色的光芒，川两边大山浓重的阴影已经笼罩了川道，空气也显得凉森森的了。大马河两岸所有的高秆作物现在都在出穗吐缨。玉米、高粱、谷子，长得齐楚楚的，都已冒过了人头。各种豆类作物都在开花，空气里弥漫着一股清淡芬芳的香味。远处的山坡上，羊群正在下沟，绿草丛中滚动着点点白色。富丽的夏日的大地，在傍晚显得格外宁静而庄严。高加林和刘巧珍在绿色甬道中走着，路两边的庄稼把他们和外面的世界隔开，造成了一种神秘的境界。两个青年男女在这样的环境中相跟着走路，他们的心都由不得咚咚地跳。

他俩起先都不说话。巧珍推着车，走得很慢。加林为了不和她并排，只好比她走得更慢一点，和她稍微错开一点距离。此刻，他自己感到了一种从来没有过的精神上的紧张：因为他从来没有单独和一个姑娘在这样悄没声响的环境中走过。而且他们又走得这样慢，简直和散步一样。

高加林由不得认真看了一眼前面巧珍的侧影。他惊异地发现巧珍比他过去的印象更要漂亮。她那高挑的身材像白杨树一般可爱,从头到脚,所有的曲线都是完美的。衣服都是半旧的:发白的浅毛蓝裤子,淡黄色的的确良短袖衫;浅棕色凉鞋,比凉鞋的颜色更浅一点的棕色尼龙袜。她推着自行车,眼睛似乎只盯着前面的一个地方,但并不是认真看什么。从侧面可以看见她扬起脸微微笑着,有时上半身弯过来,似乎想和他说什么,但又很快羞涩地转过身,仍像刚才那样望着前面。高加林突然想起,他好像在什么地方见到过和巧珍一样的姑娘。他仔细回忆一下,才想起他是看到过一张类似的画。好像是幅俄罗斯画家的油画。画面上也是一片绿色的庄稼地,地面的一条小路上,一个苗条美丽的姑娘一边走,一边正向远方望去,只不过她头上好像拢着一条鲜红的头巾……在高加林这样胡思乱想的时候,他前面的巧珍内心里正像开水锅那般翻腾着。第一次和她心爱的人单独走在一块,使得这个不识字的农村姑娘陶醉在一种巨大的幸福之中。为了这一天,她已经梦想了好多年。她的心在狂跳着;她推车子的两只手在颤抖着;感情的潮水在心中涌动,千言万语都卡在喉咙眼里,不知从哪里说起。她今天决心要把一切都说给他听,可她又一时羞得说不出口。她尽量放慢脚步,等天黑下来。她又想:就这样不言不语走着也不行啊!总得先说点什么才对。她于是转过脸,也不看加林,说:"高明楼心眼子真坏,什么强事都敢做……"

加林奇怪地看了看她,说:"他是你们的亲戚,你还能骂他?""谁和他亲戚?他是我姐姐的公公,和我没一点相干!"巧珍大胆地回过头看了一眼加林。

"你敢在你姐面前骂她公公吗?"

"我早骂过了!我在他本人面前也敢骂!"巧珍故意放慢脚步,让加林和她并排走。

高加林一时弄不清楚为什么巧珍在他面前骂高明楼,便故意说:"高书记心眼子怎个坏?我还看不出来。"

巧珍一下子停住了脚步,愤愤地说:"加林!他活动得把你的教师下了,让他儿子上!看现在把你愁成啥了……"

高加林也不得不停住脚步。他看见他面前那张可爱的脸上是一副真诚同情他的表情。他没有说什么,只是叹了一口气,就又朝前走了。

巧珍推车赶上来,大胆地靠近他,和他并排走着,亲切地说:"他做的歪事老天爷知道,将来会报应他的!加林哥,你不要太熬煎,你这几天瘦了。其实,当农民就当农民,天下农民一茬人哩!不比他干部们活得差。咱农村有山有水,空气又好,只要有个合心的家庭,日子也会畅快的……"

高加林听着巧珍这样的话,心里感到很亲切。他现在需要人安慰。他于是很想和她拉拉家常话了。他半开玩笑地说:"我上了两天学,现在要文文不上,要武武不下,当个农民,劳动又不好,将来还不把老婆娃娃饿死呀!"他说完,自己先嘿嘿地笑了。巧珍猛地停住脚步,扬起头,看着加林说:

"加林哥!你如果不嫌我,咱们两个一搭里过!你在家里盛着,我给咱上山劳动!不会叫你受苦的……"巧珍说完,低下头,一只手扶着车把,另一只手局促地扯着衣服边。

血"轰"一下子冲上了高加林的头。他吃惊看着巧珍,立刻感到手足无措;感到胸口像火烧一般灼疼。身上的肌肉紧缩起来。四肢变得麻木而僵硬。

爱情?来得这么突然?他连一点精神准备都没有。他还没有谈过恋爱,更没有想到过要爱巧珍。他感到恐慌,又感到新奇;他带着这复杂的心情又很不自然地去看立在他面前的巧珍。她仍然害羞地低着头,像一只可爱的小羊羔依恋在他身边。她身上散发出来的温馨的气息在强烈地感染着他;那白杨树一般苗条的身体和暗影中显得更加美丽的脸庞深深地打动了他的心。他尽量控制着自己,对巧珍说:"咱们这样站在路上不好。天黑了。快走吧……"

巧珍对他点点头,两个人就又开始走了。加林没说话,从她手里接过车把,她也不说话,把车子让他推着。他们谁也不知该说什么好。半天,高加林才问她:"你怎猛然说起这么个事?"

"怎是猛然呢?"巧珍扬起头,眼泪在脸上静静地淌着。她于是一边抹眼泪,一边把她这几年所有的一切一点也不瞒地给他叙说起来……高加林一边听她说,一边感到自己的眼睛潮湿起来。他虽然是个心很硬的人,但已经被巧珍的感情深深感动了。一旦他受了感动的时候,就立即产生了一种奇异的激情:他的眼前马上飞起无数彩色的画面;无数他最喜欢的音乐旋律也在耳边响起来;而眼前真实的山、水、大地反倒变得虚幻了……他在听完巧珍所说的一切以后,把自行车"啪"地撑在公路上,两只手神经质地在身上乱摸起来。

巧珍看着他这副样子，突然笑了起来。她一边笑，一边抹去脸上的泪水，一边从车子后架上取下她的花提包，从里面掏出一包"云香"牌香烟，递到他面前。

高加林惊讶地张开嘴巴，说："你怎知道我是抽烟哩？"

她妩媚地对他咧嘴一笑，说："我就是知道。快抽上一支！我给你买了一条哩！"高加林走近她，先没有接烟，用一种极其亲切和喜爱的眼光怔怔地看着她。她也扬起脸看着他，并且很快把两只手轻轻地放在他的胸脯上。加林犹豫了一下，轻轻地搂住她的肩背，然后坚决地把他发烫的额头贴在她同样发烫的额头上。他闭住眼睛，觉得他失去了任何记忆和想象⋯⋯⋯⋯

当他们重新肩并肩走在路上的时候，月亮已经升起来了。月光把绿色的山川照得一片迷蒙；大马河的流水声在静悄悄的夜里显得非常响亮。村子就在前边——在公路下边的河湾里，他们就要分手各回各家了。

在分路口，巧珍把提包里的那条烟掏出来，放在加林的篮子里，头低下，小声说："加林哥，再亲一下我⋯⋯"

高加林把她抱住，在她脸上亲了一下，对她说："巧珍，不要给你家里人说。记着，谁也不要让知道！⋯⋯以后，你要刷牙哩⋯⋯"巧珍在黑暗中对他点点头，说："你说什么我都听⋯⋯"

"你快回去。家里人问你为啥这么晚回来，你怎说呀？"

"我就说到城里我姨家去了。"

加林对她点点头，提起蓝子转身就走了。巧珍推着车子从另一条路上向家里走去。

高加林进了村子的时候，一种懊悔的情绪突然涌上他的心头。他后悔自己感情太冲动，似乎匆匆地犯了一个错误。他感到这样一来，自己大概就要当农民了。再说，他自己在没有认真考虑的情况下就亲了一个女孩子，对巧珍和自己都是不负责任的。使他更难受的是，他觉得他今夜永远告别了他过去无邪的二十四年，从此便给他人生的履历表上画上了一个标志。不管这一切是愉快的还是痛苦的，他都想哭一场！当他走进自己家门时，他爸他妈都坐在炕上等他。饭早已拾掇好了，可是，他们显然还没有动筷子。见他回来，他爸赶忙问他："怎么回事？天黑了好一阵了，把人心焦死了！"

他妈瞪了他爸一眼："娃娃头一回做这营生，难过成个啥了，你还嫌娃娃回来得迟！"她问儿子："馍卖了吗？"

加林说："卖了。"他掏出巧珍给他的钱，递到父亲手里。

高玉德老汉嘴噙住烟锅，凑到灯前，两只瘦手点了点钱，说："是这！干脆叫你妈明早上蒸一锅馍，你再提着卖去。这总比上山劳动苦轻！"

加林痛苦地摇摇头，说："我不去做这营生了，我上山劳动呀！"这时候，他妈从后炕的针钱篮里拿出一封信，对他说："你二爸来信了，快给咱念念。"

加林突然想起，他今天为那该死的馍，竟然忘了把他给叔父写的信寄出去了——现在还装在他的口袋里！他从他妈手里接过叔父的信，在灯前给两个老人念起来——

你们好！今天写信，主要告诉你们一件事：最近上级决定让我转到地方工作。我几十年都在军队，对军队很有感情，但要听党的话，服从组织安排。现在还没有定下到哪里工作。等定下来后，再给你们写信。

今年咱们那里庄稼长得怎样？生活有没有困难？需要什么，请来信。加林侄儿已经开学了吧？愿他好好为党的教育事业努力工作。祝你们好！

弟：玉智

高加林念完，把信又递给他妈，心里想：既然是这样，他给叔父写的信寄没寄出去，现在关系已不大了。

刘巧珍刷牙了。这件事本来很平常，可一旦在她身上出现，立刻便在村里传得风一股雨一股的。在村民们看来，刷牙是干部和读书人的派势，土包子老百姓谁还讲究这？高加林刷牙，高三星刷牙，巧珍的妹妹巧玲刷牙，大家谁也不奇怪，唯独不识字的女社员刘巧珍刷牙，大家感到又新奇又不习惯。"哼，刘立本的二女子能翘得上天呀！好好个娃娃，怎突然学成了这个样子？""一天门外也没逛，斗大的字不识一升，倒学起文明来了！""卫生卫生，老母猪不讲卫生，一肚子下十几个价胖猪娃哩！""哈呀，你们没见，一早上圪蹴在河畔上，满嘴血糊子直淌！看过洋不洋？"⋯⋯村里少数思想古旧、不习惯现代文明的人，在山里，在路上，在家里，纷纷议论他们村新出现的这个"西洋景。"

刘巧珍根本不管这些议论，她非刷牙不可！因为这是亲爱的加林哥要她这样做的啊！痴情的姑娘为了让心爱的男人喜欢，任何勇气都能鼓起来。她根本不管世人的讥笑；她为了加林的爱情什么都可忍受。

这天早晨，她端着牙缸，又蹲在他们家的河畔上刷开了牙，没刷几下，生硬的牙刷很快就把牙床弄破了，情况正如村里人传说的"满嘴里冒着血糊子"。但她不管这些照样使劲刷。巧珍告诉她，刚开始刷牙，把牙床刷破是正常的，刷几次就好了。这时候，碰巧几个出山的女子路过她家门前，嬉皮笑脸地站下看她出"洋相"；另外一些村里的碎脑娃娃看见这几个女子围在这里，不知出了啥事，也跑过来凑热闹了；紧接着，几个早起拾粪路过这里的老汉也过来看新奇。

这些人围住这个刷牙的人，稀奇地议论着，声音嗡嗡地响成一片。那几个拾粪老头竟然在她前面蹲下来，像观察一头生病的牛犊一样，互相指着她的嘴巴各抒己见。后面来的一个老汉看见她满嘴里冒着血沫子，还以为得了啥急症，对其他老汉惊呼："还不赶快请个医生来？"逗得在场的人都哈哈大笑了。巧珍本来想和周围的人辩解几句，大大方方开个玩笑解脱自己，无奈嘴里说不成话。她也不管这些，照样不慌不忙刷她的牙。她本来想结束了，但又赌气地想：我多刷一会让他们看，叫他们看得习惯着！

她右手很不灵巧地拿牙刷在嘴里鼓弄好一阵后，然后取出牙刷，喝了一口缸子里的清水，漱了漱口，把牙膏沫子吐在地上，又喝了一口水漱起来。周围一圈人的眼光就从那牙缸子里看到她的嘴上，又从她的嘴上看到土地上。

这时候，巧珍她爸赶着两头牛正从河沟里上他家的河畔。这个庄稼人兼生意人前几天又买了两头牛，还没转手卖出去，刚才吆着牲口到沟里饮水去。

立本五十来岁，脸白里透红，皱纹很少，看起来还年轻。他穿一身干净的蓝咔叽衣服，不过是庄稼人的式样；头上戴着白市布瓜壳帽。看起来不太像个农民，至少像是城里机关灶上的炊事员。刘立本吆牛上了河畔，见一群人围住巧珍看她刷牙，早已气得鬼火冒心了！他发现巧珍这几天衣服一天三换，头梳个没完没了，竟然还能翘得刷起了牙。他前两天早想发火了，但觉得女子大了，怕她吃消不了，硬忍着没吭声。

现在他看见巧珍在一群人面前丢人败兴，实在起火得不行了。他丢下两头牛不管，满脸通红，豁开人群，大声喝骂道："不要脸的东西，还不快滚回去！给老子跑到门外丢人来了！"

刘立本一声喝骂，赶散了所有看热闹的人。娃娃女子们先跑了，几个老汉慌忙提起拾粪筐，尴尬地出了他们本不该来的这个地方。巧珍手里提个刷牙缸子，眼里噙着两颗泪珠说："爸，你为啥骂人哩！我刷牙讲卫生，有什么不对？"

"狗屁卫生！你个土包子老百姓，满嘴的白沫子，全村人都在笑话你这个败家子！你羞先人哩！"

"不管怎样，刷个牙算什么错！"巧珍嘴硬地辩解说："你看你的牙，五十来岁就掉了那么多，说不定就是因为没……"放屁！牙好牙坏是天生的，和刷不刷有屁相干！你爷一辈子没刷牙，活了八十岁还满口齐牙，临殁的前一年还咬得吃核桃哩！你趁早把你那些刷牙家具撇了！"

"那巧玲刷牙你为什么不管？"

"巧玲是巧玲，你是你！人家是学生，你是个老百姓！"

"老百姓就连卫生也不能讲了？"巧珍一下委屈得哭开了。她大声和父亲嚷着说："你为什么不供我上学？你就知道个钱！你再知道个啥？你把我的一辈子都毁了，叫我成了个睁眼瞎子！今儿个我刷个牙，你还要这样欺负我……"她一下背过，双手蒙住脸哭得更厉害了。

刘立本一下子慌了。他很快觉得他刚才太过分——他已经好多年不这样对待孩子了，他赶忙过来乘哄她说："爸爸不对，你别哭了，以后要刷，就在咱家灶火圪劳土金里刷，不要跑到河畔上刷嘛！村里人笑话哩……"

"让他们笑话！我什么也不怕！我就要到河畔上刷！"巧珍狠狠地对父亲说。刘立本叹了一口气，回头向院子后面看了看，立刻惊叫一声，撒开腿就跑——他的那两头牛已快把他辛苦务养起来的几畦包心菜啃光了！巧珍擦去泪水，委屈地转身回了家。她先洗了脸，然后对着镜子认真地梳起了头发。她把她原来的两根粗黑的短辫，改成像城里姑娘们正时兴的那种发式：把头发用花手帕在脑后扎成蓬蓬松松的一团。穿什么衣服呢？她感到苦恼起来。

自从那晚上以后，巧珍每时每刻都想见加林；相和他拉话，想和他亲亲热热在一块。可是不知为什么，加林好像一直在躲避她，好像不愿意和她照面，她想起加林哥那晚上那么喜爱地亲她，现在又对她这么冷淡，忍不住委屈得眼泪汪汪了。她看见他这几天已经出山劳动了，一下子穿得那么烂，腰里还束一根草绳，装束得就像个叫花子一样。他每天早上都扛把老镢头，去山上给队里掏麦田塄子，中午也不回来，和众人一块吃送饭。他有新衣服，为什么要穿得那么破烂？昨天她看见他在井边担水，肩背上的衣服已经被什么划破一个大口子，露出的一块皮肉晒得黑红。她站在自家河畔上，心疼得直掉泪，想跑下去看他，可加林哥好像不愿理她，担着水头也不回就走了——他明明看见了她啊！

她昨个晚上，一夜都没睡好觉。想来想去，不知道加林为啥又不愿理她了。后来，她突然想到：是不是加林嫌她穿得太新了？这几天，她可是把她最好的衣服都拿出来穿过了。

可能就是因为这！你看他穿得多烂！他大概觉得她太轻浮了！人家是知识人，不像农村人恋爱，首先换新衣服。她太俗气了！她看见加林哥穿那身烂衣服，反而觉得他比穿新衣服还要俊，更飘洒了！可她却正好相反，换了最新的衣服！加林哥一定看见反感了。可她又难受地想：加林哥呀，我之所以这样，还是为了你呀！现在她决定把那件米黄的确良短袖衫和那条深蓝色的确良裤子换下来，重新穿上平时她劳动穿的那身衣服：半旧的草绿色裤子，洗得发白的蓝劳动布上衣，再把水红衬衣的大翻领翻在外面。她打扮好后，就肩起锄头向前村走去。今天组里锄玉米，正好加林在玉米地对面的山坡上挖麦田塄，他肯定会看见她的……高加林在赶罢集第二天，就出山劳动了。像和什么人赌气似的，他穿了一身最破烂的衣服，还给腰里束了一根草绳，首先把自己的外表"化装"成了个农民。其实，村里还没一个农民穿得像他这么破烂。他参加劳动在村里引起了纷纷议论。许多人认为他吃不下苦，做上两天活说不定就躺倒了。大家很同情他；这个村文化人不多，感到他来到大家的行列里实在不协调。尤其是村里的年轻妇女们，一看原来穿得风风流流的"先生"变成了一个叫花子一样打扮的人，都啧啧地为他惋惜。高家村村子并不大，四十多户人家，散落在大马河川道南边一个小沟口的半山坡上。一半家户住在沟口外的川道边，另一半延伸到沟口里面。沟里一股长年不断的细流水，在村脚下淌过，注入了大马河。大马河两岸的一大片川地，是他们主要舀米挖面的地方。川道两边的山上，耕地面积倒比川里大得多，但都是广种薄收，大部分是麦田。

前些年由于村子小，四十多户人家一直是集体生产和统一分配，实际上是大队核算。这两年随着政策的改变，也分成了两个生产责任组。许多社员要求再往小划一些，有的甚至提出干脆包产到户。但高明楼书记暂时顶住了这种压力。他们直到眼下还没有分开。这两年书记心里并不美气。他既觉得现时的政策他接受不了——拿他的话说，"把社会主义的摊子踢腾光了，"另一方面又觉得他无法抗拒社会的潮流，感到一切似乎都势在必行。他常撇凉腔说，"合作化的恩情咱永不忘，包产到户也不敢挡"。实际上，他目前尽量在拖延，只分成两个"责任组"（实际上是两个生产队）好给公社交差，证明高家村也按新政策办事哩。

高加林家在前村一组。川道里现时正锄玉米，他不太会锄地，就跟山上翻麦田的人去挖地畔。

他的劳动立刻震惊了庄稼人。第一天上地畔，他就把上身脱了个精光，也不和其他个说话，没命地挖起了地畔。没有一顿饭的工夫，两只手便打满了泡。他也不管这些，仍然拼命挖。泡拧破了。手上很快出了血，把镢把都染红了；但他还是那般疯狂地干着。大家纷纷劝他慢一点，或者休息一下再干，他摇摇头，谁的话也不听，只是没命地抢镢头……

今天又是这样，他的镢把很快又被血染红了。

犁地的德顺老汉一看他这阵势，赶忙喝住了牛，跑过来把镢头从加林手里夺下，扔到一边，两撇白胡子气得直抖。他抓起两把干黄土抹到他糊血的两手上，硬把他拉到一个背阴处，不让他逞凶去。德顺老汉一辈子打光棍，有一颗极其善良的心。他爱村里的每一个娃娃。有一点好东西。自己舍不得吃，满庄转着给娃娃们手里塞。尤其是加林，他对这孩子充满了感情。小时候加林上学，家境不好，有时连买一支铅笔的钱都没有，他三毛五毛的常给他。加林在中学上学时，他去县城里卖瓜卖果，常留半筐给他提到学校里。现在他看见加林这般拼命，两只嫩手被镢把拧了个稀巴烂，心里实在受不了。老汉把加林拉在一个土崖的背影下，硬按着让他坐下。他又抓了两把干黄土抹在他手上，说："黄土是止血的……加林！你再不敢要二杆子了。刚开始劳动，一定要把劲使匀。往后的日子长着呢！唉，你这个犟脾气！"

加林此刻才感到他的手像刀割一般疼。他把两只手掌紧紧合在一起，弯下头在光胳膊上困难地揩了揩汗，说："德顺爷爷，我一开始就想把最苦的都尝个遍，以后就什么苦活也不怕了。你不要管我，就让我这样干吧。再说，我现在思想上麻乱得很，劳动苦一点，皮肉疼一点，我就把这些不痛快事都忘了……手烂叫它烂吧！"

他抬起乱蓬蓬的头，牙咬着嘴唇，显出一副对自己残酷的表情。德顺老汉点起一锅旱烟，坐在他旁边，一只手在他落满黄尘的头上摸了一把，无可奈何地摇摇白雪一样的脑袋，说："明天你不要挖地畔了，跟我学耕地。你看你的手，再不敢握镢把了，等手好了再……"

加林坚决地摇摇头："不，我要让镢把把我的烂手上再拧好！"他说完就站起来，向地里走去，向两只烂手唾了两下，掂起镢头又没命地挖起来。阳光火爆爆地晒着他通红的光脊背，汗水很快把他的裤腰湿透了。

德顺老汉看着他这副犟劲，叹了一口气，把崖根下一罐水提过去，放在离加林不远的地方，说："这罐水都是你的。天热，你不习惯，都喝了……"他叹了一口气，又去犁地去了。高加林一个人把一道地畔挖完，过来抱住水罐，一口气喝了一半。他本想又一下全喝完，但看了看像个土人似的德顺爷爷，就把水又送到地头回牛的地方。

现在他一屁股坐下来，浑身骨头似乎全掉了，两只手像抓着两把葛针，疼得万箭钻心！

不过，他也感到了一种无法言语的愉快。他让所有的庄稼人看见：他们衡量一个优秀庄稼人最重要的品质——吃苦精神，他高加林也具备。从性格上说，他的确是个强者；而这个优点在某些情况下又使他犯错误。

他用一只烂手摸出一支烟，点着，狠狠吸了一口。他觉得这是他有生以来抽得最香的一支烟。

这时，他突然看见巧珍正站在对面川道里的玉米地畔上，仰起头向他这里张望。他虽然看不清她脸上的表情，但他感到她就像要腾空而起，向他这边飞来了。

他的心立刻感到针扎一般刺疼……

花　街

刘绍棠

一

花街是运河滩上的一个锅伙，不是一个村落。

当年，有个姓花的地主，每年一百两银子，从通州衙门包下河岸上一眼望不到边的柳棵子地，还有沿河几里丛生着芦苇、野麻、三棱草和狗尾巴花的浅滩。他在柳棵子地里的三道沙丘上，搭起几个溜窝棚，四面八方招揽了十几个开荒平地的长工，立起了锅伙，前后左右都不邻村挨户，就叫花街。

后来，姓花的老地主撒手归西，几个儿子吃、喝、嫖、赌、抽，不上二年就败了家，把这大片河滩地零敲碎打，一条子一块典了出去；最后只剩下三道沙丘没人要，就伸手跟那十几个长工收地皮钱。

十几个长工都在花街安了家，也就画地为牢了。

三道沙丘三足鼎立，龙头、熊腰、凤尾，各占一方，互不相连；而且，每道沙丘之间，还相隔一条曲曲弯弯，缠缠绕绕，青藤绿蔓似的小河汊。平时，来来往往，挽起裤腿儿，涉水而过；雨季，大河涨水小河满，过来过去就得划小船了。

运河沿岸，十八里一道河卡，每道河卡有一名河防局的税警把关。凡打鱼的都要到河卡子上领腰牌缴鱼税，七折八扣，所剩无几。花街上家家拴一叶扁舟，男人出外去佣工，女人就下河打鱼。

有一道河卡正安在花街的熊腰上，左邻右舍几家人，惹不起躲得及，有的搬到龙头，有的迁往凤尾。

花街上的人搬个家，就像燕子串房檐，费不了多大力气。泥棚茅舍，一端就倒，拔锅拆灶，抬腿就走，乔迁新居，再立门户，也不很难，砍几根柳桩，支起四梁八柱，柳条子编墙，蒲苇铺顶，上下抹泥，土灶安锅，翘尾巴的烟囱就又冒起了袅袅青烟。

北运河走的是天子脚下，通州坐落京东地面，冬春两季无风三尺土。运河滩，外无山岗，内无城墙，就像敞开门儿张着嘴，大吃大嚼口外的风沙。花街的三道沙丘，年年长个儿，步步登高；早先柳枝糊泥巴的棚屋，不是被风沙挤倒，就是被风沙湮没。夏秋两季，三日阴五日晴，大雨小雨穿插着下，小河汊子大雨大涨，小雨小涨；柔水似刀，割坍沙丘，柳枝糊泥巴的棚屋常常一屁股坐空，堕入水中。于是。家家户户开始房前屋后，院内院外，里三层外三层，四框填满了红柳绿蒿，不但锁住了风沙，屯住了水，而且芳草萋萋，花木葱茏。

一到杨花似雪，柳絮纷飞的暮春时节，花街上的男人，都到外边扛长工，扛短工，赶脚。拉纤。卖苦力去了。每日早出晚归，两头披星戴月，白天看不见他们的影子。

花街上没有多少老人。花街上的老人都交不了甲子，过不去六十这一关，就芦席一卷，埋在河坡上，歪脖儿树下孤坟一座。可六月连阴天，七月下大雨，运河满了槽，一涨一落，坟头涮平了，尸首冲走了，便只留下趴了架的歪脖儿树，挂满了水草和绿藻。

花街上也没有多少孩子。花街上的孩子十有八九立不住，不出满月就抽四六风，蒲草一捆，草丛中刨个坑儿一埋。下一场小雨，草芽儿又发了，十天半个月，小草儿长高了，也就不见了痕迹。

花街上更没有多少女人，女人都不愿嫁到花街来。花街上的女人大都来路不正，来历不明。不是私奔，就是拐卖，没有一个是明媒正娶，鸣锣响鼓花轿搭来的。

花街上的人吃的是大河水，小河汊子里洗衣裳。鸡鸣五更天，男人们出外之前，肩挑着缸大的水筲到河岸，白天你东我西的哥儿们，只有此时此刻才能匆匆打个照面，碰个头，问一声好，道一声乏，满肚子怨气骂东家，哈哈一笑改日见。响午骄阳似火，热风烤人，女人家脱下衣裳站在齐腰的小河汊子里，一边淘洗一边口角争风，舌尖带刺儿，满嘴撒村，骂人好比口唱莲花落，一个更比一个脸皮厚。姑娘洗衣裳要等夕阳西下，河滩上扯起了障眼的暮霭。晚霞中，她们像一群水鸟儿下河，叽叽呱呱，嬉戏玩耍。有时，忽然羊肠小路上嚓嚓脚步声，那是有人要水过河去。她们来不及钻进河边的蒲苇，躲到岸上的柳丛，便慌忙蹲下身子，扭过头去，双手蒙住脸，就像一鸟入林，百鸟压音，一动不敢动。可是，等那个男人过河走远，她们又像鲤鱼跳龙门，从水中一跃而出，清脆响亮的笑声回荡在小河汊子上，洗着衣裳唱道情。

然而，花街上的姑娘黄连的命，没有一个例外的。她们刚刚蹒跚学步，爹娘就给她们编一只小小的柳篮儿，挎到胳臂弯上，到河滩上剜野菜。再大几岁，篮子换成了筐，爬树摘杨芽儿，登高捋榆钱儿，下河打鱼虾……长到十三四，她们就要卖的卖，嫁的嫁。不是卖给过往行船的老客，就是嫁到远离运河滩的外村，十个人里有五双是老夫少妻。

她们虽然从小吃不饱，可是自幼呼吸花香水气，却又生得眉眼俊俏，身腰柔细，十分秀气。开了脸，上了头，鬓角插上一朵红绒花，穿一身红裤子绿袄，怀抱着一面菱花镜和一只竹篾子拢梳，在一挂飞花爆竹声中告别家门，就是她们一生最大的风光。可惜，常常二十刚出头，早生下五男二女，一窝孩子。于是，一个个面黄肌瘦，浑身皮包骨，就像霜打的藤萝。雹子砸下的落花，眨眼之间人老了。

住在花街凤尾上的襄嫂她的女儿金瓜，也是踩着前人的脚印，走的是山重水复的老路，却不想时来运转，柳暗花明又一程。

下面，慢慢写来。

二

襄嫂不是花街的老户。水上的浮萍挂了桩，杨花柳絮落了地，那一年她带着三岁的女儿金瓜逃出虎口，走投无路才在花街落了脚。

正是雨季三伏天，长工叶三车起大早到河边挑水。天边一弯晓月，柳梢几点晨星，只见一个趔趔跄跄的女人，胸前绊着几条麻绳，身后背着一个熟睡的小丫头儿，沿河奔走而来。叶三车是个走得直、行得正的人品，连忙收回了目光低下头，把扁担钩儿挂住水筲的横梁，轻轻摆荡在水面上。谁想，那个奔走赶路的女人听见打水声，一惊一乍，慌了手脚，回身闪躲，青苔路滑，扑通落了水。叶三车叫声不好，忙扔下水筲，下河捞人。

一个鱼鹰扎猛子，叶三车把落水的母女抱上河坡，解开那个女人身上的绊绳，一手倒提着小丫头儿控水，一手把那个女人翻过身，头朝下，脚朝上，七窍出水。

一会儿那个女人呻吟一声醒过来，睁眼看见叶三车把她的小女儿倒挂金钟，马上挣扎着爬起身，哭叫着："把孩子给我，我的孩子！"

小丫头儿也"哇"的一声哭出来，叶三车送还了那个女人，顺口问道："大嫂，你是打哪儿来，到哪儿去？为什么走得慌慌张张，见人躲躲藏藏？"

那个女人搂紧女儿，低头不语。

叶三车也就不再多嘴，又在水筲横梁上挂住扁担钩儿，打满两大筲水，挑在肩上，挺腰就走。

那个女人却抬起了头，望着叶三车的背影，微微张了张嘴，却又不好意思开口。

直到叶三车爬坡上岸，再有一步就要拐进柳棵子地，她才可怜巴巴地喊了一声："大哥，您积德行善吧！赏……我们娘儿俩……一块馇馇吃。"

叶三车并不回头看一眼，放慢了脚步答应道："大嫂，你等一等，我就拿来。"

叶三车当时二十三四，爹娘早已入土。两膀子力气，一双巧手，孤身单人过日子，还算是小有吃穿。他回到自己那两间窝棚小屋，顾不得把两大筲水倒进缸，就摘下吊在房檐上的饭篮。饭篮里有吃剩的饼子半碗饭，又从大肚瓮里舀出一瓢面，流星赶月送到河边来。

那个女人怀抱小丫头儿，仰躺在河坡上，脸色就像白菜叶子，昏昏迷迷。小丫头儿脸颊两朵火烧云，呼吸急促，鼻翅儿一张一合。

叶三车轻轻唤醒那个女人，说："大嫂，小姑娘怕是病了吧？"

"大哥，您再行行好……"女人吃力地坐起来，两眼噙满泪花，"给我们娘儿俩……找个遮风避雨的地方，歇一歇脚，喘一喘气。"

"那就……"叶三车沉吟了一下，"到我那两间窝棚去吧。"

他把那一瓢面也放进饭篮里，一手提着饭篮，一手搀扶这个摇摇晃晃的女人，向花街的凤尾走去。

"大哥，您……贵姓高名？"走在路上，女人问道。

叶三车道出了自己姓名，又问她道："大嫂，你是哪儿的人，我该怎么称呼你？"

"咱们喝的是一条河的水，我是杨柳青的人。"女人脸一红，"村里人都管我叫蓑子媳妇，小丫头儿名叫金瓜。"

"我就管你叫蓑嫂吧！"叶三车笑了笑，又问道："金瓜她爹呢？"

"那个死鬼撇下了我们母子俩……"蓑嫂又落了泪，"有个坏人想霸占我，我带着孩子逃出来。"

这在运河边上，屡见不鲜，叶三车也就不想刨根问底。

进了家，叶三车把蓑嫂带进窝棚小屋，笑着说："蓑嫂，吃口东西，歇息吧！天色不早，我得给东家卖命去了。"

蓑嫂害了怕，扯住叶三车的袖子，说："大哥，破家值万贯，你还是锁上门，我们娘儿俩就坐在房檐下。"

"我常年不挂锁，寸草也不丢。"叶三车挣脱开蓑嫂的拉扯，出门一阵风不见了。

蓑嫂把金瓜放在小炕上，熬一碗面粥给金瓜喝下去，又扯过叶三车那床渔网似的被子，蒙住金瓜发汗。她饿得心慌，把叶三车吃剩的饼子半碗饭，风卷荷叶扫扫一空，也伴在女儿身边打了个盹儿。

醒来，她不敢出屋，屏声静息，从窗眼向外望去，只见这座小院的四框，绿树浓荫，挂满了牵牛花，遍地的牛蒡、香蒿、芦根草。她想，把门东边砍出一片空地，盖一座猪圈，西边砍出一片空地，搭一座羊栏，窗根下再垒一座鸡窝，才像个过日子的人家。

这个小院千少百少，最少的是一个会过日子的女人。

蓑嫂看见墙上挂着一把镰刀，摘下来拿在手里，蹑手蹑脚走出屋门去，先从房檐下割起了野草。一直割到天大黑，小院平平整整，又洒满皎洁的月光，好像一面镜子。

运河滩一到夜晚，风声、水声、树声、草声，一片喧嚣。蓑嫂躲进屋里，桑木扁担顶住屋门，手握着镰刀坐在炕上，还一阵阵心惊肉跳，只盼叶三车赶快回来。

她的眼前，一会儿一闪叶三车的影子。这个年轻的长工，直溜溜一条杉篙的身腰，长方脸上两只明亮的笑眼儿，五官端正，性情柔和。打着灯笼难找的一个小伙子，怎么就没有一个女人长眼睛？

月上中天，柳墙外一阵脚步声，叶三车一进柴门就惊呼："谁给我的小院剃了头，刮了脸？"

蓑嫂迫不及待迎出去，心疼而又羞怯地说："大哥，你回来得好晚。"

"我们那个东家，四两荞麦皮也要榨出二两油！"叶三车说着，递给蓑嫂两个荷叶包儿，"我讨来一剂上药，赊来一点吃食，逗金瓜一笑。"

"这怎么叫人过意得去呢？"蓑嫂不肯伸手去接。

叶三车走到窗根下，把两个荷叶包儿从窗眼塞进去，说："蓑嫂，房梁上挂着艾蒿绳，点起一条熏蚊子，你们娘俩安心睡吧。"

"大哥，你在哪儿睡呢？"蓑嫂红着脸，心跳着问道。

"把我那张两层皮的褥子扔出来，我就睡在把门的伞柳下。"叶三车笑嘻嘻地说"年年暑伏我睡觉不进屋，院里风大蚊子站不住脚，伞柳遮天露水打不着，正清爽。"

蓑嫂只得回屋，她拿起扁担想顶门，想了想却又放下来，放心大胆躺到炕上去。

炕上铺的是新席，散发着蒲苇的清新气息。她很久很久睡不着，悄悄坐起来，偷眼看窗外，伞柳下的叶三车早已酣然入梦。

天光大亮，蓑嫂醒来一看，叶三车早就走了，两层皮的褥子晾晒在柳墙上。

夜晚,叶三车回家,又给金瓜赊来几块绿豆糕。

"大哥,再不能叫你劳神破财了。"襄嫂心神不安,"头疼脑热来得急,去得快,我带着金瓜该走了。"

叶三车打了个愣怔,问道:"你们娘儿俩投奔谁去呢?"

襄嫂垂下眼皮儿,沉重地摇了摇头,说:"离乡背井,人生地不熟,还不知流落到哪一方呢?"

"那就在这个小院落户吧!"叶三车脱口而出。

襄嫂的心咯噔跳到嗓子眼儿,惊慌失色地说:"大哥,我们娘儿俩不想累赘你。"

"我把这两间窝棚白送你们娘儿俩!"叶三车大笑道,"找几个乡亲哥儿们,一齐上手,龙头上再给我搭一座鸟巢。"

"我再想一想……"襄嫂的心里七上八下。

"我等你一言为定。"叶三车又到伞柳下,倒头便睡。

半夜,下起大雨,雷声中襄嫂喊道:"大哥,快进屋来吧!"

"不怕,一会儿就天亮了!"叶三车头上顶着斗笠,身上裹着褥子,背靠着柳墙一蹲,伞柳漏雨,把他浇得像刚从河里捞上来。

襄嫂冒雨跑出去,把叶三车拉拉扯扯进了屋。

天作之合。

三

黎明的回笼觉,半路的好夫妻;襄嫂跟叶三车搭了伙,相亲相爱,情投意合,二茬子瓜更甜。

叶三车是个能工巧匠,耕、耩、锄、耪是他的看家本领,赶车、划船、种瓜、打鱼、编席、织网,也是上手的把式。而且,石、木、瓦、扎、土、油、漆、彩、画、糊,五行八作都会两下子,这全是无师自通的偷艺儿。此外,正月新春走高跷,三月三庙会跑旱船,自乐班吹笛子唱小曲儿,拉个场子打拳踢脚,叶三车也都高人一头。襄嫂心满意足,像嫁了个上天下界的星宿,又好像一条无依无靠的柔藤苦蔓子,千缠百绕在顶天立地的大树上。

襄嫂是杨柳青的人,水乡画户出身,编织手艺胜过叶三车,还会画两笔水墨丹青。春打六九头,叶三车巧手糊风筝,襄嫂提笔画个毛脚大螃蟹、彩翅花蝴蝶儿,赶集上庙卖个好价钱,扯几尺花布红头绳儿,打扮小女儿金瓜。襄嫂本来长得好看,弯弯的眉,春水的眼,鸭蛋圆儿的脸庞,丰满苗实的身子。自从跟叶三车天作之合成双对儿,春暖花开草色青,越发水灵鲜艳了。

柴门左右,猪圈羊栏,窗根下的鸡窝,大芦花公鸡扑打着翅膀叫天明,十几只母鸡下蛋咯咯咯;小院子满满当当,吵吵闹闹,襄嫂只盼望再生个儿子,那可就是一儿一女一枝花的大全福人了。

儿子生下来了,满月里也没抽四六风,却不想转年春天出疹子,几天就死了,把襄嫂坑得愣愣怔怔多半年,眼泪像下帘子雨。

叶三车哭在心里,笑在脸上,长满老茧的大手给襄嫂擦眼泪,劝道:"够不够四十六,你还有二十年的生养,有秧就不愁结个瓜儿。"

"我……只怕是个穷命……扫帚星……"叶三车越是百般温存,襄嫂越是哭得伤心,"你……还是娶个……福星高照的女人吧!"

"这才是昏话!"叶三车生了气,"就是胎胎都落空,个个立不住,有金瓜给咱俩上坟烧纸,也不算绝户。"

叶三车疼爱金瓜,娇惯金瓜,每天放工回来,摘把枣儿,讨个瓜果,从不两手空空见女儿。

这天晚上,叶三车肩扛一个花皮大西瓜归来,走进家门,满想看见的是襄嫂的笑脸儿,听见的是金瓜的笑声,谁知,窝棚小屋里,襄嫂在低低啜泣,金瓜想必睡着了,无声无息。

叶三车感到纳闷儿,正要开口问话,冷不防从鸡窝的黑影里站起一个小男子。

月光下,这个小男子骨瘦如柴,蓬头垢面。还没等叶三车问他的姓名,他先当胸一抱拳,满脸堆笑,缺牙露齿,问道:"你是叶三车兄弟吧?"

"老哥,你是谁?"叶三车惊讶地问道。

"我是金瓜她爹。"小男子低眉顺眼,自报家门,"贱姓杨,草木之人没有大号,乡亲老少都叫我小襄子。"

"呵!"叶三车像五雷轰顶,一连倒退三步,花皮大西瓜从肩头滚落在地上,碎成八瓣儿。

"三车兄弟,你搭救了金瓜她们娘儿俩,又养活了她们两年。"

杨小蒉子挤出几滴眼泪,"救命之恩,我报答不起,请受我一拜吧!"就罢,趴在叶三车脚下磕响头。

"哎呀,使不得!"叶三车把他撕扯起来,"这两年,你在哪儿,这是从哪儿来?"

"始末缘由,说起来话长呀!"杨小蒉子长叹一声,"有个仇人想杀我……"

"黑心贼,嚼舌头!"蒉嫂隔着窗户哭骂,"你抽白面儿,推牌九,欠下一屁股两肋账,长着两条兔子腿逃奔了关外。债主子堵门要抢走我们娘儿俩,逼得我身背着金瓜,跳出后窗走他乡。"

杨小蒉子不急不恼,等蒉嫂哭骂得劳乏,才又哭丧着脸儿接着说:"我逃到关外,投到奉军里吃粮,挨打受罪,混不出个人样儿,又挂念金瓜她们娘儿俩,就开了小差儿。一张嘴打听了大半年,才找着了她们的下落。"

叶三车从心乱如麻中定住了神,长长呼了一口气,说:"这一座院子两间屋,都是金瓜她们娘儿俩的,你们一家人团圆吧!"

"亲人儿,你把这个黑心贼赶走,别撇下我们呀!"蒉嫂从窝棚小屋里哭喊着扑出来,却被杨小蒉子拦腰死死抱住。

男儿有泪不轻弹,叶三车忍痛而别。

他在花街的龙头上,又搭起两间窝棚屋。梆打三更,帮工的人都散了,桌面上还有一点残酒剩菜,叶三车正要收拾碗筷,杨小蒉子探头缩脑而来。

"三车兄弟,恭喜恭喜!"杨小蒉子打躬作揖,"金瓜她娘告诉我,那一座小院两间屋,原来是你的。秃老鸹占了花喜鹊的窝儿,真叫我过意不去。"

"老哥,快别说这话!"叶三车反而感到羞愧,"我不知道你还活在人世,才跟蒉嫂……"

"露水夫妻,也是前世的缘分儿,怪不得你。"杨小蒉子笑笑嘻嘻,满不介意,"三车兄弟,难得你待她娘儿俩那一片真情,我想高攀跟你拜个把兄弟。"

叶三车虽然打心眼儿里不愿意,也只得答应。

他们望空草草拜了两拜,匆匆叩了三个头,杨小蒉子急忙把那一点残酒剩菜吃净喝光。

杨小蒉子跟蒉嫂和金瓜母女团聚,好吃懒做,恶习不改。他一不出外佣工,二不租田种地,三不下河打鱼,四不做小本生意,白天粘在炕上睡得像死狗,天一黑就钻到花街熊腰上的河卡子里鬼混。

一天,叶三车踏着月色回家,只见河卡子上的税警连阴天蹲门,吓了一跳。

"连警官!"叶三车嘻嘻哈哈,先给这个家伙戴一顶空头的高帽儿,"我门前不走船,树上不长鱼,您怎么不在水上把关,跑到旱地来收税?"这几句话,又是拐弯抹角,骂人不带脏字儿。

"叶三车,本官无事不登三宝殿!"连阴天从他那黑狗皮的制服口袋里,掏出一纸文书弹了弹,"杨小蒉子欠下我四石黄豆的赌债,他写下这一纸文书,打上手模脚印,我的中保,把他的老婆典给你三年零一节,你替他还账。你要是不掏这个腰包,我就留下蒉嫂当上炕的小老妈儿,只是我那个小娘儿们满肚子山西老醋,还得大费唇舌。"

叶三车浑身起了火,暴跳八尺高,大叫道:"杨小蒉子在哪里?我把他开膛破肚,挖出他的狼心狗肺!"

"他又到关外当奉军去了。"连阴天板着面孔,很不耐烦的神气,"叶三车,你要是舍不得出血,我那个小娘儿们又不许我尝野味儿,那就把蒉嫂典给别的男人吧!"

叶三车气得跺脚两个坑,说:"明天就还!"

"一手交钱,一手交货。"连阴天晃了晃手中的文书,"明天你把文书拿到手,尽管四脚八叉睡在蒉嫂的炕上,再不是偷来的锣鼓敲不得。"

叶三车每年六石黄豆的工钱,半路支取,七折八扣,总算还清了杨小蒉子的赌债,颗粒皆无了。

果然,肉包子打狗,杨小蒉子一去不回头。蒉嫂见叶三车不肯搬到凤尾来,自个儿找到龙头去。

"亲人儿!"蒉嫂一头扑到叶三车的怀里,放声大哭,"咱俩这一回合了灶,死也不拔锅了。"

跟杨小蒉子过了一年,蒉嫂像老了十年。脸庞和身子黄皮寡瘦,深深的鱼尾纹爬满了眼角,愁眉锁眼没有神了。

叶三车被她哭湿了胸膛,心如刀割。但是,等她的眼泪哭干了,他却轻轻把她从怀里推开来,望着她的眼睛,摇了摇头,叹了口气,说:"金瓜她娘,我好歹跟杨小蓑子那条癞狗拜了把兄弟,你就是我的嫂子。名分变了,我不能败坏人伦大礼。"

"杨小蓑子把我典给了你,还有什么人伦?"蓑嫂又哭又吵,"我好比你花钱包下的私娼窑姐儿,还顾什么大礼?"

叶三车掀开炕席,拿出杨小蓑子典妻还债的那一纸文书,当着蓑嫂的面,撕成碎片,说:"杨小蓑子是个枉披一张人皮的畜生,你跟我可是站在人群里比谁都不矮一头。他不仁,我们不能不义。"

蓑嫂大哭而去。

四

叶三车一个人过日子。又赶上一年的雨季,运河涨平了两岸;河边上的芦苇只露尖尖角,连一只蜻蜓也站不住;野麻水吞脖儿,圆圆的麻叶漂浮在水面上,远远望去就像大片的青萍,小片的荷叶;大河再添一瓢水,水就出槽了。

正是挂锄时节,长工有几天官假。叶三车在家里歇伏,可也没闲着。他手持一杆丈八鱼叉,在大河上来来往往扎鲤鱼。他的水性很大,踩水如走平地。水面翻花,鲤鱼跳龙门,他一叉刺过去,十拿九稳。

忽然一条小船像一只断线的风筝,飘飘摇摇顺流而下,卷入一片漩涡,三旋两转,一眨眼就扣了底儿。叶三车看得明白,船上翻下两个人:一个老者像狂风中的枯叶,一个女子像急流里的落花。他把丈八鱼叉投到岸上去,顶流凫水急如星火,搭救这两位船翻落水的过客。

那老者在水中拼命挣扎,水面上冒了两冒。露了露头儿,叶三车手疾眼快,一把抓住他脑瓜顶上的一条猪尾巴小辫儿,就像顺水牵鱼,拢到面前,挟住上岸,放躺在柳荫下。

然后,他沿着河岸跑出几十步,又飞身下水,寻找那一朵落花。他在水下周游几道,不见那个女子的踪影,就赶忙拔出身子,在河面上四下张望。灼人的阳光洒满茫茫大水,金光闪闪照花人眼。他手搭凉棚,才发现不远处像有一只天鹅,在水光波动的河面上下起伏,于是追了过去。

河边的人都知道,溺水的人像灌坛子,喝饱了才漂上来。男人喝饱了脸朝下,女人喝饱了面朝天。那只上下起伏的天鹅,正是那位喝得像身怀六甲的女子,已经奄奄一息。叶三车不敢急慢,把那个女子双手托过了头顶,踩水上岸来。

这个女子身姿娇小,十八九岁,身穿重孝,脸色比她的孝服还惨白,只剩下游丝一口气。大河上救人不拘礼,叶三车把她轻轻放在青草上,掐人中,扪胸口,揉肚子,小心翼翼地活动四肢,生怕手上重一点儿,碰伤这位人比黄花瘦的女子,要了她的命。

这位女子还没有醒转,那个老者却筋斗流星跑来。他身穿湿漉漉的青布大衫,一边奔跑一边扎煞双臂,像一只想飞又飞不起来的黑老鸹。哇啦哇啦叫出两声:"何方歹徒,不得轻薄贞女!"

叶三车像白日见鬼,睁大眼睛:只见这个老者已经年近花甲,皱巴巴的枯萎面皮,疏疏落落几茎"猫须"头上那一条猪尾巴小辫儿粘上几颗牛蒡,两只斗鸡脚又长满了鸡眼,跑起来扭扭歪歪,身子拧成了麻花,自个儿给自个儿脚下使绊子。

"我得把这位姑奶奶救活!"叶三车满头大汗,红扑涨脸地喊道。

这个老者怒气冲天,七窍生烟,他想折断一枝水柳,抽打叶三车放手,可惜他手无缚鸡之力,拼出吃奶的气力也折不断。于是,他又去拔一根野蒿,闹了个屁股蹲儿才拔下来。爬起身挥舞着野蒿威吓叶三车:"你放手不放手?不放手我要打得你皮开肉绽!"

叶三车没工夫搭理他,野蒿抽在身上不过是搔痒痒儿。那个女子吐净了满腹绿水,叶三车抄起她那软绵绵的身子,她睁开了一双暗淡无光的眼睛。

"爹……爹……"她的声音微弱如丝。

"我不是你的爹,你不是我的女儿!"老头子龇牙咧嘴,恶言恶语,"光天化日之下,你竟心甘情愿让这个歹徒搂搂抱抱,玷污清白家风,丢尽我的老脸。"

那个女子这才发觉，自己枕在一个年青男人的胳臂上，不禁发出一声惊叫："你……你是什么人？"

叶三车扶她背靠一棵河柳坐下，和颜悦色地说："我是花街的一个长工，正在河里叉鱼，看你们爷儿俩船翻落水，把你们捞上岸来。"

"恩人……"那个女子眼含珠泪，"我要一生一世供奉你的长生禄位。"

"无耻！"老头子乱啐女儿的脸，"你被这个歹徒恣意轻薄，非但不知庄敬自重，反而奴颜婢膝，丑死了，丑死了！"

"爹呀，人家救了……咱们的命，怎能……知恩不报？"那个女子哭道。

"淹死事小，失节事大！"老头子捶打着胸口，"天呀！这一来我还怎么有脸呈请县衙门，给你树立贞节牌坊，光耀门庭？"

"爹，我自幼守身如玉。"

"你已经跟这个歹徒肌肤相亲，不是白璧无瑕了。"

"您叫我怎么办呀？"那个女子抱住河柳站起来身。

"你……你……"老头子一跺脚，"还是投水自尽，一死全节吧！"

"不……不！"那个女子吓得不由自主地又倚在了叶三车身上。

"那我就不认你这个忤逆不孝，有悖三从四德的淫妇！"老头子恶狠狠地吼道。

"爹呀，我是您一棵苗的女儿……"那个女子跪下来，抱住老头子的双腿。

"舐犊情深，难道我还不如禽兽？"老头子仰天长叹，"怎奈你一人失节事小，有辱先人事大，我只好快刀乱麻，斩断儿女情肠了。"

"您……您一定逼我去死？"那个女子仰起面无血色的脸儿，涕泪交流地问道。

"死吧，死吧！"老头子闭上二目，挥了挥手，"一死全节也如杀身成仁，舍生取义，正是躬行圣人之道。"

"好，我……死！"那个女子咬破了嘴唇，"守望门寡，进尼姑庵，也不过是装在活棺材里，活罪比一死更难熬。"

她腿脚发软，站不起来，不能纵身投水，就四肢落地爬向河边去，叶三车急忙拦住她。

"歹徒！"老头子气急败坏，"你又跟我女儿动手动脚，害得她跳进大河也洗不清了。"

"我不能见死不救！"叶三车两眼冒火，"老人家，你是人还是鬼，铁石心肠逼死亲生的女儿？"

"歹徒！朽木不可雕也，粪土之墙不可污也。"老头子摇头晃脑，口沫横飞，"宁为玉碎，不为瓦全；无耻苟活，生不如死。"

"那我就把你跟这位姑奶奶再扔下河去，权当我没有救起你们爷儿俩！"叶三车说着，放开那个女子，先从老头子身上动手。

"救命呀！"老头子拐着一双长满鸡眼的斗鸡脚就跑。

"爹，带我走！"那个女子跪爬着哀叫。

"呸！"老头子回头一口浓痰，"我没有你这个女儿！"便急急如惊弓之鸟，惶惶如漏网之鱼，落荒而逃。

那个女子只觉得一阵天昏地暗，头晕目眩，不省人事了。

五

这个老头子外号金二榜眼，是看守通州文庙的一名执事。多年来在孔圣人的脚下晨昏三叩首，早晚一炉香，鬼迷了心窍。

女儿玉姑，六岁那年许配给通州孔教会大司务的小儿子。这位大司务在通州地面很有点名气，富人家出大殡，都重金礼聘他当点主官。此人满肚子孔孟之道，周公之礼，就像粥锅里掺水，舀出一碗再添一瓢，取之不尽，用之不竭。文庙的执事跟孔教会的司务结成亲家，可算是门当户对，珠联璧合。不料，天有不测之风云，人有旦夕之祸福，大司务的小儿子年方弱冠得了水臌，吃了一阵子败鼓皮丸，一命呜呼。金二榜眼大出风头，打发女儿玉姑披麻戴孝，陪灵跪祭，打幡抱罐儿，一直把大司务的小儿子送到坟地。他当众宣告，好马不配二鞍，贞女不嫁二夫，玉姑要守望门寡，以正世风之不古。那时玉姑还很年幼，只觉得好玩，并不感到可怕。

这几年，玉姑长大了，才知道一辈子守寡可不是儿戏，就央求老爹给她另找人家。金二榜眼哪里肯砸他这块门楣生辉的金字牌匾，于是每日严加训女，玉姑终日以泪洗面。马勺天天碰锅沿，早晚得砸锅。正巧运河下游有个村镇，新开张了一个尼姑庵，金二榜眼就逼迫女儿出家。谁想在送女皈依佛门途中，发生变故，金二榜眼的苦心经营化为流水。他抛下玉姑，返回通州，只说女儿被水鬼拉了替身儿，遮住了他的脸面，却拆散了亲生骨肉。

玉姑虽不是千金小姐，却也算是出身于书香门第，下嫁叶三车，栖身窝棚屋，感到百般委屈，常常自叹红颜薄命。她生来一双拿绣花针的手，拾不了柴，剁不了菜，又裹着两只三寸金莲的小脚儿，推不动碾子，挑不动水，整日家中间坐，郁郁寡欢。等叶三车放工回来，就拿丈夫出气。讥消、挖苦、白眼、呵斥……由着性儿，变着法儿，把叶三车揉来搓去。

在叶三车的眼里，玉姑是个金枝玉叶的贵人，嫁个泥腿子，也真是凤凰没有落到梧桐树上。他本来脾气温和，心里觉得对不起玉姑，欠着玉姑十分的情，更不忍心惹她伤感，任她揉成团儿，搓成线，也从来不肯粗声大气顶撞她。

有个丈夫，虽不是一棵梧桐树，到底要比孤身空房守望门寡强得多，所以不到几个月，玉姑就怀了孕，又过了几个月便呱呱坠地一个儿子。蘘嫂接的生，生在三伏，奶名就叫伏天儿。

玉姑得过老爹的真传，粗通文字，而且喜欢在丈夫面前卖弄学问，叶三车只有佩服得五体投地。伏天儿还在怀里吃奶，玉姑就指点他认字方儿。这个小东西就像那青铜的云锣儿，一敲十二个响，识字就像春雨点点都入地，没个够，没个饱。

于是，叶三车每天放工回家，都能看见玉姑的笑模样儿了。

灯下，玉姑给伏天儿绣花兜肚，叶三车跟她脸对脸儿坐着，伏天儿滚在他怀里，骑在他脖子上，就像一只小山雀儿，在大树枝头跳来跳去，叽叽喳喳欢叫。

"你早晚把孩子惯坏了！"玉姑忽然瞪了丈夫一眼，"养不教，父之过。快叫他安静下来认字儿。"

叶三车连忙把伏天儿紧紧拢住，笑着说："伏天儿，小马驹子戴笼头，听你娘开讲。"

玉姑停下针线，从身边拿出一只花荷包，捏出一个写着"人"字的字方儿，问道："伏天儿，这个字念什么？"

"不是早就学过了吗？"叶三车觉得拿这个人字考问他的儿子，是小看了儿子的文才，有失儿子的身份。"连我这个偷艺的人都认得不差，还难得住我们伏天儿？"

"你懂得什么？"玉姑脸一沉，"学而时习之，温故而知新。"

叶三车没有妻子的学问大，只有俯首贴耳。

伏天儿正眼也不瞟那个字方儿，便咬字不清地念道："银（人）。"

"谁是人呀？"玉姑又问道。

伏天儿伸出小手，一点娘的鼻子，又回身搂住爹的脖子，说："爹系（是）银（人），娘系（是）银（人）。"

"爹是什么人，娘是什么人？"玉姑又追问道。

"爹系（是）土梦（命）银（人），娘系（是）苦梦（命）银（人）。"

这一套，都是玉姑的说文解字，伏天儿早已背得滚瓜烂熟。

"你是什么人呢？"玉姑节外生枝，进一步考问。

伏天儿眨巴眨巴乌溜溜的圆眼睛，小脑瓜儿里打了个闪，心里转了个圈儿，答道："我系（是）土梦（命）银（人），也系（是）苦梦（命）银（人）。"

"下流坏子！"玉姑突然一声断喝，"你长的是拿笔杆儿的手，富贵金命人。"

而且，立逼着伏天儿一字一句把她的话学说一遍，伏天儿一字一句一个泪珠儿。

"你吓着孩子了！"叶三车心疼地把伏天儿贴在胸口，"七岁看大，八岁看老，他刚几天不吃奶，哪里会抄近统运转影壁？"

"是你不懂道理！"玉姑恼了，"玉不琢，不成器；幼不学，老何为？"

叶三车见妻子动怒，噤若寒蝉。

玉姑恨不得儿子一夜之间中状元。伏天儿六岁进学堂,这在花街,可是史无前例,惊天动地。龙头和凤尾的老长辈,各家摊公分儿,把一年级小学生伏天儿,打扮得就像进京赶考,神气十足。

叶三车天天背儿子上学,背儿子下学,儿子年年甲等第一名。可惜玉姑没有亲眼看到儿子金榜登科,披红插花跨马游街,就在伏天儿念到六册书的时候,她得了干血痨。寒霜单打独根草,玉姑一天比一天病重,眼见着熬得过初一,熬不过十五了。

咽气前一天,玉姑回光返照,脸上三春桃花色,眼神波动明媚的春光,她从来没有这么好看过。而且,一缕柔情绕心头,她就像洞房花烛夜的新娘子,斜倚在叶三车肩上,轻声软语,从来没有过这么好脾气,从来没有跟叶三车说过这么多的话。

自从她病得起不了炕,就打发伏天儿到襄嫂家借宿,生怕儿子沾上她身上的晦气。窝棚小屋,只有他们夫妻二人。

"好人儿,搂紧我……"玉姑乍冷乍热,脸上的红颜褪了色,眼里的春光暗下来。

叶三车连忙解开怀,把她紧贴在自己那滚烫的胸膛上,说:"伏天儿他娘,咱俩要是化成一个人有多好,我愿替你病这一场。"

"好人儿,我的好人呀!"玉姑幽幽咽咽地哭了,"这么多年……我……亏待了你……"

"怎么能怪你,是我叫你窝心一辈子……"叶三车心酸得泪下如麻。

玉姑摇着头儿,呢呢喃喃地说:"我的……好人儿……我的恩人,你要是……不嫌弃我,下辈子……我还到你屋来,补上我这些年……欠下你的恩情,生生世世……跟你做夫妻。"

"伏天儿他娘!"叶三车肺腑大恸,痛哭失声。

玉姑已经感觉自己这一盏灯油快要熬干了,催逼着叶三车赶快把伏天儿抱来。

伏天儿站在玉姑头前的炕沿下,一连声叫娘。

玉姑目光散乱,泪影迷蒙,已经没有力气抬起手来抚摸一下娇儿的脸蛋,气喘吁吁地说:"伏天儿……跪下,替娘……给你爹……叩头谢罪……"

伏天儿听话,跪倒在爹爹膝下,奶声嫩气地哀哭道:"爹呀,儿子长大了,替娘报答您的大恩大德吧!"

"伏天儿他娘,我对不起你呀!"叶三车抱着儿子大哭,"儿呀,爹是你娘的罪人呵!"

玉姑的身子一阵比一阵冰凉,紧一口慢一口捯气儿,十分费力地掀动两片嘴唇,艰难地吐出一个个字:"伏……天……儿……再……给……你……爹……磕……个……头,求……他……别……给……你……娶……后……娘……"

"我怎么敢,怎么敢呀!"叶三车哭天抢地,"日月星辰都长眼,我叶三车胆敢忘恩负义变了心,死在亲生儿子的棍棒之下。"

玉姑含笑闭上了眼睛,像一朵凋谢了的睡莲花,静悄悄地安息了。

叶三车不忍心将她芦席一卷埋在河坡的歪脖儿树下,一口白皮的河柳棺椁装殓了玉姑,笙、管、笛、萧、锣、唢呐合奏了一支哭皇天的曲子,叶三车把她葬在自家的小院里,而且,坟头上搭起一架豆棚,遮蔽玉姑的阴宅不受冷雨凄风之苦。

这在花街的历史上,也是破了例。

六

发送了玉姑,叶三车欠下连阴天几笔驴打滚儿。

河卡子上的税警连阴天,虽不过是河防局的一名小小爪牙,但是他却以朝廷命官自居,架子很大,官气熏天,一年四季阴沉着脸,三百六十天不放晴。熊腰上耸立着两间瓦脊青砖房,凌驾于龙头凤尾的泥棚茅舍之上,便是连阴天那不可小看的官行。在花街上的人眼里,好比一座金銮殿。

这个家伙已经四十几岁,生得尖嘴猴腮,五官不正,一条公鸭嗓儿,人品相貌都不够尺寸。但是,他心毒手辣,财狠食黑,又有一身掐诀念咒,头碰石碑的功夫,在北运河的青帮香堂里占个大辈儿,所以花街上的人除了叶三车敢顶撞他一字半句,没有一个人不在他面前低头矮三分。

连阴天每日驾一只轻舟快船，腰间挎一把"独子抉"，插十二把小刀子，巡逻游大在十八里管界的河面上，盘查收税，敲诈勒索。打鱼的小船，要跟河卡子三七分成；连阴天鸡蛋里挑骨头，找碴儿就罚款，罚款都入他的腰包。但是，有钱能使鬼推磨，贩卖人口的贼船，私运烟土的黑船，早给他嘴里抹了蜜，光天化日之下畅通无阻。

白天装人，黑夜弄鬼。酉时以后，缉私巡警上场，连阴天收船回家，关门上锁，东厢一溜棚子窝赃聚赌；西厢一溜棚子抽白面、扎吗啡。运河滩上的地痞人蛆，鸡头鱼刺，杂烩一锅。

连阴天躲到后台，出场的是他的女人狗尾巴花。狗尾巴花青春年少，比连阴天小二十挂零儿，全靠她招蜂引蝶，连阴天才生意兴隆，财源茂盛。河防局的大小官员出巡，路过连阴天的河卡，乘船的下船，骑马的下马，坐轿的下轿，个个要过狗尾巴花这道关，没有一个不被雁过拔毛。

连阴天是个箱子，狗尾巴花是个匣子。大把的银圆钞票，流水一般进门，都锁在了狗尾巴花的钱柜里，串在了狗尾巴花的肋骨上。而且，一枚枚的铜子儿都要攥出团粉来，狗尾巴花生财有道，放起了驴打滚儿的印子钱。

自从玉姑病倒炕上，叶三车为了服侍病人，到东家那里辞了工。他已经七折八扣支取了全年的工钱，六石黄豆到手只有四石二斗。半路途中辞工不做，退赔半数，却不是两石一个，而是整整三石。摘借无门，明知剜肉补疮，也只好硬着头皮来到连阴天面前，手背朝下。

"找内掌柜的借去！"连阴天冷着脸子，拧起眉毛一挥手。

"连警官，你是府上的灶王爷呀！"叶三车虽然为人古板，不苟言笑，却喜欢跟连阴天耍几句贫嘴，戏弄一下这条水长虫，"内掌柜的是磨房的磨，听你的。"

"不是我乾坤倒转做不了主！"连阴天粗脖子红脸，"连某人大小是个朝廷命官，专心国事，公务繁忙，不能分心走神儿，哪里有闲工夫管这些芝麻粒儿大的银钱小事？"

叶三车不愿跟狗尾巴花打交道，他厌恶这个不知天下有羞耻二字的女人。

花街上的姑娘人穷志不短，品行端正，脚步不歪，嫁出去的都是黄花闺女，没有一个花烛之夜被刮破了脸皮，第二天脖子上挂着一只铰断了帮底儿的绣花鞋，叫人家拿帚撵回来的。花街上的媳妇，虽然来路和来历都不是一清二白，可是只要在花街上落地生根，就没有一个人再走旁门邪道，被人家戳断脊梁骨的。

可是，自从狗尾巴花到花街，狐媚子打嚏喷，腌臜了花街的风气。

狗尾巴花的爹，是个端寡妇门，扒绝户坟，吃人饭而柴火垛上拉屎的泼皮无赖。在北运河青帮香堂里，他跟连阴天是平辈哥儿们。有一年，同门不同支的两个香堂争夺通州东关码头，双方签跳油锅，狗尾巴花的爹正中了彩，跳不跳都是一个死。下锅之前讲定，他一家老小，青帮香堂要生养死葬。狗尾巴花的爹跳下油锅炸成了炭渣儿，双方又大打出手。驻扎通州的官军出了面，鹬蚌相争，渔人得利，通州东关码头收归河防局所有。狗尾巴花被连阴天拐走，流落到花街熊腰河卡子上。

狗尾巴花自幼泡在泔水缸里长大，一肚子花活鬼点子，没有几年就把连阴天擒下了马。她恶心连阴天，恨不得连阴天出门一个马失前蹄，倒栽葱掉进坛子口的深井里，她再扔下一块大石头。可是，连阴天一不抽烟，二不喝酒，三不吃荤，夏练三伏，冬练三九，打熬身子，一时半会儿死不了。于是，狗尾巴花便想找人合伙，套白狼打杠子，结果了连阴天的性命。等连阴天出殡，她坐地招夫，红白喜事一天办，洗脚水沏茶省柴火。

河防局的大小官员，都跟她有同床之谊，共枕之交。然而，一个个不是银样镴枪头，就是想吃羊肉又怕惹上一身膻，指望不得。狗尾巴花思来想去，相中了叶三车。

叶三车虽是个泥腿子长工，可是那一表人才，不但连阴天相形之下像泥猪癞狗，就是拿河防局的大小官员跟叶三车一比，也显得尺寸不够，斤两不足。

长线钓大鱼，拍网捉俊鸟儿，狗尾巴花要安排十面埋伏。

就在这时，一文钱难倒六尺高的汉子，叶三车愁眉苦脸来到河卡子借债。狗尾巴花心中暗喜，只觉得必是鬼使神差，叶三车才不用她暗施计谋，就自上门来钻口袋阵。这真是嘴馋天上掉馅饼，吉人自有天相。

叶三车刚一开口，狗尾巴花就打断了他的话，又是心疼，又是生气，噘起嘴来挂油瓶儿，说："三车，人不亲土亲，远亲不如近邻，你磨扇子压手，难道我能忍心站在一边拍着巴掌笑？"

"你肯借给我多少？"叶三车问道。

狗尾巴花抱来一个漆着"黄金万两"四个大字的钱匣子，放到叶三车面前，说："你想借多少，就拿多少！"说着，撩起花裥子的衣襟儿，露出半个鱼白肚皮，从水红的裤腰带上摘下钥匙开了锁，满匣子白花花的银圆，照得叶三车睁不开眼。

叶三车仰起脸儿算了算，每石黄豆市价三块大洋，还上东家的债，给玉姑请医买药还没钱，便壮了壮胆子，说："我想拿十块，你肯借给我吗？"

"宽打窄用，十块钱怎么够花？"狗尾巴花从钱匣子里抓起两大把，当啷啷扔在桌面上，十五块银圆团团转。

"我拿什么做抵押呢？"叶三车反倒为难了。

"我一不要你的房子，二不要你的地。"狗尾巴花抛给叶三车一个挑逗的媚笑，"只要你这个人！"

叶三车心事重重，并没有留神狗尾巴花的眼色，苦笑道："我这一百多斤，能值几个钱？"

"你在我眼里，虎骨、熊心、麝香、鹿茸，满身都是宝！"狗尾巴花一边飞眼吊膀子，一边搬来纸笔墨砚，"咱们就立下个字据，拿你的身价做抵押。"

这个女人在通州的女子小学念过几年书，作风不正被除掉，肚子里多少也装进去半瓶子墨汁，书写借据，一挥而就。叶三车只当便宜，不假三思，就双手按下了指印。

饿急了吃五毒，渴急了喝盐卤。叶三车从狗尾巴花手里，稀里糊涂借了一笔又一笔。本生利，利做本，本利一个月一打滚儿，前前后后一拢账，日积月累一笔大数目。

玉姑死后，叶三车打短为生，半夜三更才放工。他出外不锁门，回家也不点灯，归途中早在河汊子里洗净了身子，关门上炕就睡觉。一天，是个月黑夜，他又是不点灯就上炕，扯过枕头躺下来；朦朦胧胧刚要睡去，一个一丝不挂的女人从炕脚骨碌碌滚过来，一直滚到了他身边，狗皮膏药粘住了他。

叶三车虽然胆大包天，但是这突如其来的一惊，也吓得他一身冷汗。那个女人嘤嘤吸泣，他听出来是狗尾巴花。

"狗尾巴花，你……你来干什么？"叶三车又羞又怕。

"我可怜你，心疼你，爱你……"狗尾巴花假哭无泪，"忍不住前来陪陪你。"

"我不要你的可怜，不要你的心疼，不要你的……"叶三车想挣脱开她，"快走，快走！"

粘在身上的狗皮膏药揭不下来，狗尾巴花死缠着叶三车不放，说："那你就可怜可怜我，心疼心疼我……"

"我的心早死了！"叶三车撕扯着身上的狗皮膏药，"埋在了玉姑的坟地里。"

"你不必拿玉姑的阴魂当护身符儿。"狗尾巴花冷笑，"哪个猫儿不偷嘴，哪个男人不好色？你不过是想吃又怕烫舌头，胆小如鼠不敢惹连阴天。"

"我怕你那个狗男人！"叶三车被狗尾巴花激怒得火冒三丈，"连阴天胆敢在我的头上动土，我就跟他鱼死网破，杀了他为民除害。"

"三车，我的好汉子！"狗尾巴花撒了手，两眼闪烁贼亮的绿光，"我套白狼，你打杠子，咱俩弄死了这个恶贼配鸳鸯，钱匣子里的万贯家财都归你，我还保你在河卡子上当税警。"

"滚！"叶三车挽起狗尾巴花的头发，打开窗户把她扔出去。

"给我衣裳还我的钱！"狗尾巴花一溜十八个滚儿，爬起身来就往窗户里扬沙子，"三天之内你不把本利送上门，我点手叫来河防局的巡警，五花大绑押你下监牢！"

一张文书三年契，叶三车自卖自身，到京西门头沟煤窑下井。

七

一去京西二百里，门头沟三年不回家。叶三车临走把伏天儿交给了蓑嫂。

蓑嫂带着女儿金瓜，租一只小船，每天下河打鱼，夜晚借来月光，编织席、篓、筐、篮、笼、网、蓑衣，又偷砍一片蓬蒿，种瓜点豆。成年起五更爬半夜，头不挨枕就手脚不闲，只不过挣了个饿不死。

铁打的脊梁热豆腐的心，蘘嫂自打叶三车又从河边拣来一个玉姑，就心如死灰，不再想跟叶三车破镜重圆。可是，她眼见玉姑是个小姐的身子丫环的命，叶三车娶了个纸糊彩画的人，外边累一天，回家也不能歇口气，她藕断丝连不忍心，就一条身子劈两半，替叶三车推碾子磨面，挑水打青柴，双肩担两户，龙头凤尾来回忙。

玉姑坐月子，蘘嫂接的生。生下伏天儿，她又高兴又悲伤，想起了出疹子死去的儿子，回家溜溜哭了一个通宵。睡梦中，她仿佛看见死去的儿子转世投了胎，摇身一变正是小伏天儿。于是，伏天儿也像她身上掉下来的肉，千丝万缕心连着心。她下河叉鲫鱼，又杀了一只肥母鸡，给玉姑催奶补身子。

转年一开春，伏天儿已经咿呀学语，蹒跚学步，蘘嫂更是提心吊胆；河上打鱼，撒网心发慌，瓜田里剪藤掐蔓，忽然眼皮子跳，她都急忙跑到叶家，看一眼伏天儿才放心。

玉姑一见她那恓恓惶惶的神色，忍不住打趣她，笑道："蘘嫂，孙悟空钻进了铁扇公主的肚子里，伏天儿闹得你牵肠挂肚，拽着你的心系儿拉纤绳。"

"妹子，你没被蛇咬过，不知道怕井绳呀！"蘘嫂眼圈一红，"我那个儿子，要不是那年春天……眼下早就家里院外跑出跑进，黄嘴的雀儿似的，叽叽喳喳喊妈妈，叫爸爸了。"

她又催促玉姑找个算命先生，给伏天儿算一卦；命中三灾八难，也好早有提防。

算命的先生掐指算来，伏天儿是火命，玉姑是水命，母子相克，水火不相容。玉姑慌了神儿，愁眉不展，忧心忡忡："但愿伏天儿克死了我，我可千万别克住他。"

"认我当干娘吧！"蘘嫂挺身而出，"我是木命；引火烧身，伏天儿的时运越来越旺。"

"哎呀，怎么能叫你割肉喂鹰呢？"玉姑过意不去，于心不忍。

"我是个铁树杈子烧不焦。"蘘嫂笑了笑，"伏天儿真要是把我克死了，你只叫他给我打个幡儿，抓把土，哭一声娘，我就死而无怨了。"

"好姐姐！"玉姑抱住蘘嫂落了泪，"我该怎么报答你呢？"

蘘嫂想了想，说："妹子，你要看得起我，就认金瓜做女儿。金瓜是土命，跟你不相克。"

"我愿意！"玉姑满口答应，"我有一儿，正少一女，一儿一女一枝花嘛！"

蘘嫂却另有心思。

她跟叶三车搭伙了二年，叶三车疼爱金瓜，金瓜叫惯了爸爸。杨小蘘子一来，逼着金瓜改口，金瓜不改，天天挨小蘘子的打，身上青一块，紫一块，金瓜恨死了这个生身之父。

杨小蘘子走了，金瓜满心欢喜，本想从今以后又可以管叶三车叫爸爸了，却不想叶三车又拣来一个玉姑大婶，这一回竟是亲娘逼她改口："金瓜，不许你管三车叔叔叫爸爸，玉姑大婶撕烂你的嘴。"于是，金瓜心中恼恨玉姑。

金瓜挎着柳篮儿到河滩上剜野菜，有时遇见叶三车，先大叫一声："叔叔！"扔下柳篮儿，投入叶三车的怀抱。等叶三车把她抱在怀里，她便双手搂住叶三车的脖子，咬着叶三车的耳朵，小眼珠儿偷偷溜瞅一下四外，又悄悄叫一声："爹！"叶三车鼻子发酸，紧搂着金瓜舍不得撒手。

玉姑当干娘，金瓜便是叶三车名正言顺的干女儿，也就能响响亮亮地叫他一声爹了。

蘘嫂找了个黄道吉日，带着金瓜来给干娘磕头。玉姑也给干女儿绣一件花兜肚，兜肚箍在前胸上，拢住干女儿的心。

玉姑出殡，金瓜和伏天儿披麻戴孝。伏天儿是亲生儿子，给玉姑打幡儿；她是干女儿，给玉姑烧纸。一儿一女给玉姑送了葬。

叶三车自卖自身，三年的卖身契上画了押。转身来到蘘嫂家。

"蘘嫂，我把自个儿卖了。"叶三车掏出两块银圆，一把铜子儿，扔在炕上，"还清了狗尾巴花的驴打滚儿，就剩下这几个钱。我一走三年，伏天儿吃、穿、上学，都靠你们娘俩了。"

"一家人……你为什么说两家话？"蘘嫂哭了，"伏天儿是你的儿子，也是我心上的肉。"

叶三车点点头，说："你比他的亲娘更疼他。"

两人泪眼相望。

金瓜已经是十五岁的少女，心早开了窍，一见这个情景，忙跳下炕，说："我去看看伏天儿，别叫猫儿狗儿吓着他。"说罢，赶紧开门跑出去。

襄嫂坐在炕沿上，掩面而泣，说："还不如卖了我，留你在家，两个孩子大树底下好乘凉。"

叶三车苦笑，说："人有脸树有皮，我怎么能伸手接你的卖身钱？"

"那……"襄嫂抬起了头，"我带着两个孩子也搬到门头沟去，活吃一锅饭，死埋一个坑，生死落个大团圆。"

叶三车连连摇头，说："门头沟地少石头多，喜鹊老鸹都不搭窝。一方水土只养一方人，运河滩再穷，你还能把野菜嚼一嚼。"

"挖煤的吃阳间饭，干阴间活儿，这三年的日日夜夜叫我怎么熬呀？"襄嫂哭得更伤情。

"我……正想……跟你商量……"叶三车咽下一腔苦水，"下门头沟小窑，好比人阴曹地府，万一我这把骨头扔在井下，死了外丧，你不看僧面看佛面，替我把伏天儿拉扯大，给他成家立业，也不枉咱俩露水夫妻好过一场。"

"亲人呀！"襄嫂扑到他身上，"砸碎了骨头连着筋，大卸八块烧成了灰儿，我心上只有你一个人。"

叶三车心中悲痛，哽咽着叫了一声："我的苦人儿！……"忍不住热泪夺眶而出。

"你这一走，咱俩今生今世还不知能不能再见面……"襄嫂悲悲切切，"今夜晚你就留在我的身边吧！"

叶三车心软了，捧起襄嫂的脸儿。可是，正在这一念之间，玉姑的面影在他眼前一闪而过，他惊慌地推开了襄嫂，前言不搭后语地说："玉姑临死的时候，我当着伏天儿的面……赌过咒"。

他仓皇离去，匆匆走出凤尾，路过熊腰，蹚过两道小河汊子，回到龙头。两腿发软，跟跟跄跄走进家门。

屋门顶着杠子，屋里听不见声息。只有倒挂在柳篱的野花藤萝上，墙根阶下的青草里，蝈蝈儿和蛐蛐儿低吟浅唱，叫叫停停，月色朦胧中的小院沉寂而凄凉。

"金瓜，伏天儿，开门！"叶三车站在窗外，轻轻唤道。

窗内没人答应，蝈蝈儿和蛐蛐儿却吓得停止了鸣声。一片浮云掩月，小院游荡着忽明忽暗的阴影。

叶三车敲打着窗棂，伏天儿从沉睡中醒来，呢喃梦呓地说："爹，我就来……"

"你给我躺着睡觉！"金瓜怒喝一声，"爹，我懒得下炕，您还是回去睡吧。"

叶三车明白，金瓜人大心大，有意成全一对老人家，这反倒使他更感到羞愧和不安，便轻着脚步走到豆棚下，在玉姑的坟边半躺半坐到天明。

襄嫂给他缝补浆洗了单衣和棉衣，金瓜给他赶作了夹鞋和棉鞋，叶三车告别亲人，一根柳棒挑起一卷破烂行李，风丝雨片上路了。

八

伏天儿来到襄嫂家，襄嫂惯他，金瓜管他，惯他的到了儿没有拗过管他的。

伏天儿落生以来，爹娘头顶着他长大。长到九岁，横草不拈，竖柴不拿，玉姑生怕柴草弄糙了他的手，捏起笔杆写字不秀气。每天上学下学，叶三车背去背回。玉姑病倒炕上，叶三车日夜服侍左右，仍旧一天往返两趟接送儿子。

襄嫂一心想叫伏天儿把她当亲娘，母子连心瓜儿不离秧，疼伏天儿比叶三车和玉姑更水涨船高。

伏天儿来到襄嫂家的第二天清晨，襄嫂起早下河打鱼，临走叮咛金瓜道："一会儿你背着伏天儿上学去。"

金瓜朵着小嘴儿，嘟哝着说："九岁大小子了，他没长着腿！"

"这是你爹立下的老规矩，谁敢走了样儿？"襄嫂虎起脸，"一路上小河汊子套着大水塘，坑坑洼洼，深深浅浅，柳棵子蓬蒿里藏着狼叭狗子，你就忍心叫他单枪匹马过五关？"

襄嫂眼见金瓜身背伏天儿下凤尾，又在门口踮起脚尖张望一程，才到河边去。

金瓜十五岁，水乡人家的女儿，杨柳青的画中人，秀眉梢眼赶过了少女时代的襄嫂，心眼子也比她娘多。

一条七盘八绕在运河滩上的羊肠子小路，路旁牛蒡沾人衣，野藤绊人腿，野花拂人面，碧纱翅膀的大个儿绿蚂蚱飞落人身上。金瓜背着伏天儿三步一回头，偷看她娘的动静。直到翻过一道沙岗，钻进小河汊子岸边的绿树浓荫里，估量着她娘望不见，她忽然把从背后拢住伏天儿的双手一松，伏天儿整个摔在了地上。

"你这个懒贼！"金瓜把大辫子一甩，满脸寒霜，"你长着双脚不走路，何必要这两条腿？不如我折断它当柴烧，背起你来一身轻。"

伏天儿爬起来要跑，金瓜就像燕子抄食儿，一把抓住他。

"娘……娘呀！"伏天儿大声呼喊。

金瓜一手死死地捂住他的嘴，一手掐住他的脖子，威吓道："你敢再喊叫一声，我不闷死你，也把你的脖子拧成八道弯儿。"

伏天儿吓傻了，唔唔呀呀哀叫："姐……姐姐……"

金瓜抽回捂嘴的一只手，目光凌厉，逼问道："你自个儿会走不会走？"

"我……会走。"伏天儿鸡啄米似的点头，眼泪围着眼圈转，"自个儿走。"

"去吧！"金瓜操了他一掌子。

伏天儿一溜烟飞奔，头也不敢回。

金瓜并不放心，悄悄尾随着伏天儿，直到看见他跑进村口，才返回凤尾。

日落黄昏，金瓜又到这个村口想把伏天儿接回来。可是，左等不见人，右等不见影儿，跑到小学堂问老师，伏天儿早走了。

金瓜着了慌，走遍运河滩，东南西北直着脖子叫："伏天儿，伏天儿！"

河滩上起了风，风吹草动听不见伏天儿的回声。

她正团团打转，蓑嫂收船回家，进门不见这一对儿女，也找到河滩上来。

"伏天儿呢？"蓑嫂急色白脸地问道。

"他放了学，野鸟儿……满天飞……"金瓜哭丧着脸，吞吞吐吐。

"想必是你这个死丫头欺侮了他！"蓑嫂狠狠打了女儿一巴掌，"伏天儿，伏天儿！"

娘儿俩叫哑了嗓子，伏天儿就像一颗随风飘去的流星，不知飞向何方，落到何处。蓑嫂只怕有个三长两短，抱住路边一棵孤树哭出来："三车，三车呀！我亏负了你，对不起玉姑呀！"

金瓜拢定神思，忽然心明眼亮，说："伏天儿会不会到他娘坟上去？"

叶三车到京西门头沟下煤窑，他在龙头的两间棚屋就上了锁。蓑嫂和金瓜寻来一看，只见伏天儿果然依偎在豆棚下的玉姑坟边，抽抽搭搭地哭泣。

"儿呀！"蓑嫂心都碎了，弯下腰把伏天儿抱在怀里，哭得比伏天儿还伤心。

"娘，姐姐……要闷死我，拧断我的脖子。"伏天儿告状，火上浇油。

"该死的丫头！"蓑嫂又气又恨，放下伏天儿，折断一根柳枝子，没头没脑抽打金瓜，"我不打得你皮肉开花，出不尽我心头的恶气。"

柳枝子带着嗖嗖的风声，雨点冰雹落在金瓜的身上，金瓜不躲也不闪，不掉一滴眼泪。伏天儿见金瓜挨打，起先还捂着嘴儿吃吃笑，后来看着打重了，扑过去喊道："娘，您饶她这一遭儿吧！"却不想说时迟，那时快，这一柳枝子正抽在他身上，疼得他连蹦了三蹦。

"哎呀，我的儿！"蓑嫂心疼得血都凉了，两眼发直，不知如何是好。

伏天儿蹦了三蹦，两脚落了地，却扑哧笑道："娘，一人有罪二人当，打完了姐姐您该打我。"

"笑面虎儿！"金瓜啐他一口，掉头就走。

夜晚，伏天儿跟蓑嫂睡在炕头，金瓜睡在炕脚。蓑嫂劳累一天，躺在炕上就散了架，闭上眼睛马上沉沉入睡了。伏天儿本来也困得上眼皮直粘下眼皮，可是一见金瓜团着身子脸朝墙，想到她挨了一顿打，晚饭又没吃，心里酸溜溜的不好受，就悄悄爬了过去，轻轻推了推金瓜，金瓜一动不动，他又低声讨饶，说："姐姐，别生我的气了。"金瓜像个石头人，还是不理他。于是，他就伸出手，轻柔地抚摸金瓜身上的伤痕。

金瓜的身子忽然一阵打颤儿，猛地一脚，把伏天儿踹了个一溜滚儿大翻身。

第二天清早，金瓜不等她娘吩咐，上赶着催伏天儿道："快吃饭，姐姐背你上学。"

"这才像个疼兄爱弟的模样儿！"蓑嫂也眉开眼笑了。

金瓜背起伏天儿出门，步子很大，走得很快，可是一翻过那道沙岗，金瓜却收住了脚步，在绿树浓阴下坐下来。

"你怎么不走呀?"伏天儿问道。

"我累得……两腿发酸……"金瓜假装气喘吁吁,"歇一会儿再走。"

"晚到一步,老师打手板儿!"伏天儿急得喊叫。

"宁挨手板儿打,也别叫腿吃亏。"金瓜笑嘻嘻,一点不着急。

"放开我,我自个儿走吧!"伏天儿宁愿腿吃亏,也不愿挨手板儿打。

金瓜的两条胳膊却像两道铁箍,伏天儿难以挣脱。歇息了足有一顿饭的工夫,金瓜才起身。没到村口,小学堂已经打钟上课了。

傍晚,金瓜接伏天儿,只见伏天儿手抹着眼泪走出村口,头上三个青包,就像三星高照,那是老师的藤杆子敲出来的。

夜色黑乎乎,蓑嫂没有发现伏天儿头顶三星,伏天儿也没有告状。娘儿仨摸着黑睡下了,还是蓑嫂先睡着。伏天儿刚打盹儿,忽然有两只手抄起他的身子,他睁眼一看是金瓜,金瓜把他抱到炕脚去。

金瓜一只胳臂拢住伏天儿,摊开一只手掌心。揉搓着他头上的一个个青包,还轻轻地吹着气;伏天儿觉得,他像是沉浸在大清早的花香水气里。

"还疼吗?"金瓜小声问道。

"疼着哩!"伏天儿想叫金瓜多吹一会儿,故意叫疼。

他在花香水气中睡去。

天亮,伏天儿爬起身,洗了两把脸,匆匆喝菜粥,金瓜又笑吟吟地说:"伏天儿快吃,我背你紧走,可不敢晚到一步。"

伏天儿惊叫一声,扔下筷子,撒腿就跑。

"他怎么不叫你背呀?"蓑嫂纳闷地问道。

"谁知道呢?"金瓜咬住嘴唇,不敢笑出声来。

"一定是你又吓唬他了!"蓑嫂的脸一沉,又要发火。

九

金瓜不敢吐露真情,眉头一皱,急中生智,扯了个谎,说:"我背去背回,接送他上学,他的学伴们看见,鸡一嘴鸭一嘴,都管他叫小女婿儿,他臊破了脸。"

"这些个嚼蛆的小狗蛋儿!"蓑嫂不免心中一动,若有所思,"真要是把你许配给他,也得等你爹回来点头。"

小女婿娶大媳妇儿,是当年运河滩盛行的风习。有钱人家,给他们的公子哥儿娶大媳妇,为的是白得个使唤丫头服侍少爷。公子哥儿长大了,大媳妇也见老了,再娶个年少的小娘子。穷门小户,给儿子娶大媳妇,为的是里里外外多一把手,炕上地下白得一个干活的人。

"娘,您葫芦倒提说的是些什么呀!"金瓜涨红了脸。

蓑嫂微笑道:"你先心中有数儿,更知道疼他。"

"我不愿意!"

"人家伏天儿是个文墨书生,披红插花的前程,你攀上了高枝儿,算你有福气。"

"他……太小。"

"有秧儿不愁长!小子家身量儿蹿得快,再过两年,伏天儿就跟你一般高。"

金瓜把大辫子缠绕在脖子上,嘴里咬住辫梢儿,双手合抱比她腰还粗的树身,直上直下爬到树梢,骑在树杈上。

伏天儿站在榆树下,仰着脸儿,身边一只大筐。

金瓜折断几枝扔下去,说:"伏天儿,你先吃个饱!"

伏天儿接住几大串榆钱儿,盘膝大坐在树下吃起来。榆钱儿生吃很甜,而且越嚼越香。伏天儿在树下大口大口地吃,金瓜在树上也大把大把地揉进嘴里。

他们背着大筐大筐的榆钱儿回家去。

九成榆钱儿一成面,搅和一起锅里蒸,水一开花就算熟。然后,切碎碧绿白嫩的羊角葱,泡上隔年的老跨汤,拌在榆钱饭里,吃起来别有风味,一天三顿吃不厌。

杨芽、柳叶、榆钱饭,喂大了伏天儿,一点不夸张。

穷苦人春天吃个树饱;夏天生吃面瓜,熟吃倭瓜,落个瓜饱;秋天烧玉米,煮青豆,打枣扒花生……混个杂饱。

运河滩上,枣树三三五五,生长在沙岗土丘。白露前后,枣儿熟透,老虎眼枣儿甜又圆,满树像是挂起小红灯笼。

金瓜最喜欢带着伏天儿上树摘枣,连吃带玩,拿伏天儿取乐儿。

伏天儿还是站在树下吃现成的。金瓜先摘一把,喊道:"伏天儿,张嘴!我喂你。"

伏天儿的嘴刚张开,一颗红枣投下来,他刚想咬一口,一颗一颗下枣雨,他应接不暇,只能囫囵吞枣。

然而,蘘嫂却不许金瓜跟随她下河打鱼,这是因为河上船只往来如梭,人多眼杂,她怕一天天花开茂盛的女儿,上当受骗,遭劫被抢。

运河上的人贩子贼船,是属黄花鱼的溜边走,看见岸上的孤身少女,歹徒们跳上岸就敢抢,堵住嘴拖上船,捆住手脚扔进舱,顺风顺水直放天津卫。被抓的姑娘,十有八九卖到妓院暗门子;也有卖进大宅门里当丫头,纱厂里当女工的。

蘘嫂打鱼是神手,网网不落空,满舱尺把长的大鲤鱼活蹦乱跳。连阴天死盯住她,欺侮她是个没有男人做主的妇道人家,专门在她身上敲竹杠。

这天蘘嫂头戴一顶荷叶罩的柳圈儿,光膀子只在胸前背后裹上一条遮眼的破布,裤腿挽到膝头,站在颠簸不定的小船上挥撒渔网,连阴天的巡逻船过来了。

"蘘嫂,上税!"连阴天像恶狗狂吠。

过去的税例,打上的鱼三七开。自从殷汝耕在通州当上伪冀东防共自治政府行政长官后,通州不算中国的地,运河不算中国的河,收税的王法也改变了。凡是渔船下水,不管打多打少,固定交税,紧上加紧。渔家打得的鱼虾,卖给从通州下来的鱼贩子,鱼贩子跟连阴天穿裆裤,压低鱼价,巧取豪夺。连阴天更自立王法,在他这十八里管界之内,鱼虾不许出界外卖,层层盘剥,打鱼的忙累一天,上了税所剩无几。

殷汝耕登基,连阴天在他这十八里管界之内更坐定了铁桶江山。原来,殷汝耕将通州文庙改作他的金銮殿,看守文庙的金二榜眼拥戴有功,官封伪自治政府参事。有一天,这位年近古稀的金参事大动雅兴,乘船游览大河的风光,在花街熊腰河卡子下船歇脚,一眼看中了风骚妖冶的狗尾巴花,当场认作干女儿。干爹的公馆少个女主人,就接干女儿去管家。狗尾巴花来到金公馆,就好像五黄六月的韭菜招苍蝇,伪自治政府五花八门的官吏挤破金公馆的门框,踢平了金公馆的门槛。狗尾巴花在政界人物中间红得发紫,妻贵夫荣,连阴天大沾其光,不但多加俸禄,而且背倚横七竖八的靠山,越发有恃无恐。只是一人独处,茕茕孑立,形影相吊,未免凄凉寂寞。于是,静极思动,他就在蘘嫂和金瓜母女身上产生了邪念,插圈弄套打主意。

蘘嫂虽是快四十的人了,可是一条风吹日晒的身子仍然丰满苗实,摇橹划船,撒网收网,挑担走路,仍然像风摆杨柳一般轻盈袅娜,惹得连阴天欲火中烧,垂涎三尺。

听连阴天一声吆喝,蘘嫂挺直身子抬起头,抹了一把脸上的汗水。说:"连警官,我还没卖一文钱,拿什么交税?"

"就要你船舱里的大鲤鱼!"连阴天瓮声瓮气地说。

蘘嫂舍不得,说:"今天我手儿顺,这些鲤鱼想卖个好价儿。"

"我这是赏你脸!"连阴天的巡逻船跟蘘嫂的打鱼小船头碰头,扔过一只大鱼篓。

蘘嫂含着眼泪儿,往鱼篓里一条一条拣鱼,心上像一块一块剜肉。

"娘!"远处,金瓜站在齐胸的河水里,手持当年叶三车那杆丈八的鱼叉,挥动着叫她。

水边,伏天儿扬手举起一柳串大鱼,喊道:"娘,您看!"

"伏天儿,你可别下河呀!"蘘嫂说着,把装满鲤鱼的鱼篓搬到连阴天的巡逻船上去,然后拨船要走。

"且慢!"连阴天把巡逻船一横,拦住蓑嫂的去路,阴沉沉的面孔皱皱巴巴一笑,比哭还难看。"蓑嫂,我先向你报丧,再给你道喜。"说罢,斜眼儿瞟着蓑嫂的脸色,故意卖关子。

蓑嫂眉尖一颤,心惊肉跳地问道:"连警官,难道他?……"叶三车的名字几乎脱口而出。

"你那个杨小蓑子早变刀下鬼了!"连阴天亮了底,"我刚结拜的把兄弟,是河防局新上任的缉私巡警小队副,过去在奉军里跟小蓑子一个连吃粮。小蓑子跟连长赌钱,输了个赤条精光不剩一根汗毛,又想鞋底抹油开小差儿,抓回来先贯耳游营,后枭首示众。"

蓑嫂一块石头落了地,长吁了一口气,说:"早就该死!可惜沤臭了一块地。"

"啧,啧,啧!"连阴天打着响香儿,"狠毒莫过妇人心。"

"多谢连警官!"蓑嫂摇橹,又要夺路而去。

"慢着,我还有下回分解!"连阴天扮出一副慈眉善目的模样儿,"我看你们孤儿寡母,吃不饱穿不暖十分可怜,打算给你们指出一条明路,不知你们肯走不肯走?"

"说吧!"蓑嫂忍着头疼,耐着性子。

"我看你家金瓜,柳叶眉,杏核眼,樱桃小口一点点,明明是一棵摇钱树。"连阴天挤眉弄眼儿,"我刚才提起的那个缉私巡警小队副,腰缠万贯,家小扔在关外,拜托我给他买个如花似玉的小娘,金屋藏娇……"

"我饿死也不卖闺女!"蓑嫂打断连阴天的花言巧语。

"女大不可留,留来留去留成仇呀!"

"我女儿早有了主儿。"

"谁?"

"伏天儿。"

连阴天眨了眨眼,哈哈大笑,说:"那个乳臭小儿,能有多大出息?"

蓑嫂冷笑一声,说:"鸡窝里出凤凰。我们伏天儿念完小学堂,他的老师还要带他进城赶考,中学堂里金榜题名。"

连阴天绿豆眼珠滴溜溜转,改变了口气说:"我助你一臂之力,咱们结个善缘儿。"

蓑嫂料他狗嘴里吐不出象牙,冷冰冰地说:"连警官,你的好意,我们心领了。"

"我奉送十块大洋!"连阴天涎着脸儿,"只是我那屋里人,到她干爹身边尽孝去了,空床冷被子,难熬的半夜三更。你就发一发慈悲,动一动春心,三天两日佳期相会,神不知鬼不觉地陪陪我。"

"痴心妄想!"蓑嫂气得猛力一摇橹,差一点把连阴天的船撞翻。

"犯上作乱,大胆!"连阴天恼羞成怒,暴跳如雷,"金瓜跟伏天儿偷捕河鱼,理当重罚,本官铁面无私,严惩不贷,扣下你这一船鱼充公,叫你们知道自治政府的官法如天,从此安分守己,夹着尾巴做个顺民。"

蓑嫂只落得空船归岸,金瓜和伏天儿那一柳串鱼也被连阴天没收了。娘儿仨坐在河边,蓑嫂两眼直勾勾,神情痴呆呆,金瓜咒骂连阴天不得好死,伏天儿轻轻给蓑嫂捶背,怕她一口气窝在心里。

"打掉牙咽进肚里吧!"蓑嫂的神情目光又恢复了活气,而且横下一条心,"等你们的爹回来,咱们要唱一出《打渔杀家》。"

叶三车卖到京西门头沟煤窑已经两年多,再有两三个月就满日子了。

十

只盼望叶三车到日子快回家,想不到连阴天带着煤窑的一名工头和两个打手破门而入。

这一天,正是十二岁的伏天儿从高小毕了业,领回一张甲等头名的文凭,蓑嫂和金瓜高兴得满面春风,喜眉笑眼,柳篱小院阳光普照,窝棚小屋蓬荜生辉,晌午吃喜面。

蓑嫂抻出的面条儿,长如线缕,细如游丝。圆桌面座席,十人抱桌围,蓑嫂抖起一缕游丝面,能把十个人套住脖子缠上腰。

金瓜从河滩上的树林子里采来蘑菇、木耳,又从青纱帐和小园中摘来青豆、黄瓜,洒上几个鸡蛋花打卤。

"伏天儿,你给咱家争了气,花街增了光。"冷灶开了锅,蓑嫂一边煮面一边念喜歌儿,"等你考上城里的中学堂,你爹也熬满了日子回家来,双喜临门大团圆,咱们连吃三天喜面。"

"娘,面条儿捞在碗里才算麦收。"伏天儿学富十二车,颇有些书生气,"您可千万别到处夸儿子,考不中叫人笑掉了牙。"

柳荫下,金瓜摆下小饭桌,正中两侧三只蒲团儿,桌面上端端正正三副碗筷,还有一只蓝花大海碗,盛满蘑菇、木耳、青豆、黄瓜、蛋花卤。锅里滚水翻花,金瓜掀开锅盖,拿起法篱捞面条儿,捞进清水大盆里端过来,笑道:"伏天儿,快把面条儿捞碗里,娘的吉言就应了验。"

伏天儿却又笑着说:"面条儿吃进嘴里,才是收成。"

"那就快堵上你的嘴吧!"金瓜把岗尖岗尖一大碗游丝面,调拌了浓稠的蘑菇、木耳、青豆、黄瓜、蛋花卤,捧到伏天儿面前。

伏天儿接过碗,挑起一箸面条儿正要送进口去,忽听门外连阴天喝道:"慢吃!"

襄嫂、金瓜、伏天儿一齐抬头看,只见柴门外拔地起乌云,连阴天带着三个凶眉恶眼的家伙闯进来。

歪戴着遮阳帽儿,鼻梁子上架着一副阴森森墨镜的煤窑工头,咋咋呼呼问道:"谁叫叶伏天儿?"

"我!"伏天儿挺身而起。

"跟我们走!"

"到哪儿去?"

"你爹弃工逃走,父债子偿。"

"我爹逃奔哪儿去了?"亲不过父子,伏天儿急得要哭。

"踏破铁鞋无觅处,你爹下落不明!"工头向那两个打手一努嘴儿,"跑得了和尚跑不了庙,我们这才带你去顶缺打补了。"

襄嫂血涌上脸,抢上一步护住伏天儿,吵嚷道:"叶三车生不见人,死不见尸,你们反而找上门来倒打一耙,咱们找地方说理去。"

"我看你是活腻了!"连阴天吹胡子瞪眼,满脸杀气。"叶三车勾搭上混进煤窑的共产党,串联家住京东的窑花子,砸了矿山警察分驻所,夺枪逃回京东打游击。按照自治政府的连坐法,罪当满门抄斩,你这个娘儿们三只鼻孔多出一口气,脖腔子长着几个脑壳?"

"叶三车还差两个月才满期!"煤窑工头掏出那张三年的卖身契,"文书上写定,私逃的抓回来,一天罚三日;抓不回来,家人顶替,还得二折一,叶三车的儿子跟我们走,二三得六算一天,赔工一年整。"

两个打手扑上前去,就要抢走伏天儿。

襄嫂把伏天儿紧紧搂在怀里,说:"他是个还没长出翅膀的雏儿,怎么能下井去挖煤?我比他的力气大,情愿顶替叶三车,下你们那阴曹地府。"

"笑话儿!"两个打手斜眉吊眼,"娘儿们是祸水,下井必有血光之灾,哪个肯要你这个不祥之物?"

煤窑工头却摘下阴森森的墨镜,眯着眼睛,头上脚下扫视襄嫂三遍,才拉着长声问道:"你今年多少岁数了?"

襄嫂像虫子满身爬,答道:"三十九。"

"徐娘半老,风韵犹存。"煤窑工头当不当正不正地套用了一句戏文,"煤窑的千年老例儿,妇道人家不能下井,我给你在井上找个轻活儿,不知你乐意不乐意?"

"乐意。"

"我们老掌柜的,虎老雄心在,春天死了老伴儿,少东家不许他续弦,打算给他雇个上炕的老妈儿……"

"娘,不能去!"金瓜急得喊叫。

"娘,去不得!"伏天儿吓得哭了。

"那你就跟我们走!"两个打手一人扯起伏天儿一只胳臂,就要架走。

"放开他!"襄嫂脸色灰白,"我……跟你们……去。"

"瓜儿不离秧,孩子不离娘呀!"连阴天老虎挂念珠儿,假充善人。"襄嫂,我把你留下吧!"

"连警官,将工折价,你得替叶三车还上二十块大洋。"煤窑工头沾手三分肥,二十块大洋里要吃对半的回扣。

"把叶三车的卖身契交给我，跟我到河卡子上取钱。"连阴天色迷迷地叮咬了襄嫂一眼，"你也得给我立下一纸文书。"

"你……再多加……几块钱……"襄嫂哆嗦着嘴唇，"我再……多卖你……几个月。"

"娘！"伏天儿扑到襄嫂怀里，"我替我爹去挖煤，您不能跳虎口。"

金瓜跪下来扯住襄嫂的衣襟儿，哭道："娘，要卖就卖我吧！"

"也好！"连阴天奸笑，"宁吃鲜桃一口，不吃烂桃一筐。金瓜，你要肯卖，缉私巡警小队副挥金如土，必定给个大价儿，不光还上你干爹的欠款，还能供给伏天儿进城念中学堂。"

"我……卖！"金瓜把心一横，自作主张。

"呸！"襄嫂一脚把金瓜踢翻在地，"今晚上我要给你跟伏天儿拜堂成亲。"

暮色苍茫，满天火烧云，一阵笛子唢呐声，襄嫂从外村雇来一顶二人抬的小花轿，吹吹打打走进花街。

金瓜和伏天儿的眼睛，哭成四只熟透的桃子，他俩跑出柴门，迎着花轿又哭起来。

花轿落了地，一个轿夫打起轿帘，高唱一声："新人上轿啦！"

襄嫂手拿一块新扯来的二尺红布，蒙在金瓜头上，说："二位轿倌，花街上的姑娘出门子，没一个坐过花轿，有劳你们抬着轿子行一行街，我的女儿要绕着花街风光风光。"

"东家，您没花那么大的轿份儿。再说二人抬的小轿行街像耍猴儿的，也不好看。"两名轿夫中的那个头儿，不咸不淡地说，"门口转三遭，院里吹三通，打发了新郎新娘拜完天地，我们水米不沾，撤轿回柜交差。"

"委屈了孩子们！"襄嫂叹了口气，"早知道行街多花钱，还不如文书上多写几个月，反正长短是个卖。"

两名轿夫把二人抬的小花轿搭上了肩，在柴门外匆匆拧了三个旋子，笛子唢呐声在昏暗的夜色中显得凄清而幽怨。然后，花轿进门，金瓜下轿；襄嫂搬来小饭桌，插上三根细茎的线香，点起两支瘦小的红烛，轿夫头儿改扮喜令官，有气无力喊了三句口号，金瓜和伏天儿草草三跪九叩，就算万事大吉了。

轿夫和吹鼓手临走讨喜钱，襄嫂已经身无分文，就把金瓜那二尺红布的盖头送给了他们。他们拿回去撕几条裤带扎腰上，撞上黑煞能避邪，鬼祟不上身。

襄嫂一手牵着金瓜，一手牵着伏天儿，送他俩到窝棚小屋的门口外，强作欢颜，叮咛道："儿呀，从今以后你们就是夫妻了，两个人要你疼我爱，白头到老，我跟你们的爹也算称心如意了。"

伏天儿抓住襄嫂的手不放，说："娘，你也进屋去。"

襄嫂凄苦悲哀地摇了摇头，说："娘孤寡不全，不能冲跑了你们的红运，害得你们一辈子走背字儿。"

"娘呀！"金瓜跺脚大哭，"您别到河卡子上去，连阴天那狗贼给您挖的是火坑。"

"娘不会给你们丢脸，更不敢对不起你们的爹！"襄嫂把金瓜和伏天儿推搡进屋，反扣上房门。

她无所畏惧地向黑暗走去，腰间暗藏一把刮鱼刀子。……

这时，早已月上柳梢头，迷茫的月色中有几个高大的身影，身背着长枪短刀，在沿河的水柳丛中和野麻地里奔走急行。领头的人，大步流星，一马当先，比谁都急如星火。

突然，他收住脚步，远望静听。这河滩的仲夏之夜，流荡着温馨柔和的夜风，弥漫着轻纱薄雾的水气，飘散着泥土的芬芳和花草的清香；河边的青蛙咯咯聒噪，林间的布谷咕咕啼鸣，听起来是这么亲切，这么深情。青蛙的聒噪像儿女的嬉闹，布谷的啼声像妻子呼唤远方的亲人，令人心酸，令人激动。他一个箭步，从水柳丛中和野麻地里腾跃而出。

月是故乡明，照见窑花子叶三车，已经踏上花街地界。

花街从此时来运转。

受　戒

汪曾祺

明海出家已经四年了。

他是十三岁来的。

这个地方的地名有点怪，叫庵赵庄。赵，是因为庄上大都姓赵。叫作庄，可是人家住得很分散，这里两三家，那里两三家。一出门，远远可以看到，走起来得走一会，因为没有大路，都是弯弯曲曲的田埂。庵，是因为有一个庵。庵叫苦提庵，可是大家叫讹了，叫成荸荠庵。连庵里的和尚也这样叫。"宝刹何处？"——"荸荠庵。"庵本来是住尼姑的。"和尚庙""尼姑庵"嘛。可是荸荠庵住的是和尚。也许因为荸荠庵不大，大者为庙，小者为庵。

明海在家叫小明子。他是从小就确定要出家的。他的家乡不叫"出家"，叫"当和尚"。他的家乡出和尚。就像有的地方出劁猪的，有的地方出织席子的，有的地方出箍桶的，有的地方出弹棉花的，有的地方出画匠，有的地方出婊子，他的家乡出和尚。人家弟兄多，就派一个出去当和尚。当和尚也要通过关系，也有帮。这地方的和尚有的走得很远。有到杭州灵隐寺的、上海静安寺的、镇江金山寺的、扬州天宁寺的。一般的就在本县的寺庙。

明海家田少，老大、老二、老三，就足够种的了。他是老四。他七岁那年，他当和尚的舅舅回家，他爹、他娘就和舅舅商议，决定叫他当和尚。他当时在旁边，觉得这实在是在情在理，没有理由反对。当和尚有很多好处。一是可以吃现成饭。哪个庙里都是管饭的。二是可以攒钱。只要学会了放瑜伽焰口，拜梁皇忏，可以按例分到辛苦钱。积攒起来，将来还俗娶亲也可以；不想还俗，买几亩田也可以。当和尚也不容易，一要面如朗月，二要声如钟磬，三要聪明记性好。他舅舅给他相了面，叫他前走几步，后走几步，又叫他喊了一声赶牛打场的号子："格当——"，说是"明子准能当个好和尚，我包了！"要当和尚，得下点本，——念几年书。哪有不认字的和尚呢！于是明子就开蒙入学，读了《三字经》《百家姓》《四言杂字》《幼学琼林》《上论、下论》《上孟、下孟》，每天还写一张仿。村里都夸他字写得好，很黑。

舅舅按照约定的日期又回了家，带了一件他自己穿的和尚领的短衫，叫明子娘改小一点，给明子穿上。明子穿了这件和尚短衫，下身还是在家穿的紫花裤子，赤脚穿了一双新布鞋，跟他爹、他娘磕了一个头，就随舅舅走了。

他上学时起了个学名，叫明海。舅舅说，不用改了。于是"明海"就从学名变成了法名。

过了一个湖。好大一个湖！穿过一个县城。县城真热闹：官盐店，税务局，肉铺里挂着成片的猪，一个驴子在磨芝麻，满街都是小磨香油的香味，布店，卖茉莉粉、梳头油的什么斋，卖绒花的，卖丝线的，打把式卖膏药的，吹糖人的，耍蛇的，……他什么都想看看。舅舅一劲地推他："快走！快走！"

到了一个河边，有一只船在等着他们。船上有一个五十来岁的瘦长瘦长的大伯，船头蹲着一个跟明子差不多大的女孩子，在剥一个莲蓬吃。明子和舅舅坐到舱里，船就开了。明子听见有人跟他说话，是那个女孩子。

"是你要到荸荠庵当和尚吗？"

明子点点头。

"当和尚要烧戒疤呕！你不怕？"

明子不知道怎么回答，就含含糊糊地摇了摇头。

"你叫什么？"

"明海。"

"在家的时候？"

"叫明子。"

"明子！我叫小英子！我们是邻居。我家挨着荸荠庵。——给你！"

小英子把吃剩的半个莲蓬扔给明海，小明子就剥开莲蓬壳，一颗一颗吃起来。

大伯一桨一桨地划着，只听见船桨拨水的声音："哗——许！哗——许！"

荸荠庵的地势很好，在一片高地上。这一带就数这片地势高，当初建庵的人很会选地方。门前是一条河。门外是一片很大的打谷场。三面都是高大的柳树。山门里是一个穿堂。

迎门供着弥勒佛。不知是哪一位名士撰写了一副对联：大肚能容容天下难容之事开颜一笑笑世间可笑之人弥勒佛背后，是韦驮。过穿堂，是一个不小的天井，种着两棵白果树。天井两边各有三间厢房。走过天井，便是大殿，供着三世佛。佛像连龛才四尺来高。大殿东边是方丈，西边是库房。大殿东侧，有一个小小的六角门，白门绿字，刻着一副对联：

一花一世界

三藐三菩提

进门有一个狭长的天井，几块假山石，几盆花，有三间小房。

小和尚的日子清闲得很。一早起来，开山门，扫地。庵里的地铺的都是箩底方砖，好扫得很，给弥勒佛、韦驮烧一炷香，正殿的三世佛面前也烧一炷香，磕三个头、念三声"南无阿弥陀佛"，敲三声磬。这庵里的和尚不兴做什么早课、晚课，明子这三声磬就全都代替了。然后，挑水，喂猪。然后，等当家和尚，即明子的舅舅起来，教他念经。

教念经也就跟教书一样，师父面前一本经，徒弟面前一本经，师父唱一句，徒弟跟着唱一句。是唱哎。舅舅一边唱，一边还用手在桌上拍板。一板一眼，拍得很响，就跟教唱戏一样。是跟教唱戏一样，完全一样哎。连用的名词都一样。舅舅说，念经：一要板眼准，二要合工尺。说：当一个好和尚，得有条好嗓子。说：民国二十年闹大水，运河倒了堤，最后在清水潭合龙，因为大水淹死的人很多，放了一台大焰口，十三大师——十三个正座和尚，各大庙的方丈都来了，下面的和尚上百。谁当这个首座？推来推去，还是石桥——善因寺的方丈！他往上一坐，就跟地藏王菩萨一样，这就不用说了；那一声"开香赞"，围看的上千人立时鸦雀无声。说：嗓子要练，夏练三伏，冬练三九，要练丹田气！说：要吃得苦中苦，方为人上人！说：和尚里也有状元、榜眼、探花！要用心，不要贪玩！舅舅这一番大法要说得明海和尚实在是五体投地，于是就一板一眼地跟着舅舅唱起来：

"炉香乍燕——"

"炉香乍燕——"

"法界蒙薰——"

"法界蒙薰——"

"诸佛现金身……"

"诸佛现金身……"

等明海学完了早经，——他晚上临睡前还要学一段，叫做晚经，——荸荠庵的师父们就都陆续起床了。

这庵里人口简单，一共六个人。连明海在内，五个和尚。有一个老和尚，六十几了，是舅舅的师叔，法名普照，但是知道的人很少，因为很少人叫他法名，都称之为老和尚或老师父，明子叫他师爷爷。这是个很枯寂的人，一天关在房里，就是那"一花一世界"里。也看不见他念佛，只是那么一声不响地坐着。他是吃斋的，过年时除外。

下面就是师兄弟三个，仁字排行：仁山、仁海、仁渡。庵里庵外，有的称他们为大师父、二师父；有的称之为山师父、海师父。只有仁渡，没有叫他"渡师父"的，因为听起来不像话，大都直呼之为仁渡。他也只配如此，因为他还年轻，才二十多岁。仁山，即明子的舅舅，是当家的。不叫"方丈"，也不叫"住持"，却叫"当家的",是很有道理的,因为他确确实实干的是当家的职务。他屋里摆的是一张账桌,桌子上放的是帐簿和算盘。账簿共有三本。一本是经账,一本是租账,一本是债账。和尚要做法事,做法事要收钱,——要不,当和尚干什么?常做的法事是放焰口。正规的焰口是十个人。一个正座,一个敲鼓的,两边一边四个。人少了,八个,一边三个,也凑合了。荸荠庵只有四个和尚,要放整焰口就得和别的庙里合伙。这样的时候也有过,通常只是放半台焰口。一个正座,一个敲鼓,另外一边一个。一来找别的庙里合伙费事;二来这一带放得起整焰口的人家也不多。有的时候,谁家死了人,就只请两个,甚至一个和尚咕噜咕噜念一通经,敲打几声法器就算完事。很多人家的经钱不是当时就给,往往要等秋后才还。这就得记账。另外,和尚放焰口的辛苦钱不是一样的。就像唱戏一样,有份子。正座第一份。因为他要领唱,而且还要独唱。当中有一大段"叹骷髅",别的和尚都放下法器休息,只有首座一个人有板有眼地曼声吟唱。第二份是敲鼓的。你以为这容易呀?哼,单是一开头的"发擂",手上没功夫就敲不出迟疾顿挫!

其余的,就一样了。这也得记上:某月某日、谁家焰口半台,谁正座,谁敲鼓……省得到年底结账时赌咒骂娘。……这庵里有几十亩庙产,租给人种,到时候要收租。庵里还放债。

租、债一向倒很少亏欠,因为租佃借钱的人怕菩萨不高兴。这三本帐就够仁山忙的了。另外香烛、灯火、油盐"福食",这也得随时记记账呀。除了账簿之外,山师父的方丈的墙上还挂着一块水牌,上漆四个红字:"勤笔免思"。

仁山所说当一个好和尚的三个条件,他自己其实一条也不具备。他的相貌只要用两个字就说清楚了:黄,胖。声音也不像钟磬,倒像母猪。聪明么?难说,打牌老输。他在庵里从不穿袈裟,连海青直裰也免了。经常是披着件短僧衣,祖露着一个黄色的肚子。下面是光脚趿拉一对僧鞋,——新鞋他也是趿拉着。他一天就是这样不衫不履地这里走走,那里走走,发出母猪一样的声音:"嗯——嗯——"。

二师父仁海。他是有老婆的。他老婆每年夏秋之间来住几个月,因为庵里凉快。庵里有六个人,其中之一,就是这位和尚的家眷。仁山、仁渡叫她嫂子,明海叫她师娘。这两口子都很爱干净,整天的洗涮。傍晚的时候,坐在天井里乘凉。白天,闷在屋里不出来。

三师父是个很聪明精干的人。有时一笔账大师兄扒了半天算盘也算不清,他眼珠子转两转,早算得一清二楚。他打牌赢的时候多,二三十张牌落地,上下家手里有些什么牌,他就差不多都知道了。他打牌时,总有人爱在他后面看歪头胡。谁家约他打牌,就说"想送两个钱给你。"他不但经忏俱通(小庙的和尚能够拜忏的不多),而且身怀绝技,会"飞铙"。

七月间有些地方做盂兰会,在旷地上放大焰口,几十个和尚,穿绣花袈裟,飞铙。飞铙就是把十多斤重的大铙钹飞起来。到了一定的时候,全部法器皆停,只几十副大铙紧张急促地敲起来。忽然起手,大铙向半空中飞去,一面飞,一面旋转。然后,又落下来,接住。接住不是平平常常地接住,有各种架势,"犀牛望月""苏秦背剑"……这哪是念经,这是耍杂技。也许是地藏王菩萨爱看这个,但真正因此快乐起来的是人,尤其是妇女和孩子。这是年轻漂亮的和尚出风头的机会。一场大焰口过后,也像一个好戏班子过后一样,会有一个两个大姑娘、小媳妇失踪,——跟和尚跑了。他还会放"花焰口"。有的人家,亲戚中多风流子弟,在不是很哀伤的佛事——如做冥寿时,就会提出放花焰口。所谓"花焰口"就是在正焰口之后,叫和尚唱小调,拉丝弦,吹管笛,敲鼓板,而且可以点唱。仁渡一个人可以唱一夜不重头。仁渡前几年一直在外面,近二年才常住在庵里。据说他有相好的,而且不止一个。

他平常可是很规矩,看到姑娘媳妇总是老老实实的,连一句玩笑话都不说,一句小调山歌都不唱。有一回,在打谷场上乘凉的时候,一伙人把他围起来,非叫他唱两个不可。他却情不过,说:"好,唱一个。不唱家乡的。家乡的你们都熟,唱个安徽的。"

姐和小郎打大麦,一转子讲得听不得。

听不得就听不得,

打完了大麦打小麦。

唱完了,大家还嫌不够,他就又唱了一个:

姐儿生得漂漂的,两个奶子翘翘的。

有心上去摸一把,

心里有点跳跳的。

这个庵里无所谓清规，连这两个字也没人提起。

仁山吃水烟，连出门做法事也带着他的水烟袋。

他们经常打牌。这是个打牌的好地方。把大殿上吃饭的方桌往门口一搭，斜放着，就是牌桌。桌子一放好，仁山就从他的方丈里把筹码拿出来，哗啦一声倒在桌上。斗纸牌的时候多，搓麻将的时候少。牌客除了师兄弟三人，常来的是一个收鸭毛的，一个打兔子兼偷鸡的，都是正经人。收鸭毛的担一副竹筐，串乡串镇，拉长了沙哑的声音喊叫："鸭毛卖钱——！"

偷鸡的有一件家什——铜蜻蜓。看准了一只老母鸡，把铜蜻蜓一丢，鸡婆子上去就是一口。这一啄，铜蜻蜓的硬簧绷开，鸡嘴撑住了，叫不出来了。正在这鸡十分纳闷的时候，上去一把薅住。

明子曾经跟这位正经人要过铜蜻蜓看看。他拿到小英子家门前试了一试，果然！小英的娘知道了，骂明子："要死了！儿子！你怎么到我家来玩铜蜻蜓了！"小英子跑过来："给我！给我！"

她也试了试，真灵，一个黑母鸡一下子就把嘴撑住，傻了眼了！

下雨阴天，这二位就光临荸荠庵，消磨一天。

有时没有外客，就把老师叔也拉出来，打牌的结局，大都是当家和尚气得鼓鼓的："×妈妈的！又输了！下回不来了！"

他们吃肉不瞒人。年下也杀猪。杀猪就在大殿上。一切都和在家人一样，开水、木桶、尖刀。捆猪的时候，猪也是没命地叫。跟在家人不同的，是多一道仪式，要给即将升天的猪念一道"往生咒"，并且总是老师叔念，神情很庄重："……一切胎生、卵生、息生，来从虚空来，还归虚空去往生再世，皆当欢喜。南无阿弥陀佛！"

三师父仁渡一刀子下去，鲜红的猪血就带着很多沫子喷出来。

明子老往小英子家里跑。

小英子的家像一个小岛，三面都是河，西面有一条小路通到荸荠庵。独门独户，岛上只有这一家。岛上有六棵大桑树，夏天都结大桑葚，三棵结白的，三棵结紫的；一个菜园子，瓜豆蔬菜，四时不缺。院墙下半截是砖砌的，上半截是泥夯的。大门是桐油油过的，贴着一副万年红的春联：

向阳门第春常在

积善人家庆有余

门里是一个很宽的院子。院子里一边是牛屋、碓棚；一边是猪圈、鸡窠，还有个关鸭子的栅栏。露天地放着一具石磨。正北面是住房，也是砖基土筑，上面盖的一半是瓦，一半是草。房子翻修了才三年，木料还露着白茬。正中是堂屋，家神菩萨的画像上贴的金还没有发黑。两边是卧房。隔扇窗上各嵌了一块一尺见方的玻璃，明亮亮的，——这在乡下是不多见的。房檐下一边种着一棵石榴树，一边种着一棵栀子花，都齐房檐高了。夏天开了花，一红一白，好看得很。栀子花香得冲鼻子。顺风的时候，在荸荠庵都闻得见。

这家人口不多，他家当然是姓赵。一共四口人：赵大伯、赵大妈，两个女儿，大英子、小英子。老两口没得儿子。因为这些年人不得病，牛不生灾，也没有大旱大水闹蝗虫，日子过得很兴旺。他们家自己有田，本来够吃的了，又租种了庵上的十亩田。自己的田里，一亩种了荸荠，——这一半是小英子的主意，她爱吃荸荠，一亩种了茨菇。家里喂了一大群鸡鸭，单是鸡蛋鸭毛就够一年的油盐。赵大伯是个能干人。他是一个"全把式"，不但田里场上样样精通，还会罩鱼、洗磨、凿砻、修水车、修船、砌墙、烧砖、箍桶、劈篾、绞麻绳。他不咳嗽，不腰疼，结结实实，像一棵榆树。人很和气，一天不声不响。赵大伯是一棵摇钱树，赵大娘就是个聚宝盆。大娘精神得出奇。五十岁了，两个眼睛还是清亮亮的。不论什么时候，头都是梳得滑溜溜的，身上衣服都是格挣挣的。像老头子一样，她一天不闲着。

煮猪食，喂猪，腌咸菜，——她腌的咸萝卜干非常好吃，舂粉子，磨小豆腐，编蓑衣，织芦篚。她还会剪花样子。这里嫁闺女，陪嫁妆，磁坛子、锡罐子，都要用梅红纸剪出吉祥花样，贴在上面，讨个吉利，也才好看："丹凤朝阳"呀、"白头到老"呀、"子孙万代"呀、"福寿绵长"呀。二三十里的人家都来请她："大娘，好日子是十六，你哪天去呀？"——"十五，我一大清早就来！"

"一定呀！"——"一定！一定！"

两个女儿，长得跟她娘像一个模子里托出来的。眼睛长得尤其像，白眼珠鸭蛋青，黑眼珠棋子黑，定神时如清水，闪动时像星星。浑身上下，头是头，脚是脚。头发滑溜溜的，衣服格挣挣的。——这里的风俗，十五六岁的姑娘就都梳上头了。这两上丫头，这一头的好头发！通红的发根，雪白的簪子！娘女三个去赶集，一集的人都朝她们望。

姐妹俩长得很像，性格不同。大姑娘很文静，话很少，像父亲。小英子比她娘还会说，一天咭咭呱呱地不停。大姐说："你一天到晚咭咭呱呱——"

"像个喜鹊！"

"你自己说的！——吵得人心乱！"

"心乱？"

"心乱！"

"你心乱怪我呀！"

二姑娘话里有话。大英子已经有了人家。小人她偷偷地看过，人很敦厚，也不难看，家道也殷实，她满意。已经下过小定，日子还没有定下来。她这二年，很少出房门，整天赶她的嫁妆。大裁大剪，她都会。挑花绣花，不如娘。她可又嫌娘出的样子太老了。她到城里看过新娘子，说人家现在绣的都是活花活草。这可把娘难住了。最后是喜鹊忽然一拍屁股："我给你保举一个人！"

这人是谁？是明子。明子念"上孟下孟"的时候，不知怎么得了半套《芥子园》，他喜欢得很。到了荸荠庵，他还常翻出来看，有时还把旧账簿子翻过来，照着描。小英子说："他会画！画得跟活的一样！"

小英子把明海请到家里来，给他磨墨铺纸，小和尚画了几张，大英子喜欢得不得："就是这样！就是这样！这就可以乱屌！"——所谓"乱屌"是绣花的一种针法：绣了第一层，第二层的针脚插进第一层的针缝，这样颜色就可由深到淡，不露痕迹，不像娘那一代绣的花是平针，深浅之间，界限分明，一道一道。小英子就像个书童，又像个参谋："画一朵石榴花！""画一朵栀子花！"

她把花掐来，明海就照着画。

到后来，凤仙花、石竹子、水蓼、淡竹叶、天竺果子、腊梅花，他都能画。

大娘看着也喜欢，搂住明海的和尚头："你真聪明！你给我当一个干儿子吧！"

小英子捺住他的肩膀，说："快叫！快叫！"

小明子跪在地下磕了一个头，从此就叫小英子的娘做干娘。

大英子绣的三双鞋，三十里方圆都传遍了。很多姑娘都走路坐船来看。看完了，就说："啧啧啧，真好看！这哪是绣的，这是一朵鲜花！"她们就拿了纸来央大娘求了小和尚来画。有求画帐檐的，有求画门帘飘带的，有求画鞋头花的。每回明子来画花，小英子就给他做点好吃的，煮两个鸡蛋，蒸一碗芋头，煎几个藕团子。

因为照顾姐姐赶嫁妆，田里的零碎生活小英子就全包了。她的帮手，是明子。

这地方的忙活是栽秧、车高田水、薅头遍草，再就是割稻子、打场子。这几荐重活，自己一家是忙不过来的。这地方兴换工。排好了日期，几家顾一家，轮流转。不收工钱，但是吃好的。一天吃六顿，两头见肉，顿顿有酒。干活时，敲着锣鼓，唱着歌，热闹得很。其余的时候，各顾各，不显得紧张。

薅三遍草的时候，秧已经很高了，低下看看不见人。一听见非常脆亮的嗓子在一片浓绿里唱：栀子哎开花哎六瓣头哎……姐家哎门前哎一道桥哎……明海就知道小英子在哪里，三步两步就赶到，赶到就低头薅起草来，傍晚牵牛"打汪"，是明子的事。——水牛怕蚊子。

这里的习惯，牛卸了轭，饮了水，就牵到一口和好泥水的"汪"里，由它自己打滚扑腾，弄得全身都是泥浆，这样蚊子就咬不通了。低田上水，只要一挂十四轧的水车，两个人车半天就够了。明子和小英子就伏在车杠上，不紧不慢地踩着车轴上的拐子，轻轻地唱着明海向三师父学来的各处山歌。打场的时候，明子能替赵大伯一会，让他回家吃饭。——赵家自己没有场，每年都在荸荠庵外面的场上打谷子。他一扬鞭子，喊起了打场号子：

"格当——"

这打场号子有音无字，可是九转十三弯，比什么山歌号子都好听。赵大娘在家，听见明子的号子，就侧起耳朵："这孩子这条嗓子！"

连大英子也停下针线："真好听！"

小英子非常骄傲地说："一十三省数第一！"

晚上，他们一起看场。——荸荠庵收来的租稻也晒在场上。他们并肩坐在一个石磙子上，听青蛙打鼓，听寒蛇唱歌，——这个地方以为蝼蛄叫是蚯蚓叫，而且叫蚯蚓叫"寒蛇"，听纺纱婆子不停地纺纱，看萤火虫飞来飞去，看天上的流星。

"呀！我忘了在裤带上打一个结！"小英子说。

这里的人相信，在流星掉下来的时候在裤带上打一个结，心里想什么好事，就能如愿。

摘荸荠，这是小英最爱干的生活。秋天过去了，地净场光，荸荠的叶子枯了，——荸荠的笔直的小葱一样的圆叶子里是一格一格的，用手一捋，哔哔地响，小英子最爱捋着玩，——荸荠藏在烂泥里。赤了脚，在凉浸浸滑溜溜的泥里踩着，——哎，一个硬疙瘩！伸手下去，一个红紫红紫的荸荠。她自己爱干这生活，还拉了明子一起去。她老是故意用自己的光脚去踩明子的脚。

她挎着一篮子荸荠回去了，在柔软的田埂上留了一串脚印。明海看着她的脚印，傻了。

五个小小的趾头，脚掌平平的，脚跟细细的，脚弓部分缺了一块。明海身上有一种从来没有过的感觉，他觉得心里痒痒的。这一串美丽的脚印把小和尚的心搞乱了。

明子常搭赵家的船进城，给庵里买香烛，买油盐。闲时是赵大伯划船；忙时是小英子去，划船的是明子。

从庵赵庄到县城，当中要经过一片很大的芦花荡子。芦苇长得密密的，当中一条水路，四边不见人。划到这里，明子总是无端端地觉得心里很紧张，他就使劲地划桨。

小英子喊起来：

"明子！明子！你怎么啦？你发疯啦？为什么划得这么快？"……

明海到善因寺去受戒。

"你真的要去烧戒疤呀？"

"真的。"

"好好的头皮上烧十二个洞，那不疼死啦？"

"咬咬牙。舅舅说这是当和尚的一大关，总要过的。"

"不受戒不行吗？"

"不受戒的是野和尚。"

"受了戒有啥好处？"

"受了戒就可以到处云游，逢寺挂褡。"

"什么叫'挂褡'？"

"就是在庙里住。有斋就吃。"

"不把钱？"

"不把钱。有法事，还得先尽外来的师父。"

"怪不得都说'远来的和尚会念经'。就凭头上这几个戒疤？"

"还要有一份戒牒。"

"闹半天，受戒就是领一张和尚的合格文凭呀！"

"就是！"

"我划船送你去。"

"好。"

小英子早早就把船划到荸荠庵门前。不知是什么道理，她兴奋得很。她充满了好奇心，想去看看善因寺这座大庙，看看受戒是个啥样子。

善因寺是全县第一大庙，在东门外，面临一条水很深的护城河，三面都是大树，寺在树林子里，远处只能隐隐约约看到一点金碧辉煌的屋顶，不知道有多大。树上到处挂着"谨防恶犬"的牌子。这寺里的狗出名的厉害。平常不大有人进去。放戒期间，任人游看，恶狗都锁起来了。

好大一座庙！庙门的门槛比小英子的胞膝都高。迎门矗着两块大牌，一边一块，一块写着斗大两个大字："放戒"，一块是："禁止喧哗"。这庙里果然是气象庄严，到了这里谁也不敢大声咳嗽。明海自去报名办事，小英子就到处看看。好家伙，这哼哈二将、四大天王，有三丈多高，都是簇新的，才装修了不久。天井有二亩地大，铺着青石，种着苍松翠柏。"大雄宝殿"，这才真是个"大殿"！一进去，凉飕飕的。到处都是金光耀眼。释迦牟尼佛坐在一个莲花座上，单是莲座，就比小英子还高。抬起头来也看不全他的脸，只看到一个微微闭着的嘴唇和胖墩墩的下巴。两边的两根大红蜡烛，一搂多粗。佛像前的大供桌上供着鲜花、绒花、绢花，还有珊瑚树、玉如意、整根的大象牙。香炉里烧着檀香。小英子出了庙，闻着自己的衣服都是香的。挂了好些幡。这些幡不知是什么缎子的，那么厚重，绣的花真细。这么大一口磬，里头能装五担水！这么大一个木鱼，有一头牛大，漆得通红的。她又去转了转罗汉堂，爬到千佛楼上看了看。真有一千个小佛！她还跟着一些人去看了看藏经楼。藏经楼没有什么看头，都是经书！妈吔！逛了这么一圈，腿都酸了。小英子想起还要给家里打油，替姐姐配丝线，给娘买鞋面布，给自己买两个坠围裙飘带的银蝴蝶，给爹买旱烟，就出庙了。

等把事情办齐，晌午了。她又到庙里看了看，和尚正在吃粥。好大一个"膳堂"，坐得下八百个和尚。吃粥也有这样多讲究：正面法座上摆着两个锡胆瓶，里面插着红绒花，后面盘膝坐着一个穿了大红满金绣袈裟的和尚，手里拿了戒尺。这戒尺是要打人的。哪个和尚吃粥吃出了声音，他下来就是一戒尺。不过他并不真的打人，只是做个样子。真稀奇，那么多的和尚吃粥，竟然不出一点声音！他看见明子也坐在里面，想跟他打个招呼又不好打。想了想，管他禁止不禁止喧哗，就大声喊了一句："我走啦！"她看见明子目不斜视地微微点了点头，就不管很多人都朝自己看，大摇大摆地走了。

第四天一大清早小英子就去看明子。她知道明子受戒是第三天半夜，——烧戒疤是不许人看的。她知道要请老剃头师傅剃头，要剃得横摸顺摸都摸不出头发茬子，要不然一烧，就会"走"了戒，烧成了一片。她知道是用枣泥子先点在头皮上，然后用香头子点着。她知道烧了戒疤就喝一碗蘑菇汤，让它"发"，还不能躺下，要不停地走动，叫做"散戒"。这些都是明子告诉她的。明子是听舅舅说的。

她一看，和尚真在那里"散戒"，在城墙根底下的荒地里。

一个一个，穿了新海青，光光的头皮上都有十二个黑点子。——这黑疤掉了，才会露出白白的、圆圆的"戒疤"。和尚都笑嘻嘻的，好像很高兴。她一眼就看见了明子。隔着一条护城河，就喊他：

"明子！"

"小英子！"

"你受了戒啦？"

"受了。"

"疼吗？"

"疼。"

"现在还疼吗？"

"现在疼过去了。"

"你哪天回去？"

"后天。"

"上午？下午？"

"下午。"

"我来接你！"

"好！"

小英子把明海接上船。

小英子这天穿了一件细白夏布上衣，下边是黑洋纱的裤子，赤脚穿了一双龙须草的细草鞋，头上一边插着一朵栀子花，一边插着一朵石榴花。她看见明子穿了新海青，里面露出短褂子的白领子，就说："把你那外面的一件脱了，你不热呀！"

他们一人一把桨。小英子在中舱，明子扳艄，在船尾。

她一路问了明子很多话，好像一年没有看见了。

她问，烧戒疤的时候，有人哭吗？喊吗？

明子说，没有人哭，只是不住地念佛。有个山东和尚骂人："俺日你奶奶！俺不烧了！"

她问善因寺的方丈石桥是相貌和声音都很出众吗？"是的。"

"说他的方丈比小姐的绣房还讲究？"

"讲究。什么东西都是绣花的。"

"他屋里很香？"

"很香。他烧的是伽楠香，贵得很。"

"听说他会作诗，会画画，会写字？"

"会。庙里走廊两头的砖额上，都刻着他写的大字。"

"他是有个小老婆吗？"

"有一个。"

"才十九岁？"

"听说。"

"好看吗？"

"都说好看。"

"你没看见？"

"我怎么会看见？我关在庙里。"

明子告诉她，善因寺一个老和尚告诉他，寺里有意选他当沙弥尾，不过还没有定，要等主事的和尚商议。"什么叫'沙弥尾'？""放一堂戒，要选出一个沙弥头，一个沙弥尾。沙弥头要老成，要会念很多经。沙弥尾要年轻，聪明，相貌好。"当了沙弥尾跟别的和尚有什么不同？"

"沙弥头，沙弥尾，将来都能当方丈。现在的方丈退居了，就当。石桥原来就是沙弥尾。"

"你当沙弥尾吗？"

"还不一定哪。"

"你当方丈，管善因寺？管这么大一个庙？！"

"还早呐！"

划了一气，小英子说："你不要当方丈！"

"好，不当。"

"你也不要当沙弥尾！"

"好，不当。"

又划了一气，看见那一片芦花荡子了。

小英子忽然把桨放下，走到船尾，趴在明子的耳朵旁边，小声地说：

"我给你当老婆，你要不要？"

明子眼睛鼓得大大的。

"你说话呀！"

明子说："嗯。"

"什么叫'嗯'呀！要不要，要不要？"

明子大声地说："要！"

"你喊什么！"

明子小声说："要——！"

"快点划！"

英子跳到中舱，两只桨飞快地划起来，划进了芦花荡。芦花才吐新穗。紫灰色的芦穗，发着银光，软软的，滑溜溜的，像一串丝线。有的地方结了蒲棒，通红的，像一枝一枝小蜡烛。青浮萍，紫浮萍。长脚蚊子，水蜘蛛。野菱角开着四瓣的小白花。惊起一只青桩（一种水鸟），擦着芦穗，扑鲁鲁飞远了。

棋　王

阿　城

一

　　车站是乱得不能再乱,成千上万的人都在说话。谁也不去注意那条临时挂起来的大红布标语。这标语大约挂了不少次,字纸都折得有些坏。喇叭里放着一首又一首的语录歌儿,唱得大家心更慌。

　　我的几个朋友,都已被我送走插队,现在轮到我了,竟没有人来送。父母生前颇有些污点,运动一开始即被打翻死去。家具上都有机关的铝牌编号,于是统统收走,倒也名正言顺。我虽孤身一人,却算不得独子,不在留城政策之内。我野狼似的转悠一年多,终于还是决定要走。此去的地方按月有二十几元工资,我便很向往,争了要去,居然就批准了。因为所去之地与别国相邻,斗争之中除了阶级,尚有国际,出身孬一些,组织上不太放心。我争得这个信任和权利,欢喜是不用说的,更重要的是,每月二十几元,一个人如何用得完? 只是没人来送,就有些不耐烦,于是先钻进车厢,想找个地方坐下,任凭站台上千万人话别。

　　车厢里靠站台一面的窗子已经挤满各校的知青,都探出身去说笑哭泣。另一面的窗子朝南,冬日的阳光斜射进来,冷清清地照在北边儿众多的屁股上。两边儿行李架上塞满了东西。我走动着找我的座位号,却发现还有一个精瘦的学生孤坐着,手拢在袖管儿里,隔窗望着车站南边儿的空车皮。

　　我的座位恰与他在一个格儿里,是斜对面儿,于是就坐下了,也把手拢在袖里。那个学生瞄了我一下,眼里突然放出光来,问:"下棋吗?"倒吓了我一跳,急忙摆手说:"不会!"他不相信地看着我说:"这么细长的手指头,就是个捏棋子儿的,你肯定会。来一盘吧,我带来家伙呢。"说着就抬身从窗钩上取下书包,往里掏着。我说:"我只会马走日,象走田。你没人送吗?"他已把棋盒拿出来,放在茶几上。塑料棋盘却搁不下,他想了想,就横摆了,说:"不碍事,一样下。来来来,你先走。"我笑起来,说:"你没人送吗? 这么乱,下什么棋?"他一边码好最后一个棋子,一边说:"我他妈要谁送? 去的是有饭吃的地方,闹得这么哭哭啼啼的。来,你先走。"我奇怪了,可还是拈起炮,往当头上一移。我的棋还没移到,他的马却"啪"的一声跳好,比我还快。我就故意将炮移过当头的地方停下。他很快地看了一眼我的下巴,说:"你还说不会? 这炮二平六的开局,我在郑州遇见一个高人,就是这么走,险些输给他。炮二平五当头炮,是老开局,可有气势,而且是最稳的。嗯? 你走。"我倒不知怎么走了,手在棋盘上游移着。他不动声色地看着整个棋盘,又把手袖起来。

　　就在这时,车厢乱了起来。好多人拥进来,隔着玻璃往外招手。我就站起身,也隔着玻璃往北看月台上。站上的人都拥到车厢前,都在叫,乱成一片。车身忽地一动,人群"嗡"地一下,哭声四起。我的背被谁捅了一下,回头一看,他一手护着棋盘,说:"没你这么下棋的,走哇!"我实在没心思下棋,而且心里有些酸,就硬硬地说:"我不下了。这是什么时候!"他很惊愕地看着我,忽然像明白了,身子软下去,不再说话。

　　车开了一会儿,车厢开始平静下来。有水送过来,大家就掏出缸子要水。我旁边的人打了水,说:"谁的棋? 收了放缸子。"他很可怜的样子,问:"下棋吗?"要放缸的人说:"反正没意思,来一盘吧。"他就很高兴,连忙码好棋子。对手说:"这横着算怎么回事儿? 没法儿看。"他搓着手说:"凑合了,平常看棋的时候,棋盘不等于是横着的? 你先走。"对手很老练地拿起棋子儿,嘴里叫着:"当头炮。"他跟着跳上马。对手马上把他的卒吃了,他也立刻用马吃了对方的炮。我看这种简单的开局没有大意思,又实在对象棋不感兴趣,就转了头。

这时一个同学走过来，像在找什么人，一眼望到我，就说："来来来，四缺一，就差你了。"我知道他们是在打牌，就摇摇头。同学走到我们这一格，正待伸手拉我，忽然大叫："棋呆子，你怎么在这儿？你妹妹刚才把你找苦了，我说没见啊。没想到你在我们学校这节车厢里，气儿都不吭一声。你瞧你瞧，又下上了。"

棋呆子红了脸，没好气地说："你管天管地，还管我下棋？走，该你走了。"就又催促我身边的对手。我这时听出点音儿来，就问同学："他就是王一生？"同学睁了眼，说："你不认识他？唉呀，你白活了。你不知道棋呆子？"我说："我知道棋呆子就是王一生，可不知道王一生就是他。"说着，就仔细看着这个精瘦的学生。王一生勉强笑一笑，只看着棋盘。

王一生简直大名鼎鼎。我们学校与旁边几个中学常常有学生之间的象棋厮杀，后来拼出几个高手。几个高手之间常摆擂台，渐渐地，几乎每次冠军就都是王一生了。我因为不喜欢象棋，也就不去关心什么象棋冠军，但王一生的大名，却常被班上几个棋篓子供在嘴上，我也就对其事迹略闻一二，知道王一生外号棋呆子，棋下得神不用说，而且在他们学校那一年级里数理成绩总是前数名。我想棋下得好而且有个数学脑子，这很合情理，可我又不信人们说的那些王一生的呆事，觉得不过是大家寻逸闻鄙事，以快言论罢了。后来运动起来，忽然有一天大家传说棋呆子在串联时犯了事儿，被人押回学校了。我对棋呆子能出去串联表示怀疑，因为以前大家对他的描述说明他不可能解决串联时的吃喝问题。

可大家说呆子确实去串联了，因为老下棋，被人瞄中，就同他各处走，常常送他一点儿钱，他也不问，只是收下。后来才知道，每到一处，呆子必要挤地头看下棋。看上一盘，必要把输家挤开，与赢家杀一盘。初时大家见他其貌不扬，不与他下。他执意要杀，于是就杀。几步下来，对方出了小汗，嘴却不软。呆子也不说话，只是出手极快，像是连想都不想。待到对方终于闭了嘴，连一圈儿观棋的人也要慢慢思索棋路而不再支招儿的时候，与呆子同行的人就开始摸包儿。大家正看得紧张，哪里想到钱包已经易主？待三盘下来，众人都摸头。这时呆子倒成了棋主，连问可有谁还要杀？有那不服的，就坐下来杀，最后仍是无一盘得利。

后来常常是众人齐做一方，七嘴八舌与呆子对手。呆子也不忙，反倒促众人快走，因为师傅多了，常为一步棋如何走自家争吵起来。就这样，在一处呆子可以连杀上一天。后来有那观棋的人发觉钱包丢了，闹嚷起来。慢慢有几个有心计的人暗中观察，看见有人掏包，也不响，之后见那人晚上来邀呆子走，就发一声喊，将扒手与呆子一齐绑了，由造反队审。呆子糊糊涂涂，只说别人常给他钱，大约是可怜他，也不知钱如何来，自己只是喜欢下棋。审主看他呆像，就命人押了回来，一时各校传为逸事。后来听说呆子认为外省马路棋手高手不多，不能长进，就托人找城里名手近战。有个同学就带他去见自己的父亲，据说是国内名手。名手见了呆子，也不多说，只摆一副据说是宋时留下的残局，要呆子走。呆子看了半晌，一五一十道来，替古人赢了。名手很惊讶，要收呆子为徒。不料呆子却问："这残局你可走通了？"名手没反应过来，就说："还未通。"呆子说："那我为什么要做你的徒弟？"

名手只好请呆子开路，事后对自己的儿子说："你这同学倨傲不逊，棋品连着人品，照这样下去，棋品必劣。"又举了一些最新指示，说若能好好学习，棋锋必健。后来呆子认识了一个捡烂纸的老头儿，被老头儿连杀三天而仅赢一盘。呆子就执意要替老头儿去撕大字报纸，不要老头儿劳动。不料有一天撕了某造反团刚贴的"檄文"，被人拿获，又被这造反团栽诬于对立派，说对方"施阴谋、弄诡计"，必讨之，而且是可忍，孰不可忍！对立派又阴使人偷出呆子，用了呆子的名义，对先前的造反团反戈一击。一时呆子的大名"王一生"贴得满街都是，许多外省来取经的革命战士许久才明白王一生原来是个棋呆子，就有人请了去外省会一些江湖名手。交手之后，各有胜负，不过呆子的棋据说是越下越精了。只可惜全国忙于革命，否则呆子不知会有什么造就。

这时我旁边的人也明白对手是王一生，连说下不了了。王一生便很沮丧。我说："你妹妹来送你，你也不知道和家里人说说话儿，倒拉着我下棋！"王一生看着我说："你哪儿知道我们这些人是怎么回事儿？你们这些人好日子过惯了，世上不明白的事儿多着呢！你家父母大约是舍不得你走了？"我怔了怔，看着手说："哪儿来父母，都死球了。"我的同学就添油加醋地叙了我一番，我有些不耐烦，说："我家死人，你倒有了故事了。"王一生想了想，对我说："那你这两年靠什么活着？"我说："混一天算一天。"王一生就看定了我问："怎么混？"我不答。

待了一会儿,王一生叹一声,说:"混可不易。一天不吃饭,棋路都乱。不管怎么说,你父母在时,你家日子还好过。"我不服气,说:"你父母在,当然要说风凉话。"我的同学见话不投机,就岔开说:"呆子,这里没有你的对手,走,和我们打牌去吧。"呆子笑一笑,说:"牌算什么,瞌睡着也能赢你们。"我旁边儿的人说:"据说你下棋可以不吃饭?"我说:"人一迷上什么,吃饭倒是不重要的事。大约能干出什么事儿的人,总免不了有这种傻事。"王一生想一想,又摇摇头,说:"我可不是这样。"说完就去看窗外。

一路下去,慢慢我发觉我和王一生之间,既开始有互相的信任和基于经验的同情,又有各自的疑问。他总是问我与他认识之前是怎么生活的,尤其是父母死后的两年是怎么混的。我大略地告诉他,可他又特别在一些细节上详细地打听,主要是关于吃。例如讲到有一次我一天没有吃到东西,他就问:"一点儿都没吃到吗?"我说:"一点儿也没有。"他又问:"那你后来吃到东西是在什么时候?"我说:"后来碰到一个同学,他要用书包装很多东西,就把书包翻倒过来腾干净,里面有一个干馒头,掉在地上就碎了。我一边儿和他说话,一边儿就把这些碎馒头吃下去。不过,说老实话,干烧饼比干馒头解饱得多,而且顶时候儿。"他同意我关于干烧饼的见解,可马上又问:"我是说,你吃到这个干馒头的时候是几点?过了当天夜里十二点吗?"我说:"噢,不。是晚上十点吧。"他又问:"那第二天你吃了什么?"我有点儿不耐烦。讲老实话,我不太愿意复述这些事情,尤其是细节。我觉得这些事情总在腐蚀我,它们与我以前对生活的认识太不合辙,总好像是在嘲笑我的理想。我说:"当天晚上我睡在那个同学家。第二天早上,同学买了两个油饼,我吃了一个。上午我随他去跑一些事,中午他请我在街上吃。晚上嘛,我不好意思再在他那儿吃,可另一个同学来了,知道我没什么着落,硬拉了我去他家,当然吃得还可以。怎么样?还有什么不清楚?"他笑了,说:"你才不是你刚才说的什么'一天没吃东西'。你十二点以前吃了一个馒头,没有超过二十四小时。更何况第二天你的伙食水平不低,平均下来,你两天的热量还是可以的。"我说:"你恐怕还是有些呆!要知道,人吃饭,不但是肚子的需要,而且是一种精神需要。不知道下一顿在什么地方,人就特别想到吃,而且,饿得快。"他说:"你家道尚好的时候,有这种精神压力吗?恐怕没有什么精神需求吧?有,也只不过是想好上再好,那是馋。馋是你们这些人的特点。"我承认他说得有些道理,禁不住问他:"你总在说你们、你们,可你是什么人?"他迅速看着其他地方,只是不看我,说:"我当然不同了。我主要是对吃要求得比较实在。唉,不说这些了,你真的不喜欢下棋?何以解忧?唯有象棋。"我瞧着他说:"你有什么忧?"他仍然不看我,"没有什么忧,没有。'忧'这玩意儿,是他妈文人的佐料儿。我们这种人,没有什么忧,顶多有些不痛快。何以解不痛快?唯有象棋。"

我看他对吃很感兴趣,就注意他吃的时候。列车上给我们这几节知青车厢送饭时,他若心思不在下棋上,就稍稍有些不安。听见前面大家拿吃时铝盒的碰撞声,他常常闭上眼,嘴巴紧紧收着,倒好像有些恶心。拿到饭后。马上就开始吃,吃得很快,喉结一缩一缩的,脸上绷满了筋。常常突然停下来,很小心地将嘴边或下巴上的饭粒儿和汤水油花儿用整个儿食指抹进嘴里。若饭粒儿落在衣服上,就马上一按,拈进嘴里。若一个没按住,饭粒儿由衣服上掉下地,他也立刻双脚不再移动,转了上身找。这时候他若碰上我的目光,就放慢速度。吃完以后,他把两只筷子吮净,拿水把饭盒冲满,先将上面一层油花吸净,然后就带着安全到达彼岸的神色小口小口地呷。有一次,他在下棋,左手轻轻地叩茶几。一粒干缩了的饭粒儿也轻轻地小声跳着。他一下注意到了,就迅速将那个饭粒儿放进嘴里,腮上立刻显出筋络。我知道这种干饭粒儿很容易嵌到槽牙里,巴在那儿,舌头是赶它不出的。果然,待了一会儿,他就伸手到嘴里去抠。终于嚼完,和着一大股口水,"咕"的一声儿咽下去,喉结慢慢地移下来,眼睛里有了泪花。他对吃是虔诚的,而且很精细。有时你会可怜那些饭被他吃得一个渣儿都不剩,真有点儿惨无人道。我在火车上一直看他下棋,发现他同样是精细的,但就有气度得多。他常常在我们还根本看不出已是败局时就开始重码棋子,说:"再来一盘吧。"有的人不服输,非要下完,总觉得被他那样暗示死刑存些侥幸。他也奉陪,用四五步棋逼死对方,说:"非要听'将',有瘾?"

我每看到他吃饭,就回想起杰克·伦敦的《热爱生命》,终于在一次饭后他小口呷汤时讲了这个故事。我因为有过饥饿的经验,所以特别渲染了故事中的饥饿感觉。他不再喝汤,只是把饭盒端在嘴边儿,一动不动地听我讲。我讲完了,他呆了许久,凝视着饭盒里的水,轻轻吸了一口,才很严肃地看着我说:"这个人是对的。他当然要把饼干藏在裤子底下。照你讲,他是对失去食物发生精神上的恐惧,是精神病?不,他有道理,太有道理了。写书的人怎么可以这么理解这个人呢?杰……杰什么?嗯,杰克·伦敦,这个小子他妈真是饱汉子不知饿汉饥。"我马上指出杰克·伦敦是一个如何如何的人。他说："是呀，不管怎么样，像你说的，杰克·伦敦后来出了名，肯定不愁吃的，他当然会叼着根烟，写些嘲笑饥饿的故事。"我说："杰克·伦敦丝毫也没有嘲笑饥饿，他是……"他不耐烦地打断我说："怎么不是嘲笑？把一个特别清楚饥饿是怎么回事儿的人写成发了神经，我不喜欢。"我只好苦笑，不再说什么。可是一没人和他下棋了，他就又问我："嗯？再讲个吃的故事？其实杰克·伦敦那个故事挺好。"我有些不高兴地说："那根本不是个吃的故事，那是一个讲生命的故事。你不愧为棋呆子。"大约是我脸上有种表情，他于是不知怎么办才好。我心里有一种东西升上来，我还是喜欢他的，就说："好吧，巴尔扎克的《邦斯舅舅》听过吗？"他摇摇头。我就又好好儿描述一下邦斯舅舅这个老饕。不料他听完，马上就说："这个故事不好，这是一个馋的故事，不是吃的故事。邦斯这个老头儿若只是吃而不馋，不会死。我不喜欢这个故事。"他马上意识到这最后一句话，就急忙说："倒也不是不喜欢。不过洋人总和咱们不一样，隔着一层。我给你讲个故事吧。"我马上感了兴趣：棋呆子居然也有故事！他把身体靠得舒服一些，说："从前哪，"笑了笑，又说："老是他妈从前，可这个故事是我们院儿的五奶奶讲的。嗯——老辈子的时候，有这么一家子，吃喝不愁。粮食一囤一囤的，顿顿想吃多少吃多少，嘿，可美气了。后来呢，娶了个儿媳妇。那真能干，就没说把饭做糊过，不干不稀，特解饱。可这媳妇，每做一顿饭，必抓出一把米来藏好……"听到这儿，我忍不住插嘴："老掉牙的故事了，还不是后来遇了荒年，大家没饭吃，媳妇把每日攒下的米拿出来，不但自家有了，还分给穷人？"他很惊奇地坐直了，看着我说："你知道这个故事？可那米没有分给别人，五奶奶没有说分给别人。"我笑了，说："这是教育小孩要节约的故事，你还拿来有滋有味儿地讲，你真是呆子。这不是一个吃的故事。"他摇摇头，说："这太是吃的故事了。首先得有饭，才能吃，这家子有一囤一囤的粮食。可光穷吃不行，得记着断顿儿的时候，每顿都要欠一点儿。老话儿说'半饥半饱日子长'嘛。"我想笑但没笑出来，似乎明白了一些什么。为了打消这种异样的感触，就说："呆子，我跟你下棋吧。"他一下高兴起来，紧一紧手脸，啪啪啪就把棋码好，说："对，说什么吃的故事，还是下棋。下棋最好，何以解不痛快？唯有下象棋。啊？哈哈哈！你先走。"我又是当头炮，他随后把马跳好。我随便动了一个子儿，他很快地把兵移前一格儿。我并不真心下棋，心想他念到中学，大约是读过不少书的，就问："你读过曹操的《短歌行》？"他说："什么《短歌行》？"我说："那你怎么知道'何以解忧，唯有杜康'？"他愣了，问："杜康是什么？"我说："杜康是一个造酒的人，后来也就代表酒，你把杜康换成象棋，倒也风趣。"他摆了一下头，说："啊，不是。这句话是一个老头儿说的，我每回和他下棋，他总说这句。"我想起了传闻中的捡烂纸老头儿，就问："是捡烂纸的老头儿吗？"他看了我一眼，说："不是。不过，捡烂纸的老头儿棋卜得好，我在他那儿学到不少东西。"我很感兴趣地问："这老头儿是个什么人？怎么下得一手好棋还捡烂纸？"他很轻地笑了一下，说："下棋不当饭。老头儿要吃饭，还得捡烂纸。可不知他以前是什么人。有一回，我抄的几张棋谱不知怎么找不到了，以为当垃圾倒出去了，就到垃圾站去翻。正翻着，这老头儿推着筐过来了，指着我说：'你个大小伙子，怎么抢我的买卖？'我说不是，是找丢了的东西，他问什么东西，我没搭理他。可他问个不停，'钱？存折儿？结婚帖子？'我只好说是棋谱，正说着，就找到了。他说叫他看看。他在路灯底下挺快就看完了，说'这棋没根哪'。我说这是以前市里的象棋比赛。可他说，'哪儿的比赛也没用，你瞧这，这叫棋路？狗脑子。'我心想怕是遇上异人了，就问他当怎么走。老头儿哗哗说了一通棋谱儿，我一听，真的不凡，就提出要跟他下一盘。老头让我先说。我们俩就在垃圾站下盲棋，我是连输五盘。老头儿棋猛听头几步，没什么，可着子真阴真狠，打闪一般，网得开，收得又紧又快。后来我们见天儿在垃圾站下盲棋，每天回去我就琢磨他的棋路，以后居然跟他平过一盘，还赢过一盘。其实赢的那盘我们一共才走了十几步。老头儿用铅丝扒子敲了半天地面，叹一声，'你赢了。'我高兴了，直说要到他那儿去看看。老头儿白了我一眼，说，'撑的？!'告诉我明天晚上再在这儿等他。第二天我去了，见他推着筐远远来了。到了跟前，从筐里取出一个小布包，递到我手上，说这也是谱儿，让我拿回去，看瞧得懂不。又说哪天有走不动的棋，让我到这儿来说给他听听，兴许他就走动了。我赶紧回到家里，打开一看，还真他妈不懂。这是本异书，也不知是哪朝哪代的，手抄，边边角角儿，补了又补。上面写的东西，不像是说象棋，好像是说另外的什么事儿。我第二天又去找老头儿，说我看不懂，他哈哈一笑，说他先给我说一段儿，提个醒儿。他一开说，把我吓了一跳。原来开宗明义，是讲男女的事儿，我说这是四旧。老头儿叹了，说什么是旧？我这每天捡烂纸是不是在捡旧？可我回去把它们分门别类，卖了钱，养活自己，不是新？又说咱们中国道家讲阴阳，这开篇是借男女讲阴阳之气。阴阳之气相游相交,初不可太盛,太盛则折,折就是'折断'的'折'。我点点头。'太盛则折,太弱则泻'。老头儿说我的毛病是太盛。又说,若对手盛,则以柔化之。可要在化的同时,造成克势。柔不是弱,是容,是收,是含。含而化之,让对手人你的势。这势要你造,需无为而无不为。无为即是道,也就是棋运之大不可变,你想变,就不是象棋,输不用说了,连棋边儿都沾不上。棋运不可悖,但每局的势要自己造。棋运和势既有,那可就无所不为了。玄是真玄,可细琢磨,是那么个理儿。我说,这么讲是真提气,可这下棋,千变万化,怎么才能准赢呢?老头儿说这就是造势的学问了。造势妙在契机。谁也不走子儿,这棋没法儿下。可只要对方一动,势就可入,就可导。高手你入他很难,这就要损。损他一个子儿,损自己一个子儿,先导开,或找眼钉下,止住他的入势,铺排下自己的入势。这时你万不可死损,势式要相机而变。势势有相因之气,势套势,小势开导,大势含而化之,根连根,别人就奈何不得。老头儿说我只有套,势不太明。套可以算出百步之远,但无势,不成气候。又说我脑子好,有琢磨劲儿,后来输我的那一盘,就是大势已破,再下,就是玩了。老头儿说他日子不多了,无儿无女,遇见我,就传给我吧。我说你老人家棋道这么好,怎么干这种营生呢?老头儿叹了一口气,说这棋是祖上传下来的,但有训——'为棋不为生',为棋是养性,生会坏性,所以生不可太盛。又说他从小没学过什么谋生本事,现在想来,倒是训坏了他。"我似乎听明白了一些棋道,可很奇怪,就问:"棋道与生道难道有什么不同么?"王一生说:"我也是这么说,而且魔怔起来,问他天下大势。老头儿说,棋就是这么几个子儿。棋盘就是这么大,无非是道同势不同,可这子儿你全能看在眼底。天下的事,不知道的太多。这每天的大字报,张张都新鲜,虽看出点道儿,可不能究底。子儿不全摆上,这棋就没法儿下。"

我就又问那本棋谱。王一生很沮丧地说:"我每天带在身上,反复地看。后来你知道,我撕大字报被造反团捉住,书就被他们搜了去,说是四旧,给毁了,而且是当着我的面儿毁的。好在书已在我脑子里,不怕他们。"我就又和王一生感叹了许久。

火车终于到了,所有的知识青年都又被用卡车运到农场。在总场,各分场的人上来领我们。我找到王一生,说:"呆子,要分手了,别忘了交情,有事儿没事儿,互相走动。"他说当然。

<h2 style="text-align:center">二</h2>

这个农场在大山林里,活计就是砍树,烧山,挖坑,再栽树。不栽树的时候,就种点儿粮食。交通不便,运输不够,常常就买不到煤油点灯。晚上黑灯瞎火,大家凑在一起臭聊,天南地北。又因为常割资本主义尾巴,生活就清苦得很,常常一个月每人只有五钱油,吃饭钟一敲,大家就疾跑如飞。大锅菜是先煮后搁油,油又少,只在汤上浮几个大花儿。落在后边,常常就只能吃清水南瓜或清水茄子。米倒是不缺,国家供应商品粮,每人每月四十二斤。可没油水,挖山又不是轻活,肚子就越吃越大。我倒是没有什么,毕竟强似讨吃。每月又有二十几元工薪,家里没有人惦记着,又没有找女朋友,就买了烟学抽,不料越抽越凶。

山上活儿紧时,常常累翻,就想:呆子不知怎么干?那么精瘦的一个人。晚上大家闲聊,多是精神会餐。我又想,呆子的吃相可能更恶了。我父亲在时,炒得一手好菜,母亲都比不上他,星期天常邀了同事,专事品尝,我自然精于此道。因此聊起来,常常是主角,说得大家个个儿腮胀,常常发一声喊,将我按倒在地上,说像我这样儿的人实在是祸害,不如宰了炒吃。下雨时节,大家都慌忙上山去挖笋,又到沟里捉田鸡,无奈没有油,常常吃得胃酸。山上总要放火,野兽们都惊走了,极难打到。即使打到,野物们走惯了,没膘,熬不得油。尺把长的老鼠也捉来吃,因鼠是吃粮的,大家说鼠肉就是人肉,也算吃人吧。我又常想,呆子难道不馋?好上加好,固然是馋,其实饿时更馋。不馋,吃的本能不能发挥,也不得寄托。又想,呆子不知还下棋不下棋。我们分场与他们分场隔着近百里,来去一趟不容易,也就见不着。

转眼到了夏季。有一天,我正在山上干活儿,远远望见山下小路上有一个人。大家觉得影儿生,就议论是什么人。有人说是小毛的男的吧。小毛是队里一个女知青,新近在外场找了一个朋友,可谁也没见过。大家就议论可能是这个人来找小毛,于是满山喊小毛,说她的汉子来了。小毛丢了锄,跌跌撞撞跑过来,伸了脖子看。还没等小毛看好,我却认出来人是王一生——棋呆子。于是大叫,别人倒吓了一跳,都问:"找你的?"我很得意。我们这个队有四个省市的知青,与我同来的不多,自然他们不认识王一生。我这时正代理一个管三四个人的小组长,于是对大家说:"散了,不干了。大家也别回去,帮我看看山上可有什么吃的弄点儿。到钟点儿再下山，拿到我那儿去烧。你们打了饭，都过来一起吃。"大家于是就钻进乱草里去寻了。

我跳着跑下山，王一生已经站住，一脸高兴的样子，远远地问："你怎么知道是我？"我到了他跟前说："远远就看你呆头呆脑，还真是你。你怎么老是不来看我？"他跟我并排走着，说："你也老不来看我呀！"我见他背上的汗浸出衣衫，头发已是一绺一绺的，一脸的灰土，只有眼睛和牙齿放光，嘴上也是一层土，干得起皱，就说："你怎么摸来的？"他说："搭一段儿车，走一段儿路，出来半个月了。"我吓了一跳，问："不到百里，怎么走这么多天？"他说："回去细说。"

说话间已经到了沟底队里。场上几只猪跑来跑去，个个儿瘦得赛狗。还不到下班时间，冷冷清清的，只有队上伙房隐隐传来叮叮当当的声音。

到了我的宿舍，就直进去。这里并不锁门，都没有多余的东西可拿，不必防谁。我放了盆，叫他等着，就提桶打热水来给他洗。到了伙房，与炊事员讲，我这个月的五钱油全数领出来，以后就领生菜，不再打熟菜。炊事员问："来客了？"我说："可不！"炊事员就打开锁的柜子，舀一小匙油找了个碗盛我，又拿了三只长茄子，说："明天还来打菜吧，从后天算起，方便。"我从锅里舀了热水，提回宿舍。

王一生把衣裳脱了，只剩一条裤衩，呼噜呼噜地洗。洗完后，将脏衣服按在水里泡着，然后一件一件搓，洗好涮好，拧干晾在门口绳上。我说："你还挺麻利的。"他说："从小自己干，惯了。几件衣服，也不费事。"说着就在床上坐下，弯过手臂，去挠背后，肋骨一根根动着。我拿来烟来请他抽。他很老练地敲出一支，舔了一头儿，倒过来叼着。我先给他点了，自己也点上。他支起肩深吸进去，慢慢地吐出来，浑身荡一下，笑了，说："真不错。"我说："怎么样？也抽上了？日子过得不错呀。"他看看草顶，又看看在门口转来转去的猪，低下头，轻轻拍着净是绿筋的瘦腿，半晌才说："不错，真的不错。还说什么呢？粮？钱？还要什么呢？不错，真不错。你怎么样？"他透过烟雾问我。我也感叹了，说："钱是不少，粮也多，没错儿，可没油哇。大锅菜吃得胃酸。主要是没什么玩儿的，没书，没电影儿。去哪儿也不容易，老在这个沟儿里转，闷得无聊。"他看看我，摇一下头，说："你们这些人哪！没法儿说，想的净是锦上添花。我挺知足，还要什么呢？你呀，你就叫书害了。你在车上给我讲的两个故事，我琢磨了，后来挺喜欢。你不错，读了不少书。可是，归到底，解决什么呢？是呀，一个人拼命想活着，最后都神经了，后来好了，活下来了，可接着怎么生活呢？像邦斯那样？有吃，有喝，好收藏个什么，可有个馋的毛病，人家不请吃就活得不痛快。人要知足，顿顿饱就是福。"他不说了，看着自己的脚趾动来动去，又用后脚跟去擦另一只脚的背，吐出一口烟，用手在腿上掸了掸。

我很后悔用油来表示我对生活的不满意，还用书和电影儿这种可有可无的东西表示我对生活的不满足，因为这些在他看来，实在是超出基准线上的东西，他不会为这些烦闷。我突然觉得很泄气，有些同意他的说法。是呀，还要什么呢？我不是也感到挺好了吗？不用吃了上顿惦记着下顿，床不管怎么烂，也还是自己的，不用窜来窜去找刷夜的地方。可是我常常烦闷的是什么呢？为什么就那么想看看随便什么一本书呢？电影儿这种东西，灯一亮就全醒过来了，图个什么呢？可我隐隐有一种欲望在心里，说不清楚，但我大致觉出是关于活着的什么东西。

我问他："你还下棋吗？"他就像走棋那么快地说："当然，还用说？"我说："是呀，你觉得一切都好，干吗还要下棋呢？下棋不多余吗？"他把烟卷儿停在半空，摸了一下脸说："我迷象棋，一下棋，就什么都忘了。待在棋里舒服。就是没有棋盘、棋子儿，我在心里就能下，碍谁的事儿啦？"我说："假如有一天不让你下棋，也不许你想走棋的事儿，你觉得怎么样？"他挺奇怪地看着我说："不可能，那怎么可能？我能在心里下呀！还能把我脑子挖了？你净说些不可能的事儿。"我叹了一口气，说："下棋这事儿看来是不错。看了一本儿书，你不能老在脑子里过篇儿，老想看看新的。下棋可不一样，自己能变着花样儿玩。"他笑着对我说："怎么样，学棋吧？咱们现在吃喝不愁了，顶多是照你说的，不够好，又活不出个大意思来。书你哪儿找去？下棋吧，有忧下棋解。"

我想了想，说："我实在对棋不感兴趣。我们队倒有个人，据说下得不错。"他把烟屁股使劲儿扔出门外，眼睛又放出光来："真的？有下棋的？嘿，我真还来对了。他在哪儿？"我说："还没下班呢。看你急的，你不是来看我的吗？"他双手抱着脖子仰在我的被子上，看着自己松松的肚皮，说："我这半年，就找不到下棋的。后来想，天下异人多得很，这野林子里我就不信找不到个下棋下得好的。现在我请了事假，一路找人下棋，就找到你这儿来了。"我说："你不挣钱了？怎么活着呢？"他说："你不知道，我妹妹在城里分了工矿，挣钱了，我也就不用给家寄那么多钱了。我就想，趁这工夫儿，会会棋手。怎么样？你一会儿把你说的那人找来下一盘？"我说当然，心里一动，就又问他："你家里到底是怎么个情况呢？"

他叹了一口气，望着屋顶，很久才说："穷。困难啊！我们家三口儿人，母亲死了，只有父亲、妹妹和我。我父亲嘛，挣得少，按平均生活费的说法儿，我们一人才不到十块。我母亲死后，父亲就喝酒，而且越喝越多，手里有俩钱儿就喝，就骂人。邻居劝，他不是不听，就是一把鼻涕一把泪，弄得人家也挺难过。我有一回跟我父亲说：'你不喝就不行？有什么好处呢？'他说：'你不知道酒是什么玩意儿，它是老爷们儿的觉啊！咱们这日子挺不易，你妈去了，你们又小。我烦哪，我没文化，这把年纪，一辈子这点子钱算是到头儿了。你妈死的时候，嘱咐了，怎么着也要供你念完初中再挣钱。你们让我喝口酒，啊？对老人有什么过不去的，下辈子算吧。'他看了看我，又说："不瞒你说，我母亲解放前是窑子里的。后来大概是有人看上了，做了人家的小，也算从良。有烟吗？"我扔过一支烟给他，他点上了，把烟头儿吹得红红的，两眼不错眼珠儿地盯着，许久才说："后来，我妈又跟人跑了，据说买她的那家欺负她，当老妈子不说，还打。后来跟的这个是什么人，我不知道，我只知道我是我妈跟这个人生的。刚一解放，我妈跟的那个人就不见了。当时我妈怀着我，吃穿无着，就跟了我现在这个父亲。我这个后爹是卖力气的，可临到解放的时候儿，身子骨儿不行，又没文化，钱就挣得少。和我妈过以后，原指着相帮着好一点儿，可没想到添了我妹妹后，我妈一天不如一天。那时候我才上小学，脑筋好，老师都喜欢我。可学校春游、看电影我都不在，给家里省一点儿是一点儿。我妈怕委屈了我，拖累着个身子，到处找活。有一回，我和我母亲给印刷厂叠书页子，是一本讲象棋的书。叠好了，我妈还没送去，我就一篇一篇对着看。不承想，就看出点儿意思来。于是有空儿就到街下看人家下棋。看了有些日子，就手痒痒，没敢跟家里要钱，自己用硬纸剪了一副棋，拿到学校去下。下着下着就熟了。于是又到街上和别人下。原先我看人家下得挺好，可我这一跟他们真下，还就赢了。一家伙就下了一晚上，饭也没吃。我妈找来了，把我拎回去。唉，我妈身子弱，都打不痛我。到了家，她竟给我跪下了，说：'小祖宗，我就指望你了！你若不好好儿念书，妈就死在这儿。'我一听这话吓坏了，忙说：'妈，我没不好好儿念书。您起来，我不下棋了。'我把我妈扶起来坐着。那天晚上，我跟我妈叠页子，叠着叠着，就走了神儿，想着一路棋。我妈叹一口气说，'你也是，看不上电影儿，也不去公园，就玩儿这么个棋。唉，下吧。可妈的话你得记着，不许玩儿疯了。功课要是拉下了，我不饶你。我和你爹都不识字儿，可我们会问老师。老师若说你功课跟不上，你再说什么也不行。'我答应了。我怎么会把功课拉下呢？学校的算术，我跟玩儿似的。这以后，我放了学，先做功课，完了就下棋，吃完饭，就帮我妈干活儿，一直到睡觉。因为叠页子不用动脑筋，所以就在脑子里走棋，有的时候，魔怔了，会突然一拍书页，喊棋步，把家里人都吓一跳。"我说："怨不得你棋下得这么好，小时候棋就都在你脑子里呢！"他苦笑笑说："是呀，后来老师就让我去少年宫象棋组，说好好儿学，将来能拿大冠军呢！可我妈说，'咱们不去什么象棋组，要学，就学有用的本事。下棋下得好，还当饭吃了？有那点儿功夫，在学校多学点儿东西比什么不好？你跟你们老师们说，不去象棋组，要是你们老师还有没教你的本事，你就跟老师说，你教了我，将来有大用呢。啊？专学下棋？这以前都是有钱人干的！妈以前见过这种人，那都是身份，他们不指着下棋吃饭。妈以前待过的地方，也有女的会下棋，可要的钱也多。唉，你不知道，你不懂。下下玩儿可以，别专学，啊？'我跟老师说了，老师想了想，没说什么。后来老师买了一副棋送我，我拿给妈看，妈说，'唉，这是善心人哪！可你记住，先说吃，再说下棋。等你挣了钱，养活家了，爱怎么下就怎么下，随你。'"我感叹了，说："这下儿好了，你挣了钱，你就能撒着欢儿地下了，你妈也就放心了。"王一生把脚搬上床，盘了坐，两只手互相捏着腕子，看着地下说："我妈看不见我挣钱了。家里供我念到初一，我妈就死了。死之前，特别跟我说，'这一条街说你棋下得好，妈信。可妈在棋上疼不了你。你在棋上怎么出息，到底不是饭碗。妈不能看你念完初中，跟你爹说了，怎么着困难，也要念完。高中，妈打听了，那是为上大学，咱家用不着上大学，你爹也不行了，你妹妹还小，等你初中念完了就挣钱，家里就靠你了。妈要走了，一辈子也没给你留下什么，只捡人家的牙刷把，给你磨了一副棋。'说着，就叫我从枕头底下拿出一个小布包来，打开一看，都是一小点儿大的子儿，磨得是光了又光，赛象牙，可上头没字儿。妈说，'我不识字，怕刻不对。你拿了去，自己刻吧，也算妈疼你好下棋。'我们家多困难，我没哭过，哭管什么呢？可看着这副没字儿的棋，我绷不住了。"

我鼻子有些酸，就低了眼，叹道："唉，当母亲的。"王一生不再说话，只是抽烟。

山上的人下来了，打到两条蛇。大家见了王一生，都很客气，问是几分场的，那边儿伙食怎么样。王一生答了，就过去摸一摸晾着的衣裤，还没有干。我让他先穿我的，他说吃饭要出汗，先光着吧。大家见他很随和，也就随便聊起来。我自然将王一生的棋道吹了一番，以示来者不凡。大家都说让队里的高手"脚卵"来与王一生下。一个人跑了去喊，不一刻，脚卵来了。脚卵是南方大城市的知识青年，个子非常高，又非常瘦。动作起来颇有些文气，衣服总要穿得整整齐齐，有时候走在山间小路上，看到这样一个高个儿纤尘不染，衣冠楚楚，真令人生疑。脚卵弯腰进来，很远就伸出手来要握，王一生糊涂了一下，马上明白了，也伸出手去，脸却红了。握过手，脚卵把双手捏在一起端在肚子前面，说："我叫倪斌，人儿倪，文武斌。因为腿长，大家叫我脚卵。卵是很粗俗的话，请不要介意，这里的人文化水平是很低的。贵姓？"王一生比倪斌矮下去两个头，就仰着头说："我姓王，叫王一生。"倪斌说："王一生？蛮好，蛮好，名字蛮好的。一生是哪两个字？"王一生直仰着脖子，说："一二三的一，生活的生。"倪斌说："蛮好，蛮好。"就把长臂曲着往外一摆，说："请坐。听说你钻研象棋？蛮好，蛮好，象棋是很高级的文化。我父亲是下得很好的，有些名气，喏，他们都知道的。我会走一点点，很爱好，不过在这里没有对手。你请坐。"王一生坐回床上，很尴尬地笑着，不知说什么好。倪斌并不坐下，只把手虚放在胸前，微微向前侧了一下身子，说："对不起，我刚刚下班，还没有梳洗，你候一下好了，我马上就来。噢，问一下，乃父也是棋道里的人么？"王一生很快地摇头，刚要说什么，但只是喘了一口气。倪斌说："蛮好，蛮好。好，一会儿我再来。"我说："脚卵洗了澡，来吃蛇肉。"倪斌一边退出去，一边说："不必了，不必了。好的，好的。"大家笑起来，向外嚷："你到底来是不来？什么'不必了，好的'！"倪斌在门外说："蛇肉当然是要吃的，一会儿下棋是要动脑筋的。"

大家笑着脚卵，关了门，三四个人精着屁股，上上下下地洗，互相开着身体的玩笑。王一生不知在想什么，坐在床里边，让开擦身的人。我一边将蛇头撕下来，一边对王一生说："别理脚卵，他就是这么神神道道的一个人。"有一个人对我说："你的这个朋友要真是有两下子，今天有一场好杀。脚卵的父亲在我们市里，真是很有名气哩！"另外的人说："爹是爹，儿是儿，棋还遗传了？"王一生说："家传的棋，有厉害的。几代沉下的棋路，不可小看。一会儿下起来看吧。"说着就紧一紧手脸。我把蛇挂起来，将皮剥下，不洗，放在案板上，用竹刀把肉划开，并不切断，盘在一个大碗内，放进一个大锅里，锅底蓄上水，叫："洗完了没有？我可开门了！"大家慌忙穿上短裤。我到外边地上摆三块土坯，中间架些柴引着，就将锅放在土坯上，把猪吆喝远了，说："谁来看看？别叫猪拱了。开锅后十分钟端下来。"就进屋收拾茄子。

有人把脸盆洗干净，到伙房打了四五斤饭和一小盆清水茄子，捎回来一棵葱和两瓣野蒜、一小块姜，我说还缺盐，就又有人跑去拿来一块，捣碎在纸上放着。

脚卵远远地来了，手里抓着一个黑木盒子。我问："脚卵，可有酱油膏？"脚卵迟疑了一下，返身回去。我又大叫："有醋精拿点儿来！"

蛇肉到了时间，端进屋里，掀开锅，一大团蒸气冒出来，大家并不缩头，慢慢看清了，都叫一声好。两大条蛇肉亮晶晶地盘在碗里，粉粉地冒蒸气。我嗖的一下将碗端出来，吹吹手指，说："开始准备胃液吧！"王一生也挤过来看，问："整着怎么吃？"我说："蛇肉碰不得铁，碰铁就腥，所以不切，用筷子撕着蘸料吃。"我又将切好的茄块儿放进锅里蒸。

脚卵来了，用纸包了一小块儿酱油膏，又用一张小纸包了几颗白色的小粒儿，我问是什么，脚卵说："这是草酸，去污用的，不过可以代替醋。我没有醋精，酱油膏也没有了，就这一点点。"我说："凑合了。"脚卵把盒子放在床上，打开，原来是一副棋，乌木做的棋子，暗暗的发亮。字用刀刻出来，笔画很细，却是篆字，用金丝银丝嵌了，古色古香。棋盘是一幅绢，中间亦是篆字：楚河汉界。大家凑过去看，脚卵就很得意，说："这是古董，明朝的，很值钱。我来的时候，我父亲送给我的。以前和你们下棋，用不到这么好的棋。今天王一生来嘛，我们好好下。"王一生大约从来没有见过这么精彩的棋具，很小心地摸，又紧一紧手脸。

我将酱油膏和草酸冲好水，把葱末、姜末和蒜末投进去，叫声："吃起来！"大家就乒乒乓乓地盛饭，伸筷撕那蛇肉蘸料，刚入嘴嚼，纷纷嚷鲜。

我问王一生是不是有些像蟹肉，王一生一边儿嚼着，一边儿说："我没吃过螃蟹，不知道。"脚卵伸过头去问："你没有吃过螃蟹？怎么会呢？"王一生也不答话，只顾吃。脚卵就放下碗筷，说："年年中秋节，我父亲就约一些名人到家里来，吃螃蟹，下棋，品酒，作诗。都是些很高雅的人，诗做得很好的，还要互相写在扇子上。

这些扇子过多少年也是很值钱的。"大家并不理会他,只顾吃。脚卵眼看蛇肉渐少,也急忙捏起筷子来,不再说什么。

不一刻,蛇肉吃完,只剩两副蛇骨在碗里。我又把蒸熟的茄块儿端上来,放少许蒜和盐拌了。再将锅里热水倒掉,续上新水,把蛇骨放进去熬汤。大家喘一口气,接着伸筷,不一刻,茄子也吃净。我便把汤端上来,蛇骨已经煮散,在锅底刷拉刷拉地响。这里屋外常有一二处小丛的野茴香,我就拔来几棵,揪在汤里,立刻屋里异香扑鼻。大家这时饭已吃净,纷纷舀了汤在碗里,热热的小口呷,不似刚才紧张,话也多起来了。

脚卵抹一抹头发,说:"蛮好,蛮好的。"就拿出一支烟,先让了王一生,又自己叼了一支,烟包正待放回衣袋里,想了想,便放在小饭桌上,摆一摆手说:"今天吃的,都是山珍,海味是吃不到了。我家里常吃海味的,非常讲究,据我父亲讲,我爷爷在时,专雇一个老太婆,整天就是从燕窝里拔脏东西。燕窝这种东西,是海鸟叼来小鱼小虾,用口水粘起来的,所以里面各种脏东西多得很,要很细心地一点一点清理,一天也就能搞清一个,再用小火慢慢地蒸。每天吃一点,对身体非常好。"王一生听呆了,问:"一个人每天就专门是管做燕窝的? 好家伙! 自己买来鱼虾,熬在一起,不等于燕窝吗?"脚卵微微一笑,说:"要不怎么燕窝贵呢? 第一,这燕窝长在海中峭壁上,要拼命去挖。第二,这海鸟的口水是很珍贵的东西,是温补的。因此,舍命,费工时,又是补品,能吃燕窝,也是说明家里有钱和有身份。"大家就说这燕窝一定非常好吃。脚卵又微微一笑,说:"我吃过的,很腥。"大家就感叹了,说费这么多钱,吃一口腥,太划不来。

天黑下来,早升在半空的月亮渐渐亮了。我点起油灯,立刻四壁都是人影子。脚卵就说:"王一生,我们来下一盘?"王一生大概还没有从燕窝里醒过来,听见脚卵问,只微微点一点头。脚卵出去了。王一生奇怪了,问:"嗯?"大家笑而不答。一会儿,脚卵又来了,穿得笔挺,身后随来许多人,进屋都看看王一生。脚卵慢慢摆好棋,问:"你先走?"王一生说:"你吧。"大家就上上下下围了看。

走出十多步,王一生有些不安,但也只是暗暗捻一下手指。走过三十几步,王一生很快地说:"重摆吧。"大家奇怪,看看王一生,又看看脚卵,不知是谁赢。脚卵微微一笑,说:"一赢不算胜。"就伸手抽一颗烟点上。王一生没有表情,默默地把棋重新码好。两人又走。又走到十多步,脚卵半天不动,直到把一根烟吸完,又走了几步,脚卵慢慢地说:"再来一盘。"大家又奇怪是谁赢了,纷纷问。王一生很快地将棋码成一个方堆,看看脚卵问:"走盲棋?"脚卵沉吟了一下,点点头。两人就口述棋步。好几个人摸摸头,摸摸脖子,说下得好没意思,不知谁是赢家。就有几个人离开走出去,把油灯带得一明一暗。

我觉出有点儿冷,就问王一生:"你不穿点儿衣裳?"王一生没有理我。我感到没有意思,就坐在床里,看大家也是一会儿看看脚卵,一会儿看看王一生,像是瞧从来没有见过的两个怪物。油灯下,王一生抱了双膝,锁骨后陷下两个深窝,盯着油灯,时不时拍一下身上的蚊虫。脚卵两条长腿抵在胸口,一只大手将整个儿脸遮了,另一只大手飞快地将指头捏来弄去。说了许久,脚卵放下手,很快地笑一笑,说:"我乱了,记不得。"就又摆了棋再下。不久,脚卵抬起头,看着王一生说:"天下是你的。"抽出一支烟给王一生,又说:"你的棋是跟谁学的?"王一生也看着脚卵,说:"跟天下人。"脚卵说:"蛮好,蛮好,你的棋蛮好。"大家看出是谁赢了,都高兴松动起来,盯着王一生看。

脚卵把手搓来搓去,说:"我们这里没有会下棋的人,我的棋路生了。今天碰到你,蛮高兴的,我们做个朋友。"王一生说:"将来有机会,一定见见你父亲。"脚卵很高兴,说:"那好,好极了,有机会一定去见见他。我不过是玩玩棋。"停了一会儿,又说:"你参加地区的比赛,没有问题。"王一生问:"什么比赛?"脚卵说:"咱们地区,要组织一个运动会,其中有棋类。地区管文教的书记我认得,他早年在我们市里,与我父亲认识。我到农场来,我父亲给他带过信,请他照顾。我找过他,他说我不如打篮球。我怎么会打篮球呢? 那是很野蛮的运动,要伤身体的。这次运动会,他来信告诉我,让我争取参加农场的棋类队到地区比赛,赢了,调动自然好说。你棋下到这个地步,参加农场队,不成问题。你回你们场,去报名就可以了。将来总场选拔,肯定会有你。"王一生很高兴,起来把衣裳穿上,显得更瘦。大家又聊了很久。

将近午夜,大家都散去,只剩下宿舍里同住的四个人与王一生、脚卵。脚卵站起来,说:"我去拿些东西来吃。"大家都很兴奋,等着他。一会儿,脚卵弯腰进来,把东西放在床上,摆出六颗巧克力,半袋麦乳精,纸包的一斤精白挂面。巧克力大家都一口咽了,来回舔着嘴唇。麦乳精冲成稀稀的六碗,喝得满屋喉咙响。王一生笑嘻嘻地说:"世界上还有这种东西? 苦甜苦甜的。"我又把火升起来,开了锅,把面下了,说:"可惜没有调料。"脚卵说："我还有酱油膏。"我说："你不是只有一小块儿了吗？"脚卵不好意思地说："咳，今天不容易，王一生来了，我再贡献一些。"就又拿了来。

大家吃了，纷纷点起烟，打着哈欠，说没想到脚卵还有如许存货，藏得倒严实，脚卵急忙申辩这是剩下的全部了。大家吵着要去翻，王一生说："不要闹，人家的是人家的，从来农场存到现在，说明人家会过日子。倪斌，你说，这比赛什么时候开始呢？"脚卵说："起码还有半年。"王一生不再说话。我说："好了，休息吧。王一生，你和我睡在我的床上。脚卵，明天再聊。"大家就起身收拾床铺，放蚊帐。我和王一生送脚卵到门口，看他高高的个子在青白的月光下远远去了。王一生叹一口气，说："倪斌是个好人。"

王一生又待了一天，第三天早上，执意要走。脚卵穿了破衣服，肩了锄来送。两人握了手，倪斌说："后会有期。"大家远远在山坡上招手。我送王一生出了山沟，王一生拦住，说："回去吧。"我嘱咐他，到了别的分场，有什么困难，托人来告诉我，若回来路过，再来玩儿。王一生整了整书包带儿，就急急地顺公路走了，脚下扬起细土，衣裳晃来晃去，裤管儿前后荡着，像是没有屁股。

三

这以后，大家没事儿，常提起王一生，津津有味儿的回忆王一生光膀子大战脚卵。我说王一生如何如何不容易，脚卵说："我父亲说过的，'寒门出高士'。据我父亲讲，我们祖上是元朝的倪云林。倪祖很爱干净，开始的时候，家里有钱，当然是讲究的。后来兵荒马乱，家道败了，倪祖就卖了家产，到处走，常在荒野店投宿，很遇到一些高士。后来与一个会下棋的村野之人相识，学得一手好棋。现在大家只晓得倪云林是元四家里的一个，诗书画绝佳，却不晓得倪云林还会下棋。倪祖后来信佛参禅，将棋炼进禅宗，自成一路。这棋只我们这一宗传下来。王一生赢了我，不晓得他是什么路，总归是高手了。"大家都不知道倪云林是什么人，只听脚卵神吹，将信将疑，可也认定脚卵的棋有些来路，王一生既然赢了脚卵，当然更了不起。这里的知青在城里都是平民出身，多是寒苦的，自然更看重王一生。

将近半年，王一生不再露面。只是这里那里传来消息，说有个叫王一生的，外号棋呆子，在某处与某某下棋，赢了某某。大家也很高兴，即使有输的消息，都一致否认，说王一生怎会输棋呢？我给王一生所在的分场队里写了信，也不见回音，大家就催我去一趟。我因为这样那样的事，加上农场知青常常斗殴，又输进火药枪互相射击，路途险恶，终于没有去。

一天脚卵在山上对我说，他已经报名参加棋类比赛了，过两天就去总场，问王一生可有消息？我说没有。大家就说王一生肯定会到总场比赛，相约一起请假去总场看看。

过了两天，队里的活儿稀松，大家就纷纷找了各种口请假到总场，盼着能见着王一生。我也请了假出来。

总场就在地区所在地，大家走了两天才到。这个地区虽是省以下的行政单位，却只有交叉的两条街，沿街有一些商店，货架上不是空的，即是"展品概不出售"。可是大家仍然很兴奋，觉得到了繁华地界，就沿街一个馆子一个馆子地吃，都先只叫净肉，一盘一盘地吞下去，拍拍肚子出来，觉得日光晃眼，竟有些肉醉，就找了一处草地，躺下来抽烟，又纷纷昏睡过去。

醒来后，大家又回到街上细细吃了一些面食，然后到总场去。

一行人高高兴兴到了总场，找到文体干事，问可有一个叫王一生的来报到。干事翻了半天花名册，说没有。大家不信，拿过花名册来七手八脚地找，真的没有，就问干事是不是搞漏掉了。干事说花名册是按各分场报上来的名字编的，都已分好号码，编好组，只等明天开赛。大家就望望我，我望望你，搞不清是怎么回事儿。我说："找脚卵去。"脚卵在运动员们住下的草棚里，见了他，大家就问。脚卵说："我也奇怪呢。这里乱糟糟的，我的号是棋类，可把我分到球类组来，让我今晚就参加总场联队训练，说了半天也不行，还说主要靠我进球得分。"大家笑起来，说："管他赛什么，你们的伙食差不了。可王一生没来太可惜了。"

直到比赛开始，也没有见王一生的影子。问了他们分场来的人，都说很久没见王一生了。大家有些慌，又没办法，只好去看脚卵赛篮球。脚卵痛苦不堪，规矩一点儿不懂，球也抓不住，投出去总是三不沾，抢得猛一些，他就抽身出来，瞪着大眼看别人争。文体干事急得抓耳挠腮，大家又笑得前仰后合。每场下来，脚卵总是嚷野蛮,埋怨脏。

赛了两天,决出总场各类运动代表队,到地区参加地区决赛。大家看看王一生还没有影子,就都相约要回去了。脚卵要留在地区文教书记家再待一两天,就送我们走一段。快到街口,忽然有人一指:"那不是王一生?"大家顺着方向一看,真是他。王一生在街口另一面急急地走来,没有看见我们。我们一齐大叫,他猛地站住,看见我们,就横街向我们跑来。到了跟前,大家纷纷问他怎么不来参加比赛?王一生很着急的样子,说:"这半年我总请事假出来下棋,等我知道报名赶回去,分场说我表现不好,不准我出来参加比赛,连名都没报上。我刚找了由头儿,跑上来看看赛得怎么样。怎么样?赛得怎么样?"大家一迭声儿地说早赛完了,现在是参加与各县代表队的比赛,夺地区冠军。王一生愣了半晌,说:"也好,夺地区冠军必是各县高手,看看也不赖。"我说:"你还没吃东西吧?走,街上随便吃点儿什么去。"脚卵与王一生握过手,也惋惜不已。大家就又拥到一家小馆儿,买了一些饭菜,边吃边叹息。王一生说:"我是要看看地区的象棋大赛。你们怎么样?要回去吗?"大家都说出来的时间太长了,要回去。我说:"我再陪你一两天吧。脚卵也在这里。"于是又有两三个人也说留下来再耍一耍。

脚卵就领留下的人去文教书记家,说是看看王一生还有没有参加比赛的可能。走不多久,就到了。只见一扇小铁门紧闭着,进去就有人问找谁,见了脚卵,不再说什么,只让等一下。一会儿叫进了,大家一起走进一幢大房子,只见窗台上摆了一溜儿花草,伺候得很滋润。大大的一面墙上只一幅主席诗词的挂轴儿,绫子黄黄的很浅。屋内只摆几把藤椅,茶几上放着几张大报与油印的简报。不一会儿,书记出来,胖胖的,很快地与每个人握手,又叫人把简报收走,就请大家坐下来。大家没见过管着几个县的人的家,头都转来转去地看。书记呆了一下,就问:"都是倪斌的同学吗?"大家纷纷回过头看书记,不知该谁回答。脚卵欠一下身,说:"都是我们队上的。这一位就是王一生。"说着用手掌向王一生一倾。书记看着王一生:"噢,你就是王一生?好。这两天,倪斌常提到你。怎么样,选到地区来赛了吗?"王一生正想答话,倪斌马上说:"王一生这次有些事耽误了,没有报上名。现在事情办完了,看看还能不能参加地区比赛。您看呢?"书记用胖手在扶手上轻轻拍了两下,又轻轻用中指很慢地擦着鼻沟儿,说:"啊,是这样。不好办。你没有取得县一级的资格,不好办。听说你很有天才,可是没有取得资格去参加比赛,下面要说话的,啊?"王一生低了头,说:"我也不是要参加比赛,只是来看。"书记说:"那是可以的,那欢迎。倪斌,你去桌上,左边的那个桌子,上面有一份打印的比赛日程。你拿来看看,象棋类是怎么安排的。"倪斌早一步跨进里屋,马上把材料拿出来,看了一下,说:"要赛三天呢!"就递给书记。书记也不看,把它放在茶几上,掸一掸手,说:"是啊,几个县嘛。啊?还有什么问题吗?"大家都站起来,说走了。书记与离他近的人很快地握了手,说:"倪斌,你晚上来,嗯?"倪斌欠欠身说好的,就和大家一起出来。大家到了街上,舒了一口气,又笑起来。

大家漫无目的地在街上走,讲起还要在这里待三天,恐怕身上的钱支持不住。王一生说他可以找到睡觉的地方,人多一点恐怕还是有办法,这样就能不去住店,省下不少钱。倪斌不好意思地说他可以住在书记家。于是大家一起随王一生去找住的地方。

原来王一生已经来过几次地区,认识了一个文化馆画画儿的,于是便带了我们投奔这位画家。到了文化馆,一进去,就听见远远有唱的,有拉的,有吹的,便猜是宣传队在演练。只见三四个女的,穿着蓝线衣裤,胸脯鼓得不能再高,一扭一扭地走过来,近了,并不让路,直脖直脸地过去。我们赶紧闪在一边儿,都有点儿脸红。倪斌低低地说:"这几位是地区的名角。在小地方,有她们这样的功夫,蛮不容易的。"大家就又回过头去看名角。

画家住在一个小角落里,门口鸡鸭转来转去,沿墙摆了一溜儿各类杂物,草就在杂物中间长出来。门又被许多晒着的衣裤布单遮住。王一生领我们从衣裤中弯腰过去,叫那画家。马上就乒乒乓乓出来一个人,见了王一生,说:"来了?都进来吧。"画家只是一间小屋,里面一张小木床,到处是书、杂志、颜色和纸笔。墙上钉满了画的画儿。大家顺序进去,画家就把东西挪来挪去腾地方,大家挤着坐下,不敢再动。画家又迈过大家出去,一会儿提来一个暖瓶,给大家倒水。大家传着各式的缸子、碗,都有了,捧着喝。画家也坐下来,问王一生:"参加运动会了吗?"王一生叹着将事情讲了一遍。画家说:"只好这样了。要待几天呢?"王一生就说:"正是为这事来找你。这些都是我的朋友。你看能不能找个地方,大家挤一挤睡?"画家沉吟半晌,说:"你每次来,在我这里挤还凑合。这么多人,嗯——让我看看。"他忽然眼里放出光彩来,说:"文化馆里有个礼堂，舞台倒是很大。今天晚上为运动会的人演出，演出之后，你们就在舞台上睡，怎么样？今天我还可以带你们进去看演出。电工与我很熟的，跟他说一声，进去睡没问题。只不过脏一些。"大家都纷纷说再好不过了。脚卵放下心的样子，小心地站起来，说："那好，诸位，我先走一步。"大家要站起来送，却谁也站不起来。脚卵按住大家，连说不必了，一脚就迈出屋外。画家说："好大的个子！是打球的吧？"大家笑起来，讲了脚卵的笑话。画家听了，说："是啊，你们也都够脏的。走，去洗洗澡，我也去。"大家就一个一个顺序出去，还是碰得叮当乱响。

原来这地区所在地，有一条江远远流过。大家走了许久，方才到了。江面不甚宽阔，水却很急，近岸的地方，有一些小洼儿。四处无人，大家脱了衣裤，都很认真地洗，将画家带来的一块肥皂用完。又把衣裤泡了，在石头上抽打，拧干后铺在石头上晒，除了游水的，其余便纷纷趴在岸上晒。画家早洗完，坐在一边儿，掏出个本子在画。我发觉了，过去站在他身后看。原来他在画我们几个人的裸体速写。经他这一画，我倒发觉我们这些每日在山上苦的人，却矫健异常，不禁赞叹起来。大家又围过来看，屁股白白的晃来晃去。画家说："干活儿的人，肌肉线条极有特点，又很分明。虽然各部分发展可能不太平衡，可真的人体，常常是这样，变化万端。我以前在学院画人体，女人体居多，太往标准处靠，男人体也常静在那里，感觉不出肌肉滚动，越画越死。今天真是个难得的机会。"有人说羞处不好看，画家就在纸上用笔把说的人的羞处涂成一个疙瘩，大家就都笑起来。衣裤干了，纷纷穿上。

这时已近傍晚，太阳垂在两山之间，江面上便金子一般滚动，岸边石头也如热铁般红起来。有鸟儿在水面上掠来掠去，叫声传得很远。对岸有人在拖长声音吼山歌，却不见影子，只觉声音慢慢小了。大家都凝了神看。许久，王一生长叹一声，却不说什么。

大家又都往回走，在街上拉了画家一起吃些东西，画家倒好酒量。天黑了，画家领我们到礼堂后台人口，与一个人点头说了，招呼大家悄悄进去，缩在边幕上看。时间到了，幕并不开，说是书记还未来。演员们化了妆，在后台走来走去，伸一伸手脚，互相取笑着。忽然外面响动起来，我拨了幕布一看，只见书记缓缓进来，在前排坐下，周围空着，后面黑压压一礼堂人。于是开演，演出甚为激烈，尘土四起。演员们在台上泪光闪闪，退下来一过边幕，就喜笑颜开，连说怎么怎么错了。王一生倒很人戏，脸上时阴时晴，嘴一直张着，全没有在棋盘前的镇静。戏一结束，王一生一个人在边幕拍起手来，我连忙止住他，向台下望去，书记不知什么时候已经走了，前两排仍然空着。

大家出来，摸黑拐到画家家里，脚卵已在屋里，见我们来了，就与画家出来和大家在外面站着，画家说："王一生，你可以参加比赛了。"王一生问："怎么回事儿？"脚卵说，晚上他在书记家里，书记跟他叙起家常，说十几年前常去他家，见过不少字画儿，不知运动起来，损失了没有？脚卵说还有一些，书记就不说话了。过了一会儿书记又说，脚卵的调动大约不成问题，到地区文教部门找个位置，跟下面打个招呼，办起来也快，让脚卵写信回家讲一讲。于是又谈起字画古董，说大家现在都不知道这些东西的价值，书记自己倒是常在心里想着。脚卵就说，他写信给家里，看能不能送书记一两幅，既然书记帮了这么大忙，感谢是应该的。又说，自己在队里有一副明朝的乌木棋，极是考究，书记若是还看得上，下次带上来。书记很高兴，连说带上来看看。又说你的朋友王一生，他倒可以和下面的人说一说。一个地区的比赛，不必那么严格，举贤不避私嘛。就挂了电话，电话里回答说，没有问题，请书记放心，叫王一生明天就参加比赛。

大家听了，都很高兴，称赞脚卵路道粗，王一生却没说话。脚卵走后，画家带了大家找到电工，开了礼堂后门，悄悄进去。电工说天凉了，问要不要把幕布放下来垫盖着，大家都说好，就七手八脚爬上去摘下幕布铺在台上。一个人走到台边，对着空空的座位一敬礼，尖着嗓子学报幕员，说："下一个节目——睡觉。现在开始。"大家悄悄地笑，纷纷钻进幕布躺下了。

躺下许久，我发觉王一生还没有睡着，就说："睡吧，明天要参加比赛呢！"王一生在黑暗里说："我不赛了，没意思。倪斌是好心，可我不想赛了。"我说："咳，管它！你能赛棋，脚卵能调上来，一副棋算什么？"王一生说："那是他父亲的棋呀！东西好坏不说，是个信物。我妈妈留给我的那副无字棋，我一直性命一样存着，现在生活好了，妈的话，我也忘不了。倪斌怎么就可以送人呢？"我说："脚卵家里有钱，一副棋算什么呢？他家里知道儿子活得好一些了，棋是舍得的。"王一生说："我反正是不赛了，被人作了交易，倒像是我占了便宜。我下得赢下不赢是我自己的事，这样赛，被人戳脊梁骨。"不知是谁也没睡着，大约都听见了，咕噜一声：

"呆子。"

四

第二天一早儿，大家满身是土地起来，找水擦了擦，又约画家到街上去吃。画家执意不肯，正说着，脚卵来了，很高兴的样子。王一生对他说："我不参加这个比赛。"大家呆了，脚卵问："蛮好的，怎么不赛了呢？省里还下来人视察呢！"王一生说："不赛就不赛了。"我说了说，脚卵叹道："书记是个文化人，蛮喜欢这些的。棋虽然是家里传下的，可我实在受不了农场这个罪，我只想有个干净的地方住一住，不要每天脏兮兮的。棋不能当饭吃的，用它通一些关节，还是值的。家里也不很景气，不会怪我。"画家把双臂抱在胸前，抬起一只手摸了摸脸，看着天说："倪斌，不能怪你。你没有什么了不得的要求。我这两年，也常常犯糊涂，生活太具体了。幸亏我还会画画儿。何以解忧？唯有——唉。"王一生很惊奇地看着画家，慢慢转了脸对脚卵说："倪斌，谢谢你。这次比赛决出高手，我登门去与他们下。我不参加这次比赛。"脚卵忽然很兴奋，攥起大手一顿，说："这样，这样！我呢，去跟书记说一下，组织一个友谊赛。你要是赢了这次的冠军，无疑是真正的冠军。输了呢，也不太失身份。"王一生呆了呆："千万不要跟什么书记说，我自己找他们下。要下，就与前三名都下。"

大家也不好再说什么，就去看各种比赛，倒也热闹。王一生只钻在棋类场地外面，看各局的明棋。第三天，决出前三名。之后是发奖，又是演出，会场乱哄哄的，也听不清谁得的是什么奖。

脚卵让我们在会场等着，过了不久，就领来两个人，都是制服打扮。脚卵作了介绍，原来是象棋比赛的第二、三名。脚卵说："这位是王一生，棋蛮厉害的，想与你们两位高手下一下，大家也是一个互相学习的机会。"两个人看了看王一生，问："那怎么不参加比赛呢？我们在这里待了许多天，要回去了。"王一生说："我不耽误你们，与你们两人同时下。"两人互相看了看，忽然悟到，说："盲棋？"王一生点一点头。两人立刻变了态度，笑着说："我们没下过盲棋。"王一生说："不要紧，你们看着明棋下。来，咱们找个地方儿。"话不知怎么就传了出去，立刻嚷动了，会场上各县的人都说有一个农场的小子没有赛着，不服气，要同时与亚、季军比试。百十个人把我们围了起来，挤来挤去地看，大家觉得有了责任，便站在王一生身边儿。王一生倒低了头，对两个人说："走吧，走吧，太扎眼。"有一个人挤了进来，说："哪个要下棋？就是你吗？我们大爷这次是冠军，听说你不服气，叫我来请你。"王一生慢慢地说："不必。你大爷要是肯下，我和你们三人同下。"众人都轰动了，拥着往棋场走去。到了街上，百十人走成一片。行人见了，纷纷问怎么回事，可是知青打架？待明白了，就都跟着走。走过半条街，竟有上千人跟着跑来跑去。商店里的店员和顾客也都站出来张望。长途车路这里开不过，乘客们纷纷探出头来，只见一街人头攒动，尘土飞起多高，轰轰的，乱纸踏得嚓嚓响。一个傻子呆呆地在街中心，咿咿呀呀地唱，有人发了善心，把他拖开，傻子就依了墙根儿唱。四五条狗窜来窜去，觉得是它们在引路打狼，汪汪叫着。

到了棋场，竟有数千人围住，土扬在半空，许久落不下来。棋场的标语标志早已摘除，出来一个人，见这么多人，脸都白了。脚卵上去与他交涉，他很快地看着众人，连连点头儿，半天才明白是借场子用，急忙打开门，连说"可以可以"，见众人都要进去，就急了。我们几个，马上到门口守住，放进脚卵、王一生和两个得了名誉的人。这时有一个人走出来，对我们说："高手既然和三个人下，多我一个不怕，我也算一个。"众人又嚷动了，又有人报名。我不知怎么办好，只得进去告诉王一生。王一生咬一咬嘴说："你们两个怎么样？"那两个人赶紧站起来，连说可以。我出去统计了，连冠军在内，对手共是十人，脚卵说："十不吉利的，九个人好了。"于是就九个人。冠军总不见来，有人来报，既是下盲棋，冠军只在家里，命人传棋。王一生想了想，说好吧。九个人就关在场里。墙外一副明棋不够用，于是有人拿来八张整开白纸，很快地画了格儿。又有人用硬纸剪了百十个方棋子儿，用红黑颜色写了，背后粘上细绳，挂在棋格儿的钉子上，风一吹，轻轻地晃成一片，街上人也嚷成一片。

人是越来越多。后来的人拼命往前挤，挤不进去，就抓住人打听，以为是杀人的告示。妇女们也抱着孩子们，远远围成一片。又有许多人支了自行车，站在后架上伸脖子看，人群一挤，连着倒，喊成一团。半大的孩子们钻来钻去，被大人们用腿拱出去。数千人闹闹嚷嚷，街上像半空响着闷雷。

王一生坐在场当中一个靠背椅上，把手放在两条腿上，眼睛虚望着，一头一脸都是土，像是被传讯的歹人。我不禁笑起来，过去给他拍一拍土。他按住我的手，我觉出他有些抖。王一生低低地说："事情闹大了。你们几个朋友看好，一有动静，一起跑。"我说："不会。只要你赢了，什么都好办。争口气。怎么样？有把握吗？九个人哪！头三名都在这里！"王一生沉吟了一下，说："怕江湖的不怕朝廷的，参加过比赛的人的棋路我都看了，就不知道其他六个人会不会冒出冤家。书包你拿着，不管怎么样，书包不能丢。书包里有……"王一生看了看我，"我妈的无字棋。"他的瘦脸上又干又脏，鼻沟也黑了，头发立着，喉咙一动一动的，两眼黑得吓人。我知道他拼了，心里有些酸，只说："保重！"就离了他。他一个人空空地在场中央，谁也不看，静静的像一块铁。

棋开始了。上千人不再出声儿。只有自愿服务的人一会儿紧一会儿慢地用话传出棋步，外边儿自愿服务的人就变动着棋子儿。风吹得八张大纸哗哗地响，棋子儿荡来荡去。太阳斜斜地照在一切上，烧得耀眼。前几十排的人都坐下了，仰起头看，后面的人也挤得紧紧的，一个个土眉土眼，头发长长短短吹得飘，再没人动一下，似乎都把命放在棋里搏。

我心里忽然有一种很古的东西涌上来，喉咙紧紧地往上走。读过的书，有的近了，有的远了，模糊了。平时十分佩服的项羽、刘邦都目瞪口呆，倒是尸横遍野的那些黑脸士兵，从地下爬起来，哑了喉咙，慢慢移动。一个樵夫，提了斧在野唱。忽然又仿佛见了呆子的母亲，用一双弱手一张一张地折书页。

我不由伸手到王一生书包里去掏摸，捏到一个小布包儿，拽出来一看，是个旧蓝斜纹布的小口袋，上面绣了一只蝙蝠，布的四边儿都用线做了圈口，针脚很是细密。取出一个棋子，确实很小，在太阳底下竟是半透明的，像一只眼睛，正柔和地瞧着。我把它攥在手里。

太阳终于落下去，立即爽快了。人们仍在看着，但议论起来。里边儿传出一句王一生的棋步，外面的人就嚷动一下。专有几个人骑车为在家的冠军传送着棋步，大家就不太客气，笑话起来。

我又进去，看见脚卵很高兴的样子，心里就松开一些，问："怎么样？我不懂棋。"脚卵抹一抹头发，说："蛮好，蛮好。这种阵式，我从来也没有见过，你想想看，九个人与他一个人，九局连环！车轮大战！我要写信给我的父亲，把这次的棋谱都寄给他。"这时有两个人从各自的棋盘前站起来，朝着王一生鞠躬，说："甘拜下风。"就捏着手出去了。王一生点点头儿，看了他们的位置一眼。

王一生的姿势没有变，仍旧是双手扶膝，眼平视着，像是望着极远极远的远处，又像是盯着极近极近的近处，瘦瘦的肩挑着宽大的衣服，土没拍干净，东一块儿，西一块儿。喉结许久才动一下。我第一次承认象棋也是运动，而且是马拉松，是多一倍的马拉松！我在学校时，参加过长跑，开始后的五百米，确实极累，但过了一个限度，就像不是在用脑子跑，而像一架无人驾驶飞机，又像一架到了高度的滑翔机只管滑翔下去。可这象棋，始终是处在一种机敏的运动之中，兜捕对手，逼向死角，不能疏忽。我忽然担心起王一生的身体来。这几天，大家因为钱紧，不敢怎么吃，晚上睡得又晚，谁也没想到会有这么一个场面。看着王一生稳稳地坐在那里，我又替他赌一口气：死顶吧！我们在山上扛木料，两个人一根，不管路不是路，沟不是沟，也得咬牙，死活不能放手。谁若是顶不住软了，自己伤了不说，另一个也得被木头震得吐血。可这回是王一生一个人过沟坎儿，我们帮不上忙。我找了点儿凉水来，悄悄走近他，在他跟前一挡，他抖了一下，眼睛刀子似的看了我一下，一会儿才认出是我，就干干地笑了一下。我指指水碗，他接过去，正要喝，一个局号报了棋步。他把碗高高地平端着，水纹丝儿不动。他看着碗边儿，回报了棋步，就把碗缓缓凑到嘴边儿。这时下一个局号又报了棋步，他把嘴定在碗边儿，半晌，回报了棋步，才咽一口水下去，"咕"的一声儿，声音大得可怕，眼里有了泪花。他把碗递过来，眼睛望望我，有一种说不出的东西在里面游动，嘴角儿缓缓流下一滴水，把下巴和脖子上的土冲开一道沟儿。我又把碗递过去，他竖起手掌止住我，回到他的世界里去了。

我出来，天已黑了。有山民打着松枝火把，有人用手电筒照着，黄乎乎的，一团明亮。大约是地区的各种单位下班了，人更多了。狗也在人前蹲着，看人挂动棋子，眼神凄凄的，像是在担忧。几个同来的队上知青，各被人围了打听。不一会儿，"王一生""棋呆子""是个知青""棋是道家的棋"，就在人们嘴上传。我有些发噱，本想到人群里说说，但又止住了，随人们传吧，我开始高兴起来。这时墙上只有三局在下了。

忽然人群发一声喊。我回头一看，原来只剩了一盘，恰是与冠军的那一盘。盘上只有不多几个子儿。王一生的黑子儿远远近近地峙在对方棋营格里，后方老帅稳稳地待着，尚有一"士"伴着，好像帝王与近侍在聊天儿,等着前方将士得胜回朝;又似乎隐隐看见有人在伺候酒宴,点起尺把长的红蜡烛,有人在悄悄地调整管弦,单等有人跪奏捷报,鼓乐齐鸣。我的肚子拖长了音儿在响,脚下觉得软了,就拣个地方坐下,仰头看最后的围猎,生怕有什么差池。

红子儿半天不动,大家不耐烦了,纷纷看骑车的人来没有,嗡嗡地响成一片。忽然人群乱起来,纷纷闪开。只见一老者,精光头皮,由旁人搀着,慢慢走出来,嘴嚼动着,上上下下看着八张定局残子。众人纷纷传着,这就是本届地区冠军,是这个山区的一个世家后人,这次"出山"玩玩儿棋,不想就夺了头把交椅,评了这次比赛的大势,直叹棋道不兴。老者看完了棋,轻轻抻一抻衣衫,跺一跺土,昂了头,由人搀进棋场。众人都一拥而起。我急忙抢进了大门,跟在后面。只见老者进了大门,立定,往前看去。

王一生孤身一人坐在大屋子中央,瞪眼看着我们,双手支在膝上,铁铸一个细树桩,似无所见,似无所闻。高高的一盏电灯,暗暗地照在他脸上,眼睛深陷进去,黑黑的似俯视大千世界,茫茫宇宙。那生命像聚在一头乱发中,久久不散,又慢慢弥漫开来,灼得人脸热。众人都呆了,都不说话。外面传了半天,眼前却是一个瘦小黑魂,静静地坐着,众人都不禁吸了一口凉气。

半晌,老者咳嗽一下,底气很足,十分洪亮,在屋里荡来荡去。王一生忽然目光短了,发觉了众人,轻轻地挣了一下,却动不了。老者推开搀的人,向前迈了几步,立定,双手合在腹前摩挲一下,朗声叫道:"后生,老朽身有不便,不能亲赴沙场。命人传棋,实出无奈。你小小年纪,就有这般棋道,我看了,汇道禅于一炉,神机妙算,先声有势,后发制人,遣龙治水,气贯阴阳,古今儒将,不过如此。老朽有幸与你接手,感触不少,中华棋道,毕竟不颓,愿与你做个忘年之交。老朽这盘棋下到这里,权做赏玩,不知你可愿意平手言和,给老朽一点面子?"

王一生再挣了一下,仍起不来。我和脚卵急忙过去,托住他的腋下,提他起来。他的腿仍是坐着的样子,直不了,半空悬着。我感到手里好像只有几斤的分量,就暗示脚卵把王一生放下,用手去揉他的双腿。大家都拥过来,老者摇头叹息着。脚卵用大手在王一生身上,脸上,脖子上缓缓地用力揉。半晌,王一生的身子软下来,靠在我们手上,喉咙嘶嘶地响着,慢慢把嘴张开,又合上,再张开,"啊啊"着。很久,才呜呜地说:"和了吧。"

老者很感动的样子,说:"今晚你是不是就在我那儿歇了?养息两天,我们谈谈棋?"王一生摇摇头,轻轻地说:"不了,我还有朋友。大家一起来的,还是大家在一起吧。我们到、到文化馆去,那里有个朋友。"画家就在人丛里喊:"走吧,到我那里去,我已经买好了吃的,你们几个一起去。真不容易啊。"大家慢慢拥了我们出来,火把一团儿照着。山民和地区的人层层团了,争睹棋王风采,又都点头儿叹息。

我搀了王一生慢慢走,光亮一直随着。进了文化馆,到了画家的屋子,虽然有人帮着劝散,窗上还是挤满了人,慌得画家急忙把一些画儿藏了。

人渐渐散了,王一生还有一些木。我忽然觉出手里还攥着那个棋子,就张了手给王一生看。王一生呆呆地盯着,似乎不认得,可喉咙里就有了响声,猛然"哇"的一声儿吐出一些粘液,呜呜地说:"妈,儿今天……妈——"大家都有些酸,扫了地下,打来水,劝了。王一生哭过,滞气调理过来,有了精神,就一起吃饭。画家竟喝得大醉,也不管大家,一个人倒在木床上睡去。电工领了我们,脚卵也跟着,一齐到礼堂台上去睡。

夜黑黑的,伸手不见五指。王一生已经睡死。我却还似乎耳边人声嚷动,眼前火把通明,山民们铁了脸,肩着柴禾林中走,咿咿呀呀地唱。我笑起来,想:不做俗人,哪儿会知道这般乐趣?家破人亡,平了头每日荷锄,却自有真人生在里面,识到了,即是幸,即是福。衣食是本,自有人类,就是每日在忙这个。可囿在其中,终于还不太像人。倦意渐渐上来,就拥了幕布,沉沉睡去。

我是少年酒坛子

孙甘露

引言

你知道是谁在背后打量你?（语出《米酒之乡》）

场景

那些人开始过山了。他们手持古老的信念。在一九五九年的山谷里。注视一片期待已久的云越过他们的头顶。消失在他们将要攀登的那座山峰的背后。渐渐远去。等候他们爬上顶峰。再一次从高处注视。消散或者在天边隐去。然后。为这座山峰命名。（I）

他们最先发现的是那片滑向深谷的枝叶。他们为它取了两个名字。使它们在落至谷底能够相互意识。随后以其中的一个名字穿越梦境。并且不致迷失。并且传回痛苦的信息。使另一个人迷。守护这一九五九年的秘密。（II）

他们决定结束遇见的第一块岩石的。回忆。送给它音乐。其余的岩石有福了。他们分享回忆。等候音乐来拯救他们进入消沉。这是一九五九年之前的一个片断。沉思默想的英雄们表演牺牲。在河流和山脉之间。一些凄苦的植物。被画入风景。（III）

那些想过河的人下山过河去了。他们渴望水的气息。他们将不得休息。山上的人们想。犹如思考罪孽。他们中间的谁开始衰老。因为他想比自己活得更久。于是耻辱四散开来。安慰所有下山的人。这就是一九五九年的信心。（IV）

他们中间的某人看见了下面的街道。那人正急着内省。不打算告诉别人。所有的人。当然最先是他本人。错过了醉心于平凡事物的喜悦。他们的艰难的感情历程将无以呈现。他们观看这源泉喷涌。他们无力为之所动。在静观中消失得无影无踪。这是一九五九年的馈赠。（V）

人物

我为何至今依然漂泊不定,我要告诉你的就是这段往事。今夜我诗情洋溢,这不好。这我知道。毫无办法,诗情洋溢。今夜我,就是这个样子。装作醉了的样子。其实我没喝酒。打开书本。你的、我的、他的。找找有没有我这个样子的,当然找不到。我这个样子,醉成这个样子,当然找不到什么可以做样子。

我的世界,也就是一眼水井,几处栏杆。一壶浊酒,几句昏话。

我在一个炎热的夏季傍晚（确切的时间是百年中的某一天）会见一位表情忧郁体力充沛写哀怨故事的自称诗人的北方来客,在鸵鸟钱庄（它从前酒旗高悬）完成了这段如那个阿根廷盲者所指出的那类习惯性的回忆。

故事

草席似水,瓦罐如冰。

钱庄内极为阴暗潮湿,如同我满脑子的胡乱念头。

　　曲尺形的柜台光可鉴人,那位长相如同鸵鸟的掌柜生就一副骇人的容貌,那神情介于哲人和鳏夫之间,既有沉溺于思辨的惬意的孤寂,又有因谙熟于逝去了的男欢女爱而特有的敌意的超然。

　　鸵鸟径自朝我们走来,将两只瓦罐放在桌上。忽然直勾勾地抓起我的胳膊:"喂! 肤色有点异常呀! 这可不会是喝酒喝的。"说完,他就把鼻子移到柜台后面,不再吱声。

　　我们没有得到下酒的小菜。据邻桌一对表情暧昧的人声称,谈话,就是这儿下酒的菜。众人鸡啄米般地捣着凑得极近的头,频率极高得谈论着什么。我和诗人竖起耳朵仔细分辨,俄顷,所有的人都停止了谈话,将脑袋转向了我俩:"喂! 谈话! 谈话! 喂! 你们! 你们自己谈话!"在我们周围是一片吵吵嚷嚷,"你们,别想用旁人的谈话下酒。新来的笨蛋! 一对笨蛋! 两个! 两个! 笨蛋!"众人的嗓音里流溢出醉意的自豪。

　　"酒喝得是否尽兴,全看谈话是否适宜于下酒喽!"在语尾家喽字的人,两手麻利地洗着纸牌打我们桌边踱过。

　　"我们试试吧?"诗人捧起瓦罐询问道。

　　"那么,也好。"我斜眼瞧瞧柜台后面的鸵鸟,"你来南方之前都做些什么?"

　　诗人将鼻子仰到椅背上,做出一副很优雅的样子,高声说:"我把自己藏在家里。你应该懂得,北方是个卧虎藏龙的地方。"说罢,他神气地扫了一眼钱庄内的人。

　　鸵鸟的脖子不动声色地竖着。

　　"在我们南方,大家伙都待在街头上的。"我嘀咕道。他伸出右手焦黄的食指,意思切中要害:"不能因为你在街上,就说大家都在街上。"

　　"那么,有人来寻找或者拜访你吗?"我慌忙岔开话题。他和蔼地解释道:"一旦有人招上门来,我们就倾巢而出。反之,我们就把自己藏起来。"

　　"你们是藏在一起,还是四散东西?"我揣测,这是时下北方流行的一种游戏,便试图得到一些基本的规则,好在南方率先玩起来。

　　"藏无定法。"诗人的食指当当地敲着瓦罐,"或三五成群,或单调一室。或于显眼处藏身,或于幽暗处现形。不藏即藏,藏即不藏,聚即散,散即聚……"

　　他那梦语般入迷的低述,他那飘忽的神情,似乎不断地在恳请慰藉。他那引人遐想的语调,给人一种惊讶不已的愉悦之感。

　　"我们在我们的个人生活与他人的书籍之间自由出入。"诗人补充道。

　　我不明白他回忆的是什么人物,我只是认为他想表现他的诗人气质。

　　他的目光总是越过你,即使他非常爱你,他还是要越过你。就像越过随水而出的舟楫。他的目光总是那么迷离,仿佛他总是迎风而立。

　　他总是在朗诵,谈话就如一首十分口语化的诗作片段。不断切入,走向不明,娓娓道来。谈话是片断的,是非吟诵的。总之,他是不真实的,而又是令人难忘的。

　　"你到南方是来参加季节典礼吗?"

　　"不,我是来参加嘲讽仪式的。"

　　在我们谈话的时候,时间因讽拟而为感觉所羁留。鸵鸟钱庄之外是被称作街景的不太古老但足够陈旧的房屋。是紧闭或打开的窗,是静止不动或漂拂的窗帘,是行走或伫立的人群。

　　诗人一气喝干了他的瓦罐:"在梦与梦之间是一次典礼和一些仪式。而仪式和雨点是同时来临的。在传说中,这是永恒出现的方式。"

　　我估计,他是在力图重建一种诗歌环境。

　　诗人用食指蘸了蘸滴在桌边的酒渍,在桌面上用力划道:"圣水之边,芭蕉尾际。喟叹时刻,松枝时节。"

　　"送你啦!"

　　他揭示事物的方式令人联想到那些过寄生生活的人。他们优雅而疲倦。他们活动于他们臆想的空间,他们不吝啬时间,而又对流逝的岁月耿耿于怀。他们总是纠缠于情感的细枝末节,总是在大众的尾部说三道四。

"例如，"诗人嗓音圆润，"一个从早至晚四处串门的人和在南方弄堂或者北方胡同里散布流言飞雨的人，这两者之间的细微差别，使他们之间难以相互辨认。假如我明智到能以调侃的语调，轻松地谈论在门后或院脚的小凳子上刻苦手淫的男人，我势必如梦游者般掠过那些在傍晚或午夜隐于街角或门洞里谨慎接吻的人的非凡想象。如果我急需诗意来为整日价懒在床上不起来的人辩护，只消提出从未谋面的在背阴处或拐角处吹口琴的不知疲倦的人来。就足以使嗜睡者和耽于冥想者和谐地统一起来。倘若一年四季对镜梳妆却从不出门的女人值得我们一年四季留心窥视。那么，端坐在阳光下的圈手椅里读各种报纸的老人的内心生活更加无从揣摩，假设我能够体味摆弄钟表的男人的乐趣的万分之一，我就有足够的胆量对不停地打扫房间的人的超常洁癖做耐心到庸俗的归纳。"

诗人说得起兴，一边示意鸵鸟添酒一边绕桌踱起四方步来。

"是的，我沉浸在一种疲惫不堪的仇恨之中，我的经历似乎告诉我唯有仇恨是以一种无限的方式存在着的。这一发现使我对仇恨充满了仇恨。这让人既难过又高兴。仿佛有一种遗世而立的美感。"

"我在一部介绍牧游民族的电影中见到过你的祖先，"我借着酒意，异想天开而又小心翼翼地对他说："你的祖先浑身披挂，很是窝囊。他们骑的是一种类似萝茜难得的瘦而高的吃苦耐劳的马。我记得解说词里提到豪迈，自由之类的字眼。"

"那一定还提到了酒和女人，失意和孤独，这些字眼有着天然的联系。"诗人满不在乎地随口说道。

邻桌的饮酒者似乎对诗人张张扬扬的言谈举止并不在意。我开始怀疑诗人用这番谈话下酒是否得当，诗人一手提着瓦罐，一手在空中比划着。他历来如此？还是由于初来乍到？或许是诗人全都是如此饶舌。

"对我来说，韶华已逝，将苦涩的回忆转变成流畅的文字，已经不能抚慰际遇带来的创痛。世界艺术地远去，我和我的诗句独自仁立。我已不知星夜宁静与否，只是感到总是无所事事。我的年纪告诉我，风走风来只是拆散句子。我的表情令人失望地松弛，诗句堤岸在我的笔下等候，离散或者重逢，爱一次或者渴望另一次。"

"喝了我的酒全这样。"鸵鸟在柜台边满有把握地说。

"酸！酸！酸倒大牙！酸倒最大的牙！"玩纸牌的人在钱庄内穿梭往返，不停地嚷嚷。

"你看，"诗人自信而又无可奈何地说："我必须抑制我的随想式的思绪，我必须重新投入谈话，就像投入一场满怀疑虑的谅解。在这种充溢着疑虑的谅解里，一个男孩于是永远也不会成熟的。他感觉到，他似乎永远沉溺在疲倦而悲戚的对成熟的记忆之中。在这类漫无止境的讨论中，成熟有了一种不断迫近来的窒息之感，令人隐隐地感到幼稚从始终由潜在的幸福陪伴着这着。它导致了拒绝成熟。这样的性格，使人在整个一生的大部分时间里必须单独面对自己，面对一种自我封闭的诗意的孤寂。"

"酸有酸的理！酸有酸的理！"伴随着嚷嚷的是稀里哗啦的洗牌声。

"我不妨谈谈我的父亲。"这会儿我才看出诗人的固执来，"他以一种自称的不加影响的方式影响他儿子的整整一生。我们父子利用散步的时间吵架，在饭桌旁怄气，在肤浅的睡眠中诋毁对方。唯有在对待女人的感情问题上，我们父子具有惊人的一致。他教导我，女人近似书籍。读自己的书有一种熟悉的陌生感，而读别人的书则有一种陌生的熟悉感。依我而言，女人和书籍一样，都以隐秘来遮掩乏味的陈旧。"

"因饮酒而论至女人，这是规律，今日看来诗人也不能免。"玩牌的人这会儿也不嚷嚷了，饶有兴致地挤到桌边。

诗人鄙夷地扫了他一眼，继续道："在我的少得可怜的诗作中，有一半是写给女人的，而其余的则是因女人而写的。"

"拿来瞧瞧！"玩牌的人插言道。

"在我看来，我的诗句，有点近似通俗音乐会的节目单，有一种热热闹闹的赏心悦目之感。而我的实际的爱情生活是由一连串互不连贯的始于温情止于咒骂的短小故事组成的。"诗人再次以一个鄙夷的眼光止住试图插嘴的玩牌人，以九九归一的语气作结："有一天，谁敢说他了解女人，他就要犯错误了。"

"没劲，没劲。"玩牌者打条凳上跳开了去，"此君是个阉人，既无花前柳下，又无肌肤之亲。没劲透了！没劲透了。"随着依然是哗哗的洗牌声。

谈话就是这样闪闪烁烁地进行。仿佛在下语言跳棋，扭来拐去的。又仿佛是暖胃的米酒，在体内流畅而又曲折。

"人是不是应当更多地和自己谈谈话呢？要真是如此，一个人会不会因为对自己过于了解而感到厌烦呢？"我已完全为侃侃而谈的诗人所折服。

"保持距离就是保持感觉。你对人对己都太热乎喽。而我不同，像我这样的人，距离和感觉都是有害的。我就是要跟人热乎。对我来说，最为重要的就是热乎。随后才轮到判断和回顾，才轮到惋惜和惆怅，才轮到追悔和哀痛，或者其他别的什么。岁月告诉我，必须委婉地进入生活。"

我正听得入神，忽听玩牌者在门旁叫道："下雨啦。"

众人静了下来，这会儿我听清了，除了洗牌声之外，还有雨声。

我在酒中想象。一架钢琴在演奏旋律，乐队则像在远处应和。乐曲奏至一个短暂的休止，就跟刚好洗完一副牌，窗外的雨声一下子拥进屋内。徐缓奏起的弦乐仿佛湿漉漉的，而钢琴晶莹的走句就像是水滴。

"雨是很短暂的。"诗人沉稳的声音打断了我的臆想。

"这还不如说人的印象短暂。"

"你那么年轻，那么富于诗意地谈论着想象的短暂，你是什么样的年轻人呀，这些如此沉重的字眼是如此轻易地打你的唇间吐出，难道你凭借想象的光芒一下子飞抵了岁月的最深处，而我要到什么时候才开始迈近它？让我更快地老去吧，既然我无法以年轻的姿态走近你，那么就让我在岁月的最深处与你会晤。"

听诗人的意思，似乎还有一次以谈话下酒的经历在什么地方等着我。只是不知那儿有没有玩牌者。

从诗人瘦削的脸上我感受到他是那么沉迷于深秋的凉意和傍晚的光线充足时，那种转瞬即逝的温暖。因为他正就他的诗作中出现最多的秋天这个词或者有关秋天的场景和意象而沾沾自喜。

"我少年的时候，总是设想以一种平凡的方式死在一所美丽的花园里，周围是缠绕的藤萝和垂荡的柳枝。我把植物当作一种象征。有一天我是否可以把自己的尸首编入哪本植物志的某一页中，让自己在易于腐烂的东西中间寻求安恬的归宿。"

"我们这儿还有一座这样的花园。"鸵鸟在柜台后面也冷不丁插了一句。

"有一座！有一座！"玩牌者带头应和着。

我得给这位北方来客解围："喂！"我起身嚷道，"我要尿一尿啦！"

"我们这个钱庄造在一块坡地上，你随意啦。水往低处流嘛！"

诗人霍地立起，很有名士风度地扬扬手："随我来。"

我夹紧两腿，随诗人进入一条狭长的回廊。向花园走去。

"我们总有无穷无尽的走廊和与之相连的无穷无尽的花园，岁去年来，这类漫步与行走演绎出空穴来风般的神力，而异香熏人的花园则给人一种独寝花间、孤眠水上的氛围。行走和死亡同样妙不可言。"

"我可是要尿了！"我催促道。

"不忙。"诗人一路踱来，兴意益然，"你看，"他突然顿住脚，"这是什么？"

在雕梁画栋的回廊尽头分明是一枚闪闪发光的铜币。

"稀罕之物！"

"这里是钱庄嘛！"我大不以为然。

"我在北方多年，未曾一见，真是不虚此行呀。"说话间神采奕奕，换了个人似的，"我们应当听个响。"诗人抬手将铜币掷向透过花园的杂木乱树斜射而来的夕阳中。

我们用较温和的语气探讨了一番铜币的铸造年代，诗人断定，这类在碎石道上一蹦五尺高的铜币，一准铸造于生平年代。而我则倾向于梦游时代的晚期。

就在这当口儿，铜币忽然带着叮当的响声朝坡下飞去。我正犹像，诗人已率先向坡下追赶而去。

诗人跑起来，两臂前后摆动，仿佛在晚霞的余光中划着一艘孤独而华丽的龙舟。我跑起来则比较拘谨——因为夹着尿。不一会儿，我便落下许多。在家乡的坡道上，我苦苦追求的形象，幻景般地令我自己感动不已。

"喂。我说你呀！赶路要谦卑，不要超出单纯的界限。"玩牌者不知什么时候也来到雨后的泥地里溜达。他一边杂耍似的洗着牌。一边从嘴里吐出黏糊糊的瓜子壳。

就这会儿工夫，诗人已跑得无影无踪。

一个卖春药的江湖骗子用骨瘦如柴的胳膊驱赶着从他那口黄牙间飞出的唾沫星子，同时向空中撒出一把铜币："为了爱情。你们应该这样花钱。"他榜样般地伸长了青筋凸起的脖子，"严格地说，"他劝谕道："我是一个媒人。"

"你看见一个诗人了吗？"我上前问道，"一个追赶铜币的诗人。"

"你是说诗人？他已不再追赶铜币，半道上，他随几个苦行僧追赶一匹发情的骡子去啦！"

我没想到诗人这么快就放弃了追求的目标，我几乎看到石板道旁草根的苦香，吸引着骡子和苦行僧和诗人一头扎进了十二月的竹林。

我出身贫寒，绝无御风而寒的韵致，更何况那枚引人注目的铜币此刻已经滚到了坡道的尽头。在那儿的一长排妖媚的柳树之下，地摊上的棋手们杀得正酣。铜币刚好弹至一位下棋的盲者眼前。那盲者恰好走了一招妙棋。得意地一伸腿，神助似的将铜币踢入道旁的阴沟里了。

诗人此去再也没有回来。显然，我只是他南方之行的一个微不足道的插曲。

夜晚已经不可避免地来临。我想，我是这月光下唯一的夜行者了。倘若我愿意，我还可以面对另一个奇迹：成为一只空洞的容器——一个杜撰而缺乏张力的故事刚好是它的标志。

尾声

放筏的人们顺流而下。

傍水而坐的是翩翩少年时渔色的英雄。

冈底斯的诱惑

马　原

当然，信不信都由你们，打猎的故事本来是不能强要人相信的。

——拉格洛孚

一

我知道这么晚来找你你要骂我，要骂你就骂吧。这次我是非来不可，知道要挨骂我还是来了，我说你到底开不开门？啊?! 下雨呢，我不骗你，你到窗前来听听。不是我屙尿，一泡尿哪有这么长久的？哎哎，起来嘛。真的有要紧事，天字第一号重要的大事，是世界最大的事。快开门，我都给淋透了，我打哆嗦呢。别装睡了，我停自行车你才关灯的，你知道我又来找你了。不是扰你，是真有事，真的。

我也是刚刚听说，听了就睡不着了，我激动得心里一个劲儿发抖。这事太重大了，我不能站在雨地里隔着门板告诉你，隔墙有耳。谁故弄玄虚?! 骗你是那个。哎呀！我三十来岁的人跟你起誓还想怎么的？我直说了吧，是叫你参加我的探险队，我是组织者也是队长，还有个顾问。我们需要几条枪，两架好一点的照相机，几个有胆子的汉子。你是我头一个想到也头一个来相邀的。我知道你是个有种的。我看过关于你和你弟弟的那篇传奇故事，陆高是那些血性男儿的偶像——你看我在当面捧你了，本来我讨厌这样。我们认识十年，时间不算很短了，我没有当面说过你一句好听的。现在我来找你，你不开门我才说了这句话。也许你以为我也是个姚亮吧。是又怎么样呢？虽然我不是。姚亮讲了关于你和陆二的故事，姚亮使我们知道了你，为了这一点我感谢姚亮。

可我一直闹不清楚，姚亮为什么要说——《海边也是一个世界》呢？我不明白这个也字是什么意思。莫非姚亮早知道陆高将来要上大学？知道你大学毕业要到西藏？知道注定还有一个关于陆高的故事：《西部是一个世界》不然为什么姚亮要说：海边（东部）也是个世界呢？姚亮肯定知道一切。天呐，姚亮是谁？

二

这是穷布。穷布不会说汉话，而你们不会说藏话。你们喝茶。晚上我刚把这件事讲给姚亮（为什么又是姚亮），他就向我讲了你和你那条狗的故事，那是个很动人的故事。我们还是谈眼前这件事。你们连夜来了，说明你们很激动，我也一样。我五十岁，常言道已经是知命之年，我是老十八军的，五零年进藏，不用细算你们也知道有三十三年了。进藏的时候我还是个小鬼，刚穿上军装，穷布你喝茶。不，我不想回去。第二次内调名额就有我，我不打算回去，我要求留下了。我有胃病，没有老伴儿，我没结婚。你们看，头发也快掉光啦，说好听一点要叫谢顶，其实我知道人家背后叫我什么。大秃瓢儿。人到这个年纪叫什么也没有关系。我在这习惯了，这里安静，可以完全不受干扰地看书写东西。我知道你们笑我，笑我是个徒有虚名的作家。是的，我有很多年拿不出作品了，我的剧本都是五十年代的，用你们的话说是唱颂歌的。我文化水平很低，当兵前只读过三年私塾，当兵以后又补了补文化课。我也是穷人家出身，是共产党把我教育成人，我当然要为共产党唱颂歌。这是心里话。喝茶。

我不抽烟,也没预备烟来招待你们。我知道现在的年轻人都抽烟。刚才扯远啦。在自治区里,我也算个所谓老作家了。是年龄老了,作品可不多。开始在部队文化工作队编节目,相声快板书都搞过,是关于部队生活的。后来搞过一个独幕剧,得了军区文艺汇演二等奖。转业以后就留在自治区文化局当创作员,也完成了一个三幕剧,那是五七年的事。七百年谷子八百年糠,都是老仓底子。这些年,除了日记我什么都没写过,说来你们也许不信,我连信都没写过。没有人好写,小时候爹妈就都死了,还有个姥姥不识字,我从小跟姥姥长大。你们看,这些年写了十三本日记,没有社会上的大事,都是我个人的琐碎事。我不愿意找麻烦,谁知道哪次运动搞到我头上,抄家给抄去可就不是闹着玩的了。

前年我收拾旧东西,找出张国华军长和我们文工队的合影照片,也找出那张奖状,我觉得该写点东西了。我这些年白吃了人民的粮了。我又开始写东西,可是不知道写什么,我过去写的是剧本,我还是想写剧本。那不,搞了两年还没有眉目。我写了七遍稿,连自己也不满意,也许还要写七遍。这是我这辈子最后一部作品了,我力争写好它,我写的是强曲坚赞。是历史剧,我很喜欢这个藏民族的英雄。他是元朝皇帝册封的大司徒。这些年我唯一的收获是学会了藏语藏文,接触了藏族各阶层的人,大贵族,热巴艺人,农民,牧民,商人。我在各阶层人士中都有朋友。穷布是我猎人中的朋友,是个典型的西部硬汉。我征求了穷布的意见,他同意我把这件事讲给几个可以信赖的青年朋友。姚亮是队长,穷布是第一个队员。

三

你就生在那山里。山势多半是平缓的,只有地衣和矮棵的几种叫不出名字的植物是标志季节变化的自然色彩。平缓的山坡覆满地衣。每当六月份地衣开始泛绿,山也就变成一派青翠。过了十月地衣重又变得褐黄,山又恢复了它本来的颜色。谷地是碱土,既然是碱土作物就不能愉快地生长,所以小片靠地是不能养活大群牲畜的。你和父亲一样靠山吃山。草地上最多的是老鼠,老鼠洞一个挨一个,你掮着枪走过草地,老鼠们一个个缩进洞子向你挤眉弄眼儿。你从不因此生它们的气,你和它们一样世代在这里繁衍生息,你们自然相安无事。

草地和不长草的碱滩通常给一些弯弯曲曲的涓流分割开,谷地因此逐渐丰饶。是流水洗涤了土里的碱,使碱地逐渐变成草地因而养育了牲畜。你常在两道溪水之间和野兔遭遇,你的火枪从来都是斜挎在左肩,你只对它们会意地吹吹口哨。

更多的时候你逆流而上,在黄褐或者青绿的山岗缓慢地踱步。你当然不是陶醉在高地的景色当中,你是冈底斯山的猎人,你是山的儿子。你不是不知道麝香很值钱,可以卖好多钱换好多子弹,可是你为什么看着那只漂亮的雄獐在你近处疑神疑鬼地走过,你甚至连枪也不碰一下?你的火枪从来都是装满火药和铁蒺弹的。你对雄獐肚脐这块珍贵的药材完全不感兴趣吗?山坡是一直向上的,看上去覆盖雪顶的山巅并不算高,像就在前面不远处。你知道那只是由于这里空气稀薄能见度太好的缘故。你是这山的儿子,你从来不曾到过这山最高处,从来没有人到过。那块在阳光下自得耀眼的所在远着呢,而且其间充满凶险和神秘,特异的气候和雪崩,还有深不可测的冰川裂缝。你知道这些,这是座神山,这是冈底斯主脉上的一座。在这块地球上最高也是最大的高地上,虽然没有葱茏繁茂的森林草地,却同样生息着更有活力的生物。人是其中最聪明的,也有小动物和各种猛兽。你是猛兽的天敌正如你父亲一样——然而你父亲还是死在他斗了一辈子的猞猁的爪下。你从小就记下了你父亲的话,"有棕熊和雪豹,有最凶恶最狡诈的猞猁,那些小家伙们已经够难的了。我们不要再去打扰它们。我们还是来对付棕熊雪豹和猞猁吧。"你因此在接过你父亲的枪成为一个正式猎手之后没打过任何小动物,哪怕是人们讨厌的狐狸。对狼你是不客气的,但你更有兴致的是更凶残的熊豹猞猁这些猛兽。那些远在拉萨的皮毛贩子以及更远的来自尼泊尔、印度的商人都知道你,都来到这大山里找神猎手穷布。

三百颗火枪弹壳等于一张老棕熊皮,一个熊胆是一对象牙手镯,四只熊掌换三大把铁蒺弹。你腰上那柄镂花银鞘藏刀是刚刚咽气的黑花白底大尾巴雪豹。那豹子是你平生见过的最大的一个。当它从十几步远一块石头向你迎头扑下,你沉住气完全不躲闪,对准它两条前腿中间的又软又白的长毛扣了扳机。它在空中毙命,在死时也仍然是斗势扑下来,死豹的前爪击伤了你的额头,使你脸上留下大块标志勇气的伤疤。

那个早讲好价的贩子就在村子里等你。那把刀实在太漂亮了，你心里说要两头豹子我也答应。你不知道，那贩子可以用豹骨去换三把同样的刀子，不要说还有豹皮和豹肉了。那是头像虎一样大的雪豹啊！

我不说你猎熊的故事，有那么多好作家讲过猎熊的故事。美国人福克纳，瑞典人拉格洛孚，还有一部写猎熊老人的日本影片。可是村里人，邻村人都不会忘了你是怎样治服了那头使百里震慑的山地之王。那是你一生最辉煌的时刻。那张熊皮你留下了，盖满你石砌的小屋整整一面墙壁。你不会忘了两个伙伴给它拍成肉团，你不会忘了二十天追击的疲惫和放松。我说了我不说你猎熊的故事。

你和你父亲不一样，你父亲一生和猞猁打交道，而你似乎更喜欢熊。你没有继承父亲那熊一样硕大的体魄，也许因此你喜欢熊。你深知这些看上去笨拙的巨兽其实聪颖灵巧，这次你开始以为还是一头棕熊。只有熊才这样；你这样认为，那些喊你来的牧民也这样认为。他们是把你当作猎熊人请来的。

"这头熊好大，有这么高。"

说话的人用手臂高扬起比画着，唯恐不能说清熊的高度又翘起脚跟。他是很老实的牧牛人，他给熊吓坏啦。你这么想。

"它很瘦，可是力气特别大，手掌也大。"

他是给吓坏啦。你比他更清楚熊和熊掌。

"开始我听见牛群发惊，我心里也突然害怕了。我从地上拿起火枪往四下看。等我看到它已经晚啦，它从老远的地方不知怎么一下就到了我眼前，我的枪口还没抬起来就被它抢去了。我看得清清楚楚，它手指比我手指长这么多；喏，有这么长。"

他用自己的手比量着，说那熊的手指有他手指两倍那么长；他是吓坏了，这个老实人。

"它跑得太快啦，从老远一下就到跟前了——我完全来不及把枪口抬起来瞄准；"

他是怕别的牧羊牧牛的伙伴们笑他胆小，他吓坏啦，也难怪他。你比这些牧人更知道熊是怎么跑的，追击的时候和被追击的时候。

"它力气真大，把我的火枪像一根干树枝似的折断了枪柄。连枪管也弄弯啦。"

你不想要他把折断枪柄的火枪拿来看看，你知道他没有，他会说给那长着长手指的熊扔掉了，你知道他准会这么说。然而他返身到帐篷里把折断了枪柄弄弯了枪管的火枪拿给你，当时你的确惊愕了，完全没料到会是这样。你是个有经验的猎熊人，你马上找到的解释说明你是有经验的。是熊把火枪在石上砸断的。熊最恨火枪。你没有把这解释给他听，你不想使他脸红。并不是每个人都不怕熊的，害怕不是什么过错，是他自己觉得见不得人才编出这许多神话的。你知道熊，你从心里宽宥了他。

他也讲了那熊奇怪地没有伤害他。

"它不再理会我，转身冲进牛群，抓过我最大的一头牦牛的角。那牛角又粗又长，那头牛哞叫着用力挣扭着牛头，我心里想它也许会顶穿那熊的肚皮。可是我当时几乎吓死啦！它一扭索性把牛扭倒了，它显然动了气。这次它干脆拽住牛的两支角用力掰，它居然把整个牛头掰成两半！白花花的脑子和血掺在一起顺着脖子淌下来，一个有小拳头那么大的眼珠也挤出来啦，我简直吓死啦，我就一边站着看着。"

你不知道他为什么编排这些话讲给人们，这是你认识的牧人里最多话的一个。他看上去很老实，牧人一般都不多话。

"那牛有六七百斤，我肯定有六七百斤。它拽过两条后腿往身上一搭就背走了，掰成两半的牛头牛角垂在它屁股后面，血和脑子滴滴嗒嗒往下淌，它一点也不在乎。

"半个月以后，平措在一个崖下看到那个掰成两半的带角的头骨，看到脊骨腿骨都给弄断了，骨油也给吃干净了。"

你不是他找来的，他讲的也都是前两个月的事。他是作为目击者讲这头又瘦又高长着长手指的熊。据他说它从不爬行，一直都是直立着行走的，而且奔走起来连看都来不及。他不是唯一的目击者，在这以后两个月里看到这熊的有四个人。

"就是像他说的，那熊跑起来真快，一眨眼的工夫就到跟前啦，真的真快。我还没明白怎么回事，它一下抢过我手里赶羊的棍就折断啦。它像来时一样一眨眼就去了；它有那么高，直着身子。一下就不见啦。"

"过去这地方也闹熊，就没看过这么瘦的熊，又瘦又高，还长着那么长的手指头。开始年轻人说，我没信他们。这一辈子熊我见多啦，我要不是亲眼看着说什么也不会信的。那天半夜狗突然乱叫成一团，我听声音不对，就出去了。快七十岁的人我什么也不怕，我知道准是又闹熊啦。那天有月亮，熊就在羊栏跟前。透着月亮我看到它伸出长指头，我就没看过长着长指头的熊，就像大手似的，它也看见我出来了，它抓起羊就走啦，一点也不着急，不像他们说的跑得那么快。它太瘦啦，准饿坏了。"

四

现在要讲另一个故事，关于陆高和姚亮的另一个故事。应该明确一下，姚亮并不一定确有其人，因为姚亮不一定在若干年内一直跟着陆高。但姚亮也不一定不可以来西藏工作啊。

不错，可以假设姚亮也来西藏了，是内地到西藏帮助工作的援藏教师，三年或者五年。就这样说定了。读者已经知道陆高分在地区体委做干事工作。体委隔壁是经计委大院，陆高有时到隔壁办一点杂事，他因此知道这院里有个非常漂亮的藏族姑娘。他只知道她是这院子里的，至于她在哪个科室具体做什么工作他不知道也没打听过。我猜他是不好意思，一个小伙子没道理到一个地方就打听周围的漂亮姑娘。陆高三十岁了，他平时胡子头发乱糟糟的，其实如果收拾打扮一下他是蛮漂亮的。一米八十几的个子……我不在他的相貌上兜圈子了，不然读者肯定要认为这是个爱情故事（理由很明显：先有个漂亮姑娘，然后再说小伙子也蛮漂亮，不是么？）。声明不是爱情故事。

姚亮有时到陆高单位来，也发现了她。

"我说那姑娘怎么那么白？是你们体委的吗？这么白的藏族姑娘我还是头一次看见。你看那双耳环把耳唇都拉长了，准是翡翠的。听我姥姥说，好的翡翠耳环比金的还贵重，我姥姥说……"随他姥姥说什么吧。

也算有缘分，经计委礼堂演电影，主任给经计委办公室打电话要了几张票，别人都不在，只好由陆高去取一趟。正巧那姑娘在办公室。

"主任出去了。你有什么事么？"

"是这样，我是体委的，隔壁……"

"我知道。你是新来的大学生，你是来取票的。你坐嘛。"

"呵，不了，你们主任……"

"你从哪儿来？他们说你是东北的。"

"辽宁。你是藏族……同志？"

说得可谓婉约了，点头首肯。

"你普通话说得挺好的。"

"我在北京读了七年书。你坐嘛。"

这时陆高来得及看清她细长的眉，她的鼻子尤其漂亮，看得出她是施过淡妆的。她的头发束到头顶用一个很大的银发饰别住，使挂着绿耳环的小耳朵格外醒目。她的确美，嘴巴很小，嘴唇也很薄。脖颈也是细细的长长的。她很瘦，加上过臀的紧身雪青色毛外套和牛仔裤配衬，显得就格外瘦削。她话不多也庄重，可是陆高觉得心慌，觉得她略凹的瞳仁里还有什么话要说。陆高觉出了自己的变态，觉到了过去没有过的窘迫，他接过票告辞离去了。

有时候我们说某人漂亮；有时候也说某人比某人漂亮（当然前提是后者必须公认漂亮），这样说的时候容易引起争执，因为各人的审美标准不甚相同。比如张瑜、陈冲、刘晓庆，到底谁最美？五个人起码有三种结论。这藏族姑娘到底有多美陆高也说不清，反正他觉得她够美的，他觉得比以上三位比另外一些演员都要美一些。丛珊？殷亭如？真由美？

他想不好。他想也许她该当演员。

那以后他和她算认识了，如果走对面要碰额头的时候她准会款款一笑，他拿不准她的会说话的瞳仁说的什么（对不起？你好？），他知道该有所反应就条件反射似地点点头。

姚亮提议去看天葬，这没有说的。陆高看过一组天葬照片，六十几张，一男一女两位老人。天葬是藏族独有的丧葬方式，很神圣。死去的人由亲属陪送到天葬台，由天葬师在曙色到来之前把死者肢解成碎块（包括骨头），然后点燃骨油引来鹰群；当第一线曦光照上山梁，死者已经由神鹰带上天庭了。这是庄严的再生仪式，是对未来的坚定信心，是生命的礼赞。肢解尸身的过程是在天亮前进行的，照片不甚清晰，然而还是可以看到被肢解的尸块内脏。正如医科学生第一次参加解剖尸体，看了照片后有两天陆高吃东西就呕，不过仅两天就过去了。陆高知道自己和其他人也都是一样的血肉之躯，最终也都不免一死。陆高甚至想过自己死时也取这种仪式。他不是相信关于上天的传说，但是他喜欢这样壮阔的想象，这充满想象的仪式本身使他着迷。

他们说好了一道找台车去。天葬台在远郊山上，有十几里远，他们决定去。陆高找本单位司机小何。小何也没看过天葬，一口应承。可是主任给陆高派下差来，陆高需要到拉萨去几天。他们说好了陆高回来第二天一早就去天葬台。陆高出差来回正好一星期，这星期中发生了一件事，那位姑娘遇车祸死了。

那是个一般性车祸，司机酒后开车。小何说她脸全烂了，血肉模糊；小何说她是爱国人士大贵族巴朗的女儿，她和父母亲七七年由挪威回国的，她在北京读书也是刚刚毕业。

经计委明天为她开追悼会。

晚上姚亮来了，他们去找小何。

"明天还去吗？"

"不是说好了么？怎么不去？"

"去要起早。小何，你把车弄好。"

"我睡你这吧，省得一早来回跑了。"

"那就早点睡。"

"睡吧，早点躺下。"

"我有闹表，我叫你们。四点半起来。"

开始下雨了，他们都没睡着就下雨了。西藏的夏季气候有一个特点，通常都是白天晴夜里下雨，早上起来空气洗涤一新。

"那姑娘死了，你听说了？"

"听说了。"

"她是我见过的最美的姑娘。"

"……"

"要是别人死了，我不会多想。"

"想什么？"

"想她不应该死。别人都能死，可她就不能，她不应该死。她死的时候我听说了，我没到肇事现场去，我不想看她死时的样子。"

"怎么回事？"

"你说我爱她了？没有。她太美了，她的美和我和人们拉开了距离，她成了一种象征。就像花朵、雄鹰、大海、雪山这些东西一样代表着某种精神上的东西。美丽的姑娘比任何别人都更能让人直观地感受到生命的存在，感受到生活的价值和意义。这么说有点抽象，我有时就觉得因为姑娘们，特别是因为那些漂亮姑娘人类才生气勃勃地延续和发展……"

"睡吧睡吧，明天要起大早呢。"

"我忘了你刚出差回来，你累了。"

陆高觉得好像睡着的时候，姚亮又开口了。

"你睡了么？我想起件事，大概追悼会没有和遗体告别的节目吧。她是藏族，说不定明天早上我们赶上的是她的天葬呢，你睡了？"

第二天回来的时候，经计委的追悼会刚刚散场，陆高不知为什么想要到灵堂去看看，礼堂布置成灵堂。人们已经离去，陆高进去的时候没有任何人。她的带笑靥的放大照片挂在舞台正中墙上，舞台上下摆满花圈挽幛。

灵堂自有一种肃穆气氛，陆高不由自主地带上了哀伤的情绪。昨晚睡前姚亮的话留下了重量。陆高走近照片,照片放得很大很大,大约是 24 寸吧。她活灵灵地看着他,他竟感觉不到她已经死了。照片效果很好,明暗适度层次分明,而且她表情极其自然,几乎还原了她和陆高唯——次对话时的真切神情。细长又圆润的颈项,线条清隽的嘴角,跟耳朵比起来略嫌大些的耳坠,好看的鼻翼微张着,特别是那双凹陷的眸子仍然一如既往地像有话要说。她就这么看着他。他从挽联上知道她叫央金。西藏成千上万的女孩子女人都叫这个名字。

他累了,他要回去换换衣服,擦擦身洗洗脚,最好用热水烫烫脚然后钻被窝睡上一觉。这天是星期天,公休日。

五

我刚才说我不想回内地,不仅仅是因为我要完成这个剧本(剧本当然要完成),我还有另一些原因。今天你们来了我很高兴,想讲一点从来没对人讲的关于我自己的事。不是爱情故事,我没有爱情故事好讲。

我小时候喜欢听神话故事,大概人小时候都喜欢吧。大一点了就不再喜欢,以为那是专门编出来给孩子们听的,是大人为了哄孩子顺口胡诌出来的。后来搞创作看了些文学理论方面的书,又把这些神话归入民间文学类,认为这是广大劳动人民在劳动之余创作的,是人们对善恶是非的褒贬好憎,是对生活理想化的概括和向往。我们生活在科学时代,神话这个概念对我们是过于遥远了。

刚从内地来西藏的人,来旅游的外国人,他们到西藏觉得什么都新鲜;磕长头的,转经的,供奉酥油和钱的,八角街的小贩诵经人。布达拉山脚下凿石片经的匠人,山上岩石雕出的巨大着色神祇,寺院喇嘛金顶,牦牛,五颜六色的经幡,沐浴节赛马节,一下子说不完。来的人围观、照像煞有介事(恐怕你们也一样),须知这根本不是什么新鲜事,这里的人们千百年来就一直这样生活着。外来的人觉得新鲜,是因为这里的生活和他们自己的完全不一样,他们在这里见到了小时候在神话故事里听到的那些已经太遥远的回忆。他们无法理解,然而他们觉得有趣,好像这里是迪士尼乐园中某个仿古的城堡。不是谁都能亲眼看到回忆的。

听说我们国家要在西安搞一个唐城,在那里开酒馆旅店茶肆的人都穿唐朝衣服,街道房屋也一律照唐代式样兴建。这是从开辟旅游区的角度考虑;西安附近名胜古迹居全国之首,一个仿唐的旅游城会给国家收入大量外汇。

尽管穿上唐代服装住进唐代式样的建筑,唐城的居民仍然是现代人,和你我一样;可这里不一样。我在藏多半辈子了,我就不是这里的人;虽然我会讲藏语,能和藏胞一样喝酥油茶、抓糌粑、喝青得稞酒,虽然我的肤色晒得和他们一样黑红,我仍然不是这里的人。我这么说不是我不爱这里和这里的藏胞,我爱他们,我到死也不会离开他们,不会离开这里。我说我不是;我也不止一次和朋友们一起朝拜,一起供奉;我没有磕过长头。如果需要磕我同样会磕。我说我不是,因为我不能像他们一样去理解生活。那些对我来说是一种形式,我尊重他们的生活习俗。他们在其中理解的和体会到的我只能猜测,只能用理性和该死的逻辑法则去推断,我们和他们——这里的人们——最大限度的接近也不过如此。可是我们自以为聪明文明,以为他们蠢笨原始需要我们拯救开导。

你们可以在黄昏到拉萨八角街去,加入转经的行列;你们可以左顾右盼看一看穿着皮藏袍的,穿着人民服的,穿着袈裟的人们。他们旁若无人,个个充满信心大步向前,一圈两圈三圈。你会觉得自己空虚无聊,吃饱没事干到这里东张西望,你会觉得自己走错了地方——这不是你该来的地方。跟你们说的这些都是我直接经历过的。

美国人为印第安人搞了一些保留地,这些保留地成了以活人为实物的文史博物馆。这里——世界屋脊青藏高原上完全是另一番情景,我的一百八十万同胞在走进了社会主义的同时——在走进科学和文明的同时,以他们独有的方式仍然生活在自己的神话世界。他们用自来水(城镇),穿胶鞋,开汽车,喝四川白酒,随着录音机的电子乐曲跳舞,在电视前看到中国和世界的大事小情。

这些使我想到,光从习俗(形式)上尊重他们是不够的;我爱他们,要真正理解他们,我就要走进他们那个世界。你们知道,除了说他们本身的生活整个是一个神话时代,他们日常生活也是和神话传奇密不可分的。神话不是他们生活的点缀,而是他们的生活自身,是他们存在的理由和基础,他们因此是藏族而不是别的什么。美国在哪？除了地理和物质的差异，它和世界其他民族有什么两样呢，没有。（请原谅在这段文字里用了诡辩术——作者注）。

（作者又注——在一篇小说中这样长篇大论地发感慨是很讨厌的，可是既然已经发了，作者自己也不想收回来，下不为例吧。）

春天的时候我到阿里去了一个月，我跟着一个地质小队的车到了西藏西部的无人区。巧了，那里也是冈底斯山脉的延伸区域。像往常一样我在小队安营扎寨之后离开地质队员们（他们有他们的工作），背着干粮睡袋往西去。我带了指南针望远镜和一支旧驳壳枪。

这里地理情况比较复杂，有草地，有绵亘远至千里的大山脉，有沙漠，也有干涸了的沼泽地。第一天没遇到人，也没发现人留下的踪迹，如果第二天还没有人迹我就要回头了。我的给养只够四天用的。第二天仍然没有人迹，但是我来到一个不大的小湖泊旁边，这真是天不绝我。我先试着尝了湖水，是淡水，温温的淡水。我走累了，天也黑下来，我找了块不长草的沙窝安顿下来。我不打算点火；这里只有枯草，我不能一夜不睡守着火堆添草。我的睡袋挺不错的，是朋友送的抗美援朝战利品。

看白天出太阳挺暖和的，到了夜间气温仍然在零下二十度上下，我索性整个钻进睡袋，把出入口的拉链拉合。睡了一觉我起身解手，突然发现身上沉甸甸地压了好多东西，我拉开拉链时湿乎乎的雪团灌了满脸，是下雪了。我抖抖脑袋钻出来，埋下头解手。等我抬起头，我一下惊呆了。

雪已经停了一些时候，满地素白色，空间很亮，可以看出去很远。不远处的湖面竟像沸水一样腾起老高的白气。天是暗蓝色的，没有月亮，星星又低又密；白气柱向上似乎接到了星星，袅袅腾腾向上浮动着。我相信这景致从没有人看见过，我甚至不相信我就站在这景致跟前。这是一条通向蓝色夜幕的路，是连接着星星的通道。

我以我所剩无几的白头发向你们起誓，那条通道就在我跟前，那天晚上，在那个地图上也没标出的小湖畔，我就这样像个傻孩子似的站了许多时候。我没有向湖泊走近，我怕那是海市蜃楼，走近就消失了。

后来我重又钻进睡袋，这次我把头露在外面，看着星星一闪一闪地眨动，我没做梦就睡着了，睡得沉沉的，直到嘎嘎的野鸭群把我吵醒。这时我知道我可以不必往回去了，我起身后打了两只肥肥的黄鸭。

鸭群只在湖边嬉水，湖心仍然蒸腾着白色的水汽。我为昨天夜里的激动感到好笑，这不过是个温泉湖。在地热源非常丰富的青藏高原上，这样的小温泉湖何止一个呢，可夜里我简直像到了天堂。天气晴朗无风，太阳很快使气温上升，半尺厚的春雪到中午时已经融化得不留一点痕迹，渗入沙质草滩了。

第四天中午我走到了那个巨大羊头所在的沼泽边缘，不能再向前了，我站的地方离它大约三四百米。

我沿着沼泽边缘走，试图寻找一条哪怕是能够稍稍接近它一点的途径，我失败了。没有任何一条可以接近它的路。

我是前一天晚上发现它的，当时暗红色的夕阳正缓慢地向地平线滑去。它的剪影意外地印到已经不再刺眼的巨大的落日上，我用望远镜什么也看不清楚，只模模糊糊地知道那是个平地兀立而起的什么东西。

那是个巨大的羊头，两只巨角都已经折断了，凭着几百米外的目测，我估计它有二十几米高。用我的五倍望远镜可以比较清楚地看到它是石质，表面蚀剥得很厉害。

开始我想到的，这是尊石雕。

不对。如果是石雕，它是怎么移到这里来的呢？就体积说它有几千吨，而周围没有大块的石料来源，这里又是沼泽地，它位于沼泽地里面几百米。这是一。第二，在世界各民族的宗教偶像中还从来没有以羊头雕塑的，况且又是这样规模巨大的雕像。第三，望远镜可以清楚看到羊头的各部分比例是合理的精细的，形象酷肖，下颏淹没在积水的沼泽里。我们知道东方的绘画和雕塑都是写意传神的，只有西方古代美术艺术品才是写实的，莫非这是尊希腊石雕？第四……第五……它肯定不是石雕。

这个结论有了，马上也就有了另一结论。

它是史前生物，是什么恐龙吧，也许可以叫它羊角龙吧？最遗憾的是我没带相机，没有留下这个珍贵的印象。我说了没有人相信，地质小队的不信，其他人也不信。我神经出毛病了，我得了狂想症。这是我自己的诊断。

我曾经给有关部门写了信，没有回音。

那么我也不再认真，当玩笑当故事说说而已。可是穷布呢？穷布也得了神经病？

六

这还不是全部，不是他们请你来的缘由。你随他们到山里去，他们指给你一个很大的碎石堆，你看见了他们叫你看的。

那是只朝上伸着的马的短腿，圆的蹄壳，棕红色的短毛。他们告诉你这马就是那熊弄走的，大概它一下没吃完就埋在石堆里，留出一只腿来作记号以便下次能够找到。他们说这是早晨发现的，发现了就及时去请你。他们把你当成了保护神。他们迷信你，相信你可以为他们杀死那头瘦熊。

你知道你得杀死它，你自然是能够杀死它的，因为你是猎熊人，你只能杀死它。他们要留下两个带枪的帮助你，你把他们劝回了。打孤熊不需人多，人多只会增加伤亡的可能性。那次在山地之王的巨掌下丧命的伙伴使你记忆犹新。你一个人留下来，在埋死马的石堆近处隐下身子。你知道来了这么多人，熊一定可以闻到气味，它短时间是不会来的。只有在它饿了又觅不到食物的时候，它才可能来。

你不敢打瞌睡，那样你就成了送上门的瘦熊的又一顿美餐。他们的话重新响在你的耳鼓；第一个人说的你完全不信，可是其他人说的它的情况无疑等于为第一个人的话作佐证，你不能不信大家的话啊。

那么准有一方面错啦，是你还是大家？你当然相信自己是对的，可是难道大家会对你一个人说谎吗？搞不清楚搞不清楚。"到时候就知道啦。等我打死它就知道它是不是长着像手那样的长指头啦。"你对打死它满怀信心。

周围有种你不习惯的静默。你是个猎人，通常你是一个人，按说你早该习惯安静和孤寂了。你其实早就习惯了，只是这一次不同，你觉到了这一次和往常不一样。

山巅一如既往，眩目的白色使你蛊惑，这时你想起该有条狗来和你做伴。连你自己也说不清，为什么你不要一条好狗崽子来养。你是整个冈底斯山唯一不养猎犬的猎人，而且是猎人里最悍勇的猎熊人。

你突然明白了。没有鹰隼和貌似凶恶的秃鹫。往日的寂静里，澄碧的天穹上总有几只褐鹰像风筝一样缓缓盘桓，移动的鹂影使你觉到了蓝天、白云、雪顶之间的相互位置，因而天地间也就有了生气，大自然是你活的伴侣。你想，是该要个狗崽子了。

你又记起，大约有半天时间了，你没看到任何小动物。而平时，那些兔子、秃鹫、黄羊和獐子都时不时地来和你互道一声你好，它们知道你不会伤害它们。你记得有一次你坐在篝火旁擦枪，那只漂亮的草狐走过篝火旁竟站住了，你和它长时间对视；你因此断定它并不像人们说的那么狡黠可憎，你从它的眼神感到你完全能够理解的轻柔和善意。现在它们都到哪去了呢？

还有那只小毒蝎，那只差点要了你命的小家伙。你在一块平滑的山石上打盹，觉得谁在搔你的痒，你睁开眼缝就看见它雄踞在你鼻尖上，威严地四下巡视。你不敢动一下，不敢大睁开眼睛，甚至不敢出气了。它似乎完全不知道这对你多么残酷地开着玩笑，你不敢在它仡立不动的时候下手，你怕它那时和你一样正严阵以待；你等着它移动。移动的时候也就是它麻痹的时候，是它以为平安无事对自己神经稍加放松的时候。它终于移动了，你突然挥动手臂挥掉了它。它掉在碎石上挣扎着要重新爬来，你本想上前踏烂它；最后你只是不知其然地摇摇脑袋去了。现在你无端想起它，这许是你觉得静默使你不堪忍受的缘故吧。

这时你才发现了其中的问题，它不伤人。先后有五个人见过它，把它说得非常凶残，然而五个人中间没有一个受到它哪怕是轻微的伤害，这才是关键。还有一个细节，它一次抢过火枪折断了，又一次抢过棍棒也折断了；而且每次都是先做这件事。这么说它知道枪？知道人拿着这种棍棒会对它造成致命的伤害？不然它为什么总是先行下手把枪毁掉呢？

你知道熊，熊尽管聪颖却没有这么具体；熊是伤人的，特别要伤害拿枪的人。熊没有指头这谁都知道；熊并不总是直立着奔跑的；最大的棕熊也没有他们说的那么高；也没有他们说的那么瘦的熊。你觉到这里有个误会。

你初步肯定它不是熊。不是熊，那么可能是什么呢？这里巨兽除了熊就只有虎了，而虎只有在冈底斯山脉东南麓的森林地带才有；按他们说的不是熊也更不是虎啊。

不去想它,只有看见它才知道它是什么。你开始把思绪转向父亲。父亲死的时候你只有十一岁,那一年你算正式继承了父亲的衣钵,你有了自己的火枪(它曾经在父亲手里震慑了百里山区的猛兽)。

那对年轻的猞猁夫妇在成功地袭击了三只幼獐之后,卧在草丛里挑剔地用长舌舐净对方皮毛上的血点,灼热的阳光使吃饱喝足的它们昏昏欲睡,与枯草颜色相近的华贵的毛皮不时地痉挛般抽动一下。这时你父亲故意弄出个声音使它们惊觉。雄猞猁显然看到了枪筒在阳光下的闪亮,它后腿慢慢弓起,前腿扑倒在地,头以下颏着地的姿势平放在地上。你父亲知道它就要蹿起来了,食指浸出的汗渍润滑着枪扳机。雌猞猁在这个不长的时间里悄没声息地钻进身边的草丛。这是最糟糕的。雄猞猁没有马上扑击猎人。

结果可想而知,雌猞猁向侧翼包抄,雄猞猁为它赢得了时间。你父亲的枪声和惨叫引来近处的猎獐人,刚刚吃饱的猞猁没有把你父亲的身体拽走。

你父亲死于他的孤傲,通常猎人是不用单管枪打成双的猛兽的。你父亲自恃勇武过人,自恃弹无虚发,自恃有熊一样的体魄。他多次猎过双豹,双猞猁。也一枪干掉一个,然后用猎刀和另一个肉搏,除了活着的这个跑掉他每次都可以同时弄死它们两个。它们在他脸上身上留下无数痕迹,他因此自豪而变得孤傲。

这种时候想想你父亲是有益的。现在你相信他们绝无诳言。他们请你来帮助,他们没有必要编一些耸人听闻的话来开你的玩笑。"我居然不相信他们,我真够糊涂。"你开始自责。

你开始意识到带枪来是个错误,你起身把枪塞进一处岩缝,那处岩缝远离你藏身处。它不想与人为敌,这是显而易见的。那又为什么袭击与人相依而存的牲畜呢?只有一种解释,它无法理解牲畜对人的从属关系。你不懂生物链原理,但你知道只有人才拥有草场,拥有牛羊;你也知道这些它是不懂的。它袭击牲畜和袭击野兽一样,都是为着它自身生存的需要。它分不出野兽和家畜,它不知道它因此成了人类的敌人。它是不愿与人为敌的。也就是说它无意中对人造成了损害。

这一次是你对了,你是一个孤傲猎人的儿子,你是一个猎熊人,更主要的你是人。因而你的智力使你又一次成了强者。它来的时候是那么安静,它从石堆里扒出马的残骸,它把这残骸撕成碎块放在嘴里嘎嘎地咀嚼。

你看得很清楚,它的确他们说的那么高大,那么瘦削,但也看得出它非常有力气。它的皮毛比较稀疏,它的头不像熊那么臃肿,嘴巴也不那么朝前伸出。它的长手指完全像人一样灵活。它大吃大嚼,突然抬头盯住你藏身的地方。你干脆走出来,慢慢地有节奏地向它走近,太阳在你身后渐渐下沉,它的面部突然暗下去了。刚才是日落前最好的一瞬,落照平射使你能够非常清晰地看到它的整个形象,现在一切都过去了。但你来得及记下它注视你时,眼里射出的完全是你所熟悉的人的表情。

它就那么一蹿就离开了。你过去到岩缝里拿出火枪。它真的像他们说的跑得那么快,一眨眼就不见了。它有你一个半人高,可你断定他(它?)也是人;虽然有长毛的皮肤他一定也是人。你跟他们没说什么,你想到了一个头发快掉光的汉族朋友。

七

现在你们知道了,穷布遇到的是野人;也叫喜马拉雅山雪人。这是个只见于珍闻栏的虚幻传说;喜马拉雅山雪人早已流传世界各地,没有任何读者把这种奇闻轶事当真的。在世界各地相继发现一些有关野人的线索,好多国家派出专门科学考察队花费巨资考察都没有见到死的或活的野人整体,所得都是些传闻和支离破碎的所谓"物证"。我国也在湖北神农架发现一些有关野人的传闻和线索,并且据说还成立了中国"野人"考察研究协会。

了解野人的奥秘在科学上有非常重大的价值,也许可以借此揭开人类起源的奥秘。野人是世界四大谜之一,百慕大"魔鬼"三角,飞碟,野人,你们谁知道第四个是什么?

八

小何过来推醒陆高,陆高看表整四点半。

外面淅淅沥沥，听声音雨没有停。陆高穿好衣服又推醒姚亮，姚亮先是迷迷糊糊嘟囔着"谁呀……干什么……"随即一下坐起来。

"几点啦？还好嘛，来得及。好长时间没起过早啦，起早真不是滋味。哎，你什么时候起来的？去叫小何一下吧，他准还睡呢。"

陆高推门出去。雨不大，天还阴得黑漆漆的，要等段时间眼睛才能适应。小何在大门前开锁，那台北京吉普就停在大门边。

"哎！哎！还下雨呢？陆高。"

陆高不吭声。姚亮该懂得这是深夜，别人都在睡觉。他总算穿好出来了，陆高进屋里关了灯。小何轻轰油门把车开出城区。

他们三个人都没去过天葬台，只知道在西山。姚亮的学校在西郊，姚亮指挥汽车走大道先接近西山脚下。车灯一闪一闪的，雨丝断断续续地闪烁，很美。到了山脚汽车离开大路，沿着一条贴近山岩的小路向北去。山路起伏颠簸得很厉害，车走得很慢。过了一小片藏式房子以后路不清晰了，好像上了一片长着稀疏茅草的碱滩。姚亮借着灯光给小何打气。

"大方向没错，开吧。没有路也没有太大的沟，往前开没问题。好像再往前一段就差不多啦。反正我们沿着山脚走，又没有岔路不会走错。"

大方向是没有错。车灯照出前面是一道陡坡，好像往左右两侧延伸很远，没法绕过去。姚亮自告奋勇冒雨下车探路，他一溜小跑上了坡顶，发傻地在雨里站了好一阵。他回过身对着汽车沮丧地摇着手。那是一道水渠干线。

怎么办？也许前面不远就是了。那么可以弃车步行走去。干渠是有单板桥的，过单人没问题。可是谁知道前面多远才到地方呢？从这里听不到一点声音，离天亮也不过两小时了，总不至于现在人还没来。小何是司机，他不放心车。现在已经五点了。

"这样吧，我们回到城区先往北去，然后有路再向西拐，那样就可以绕过这道水渠了。来回二十多里，小车跑用不了二十分钟。你们看呢？"

只好这样了。他们又上公路的时候，车灯照出迎面来的一群穿红戴绿的人。雨又大了。

"是旅游的，是港客。他们准是也要去看天葬的。停下，我去问问他们，他们有向导。"

他们没有向导，而且他们都没带雨具。他们十来个人都穿的羽绒服，已经看出差不多都淋透了。他们事先没有联系，他们和我们都还不知道天葬是不许外人围观的。他们步行，可以过去。这里距市区十一里，他们怕走了一个多小时了。我们的车往回开到市区。

陆高看看表，姚亮骂了声倒霉。

雨夜气温很低。小何问他俩是否回去取件棉衣，陆高说算啦。他不愿再次惊动邻里。这次刚出市区过一个三岔路口的时候，小何瞄见岔路不远处有个黑乎乎的东西，他停下车。他和姚亮一起朝那黑乎乎的暗影走过去。

"不是醉鬼吧？要不是哪个车压人了？"

小何说着给自己的话吓住了，姚亮不管一直朝前去。姚亮回头告诉小何是个麻袋包。小何也到跟前来了，两个人都不想伸手解开封口的绳子，陆高那边又按起喇叭。

"走吧，回去。抓紧赶路吧。"

"是呵，天大概快亮了。"

再开车时谁都不说话。车向北然后向西，这是一条简易公路。雨没有停下来的趋势，时大时小，雨刷在车前窗玻璃上不停地来去。有对开的拖拉机，双方都熄了大灯礼让。前面是同向的一辆拖拉机，小何按喇叭要路。路很窄对方没法让路，小何只好自认晦气，跟在拖拉机后面慢吞吞地爬。陆高姚亮蜷缩在后排，昏昏欲睡。车里温度很低，他们都没穿棉衣。

小何低低的声音喊他们。

"哎。哎，你们看前面车上——"

吉普车灯透过雨帘照出前面拖拉机挂车的轮廓。上面有三个人披着东西背靠在前车帮坐着，大约是脸朝着车灯照去的方向,也就是说和吉普车里的三个人对面。因为雨大,他们又都披着东西,车里的人看不清车上人的脸。

"你们说他们能不能是去天葬的?"

"谁知道? 真够冷的。"

"我看了他们好一阵,右边那两个人一会动一动,左边角上那个一直没动过一下。你们说能不能是死人? 刚刚你们都迷糊着,我一个人都有点害怕了,我才叫你们也看看。"

"别吓唬自己啦。哪有那么巧的?"

陆高想的是睡前姚亮那句话。能否真碰上肢解她呢? 要真是她,还要不要看呢? 什么都是可能的。一星期前,你可曾想过她会死么? 好多事情都难以预料。小何说那可能是去天葬的,

为什么不可能呢? 不然它有什么必要冒雨赶夜路? 西藏生活节奏慢,开车运货完全不必冒这么大的雨,况且又是夜路。那么如果是去天葬的,又为什么不可能是她呢? 时间上也差不了许多。那么如果是她,还要不要去看呢? 姚亮说得对,看一个前不久还是活灵灵的美丽姑娘死了,看着这个大自然完美的造物在钝刀分割下变成一堆碎肉,那准不是一件好受的事情。陆高一边假设前面车上左角的人是她,一边也决定了如果这样就不再看。

姚亮和小何还在有兴致地观察分析。

"等着前车过沟时你细看,车头爬坡时正好拖车向后倾斜,我把车停下来你细看。"

"下沟啦——哎上沟啦,停下呀! 噯! 观察仍然没有确定的结果,分析却有了进展;拖拉机向偏左方向拐上一条小路,那是天葬台的大致方向。这下小何很有几分得意。

"我怎么说的? 我看就是去天葬的,这下可以肯定左边的是死人了。这么长时间,又颠又挨雨淋,你看他(她)动过一下吗?"

"不管怎么说我不信。人死了可以平放在车厢板上,有什么必要让他(她)坐着? 还有死人能坐得那么老实吗? 人死就打挺了,根本坐不住,况且车又那么颠来颠去的。"

"可以把他(她)固定一下嘛。"

"怎么固定? 你以为死者亲属会同意把人勒上几道绳子? 你也不想想……"

作为旁观者,陆高觉得有意思。各执一端是人的天性,他们争来吵去,其实连他们自己也未必就相信自己要说服对方的那番推理。他们和他一样,不过都在猜测罢了。任何谜底无非都只有两种可能,正确的或错误的。谁对没有把握的事抱绝对的信心呢? 相信没有谁。不过各执一端也并非是什么坏事,人们开动脑筋,为自己在争辩中占上风把各种有益于己的可能性都摆出来,争辩到最后虽然没有说服对方,事情倒也完全清楚了。另外争一争吵一吵也痛快,刚才不就使姚亮小何忘记喊冷了嘛。

车开始爬山路了,其间还过了一道铺满砾石的浅水沟。这时可以看到前面半山上点起了一堆火。三个人都松了口气。天还没亮,人还没到,一切都来得及。看来他们运气不坏。

有一点还不可心,天还下着雨。他们看天葬时要给雨淋湿的,他们穿得不多,天又冷。

九

经过姚亮推荐,陆高成了这支小队伍的队长,姚亮甘当副手。结果是四个人各司其职,都弄了个不大不小的官衔。穷布是向导,老作家是当然的顾问。他们动身前每人借了一枝长枪,这样三枝半自动加上穷布的火枪组成了一股很强的火力。按计划他们带了两部相机十几个胶卷,另有两桶军需品压缩干粮。

走前他们再三商量了各种可能性。诸如多少时间,如果发现线索怎样,看到它(他?)是否射击,怎样拍照,打死了怎样处置;照片怎样收藏等等。到了后来简直那个它已经放在他们前面了,想象可以带来十倍的热情。他们也商讨了遇险的可能性。陆高姚亮都给家里写信讲清了情况。还有什么没考虑到?

三天后他们到了穷布所在的县,到了穷布遭遇野人的山脚下那个牧村。穷布为他们借了顶帐篷。他们以这个牧村为站脚点,转了附近几十里山谷。他们在这里住了四天。

其间两个内地来的年轻人知道了老作家和穷布相识的一段故事。他们没有机会和野人遭遇,因为各自

的工作和其他一些原因，他们在第五天走上了归途。看上去他们毫无沮丧。那是穷布们的生活，强巴和央金们的生活。那四天里经历的一切足够他们三个人各自写整本书的。老作家和两个年轻作家的书不久就会问世的。在这之外，陆高还写了个关于说唱艺人的真实故事。那故事里虽然没有讲到野人和羊角龙，仍然使巨脉冈底斯山充满了诱惑。

故事就发生在他们驻脚的牧村。

十

是他们过分乐观了。

拖拉机已经到火堆跟前停下了，机器没有熄灭，继续轰响着。北京吉普在后面大约三百米左右慢慢地跟近。可以看到火堆周围有一些人影活动。小何有点拿不定主意。

"就把车停这吧，前面太陡了。"

"你是不是害怕啦？拖拉机上得去北京吉普上不去？你怎么这么……"

"得得，我上就是了。"

山路的确很陡，小何用低挡大油门爬坡。

迎面来人了，正冲着汽车气势汹汹吼着。小何踩住刹车，陆高下车了。对方大约40岁，用汉话问陆高要介绍信，陆高看出这是个藏族同胞。陆高耐心地问什么介绍信。对方忽然动气了，大声嚷要自治区公安局的介绍信。陆高一下明白了。他们不要人看，特别不要外来的人看。陆高还是耐心地说只是在远处看一看，不会影响他们的工作。他更生气了，直接用藏话对着陆高的脸吵。看这样子也说不通，陆高进车里让小何调头开回去了。

车驶离刚才停留的地方有一里远，小何锁了车门，三个人徒步往上去。这时南面有来回跳闪的亮光向这里移动，可以看出是袖珍手电的亮光。同时可以看到朦胧的拿手电的人影。姚亮猜是那批港客到了。他们三个人站下，等港客过来结伴往半山的火堆方向去。

"大家一齐去，人多；他们人不多。"

他们差不多全湿透了，有几个女的冻得脸色青里泛白。当时是名副其实的毛毛雨，小何刚下车就开始喊冷了。港客看来知道不让看，他们并不急于向前靠近，有五个人干脆绕过火堆从侧面爬山。从高处鸟瞰也不失是个办法，陆高他们三个也跟着那五个人向上爬。

天色渐白，细雨仍然下个不停。从高处看这伙人简直像，像什么呢？犹豫，畏缩，又贼心不死。由于能见度好了一点，火堆那边也可以看得清楚些了。一台解放卡车，和后来的拖拉机；火堆周围人也不少，大约有十来个吧。

有人熄灭了火堆，坐着的人站起来在两台车周围活动，现在六点半了。这里距下面的人们有二三百米，这里可以隐约看到离熄灭的火堆不远一块巨大的有水平面的石阶，看来那就是天葬台了。天葬台不像他们原来想的那样在山顶，它只是半山的一块巨大的石头台。

这里毕竟离得太远，几乎就看不清下面活动着的人们在干什么。也许在抬死者？也许已经开始肢解？陆高决定再靠近些；别人似乎也都这么想，也在向前蠕动。没有事先约定，可是谁都不说话；这使姚亮想到去陵园墓地的时候，那种时候即使是爱说爱笑的姑娘们也都自觉缄口。是什么因素促使人们一下变得沉默？是对死者的敬慕？并不完全如此。姚亮以为还有别的。一定还有别的。比如设想生命和死亡之间该有一条界；通常这界限在人们感觉中太飘忽，而到这种时候就具体了。肯定是人们到此便清晰地感觉到这条界，说句玩笑叫一脚门里一脚门外，跨在界上。

得寸进尺是一句成语，与贪心不足蛇吞象意思差不多。也许他们老实待在原地就不会惹出这场麻烦了。酸苹果总比没有苹果好，这道理虽然明了透彻，真正理解也并不那么容易。都是得寸进尺的心理作祟。当他们被赶开后，他们才开始懂得前面那句格言的意义。

天葬师终于被彻底激怒了，三个戴大围裙的汉子朝漫在附近山岗的人们发狠地叫着，虽然语言不通但可以猜出是在骂人。向前蠕动的人们都停下了，静候事态发展。这时候他们如果聪明，最好自己乖乖离去，人们都知道被激怒的人是不可通融的，聪明人对此不该抱幻想。事实他们这些人都不聪明，都在做梦。

太阳还没出来，现在是做梦的时候。

他们的蜷伏进一步使天葬师恼恨，他们开始用石头朝最近的人砸。石头不飞向空中，可以看出只是吓吓，无意伤人。

胆小的已经在撤。小何撤在最前面。现在可以看到北京吉普停在山下的石滩，陆高心里有点急，大声叫小何回车上去。天葬师像赶羊似地赶着这群人，陆高姚亮和一个粗胖的港客小伙子走在最后。姚亮不甘心，一再回头停下脚，结果到底给一块石头砸在腿上。

姚亮试图讲理，对方不说汉话只是用藏话恶狠狠地对他吵，并且又一次弯腰捡石头。这下稍在前面一点的港客们放开步子跑下山。两个天葬师也就往回走了，只有那个年龄稍大的（也就是用石头打姚亮的）还跟在人群后面。

坡路很滑，泥泞不堪，后撤的人们脚步跌跌撞撞。陆高狠狠打了个寒噤，外衣水淋淋地抖动了一下。姚亮跟在他后面。

那个天葬师放慢步子，他们拉开了一段距离。姚亮捅一下陆高。

"就这么回去?!"

陆高也站下，回头看天葬师站在上面。

天葬师见他们不走了，便又嚷着追下来。姚亮跺一下脚，压着嗓子向对方吆喝。

"你要再动手我就不客气了!"

对方终于又叫汉话了。

"你不客气又能怎么样!"

说着把石头朝姚亮飞过来，这次石头是要打人的，石头离姚亮的头只有二尺远。姚亮低头也捡起两块石头；天葬师用藏话大喊，远处天葬台跟前的人们都站起来了，往回走的两个天葬师又回来转身朝这边跑。陆高使劲拉了姚亮一把，他们也快跑起来。陆高跑着向坐在车里的小何挥手，小何知道这是让他先走别砸了车，开动汽车先向前去了。

陆高姚亮快跑着，还要提防后面飞来的石子。港客们都站下了。他俩跑过他们后回头，看追赶的天葬师不理睬港客们只向他俩追过来。天葬师跑得不是很快，他俩也就放慢速度。

"尽找麻烦。"

"我气坏了。"

"那也不能动手。"

"我只想吓吓他。"

"别忘了这是民族地区。"

"今天真晦气透了。早知道这样还不如离远点在山上看了。看不清楚也比看不见强啊。"

"别跑啦，他不追了。你不该捡石头。"

酸苹果总比没有苹果好。

真的如此吗？陆高不以为如此。姚亮说过的话说过就过去了；可是陆高到现在一直不能够断定，拖拉机里（或解放牌卡车里）的是不是她。当然陆高也知道追悼会今天开，回去问一下就知道她是否今天早上天葬，可是现在陆高不知道。他希望知道。这时陆高发现自己是很希望看到这个姑娘的天葬的，并不像他在来时车上想的那样——如果是她就不再看。

天已经亮啦，然而乌云荫蔽，而且下着绵密的毛毛雨。姚亮脸色铁青，陆高想自己大概也差不多；他们的毛衣也都透湿，上下牙齿碰得格格响。小何在前面等他们。上到车里也仍然禁不住打颤，姚亮又在抱怨。小何问陆高：

"回去吗?"

姚亮抢着说走吧走吧。他们往回去了。

陆高听到什么声音，回头见是那个天葬师朝汽车摆手，他让小何停车。看到车停下来，天葬师又朝他们走过来，一面摆手说着什么。姚亮让快开车，别把车给砸啦；陆高说不像，说他像有什么事，也许是搭车回城里去。姚亮还是催促小何把车开动了，姚亮说即使是要搭车也不必冒这份险，万一车给砸了……陆高想自己下去，姚亮不同意不让小何停车，还说侵犯了他们的风俗习惯，他们会打死你的。

车终于上了公路，天葬师还在后面挥手。车加速了，他们不再回头。

故事到这里就算结束了。这是陆姚探险队的第一次探险。他们要在这里工作几年，来日方长。我们已经知道他们的第二次探险是去寻访野人。两次探险都以没有结果而告结束。

我们也知道他们在第二次探险后各写了一部关于冈底斯山的故事，那是若干年以后的事了。我们还知道在这之外陆高另写了一篇关于说唱艺人的真实故事。在讲这个故事之前，先讲一下离开天葬台后的一个意外的小小插曲。

"那时候我还在部队汽车连开车。有次刹车失灵肇事了。撞伤了一个藏族男孩。当时我被男孩父亲揪住头往车前挡泥板上撞。我当时十八岁，个子又小。我吓坏了。

"连长从前面折回来。我求救地看着连长，希望他能替我说情。连长是我同县的老乡，平时待我像自己弟弟一样。藏胞们对解放军首长向来是尊重的。连长没替我说一句好话。他到跟前时，男孩父亲停下手放开我。

"我万万没想到，连长到我跟前狠狠地给我一个耳光，我一下给打倒了，也给打懵了。我从来没看过他这样黑着脸；平时他甚至有一点婆婆妈妈的。别的同志把车开走了，连长和我留下来，连长和镇里的派出所警察一道把我送到公安局。"

小何低头看了看仪表盘。

"糟糕！没油了。"

"也许能凑合开回去？"

"不行啦。加不上油啦。我昨天晚上就忘了看看油表，到这个院里去借点吧。"

这是郊外的一个什么工厂。

"现在要是天葬师追上来就糟啦。"

"这里的车库在哪？"

院里出来的一个人指了指方向，小何锁上车，三个人到车库去借油。

姚亮异想天开说这时候有碗热粥就好啦。

真是天从人愿。陆高居然从一个房子里出来的人脸上找到了这碗热粥。这是陆高同车进藏的一个大学生，分在厂里做助理工程师；而且当时刚好是早饭时间。他和陆高热情地相互问候，然后让三个冻坏了的人在电炉旁烤火；他熬了粥，让他们暖了身子，又到隔壁借了一瓶白酒，开启了两听罐头。小何说要开车不能喝，主人陪陆高姚亮喝了几杯。然后主人去找司机要了些汽油。这里离市区不到十里路了。主人挥手喊着一路顺风回去了。真够惬意的，虽然湿衣服还在身上，心里可暖和多啦。

他们把车开出院子，这时坐在后排的姚亮看到通往天葬台方向的路上那群港客正朝这走。

"应该问问他们，他们到底看到没有？"

"问问天葬师挥手到底有什么事。"

他们的香港话（也许是广东话，粤语）什么也搞不清，不过从他们沮丧的表情可以知道他们没有接近天葬台。那个粗胖的小伙子像要跟小何商量什么事情，他指着一个抱肩发抖的姑娘大约是要小何搭她回去。她上了车坐在后排，姚亮看到她鸡肠一样的细腿，知道她给冻坏了。跟这些港客比，他们境遇总要好些。

她向她的伙伴们挥挥手。姚亮催促小何："后来呢？"

"后来男孩的父母都赶到公安局来。男孩已经咽气了。他们守到他咽气后都赶来了。"

"真糟透了！"

"母亲找到交警中队长，找到连长。"

"放了他吧。我儿子死啦。放了他吧。"

"母亲是哭着对他们说的。"

"求求你们啦。放了他吧。他不是有意的不是有意的。求求你们啦。放了他吧。"

"我就这样给放回来啦，驾驶执照吊销了五个月。后来连长告诉我，说藏族是真心向善的，他们对佛祈祷的都是心里话。她说已经死了一个,再不能死另一个了。她怕要我去为她儿子抵命。"

小何把她一直送到旅游局招待所,她下去以后用不熟练的普通话说了声"谢谢你们"。

姚亮也给送回学校,姚亮自认晦气。

车里只剩陆高小何两个人。

"你应该给那个母亲做干儿子。"

"我是那么做的。"

十一

这里原来就有一个关于顿珠顿月兄弟的故事,人们把这个故事排成藏戏。顿珠,顿月,这实在是两个很美的名字。不过那故事是很久远了,久远到连年龄最大的老人都说这故事是听曾相父讲来的。

我不知道凡人是否也可以转世,不过这对双胞胎确实也叫顿珠和顿月。有一点可以冒昧肯定,这对兄弟都不可能当国王;也许这就是所谓天意吧。顿珠是个牧羊人。开汽车的叫顿月,是弟弟,大约比顿珠小一个小时。

不像其他双胞胎,两兄弟完全是两副模样——顿珠是名副其实的哥哥,高身材大块头,褐紫色的大脸盘像刚用刀子削成半成品的石雕头像;顿月纤巧精细,和哥哥恰成对照,头顶也只抵到顿珠颈上的桃核珠串底下。

开始顿月和哥哥一样,也是个牧羊的小伙子。他爱笑爱动,他的羊子也显得比哥哥的羊有活力。人们常常可以在西山的峭壁上看到他的红帽子,看到红帽子跟前像蛆虫一样蠕动着的并不很白的羊群。西山上多巨石,也有分布不匀的点点绿色,是柳树和小片草坪。西山只有羊才能走的羊路。总之顿月是个活泼爱动的小伙子,他没有硕大的体魄,但他很灵活,也很结实,还会唱歌,而且唱得非常好听。

终于有一天,顿月找顿珠说起悄悄话了。

"我要去当兵了。"

"跟阿妈说了?"

"我想,我想……"

他们坐的地方离帐篷并不远。旁边就是羊栏,他们躺着,身下是冻得硬硬的干草地。顿月还是坐起来。

"我想……哥,你说阿妈能让我走吗?"

他根本不在乎顿珠怎样回答,只是自顾自地边想边说。

"我想不能,阿妈不能让我走。我想她准不让我走。"

他似乎蛮有把握,可他又突然捣了顿珠一拳,"你说呢,哥?"

"不管怎么说你得告诉阿妈一声。"

"阿妈准不让我走,我知道她不会让我走的。可是我一定得走。我想出去看看,到内地各地去走一走。到成都,到西安,到北京和上海,我还想看看海。"

"那你跟阿妈说吧。"

"我还想学点手艺,我想开汽车。我最想开汽车了;小时候就想。要是能开汽车,我就把什么地方都跑遍。我一定把车开到日喀则,开到黑河,开到拉萨,也开到山南和昌都,当然要跑遍咱们整个阿里。"

"你什么时候跟阿妈说呢?"

"我还要在晚间开着车灯追黄羊。我记得九岁那年坐郭班长的车,现在想起来还觉得够味儿。就在南边那片草甸子上那群黄羊有十几只;车灯一照到它们,它们就伸直脖子机伶伶的,等到开到近处它们才跑。真怪,它们一直跑不拐弯,郭班长说它们是沿着汽车灯光照亮的方向,它们不愿跑进黑暗;这下它们就倒霉了。那天晚上,我们轧了五只羊子,真带劲!"

"你明天跟阿妈说吧,慢慢说……"

"那时候你就不用背柴草了。我可以用车把你带到西边有林子的地方,在那里砍满满一车树枝回来。我在西山顶上可以看到西边那片林子;太远了,看不清楚,只看到黑森森的一大片。还可以看到神湖的水在阳光下的闪亮。我真看到了，我保证那是片大林子，有的是树枝和干树叶。那时候我一定把你带去，拉满满一车柴草回来，足够阿妈烧一整个冬天的。那样你就再也用不着背了，也用不着捡牛粪了。哥，那样你不高兴吗？"

"我高兴。跟阿妈说的时候慢慢来，别着急，别让阿妈着急。"

"到时候我把尼姆也接去。那时她阿爸准同意她嫁给我了，你说呢？她阿爸早就说了，要把尼姆嫁给一个开汽车的，尼姆说她阿爸说话算话的——你说呢，哥？尼姆爱我，可她还是听她阿爸的；她让我无论如何都要去学开汽车。我能去开汽车，就能把尼姆娶到家里了。"

"阿妈也喜欢尼姆，你跟阿妈说，她准会高兴的。不过说的时候要注意……"

"我还要给尼姆家里拉柴草。她阿爸想的就是这个。我得给她家拉，不过说心里话我真不情愿。我不喜欢她阿爸。真不情愿。哥，你知道不情愿我也得拉，不然尼姆会不高兴。我不愿意做尼姆不高兴的事，我愿意她高兴。"

"你打算怎么和阿妈说呢？阿妈喜欢你，喜欢听你唱歌，你走了阿妈会想你的。"

"那样我可以看很多歌舞了。你记得么，那次歌舞团来演出，我跟着他们跑了三百多里路，连续看了七场演出。要不是他们走远了我还会跟着他们的。看了七遍我还是没看够，他们演得太好了。他们就住在拉萨，住在冈底斯山的那一面。以后我可以常去拉萨看他们演出了，开上车就去了。听说拉萨有好几个歌舞团呢！还有藏戏团，还有曲艺队，还有话剧团。我每场演出都去看。哥，我也带你去看……我忘了你不看演出，那我就带你去看电影，到拉萨看电影。听说拉萨每天每天都放电影呐。你挺喜欢看电影的。"

"顿月，你知道我不会唱歌。阿妈年轻的时候就爱唱。现在她老了就只爱听你唱了。"

"哥，我真后悔没把中学读完，中学里学的地理课我全忘了。这下我要到各处去了，要是把地理课学好就好了。可惜我没读完，读过的又都忘了。唉！我只知道成都、西安、北京和上海，还有格尔木，剩下的全忘光了。我一直想看看海是什么样子，听说比玛旁雍神湖还大，比整个草原还大，一眼看不到边呢。听说用机器开动的大船一个月也走不到头呢。我太想看看大海了。哥，你就一点都不想么？"

"我想。可是阿妈呢？阿妈会想你的。"

"阿妈会想我的，我也会想阿妈的。"

"阿妈会哭的，阿妈肯定会常常掉泪。"

"我知道。"顿月说，"我知道。"

牧羊犬不出声音地走过来，插到兄弟两个中间，懂事地蜷伏下来。说不上是不希望狗听他们谈话，还是该谈的都谈了，顿月再没有继续他的憧憬，顿珠也不再追问弟弟什么时候跟妈妈谈怎么谈。星星在头上慢慢移动位置，羊皮藏袍给夜露沾得湿漉漉的了。他们没有手表，但是他们知道天快亮了。

这个晚上弟弟顿月显然有些兴奋，平时他和哥哥顿珠一样并不多话；不同的只是他爱唱牧歌，而且唱得好听。

另一个晚上，来了电影放映队，大家都去看电影。这次坐到羊栏附近的是顿月和尼姆姑娘。寒星寒月，天更清冷了，他们长久不说一句话。顿月其实不是个饶舌的小伙子。

尼姆难得晚上出来一次，阿爸不让。阿爸不能不让她出来看电影。阿爸自己也看电影。那么尼姆就出来了，来到顿月身边。两天后顿月就要动身走了。

顿月把新发的军用皮大衣披到尼姆身上，尼姆还是禁不住发抖，就是顿月搂紧她也仍然抖个不停。电影散场还早，阿妈和顿珠回来还早，他和尼姆还是钻到帐篷里去了。顿月伸手摸火柴要点酥油灯，尼姆把他抱住了。结果帐篷里一直黑着，而且一直没有声音。

读者们一定猜到了，顿月如愿以偿，当了汽车兵。顿月当然是唱着歌子走的。

十二

在附近百里牧区，有许多关于顿珠的各种各样的传说。顿珠这个老实巴交的牧羊汉子，居然成了这里的传奇式人物。

乡亲们都知道，老寡妇曲珍为了供小儿子顿月读书，和大儿子顿珠吃了不少苦。现在小儿子出去了，还当了连长，曲珍没有白白吃苦受累。隔上两个月她可以收到儿子的汇款。乡亲们还知道顿月是个开汽车的连长。

又开汽车，又当连长，顿月真是个有出息的。乡亲们都说早就看出小伙子有出息。

那么顿珠呢？这个不识字的汉子，这个高大壮健又很少作声的汉子。也许这是不可思议的，然而乡亲们异口同声地作证，说他的确没读到书，他从小就搜着羊尾巴跟着羊群跑，他没有阿爸。阿爸是个过路汉子，阿爸只留给阿妈一夜温存和这一对双胞胎。连阿妈也记不得阿爸的样子了，阿妈只记他左面颊上有条寸把长的刀疤。阿妈说他是个打铁的。

说是顿珠和他的羊群曾经失踪了一个月，说是那以后顿珠就成了说唱艺人，他开始给乡亲们说唱《格萨尔王传》了。这是一部堪称世界最长的藏族英雄史诗，据研究学者们说，全部《格萨尔王传》有一千万或者几千万行。没读过一天书的牧羊汉子顿珠开始说唱这部英雄史诗了。这件事真的那么不可思议吗？

一种比较流行的说法。顿珠和他的羊群误入神地，顿珠不知怎么就睡了，是睡在一块又平又大的巨石上（这个细节很要紧，请注意）。周围有很好的草场，也有很多野花。总之是块神地，像神山、神湖、神鹰和神鱼一样，传说带有藏民族特有的美丽的神话色彩。他睡了。

然后他醒了，羊群还在安闲地吃草。他用手肘支起身子，浑身倦意地茫然四顾，这时他发现这地方他没来过，从来没有。不过这里是天然的好牧场，水草丰饶，环境也美。

太阳还高，他不着急，他想让羊群多吃一阵，而且他倦得要命。他又躺下来了。这次顿珠没有睡，没有睡意了。天像格外高远，空气显现出一种罕见的透明质，就像连续多天阴霾梅雨之后那样的清朗和透明。也有白云，丝丝片片的，宛如撕烂的哈达。他饿了，把手伸进腰间的糌粑口袋，把捏成团团的糌粑往嘴里大团地塞。那个黑点划过云片，径直朝下落，越来越大。是鹰把他当成了一具腐尸。转眼间鹰就扎到他的脸上了。顿珠猛坐起来，顺势拔出尺把长的藏刀。鹰给惊起，变线飞开了。云片更薄更烂，逐渐淡化了；鹰重又变成黑流星或快或慢在天空上划过。天蓝得叫人惊奇。

顿珠起身到一处水泊，用两手掬了几捧清水喝，然后拍拍肚皮，好痛快呵！他突然想唱点什么，这是从来没有过的，他开始唱了。过去总是顿月在唱，他不应和，默默干着什么。没有人知道他是否在听，他从来没有所表示，兴趣——还是没兴趣？

这一次是他在唱了。他只是想唱，想不停地唱下去，而且——他在唱着格萨尔，唱着关于格萨尔的传奇故事。他毫不惊奇（这一点就足以使那些熟悉的人们惊奇了），仿佛他原就从师多年学唱这部恢宏的民族史诗。更使人们惊奇的，是他竟然对人们的疑问反而惊奇。他不能理解人们何以这样大惊小怪。在他看来，唱格萨尔王是他最自然不过的举动了。他为什么不唱，为什么不能唱呢？人们为什么要问是谁教他的呢？谁教过你吸吮乳头么？

当乡亲和母亲说他失踪了一个月时，顿珠觉得像痴人说梦。阿妈怎么啦？还有乡亲们？阿妈瘦了，瘦得脱了相，这简直不像真的。早上出去的时候，他的糌粑口袋是阿妈给装的，阿妈笑盈盈的，阿妈好健康啊！顺心顺气，有两个好儿子的幸福的阿妈啊！可是现在。

另有一些不那么流行的说法。

顿珠顿月的阿爸是个打铁的流浪说唱艺人——他的真传骨血传给了双胞胎的母亲，顿珠是得了阿爸的真传，是天生天成的。这种说法倒似乎有一点现代科学——遗传工程学——的味道，只是仍然是一种超验主义哲学的思想方法。看得出，多数人是宁可相信神话的，虽然神话中更多唯心或唯灵的成分，但是它美。这类传说显然不宜掺杂太多的唯物成分。

彻底的唯物主义者对凡此种种传说都付之一笑。他们有比较令人信服的解释，说这不过是艺人自己为渲染民族史诗及其自身的神秘而故意编出这许多奥秘的，说汉族无法理解藏民族那种与宗教、神话以及迷信杂糅在一起的崇尚神秘事物的原始意识；说藏民族天生就是产生优美神话的民族；正如他们天生崇尚各种精美的雕饰——镂银藏刀；金玉耳环、戒指；各种珍宝、桃核、骨刻的珠串；多种头饰、发辫；多种服饰；织花地毯、卡垫，不一而足！

反正顿珠自己知道。他知道这是否神话；他知道自己是个铁匠的儿子；他还知道自己怎么就唱起了格萨尔王。他虽然不懂哲学及其五花八门的概念，但他会唱，会唱这部世界最长的藏族的英雄史诗。他看不出这有什么值得如此大惊小怪。后面自然还有关于顿珠的故事。

十三

尼姆为顿月生了一个男孩。顿月收到尼姆捎去的口信没有？这不好说。顿月没给她写信，尼姆盼着的信没来；尼姆以为他准会来信。顿月把她忘了？总之顿月没有来信，没有回来看看儿子。尼姆曾经捱了阿爸的咒骂。很怕人的咒骂。阿爸是个虔信佛教的老人，从来到这个世界那天就开始膜拜释迦牟尼。他中年得女丧妻，性情格外孤僻乖戾，酒喝得很凶，一天里很少有清醒的时候，而且他心地狭窄，习惯斤斤计较。

尼姆生了私孩子，他骂，他绝不原谅，因而对着他的偶像诅咒女儿，酒喝得更凶了。尼姆只好搬出去住，在远离阿爸的地方支起一顶小帐篷。一个女人带着一个孩子，生活可想而知。

没有人知道孩子是顿月的，尼姆没讲过。她似乎有几年没说话了，没有人听见她说过什么话，也许她说过，对儿子，对她那群羊和那只卷毛蓬松的牧羊犬。还有可能在一人独处时自言自语，只是没有人听她说过什么。她过分地离群索居，以致使多数乡亲甚至忘记了她的存在。

她也回来，那通常是天黑下来的时候，她像躲避豹子似地躲躲闪闪地溜回家里。这种时候阿爸总是流着口涎歪倒在卡垫上，经常已经鼾声大作，而且吐得一塌糊涂。她不出声音地把呕吐的秽物拾掇干净，然后架起锅，烧上浓茶，再把阿爸搁到卡垫上躺好，盖上皮大衣，之后默默地对着冒烟的灰烬站了一阵，又像来时一样幽灵似地闪出帐篷，在黑处消失了。

儿子可以到处跑了。尼姆仍然时常偷偷溜回家。只是她从来都是一个人回去，儿子不认得外祖父。三岁的孩子连一句话也不会说，这一定是完全离开了语言环境的缘故，他完全习惯于一个人玩，有时像成年人一样发呆。这个孩子很少对人感兴趣。无论是从他帐篷跟前走过的乡亲或路人，无论是他阿妈，谁都不能使他分神去看一眼。吆喝也罢，柔声呼唤也罢，结果都一样。他原来干什么仍然干什么，丝毫不会受到惊扰。

那个晚上尼姆照例一个人在夜里去阿爸那里。天黑得有点怕人。她急急地出了门，用头巾兜住两颊。路上有点儿磕绊，没有碰到什么人。阿爸一如既往，早醉成一摊泥。她进去就开始收拾，自己也说不清为什么心里发急。天阴得实在反常，儿子已经睡下了，这之间有什么联系呢？尼姆确实心神不宁。锅里有冷茶水，今晚就这样吧，阿爸夜里醒来需要的就是这个。当然有热茶或温茶更好些，可是今晚的天气！她没有多耽搁，掖好帐篷的门帘子就往回赶了。天黑心急，她一路跌倒两次，这不算什么。走近自己的小帐篷时，她听到低沉而悸心的呜咽，是她的牧羊犬。她马上又看到更忧目的：帐篷门帘掉了，原来点着酥油灯的里间一片漆黑。瞬间，她突然知道完了，全完了。她知道自己为什么心神不安，为什么发急。当她从怀里摸出火柴擦燃时，那个大约三秒钟的光明使她身子发瘫，她就地坐下了，好半天想不起该点亮灯，该把血肉模糊的牧羊犬抱进帐篷。可怜的畜生，它断了一条腿和两根肋骨，上颚的毛皮给抓豁了。后来，它居然活下来了。

是熊。

她也说不清，为什么她借着火柴光亮看到儿子安然入睡时竟全无惊喜和庆幸的感觉，她不该庆幸或者惊喜么？她只记得浑身瘫软下去了，她不记得自己这样坐了多久。后来还是狗的呻吟呜咽提醒了她。它是这个家庭里的第三个成员，现在是它的痛苦使她清醒了。只是她永远闹不明白，熊怎么能和儿子相安无事？牧羊犬的伤残，翻倒在地的酥油桶和摔碎的茶碗，这许多在夜里肯定很刺激的音响竟没有使儿子醒转过来，尼姆知道儿子听觉正常，很正常。

这以后，每当儿子睡下，尼姆都就着跳荡的油灯长久地守在儿子跟前。她看着儿子的厚嘴唇，看着儿子轮廓粗糙的脸型。她努力去想很久以前她和顿月共有的那个夜晚，去想那以后她发现自己怀了孩子的种种感觉。她努力想回忆起顿月的相貌和他仅有的那次粗暴（多么令人回味的粗暴呵），可是不成，她什么也回忆不起来；不成，不成了。于是，她又努力试图俯身从眼下这个小家伙的睡相上找出顿月的影子，也不成，她不禁惊奇了。

她奇怪儿子居然像顿珠。笨拙，反应相当迟钝，脸廓尤其显著。顿月可不是这种样子。她想不出道理，也不再费力去想。

牧羊犬终于痊愈了,这个三口之家又以过去的形式度过了一段重复的时间。

十四

顿珠成了说唱艺人之后,同时也还是一个羊倌,还是个孝顺儿子。他和阿妈不识字。每次邮递员把汇款单交给他时,都告诉他简短附言栏上写着的话,诸如:阿妈买点好吃的,别舍不得花钱——我在这挺好的,部队番号保密,不要回信了——我现在是班长了……我现在是排长了……我现在是连长了……我还在开车……部队任务紧,请阿妈原谅我不能回家探望云云。顿珠每次都一字不误地记下来转述给阿妈。阿妈挺知足的,娘俩也就不用多惦记了。

尼姆的事顿珠是否想过,不得而知。大概只有顿珠知道顿月和尼姆有恋情,然而这不能使顿珠因此就认定尼姆的私生子就是弟弟顿月的。牧羊汉子顿珠不可能潜心计算尼姆生产距顿月离家整整九个月,他知道的简单事实是尼姆在顿月走后很久生了一个私孩子,谁知道是哪个的野种呢?另一个人所共知的事实,是尼姆的阿爸因此把尼姆赶出去了。她阿爸咒她,骂她,到死也没原谅她(他是在某个上午在自己的帐蓬里被邻人发现的,身子硬了,仍然带着酒气)。顿珠还知道那个从不说话的男孩子从熊掌下脱生的故事,那孩子有五六岁了,长得粗大笨拙。尼姆赶着羊群出去的时候,这孩子总是拽住某只大羊的尾巴跟上去。与孩子为伴的只有牧羊犬、羊和鹰或者其他鸟儿。这些顿珠都是知道的。

现在,就是白天放牧的时候,仍然有人凑在顿珠的羊群附近,听顿珠说唱那些又古老又亲切又悲壮的故事。时间久了。再没有人问顿珠是怎么学会的、跟谁学会的;顿珠的关于格萨尔王的故事,自然而然地成了这里的藏族牧民们自古以来的生活的有机部分。

如果顿珠不健忘的话,他肯定记得顿月走前的晚上那些愉快的憧憬。如果他富于联想,有足够的浪漫气,他肯定会设想在过去的这些年头里,弟弟顿月开着汽车不止一次地去到成都、西安、北京和上海这些地方。开始带着一班人,后来是一个排。现在是一个整连,幸运的顿月啊!顿月应该看了几百场演出了吧?有内地的,也有拉萨,他一定不会错过任何机会的。顿珠最知道弟弟了。

也许顿月已经跑遍全藏。日喀则,阿里,拉萨,山南。对了,还有昌都。他追过大群的黄羊吗?一定追过的,就是轧了千把只也说不定,他是个多么好玩的家伙呵。

还有,为了到各地开眼界,顿珠想顿月肯定会把什么地理课重新好好学一学。顿月是个肯学习肯动脑筋的,顿珠知道自己不如弟弟。

现在顿珠和从前一样,利用闲暇到处拣牛粪,到处弄柴草,从老远老远的地方往回背。顿珠一定还记得弟弟的许诺,等着弟弟开汽车回来,带他到西山西面老远的大林子里拉满车的干树枝干叶子回来。那里是太远了,乡亲们没有一个人到过那呢。

还有,顿珠是喜欢看电影的,他是否同时期待着弟弟开车送他到拉萨看电影呢?

也许吧,什么都是可能的。

然而——

尼姆呢?顿月走前讲的关于尼姆那些话?顿珠并不健忘,他记得,全记得,那么

我不知道那么后面该是什么,删节号?或者一些可以连缀上下文的文字?我不知道,我找不到合适的东西,因为结果大出我的意料。我尤其不知道该用什么伦理道德标准去衡量这个结果。问题明摆着清楚。顿月对于尼姆是失踪了,对于顿珠正在纵横驰骋于自我想象。尼姆对于顿珠,是某个野孩子的母亲(她早已不是弟弟顿月的恋人了),同时又是一个年龄相近的女人;尼姆不丑也不算老。就这些。

是这样,尼姆水葬了阿爸,之后在河边站了半天半宿,据说她没有掉泪。周年过了,她找到顿珠,顿珠正在捡牛粪,冬天就要到了。没有人知道尼姆对顿珠说的什么,也许就是"跟我结婚吧"。或者"把我娶到家里去吧"这么简单又直接的一句话。尼姆好久没说一句话了,她一定不会讲更多的。我想。反正她和她那拽羊尾巴长大的不说话的儿子一起和顿珠家合了帐蓬。真想知道顿珠的阿妈对这件事做何感想——读者知道,那是她老人家的嫡生孙子,她该不会把孙子当成一个小野种罢。

十五

故事到这里已经讲得差不多了，但是显然会有读者提出一些技术以及技巧方面的问题。我们来设想一下。

A. 关于结构。这似乎是三个单独成立的故事，其中很少内在联系。这是个纯粹技术性问题，我们下面设法解决一下。

B. 关于线索。顿月截止第一部分，后来就莫名其妙地断线，没戏了，他到底为什么没给尼姆写信？为什么没有出现在后面的情节当中？又一个技术问题，一并解决吧。

C. 遗留问题。设想一下，顿月回来了，兄弟之间，顿月与嫂子尼姆之间将可能发生什么？三个人物的动机如何解释？

第三个问题涉及技术和技巧两个方面。

好了。先看 C。

首先顿月不会回来（也不可能回来，排除了顿月回来的可能性，问题就简单了），因为他入伍不久就因公牺牲了。他的班长为了安抚死者母亲，自愿顶替了这个儿子角色；近十年来他这个冒名儿子给母亲寄了近两千元钱。然后——

还用然后么，我亲爱的读者？

十六

姚亮一直自诩是个诗人，陆高叫他情种。诗人也罢，情种也罢，姚亮倒全不以为然。姚亮有时也开陆高的玩笑，野人是姚亮送陆高的雅号。

陆高偶尔也作诗，甚至不逊于姚亮的诗。

当有人问及姚亮，问他为什么要到这块号称第三极的不毛之地来，姚亮完全以一个大诗人的气势和气度答复这问话。也有陆高的。

牧歌走向牧歌

姚　亮

许多人都是听了你的话
因而受到蛊惑才来的
说是北面一块
起伏不大的五千里高地
永远是零度。只有
虫草和精壮的羊子
慵懒而且消闲
莫名地拥在帐子周围
还有那些褐石。是的还有
南面那些褐石揉进
透明质的白色和蓝色
之间。为什么我还要说
我们是听了你的话来的？
我们都记得你。
高地有极好的能见度因而
可以清晰地想见，月亮

和没有光泽的六枚镍币
不是到这里以后我们
才开始借助寺庙，借助
遍野的尸骸学习幻想
我说不是。我这样
郑重剖白只是想向高地
表示一个曾经是孩子的
成年人的崇敬。古语说
三十是我而立之年。
我自想是骑着白色的快马
来的，而且要不时停下来
便溺或抓一点糌粑
我喝不来酥油茶。草原风
应该是有某种颜色的
不然为什么大张的
我的鼻孔里竟至塞满灰尘？
正在行走的马儿
请别用鞭儿抽打
马儿的阿妈看到
心里要难过的啊
隔着飞隼的背羽，远远就看到
那堵白墙。看到白墙上的
金顶下面的砖红色宫殿。那个
牧羊小姑娘十二分骄傲地
说它就是这块高地的
标志。小姑娘梳着七十七条
有头虱的发辫，露出白牙
对我的马儿笑笑。我说
我是从渤海边上来的
我是一个喜欢牧歌的诗人
过了午夜
我们还在歌唱
在收割过田野
对着不圆的月亮
我们唱着忧郁的歌
唱着被雪覆盖的小河
唱着一个相同的夜晚
唱着马车上的
我们的寂寞
牧女不客气打断我的吟咏：
"怎么你们那儿也下雪吗？"
叫我怎么回答你呢。是的
是的我的小姑娘，到处
都在下雪到处。到处。

可我为什么要这么急促地
催着白马赶路呢？
该从山海关攀上长城向西去
也拐到圆明园稍事停留
看看荷塘废墟也看看
巨大的白石头

我刚刚感到我是太急了
我不应该这么急
我甚至忘记了我是谁
（上帝是个宇航员）
我又是从哪里来的
我只是懊悔我太快就到了
布达拉山脚。我当然记得
又潮又咸的海水的涌动
和关于红帆船水手的诗篇
不如总在途中
于是常有希冀
野鸽子
陆高
拉萨河的湍流再说
这不是一片荒漠，那样
你不以为是太晚了一点？
没有人真正理解秃鹫
永远带着敌视的鹰嘴
因为白褐色的河心岛
我又记起了睿智的容格
每当我把自己想象为
石头，冲突就停止了

别说蠢话。别说
诸如这样的蠢话
"走进一块石头
那才是我的路"
我是宁愿掉进冰川裂口的
不然，我又算个什么诗人
其实我是想说
应该还有别的。
比如很久就流传下来的
炊烟和这些村庄的名字
而今这些村子
也只有在黄昏
才变得美丽
于是我们来了。带着

口红、画箱和避孕用具
（我们可是来过日子的
真傻，真糊涂透了
我们不是早说好的
要在这里生一大群儿子吗）
突然意外地兴奋。不再
有爱情才带给我灵感
看没有熟悉的鸽哨空鸣
在白居寺后墙的大群
鸽子仍然飞来了

烦恼人生

池 莉

一

早晨是从半夜开始的。

昏蒙蒙的半夜里"咕咚"一声惊天动地，紧接着是一声恐怖的嚎叫。印家厚一个惊悸，醒了，全身绷得硬直，一时间竟以为是在噩梦里。待他反应过来，知道是儿子掉到了地上时，他老婆已经赤着脚下了床，颤颤地唤着儿子。母子俩在窄狭壅塞的空间撞翻了几件家什，跌跌撞撞抱成一团。

他应该做的第一件事是开灯，他知道，一个家庭里半夜发生意外，丈夫应该保持镇定。可是灯绳怎么也摸不着！印家厚咻咻喘着粗气，一双胳膊在墙上大幅度摸来摸去。老婆恨恨地咬了一个字"灯"便哭出声来。急火攻心，印家厚跳起身，踩在床头柜上，一把捉住灯绳的根部用劲一扯：灯亮了，灯绳却扯断了。印家厚将手中的断绳一把甩了出去，负疚地对着儿子，叫道："雷雷！"

儿子打着干噎，小绿豆眼瞪得溜圆，十分陌生地望着他。他伸开臂膀，心虚地说："怎么啦？雷雷，我是爸爸哟！"老婆挡开了他，说："呸！"

儿子忽然说："我出血了。"

儿子的左腿上有一处擦伤，血从伤口不断沁出。夫妻俩见了血，都发怔了。总算印家厚先摆脱了怔忡状态，从抽屉里找来了碘酒、棉签和消炎粉。老婆却还在发怔，眼里蓄了一包泪。印家厚利索地给儿子包扎伤口，在包扎伤口的过程中，印家厚完全清醒了，内疚感也渐渐消失了。是他给儿子止的血，不是别人。印家厚用脚把地上摔倒的家什归拢到一处，床前便开辟出了一小块空地，他把儿子放在空地上，摸了摸儿子的头，说："好了。快睡觉。"

"不行，雷雷得洗一洗。"老婆口气犟直。

"洗醒了还能睡吗？"印家厚软声地说。

"孩子早给摔醒了！"老婆终于能流畅地说话了，"请你走出去访一访，看哪个工作了十七年还没有分到房子。这是人住的地方？猪狗窝！这猪狗窝还是我给你搞来的！是男子汉，要老婆儿子，就该有个地方养老婆儿子！窝囊巴叽的，八棍子打不出一个屁来，算什么男人！"

印家厚头一垂，怀着一腔辛酸，呆呆地坐在床沿上。

其实房子和儿子摔下床有什么联系呢？老婆不过是借机发泄罢了。谈恋爱时的印家厚就是厂里够资格分房的工人之一，当初他的确对老婆说过只要结了婚，就会分到房子的。他夸下的海口，现在只好让她任意鄙薄。其实当初是厂长答应了他，他才敢夸那海口。如今她可以任意鄙薄他，他却不能同样去对付厂长。

印家厚等待着时机，要制止老婆的话匣必须是儿子。趁老婆换气的当口，印家厚立即插了话："雷雷，乖儿子，告诉爸爸，你怎么摔下来了？"

儿子说："我要屙尿。"

老婆说："雷雷，说拉尿，不要说屙尿。你拉尿不是要叫我的吗？"

"今天我想自己起来……"

"看看!"老婆目光炯炯,说,"他才四岁! 四岁! 谁家四岁的孩子会这么灵敏!"

"就是!"印家厚抬起头来,掩饰着自己的高兴。并不是每个丈夫都会巧妙地在老婆发脾气时,去平息风波的。他说:"我家雷雷真是了不起!"

"嘿,我的儿子!"老婆说。

儿子得意地仰起红扑扑的小脸,说:"爸爸,我今天轮到跟你跑月票了吧?"

"今天?"印家厚这才注意到已是凌晨四点缺十分了。"对。"他对儿子说,"还有一个多小时咱们就得起床。快睡个回笼觉吧。"

"什么是——回笼觉? 爸爸。"

"就是醒了之后又睡它一觉。"

"早晨醒了中午又睡也是回笼觉吗?"

印家厚笑了。只有和儿子谈话他才不自觉地笑。儿子是他的避风港。他回答儿子说:"大概也可以这么说。"

"那幼儿园阿姨说是午觉,她错了。"

"她也没错。雷雷,你看你洗了脸,清醒得过分了。"

老婆斩钉截铁地说:"摔清醒的!"话里依然含着寻衅的意味。

印家厚不想一大早就和她发生什么利害冲突。一天还长着呢,有求于她的事还多着呢。他妥协地说:"好吧,摔的,不管这个了,都抓紧时间睡吧。"

老婆半天坐着不动,等印家厚刚躺下,她又突然委屈叫道:"睡! 电灯亮刺刺的怎么睡?"

印家厚忍无可忍,正要恶声恶气地回敬她一下,却想起灯绳让自己扯断了。他大大咽了一口唾沫,爬起来……

在电灯黑灭的一刹那,印家厚看见手中的起子寒光一闪,一个念头稍纵即逝。他再不敢去看老婆,他被自己的念头吓坏了。

当眼睛适应了黑暗之后,发现黑暗原来并不怎么黑。曙色已朦胧地透过窗帘;大街上已有轰隆隆开过的公共汽车。印家厚异常清楚地看到,所谓家,就是一架平衡木,他和老婆摇摇晃晃在平衡木上保持平衡。你首先下地抱住了儿子,可我为儿子包扎了伤口。我扯断了开关我修理,你借的房子你骄傲。印家厚异常地酸楚,又壮起胆子去瞅起子。后来天大亮了,印家厚觉得自己做过一个关于家庭的梦,但内容却实在记不得了。

二

还是起得晚了一点。

八点上班,印家厚必须赶上六点五十分的那班轮渡才不会迟到。而坐轮渡之前还要乘四站公共汽车,上车之前下车之后还各有十分钟的路程。万一车不顺利呢? 万一车顺利人却挤不上呢? 不带儿子当然就不存在挤不上车的问题,可今天轮到他带儿子。印家厚打了一个短短的呵欠后,一边飞快地穿衣服一边用脚摇动儿子。"雷雷! 雷雷! 快起床!"

老婆将毛巾被扯过头顶,闷在里头说:"小点声不行吗?"

"实在来不及了。"印家厚说,"雷雷叫不醒。"

印家厚见老婆没有丝毫动静,只得一把拎起了儿子。"嗨,你醒醒! 快!"

"爸爸,你别揉我。"

"雷雷,不能睡。爸爸要迟到了,爸爸还要给你煮牛奶。"印家厚急了。

公共的卫生间有两个水池,十户人家共用。早晨是最紧张的时刻,大家排着队按顺序洗漱。印家厚一眼就量出自己前面有五、六个人,估计去一趟厕所回来正好轮到。他对前面的妇女说:"小金,我的脸盆在你后边,我去一下就来。"小金表情淡漠地点了点头,然后用脚勾住地上的脸盆,随时准备往前移。

厕所又是满员。四个蹲位蹲了四个退休的老头。他们都点着烟,合着眼皮悠着。印家厚鼻孔里呼出的气一声比一声粗。一个老头嘎嘎笑了:"小印,等不及了?"

印家厚勉强吭了一声,望着窗格子上的半面蛛网。老头又嘎嘎笑:"人老了什么都慢,但再慢也得蹲出来,要形成按时解大便的习惯。你也真老实到家了,有厂子的人怎么不留到厂里去解呀。"

屁!印家厚极想说这个字可他又不想得罪邻居,邻居是好得罪的么?印家厚憋得慌,提着双拳正要出去,后边响起了草纸揉搓声,他的腿都软了。

返回卫生间,印家厚的脸盆刚好轮到,但后边一位已经跨过他的脸盆在刷牙了。印家厚不顾一切地挤到水池前洗漱起来。他没工夫讲谦让了。被挤在一边的妇女含着满口牙膏泡沫瞅了印家厚一眼,然后在他离开卫生间时扬声说:"这种人,好没教养!"

印家厚听见了,可他希望他老婆没听见,他老婆听见了可不饶人,她准会认为这是一句恶毒的骂人话。糟糕的是儿子又睡着了。

印家厚一迭声叫"雷雷"。一面点着煤油炉煮牛奶,一面抽空给了儿子的屁股一巴掌。

"爸爸,别打我,我只睡一会儿。"

"不能了。爸爸要迟到了。"

"迟到怕什么。爸爸,我求求你。我刚刚出了好多的血。"

"好吧,你睡,爸爸抱着你走。"印家厚的嗓子沙哑了。

老婆掀开毛巾被坐起来,眼睛红红的。"来,雷雷,妈妈给你穿新衣服。海军衫,背上冲锋枪,在船上和海军一模一样。"

儿子来兴趣了:"大盖帽上有飘带才好。"

"那当然。"

印家厚向老婆投去感激的一瞥,老婆却没理会他。趁老婆哄儿子的机会,他将牛奶灌进了保温瓶,拿了月票、钱包、香烟、钥匙和梁羽生的武侠小说《风雷震九州》。

老婆拿过一筒柠檬夹心饼干塞进他的拎包里,嘱咐和往常同样的话:"雷雷得先吃几块饼干再喝牛奶,空肚子喝牛奶不行。"说罢又扯住拎包塞进一个苹果,"午饭后吃。"接着又来了一条手帕。

印家厚生怕还有什么名堂,赶紧抱起儿子:"当兵的,咱们快走吧,战舰要启航了。"

儿子说:"妈妈再见。"

老婆说:"雷雷再见!"

儿子挥动小手,老婆也扬起了手。印家厚头也不回,大步流星汇入了滚滚的人流之中。他背后不长眼睛,但却知道,那排破旧老朽的平房窗户前,有个烫了鸡窝般发式的女人,披了件衣服,没穿袜子,趿着鞋,憔悴的脸上雾一样灰暗。她在目送他们父子。这就是他的老婆。你遗憾老婆为什么不鲜亮一点呢?然而这世界上就只有她一个人在送你和等你回来。

机会还算不错。印家厚父子刚赶到车站,公共汽车就来了。

这辆车笨拙得像头老牛,老远就开始哼哼叽叽。车停了,但人多得开不了门,顿时车里车外一起发作,要下车的捶门,要上车的踢门。印家厚把拎包挂在胸前,连儿子带包一齐抱紧。他像擂台上的拳击手不停地跳跃挪动,观察着哪个门好上车,哪一堆人群是容易冲破的薄弱环节。

售票员将头伸出车窗说:"车门坏了,坏了坏了。"

车启动,马路上的臭骂暴雨般打在售票员身上。骂声未绝,车在前面突然煞住了。"哗啦"一下车门全开,车上的人带着参加了某个密谋的诡笑冲下车来;等车的人们呐喊着愤怒地冲上前去。印家厚是跑月票老手了,他早看破了公共汽车的把戏,他一直跟着车子小跑。车上有张男人的胖脸在嘲弄印家厚。胖脸噘起嘴,做着唤牲口的表情。印家厚牢牢地盯着这张脸,所有的气恼和委屈一起膨胀在他胸里头。他看准了胖脸要在中门下,他候在中门,好极了!胖脸怕挤,最后一个下车,慢吞吞好像是他自己的车。印家厚从侧面抓住车门把手,一步蹿上车,用厚重的背把那胖脸抵在车门上一挤然后又一揉,胖脸啊呀呀叫唤起来,上车的人不耐烦地将他扒开,扒得他在马路上团团转。印家厚缓缓地长长地舒了一口气。

车下的一切甩开了,抬头便要迎接车上的一切。印家厚抱着孩子,虽没有人让座但有人让出了站的位置,这就够令人满意了。印家厚一手抓扶手,一手抱儿子,面对车窗,目光散淡。车窗外一刻比一刻灿烂,朝霞的颜色抹亮了一爿爿商店。朝朝夕夕,老是这些商店,印家厚说不出为什么,一种厌烦,一种焦灼却总是不近不远地伴随着他。此刻他只希望车别出毛病,快快地到达江边。

儿子的愿望比父亲多得多。

"爸爸,让我下来。"

"下来闷人。"

"不闷。我拿着月票,等阿姨来查票,我就给她看。"

旁边有人称赞说这孩子好聪明,儿子更是得意非凡,印家厚只得放他下来。车拐弯时,几个姑娘一下子全倒过来。印家厚护着儿子,不得不弯腰拱肩,用力往后撑,一个姑娘尖叫起来:呀——流氓!印家厚大惑不解,扭头问:"我怎么你了?"不知哪里插话说:"摸了。"

一车人都开了心,都笑。姑娘破口大骂,针对印家厚,唾沫喷到了他的后颈脖上。一看姑娘俏丽的粉脸,印家厚握紧的拳头又松开了。父亲想干没干的事,儿子倒干了。儿子从印家厚两腿之间伸过手去朝姑娘一阵拳击,嘴里还念念有词:"你骂!你骂!"

"雷雷!"印家厚赶快抱起儿子,但儿子还是挨了一脚。这一脚正踢在儿子的伤口上。只听雷雷半哀半怒叫了一声,头发竖起,耳朵一动一动,扑在印家厚的肩上,啪地给了那姑娘一记清脆的耳光。众目睽睽之下,姑娘怔了一会儿,突然嘤嘤地哭了。

父子俩获得全胜下车,儿子非常高兴。挺胸收腹,小屁股鼓鼓的,一蹦三跳。印家厚奄头奄脑,他不知为什么不能和儿子同样高兴。

三

上了轮渡就像进了自家的厂,全是厂里的同事。

"嘿,又轮到你带崽子了。"

"嗯。"

自然是有人让出了座位。儿子坐不住,四处都有人叫他逗他。厂里一个漂亮的女工,刚刚结婚,对孩子有着特别的兴趣,雷雷对她也特别有好感,见了她就偎过去了。女工说:"印师傅,把印雷交给我,我来喂他喝牛奶。"

印家厚把挎包递过去,拍拍巴掌,做了几下扩胸运动,轻松了。整个早晨的第一次轻松。

有人说:"你这崽子好眼力。"

"嗯。"印家厚说。

"来,凑一圈?"

"不来。我是看牌的。"印家厚说。

一支烟飞过来,印家厚伸手捞住,用唇一叼,点上了火。汽笛短促地"呜呜"两声,轮船离开趸船漾开去。

打牌的圈子很快便组合好了。大家各自拿出报纸杂志或者脱下一只鞋垫在屁股底下。甲板上顿时布满一个接一个的圈子。印家厚蹲在三个圈子交界处看三面的牌,半支烟的工夫,还没看出兴趣来,他走开了。有段时间印家厚对扑克瘾头十足,那是在二十五岁之前。他玩牌玩得可精,精到只赢不输,他自以为自己总也有一个方面战无不胜。不料,一天早晨,也就是在轮渡的甲板上,几个不起眼的人让他输了。他突然觉得扑克索然寡味。赢了怎样?从此便不再玩牌。偶尔看看,只看出当事者完全是迷糊的,费尽心机,还是不免被运气捉弄。看那些人被捉弄得鬼迷心窍,嚷得脸红脖子粗,印家厚不由得直发虚。他想他自己从前一定也是这么一副蠢相。他妈的,世界上这事!——他暗暗叹息一阵。

雷雷的饼干牛奶顺利地进了肚子,乖乖地坐在一只巴掌大的小小折叠椅上听那位漂亮女工讲故事。他看见他父亲走过来就跟没看见一样。印家厚冷冷地望了儿子好一会,莫名的感伤如同喷出的轻烟一样弥漫开去。

印家厚朝周围撒了一圈烟,作为对自己刚上船就接到了烟的回报。只要他抽了人家的烟他就要往外撒烟,不然像欠了债一样,不然就不是男子汉的作为。撒烟的时候他知道自己神情满不在乎,动作大方潇洒,他心里一样受用——这常常只是在轮渡上的感受。下了船,在厂里,在家里,在公共汽车上,情况就比香烟的来往复杂得多,也古怪得多,他经常闹不清自己是否接受了或者是否付出了。这些时候,他就让自己干脆别想着什么接受付出,认为老那么想太小家子气,吞吐量太窄,是小肚鸡肠。

春季的长江依然是一江大水,江面宽阔,波涛澎湃。轮渡走的是下水,确实有乘风破浪的味道。太阳从前方冉冉升起,一群洁白的江鸥追逐着船尾犁出的浪花,姿态灵巧可人。这是多少人向往的长江之晨呵,船上的人们却熟视无睹。印家厚伏在船舷上吸烟,心中和江水一样茫茫苍苍。自从他决绝了扑克,自从他做了丈夫和父亲,他就爱伏在船舷上,朝长江抽烟;他就逐渐逐渐感到了心中的苍茫。

小白挤过来,问印家厚要了一支烟。小白是厂长办公室的秘书,是个愤世嫉俗的青年,面颊苍黄,有志于文学创作。

"他妈的!"小白说,"你他妈裤子开了一条缝。这,好地方,大腿里,还偏要迎着太阳站。"

印家厚低头一看,果然里头的短裤都露出了白边。早晨穿的时候是没缝的,有缝他老婆不会放过。是上车时挤开的。

"挤的。没办法。"印家厚说:"不要紧,这地方男人看了无所谓,女人又不敢看。"

"过瘾。你他妈这语言特生动。"小白说。

靠在一边看报的贾工程师颇有意味地笑了。他将报纸折得整整齐齐装进提包里,凑到这边来。

"小印,你的话有意思,含有一定的科学性。"

"贾工,抽一支。"

"我戒了。"

小白讥讽:"又戒了?"

"这次真戒。"贾工掏出报纸,展得平平的,让大家看中缝的一则最新消息:香烟不仅含尼古丁、烟焦油等致癌物质,还含放射线。如果一个人一天吸一包烟,就相当于在一年之内接受二百五十次胸透。

贾工一边认真折叠报纸一边严峻地说:"人要有一股劲,一种精神,你看人家女排,四连冠!"

印家厚突然升起一股说不清的自卑感,他猛吸一口烟,让脸笼罩在蓝雾里边。

小白说:"四连冠算什么?体力活,出憨劲就成。曹雪芹,住破草棚,稀饭就腌菜,十年写成《红楼梦》,流传百世。"

有人插进来说话了:"去蛋!什么体力脑力,人哪,靠天生的聪明,玩都得玩得出名堂来。柳大华,玩象棋,国际大师称号。有什么比国际大师更中听?"

争论范围迅速扩大。

"中听有屁用!人家周继红,小丫头片子,就凭一个斤斗往水里一栽,一块金牌,三室一厅房子,几千块钱奖金。"

印家厚叭叭吸烟,心中愈发苍茫了。他忿忿不平的心里真像有一江波涛在里面鼓动。同样都是人。都是人!

小白不服气,面红耳赤地争辩道:"铜臭!文学才过瘾呢。诗人。诗。物质享受哪能比上精神享受。有些诗叫你想哭想笑,这才有意思。有个年轻诗人写了一首诗,只一个字,绝了!听着,题目是《生活》,诗是:网。绝不绝?你们谁不是在网中生活?"

顿时静了。大家互相淡淡地没有笑容地看了看。

印家厚手心一热,无故兴奋起来:"我倒可以和一首。题目嘛自然是一样,内容也是一个字——"。

大家全盯着他。他稳稳地说:"——梦。"

好!好!都为印家厚的"梦"叫好。以小白为首的几个文学爱好者团团围住他,要求与他切磋切磋现代诗。

轮渡兀然一声粗哑的"呜——"淹没了其它一切声音。船在江面上划出一优美的弧线向趸船靠拢。印家厚哈哈笑了,甩出一个脆极的响指。这世界上没有什么人比别人高一等,他印家厚也不比任何人低一级。谁能料知往后的日子有怎样的机遇呢?

儿子向他冲过来,端来冲锋枪,发出呼呼声,腿上缠着绷带,模样非常勇猛。谁又敢断言这小子将来不是个将军?

生活中原本充满了希望和信心。

一个多么晴朗的五月的早晨!

四

随着人潮涌上岸去。该是吃点东西的时候了。只要赶上了这班船就成,就可以停下来吃顿早饭。

餐馆方便极了,就是马路边搭的一个棚子。棚子两边立着两只半人高的油桶改装的炉子,蓝色的火苗蹿出老高。一口油锅里炸着油条,油条放木排一般滚滚而来,香烟弥漫着,油焦味直冲喉咙,另一口大锅里装了大半锅沸沸的黄水,水面浮动一层更黄的泡沫,一柄长把竹箩笊篱塞了一窝油面,伸进沸水里摆了摆,提起来稍稍沥了水,然后扣进一只碗里,淋上酱油、麻油、芝麻酱、味精、胡椒粉,撒一撮葱花——热干面。武汉特产:热干面。这是印家厚从小吃到大的早点。两角钱能吃饱。现在有哪个大城市花两角钱能吃饱早餐?他连想都没想过换个花样。

卖票的桌子设在棚子旁边的大柳树下,售票员是个淡淡化了妆但油迹斑斑的姑娘。树干上挂了一块小黑板,白粉笔浪漫地写着:哗! 凉面上市! 哗!

热干面省去伸进锅里烫烫那道程序就叫凉面。

印家厚买了凉面和油条。凉面比热干面吃起来快得多。

父子俩动作迅速而果断,显出训练有素的姿态。这里父亲挤进去买票,那里儿子便跑去排热干面的队了。雷雷见拿油条的人不少,就把冲锋枪放在自己站的位置上,转身去排油条队。

拿油条连半秒钟都没有等。印家厚嘉奖地摸了把儿子的头。儿子异常得意。可印家厚买了凉面而不是热干面,儿子立刻霜打了一般,他快快地过去拾起了自己的枪——取热干面的队伍根本没理会这支枪,早跨越它向前进了;他发现了这一点,横端起冲锋枪,冲人们"哒哒哒"就是一梭子。

"雷雷!"印家厚吃惊地喝住儿子。

不到三分钟。早点吃完了。人们都是在路边吃,吃完了就地放下碗筷,印家厚也一样,放下碗筷,拍了拍儿子,走路。儿子捏了根油条,边走边吃,香喷喷的。印家厚想:这小子好残酷,提枪就扫射,怎么得了! 像谁? 他可没这么狠的心;老婆似乎也只是嘴巴狠。怎么得了! 他提醒自己儿子要抓紧教育! 不能再马虎了! 立时他的背就弯下一些,仿佛肩上加压了。

上了厂里接船的公共汽车。印家厚试图和儿子聊聊。

"雷雷,晚上回家不要惹妈妈烦,不要说我们吃了凉面的。"

"不是'我们',是你自己。"

"好。我自己。好孩子要学会对别人体贴。"

"爸,妈妈为什么烦?"

"因为妈妈不让我们用餐馆的碗筷,那上面有细菌。"

"吃了会肚子疼的细菌吗?"

"对。"

"那你为什么不听妈妈的话?"

他低估了四岁的孩子。哄孩子的说法的确过时了。

"唔,是这样。本来是不应该吃的。但是在家里吃早点,爸爸得天不亮就起床开炉子,为吃一碗面条弄得睡眠不足又浪费煤。到厂里去吃罢,等爸爸到厂时,食堂已经卖完了。带上碗筷吧,更不好挤车。没办法,就只能在餐馆吃了。好在爸爸从小就吃凉面,习惯了,对上面的细菌有抵抗力。你年纪小抵抗力差就不适合吃餐馆了。"

"哦,知道了。"

儿子对他认真的回答十分满意。对,就这么循循善诱。印家厚刚想进一步涉及对人开枪的事,儿子又说话了："我今天晚上一回家就对妈妈说：爸爸今天没有吃凉面。对吧？"

印家厚啼笑皆非，摇摇头。也许他连自己都没教育好呢。如果告诉儿子凡事都不能撒谎，那么将来儿子怎么对付许许多多不该讲真话的事？

送儿子去了厂幼儿园得跑步到车间。

去幼儿园磨蹭的时间太多了。阿姨们对雷雷这种"临时户口"牢骚满腹。她们说今天的床铺，午餐，水果糕点，喝水用具，洗脸毛巾全都安排好了，又得重新分配，重新安排，可是食品已经买好了，就那么多，一下子又来了这么些"临时户口"，僧多粥少，怎么弄？真烦人！

印家厚一个劲赔笑脸，作解释，生怕阿姨怠慢了他的儿子。

上班铃声响起的时候，印家厚正好跨进车间大门。

记考勤的老头坐在车间门口，手指头按在花名册上印家厚的名字下，由远及近盯着印家厚，嘴里嘀咕着什么。

这老头因工伤失去了正常健全的思维能力，但比正常人更铁面无私，并且厂里认为他对时间的准确把握有特异功能。

印家厚与老头对视着。他皮笑肉不笑地对老头做了个讨好的表情。老头声色不动，印家厚只好匆匆过去。老头从印家厚背影上收回目光，低下头，精心标了一个1.5。车间太大了，印家厚从车间大门口走到班组的确需要一分半钟，因此他今天迟到了。

印家厚在卷取车间当操作工。

他不是一般厂子的一般操作工，而是经过了一年理论学习又一年日本专家严格培训的现代化钢板厂的现代化操作工。他操作的是日本进口的机械手。

一块盖楼房用的预制板大小的钢锭到他们厂来，十分钟便被轧成纸片薄的钢片，并且卷得紧紧的，拦腰捆好，摞成一码一码。印家厚就干卷钢片包括打捆这活。

他的操作台在玻璃房间里面，漆成奶黄色；斜面的工作台上，布满各式开关，指示灯和按钮，这些机关下面的注明文字清一色是日文。一架彩色电视正向他反映着轧钢全过程中每道程序的工作状况。车间和大教堂一般高深幽远，一般洁净肃穆，整条轧制线上看不见一个忙碌的工人，钢板乃至钢片的质量由放射线监测并自动调节。全自动，不要你去流血流汗，这工作还有什么可挑剔的？

七十年代建厂时它便具有了七十年代世界先进水平，八十年代在中国，目前仍是绝无仅有的一家，参观的人从外宾到少数民族兄弟，从小学生到中央首长，潮水般一层层涌来。如果不是工作中掺杂了其它种种烦恼，印家厚对自己的工作会保持绝对的自豪感，热爱并十分满足。

印家厚有个中学同学，在离这儿不远的炼钢厂工作，他就从来不敢穿白衬衣；穿什么也逃不掉一天下来之后那领口袖口的黄红色污迹，并且用任何去污剂都洗不掉。这位老弟写了一份遗嘱，说：在我的葬礼上，请给我穿上雪白的衬衣。他把遗嘱寄给了冶金部部长。因此他受到行政处分。而印家厚所有的衬衣几乎都是白色的，配哪件外衣都帅。轮到情绪极度颓丧的时候，印家厚就强迫自己想想同学的事，忆苦思甜以解救自己。

眼下正是这样。

印厚家瞅着自己白衬衣的袖口，暗暗摆着自己这份工作的优越性，尽量对大家的发言充耳不闻。

五

本来工作得好好的。站立在操作台前，看着火龙般飞舞而来的钢片在自己这儿变成乖乖的布匹，一任卷取……可是，厂长办公室决定各车间开会。开会评奖金。

四月份的奖金到五月底还没有评出来，厂领导认为严重影响了全厂职工的生产积极性。

车间主任一开始就表情不自然，讲话讲到离奖金十万八千里的计划生育上去了。

有人暗里捅捅前一个的腰，前面的人便噤声敛气注目车间主任。捅腰的暗号传递给了印家厚，印家厚立刻意识到气氛的异样。

会不会……出什么……意外？印家厚惴惴地想。

终于，车间主任一个回马枪，提起奖金问题，并亮出了实质性的内容：厂办明确规定，严禁在评奖中搞"轮流坐庄"，否则，除了扣奖之外还要处罚。这次决不含糊！

印家厚在一瞬间有些茫然失措，心中哽了团酸溜溜的什么。可是很快便恢复了常态。

"轮流坐庄"这词是得避讳的。平日车间班组从来没人提及。自从奖金的分发按规定打破平均主义以来，在几年时间里，大家自然而然地默契地采用"轮流坐庄"的方法。一、二、三等奖逐月轮流，循环往复。同事之间和谐相处，绝无红脸之事；车间领导睁只眼闭只眼，顺其自然。车间便又被评为精神文明模范单位。

好端端今天突然怎么啦？

众人的眼光在印家厚身上游来游去，车间主任老注意印家厚。这个月该是印家厚轮到得一等奖了。

一等奖三十元。印家厚早就和老婆算计好这笔钱的用途：给儿子买一件电动玩具，剩下的去"邦可"吃一顿西餐。也挥霍一次享受一次吧，他对老婆说。老婆展了笑颜：早就想尝尝西餐是什么滋味，每月总是没有结余，不敢想。

老婆前几天还在问："奖金发了吗？"

他答道："快了。"

"是一等奖？"

"那还用说！名正言顺的。"

印家厚不愿意想起老婆那难得和颜悦色的脸，她说得有道理，哪儿有让人舒心的事？他看了好一会儿洁白的袖口，又吧嗒吧嗒挨个活动指关节。

二班的班长挪到印家厚身边。他俩的处境一样。二班长说："喂喂，小印。人善被人欺，马善被人骑。"

"得了！"印家厚低低吼了一句。

二班长说："肯定有人给厂长写信反映情况。现在有许多婊子养的可喜欢写信了。咱俩是他妈什么狗屁班长，干得再多也不中。太欺负人了！就是吃亏也得吃在明处。"

印家厚说："像个婆娘！"

二班长说："看他们评个什么结果，若是太过分，我他妈干脆给公司纪委寄份材料，把这一肚子烂渣全捅出去。"

印家厚干脆不吱声了。

如果说评奖结果未出来之前印家厚还存有一丝侥幸心理的话，有了结果之后他不得不彻底死心了。他总以为即便不按轮流坐庄，四月份的一等奖也应该评他。四月份大检修，他日夜在厂里，干得好苦！没有人比他干得更苦的了，这是大家有目共睹的。可是为了避嫌，来了个极端，把他推到了最低层：三等奖。五元钱。

居然还公布了考勤表。车间主任装成无可奈何的样子念迟到旷工病事假的符号，却一概省略了迟到的时间。有人指出这一点，车间主任手一摆，说："时间长短无关紧要。那个人不太正常嘛。"印家厚又吃了暗亏。如果念出某人迟到一分半钟，大家会哄堂一笑，一笑了之；可光念迟到，许多评他三等奖的人心里宽松了不少。

当车间主任指名道姓问印家厚要不要发表什么意见时，他张口结舌，拿不定该不该说点什么。

说点什么？

早晨在轮渡上，他冲口作出《生活》一字诗，思维敏捷，灵气逼人。他对小白一伙侃侃而谈，谈古代作家的质朴和浪漫，当代作家的做作和卖弄，谈得小白痛苦不堪可又无法反驳。现在仅仅只过去了四个钟头，印家厚的自信就完全被自卑代替了。

他站起来说了一句什么话，含糊不清，他自己都没听清就又含糊着坐下了。

似乎有人在窃窃地笑。

印家厚的脖子根升起了红晕，猪血一般的颜色。其实他并不计较多少钱，但人们以为他——一个大男人被五块钱打垮了。五块钱。笑掉人的牙齿。印家厚让悲愤堵塞了胸口。他思谋着腾地站起来哈哈大笑或说出一句幽默的话，想是这么想，却怎么也做不出这个动作来，猪血的颜色迅速地上升。

他的徒弟解了他的围。

雅丽蓦地立起身，故意撞掉了桌子上的一只水杯，一字一板地说："讨厌！"

雅丽见同事们的目光都集中在她身上，她噗地吹了吹额前的头发，孩子气十足地说："几个钱的奖金有什么纠缠不清的，别说三十，三百块又怎么样？你们只要睁大眼睛看谁干的多，谁干的少，心里有个数就算是有良心的人了。"

车间主任说："雅丽！"

雅丽说："我说错了？别把人老浸在铜臭里。"

不知好笑在哪儿，大家哄哄一笑。雅丽也稚气地笑了，说："主任大人，吃饭时间都过了。"

"散会吧。"车间主任也笑了笑。

六

雅丽和印家厚并肩走着，她伸手掸掉了他背上的脏东西。

印家厚说："吃饭了。"

雅丽说："咱们吃饭去。"

五月的蓝天里飘着许多白云。路边的夹竹桃开得娇艳。师徒俩一人拿了一个饭盒，迎着春风轻快地往前走。印家厚清晰地感觉到自己的侧面晃动着一张喷香而且年轻的脸，他不自觉地希望到食堂的这段路更远些更长些。

雅丽说："印师傅，有一次，我们班里——哦，那是在技校的时候。班里评三好生，我几乎是全票通过，可班委会研究时刷下了我。三好生每人奖一个铝饭锅，他们都用那锅吃饭，上食堂把锅敲得叮咚响，我气得不行，你猜我怎么啦？"

"哭了。"

"哭？哈，才不呢！我也买只一模一样的，比他们谁都敲得响。"

她试图宽慰他，印家厚咧唇一笑。虽然这例子举得不着边际，于事无补，但毕竟有一个人在用心良苦地宽慰他。

"对。三好生算什么。你挺有志气的。"

雅丽咯咯地笑，笑得很美，脸蛋和太阳一样。她说："人生得一知己足矣。"

印家厚心里咯噔了一下，面上纹丝不动。雅丽小跑了两步，跳起来扯了一朵粉红的夹竹桃，对花吹了一口气，尽力往空中甩去。姑娘天真活泼犹如一只小鹿，可那扭动的臀部，高耸的胸脯却又流露出女人的无限风情。

"我不想出师，印师傅，我想永远跟随你。"

"哦，哪有徒弟不出师的道理。"

"有的。只要我愿意。"雅丽的声音忽然老了许多，脚步也沉重了。印家厚心里不再咯噔，一块石头踏踏实实地落下——他多日的预感，猜测，变成了现实。

雅丽用女人常用的痛苦而沙哑的声音低低地说："我没其他办法，我想好了，我什么也不要求，永远不，你愿意吗？"

印家厚说："不。雅丽，你这么年轻……"

"别说我！"

"你还不懂——"

"别说我！说你，说，你不喜欢我？"

"不！，我，不是不喜欢你。"

"那为什么？"

"雅丽，你不懂吗？你去过我家的呀。"

"那有什么关系。我生活在另一个世界。我什么也不要求。你不能那样过日子，那太没意思太苦太埋没人了。"

印家厚的头嗡嗡直响，声音越变越大，平庸枯燥的家庭生活场面旋转着，把那平日忘却的烦恼琐事——飘浮在眼前。有个情妇不是挺好的——这是男人们私下的话。他定睛注视雅丽，雅丽迎上了清澈的眼光。印家厚突然意识到自己的浑浊和肮脏。他说："雅丽，你说了些什么哟，我怎么一句也没听清楚，我一心想着他妈的评奖的事。"

雅丽停住了。仰起脑袋子视着印家厚。亮亮的泪水从深深的眼窝中奔流出来。

后面来人了。一群工人，敲着碗，大步流星。

印家厚说："快走。来人了。"

雅丽不动，泪水流个不止。

印家厚说："那我先走了。"

等人群过去，印家厚回头看时，雅丽仍然那么站着，远远地，一个人，在路边太阳下。印家厚知道自己若是返回她身边，这一缕情丝则必然又剪不断，理还乱；若独自走掉，雅丽的自尊心则会大大受伤害。他遥遥望着雅丽，进退不得。他承认自己的老婆不可与雅丽同日而语，雅丽是高出一个层次的女性；他也承认自己乐于在厂里上班加点与雅丽的存在不无关系。然而，他不能同意雅丽的说法。不能的理由太多太充足了。

印家厚转身跑向食堂。

他明明知道，事情并没有结束。

食堂有十个窗口。十个窗口全是同样长的队伍。印家厚随便站了一个队。

二班长买了饭，双手高举饭碗挤出人群，在印家厚面前停了停。印家厚以为他又要谈评奖的事。他也得了三等奖，不但没有吵闹争论，反而在车间主任的指名下发言说他是班长，应该多干，三等奖比起所干的活来说都是过奖的了。他若真是个乖巧人。就不该提评奖，印家厚已经准备了一句"屁里屁气"赠送给他。

"哦！行不得也哥哥。"二班长把雅丽的嗓音模仿得惟妙惟肖。

"屁里屁气！"印家厚说，对这件事这句话一样管用。

今天上午没一桩事幸运。榨菜瘦肉丝没有了，剩下的全是大肥肉烧什么、盖什么，一个菜六角钱，又贵又难吃，印家厚绝不会买这么贵的菜，他买了一份炒小白菜加辣萝卜条，一共一角五分钱。

食堂里人头济济，热气腾腾，没买上可意菜的人边吃边骂骂咧咧，此外便是一片咀嚼声。印家厚蹲在地上，捧着饭盒，和人们一样狼吞虎咽。他不想让一个三等奖弄得饭都不香了。吃了一半，小白菜里出现了半条肥胖的，软而碧绿的青虫。他噎住了，看着青虫，恶心的清涎一阵阵往上涌。没有半桩好事——他妈的今天上午！他再也不能忍耐了。

印家厚把青虫摊在饭碗里，端着，一直寻到食堂里面的小餐室里。

食堂管理员正在小餐室里招待客人，一半中国人一半日本人。印家厚把管理员请了出来，让他尝尝他手下的厨师们炒的白菜。管理员不动声色地望望菜里的虫又不动声色地望了望印家厚，招呼过来一个炊事员，说："给他换碗饭菜得了。"他那神态好像打发一个要饭化子，吩咐后便又一溜烟进了小餐室。年轻的炊事员根本没听懂管理员那句浙江方言是什么意思，朝印家厚翻了翻白眼，耸了耸肩，说："哈罗？"

印家厚本来是看在有日本人在场的份上才客客气气，"请出"管理员的。家丑不可外扬嘛。这下他要给他们个厉害瞧瞧了。印家厚重返小餐室，捏住管理员的胳膊，把他拽到墙角落，将饭菜底朝天扣进了他白围裙胸前的大口袋里。

七

雷雷被关"禁闭"了。

幼儿园大大小小的孩子都在床上睡午觉，雷雷一个人被锁在"空中飞车"玩具的铁笼里。他无济于事地摇撼着铁丝网，一看见印家厚，叫了声"爸！"就哭了。

一个姑娘闻声从里面房间奔了出来，奶声奶气地讥讽："噢，原来你还会哭？"

印家厚说："他当然会哭。"

姑娘这才发现印家厚，脸上一阵尴尬。这是个十分年轻的姑娘，穿着一件时髦的薄呢连衣裙。她的神态和秀丽的眉眼使印家厚暗暗大吃一惊。这姑娘酷像一个人。印家厚顷刻之间便发现或者认可了他多年来内心深藏的忧郁，那是一种类似遗憾的痛苦、不可言传的下意识的忧郁。正是这股潜在的忧郁使他变得沉默，变得一切都不在乎，包括对自己的老婆。

姑娘说："对不起。你的儿子不好好睡午觉，用冲锋枪在被子里扫射小朋友，我管不过来，所以……"

就连声音语气都像。印家厚只觉得心在喉咙口上往外跳，血液流得很快。他对姑娘异常温厚地笑笑，尽量不去看她，转过身面对儿子，决定恩威并举，做一次像电影银幕上的很出色很漂亮的父亲。他阴沉沉地问："雷雷，你扫射小朋友了吗？"

"是……"

"你知道我要怎么教训你吗？"

儿子从未见过父亲这般的威严，怯怯地摇头。

"承认错误吗？"

"承认。"

"好。向阿姨承认错误，道歉。"

"阿姨，我扫射小朋友，错了，对不起。"

姑娘连忙说："行了行了，小孩子嘛。"她从笼子里抱出雷雷。

泪珠子停在儿子脸蛋中央，膝盖上的绷带拖在脚后跟上。印家厚换上充满父爱的表情，抚摸儿子的头发，给儿子擦泪包扎。

"雷雷，跑月票很累人，对吗？"

"对。"

"爸爸还得带上你跑就更累了。"

"嗯。"

"你如果听阿姨的话，好好睡午觉，爸爸就可以休息一下。不然，爸爸就会累病的。"

"爸爸。"

"好了。乖乖去睡，自己脱衣服。"

"爸，早点来接我。"

"好的。"

雷雷径直走进里间，脱衣服，爬上床钻进了被窝。

姑娘说："你真是个好父亲！"

印家厚不禁产生几分惭愧，他其实是在表演，若是平时，一巴掌早烙在儿子屁股上了。他是在为她表演的吗？他不愿意承认这点。

玩具间里，印家厚和姑娘呆呆站着。他突然意识到自己没理由再站下去了，说："孩子调皮，添麻烦了。"

"哪里。这是我的工作。我——"

印家厚敏感地说："你什么？说吧。"

姑娘难为情地笑了一笑，说："算了算了。"

凭空产生的一道幻想，闪电般击中了印家厚，他按捺不住激动的心情。"你叫什么名字？"

"肖晓芬。"

印家厚一下子冷静了许多。这个名字和他刻骨铭心的那个名字完全不相干。但毕竟太相像了，他愿意与她多在一起待一会。"你刚才有什么话要说，就说吧。"

姑娘诧异地注视了他一刻，偏过头，伸出粉红的舌尖舔了舔嘴唇，说："我是待业青年，喜欢幼儿园的工作。我来这里才两个月，那些老阿姨们就开始在行政科说我的坏话，想要厂里解雇我。我想求你别把刚才的事说出去，她们正挑我的毛病呢。"

"我当然不会说。是我儿子太调皮了。"

"谢谢！"

姑娘低下头，使劲眨着眼皮，睫毛上挂满了细碎的泪珠。印家厚的心生生地疼，为什么每一个动作都像绝了呢？

"晓芬，新上任的行政科长是我的老同学，我去对他说一声就行了。要解雇就解雇那些脏老婆子吧。"

姑娘一下子仰起头，惊喜万分。走近一步，说："是吗？"

鲜润饱满的唇，花瓣一般开在印家厚的目光下，印家厚不由自主地靠近一步，头脑里嗡嗡乱响，一种渴念，像气球一般吹得胀胀的。他似乎看见，那唇迎着他缓缓上举……突然他好像猛地被人拍了一下，清醒了。没等姑娘睁开眼睛，印家厚掉头出了幼儿园。

马路上空空荡荡，厂房里静静悄悄。印家厚一口气奔出了好远好远。在一个无人的破仓库里，他大口大口喘气，一连几声唤着一个名字。他渐渐安静下来，用指头抹去了眼角的泪，自嘲地舒出一口气，恢复了平常的状态。

现在他该去副食品商店办事了。

天下居然有这么巧的事，印家厚和他老婆同年同月同日出生，他们俩的父亲也是同年同月同日出生。

八

下个月十号是老头子们——他老婆这么称呼——的生日。五十九周岁，预做六十大寿。这是按的老规矩。

印家厚不记得有谁给自己做过生日，他自己也从没有为自己的生日举过杯。做生日是近些年才蔓延到寻常人家的。老头子们赶上了好年月。五年前他满二十九岁，该做三十岁的生日。老婆三天两头念叨："三十岁也是大寿哩，得做的。"正儿八经到了生日那天，老婆把这事给忘了。她妹妹那天要相对象，她应邀陪她妹妹去了。晚上回来，她兴奋地告诉印家厚："人家一直以为是我，什么都冲着我来，可笑不？"他倒觉得这是件可喜的事，居然有人把他老婆误认为未嫁姑娘。关于生日，没必要责怪老婆，她连自己的也忘了。

老婆和他商量给老头子买什么生日礼物。轻了可不行，六十岁是大生日；重了又买不起。重礼不买，这就已经排除了穿的和玩的，那么买喝的吧，酒。

他们开始物色酒。真正的中国十大名酒市面上是极少见到的，他们托人找了些门路也没结果，只好降格求其次了。光是价钱昂贵包装不中看的，老婆说不买，买了是吃哑巴亏的，老头子们会误以为是什么破烂酒呢；装潢华丽价钱一般的，他们也不愿意买，这又有点哄老头子们，良心上过不去；价钱和装潢都还相当，但出产地是个未见经传的乡下酒厂，又怕是假酒。夫妻俩物色了半个多月，酒还没有买到手。

厂里这家副食商店曾一度名气不小。武汉三镇的人都跑到这里来买烟酒。因为当时是建厂时期，有大批的日本专家在这里干活，商店是为他们开设的，自然不缺好烟酒。日本专家回国后，这里也日趋冷清。虽是冷清了，但偶尔还可以从库里翻出些好东西来。

印家厚近来天天中午逛逛这个店子。

"嗨。"印家厚冲着他熟悉的售货员打了个招呼。递烟。

"嗨。"

"有没有？"

"我把库里翻了个底朝天，没希望了。"

"能搞到黑市不？"

"你想要什么？"

"自然是好的。"

"'茅台'怎么样？"

"好哇！"

"要多少？先交钱后给货，四块八角钱一两。"

印家厚不出声了。干瞅着售货员默默盘算：一斤就是四十八块钱。得买两斤。九十六块整。一个月的工资包括奖金全没有了。牛奶和水果又涨价了，儿子却是没有一日能缺这两样东西的；还有鸡蛋和瘦肉。

万一又来了其它的应酬,比如朋友同事的婚丧嫁娶,那又是脸面上的事,赖不过去的。

印家厚把眼皮一眨说:"伙计,你这酒吓人。"

"吓谁啦? 一直这个价,还在看涨。这买卖是'周瑜打黄盖',两相情愿的事。你这儿子女婿,没孝心的。"

"孝心倒有。只是心有余力不足。"印家厚打了几个干哈哈退出了商店。

要是两位老人知道他这般盘算,保证喝了"茅台"也不香。印家厚想,将来自己做六十岁生日必定视儿子的经济水平让他意思意思就行了。

雅丽在斜穿公路的轨道上等着他。

印家厚装出突然想起了什么似的摸了摸上上下下的口袋,扭头往副食商店走。

雅丽说:"你的信。"

印家厚只好停止装模作样。平时他的信很少,只有发生了什么事,亲戚们才会写信来。

信是本市火车站寄来的,印家厚想不起有哪位亲戚在火车站工作。他拆开信,落款是:你的知青伙伴江南下。印家厚松了一口气。

"没事吧?"雅丽说。

"没。"印家厚想起了肖晓芬。想起了那份心底的忧伤。他明白了自己的心是永远居于那失去了的姑娘的,只有她才能真正激动他。除她之外,所有女人他都能镇静地理智对待。他说:"雅丽,我说了我的真实想法后你会理解的。你聪明,有教养,年轻活泼又漂亮,我是十分愿意和你一道工作的。甚至加班——"

"我不要你告诉我这些!"雅丽打断了他,倔强地说,"这是你的想法,也许是。可不是我的!"

雅丽走了。昂着头,神情悲凉。

印家厚不敢随后进车间,他怕遭人猜测。

九

江南下,这是一个矮小的,目光闪闪的腼腆寡言的男孩。他被招工到哪儿了? 不记得了。江南下的信写道:

"我路过武汉,逗留了一天,偶尔听人说起你,很激动。想去看看,又来不及了。

"家厚,你还记得那块土地吗? 我们第一夜睡在禾场上的队屋里,屋里堆满了地里摘回的棉花,花上爬着许多肉乎乎的粉红的棉铃虫。贫下中农给我们一只夜壶,要我们夜里用这个,千万别往棉花上尿。我们都争着试用,你说夜壶口割破了你的皮,大家都发疯地笑,吵着闹着摔破了那玩意儿。

"你还记得下雨天吗? 那个狂风暴雨的中午,我们在屋里吹拉弹唱。六队的女知青来了,我们把菜全拿出来款待她们,结果后来许多天我们没菜吃,吃盐水泡饭。

"聂玲多漂亮,那眉眼美绝了,你和她好,我们都气得要命。可后来你们为什么分手了? 这个我至今也不明白。

"那个小黄猫总跟着我们在自留地里,每天收工时就在巷子口接我们,它怀了孕,我们想看它生小猫,它就跑了。唉,真是!

"我老婆没过知青,她说她运气好,可我认为她运气不好。女知青有种特别的味儿,那味儿可以使一个女人更美好一些。你老婆是知青吗? 我想我们都会喜欢那味儿,那是我们时代的秘密。

"家厚,我们都三十好几的人了。我已经开始谢顶,有一个七岁的女孩,经济条件还可以。但是,生活中烦恼重重,老婆也就那么回事,我觉得我给毁了。

"现在我已是正科级干部,入了党,有了大学文凭,按说我该知足,该高兴,可我怎么也不能像在农村时那样开怀地笑。我老婆挑出了我几百个毛病。正在和我办离婚。

"你一切都好吧? 你当年英俊年少,能歌善舞,性情宽厚,你一定比我过得好。

"另外,去年我在北京遇上聂玲了。她仍然不肯说出你们分手的原因。她的孩子也有几岁了,却还显得十分年轻……"

印家厚把信读了两遍，一遍匆匆浏览，一遍仔细阅读，读后将信纸捏入了掌心。他靠着一棵树坐下，面朝太阳，合上眼睛；透过眼皮，他看见了五彩斑斓的光和树叶。后面是庞然大物的灰色厂房，前面是柏油马路，远处是田野，这里是一片树林，印家厚歪在草丛中，让万千思绪飘来飘去。聂玲聂玲，这个他从不敢随便提及的名字，江南下毫不在乎地叫来叫去。于是一切都从最底层浮了起来……五月的风里饱含着酸甜苦辣，从印家厚耳边呼呼吹过，他脸上肌肉细微地抽动，有时像哭有时像笑。

空中一絮白云停住了，日影正好投在印家厚额前。他感觉了阴暗，又以为是人站在了面前，便忙睁开眼睛。在明丽的蓝天白云绿叶之间，他把他最深的遗憾和痛苦又埋入了心底。接着，记忆就变得明朗有节奏起来。

他进了钢铁公司，去北京学习，和日本人一块干活，为了不被筛选掉拼命啃日语。找对象，谈恋爱，结婚。父母生病住院，天天去医院护理。兄妹吵架扯皮，开家庭会议搞平衡。物价上涨，工资调级，黑白电视换彩色的，洗衣机淘汰单缸时兴双缸——所有这一切，他——碰上了，他必须去解决。解决了，也没有什么乐趣；没解决就更烦人。例如至今他没去解决电视更新换代问题，儿子就有些瞧不起他了，一开口就说谁谁的爸爸给谁谁买了一台彩电，带电脑的。为了让儿子第一个想到自己的爸爸印家厚正在加紧筹款。

少年的梦总是有着浓厚的理想色彩，一进入成年便无形中被瓦解了。印家厚随着整个社会流动，追求，关心。关心中国足球队是否能进军墨西哥；关心中越边境战况；关心生物导弹治疗癌症的效果；关心火柴几分钱一盒子？他几乎从来没有想是否该为少年的梦感叹。他只是十分明智地知道自己是个普通的男人，靠劳动拿工资而生活。哪有工夫去想入非非呢？日子总是那么快，一星期一星期地闪过去。老婆怀孕后，他连尿布都没有准备充分，婴儿就出世了。

老婆就是老婆。人不可能十全十美。记忆归记忆。痛苦该咬着牙吞下去。印家厚真想回一封信，谈谈自己的观点，宽宽那个正遭受着离婚危机的知青伙伴的心，可他不知道写了信该往哪儿寄？

江南下，向你致敬！冲着你不忘故人；冲着你把朋友从三等奖的恶劣情绪中解脱出来。

印家厚一弹腿跳了起来，做了一个深呼吸动作，朝车间走去。

相比之下，他感到自己生活正常，家庭稳定，精力充沛，情绪良好，能够面对现实。他的自信心又陡然增强了好多倍。

十

下午不错。主要是下午的开端不错。

来了一拨参观的人。谁也不知道这些人是哪个地方哪个部门来的，谁也不想知道，谁都若无其事地干活。这些见得太多了。

倒是参观的人不时从冷处瞟操作的工人们，恐怕是纳闷这些人怎么不好奇。

车间主任骑一辆铮蓝的轻便小跑车从车间深处溜过来，默默扫视了一圈。将本来就摆在踏板上的脚用力一踩掉头去了。他事先通知印家厚要亲自操作，让雅丽给参观团当讲解员。印家厚正是这么做的。车间主任准认为三等奖委屈了印家厚，否则他不会来检查。以为印家厚会因为五元钱赌气不上操作台，错了！

印家厚的目光抓住了车间主任的目光，无声却又明确地告诉他：你错了。

有一个人明白了他的心，尤其是车间里关键人物，印家厚就满足了。受了委屈不要紧，要紧的是在于有没有人知道你受了委屈。

参观团转悠了一个多小时，印家厚硬是直着腿挺挺地站了过来。一个多小时没人打扰他，挺美的。班组的同事今天全都欠他的情，全都看他的眼色行事以期补偿。

雅丽上来接替印家厚。两人都没说话，配合得非常默契。只有印家厚识别得出雅丽心上的黯淡，但他决定不闻不问。

"好！堵住你了，小印。"工会组长哈大妈往门口一靠，封死了整扇门。她手里挥动着几张揉皱的材料纸，说："臭小子，就缺你一个人了。来，出一份钱：两块。签个名。"

印家厚交了两块钱，在材料纸上划拉上自己的名字。

哈大妈急煎煎走了。转身的工夫，又急煎煎回来了。依旧靠在门框上。"人老了。"她说，"可不是该改革了。小印，忘了告诉你这钱的用途，我们车间的老大难苏新结婚了！大伙向他表示一份心意。"

"知道了。"印家厚说。其实他根本没听过这个名字。他问旁的人："苏新是谁？"

"听说刚刚调来。"

"刚来就老大难？"

"哈哈……"旁的人干笑。

哈大妈的大嗓门又来了。"小印，好像我还有事要告诉你。"

"您说吧。"印家厚渴得要命同时又要上厕所了。

"我忘记了。"哈大妈迷迷怔怔望着印家厚。

"那就算了。"

"不行，好像还是件挺重要的事。"哈大妈用劲绞了半天手指，泄了气，摊开两手说："想不起来了。这怪不得我，人老了。臭小子们，这就怪不得我了，到时候大伙给我作个证。"

哈大妈带着一丝狡黠的微笑走了。接着二班长进门拉住了印家厚。二班长告诉印家厚他们报考电视大学的事是厂里作梗。公司根本没下文件不准他们报考。完完全全是厂里不愿意让他们这批人（日本专家培训出的人）流走。

"我们去找找厂里吧，你和小白好，先问问他。"二班长使劲怂恿印家厚。

印家厚说："我不去。"

"那我们给公司纪委写信告厂里一状。"

"我不会写。"

"我写，你签名。"

"不签。"

"难道你想当一辈子工人？"

"对！"

现在有许多婊子养的太爱写信了——这是二班长上午说的，应不应该提醒他一句？算了。

二班长极不甘心地离开了。印家厚的脚还没迈出门槛，电话铃响了。有人说："等等，你的电话。"

印家厚抓起话筒就说："喂，快讲！"他实在该上厕所了。

是厂长。从厂办公室打来的。印家厚倒抽一口凉气，刚才也太不恭敬了。这是改革声中新上任的知识分子厂长，知识分子是特别敏感的，应该给他一个好印象。

印家厚立即借了一辆自行车，朝办公室飞驰而去。

印家厚在进厂长办公室时，正碰上小白从里面出来，小白神色严峻，给他一句耳语："坚强些！"

他被这地下工作式的神秘弄得晕乎乎的，心里七上八下。

厂长要印家厚谈谈对日本人的看法。

对……日本人……看法？他一时间脑子里一片空白。日本专家撤回去七年了，七年里他的脑袋里没留下日本人的印象。"坚强些！"又是指什么？他竭力搜索七年前对小一郎的看法。小一郎是他的师傅。

"日本人……有苦干精神，能吃苦耐劳……一不怕苦，二不怕——"他差点失口说出毛主席语录。他小心谨慎，字斟句酌，"他们能严格按科学规律工作，干活一丝不苟，有不到黄河不死心的——"他意识到日本与黄河没关系，但他还是坚持说完了自己的话，"……的钻研精神。"

厂长说："这么说你对日本人印象不错？"

"不是全体日本人，也不是全面……是干活方面。"

"日本侵华战争该知道吧？"

"当然。日本鬼子——"印家厚打住了。厂长到底要干什么？即便是厂长，他也不愿意被他耍弄。他干嘛要急匆匆离开车间跑到这儿踩薄冰？七年前厂里有个工人对日本专家搞恐怖活动受到了制裁；前些时候某个部级干部去了日本靖国神社给撤了职，这是国际问题，民族问题，他岂能涉嫌！

他一把推开椅子，说："厂长，有事就请开门见山，没事我得回去干活了。"

厂长说："小印，别着急嘛。事情十分明确。你认为现在我们引进日本先进设备，和他们友好交往是接受第二次侵略吗？"

"当然不是。"

"既然不是，那为什么迟迟不组织参加联欢的人员？下星期三日本青年友好访华团准时到我们厂。接待任务由工会布置下去已经两周了，你不仅不动，反而还在年轻人中说什么'不做联欢模特儿'，'进行第二次抗日战争'，'旗袍比西服美一千倍'，这是为什么？"

印家厚终于从鼓里钻出来了。有人栽了他的赃，栽得这么成功，竟使精明的厂长深信不疑。

"胡扯！他妈的一派谎言！"他今天的忍让到此为止！顾不上留什么好印象了，他要他的清白和正直。这些狗娘养的！——他骂开了。他根本就没得到工会的任何通知。两周前他姥姥去世了，他去办了两天丧事。回厂没上几天班，他妈因伤心过度，高血压发了，他又用了两个休息日送她老人家去住院。看小白那鬼鬼祟祟的模样，不定就是他捣的鬼，他和几所大学的学生勾勾搭搭，早就在宣扬"抵制日货"的观点。要么是哈大妈，对了！她方才还假装忘了什么事是因为她老了。她丈夫是在抗日战争中牺牲的，她从来对日本人是横眉冷对的。要么他们串通一气坑了他。但他并不是一味敌视日本人，他至今还和小一郎通信来往，逢年过节寄张明信片什么的。

厂长倒笑了。他相信了印家厚并宽宏大量地向他道了歉。

"既然是这么回事那就赶快动手把工作抓起来！厂长不容印家厚分辩，当即叫来了厂工会主席，面对面把印家厚交给了工会。

"不要搞什么各车间分头行动了。让小印暂调到厂工会来，全面下手抓。到时候出了差错就找你们俩。"

工会主席是转业军人，领命之后把印家厚拽到工会办公室，如此如此，这般这般布置开了。印家厚连连咕噜了几声："不行不行，"工会主席绝不理睬，布置中还夹叙了一通意义深远之类的话，大有军令如山倒的气势。

这就是说，印家厚从今天起，在一个星期内要组织起一个四十位男女青年的联欢团体，男青年身高要一米七十至一米八十公分；女青年身高要一米六十五公分左右；一律不胖不瘦，五官端正，漂亮一点的更好；要为他们每人定做一套毛料西装；教会他们日常应用的日语，能问候和简单对话；还要让他们熟悉一般的日本礼节；跳舞则必须人人都会。

印家厚头皮都麻了，说："主席，你听清楚：我干不了！"

"干得了。你是日本专家。"工会主席三把两把给他腾出了一张办公桌，将一叠贴有相片的职工表格放在他面前，说："小印，要理解组织的信任。现在，我们只有背水一战了。对任何人一律用行政命令。来，我们开始吧！"

十一

下班时印家厚遇上了小白。小白说："我听说了。真他妈替你抱屈。好像考他妈驻日本的外交官。奴颜婢膝。"

印家厚狠狠白了他一眼，嘿嘿一个冷笑。小白马上跳起来，"老兄，你怎么以为是我……我！观点不同是另一回事。我若是那种背后插刀的小人，还搞他妈什么文学创作！"

这是真委屈。到目前为止，在小白的认识上，作品和人品是完全一致的。印家厚虽不搞创作却已超越了这种认识上的局限。他谅解地给了小白一巴掌，说："对不起了！"

几个身材苗条挺拔的姑娘挎着各式背包走过，朝小白亲切地招呼，可是对印家厚却脸一变冲着他叫道："汉奸！"

"我们绝不做联欢模特儿！"

"我们要抗日！"

印家厚绷紧脸，一声不哼。姑娘们过去之后，印家厚回头数了数，差不多十五六个，几乎全是合乎标准的。他这才真正意识到这事太难了。

这一下午真累。在岗位上站了一个多小时；和厂长动了肝火；让工会拉了差。召集各车间工会组长紧急会议；找集训办公室；去商店选购衣料；和服装厂联系；向财务要活动资金；楼上楼下找厂长——当你需要他签字的时候，他不知上哪儿去了。

报考电大的要求根本没机会提出来；忍气吞声领了三等奖的五元钱。

刚调来的老大难结婚"表示"了两块钱；拯救非洲饥民捐款一元；"救救熊猫"募捐小组募到他的面前，他略一思忖，便往贴着熊猫流泪图案的小纸箱里塞了两元。募捐的共青团员们欢声雀跃，赞扬印家厚是全厂第一！第一心疼国宝！就是厂长也只捐了五毛钱。

五块钱像一股回旋的流水，经过印家厚的手又流走了。全派了大用场，抵消了三等奖的耻辱。雅丽的确知他的心，说："印师傅，你做得真俏皮！"印家厚不能不遗憾地想，如此理解他的人如果是他老婆就好了。不能否认，哪怕是最细微的一点相通也是有意义的。然而，他不敢想象他老婆的看法，他不由朝雅丽看了一眼，然后随即便又后悔了，因为雅丽读懂了他的眼神。

印家厚接儿子的时候，生怕儿子怪他来晚了；生怕又单独碰上肖晓芬。结果，儿子没有质问，肖晓芬也正混在一群阿姨里。什么事也没有。他为自己中午在肖晓芬面前的失态深感不安，便低着眼睛带走了儿子。

马路上车如流水，人如潮，雷雷窜上去猛跑。印家厚在后边厉声叫着，提心吊胆，笨拙地追上儿子。他的儿子，和他长得如同一个模子里铸出来的，这就是他生命的延续。他不能让他乱跑，小心撞上车了；他又不能让他走太久的路，可别把小腿累坏了。印家厚丝毫没有下了班的感觉，他依然紧张着，只不过是换了专业罢了。

父子俩又汇入了下班的人流中。父亲背着包，儿子挎着冲锋枪。早晨满满一包出征，晚归时一副空囊。父亲灰尘满面，胡茬又深了许多。儿子的海军衫上滴了醒目的菜汁，绷带丝丝缕缕披挂，从头到脚肮脏之极。

公共汽车永远是拥挤的。当印家厚抱着儿子挤上车之后，肚子里一通咕咕乱叫，他感到了深深的饿。

车上有个小女孩和她妈妈坐着，她把雷雷指给她妈妈看："妈，他是我们班新来的小朋友，叫印雷。"小女孩可着嗓子喊："印雷！印雷！"

雷雷喜出望外，骄傲地对父亲说："那是欣欣！"

两个孩子在挤满大人们的公共汽车里相遇，分外高兴，呱呱地叫唤着，充分表达他们的喜悦。印家厚和小女孩的妈妈点了点头，笑了。

小女孩的妈站了起来，让雷雷和自己的女儿坐在一个座位上，自己挤在印家厚旁边。

"我们欣欣可顽皮，简直和男孩子一样！"

"我儿子更不得了。"

"养个孩子可真不容易啊！"

"就是。太难了！"

有了孩子这个话题，大人们一见如故地攀谈起来了，可在前一刻他们还素不相识呢。谈孩子的可爱和为孩子的操劳，叹世世代代如流水；谈幼儿园的不健全，跑月票的辛酸苦辣，气时时事事都艰难。当小女孩的妈听印家厚说他家住在汉口，还必须过江，过了江还得坐车时，她"哟"了一下，说："简直是到另一个国家去了，可怕！"

印家厚说："好在跑习惯了。"

"我家就在这趟车的终点站旁边。往后有什么不方便的时候，就把印雷接到我家吧。"

"那太谢谢了！"

"千万别客气！只要不让孩子受罪就行。"

"好的。"

印家厚发现自己变得婆婆妈妈了，变得容易感恩戴德，变得喜欢别人的同情了。本来是又累又饿，被挤得满腹牢骚的，有人一同情，聊一聊，心里就熨帖多了，不知不觉就到了终点。从前的他哪是这个样子？从前的他是个从里到外，血气方刚，衣着整齐，自我感觉良好的小伙子。从不轻易与女人搭话，不轻易同情别人或接受别人同情。印家厚清清楚楚地看出了自己的变化，他却弄不清这变化好还是不好。

在爬江堤时，他望见紫褐色的暮云仿佛就压在头顶上。心里闷闷的，不由长长叹了一口气。

小说

十二

轮渡逆水而上。

逆水比顺水慢一倍多，这是漫长而难熬的时间。

夕阳西下，光线一分钟比一分钟暗淡。长江的风一阵比一阵凉。不知是什么缘故，上班时熟识的人不约而同在一条船上相遇，下班的船上却绝大多数是陌生面孔。而且面容都是惊惊的，呆呆的，疲惫不堪的。上船照例也抢，椅子上闪电般地坐满了人，然后甲板上也成片成片地坐上了人。

印家厚照例不抢船，因为船比车更可怕，那铁栅栏门"哗啦"一开，人们排山倒海压上船来，万一有人被裹挟在里面摔倒了，那他就再也不可能站起来。

印家厚和儿子坐在船头一侧的甲板上，还不错，是避风的一侧。印家厚屁股底下垫着挎包。儿子坐在他叉开的两腿之间，小屁股下垫了牛皮纸，手绢和帆布工作服，垫得厚厚的。冲锋枪挂在头顶上方的一个小铁钩上，随着轮船的震动有节奏地晃荡。印家厚摸出了梁羽生的《风雷震九州》，他想总该可以看看书了。他刚翻开书，儿子说："爸，我呢？"

他给儿子一本《狐狸的故事》，说："自己看，这本书都给你讲过几百遍了。"

他看了不到一页，儿子忽然跟着船上叫卖的姑娘叫起来："瓜子——瓜子，五香瓜子——"声音响亮引起周围打瞌睡人的不满。

"你干什么呢？"

儿子说："我口渴。"

"口渴到家再说。"

"吃冰淇淋也可以的。"

印家厚明白了，给儿子买了支巧克力三色冰淇淋，然后又低头看书。结果儿子只吃了奶油的一截，巧克力的那截被他抠下来涂在了一个小男孩的鼻子上，这小男孩正站在他跟前出神地盯着冰淇淋。于是小男孩哭着找妈妈去了。唉，孩子好烦人，一刻也不让他安宁。孩子并不总是可爱，并不呵！印家厚愣愣地，瞅着儿子。

一个嗓门粗哑的妇女扯着小男孩从人堆里挤过来，劈头冲印家厚吼道："小孩撒野，他老子不管，他老子死了！"

印家厚本来是要道歉的，顿时歉意全消。他一把搂过儿子，闭上眼睛前后摇晃。

"呸！胚子货！"

静了一刻，妇女又说："胚子货！"又静了一刻，妇女骂骂咧咧走了。雷雷从父亲怀里伸出头来，问："胚子货是骂人话吗？爸。"

"是的。往后不许对人说这种话。"

"胚子货是什么意思？"

"骂人的意思。"

"骂人的什么？"

这是个爱探本求源的孩子，应该尽量满足他。可印家厚想来想去都觉得这个词不好解释。他说："等你长大就懂了。"

"我长大了你讲给我听吗？"

"不，你自然就懂了。"他想，孩子，你将面对生活中的一切，包括丑恶。

"哦——"

儿子这声长长的哦令人感动，印家厚心里油然升起了数不清的温柔。

儿子老成而礼貌地对挡在他前面的人说："叔叔，请让一让。"

印家厚说："雷雷，你干什么去？"

"我拉尿。"儿子吩咐他，"你好好坐着，别跟着过来。"

儿子站在船舷边往长江里拉尿。拉完尿，整好裤子才转身，颇有风度地回到父亲身边。他的儿子是多么富有教养！他母亲说他四岁的时候还是个小脏猴，一天到晚在巷子口的垃圾堆里打滚，整日一丝不挂。儿子这一辈远远胜过了父亲那一辈，长江总是后浪推前浪，前景是一片诱人的色彩。

他收起了小说。累些，再累些罢。为了孩子。

天色愈益暗淡了。船上的叫卖声也低了，底舱的轰隆声显得格外强烈。儿子伏在他腿上睡着了。他四处找不着为儿子遮盖的东西，只好用两扇巴掌捂住儿子的肚皮。

长江上，一艘幽暗的轮船载满了昏昏欲睡的乘客，慢慢悠悠逆水而行。看不完那黑乎乎连绵的岸土，看不完一张张疲倦的脸。印家厚竭力撑着眼皮，竭力撑着，眼睛里头渐渐红了。他开始挣扎，连连打哈欠，挤泪水；死鱼般瞪起眼珠。他想白天的事，想雅丽，想肖晓芬，想江南下的信，用各种方法来和睡意斗争。最后不知怎么一来，头一耷拉，双手落了下来，鼾声随即响了。父子俩一轻一重，此起彼伏地打着呼噜。

彩灯在远处凌空勾勒出长江大桥的雄姿，上半部是半截黑影，下半部才有稀疏的灯光。船上早睡的人们此刻醒了，伸了伸懒腰，说："晴川饭店的利用率太低了！"

船面上一片密集的人头中间突然冒出了一个乱蓬蓬的大脑袋，这是一个披头散发的女疯子，她每天在这个时候便出现在轮渡上。

狗日的粮食

刘 恒

日后人们记起杨天宽那天早晨离开洪水峪的样子,总找不到别的说法儿。他们只记住了一件事,不知道是不是顶重要的一件事。"他背了二百斤谷子。"这没滋没味儿的话说了足有三十年。它显不出味道是因为那天早晨以后的日子味道太浓的缘故。杨天宽是趟着雾走的,步子很飘。他背着花篓,篓里竖着粮袋,鼓的。这些都陷入白烟,人们疑心他背着空篓。但他前几日的确跟各家借过粮食,谷子的用处也吞吐着挑了。他走得健就是因了这个。

人们却只说:"他背了二百斤谷子。"把一个火烧火燎的光棍儿汉说得丢了分量。杨天宽驴一样把谷子背到那地方,脸面丢尽了。不会说话,只会吐气,眼一劲儿翻白,晕噎中那个男人问他:"新谷?"他点头,甩一帘汗下来。那人身后立一匹矮骡儿,也不计分量,只掂了掂就用肩一顶,将粮袋拱到骡鞍上。"妥了,兄弟歇着。"那人一笑,便牵了骡走。骡屁股后面就移出了一个人,站在那儿瞭他。杨天宽只对了一眼,不敢看了,有心去宰走了的男人,又没有力气。他叹了一口气。这声长叹便成了他永远扔不脱的话柄。

丑狠了。二百斤谷子换来个瘿袋。值也不值? 他思来想去,觉得还是值,总归是有了女人。于是他领了女人上路,光棍脑袋细打路的尽头那盘老炕的主意。事情比他想的来得快,女人有火。

你的瘿袋咋长的?"出了清水镇的后街,杨天宽有了话儿。"自小儿。""你男人嫌你……才卖?""我让人卖了六次……你想卖就是七次。你卖不? 要卖就省打来回,就着镇上有集,卖不?""不,不……"女人出奇的快嘴,天宽慌了手脚,定了神决断,"不卖!"说的哩。二百斤粮食背回山,压死你!"女人咯咯笑着瞭前边去,瘿袋在肩上晃荡,天宽已不在意,只盯了眼边马似的肥臀和下方山道上两只乱掀的白薯脚。"瘿袋不碍生?"天宽有点儿不放心。"碍啥? 又不长裆里……"女人话里有骚气,搅得光棍儿心动,"要啥生啥! 信不?""是哩是哩!"最后是女人到坡下小解,竟一蹲不起,让天宽扛到草棵子里呼天叫地地做事。进村时女人的瘿袋不仅不让天宽丢脸,他倒觉得那是他舍不下的一块乖肉了。那时分地不久。杨天宽屋里添了人,地数就不够,村里把囵囵坨两亩胡萝卜地拨给了他,地很肥,可是路远,是日本人在的时候游击队烧荒撂下的。多年不种了,天宽性子钝,人人不要的地给了他,也嚼不出啥,苦着脸忍了,女人却不,爬到猪棚上骂街。句句骂的猪,可句句人不要听,唬得村干部谁也不敢露脸。

"猪哩,哪个托生的你呀? 你前辈造了孽,欺负我家男人,今世你可美了吧? 哼哼啥,看老娘拉屎给你吃,你是个臭了心肝的……"人们只知道天宽娶了个瘿袋婆,丑得可乐,却不想生得这般俐口,是个惹不得的夜叉,都不敢来撩拨。天宽也由此生出一些怕来。女人的瘿袋越哭越亮,圆圆的像个雷,他便矮下三寸去,觉着自己做个男人确是活得不带劲,比不上这娘们儿豁爽。他灶间里舀一瓢水,哀怯怯地劝她。

"累着,行啦……下来喝。""你哑啦? 尿挤不出一星,屁崩不来一个,我下去你上来,你给我吆喝,给我日他欺人精的祖宗……"天宽搂女人进屋,愁得苦。这女人是个混种,以后的日子怕难得好过。但是,凭怎么骂,女人还是女人,身条儿和力气都不缺,炕上也做得地里也做得,他要的不就是这个么。

女人果然勤快。扛了镢头,在囵囵坨搭个草棚,五宿不下山。白天翻坡地的黑土,两口子一对儿光膀,夜里草铺上打挺儿,四条白腿缠住放光。不下三日天宽就蔫了,女人却虎虎不倦,净了地留丈夫在棚里养精,独自下山背回一篓一篓的山药种。种块切得匀,拌了烧透的草灰,两? 一颗掩进松软的泥土。这女人很会做。

秋后天宽家收的山药吃不清了。叔伯兄弟杨天德口儿众。四个娃儿，谷子又没有长好，天宽有心接他。"屁话，饱日不思饥，你不怕我还怕日后饿煞哩，他吃自己种去……"女人挡了他，在屋后掘了一口大窖，把黄皮山药鸡蛋似的堆成小山，封了。她嘴伤人，心也伤人。天宽在乡人面前抬不起头，但他心里有数，女人待他不薄。两口子熬日月，有这个够了。

以后他们有了孩子。头一个生下来，女人就仿佛开了壳，一劈腿就掉一个会哭会吃的到世上。直到四十岁她怀里几乎没短过吃奶的崽儿，总有小小的黄口叼她小萝卜似的奶头儿，吃饱了就在瘿袋上磨嫩牙，口水、鼻涕蹭她一脖儿。

她奶水一向充足。伏天吃饭，天宽蹲北屋檐下，她在灶间门口，孩儿玩她奶子弄不对付了，只需一压，一股白溜溜的长线能嗖地挂到天宽碗里去。两口子闲时打趣，奶柱儿时时滋得天宽眼珠麻痛。这些都成了男人的骄傲。

但是，女人到底不是奶牛，孩儿们也不是永远不大。他们要吃，孩儿们也要吃，大小八张嘴，总得有像样的东西来填塞。天宽起初只尝到养孩儿的乐趣，生得一多就明白自己和女人一辈子只在打洞，打无底洞。一个孩儿便是一个填不满的黑坑。他们生下第三个孩子的时候，锅里的玉米粥就稀了，并且再没有稠起来，到第四个孩儿端得住碗，揑得拢笼子，那粥竟绿起来，顿顿离不开叶子了。

孩儿们名字却好，都是粮食。大儿子唤做大谷，下边一溜儿四个女儿，是大豆、小豆、红豆、绿豆，煞尾的又是儿子，叫个二谷，两谷夹四豆，人丁兴旺。可一旦睡下来，摞一炕瘿肚子，天宽和女人就只剩下叹息。

几个孩子舌头都好，长而且灵活。每日餐后他们的母亲要验碗，哪个留下渣子就逃不脱骂和揍："就你短舌，舔喽！"脑勺上挨一掌，腮上掉着泪，下巴上挂着舌，小脸儿使劲儿往碗里挤，兄妹几个干得最早、最认真的正经事就是这个。外人进了天宽家，赶巧了能看见八个碗捂住一家人的脸面，舌面在粗瓷上的摩擦声、叭嗒声能把人吓一大跳。

天暗得看不清人形了，天宽常常顶着星星去串户。他拎一个小口袋，好像提拎着自己的心，又羞又慌，碰上不肯借粮给他的，他就恨不得整个儿钻到破口袋里去。洪水峪好人少，没有借过粮给天宽的人不多，天德要算一个。

"你借不给，让瘿袋来！"叔伯兄弟说出这个，天宽料定早年山药蛋的账还未结，只好讪讪地走开，传话给女人，她就骂："这算一个爷的种？日歪了的！"出不够气，她便到天德菜园儿里将白日瞄下的一颗南瓜摘来，放了盐煮，待天德在菜园儿里揪着秃秧跳脚，天宽的孩儿们已经拉出了南瓜籽。一家人就这么活。女人姓曹，叫什么谁也不知。她对人说叫杏花，但没有人信。西水那一带荒山无杏，有杏的得数洪水峪，杏花是她嫁来自己捡的名儿，大家还都说她不配，因此不叫。人们只叫她脖上的那颗瘤，瘿袋！

她的西水口音短促、尖厉，说快了能似公鸡踩蛋儿，咕咕咯咯的满是傲气，人们觉得这种嘴只配骂人。她又的确会骂，骂起来脏字连珠，恍惚间一跃而为男人，又比一般男人多着胆量和本事能让对手或与对手有关的一切女人受辱，不管她活着还是在坟里。

这里男人打老婆是一顿饭，常事，她来了就造出天宽这货，让老婆揪住耳朵在院里打悠儿。这又是西水的习气，人们简直近不得她，当她是西水的母虎。生红豆那年，队里食堂塌台，地里闹灾，人眼见了树皮都红，一把草也能逗下口水，恰逢一队演习的兵从山梁上过，瘿袋抱着刚出满月的红豆跟了去，从驮山炮的骡子屁股下接回一篮热粪。天宽见了在阳儿里晒，真把它当了粪，拎起来倒猪圈里。瘿袋见了空篮，从屋里跳出来就给他两嘴巴："瞎了你的！我闻骡子屁都不嫌，你看一眼就嫌它？你自己拉！自己拉一锅能熬的来，能煮的来……"

谷子豆子们看着父亲让巴掌抢得转圈儿，好一阵挣扎才稳下来。墙头上有几个脑袋在笑，叹气。她不是母虎又是什么！但人们又发觉她夹着细筛到河里去了。骡粪沾了猪圈的脏味儿，淘得不能不细，草棍儿和渣子顺水漂去，余下的是整的碎的玉米粒儿，两把能攒住，一锅煮糟的杏叶上就有了金光四射的粮食星星，一边搅着舌头细嚼，一边就觉得骡儿的大肠在蠕动，天宽吃得惬意，女人是好的，天宽用筷子在打肥的腮上拨，这么想。乡人们只好沉默，百孬不如一好，这娘们儿坏得不透。

那年头天宽家坟场没有新土，一靠万幸，二靠这脏嘴凶心的女人。日子苦，但让她得些怜悯也难。她做活不让男人，得看在什么地界儿，家里不消说了，推碾子腰顶主杠，咚咚地走，赛一头罩眼牲口，能把拉副杠的小儿小女甩起来；从风火铳背柴到家里，天宽一路打六歇，她两歇便足了，柴捆壮得能掩下半堵墙；担水一晨一夕十五担，雨雪难阻，五担满自家的缸，十担挑给烈属、军属，倒不是她仁义，而是每日四个工分诱着。地里就不同了，一上工立即筋骨全无，成了出奇的懒肉，别人锄两趟玉米的工夫，她能猫在绿林深处纳出半拉鞋底，锄不沾土；去远地收麻，男背八十，女背五十，她却嫩丫头似的只在胳肢窝里夹回镐把粗的一捆。

"瘿袋长到屁股台儿了，背不得？"队长怨她。"背不得，我腿根子夹着你的哩！""……你篓儿倒不空。""空了不饿死你六个小祖宗？亏是天宽捺下的，你的种儿你敢说这个？！"她笑得野，队长扯眉无话。她篓里是半下子泉里泡过的麻麻棵儿，绿格盈盈叶香，单等着掉锅里煮了，别人歇晌她不歇，草坡上乱扒图的就是这货，是村旁山地难得一见的野菜呢！队长能说什么？怪不得，自然地敬不得，还不由她去！

怪不得不止一项。她身上有口袋，收工进家手不知怎么一揉，嫩棒子、谷穗子、梨子、李子……总能揪一样出来。日积月累，也不能说是个小数目。但谁也逮不住她，不知道口袋在什么方。有猜在档里的，虽说是老娘们儿终究不是可探的地方，证实不易。或许又是人家不愿逮她罢了。天宽未必明白小秋收的底细，他只明白起初女人只是嘴坏些，有了孩儿，肚子一紧瘪，她的手便也坏了。不能说，他嘴打不过她，手打怕也吃力。况且养一堆活口，女人的本事哪一样都是有用的。

这爪子就难免四处撒野。邻家靠院墙搭了葫芦架，水汪汪一棚嫩叶，几朵白花挤到墙头这边来，绿豆和二谷伸着小手去够。"看落了！让它长……"瘿袋有了心思，也不说。白花枯后，茎上吊了拳大几颗蛋蛋，吹气似的胀起来。邻家女人也是精明的，趁瘿袋上工溜进来，用荆条圈将葫芦——托牢，既免了坠秧，又宣白了它们的主人。瘿袋只当无事，邻人扒墙头窥动静，她就背身藏住冷笑，滴水不漏。

葫芦大了，估量着搋俩茄子已够吃一天，瘿袋便刮北风似的割了它们。依旧是煮，然后骂也依旧，邻家的嫩崽打了先锋骑墙头日偷儿的娘。这边就威凌凌杀出了瘿袋。不骂人，只骂葫芦。骂得很委屈，葫芦成了骚娘们儿，把漂亮身子递过墙，将清白的瘿袋勾引了。

"心肝葫芦肉儿，你天生是个招人日的货哩，明儿个记着，有骚憋自家院儿里，便宜自个儿留着……"声气儿顿消，邻家女人羞得只剩下拔秧的力气，把一棚葫芦扯散了，吃亏的都说，西水的娘们儿不是个人。天宽也觉得女人八成是着了魔。那一年粮食又不济。可二谷都七岁了呀！魔鬼附体的日子没个休、没个休。天宽五十了，闹不清自己是怎么长的，也闹不清自己肚里是什么下水。人呆得像个木桩，横炕上总打不住要想年轻时那沉甸甸的二百斤谷子。鼠子凉酸，哀气也跟着涌，一声叠着一声。

"哀啥？见我那天就打哀声，半辈子也下来了，我亏了你没？""不亏，不亏！"两口子捂一床破絮无事可做。早年几句话逗下来，天宽就能折腰腾身，压女人一身腥汗。如今不行了，女人的屁股他看都不要看，况且又有满满一炕大的小的孩子，大谷大豆怕已听不得爹娘喘气。

最后一次是在园子里，黄瓜架后边。俩人在月亮底下办事，不紧不慢做得渐浓，瘿袋就开了口："明儿个吃啥？"天宽愣住了，"吃啥？"自己问自己，随后就闷闷地拎着裤子蹲下。好像一下子解了谜，在这一做一吃之间寻到了联系。他顺着头儿往回想，就抓到了比二百斤谷子更早的一些模糊事，仿佛看到不识面的祖宗做着、吃着，一个向另一个唠叨："明儿个吃啥？"

"你说吃啥哩？"他问瘿袋，不论月光把她粗皮照得多么白细，他算彻底失了兴趣了。"耗子。""哪儿拾的。""鞍子房。小豆眼快，这丫头出息了。""……仓库后头地里有鼠坑儿，怕能掏下正经粮食。"天宽认真琢磨耗窝儿的走向。从此清心寡欲，与女人贴肉的事算淡了。瘿袋也到了日子，仰炕上不再向他伸手。吃啥？细想想，祖宗代代而思的老事，两口子可是一天都不曾怠慢过。女人日见憔悴。如虎也是病虎了，急躁中添了忧伤。瘿袋有了皱儿，再不似亮亮的粉红气球，骂人时也鼓不起来。天宽呆想：操心操够了吧？看看六个孩儿个个饿相，大的小的都有舔鼻涕的病，心里就有了火苗，燎着熏着朝上顶。他想逮上活的搋一顿，搋死它！绿豆退学、二谷上学那年，洪水峪日子不坏。虽说新崽儿不在这家就在那家哇地降世，人均土地已由九分降到七分，但返销粮是足的。家家一本购粮证，每人二十斤，断了顿儿就到公社粮栈去买。夏粮绿在地里时辰，山道上总有拎着空的鼓的口袋的人，来回踟蹰地走。那天早上瘿袋挑了八担水，留七担晚上挑，伺候鸡、猪、人吃了，便掖着购粮证离了家。出村的时候，凡见她的人都觉得她气色不坏。过后人们才明白，凶人善相不是吉兆。

公社粮栈柜台外边挤着人，虽挤倒并不显得怎么饥饿，瘿袋捏着空口袋，发现钱和购粮证一并丢掉了。

生就的急性子。当即便嗷地怪叫一声，跌倒地上吐开了沫儿。买粮的卖粮的四下里围住，看那有趣的瘿袋在她胸脯上滚来滚去，人人探个鸡脖儿，眼也都乌鸡似的鼓出来。粮栈一个人物拨不开人，拿腔儿抓调儿地念出一段语录，说的是大家都来自五湖四海，为了一个什么目标共同走到这地方来了，意思是他要挤进去……帮助帮助，那时候兴这个，而且管用，于是人们闪一条缝出来。他看明白了，到柜台后里端出个大茶缸，含一口水漱了漱嗓子，然后喷到瘿袋脸上。几口刷牙水浇下来，她嘴不抽抽了，眼却愣直。

"哪村的?""丢了。""姓啥?""丢了。""啥丢了?""丢了丢了……丢了……"女人撒了癔症，围的人更添趣味，那人加倍逗能，逮住人中狠掐，嘿嘿着："丢不了，你过来呗!"瘿袋乱扑愣，终于尖嚷"日你娘!"她爬起来，夺路而去。瘿袋哭软了，一辈子刚气，不知哪儿积了那么多泪。她打了两个来回，把十几里山路上每块石头都摸了，又到灌木林儿里脱光，撅着腚撕衣裳补丁，希望里边藏点儿什么。有了月亮她才进家，油灯底下天宽在吸烟袋锅，旁边炕桌上给她晾着一碗稀粥。她盯住那碗粥愣了神儿。

"娘，快吃粥!"二谷蹦过来拽她。"不吃，再不吃啦……"女人猫似的。天宽一下子知道出了事。一边问，一边就有火苗在心里拱，手巴掌打着抖没处搁没处放，女人不曾现过的软弱使他勇气陡升，人有了胆了不得!"败家的!"他吼一声，把粥碗往地下一砸。"吃货!"一辈子没这么痛快过。"丢了粮，吃你! 老子吃你!"说着说着就管不住手，竟扑上去无头无脸一阵乱拍，大巴掌在女人头上、瘿袋上弹来弹去，好不自在。乡人们蹲在夜地里听，明白瘿袋的男人又成了男人，把女人的威风煞了，半世里逗能扒食，却活生生丢了口粮，这是西水女人的造化。天宽，往死里揍她!

正揍得紧，一声长号让他悬了手。"天爷，哪个拾了粮证，让他给我家还来呀，我的粮唉……"这歌是复调，一遍一遍唱。月亮把那脖上的瘿袋照成个白球，在黑院里闪。天宽撸一把酸鼻涕，点个马灯拎着去了。有睡不实的乡邻，半夜里听到瘿袋到水泉担水，白薯脚在石板上踏踏地蹭，又听到蒜臼响，响得很脆，啪啪的像是硬壳碎了。以后就没有声音。天宽趴在山道上拿马灯东照西照的时候，他女人卧在席上服了苦杏仁儿。天上有不少星星，眨着眼冷冷地瞧着他们。天宽耗尽了灯油回家，隔二里地就听到村里有惨哭。是自己那窝粮食在响。院子里嘈杂，豆子们从门里滚出来迎他："爹，快看娘!"他一听就怕了，硬挺着踱到炕前，老娘们儿丑脸歪着，还有气，只是喘得骇人。他从二谷手里接过碗来，在粗瓷儿上抹下一指杏仁儿渣子，这才记起她一天不曾吃什么。她再不想惦记吃，所以她就吃了这个。一辈子不饥，天宽也有吃的意思了。

黎明时分，一扇门板离了村庄。几个邻家后生抬举着，瘿袋高高地睡在上边，眼脸发荣光，大谷在前头引路，天宽由叔伯兄弟天德陪着殿后，一行人在雾里向山下滑。天宽迷迷瞪瞪走路，恍然回到差不多二十年前的那个早晨，但二百斤谷子正沉得把他压扁，压做薄薄的骨饼。

大谷唤他："爹，娘有话!"门板撂稳，天宽把耳朵凑上去。听不清，他扒拉一下瘿袋球，挨她嘴近些。"狗日的!"静了半天，又吐出两个字。"粮……食……"天宽赞同地点点头，很悲哀。他在女上头发上摸了一把，最后一把。门板将要漂出山谷时，大谷把天德的儿子换下小解。那小子绕到大石头后面哗哗地撒了一通，接着便狂叫，蛇啃了似的。天宽赶来，只一眼就上了那个皮筋扎紧的包包。它躺在石根子那儿，几束草掩着，像块灰石。两尺开外有两节不大新鲜的绿粪，是人的。为什么绿，天宽明白。但他分明已完全糊涂，傻了似的看这、看那，脸上迅即失了血色。

脏物如有幸石化，将使后世的考古学者出丑。他们将陷入历史的迷宫，在年代和人种问题上苦苦纠缠。瘿袋却是离去了。天德的儿拾了布包抢功："婶子，天爷还你粮证哩!"她两目圆睁，阔嘴微开，大瘿袋亮着黄光，仿佛对突如其来的窝心事儿大吃一惊。"婶子，你!""闭你娘的嘴!"天宽吼过侄子，大谷便哭了。天德踹儿子一脚。看看人确是没了气，又赶上去踹儿子一脚，天宽也就下了泪。他收了布包，把女人身下垫的麻袋抽一条出来。卫生站不必去，粮食不能不买。余人抬了瘿袋回头，两口子一硬一软算是暂且分了手。

一袋粮食买回，刚够助丧的众乡亲，饱食一顿，天宽的一家自然也扎进入堆抢吃，吃得猛而香甜。他们的娘死也对得起他们了。"明儿个吃啥?"夫妻合谋的事，剩天宽独自苦想，他深知了女人的不易。夜里头赤条条翻身，被里的空叫他心痛，接着就有女人脆响的脏话传："狗日的……粮食!"这仁义的老伴儿竟去了。洪水峪少了母虎，清静了，也寂寞了。听不到她公鸡踩蛋儿似的骂声，日子便过得不够紧迫，谷子豆子们摆脱了母亲的淫威，活得反而快活起来。岁月毕竟是一天一天不同，个个肚子大了不止一倍，却大抵充实得可以。

　　如今杨天宽六十多岁了，仍旧慈眉善目，老娘们儿似的低声细气。他一辈子没有逞过大男人的威风，也许试过一次，但只一次便要了老婆的命。到承包的田里做活，时时要拐到坟地里去，小心拔土堆旁的杂草，他好悔！

　　孩子们可没有什么债务，他们几乎将母亲忘却了。认真回想一番，也无非更加肯定那是个不可思议的人物。二谷念高中时翻过一本医书，发现瘿袋即是"甲状腺肿大"之类，于是母亲就脖上吊着个肉球在他脑海里走。虽说只是一闪，也算有了一份想念，不能说是不孝的了。大谷、大豆、小豆们都有了孩儿，他们的孩儿是不要苦杏核儿的，可见有些事他们也还记着。

　　老辈儿人却爱讲瘿袋的故事。开头便是："他背了二百斤谷子。"语调沉在"谷子"上，意味着那不是土、不是石头、不是木柴，而是"谷子"是粮食，是过去代代人日后代代人谁也舍不下的、让他们死去活来的好玩意儿。"

　　曹杏花因它而来又为它而走了，却是深爱它们的。"狗日的……粮食！"哪里是骂，分明是疼呢。是不是骂，骂个谁，得问在她坟上的天宽，老家伙心里或许明白。

风 景

方 方

……在浩漫的生存布景后面，在深渊最黑暗的所在，我清楚地看见那些奇异世界……

——波特莱尔

一

七哥说，当你把这个世界的一切连同这个世界本身都看得一钱不值时，你才会觉得自己活到这会儿才活出点滋味来，你才能天马行空般在人生路上洒脱地走个来回。

七哥说，生命如同树叶，来去匆匆。春日里的萌芽就是为了秋天里的飘落。殊路却同归，又何必在乎是不是抢了别人的营养而让自己肥绿肥绿的呢？

七哥说，号称清廉的人们大多为了自己的名声活着，虽未害人却也未为社会及人类作出什么贡献。而遭人贬斥的靠不义之财发富的人却有可能拿出一大笔钱修座医院抑或学校，让众多的人尽享其好处。这两种人你能说谁更好一些谁更坏一些么？

七哥只要一进家门，就像一条发了疯的狗毫无节制地乱叫乱嚷，仿佛是对他小时候从来没有说话的权利而进行的残酷报复。

父亲和母亲听不得七哥这一套，总是叫着"牙酸"然后跑到门外。京广铁路几乎是从屋檐边擦过。火车平均七分钟一趟，轰隆隆驶来时，夹带着呼啸而过的风和震耳欲聋的噪音。在这里，父亲和母亲能听到七哥的每一个音节都被庞大的车轮碾得粉碎。

依照父亲往日的脾气，七哥第一次这么干时，父亲就会拿出刀割下他的舌头。而现在父亲不敢了。七哥现在是个人物。父亲得忍住自己全部的骄傲去适应这个人物。

七哥已经很高很胖了。他脸上时常地泛出红油油的光。肚子恰如其分地挺出来一点点。很难想象支撑他这一身肉的仍然是他早先的那一副骨架，我怀疑他二十岁那次动手术没有割去盲肠而是换了骨头。否则就不好解释打那以后他越长越胖这个事实了。七哥穿上西装打上领带便仪表堂堂地像个港商。后来又戴了副无框眼镜便酷似教授抑或什么专家。七哥走在大街上常有些姑娘忍不住含情脉脉地凝视他。七哥在外面说话毫无疯狗气。文质彬彬地卖弄他那些据说是哲人也得几十年修炼才能悟出的思想。

七哥住过晴川饭店。起先父亲不信。父亲每天到江边溜达都能看到那高白高白的房子，父亲在汉口活了偌些年从来还没见过这么高的房子，便咬定只有毛主席或者是周总理这个级别的人才能住。母亲说毛主席和周总理来不及住进去就升天了。父亲说那还有胡总书记和赵总理能住哩。父亲说这话时是一九八四年。

七哥解释不清，便说那大楼里的"晴川饭店"写得像"暗川饭店"，不信你们去查证。

父亲和母亲自然是不敢设想自己有机会去那里瞧瞧。直到有一天报上登着个体户住进晴川饭店的消息后，五哥和六哥各带一千块钱去了一趟，第二日回来对父亲说小七子的确在那里住过，那字真的写得像"暗"川饭店。

七哥说去那里总是坐"的士"，每回都有穿红衣服的小侍者为我打开车门，然后还鞠个躬，说："欢迎您的光临。"

五哥和六哥是坐公共汽车去的,下了大桥,还走了好远的路,无法证实七哥的话。但父亲母亲不必做何证实也完全相信了。

父亲再往江边转悠时,遇见熟人便忍不住说:"那个晴川饭店也就那样,我小七子住过好些回数。"

"哦?就是睡床底下的那个小七子?"熟人常惊叹着问。

父亲说:"是呀,是呀,硬是睡出个人物来了。"父亲说这话时,脸上充满慈爱和骄傲之气。

其实,过去父亲总怀疑七哥不是他的儿子。在母亲肚皮隆起时,父亲才知道有这回事。父亲蹲在门口推算日期。算着算着便抓过母亲扇了两嘴巴。父亲说那时候他跟一只货船到安庆去了。一个老朋友要死了想再见他一面。他前后去了十五天,而母亲却在这段日子里怀上了七哥。母亲风骚了一辈子,这一点父亲是知道的。他一走半月,母亲如何能耐得住寂寞?父亲觉得隔壁的白礼泉最为可疑。白礼泉精瘦精瘦,眼珠滴溜溜地不怀好意,薄嘴皮能言会道勾引女人还有富余。而最关键的是父亲亲眼见过他和母亲打情骂俏。父亲越想越觉得真理在握。为此在母亲生七哥坐月子的时间里,父亲看都不看七哥一眼,若无其事地坐在屋门口大口喝酒,把下酒的炒黄豆嚼得"巴喀巴喀"地响。

服侍母亲的事全是大哥干的。大哥那时已经十七岁了。他十分庄严地照料这个小肉虫一样软软的七弟。半年后父亲头一次看了七哥。他看得很仔细,然后像扔个包袱一样把七哥朝床上一甩。七哥瘦瘦巴巴的,全然不似高高壮壮的父亲的骨肉。父亲揪住母亲的头发,追问她七哥到底是谁的儿子。母亲声嘶力竭地同他吵闹,骂他是野猪是恶狗瞎了眼的魔鬼,说他到安庆去为他过去的情人送终还有脸回家吵闹。父亲和母亲的喉咙都大得惊人。平均七分钟一趟的火车都没能压住他们的喧闹。于是左邻右舍来看热闹,那时正是晚饭时候,一个个的观众端着碗将门前围得密密匝匝。他们一边嚼着饭一边笑嘻嘻地对父亲和母亲评头论足。母亲朝父亲吐唾沫时,就有议论说母亲这个姿势没有以前好看了。父亲怒不可遏地砸碗时,好些声音又说砸碗没有砸开水瓶的声音好听。不过了解内情的人会立即补充说他们家主要是没有开水瓶,要不然父亲是不会砸碗的。所有人都能证明父亲是这个叫河南棚子的地方的一条响当当的好汉。

这个问题毋容置疑,父亲的确是条好汉。全家人都崇拜父亲,母亲自然更甚。母亲一辈子惟一值得她骄傲的就是她拥有父亲这么个人。尽管她同他结婚四十年而挨打次数已逾万次,可她还是活得十分得意。父亲打母亲几乎是他们两人生活中的一个重要内容。母亲需要挨完打后父亲低三下四谦卑无比且极其温存的举动。为了这个,母亲在一段时间没挨打后还故意地挑起事端引得父亲暴跳如雷。母亲是个美丽的女人,自然风骚无比。但她的确从未背叛过父亲。她喜欢在男人们面前挑逗和卖弄那是她的天性,仅此而已。母亲说难道世界上还会有比父亲更像男人的吗?母亲说如果有那才是真的见鬼了。母亲说除非父亲先她而死她才会滚到另一个男人怀里。母亲说这话时才二十五岁,而现在她已六十了,父亲仍然健在。母亲毫无疑问地履行着她的诺言。所以父亲怀疑七哥是隔壁白礼泉的崽子显然是不讲道理。白礼泉比母亲小十八岁,母亲常忍不住去逗弄他,偶尔也动手动脚,但七哥绝对无误是父母的儿子。因为只有父亲这样的人才可能生出七哥这样的儿子。这个道理直到二十五年后七哥突然一天说他被调到团省委当一个什么官了之后父亲才想明白。父亲从七哥那里听说团省委的人下一步就是去党省委,有运气到中央也不是难的。父亲几乎有点接受不了这个事实。父亲这辈子连县一级的官都没见过。父亲跟他认识的同样对方也认识他的最大的官员——搬运站的站长一共只说过两句半话。有半句是站长没听完就接电话去了。而现在,他的小七子居然比站长大好些级别且还只有二十来岁。鉴于这点,对七哥一进家门就狂妄得像个无时无刻不高翘起他的尾巴的公鸡之状态,父亲一反常规地宽容大度。

二

父亲带着他的妻子和七男二女住在汉口河南棚子一个十三平米的板壁屋子里。父亲从结婚那天就是住在这屋。他和母亲在这里用十七年时间生下了他们的九个儿女。第八个儿子生下来半个月就死掉了。父亲对这条小生命的早夭痛心疾首。父亲那年四十八岁。新生儿不仅同他一样属虎而且竟与他的生日同月同日同一时辰。十五天里,父亲欣喜若狂地每天必抱他的小儿子。他对所有的儿女都没给予过这样深厚的父爱。然而第十六天小婴儿突然全身抽筋随后在晚上咽了气。父亲悲哀的神情几乎把母亲吓晕过去。父亲买了木料做了一口小小的棺材把小婴儿埋在了窗下。那就是我。我极其感激父亲给我的这块血肉并让我永远和家人待在一起。我宁静地看着我的哥哥姐姐们生活和成长，在困厄中挣扎和在彼此间殴斗。我听见他们每个人都对着窗下说过还是小八子舒服的话。我为我比他们每个人都拥有更多的幸福和安宁而忐忑不安。命运如此厚待了我而薄了他们这完全不是我的过错。我常常是怀着内疚之情凝视我的父母和兄长。在他们最痛苦的时刻我甚至想挺身而出，让出我的一切幸福去与他们分享痛苦。但我始终没有勇气做到这一步。我对他们那个世界由衷感到不寒而栗。我是一个懦弱的人为此我常在心里请求我所有的亲人原谅我的这种懦弱，原谅我独自享受着本该属于全家人的安宁和温馨，原谅我以十分冷静的目光一滴不漏地看着他们劳碌奔波，看着他们的艰辛和凄惶。

那时是一九六一年。九个儿女都饿得伸着小细脖呆呆地望着父母。父亲和母亲才断然决定终止他们年轻时声称的生他一个排的计划。

小屋里有一张大床和一张矮矮的小饭桌。装衣物的木盆和纸盒堆在屋角。父亲为两个女儿搭了个极小的阁楼。其余七个儿子排一溜睡在夜晚临时搭的地铺上。父亲每天睡觉前点点数，知道儿女们都活着就行了。然后他一头倒下枕在母亲的胳膊上呼呼地打起鼾来。

父亲说这地方之所以叫河南棚子就是因为祖父他们那群逃荒者在此安营扎寨的缘故。河南棚子在今天差不多是在市中心的地盘上了。向南去翻过京广铁路便是车站路。汉口火车站阴郁地像个教堂立在路的尽头。走出车站路向右拐，便上了中山大道。这一段中山大道，几乎有门即是店。铁鸟照相馆老通城饭店首家服装厂扬子街江汉路六渡桥诸如此类汉口繁华处几乎占全。父亲每天越过中山大道一直走到滨江公园去练太极拳。父亲总是骄傲地对他的拳友们说他是河南棚子的老住客。而实际上老汉口人提起河南棚子这四个字如果不用一种轻蔑的口气那简直是等于降低了他们的人格。

父亲说祖父是在光绪十二年从河南周口逃荒到汉口的。祖父在汉口扛码头。自他干上这一行后到四哥已经是第三代干这了。三哥总说爷爷若一来便当兵，没准参加辛亥革命，没准还当上一个头领，那家里就发富多了。说不定弟兄姐妹都是北京的高干子弟。父亲便吼放屁。父亲说人若不像祖父那样活着那活得完全没有意思。祖父是个腰圆膀粗力大如牛有求必应的人。祖父老早就加入了洪帮。那时"打码头"风气极盛，祖父是打码头的好手。洪帮所有的龙头拐子都对他倍加赏识。祖父认朋友而不认是非，每有所唤都狂热地冲在最前面。父亲说他十四岁就跟着祖父打码头。他亲眼见过祖父是何等的英勇和凶悍。后来祖父在一次恶战中负了重伤。肋骨被打断了好几根，全身血流如注宛若红布裹着一般。祖父被抬到家时已经奄奄一息。尽管如此祖父却一直带着微笑。父亲说大头佬殷其周专门派人为祖父送来了云南白药。殷其周是当时汉口最有名的"码头皇帝"。父亲至今提起他的名字还激动得颤栗不已。不过那药仍然没能救活祖父。祖父把手在父亲的肩上拍了两下便咽了气。那时父亲正跪在祖父面前垂泪。他见祖父头一歪便嚎叫一声扑在他身上。立即所有人都知道祖父已经走了。啜泣声便如远天滚过的雷。为祖父洒泪哀伤的人几乎是一望无边。父亲至今也没想明白究竟是怎么回事。父亲猜测大约是祖父善打码头的缘故。父亲时年二十岁，除了身子比祖父稍稍单薄一点以外差不多同祖父一模一样。父亲安葬了祖父的第三天便被头佬叫去打码头。他虎视眈眈地往那儿一站，对方的人立即目瞪口呆。竟有人颤着声问他是人还是鬼。

父亲每回说到这里都要仰面哈哈大笑。笑罢又大饮一口酒，把十来颗黄豆扔进嘴里嚼得"巴喀巴喀"响。

父亲每回喝酒都要没完没了地讲述他的战史。这时刻他所有的儿子都必须老老实实坐在他的身边听他进行"传统教育"。有一次二哥想上他的朋友家去温习功课以便考上一中，不料刚走到门口，父亲便将一盘黄豆连盘子扔了过去。姐姐大香和小香立即尖声叫起。黄豆撒了一地，盘子划破了二哥的脸，血从额头一直淌到嘴角。父亲说："给老子坐下，听听你老子当初是怎么做人的。"从此，逢到父亲这种时候谁也不敢把屁股挪动一下。七哥有几回都把尿憋了出来，湿了一裤。

最喜欢听父亲说往事的只有母亲。母亲记忆力比父亲强多了。父亲忘却的日期地点人名字全靠母亲提醒，如果母亲也忘记了，父亲就得使劲地搔着脑袋想，想得一脸痛苦表情。父亲不想出来是绝不往下讲的。遇到这种意外，父亲的儿女们才如同大赦。有一回父亲为了想民国三十六年轰动武汉的徐家棚码头之争的日期整整地想了一星期。一星期后仍没想起便只好用季节代替日期重新召拢他的听众。父亲说那是民国三十六年的冬天，日本人刚跑掉，粤汉铁路通了车，徐家棚码头业务大增油水肥厚，一些头佬都眼馋得发疯，相互寻衅械斗好几次都没有结果，洪帮头子王理松托人约了父亲。父亲那几日正手痒，便一口应允了。父亲为了打徐家棚码头凌晨三点就起了床，过江的时候天还漆黑，凛冽的风横吹过来刺得脸皮一阵阵发麻。父亲穿一件黑祆，搭肩往腰间一扎，显得威风凛凛。他上船前喝了至少八两酒，酒精把他的血烧得一窜一窜的周身痒痒，故而他对挤进骨缝的寒风感到莫名的欢喜。他望着浩淼长江，脸上像拿破仑一样毫无惧色。父亲手上拿的是扁担，父亲每次用的都是这根，深棕色油光油光的。他挥动起来得心应手，他觉得这玩意儿不比关公的青龙偃月刀逊色。父亲的同伴熊金苟坐在船舱里瑟瑟发抖。父亲指着他的腿笑得全身抽搐，然后说："老子恨不得把你这个熊包扔到江里喂鱼。"江水浑浊不堪，小船咿呀地摇着一支很媚人的歌，在浅黑色的凌晨显得清丽幽婉。熊金苟总是哆嗦。不管父亲怎么辱骂他都不停止这个活动。这使得他旁边的几个人都一块儿干起这活儿来。熊金苟有个瞎眼的老母和三个细弱如草的小姑娘，第四个又把他老婆的肚子撑得老高老高了。父亲他们抵岸时天还没亮。他们捷足先登立即抢占了徐家棚的上中下码头。父亲他们全都剽悍体壮，吓得对方手足发软。当有人发现华清街的哑巴打手队之后，更是屁滚尿流地边跑边哀嚎爹妈何故只给了两条腿。华清街的哑巴是鲁老十豢养的一群打手。那时说起"华清街之虎"鲁老十，人们会情不自禁地发抖。他的打手心毒手辣且从来不问为什么出手便打。不过他们也的确不会问为什么。父亲与鲁老十从无交情，哑巴中倒有一二曾崇拜过祖父。父亲他们那次自然打赢了。天亮以后他们把对方丢下的尸体绑上石头投入江底。父亲是给一个姓张的人系的石头。父亲说他认识这个人。他们在一个码头干过活。父亲记得他曾经在父亲趔趄一下时扶了父亲一把。父亲晓得张是很老实的，但不晓得这回死在乱棒之下的怎么恰恰是他。想来想去父亲还是说这是命。父亲的腿在那一天被铁棍撕了个三角口，血流如喷。父亲对流血已经很习惯了，他只用土擦了一下，第二天就去码头干活。那道伤痕至今还染着泥土的色彩留在父亲的腿上。打赢了的头佬总是在当夜便灯红酒绿地频频举杯祝捷。而那时，父亲们却在自己的茅棚中擦洗伤口抑或为受伤的同伴寻医为死去的朋友落泪。打哆嗦的熊金苟连轻伤都没负。他把父亲搀到屋里然后笑盈盈地走了。父亲说没打死他实在是件遗憾的事，因为半个月后的又一次械斗，他被头佬定为"打死"对象。头佬们为了扛着尸体打赢官司悄悄派手下人在混乱中将熊金苟打死了。父亲亲眼看见一根铁棍砸向熊金苟的。父亲喊了他一声，结果在他迟钝地一扭头时，铁棍正砸在他天灵盖上。他连哼也没哼便"噗"地倒地，血浆流淌着把他的头变得像个新品种西瓜。

父亲那一晚喝得酩酊大醉。他揍了母亲一顿然后起誓说他再不去打码头了。不过，父亲自然是要食言的。他打架斗殴像抽了鸦片一样难得戒掉。

父亲的精力过剩。他不这么消耗便会被堵塞在体内而散发不出的精力折磨而死。

那一幕幕悲壮的往事总是能让父亲激动得手舞足蹈。他有时还大口地喝着酒然后叫喊道："儿子们你们什么时候能像老子这样来点惊险的事呢？"

<h2 style="text-align:center">三</h2>

父亲现在落寞得有些痛苦了。而像父亲这样的人能为什么事情产生痛苦感那的确不是件很容易的事。毋容置疑的是父亲确实痛苦了。父亲还是住在老房子里，而他的儿女们却一个个飞了出去。地铺上起伏的鼾声和讨厌的骚动以及阁楼上无端的娇笑，统统被寂静所替代。房子倒显得空荡起来。过年时，每个儿女各出十块钱为他买了一个沙发。沙发靠着墙壁，父亲从来不坐它。父亲说坐了屁股疼。晴天的时候，父亲便去马路边打牌，而雨天里便靠在床上长吁短叹。父亲说："只有小八子陪我了。"父亲说这话时让我感动了好几天。后来父亲在我的覆身之土上种了些一串红。父亲对母亲说像小八子的头发。

苍凉的冬天到来的时候，父亲便闷着头默默地喝他的酒。北风吹得门板和窗咣咣地响。火车蓦然鸣一下整个房子在颤动中几乎欲醉倒。母亲用她满是眼屎的目光凝望父亲。父亲退休之后就再也没揍过母亲，这使得母亲一下子衰老了起来。父亲和母亲之间已经没什么话好谈了，他们只是默契地生活。语言成了多余的东西。

回家次数最多的是七哥。七哥还没有成家。他总是在星期六回来。这天晚上偶尔也有其他弟兄拖儿带女地过来小坐片刻。父亲对他花团锦簇且粉团团的孙辈们毫无兴趣，父亲说人要像这么养着就会有一天会变成猪。这话使父亲所有的媳妇对他恨之入骨。父亲说她们懂个屁。看我们小七子，不就是老子的拳脚教出来的么？要当个人物就得过些不像人的日子。

父亲每次这么说都令七哥心如刀绞。七哥不想对父亲辩白什么。他想他对父亲的感情仅仅是一个小畜生对老畜生的感情。是父亲给了他这条命。而命较之其它的一切显然重要得多。七哥总是在星期天一早就走，他厌恶这个家。他不想看父亲喝酒骂人然后"叭"地在屋中央吐一口浓绿浓绿的痰。他看不惯骨瘦如柴的母亲一见男人便作少女状，然后张嘴便说谁家的公公与媳妇如何，谁家的岳母勾引女婿。小屋里散发着永远的潮湿气，这气息总是能让七哥不由自主地打寒噤。

七哥在星期天一早出门时多半手里拿根鱼竿。有熟人路遇便说"你可真有闲情逸致啊"，七哥只是笑笑。七哥从河南棚子穿巷走街，总摆一副富态高雅的架势，以显示他并非此地土著。七哥的外貌变化之大如沧海桑田以至于人们绝不可能想象他就是十九年前常在这一带转悠着拾破烂捡菜叶的小七子。

七哥表面上很是平静。他抿着嘴一副神态自若的样子。但他的眼睛里却充填着仇恨。倘若仔细地盯着他三分钟，你就会发现他的眼珠宛若两颗炸弹随时可能起爆。而他的生命则正是为了这起爆而存在。

七哥捡破烂的时候是五岁。那是孪生的五哥六哥在一天偷吃了水果铺腐烂的苹果同时患急性痢疾送进医院时，七哥主动提出的。当时父亲正暴跳如雷。住院那一笔开销将他三个月所有的工资贴进去还远不够数。七哥蹲在门槛上看父亲吐着唾沫骂人。七哥感到喉咙痒了便轻咳了一声。父亲听见一步上前，一脚把他踢翻在门外。父亲说你再咳我掐死你。七哥说我不是咳我是想说我去捡破烂。父亲说你早就该去了。老子养了你五年，把你养得不如一条狗。

七哥对于他五岁就敢在河南棚子穿梭于小巷小道中拾破烂的胆略极其诧异。大香姐姐的孩子五岁还每天要叼着大香姐姐的奶头而小香姐姐的孩子五岁却还不会自己蹲下撒尿。七哥记得他捡的第一件东西是一块破了角的手绢。手绢上有些粘粘糊糊的东西。七哥用舌头舔了一下，是甜的，便又舔了好多下，直到那手绢湿漉漉的。七哥相信他至死都不会忘记他蹲在墙根下虔诚地舔手绢的模样。七哥很少说话，有大人指着他的小篮子说些什么他也从来不理。七哥每天要把小篮子装到他提不动为止。他拾的破烂都堆在窗口下。那里因为埋了他的弟弟而有一块空地。七哥见过他的这个小弟弟，见过父亲亲他的小脸。那一刻七哥还摸了摸自己的脸，他不记得父亲在他这儿亲过没有。七哥对小弟弟能永远安宁地躺在那下面羡慕至极。他看见父亲把小弟弟放进一个盒子里然后又盖上了土。他很想让父亲也给他一个盒子让他老是睡在里面动也不动。然而他不敢开口。

七哥常常很饿很饿，看见别人吃东西便忍不住涎水往下巴那儿流。久而久之，下巴处流了两道白印子。那天七哥走过天桥到了火车站。又往前一点还走进了儿童商店。那里面有很多打扮得像画上一样的小娃娃。他们在买衣服和皮鞋。七哥对衣服皮鞋毫无欲望，他看见一个穿粉红衣的小姑娘在吃桃酥。她嚼得沙沙直响。七哥走到她身边，他闻到了那饼的香味，那香使七哥的胃和肠子一起扭动起来。七哥便一伸手抓住了那桃酥。小姑娘"妈呀"一叫松了手，桃酥便在七哥手上了。小姑娘的妈妈瞪着眼说了句"小要饭的"便拉走了她的女儿。七哥简直不敢相信这块小饼归他所有了。他战战兢兢咬了一口，没有任何人干涉，的确是他的。便发了疯一样吞咽下去。七哥从来没有过这样的幸福时刻，那一瞬间获得的快感几乎使他想奔跑回去告诉家里的每一个人。七哥后来就常去儿童商店。他从任何一个小孩手上抓来的东西都归他所有。他吃了许多他根本想不出来应该叫什么名字的东西。儿童商店给了七哥童年中最璀璨的岁月。

七哥七岁上了小学。这是父亲极不情愿的事。父亲自己不识字，但他觉得自己活得也很自在也很惬意。父亲说世界上总得有人不识字才行。要不那些苦力活谁去干呢？父亲说这话是针对二哥的。二哥初中毕业坚持要考高中而不肯去帮父亲拉板车。二哥说读完了中学又去扛包完全是浪费人才。二哥同父亲吵了三夜，三哥也为二哥帮忙，父亲才气哼哼地向儿子妥协。这是在父亲做人的历史上极少出现的事情。父亲说政府怎么糊里糊涂的？让人都学了文化码头还办不办？凭良心说父亲的认识还是深刻的。码头要办下去就得有人扛码头。而读过书的人都不肯干这活儿，可不就是得让一些人不读书专门充实码头么？父亲是不会知道科学能发展到用金属做一个机器人出来的。

四

只要大哥在家的日子，七哥就用他迷迷蒙蒙的眼睛一眨不眨地盯着大哥。大哥不理他，大哥不编造谎言让父亲的拳脚砸得他透不来气。大哥不用最刻薄的语言诅咒他，大哥不把他当白痴般玩物当一头要死没死的癞狗。小时候七哥以为大哥是他的父亲，后来才弄清他只是大哥。大哥和父亲是两类完全不同的东西。

大哥对七哥现在这副不可一世的模样从心底生厌。时间简直是个魔术师。当年睡在父亲床底下的七弟居然蜕掉了他那副可怜巴巴的外表而人模狗样地在小屋中央指手画脚。每逢大哥在家，七哥若酸溜溜地炫耀他的哲言，大哥必定会暴吼一声："小七子，你再动一下嘴皮看我割了你的舌！"

可惜大哥在家时间少极了，少极了。七哥从记事起就知道大哥从来不在家睡觉。弟兄们一天天长大，地铺上已经挤不下七条汉子了。父亲便一脚把七哥踢到了床底下，而大哥则开始成日成月成年地上夜班。

大哥总是在星光灿烂的时刻推门而出。他手里提着一个饭盒，里面有半斤米和一小碟咸菜。清早大哥回到家时，父亲和母亲都上班了，大哥便一头栽到床上呼呼地睡到太阳落山，然后起来同一家人一起吃晚饭。到星光灿烂父亲打长长的呵欠时，大哥便又推门而出，手里拎着那个饭盒。日复一日。年复一年。

大哥小学四年级没读完就进工厂了。大哥曾经留过两级。他跟二哥同了一年学之后又跟三哥同学。大哥比三哥大四岁，几乎高出三哥一个整头。班上同学都如三哥般弱小。他们管大哥叫"刘大爷"。起先大哥还乐呵呵地答应，后来三哥说那是骂他留级生大爷哩，大哥这才一听人如此叫唤便翻下虎脸。大哥打架出奇勇敢，出手迅猛有力，打在兴头上敢抢刀杀人。这是父亲最赏识他的地方。所有的同学对大哥都畏之如虎。其实大哥很少揍他的同学。他们太弱了。大哥不屑于对这种"小萝卜"——大哥的话——动手。大哥说他绝不学父亲。他不打比自己弱小的人。而父亲，打起自己的妻子和儿女像喝酒一样频繁且兴奋。

大哥是被学校开除的。那天上体育课。体育老师油头粉面的，他让大哥抬了跳箱又抬垫子。垫子是给女生翻跟斗的。大哥说他不抬。体育老师便说刘大爷不抬谁又会去抬呢？大哥便走上前，挥起小臂给了老师一肘，只一会儿，那白粉捏的一样的鼻子便淌出了两道红血。所有的学生都吓傻了，女生还嘤嘤地有人哭泣。大哥扫了他们一眼扬长而去。学校原本不想开除大哥，因为在场同学都证明老师骂了大哥大哥才动的手。晚上，那老师灰着脸跟在教导主任身后来到了河南棚子。父亲在门口堵住了他们。教导主任说是来向大哥道歉并也希望大哥向老师道歉的。父亲一瞪眼骂了几句直指祖宗的脏话然后说："幸亏你撞在我儿子手下，他实在比老子小时候窝囊。换了我，莫说你的鼻子，叫你的牙都一颗剩不下。"父亲说完笑得洪钟一样嘹亮。教导主任和体育老师都不约而同地发起抖来。然后他们连退几步。大惶大惑的一副神态望着父亲，跟跄着远去。

大哥从此不再上学了。这是他第一天背起书包就盼望的事。大哥刚满十五岁。父亲把他送进了铁厂当学徒。大哥当了锻工。父亲说干这行拿钱多而且练身体。果然没多久大哥的胳膊就粗了起来，浑身黑油油的闪着乌光。大哥二十岁的时候已经像父亲那样粗壮了。他的下巴上浮出毛茸茸的胡子。大哥有时就用他这一点可怜的胡子扎七哥的脸。七哥一直等待着大哥的胡子长长。他常想如果长长了不是也可以像小香姐姐那样扎起小辫子吗？

大哥过了二十岁以后，脾气就变大了。晚饭时动不动就发火。进家门总是用大脚轰然一下踢开。大哥对父亲母亲都吵过架，吵得天翻地覆的。七哥总是爬进床底下一动不敢动，他不明白大哥为了什么。后来有一天，大哥同父亲打了一场恶架，那以后家里就平安了好多。

大哥和父亲打架，说起来完全是隔壁白礼泉的责任。白天里大哥是回家睡觉的。中午的饭总是母亲从她工作的打包社回来做。那时五哥六哥都刚上小学不久，而七哥还在从事拾破烂的事业。

母亲打包的手脚极利索。母亲的舌头嘴唇都仿佛是蜜做的。打包社的领导都吃她那一套，额外让母亲每天提前半个钟头回家弄饭。母亲洗菜时得去公用水管。母亲在那里经常碰得到白礼泉。白礼泉在武钢上班。三班倒的工作让人觉得他总在家里。母亲跟男人说话老使出一股子风骚劲。她扭腰肢的时候屁股也一摆一摆的像只想下蛋的母鸡。母亲的眼光很独特。从那里面射出来的光能让全世界的男人神魂颠倒。

母亲在白礼泉面前从无顾忌。白礼泉的老婆漂亮苗条是他手掌上的明珠。但明珠生不出一个孩子而母亲却一气生了九个。这使得母亲常常嘲笑白礼泉而且一直要笑到他无地自容为止。无地自容的结果便是抬起头来同母亲调情。那天母亲洗完菜同白礼泉一起嘻嘻哈哈地走回屋里。白礼泉调侃着跟在母亲身后也嘻嘻地笑。白礼泉的手指细长细长跟父亲短粗短粗的手指感觉完全不一样。母亲弯下腰切菜时，她的乳房便像两只布袋一样垂了下来。白礼泉站在母亲背后将双手绕着母亲，然后细长的手指便捏揉起那两只布袋。母亲不理会他的动作，只是嘴里假骂道馋猫馋狗馋猪之类。白礼泉挨着骂手指却依然熟练而快速地运动。他的手越来越灵活，活动的地域也越来越广，母亲不由得兴奋地咯咯大笑。就在这个时候躺在床上的大哥醒了。大哥没吭气只是长长地打了一个呵欠。

母亲说："贱货！这时间了还不起？"大哥说："贱货也是你生的。全都一块儿贱也不错。"白礼泉说："哎呀，老大白天就这么睡？下午小五小六小七几个不闹翻天？"大哥说："摊上这样的爹娘，只给了这一点地方，有什么法子？"白礼泉忙说："你要不嫌弃，白天可以睡我屋里。我两口子都上班，你去睡觉还可以看个门。我那个收音机是五灯的，不放心得很哪。"大哥说："这主意倒不坏。"母亲说："那太谢谢你白叔叔了。"

白礼泉倒是言行一致。果然，大哥在白天住到他家里去了。先一段时间日子也过得相安无事。后来那天三八妇女节放假半天，白礼泉的老婆枝姐在家休息，于是日子便有异峰突兀而起了。枝姐在半天的休息时间里要把房间重新摆布一下，大哥便上前帮了忙。一阵折腾，大哥汗流浃背顺手脱下外衣。他露出黧黑的臂膀，凸起的肌肉在黑皮肤下鼓胀。阳光从窗口斜射进来，落在大哥熠熠发光的肩膀上。大哥有几次都不小心碰着了枝姐，让枝姐心里颤抖了好几回。在架床的时候，枝姐的手指叫床板夹了一下，疼得她尖声叫起，眼睛里一下子涌出泪花。大哥便一步上前捉住她的手将她的手指放进嘴里。大哥用他厚软的舌在枝姐手指上舔来舔去。大哥说这是止痛的祖传秘方。枝姐全信了。这之后她就老是夹着手，每次都要大哥动用祖传秘方。

枝姐比大哥大九岁，早过三十了。可是枝姐因为没有生小孩便依旧一副粉脸含春的少女模样。枝姐珠黑睛亮，眉若新月，随意瞟人一眼，便见得柔情如水似的娇羞。这对于青春勃发的大哥自然如铁遇磁。

从那天起，枝姐老是上半天班。不是病假就是调休什么的。最先察觉的是母亲。母亲一字不识但直感却像所有杰出的女人那样灵敏。母亲对大哥："你小心那骚狐狸。她要勾引你哩。"大哥说："就不会说我在勾引她？"母亲说："你这王八蛋小子简直和你父亲一个样。"大哥说："那女人简直跟你一样。"母亲说："怎么跟我一样？"大哥说："见男人就化了。巴不得上钩。"母亲说："你小心点，她男人别看骨瘦如柴，倒也不是个好惹的货。"大哥说："未必比我父亲还厉害一些？"母亲说："你那天看见了什么？"大哥说："什么都看见了。女人不值钱。"母亲便身体后倾着朗声大笑起来："好小子，有出息。你老娘可没让他占多少便宜。你得比白礼泉高明点才行。"大哥也笑了，说："那当然。我儿子大概已经在她肚子里了。"母亲惊喜地问："真的？"

大哥和白礼泉的女人不干不净弄得邻近的人家都晓得了。那都是母亲在外面说的。母亲逢人就夸口，说是别看白礼泉的女人一扭三摆的妖精样，可在我大小子怀里比猫还乖哩。父亲好晚才知道，只是说想不到儿子也到了偷鱼吃的年岁了。

白礼泉最后一个听说。他不敢在枝姐面前逞凶便找上门来同大哥对骂。大哥说："你再骂一句，我叫枝儿跟你离婚。她现在听我的。"白礼泉说："我离了你想要她？"大哥说："那当然。""好吧。那房子是我的，我要收回。你娶她吧，让她住在你们那个猪窝里。跟你的父亲住一起，跟你的弟兄住一起。让你全家人把她从头发根到脚丫都看个一清二楚。还顺便看你俩是怎么过夜的。"白礼泉的话便是砸在大哥胸口上的石头。大哥突然脸色苍白，眼泪差点没落下来。这副熊样子不光被白礼泉看到了也被刚干完活下班回家的父亲以及看热闹的观众们看到了。白礼泉阴险地笑出了声。他嘴上继续说一些刻毒且下流的话。而大哥却默然不语。父亲上前"叭"地扇了大哥一个耳光，大骂大哥窝囊得不如一条虫。然后说："白礼泉的女人看上你这种东西，那成色也就跟拉客的窑姐儿没什么两样。"大哥听完父亲的话便猛虎一样扑向父亲和父亲扭打成一团。大哥咒骂父亲，说世界上像父亲这样愚蠢低贱的人数不出几个。混了一辈子，却让儿女吃没吃穿没穿地像猪狗一样挤在这个十三平米的小破屋里。这样的父亲居然还有脸面在儿女面前有滋有味地活着。

这场架打得灰尘四起，旁观者皆避之不及。父亲的脸被大哥拳头打得青肿满是，而大哥的门牙叫父亲打脱了，手臂也被父亲用刀砍了一道深口，缝了十四针。

第二日白礼泉没去上班，中午乐滋滋地到家里来对大哥说上午他陪枝姐一起去了医院，只一会儿，就把她肚子里的胎儿打掉了。白礼泉说他虽然想要个小孩，但也不能养着个野种。大哥怒目圆睁暴吼了一声："给老子滚！"

从此大哥再也没理睬枝姐，每当两人路遇，枝姐忧戚戚地频频顾盼大哥，大哥则抱拳当胸，傲然而去。

到大哥同大嫂结婚已是十年以后的事了。十年间，他除了自己家里的女人外，对全世界的女人都摆出一副不屑一顾的架势。母亲曾打算给他说门亲。大哥说："你只要带她进这个家门我就杀了她。"

这十年中的第九年里，枝姐上班时被卡车压断大腿，流血而尽死去。在场的人都听见她一直叫着"大根"的名字。人们以为那是她丈夫。而实际上，"大根"是大哥的名字。

五

七哥最痛恨他的姐姐大香和小香。七哥从记事起就没同她们说过话。七哥记得他很小很小的时候尿湿了裤子，姐姐大香便用指甲拼命地掐他的屁股。大香为了学有钱人家的女孩，总是把指甲留得尖尖的。而小香更毒。只要她在家里，她就不许七哥站起来走路。小香说七哥是狗投生的，必须爬行。七哥忍气吞声，从不敢违抗。晚上吃饭时，小香则多半会指着七哥的黑膝盖告诉父亲说七哥故意学狗爬不学人走。小香长得像父亲又像母亲。小香伶牙俐齿活泼爱笑却心狠手辣，父亲宠爱她，每次为了让她高兴不惜惩治七哥。小香比七哥大两岁，出生在双胞胎五哥和六哥之后，在家排行也算老八了，故而娇得鼻眼不正。七哥在父亲的拳脚下奄奄一息，而小香则捂着嘴"吃吃"笑个不停，还把七哥麻木地忍受的姿态学给大香看。小香干这样的事一直干到七哥下乡那天。

在大哥同父亲打架之后，家里能给七哥一点温暖的就是二哥了。很久很久，七哥对二哥都没什么印象。二哥总是和三哥一起进出。七哥在他眼里似乎有又似乎无。七哥不记得二哥同他说过话没有，直到那件事发生之前。

那是一个夏天，七哥被父亲搡过之后便爬回到大床底下。他只有到这个黑洞洞的充满他熟悉的潮湿气的地方才感到几分安全。七哥那天浑身火辣辣地疼。他趴在那里一动也不想动。伤痛和闷热闷热的天气几乎让他觉得自己快要死了。他这样趴了一天一夜。屋外每过一列火车都仿佛从他身上碾过。轰隆隆的声音使劲地撞击着他的脑袋，撞得似乎就要爆炸，他想爬出来，可一动弹大腿内侧便如刀剜割一样。七哥想干脆让我死吧，便"呵"了一声死了过去。

等他醒来之时，七哥感到自己被人抱着。他的腿依然如刀剜割。他睁开眼睛见到一个陌生的脸庞，恍惚之中听到滴水之声。水滴了很长时间，七哥才渐渐看清那陌生的脸庞原来是二哥。二哥用毛巾擦着他的身体。七哥温顺地倚在二哥怀中一动不动。他第一次感到生命的安全，第一次认识到人体的温暖。晚上直到父亲回来的时候二哥仍小心地抱着七哥。"怎么搞得像个小少爷？"父亲说。

二哥将七哥放在床上，撩开盖在他腿上的布，对父亲说："他还是条命。你也不要太狠了。他的腿伤口烂了，长了蛆。你要想让他活，就不能让他再睡床底下。里面又湿又闷，什么虫都有。"父亲看了七哥，冷冷地说："他是老子养出来的，用不着你来教训。"二哥说："正因为他是你的儿子也是我的弟弟，我才要求你好好爱护他。"父亲顺手重重地给了二哥一耳光。父亲说："让你读点书你就邪了，在老子面前咬文嚼字。你给我滚。"

二哥愤怒地盯了父亲一眼，一跺脚出去了。七哥自然又回到了床底下，把他的小棉絮弄成弯的，他想象那是二哥的手臂，他躺在那手臂里宛如在二哥的怀中。

以后，二哥便格外地关照七哥了。每天吃饭时，二哥都有意坐在七哥旁边。二哥一筷子一筷子为七哥夹菜。而在此之前，七哥几乎全靠吃白饭填肚子，尽管家里的菜几乎全都是他捡来的。

那年冬天，七哥差不多满十二岁了。母亲说原先小五小六到这时候总能挖一些藕回来，小七子倒好，只会捡些烂菜叶。二哥说何必哩，捡什么吃什么好了。小香立刻叫道妈妈我要吃藕。七哥便用极干瘪的声音说我明天就去挖藕。

第二天刮风，寒嗖嗖的。七哥一出家门就被风吹斜了身子。他斜斜地行走，小竹篮里还搁了一条麻袋。

他一路走一路在算计哪一块藕塘比较好。风把七哥的脸吹得红通通的。左脸颊上的冻疮又鼓胀了起来。七哥并不觉得这日子有什么特殊的苦，他已经习惯这样的生活了。万一哪一天让他安安逸逸地享受一天，他倒是会惊恐不安地以为出了什么大事。七哥在铁路边碰上了够够。够够当时正迎着风尖起嗓门唱歌。那歌子的词是七哥一辈子忘不了的。"美丽的哈瓦那，那里有我的家，明媚的阳光照进屋，门前开红花。"够够总是唱这支歌，一遍又一遍地对七哥说如果有一个新家在哈瓦那，门口种满了鲜艳的花朵那该多好哇。讲得他俩都极羡慕哈瓦那了。

藕塘里的水已经抽干了。大人们已经仔细地挖过一遍。七哥绕着藕塘四周看了看，然后迅疾地扒下棉衣棉裤，等不及够够冲上来劝阻，他便下到了塘里。泥浆一下子淹到了他的胸部。七哥太矮小了。他的脸上现出恐惧状，吓得够够惊呼大叫快来人救命呀。几个路过的中学生把七哥扯了出来，然后把他送进一个牛棚里。牛棚里有一个独眼的老头。他给七哥倒了一杯滚烫的开水。七哥浑身筛糠一般颤抖。够够像大人一样用生气的口吻令七哥脱下泥浆浸透的衣裤。七哥穿着空心棉衣棉裤，和独眼老头一起蜷在屋角的稻草堆中。七哥看着够够拿着脏衣服往湖边走去。在风中她像一只奇怪的大虾，弓着背越走越远。够够为他洗净泥浆，然后在牛棚中的火盆前为他烘烤。她的脸焕发出一层奇特的红光，眼珠嵌在红光之中宛若两块宝石。七哥呆呆地看着她。外面的风刮得干枝干叶噼噼啪啪地响。时而几声呼啸在长天中一划而过。七哥突然感到眼睛潮湿了。他觉得这时刻如若能痛哭一场该是多么愉快。够够无意思地瞟了七哥一眼，七哥便立即装作一副平常的神态。七哥从来不曾把他的心向任何人袒露过。七哥从不愿意让别人能猜测出他心里正想些什么。

天全黑了，够够才把七哥的衣裤烘干。七哥穿上后说了句很舒服。但他心里知道，今天又难逃过一顿毒打了。出门时，独眼老人叹着气从屋里拿出两节藕，分给七哥和够够。

七哥一路无言。分手时，够够将那一节藕也给了七哥说我家里不爱吃藕。七哥默默地接过放入麻袋。够够说你这个人怎么总是有心事的样子。七哥憋了半天终于说明天再告诉你。

七哥刚跨入家门，小香便叫："爸、妈，野种回来了。"母亲冲上来揪住七哥的耳朵吼道："你还晓得回家？你玩得好快活，害得你二哥一晚上去黑泥湖了。"七哥未缓过劲来，迎面又挨了一嘴巴，这是父亲扇过来的。父亲说："你怎么不死？回家干什么？铁路又没有栏杆。为你这个小臭虫全家人都睡不成觉。你以为我们都像你这样舒服？"父亲骂了又打。七哥不语。他挨打从来都不语。他以往常想着长大了他将首先揍父亲还是首先揍母亲这个问题。而这回，他一直在回忆牛棚中红红的火光中够够的脸庞和眼睛。他的表情竟出奇地平静，这使得父亲极为恼怒。小香说："爸，你看他还在笑。"父亲立即一脚踢向七哥的小腿，七哥轰然摔倒在地。红光在他的眼前烧成一片红云，腾腾地升起。所有的一切：人、物及声音，都在这红云中弥漫和溶化。七哥真的不禁咧嘴笑了一笑。

七哥的腿红肿得无法迈步。他一步也不能行走。几乎在床底下躺了三天。他的视线里的红云依然漂浮和升腾，七哥这三天过得安静极了。二哥几次唤他出来要带他去医院，七哥都没答应。七哥说我是在休息哩。

第四天父亲说我家里的儿子命贱，没有人生病躺好几天这事。母亲弯下腰对着床下叫："你还弄得像个阔少爷哩，你再不去捡菜就休想吃一颗米。"

父亲和母亲上班之后，七哥爬了出来，他摇晃着走出门。他走到那次同够够碰面的那一段铁路上。他坐在铁轨上一边等，一边想把什么都对够够说。等了好久好久，够够没来，七哥只好自己独自捡菜去了。

回来的路上，七哥又遇到牛棚。他想见见那独眼老人，想再去那稻草堆中蜷缩着看奇特的红光。七哥进去时，老人愣了一愣。然后问："跟你一起的小姑娘呢？"七哥说："她没来。我等了她好半天。"老人说："前两天你们都一起回去的？"七哥说："前两天我病了没出来。"老人说："前天下午，一个女孩被火车碾了，不晓得是不是她。"七哥立即呆了。世界上所有的女孩都死掉也不能死够够。七哥拼了全身力气疯狂地向铁路边奔跑。他一声声呼唤"够够"的声音像野地里饿狼凄厉地嚎叫。

那出事的地方已经看不出有什么血迹了。只有在路坡底下，七哥看到一节竹篮上的提把，提把上拴着一根白纱布做的小绳子。这是够够编的，是很久前的一天七哥亲眼看见她编的。

够够永远消失了。七哥为此大病一场，几乎一星期昏迷不醒。这场病耗去了家里很多钱。父亲答应给大香和小香一人买一条围巾的钱;答应给五哥六哥一人买一双凉鞋的钱;答应为母亲买一双尼龙袜子的钱以及大哥存了多年打算买手表的钱全部被七哥这场病消耗一空。所有人都沉下脸不理睬七哥。连大哥都阴郁着面孔一句话不说。

此后七哥每天还是沿着他和够够的路线去捡菜。他每天都在够够死去的地方默默地坐十几分钟。他坐在这里用心向够够诉说他的一切。

八年的捡菜史给至今二十八岁的七哥留下了深深的印记。他曾尽情地怀念过够够和享受过完全归他所有的孤独。七哥大学毕业回来的第二天便不知不觉去了一趟黑泥湖。那里变化惊人。昔日的菜地上几乎全部覆盖着高低不等的房子。他已经无法辨认哪条路通向哪里了。只有一个地方无论发生什么变化,七哥也能一眼认出。七哥喜欢独自地坐在那里。七哥想够够该有三十了。说不定够够能成为他的妻子。尽管够够比他大两岁,可这又算得了什么呢?只要是够够,就是大十岁大一百岁七哥也不在乎。然而够够永远只能是十四岁。

铁轨纠缠一起又分离开来,蜿蜒着扭曲着延伸向远方。七哥不知道它从何处而来又将指向何处。七哥常想他自己便是这铁轨般的命运。

六

当七哥觉得家里惟一能同他对话的人只有二哥时,二哥却已经死了。七哥想起二哥的死因,心底里总是升出一股冰凉的怜惜之感。

父亲却对二哥的死愤愤然之极。每逢二哥忌日父亲便大骂二哥是世界上最没出息的男人,混蛋一个,却装得像个情种。然后接下去必然骂这都是读书读木了脑袋。父亲骂二哥时若遇三哥在场二人便有一场恶战。

三哥和二哥关系好得让人难以思议。三哥是个粗鲁得像父亲一般不打人就难受的人,而二哥却文质彬彬的不像是父亲的儿子。二哥只比三哥大一岁。他俩共睡一个枕头几乎直到二哥死去的前夜。二哥是个极细瘦的人,个子高得不那么顺眼。父亲对二哥这副骨架非常之不满,常愤愤然说这哪里像我哪里像我?然后捶着三哥的胸脯说真货是这样的是这样的。母亲为此跟父亲怄过好多回气。母亲疼爱二哥超过她另外六男二女,这原因是二哥救过母亲一条性命。那时二哥才三岁,摇摇晃晃地刚学会小跑步。一天母亲牵着二哥去买盐。行至路口遇见父亲搬运站的几个朋友。母亲便挑逗着同他们打情骂俏。搬运工男女相遇常有骇人之举,这便是扒下对方裤子或伸手到对方裤裆。虽是下流无比却也公开无遗。母亲撇下二哥同他们疯打到一辆货车旁,笑得长一声短一声接不上气。突然二哥颠颠地小跑到母亲身边,极怪异地大叫:"妈妈,我要撒尿!"那正是初冬时分,二哥若湿了裤子便没有了穿。于是母亲立即抱着二哥往背风处跑。母亲刚一跑开,货车上的绳子便断了。货箱垮下来砸死了那群男人中的三个,其中之一刚喊完母亲的绰号还没来得及说完下面的话便脑浆四溅。母亲听得身后巨响如爆几乎魂飞魄散。她抱起二哥放肆地嚎啕大哭起来。二哥这时说:"妈妈,要回家。不尿尿了。"事后母亲想起二哥是临出门时才撒的尿,按正常情况那时他不应该叫撒尿。而且那声音怪异使母亲在回忆时还感到几丝丝毛骨悚然。父亲说看来是有些莫名其妙。

二哥是一个言语极少的人。他的眼睛凹入脸庞显得阴郁而深沉。倘若不是他的鼻梁挺拔且嘴角的线条很好看的话,他那双眼睛就令人不堪入目了。恰恰上帝给了他相应那对眼睛的鼻子和嘴,这使得他显示出一种很独特的漂亮。邻人常夸双胞胎五哥和六哥算得上河南棚子最英俊的小伙子,而七哥,还有我都认为:五哥六哥同二哥相比还差一个等级。五哥六哥一肚子浅俗的人生哲学和空洞洞的眼睛使他们脸庞上那漂亮的组合毫无生气。

二哥用眼神就能治服父亲用拳头都难以治服的三哥,对这一点父亲始终感到是一种耻辱。尽管耻辱,他却不能不接受这一事实。二哥和三哥结成的是钢铁同盟。这使得父亲想揍他们中的一个时不能不踌躇再三。为此二哥和三哥挨打次数极少。五哥六哥先是嫉妒后来则是献媚,意欲加入二哥三哥的联盟。二哥不置可否而三哥却严词拒绝了。三哥说不能让小七子一个人挨打,你俩得分担一些。三哥是家中的"二霸王"。这绰号是大香姐姐起的。"大霸王"自然是指父亲。三哥比大香姐姐大两岁。在一次争吵中大香姐姐脱口叫出"二霸王"三个字。三哥听了很得意，竟不再与大香姐姐吵闹且俨然是她的一个什么保护人。三哥在相当长一段时间充当河南棚子小年轻的"拐子哥"，名气一直蔓延到球场街及西马路一带。所有知道他的人都尽可能不去惹他。三哥手下有一帮小喽啰。他们在百姓面前虎狼般凶煞恶极蛮不讲理，但在三哥面前却低三下四如同猪狗。他们都知道三哥的厉害。三哥曾跟一个走江湖卖狗皮膏药的师傅学过几年武艺。那师傅是父亲早年拜把子的兄弟，对三哥的教导极为尽心。三哥一巴掌砍下能使三块砖同时断裂是河南棚子的小哥们儿亲眼所见。三哥赤手空拳能使十个像他一样粗壮的小伙子在进攻他时全都仰翻在地。三哥威武有力鲁莽无比却能屈服于二哥的眼神。三哥跟二哥好得像一个人。而二哥却是同三哥全然不同的人。

　　其实若不是一件偶然的事改变了二哥的命运，二哥是不会同家里人有什么质的变化的。那件事的出现使二哥步入一条与家里所有人全然不同的轨道。二哥愉快地在这轨道上一滴一滴地流尽鲜血而后死去。

　　那一瞬间发生的事还是在七哥刚出生的年月。二哥和三哥每天都去铁路外抑或货场偷煤。家里的煤从来都是这样弄来的。偷窃者对于这么干是否合法不予考虑。家里要煤烧而家里又无钱买煤，无条件地向外界索取便成了自然而然的事。二哥和三哥从多大开始干这活儿已经记不清了，只知道初始只是拾煤渣而已，而后是三哥进行了改革才发展成为后一阶段的用麻袋偷。冬天里，煤块烧得劈劈波波响时，父亲便放口称赞三哥聪明能干，是块好料。

　　那天火车经黄浦路道口时放慢了速度。三哥一挥手便扒了上去。二哥略一迟疑，也上了去。火车轰隆隆地向前开着。他俩在车上将煤装了满满一麻袋。快进煤厂时，三哥将麻袋往下一扔，然后自己飘然而下。二哥又迟疑了一下。待他小心翼翼跳下来时，却没能见到三哥的影子。二哥沿铁路往回走。当他走到一个池塘附近忽听见一个女孩惊恐万状的声音："救命呀！""哥哥，你可别死呀！"二哥便朝那声音奔了去。我知道，就是这个惊恐的颤抖的声音改变了二哥整个的人生，使他本该活八十岁的生命在三十岁时戛然中断，把剩余的五十年变成蒙蒙的烟云，从情人的眼前飘拂而去，无声无息。

　　池塘里一双手挣扎的姿势像一个优秀的舞蹈演员在用空间线条感召他的观众们。二哥连鞋也没脱便跳了下去。二哥的游泳技术是没话说的，从河南棚子翻过天桥到长江边至多只要半个钟头。夏天里的中午和黄昏，二哥三哥以及许多他们这样的人常去那里玩水。他们游到对岸然后再游回来简直像吃完饭用手抹抹嘴一样容易。尽管每年都有一两个伙伴沉入江底而成为长江的儿子，但这种悲剧一点也没影响他们畅游长江的情绪和兴致。二哥在同伴之中不是游得最好但也不差。这个小池塘对他来说便有澡盆之嫌了。二哥只几下就扑到了溺水者身边。那家伙性急而死死地勒住了二哥的脖子。二哥便只好凶狠地给了他一拳然后托着他的头从容地游到岸边。那家伙的肚子隆得圆圆像个孕妇。二哥拍了拍便一屁股坐在上面一松一压。女孩子尖叫道你不要弄死他你不要弄死，然后去撕扯二哥衣服，二哥只好又给了她一巴掌。那一下委实重了一点，女孩苍白的脸上顿时起了五条红杠。女孩"哇"地大哭掉头跑了，这动作使二哥呆愣了好一会儿。

　　女孩再来时身后跟了两个张皇失措的大人。女孩说这是她的父母。他们的儿子此刻已经苏醒了，只是疲惫不堪地躺在地上不想动弹。他见到父母的第一句话是："没有他我就完了。"然后将目光移向二哥。那眼光中的感激、钦佩、真诚、温情一下子竟使二哥的心好一阵颤栗。二哥从来没见过这样的眼光。

　　二哥以恩人的姿态出现在这个家庭里自然成为了最受欢迎的人。溺水的男孩跟二哥一样大，叫杨朦。他的妹妹小三岁，叫杨朗。他们的父亲是市里一所大医院的著名的医生而他们的母亲则是中学里的语文教员。为此他们的家庭显得极洁净且极雅致。他们住在天津路英租界的一幢红楼房里。他们有七间房子，整整占据了一层楼。仅保姆许姨住的房间都比二哥家的屋子大两个平米。他们一家四口人住四间屋子还剩下一间客厅和一间贮藏室。杨朦说这房子是他的外祖父留下来的。他的祖父的一幢房子更漂亮，前面还有花园，但他父亲老早就把它贡献给国家了。

　　说实话，这个家庭对二哥来说仿佛是外星来客。二哥是河南棚子长大的。他几乎都认定夫妻打架，父子斗殴，兄妹吵闹是每个家庭中最正常的现象。只有这些纠纷，才使家像个家，使自家人像自家人。否则跟公共场所有什么区别？而杨家却全然另一种活法。一家人这般的相亲相爱，这般的民主平等，这般的文质彬彬，这般的温情脉脉。二哥初次进杨家门时差不多不知道手如何动作脚如何迈步，两三个月后才稍稍适应过来。二哥完全被杨家的气氛所陶醉了。他觉得只有到了这儿他的心才感觉到它是为一个真正的人在跳动。他不知不觉地三天两头闯进杨家。

杨朦准备考到男一中去读高中。他是学校的尖子,胜利在握。而就学于民办中学的二哥学习成绩却平平淡淡。杨朦对自己的恩人极诚恳热情,谈话亦十分投机。于是二人结为莫逆之交。二哥渐渐地学会了喝咖啡。开始他以为那深褐色的水是中药,是杨大夫给他消毒的。后来才明白那玩意儿叫咖啡,上等人都爱喝它。二哥在杨家品尝到许多他从未吃过或见过的东西。有一天喝银耳汤,杨朗牙疼不喝多出一碗。杨朦硬叫二哥喝了。结果二哥一夜浑身燥得无法入睡。半夜里还怀疑汤里是不是放了什么怪药。问杨朦时,叫杨朦哈哈大笑了一阵。

二哥也打算考到男一中去。杨朦帮他补习了几天功课说凭二哥的智力今后考清华问题不大。这使得二哥的生活中陡然地树起了一个目标。

晚上,做完功课,语文老师常常拿出一本书来,轻言慢语地朗读给大家听。她的声音极柔美。缓缓的,像从天上飘下来的。与二哥幻觉中神仙的声音完全一样。二哥常想母亲若也能这样那该是多么好呵。母亲说话仿佛有只手在她喉管里拼命地撑大她的声音。母亲唾沫横飞常使她旁边的人不得不时时用衣袖抹抹脸。母亲从来不读书,但母亲绝顶聪明。母亲会从许多语言中挑出最俏皮最刻毒且下流得让人发笑的话来骂人,令对方哭笑不得左右不是。而语文老师和她的儿女连最一般的粗话都不曾讲过。有一回二哥讲家里的玻璃窗被人砸了的事时不留意带出一句"他妈的",立即让一屋人都皱上了眉头。杨朗还捂着耳朵说:"难听死了,像小流氓一样。"二哥当即脸红得像抹了彩,好半天抬不起头来。没人再说他什么,自此他在杨家不敢吐一个脏字。二哥听语文老师读过高尔基的《海燕》,朱自清的《荷塘月色》以及但丁的《神曲》。一个星期六,月亮很好。月光穿透窗外的树影把屋里映成斑驳一片。杨朗让大家都坐在这碎月零光之下,然后把留声机上足发条。音乐轻缓地升起时,杨朗着一身白裙,赤着脚飘然上前,对着月光低吟:

我看见,那欢乐的岁月、哀伤的岁月——我自己的年华,把一片片黑影连接着掠过我的身。紧接着,我就觉察(我哭了)我背后正有个神秘的黑影在移动,而且一把揪住了我的发,往后拉,还有一声吆喝(我只是在挣扎):"这回是谁逮住你?猜!""死,"我答话。听那,那银铃似的回音:"不是死,是爱!"

她最后一句爆发出热烈的欢笑,然后房间里的灯大亮。所有人都被她美丽的表演所感染,杨朦跳了起来,大叫:"朗朗太了不起了!"

二哥被月光下飘动的那条白色之影震惊了。那一句一句的诗将他的心一层一层缠绕得紧紧。最外一层显赫地裸露着"不是死,是爱"五个字。在热烈的掌声鼓完后的那一刹那,二哥从心底涌出无限无限的忧伤。这忧伤之泉直到他死都不曾停止过喷涌。二哥咽气的最后一瞬还说的是"不是死,是爱。"然后才垂下他的头。他的眼睛是杨朦去关上的。那两口深奥的洞穴中装着没有人能够理解的忧伤。

二哥开始发奋。借着复习功课的名义,他三天两头到杨家去。他只要一进这家的大门,骚动的心立即变得安宁而平和。

二哥这么做使得三哥颇为不满。三哥不想读书,也觉得二哥犯不着读。三哥说父亲没文化不也活得挺快活?二哥说可他的儿女们活得并不快活。三哥说我觉得还蛮好嘛。二哥说我觉得像狗一样,特别是小七子,连狗都不如。二哥说这话时,七哥正一脸污垢地坐在门口,把鼻涕往嘴里抹,嘴还喷喷地呼响。

三哥对杨家有一种天生的厌恶。尤其对杨朗。他说这女孩子完全是妖精投胎。他说头一回时二哥只是瞪了他一眼。说第二回时,是二哥在路上碰到杨朗之后。那天是二哥和三哥在去偷煤的路上遇到杨朗和杨朦的。杨朦见二哥和三哥手里拿着麻袋便问你们去哪里。二哥支吾说去弄些煤。二哥回避了偷字也回避了捡字。杨朦说需要我帮忙吗?杨朦话音刚落,杨朗就拽着他的衣服说:"那怎么行?脏死了,脏死了。"三哥这时板着脸对二哥说:"我一个人先走。"二哥忙对杨氏兄妹说了声:"我走了。"便同三哥匆匆而去。三哥脱口骂了句"臭妖精"。二哥立即站定,眼睛里喷着火,他咬牙切齿地说:"你这是第二次骂了,如果我再听到第三次,我跟你的兄弟关系从此了结。"三哥莫名其妙,委屈得很。只得嘴上连连喊叫几句:"我怎么啦?我怎么啦?"

过了好多天,杨朗说"脏死了"的话被她母亲——语文老师知道了。语文老师要杨朗向二哥赔礼道歉。杨朗说"请原谅"时倒是大大方方而二哥却"刷"地一下红了脸。二哥嗫嚅着向语文老师说他和弟弟实际是去偷煤的。语文老师没说什么只是长叹了一口气。那叹声显得那般沉重以致二哥的心被压迫得一阵阵发疼。那一晚复习功课老是走神。临走前，语文老师第一次把二哥送上了马路。月光铺在沥青路上泛起一片白色。语文老师说："我知道你家里很困难，但人穷要穷得有骨气。这一点你应该理解。"二哥使劲地点了点头。

二哥错就错在他不该把语文教师的话原版说给父亲听。父亲气得当即把手里的酒瓶朝地上一砸，怒吼道："什么叫没有骨气？叫她来过过我们这种日子，她就明白骨气这东西值多少钱了。"二哥吓得不敢吭气。父亲说："你小子再敢去什么羊家猪家的，老子定砍了你的腿。"母亲也说："哼，他们那种人不就是靠我们工人养活的吗？他们是吸我们的血才肥起来的。"二哥说："他们家是医生，又不是资本家。"母亲说："你若替他们讲话，就跟他们姓杨好了。"父亲说："小子，什么叫骨气让我来告诉你。骨气就是不要跟有钱人打交道，让他们觉得你是流着口水羡慕他们过日子。"

二哥叫父亲说得一脸羞愧。他觉得自己的确有点像流着口水的角色。二哥果然一连几天没去杨家。他很难受，心口像坠着许多石头沉甸甸地在胸膛内摆来摆去。第七天，二哥和三哥背着煤回来时，遇到了杨朗。杨朗迎上前，说："你怎么不来了呢？"二哥张了张嘴，答不出。杨朗说："你恨我了是不是？我不是已经承认错误了吗？"二哥凝神望着她几秒才偏过头低沉地回了一句："我不配去。"杨朗随二哥进了屋，她第一次看清了这是一个什么样的家。杨朗说："你晚上还去吧，要不哥哥又要责怪我了。"二哥说："你告诉杨朦，我家里有事，这几天不能来。"杨朗说："好吧。"她退出去的时候，手不小心碰着了正往屋里走的七哥。她尖叫一声，迅速跳到门外，然后掏出小手绢一边走一边使劲地擦。直到她人影消失前的最后一个动作还是在擦手。

二哥最终还是没去杨家。他也没能考上一中。但这实在不能怪他没努力。好长一段时间他总是在路灯下复习功课，而临考前的一个星期，天一直下着雨。这使他根本找不到一块读书的地方。只得在家里窝在众弟兄中，一遍又一遍地听父亲讲他当年的故事。八点钟和全家人一起睡觉。

二哥被录取到八中。这在我们家已经是第一个了。如果不是七哥在极偶然的情况下去上了大学，那么，二哥这个高中生就算是家里学历最高的人了。杨朦自然上了一中。这也是二哥早料到的。假期中，杨朦曾经到家里玩过几次。他和二哥坐在门口看一辆辆火车从眼边掠过，两人谈了很多很多。开学之后，渐渐二哥与杨家日益淡泊以致完全没有了往来。

二哥是一个出色的学生。他的派头和说话的口气同家里人越来越不一样了。他对父亲说他要上大学，他想当一个建筑师。他要让父亲和母亲住进他亲手设计的世界上最美丽的房子里。他说这些话时，深奥的眼睛里放射的光芒能照进所有人的心。父亲和母亲像被电击了一般呆望着他好一会儿。屋外一阵汽笛长鸣，小屋在火车的轰隆中摇摆时，父亲才一下子醒悟。父亲一反常态像一个小孩子一样狂喜狂叫道："我儿子有出息。像我的种。"然后把二哥横看竖看拍拍打打了好半天。那一天全家人都兴奋至极，只有七哥一如往日小狗般爬进床底睡得死沉。

二哥上大学当建筑师的梦自然和许多许多人的梦一样，叫一场"文化大革命"冲得粉碎。二哥尽可以当红卫兵司令，但他仍然感到心灰无比。他没参加任何一派，他被父亲指示回来干活。他有一排半截子大的弟妹，他得为生活劳碌。父亲给二哥弄了一辆板车，二哥每天到黄浦路货场往江边拖货，他能挣不少钱。冬天的时候，他让他的弟妹们都穿上了线袜子。

一天晚上，家里人全都睡下了。家里人总是睡得很早，因为明天要干活也因为不睡下小屋里便拥挤不堪嘈杂不堪。在屋里的鼾声此起彼伏时，突然门被敲得轰响。所有人都在同一刻被惊醒。这似乎是记忆中未曾有过的事情。父亲首先喊骂起来："魂掉了？哪有这样个敲法？"不料答话的竟是杨朦。二哥从地铺上一跃而起，他显然有些紧张，仿佛预料到了什么。二哥开了门，他看见杨朦的右手紧紧揽着杨朗而杨朗全身哆嗦着两眼红肿。二哥急问："出了什么事？杨朦脸色很冷峻，说话时却很悲哀。他说他们的父母下午双双出去，到现在尚未回来。他们兄妹等到晚上觉得奇怪，便到父亲卧室里看看有没有什么纸条。结果发现父母联名给杨朦的信。信上要杨朦对家里所有发生的事都不要太吃惊。他惟一的责任就是照顾弟妹妹。然后在最后一行写下"别了，亲爱的孩子们"几个字。杨朦的话还没说完，屋里的父亲立即吼了起来："蠢猪，还慢慢说什么？他们去找阎王爷了。还不快去找。"杨朦说："朗朗已经受不了了，许姨上个月就被赶回了老家。我想请你照顾她一下。"二哥说:"我去替你找,你照顾朗朗。"杨朦说:"那怎么行?"此刻父亲已经下了床。他用脚踢着正趴在地铺上听杨朦说话的三哥四哥五哥六哥,嘴上说:"起来起来,今晚都去找人。"父亲转身对杨朦说:"让二小子陪姑娘,这几个小子都派给你,你尽管指使他们。"杨朦说:"伯伯我该怎么感谢您呢?"父亲说:"少说几句废话就行了。"

二哥几乎是将杨朗背回去的。她软弱得无法走路,嘴上喃喃地说些二哥完全听不清楚的话。二哥三天三夜没有合眼。杨朗到家之后便发起了高烧。她的眼泪已经哭干了。脸烧得通红通红,嘴唇上的燎泡使她的模样完全变了。二哥为她请医生为她煮稀饭喂药然后小心地趴在床边哀声求她一定要坚强些。

第四天杨朦精疲力竭回来说父母找到了。他俩双双跳了长江。他母亲结婚时的一条白纱绸将他们的腰紧紧扎在一起。尸体在阳逻打捞出时已经肿胀得变了形。杨朦说完这些,双腿一软跪在地上痛苦地呕吐起来。他几天没吃什么,呕出一些黄水。脖子上的青筋扭动和鼓胀得令二哥无法直视。如果不是二哥急中生智,突然伏在他耳边说:"千万别这样,朗朗见了,就完了。"杨朦恐怕也挺不住了。朗朗正在屋里昏睡,一切情况都尽可能瞒着她。

一个星期后,丧事在二哥三哥及诸兄弟共同帮助努力下,算是比较顺利地办完了。医生和语文老师的骨灰合放入一口小小的白坛之中。父亲帮忙在扁担山寻了一块墓地,于是他们便长眠在那座寂寥的山头。二哥站在坟边,望着满山青枝绿叶黑坟白碑,心里陡生凄惶苍凉之感。生似蝼蚁,死如尘埃。这是包括他在内的多少生灵的写照呢?一个活人和一个死者之间又有多大的差距呢?死者有没有可能在他们的世界里说他们本是活着的而世间芸芸众生则是死的呢?死,是不是进入了生命的更高一个层次呢?二哥产生一种他原先从未产生过的痛苦。这便是对生命的困惑和迷茫而导致的无法解脱的痛苦。这痛苦后来之所以没能长时间困扰他并致使他消沉于这种困扰之中,只是因为他几乎在产生这痛苦的同时也产生了爱情。爱情的强烈和炽热溶化了他的生命。在爱情的天空之下,他活得那么坚强自如和坦然。直到一个阴天里爱情突然之间幻化为一阵烟云随风散去,他的生命又重新凝固起来。他的为生命而涌出的痛苦才又顽固地拍击着他的心。他想起扁担山上那幅青枝绿叶黑坟白碑的图景,也蓦然记忆起自己关于生命进入高一层次的思考。那个夜晚他便用刮胡子刀片割断了手腕上的血管。他将手臂垂到床沿,让血潺潺地流入泥土之中。同他挤在一床的三哥到清晨起床时才发现他已命若游丝了。闻讯而来的杨朦杨朗惊骇地看着一地的血水。杨朗失声叫道:"为什么非得去死呢?"二哥那一刻睁开了眼睛,清晰地说了一句"不是死,是爱!"然后头向一边歪去。

这是一九七五年在江汉平原东荆河北岸发生的事。迄今业已十个年头了。

七

七哥现在想起来当年他听到二哥的死讯之时完全像听到一个陌生人之死一样,表情很淡泊,尽管二哥曾有一段时间待他相当不错。七哥那时下乡也有一年了。他在大洪山中一座被树围得密密实实的小山村里。他一直没有回去。大哥歪歪倒倒的几个字告诉他二哥已死这个消息。这是他收到家中的惟一的一封信。他没有回信。

七哥下乡那天家里很平静。他一个人悄悄走的。走到巷口时,遇到小香姐姐同一个黑胡子男人。小香姐姐正同那人搂搂抱抱地迎面而来。这是小香姐姐的第几个男人七哥已经搞不清了。只是不久前听母亲对父亲说小香姐姐要嫁给这个男人。一来她可以不下乡了,二来她也已经有了他的孩子。小香姐姐已经不能再打胎了,要不她以后就根本不能生育。这是医生对陪小香姐姐去检查的母亲说的。小香的风骚劲同当年母亲的一模一样。惟一不同的是小香的男人换了许多而母亲的男人却只有父亲一个。七哥见到小香姐姐时忙谦卑地站到路边,让她嬉笑着过去然后自己再踽踽而行。小香姐姐仿佛根本没见到七哥一样,连瞟都没瞟他一眼。七哥最仇恨家里的三个女性,尤其以小香姐姐为最。七哥曾发过一个毒誓:若有报复机会,他将当着父亲的面将他的母亲和他的两个姐姐全部强奸一次。七哥起这个誓时是十五岁。原因是那一天他在床底下睡觉时五哥六哥带了一个女孩到屋里来。一会儿七哥听见那女孩子挣扎着哭泣,床板在七哥上面咯吱咯吱地响得厉害。七哥不知出了什么事便伸出了头。七哥看见五哥和六哥都赤裸着下身。五哥伏在女孩身上而六哥则按着她分开的腿。六哥看见七哥便使劲照他的头击了一下，吼道："你什么也没看见，说！"七哥嗫嚅着说："我什么也没看见！"然后缩回床底。他听见那女孩一阵阵的呻吟声，那呻吟中的痛苦使七哥感到浑身刺痛。他觉得只有眼见着世界灭亡的人才能发出那样的痛苦之声。当即他便想他得让他仇视的人：他的母亲和他的姐姐们也这么痛苦一次。

七哥的誓言当然成了他嘲笑自己的材料。当他后来有无数机会之时，他却毫无这种报复的欲望。

七哥是孤独一人进的小山村。这是七哥自己挑的地方。这里下了汽车还得走整整一天的山路。七哥就是想到这么一个地方，让所有人都不知道他在哪里。

七哥和他房东的儿子共睡一张床。这是他有生以来第一次在正经八百的床上睡觉。油污的床单下垫着玉米秆和稻草。满屋里散发着一股植物的香味。屋后有三棵香果树。七哥仰躺着。两尺之外的空间不再有黑压压的床板和父母翻身而引起的吱嘎之声。三步开外没有他并排躺在地铺上的一排兄长起伏的鼾声和梦呓。空间很大，有老鼠从梁上"刷"地跑过。月光白惨惨地从屋瓦的缝里泄了下来。云遮云开，那光如在屋子里飘忽。七哥突然感到万分恐惧。房东的儿子睡在那一头，死寂一般毫无声响。这让七哥觉得他正躺在人类之外的另一个世界。他从未想到过的关于死的问题在那一晚却想了数次。七哥想是不是他已经死了而他本人还不知道。人们把他埋在这里并告诉他这是到农村去而实际上却是在阴间的一个什么地方。七哥一连许多天都这么想个不停。他还试图在男人中找到他的弟弟——我。他想他的弟弟很可能是在这群人里，只不过他们分别已久彼此认不出来了。七哥他很高兴自己知道很多别人悟不到的东西。他明白他周围的人都是先他而来的阴魂。这些阴魂也不知道自己死了。他们很自豪地认定自己在阳世而且活得很舒服。七哥想只要看他们走路那种飘来飘去的劲儿，就知道换了世界。

七哥不同村里任何一个人交往。不到非说话不可的时候他绝不开口。他像一条沉默的狗，主人叫舔哪儿就乖乖地去哪儿舔上几口。村里人开始都说七哥老实透了，后来又说七哥其实是阴险至极。不叫的狗最为厉害这是老幼皆知的古训。最后大家还是一致认为七哥是个怪物。七哥对那些纷纷繁繁的议论充耳不闻。七哥认定正常的死人是不说话的。

七哥到村里住了三个月后听说村里最近开始闹鬼了。七哥觉得好笑，我们自己不都是鬼吗？七哥对那些越说越惊心动魄的鬼的故事毫不理会。但他倒是希望自己能碰上那鬼。说不定那是小八子，七哥这么想。

房东的儿子每天吃饭时都带回鬼的故事。那鬼是极瘦的。喏，像他那样。他指了指七哥。走起路来像飘一样。鬼每天围着村口的银杏树飘三圈然后就进林子。进了林子鬼就变成了白的。从一棵树飘到另一棵树。每飘到一棵树下就发出一阵凄厉的叫声。那声音极古怪。从林子上空缓缓越过村子然后转一个弯又回到林子里。就这么一直到下半夜，鬼才化作一股烟气消散。

过几日房东儿子又说：鬼现在要在林子很深很深的地方尖叫。那里的野兽都吓跑了。猎民在那里连一只野鸡都打不到。

再几日，房东儿子又报道：村头老鱼头的女儿回娘家，上山时崴了脚，半夜才跛到家。她在林子边遇见了鬼。起先她没发现，是鬼先飘到她跟前的。她吓得使劲把鬼一推拔腿就跑。到家后她说鬼是滑溜溜的。

村里到处都是鬼影，奇怪的是鬼并没有干恶事。便有人商讨是不是把鬼抓来看看究竟是什么样的。这主意自然是青年人出的。七哥原本也想去看看鬼到底是怎么回事，但他那天实在太困便在天一擦黑时倒床睡下了。

那天夜里没有月亮。七八个年轻人都伏在林子里。房东的儿子也去了。他们个个都发着抖。抖得一边的灌木都不断发出簌簌的声音。子夜时分，鬼就围着树绕圈子了。果然极瘦，果然飘一般地走路。走入林子之后发现它果然是白色的。年轻人胆怯着不敢动手。终于其中一个干过猎人的小伙子抛了一根圈套，一下圈住了鬼。鬼凄厉地叫了。一连三声，又长又亮。全村人都听见了。它叫完之后，轰然倒下，不再声响。年轻人用绳子捆住了鬼。手摸上去，那鬼果然滑溜溜的。抬到村边亮处，才发现是一个活人。他均匀地呼吸着。沉睡一般。房东的儿子点了火，他失声叫了起来。人们都认出了，这是七哥。七哥浑身赤裸着。他身上的肌肤极白，他依然平稳地呼吸着，还很随意地翻了一个身。

有人照七哥屁股上狠踢了一脚。七哥"哎哟"一声,突然醒了。他莫名其妙地看着一圈又一圈围着他的男人和女人,眨了眨眼,低下头又发现自己一丝不挂。他低吼一句:"你们要干什么?"那声音沉闷而有力,仿佛是从远天穿过无数山脊之后落在这儿的。于是有人问七哥你是不是天神派来的。七哥说不是,我一直在阴间里老老实实做真正的死人。七哥是按自己的思路回答的,却叫所有的人毛骨悚然。天亮了,人们惶惶惑惑地散去。房东的儿子找回七哥的衣裤,极恭敬和谦卑。

七哥好久不明白到底他那一晚出了什么事。"鬼"仍然每夜出来在林子里飘荡。

七哥是一九七六年突然被推荐上大学的。他去的那所学校叫"北京大学"。在此前,七哥几乎没听过这所学校的名字,更不知道北京大学是中国最了不起的学府。七哥走的是狗屎运。七哥的父亲是苦大仇深的码头工人,这使其他知青望尘莫及。再加上村里人一直吵闹着要将七哥送走,鬼气在他们的生活中已日见浓郁了,为此他们不能再忍受下去。北大不怕鬼,却极欣赏七哥苦大仇深的家史。父亲自七哥出生那天起就与他为敌,这会儿却不期然为他办了件好事。

七哥惆怅着走出那树林密绕的小山村。七哥觉得自己在那里已经活了一个世纪,眼下他又重新投胎回到人间了。七哥走上公路时,太阳已经当顶,光线明亮得让他感到一阵阵晕眩。一阵风过,路旁的树扬起轻松的呼呼声。鸟也叫得十分轻快。七哥喘了口气。他摸摸心口,觉得心跳动得比原先要响亮多了。

七哥要去北京,而且要堂堂正正坐火车去北京,而且火车要耀武扬威地从家门口一驰而过,这消息使得全家人都愤怒得想发疯。就凭癞狗一样的七哥,怎么能成为家里第一个坐火车远行的人呢?七哥到家那晚,父亲边饮酒边痛骂。七哥默默地爬到他的领地——床底下,忍着听所有的一切。

七哥走的那天下着大雨。七哥只有一双洗得发白的球鞋。他怕到了学校没有鞋穿所以光着脚上的路。父亲和母亲一早都上班了,他们连一句话都没说,仿佛眼中并没有七哥这么个人。大哥把七哥送到巷口,然后给了他一毛钱,说雨太大了你坐一段公共汽车吧。七哥没有坐车。他淋着雨穿过大街小巷。他的行李越来越重,衣服紧紧贴在身上。他的骨头凸了出来使得七哥很有立体感。七哥想得很清楚,棉絮打湿了是没什么关系的,夏季的太阳一个下午就能把它晒干。

七哥一走三年未归。家里人简直不知他的死活。没人打听他,他也未曾写信。直到三年后七哥神采奕奕地出现在家门口时,所有在家里见到他的人都大吃了一惊。

"怎么都发呆了?还不是和你们一样的一个脑袋上七个孔。"七哥说。

归来的七哥已经完全是另一副样子了。

八

三哥宽肩细腰上身呈倒三角形,是女人尤为欣赏的体形。三哥在夏日里脱去汗衫,光膀子摇着大蒲扇坐在路边歇凉时,所有路过的女人都忍不住心跳要将他多看几眼。三哥祖臂露胸,肌肉神气活现地凸起,将皮肤撑得饱满。邻居白礼泉那天看了美国电影《第一滴血》后回来吹嘘说:"嗬,那个美国佬好块头,简直快赶上隔壁的小三子了。"弄得河南棚子好些人争相去看史泰龙的好块头。结果回来都说真不错,是快赶上小三子的块头。但是三哥的相貌不及史泰龙,这也是公认的。三哥原先倒也长得像父亲年轻时一样英俊。但三哥脸上老是露一副凶相,渐渐地,便长出父亲所没有的横肉。那横肉便使三哥的模样不容易叫人接受。父亲说,心里没有女人的男人才生长出这种霸王肉来。

三哥心里是没有女人的。三哥对女性持有一种敌视态度。三哥尽管已经过了三十五岁几乎奔四十了他却仍然没有结婚。他根本不想结婚。常常有女人去找他去向他献殷勤。三哥也不拒绝,在她们愿意的情况下三哥也留她们过夜。三哥怀着一股复仇的心理与她们厮混。三哥发泄的全是仇恨而没有爱。而女人们要的是三哥的身体倒并不在乎感情是怎样的色彩。三哥是在二哥死后招到航运公司的。二哥的死给了三哥生命中最沉重的一击。二哥是三哥在人间一睁开眼就朝夕相处的亲哥哥。他爱他甚于超过爱自己是因为三哥清楚记得他小时候莽莽撞撞干的许多坏事都被二哥勇敢地承担了。二哥为此遭过不少毒打但在他长大后从来没对三哥提过一句。三哥把这一切都牢记在心里。三哥正是这样一种人:谁要真心对他好,他也是肝脑涂地以心相报。而二哥除此外,还是与他一脉相承的兄长。二哥却被女人折磨死了。女人从那天起便像一把匕首插在三哥的心口上，使得三哥一见女人心口便痛得渗出血来。他常常愤怒地想女人怎能配得上男人的爱呢？男人竟然愚蠢到要去爱一个女人的地步了么？每当在街上他看见男人低三下四地拎一大堆包跟在一个趾高气扬的女人身后抑或在墙角和树下什么的地方看见男人一脸胆怯向女人讨好时他都恨不得冲上去将那些男女统统揍上一顿。这种事三哥不是没干过。一天晚上他送醉了酒的他的船长回家，返回时他抄近道走的是龟山上的小路。月光如水，山静如死。三哥打着饱嗝跌撞着乱窜，忽然他看见一棵树下的两个人影。他原本走过去视而不见的。不料人影中之一扑通一下跪到地上。他听见那是个男人的声音。那男人可怜巴巴地说："求求你答应我。没有你我活不下去。"另一个人影只是用鼻子"哼"了一声，这果然是个女人。三哥七孔都冒出怒火。他连犹豫都没有，大吼一声冲上去，朝那熊包一般的男人拳打脚踢。然后回过身将吓傻的女人胸口抓住，用全力横扫几巴掌。巴掌在女人脸颊上撞击得啪啪响。声音清脆悦耳。三哥的心这才舒坦了许多。如此他才丢下那对男女继续打着饱嗝下山了。

三哥在驳船上当水手。他的船长十分赏识他。三哥安心住在船上从不觉得水手是份丢人的职业。三哥身高力大干起活儿来从不要滑。三哥还能陪船长喝酒。这是船长感到最兴奋的事。船长说三哥是他有生以来最默契的酒友。他们俩在一起能将两斤白酒喝到瓶底朝天。夏天的时候，船长常会冒出些疯狂念头。他叫驳船继续行驶而自己拉了三哥跳入长江一路游去。船长和三哥游泳的本事也不相上下。他俩胆大包天，在长江里宛如两条棕色的龙。船长对三哥说如果掉进漩涡就平摊开身体不要动，漩涡就会把你自动地甩出来。三哥故意激他，说是你又没进去过怎么倒向我传授经验？船长急了说你不信？这是老水手都清楚的。三哥说我没见过的都不信。船长突然指着一个漩涡说那我就叫你见一次。没等三哥阻止他便几下冲了进去。三哥大汗淋漓呆愣愣地踩着水不敢往前。漩涡转得比想象的要快，三哥看不清船长在什么地方。但是一会儿他听见了呼叫。是船长在他的侧面嘻嘻地招手。当三哥游过去后船长说险些丢了命。三哥说如何？船长说像是有许多手把你往江底拽。我已经觉得完了的时候一下子被放出来了。船长说平摊着不动也不行，得看什么时候动。三哥默然不语。忽而他见到一个漩涡立即对船长说了句看我的，便一头扎了进去。三哥在漩涡里身不由己。他被许多只巨手像掷球一样掷来掷去。他的肚皮上有另一种磁力将他往水底吸去。三哥不由失声叫了起来："救命呀。"他没有叫完又喝了好几口水。三哥瞬间想也好，进阴曹地府可能还能见到二哥哩。这一刻三哥被一只手轰地一下抛了出来。三哥傻瓜一样不明了方向。直到船长游到他跟前他才清醒。船长游过去扇了三哥几耳光，大声训斥道："小命也是可以开玩笑的？你死了，我还要受处分哩。"三哥的脸上火辣辣的但他感到很舒服。三哥说："我以漩涡报答漩涡。"

晚上抛锚后船长和三哥在甲板上饮酒。船长敬了三哥三杯酒，连声说一条好汉一条好汉一条好汉。

船长和三哥在甲板对酌时常说要有女人就好了。船长有老婆和两个小子，夜里也牵肠挂肚地想。三哥惟在这点上与船长不投。三哥说酒比女人好。最便宜的酒也比最漂亮的女人有味道。三哥说时常咂咂嘴连饮三杯。江上清风徐来，山间明月笼罩。取不尽用不竭。三哥说人生如此当心满意足。船长说你没有女人为你搭一个窝没有女人跟你心贴着心地掉眼泪你做人的滋味也算没尝着。三哥不语。

三哥想他宁愿没尝着做人的滋味。女人害死了他的二哥，他还能跟女人心贴着心么？三哥说这简直是开玩笑。当年二哥对杨朗好到什么地步几乎没人想得出来。二哥原本可以不下乡然而杨朗下乡二哥也就下了。他把板车交给了四哥。三哥为了二哥也一块儿下到杨朗的队里。二哥几乎把该杨朗干的活儿全部揽下了，连杨朦都插不上手。那时间杨朗绕着二哥又是说又是笑。两人在河边草滩上抱着打滚连三哥都不好意思多看几眼。二哥一分一分地存钱。他要买最漂亮的家具布置新房。他要把家弄得像杨朗过去的家一样舒适。三哥也为这个目的同二哥一起奋斗着。一次又一次招工，没有杨朗。二哥一次又一次放弃自己的机会。三哥也陪伴着。每年修水利。二哥一星期都要回村一次。几十里路连夜走哇，只是为了看一眼他心爱的人。每年如此每星期如此。到有一天杨朗终于拿到了表格。杨朗填了表到县里去了。她一去就是三天。回来告诉大家这次必是无疑。职业是护士。二哥几乎将全公社的知青都请来喝酒。有人告诉他杨朗是用贞操换来的职业。二哥呆愣了，手上的酒瓶落在地上。杨朦转身而去。他揪住了他妹妹的头发。杨朗承认了。但她没说那男人是谁。三哥手上已经拿了刀。三哥准备杀人去的。杨朗说她既然把身子交给了那个男人就打算和那人结婚。二哥让杨朦松开了他的手。他忍受不了他心爱的人被她哥哥揪扯住头发。二哥一缕一缕替杨朗理顺发丝，颤着声说："我知道你是迫不得已。我不怪你。我不计较那些。但你不能同那人结婚。那是个禽兽。"杨朗说："你就死了心吧。我不可能嫁给你了。"二哥惊问为什么，杨朗说："我从来就没爱过你。我只是看你可怜才应付你一下。你千万不要当真。"二哥脸色煞白，他长啸一声冲出门去。三哥扔下刀追了出去。三哥把二哥拖到自己的屋里，他让半昏迷的二哥躺下了。他自己也躺在一边。三哥的怒火一蹿一蹿，他想去狠狠教训一顿杨朗，然而他寸步不敢离开二哥。他知道这给他的二哥是致命的一击。他知道二哥活不长了。三哥忧郁地想着迷迷糊糊睡了过去。他没料到他的二哥失去了爱情连一夜都不打算活。

杨朗终于走了而杨朦留了下来。他在二哥的坟前盖了个草棚。他说他将陪伴他的朋友直到他死。他替他的妹妹赎罪。三哥为此扔掉了那把准备杀死杨朗的刀子。这兄妹俩迥异的表现使三哥猜不透究竟是什么原因。三哥只能去设想：女人天生阴毒。

船长对三哥听说的一切不置可否。他只是对三哥说等你有一天碰上一个好女人时，你就知道男人跟女人比简直是臭虫一个。

可惜船长没能见到三哥碰到好女人的日子。船长对三哥说那一番话不久，驳船在青山岬水道翻了。一船人都沉到江底包括船长而惟独三哥逃了出来。

这是一九八五年的初春时节。三哥从此不敢上船，连游泳都不敢了。于是他辞了职。他像一个孤魂飘飘荡荡来无影去无踪。好多天好多天后。三哥申请了一个执照，添置了一套工具。每天坐在地下商场侧门，见人买了皮鞋便追着问："钉个掌怎么样？"

九

七哥成天里忙忙碌碌。又是开这个会又是起草那个文件又是接待先进典型又是帮助落后青年。每晚一头倒下床脑袋里混沌一片。他不知道自己究竟在干些什么事和干这些事的意义何在。他只知道如此这般卖命干了就能博得领导好印象。好印象的结果是提拔。而提拔的结果是有社会地位有权力。而有权力的结果是工资高加房子分到手福利优厚以及来自四方的尊敬。如此，一个人的命运才能得到最为彻底的改变。七哥觉得他活着的目的就是为了改变命运。他想象不出来如果上不了大学他将是什么样子。

七哥到学校第一个晚上梦游时就被同寝室的同学抓到了。

七哥睡的是上铺。下床时他蹬倒了床边的方凳子。他的下铺立即醒来。他看见七哥一件件脱下背心短裤然后赤裸着往外走，心里甚是骇然。七哥出门后，他便叫醒全屋人一起悄然跟上。他们跟着七哥出了宿舍楼，七哥看见树就绕圈子。绕了几圈后便发出令人毛骨悚然的尖啸。几个同学由害怕到不解，继而终有人悟出，说恐怕是梦游。于是一拥上前，几双手拼命摇撼七哥。七哥睁开眼猛眨几下，身体一惊颤。说你们干什么？一同学说：你梦游了，我们想叫你回去。七哥茫然四顾，再低头看自己一身，突然醒悟。他挣脱同学的手，疯狂地奔进房间，爬上床铺，一动不动。七哥想起曾经有过的关于鬼的故事。他想这么说来村子里白色的皮肤光滑的鬼就是他自己了。

七哥自小卑微惯了。入校后依然眉眼中露出怯生生之气，一副极委琐的样子。梦游的事成为全体同学的话柄，这使七哥愈加缩头缩脑自惭形秽。七哥每天三点一线。宿舍——教室——食堂。无人睬他他也懒睬旁人。如此相安无事几乎一年。

学校的生活自是清苦。而对于七哥却是好得不得了的日子。七哥削尖的脸由此而圆润起来。七哥毕竟是父亲的儿子。父亲所有儿子中没有一个不是身架均匀五官搭配极佳的好男儿。七哥委琐归委琐，但相貌在那儿搁着。班上有极风流俊雅的女生叹惜说七哥如果有三分洒脱也可称全系的美男子。而七哥却嗫嗫嚅嚅的完全与洒脱无缘。美男子的称号只得落在七哥的下铺身上。

七哥的下铺是从苏北一个乡下来的。苏北佬在公社读高中时很能写文章。曾写过好几篇公社书记的先进事迹报导。这些报导通过有线广播弄得全县人都知道了那书记的大名。出了名的书记便在苏北佬毕业一年后乐呵呵地将他推荐到了大学。临走前欢送会上又开了他的入党宣誓会。为此，苏北佬一到学校便成了班上党支部的宣传委员。苏北佬白白净净典型的江南小生模样，大眼小唇温文尔雅故而很得那些女生的喜爱。班上女生大多高干子弟或女干部。自己泼辣能干张牙舞爪成性却对温顺柔弱的男人有兴趣。这当然也是奇怪之至的事情。苏北佬被几个豪放过人的女孩子追得狗一样乱窜却不见他对其中某个产生兴趣。这劲头弄得女生泪眼涟涟男生醋意十足。

不料一日系里召集全系大会，在会上宣读了一封来信。信写得情真意切。写信人是一位女清洁工，说是她因患骨癌对生活感到绝望之时遇上了田水生。七哥想田水生不就是苏北佬？是田水生诚恳的谈话使她放弃了死的计划。这之后田水生常常去看望她鼓励她。陪她去长城饱览万里河山去香山欣赏深秋红叶，教会了她很多做人的真理。于是他们俩相爱了，爱得很深很深。但是近半年来，她的病情恶化得很厉害。癌细胞已遍布全身。水生却对她忠心耿耿百般照顾。为了使她享受到做人的幸福，水生已答应同她结婚。信中说："我即将告别这个世界走向死亡那遥远的甬道。在我踏上那甬道之前，我有责任将这个青年美好的灵魂展现出来。我渴望向全世界人宣布我的丈夫是一个了不起的人。"

来信引起的反响不啻有人在图书馆放了炸弹且准时爆响了。苏北佬一下子成了英雄。报社记者络绎不绝。每一篇报道都催人泪下。苏北佬出去讲用过好多次。据说每一次讲用效果皆佳。动人心弦的故事给命运套上了极艳丽的花环。苏北佬同清洁工结婚了。半年不到，她死了。而她给苏北佬带来的花环却依然栩栩如生大放异彩。

七哥却从苏北佬极诚挚的语言和极慷慨的激情之后看出那一丝丝古怪而诡谲的笑意。那笑意随着女人的离世而愈加明朗。一天早上起来苏北佬竟拿着小梳子对着小圆镜梳头发而嘴里却哼着一支极欢快的歌子。房间里同学都去早锻炼了。七哥刷牙回来听见这歌子不由直勾勾地盯着他。苏北佬放下镜子看见了七哥也看见了七哥直勾勾的目光。他尴尬地假咳两声逃也似地出了房门。那女清洁工死了才二十三天。这数字是七哥掐指算了好一会儿才算出的。

苏北佬知道七哥已勾去了他的真正的魂灵。苏北佬对七哥一下子亲善起来。七哥得了阑尾炎住院动了手术。这期间只有苏北佬天天来看望他。七哥从来没领教过时时被人惦挂的感觉。面对苏北佬的殷勤和关心，七哥苍白的脸上不由自主浮出许多感激之情。苏北佬总是淡然一笑说没什么没什么。

七哥的伤口快合拢的那一天，七哥斜躺在病床上看书。那一堆书都是苏北佬带铃七哥解闷的。七哥过去几乎没读过几本文学书籍，倒是这次住院开了一点眼界。窗外干风吹打着树枝啪啪地响。劈栅栏木条的人居然成为美国总统这一事使七哥激动不安，以致苏北佬进门来时七哥仍满额汗珠手指颤抖。

苏北佬坐在七哥床边，无言地也用那直勾勾的目光看着七哥。七哥感到他的魂灵也要被这目光勾走了。七哥突然说我理解了你。苏北佬说理解了就好。七哥说我应该怎么办？苏北佬说换一种活法。七哥说怎么活？苏北佬说干那些能够改变你的命运的事情，不要选择手段和方式。七哥说得下狠心是么？苏北佬说每天晚上去想你曾有过的一切痛苦，去想人们对你低微的地位而投出的蔑视的目光，去想你的子孙后代还将沿着你走过的路在社会的低层艰难跋涉。

七哥果然想了整整一夜。往事潮水一样涌来而又卷去。七哥惊恐地叫出了声。护士来时他正大汗淋漓地打着哆嗦。伤口又崩裂了。一丝一线地渗着血。护士说："做噩梦了？"七哥说："是，做噩梦了。"

一场噩梦已过。当太阳高升之时，七哥突然感到生命的原动力正在他周身集聚感到血液正欢快而流畅地奔涌感到骨骼为了他的青春正巴格巴格地作响，他感到由衷的解脱和由衷的轻松。

那一年，七哥二十岁。两年后他分回了武汉。他在汉口一所普通的中学教书。七哥明白这里绝不是他的久留之地。七哥对寂然地活着已经腻味了。七哥渴望着叱咤风云而这种机会只要去寻找和创造总归还是会出现的。

十

七哥现在最难见到面的是他的四哥。七哥对四哥无好感亦无恶感。四哥对七哥也是这般。

四哥是个哑巴。他在六个月时发高烧而父亲那天打码头负了伤母亲为父亲忙碌去了。高烧之后四哥虽然活了下来却丧失了听和说的能力。四哥能吃能喝心情愉快地在这个家庭中生长。只有他从来没挨过父亲的拳脚。这使得四哥对父亲格外亲热。只有四哥在看见父亲下班后才会欣喜地迎上前用他混浊不清的话叫着"爸"……"爸"四哥只会叫这一个字，他不会叫妈。为此母亲并不因为他的残疾而格外怜爱他。

四哥十四岁就出去干零工了。他先跟泥瓦匠打下手。后来二哥随杨朗下乡后把他名下的板车交给了四哥,四哥便当了装卸工。一直稳定地干到今天。

四哥的经历平凡而顺畅。四哥二十四岁便和一个盲女子结了婚。四哥有眼而她有灵敏的耳和灵巧的嘴。这是一个完整人的家庭。四哥分了间十六平方米的房子。这比父母住了一辈子的那间还要大一点。四哥便在这里和他的妻子生儿育女。四哥先生了一个女儿后来又生了一个儿子。四哥是赶在只许生一个的前面生的这个儿子。四哥的儿女漂亮如父聪明如母。这使得四哥每日咿咿哦哦地兴奋不已。四哥家里已添置了电视机和洗衣机。四嫂说电冰箱的钱也快攒齐了。

七哥到四哥家里去过一次。他看见四哥家的墙壁上贴满了各种奖状。那全是四嫂和侄儿侄女的。没有四哥一张。七哥问四嫂:为什么没有四哥的呢?四嫂说他又不会说甜言蜜语。人家选先进时他又不晓得是干什么。四哥四嫂留七哥吃了饭。四哥拿出一瓶洋河大曲。四哥在这点上同父亲一模一样。只是四哥酒后绝不打他的儿女。七哥想这大约是四哥从未挨过打的缘故吧。

能有几人像四哥这样平和安宁地过自给自足的日子呢?这是因为嘈杂繁乱的世界之声完全进入不了他的心境才使得他生活得这般和谐和安稳的么?

四哥又聋又哑啊。

十一

七哥在该恋爱的年龄里就自然而然地恋爱了。那女孩比七哥小两岁,长得眉清目秀的。连父亲都诧异万分,说小七子还真有能耐,把这样的姑娘都弄到了手。这是有七哥以来父亲夸奖他的第一句话。女孩教英语,外语学院毕业的。女孩的父亲是大学里的教授。儒雅之家使得女孩天生一股娴静悠然落落大方的风度。这气质使七哥大为倾倒。七哥同她恋爱了两年,便将自己也熏染得如教授之子般温文尔雅。七哥已经同他的女朋友一起商量买家具的事了。但因学校里一直没有房子,买家具和结婚的事就搁了下来。按照工龄和级别,七哥还得等上三年才能有一个小小的单间。这怨不了谁。学校里的老教师也不过如此,更何况小字辈。七哥几乎快没了耐心。

暑假里,七哥出了一趟差,到上海去观摩学习了二十天。回来时船逆流而行,时间极枯燥难熬。七哥认识了他的上铺,一个眼角已叠起鱼尾纹的女士。女士穿着很时髦谈吐不凡与七哥的女朋友比又有另外一番大家气派。三天的路程,七哥同她很聊得来。下船时,她给七哥留了地址和她家的电话号码。七哥看着她写下"水果湖"几个字就知道他遇上的不是一个普通人家的女性,及至她写下电话号码时,七哥心里猛然划过一道闪电。这电光刺伤他的心有些隐隐作痛而疼过之后蓦地生出许多的兴奋。七哥含笑说去你那里玩儿欢迎吗?女士说大门永向有识之士敞开。

三天后,七哥给女士打了一个电话。她说她一直在等七哥电话。七哥的心陡地动了一动。于是七哥开始约她散步或吃饭她也约七哥看内部电影或看演出。

七哥已经知道了她的父亲是何许人物。她比七哥大八岁,是老三届的学生。她父亲倒霉时她下了乡。她为了赎罪拼命地干活。结果她得了病。她丧失了生育能力。那是一个暴风雨的日子,她不顾月经来临而坚持上大堤抢险。在堤坝有裂缝时她像男人一样跳进水里同大家手挽手地阻止了洪水的冲击。最后她昏倒在了浪里。人们将她拖出来后她住了一个月的医院。出院时医生告诉了她这个对于女人来说最不幸的消息。她当时二十二岁,还没想过找男朋友的事为此对生育问题更不介意。她只是淡淡地笑了笑。随着年龄的增长,这个问题才显得越来越严重。每次结识一个男朋友她都把这个情况诚实地告诉对方。大多人都叹口气终止了同她的交往。她过了三十五岁后,心灵上的创伤已经无法愈合。她想如果四十岁她还是这样子然一身地生活那么她就到当年使她丧失她最宝贵东西的大堤上去自杀。就在她把这个问题一遍又一遍地考虑时,她认识了七哥。她愿意同七哥接触的初衷仅仅是像所有女人一样喜欢同外貌漂亮而又显得有知识的男人接触,喜欢同陌生的异性谈自己心里深处的东西。但她万没料到半个月后她遭到七哥猛烈的追求。她在告诉七哥她不能为他生育时七哥连惊异的表示都没有。一如既往地出现在她身边,陪她买东西喝咖啡走亲友,在人烟稀少的地方把手臂揽在她的腰上偶尔还微笑着在她额上留一个吻。在她的充满女性气息的房间里七哥总是拥抱着她使她气都喘不上来。这种充满热烈之情的拥抱使她感到迷醉而她的心底却痛苦不堪。在情绪稍稍平静时就有一个声音警钟似地呼叫这个男人感兴趣的不是你而是你的父亲。她想摆脱这个警钟而这声音却响得愈加频繁。

有一天她终于忍不住了。她问七哥："如果我父亲是像你父亲一样的人，你会这样追求我吗？"七哥淡淡一笑，说："何必问这么愚蠢的问题呢？"她说："我知道你的动机、你的野心。"七哥冷静地直视她几秒，然后说："如果你还是一个完整的女人你会接受我这样家庭这样地位的人的爱情吗？"她低下了头。

几天后，七哥把她带到了河南棚子，带到了我们的家。七哥掀开床板指着那潮湿幽暗的地方告诉她他曾在那儿睡到他下乡的前一日。七哥搬开新添的沙发用脚划出一块地盘说那是他的五个哥哥睡觉的地方。七哥说他的大哥因为没有地方住便成年累月上夜班。

屋里除了多出一架长沙发和小方桌上的一台黑白电视机外，一切都还是老样子。小屋的窗子因搭厨房而封死了，为此只剩得屋顶上嵌着的那片玻璃瓦。屋里全部的光线都是由那儿透入。墙壁还是当年的报纸糊的。泛黄的纸上还展示着昔日那些极有趣的文章。七哥说："你如果在这样的地方生活过一年，你就明白我所做的一切是多么重要。我选择你的确有百分之八十是因为你父亲的权力。而那百分之二十是为了你的诚实和善良。我需要通过你父亲这座桥梁来到达我的目的地。"七哥说："我还可以告诉你在我认识你之前我有过一个女朋友。她父亲是个大学教授。我同她的关系已经很深了。我在几乎快打结婚证时碰到了你。你和你父亲比她和她父亲对我来说重要得多。"七哥说在中国教授这玩意儿毫不值钱。"他对我就像这些过时的报纸一样毫无帮助。所以我很果断地同原先那个女友分了手。我是带着百倍的信心和勇气走向你的。我一定要得到。"七哥的话语言之凿凿掷地作金石声。她惊愕而使那张青春已逝的脸如被人扭了一般，歪斜得可怖。她跨了一步给了七哥一个响亮的耳光然后抽身逃去。

七哥淡淡地笑了笑没说什么。七哥怀着无限的自信等待她的回心转意。七哥知道她需要他比他需要她更为强烈。有人写了一部小说叫悲剧比没有剧好。七哥没看过那小说但他觉得那题目起得棒极了。有魔鬼比什么都没有要好。七哥想她最终会得出这么个结论的。

七哥的判断像诸葛亮一样准确无误。三天刚过，她红肿着眼泡来找七哥了。她没有别的男人可找。她只有七哥。况且七哥的确还不是个很差的角色。她对七哥说她是一时冲动，没能从七哥的角度去理解七哥。她请求七哥谅解。七哥一言未发，只是上前吻了吻她。她激动得热泪盈盈。七哥固然利用她达到自己的目的而她也一样地利用七哥去获得全新的生活。七哥当天就把她所渴望的给了她。那种生命最彻底的快感使她衰败下去的容颜又焕发出光彩。当她神采奕奕出现在她的朋友们的面前时，人们几乎没法将她同昔日的形象相比。这是七哥为她创造的青春。由此她对七哥更是死心塌地和严加看管。

其实七哥全然不是寻花问柳之辈。七哥全部的用心不在那上面。如果认识不到这一点那就实在小看了七哥。七哥觉得把情欲看得很重是低能动物的水平。七哥不属于这些。七哥的目的在于进入上层社会，做叱咤风云的人物做世界瞩目的人物做一呼百应的人物。七哥想将他的穷根全部斩断埋葬，让命运完整地翻一个身。七哥想拯救自己。他觉得他有责任使自己像别人一样过上极美好的日子。否则他会因为感到世界亏待了他而死后阴魂不散。

七哥调到了团省委，这是七哥提出的去处。七哥看过一张统计表，那上面记有解放以来历届团干离任后的情况。七哥记不得他们各自都干了些什么具体职业。但他惟一的印象是：从那扇门出来的人几乎全部升上了高处而且还在继续上升着。那些相当级别的职位一个挨一个排列着如一条冰凉的蛇从七哥心头爬过。七哥打了个寒噤然后欣喜若狂。七哥知道他已经找到了他的终南捷径。

七哥分到了很宽敞的房子。在他原先的学校拥有三十年教龄的老师也没资格住上七哥现在的这房子。七哥的房子布置得像宫殿。落地的双层窗帘，先锋的组合音响，遥控的彩色电视还有松软宽大的席梦思。七哥结婚前夕，父亲和母亲相携着去过一次。父亲坚持说那床一定要睡坏骨头的，而母亲则生气地说那窗帘浪费了好几件褂子的衣料。

七哥的蜜月是在广州和深圳度过的。七哥住在深圳湾大酒店的那几夜几乎夜夜都失眠。他的全身如火灼一般难受而又如火灼一般兴奋。他在他的妻子睡着之后还忍不住一次次把脸埋进她的胸脯里。七哥对她感激涕零。七哥有一种预感，那就是她给他带来的幸运，很可能在某一个日子超出他的想象。

那一段日子七哥纵情享受恣意欢笑如入天堂之门,却有另一个女孩子把眼泪哭干了把嘴唇咬破了。她的老父老母只能咬牙切齿地痛骂几句"小人"之类无伤大雅的话然后陪着伤心欲绝的女儿长长地叹气。

十二

五哥辞职干个体户时并不知道六哥也辞职干个体户了。他俩碰面时是在轮船上。五哥进餐厅吃晚饭时看见了正在端菜的六哥,五哥惊叫一声以致六哥手一滑菜盘掉在了地上。他俩相视片刻哈哈大笑了。五哥到南京去订购一批汗衫而六哥则去南通进货棉纱长袜。

五哥和六哥是一对双胞胎。他俩的心似乎是沟通的。五哥想到的东西六哥也能想到。五哥感冒六哥百分之百也要伤风流鼻涕。最奇特的是小学时一次语文考试,三个造句,他俩造得完全一样而实际上他俩的座位却隔得很远。五哥六哥自小是一对坏种。打架骂人偷盗玩女孩无恶不作。直到各自娶了老婆添了儿子才走上正轨,像模像样地过开了日子。

五哥第一次带女朋友到家里来时,父亲和母亲正在吵架。那是为了母亲买回来的酒是兑过水的,父亲一怒之下连酒壶都扔到了铁路上。恰巧一列火车开过,酒壶碾成了薄铁皮。于是母亲便横着嗓子同父亲吵开了。五哥的女朋友如同巡视大员般,毫不把父亲和母亲放在眼里,只傲慢地将屋子环视一遍,说:"就这屁点破屋?"五哥未曾来得及答话,父亲却撇开母亲朝这边吼开了。父亲说:"嫌老子屋破,这里还没你的地盘哩。"那女朋友也不示弱:"这老家伙吃错了药,怎么见什么人就吼什么人?"说罢扬长而去。气得五哥跳起来对父亲乱叫了一通便又蹬蹬蹬地去追赶那女朋友。父亲发了一会儿呆,摇摇头说:"日月颠倒了,颠倒了。"然后自己找了个空瓶,长吁短叹地打酒去了。

结果是,五哥的女朋友再也不肯来家了,五哥只好做了上门女婿。五哥的女朋友是汉正街的。六哥常陪五哥去那里,于是六哥也找了个汉正街的姑娘。六哥知趣,不敢带女朋友回家,主动对父亲说想要倒插门。父亲大手一挥:"去去去,少废话。你俩反正是一对。"六哥如获大赦,轻松地告别了这个家,住进了老婆屋里。五哥和六哥几乎同时(只差三天呀)各得一子。肥墩墩的,让岳父岳母们欢天喜地。五哥六哥当女婿比当儿子舒服多了。渐渐地不太记得河南棚子的老父老母。

汉正街自古便是商贾云集之处。以谦祥益商店为中心,上至武圣路下至集家嘴,沿街经商的个体户而今已经达两千多户。长街小摊,百货纷呈。五哥问清楚几乎有一千家已经成万元户,立即心慌意乱头脑混沌了。五哥是建筑队的泥瓦工,工资不算低。即使不低,细细想来辛辛苦苦一个月还不及个体户一天赚的钱多。五哥觉得自己活得窝囊,他得赚大钱过富日子才不枉做人一遭。五哥连同老婆商量一下的情绪都没有,当天便打了辞职报告。六哥只比五哥早一天。六哥的邻居仅从一百五十元的资金起家,不到一年已成了万元富户。这变化是六哥亲眼所见。六哥眼珠都快突出来了,他想了一夜,辞去了运输公司汽车修理工的职务。

五哥订购的汗衫原本就是积压货。五哥订了一万件但却只销出了一千五。钱周转不了,五嫂夜夜指着五哥的鼻尖骂祖宗。五哥怕老婆,五哥在这一点上完全不像父亲。连日里五哥东奔西跑得下巴都尖了,汗衫还是积压着。

那天五嫂又砸杯子扔碗地骂祖宗了,五哥只好溜之乎也。五哥信步溜达到航空路。航空路到商场一带是"飞虎队"的地盘。"飞虎队"是市民给那些流动小贩们的绰号。"飞虎队"的小贩们拉起生意来可以说是死皮赖脸。抬高价钱短斤两是他们的拿手好戏。圈套也做得像真的。五哥看见几个女子围着一个小贩高声议论羊毛衫的价格。五哥一眼看出他们都是一伙的。假卖假买地哄来一些真正的顾客。一个红衣女子的眼睛不断地向路人扫来扫去。她看到了五哥。她叫了声:"哎呀,这羊毛衫要是让这个男的穿上简直可以成为三镇第一美男子。"五哥笑了笑,走过去。问小贩:"多少钱一件?"小贩说:"看你穿着肯定合适,我心里高兴,就便宜点卖给你,二十六吧,别人我都是卖三十呢。"五哥用手捏了捏,深知毛线中腈纶多于羊毛,便又笑笑说:"出厂价,十六块,这我清楚。"然后意味深长地丢下一声笑,甩手而去。他听见小贩和几个女子冲着他的背脊骂骂咧咧的声音。五哥从来都不是好惹的家伙。五哥在家以外的地盘上还从来没输过。这回自然也是。五哥心里暗笑一下,拐到一个稍清静的地方,然后放开嗓子爆喊一声:"工商局的人来了!"

这声喊宛如扔下一枚炸弹。五哥的眼前炸窝了。抢收衣服的，逃窜的，装作顾客若无其事地混杂人人群的，互相叮咛的，应有尽有丑态万千。一忽儿，"飞虎队"无踪无影，只丢些空纸盒在路上。五哥看得有趣。不由倚在墙根下捧腹大笑。待五哥笑得上气难接下气时，他的肩膀被一只手拍了一下。五哥回过头，认出了是红衣女子。五哥一笑，说："怎么不跑？"红衣女子冷冷地说："想看看你还有几手。"五哥说："闹着玩玩，何必当真。"红衣女子说："闹着玩也得看地方看人。"五哥呵呵一笑："你们拉扯过后又骂人也没有看人看地方呀。"红衣女子打量了一下五哥，说："你还像个人物呀。"五哥说："当然。河南棚子的儿子汉正街的女婿，堂堂正正是个人物。"红衣女子说："汉正街的？万元户？"五哥说："万元户还得过两年。"红衣女子说："这么说是同行了？何必拿一路人开心，不都是端这个饭碗的？"五哥说："那我就道声对不起了。要不要去云鹤酒楼压惊？"红衣女子说："哥们儿还痛快，去就去。"

五哥同红衣女子一道上了三楼，红衣女子拿起菜谱就点。心狠手辣地完全不顾及五哥腰里并没带几块钱。烧甲鱼炖海参炒虾米白斩鸡外带一碗三鲜汤和四瓶青岛啤酒。点得五哥暗叫苦也。

红衣女子问五哥生意做得如何。五哥灌几口啤酒长叹一口气说正在倒霉。红衣女子问缘故。五哥便如实说了汗衫的滞销。红衣女子说："再不好销的东西，只要想好了办法，总是能赚到钱的。"五哥说："有什么好点子？"红衣女子说："就这么白给你出？"五哥说："当然给好处。"红衣女子说："怎么讲？"五哥伸出右手："五十张。"红衣女子说："半千还算钱？如果让你一件汗衫赚一块钱，那你得了多少？给我了多少？简直小气得不像男人。"五哥说："未必给你一千？"红衣女子说："说良心话，这我还不一定要呢。做生意眼光要放长远一点。"五哥默然不语。见啤酒已尽，说："我再去要两罐啤酒来。"五哥在服务台拿了啤酒刚转身欲回饭桌，见红衣女子正背对服务台，不禁心头一转，将啤酒装进裤兜里，自言自语道："再去买两盘冷菜"便悠悠然地下了楼。五哥下了楼便直奔一路汽车站，一口气坐到了六渡桥，打着饱嗝到朋友家推了一夜麻将，第二日凌晨才摇摇晃晃地回到了家。

五嫂开门第一件事便是送给了五哥几耳光。五哥不动气，慢慢说："跟你讲件滑稽事。"便添油加醋地将昨日白吃一顿的事细细讲述了一遍。五嫂不由得笑倒在了床上。大骂女人的愚蠢和男人的狡猾。骂声中不禁为这男人是自己的丈夫而感到自豪起来。五哥这时则歪在沙发上呼呼地大睡开了。

一清早六哥大汗淋漓奔来时五哥还没起来。六哥将五哥打起，愤怒地叫道："今天无论如何帮兄弟一把。"五哥忙问什么事。六哥说："我一早刚把摊子摆出去，一个女的带了几个人，二话不说砸了我的摊子。他们人多，我又不敢对抗。临了，那女的丢下这件汗衫说一千块准备好，我到时来取。"五哥跳起来抓过汗衫细细查看。汗衫的胸前用圆珠笔勾勒了一个霍元甲打拳的形象。五哥心头豁然一亮，眉头舒展，连声叫："妙极了妙极了。"倒将六哥弄得莫名其妙。五哥方将昨日之事一五一十说了一遍，拍着胸脯对六哥说："你今天的损失我负责加倍赔你。绝不放空屁。"

五哥将他积压的近万件汗衫五千件印上了霍元甲三千件印上了陈真。电视连续剧刚放过不久，人们对这二人印象颇深。五哥拿出二十件送给玩武术的小伙子，不到三天，五哥的摊前购者如云。五哥暗暗又抬了三次价。汗衫依然畅销。五哥发了财，五嫂每日见五哥都眉开眼笑，又端茶又打扇还撒娇般地在五哥面前扭来扭去。五哥脑子里却抹不掉那红衣女子的模样。但是那女人却一直没有出现。

三个月后，五哥从广州回来，刚出汉口火车站，一个女人朝他嫣然一笑，蓦然他认出那是红衣女子，只不过红衣被一件橄榄绿的棒针衫所代替。五哥立即向她迎去。红衣女子说："怎么，还认识？"五哥说："恩人嘛，当然不敢忘。"红衣女子说："我家在这附近，要不要去坐坐？"五哥说："当然想，只要你瞧得起。"红衣女子笑道："你一表人才又聪明又能干，我巴结都来不及哩。"五哥说："我惟一佩服的女人就是你。"红衣女子眼一斜说："是吗？"五哥被那一眼望得心乱了。五哥觉得这女人同他老婆比简直像仙女同讨饭婆相比一样。五哥想要是能同这女人享受一场那么他也就宛若神仙了。五哥说："你家里……还有谁？"红衣女子说："就我一个。我丈夫到深圳去了。"五哥说："我刚从南边回。我提前了两天。我老婆还当我是后天到哩。"红衣女子笑了笑。五哥趁机把手放在了她的腰上。

五哥跟着她拐弯抹角。五哥满心欢喜。他几乎是怀着甜蜜的感情打量他身边这个女人的一切，眼睛眉毛嘴唇以及胸脯。五哥都有点按捺不住了。

五哥刚跟红衣女子走进家门，后脚便跟进几个彪形大汉。五哥觉出有些不对，忙堆起笑，说："上次你帮了大忙。我准备了两千块钱酬劳你。"红衣女子冷笑一声:"我说一千就只要一千。钱我已经从你兄弟那儿取来了。不过事情还不那么简单。"五哥出汗了,说:"还有什么,尽管说,尽管说。"红衣女子说:"你姑奶奶不是随便让人耍的。冒充工商局的,是耍第一次;在云鹤酒楼一拍屁股开溜是耍第二次;今日一路不怀好意是耍第三次。我明白告诉你,我今天只想叫人揍你一顿,叫你记清楚闹着玩玩得看人看地方。"

五哥无言以对。五哥自然也不会轻易讨饶。五哥毕竟是父亲的儿子。父亲说过做男人就是把刀架在脖子上也要硬着筋骨。五哥此刻便硬着筋骨。五哥见几条大汉脱下了衣服,每人都露一件由他摊上卖出去的印有霍元甲的汗衫,不由得心一沉。突然,五哥说:"朋友,我讲几句话。"红衣女子说:"有屁快放。"五哥说:"我们是一账还一账,所以今天这顿打我认了。打伤了我看病,打残了我躺床,打死了我不怪。不过这笔账了结后,我们井水不犯河水,不必死结冤家。生意兴旺靠朋友,互相拆台栽跟头。"红衣女子说:"你还是条汉子。你放心。你死不了残不了。血还是要放一点的。拆台的事我不做,其他的人我不保证。"

红衣女子说罢出了门。五哥立即被拳脚包围了。很快五哥便人事不知地瘫倒在地。五哥醒的时候,天已黑了。屋里亮着灯。红衣女子正哗啦哗啦地滑动着编织机织毛衣。五哥艰难地站起来,一言不发,向门外走去。五哥快要跨出大门。忽飘来那女子软软的声音:"代我跟你兄弟道个歉。说那天我认错了人。"

五哥回家时叫了出租车。一家人见他血淋淋的模样都惊呼大叫。五哥没敢说也没脸说挨打之故,只说在汽车上同流氓争吵结果动起手来。五哥躺了整一星期。父亲闻知后,鼻子一嘬说五哥是笨蛋加癞皮狗一个。笨在居然能被人打到这种地步。癞在居然还大大方方地躺上七天。父亲委实感叹一代不如一代。

一切恍如梦般。五哥伤好之后生意照常做了下去。五哥担心还会有人前来挑衅,结果,一连几个月都相安无事。五哥不由从心底服了那女子。他曾到处打听过红衣女子的下落。五哥想同她交个朋友。可惜五哥至今仍未打听到。

五哥现已是汉正街万元户之一了。六哥自然也不例外。汉正街的万元户说起来只千来户人家而其实远远不止。潜伏在地底下的万元户们至少也有几百。五哥和六哥这种人,发富之后学会的第一桩事便是赌钱。起先是麻将。后来嫌麻将太磨人也太费脑子,便掷骰子。有人读过金庸的小说《鹿鼎记》,知道那里面有个善赌的韦小宝。便在摇骰子时爆喊一声:"韦小宝来啦!"五哥六哥均不知韦小宝为何物,但每次轮到他们掷时,也长长地吆喝:"韦小宝哇!"

偶尔五哥回河南棚子看看父亲母亲时,见父亲端端地坐在小凳上与一帮老朽们以一毛两毛钱这样的数目打牌,脸红脖子粗地叫喊这个是臭牌那个是霉星,便也如父亲嘬他一样对父亲嘬一鼻子。五哥说他们现在下赌注根本不数钞票的张数。父亲不服便傲然问道那怎么算账?五哥说把钱摞起来用尺量厚薄。五哥说我下得最凶的一次赌注是十个厘米。父亲说十个厘米有多少?未必比一百块还多?五哥说压紧一点也就差不多一千块。父亲"呸"地朝五哥吐了一口浓痰,怒道:"吹牛找你孙子去莫找你老子。"五哥大骂着父亲混蛋透顶而去。而同父亲一起的牌友们直到五哥走得没影儿了惊愕的面孔还没复原。

这回父亲怀疑五哥和六哥是不是他的儿子了。

十三

七哥瞧不起五哥和六哥到了极点。七哥常在肚子里用最恶毒最尖刻的话骂五哥和六哥。童年时代五哥和六哥给七哥的伤害令七哥永生难忘。但七哥在组织个体户们座谈时却每一次都以自豪的口吻提到他有两个哥哥都是个体户。七哥说他对他的这两个哥哥极其敬重,因为他们全靠自己的勤劳和智慧创造自己的生活。七哥鼓励个体户青年不要自卑要自信,要认识到自己这个职业的高尚和伟大。七哥还诙谐地说他们这些搞政治工作的人只能靠嘴皮吃饭,别的什么本事都没有。假如有一天我干腻了这一行就辞职去干个体户。七哥说起码可以到深圳广州跑几趟而这两处他还没去过哩。七哥的话让那些常往南边跑的个体户们都笑了起来。个体户们都纷纷称赞七哥说这个人难得,便将七哥视为知音。而实际上他们都不知道七哥度蜜月在深圳住了二十天。

元旦时,七哥回了一趟家。恰恰五哥六哥也携子来家了。五哥六哥自小就没把七哥放在眼里,到现在依然是。他们完全不顾七哥是广大个体户的知音这一事实。五哥和六哥你一言我一语大声讥刺七哥费心思往上爬不如费心思赚点钱，然后故意把儿子的胖脸亲得"叭叭"地响。那响声在七哥的心上像是锤子砸下一样，一锤一锤地让他痛苦。

父亲对七嫂极不满意。父亲想这女人大概有妖术。要不凭她那年龄和不能生儿子这罪该万死的毛病怎么能把七哥给勾引上呢？父亲想没有男人愿意讨一个不会生孩子的女人。而女人生不下孩子，父亲想：那还有什么用？父亲说不孝有三无后为大。父亲说现如今又不能讨小，看小七子你今后怎么办？父亲说不如把你那个休掉，再找个年轻漂亮的。七哥说瞎吵什么，你懂个屁。七哥一句话噎得父亲说不上来了。父亲在七哥面前显得很谦卑。父亲常想着七哥是省里头的人。

元旦刚过几天，父亲突然颠颠赶到武昌来找到七哥。父亲说大香和小香都要请七哥吃饭，叙叙姐弟之情。七哥听得大吃一惊，那惊愕的程度不亚于听说里根总统请他赴宴。片刻，七哥冷笑一声："黄鼠狼给鸡拜年，哪有好心。"父亲说："她们当不了黄鼠狼，你也不是鸡。"七哥说，"我从来都只当没有姐姐。"父亲说："你们都是我养的。都是从你妈一个人肚子里钻出来的，有没有姐姐由不得你。"七哥又是一声冷笑。七嫂说既然请，那就去吧。何况父亲又老远跑来了。七哥听七嫂的，便淡淡地回父亲说："请就请。有吃的何乐而不为？"

小香姐姐住在黄孝河边。小香姐姐当年嫁的那个黑胡子男人是个无业游民。小香姐姐跟他结婚三个半月后生了一个女孩。那黑胡子要的是男孩而小香姐姐却没有办到。小香姐姐在七哥面前可以为所欲为地打骂撕咬，却不能将她的丈夫奈何下去。没等女孩满两岁黑胡子假称回老家将小香卖到了河南。河南乡下的日子清苦，这使小香一次又一次地逃跑，终于三年后跑了回来。到家里怀里又抱着一个男孩。那天母亲几乎以为她是个讨饭的。直到小香姐姐凄苦地喊了声妈妈，母亲才认出这是她的小女儿。

小香姐姐一年不到又结了婚。没有男人小香姐姐是活不下去的。甚至只有一个男人她也依然觉得日子难熬。小香姐姐为这回的丈夫生了一个儿子。小香的丈夫是菜农，因为妻子生了一个女孩而一怒之下与之离婚。这回小香称了他的心愿，便万事百事由着小香姐姐。儿子已经有了，老婆的意义就不大了。逗儿子逗得高兴时，即使小香领了情人来家调情他也无所谓。他抱着儿子给小香做菜还殷勤地问客人味道如何。

小香姐姐有了一女二子。河南带回的那个连户口都没有。小香姐姐想起了七哥。

几乎同时，大香姐姐也在想七哥。大香结婚甚早。大香有三个小老虎似的儿子。小的也都初中毕业了，而大的业已开始了待业。大香姐姐十八岁就结了婚。大香姐姐丈夫是木匠，木匠比大香大十岁。大香姐姐小日子过得十分富足。大香常常在休假之日坐在门口晒太阳，嗑着瓜子同一帮老娘们扯三拉四地聊天。星期天则提一点吃的或酒回河南棚子看望父母亲，大香姐姐住在三眼桥，这也是汉口下层人历来所居之地。

河南棚子盖起了好些新房子。那些陈旧的板壁屋便如衣衫褴褛的童养媳夹杂在青枝绿叶般的新娘子之间。据说新火车站要修到建设大道的方向去，教堂般的汉口火车站从此结束它的使命。穿越城市的铁路要改为高质量的公路，公路两边的破旧房屋全部拆除，重新起盖高楼大厦。

邻居们都欢呼雀跃，纷纷盘算旧屋该折价多少，如何向政府讨价还价多分几套房子。只有父亲愁眉不展。父亲说没火车叫他是睡不着觉的。父亲说住楼房沾不到地气人要短寿。父亲说小八子怎么办？那几日父亲常坐在窗口下唠唠叨叨地说："我只有一个小八子还留在身边。"

我知道我再也不可能和父亲母亲一起了。二十多个幸福的岁月，我享受到了无比无比多而热烈的亲情之爱。那温暖的土层包裹着我弱小的身躯。开放在这热土之上的一串红火一般的艳丽。火车雄壮地隆隆而过，那播洒的光芒雪亮地照耀父亲的小屋。很难想象没有父亲这小屋会是什么样子。

父亲把我挖出的那天是个大晴天。太阳刺眼地照射着大地。父亲叫来了三哥。三哥将小木盒置入一个大纸盒里，然后用绳子捆绑好。三哥说："我把他埋到二哥旁边吧，有个伴儿。"三哥把纸盒架在自行车后，左脚一蹬，右脚飞越过纸盒踩上踏板。三哥的车铃叮铃按响的时候，父亲和母亲，相拥着望着我们远去。他们像一对恩爱的老夫妻慈善着面孔望了很远很远，然后一起颓然地坐在门槛上。这一天我才发现，父亲和母亲已经非常苍老非常憔悴非常软弱了。

三哥将我埋在二哥身边，然后抚着二哥的墓碑，阴着面孔长舒了一口气。直到天黑三哥才缓缓地向山下走去。他的脚步是那么沉重和孤独，一声声敲打着地心仿佛告诉这山头所有的朋友，他累极了累极了。

星星出来了。灿烂的夜空没能化解这山头上的静谧，月光惨然地洒下它的光，普照着我们这个永远平和安宁的国土。

我想起七哥的话。七哥说生命如同树叶，所有的生长都是为了死亡。殊路却是同归。七哥说谁是好人谁是坏人直到死都是无法判清的。七哥说你把这个世界连同它本身都看透了之后你才会弄清你该有个什么样的活法。我将七哥的话品味了很久很久，但我仍然没有悟出他到底看透了什么到底作怎样的判断到底是选择生长还是死亡。我想七哥毕竟还幼稚且浅薄得像每一个活着的人。

而我和七哥不一样。我什么都不是。我只是冷静而恒久地去看山下那变幻无穷的最美丽的风景。

红高粱（节选）

莫　言

一九三九年古历八月初九，我父亲这个土匪种十四岁多一点。他跟着后来名满天下的传奇英雄余占鳌司令的队伍去胶平公路伏击日本人的汽车队。奶奶披着夹袄，送他们到村头。余司令说："立住吧。"奶奶就立住了。奶奶对我父亲说："豆官，听你干爹的话。"父亲没吱声，他看着奶奶高大的身躯，嗅着奶奶的夹袄里散出的热烘烘的香味，突然感到凉气逼人，他打了一个战。肚子咕噜噜响一阵。余司令拍了一下父亲的头。说："走，干儿。"

天地混沌，景物影影绰绰，队伍的杂沓脚步声已响出很远。父亲眼前挂着蓝白色的雾幔，挡住他的视线，只闻队伍脚步声，不见队伍形和影。父亲紧紧扯住余司令的衣角，双腿快速挪动。奶奶像岸愈离愈远，雾像海水愈近愈汹涌，父亲抓住余司令。就像抓住一条船舷。

父亲就这样奔向了耸立在故乡通红的高粱地里属于他的那块无字的青石墓碑。他的坟头上已经枯草瑟瑟，曾经有一个光屁股的男孩牵着一只雪白的山羊来到这里，山羊不紧不忙地啃着坟头上的草，男孩子站在墓碑上，怒气冲冲地撒了一泡尿，然后放声高唱：高粱红了——日本来了——同胞们准备好——开枪开炮——有人说这个放羊的男孩就是我，我不知道是不是我。我曾经对高密东北乡极端热爱，曾经对高密东北乡极端仇恨，长大后努力学习马克思主义，我终于悟到：高密东北乡无疑是地球上最美丽最丑陋、最超脱最世俗、最圣洁最龌龊、最英雄好汉最王八蛋最能喝酒最能爱的地方。生存在这块土地上的我的父老乡亲们，喜食高粱，每年都大量种植。八月深秋，无边无际的高粱红成汪洋的血海。高粱高密辉煌，高粱凄婉可人，高粱爱情激荡。秋风苍凉，阳光很旺，瓦蓝的天上游荡着一朵朵丰满的白云，高粱上滑动着一朵朵丰满白云的紫红色影子。一队队暗红色的人在高粱棵子里穿梭拉网，几十年如一日。他们杀人越货，精忠报国，他们演出过一幕幕英勇悲壮的舞剧，使我们这些活着的不肖子孙相形见绌，在进步的同时，我真切感到种的退化。

出村之后，队伍在一条狭窄的土路上行进，人的脚步声中夹杂着路边碎草的悉簌声响。雾奇浓，活泼多变。我父亲的脸上，无数密集的小水点凝成大颗粒的水珠，他的一撮头发，粘在头皮上。从路两边高粱地里飘来的幽淡的薄荷气息和成熟高粱苦涩微甘的气味，我父亲早已经闻惯，不新不奇。在这次雾中行军里，父亲闻到了那种新奇的、黄红相间的腥甜气息。那味道从薄荷和高粱的味道中隐隐约约地透过来，唤起父亲心灵深处一种非常遥远的回忆。

七天之后，八月十五日，中秋节。一轮明月冉冉升起，遍地高粱肃然默立，高粱穗子浸在月光里，像蘸过水银，泊泊生辉。我父亲在剪破的月影下，闻到了比现在强烈无数倍的腥甜气息。那时候，余司令牵着他的手在高粱地里行走，三百多个乡亲叠股枕臂、陈尸狼藉，流出的鲜血灌溉了一大片高粱，把高粱下的黑土浸泡成稀泥，使他们拔脚迟缓。腥甜的气味令人窒息，一群前来吃人肉的狗，坐在高粱地里，目光炯炯地盯着父亲和余司令。余司令掏出自来得手枪，甩手一响，两只狗眼灭了；又一甩手，灭了两只狗眼。群狗一哄而散，坐在远远的，呜呜地哼着，贪婪地望着死尸。腥甜味愈加强烈，余司令大喊一声："日本狗！狗娘养的日本！"他对着那群狗打完了所有的子弹，狗跑得无影无踪。余司令对我父亲说："走吧，儿子！"一老一小，便迎着月光，向高粱深处走去。那股弥漫田野的腥甜味浸透了我父亲的灵魂，在以后更加激烈更加残忍的岁月里，这股腥甜味一直伴随着他。

高粱的茎叶在雾中嶙嶙乱叫,雾中缓慢地流淌着在这块低洼平原上穿行的墨河水明亮的喧哗,一阵强一阵弱,一阵远一阵近。赶上队伍了,父亲的身前身后响着踢踢踏踏的脚步声和粗重的呼吸。不知谁的枪托撞到另一个谁的枪托上了。不知谁的脚踩破了一个死人的骷髅什么的父亲前边那个人吭吭地咳嗽起来,这个人的咳嗽声非常熟悉。父亲听着他咳嗽就想起他那两扇一激动就充血的大耳朵。透明单薄布满细密血管的大耳朵是王文义头上引人注目的器官。他个子很小,一颗大头缩在耸起的双肩中。父亲努力看去,目光刺破浓雾,看到了王文义那颗一边咳一边颤动的大头。父亲想起王文义在演练场上挨打时,那颗大头颤成那般可怜模样。那时他刚参加余司令的队伍,任副官在演练场上对他也对其他队员喊。向右转——,王文义欢欢喜喜地跺着脚,不知转到哪里去了。任副官在他腚上打了一鞭子,他嘴咧开叫一声:孩子他娘!脸上表情不知是哭还是笑。围在短墙外看光景的孩子们都哈哈大笑。

余司令飞去一脚,踢到王文义的屁股上。

"咳什么?"

"司令……"王文义忍着咳嗽说,"嗓子眼发痒……"

"痒也别咳!暴露了目标我要你的脑袋!"

"是司令。"

王文义答应着,又有一阵咳嗽冲口而出。

父亲觉出余司令前跨了一大步,一只手捺住了王文义的后颈皮。王文义口里哑哑地响着,随即不咳了。

父亲觉得余司令的手从王文义的后颈皮上松开了,父亲还觉得王文义的脖子上留下两个熟葡萄一样的紫手印,王文义幽蓝色的惊惧不安的眼睛里,飞进出几点感激与委屈。

很快,队伍钻进了高粱地。父亲本能地感觉到队伍是向着东南方向开进的。适才走过的这段土路是由村庄直接通向墨水河边的唯一的道路。这条狭窄的土路在白天颜色青白,路原是由乌油油的黑土筑成,但久经践踏,黑色都沉淀到底层。路上叠印过多少牛羊的花瓣蹄印和骡马毛驴的半圆蹄印,马骡驴粪像干萎的苹果,牛粪像虫蛀过的薄饼,羊粪稀拉拉像震落的黑豆。父亲常走这条路,后来他在日本炭窑中苦熬岁月时,眼前常常闪过这条路。父亲不知道我的奶奶在这条土路上主演过多少风流悲喜剧,我知道。父亲也不知道在高粱阴影遮掩着的黑土上,曾经躺过奶奶洁白如玉的光滑肉体,我也知道。

拐进高粱地后,雾更显凝滞,质量加大,流动感少,在人的身体与人负载的物体碰撞高粱秸秆后,随着高粱嚓嚓啦啦的幽怨鸣声,一大滴一大滴的沉重水珠扑簌簌落下。水珠冰凉清爽,味道鲜美,我父亲仰脸时,一滴大水珠准确地打进他的嘴里。父亲看到舒缓的雾团里,晃动着高粱沉甸甸的头颅高粱沾满了露水的柔韧叶片,锯着父亲的衣衫和面颊。高粱晃动激起的小风在父亲头顶上短促出击,墨水河的流水声愈来愈响。

父亲在墨水河里玩过水,他的水性好像是天生的,奶奶说他见了水比见了亲娘还急。父亲五岁时,就像小鸭子一样潜水,粉红的屁股朝着天,双脚高举。父亲知道,墨水河底的淤泥乌黑发亮,柔软得像油脂一样。河边潮湿的滩涂上,丛生着灰绿色的芦苇和鹅绿色车前草,还有贴地爬生的野葛蔓,枝枝直立的接骨草。滩涂的淤泥上,印满螃蟹纤细的爪迹。秋风起,天气凉,一群群大雁往南飞,一会儿排成个"十"字,一会儿排个"人"字,等等。高粱红了,成群结队的、马蹄大小的螃蟹都在夜间爬上河滩,到草丛中觅食。螃蟹喜食新鲜牛屎和腐烂的动物的尸体。父亲听着河声,想着从前的秋天夜晚,跟着我家的老伙计刘罗汉大爷去河边捉螃蟹的情景。夜色灰葡萄,金风串河道,宝蓝色的天空深邃无边,绿色的星辰格外明亮。北斗勺子星——北斗主死,南头簸箕星——南斗司生,八角玻璃井——缺了一块砖,焦灼的牛郎要上吊,忧愁的织女要跳河……都在头上悬着。刘罗汉大爷在我家工作了几十年,负责我家烧酒作坊的全面工作,父亲跟着罗汉大爷脚前脚后地跑,就像跟着自己的爷爷一样。

父亲被迷雾扰乱的心头亮起了一盏四块玻璃插成的罩子灯,洋油烟子从罩子灯上盖的铁皮、钻眼的铁皮上钻出来。灯光微弱,只能照亮五六米方圆的黑暗。河里的水流到灯影里,黄得像熟透的杏子一样可爱,但可爱一雾雾,就流过去了,黑暗中的河水倒映着一天星斗。父亲和罗汉大爷披着大蓑衣,坐在罩子灯旁,听着河水的低沉呜咽——非常低沉的呜咽。河道两边无穷的高粱地不时响起寻偶狐狸的兴奋鸣叫。螃蟹趋光,正向灯影聚拢。父亲和罗汉大爷静坐着,恭听着天下的窃窃秘语,河底下淤泥的腥味,一股股泛上来。成群结队的螃蟹团团围上来,形成一个躁动不安的圆圈。父亲心里惶惶,跃跃欲起,被罗汉大爷按住了肩头。"别急！"大爷说，"心急喝不得热粘粥。"父亲强压住激动，不动，螃蟹爬到灯光里就停下来，首尾相衔，把地皮都盖住了。一片青色的蟹壳闪亮，一对对圆杆状的眼睛从凹陷的眼窝里打出来。隐在倾斜的脸面下的嘴里，吐出一串一串的五彩泡沫。螃蟹吐着彩沫向人类挑战，父亲身上披着的大蓑衣长毛乍起。罗汉大爷说："抓！"父亲应声弹起，与罗汉大爷抢过去，每人抓住一面早就铺在地上的密眼罗网的两角，把一网螃蟹抬起来，露出了螃蟹下的河滩涂地。父亲和罗汉大爷把网角系起扔在一边，又用同样的迅速和熟练抬起网片。每一网都是那么沉重，不知网住了几百几千只螃蟹。

父亲跟着队伍进了高粱地后，由于心随螃蟹横行斜走，脚与腿不择空隙，撞得高粱棵子东倒西歪。他的手始终紧扯着余司令的衣角，一半是自己行走，一半是余司令牵拉着前进，他竟觉得有些瞌睡上来，脖子僵硬，眼珠子生涩呆板。父亲想，只要跟着罗汉大爷去墨水河，就没有空手回来的道理。父亲吃螃蟹吃腻了，奶奶也吃腻了。食之无味，弃之可惜，罗汉大爷就用快刀把螃蟹斩成碎块，放到豆腐磨里研碎，加盐，装缸，制成蟹酱，成年累月地吃，吃不完就臭，臭了就喂罂粟。我听说奶奶会吸大烟但不上瘾，所以始终面如桃花，神清气爽。用蟹酱喂过的罂粟花朵肥硕壮大，粉、红、白三色交杂，香气扑鼻。故乡的黑土本来就是出奇的肥沃，所以物产丰饶，人种优良。民心高拔健迈，本是我故乡心态。墨水河盛产的白鳝鱼肥得像肉棍子一样，从头至尾一根刺。它们呆头呆脑，见钩就吞。父亲想着的罗汉大爷去年就死了，死在胶平公路上。他的尸体被割得零零碎碎，扔得东一块西一块。躯干上的皮被剥了，肉跳，肉蹦，像只褪皮后的大青蛙，父亲一想起罗汉大爷的尸体，脊梁沟就发凉。父亲又想起大约七八年前的一个晚上，我奶奶喝醉了酒，在我家烧酒作坊的院子里，有一个高粱叶子垛，奶奶倚在草垛上，搂住罗汉大爷的肩，呢呢喃喃地说："大叔……你别走，不看僧面看佛面，不看鱼面看水面，不看我的面子也看在豆官的面子上，留下吧，你要我……我也给你……你就像我的爹一样……"父亲记得罗汉大爷把奶奶推到一边，晃晃荡荡走进骡棚，给骡子拌料去了。我家养着两头大黑骡子，开着烧高粱酒的作坊，是村子里的首富。罗汉大爷没走，一直在我家担任业务领导，直到我家那两头大黑骡子被日本人拉到胶平公路修筑工地上去使役为止。这时，从被父亲他们甩在身后的村子里，传来悠长的毛驴叫声。父亲精神一振，眼睛睁开，然而看到的，依然是半凝固半透明的雾气。高粱挺拔的秆子，排成密集的栅栏，模模糊糊地隐藏在气体的背后，穿过一排又一排，排排无尽头。走进高粱地多久了，父亲已经忘记，他的神思长久地滞留在远处那条喧响着的丰饶河流里，长久地滞留在往事的回忆里，竟不知这样匆匆忙忙拥拥挤挤地在如梦如海的高粱地里钻进是为了什么。父亲迷失了方位。他在前年有一次迷途高粱地的经验，但最后还是走出来了，是河声给他指引了方向。现在，父亲又谛听着河的启示，很快明白，队伍是向正东偏南开进，对着河的方向开进。方向辨清，父亲也就明白，这是去打伏击，打日本人，要杀人，像杀狗一样。他知道队伍一直往东南走，很快就要走到那条南北贯通，把偌大个低洼平原分成两半，把胶县平度县两座县城连在一起的胶平公路。这条公路，是日本人和他们的走狗用皮鞭和刺刀催逼着老百姓修成的。

高粱的骚动因为人们的疲惫困乏而频繁激烈起来，积露连续落下，滴湿了每个人的头皮和脖颈。王文义咳嗽不断，虽连遭余司令辱骂也不改正。父亲感到公路就要到了，他的眼前昏昏黄黄地晃动着路的影子。不知不觉，连成一体的雾海中竟有些空洞出现，一穗一穗被露水打得精湿的高粱在雾洞里忧悒地注视着我父亲，父亲也虔诚地望着它们。恍然大悟，明白了它们都是活生生的灵物。它们根扎黑土，受日精月华，得雨露滋润，上知天文下知地理。父亲从高粱的颜色上，猜到了太阳已经把被高粱遮挡着的地平线烧成一片可怜的艳红。

忽然发生变故，父亲先是听到耳边一声尖厉呼啸，接着听到前边发出什么东西被迸裂的声响。余司令大声吼叫："谁开枪？小舅子，谁开的枪？"

父亲听到子弹钻破浓雾，穿过高粱叶子高粱秆，一颗高粱头颅落地。一时间众人都屏气息声。那粒子弹一路尖叫着，不知落到哪里去了。芳香的硝烟弥散进雾。王文义惨叫一声：

"司令——我没有头啦——司令——我没有头啦——"

余司令一愣神，踢了王文义一脚，说："你娘个蛋！没有头还会说话！"

余司令撇下我父亲，到队伍前头去了。王文义还在哀嚎。父亲凑上前去，看清了王文义奇形怪状的脸。他的腮上，有一股深蓝色的东西在流动。父亲伸手摸去，触了一手粘腻发烫的液体。父亲闻到了跟墨河水淤泥差不多、但比墨水河淤泥要新鲜得多的腥气。它压倒了薄荷的幽香,压倒了高粱的甘苦,它唤醒了父亲那越来越迫近的记忆,一线穿珠般地把墨水河淤泥、把高粱下黑土、把永远死不了的过去和永远留不住的现在联系在一起,有时候,万物都会吐出人血的味道。

"大叔,"父亲说,"大叔,你挂彩了。"

"豆官,你是豆官吧,你看看大叔的头还在脖子上长着吗"

"在,大叔,长得好好的,就是耳朵流血啦。"

王文义伸手摸耳朵,摸到一手血,一阵尖叫后,他就瘫了;"司令我挂彩啦! 我挂彩啦,我挂彩啦。"

余司令从前边回来,蹲下,捏着王文义的脖子,压低嗓门说:"别叫,再叫我就毙了你!"

王文义不敢叫了。

"伤着哪儿啦,"余司令问。

"耳朵……"王文义哭着说。"余司令从腰里抽出一块包袱皮样的白布,嚓一声撕成两半,递给王文义,说:"先捂着,别出声,跟着走,到了路上再包扎。"余司令又叫:"豆官。"父亲应了,余司令就牵着他的手走。王文义哼哼唧唧地跟在后边。适才那一枪,是扛着一架耙在头前开路的大个子哑巴不慎摔倒,背上的长枪走火了。哑巴是余司令的老朋友,一同在高粱地里吃过"扦饼"的草莽英雄,他的一只脚因在母腹中受过伤,走起来一颠一颠,但非常快。父亲有些怕他。

黎明前后这场大雾,终于在余司令的队伍跨上胶平公路时溃散下去。故乡八月,是多雾的季节,也许是地势低洼土壤潮湿所致吧。走上公路后,父亲顿时感到身体灵巧轻便,脚板利索有劲,他松开了抓住余司令衣角的手。王文义用白布捂着血耳朵,满脸哭相。余司令给他粗手粗脚包扎耳朵,连半个头也包住了。王文义痛得龇牙咧嘴。

余司令说:"你好大的命! "王文义说:"我的血流光了,我不能去啦! "余司令说:"屁,蚊子咬了一口也不过这样,忘了你那三个儿子啦吧! "王文义垂下头,嘟嘟哝哝说:"没忘,没忘。"他背着一支长筒子鸟枪,枪托儿血红色。装火药的扁铁盒斜吊在他的屁股上。

那些残存的雾都退到高粱地里去了。大路上铺着一层粗砂,没有牛马脚踪,更元人的脚印。相对着路两侧茂密的高粱,公路荒凉、荒唐,令人感到不祥。父亲早就知道余司令的队伍连聋带哑连瘸带拐不过四十人,但这些人住在村里时,搅得鸡飞狗跳,仿佛满村是兵,队伍摆在大路上,三十多人缩成一团,像一条冻僵了的蛇。枪支七长八短,土炮、鸟枪、老汉阳,方六方七兄弟俩抬着一门能把小秤砣打出去的大抬杆子。哑巴扛着一盘长方形的平整土地用的、周遭二十六根铁尖齿的耙,另有三个队员也各扛着一盘。父亲当时还不知道打伏击是怎么一回事,更不知道打伏击为什么还要扛上四盘铁齿耙。

二为了为我的家族树碑立传,我曾经跑回高密东北乡,进行了大量的调查,调查的重点,就是这场我父亲参加过的、在墨水河边打死鬼子少将的著名战斗。我们村里一个九十二岁的老太太对我说:"东北乡,人万千,阵势列在墨河边。余司令,阵前站,一举手炮声连环。东洋鬼子魂儿散,纷纷落在地平川。女中魁首戴凤莲,花容月貌巧机关,调来铁耙摆连环,挡住鬼子不能前……"老太婆头顶秃得像一个陶罐,面孔都朽了,干手上凸着一条条丝瓜瓢子一样的筋,她是一九三九年八月中秋节那场大屠杀的幸存者,那时她因腿上生疮跑不动,被丈夫塞进地瓜窖子里藏起来,天凑地巧地活了下来。老太婆所唱快板中的戴凤莲,就是我奶奶的大号。听到这里,我兴奋异常。这说明,用铁耙挡住鬼子汽车退路的计谋竟是我奶奶这个女流想出来的。我奶奶也应该是抗日的先锋,民族的英雄。

提起我的奶奶,老太太话就多了。她的话破碎零乱,像一群随风遍地滚的树叶。她说起我奶奶的脚,是全村最小的脚。我们家的烧酒后劲好大。说到胶平公路时,她的话连贾起来:"路修到咱这地盘时哪……高粱齐腰深了……鬼子把能干活的人都赶去了……打毛子工,都偷懒磨滑……你们家里那两头大黑骡子也给拉去了……鬼子在墨水河上架石桥……罗汉,你们家那个老长工……他和你奶奶不大清白咧,人家都这么说……呵呀呀,你奶奶年轻时花花事儿多着咧,你爹多能干,十五岁就杀人,杂种出好汉,十个九个都不善……罗汉去铲骡子腿……被捉住零刀子剐啦……鬼子槽害人呢,在锅里拉屎,盆里撒尿。那年,去挑水,挑上来一个什么呀,一个人头呀,扎着大辫子……"刘罗汉大爷是我们家历史上的一个重要的人物。关于他与我奶奶之间是否有染,现已无法查清,诚然,从心里说,我不愿承认这是事实。

道理虽懂,但陶罐头老太太的话还是让我感到难堪。我想,既然罗汉大爷对待我父亲像对待亲孙子一样,那他就像我的曾祖父一样;假如这位曾祖父竟与我奶奶有过风流事,岂不是乱伦吗? 这其实是胡想,因为我奶奶并不是罗汉大爷的儿媳而是他的东家,罗汉与我的家族只有经济上的联系而无血缘上的联系,他像一个忠实的老家人点缀着我家的历史而且确凿无疑地为我们家的历史增添了光彩。我奶奶是否爱过他,他是否上过我奶奶的炕,都与伦理无关。爱过又怎么样? 我深信,我奶奶什么事都敢干,只要她愿意。她老人家不仅仅是抗日英雄,也是个性解放的先驱,妇女自立的典范。

我查阅过县志,县志载:民国二十七年,日军捉高密、平度、胶县民伕累计四十万人次,修筑胶平公路。毁稼禾无数。公路两侧村庄中骡马被劫掠一空。农民刘罗汉,乘夜潜人,用铁锨铲伤骡蹄马腿无数,被捉获。翌日,日军在拴马桩上将刘罗汉剥皮零割示众。刘面无惧色,骂不绝口,至死方休。

三确实是这样,胶平公路修筑到我们这里时,遍野的高粱只长到齐我腰高。长七十里宽六十里的低洼平原上,除了点缀着几十个村庄,纵横着两条河流,曲折着几十条乡间土路外,绿浪般招展着的全是高粱。平原北边的白马山上,那块白色的马状巨石,在我们村头上看得清清楚楚。锄高粱的农民们抬头见白马,低头见黑土,汗滴禾下土,心中好痛苦! 风传着日本人要在平原里修路,村里人早就惶惶不安,焦急地等待着大祸降临。

日本人说来就来。

日本鬼子带着伪军到我们村里抓民夫拉骡马时,我父亲还在睡觉。他是被烧酒作坊那边的吵闹声惊醒的。奶奶拉着父亲的手,颠着两只笋尖般的小脚,跑到烧酒作坊院里去。当时,我家烧酒作坊院子里,摆着十几只大瓮,瓮里满装着优质白酒,酒香飘遍全村。两个穿黄衣的日本人端着上了刺刀的步枪在院子里站着。两个穿黑衣的中国人背着枪,正要解拴在楸树上的两头大黑骡子。罗汉大爷一次一次地扑向那个解缰绳的小个子伪军,但一次一次地都被那个大个子伪军用枪筒子戳退。初夏天气,罗汉大爷只穿一件单衫,袒露的胸膛上布满被枪口戳出的紫红圆圈。

罗汉大爷说:"弟兄们,有话好说,有话好说。"大个子伪军说:"老畜生,滚到一边去。"罗汉大爷说:"这是东家的牲口,不能拉。"伪军说:"再吵嚷就毙了你个小舅子!"日本兵端着枪,像泥神一样。

奶奶和我父亲一进院,罗汉大爷就说:"他们要拉咱的骡子。"奶奶说:"先生,我们是良民。"日本兵眯着眼睛对奶奶笑。

小个子伪军把骡子解开,用力牵扯,骡子倔强地高昂着头,死死不肯移步。大个子伪军上去用枪戳骡子屁股,骡子愤怒起蹄,明亮的蹄铁豁起泥土,溅了伪军一脸。

大个子伪军拉了一下枪栓,用枪指着罗汉大爷,大叫:"老混蛋,你来牵,牵到工地上去。"罗汉大爷蹲在地上,一气不吭。

一个日本兵端着枪,在罗汉大爷眼前晃着,鬼子说:"呜哩哇啦呀啦哩呜!"罗汉大爷看着在眼前乱晃的贼亮的刺刀,一屁股坐在地上。鬼子兵把枪往前一送,锋快的刺刀下刃在罗汉大爷光溜溜的头皮上豁开一条白口子。

奶奶哆嗦成一团,说:"大叔,你,给他们牵去吧。"一个鬼子兵慢慢向奶奶面前靠。父亲看到这个鬼子兵是个年轻的小伙子,两只大眼睛漆黑发亮,笑的时候,嘴唇上翻,露出一只黄牙。奶奶跌跌撞撞地往罗汉大爷身后退。罗汉大爷头上的白口子里流出了血,满头挂色。两个日本兵笑着靠上来。奶奶在罗汉大爷的血头上按了两巴掌,随即往脸上抹两抹,又一把撕散头发,张大嘴巴,疯疯癫癫地跳起来。奶奶的模样三分像人七分像鬼。日本兵愕然止步。小个子伪军说:"太君,这个女人,大大的病了的有。"鬼子兵咕噜着,对着我奶奶的头上开了一枪。奶奶坐在地上,呜呜地哭起来。

大个子伪军把罗汉大爷用枪逼起来。罗汉大爷从小个子伪军手里接过骡子缰绳。骡子昂着头,腿抖着,跟着罗汉大爷走出院子。街上乱纷纷跑着骡马牛羊。

奶奶没疯。鬼子和伪军刚一出院,奶奶就揭开一只瓮的木盖子,在平静如镜面的高粱烧酒里,看到一张骇人的血脸。父亲看到泪水在奶奶腮上流过,就变红了。奶奶用烧酒洗了脸,把一瓮酒都洗红了。

罗汉大爷跟骡子一起,被押上了工地。高粱地里,已开出一节路胎子。墨水河南边的公路已差不多修好,大车小车从新修好的路上挤过来,车上载着石头黄沙,都卸在河南岸。河上只有一座小木桥,日本人要在河上架一座大石桥。公路两侧,好宽大的两片高粱都被踩平,地上像铺了一层绿毡。河北的高粱地里,在刚用黑土弄出个模样的路两边,有几十匹骡马拉着碌碡,从海一样高粱地里,压出两大片平坦的空地,破坏着与工地紧密相连的青纱帐。骡马都有人牵着,在高粱地里来来回回地走。鲜嫩的高粱在铁蹄下断裂、倒伏,倒伏断裂的高粱又被带棱槽的碌碡和不带棱槽的石滚子反复镇压。各色的碌碡和滚子都变成了深绿色,高粱的汁液把它们湿透了。一股浓烈的青苗子味道笼罩着工地。罗汉大爷被赶到河南往河北搬运石头。他极不情愿地把骡子缰绳交给了一个烂眼圈的老头子。小木桥摇摇晃晃,好像随时要塌。罗汉大爷过了桥,站在河南,一个工头模样的中国人,用手中持着的紫红色的藤条,轻轻戳戳罗汉大爷的头,说:"去,往河北搬石头。"罗汉大爷抹一把眼睛——头上流下的血把眉毛都浸湿了。他搬着一块不大不小的石头,从河南到河北。那个接骡的老头还未走,罗汉大爷对他说:"你珍贵着使唤,这两头骡子,是俺东家的。"老头儿麻木地垂着头,牵着骡子,走进开辟通道的骡马大队。黑骡子光滑的屁股上反映阳光点点。头上还在流血,罗汉大爷蹲下,抓起一把黑土,按在伤口上。头顶上沉重的钝痛一直下导到十个脚趾,他觉得头裂成了两半。

工地的边缘上稀疏地站着持枪的鬼子和伪军。手持藤条的监工,像鬼魂一样在工地上转来转去。罗汉大爷在工地上走,民伕们看着他血泥模糊的头,吃惊得眼珠乱颤。罗汉大爷搬起一块桥石,刚走了几步,就听到背后响起一阵利飕的小风,随即有一道长长的灼痛落到他的背上。他扔下桥石,见那个监工正对着他笑。罗汉大爷说:"长官,有话好说,你怎么举手就打人?"监工微笑不语,举起藤条又横着抽了一下他的腰。罗汉大爷感到这一藤条几乎把自己打成两半,两股热辣辣的泪水从眼窝里凸出来。血冲头顶,那块血与土凝成的嘎痂,在头上崩崩乱跳,似乎要迸裂。

罗汉大爷喊:"长官!"长官又给了他一藤条。

罗汉大爷说:"长官,打俺是为了啥?"长官抖着手里的藤条,笑眯眯地说:"让你长长眼色,狗娘养的。"罗汉大爷气噎咽喉,泪眼模糊,从石堆里搬起一块大石头,踉踉跄跄地往小桥上走。他的脑袋膨胀,眼前白花花一片。石头尖硬的棱角刺着他的肚腹和肋骨,他都觉不出痛了。

监工挂着藤条原地不动,罗汉大爷搬着石头,胆战心惊地从他眼前走过。监工在罗汉大爷脖子上抽了一藤条。大爷一个前趴,抱着大石,跪倒在地上。石头砸破了他的双手,他的下巴在石头上碰得血肉模糊。大爷被打得六神无主,像孩子一样胡胡涂涂地哭起来。一股紫红色的火苗,这时,也在他空白的脑子里缓缓地亮起来。

他费力地从石头下抽出手,站起来,腰半弓着,像一只发威的老瘦猫。

一个约有四十岁出头的中年人,满脸堆着笑,走到监工面前,从口袋里摸出一包烟,捏出一支,敬到监工嘴边。监工张嘴叼了烟,又等着那人替他点燃。

中年人说:"您老,犯不着跟这根糟木头生气。"监工把烟雾从鼻孔里喷出来,一句话也不说。大爷看到他握藤条的焦黄手指在紧急地扭动。

中年人把那盒烟装进监工口袋里。监工好像全无觉察,哼了一声,用手掌压压口袋,转身走了。

"老哥,你是新来的吧"中年人问。

罗汉大爷说是。

他问:"你没送他点见面礼?"罗汉大爷说:"不讲理,狗!不讲理,他们抓我来的。"中年人说:"送他点钱,送他盒烟都行,不打勤的,不打懒的,单打不长眼的。"中年人扬长进入民伕队伍。

整整一个上午,罗汉大爷就跟没魂一样,死命地搬着石头。头上的血痂遭阳光晒着。干硬干硬地痛。手上血肉模糊。下巴上的骨头受了伤,口水不断流出来。那股紫红色的火苗时强时弱地在他脑子里燃着,一直没有熄灭。

中午,从前边那段修得勉强可行车的公路上,颠颠簸簸地驶来一辆土黄色的汽车。他恍惚听到一阵尖厉的哨响,眼见着半死不活的民工们摇摇摆摆地向汽车走过去。他坐在地上,什么念头也没有,也不想知道那汽车到来是怎么一回事。只有那簇紫红的火苗子灼热地跳跃着,冲击着他的双耳嗡嗡地响。

中年人过来,拉他一把,说:"老哥,走吧,开饭啦,去尝尝东洋大米吧!"大爷站起来,跟着中年人走。

从汽车上抬下了几大桶雪白的米饭,抬下了一个盛着蓝花白底洋瓷碗的大筐。桶边站着一个瘦中国人，操着一柄黄铜勺子；筐边站着一个中国人，端着一摞碗。来一个人他发给一个碗，黄铜勺子同时往这里扣进米饭。众人在汽车周围狼吞虎咽，没有筷子，一律用手抓。

那个监工又转过来，提着藤条，脸上还带着那种冷静的笑容。罗汉大爷脑子里的火苗腾一声燃旺了，火苗把他丢失的记忆照耀得清清楚楚，他记起半天来噩梦般的遭际。持枪站岗的日本兵和伪军也聚拢过来，围着一只白铁皮桶吃饭。一只削耳长脸的狼狗坐在桶后，伸着舌头看着这边的民夫。

大爷数了数围着桶吃饭的十几个鬼子和十几个伪军，心里萌生了跑的念头。跑，只要钻到了高粱地里，狗日的就抓不到了。他的脚心里热乎乎地流出了汗。自从跑的念头萌动之后，他的心就焦躁不安。持藤监工冷静的笑脸后仿佛隐藏着什么，罗汉大爷一见这笑脸，脑子立刻就胡涂了。

民夫们都没吃饱。胖子中国人收回洋碗。民夫们舔着嘴唇，眼巴巴地盯着那儿只空桶里残存的米粒，但没人敢去动。河北岸有一头骡子嘶哑地叫起来。罗汉大爷听出来了，是我家的黑骡子在叫。在那片新开辟出的空地上，骡马都拴在碌碡或石磙子上。高粱尸横遍野。骡马无精打采地叼吃着被揉烂压扁的高粱茎叶。

下午，有一个二十多岁的小青年，瞅着监工不注意，飞一般窜向高粱地，一颗子弹追上了他。他趴在高粱边缘上，一动也不动。

太阳平西，那辆土黄色的汽车又来了。罗汉大爷吃完了那勺米饭。他吃惯了高粱米饭的肠胃，对这种充满霉气的白米进行着坚决的排斥。但他还是强忍着喉咙的痉挛把它吃了。跑的念头越来越强烈。他惦记着十几里外的村子里，属于他的那个酒香扑鼻的院落。日本人来，烧酒的伙计们都跑了，热气腾腾的烧酒大锅冷了。他更惦记着我奶奶和我父亲。奶奶在高粱叶子垛边给他的温暖令他终生难忘。

吃过晚饭，民夫们都被赶到一个用杉木杆子夹成的大栅栏里。栅栏上罩着几块篷布。杉木杆子都用绿豆粗的铁丝联成一体。栅栏门是用半把粗的铁棍烧成的。鬼子和伪军分住着两个帐篷，帐篷离栅栏几十步远。那条狗拴在鬼子的帐篷门口。栅栏门口，栽着一根高竿，竿上吊着两盏桅灯。鬼子和伪军轮流着站岗游动。骡马都集中地拴在栅栏西边那片高粱的废墟上。那里栽了几十根拴马桩。

栅栏里臭气熏天，有人在打呼噜，有人往栅栏边角上那个铁皮水桶里撒尿，尿打桶壁如珠落玉盘。桅灯的光暗淡地透进栅栏。游动哨的长影子不时在灯影里晃动。

夜渐深了，栅栏里凉气逼人。罗汉大爷无法入睡。他还是想跑。岗哨的脚步声绕着栅栏响。大爷躺着不敢动，竟迷迷糊糊地睡过去。梦中觉得头上扎着尖刀，手里握着烙铁。醒来，遍体汗湿，裤子尿得湿漉漉的。从遥远的村庄里传来一声尖细的鸡啼。骡马弹蹄吹鼻。被篷布上，漏出几颗鬼鬼祟祟的星辰。

白天帮助过罗汉大爷的那个中年人悄悄坐起来。虽然在幽暗中，大爷还是看到了他那两颗火球般的眼睛。大爷知道中年人来历不凡，静躺着看他的动静。

中年人跪在栅栏门口，两臂扬起，动作非常慢。大爷看着他的背，看着他带着神秘色彩的头。中年人运了一回气，猛一侧面，像开弓射箭一样抓住两根铁棍。他的眼里射出墨绿色的光芒，碰到物体似乎还窸窣有声。那两根铁棍无声无息地张开了。更多的灯光和星光从材栏门外射进来，照着不知谁的一只张嘴的破鞋。游动哨转过来了。大爷看到一条黑影飞出栅栏，鬼子哨兵咯了一声，便在中年人铁臂的扶持下无声倒地。中年人拎起鬼子的步枪，轻悄悄地消逝了。

大爷好半晌才明白了眼前发生了什么事。中年人原来是个武艺高强的英雄。英雄为他开辟了道路，跑吧！大爷小心翼翼地从那个洞里爬出去。那个死鬼子仰面躺着，一条腿还在抽抽答答地动。

大爷爬进了高粱地，直起腰来，顺着垄沟，尽量躲避着高粱，不发出响动，走上墨水河堤。三星正响，黎明前的黑暗降临。墨水河里的星斗灿烂。局促地站在河堤上，罗汉大爷彻骨寒冷，牙齿频繁打击，下巴骨的疼痛扩散到腮上、耳朵上，与头顶上一鼓一鼓的化脓般的疼痛连成一气。清冷的掺杂着高粱汁液的自由空气进入他的鼻孔、肺叶、肠胃，那两盏鬼火般的桅灯在雾中亮着，杉木栅栏黑幢幢的，像个巨大的坟墓。罗汉大爷几乎不敢相信，这么容易就逃出来了。他的脚把他带上了那座腐朽的小木桥，鱼儿在水中翻花，流水潺潺有声，流星亮破一线天。好像什么事也没有发生呀，什么也没有发生。本来，罗汉大爷就可以逃回村子，藏起来，躲起来，养好伤，继续生活。可是，当他走到木桥上时，听到在河南岸，有个不安生的骡子嘶哑地叫了一声。罗汉大爷为了骡子重新返回，酿出了一出壮烈的悲剧。

骡马拴在离栅栏不远处的几十棍木桩上，它们的身下，漾溢着尿骚屎臭。马打着响鼻，骡子啃着木桩，马嚼着高粱秸子，骡子拉着稀屎。罗汉大爷一步三跌，抢进骡马群。他嗅到我家那两头大黑骡子亲切的味道，他看到了我家那两头大黑骡子熟悉的身影。他扑上去，想去解救自己的患难的伙伴。骡子，这不通理论的畜生，竟疾速地掉转屁股、飞起双蹄。罗汉大爷喃喃地说："黑骡，黑骡，咱一起跑了吧！"骡子暴怒地左旋右转，保护着自己的领地。它们竟然认不出主人啦，罗汉大爷不知道自己身上新鲜的陈旧的血腥味，自己身上新鲜的陈旧的伤痕，已经把自己改变了。罗汉大爷心中烦乱，一步跨进去，骡子飞起一个蹄子，打在了他的胯骨上。老头子侧身飞去，躺在地上，半边身子都麻木不仁。骡子还在撅着屁股打蹄，蹄铁像残月一样闪烁。罗汉大爷胯骨灼热胀大，有沉重的累赘感。他爬起来，歪倒了，歪倒了又爬起来。村里的那只嗓音单薄的公鸡又叫了一声。黑暗逐渐消退，三星愈加辉煌耀目，也辉耀着那亮晶晶的骡子屁股和眼球。

"好两个畜生！"罗汉大爷，心头火起，一歪一斜地转着，想寻找一件利器。在开挖引水渠的工地上，他找到一柄锋利的铁锹。他毫无拘禁地走，叫骂，忘了百步之外的人与狗。他自由自在，不自由都是因为怕。东方那团渐渐上升的红晕在上升的同时散射，黎明前的高粱地里，静寂得随时都会爆炸。罗汉大爷迎着朝霞，向那两头大黑骡子走去。他对黑骡恨之入骨。

骡子静立着不动，罗汉大爷把铁锹端平，对准一头黑骡的一条后腿，猛力铲过去。一道凉凉的阴影落到骡子的后腿上。骡子歪斜了两下，立即挺住，从骡子头那儿，响了粗犷豪烈惊愕愤怒的嘶鸣。随即，受伤的骡子把屁股高高扬起，一溜热血抛洒，像雨点一样，淅淅沥沥淋了大爷满脸。大爷瞅准空当，又铲中了骡子的另一条后腿。黑骡叹息了一声，便屁股逐渐堕落，猛然坐在地上，两条前腿还立着，脖子被缰绳吊着，嘴巴朝着已是灰蓝色的苍天呼吁。铁锹被骡子沉重的屁股压住，大爷也蹲了窝。他用尽全力，把铁锹抽出。他感觉到铁锹刃儿牢牢地嵌在骡子的腿骨里。另一头黑骡，傻愣愣地看着瘫倒的同伴，像哭一样，像求饶一样哀鸣着。

大爷平托铁锹，向它逼过去，它用力后退着，缰绳几乎被拉断，木桩哗哗叽叽地响，它的拳大的双眼里，流着暗蓝的光。

"你怕了吗？畜生！你的威风呢？畜生！你这个忘恩负义吃里扒外的混账东西！你这个里通外国的狗杂种！"罗汉大爷怒骂着，对着黑骡长方形的板脸铲出一锹。铁锹铲在木桩上，他上下左右晃动着锹柄，才把锹刃铲出。黑骡挣扎着，后腿曲成弓箭，秃尾巴扫地嚓啦有声。大爷瞄准骡脸，啪地一响，正中骡子宽广的脑门，坚固的头骨与锹刃相撞，一阵震颤，通过锹柄传导，使罗汉大爷双臂酸麻。黑骡闭口无言，蹄腿乱动，交叉杂错，到底撑不住。嗡隆一声倒下，像倒了一堵厚墙壁。缰绳被顿断，半截在木桩上垂着，半截在骡脸边曲着。大爷垂手默立。光滑的锹柄在骡头上斜立指着天。那边狗叫人喧，天亮了，从东边的高粱地里，露出了一弧血红的朝阳，阳光正正地照着罗汉大爷半张着的黑洞洞的嘴。

队伍走上河堤，一字儿排开，刚从雾里挣扎出来的红太阳照耀着他们。我父亲和大家一样都半边脸红半边脸绿，和他们一起观看着墨水河面上残破的雾团。把河南河北的公路连接起来的是跨越墨水河的十四孔大石桥。原来的小木桥在石桥西侧，桥面早断了三五节，几根棕色的桩子兀立在河水中，无可奈何地挡起一簇簇青白的浪花。破雾中的河面，红红绿绿，严肃恐怖。站在河堤上，抬head望就见到堤南无垠的高粱平整如板砥的穗面。它们都纹丝不动。每穗高粱都是一个深红的成熟的面孔，所有的高粱合成一个壮大的集体，形成一个大度的思想。——我父亲那时还小，想不到这些花言巧语，这是我想的。

高粱与人一起等待着时间的花朵结出果实。

公路笔直地往南通去，愈远愈窄，最后被高粱淹没。那最远的地方，与铁青色的穹窿边缘连结着的高粱上，也同样地，呈现出日出时动人的凄婉悲壮情景。

我父亲有几分好奇地看着痴呆呆的游击队员们，他们从哪里来？他们到哪里去？为什么要来打伏击？打了伏击以后还打什么？静穆中，断桥激起的水声节奏更加分明，声音更加清脆入耳。雾被阳光纷纷打落在河水中。墨河水由暗红渐渐燃烧成金红。满河流光溢彩。水边有棵孤独的水荇，黄叶低垂，曾经煊赫过的蚕虫状花序枯萎苍白地挂在叶杈间。

又是抓螃蟹的节令了！父亲想，秋风起，天气凉，一群大雁往南飞……罗汉大爷说，抓、豆官……抓！螃蟹纤巧的脚爪把细软的河泥印满花纹。父亲从河水中闻到了螃蟹特有的那种淡雅的腥气。我家在抗战前种植的罂粟花用蟹酱喂过，花朵肥大，色彩斑斓，香气扑鼻。

余司令说："都下堤藏好。哑巴放耙。"哑巴从肩上摘下几圈铁丝，把四盘耙绑在一起。他啊了两声，招呼着几个队员，把连环耙抬到公路与石桥相接处。

余司令说："弟兄们，藏好，等鬼子汽车上了桥，等冷支队的人把退路封住，听我的口号一齐开火，把畜生们打到河里去喂白鳝喂蟹子。"余司令对哑巴打了几个手势，哑巴点点头，带着一半人枪，到路边的高粱地里埋伏。王文义跟着哑巴往西走，被哑巴推了回来。余司令说："你别过去，你跟着我，害怕吗？"王文义连连点头，说："不怕……不怕……"余司令让方家兄弟把那尊大抬杠在河堤上架好。又对提着一只大喇叭的刘吹手说："老刘，接着火，你什么都别管，可着劲儿给我吹喇叭，鬼子怕响器，你听到了吗？"刘吹手是余司令早年的伙伴，那时，司令是轿夫，刘是吹鼓手。

双手攥着喇叭筒子，像握着一杆枪。

余司令对大家说："丑话说到前头，到时候谁要草鸡了，我就崩了他。咱要打出个样子来给冷支队看看，那些王八蛋，仗着旗号吓唬人。老子不吃他的，他想改编我？我还想改编他呢！"

众人围坐在高粱地里，方六拿出烟袋装烟，摸出火镰火石打火。火镰乌黑，火石褚红，跟煮熟的鸡肝一样。火镰打击火石嚓嚓地响。火星飞进，每一个火星都很大。一个大火星溅到方六用食指和无名指捏住的高粱秆芯上，方六噘口吹气，火绒上冒出一缕白烟，红了。方六点燃烟袋，吸了一口。余司令吐一口，抽抽鼻子，说："把烟磕了，鬼子闻到烟味还会上桥？"

方六紧着吸了两口，把烟袋磕了，把烟包装好。余司令说："都到河堤漫坡上趴着，省得鬼子来了措手不及。"

大家都有些紧张，卧在河堤上，手抱着枪，如临大敌。父亲趴在余司令身边。余司令问："你怕不怕？"父亲说："不怕！"

余司令说："好样的，是你干爹的种！你是我的传令兵，打起来别离开我，有什么命令我就给你说，你就给我往西边传。"

父亲点点头。他眼馋地盯着余司令腰里那两支枪。一支大，一支小。

大的是德国造自来得匣子枪，小的是法国造勃朗宁手枪。这两支枪各有来历。

父亲嘴里迸出一个字："枪！"

余司令说："你要枪？"

父亲点点头，说："枪。"

余司令说："你会使吗？"

"会！"父亲说。

余司令从腰里抽出勃朗宁手枪，在手里掂量着。手枪已老，烧蓝退尽。余司令拉动枪机，弹仓里跳出一颗黄铜壳的圆头子弹。他把子弹扔了一个高，伸手接住，又压进枪里。

"给你！"余司令说，"就像老子一样用它。"

父亲把枪抓了过来。父亲握着枪，想起前天晚上，余司令就用这支枪打碎了一个酒盅子。

那时候眉月初升，低低地压着枯树枝桠。父亲抱着一个酒坛子，捏着一柄铜钥匙，遵照奶奶的命令，到烧酒作坊里去盛酒，父亲拧开大门，院落里静悄悄的，骡棚里黑洞洞的，作坊里发散着腐烂酒糟的浊气。父亲揭开一个瓮盖子，借着星月光辉，看到清平的酒面上，自己干瘦的脸。父亲眉毛短促，嘴唇单薄，他觉得自己很丑，他把酒坛子按到瓮里。酒咕嘟咕嘟灌进坛。提坛出瓮时，坛上的酒滴滴答答落进瓮内。

父亲改变了主意，他把坛里的酒倒进瓮里。父亲想起了奶奶洗过血脸的那瓮酒。奶奶在家里陪着余司令和冷支队长喝酒，奶奶和余司令都是大量，冷支队长却有些醉。父亲走到那瓮酒前，见木制的瓮盖上压着一扇石磨。他放下酒坛，用尽全力把石磨掀掉。石磨在地上滚了两圈，撞到另一只酒瓮上，在瓮壁上撞出一个大洞，高粱酒哧哧地蹿出来，父亲不去管它。父亲揭开瓮盖，闻到了罗汉大爷的血腥气。他想起了罗汉大爷的血头和娘的血脸。罗汉大爷的脸和娘的脸在瓮里层出不穷。父亲把坛子按到瓮里，装满血酒，双手捧着，回到家中。

八仙桌上，明烛高烧，余司令和冷队长四目相逼，都咻咻喘气。奶奶站在他们二人当中，奶奶左手按着冷支队长的左轮枪,右手按着余司令的勃朗宁手枪。

父亲听到奶奶说:"买卖不成仁义在么,这不是动刀动枪的地方,有本事对着日本人使去。"

余司令怒冲冲地骂:"舅子,你打出王旅的旗号也吓不住我。老子就是这地盘上的王,吃了十年�床饼,还在乎王大爪子那个驴目的!"

冷支队长冷冷一笑,说:"占鳌兄,兄弟也是为你好,王旅长也是为你好,只要你把杆子拉过来,给你个营长干。枪饷由王旅长发给,强似你当土匪。"

"谁是土匪?谁不是土匪?能打日本就是中国的大英雄。老子去年摸了三个日本岗哨,得了三支大盖子枪。你冷支队不是土匪,杀了几个鬼子?鬼子毛也没揪下一根。"

冷支队长坐下,抽出一支烟点燃。

趁着机会,父亲捧着酒坛上去。奶奶接过酒坛,脸色陡变,狠狠地看了父亲一眼。奶奶往三个碗里倒酒,每个碗都倒得冒尖。

奶奶说:"这酒里有罗汉大叔的血,是男人就喝了,后日一起把鬼子子汽车打了,然后你们就鸡走鸡道,狗走狗道,井水不犯河水。"

奶奶端起酒,咕咚咕咚喝了。

余司令端起酒,一仰脖灌了。

冷支队长端起酒,喝了半碗。放下碗,他说:"余司令,兄弟不胜酒力,告辞啦!"

奶奶按着左轮手枪,问:"打不打?"

余司令气哼哼地说:"你甭求他,他不打,老子打!"

冷支队长说:"打。"

奶奶松开手,冷支队长把左轮手枪抓过去,挂在腰带上。

冷支队长白净面皮,鼻子周围有十几颗黑麻子。他的腰带上别着一大圈子弹,挂上枪后,腰带垂成一轮下钩月。

奶奶说:"占鳌,我把豆官交给你了,后日,你带着他去。"余司令看看我父亲,笑着问:"干儿子,有种吗。"父亲轻蔑地看着余司令双唇间露出的土黄色坚固牙齿,一句话也不说。

余司令拿过一只酒盅,放在我父亲头顶上,让我父亲退到门口站定。他抄起勃朗宁手枪,走向墙角。

父亲看着余司令往墙角上跨了三步,每一步都那么大那么缓慢。奶奶脸色苍白。冷支队长嘴角上竖着两根嘲弄的笑纹。

余司令走到墙角后,立定,猛一个急较身,父亲看到他的胳膊平举,眼睛黑得出红光。勃朗宁枪口吐出一缕白烟。父亲头上一声巨响,酒盅炸成碎片。一块小瓷片掉进父亲的脖子上,父亲一耸头,那块瓷片就滑到了裤腰里。父亲什么也没说。奶奶的脸色更加苍白。冷支队长一屁股坐在板凳上,半晌才说:"好枪法。"余司令说:"好小子父亲握着勃朗宁手枪,感到它出奇地沉重。

余司令说:"不用我教你,你知道该怎么打,传我的令给哑巴,让他们准备好!"

父亲提着手枪,钻进高粱地,跨过公路,走到哑巴面前,哑巴盘腿大坐,用一块绿油油的石头磨着一把修长的腰刀。其他队员坐的躺的都有。

父亲对哑巴说:"让你们准备好。"

哑巴斜了父亲一眼,继续磨刀。磨一阵,他撕了几个高粱叶子,把刀口上的石沫擦掉,又拔了一根细草,试着刀锋,小草一碰上刀刃就悄悄地断了。

父亲又说:"让你们准备好!"

哑巴把腰刀入鞘,放在身旁。他的脸上绽开狰狞的笑容。他抬起一只大手,对着父亲招着。

"唔!唔!"哑巴说。

父亲蹑手蹑脚地走上前,离哑巴一步远停住。哑巴一探身,扯住了父亲的衣襟,用力一带,父亲伏在哑巴怀里。哑巴拧住父亲的耳朵,父亲的嘴咧到了腮上。父亲用勃朗宁手枪,戳着哑巴的脊梁骨。哑巴又按住了父亲的鼻子,用力一掀,父亲的眼泪噗噗冒出。哑巴怪声怪气地笑起来。

散坐在哑巴周围的队员们齐声哄笑。

"像不像余司令？"

"是余司令下的种子。"

"豆官，我想你娘。"

"豆官，我要吃你娘那两个插枣饽饽。"

父亲老羞成怒，举起手枪，对准那个妄想吃插枣饽饽的就搂了火。

勃朗宁手枪里啪哒一响，子弹没有出膛。

那人脸色灰黄，快速跳起，来夺父亲的手枪。父亲怒火冲天，扑到那人身上，连踢带咬。

哑巴立起来，扯着父亲的脖子用力一摔，父亲的身体离地飘行，下落时砸断了几株高粱。父亲打了一个滚爬起来，破口大骂着，扑到哑巴面前。哑巴"唔唔"两声。父亲看着他铁青的脸，被镇在那儿。哑巴拿去勃朗宁手枪，拉动枪机，一粒子弹落在他的手里。他捏着子弹头，看着子弹屁股门上被撞针击出的小孔。对着父亲比划了几下。哑巴把枪插到父亲腰里，拍了拍父亲的头。

"你在那边闹什么？"余司令问。

父亲委屈地说："他们……要和俺娘困觉。"余司令板着脸，问："你怎么说？"父亲抬起胳膊擦擦眼，说："我给了他一枪！""你开枪了？""枪没响。"父亲把那粒金灿灿的臭火递给余司令。

余司令接过子弹，看看，轻松地摔出，子弹滑着漂亮的弧线，落到河里。

余司令说："好样的！枪子儿先向日本人身子打，打完日本人，谁要是再敢说要和你娘困觉，你就对着他的小肚子开枪。别打他的头，也别打他的胸，记住，打他的小肚子。"父亲伏在余司令身边。他的右边是方家弟兄。大抬杠子架在河堤上，枪口对着石桥。枪口堵着一团破棉絮。抬杠的后部翘出一根引信。

方七的身边，放着一把高粱秆芯制成的火绒，有一根正在燃烧。方六边放着一个药葫芦，一个盛铁豆子的铁盒。

余司令左边是王文义。他双手攥着长苗子鸟枪，身体抖成一团。他的伤耳已经和白布凝结在一起。

太阳一竿子高了，雪白的核心外还镶着一圈浅淡的红。河水亮晶晶，一群野鸭子从高粱上空飞来。盘旋三个圈，大部分斜刺里扑到河滩上的草丛中，小部分落到河里，随着河水漂流。河水中的野鸭子身体稳住不动，只把灵活的头颈转来转去。父亲身上暖洋洋的，被露水打湿的衣服彻底干了。又趴了一会儿。父亲感到有一粒石子硌得胸痛，便起身坐起，头和胸高出堤面。余司令说："趴下。"父亲又不情愿地趴下。方家老六鼻子里吹出鼾声。余司令抠起一块土坷垃，投到方六的脸上。方六槽槽懂懂地坐起来，打了一个哈欠，挤出两滴细小的泪珠。

"鬼子来了吗？方六大声说。""操你亲娘！"余司令说，"不许困觉。"河南河北寂静无声，宽阔的公路死气沉沉地躺在高粱丛中。河上的大石桥那么漂亮。无边的高粱迎着更高更高的太阳，脸庞鲜红，不胜娇羞。野鸭子在浅水边，用扁嘴搜索着什么，发出一片呱呱唧唧的响声。

父亲的目光停在野鸭子上，研究着它们美丽的羽毛和机灵的眼睛。他端着沉重的勃朗宁手枪，瞄着野鸭子平坦的背。他几乎要勾动扳机了。余司令按住他的手，说："小鳖羔子，你想干什么？"父亲感到烦躁不安了，公路还是枯死地躺着。高粱更加鲜红。

"冷麻子这个畜生，他要是胆敢耍弄老子！"余司令恨恨地说。河南无声无息，冷支队连个影儿都不见。父亲知道鬼子汽车从这儿路过的情报是冷支队得到的，冷支队怕一家打不了，才来联合余司令的队伍。

父亲紧张了一会儿，又渐渐懈怠。他的目光一次又一次地被野鸭子吸引。他想起跟着罗汉大爷打鸭子的事。罗汉大爷有一支鸟枪，乌红的托子，牛皮的枪带。这支鸟枪正被王文义攥着。

父亲的眼里蒙着泪水，但不到流出眶外的数量。就像去年那天一样。在温暖的阳光里，父亲感到有一阵扎入的寒冷在全身扩散。

罗汉大爷和两头骡子一起被鬼子和伪军捉走，奶奶在酒瓮里洗净了满脸的血。奶奶满脸酒香，皮肤赤红，眼皮有些肿，月白色洋布褂子前胸被酒和血渍湿。奶奶伫立在瓮边，凝视着瓮里的酒。酒里映着奶奶的脸。父亲记得，奶奶扑地跪倒，对着酒瓮磕了三个头。然后，她站起来，双手掬起一捧酒喝了。奶奶满脸的红润，都集中到双腮上，额头和下巴却苍白无色。

"跪下！"奶奶命令父亲，"磕头。"

父亲跪下磕头。

"捧一口酒喝!"

父亲捧了酒喝下。

一道道血丝像线一样,垂直地往瓮底下沉着。瓮里飘着一朵小小的白云,并摆着奶奶和父亲的庄严面孔。奶奶两只细长的眼睛里射出灼人的光,父亲不敢看。父亲的心怦怦跳着,又伸出手,从瓮里掬上一捧酒,酒从指缝下落,打破了青天白云大脸小脸。父亲又喝了一口酒,一股血腥味死死粘在舌上。血丝都沉到瓮底,在凸起的瓮底中间集合成一个拳头大小的混浊的团体。父亲和奶奶看了它好久。奶奶拉上瓮盖,从墙角那儿把一扇磨盘滚过来,用力搬起,压在瓮盖上。

"你不要动它!"奶奶说。

父亲看着磨盘凹槽里潮湿的泥土和蠕蠕爬动的灰绿色潮湿虫,惊恐不安地点了点头。

这一夜,父亲躺在他的小床上,听着奶奶在院子里走来走去。奶奶咯噔咯噔的脚步声和着田野里的高粱绎缭,编织着父亲纷乱的梦境。又亲在梦中听到我家那两头秀丽的大黑骡子在鸣叫。

平明时分,父亲醒了一次。他赤着身体跑到院子里去撒尿,见奶奶还立在院子里望着天空发呆。父亲叫了一声娘,奶奶没答腔。父亲撒完尿,扯着奶奶的手往屋里拉。奶奶软疲疲地随着父亲转身进屋。刚刚进屋,就听到从东南方向传来一阵浪潮般的喧闹,紧接着响了一枪,枪声非常尖锐,像一柄利刃,把挺括的绸缎豁破了。

父亲现在趴的地方,那时候堆满了洁白的石条和石块,一堆堆粗粒黄沙堆在堤上,像一排排大坟。去年初夏的高粱在堤外忧悒沉重地发着呆。被碌碡压倒高粱闪出来的公路轮廓,一直向北延伸。那时大石桥尚未修建,小木桥被千万只脚、被千万次骡马蹄铁踩得疲惫不堪、敲得伤痕累累。压断揉烂的高粱流出的青苗味道,被夜雾浸淫,在清晨更加浓烈。遍野的高粱都在痛哭。父亲和奶奶听到那声枪响不久,就和村里的若干老弱妇孺被日本兵驱赶到这里。那时候日头刚刚升上高粱梢头,父亲和奶奶与一群百姓站在河南岸路西边,脚下踩着高粱残骸。父亲们看着那个牛棚马圈般的巨大栅栏,一大群衣衫褴褛的民伕缩在栅栏外。后来,两个伪军又把这群民伕赶到路西边,与父亲他们相挨着,形成了另一个人团。在父亲们和民伕们的面前,就是后来令人失色的拴骡马的地方。人们枯枯地立着,不知过了多久,终于看到,一个肩上佩着两块红布、胯上挂着一柄拖地钢刀、牵着一匹狼狗、戴着两只白手套、面孔清癯的日本官儿从帐篷那边走过来。在他的身后,狼狗垂着鲜艳的舌头,在狼狗身后,两个伪军抬着一具硬邦邦的日本兵尸体,两个日本兵在最后,押着被两个伪军架着的血肉模糊的罗汉大爷。父亲使劲往奶奶身上靠,奶奶揽住了父亲。

日本官儿牵着狗停在骡马场附近的空地上。五十多只白鸟从墨水河道里扑棱棱飞出来,飞经人群上方青蓝蓝的天,又拐弯向东,飞向那个金子般的太阳。父亲看到骡马场上那些蓬毛垢面的牲畜,看到了躺在地上的我家那两头大黑骡子。一头骡子死了,它头上还斜立着那根铁锹。黑血把地上的碎高粱。把骡子光洁的脸,都弄得肮脏不堪。另一头骡子坐在地上,血乎乎的尾巴拂着大地,两腹厚皮抖得索索有声。两个时开时合的鼻孔里,吹出口哨一样的响声。父亲不知道自己多么喜爱这两头黑骡子。奶奶挺胸扬头骑在骡背上,父亲坐在奶奶怀里,骡子驮着母子俩,在高粱夹峙下的土路上奔驰,骡子跑得前仰后合,父亲和奶奶被颠得上蹿下跳。细细的骡腿腾起一路烟尘。父亲兴奋得吱哇乱叫。稀稀疏疏的农人,立在高粱地边上,手扶锄头或是别的什么农具,盯着高粱作坊女掌柜艳丽的粉脸,满脸嫉妒仇恨。我家那两头大黑骡子,一头倒在地上死了,嘴唇咧开,一排雪白的长方形大牙齿啃着地。另一头坐着,比死了还难受。父亲对奶奶说:"娘,咱的骡子。"奶奶伸手捂住父亲的嘴。

日本兵的尸体停放在挂刀牵狗而立的日本官面前。两个伪军拖着血肉模糊的罗汉大爷向一根拴马高桩走。父亲并没有立刻认出罗汉大爷。

父亲看到了一个被打烂了的人形怪物。他被架着,一颗头忽而歪向左,忽而歪向右,头顶上的血嘎痂像落水的河滩上沉淀下那层光滑的泥,又遭阳光曝晒,皱了边儿,裂了纹儿。他的双脚划着地面,在地上划出一些曲曲折折的花纹。人群悄悄地聚缩。父亲感到奶奶的手牢牢捏住他的肩膀。所有的人都变矮了,有的面如黄土,有的面如黑土。一时间鸦雀无声,听得清那条大狼狗哈达哈达的喘气声,那个牵狼狗的日本官儿放了一个嘹亮的屁。父亲看到伪军把那个人形怪物拖到一根高高的拴马桩前,一松手,怪物就像一堆剔了骨的肉瘫在地上。

父亲惊叫一声："罗汉大爷！"

奶奶又捂住了父亲的嘴。

罗汉大爷在马桩下慢慢动着，先把屁股高高地撅起来；造了一个拱桥形状，又双膝跪地，双手按地，竖起了头。他的脸肿胀得透亮，双眼成了两条细缝。两道深绿色的光线，从他的眼缝里射出。父亲正对着罗汉大爷，他相信大爷一定看到了自己。他的胸膛里的器官怦怦啪啪地碰撞着，他说不出是惊恐还是愤怒，他想用力嚎叫，但嘴巴被奶奶的手掌牢牢地捂住了。

牵狗的日本官儿对着人群喊了一阵，一个留着小平头的中国人，把日本官儿的话翻给大家听。

翻译说的话，我父亲没听全，他被我奶奶捂住嘴巴，憋得眼冒金花，耳朵嗡嗡响。

两个黑衣中国人把罗汉大爷剥得一丝不挂，拴在木桩上。鬼子官儿挥挥手，又有两个黑衣人把我们村的也是高密东北乡有名的杀猪匠孙五，从木栅栏里，推推搡搡地押过来。

孙五个子矮小，浑身是肉，腆着肚子，头上无毛，脸色通红，一双小眼间距很小，深陷在鼻子两侧。他左手提着一把尖刀，右手提着一桶净水，哆哆嗦嗦地走到罗汉大爷面前。

翻译官说："太君说，让你好好剥，剥不好就让狼狗开了你的膛。"

孙五诺诺连声，眼皮紧急眨动。他用口叼着刀，提起水桶，从罗汉大爷头上浇下去。罗汉大爷被冷水一激。头猛然抬起，血水顺着他的脸、脖子，混浊地流到脚跟。一个监工从河里又提来一桶水，孙五用一块破布蘸着水，把罗汉大爷擦洗得干干净净。孙五擦净大爷，屁股扭动着，说："大哥……"

罗汉大爷说："兄弟，一刀捅了我吧，黄泉之下不忘你的恩德。"

日本官儿吼叫一声。

翻译说："快点动手！"

孙五脸色一变，伸出粗短的手指，捏住大爷的耳朵，说："大哥，兄弟没法子……"

父亲看到孙五的刀子在大爷的耳朵上像锯木头一样锯着。罗汉大爷狂呼不止，一股焦黄的尿水从两腿间一蹿一蹿地滋出来。父亲的腿瑟瑟战抖。走过一个端着白瓷盘的日本兵，站在孙五身旁，孙五把罗汉大爷那只肥硕敦厚的耳朵放在瓷盘里。孙五又割掉罗汉大爷另一只耳朵放进瓷盘。父亲看到那两只耳朵在瓷盘里活泼地跳动，打击着瓷盘叮咚叮咚响。

日本兵托着瓷盘，从民夫面前。从男女老幼们面前慢慢走过。父亲看到大爷的耳朵苍白美丽，瓷盘的响声更加强烈。

日本兵把耳朵端到日本官面前，军官点点头。日本兵把瓷盘放在日本兵的尸体旁，静默片刻，又端起来，放到狼狗嘴下。

狼狗收起舌头，用尖尖的、乌黑的鼻子去嗅那两只耳朵。它摇摇头，又吐出舌头，蹲坐起来。

翻译对孙五说："喂，再割！"

孙五在原地转着圈，嘴里咕咕噜噜地说着什么，父亲看到他满脸油汗。眼睛眨得像鸡啄米一样迅速。

罗汉大爷的双耳底根上，只流了几滴血，大爷双耳一去，整个头部变得非常简洁，鬼子军官又吼了一声。

翻译说："快点割！"

孙五弯下腰，把罗汉大爷的男性器官一刀旋下来，放进日本兵托着的瓷盘里。日本兵两根胳膊僵硬地伸着，两眼平视，像木偶一样从人群前走。父亲觉得奶奶冰冷的手指几乎抠进自己肩头肉里。

日本兵把瓷盘放到狼狗嘴下，狼狗咬了两口，又吐出来。

罗汉大爷凄厉地大叫着，瘦骨嶙峋的身体在拴马桩上激烈扭动。

孙五扔下刀子，跪在地上，嚎啕大哭。

日本官儿把皮带一松，狼狗扑上来，两只前爪按着孙五的肩头，一嘴利齿在孙五面前晃。孙五躺在地上，双手捂住脸。

日本官打一个唿哨，狼狗拖着皮带颠颠地跑回去。

翻译官说："快剥！"

孙五爬起来，捏着刀子，一高一低地走到罗汉大爷面前。

罗汉大爷破口大骂，所有的人在大爷的骂声中昂起了头。

孙五说："大哥……大哥……你忍着点吧……"罗汉大爷把一口血痰吐到孙五脸上。

"剥吧，操你祖宗，剥吧！"

孙五操着刀，从罗汉大爷头顶上外翻着的伤口剥起，一刀刀细索索发响。他剥得非常仔细。罗汉大爷的头皮褪下，露出了青紫的眼珠，露出了一棱棱的肉……父亲对我说，罗汉大爷脸皮被剥掉后，不成形状的嘴里还呜呜噜噜地响着。一串一串鲜红的小血珠从他的酱色的头皮上往下流。孙五已经不像人，他的刀法是那么精细，把一张皮剥得完整无缺。大爷被剥成一个肉核后，肚子里的肠子蠢蠢欲动，一群群葱绿的苍蝇漫天飞舞。人群里的女人们全都跪到地上，哭声震野。当天夜里，天降大雨，把骡马场上的血迹冲洗得干干净净，罗汉大爷的尸体和皮肤无影无踪。村里流传着罗汉大爷尸体失踪的消息，一传十，十传百，一代传一代，竟成了一个美丽的神话故事。

"他要是胆敢耍弄老子，我拧下他的脑袋做尿壶！"太阳越升越小，发出白炽的光线，高粱上的露水稀了，野鸭子飞走了一批，又飞来一批。冷支队的人还没到，公路上除了偶尔窜过野兔外，再无一个活物。

后来又鬼鬼祟祟地跳出来一只火红的狐狸。余司令骂完冷队长，喊一声："喂，都起来吧，八成是上了冷麻子这个狗娘养的当啦"。队员们早就趴累了，巴不得一声喊。司令一声令下，就应声爬起，有的坐在河堤上，嚓嚓地打火吸烟，有的站在河堤上，往堤下撒尿。

父亲跳上河堤后，还在想着去年的一些情景，罗汉大爷剥皮后的头颅在他眼前不停地晃动。野鸭子被突然冒出来的人群惊吓，齐飞起，又陆续落到不远处的河滩上，蹒蹒跚跚地行走，翠绿的鸭羽和黄褐的鸭羽在草丛中闪烁。

哑巴提着他的腰刀和老汉阳步枪，来到余司令面前。他面色沮丧，眼珠子发直。抬手指太阳，太阳已东南响；低手指公路；公路空荡荡；哑巴指指肚子，嗷嗷地叫着，挥动着胳膊，对准村庄的方向。余司令沉思片刻，对路西边的人喊："都过来！"

队员们跨过公路，聚到河堤上。

余司令说："弟兄们，冷麻子要是敢耍弄咱。我就去把他的脑袋揪下来！天还没响呢，咱再等一会儿，等到过了响午头，汽车还不来，咱就直奔谭家洼，跟冷麻子算账。大家先到高粱地里歇着去，我让豆官回催饭。豆官！"

父亲仰脸看着余司令。

余司令说："回家告诉你娘，让她找人擀拤饼，正响午时，一定送到，让你娘亲自来送。"

我父亲点点头，提一把裤子，插好勃朗宁手枪，飞快地跑下河堤，沿着公路往北跑了一小段，就一头钻进了高粱地，向着西北方向，哧哧溜溜地游动。父亲在海水一样的高粱地里，碰到了几个长方形的骡马头骨。他用脚踢了一下，从骷髅里跳出了两只短尾巴的、毛茸茸的田鼠，并不怎么吃惊地望他一会儿，又钻进骷髅里去。父亲又想起了我家那两头大黑骡子，想起了公路修成后很久了，每逢刮东南风，村子里还能闻到刺眼的尸臭。墨水河里，去年曾经泡胀沤烂了几十具骡马的尸体，它们就停泊在河边的生满杂草的浅水里，肚子着了阳光，胀到极点，便訇然炸裂，华丽的肠子，像花朵一样溢出来，一道道暗绿色的汁液，慢慢地流进墨水河里。

我奶奶刚满十六岁时，就由她的父亲做主，嫁给了高密东北乡有名的财主单廷秀的独生子单扁郎。单家开着烧酒锅，以廉价高粱为原料酿造优质白酒，方圆百里都有名。东北乡地势低洼，往往秋水泛滥，高粱高秆防涝。被广泛种植，年年丰产。单家利用廉价原料酿酒谋利，富甲一方。我奶奶能嫁给单扁郎，是我曾外祖父的荣耀。当时，多少人家都渴望着和单家攀亲，尽管风传单扁郎早就染上了麻风病。单廷秀是个干干巴巴的小老头，脑后翘着一支枯干的小辫子。他家里金钱满柜，却穿得破衣烂袄，腰里常常扎一条草绳。奶奶嫁到单家，其实也是天意，那天，我奶奶在秋千架旁与一些尖足长辫的大闺女耍笑游戏，那天是清明节，桃红柳绿，细雨霏霏，人面桃花，女儿解放。奶奶那天身高一米六零，体重六十公斤，上穿碎花洋布褂子，下穿绿色缎裤，脚脖子上扎着深红色的绸带子。由于下小雨，奶奶穿了一双用桐油浸泡过十几遍的绣花油鞋，一走克郎克郎地响。奶奶脑后垂着一根油光光的大辫子，脖子上挂着一个沉甸甸的银锁。

我曾外祖父是个打造银器的小匠人，曾外祖母是个破落地主的女儿，知道小脚对于女人的重要意义。

奶奶不到六岁就开始缠脚，日日加紧。一根裹脚布，长一丈余。曾外祖母用它，勒断了奶奶的脚骨，把八个脚趾，折断在脚底，真惨！我的母亲也是小脚，我每次看到她的脚，就心中难过，就恨不得高呼：打倒封建主义！

人脚自由万岁！奶奶受尽苦难，终于裹就一双三寸金莲。十六岁那年，奶奶已经出落得丰满秀丽，走起路来双臂挥舞，身腰扭动。好似风中招飐的杨柳。单廷秀那天撅着粪筐子到我曾外祖父村里�圈，从众多的花朵中，一眼看中了我奶奶。三个月后，一乘花轿就把我奶奶抬走了。

奶奶坐在憋闷的花轿里，头晕眼眩。罩头的红布把她的双眼遮住，红布上散着一股强烈的霉馊味。她滑起手，掀起红布曾外祖母曾千叮咛万嘱咐，不许她自己揭动罩头红布——一只沉甸甸的绞丝银镯子滑到小臂上，奶奶看着镯子上的蛇形花纹，心里纷乱如麻。温暖的薰风吹拂着狭窄的土路两侧翠绿的高粱。高粱地里传来鸽子咕咕咕咕的叫声。

刚秀出来的银灰色的高粱穗子飞扬着清淡的花粉。迎着她的面的轿帘上，刺绣着龙凤图案，轿帘上的红布因轿子经年赁出，已经黯淡失色，正中间油渍了一大片。夏末秋初，轿外阳光茂盛，轿夫们轻捷的运动使轿子颤颤悠悠，拴轿杆的生牛皮吱吱扭扭地响，轿帘轻轻掀动，把一缕缕的光明和一缕缕比较清凉的风闪进轿里来。奶奶浑身流汗，心跳如鼓，听着轿夫们均匀的脚步声和粗重的喘息声，脑海里交替着出现卵石般的光滑寒冷和辣椒般的粗糙灼热。

自从奶奶被单廷秀看中后，不知有多少人向曾外祖父和曾外祖母道过喜。奶奶虽然也想过上上马金下马银的好日子，但更盼着有一个识字解文、眉清目秀、知冷知热的好女婿。奶奶在闺中刺绣嫁衣，绣出了我未来的爷爷的一幅幅精美的图画。她曾经盼望着早日成婚，但从女伴的话语中隐隐约约听到单家公子是个麻风病患者，奶奶的心凉了。奶奶向她的父母诉说心中的忧虑。曾外祖父遮遮掩掩不回答，曾外祖母把奶奶的女伴们痛骂一顿，其意大概是说狐狸吃不到葡萄就说葡萄是酸的之类。曾外祖父后来又说单家公子饱读诗书，足不出户，白白净净，一表人才。奶奶恍恍惚惚，不知真假，心想着天下无有狠心的爹娘，也许女伴真是瞎说。奶奶又开始盼望早日完婚。奶奶丰腴的青春年华辐射着强烈的焦虑和淡淡的孤寂，她渴望着躺在一个伟岸的男子怀抱里缓解焦虑消除孤寂。婚期终于熬到了，奶奶被装进了这乘四人大轿，大喇叭小唢呐在轿前轿后吹得凄凄惨惨，奶奶止不住泪流面颊。轿子起行，忽悠悠似腾云驾雾，偷懒的吹鼓手在出村不远处就停止了吹奏，轿夫们的脚下也快起来。高粱的味道深入人心。高粱地里的奇鸟珍禽高鸣低唱。在一线一线阳光射进昏暗的轿内时，奶奶心中丈夫的形象也渐渐清晰起来。她的心像被针锥扎着，疼痛深刻有力。

"老天爷，保佑我吧！"奶奶心中的祷语把她的芳唇冲动。奶奶的唇上有一层纤弱的茸毛。奶奶鲜嫩茂盛，水分充足。她出口的细语被厚重的轿壁和轿帘吸收得干干净净。她一把撕下那块酸溜溜的罩头布，放在膝上。奶奶按着出嫁的传统，大热的天气，也穿着三表新的棉袄棉裤。花轿里破破烂烂，肮脏污浊。它像具棺材，不知装过了多少个必定成为死尸的新娘。轿壁上衬里的黄缎子脏得流油，五只苍蝇有三只在奶奶头上方嗡嗡地飞翔，有两只伏在轿帘上，用棒状的黑腿擦着明亮的眼睛。奶奶受闷不过，悄悄地伸出笋尖状的脚，把轿帘顶开一条缝，偷偷地往外看。她看到轿夫们肥大的黑色衫绸裤里依稀可辨的、优美颀长的腿，和穿着双鼻梁麻鞋的肥大的脚。轿夫的脚踏起一股股噗噗作响的尘土。奶奶猜想着轿夫粗壮的上身，忍不住把脚尖上移，身体前倾。她看到了光滑的紫槐木轿杆和轿夫宽阔的肩膀。道路两边，板块般的高粱坚固凝滞，连成一体，拥拥挤挤，彼此打量，灰绿色的高粱穗子睡眼未开，这一穗与那一穗根本无法区别。高粱永无尽头，仿佛潺潺流动的河流。道路有时十分狭窄，沾满蚜虫分泌物的高粱叶子擦得轿子两侧沙沙地响。

轿夫身上散发出汗酸味，奶奶有点痴迷地呼吸着这男人的气味，她老人家心中肯定漾起一圈圈春情波澜。轿夫抬轿从街上走，迈得都是八字步，号称"踩街"，这一方面是为讨主家欢喜，多得些赏钱；另一方面，是为了显示一种优雅的职业风度。踩街时，步履不齐的不是好汉，手扶轿杆的不是好汉，够格的轿夫都是双手卡腰，步调一致，轿子颠动的节奏要上吹鼓手们吹出的凄美音乐，让所有的人都能体会到任何幸福后面都隐藏着等量的痛苦。轿子走到平川旷野，轿夫们便撒了野，这一是为了赶路，二是要折腾一下新娘。有的新娘，被轿子颠得大声呕吐，脏物吐满锦衣绣鞋；轿夫们在新娘的呕吐声中，获得一种发泄的快乐。这些年轻力壮的男子，为别人抬去洞房里的牺牲，心里一定不是滋味，所以他们要折腾新娘。

那天抬着我奶奶的四个轿夫中，有一个成了我的爷爷——他就是余占鳌余司令。那时候他二十郎当岁，是东北乡打棺抬轿这行当里的佼佼者——我爷爷辈的好汉们，都有高密东北乡人高粱般鲜明的性格，非我们这些孱弱的后辈能比——当时的规矩，轿夫们在路上开新娘子的玩笑，如同烧酒锅上的伙计们喝烧酒，是天经地义的事，天王老子的新娘他们也敢折腾。

高粱叶子把轿子磨得嚓嚓响，高粱深处，突然传来一阵悠扬的哭声，打破了道路上的单调。哭声与吹鼓手们吹出的曲调十分相似。奶奶想到乐曲，就想到那些凄凉的乐器一定在吹鼓手们手里提着。奶奶用脚撑着轿帘能看到一个轿夫被汗水湿湿的腰，奶奶更多的是看到自己穿着大红绣花鞋的脚，它尖尖瘦瘦，带着凄艳的表情，从外边投进来的光明罩住了它们，它们像两枚莲花瓣，它们更像两条小金鱼伏在澄澈的水底。两滴高粱米粒般晶莹微红的细小泪珠跳出奶奶的睫毛，流过面颊，流到嘴角。奶奶心里又悲又苦，往常描绘好的、与戏台上人物同等模样、峨冠博带、儒雅风流的丈夫形象在泪眼里先模糊后湮灭。奶奶恐怖地看到单家扁郎那张开花绽彩的麻风病人脸，奶奶透心地冰冷。奶奶想这一双乔乔金莲，这一张桃腮杏脸，千般的温存，万种的风流，难道真要由一个麻风病人去消受？如其那样，还不如一死了之。高粱地里悠长的哭声里，夹杂着疙疙瘩瘩的字眼：青天哟——蓝天哟——花花绿绿的天哟——棒槌哟亲哥哟你死了——可就塌了妹妹的天哟——。我不得不告诉您，我们高密东北乡女人哭丧跟唱歌一样优美，民国元年，曲阜县孔夫子家的"哭丧户"专程前来学习过哭腔。大喜的日子碰上女人哭亡夫，奶奶感到这是不祥之兆，已经沉重的心情更加沉重。这时，有一个轿夫开口说话：

"轿上的小娘子，跟哥哥们说几句话呀！远远的路程，闷得慌。"

奶奶赶紧拿起红布，蒙到头上。顶着轿帘的脚尖也悄悄收回，轿里又是一团漆黑。

"唱个曲儿给哥哥们听，哥哥抬着你哩！"

吹鼓手如梦方醒，在轿后猛地吹响了大喇叭，大喇叭说：

"姆咚——姆咚——"

"猛捅——猛捅——"轿前有人模仿着喇叭声说，前前后后响起一阵粗野的笑声。

奶奶身上汗水淋漓。临上轿前，曾外祖母反复叮咛过她；在路上，千万不要跟轿夫们磨牙斗嘴，轿夫，吹鼓手，都是下九流，奸刁古怪，什么样的坏事都干得出来。

轿夫们用力把轿子抖起来，奶奶的屁股坐不安稳，双手抓住座板。

"不吱声？颠！颠不出她的话就颠出她的尿！"

轿子已经像风浪中的小船了，奶奶死劲抓住座板，缸中翻腾着早晨吃下的两个鸡蛋，苍蝇在她耳畔嗡嗡地飞。她的喉咙紧张，蛋腥味冲到口腔，她咬住嘴唇。不能吐，不能吐！奶奶命令着自己，不能吐哇，凤莲，人家说吐在轿里是最大的不吉利，吐了轿一辈子没好运……轿夫们的话更加粗野了，他们有的骂我曾外祖父是个见钱眼开的小人，有的说鲜花插到牛粪上，有的说单扁郎是个流白脓淌黄水的麻风病人，他们说站在单家院子外，就能闻到一股烂肉臭味，单家的院子里，飞舞着成群结队的绿头苍蝇……"小娘子，你可不能让单扁郎沾身啊，沾了身你也烂啦！"

大喇叭小唢呐呜呜咽咽地吹着，那股蛋腥味更加强烈，奶奶牙齿紧咬嘴唇，咽喉里像有只拳头在打击，她忍不住了，一张嘴，一股奔突的脏物蹿出来，涂在了轿帘上，五只苍蝇像子弹一样射到呕吐物上。

"吐啦吐啦，颠呀！"轿夫们狂喊着，"颠呀，早晚颠得她开口说话。"

"大哥哥们……饶了我吧……"奶奶在呃嗝中，痛不欲生地说着，说完了，便放声大哭起来。奶奶觉得委屈，奶奶觉得前途险恶，终生脱苦海。爹呀，娘呀，贪财的爹，狠心的娘，你们把我毁了。

奶奶放声大哭，高粱深径震动。轿夫们不再颠狂，推波助澜、兴风作浪的吹鼓手们也停嘴不吹。只剩下奶奶的呜咽，又和进了一支悲泣的小唢呐，唢呐的哭声比所有的女人哭泣都优美。奶奶在唢呐声中停住哭，像聆听天籁一般，听着这似乎从天国传来的音乐。奶奶粉面凋零，珠泪点点，从悲婉的曲调里。她听到了死的声音，嗅到了死的气息，看到了死神的高粱般深红的嘴唇和玉米般金黄的笑脸。

轿夫们沉默无言，步履沉重。轿里牺牲的哽咽和轿后唢呐的伴奏，使他们心中萍翻桨乱，雨打魂幡。走在这高粱小径上的，巴不像迎亲的队伍，倒像送葬的仪仗。在奶奶脚前的那个轿夫

我后来的爷爷余占鳌，他的心里，有一种不寻常的预感，像熊熊燃烧的火焰一样，把他未来的道路照亮

了。奶奶的哭声，唤起他心底早就蕴藏着的怜爱之情。

轿夫们中途小憩，花轿落地。奶奶哭得昏昏沉沉，不觉把一只小脚露到了轿外。轿夫们看着这玲珑的、美丽无比的小脚，一时都忘魂落魄。余占鳌走过去，弯腰，轻轻地，轻轻地握住奶奶那只小脚，像握着一只羽毛未丰的鸟雏，轻轻地送回轿内。奶奶在轿内，被这温柔感动，她非常想撩开轿帘看看这个生着一只温暖的年轻大手的轿夫是个什么样的人。

——我想，千里姻缘一线穿，一生的情缘，都是天凑地合，是毫无挑剔的真理。余占鳌就是因为握了一下我奶奶的脚唤醒了他心中伟大的创造新生活的灵感，从此彻底改变了他的一生，也彻底改变了我奶奶的一生。

花轿又起行。喇叭吹出一个猿啼般的长音，便无声无息。起风了，东北风，天上云朵麇集，遮住了阳光，轿子里更加昏暗。奶奶听到风吹高粱，哗哗哗啦啦啦，一浪赶着一浪，响到远方。奶奶听到东北方向有隆隆雷声响起。轿夫们加快了步伐。轿子离单家还有多远，奶奶不知道，她如同一只被绑的羔羊，愈近死期，心里愈平静。奶奶胸口里，揣着一把锋利的剪刀，它可能是为单扁郎准备的，也可能是为自己准备的。

奶奶的花轿行走到蛤蟆坑被劫的事，在我的家族的传说中占有一个显要的位置。蛤蟆坑是大洼子里的大洼子，土壤尤其肥沃，水分尤其充足，高粱尤其茂密。奶奶的花轿行到这里，东北天空抖了一个血红的闪电，一道残缺的杏黄色阳光，从浓云中，嘶叫着射向道路。轿夫们气喘吁吁，热汗涔涔。走进蛤蟆坑，空气沉重，路边的高粱乌黑发亮，深不见底，路上的野草杂花几乎长死了路。有那么多的矢车菊，在杂草中高扬着细长的茎，开着紫、蓝、粉、白四色花。高粱深处，蛤蟆的叫声忧伤，蝈蝈的唧唧凄凉，狐狸的哀鸣惆怅。奶奶在轿里，突然感到一阵寒冷袭来，皮肤上凸起一层细小的鸡皮疙瘩。奶奶还没明白过来是怎么一回事，就听到轿前有人高叫一声：

"留下买路钱！"

奶奶心里咯噔一声，不知忧喜，老天，碰上吃拤饼的了！

高密东北乡土匪如毛，他们在高粱地里鱼儿般出没无常，结帮拉伙，拉驴绑票，坏事干尽，好事做绝，如果肚子饿了，就抓两个人，扣一个，放一个，让被放的人回村报信，送来多少张卷着鸡蛋大葱一把粗细的两柞多长的大饼。吃大饼时要用双手拤住往嘴里塞，故曰"拤饼。"

"留下买路钱！"那个吃拤饼的人大吼着。轿夫们停住，呆呆地看着劈腿横在路当中的动路人。那人身材不高，脸上涂着黑墨，头戴一顶高粱篾片编成的斗笠，身披一件大蓑衣，蓑衣敞着，露出密扣黑衣和拦腰扎着的宽腰带。腰带里别着一件用红绸布包起的鼓鼓囊囊的东西。那人用一只手按着那布包。

奶奶在一转念间，感到什么事情也不可怕了，死都不怕，还怕什么：她掀起轿帘，看着那个吃拤饼的人。

那人又喊："留下买路钱！要不我就崩了你们！"他拍了拍腰里那件红布包裹着的家伙。

吹鼓手们从腰里摸出曾外祖父赏给他们的一串串铜钱，扔到那人脚前。轿夫放下轿子，也把新得的铜钱掏出，扔下。

那人把钱串子用脚踢拢成堆，眼睛死死地盯着坐在轿里的我奶奶。

"你们，都给我滚到轿子后边去，要不我就开枪啦！"他用手拍拍腰里别着的家伙大声喊叫。

轿夫们慢慢吞吞地走到轿后，余占鳌走在最后，他猛回转身，双目直逼吃拤饼的人。那人瞬间动容变色，手紧捂住腰里的红布包，尖叫着："不许回头，再回头我就毙了你！"

劫路人按着腰中家伙，脚不离地蹭到轿子前伸手捏捏奶奶的脚。奶奶綦然一笑，那人的手像烫了似地紧着缩回去。

"下轿，跟我走！"他说。

奶奶端坐不动，脸上的笑容像凝固了一样。

"下轿！"

奶奶欠起身，大大方方地跨过轿杆，站在烂漫的矢车菊里。奶奶右眼看着吃拤饼的人，左眼看着轿夫和吹鼓手。

"往高粱地里走！"劫路人按着腰里用红布包着的家伙说。

奶奶舒适地站着，云中的闪电带着铜音嗡嗡抖动，奶奶脸上綦然的笑容被分裂成无数断断续续的碎片。

劫路人催逼着奶奶往高粱地里走,他的手始终按着腰里的家伙。

奶奶用亢奋的眼睛,看着余占鳌。

余占鳌对着劫路人笔直地走过去,他薄薄的嘴唇绷成一条刚毅的线,两个嘴角一个上翘,一个下垂。

"站住!"劫路人有气无力地喊着,"再走一步我就开枪!"他的手按在腰里用红布包裹着的家伙上。

余占鳌平静地对着吃抃饼的人走,他前进一步,吃抃饼者就缩一点。吃抃饼的人眼里跳出绿火花,一行行雪白的清明汗珠从他脸上惊惶地流出来。当余占鳌离他三步远时,他惭愧地叫了一声,转身就跑,余占鳌飞身上前,对准他的屁股,轻捷地踢了一脚。劫路人的身体贴着杂草梢头,蹭着矢车菊花朵平行着飞出去,他的手脚在低空中像天真的婴孩一样抓挠着,最后落到高粱棵子里。

"爷们儿,饶命吧!小人家中有八十岁的老母,不得已才吃这碗饭。"劫路人在余占鳌手下熟练地叫着。余占鳌抓着他的后颈皮,把提到轿子前,用力摔在路上,对准他吵嚷不休的嘴巴踢了一脚。劫路人一声惨叫,半截吐出口外,半截咽到肚里,血从他鼻子里流出来。

余占鳌弯腰,把劫路人腰里那个家伙拔出来,抖掉红布,露出一个弯弯曲曲的小树疙瘩,众人嗟叹不止。

那人跪在地上,连连磕头求饶。余占鳌说:"劫路的都说家里有八十岁的老母。"他退到一边,看着轿夫和吹鼓手,像狗群里的领袖看着群狗。

轿夫吹鼓手们发声喊,一拥而上,围成一个圈圈,对准劫路人,花拳绣腿齐施展。起初还能听到劫路人尖厉的哭叫声,一会儿就听不见了。奶奶站在路边,听着七零八落的打击肉体沉闷响声,对着余占鳌顿眸一瞥,然后仰面看着天边的闪电,脸上凝固着的,仍然是那种粲然的,黄金一般高贵辉煌的笑容。

一个吹鼓手挥动起大喇叭,在劫路者的当头心里猛劈了一下,喇叭的圆刃劈进颅骨里去,费了好大劲才拔出。劫路人肚子里咕噜一声响,痉挛的身体舒展开来,软软地躺在地上。一线红白相间的液体,从那道深刻的裂缝里慢慢地挤出来。

"死了?"吹鼓手提着打瘪了的喇叭说。

"打死了,这东西,这么不经打!"

轿夫吹鼓手们俱神色惨淡,显得惶惶不安。

余占鳌看看死人,又看看活人,一语不发。他从高粱上撕下一把叶子,把轿子里奶奶呕吐出的脏物擦掉,又举起那块树疙瘩看看,把红布往树疙瘩上缠几下,用力摔出,飞行中树疙瘩抢先,红包布落后,像一只赤红的大蝶,落到绿高粱上。

余占鳌把奶奶扶上轿:"上来雨了,快赶!"

奶奶撕下轿帘,塞到轿子角落里,她呼吸着自由的空气,看着余占鳌的宽肩细腰。他离着轿子那么近,奶奶只要一跷脚,就能踢到他青白色的结实头皮。

风利飚有力,高粱前推后拥,一波一波地动。路一侧的高粱把头伸到路当中,向着我奶奶弯腰致敬。轿夫们飞马流星,轿子出奇的平稳,像浪尖上飞快滑动的小船。蛙类们兴奋地鸣叫着,迎接着即将来临的盛夏的暴雨,低垂的天幕,阴沉地注视着银灰色的高粱脸庞,一道压一道的血红闪电在高粱头上裂开,雷声强大,震动耳膜,奶奶心中亢奋,无畏地注视着黑色的风掀起的绿色的浪潮,云声像推磨一样旋转着过来,风向变幻不定,高粱四面摇摆,田野凌乱不堪。最先一批凶狠的雨点打得高粱颤抖,打得野草毂觫。打得道上的细土凝聚成团后又立即迸裂,打得轿顶啪啪响。打在奶奶的绣花鞋上,打在余占鳌的头上,斜射到奶奶的脸上。

余占鳌他们像兔子一样疾跑,还是未能躲过这场午前的雷阵雨。雨打倒了无数的高粱,雨在田野里狂欢,蛤蟆躲在高粱根下,哈达哈达地抖着颔下雪白的皮肤,狐狸蹲在幽暗的洞里,看着从高粱上飞溅而下的细小水珠,道路很快就泥泞不堪,杂草伏地,矢车菊清醒地擎着湿漉漉的头。轿夫们肥大的黑裤子紧贴在肉上,人就变得苗条流畅。余占鳌头皮被冲刷得光洁明媚,像奶奶眼中的一颗圆月。雨水把奶奶的衣服打湿了,她本来可以挂上轿帘遮挡雨水,她没有挂,她不想挂。奶奶通过敞亮的轿门,看到了纷乱不安的宏大世界。

父亲分拨着高粱,向着西北方向,我们的村庄,飞快地钻。人脚獾沿着高粱垄沟笨拙地逃窜,父亲顾不上理它。父亲上了那条土路,没了高粱的羁绊,跑得像野兔一样快,沉重的勃朗宁手枪把他的红布腰带坠成一牙残月。手枪颠打着他的胯骨,在麻辣的痛楚中,父亲觉得自己成了举刀跃马的男子汉。村庄遥遥在望,村头那棵郁郁青青已逾百年的白果树,严肃地迎接着父亲。父亲把枪拔出,举在手里,边跑,边瞄着在天空中滑来滑去的优雅的鸟影。

街道上空无一人,不知谁家的一条瘸腿瞎眼的毛驴,拴在一堵灰泥剥落的土墙边上,毛驴垂头而立,一动不动。露天的石碾上,落着两只深蓝的乌鸦。村里的人,都集中在我家烧酒作坊前一个土场上。这场上曾经铺红叠丹,堆满了我家收购的红高粱。那时候奶奶常常手持白尾拂尘,姗姗移动着小脚,看着我家醉醺醺的伙计,用木斗收购高粱,奶奶的脸上染着灿烂的朝霞。场上的人都面向东南方。听着随时可能传来的枪响。一些和我父亲年龄相仿的顽童,虽然手脚发痒,但也不敢打闹。

父亲和去年用杀猪刀把罗汉大爷零割活剥了的孙五从两个方向跑到场内。孙五干了那事后就精神错乱,手舞足蹈,眼睛笔直,腮上肉跳,胡言乱语,口吐白沫,扑地跪倒,喊着:"大哥大哥大哥,太君让我干。我不敢不干⋯⋯你死后升了天,骑白马,佩雕鞍,穿蟒袍,坠金鞭⋯⋯"村里人见他这样,也就把恨他的心淡了。孙五疯了几个月,又添了新症候:他在一阵喊叫之后,突然口眼㖞斜,鼻涕口水淋淋漓漓,话也说不清了。村里人说这是上天报应。

父亲手提勃几宁,气喘吁吁,一头皮高粱上的白粉红尘。孙五衣衫成缕,大肚子上布满皱纹,左腿棒硬,右腿软弱,蹦跶进场子,没人理他。人们都看我英气勃勃的父亲。

奶奶走到父亲面前。奶奶刚过三十岁,扎着盘头髻,刘海儿五绺,像稀疏的珠帘遮着光洁的额头。奶奶的眼睛里永远秋水汪汪,有人说是被高粱酒熏的。十五年风雨狂心魂激荡,我奶奶由黄花姑娘变成了风流少妇。

奶奶问:"怎么啦?"

父亲呼呼喘着气,把勃朗宁手枪插进腰带。

"鬼子没来?"奶奶问。

父亲说:"冷支队,狗娘养的,我们饶不了他!"

"怎么回事?"奶奶问。

父亲说:"擀拤饼。"

"没听到打呀!"奶奶说。

父亲说:"擀拤饼,多卷鸡蛋大葱。"

奶奶问:"鬼子没有来?"

"余司令让擀拤饼,要你亲自送去!"

奶奶说:"乡亲们,回去凑面擀拤饼吧。"

父亲转身要跑,被奶奶伸手拉住,奶奶说:"豆官,告诉娘,冷支队是怎么回事?"

父亲挣开奶奶的手,气汹汹地说:"冷支队没见影,余司令饶不了他们。"

父亲跑了。奶奶追着父亲瘦小的背影,叹了一口气。空阔的场上,孙五歪立着,僵着眼望着奶奶,他的手比划着,口水吐噜吐噜地在嘴上流。

奶奶不理孙五,向倚在墙边上的一个长脸姑娘走去。长脸姑娘对着奶奶咻咻地笑。奶奶走到她眼前时,她忽然蹲下身,双手紧紧地捂住裤腰,尖声哭起来。她的两只深潭般的眼睛里,跳出疯傻的火星。奶奶摸着她的脸说:"玲子,好孩子,别怕。"

十七岁的玲子姑娘,当时是我们村第一号美女。余司令初挑大旗招兵买马,聚起了一支五十多人的队伍。队伍里有一个穿一身黑制服,穿一双白皮鞋,面色苍白,留着乌黑长发的瘦削青年。据说玲子爱上了这个青年。他操着一口漂亮的京腔,从来不笑,眉毛日日紧蹙,双眉之间有三条竖纹,人们都叫他任副官。玲子觉得任副官冷俏的外壳里,有一股逼人的灼热,烧燎得她坐立不安。那时候余司令的队伍每天上午都在我家收购高粱的空场上练习步伐。吹大喇叭的吹鼓手刘四山是余司令队伍里的号兵,大喇叭权充军号。每次训练前,刘四山就吹喇叭集合队伍。玲子一听到喇叭响,就从家里风快地跑出来,跑到土场边,趴到土墙上,等着看任副官。任副官是训练教官,他腰扎牛皮宽腰带,皮带上挂着一支勃朗宁手枪。

任副官挺胸凹腹,走到队伍前,喊一声立正,那两行人的脚跟就使劲碰在一起。

任副官说:"立正时,要双腿绷直,肚子回收,胸脯挺出,眼睛睁圆,像豹子吃人一样。"

"看你这个怂样!"任副官踢了王文义一脚,说,"看你劈腿拉胯,好像骒马撒尿,揍你都揍不上个劲。"

玲子喜欢看任副官打人,喜欢听任副官骂人。

她如痴似醉。任副官没事时,常在我家的空场上背着手散步,玲子躲在墙后偷偷看他。

任副官问:"你叫什么名字?"

"玲子。"

"你躲在墙后看什么?"

"看你哩。""你识字吗?""不识。""你想当兵吗?""不想。""嗅,不想。"玲子后来感到后悔,她对我父亲说,要是任副官再问她,她就说想当兵。但任副官没有再问。

玲子和我父亲他们趴在墙头上,看着任副官在空场上教唱革命歌曲。父亲身矮,脚下垫了三块土坯才能看到墙里的情景。玲子把秀挺的下巴支在土墙上,紧盯着沐着朝霞的任副官。任副官教着队伍唱:高粱红了,高粱红了,东洋鬼子来了,东洋鬼子来了。国破了,家亡了,同胞们快起来,拿起刀拿起枪,打鬼子保家乡……队伍里的人拙嘴笨舌,总学不出正调。趴在墙外的孩子们,把这歌儿学得滚瓜溜熟。我父亲生前,还牢牢记着这首歌的曲词。

玲子姑娘有一天大着胆子去找任副官,误入了军需股长的房子。

军需股长是余司令的亲叔余大牙,四十多岁,嗜酒如命,贪财好色,那天他喝了个八成醉,玲子闯进去,正如飞蛾投火,正如羊入虎穴。

任副官命令几个队员,把糟蹋玲子姑娘的余大牙捆了起来。

那时,余司令落宿在我家,任副官去向他报告时。余司令正在我奶奶炕上睡觉。奶奶已梳洗停当,正准备烧几条柳叶鱼下酒,任副官怒冲冲闯进来,吓了奶奶一大跳。

任副官问奶奶:"司令呢?""在炕上睡觉哩!"奶奶说。

"叫起来他。"奶奶叫起余司令。

余司令睡眼惺忪地走出来,伸一个懒腰,打一个哈欠,说:"有什么事?""司令,要是日本人奸淫我姐妹,当不当杀?"任副官问。

"杀!"余司令回答。

"司令,要是中国人奸淫自己姐妹,该不该杀""杀!""好,司令,就等着你这句话。"任副官说,"余大牙奸污了民女曹玲子,我已经让弟兄们把他捆起来了。""有这种事?"余司令说。

"司令,什么时候执行枪决"余司令打了一个嗝,说:"睡个女人,也算不了大事。""司令,王子犯法,一律同罪!""你说该治他个什么罪?"余司令阴沉沉地问。

"枪毙!"任副官毫不犹豫地说。

余司令哼了一声,焦躁地跺着脚,满脸怒气。后来,他脸上又漾出笑容,说:"任副官,当众打他五十马鞭,给玲子家二十块大洋,怎么样?"任副官刻薄地说:"就因为他是你亲叔叔?""打他八十马鞭,罚他娶了玲子,老子也认个小婶子!"任副官解下腰带,连同勃朗宁手枪,摔到余司令怀里。任副官拱手一揖,道一声:"司令,两便了!"便大踏步走出我家院子。

余司令提着枪,看着任副官的背影,咬牙切齿地说:"滚你娘的,一个学生娃娃,也想管辖老子,老子吃了十年拤饼,还没有人敢如此张狂。"

奶奶说:"占鳌,不能让任副官走,千军易得,一将难求。"

"妇道人家懂得什么!"余司令心烦意乱地说。

"原以为你是条好汉,想不到也是个窝囊废!"奶奶说。

余司令拉开手枪,说:"你是不是活够了?"

奶奶一把撕开胸衣,露出粉团一样的胸脯,说:"开枪吧!"

父亲高叫一声娘,扑到了我奶奶胸前。

余占鳌看着我父亲的端正头颅,看着我奶奶的花容月貌,不知有多少往事涌上心头。他叹一口气,收起了枪,说:"弄好你的衣裳!"便手提马鞭,走到院里,从拴马桩上解下他那匹精致的小黄马,不及备鞍,骑到了训练场。

队员们懒散地倚在墙上，见到余司令来了，便立正站好，没有一人吭气。

余大牙被绑住双臂，拴在一棵树上。

余司令跳下马，走到余大牙面前，说："你真干啦？"余大牙说："鳖子，给老子松绑，老子不在你这儿干啦！"队员们瞪着大小不一的眼，看着余司令。

余司令说："叔，我要枪毙你。"余大牙吼叫着："杂种，你敢毙你亲叔？想想叔叔待你的恩情，你爹死得早，是叔叔挣钱养活你娘俩，要是没有我，你小子早就喂了狗啦！"余司令扬手一鞭，打在余大牙脸上，骂一声："混账！"接着便双膝跪地，说："叔，占鳖永远不忘你的养育之恩，你死之后，我给你披麻戴孝，逢年过节，我给你祭扫坟墓。"余司令翻身跳上马背。在马腔上打了一鞭，向着任副官走去的方向，飞马追去，得得答答的马蹄声，把一个世界都震动了。

枪毙余大牙时，父亲在场观看。余大牙被哑巴和两个队员押到村西头，刑场选在一个积着一汪汪乌黑臭水，孳生着大量蚊虹蛆虫的半月形湾子边。湾崖上孤零零地站着一棵叶子焦黄的小柳树。湾子里扑扑通通地跳着蛤蟆，一堆乱头发渣子边上，躺着一只女人的破鞋。

两个队员把余大牙架到湾崖上，松开手，看着哑巴。哑巴从肩上抢下步枪，拉动枪栓，子弹清脆地上了膛。

余大牙转过身，面对着哑巴，笑了笑。父亲发现他的笑容慈祥善良，像一轮惨淡的夕阳。

"哑巴兄弟，给我松了绑，我不能带着绳子死！"哑巴想了想，提枪上前，从腰里拨出刺刀，噌噌噌三五下，把细麻绳挑断。余大牙舒展着胳膊，回转身，大喊："打吧，哑兄弟，打准穴位，别让我受罪！"

父亲认为人在临死前的一瞬间，都会使人肃然起敬。

余大牙毕竟是我们高密东北乡的种子，他犯了大罪，死有余辜，但临死前却表现出了应有的英雄气概，父亲被他感动得脚底生热，恨不得腾跳。

余大牙面向臭水湾子，望着在他脚下的水汪汪里，野生着一枝绿荷，一枝瘦小洁白的野荷花，又望着湾子对面光芒四射的高粱，吐口高唱："高粱红了，高粱红了，东洋鬼子来了，东洋鬼子来了，国破了，家亡了……"哑巴的枪举起放下，放下举起。

两个队员说："哑巴，向司令说说情，饶了他吧！"哑巴拄着枪，听着余大牙把那首歌子杂乱无章地唱。

余大牙回转身，怒目圆睁，大叫："开枪呀，兄弟！难道还要我自己崩了自己吗"哑巴托起枪，瞄了瞄余大牙瓦块般的额头，勾动了扳机。

父亲看到余大牙的额头像碎瓦片一样迸裂了，紧跟眼见的情景耳朵听到沉闷的枪声。哑巴在枪声中低下头，一缕雪白的硝烟，从枪筒里吐出来。余大牙的身体静止了两眨眼的工夫，就像一节木头，疾速地跌到湾子里。

哑巴拖枪便走，两个队员尾随着。

父亲和一群孩子们，胆战心惊地涌到湾子边，居高临下地看着仰面朝天躺在湾子里的余大牙。他的脸上只剩下一张完好无缺的嘴，脑盖飞了，脑浆糊满双耳，一只眼球被震到眶外，像粒大葡萄，挂在耳朵旁。

他的身体落下时，把松软的淤泥砸得四溅，那株瘦弱的白荷花断了茎，牵着几缕白丝丝，摆在他的手边。父亲闻到了荷花的幽香。

后来，任副官搞来了一口黄缎子挂里、外刷了铜钱厚清油的柏木棺材，把余大牙盛装厚葬，坟墓建在湾子边那棵小柳树下。出殡那天，任副官黑衣挺括，毛发灿烂。他的左臂上缠了一块红绸子。余司令披麻戴孝，大声嚎哭。一出村头，他用力把一个新瓦盆摔在砖头上。

那天，奶奶给我父亲缠了一道白孝布。

奶奶自己也是披麻戴孝，父亲手持一根新鲜的柳木棍子，跟在余司令和奶奶后边走。父亲亲眼见到瓦盆的碎片从砖头上迸起的情景，接着想起余大牙的脑壳也像瓦片一样迸裂的情景。父亲隐隐约约地预感到这两件极端相似的破碎之间有一种内在的必然性联系。这件事情与那件事情碰到一起，还会出现第三个情景。

父亲一个眼泪也没掉，冷眼观察着送葬的人。送葬队伍在柳树下围成一个圆圈站定时，那口沉重的棺木,由十六个精壮的小伙子,扯着八根一把粗的麻辫子的两头,轻轻地送下深深的墓穴。余司令抓起一把土,冷酷地打在锃亮的棺盖上,砰然一响,人心动摇。几个持锨的人,扎起大块的黑土,填到墓穴里,棺材愤怒地叫着,渐渐隐没在黑土之中。黑土上长,填平了墓穴,隆出了地面,凸成一个馒头状的大丘。余司令掏出枪来,对着柳树上面的天,连放三响。子弹鱼贯着穿过树冠,冲掉几片细眉般的黄叶,在空中旋转着飞。三颗亮晶晶的弹壳,弹到腐臭的湾子里,一个男孩子跳下湾子,噗噗哧哧地踩着绿色的淤泥,把弹壳捡走了。任副官掏出勃朗宁手枪,断断续续地放了三枪。勃朗宁子弹出膛,打着鸡鸣般的呼哨,冲向高粱上空。余司令与任副官各提着冒烟的手枪。四目对视。任副官点点头,说:"是大英雄自风流!"然后就插枪进腰,大步往村里走去。

父亲发现余司令提着枪的手臂缓缓地举起来,枪口追踪着任副官的背影。送葬的人惊讶万分,但无人敢吱声。任副官全无知觉,昂首阔步,有条不紊,迎着齿轮般旋转的太阳,向着村子走。父亲看到手枪在余司令手里抖了一下。父亲几乎没有听到这一声枪响,它是那么微弱,那么遥远。父亲看到这粒子弹在低空悠闲地飞翔,贴着任副官乌黑的头发滑过去。任副官头也不回,保持着均匀协调的步子继续前行。父亲听到从任副官那儿,传来嘬唇吹出的口哨声,曲调十分熟悉,是"高粱红了,高粱红了!"我父亲热泪盈盈了眶。任副官越走越远,身影愈高大。

余司令又开了一枪。这一枪惊天动地,子弹的飞行与枪声的飞行同时被我父亲感知。子弹打在一棵高粱颈上,高粱落地。在高粱穗子落地的缓慢行程中,又一颗子弹把它打碎。父亲恍惚觉得,任副官弯腰从路边揪了一朵金黄色的苦菜花,放在鼻下久久地嗅着。

父亲对我说过,任副官八成是个共产党,除了共产党里,很难找这样的纯种好汉。只可惜任副官英雄命短,他在昂首阔步,走出了大英雄八面威风之后三个月,竟在擦洗那支勃朗宁手枪时,自己走火把自己打死。枪弹从右眼进去,从右耳出来,他的半边脸上沾满了钢蓝色的粉末,右耳流出了三五滴黑血,人们听到枪声扑进去,他已经歪倒在地上了。

余司令捡起任副官那支勃朗宁手枪,良久不语。

奶奶挑着一担拤饼,王文义的妻子挑着两桶绿豆汤,匆匆地往墨水河大桥赶。她们本来想斜穿高粱地,直插东南方向。但走进高粱地后,才发现挑着担子寸步难行。奶奶说:"嫂子,走直路吧,慢就是快。"

奶奶和王文义的妻子,像两只飞翔的大鸟,在非常空虚的大气里,极端充实地移动。奶奶换上了一件深红上衣,头上的黑发用梳头油抹得乌亮。王文义的妻子精悍短小,手脚利索。余司令招兵买马时,她把王文义送到我家,让奶奶帮着说情,留下王文义当游击队员。奶奶一口答应。余司令碍着奶奶的情面,就收留了王文义。余司令问王文义:"你怕死不怕?"王文义说:"怕。"他妻子说:"余司令,他说怕就是不怕,日本飞机把俺的三个儿子全炸成了碎块。"王文义天生不是当兵的科。他反应迟钝,不分左右,在操场练习步伐时,不知道挨了任副官多少揍。

他妻子帮他出了个主意,让他在右手里握着一节高粱秆,听到向右转的口令时,就往握着高粱秆的手这边转。王文义当兵后没武器,奶奶把我们家那支鸟枪给他。

她们走上弯弯曲曲的墨水河堤,顾不上看堤坡上盛开的黄花和堤外密密匝匝的血红高粱,一个劲地往东赶。王文义妻子受惯了苦,奶奶享惯了福。奶奶汗水淋淋,王文义妻子一滴汗珠也不出。

父亲早就跑回桥头。父亲向余司令报告,说拤饼一会儿就到,余司令满意地在他头上打了一巴掌。队员们多半躺在高粱地里,对着太阳晒鼻孔。父亲闲得发闷,便转到路西边高粱地里,去看哑巴他们在干什么。哑巴精心地磨着腰刀,父亲手按着腰里的勃朗宁,站在哑巴跟前,脸上挂着胜利者的笑容。看到我父亲,哑巴龇牙一笑。有一个队员睡着了,打着很响的呼噜。没睡觉的人也无精打采地躺着,无人和父亲讲话。父亲又跳到公路上来,公路黄中透出自来。疲惫不堪。那四盘横断了道路的连环耙,尖锐的齿尖朝着天,父亲想它们也一定等得不耐烦了。石桥伏在水面上,像一个大病初愈的病人。后来父亲就到河堤上坐着了。他看一会儿东,看一会儿西,看一会儿河中流水,看一会儿野鸭子。河里的景色很美。每一棵水草都活着,每一朵小小的浪花里,都隐藏着秘密。父亲看到了几堆被特别茂密的水草包围着的不知是骡子还是马的白骨。父亲又想起我家那两头大黑骡子了。春天时,田野里奔驰着成群的野兔子,奶奶骑着骡子,手持猎枪遍逐野兔,父亲坐在骡子上,搂着奶奶的腰。骡子把野兔惊起,奶奶开枪把野兔打倒。回家时,骡子的脖子上,总是挂着一串野兔子。奶奶的后槽牙缝里,夹着一粒高粱米粒大的铁砂子,那是吃野兔肉时塞进去的,怎么抠也抠不出来。父亲又看到了堤上的蚂蚁。一队暗红色的蚂蚁,匆匆搬运着泥土。父亲在蚂蚁中放了一块土坷垃,被阻的蚂蚁不绕道,奋力登攀。父亲把坷垃拿起,投到河里去,河水被坷垃打破,河水却不响。日头正响了,河里泛起热烘烘的腥气,到处都闪烁光亮,到处都滋滋地响。父亲觉得,天地之间弥漫着高粱的红色粉末,弥漫着高粱酒的香气。父亲一仰身子躺在堤上,就在这一瞬间,他心里一阵猛跳,后来他才明白,原来一切等待都会有结果的,这结果出现时,是那么普通平常,随便自然。父亲发现,被红高粱夹峙的公路上。有四个深绿色的甲虫状的怪物,无声无息地爬过来了。

"汽车。"我父亲含含糊糊地说了一句,没有人理他。

"鬼子的汽车!"我父亲跳起来,怔怔地望着那些像流星一样射过来的汽车。汽车的尾部拖着一条长长的焦黄的尾巴,车头上噼噼啪啪地晃动着白炽的光芒。

"汽车来啦!"父亲的话像一把刀,仿佛把所有的人斩了似的,高粱地里笼罩着痴呆呆的平静。余司令高兴地吼一声:"小舅子们,到底来了,弟兄们,准备好,我说开火就开火。"

路西边,哑巴拍着屁股跳高。几十个队员,都哈着腰,提着武器,趴到河堤漫坡上。

已经听到了汽车嗡嗡的吼叫声。父亲伏在余司令身边,擎着沉重的勃朗宁手枪,手腕灼热酸麻,手掌汗水粘湿,手虎口那儿有一块肉突然跳了一下,接着便突突地乱跳起来。父亲惊讶地看着那块杏核大的皮肉有节奏地跳动,好像里边藏着一只破壳欲出的小鸟。父亲不想让它跳,却因为用力,连动得整条胳膊都哆嗦起来。余司令在他背上按了一下,那块肉跳动猛停,父亲把勃朗宁手枪换到左手,右手五指痉挛,半天伸不直。

汽车飞快地驶近,增大,车头前那两只马蹄大的眼睛射出一道道白光,轰轰的马达声像急雨前的风响,带着一种陌生的、压迫人心的激动。父亲是平生第一次看到汽车,父亲猜想着这种怪物是吃草还是吃料,是喝水还是喝血,它们比我家那两头年轻力壮的细腿骡子跑得还要快。月亮般的车轮飞速旋转,黄尘飞腾。渐渐看到车上的东西了,临近石桥时,汽车慢慢减速,黄烟从车后漫进车头,朦胧地遮掩着第一辆车上二十几个穿杏黄色衣服、头上扣着乌亮铁帽子的人。父亲后来知道了铁帽子名叫钢盔——一九五八年大炼钢铁时,我们家的铁锅被征收走了,我哥哥从钢铁堆里偷回一个钢盔,吊在炭火上烧水做饭。父亲凝视着在烟火中变幻颜色的钢盔,绿色的眼睛里,流露出伏枥老马的悲壮神色。中间两辆汽车上,装着小山一样高的雪白口袋,最后一辆汽车上,跟第一辆车一样,站着二十几个头戴钢盔的日本兵。

汽车逼近河堤,缓缓转动的轮子显得高大笨重,方方正正的汽车头,在父亲看来,像一个硕大无比的蚂蚱头。黄尘慢慢淡薄,汽车尾部,一屁一屁打出深蓝色的烟雾。

父亲把头使劲缩着,一种从未有过的冰冷从脚底上升到腹部,在腹部集合成团,产生强大压力,父亲感到尿急,尿水激得鸡头乱点,他用力扭动着臀部,来克制即将洒出的水。余司令严厉地说:"兔崽子,别动!"

父亲万般无奈,叫了一句干爹,请求下去撒尿。

父亲得到余司令的允许,退到高粱地里,费劲撒出一泡红高粱颜色、烧灼得鸡头热辣辣发痛的尿。这时他感到轻松多了。他无意中看了一眼队员们的脸色,都如庙中塑像一般狰狞可怖。王文义舌尖吐出、目光好似蜥蜴,呆板不转。

汽车像警觉的大兽,屏住呼吸往前爬,父亲闻到了它们身上那股香喷喷的味道。这时,汗透红罗衫的我奶奶和气喘吁吁的工文义妻子出现在蜿蜒的墨水河堤上。

我奶奶挑着一担拤饼,王文义妻子挑着一担绿豆汤,轻松地望见了墨水河中凄惨的大石桥。奶奶欣慰地对王文义妻子说:"嫂子,总算挨到了。"奶奶出嫁之后,一直养尊处优,这一担沉重的拤饼,把她柔嫩的肩膀压出了一道深深紫印,这紫印伴随着她离开了人世,升到了天国。这道紫印,是我奶奶英勇抗日的光荣的标志。

还是我的父亲最先发现我的奶奶,父亲靠着某种神秘力量的启示,在大家都目不转睛地盯着缓缓逼近的汽车时,他往西一歪头,看到奶奶像鲜红的大蝴蝶一样款款地飞过来。父亲高叫一声:"娘——"

父亲的叫声,像下达了一道命令,从日本人的汽车上。射出了一阵密集的子弹。日本人的三挺歪把子机枪架在汽车顶上。枪声沉闷,像雨夜中阴沉的狗叫。父亲眼见着我奶奶胸膛上的衣服啪啪裂开两个洞。

奶奶欢快地叫了一声，就一头栽倒，扁担落地，压在她的背上。两笸斗拃饼，一笸斗滚到堤南，一笸斗滚到堤北。那些雪白的大饼，葱绿的大葱，揉碎的鸡蛋，散在绿草茵茵的草坡上。奶奶倒地后，王文义妻子那颗长方形的头颅上。迸出了红黄相间的液体，溅得好远好远，溅到了堤下的高粱上。父亲看到这个小个子女人中弹之后，后退一步，身体一侧，歪在了堤南边，又滚到河床上。她挑来的那绿豆汤，一桶倾倒，另一桶也倾倒，汤汁淋漓，如同英雄血。铁桶中的一只，跌跌撞撞跳进河，在乌黑的河水中，慢慢地向前漂着，从哑巴的面前漂过。在石桥墩上碰撞几下，钻进桥洞，又从余司令从我父亲从王文义从方六方七兄弟面前漂过。

"娘——"我父亲撕肝裂胆地高叫一声，身体弹到堤上。余司令扯了一把我父亲，没扯住。余司令吼一声："回来！"我父亲没听见余司令的命令，他什么也听不到。父亲瘦小羸弱的身体跑到狭窄的河堤上，父亲身上阳光斑斓，他在弹上堤的同时，就扔掉了手枪，手枪落在一棵叶子折断的金色苦菜花上。父亲张着两只手，像飞腾的小鸟，向奶奶扑去。河堤上安静，落尘有声，河水只亮不流，堤外的高粱安详庄重。父亲瘦弱的身体在河堤上跑着，父亲高大雄伟漂亮，父亲高叫着："娘——娘——娘——"这一声声"娘"里渗透了人间的血泪，骨肉的深情，崇高的原由。父亲跑完东边的河堤，跳过连环的铁耙，攀上西边的河堤。堤下，哑巴们化石般的面孔从父亲身边擦过。父亲扑到奶奶身上，又叫一声娘。奶奶平卧堤上，脸贴着堤边的野草。奶奶背上，有两个翻边的弹洞，一股新鲜的高粱酒的味道，从那洞里涌出来。父亲扳着奶奶的肩头，把奶奶翻过来。奶奶脸上没有受伤，面容整肃，头发纹丝不乱，五绺刘海儿下，两条眉梢儿下垂，奶奶半睁着眼，苍翠的脸上双唇鲜红。父亲抓住奶奶温暖的手，又叫一声娘。奶奶睁开眼，满脸绽开天真的笑容。奶奶又伸出一只手，交给父亲。

鬼子汽车停在桥头，马达高一阵低一阵轰鸣着。

一个高大的人影在河堤上一闪，我父亲和我奶奶被拉下河堤，是哑巴干的好事。父亲未及思想，又一阵狂风般的子弹，把他们头上的无数棵高粱，打断了，打碎了。

四辆汽车紧挨着，在桥外不动，第一辆车上和最后一辆车上，八挺歪把子机枪，射出的子弹，织成一束束干硬的光带，交叉出一个破碎的扇面，又交叉成一个破碎的扇面，时而在路东，时而在路西，高粱齐声哀鸣，高粱的残破肢体成直线下落成弧线飞升，钻到堤上的子弹，激起一泡泡黄烟，发出一串串噗噗声。

堤漫坡上的队员们身体紧贴着野草和黑土，一动不动。机枪扫射持续了三分钟，突然停止，汽车周围布满了金灿灿的弹壳。

余司令压低声音说："不许开枪！"

鬼子沉默着。河面上一缕缕淡薄的硝烟，随着轻俏的小风向东飘去。

父亲告诉我，在这片刻的宁静里，王文义摇摇晃晃地走上河堤，他站在河堤上，手提长苗子鸟枪，目瞪口张，痛苦万分，高叫一声："孩子他娘！"不及挪步，就被几十颗子弹把腹部打成了一个月亮般透明的大窟窿，那些沾带着肠子的子弹从余司令头上淅淅沥沥地飞过去。

王文义一头栽下河堤，也滚到了河床上，与他的妻子隔桥相望，他的心脏还在跳，他的头完整无缺，他感到一种异常清晰的透彻感涌上心头。

父亲告诉过我，王文义的妻子生了三个阶梯式的儿子。这三个儿子被高粱米饭催得肥头大耳，生动茂盛。有一天，王文义和妻子下地锄高粱，三个孩子在院里玩耍，一架双翅日本飞机，嗡嗡怪叫着，从村子上空飞过，飞机下了一蛋，落在王文义家院子里，把三个孩子炸得零零碎碎，弃置房脊，挂置树梢，涂之墙壁……余司令一树起抗日旗，王文义就被妻子送去……

余司令咬牙瞪眼，恨恨地瞅着半个头颅扎进河水的王文义，又低吼一声："不要动！"

飞散的高粱米粒在奶奶脸上弹跳着，有一粒竟蹦到她微微翕开的双唇间，搁在她清白的牙齿上。父亲看着奶奶红晕渐褪的双唇，哽咽一声娘，双泪落胸前。在高粱织成的珍珠雨里，奶奶睁开了眼，奶奶的眼睛里射出珍珠般的虹彩。她说："孩子……你爹呢……"父亲说："他在打仗，我爹。""他就是你的亲爹……"奶奶说。父亲点了点头。

奶奶挣扎着要坐起来，她的身体一动，那两股血就汹涌地蹿出来。

"娘，我去叫他来。"父亲说。

奶奶摇摇手，突然折坐起来，说：

"豆官……我的儿……扶着娘……咱回家、回家啦……"

父亲跪下，让奶奶的胳膊揽住自己的脖颈，然后用力站起，把奶奶也带了起来。奶奶胸前的血很快就把父亲的头颈弄湿了，父亲从奶奶的鲜血里，依然闻到一股浓烈的高粱酒味。奶奶沉重的身躯，倚在父亲身上，父亲双腿打颤，趔趔趄趄，向着高粱深处走，子弹在他们头上屠戮着高粱。父亲分拨着密密匝匝的高粱秸子，一步一步地挪，汗水泪水掺和着奶奶的鲜血，把父亲的脸弄得残缺不全。父亲感到奶奶的身体越来越沉重，高粱秸子毫不留情地绊着他，高粱叶子毫不留情地锯着他，他倒在地上，身上压着沉重的奶奶。父亲从奶奶身下钻出来，把奶奶摆平，奶奶仰着脸，呼出一口长气，对着父亲微微一笑，这一笑神秘莫测，这一笑像烙铁一样，在父亲的记忆里，烫出一个马蹄状的烙印。

奶奶躺着，胸脯上的灼烧感逐渐减弱。她恍然觉得儿子解开了自己的衣服，儿子用手捂住她乳房上的一个枪眼，又捂住她乳下的一个枪眼。奶奶的血把父亲的手染红了，又染绿了；奶奶洁白的胸脯被自己的血染绿了，又染红了。枪弹射穿了奶奶高贵的乳房，暴露出了淡红色的蜂窝状组织。父亲看着奶奶的乳房，万分痛苦。父亲捂不住奶奶伤口的流血，眼见着随着鲜血的流失，奶奶的脸愈来愈苍白，奶奶的身体愈来愈轻飘，好像随时都会升空飞走。

奶奶幸福地看着在高粱阴影下，她与余司令共同创造出来的，我父亲那张精致的脸，逝去岁月里那些生动的生活画面，像奔驰的走马掠过了她的眼前。

奶奶想起那一年，在倾盆大雨中，像坐船一样乘着轿，进了单廷秀家住的村庄，街上流水恍恍，水面上漂浮着一层高粱的米壳。花轿抬到单家大门时，出来迎亲的只有一个梳着豆角辫的干瘦头子。大雨停后，还有一些零星落雨打在地面上的水汪汪里。尽管吹鼓手也吹着曲子，但没有一个人来看热闹，奶奶知道大事不妙，扶我奶奶拜天地的是两个男人，一个五十多岁，一个四十多岁。五十多岁的就是刘罗汉大爷，四十多岁的是烧酒锅上的一个伙计。

轿夫、吹鼓手们落汤鸡般站在水里，面色严肃地看着两个枯干男子把一抹酥红的我奶奶架到了幽暗的堂房里。奶奶闻到两个男人身上那股强烈的烧酒气息，好像他们整个人在酒里浸泡过。

奶奶在拜堂时，还是蒙上了那块臭气熏天的盖头布。在蜡烛燃烧的腥气中，奶奶接住一根柔软的绸布，被一个人牵着走。这段路程漆黑憋闷，充满了恐怖。奶奶被送到炕上坐着。始终没人来揭罩头红布，奶奶自己揭了。她看到在炕下方凳上蜷曲着一个面孔痉挛的男人。那个男人生着一个扁扁的长头，下眼睑烂得通红。他站起来，对着奶奶伸出一只鸡爪状的手，奶奶大叫一声，从怀里摸一把剪刀，立在炕上，怒目逼视着那男人。男人又萎萎缩缩地坐到凳子上。这一夜，奶奶始终未放下手中的剪刀，那个扁头男人也始终未离开方凳。

第二天一早。趁着那男人睡着，奶奶溜下炕，跑出房门，开开大门，刚要飞跑，就被一把拉住。那个梳豆角辫的干瘦老头子抓住她的手腕，恶狠狠地看着她。

单廷秀干咳了两声，收起恶容换笑容，说："孩子，你嫁过来，就像我的亲女儿一样，扁郎不是那病，你别听人家胡说。咱家大业大，扁郎老实，你来了，这个家就由你当了。"单廷秀把一大串黄铜钥匙递给奶奶，奶奶未接。

第二夜，奶奶手持剪刀，坐到天明。

第三天上午，我曾外祖父牵着一匹小毛驴，来接我奶奶回门，新婚三日接闺女，是高密东北乡的风俗。曾外祖父与单廷秀一直喝到太阳过晌，才动身回家。

奶奶偏坐毛驴，驴背上搭着一条薄被子，晃晃荡荡出了村。大雨过后三天，路面依然潮湿，高粱地里白色蒸气腾腾升集，绿高粱被白气缭绕，具有了仙风道骨。曾外祖父褡裢里银钱叮当，人喝得东倒西歪，目光迷离。小毛驴蹩着长额，慢吞吞地走，细小的蹄印清晰地印在潮湿的路上。奶奶坐在驴上，一阵阵头晕眼花，她眼皮红肿，头发凌乱，三天中又长高了一节的高粱，嘲弄地注视着我奶奶。

奶奶说："爹呀，我不回他家啦，我死也不去他家啦……"

曾外祖父说："闺女，你好大的福气啊！你公公要送我一头大黑骡子，我把毛驴卖了去……"

毛驴伸出方方正正的头，啃了一口路边沾满细小泥点的绿草。

奶奶哭着说："爹呀，他是个麻风……"

曾外祖父说："你公公要给咱家一头骡子……"

曾外祖父已醉得不成人样，他不断地把一口口的酒肉呕吐到路边草丛里。污秽的脏物引逗得奶奶翻肠搅肚。奶奶对他满心仇恨。

毛驴走到蛤蟆坑，一股扎鼻的恶臭，刺激得毛驴都垂下耳朵。奶奶看到了那个劫路人的尸体。他的肚子鼓起老高，一层翠绿的苍蝇，盖住了他的肉皮。毛驴驮着奶奶，从腐尸跟前跑过，苍蝇愤怒地飞起，像一团绿云。曾外祖父跟着毛驴，身体似乎比道路还宽，他忽而擦动左边高粱，忽而踩倒右边野草。在倒尸面前，曾外祖父嗬嗬连声，嘴唇哆嗦着说："穷鬼……你这个穷鬼……你躺在这里睡着了吗……"奶奶一直不能忘记劫路人南瓜般的面孔，在苍蝇惊起的一瞬间，死劫路人雍容华贵的表情与活动路人凶狠胆怯的表情形成鲜明的对照。走了一里又一里，白日斜射，青天如涧，曾外祖父被毛驴甩在后面，毛驴认识路径，驮着奶奶，徜徉前行。道路拐了个小弯，毛驴走到弯上，奶奶身体后仰，脱离驴背，一只有力的胳膊挟着她，向高粱深处走去。

奶奶无力挣扎，也不愿挣扎，三天新生活，如同一场大梦惊破，有人在一分钟内成了伟大领袖，奶奶在三天中参透了人生禅机。她甚至抬起一只胳膊，揽住了那人的脖子，以便他抱得更轻松一些。高粱叶子嚓嚓响着。路上传来曾外祖父嘶哑的叫声："闺女，你去哪儿啦？"

石桥附近传来大喇叭凄厉的长鸣和机枪分不清点儿的射击声。奶奶的血还在随着她的呼吸，一线一线往外流。父亲叫着："娘啊，你的血别往外流啦，流完了血你就要死啦。"父亲从高粱根下抓起黑土，堵在奶奶的伤口上，血很快洇出，父亲又抓上一把。奶奶欣慰地微笑着，看着湛蓝的、深不可测的天空，看着宽容温暖的、慈母般的高粱。

白鹿原（节选）

陈忠实

那天晚上，鹿子霖从南原催捐回来时，月亮很好，带着七分酒醉三分清醒甩甩荡荡在牛车路上走着，一路乱弹吼唱过来，引逗得沿路村庄里的大狗小狗汪汪汪乱咬。路过自家的坟园时，从黑森森的墓地树丛里蹿出一个人来，吓得鹿子霖哑了口愣了神。那个人蹿到他跟前，扑通一声跪到了，一口一声大爷大伯地恳求要给他当长工，声明不要一个麻钱也不要一升粮食，只要给吃黑馍就心满意足了。鹿子霖松了口气，踢了那人一脚又骂了一句，说他把他差点吓死了。跪在地上的人继续乞求雇他当长工，情愿大伯大爷再踢他两脚压惊消气。鹿子霖从稚声嫩气的嗓音判断出这是一个半大小伙儿。他让他再踢两脚的话似乎触动了心头的某一根弦索，就问："你为啥偏偏缠住我要给我熬活？"小伙子说："我看你是个好人。"鹿子霖对这种露骨的讨好和巴结很反感："你凭啥看我是好人？"小伙子说他在这个坟园里躲了三天三夜，几次望见鹿子霖从这条路上走过。"你娃子鬼得很咧！"鹿子霖说："你是看我穿得阔，断定我能雇得起你；你是看我像个官人，给我当长工没有敢拉你壮丁，你说是不是龟孙？你不说实话我就把你掐死！"小伙子连连在地上叩头："是的是的爷；你说的着着对的对的。"鹿子霖又问："你小小年纪逃出来是因为啥事？偷了人家闺女抢了人家粮食还是逃壮丁？"小伙子哇地哭了："爷呀，我是逃壮丁哩！俺兄弟三个有两个都给抓壮丁没回来，俺爸叫我逃出来寻个活命……你收下我全当积德行善哩！"鹿子霖大体信下了小伙子的话，他的笨拙的渭北口语可以使人的生信赖，问："你叫啥名字？"小伙子说："我叫三娃。"鹿子霖说："三娃，你起来跟我走。"

鹿子霖把自称三娃的小伙让到前头走，自己在后面和他保持着三五步的间距。小伙子不时回过头来说着讨好巴结谄媚的话。鹿子霖心头的某一根弦索似乎又被撞击了一下，忍不住直言相告："你娃子跟谁学的这张糜子面儿乖嘴？你知道不知道我顶讨厌溜尻子的小人！你要是再说这些舔尻子挠脚心地话，我把你马上扭到联保所去，这儿正征一茬壮丁哩！"三娃吓得转过身又跪下了，声音都抖颤着："好爷哩我没啥瞎心。俺爸俺妈教我出门嘴学乖点……"鹿子霖说："我的长工可不要乖嘴软舌头。你的嘴能不能学硬？能学硬了跟我走，硬不了嘛，你就滚蛋！"三娃连连应诺："学乖不容易学硬好办。我再不说骚情话了。"鹿子霖说："你先站起来。我想当场试验你一回。"三娃站了起来侍候着。鹿子霖说："你骂我一句。你拣最难听的话骂。你想怎么骂就怎么骂。骂吧——"三娃一听就愣住了："大伯，我咋能平白无故骂你哩？"鹿子霖脖子一仰朗然笑了："我一天从早到晚尽听奉承话骚情话，耳朵里像塞满了猪毛，倒想听人当面骂我一句哩。骂吧三娃——"三娃嗅到一股酒气，想到这人肯定喝醉了，他要当真骂了，他酒醒后还不把他捶死？于是说："大伯，你另换一样试验我的方子吧，我一定做到。"鹿子霖往前走了两步躬下身来，把脸拱到三娃胸前："你抽我两个耳光子！"三娃大惊失色，不由往后退了两步，心想这人不是疯子就是魔鬼，几乎吓得魂不附体，下意识地往后瞅瞅，寻找逃跑的路径，盘算逃跑的机会。鹿子霖却哈哈大笑着仰起头："不是不敢吧？那好，我再说第三件掏出你的家伙来给我脸上尿一泡——"三娃子听罢"妈呀"叫了一声扯腿就跑。鹿子霖跃起一步就拽住了他的后领；"我费了这么些唾沫跟你磨牙，你连我一件事部做不到还想逃跑？我马上把你送到联保所去。"三娃子蹲下身子双手捂着脸悲哀地哭起来。鹿子霖急了就骂起来："你哭你妈个屁！我没打你骂你，叫你骂我打我尿我净占便宜你还哭！凭你这号痴熊鳖蛋贱胚还想给我当长工？"三娃子哭丧着声儿哀求："大爷，我不敢缠你了，你放我走。"鹿子霖眼一瞪冷笑着："要来要走都由你了？没有那么容易。我今日个要把你变成个歪熊灵种硬蛋高贵胚子。就是骂、打、尿那三样儿，你任选一样。站起来——"三娃抖抖索索站起来说：

"大伯，你先骂我打我尿我吧？"鹿子霖说："甭罗唆！我让一步，我闭上眼。我知道我睁着眼阎王也不敢骂我。"三娃子豁出来了，聚足了气跳起来，"啪"地一声抽了鹿子霖一记耳光，以脚落地时骂出一句："我日你妈！"随之就凝固地上等待自己的末日。鹿子霖睁开眼睛笑了："打得好也骂得好哇三娃！好舒服呀！再来一下，让我那边脸也舒服一下。"说着闭上眼睛把那边脸转到三娃迎面。三娃想着反正已经豁出去了，轮开巴掌又抽一下，跳起来骂："我日你婆！"鹿子霖猛然扑上来把三娃拦腰抱起来，在原地转了一圈哈哈笑着又扔到地上，说："小伙子有种！"三娃子槽槽地站着。鹿子霖一只胳膊搂住三娃的脖子往前走，竟然哭了说："三娃，你不知道哩！俺祖先就是挨打受气的角色！我咋也尝不来挨打挨骂是个啥滋味儿，你明白我的意思吗？"三娃怎么也解不开这个疯子这个醉鬼的意思，却应酬道："明白，我明白。"鹿子霖并不相信地瞪起眼睛："你明白个啥子！我活到这岁数还没全明白，你牙没扎齐的小犊羔子明白个啥……"

从鹿子霖往上数五辈，鹿家的日月已经破落到难以为继的谷底，兄弟三个有两个都出门给财东熬长工去了，刚刚十五六岁的老三是靠讨吃要喝长大起来的，原上远近的大村小庄的男人女人几乎没有不认识这个孩子的。他没学会走路是由母亲抱着讨饭的，学会了走路就自己去讨饭了。他裤带上系着一只铁马勺用来接受施舍，吃完了在水渠涮一涮又系到裤带上，人们不记得他的名字，就叫他马勺娃或勺儿娃。有一晚，长年累月瘫在炕上不能翻身也不能动腿的父亲对他说："你现在不能要饭吃了。你小着要饭人家可怜你给你吃，你而今长大了再要人家就骂你哩！去——自己挣饭吃去！"自己挣饭吃就是像大哥二哥一样熬长工。马勺娃听了点点头，第二天天未明出了门再没回家，原上人谁也看不到那个倚着街门攥着马勺的孩子了。

马勺娃避开熟悉的村庄和熟悉的原上人下了北边原坡，在滋水川道陌生的村庄陌生的人家继续倚靠陌生的门板，沿着滋水弯弯曲曲的河道走下去。有一天走进城门楼子就惊奇地大叫起来，"城里比原上好多了！"他不需再哀求任何人，只需瞄准饭馆里进餐的对象，把他们吃剩的面条包子或肉菜扒进马勺就是了。他随后被一家饭馆雇用烧火拉风箱洗碗刷盘子。坐在灶锅下拉风箱时，炉头却一边炒菜一边又用蘸着油花调料的小铁勺子敲他刚刚扬起的脑袋；开头用勺背敲，后来就用沿子敲，有两次就敲出了血来。他咋也不明白烧火拉风箱是哈不准抬头扬脸？还以为是炊饮熟食行道的规矩，于是终于记住了就只顾闷住头烧火，在炉头减了"熄火"的间隙里仍然低垂脑袋。有一天，他突然茅塞顿开终于想明白了，炉头是怕他得了手艺才不准他扬头看各种炒菜的操作过程。

勺娃弄明白了这个隐秘，反倒滋长起野心来了。妈的，你不敲我脑袋我还没想到学手艺哩！于是他就变得殷勤了；早上给炉头打洗脸水倒尿盆；晚上又打洗脚水提回尿盆；给炉头洗衣裳逮虱子捶背揉腿；刚一瞅见炉头摸烟袋，就把火儿吹红递到他脸前。炉头一声不吭接受他所有殷勤周到的侍奉，依然用勺子毫不手软地敲他从灶锅下扬起的脑袋，绝不允许他偷瞅一眼炒锅里的菜馔由生变熟的奥秘。这样的打杂活儿干了一年多，为炉头无偿服侍了一年多，马勺娃烧火抹桌子端盘子刷碗的技艺完全精通，炒菜的手艺却仍然等于零。

一天晚上，照例在掌柜家楼上睡下后，炉头说："勺娃子，你给我再骚情也不顶啥。你凭你骚情那两下子就想学手艺，门都没有。你知道我学这手艺花了多大血本？"勺娃说："肯定是你花好多钱才学下一手绝活儿。我没钱。等我把钱攒多了再拜你为师。"炉头不屑地笑起来："凭你一月挣那俩铜子，攒到胡子白了也不得够。"勺娃悲哀地说："那我就洗一辈子碟子烧一辈子火。"炉头换一种同情的口吻："看你这娃娃是个灵醒娃，也是个好娃。我不要你钱，你答应我三件事，我就教你手艺。"勺娃忙说："甭说三件，三十件我都答应，只要你肯教我学手艺。"炉头压低声音说："我骂你一句你不许恼。"勺娃以为炉头要他给他出力帮忙，怎么也料不到是这种事，就沉默不语；想想也不算太难接受，骂一句风刮跑了也没有任何实际损失，于是就"嗯"一声算是接受了。炉头把脑袋凑到勺娃耳旁悄悄骂："勺娃，我操你妈。"勺娃耳朵里像浇了一勺子滚油，气得浑身都颤抖起来，还是咬牙忍住了。炉头问："你咋不吭声？"勺娃不无气恨地说："你骂我我听见了，我没恼嘛！"炉头说："呃！我骂了你，你得应声愿意不愿意。你不应声，我不操到空里去了吗？"勺娃的手在被窝里攥得嘎巴响，一拳就能把那张喷着烟臭的油嘴打哑，然而他忍着说："我应声。"炉头嘻嘻笑："勺娃，我操你奶！"勺娃答："你操去。"炉头兴奋地连着骂："勺娃子，我操你姐。"勺娃答："你操去。"炉头兴奋得格格笑起来，直至睡在楼下堂屋的饭馆掌柜干涉起来："还说啥哩笑啥哩？早点歇下明早起早点。"炉头兴犹未尽地收扰嘴巴睡去了。此后许久，几乎每晚入眠以前，炉头都像温习功课一样把勺娃的妈妈奶奶姐姐以至扩大到姑姑姨姨齐操一遍，勺娃已不在意，也无差辱，只是例行公事似的应着"你操去"的口诀。炉头的"操"瘾很大，不仅晚上入睡以前要操，白天支着一条腿站锅台前，抓住吃客间断的空闲时间，一双淫气四溢的肉泡眼斜睨着坐在灶锅下的勺娃说："啊呀勺娃，我又想操你娘了。"有一天早晨，刚搭着炉火，炉头一边在锅里哧啦哧啦煎油，一这乐不可支地说："勺娃子，我昨个黑间做梦把你姐操了！你姐模样跟你一样，只是头发辫子很长，也是两只黑窝深眼长眼睫。你说你姐是不是跟你相像？"勺娃半恼地说："我姐俩眼长了一双萝卜花……"

直到炉头再生不出什么骂人的新招儿，他才向勺娃提出第二件事。那是在午饭过后的消闲时间提出的。勺娃渴盼着尽早实施新的折磨，以期实现捉摸炒勺儿的心愿，就说："你说吧，我听着。"炉头笑说："第二件事很简单。看镖——"说时已抢出巴掌抽到勺娃脸上，接着说："好不好？"勺娃被打得晕头转向，清醒过来时就明白第二件事是挨打，于是不加思索说："好。"炉头又抽那边脸一个耳光，而且给手心吐了唾沫儿，抽击的声音异常响亮，问："受活不受活？"勺娃已忍不住泪花溢出，仍然硬着头皮答："受活。"掌柜的在屋里问："你俩弄啥哩，啪唧啪唧响？"炉头哈哈笑着说："我跟勺娃子耍哩！"炉头打勺娃的花样也是挖空心思地变换着，抽耳光、顶胸捶、踢屁股属家常便饭，撕耳朵、捏鼻子、拧脸蛋是兴之所至，顶使勺娃难以忍受的正当睡得极香时，炉头猛然在他脸上咬一口，疼得他合着被子蹦起来时，炉头刚刚撒完尿又钻进被窝。饭馆掌柜终于察觉了勺娃受虐待的事，暗中窥到炉头正在拧勺娃耳朵的时候，便走到他们当面，貌似平和的口气下隐含着愤怒："你不能打人家勺娃。你看看勺娃给你打成啥样子了？满脸满身都是青疤。"炉头嘻嘻笑着还是那句话："我是跟勺娃耍哩！"掌柜的再也不相信什么耍的鬼话："哪有这么耍的？勺娃的红伤疤给人看见了，还说我手脚残狠哩！我也不是没打过勺娃，他是我雇的相公，我打他他妈他爸没话说，你打不着人家娃娃嘛！"炉头有点尴尬地笑着："算哩算咧，我往后跟勺娃再不耍了。"掌柜的仍不放松："你还把打人说成耍？"转过脸问勺娃："是不是跟你耍哩？"勺娃嗳嚅头半垂下眉："是……耍哩……"掌柜的转身拂袖而去："该当挨打……贱胚子！"

这天晚上睡下以后，炉头用胖滚滚的手掌抚摩着勺娃的伤处，绵声细语说："勺娃，我真的是跟你耍哩！谁倒真操来？我说操你妈操你奶操你姐全是说着耍的，我打你拧你是看娃子脸蛋奶嘟嘟的好看，打你骂你都是亲着你疼着你。既然掌柜的犯病了咱就不耍了，我看就剩下一件事，你做了就开始学手艺。"勺娃忙说："你快说吧，我也该熬到头了。"炉头贴着勺娃耳朵说："我走你的后门。"勺娃愣愣地说："俺家里只有单摆溜三间厦屋，没有围墙哪有后门？你老远跑到原上走那个后门做啥？"炉头嘻嘻嘻笑着说："瓜蛋儿娃，是操你尻子。"勺娃惊诧地打个挺坐起来，沉闷半天说："我把我的工钱全给你，你去逛窑子吧？"炉头说："要逛窑子我有的是钱，哪在乎你俩小钱！"勺娃自作自践地求饶："尻子是屎个罐子，有啥好……"炉头把他按下被窝说："皇上放着三宫六院不操操母猪，图的就是那个黑壳子的抬头纹深嘛；皇姑偷孙猴子，好的就是那根能粗能细能短能长的棒棒子嘛！"勺娃可怜地乞求："你另换一件，哪怕是上刀山下油锅我都替你卖命……"炉头当即表示失望地说："那就不说了，咱俩谁也不勉强谁。"勺娃想到前头的打骂可能白受了，立即顺着炉头的心思讨好地说："你甭急甭躁呀……你只说弄几回……就给我教手艺？"炉头即然说："这话好说。我操你五回教你一样菜的炒法。"勺娃还价说："两回……最后双方在"三回"上成交。

五年后，鹿马勺学成了一个真正的炉头，技艺已经超过了师傅。这个小小的一个间门面的饭馆生意日见兴隆，掌柜的不失时机地停断了面条油杀一类便饭，改为专营各色炒菜的菜馆。城里两三家大门面饭庄菜馆私下出高薪想挖走鹿马勺，掌柜的闻讯十分担心，先自给马勺提了身价。马勺很坦然地对掌柜的说："放心吧，马勺不是贪财无义的小人，凭他对炉头打我时说的那几句话，我不要一分一文身价至少给你干五年。"掌柜的听了竟然感动得涌出眼泪，又气愤地说："把那个狗东西撵走。"马勺却说："不，就叫他在这儿。"

马勺真是春风得意时来运至。一位清廷大员巡视关中，微服混杂于市民这中，漫步于大街小巷体察民情，看见这家小小门面的菜馆吃客盈门，便走进去点了四样菜要了一壶酒，正吃着就忍不住惊叫："天下第一勺。"随即唤来菜馆掌柜要来笔墨，把"天下第一勺"的感叹书于纸上。吃客中有人看见题辞下款的题名就跪下来，连呼大人。众吃客闻听此人大名，纷纷跪下一片，大员微微笑着走出门去。掌柜的捧着题辞又惊又喜，随后花重金做了匾牌，门楣上挂起"天下第一勺"的金字招牌，生意红火兴盛极了。

　　鹿马勺扬名古城,达官贵人富商巨头每遇红白喜事,祝寿过生日或为孩子做满月宴请宾客,都以请去"天下第一勺"为荣耀。官府衙门情兵标营遇有重大庆典活动犒劳会餐,也必是请鹿马勺去做菜。勺娃子不仅得到分量沉甸的红包赏银,而且与古城上流社会的人物有个私交。"鹿师傅有啥事用得着时就开口。"有钱有有权的有势的包括死狗赖皮街檀子都这样许诺……勺娃终于有了出气报复的机会。

　　炉头刚刚洗了手脸准备就寝,两个标营兵勇来传话说,请他去给鹿师傅帮帮忙做菜。炉头丝毫也不敢怠慢,掂上烟袋就走了。炉头跟着兵卒走进军营,又走进一间拐角的屋子,看去像是垒堆马料的一个仓库,里面独自坐着勺娃一人在不停地抽烟,他奇怪地问:"不是说叫我来给你帮忙吗?勺娃说:"你先抽袋烟缓缓气儿。"炉头刚坐下装烟点火,勺娃矜持地问:"你还想让我给你做'骂打操'那三件事不?"炉头从嘴里拔出烟袋,从椅子上溜下来就双膝跪倒了,连连求告宽恕。勺娃阴冷地笑笑:"你这膝盖儿很软和,说弯就弯到地上了?"炉头说:"好鹿师,我叫你碎爷!你现在咋样酿制我,我都不吭一声。"勺娃说:"我骂你嫌臭了我的嘴,打你还怕脏了我的手,用你们河南的话不说日说操,操你尻子会贱了我的求!"炉头虚汗直冒:"我不是人,是猪是狗是王八是畜生……"勺娃说:"你先前怎样骂我,现在就怎样骂你自个;先前怎样打我,现在你就照那样打你。站起来开始——"炉头站起来,左手抽左边耳光,右手抽右边耳光,自己撕自己耳朵,拧自己脸皮,口里连续骂着自己:"我操我妈,我操我奶,操我姐,操……"勺娃抽着烟靠坐在椅背上欣赏这个怪物自打自骂,一边说:"使劲骂使劲打,不准停下……"直到炉头抢不动胳膊骂不出声来死猪一样瘫倒在砖地上为止。勺娃说:"好嘛,你就歇一阵儿起来再干。"炉头缓过气歇出了劲,又爬起来重新表演一直反反表演到后半夜,抽打撕拧得脸皮青红绿紫耳朵淌血,瘫在砖地上再也爬不起来了。勺娃说:"算咧,到这儿为止。现在该做第三件事了。脱衣抹裤子,快点!"

　　勺娃走到门口拉开门,在门前台阶上折了三下手掌,停不大会儿走进五个人来,全是勺娃托街檀子在城里找来的要饭的,个个都是精壮小伙子。炉头已经脱光了衣服蜷在墙拐角。勺娃说:"弟兄们,明白到这儿来做啥不?"五个人都面面相觑摇头不晓。勺娃说:"我跟弟兄们一样,也是讨吃要喝进城的。墙拐角那个人,见了叫化子就拿勺子砍砸脑袋。弟兄们,今日个出口气吧!"五个人嗷嗷叫着拘挽袖伸胎膊。勺娃说:"这个人是个尻子客贱种。你们操他的尻子。操一回我给你一块大洋,谁当场操完了我立即兑现。"说罢就把一摞子白光光的银元堆到桌子上。五个人瞪大了眼睛瞅着银元,眉里眼里都活泛起来了,竟然为争先拿一块银元而争执起来。勺娃把五个人按个头从高到低徘了顺序,说,"弟兄们甭争甭抢,银元你们挣不完,我还怕你们挣不完咧。开始操吧,操完毕自己去拿钱。"说罢就退到里间套房里去了……过了许久,勺娃走出套间,桌子上的银元摞子还没消下去一半,炉头已经像死猪一样趴在地上一动不动,胯骨底下压着一堆腥臭的血污。勺娃说:"弟兄们,把剩下的银元分了,顺手把这人抬出去撂到城墙根完事。"

　　鹿马勺随后回到原上。他雇了一辆双套马车,车上装着整袋整袋的面粉蔬菜牛羊肉和炒锅炒瓢勺子等等。他请大哥二哥帮忙在豁敞的院子里垒起锅台安上风箱,晚上煮烂了牛羊肉,第二天就到村子里请那些过去给他施舍过饭食的大爷大伯婆婶嫂子来吃一碗羊肉或牛肉泡馍。白鹿村里的施主吃过以后,再邀请到临近的村庄,随后就成为整个原上所有施主自动赶来享受了。马勺在半个多月的时间里,从早列晚侍立在灶锅旁亲手掌勺,把一碗又一碗煮熟的泡馍送到恩人手里,他们就蹲在院子里吃。马勺没有空闲和人们说话,许多人看着累得皮松眼戏的小伙子滴下了眼泪,这个讨饭娃子是个情深义重的君子哩!有个没有施舍过的人也混杂进来捞一碗泡馍吃,用筷子一搅搅出一窝麦草,悄悄放下碗溜了。原来这个人非但没给马勺一块馍,反吃喝狗咬烂了马勺的腿……马勺报答了所有有恩于自己的人,也报复了伤害过自己的人,那个临时垒砌的灶锅才宣告熄火。

　　随之,马勺便开始置田买地修筑房屋,骤然间成为白鹿村的首富。两个哥哥不再出门去熬长工,反而雇用起长工来了。马勺仍然到城里去继续要勺子,然后把银元不断送回原上,交给两个哥哥扩大耕地、增添牲畜、建筑房舍……那时候,白嘉轩的祖先还在往那只有进口而无出口的木匣里塞着一枚铜元或两只麻钱。马勺发财的事强烈刺激着原上人,随之出现了一个进城学炊的热潮。穷汉家娃子长到十四五,不再像以往那样会都出门去给人家熬长工打短工,而是背上薄薄的被卷进城学烹调手艺去了。鹿马勺获得的成功成为他们忍受艰辛和凌辱以图出人头地的强大动力。入门尊称开创这条生活新路的鹿马勺为勺勺爷,而后来不断加入到这个行业里的人被称为勺勺客。从此开端一直延续到百余年后的今天,烹调手艺仍然在六十四行谋生手艺占有主体位置，白鹿原以出勺勺客闻名省内外。

鹿马勺无可置疑地成为鹿姓这一门族里产生了巨大影响的一个人。不仅仅是把濒临倒灶的家业振兴起来，重要的是他具有自己的思想和理论，深深地影响着鹿家门族里一代又一代的子孙，显示着与白家迥然相异的家风和气性。鹿马勺用他抢勺子挣来的薪金和赏银在白鹿村置地盖房，仅仅控制到土地房屋牲畜可以在村子里数上头家的程度就适可而止，然后把心力转到孩子的读书上头。马勺靠一把勺子出入官府和上流社会的各种场合，经见的大世面大人物在整个家族的历史上是独一无二的。大世面的气魄豪华和大人物的威仪举止，深刻地烙刻到心头，在他感到幸运的同时又伴随着自卑。

尘埃落定（节选）

阿 来

第一章

1. 野画眉

那是个下雪的早晨，我躺在床上，听见一群野画眉在窗子外边声声叫唤。

母亲正在铜盆中洗手，她把一双白净修长的手浸泡在温暖的牛奶里，嘘嘘地喘着气，好像使双手漂亮是件十分累人的事情。她用手指叩叩铜盆边沿，随着一声响亮，盆中的牛奶上荡起细密的波纹，鼓荡起嗡嗡的回音在屋子里飞翔。

然后，她叫了一声桑吉卓玛。

侍女桑吉卓玛应声端着另一个铜盆走了进来。那盆牛奶给放到地上。母亲软软地道："来呀，多多。"一条小狗从柜子下面咿咿唔唔地钻出来，先在地下翻一个跟头，对着主子摇摇尾巴，这才把头埋进了铜盆里边，盆里的牛奶咽得它几乎喘不过气来。土司太太很喜欢听见这种自己少少一点爱，就把人淹得透不过气来的声音。她听着小狗喝奶时透不过气的声音，在清水中洗手。一边洗，一边吩咐侍女卓玛，看看我——她的儿子醒了没有。昨天，我有点发烧，母亲就睡在了我房里。我说："阿妈，我醒了。"

她走到床前，用湿湿的手摸摸我的额头，说："烧已经退了。"

说完，她就丢开我去看她白净却有点掩不住苍老的双手。每次梳洗完毕，她都这样。现在，她梳洗完毕了，便一边看着自己的手一日日显出苍老的迹象，一边等着侍女把水泼到楼下的声音。这种等待总有点提心吊胆的味道。水从高处的盆子里倾泻出去，跌落在楼下石板地上，分崩离析的声音会使她的身子忍不住痉挛一下。水从四楼上倾倒下去，确实有点粉身碎骨的味道，有点惊心动魄。

但今天，厚厚的积雪吸掉了那声音。

该到声音响起时，母亲的身子还是抖动了一下。我听见侍女卓玛美丽的嘴巴在小声嘀咕：又不是主子自己掉下去了。我问卓玛："你说什么？"

母亲问我："这小蹄子她说什么？"

我说："她说肚子痛。"

母亲问卓玛："真是肚子痛吗？"

我替她回答："又不痛了。"

母亲打开一只锡罐，一只小手指伸进去，挖一点油脂，擦在手背上，另一只小手指又伸进去，也挖一点油脂擦在另一只手背上。屋子里立即弥漫开一股辛辣的味道。这种护肤用品是用旱獭油和猪胰子加上寺院献上的神秘的印度香料混合而成。土司太太，也就是我母亲很会做表示厌恶的表情。她做了一个这样的表情，说："这东西其实是很臭的。"

桑吉卓玛把一只精致的匣子捧到她面前。里面是土司太太左手的玉石镯子和右手的象牙镯子。太太戴上镯子，在手腕上转了一圈说："我又瘦了。"

侍女说："是。"

母亲说："你除了这个你还会说什么？"

"是，太太。"

我想土司太太会像别人一样顺手给她一个嘴巴，但她没有。侍女的脸蛋还是因为害怕变得红扑扑的。土司太太下楼去用早餐。卓玛侍立在我床前，侧耳倾听太太踩着一级级梯子到了楼下，便把手伸进被子狠狠掐了我一把，她问："我什么时候说肚子痛？我什么时候肚子痛？"

我说："肚子不痛，只想下次泼水再重一点。"

这句话很有作用，我把腮帮鼓起来，她不得不亲我一口。亲完，她说，可不敢告诉主子啊。我的双手伸向她怀里，一对小兔一样撞人的乳房就在我手心里了。我身体里面或者是脑里面什么地方很深很热地震荡了一下。卓玛从我手中挣脱出来，还是说："可不敢告诉主子啊。"

这个早上，我第一次从女人身上感到令人愉快的心旌摇荡。

桑吉卓玛骂道："傻瓜！"

我揉着结了眵的双眼问："真的，到底谁是那个傻……傻瓜？"

"真是一个十足的傻瓜！"

说完，她也不服侍我穿衣服，而在我胳膊上留下一个鸟啄过似的红斑就走开了。她留给我的疼痛是叫人十分新鲜又特别振奋的。

窗外，雪光的照耀多么明亮！传来了家奴的崽子们追打画眉时的欢叫声。而我还在床上，躺在熊皮褥子和一大堆丝绸中间，侧耳倾听侍女的脚步走过了长长的回廊，看来，她真是不想回来侍候我了。于是，我一脚踢开被子大叫起来。

在麦其土司辖地上，没有人不知道土司第二个女人所生的儿子是一个傻子。

那个傻子就是我。

除了亲生母亲，所有人都喜欢我是现在这个样子。要是我是个聪明的家伙，说不定早就命归黄泉，不能坐在这里，就着一碗茶胡思乱想了。土司的第一个老婆是病死的。我的母亲是一个毛皮药材商买来送给土司的。土司醉酒后有了我，所以，我就只好心甘情愿当一个傻子了。

虽然这样，方圆几百里没有人不知道我，这完全因为我是土司儿子的缘故。如果不信，你去当个家奴，或者百姓的绝顶聪明的儿子试试，看看有没有人会知道你。

我是个傻子。

我的父亲是皇帝册封的辖制数万人众的土司。

所以，侍女不来给我穿衣服，我就会大声叫嚷。

侍候我的人来迟半步，我只一伸腿，绸缎被子就水一样流淌到地板上。来自重叠山口以外的汉地丝绸是些多么容易流淌的东西啊。从小到大，我始终弄不懂汉人地方为什么会是我们十分需要的丝绸、茶叶和盐的来源，更是我们这些土司家族权力的来源。有人对我说那是因为天气的缘故。我说："哦，天气的缘故。"心里却想，也许吧，但肯定不会只是天气的缘故。那么，天气为什么不把我变成另一种东西？据我所知，所有的地方都是有天气的。起雾了。吹风了。风热了，雪变成了雨。风冷了，雨又变成了雪。天气使一切东西发生变化。当你眼鼓鼓地看着它就要变成另一种东西时，却又不得不眨一下眼睛了。就在这一瞬间。一切又变回了原来的样子。可又有谁能在任何时候都不眨巴一下眼睛？祭祀的时候也是一样。享受香火的神祇在缭绕的烟雾背后，金面孔上彤红的嘴唇就要张开了，就要欢笑或者哭泣，殿前猛然一阵鼓号声轰然作响，吓得人浑身哆嗦，一眨眼间，神祇们又收敛了表情，回复到无忧无乐的庄严境界中去了。

这天早晨下了雪，是开春以来的第一场雪。只有春雪才会如此滋润绵密，不至于一下来就被风给刮走了，也只有春雪才会铺展得那么深远，才会把满世界的光都汇聚起来。

满世界的雪光都汇聚在我床上的丝绸上面。我十分担心丝绸和那些光一起流走了。心中竟然涌上了惜别的忧伤。闪烁的光锥子一样刺痛了心房，我放声大哭，听见哭声，我的奶娘德钦莫措跌跌撞撞地从外边冲了进来。她并不是很老，却喜欢做出一副上了年纪的样子。她生下第一个孩子后就成了我的奶娘，因为她的孩子生下不久就死掉。那时我已经三个月了，母亲焦急地等着我做一个知道自己来到这个世界的表情。

一个月时我坚决不笑。

两个月时任何人都不能使我的双眼对任何呼唤做出反应。

土司父亲像他平常发布命令一样对他的儿子说："对我笑一个吧。"见没有反应，他一改温和的口吻，十分严厉地说："对我笑一个，笑啊，你听到了吗?"他那模样真是好笑。我一咧嘴，一汪涎水从嘴角掉了下来。母亲别过脸，想起有我时父亲也是这个样子，泪水止不住流下了脸腮。母亲这一气，奶水就干了。她干脆说："这样的娃娃，叫他饿死算了。"

父亲并不十分在意，叫管家带上十个银元和一包茶叶，送到刚死了私生子的德钦莫措那里，使她能施一道斋僧茶，给死娃娃做个小小的道场。管家当然领会了主子的意思。早上出去，下午就把奶娘领来了。走到寨门口，几条恶犬狂吠不已，管家对她说："叫它们认识你的气味。"

奶娘从怀里掏出块馍馍，分成几块，每块上吐点口水，扔出去，狗们立即就不咬了，跳起来，在空中接住了馍馍。之后，它们跑过去围着奶娘转了一圈，用嘴撩起她的长裙，嗅嗅她的脚，又嗅嗅她的腿，证实了她的气味和施食者的气味是一样的，这才竖起尾巴摇起来。几只狗开口大嚼，管家拉着奶娘进了官寨大门。

土司心里十分满意。新来的奶娘脸上虽然还有悲痛的颜色，但奶汁却溢出来打湿了衣服。

这时，我正在尽我所能放声大哭。土司太太没有了奶水，却还试图用那空空的东西堵住傻瓜儿子的嘴巴。父亲用拐杖在地上拄出很大的声音，说："不要哭了，奶娘来了。"我就听懂了似的止住了哭声。奶娘把我从母亲手中接过去。我立即就找到了饱满的乳房。她的奶水像涌泉一样，而且是那样地甘甜。我还尝到了痛苦的味道，和原野上那些花啊草啊的味道。而我母亲的奶水更多的是五颜六色的想法，把我的小脑袋涨得嗡嗡作响。

我那小胃很快就给装得满满当当了。为表示满意，我把一泡尿撒在奶娘身上。奶娘在我松开奶头时，背过身去哭了起来。就在这之前不久，她夭折的儿子由喇嘛们念了超度经，用牛毛毯子包好，沉入深潭水葬了。

母亲说："晦气，呸!"

奶娘说："主子，饶我这一回，我实在是忍不住了。"母亲叫她自己打自己一记耳光。

如今我已经十三岁了。这许多年里，奶娘和许多下人一样，洞悉了土司家的许多秘密，就不再那么规矩了。她也以为我很傻，常当着我的面说："主子，呸! 下人，呸!"同时，把随手塞进口中的东西——被子里絮的羊毛啦，衣服上绽出的一段线头啦，和着唾液狠狠地吐在墙上。只是这一二年，她好像已经没有力气吐到原来的高度上去了。于是，她就干脆做出很老的样子。

我大声哭喊时，奶娘跌跌撞撞地跑了进来："求求你少爷，不要叫太太听到。"

而我哭喊，是因为这样非常痛快。

奶娘又对我说："少爷，下雪了啊。"

下雪跟我有什么关系呢? 但我确实就不哭了。从床上看出去，小小窗口中镶着一方蓝得令人心悸的天空。她把我扶起来一点，我才看见厚厚的雪重重地压在树枝上面。我嘴一咧又想哭。

她赶紧说："你看，画眉下山来了。"

"真的?"

"是的，它们下山来了。听，它们在叫你们这些娃娃去和它们玩耍。"

于是，我就乖乖地叫她穿上了衣服。

天啊，你看我终于说到画眉这里来了。天啊，你看我这一头的汗水。画眉在我们这地方都是野生的。天阴时谁也不知道它们在什么地方。天将放晴，它们就全部飞出来歌唱了，歌声婉转嘹亮。画眉不长于飞行，它们只会从高处飞到低处，所以轻易不会下到很低的地方。但一下雪可就不一样了，原来的居处找不到吃的，就只好来到有人的地方。

画眉是给春雪压下山来的。

和母亲一起吃饭时，就有人不断进来问事了。

先是跛子管家进来问等会儿少爷要去雪地里玩，要不要换双暖和的靴子，并说，要是老爷在是要叫换的。母亲就说："跛子你给我滚出去，把那破靴子挂在脖子上给我滚出去!"管家出去了，当然没有把靴子吊在脖子上，也不是滚出去的。

不一会儿，他又拐进来报告，说科巴塞里给赶上山去的女麻疯在雪中找不到吃的，下山来了。

母亲赶紧问："她现在到了哪里？"

"半路上跌进抓野猪的陷阱里去了。"

"会爬出来的。"

"她爬不出来，正在洞里大声叫唤呢。"

"那还不赶紧埋了！"

"活埋吗？"

"那我不管，反正不能叫麻疯闯进寨子里来。"

之后是布施寺庙的事，给耕种我家土地的百姓们发放种子的事。屋里的黄铜火盆上燃着旺旺的木炭，不多久，我的汗水就下来了。

办了一会儿公事，母亲平常总挂在脸上的倦怠神情消失了。她的脸像有一盏灯在里面点着似的闪烁着光彩。我只顾看她熠熠生辉的脸了，连她问我句什么都没有听见。于是，她生气了，加大了声音说："你说你要什么？"

我说："画眉叫我了。"

土司太太立即就失去了耐心，气冲冲地出去了。我慢慢喝茶，这一点上，我很有身为一个贵族的派头。喝第二碗茶的时候，楼上的经堂铃鼓大作，我知道土司太太又去关照僧人们的营生了。要是我不是傻子就不会在这时扫了母亲的兴。这几天，她正充分享受着土司的权力。父亲带着哥哥到省城告我们的邻居汪波土司。最先，父亲梦见汪波土司抢走了他戒指上脱落的珊瑚。喇嘛说这不是个好梦。果然，不久就有边界上一个小头人率领手下十多家人背叛了我们，投到汪波土司那边去了。父亲派人执了厚礼去讨还被拒绝。后一次派人带了金条，言明只买那叛徒的脑袋，其他百姓、土地就奉送给汪波土司了。结果金条给退了回来。还说什么，汪波土司要是杀了有功之人，自己的人也要像麦其土司的人一样四散奔逃。

麦其土司无奈，从一个镶银嵌珠的箱子里取出清朝皇帝颁发的五品官印和一张地图，到中华民国四川省军政府告状去了。

我们麦其一家，除了我和母亲，还有父亲，还有一个同父异母的哥哥，之外，还有一个同父异母的姐姐和经商的叔叔去了印度。后来，姐姐又从那个白衣之邦去了更加遥远的英国。都说那是一个很大的国家，有一个外号是叫做日不落帝国。我问过父亲，大的国家就永远都是白天吗？

父亲笑笑，说："你这个傻瓜。"

现在他们都不在我身边，我很寂寞。

我就说："画眉啊。"

说完就起身下楼去了。刚走到楼下，几个家奴的孩子就把我围了起来。父母亲经常对我说，瞧瞧吧，他们都是你的牲口。我的双脚刚踏上天井里铺地的石板，这些将来的牲口们就围了过来。他们脚上没有靴子，身上没有皮袍，看上去却并不比我更怕寒冷。他们都站在那里等我发出命令呢。我的命令是："我们去逮画眉。"

他们的脸上立即泛起了红光。

我一挥手，喊一嗓子什么，就带着一群下人的崽子，一群小家奴冲出了寨门。我们从里向外这一冲，一群看门狗受到了惊吓，便疯狂地叫开了，给这个早晨增加了欢乐气氛。好大的雪！外面的天地又亮堂又宽广。我的奴隶们也兴奋地大声鼓噪。他们用赤脚踢开积雪，捡些冻得硬梆梆的石头揣在怀里。而画眉们正翘着暗黄色的尾羽蹦来蹦去，顺着墙根一带没有积雪的地方寻找食物。

我只喊一声："开始！"

就和我的小奴隶们扑向了那些画眉。画眉们不能往高处飞，急急忙忙窜到挨近河边的果园中去了。我们从深过脚踝的积雪中跌跌撞撞地向下扑去。画眉们无路可逃，纷纷被石头击中。身子一歪，脑袋就扎进蓬松的积雪中去了。那些侥幸活着的只好顾头不顾腚，把小小的脑袋钻进石缝和树根中间，最后落入了我们手中。

这是我在少年时代指挥的战斗，这样的成功而且完美。

我又分派手下人有的回寨子取火，有的上苹果树和梨树去折干枯的枝条，最机灵最胆大的就到厨房里偷盐。其他人留下来在冬天的果园中清扫积雪，我们必须要有一块生一堆野火和十来个人围火而坐的地方。偷盐的索郎泽郎算是我的亲信。他去得最快也来得最快。我接过盐，并且吩咐他，你也帮着扫雪吧。他就喘着粗气开始扫雪。他扫雪是用脚一下一下去踢，就这样，也比另外那些家伙快了很多。所以，当他故意把雪踢到我脸上，我也不怪罪他。即使是奴隶，有人也有权更被宠爱一点。对于一个统治者，这可以算是一条真理。是一条有用的真理。正是因为这个，我才容忍了眼下这种犯上的行为，被钻进脖子的雪弄得咯咯地笑了起来。

火很快生起来。大家都给那些画眉拔毛。索郎泽郎不先把画眉弄死就往下拔毛，活生生的小鸟在他手下吱吱惨叫。弄得人起一身鸡皮疙瘩，他却一副若无其事的样子。好在火上很快就飘出了使人心安的鸟肉香味。不一会儿，每人肚子里都装进了三五只画眉，野画眉。

空的窗

陈　染

孤独的人最常光顾的地方是邮局。老人是在两年前的黄昏时分得出这一结论的。无论你相信抑或不相信,他都对自己的发现表现出坚定不移的信念。

两年前的一个沉闷而阴郁的下午,绵绵的雨雾终于在啦啦啦啦纠缠了七天七夜之后打住,太阳灼热的光线像一把寒光凛凛的匕首,从太阳应该消失的西天角斜逼出来,横亘在鼠街的中央地带,这时已是迟暮时分。老人正站在街边观望着什么,他发现自己有一半脸颊亮在阳光里,另一半脸颊埋在阴影里,于是,他把自己的脸完全拉进街角的一级高台阶上面的阴影里边去。

这举动与他的心境有关。比如,有一天夜晚,我送两个朋友去车站,一个男一个女,这男人和女人本身并无故事,他们都是我的好朋友,一个天南一个地北,在来我家做客之前并不相识。我要说的是在我送别他们的时候,那场景所给予我的对人生的一点小感悟。

那女人外观艳丽而凄凉,黑黑的长发披散着被夜风抚弄得时起时落,飘飘扬扬,像一面柔软的黑色缎旗,眼睛大大地洞张着,里边盛满忧郁,在黑夜中闪闪烁烁,楚楚动人。作为女人,我对拥有这种眼睛和神韵的同类,会从心灵里某个深深的部位产生一种疼痛感,这个格调总与我自己的生活经历相投合。她刚刚离了婚,从遥远的北方城市逃到我生活的这个城市。当时,夜色已经很浓稠,车站正好有一盏路灯突兀地亮着,在四际茫茫的黑暗中,这灯光给人以突然的暴露感。我们三个人在站牌下站定后我所看到的第一个动作就是那女人向后退了一步,把自己的脸躲进身后一条电线杆的瘦长的阴影里。随即,我发现我自己也闪了一下身,躲开那令人暴露的灯光,和她并排而立,脚下踏着那条横卧在鼠街车站的电线杆的影子,我们俩从头到脚被电线杆的影子保护起来。

我们的对面,在光秃秃四处无藏的光亮里,那男人(我当时在自己心里把他塑造得完美无缺,我热恋着我自己想象而成的男人,而这男人其实与他关系不大)乐呵呵迎视而站,眼睛安然地裸露在光芒之下。他是从一个边远的南方小城过五关斩六将杀进我生活的这个文化氛围很浓的城市里工作的,并且很快又将离开我到一个遥远的国度去学习,因此,他心中充满信心和希望,并不因离开我而觉失去什么。我的这个对于人生的一点小感悟就是在此时产生的:倘若你在任何一种光芒里——比如目光、阳光、灯光——看到两个或三个或四个人聚在一起,他们每一个人对于光芒的或迎视或背立的选择,绝不只是一种偶然为之的空间位置,那绝对与心境有关,似乎是很随意的站立位置,但那却是一种必然的结局。

两年来,种种回忆使我一直在思索黑暗与光亮这个既相悖又贯通的生命问题。这个问题与我下面的故事有关。

那一天,在阴雨初晴的黄昏时分,老人被忽然绽开的阳光逼到鼠街东侧的高台阶上边的阴影里边去。高台阶的上边正好是一家小邮局。七天七夜的绵雨过后,邮局里显得格外繁忙。孤独的老人,忽然发现在死寂的生活中有一块角落与全世界相连,人们在这里与远在太平洋那一边的亲人爱友清晰地说着话。一个女孩在走出电话间时,神采飞扬地说,她刚刚听到了纽约清晨清扫街道的洒水车的声音。老人心中莫名地激动起来,这里还是疲倦的黄昏,而太平洋的那一边已是阳光初照的清晨了,哦,世界有这样大! 老人兴味十足地在邮局里观看起来。有人风风火火排队寄发邮政快件,有人慢吞吞把信封投进四平八稳的信箱,还有人四处借着钢笔或圆珠笔,以便填写电报内容。有个面色苍白得好像没有温度的年轻女人,握着电话筒,光流泪出不了声。这个女人给他留下很深的印象。几天后，他在另外一个地方又见到了这个年轻女人。

老人连续好多天在邮局里进进出出四处张望。有一天，他正在被这个繁忙的孤独世界所感动，想着自己的这一生似乎没有收到过什么人的信，并考虑着给什么人写封信的时候，忽然他听到一个很年轻的声音从身边掠过："有病，有病，肯定这人有病。"老人的目光追随着那声音，那声音是一位身穿墨绿色邮电部门工作服的小伙子发出的，他走到柜台里，和一位穿同样服装的姑娘指指点点。老人凑过去，看到他们正嘲笑地议论一封信的信封。老人戴起老花镜，看到那信封上写：北京八宝山老山骨灰堂第五区第一百零五号收。老人的心像被什么东西攥了一下，他立刻想起两天前在老伴儿去世后的她的第一个生辰日。那一天，他熄灭了房间里所有的电灯，燃起三枝蜡烛，在昏黄的烛光下，他笨手笨脚包了五十九个一寸大小的饺子。老伴儿去世正好五十九岁。然后，他把这五十九个小饺子抛洒在鼠街西头的一条通往远处的污水河里。河水像一只庞大的铁锅里的沸水，跌宕跳跃，小饺子落到河水里犹若水耗子一般上下蹿起，最后被河水跳着舞带走了。可是，忽然老人望着那远去的河水哭泣起来，说饺子忘记煮了，还是生的。

那一天，正是晚饭前，太阳的余晖把河水涂染成让人心疼的血红，我正好站在河边，便走上去安慰老人说：阴间的吃法与我们阳间的吃法不同，饺子煮熟再吃是我们阳间的吃法，若按阴间的吃法把煮熟的饺子抛洒河中，你的老伴儿肯定在阴间无法收到。老人抬起头望望我，似乎得到安慰。他说他好像见过我，在邮局里，我举着话筒光流泪不出声。然后他就走了。我就是在那一天认识的老人。那时，我还可以像正常人一样走路交谈，像正常人一样看到光明或逃开光明。

还是先把我放在一边，继续说老人的故事。我与这个故事的关系，到最后你便可以发现。

那一天，老人回到家，给老伴儿写封信的欲望撞击着他，他在房间里走过来走过去，坐不下去站不起来，最后终于没有写。没有写的原因很简单，他要诉说的太多太多，以致无法落笔，无法开头和结尾，只好选择沉默。正像我们太亲太近的人，你无法描写他一样。你能够诉说或描写的对象，必须具备一个条件，那就是与你的距离，没有距离，也就无法存在诉说和描写。

老人把神思拉回到邮局里，望望眼前那封投寄"北京八宝山老山骨灰堂第五区第一百零五号收"的信出了声。

"年轻人，我要找你们邮局的局长。"他说。

那个穿邮局制服的青年抬起头，看看老人庄严的面孔。拥有这种面孔的人肯定是有非见局长不可的事，是糊弄不走拒绝不了的。青年人朝着一个什么方向都不是的空中一指：那儿。老人楼上楼下左边右边花了十七八分钟时间，在第七与第八之间没有房号的房间里的第七十八号茶杯前终于找到邮局局长，在这个不大的邮局里。老人气喘吁吁掏出自己的证件，自我介绍说他是鼠街中心小学的退休教师，退休的时候正好老伴儿又去世了，他活着没有了希望，没有人再需要他，他希望局长能给他一份工作，他不要钱只是义务劳动。

局长先是漫不经心地听着，后来他被老人眼角里混浊的水花以及他那种为别人所掌握的悬而未定的希望感所造成抽搐的嘴角所感动，"那么你能做什么呢？"

老人立刻来了精神，说："我可以投送那些无法送达的死信。"

局长很是痛快，"好了，就这样吧，每月我们发给你四十元就算补助费。"

"谢谢，谢谢！"老人一下子充实起来，轻盈起来，光亮起来。步伐铿铿然，螺旋下楼。手里攥着第一封将要去送的死信。

这是两年前一个很晴朗的午日所发生的事。就在那天，忽然之间，老人那无所依恃于世界又无人需要于他的孤独感，在那个午日的矮矮的两层楼梯的旋转中消失殆尽。

生命又回到老人的躯体上，他觉得自己又活得充实而有意义起来，像他当年在鼠街中心小学与孩子们在一起时一样，尽管"b、p、m""人与入字的不同"，他讲了四十二年之久，但他从没有重复感，每一次讲都如第一次。就像一个爱着一个女人的男人看见太阳每天都是新的一样，就像热爱生命的老赫尔曼。黑塞认为我们的生命永远是出生后的第一天一样。

可是，又在忽然之间，黑暗降临了。就是现在。老人正坐在两年前他在第七与第八之间没有房号的房间里的第七十八号茶杯前找到的邮局局长面前。

"你应该在家里休息，人应该服老，腿脚怎么也是不如年轻时候。"局长表情沉痛，咬着牙说出了这几句话，他知道这个决定对老人意味着什么。

老人把头低埋在两腿上，腰骨弯塌下来，一动不动，像一只风干了的人形标本。一行浊混的老泪在他那被皱纹纵横切割的脸颊上左右徘徊，绵延而下，终于掉在老人肥肥的裤脚上。

半个月前，老人在邮局门外的高台阶上摔了一跤，右膝擦破了皮肉，浓黯的血滴顺着小腿爬到脚面上。换在年轻人身上，这点伤本不算什么，可是老人的右膝却一日日鼓胀起来，髌骨浮肿起来。医生说是软组织损伤所造成的积液，需卧床十天。

"请你能理解我们，我们必须对你负责任。"邮局局长接着说。他看了看老人，从抽屉里取出一个口袋，"两年来你为我们工作，我们非常感激！这是给你的一点心意。"

老人头也没抬，生命的意义都没有了，心意还算什么呢。

局长重重叹了一声，又从抽屉里取出一样东西，"这是最后一封死信。"

老人抬了头，看了看那牛皮纸信封上写的字：

北京鼠街每天太阳初升时分开窗眺望的女人收

他的眼睛亮了一下，随即又淹没在盛满眼眶的绝望里。

这时候，我并没有无端消失。这两年中，在老人从送达死信的重任中重新找回生命的意义的时候，有一天，我失去了我生命中最为珍贵的。那是一个普通得令人无法回忆出任何天气特征的下午，我等待了很久很久的一个人忽然站在我面前，这久别而去的人（就是那位被我想像加工而成的令我迷恋的男人）终于从一个遥远的国度回到我身边，我激动又委屈地流着泪，一句话也说不出来。他轻轻抚摸着我瘦削的肩，脸颊埋在我的长发和肩胛骨里蹭来蹭去，像是从未离开过我、也从未遗忘过我一样。我便把脊背像猫一样弓起来，低低呻吟一声。我知道他永远不会完全属于我一个人，正像我的精神不能完全属于他一样。无论世人承认抑或不承认，我们无法做到一生只爱一个男人或女人，而那些爱的确是真诚的，只要能够称作爱。这是事实。性关系并不是爱的全部关系。即使这样，我仍然为他奉献了巨大代价。就在这天，他的到来，使那潜藏在我身体里的旷日已久的障碍，终于彻底形成了。我失去了同得到的一样珍贵的东西。这世界总是很公平。后边你将会知道这一切。

还是先把我放下，继续讲老人的故事。

老人那天蹒跚地走出邮局不大的大门，手里攥着那封死信。他心里郁郁地盘算起来，最后一封死信！果真到了最后的时刻吗？他想起曾经在一份报纸上看到的一幅漫画，画面上一个活得非常带劲的男人说："我有太多需要活下去的理由，要付房子的贷款，车子的贷款，录像机的贷款……"当时，老人立刻就把这个问题摆在自己面前让自己回答：我有太多需要活下去的理由，我每天或每两天就会得到一封死信，然后要设法把它送到稀奇古怪的死信的主人手里；有一天也许我自己也会得到一封什么人寄来的死信。老人觉得无论去送达陌生人的死信，还是等待一封寄给自己的未知的死信，都是活下去的伟大理由。而现在，这个理由终于到达了存在的边缘，送完这封死信，理由就不复存在了。

最后的时刻到了。最后的时刻果真到了。

老人打开家门，闷了一天的房子有一股霉味，墙壁由于连日阴雨而浮了一层绿茸茸的东西。在他进屋的一瞬间，啪啦一声重重的脆响溅在地上，一堆细细碎碎的白玻璃在响声里摊在地上。老人迟缓地把目光落在那堆碎玻璃上时，是在事情已经发生半分钟之后。老伴儿的遗像埋没在碎玻璃里挣扎着朝他微笑，长长的奇怪的笑容从刚才那一声爆破声里扭曲地绽出，在多种角度的碎玻璃的折光里变了形。墙壁的潮湿使挂着镜框的贴钩连着一层白白的灰皮一同脱落下来。老人弯下身，受伤的右膝发出铁器生锈一般吱吱的叫声，他抚去那笑容上闪闪烁烁的白玻璃，但是，那长长的穿越了两年多岁月的微笑终于在破碎声中折断。他把老伴儿划破的遗像拾起来，平放在床上，不知所措。

他在房间里转了几圈，然后便开始像往常那样找东西。找什么他自己并不清楚，反正他找了起来。两年来，老人的家什凌乱不堪，找什么什么准找不到，而不找什么什么准在那儿等着人去拿。所以老人已经习惯了当想找什么时就不想找到什么的思维方式，那样一来，不想找到什么什么兴许反倒自己跳出来。可是，这会儿老人脑子里却一片空白，不知道自己要找什么，但还是顽强地找起来。他先是在堆放铁钉、改锥、瓶盖起子一类小东西的抽屉里翻到一根麻绳,他犹豫着打了个死结,套了床翅上试试,结果一拉,那绳子就断了。老人失望地把它丢在一边,又去找。他走到卫生间,卫生间里有点昏暗,他看看悬在墙角半空的角柜,角柜上堆满雪花膏、梳子、刷子之类的小用品,老伴儿活着的时候,那些小用品曾经非常有活气,晶亮着绚丽着呼唤主人。现在,它们覆盖在一层灰蒙蒙的尘埃之下黯然失色。他打开一瓶雪花膏,那膏状物已经干枯发黄,他嗅了嗅,隐约还有一丝香味。一种想把这个干枯发黄的东西吃下去的欲望占领了他,他犹豫着,想着自己到底在做什么。忽然,一件小东西撞入他的眼帘,那是一个薄薄的刮胡子的刀片。他恐惧地颤抖起来,一个场面随之而生:淋淋鲜血在刀片的细微的切割声里从动脉血管中喷射出来,房顶、墙壁一时间爆满血花,如注的血浆像紫罗兰猛然绽开一般挂满雪白的房间。老人又想起几年前曾在报刊上看到的一段描述:"刀片划破眼球,流出紫色的浆汁,舌尖上品尝汽油的味道……"他当时想,这残忍的刺激性的故事准是一个情感脆弱而又带一点自虐心理的女人想象的,她在生活中准是无力自卫才转头在故事里施放残忍与恐怖。从那时开始,他就害怕刀片,每每总是把它埋在什么东西下边,使刀片后面的故事不至于裸露出来。现在,他的神经再也承受不住这小小的薄薄的满身鬼气的小东西所带给他的想象了,他把它颤抖地丢进马桶,哗一下就把它冲走了。老人又回到卧房里,定定神,然后给自己冲了一杯淡茶,安静下来。

"不找了,不找了。"他对自己说。

这时,就在他放着茶杯的茶几上放着一小瓶东西,那东西忽然光芒四射起来,老人的眼睛一下子被它抓住了。这是一小瓶阿普唑仑片(甲基三唑安定片),他牢牢地把它攥在手里。

老人恐惧着悬了半天的心莫名其妙地踏实起来。他终于完成了一项重大的使命——选择。心理上的平衡,使他安安稳稳睡了一大觉。

第二天老人醒来的时候,天已大亮,玫瑰色的阳光已在他的床上绵延,轻柔地波动。他急忙爬起来,抓起桌上那封牛皮纸的死信就出了屋。鼠街上人来人往全像急匆匆上班赶路,一脸的不情愿,男女老幼都把自行车骑得像杂技演员似的。这真是一个奇特的国度,全中国都会演杂技。老人神色紧张地想着,躲着身前身后鱼儿一般窜动跳跃的自行车,心里发着慌。这时,他想起自己出门前忘记了吃药。几年来,老人每天三次每次三片地服用复方丹参片,这是一种活血化瘀、理气止疼的用于胸中憋闷的中药。老人并没有心脏病,他只是听说此药有益于健康和长寿。他每每总是感谢政府给予他的公费医疗。总是想,尽管不能吃上很好的补品食物,但总能吃上不错的补药,若是在美国,连补药也吃不上。他的手在裤兜里搜寻起房门钥匙,准备返回去吃药。这才发现,出来时连房门也忘记锁了,老人重重地叹了一声"老了老了"。他并不怕有人进他的屋,老伴儿生病时,她没有公费医疗,他把家里值钱的东西全拿出去卖光了。现在,即使有小偷光临,也不会对他的叮当响的家感兴趣。若正好是一个性情温良的小偷,说不定还会同情地在他的茶几上留下几元钱。老人担心的是猫、耗子还有毒蜘蛛这类东西。老伴儿死于莫名其妙的肠胃病,死前精神也错乱,拉着老人的手一个劲儿叫着"大兄弟大兄弟";长一声短一声地对着隔壁邻居小张他爹叫着"李大哥李大哥",直叫得连老人自己也对着小张他爹喊起李大哥李大哥来,弄得小张他爹张大哥惊愕不已。后来,老人想,兴许就是因为吃了野猫、耗子、毒蜘蛛这类小东西啃噬过的食物。所以,老伴儿去世后他养成一种洁癖,食物、茶杯等等凡人口的东西都用干净的布罩上。昨天,老人喝茶的杯子忘在茶几上,没有罩。他被自己这一连串的忘记,搞得懊丧起来。他的手仍在兜里搜寻。无意间,一样东西触摸到他的手指,他感到一股寒冷从指尖传递到全身,兜里装的那小瓶阿普唑仑片。于是,老人又为自己刚才居然产生懊丧情绪而懊丧起来,为自己的惜命态度而惭愧起来。

"你这个自相矛盾的老家伙,不是已经选择了吗?"他在心里说。

他坚毅地向前走去。手里提着的那封死信,很重,像是全人类覆灭之前写给上帝的最后一封信。他从鼠街西头的那条污水河开始,沿着街道向东走去。他仰着头,留心察看着每一扇窗子。活了大半辈子,他生平还是第一次感悟到那些千奇百怪的窗子比过往行人的脸孔更富于表情,更富于故事,它们生动地向你敞开着心扉,各种色彩情调的窗帘,或是晨风里徐徐漫出,像是要伸出手抚摸你的脸孔;或是羞滴滴半掩面、欲言又止地曼声而歌。老人仰着头,一路向东走下去。他盼望着看到哪个窗子前面有一个开窗眺望的女人,他把那封信交给她,也就完成了最后一桩心事。他一直走到鼠街东头,也没看到一张女人的脸在窗前眺望。于是,他想,今天已经过了"太阳初升时分"了。

接下来的几天，老人都早早地就来到鼠街，从太阳刚一跳出地平线开始，他沿鼠街一路向东走去，太阳像新生儿，把嫩嫩的肉红色洒在刚刚被行人踏醒而显得冷清凄凉的街道上。他仰头张望每一扇窗口，想象着有一个女人正在等待他手里的信，他想象她很美丽，年轻而有生命力，她的眼睛像梦幻一样迷蒙闪烁，嘴巴微微张着，呼吸着太阳初升时分的阳光。有一天，一个年轻的男人从她的窗前走过，他感到她的目光比太阳的照耀更令他心情激荡。后来他就到远方去了，也许他是一个海员，面对着茫茫大海，一片灰蓝色压迫着他的眼睛，他想起了她。他写了一封信给她，但他不知道她的门牌号码和姓名。老人这样想着。他为自己一生的最后一件有意义的事情是为着这样一个女人而做，感到欣慰，感到辉煌。

终于有一天，奇迹发生了。

当晨光把第一抹红晕撒在鼠街西头的时候，污水河旁边的一幢四层小楼的窗口站立着一个女人。也许她每天这时都站在那儿，只是他没有看见。她站着好像在眺望被阳光涂染成金黄色的尘埃旋转着上升，又像在静心倾听污水河慢吞吞掀出的一两声悠长而古怪的歌声，神情专注、恬淡。老人先看到的是她飘扬的黑发，确切地说，他先是以为那是一扇柔软的黑绸窗帘在晨风里荡漾徐拂；要不是那团黑色中央的过于苍白的脸所形成的反差，老人无法相信那团燃烧的晴空里的黑颜色是一个女人的长发。他定了定神。那是一张与他的想象迥然相异的苍白得好像没有温度的脸，那面孔他觉得好像在哪儿见过。她的眼睛大而干枯，目光缥缈而且没有光泽。她全身的生命似乎只流动在飞舞的长发里。这样的面孔很难使老人想到幸福这个词，那是一种茫然而无力自卫的神情。老人向女人挥挥手，又喂喂了几声，但那女人在四层楼的窗口只是专注地眺望远方。

老人判断了一下房间的方位就上了楼。房门并没有锁，他一敲，那房门就闪开了一道缝。

老人说："我可以进来吗？我找一个人。"

那女人转过身来，神态安详、宁和。她穿着一条月白色长裙，窗口的风使那柔软的长裙在她的过于瘦削的肢体上鼓荡翻飞，使她看上去幽灵一般哀婉动人。

"您是找我吗？"她出了声。

老人有点吃惊，这种面孔的女人怎么能发出这样柔和而平稳的声音呢？

"你每天都在清晨开窗眺望吗？"

这时候，女人已经知道他是谁了，他曾经在两年前一个黄昏时分，在污水河边哭泣。

"是的。但我不一定认识你要找的人。"她仍然微笑。

"那么，也许我就是找你。"

"怎么是也许呢？"

那女人临窗而立，头发在窗口绽开。室内正弥散着轻轻的音乐，那乐声柔和、亲切，含着淡淡的忧伤，水一样裹在老人的肢体上。他在离房门最近的一把椅子上坐下来。

他开始讲述自己，说了自己的来龙去脉，从两年前由鼠街中心小学退休到老伴去世，从在邮局帮助送达死信到现在失去了任何生活的意义。他不知道为什么要说这些，但他说了，说了许多。然后他把那封牛皮纸的信交到女人手里。

最后他说："完成了最后一桩事，我也该结束了。"

那女人并不急于拆信，她专注地倾听着老人的话。

老人准备走了，站起身。忽然又问："你每天清晨都在窗口眺望什么呢？"

女人说："那是一幅画。"

然后她转过身去，面向窗外。室内的乐声便填满了她身后的空间。

"这幅画的背景是用蜡笔涂成的顶天立地的赭石色冰河，"女人说起来，"你从窗子望出去正好可以看到。在河流的一角站立着一个鲜艳夺目的用黑色勾勒的女人，她的头发垂到腰间，闪耀着发蓝发绿的亮光。她的面部也是用蜡笔涂成，眼睛黑洞洞睁得很大，嘴角绽开浅绿色的微笑。她的没有年龄的裸体用阴影烘托出来。她正专注地看一枚疼痛的太阳从血红色的冰河里鲜活地跳跃出来，看金翅鱼和雪白的鸟儿以及浓阴招展的一株什么树在冰河背景里共同狂舞。那女人哼着一首人们听不见的歌，静静地与一切追求生命的灵物交谈，她不是用声音，不是用性别，也不是用心灵，而是用生命。"

老人似懂非懂听着她把长长的句子说完。停了一会儿，老人干涩地笑了一下，然后又笑了一下，说："你真是睁着眼睛说瞎话。窗外那条污水河是土灰色的，这一点连瞎子也知道。"

"是的，"女人转过身来，顿了半天，说："您说得对，我当然知道。"

"你当然应该……"老人忽然停住了。他这才发现女人的眼睛洞开着却没有眼睛，那儿只是两个凝固不动的黑洞，像两只燃烧成灰烬的黑炭。它呆滞而僵硬地守在理应射出光芒的地方却没有射出光芒。

老人一下子震惊了。

"对，我是个瞎子。"

"喔，老天爷。对不起。"

女人又微笑起来，"不，一切都很正常。"

然后，她走到老人跟前，把那封牛皮纸的信还给老人。"您看我是个瞎子，我无法眺望什么，所以这信不是我的。您去找吧，也许很久才能找到她，也许永远也找不到，但您要找下去。"

老人几乎要哭了，他望着她那光洁的脸孔，一句话也说不出来。

他把信接过来，转身又悄悄放在桌子上，就走了。

"再见。"

"再见。"

这些天来老人一直闷闷不乐，绝望已极，在苍凉与昏暗的心境中寻找一位每天太阳初升时分开窗眺望的女人，这心境持续到他终于看到这个女人终日被吞没在漫无边际的黑暗里。

老人走下那女人楼梯的时候，渐渐重现了两年前从邮局局长手里接过第一封死信时的情景，他又充实起来，轻盈起来，光亮起来，步伐铿铿然，螺旋下楼。只是手里没有了要去送达的死信。

在故事即将讲完的时候，我必须告诉你一件事，就是在那个普通得令人无法回忆出任何天气特征的下午，我所失去的最珍贵的东西是什么。那是我的光明的世界。每天清晨，是我站在故事里那个在太阳初升时分开窗眺望的女人的位置上。我已经习惯了黑暗。

几年前，当我还看得见光亮的时候，我曾经让自己躲到车站电线杆的阴影里；现在，当世界真的永远交付给我一片茫茫黑暗的时候，我用心灵寻找着光亮。我不能说我已经完成了黑暗与光亮这个既相悖又贯通的生命过程，但我的的确确领悟到这是生命存在的两个层次。

每天下午四时半，我便迈着伦敦一般古老而沉稳的脚步，走到鼠街邮局买一份盲人日报，然后微笑着走进白天的黑暗中。那是阳光的脚步。我无所谓白天与黑夜，亮度于我不存在意义。我的生命每天从下午四时半开始，而在太阳初升后结束。接近黄昏时分，我从黑色的阳光里买回那份盲人日报，然后泡上一杯色泽清淡、品味醇香的清茶，坐在工作桌前开始思索和工作。我的工作单调又创新，我用文字和思想把我心灵看到的东西设计成一幅幅画面，然后交给画家们去画。每日如此。世界上有一种职业叫作家，我的"坐家"职业差一点与那个职业相同。但我并不等于真的终日在家坐着。我常常在夜深人静的夏夜游摸在街头，我看到金色的阳光像瀑布倾洒在苍茫大地，照耀着浓浓的黑夜。在如洗的光束下，鼠街两侧的梧桐叶如一团团银白色的大花朵凌空开放，与高远的天空遥相对应。我裹满一身阳光走进一个老朋友家里，于是，他或她便会很高兴地为了我临时改变一下黑夜与白天的生物习惯，然后沏上两杯清香的茶。我告诉他或她世界吞没在黑夜里的事情，他或她告诉我世界翻腾在白天里的事情。

有一天深夜，我怀念起我的一位远在雾都生活的会唱歌、会把看不见的钢琴弹奏出美妙音乐又会写小说的旧友，她由于终日生活在大雾里，所以我觉得她和我一样总要用心灵辨别方向而不是用眼睛。我记不清她是否就是那个早年曾经和我一同站在我迷恋的那男人的对面，而躲进鼠街车站电线杆阴影里边去的女人，总之是那一类即使我永远也看不到她，也不会忘记的朋友。我给她写了一封信，我说：连绝望这件事存在的本身也不要绝望，我和你同在。

我记不清是不是在我失去光明之前从什么先人的书里看到过这句话。从前我已遗忘。盲文里没有这些。

另一次，也是在深夜，孤独的冷月照在我的身体上，皎白的肌肤光滑如鱼。走，离开，这几个大字在我的血液里涌动，使我无法安睡。我不知道去哪儿，哪儿都可以，只要是离开，只是走出惯性。

　　我想，我将开始茫茫黑夜漫游了。那一天，我将仔仔细细把心灵一般破损的窗棂审视一番，敞开着离去，让那首痴情的《在这里等你》的歌永远重复地从我的窗子里流出，然后，我将走进没有边际的时间与空间的黑暗里。我会拾到许多光明的故事，用盲文写给我的同类。

　　我相信，鼠街老人会在我离开的空窗子前看到我。

诗　歌

回答(存目)

何其芳

导读

何其芳(1912—1977),原名何永芳,四川万县人。中国现代派诗人。新中国成立之初,何其芳曾用热情、欢快的歌声歌唱《我们最伟大的节日》,但此后就很少再能看到他有出色的作品问世。关爱他的读者、朋友不禁为刚迈进而立之年的诗人能否保持艺术青春而担忧。为此,诗人精心构思、锤炼再三,花了两年多的时间终于写下这首诗作为"回答"。

诗作采用诗人最为擅长的浪漫抒情手法,用一唱三叹的调式,委婉曲折地述说了自己矛盾的创作心态、诚挚的生活态度和努力展开诗思之翅在诗国的天空中飞翔的美好愿望。

作为一个早在抗战时期就投身于革命洪流的诗人,为新生活歌唱是他神圣的使命和衷心的愿望,但实际上他的创作现状又是尴尬的:"身边落下了树叶一样多的日子",而结出的艺术之果却是这样的稀少。之所以出现这种现象的原因,和诗人既"感到甜蜜,又有一些惊恐"的创作心态是不无关系的。作为在新中国成立之初积极参与批判胡风、俞平伯、胡适的文艺批评家,感到有一股"奇异的风,吹得我的船帆不停地颤动",诗人既想借助它在生活的河流里航行,又害怕它"把我的桅杆吹断,吹得我在波涛中迷失了道路"。在当时严峻的文艺批判政治背景中,产生这种戒备心理是很自然的,而这种心态显然是不利于诗歌创作的。

作为30年代闻名北大的"汉园三诗人"之一、以《画梦录》赢得1936年天津《大公报》文艺奖金的作者、抗战时期延安鲁迅艺术文学院文学系的系主任,他所具有的艺术素养以及他视艺术为生命的虔诚之心是不容怀疑的。正因为如此,他不肯违背自己的艺术良知去附和当时诗坛上那些粗糙浮泛、服务中心的创作潮流,而宁愿让"火一样灼热"的情感,"在我的唇边变为沉默"。一个有严谨的创作态度的诗人,当自己的"杯子里不是满满地/盛着纯粹的酒",又"怎么能够把一滴说为一斗"并把它献给读者?所以诗人停歇了自己的歌声是顺理成章的事情。

经过多年的思想改造、进入新时代的诗人,对自己过去那种旧知识分子的情感进行了深刻的反省,于是"'预言'(1931—1937年写的诗)的时代已被否定了,在延安时写的表现知识分子'新旧矛盾的情感'的'夜歌',他也觉得不应该再继续"。"说这些作品(它们50年代初仍在青年诗歌爱好者中广泛流传)'现在自己读来不但不大同情,而且有些感到厌烦与可笑了'。"(洪子诚:《中国当代文学史》,北京大学出版社,1999年8月,第59页)诗人表示"我的情感只能是另一种类",它"属于巨大的劳动者全体",诗人觉得"我伟大的祖国,伟大的时代,多少英雄花一样在春天盛开";而赞美他们的"歌声却那么微茫",自己有责任为新的时代歌唱。然而,习惯了的情感表达方式和现实的政治要求存在着巨大的差距,所以诗人感到诗思的"翅膀是这样沉重","压得我只能在地上行走"。尽管诗人有"努力飞腾上天空"的强烈愿望,但现实仍然是十分残酷的,新中国成立后,诗人只写了一本薄薄的《何其芳诗稿》,而且这些为数不多的诗歌已"过多地被政治性所左右了,以致失去了真实感人的艺术魅力"。"'思想进步、创作退步'的'何其芳现象'","留给我们的启示实在太多太多"(应雄:《二元理论、双重遗产:何其芳现象》)。

礁　石

艾　青

一个浪，一个浪
无休止地扑过来
每一个浪都在它脚下
被打成碎沫，散开……
它的脸上和身上
像刀砍过的一样
但它依然站在那里
含着微笑，看着海洋……

1954 年 7 月 25 日

（选自《艾青诗选》，人民文学出版社 1984 年 2 月版）

导读

　　艾青(1910—1996)，原名蒋海澄，浙江金华人。他于 1954 年 7 月应智利众议院邀请，赴南美智利祝贺大诗人巴勃罗·聂鲁达五十诞辰，在聂鲁达家旁边的智利海峡，创作了《礁石》一诗。这是一首富于哲理意味和现代主义风格的抒情诗，礁石这一核心意象，既可以视为诗人自身命运、性格的"自画像"，又可以看作是诗人聂鲁达伟岸人格的象征，具有多重意蕴。

　　全诗共两节。首节描写的不是礁石本身，而是礁石脚下的浪。滚滚而来的海浪，一个接一个，毫无休止地，且恶狠狠地扑来。尽管气势汹汹，但海浪终归都"被打成碎沫，散开……"

　　第二节诗具体勾画了礁石的形象和品格。持续不懈地与浪搏斗，导致"它的脸上和身上"到处伤痕累累，"像刀砍过的一样"。但礁石既不感到畏惧，也不显得疲惫，而是依然如故，巍然屹立，"含着微笑，面对海洋……"礁石在汹涌澎湃的海浪面前那种泰然自若、从容镇定，正是诗人面对生活的海浪袭来时那种坚韧不屈、旷达开朗的生活态度的艺术写照。这首简短的抒情诗，采用了比拟、象征等写作手法，为读者创造了无穷的审美想象空间。

鱼化石

艾 青

动作多么活泼，
精力多么旺盛，
在浪花里跳跃，
在大海里浮沉；
不幸遇到火山爆发，
也可能是地震，
你失去了自由，
被埋进了灰尘；
过了多少亿年，
地质勘探队员，
在岩层里发现你，
依然栩栩如生。
但你是沉默的，
连叹息也没有，
鳞和鳍都完整，
却不能动弹；
你绝对的静止，
对外界毫无反应，
看不见天和水，
听不见浪花的声音。
凝视着一片化石，
傻瓜也得到教训：
离开了运动，
就没有生命。
活着就要斗争，
在斗争中前进，
即使死亡，
能量也要发挥干净。

导读

  《鱼化石》最初发表于 1978 年 8 月 27 日《文汇报》，是艾青在新时期重新登上诗坛后写的一首重要作品。抗战时期，诗人在延安林伯渠先生处看到过一块很大的鱼化石，留下了非常深刻的印象，时隔三十余年，当诗人重获创作自由时，以此为题材创作了《鱼化石》一诗。

  这首诗歌普遍被认为是诗人 1958 年被错划为右派后一段艰难生存经历的自述，曾经在大海里自由沉浮、跳跃的鱼儿，由于瞬间而至的灭顶之灾，凝固成为永恒的化石，这块化石虽然外形完整、栩栩如生，却不能动弹，它最显著的特征就是沉默，而沉默恰恰又是那个疯狂的时代中拥有良知的人们一种共同的语言。可贵的是，诗人并没有在困境中走向绝望，而是表现出坚定的信念和不屈的斗争精神。在创作过程中，诗人采用的方式是从具体到抽象再回到具体，而让这最后的"具体"成为一种象征。诗歌通过象征手法，用鲜明生动的意象、朴素平凡的语言，写出了诗人对自我生命的感受和对人生哲理的体认。全诗达到了生命哲学与象征意象高度融合的美学效果，把哲理性思考熔铸于象征性意象中，赋形象以象外之旨。

苹果树下

闻 捷

苹果树下那个小伙子，
你不要、不要再唱歌；
姑娘沿着水渠走来了，
年轻的心在胸中跳着。
她的心为什么跳呵？
为什么跳得失去节拍？……
春天，姑娘在果园劳作，
歌声轻轻从她耳边飘过，
枝头的花苞还没有开放，
小伙子就盼望它早结果。
奇怪的念头姑娘不懂得，
她说：别用歌声打扰我。
小伙子夏天在果园度过，
一边劳动一边把姑娘盯着，
果子才结得葡萄那么大，
小伙子就唱着赶快去采摘。
满腔的心思姑娘猜不着，
她说：别像影子一样缠着我。
淡红的果子压弯绿枝，
秋天是一个成熟季节，
姑娘整夜整夜地睡不着，
是不是挂念那树好苹果？
这些事小伙子应该明白，
她说：有句话你怎么不说？
……苹果树下那个小伙子，
你不要、不要再唱歌；
姑娘踏着草坪过来了，
她的笑容里藏着什么？……
说出那句真心的话吧！
种下的爱情已该收获。

1952—1954 年乌鲁木齐——北京
（选自《人民文学》1955 年第 3 期）

导读

闻捷(1923—1971)，原名赵文节，江苏丹徒人。《苹果树下》最初发表在 1955 年 3 月的《人民文学》上，是一首构思别致新颖的诗歌。诗人利用苹果生长与感情发展两者间的同步关系作为营造意境的基点，用甜美的苹果象征幸福的爱情。苹果园既是青年劳动的场所，也是培育爱情的摇篮，以"苹果树下"为题，不但能有效地诱发读者的阅读期待，而且以其内在的凝聚力有力地统摄住全篇。

作品显示出诗人精湛的艺术表现功力。诗人巧妙地以知情的旁观者主观抒情的方式来歌唱在劳动中成熟的爱情，将一位姑娘激动地走向正在歌唱的小伙子这一惹人注目的情景作为抒情契机，首尾两节反复用热情、委婉的叮咛结构全篇的整体框架，又用类似电影艺术的闪回手法，通过迭现春、夏、秋三个果园生活镜头推出诗作的主体部分，在欢快、恬和的艺术氛围中，用轻盈的笔触勾勒出男女恋爱的过程。

诗篇洋溢着浓烈的喜剧色彩。热情的小伙子居然盼望没有开花的枝头就结果的荒唐念头和急于采摘才结得像葡萄那么大的果子的冒失性急实在令人忍俊不禁；而原先矜持自信的姑娘到秋天却乱了方寸，由冷若冰霜到热切期盼的戏剧性变化叫人哑然失笑；特别是当姑娘主动走来，而愣头愣脑的小伙子毫无感觉，仍在痴情地傻唱，倒急得一旁诚心想成全他们的抒情主人公忍不住挑破真情的结局，更显得妙趣横生，十分动人。另外，抒情主人公叙述往事时采用的揶揄口吻，也使诗篇增加了幽默的风味，像小伙子夏天"一边劳动一边把姑娘盯着"，"姑娘整夜整夜地睡不着，是不是挂念那树好苹果"等。

到远方去

邵燕祥

收拾停当我的行装，
马上要登程去远方。
心爱的同志送我，
告别天安门广场。
在我将去的铁路线上，
还没有铁路的影子。
在我将去的矿井，
还只是一片荒凉。
但是没有的都将会有，
美好的希望都不会落空。
在遥远的荒山僻壤，
将要涌起建设的喧声。
那声音将要传到北京，
跟这里的声音呼应。
广场上英雄碑正在兴建啊，
琢打石块，像清脆的鸟鸣。
心爱的同志，你想起了什么？
哦，你想起了刘胡兰。
如果刘胡兰活到今天，
她跟你正是同年。
你要唱她没唱完的歌，
你要走她没走完的路程。
我爱的正是你的雄心，
虽然我也爱你的童心。
让人们把我们叫做
母亲的最好的儿女，
在英雄辈出的祖国，
我们是年轻的接力人。
我们惯于踏上征途，
就像骑兵跨上征鞍，
青年团员走在长征的路上，
几千里路程算得甚么遥远。
我将在河西走廊送走除夕，

我将在戈壁荒滩迎来新年，
不管甚么时候，只要想起你，
就更要把艰巨的任务担在双肩。
记住，我们要坚守誓言：
谁也不许落后于时间！
那时我们在北京重逢，
或者在远方的工地再见！

1952 年 11 月 23 日

导读

　　邵燕祥(1933—)，祖籍浙江萧山，生于北京。他在 20 世纪 50 年代初期担任新华广播电台记者，曾写过不少及时反映时代主题、带有明显新闻报道痕迹的诗歌，被人称为"是诗和新闻的联姻"(程光炜《中国当代诗歌史》)。与那些以记者的眼光直接记录新人新事的作品不同，这首诗在首节用叙述的口吻设计了一个独特的抒情视角：以一位收拾好自己的行装，即将登程去远方，在天安门广场与"心爱的同志"告别的青年建设者身份进行自我抒情。作为诗歌主体的青年建设者的自我抒情，大致可以分为四个层次：表述自己到荒山僻壤参加工业建设的雄心壮志；赞美"心爱的同志"和刘胡兰一样有革命的"雄心"和纯洁的"童心"；抒发作为祖国的好儿女"惯于踏上征途"的战斗激情；表示幸福的爱情将是克服困难的巨大动力，并发出将来在祖国的建设工地与心上人重逢相见的誓言。

　　这首诗创作的年代正是抗美援朝战争即将结束、社会主义建设掀起高潮的前夕。诗作歌颂了将理想、爱情与祖国建设紧密联系在一起的青年团员，抒发了他们四海为家、南征北战的豪情壮志，赞美了他们不怕艰苦、蔑视困难的创业精神，洋溢着被解放了的人民群众建设美好家园的满腔热情。尽管诗作在艺术上显得比较稚嫩，通篇是抒情和议论，缺乏具体的形象塑造，但浸透在字里行间的那种真实情感却仍然具有较强的艺术感召力，不失为一首充满青春朝气的政治鼓动诗。

草木篇

流沙河

寄言立身者,勿学柔弱苗。

——唐 白居易

白 杨

她,一柄绿光闪闪的长剑,孤零零地立在平原,高指蓝天。也许,一场暴风会把她连根拔去。但,纵然死了吧,她的腰也不肯向谁弯一弯!

藤

他纠缠着丁香,往上爬,爬,爬……终于把花挂上树梢。丁香被缠死了,砍作柴烧了。他倒在地上,喘着气,窥视着另一株树……

仙 人 掌

它不想用鲜花向主人献媚,遍身披上刺刀。主人把她逐出花园,也不给水喝。在野地里,在沙漠中,她活着,繁殖着儿女……

梅

在姐姐妹妹里,她的爱情来得最迟。春天,百花用媚笑引诱蝴蝶的时候,她却把自己悄悄地许给了冬天的白雪。轻佻的蝴蝶是不配吻她的,正如别的花不配被白雪抚爱一样。在姐姐妹妹里,她笑得最晚,笑得最美丽。

毒 菌

在阳光照不到的河岸,他出现了。白天,用美丽的彩衣,黑夜,用暗绿的磷火,诱惑人类。然而,连三岁孩子也不去睬他。因为,妈妈说过,那是毒蛇吐的唾液……

1956 年 10 月 30 日成都

（选自《星星》1957 年第 1 期）

导读

流沙河(1931—),原名余勋坦,四川金堂人,生于成都。《草木篇》最初发表在 1957 年 1 月的《星星》诗刊创刊号上。从组诗题记引用白居易的诗句可以清晰地看到,作者的创作意图是采用传统诗词托物寄言的手法,通过对自然界各种物象的歌唱,来表达自己立身、处事、为人的原则。

五首小散文诗通过吟咏两种对立的审美意象来表现自己的审美态度,从而展示了诗人的精神立场和价值观念。散文组诗中受到诗人青睐、赞美的意象有：像高指蓝天的长剑一样孤零零挺立在平原的白杨；浑身披刀长刺、丝毫没有奴颜媚骨的仙人掌；具有高尚品格把爱献给白雪的梅。而受到诗人鄙视、贬斥的意象是：靠纠缠、依附手段一味"往上爬"的藤；还经常出没"在阳光照不到的"地方，活动于人迹罕至的河岸的毒菌。

歌德认为："在艺术和诗里，人格确实就是一切。"（《歌德谈话录》，朱光潜译，人民文学出版社，1978 年 9 月，第 229 页）这组散文诗表现了诗人的道德评判准则和理想的精神人格。读者可以清晰地看到诗中塑造的敢于挑战权威的斗士、逆境中泰然生存的女子和坚持净洁操守的姑娘等形象，从中领略知识分子清高孤僻的个性、宁折不弯的气节、超群脱俗的情志和现实批判的态度。

这组咏物诗是在"双百方针"的感召下创作而成的。然而，在随后的政治风暴中，诗作首当其冲成了众矢之的，诗人也因之遭受劫难。一直到二十多年以后，诗作才得到平反昭雪，成为新时期诗坛上一朵"重放的鲜花"。

桂林山水歌

贺敬之

云中的神呵，雾中的仙，
神姿仙态桂林的山！
情一样深呵，梦一样美，
如情似梦漓江的水！
水几重呵，山几重？
水绕山环桂林城……
是山城呵，是水城？
都在青山绿水中……
呵！此山此水人胸怀，
此时此身何处来？
……黄河的浪涛塞外的风，
此来关山千万重。
马鞍上梦见沙盘上画：
"桂林山水甲天下"……
呵！是梦境呵，是仙境？
此时身在独秀峰（独秀峰，在桂林市中心。孤峰一柱，拔地而起。）！
心是醉呵，还是醒？
水迎山接入画屏！
画中画——漓江照我身千影，
歌中歌——山山应我响回声……
招手相问老人山（老人山、鸡笼山、屏风山，均在桂林市区，因状得名。），
云罩江山几万年？
——伏波山下还珠洞（还珠洞，有老龙谢情还珠神话，本诗转意借用。），
宝珠久等叩门声……
鸡笼山一唱屏风开，
绿水白帆红旗来！
大地的愁容春雨洗，
请看穿山（穿山，在桂林市南郊。峰顶有巨大圆形洞口，洞穿露天，状似七星岩，桂林最著名岩洞之一。
传说歌仙刘三姐在此洞中赛歌，后化石成仙。）明镜里——
呵！桂林的山来漓江的水——
祖国的笑容这样美！
桂林山水人胸襟，
此景此情战士的心——

江山多娇人多情，
使我白发永不生！
对此江山人自豪，
使我青春永不老！
七星岩去赴神仙会，
招呼刘三姐呵打从天上回……
人间天上大路开，
要唱新歌随我来！

三姐的山歌十万八千箩，
战士呵，指点江山唱祖国……
红旗万梭织锦绣，
海北天南一望收！
塞外的风沙呵黄河的浪，
春光万里到故乡。
红旗下：少年英雄遍地生——
望不尽，千姿万态"独秀峰"！
——意满怀呵，情满胸，
恰似漓江春水浓！
呵！汗雨挥洒采笔画：
桂林山水——满天下！……

1959 年 7 月，旧稿
1961 年 8 月，整理

导读

　　贺敬之（1924—　　），山东峄县人。《桂林山水歌》最初发表在 1961 年第 10 期的《人民文学》上。诗作开篇采用赋的手法来虚写桂林的美丽景致。诗人从最能代表桂林美景神韵的山、水落笔，分别用"神姿仙态"和"如情似梦"来形容桂林的山和漓江的水，一下子就把读者带到由云雾缭绕、影影绰绰、虚无缥缈的山色和以清澈透明、波光涌动、氤氲迷离的水景组成的美丽画卷中，使读者在审美想象当中充分领略水环山绕的桂林城妩媚动人之处。

　　接着，诗作转为表现革命战士长期以来对桂林山水的景慕、向往，借此烘托、渲染今日游览桂林城时如醉如梦、似仙似幻的感觉。再以对漓江处处画、山山响歌声的概括性描写为发端，开始了对桂林市内主要风景区的具体介绍和歌唱（这里有对神话传说的借用，也有对自然景色的描写，当然离不开对革命时代的赞美），然后以"祖国的笑容这样美"作小结，点明作品的主题。

　　此后，诗人用中国古代山水诗见景生情的手法，反复歌唱多娇江山所激发的战士豪情。随着诗情的逐渐高涨，激情满怀的抒情主人公要"赴神仙会""招呼刘三姐"，一同"指点江山唱祖国"。在战士的眼中，海北天南，边塞黄河，到处是红旗万杆，春光万里，英雄群起，不由得"意满怀""情满胸"，终于大声唱出了时代颂歌的最强音："桂林山水——满天下！"从而把诗情推向高潮。

　　诗作初稿写于 1959 年，两年后在党的文艺政策调整时整理完成，诗作的发表，正好为当时轰轰烈烈开展的宏大叙事的抒情歌唱增添了声威。联系诗歌的创作背景，从诗歌表现的主题可以看出，诗人正面歌唱时代、社会的目的，在于鼓舞人们增强战胜当时面临的连续三年严重的经济困难的勇气，实际上，该诗也产生了宣传鼓劲的社会效果。但倘若用现实主义的尺度去衡量的话，则"祖国的笑容这样美""桂林山水——满天下"的豪言就显得相当底气不足了。

诗作采用了两句一节为一个相对独立的意义单元，并采用随时可以转韵的"信天游"作为表现形式，其好处是诗人可以较少受形式的局限而灵活、自由地续接诗情；而节与节之间（如一、二节，三、四节）的对称，又使诗歌显得节奏和谐、自然流畅，在变化中见出整齐。但为了照顾诗中的地名而过于随意变化句式和节奏（如 11—14 节），则有伤全诗的血脉贯通、诗情顺畅，也表露出明显的人为斧凿的痕迹。

甘蔗林——青纱帐(存目)

郭小川

导读

郭小川(1919—1976)，原名郭恩大，河北丰宁人。诗作采用托物言志的手法，通过对审美意象甘蔗林与青纱帐的歌唱，表达了革命者在和平建设时期，决心保持革命战争年代的传统、精神，为实现宏伟的革命目标而不懈斗争的坚定志向。

诗人赋予这两个物象以特定的象征意义，以南方香甜而严峻的甘蔗林、北方遥远而亲近的青纱帐，分别象征过去和今天两个不同的时代，运用丰富的联想，将这两种相隔遥远的物象联系在一起进行歌唱。诗作开端用交叉咏唱的方式，分别突出两个意象各自不同的特征；接着歌唱了甘蔗林与青纱帐之间的相同相似之处："随风摆动的长叶"，"一样地鸣奏嘹亮的琴音"；"载着阳光的露珠"，"一样地照亮大地的清晨"；然后将历史与现实两幅生活画面剪辑叠印在一起，借以形成鲜明的对照，并暗示了历史与现实的区别与联系。通过对甘蔗林、青纱帐的反复咏唱，诗思自然地从当今的建设时期过渡到昔日的战斗青春。

接着，诗人用整整四节诗、一连串的"可记得"回忆起昔日青纱帐里的战斗生活，表现了革命者的情感、理想、信念、誓言，并点明了永远也不忘记"昨天和明天"的主题。

诗作在表现形式上也是很有特色的。诗中的诗行全部是由二或三个短句组成的，这种集短句为长句的长廊句式，与楚辞汉赋式的恣意铺陈、多方渲染、层层排比相结合，使诗歌呈现出一种气势宏阔、奔放豪迈的风格。这种表现方式被称为郭小川式的"新辞赋体"。另外，诗中充分使用民歌的重复(首节与末节)、对称(诗节中的诗行隔行对称、诗章中的诗节两两对称)手法，使诗情在回环往复中层层推进，昔日的战斗岁月与今天的斗争生活交叉迭现，虽说北方的青纱帐"那样遥远"，也没有"甘蔗林的芳芬"，但青纱帐里的"高粱秸比甘蔗还要香甜"；虽说南方的甘蔗林已没有了"青纱帐里的艰辛"，但战争中的伙伴永远也不会忘了"昔日的风云"。这种复沓回环的情绪节奏一方面把不忘革命战争年代的优良传统的主题表现得淋漓尽致，同时使饱满的政治激情在一唱三叹的咏叹中得到充分的抒写。骆寒超曾经把这种诗歌形式称为"郭小川的半格律体诗"，其特点是"诗行节奏的鲜明和谐和诗节、诗章节奏因对称导致的复沓回环所构成的结构形态"，"而其关键性的一点则是追求对称"。尽管有的诗"在一个诗节里也并不完全搞对称，却以其音组型号的规范和多数诗行宽泛的对称所造成的复沓回环，给我们以某种格律化的感觉"(骆寒超《20世纪新诗综论》)。

上海夜歌（一）

公 刘

上海关。钟楼。时针和分针
像一把巨剪，
一圈，又一圈，
铰碎了白天。
夜色从二十四层高楼上挂下来，
如同一幅垂帘；
上海立刻打开她的百宝箱，
到处珠光闪闪。
灯的峡谷，灯的河流，灯的山，
六百万人民写下了壮丽的诗篇：
纵横的街道是诗行，
灯是标点。

1956.9.28 上海
（选自《人民文学》1956 年第 11 期）

导读

公刘（1927—2003），原名刘仁勇，江西南昌人。《上海夜歌》最初发表在 1956 年第 11 期《人民文学》上。诗作在展示上海的美丽景色时，首先把焦点对准上海滩上最有代表性的建筑物海关大楼。诗人采用电影蒙太奇手法，通过画面的迭现：远镜头——上海关，中镜头——钟楼，最后突出了特写镜头——时针和分针。这种表现方法给读者的视觉以强烈的艺术冲击力。诗人把焦点定位在时针和分针上，随即用一个比喻"像一把巨剪"来突出时钟送昼迎夜的特性，仿佛是由于时钟这把巨剪"一圈，又一圈"地把白天铰碎，上海的夜晚才终于到来。首节诗的末句"铰碎了白天"，不但暗中呼应了诗题，而且在篇中起了承上启下的作用。

第二节诗具体描写了上海的夜景。首句"夜色从二十四层高楼上挂下来"确为警策之句，二十四层高楼是上海当时最高的建筑物，当暮霭悄悄降临的时候，高高耸立的上海国际饭店大楼的顶端早已显得蒙蒙胧胧，这就使人感到夜色仿佛是从天而降的，"如同一幅垂帘"，"从二十四层楼上挂下来"，这种感觉虽然是错觉，却把大都市里黄昏到来时在人们心头的印象准确地表达出来，它不禁使人联想起李白的名句："暮从碧山下，山月随人归。"（《下终南山过斛斯山人宿置酒》）当然，在大都市上海，傍晚引人注目的不是随人归去的山月，而是它的灯光。果然，上海"打开她的百宝箱，/到处珠光闪闪"。

末节诗具体渲染了上海这个中国最现代化的都市璀璨的夜景：到处是"灯的峡谷，灯的河流，灯的山"。这种壮丽的景观当时只能在马路纵横、车流如河、高楼林立的大上海才能见到，也只有大上海才配得上这样的诗句。诗歌到此，诗思突然产生飞跃，从形容、描述上海夜景，升华为对上海市六百万人民的歌颂，诗人衷心赞美了上海人民无数双勤劳的手,创造了这种美丽的人间奇观。但诗人在表现自己的观感、思想时,并没有脱离艺术形象的创造作抽象的议论,而是展开灵动的想象,抓住上海夜景的特色,把勤劳智慧的上海人民比喻为诗人,把美丽的上海夜景比喻成是他们精心写就的一首"壮丽的诗篇",而"纵横的街道是诗行,/灯是标点"。诗作对上海景观的描写,既"不是'一瞬'的描摹",也"不是'单一的透视'"(叶维廉:《中国诗学》,北京:生活·读书。新知三联书店,1992,第152页),而是采用了中国山水画里常用的散点透视手法,也就是说,首先,诗人对上海景观的描写是依次在一定长度的时间里进行的。从时钟铰碎白天,到夜色挂下来,再到华灯初上,最后是灯火辉煌,表现出了一种时间上的次序性。其次,抒情主人公的视点是多变的,有平视(包括远、中、近视),如"上海关,钟楼,时针和分针""到处珠光点点";有仰视,如"夜色从二十四层高楼上挂下来""灯的山";还有俯视,"灯的峡谷,灯的河流",甚至末句的比喻也是鸟瞰式的,"纵横的街道是诗行,/灯是标点"。这种手法的好处是,可以"避开单一的视轴,而设法同时提供多重视轴来构成一个整体的环境"(叶维廉:《中国诗学》,北京:生活·读书·新知三联书店,1992,第152页)。

诗作表现出诗人具有很敏锐的艺术感受能力和表现能力。他能运用丰富的想象,把瞬间所得的艺术感觉通过生动、奇警的比喻,创造出新鲜的艺术形象,从而达到打动读者的艺术目的。像把上海的昼夜交替比喻为时钟的巨剪铰碎了白天,把夜色的降临比喻为一幅垂帘从二十四层高楼上挂下来,以及把上海美丽的夜景暗喻为壮丽的诗篇等,都是突出的例子。

哎，大森林！（存目）

——刻在烈士饮恨的洼地上

公 刘

导读

　　公刘的《哎，大森林！》最初发表于 1979 年 10 月号《星星》诗刊。诗篇是诗人从张志新烈士的殉难地沈阳大洼凭吊归来，有感于烈士的被害而写成的。这是一首愤世嫉俗、忧国忧民，蕴含着深刻的反思内容和对未来警戒的优秀诗作。诗的前一节，对"文化大革命"动乱的"喧嚣"，不停地"洗刷"和匆忙地"掩埋"表示了极大的愤慨。第二节，诗人对本来是生机勃勃的事物竟然会变得"枯朽""腐败"表示极度的痛苦。最后，诗人表达了对国家命运前途的极大忧虑，对"文革"历史可能重演的高度警觉。

　　诗中大量使用叠句以强化思想、强化感情。排比对偶的运用，也使诗篇节律整齐、音韵铿锵。特别是激烈词语的选用，并列递进句式的安排，使诗篇流荡着一种强烈的气势，更增强了它的战斗作用。

戈壁日出

李 瑛

当尖峭的冷风遁去，
荒原便沉淀下无垠的戈壁；
我们在拂晓骑马远行，
多么渴望一点颜色，一点温煦。
忽然地平线上喷出一道云霞。
淡青、橙黄、橘红、绀紫，
像褐色的荒碛滩头，
萎弃一片雉鸡的翎羽。
太阳醒来了——
它双手支撑大地，昂然站起，
窥视一眼凝固的大海，
便拉长了我们的影子。
我们匆匆地策马前行，
迎着壮丽的一轮旭日，
哈，仿佛只需再走几步，
就要撞进它的怀里。
忽然，它好像暴怒起来，
一下子从马头前跳上我们的背脊，
接着便抛出一把火给冰冷的荒滩，
然后又投出十万金矢……
于是，一片燥热的尘烟，
顿时便从戈壁上腾起，
干旱熏烤得人喘马嘶，
几小时我们便经历了四季。
从哪里飞来一片歌声，
雄浑得撼动戈壁——
我们的勘测队员正迎向前来，
在这里，我看见了人民意志的美丽！

1961 年 8 月

（选自《李瑛诗选》，四川人民出版社 1981 年版）

导读

李瑛(1926—   ),河北丰润人。《戈壁日出》绘声绘色地描写了戈壁荒原的日出奇观,抒发了主人公的独特感受,把日出前荒原的冷峭单调、黎明时云霞的瑰丽多彩、日出时旭日的壮丽辉煌、日出后戈壁的燥热难耐,都很有层次地表现出来,形象地层示了戈壁滩上严酷的自然环境。经过多方烘托渲染,铺垫蓄势,末节诗陡然一转,翻出意境,最后点明诗篇歌颂在荒无人烟的大戈壁中不辞辛劳地为祖国勘查宝藏的勘探队员的主题。

李瑛是一个具有敏锐的艺术感觉和独到的艺术表现才能的诗人。他善于抓住事物的特征,综合运用想象、夸张、通感等艺术手法,用新颖、逼真的比喻,创造生动、奇妙的艺术形象。像首句诗中"尖峭的冷风",就是采用视觉形象与感觉形象混合搭配的通感手法,含蓄地暗示了这里夜风犀利峻急、气温极低的特点,不动声色地点明一个"冬"字,从而呼应了末尾结束写景时的总结语:"几小时我们便经历了四季。"另外,像表现太阳刚从地平线上探头时景致的诗句:"太阳醒来了——/它双手支撑大地,昂然站起",以及迎着旭日骑马前行时感到"仿佛只需再走几步,/就要撞进它的怀里"的奇妙感觉,颇有"大漠孤烟直,长河落日圆"的边塞诗韵味。再如诗中表现太阳渐起而温度陡升的情景时,将之比喻为:太阳"它好像暴怒起来,/一下子从马头前跳上我们的背脊",并用"抛出一把火"和"投出十万金矢"来形容当时阳光四射照耀得人睁不开眼的感受,都是令人过目难忘的佳句诗作在构思方法上鲜明地体现出20世纪60年代初党的文艺政策调整时,进入宏大叙事的"抒情时期"歌颂性诗文作品普遍具有的某种特征:即在对自然景观的出色描写中,完成抒情主体由个人向时代的转换,进而达到歌颂、赞美时代的抒情目的。同类的作品有贺敬之的《桂林山水歌》、刘白羽的《长江三日》、杨朔的《雪浪花》等。

有　赠

曽　卓

我是从感情的沙漠上来的旅客，
我饥渴，劳累，困顿。
我远远地就看到你窗前的光亮，
它在招引我——我的生命的灯。
我轻轻地叩门，如同心跳。
你为我开门。
你默默地凝望着我，
（那闪耀着的是泪光么？）
你为我引路，掌着灯。
我怀着不安的心情走进你洁净的小屋，
我赤着脚，走得很慢，很轻，
但每一步还是留下了灰土和血印。
你让我在舒适的靠椅上坐下，
你微现慌张地为我倒茶，送水。
我眯着眼——因为不能习惯光亮，
也不能习惯你母亲般温存的眼睛。
我的行囊很小，
但我背负着的东西却很重，很重，
你看我的头发斑白了，我的背脊佝偻了，
虽然我还年轻。
一捧水就可以解救我的口渴，
一口酒就使我醉了，
一点温暖就使我全身灼热。
那么，我能有力量承担你如此的好意和温情么？
我全身颤栗，当你的手轻轻地握着我的，
我忍不住啜泣，当你的眼泪滴在我的手背。
你愿这样握着我的手走向人生的长途么？
你敢这样握着我的手穿过蔑视的人群么？
在一瞬间闪过了我的一生，
这神圣的时刻是结束也是开始，
一切过去的已经过去，终于过去了，
你给了我力量、勇气和信心。
你的含泪微笑着的眼睛是一座炼狱，

你的晶莹的泪光焚冶着我的灵魂，

我将在彩云般的烈焰中飞腾，

口中喷出痛苦而又欢乐的歌声⋯⋯

1961年11月

（选自《曾卓抒情诗选》，中国文联出版社1988年版）

导读

　　曾卓(1922—2002)，原名曾庆冠，原籍湖北黄陂，生于湖北武汉。《有赠》最初发表于1981年人民文学出版社出版的《白色花》。由于"胡风集团"冤案，曾卓在经受两年牢狱之苦和两年下放农村后，于1961年回到家中，与一直等着他归来的妻子重逢了。《有赠》一诗以朴实而生动的笔墨，抒写了亲人在长久分别后重聚时的情景，赞美了在孤苦无告的境遇里平凡朴实的爱情的神圣与伟大。经历了在情感沙漠中孤寂、艰难的漫长跋涉，诗人终于见到了爱人窗前温暖的灯光，太多刻骨的思念，太过长久的音讯杳无的分离，让即将来临的幸福成为生命难以承受之重。当诗人把灰土和血印留在身后，走进洁净的小屋，得到的是水、光明和母亲般温存的眼光。关怀与爱带给了诗人力量、勇气和信心，重逢把过去与未来、忧伤与欢乐、仇视与关爱交织为神圣的时刻。

　　家是旅人生命的港湾，诗人理所当然地为其营造一种温暖、光亮、舒适的氛围，但令人刺痛的句子不断地跳跃出来，使得诗的基调在两种相对的情绪中反复变换。作品蕴含着一股博大、厚积的情感力量，然而，历尽磨难对生命和艺术的理解趋于成熟的诗人，并没有任其喷薄而出，而是以一种缓慢、柔和的调子来表达浓烈的情感潜流。在诗艺上。诗篇采用了细致的、富有层次感的意象，真实地表现出了诗人在相逢那一刻丰富和复杂的内心情感，具有线条柔和明快的版画般的艺术品位。

母亲为儿子请罪

——为安慰孩子们而作

绿　原

对不起，他错了，他不该
为了打破人为的界限
在冰冻的窗玻璃上
画出了一株沉吟的水仙
对不起，他错了，他不该
为了添一点天然的色调
在万籁俱寂时分
吹出了两声嫩绿色的口哨
对不起，他错了，他不该
为了改造这心灵的寒带
在风雪交加的圣诞夜
划亮了一根照见天堂的火柴
对不起，他错了，他糊涂到
在污泥和阴霾里幻想云彩和星星
更不懂得你们正需要
一个无光、无声、无色的混沌
请饶恕我啊，是我有罪——
把他诞生到人间就不应该
我哪知道在这可悲的世界
他的罪证就是他的存在

1970 年
（选自《绿原文集》，武汉出版社 2007 年版）

导读

　　绿原(1922——　　)，原名刘仁甫，湖北黄陂人。《母亲为儿子请罪——为安慰孩子们而作》最初发表于1981年人民文学出版社出版的《白色花》。这首诗创作于诗人和整个民族都正值灾难之中的1970年，诗人用一种苍凉而绝望的心理对这个时代进行了无情的嘲讽和指控。在是非颠倒、黑白混淆的世界里，一个孩子所有正常的需求、美好的希望、健康的心理都"错了"，都需要父母"请罪"和发出"对不起"的道歉。这不由让人悲叹、痛心！诗作正是由此投射出强大的批判深度和控诉力度。在艺术传达方面，诗篇将正反两面对立起来，将正的说反，反的说正，起到深刻的讽刺和揭示效果。诗篇表述直接、明白，情感显在、外露，用清晰、浅显的意象呈示出诗人的思想意绪。

冬

穆 旦

我爱在淡淡的太阳短命的日子，
临窗把喜爱的工作静静做完；
才到下午四点，便又冷又昏黄，
我将用一杯酒灌溉我的心田。
多么快，人生已到严酷的冬天。
我爱在枯草的山坡，死寂的原野，
独自凭吊已埋葬的火热一年，
看着冰冻的小河还在冰下面流，
不知低语着什么，只是听不见。
呵，生命也跳动在严酷的冬天。
我爱在冬晚围着温暖的炉火，
和两三昔日的好友会心闲谈，
听着北风吹得门窗沙沙地响，
而我们回忆着快乐无忧的往年。
人生的乐趣也在严酷的冬天。
我爱在雪花飘飞的不眠之夜，
把已死去或尚存的亲人珍念，
当茫茫白雪铺下遗忘的世界，
我愿意感情的热流溢于心间，
来温暖人生的这严酷的冬天。

1976 年 12 月
（选自《穆旦诗文集》，人民文学出版社 2006 年版）

导读

　　穆旦（1918—1977），原名查良铮，祖籍浙江海宁，出生于天津。九叶诗派的代表人物。《冬》最早发表在 1980 年第二期《诗刊》上，全诗共分四章，此处所选取的为第一章。《冬》是穆旦季节组诗中的最后一组诗，这组诗歌把丰富的思想内涵、强烈的情感效果和精湛的艺术技巧融为一体，堪比杜甫在夔州时期创作的《秋兴八首》，被视为是穆旦晚年诗歌的压卷之作。

　　自然的季节与生命的季节相遇在冬天，在这样严酷的季节里，生命也走向它最后的时刻，但诗人并没有蹑躅于绝望的边缘，而是在死寂的原野里，在茫茫的白雪下，去触感自然、生命和情感的热流。诗人在时光与季节中感悟生命、思考人生，以舒缓深沉的节奏和平实朴素的笔调表达了从容、淡定、豁达的人生态度，同时，又蕴含了诗人在一个更为浩渺的时空里对历史与现实的深刻体认。《冬》诗形整饬、格律严谨、节奏分明，每一节的结尾以"严酷的冬天"互为呼应，使得作品具有一种深沉而强烈的情感力量。

山和海

陈敬容

相看两不厌,唯有敬亭山。

——李 白

高飞
没有翅膀
远航
没有帆
小院外
一棵古槐
做了日夕相对的
敬亭山
但却有海水
日日夜夜
在心头翻起
汹涌的波澜
无形的海啊
它没有边岸
不论清晨或黄昏
一样的深,一样的蓝
一样的海啊
一样的山
你有你的孤傲
我有我的深蓝

1979 年 4 月

（选自《陈敬容诗选》,四川人民出版社 1983 年版）

导读

陈敬容(1917—1989)，四川乐山人。九叶诗派的重要成员。《山和海》最初刊载于 1983 年黑龙江人民出版社出版的诗集《老去的是时间》。《山和海》是陈敬容诗艺成熟期创作的一首优秀作品，诗歌以简洁的意象和朴素的文字，展示了她细腻而丰富的情感，抒写了诗人在经历坎坷岁月后晚年容纳苦难的广阔胸怀。诗篇通过山与海的关系，拟喻、象征了诗人当下的生存态势：风烛残年，又身处病中，已是无翅翼可高飞，无风帆可远航，但这毕竟只是身体，而自己的内在生命里，仍有海水在激荡，仍有波澜在汹涌。因此，诗人的生命仍然是丰富的、充盈的，心态也是自豪的、满足的。诗篇在情感色彩上积极向上而非低沉消极。在艺术风格上，诗篇清远明澈，流畅自如，整首诗一韵到底，读来和谐爽口，很好地体现了诗人古典诗词的修养和对西方现代诗歌艺术的把握。

华南虎

牛 汉

在桂林
小小的动物园里
我见到一只老虎。
我挤在叽叽喳喳的人群中
隔着两道铁栅栏
向笼里的老虎
张望了许久许久，
但一直没有瞧见
老虎斑斓的面孔
和火焰似的眼睛。
笼里的老虎
背对胆怯而绝望的观众，
安详地卧在一个角落，
有人用石块砸它
有人向它厉声呵斥
有人还苦苦劝诱
它都一概不理！
又长又粗的尾巴
悠悠地在拂动，
哦，老虎，笼中的老虎，
你是梦见了苍苍莽莽的山林吗？
是屈辱的心灵在抽搐吗？
还是想用尾巴鞭击那些可怜而可笑的观众？
你的健壮的腿
直挺挺地向四方伸开，
我看见你的每个趾爪
全都是破碎的，
凝结着浓浓的鲜血！
你的趾爪
是被人捆绑着
活活地铰掉的吗？
还是由于悲愤
你用同样破碎的牙齿

（听说你的牙齿是被钢锯锯掉的）
把它们和着热血咬碎……
我看见铁笼里
灰灰的水泥墙壁上
有一道一道的血淋淋的沟壑
像闪电那般耀眼刺目！
我终于明白……

我羞愧地离开了动物园，
恍惚之中听见一声
石破天惊的咆哮，
有一个不羁的灵魂
掠过我的头顶
腾空而去，
我看见了火焰似的斑纹
火焰似的眼睛，
还有巨大而破碎的
滴血的趾爪！

1973 年 6 月

（选自《空旷在远方——牛汉诗文精选》，时代文艺出版社 2005 年版）

导读

　　牛汉（1923—2013），原名史承汉，生于山西定襄。《华南虎》最初发表于《诗刊》1982 年 2 月号。诗作写于 1973 年 6 月，展示的是"文化大革命"的特定时空。诗人以一颗敏感的心，强烈地感受到这种悲怆和苦难，同时也感受到了每一个有血性的中国人不屈的灵魂和挣脱禁锢、向往自由的顽强斗争精神。在诗作中，诗人把这苦难和血性赋予了一个有生命的肌体——被囚禁的华南虎。虎，在这里成为诗人生命与灵魂的符号，虎困厄艰难的生存状态，不仅是诗人当时生存状态的真实写照，而且是那个特殊年代中国知识分子共同命运的高度概括，铁笼恰是邪恶与桎梏的象征，正是它扭曲了原本属于旷野、属于深山、属于野性的生命，也正是在扭曲中，生命才爆发出更大的能量，显示出更顽强的意志、更崇高的灵魂。在艺术上，诗人既运用了现实性的描述，又运用了超现实的喻指。诗人把环境典型化，把虎拟人化，把充满哲理的思索、充满激情的想象和自己的人生体验，投射到处于困厄之中的华南虎身上，从而很好地传达了诗人的情感和思想。

这是四点零八分的北京

食　指

这是四点零八分的北京，
一片手的海浪翻动；
这是四点零八分的北京，
一声雄伟的汽笛长鸣。
北京车站高大的建筑，
突然一阵剧烈地抖动。
我双眼吃惊地望着窗外，
不知发生了什么事情。
我的心骤然一阵疼痛，一定是
妈妈缀扣子的针线穿透了心胸。
这时，我的心变成了一只风筝，
风筝的线绳就在母亲的手中。
线绳绷得太紧了，就要扯断了，
我不得不把头探出车厢的窗棂。
直到这时，直到这时候，
我才明白发生了什么事情。
——一阵阵告别的声浪，
就要卷走车站；
北京在我的脚下，
已经缓缓地移动。
我再次向北京挥动手臂，
想一把抓住她的衣领，
然后对她大声地叫喊：
永远记着我，妈妈啊北京！
终于抓住了什么东西，
管他是谁的手，不能松，
因为这是我的北京，
这是我的最后的北京。

1968 年 12 月 20 日
（选自《北京青年现代诗十六家》,漓江出版社 1986 年版）

导读

　　食指(1948—)，原名郭路生，山东鱼台人。《这是四点零八分的北京》最初刊载于1986年漓江出版社出版的《北京青年现代诗十六家》。这首诗展现了"历史的瞬间，撕心的伤痛"。这是诗人1968年到农村插队时写下的诗歌名篇。对于知识青年的上山下乡运动，当时主流诗歌所表现的思想意绪只能是政治所要求的歌颂、欢呼、拥护以及掩蔽了知青个人真实感受的高亢、激昂和热忱。然而，食指在列车开动的瞬间用诗歌记录下了自己即将告别生他养他的北京和与母亲分离时的留恋情感，记录下在动荡时代心理突然失去平衡的独特感受，表达对未来的忧虑、迷茫和青春的伤感。诗歌情感诚挚、体验真切，意象朴素、自然，诗情贴切、流畅。同时，诗人在这首诗中运用了现代主义的表现手法，如幻象、隐喻、变形，而且运用得十分娴熟，与思想意绪的传达紧密契合。

回 答

北 岛

卑鄙是卑鄙者的通行证，
高尚是高尚者的墓志铭。
看吧，在那镀金的天空中，
飘满了死者弯曲的倒影。
冰川纪过去了，
为什么到处都是冰凌？
好望角发现了，
为什么死海里千帆相竞？
我来到这个世界上，
只带着纸、绳索和身影，
为了在审判之前，
宣读那些被判决的声音：
告诉你吧，世界，
我——不——相——信！
纵使你脚下有一千名挑战者，
那就把我算做第一千零一名。
我不相信天是蓝的；
我不相信雷的回声；
我不相信梦是假的；
我不相信死无报应。
如果海洋注定要决堤，
就让所有的苦水注入我心中；
如果陆地注定要上升，
就让人类重新选择生存的峰顶。
新的转机和闪闪的星斗，
正在缀满没有遮拦的天空，
那是五千年的象形文字，
那是未来人们凝视的眼睛。

（选自《诗刊》1979 年第 3 期）

导读

北岛(1949—   )，原名赵振开，祖籍浙江湖州，生于北京。《回答》写于1976年"四五"天安门运动中，最早发表在1979年3月号的《诗刊》上。这是北岛最受赞誉、流传最广的诗篇之一。诗歌以其强烈的怀疑精神和严肃冷峻的批判态度，几乎概括了"文革"时代一部分觉醒的青年对现实生活的"回答"。诗以悖论式警句开头，一针见血地斥责和嘲讽了"文革"期间社会道德观念和人生价值颠覆的荒谬现实，以理性的思索表现了对丑恶的不合理现实的否定和批判。面对颠倒混乱的世界，"我"以第一千零一名挑战者的姿态发出了"告诉你吧，世界，/我——不——相——信"的呼号，表现了无畏的挑战者形象。"我不相信"四个排比句式的运用既表达了对这个罪恶荒谬世界的怀疑和否定，也显示了挑战者毫不妥协的意志和对真理、正义勇敢执着的追求。诗的第六节则显示了诗人宽广的胸怀和英雄的气概，同时也传达了对未来的乐观和信心，这种信心在诗的最后化为"闪闪星斗"和"凝视的眼睛"，预示着黑夜即将过去，民族又将新生。

该诗在体制上承接了20世纪六七十年代新诗的形式，但在情感抒发上已显出了"朦胧诗"的特点，将浪漫的激情和深沉的意象相交融，通过象征、暗示，诗人的主观境界过渡到了诗的世界，将诗人的郁愤、忧患意识以及抗争化为曲折激越而深刻的诗思，给现实以惊世骇俗的回答。该诗气魄宏大、风格冷峻、感情真挚，充满了个人英雄主义的激情，显示了诗人战士的风姿和思想者的理性光彩。

致橡树

舒　婷

我如果爱你——
绝不像攀援的凌霄花
借你的高枝炫耀自己；
我如果爱你——
绝不学痴情的鸟儿
为绿荫重复单调的歌曲；
也不止像泉源
长年送来清凉的慰藉；
也不止像险峰
增加你的高度，衬托你的威仪。
甚至日光。
甚至春雨。
不，这些都还不够！
我必须是你近旁的一株木棉，
作为树的形象和你站在一起。
根，紧握在地下
叶，相触在云里。
每一阵风过
我们都互相致意，
但没有人
听懂我们的言语。
你有你的铜枝铁干
像刀、像剑，
也像戟；
我有我红硕的花朵
像沉重的叹息，
又像英勇的火炬。
我们分担寒潮、风雷、霹雳；
我们共享雾霭、流岚、虹霓。
仿佛永远分离，
却又终身相依。
这才是伟大的爱情，
坚贞就在这里：

爱——
不仅爱你伟岸的身躯，
也爱你坚持的位置，足下的土地。

1977.3.27

（选自《诗刊》1979年第4期）

导读

　　舒婷(1952—　　)，原名龚佩瑜，祖籍福建泉州，现居厦门。朦胧诗派的代表作家之一。《致橡树》最早发表于《诗刊》1979年4月号上，它以柔中有刚的风格和深厚多义的内涵而成为舒婷早期诗歌的代表。诗以橡树和木棉作为抒情的对象，表达了一种新的爱情观念：鄙夷攀附、泯灭自我，反对无条件奉献和依附，歌颂追求独立平等的人格。诗作抒发了对理想爱情的追求，更表达了对独立人格的追求和女性意识的觉醒，有着比爱情更深广的内涵。

　　诗的开始以六个排比性的对偶假设句否定了爱情中依附陪衬和自我的泯灭，强调和肯定独立的人格和尊严。"我必须是你近旁的一株木棉，/作为树的形象和你站在一起"，这成为爱和独立人格的宣言。他们休戚与共，共担风雨，心灵相通，但人格独立，"爱，不仅爱你伟岸的身躯，/也爱你坚持的位置，足下的土地"。这是人的意识、女性意识的觉醒。只有彼此尊重，才能有真正的爱情，而真正的爱情才会产生真正意义上的人，这既是诗人的爱情理想，也是对更高层次的独立人格和自我价值的追求。

　　全诗以比喻和象征的手法抒情，将理性思考寓于具体的物象中，使读者不难从诗中感受到诗人的追求。

双桅船

舒　婷

雾打湿了我的双翼

可风却不容我再迟疑

岸啊，心爱的岸

昨天刚刚和你告别

今天你又在这里

明天我们将在

另一个纬度相遇

是一场风暴、一盏灯

把我们联系在一起

是一场风暴、另一盏灯

使我们再分东西

不怕天涯海角

岂在朝朝夕夕

你在我的航程上

我在你的视线里

1979 年 8 月
（选自《双桅船》，上海文艺出版社 1982 年版）

导读

　　《双桅船》写于 1979 年 8 月，上海文艺出版社 1982 年出版的舒婷第一部诗集即以它命名。

　　诗采用朦胧象征的意象来表达诗人的情感倾向和价值追求。诗人以双桅船自喻，一方面是理想追求的"灯"；另一方面是爱情向往的"岸"，船在大海的航程中追求自己的理想，又渴望在安全温暖的岸边栖息，但船是属于大海的，它必须在风浪中体现自己的价值，"是一场风暴、一盏灯/把我们联系在一起/是一场风暴、另一盏灯/使我们再分东西"。大海，不再是船与岸的阻隔，而是它们联系的纽带，爱在理想的寻求中、在生活的奋斗中得到升华，在互相的理解信赖中得到和谐："你在我航程上/我在你的视线里。"诗歌运用成对的意象，如风暴和灯、航程和视线、雾和风、昨天和今天、岸和船、你和我、告别和相遇，表达的是友情的期待、交流的渴望，作者祈求沟通、理解，相信心灵的往来，同时又拥有独立的自我。

　　诗中所蕴含的情感凝重而又细腻，既有浓浓的个人感叹，又有开阔的时代情怀。是舒婷诗歌风格的典型代表。

一代人（外三首）

顾 城

感 觉

天是灰色的
路是灰色的
楼是灰色的
雨是灰色的
在一片死灰之中
走过两个孩子
一个鲜红
一个淡绿

弧 线

鸟儿在疾风中
迅速转向
少年去捡拾
一枚分币
葡萄藤因幻想
而延伸的触丝
海浪因退缩
而耸起的背脊

远 和 近

你
一会看我
一会看云
我觉得
你看我时很远
你看云时很近

导读

顾城(1956—1993),原籍上海,生于北京。朦胧诗派的代表诗人之一。1980年《星星》诗刊第3期发表了《一代人》这首小诗——"黑夜给了我黑色的眼睛,/我却用它寻找光明。"虽只两行,18个字,却震动了整个诗坛,在读者的心中产生了强烈的共鸣,得到了人们的一致赞赏。它以简洁深邃的语言表达一代人的处境、心愿以及对真理执着探求的信念,是一首为一代人立言的诗。

诗歌没有直抒胸臆,而是用意象通过隐喻象征的方式,在漆黑的夜的帷幕上凸显一双不同寻常的"黑色的眼睛",这是一代人觉醒的象征(这对陷入夜的重围中的眼睛却在执着地寻求着光明)。黑夜与黑色两个意象叠加,与光明相衬,形成鲜明反差,即让人看到了那个窒息年代的夜的本质,也看到被压抑扭曲的一代人的反思与觉醒,而色彩的对比更强化了这种探求的坚毅和执着。

黑夜——眼睛——光明。顾城以一个简洁的意象组合,在有限和单纯中涵盖了时代历史转折关头特有的社会景象和人的心理状态,突破传统的习惯,以不和谐的意象组合,造成了触目惊心的艺术效果,带给人的不仅是视听,中击,更是灵魂的震撼,引人思索和回味。

《感觉》写于1980年。20世纪80年代随着审美的多元化,诗歌艺术一反过去的传统,呈现出开放的状态,诗歌的元素以及表现的内容更加开阔:历史的反思、自我的抒写,甚至是瞬间的感觉、印象,都可由意象隐喻暗示出来。这些意象可以是物,是风景,是色彩或线条。诗的首节展现了一幅灰色的天地:天、路、楼、雨是灰色的。在色彩上是欲扬先抑。在一片单调的灰色中,走过两个孩子,"一个鲜红""一个淡绿"。红绿两种鲜明而强烈的色彩打破了沉滞,带来生机和美的愉悦。诗中色彩虽有一定的象征性,但对美的欣赏和向往应该说是诗之欲诉,寻找美、表现美是顾城诗歌创作的目的,而爱美、爱新生的美,是诗人也是每个人共有的追求。

《弧线》写于1980年,诗以一条弧线串起四个具象画面:鸟儿的飞旋,少年的弯腰,葡萄藤弯曲的藤蔓,海浪翻腾的峰谷。在这首诗中,诗人痛切的生活经验、愤世嫉俗的思想感情,通过审美的视觉、直觉的感应,瞬间交融于这一系列富有隐喻的意象中,经过蒙太奇式的剪辑组合,建构了寓凌乱于整一的独具张力的诗歌结构,从而抽象出一种对人生世态的哲学思考。诗中呈现给我们视觉中的"弧线",已不是单纯的线条,而是一个发光的几何体,它从各个角度暗示了那个动乱的时代给人们心灵造成的卑俗与世故,触动人们警醒。这首诗多用象征和隐喻,可作多重理解,因此我们也可以根据自己的人生经验,各得其所。

《远和近》最早发表于1980年《诗刊》10月号上。初发时正值朦胧诗争论热潮,它被当成标志成为争论对象,诗虽简短,但含蓄耐人寻味,具有一种思辨美。

诗有两组关系、三个意象,以一个动作"看"连成整体。"你、我、云"三者中"你、我"是主体,"云"是参照物,"你、我"的关系没有交代,实际距离应该比云更近。但在我的直觉中,你我相隔"很远",你和云却相距"很近"。空间距离和心理距离产生了一种颠倒置换,这是我的主观感受,更是一种错觉,为何出错也没明言,留下想象的空间,让读者去填充。

诗中"云"象征着淳美的大自然,而"你、我"却深印着人际的烙印。当你看云时,无邪天真忘我的神情让我觉得你与云息息相通、亲密无间、近在咫尺,被大自然还原的你,真实可亲。而当你看我时,却一脸冷漠充满戒备,虽是咫尺却胜似天涯。诗中用"你""我""云"心理距离的变换,传达了现实生活中令人痛心的经验。在冷静的描述中,隐含着诗人对人性复归的自然愿望,对和谐人际关系的呼唤和向往。

诗似信手写来,却匠心独运,在简洁的意象中包含着人生的体验,抽象而不晦涩,冷静中蕴含热情,含蓄且意味深长。

中国,我的钥匙丢了

梁小斌

中国,我的钥匙丢了。
那是十多年前,
我沿着红色大街疯狂地奔跑,
我跑到了郊外的荒野上欢叫,
后来,
我的钥匙丢了。
心灵,苦难的心灵,
不愿再流浪了,
我想回家,
打开抽屉,翻一翻我儿童时代的画片,
还看一看那夹在书页里的
翠绿的三叶草。
而且,
我还想打开书橱,
取出一本《海涅歌谣》,
我要去约会,
我向她举起这本书,
作为我向蓝天发出的
爱情的信号。
这一切,
这美好的一切都无法办到,
中国,我的钥匙丢了。
天,又开始下雨,
我的钥匙啊,
你躺在哪里?
我想风雨腐蚀了你,
你已经锈迹斑斑了;
不,我不那样认为,
我要顽强地寻找,
希望能把你重新找到。
太阳啊,
你看见了我的钥匙了吗?
愿你的光芒,

为它热烈地照耀。
我在这广大的田野上行走，
我沿着心灵的足迹寻找，
那一切丢失了的，
我都在认真思考。

1979 年 12 月　1980 年 8 月
（选自《诗刊》1980 年第 10 期）

导读

　　梁小斌(1956—　　)，安徽合肥人。这首诗发表在 1980 年《诗刊》10 月号上。诗以儿童的口吻在回忆和倾诉的抒情中将一代人对历史和现实的反思，映现在一片童心之中，以一把丢失的钥匙表现一代人心灵的失落。通过对丢失钥匙的顽强寻找，来重建消逝的精神家园。

　　梁小斌和顾城一样，喜以童心看待世界，通过孩子的语言表达对生活的感知。在梁小斌看来，"单纯性是诗人的灵魂，不管多么了不起的发现，我都希望通过孩子的语言来说出"。改善人性、探索人的心灵是其诗歌创作的宗旨，而"心灵走过的道路，就是历史走过的道路"，通过对历史的追忆达到对心灵的反思。

　　家是人安全的居所，而心灵的家更是人灵魂的栖居所在，是人的精神家园。一把钥匙打开一个家门，诗中的"回家"自然是回归人的心灵之家——精神的家园。因为在那里珍藏着童年、三叶草、爱情诗和约会，这些美好的一切。然而这些美的事物连同那钥匙都在十多年前红色大街疯狂的奔跑和荒郊的欢叫中失落了。诗人借助钥匙这一意象，与"中国"并列，并与奔跑和欢叫相连，一下子使诗歌增添了丰厚的历史内涵和文化意蕴；这是对造成蒙昧和心灵野蛮的历史的控诉，是对纯洁心灵回归的呼唤。诗中表现了一代青年共同的心理特征——寻找，寻找失去的美好。

　　诗将象征与写实相契合，将孩子的纯真与历史的荒谬相交织，在儿童稚气的口吻中映射出时代的荒谬和纯净心灵世界的可贵与美好，在天真与沉郁的矛盾风格中，表现一代人灵魂的觉醒和心灵的回归。

小草在歌唱

——悼女共产党员张志新烈士

雷抒雁

风说:忘记她吧!
我已用尘土,
把罪恶埋葬!
雨说:忘记她吧!
我已用泪水
把耻辱洗光!
是的,多少年了,
谁还记得
这里曾是刑场?
行人的脚步,来来往往,
谁还想起,
他们的脚踩在
一个女儿、
一个母亲、
一个为光明献身的战士的心上?
只有小草不会忘记。
因为那殷红的血,
已经渗进土壤;
因为那殷红的血,
已经在花朵里放出清香!
只有小草在歌唱。
在没有星光的夜里,
唱得那样凄凉,
在烈日暴晒的正午,
唱得那样悲壮!
像要砸碎礁石的潮水
像要冲决堤岸的大江……

二

正是需要光明的暗夜,

阴风却吹灭了星光；
正是需要呐喊的荒野，
真理却被把嘴封上！
黎明。一声枪响，
在祖国遥远的东方，
溅起一片血红的霞光！
呵，年老的妈妈，
四十多年的心血，
就这样被残暴地泼在地上；
呵，幼小的孩子，
这样小小年纪，
心灵就刻下了
终生难以愈合的创伤！
我恨我自己
竟睡的那样死，
像喝过魔鬼的迷魂汤，
让辚辚囚车，
碾过我僵死的心脏！
我是军人，
却不能挺身而出，
像黄继光，
用胸脯筑起一道铜墙！
而让这罪恶的子弹，
射穿祖国的希望，
打进人民的胸膛！
我惭愧我自己，
我是共产党员，
却不如小草，
让她的血流进脉管，
日里夜里，不停歌唱……

三

虽然不是
面对勾子军的大胡子连长，
她却像刘胡兰一样坚强，
虽然不是
在渣滓洞的魔窟，
她却像江竹筠一样悲壮！
这是二十世纪，七十年代，
社会主义中国特殊的土壤里，
成长起的英雄
——丹娘！
她是夜明珠，

暗夜里，

放射出灿烂的光芒；

死,消灭不了她,

她是太阳,

离开了地平线,

却闪耀在天上！

我们有八亿人民,我们有三千万党员,

七尺汉子,

伟岸得像松林一样,

可是,当风暴袭来的时候,

却是她,冲在前边,

挺起柔嫩的肩膀,

肩起民族大厦的栋梁！

我曾满足于

月初,把党费准时交到小组长的手上;

我曾满足于,

党日,在小组会上滔滔不绝地汇报思想！

我曾苦恼,我曾惆怅,

专制下,吓破过胆子,

风暴里,迷失过方向！

如丝如缕的小草哟,

你在骄傲的歌唱,

感谢你用鞭子

抽在我的心上,

让我清醒！

昏睡的生活,

比死更可悲,

愚昧的日子,

比猪更肮脏！

四

就这样——

黎明。一声枪响,

她倒下去了,

倒在生她养她的祖国大地上。

她的琴呢?

那把她奏出过欢乐,

奏出过爱情的琴呢?

莫非就此成了绝响?

她的笔呢?

那支写过檄文,

写过诗歌的笔呢?

战士,不能没有刀枪！

我敢说,她不想死!
她有母亲:风烛残年,
受不了这多悲伤!
她有孩子:花蕾刚绽,
怎能落上寒霜!
她是战士,
敌人如此猖狂,
怎能把眼合上!
我敢说:她没想到会死。
不是有宪法么,
民主,有明文规定的保障;
不是有党章么,
共产党员应多想一想。
就像小溪流出山涧,
就像种子钻出地面,
发现真理,坚持真理,
本来就该这样!
可是,她却被枪杀了,
倒在生她养她的母亲身旁
法律呵,
怎么变得这样苍白,
苍白得像废纸一方!
正义呵,
怎么变得这样软弱,软弱得无处伸张!
只有小草变得坚强,
托着她的身躯,
抚着她的枪伤,
把白的,红的花朵,
插在她的胸前,
日里夜里,风中雨中,
为她歌唱……

五

这些人面豺狼,
愚蠢而又疯狂!
他们以为镇压,
就会使宝座稳当;
他们以为屠杀,
就能扑灭反抗!
岂不知烈士的血是火种,
播出去,
能够燃起四野火光!
我敢说:

如果正义得不到伸张，

红日，

就不会再升起在东方！

我敢说：如果罪行得不到清算，

地球，

也会失去份量！

残暴，注定了灭亡，

注定了"四人帮"的下场！

你看，从草地上走过来的是谁？

油黑的短发，

披着霞光；

大大的眼睛，

像星星一样明亮。

甜甜的笑，

谁看见都会永生印在心上！

母亲呵你的女儿回来了，

她是水，钢刀砍不伤；

孩子呵，你的妈妈回来了，

她是光，黑暗难遮挡！

死亡，不属于她，

千秋万代，

人们都会把她当作榜样！

去拥抱她吧，

她是大地的女儿，

太阳，

给了她光芒；

山冈，

给了她坚强；

花草，

给了她芳香！

跟她在一起，

就会看到希望和力量……

导读

　　雷抒雁(1942—　　)，陕西泾阳人。《小草在歌唱》原载《诗刊》1979 年 8 月号。这首近二百行的抒情长诗，以其炽热的情感、坦诚的态度、独特的角度以及直面现实和直面自我的勇气和胆识，表达了一个正义终将战胜邪恶，英雄永驻人间的时代主题。诗人自称它是一个年轻人为正义所鼓励，为愤怒所燃烧，为痛苦所折磨的大声呼喊和呻吟。但与以往的英雄颂歌不同，作者在礼赞英雄的同时对自我苟且偷生的状态进行深刻的剖析。而这种自我剖析的表达取向给当时的诗坛注入了一种非常可贵的反思与自省、质疑与考量的批判意识。

　　同时，诗人以"小草在歌唱"作为反复咏叹的抒情基调并以"小草"作为立意的视点，来咏志抒情，追求寓理于情、情理融合的艺术效果。一方面，平凡的小草，在诗人的笔下化成大义凛然、爱憎分明，柔韧而又顽强、坚实而又执着，并且被人格化了的艺术形象。而这些始终处在社会底层却又不乏生机的"小草"，无疑是普通大众的象征。因而在这个意义上小草的诉说，便是人民在诉说，小草的歌唱，便是人民的歌唱。柔弱、纤细、秀美的小草形象，却内蕴着坚定、执着、生生不息、奋斗不息的精神品质，这形象本身正是"挺起柔嫩的肩膀／肩起民族大厦的栋梁"的张志新烈士形象的生动写照。因此，"小草在歌唱"的另一个寓意，便是小草一般柔弱而坚强的生命，在用全部生命的赤诚去歌唱理想与光明。作品的结尾，作者以浪漫主义的手法，满怀激情地描绘了那个在想象中再生并被小草们簇拥着的英雄形象。她有着太阳的光芒、山冈般的坚强和花草的芳香，她披着霞光，从草地上走来，她带给人们"希望和力量"。因此，"小草在歌唱"便是一切正义、真理、希望在歌唱。

亚洲铜

海 子

亚洲铜，亚洲铜

祖父死在这里，父亲死在这里，我也会死在这里

你是唯一的一块埋人的地方

亚洲铜，亚洲铜

爱怀疑和爱飞翔的是鸟，淹没一切的是海水

你的主人却是青草，住在自己细小的腰上，

守住野花的手掌和秘密

亚洲铜，亚洲铜

看见了吗？那两只白鸽子，它是屈原遗落在沙滩上的白鞋子

让我们——我们和河流一起，穿上它吧

亚洲铜，亚洲铜

击鼓之后，我们把在黑暗中跳舞的心脏叫做月亮

这月亮主要由你构成

导读

　　海子（1964—1989），原名查海生，安徽安庆人。《亚洲铜》最初发表在《现代诗内部交流资料》。海子在《我热爱的诗人——荷尔德林》一文里说道："从荷尔德林我懂得，必须克服诗歌的世纪病——对于表象和修辞的热爱，必须克服诗歌中对于修辞的追求，对于视觉和官能感觉的刺激，对于细节琐碎的描绘。"从这个表述出发，海子的诗歌略去了传统诗歌法则里修辞技巧的。直观性，经常出现自由而离奇的语象组合，诗人突如其来的灵感产生出其不意的想象和奇崛灵动的表达。于是，《亚洲铜》乍一看比较难以把握，但我们还是能够找到理解它的线索。

　　诗歌从大自然元素、民族精神的元素"亚洲铜，亚洲铜"进入，展开人类生生不息的生命谱系和血脉："祖父死在这里，父亲死在这里，我也会死在这里。"落脚到一个"死"字，既是生命的传承，又是一种赴死的承担。一个"埋"字，既与大地与生命的本原相连通，又透着沉重与痛苦。

　　接下来出现了几个轻逸灵动的意象："鸟""青草""细小的腰""野花"，生命和历史的沉痛与厚重置换成空灵的想象和浪漫的诗境。这个"埋人"的大地上的几种大自然元素——"鸟""青草""野花"被海子加以奇妙的语象组合，变成诗的语言和呼吸，洋溢着勃勃的生命气息，以一种看似"细小"的力量，与"亚洲铜"滞重的意象构成平衡和对抗。使得这首抒写历史记忆的诗歌，带上了纯朴和幻想的青春气质。

　　"青草，住在自己细小的腰上，守住野花的手掌和秘密"，是一个奇妙的想象和组合。"白鸽子……是屈原遗落在沙滩上的白鞋子"，是另一个奇妙的想象和组合。屈原，这个被流放到"民间"的诗人，与大地上的各种自然元素交融，一起被海子从大地的深处召唤出来。

　　"黑暗中跳舞的心脏叫做月亮"是第三个奇妙的语象组合。"击鼓"带有一种仪式感，朝着原始的仪式进发，"黑暗中跳舞的心脏"与"鸟"、与"青草"、与"白鸽子"串联成一组永恒的生命力的因素。

山 民

韩 东

小时候,他问父亲
"山那边是什么"
父亲说"是山"
"那边的那边呢"
"山,还是山"
他不作声了,看着远处
山第一次使他这样疲倦
他想,这辈子是走不出这里的群山了
海是有的,但十分遥远
他只能活几十年
所以没等到他走到那里
就已死在半路上
死在山中
他觉得应该带着老婆一起上路
老婆会给他生个儿子
到他死的时候
儿子就长大了
……
他不再想了
儿子也使他很疲倦
他只是遗憾
他的祖先没有像他一样想过
不然,见到大海的该是他了

(选自《青春》1982 年第 8 期)

导读

韩东(1961—　　),江苏南京人。1984 年与于坚、丁当等组织"他们"文学社。

《山民》一诗采用了"愚公移山"的隐形故事与结构,许多地方跟"愚公移山"构成对应:像愚公意识到山挡住了自己的视野一样,"山民"也将自己的视线突破眼前的山,向远方、向大海伸展。也对自己的生存现状感到了不满,有了开拓新的生活空间的打算。愚公组织家人移掉大山,"山民"也开始上路,并且带家眷上路,向远方出发。像愚公一样,"山民"也知道"子又生孙,孙又生子"——"老婆会给他生个儿子"。但是,诗歌不断出现偏离，愚公的人定胜天，到"山民"这里，是"山第一次使他这样疲倦"；愚公的生生不息，到"山民"这里，是"儿子也使他很疲倦"。反讽就出现了，韩东在别人看到生命力勃发的地方，看到了平庸和怠惰。于是诗歌成了对"愚公移山"的戏仿。结尾的反讽意味更加浓厚，"山民"从向往外面世界、意欲开拓，到疲倦，到寄希望于儿子，到最后干脆埋怨祖先"没有像他一样想过，不然……"，怠惰有了最好的借口，而且心安理得，于是这种封闭保守的超稳状态得以恶性循环。这里既构成了对超稳状态中老一代山民的反思，又对这个曾经雄心勃勃要带老婆上路的"山民"形象予以彻底的消解。

这种消解又使《山民》生出另外的意义，对"远方"、对"未来"进行了消解。这个山民只为现在没看到大海感到遗憾，他只关心此时此地的"存在"。这正是韩东等新生代诗人自身观念的反映，他们认为生命是一个个感觉瞬间的连续。

啤酒瓶盖

于 坚

不知道叫它什么才好　刚才它还位居宴会的高处
一瓶黑啤酒的守护者　不可或缺　它有它的身份
意味着一个黄昏的好心情　以及一杯泡沫的深度
在晚餐开始时嘭地一声跳开了　那动作很像一只牛蛙
侍者还以为它真的是　以为摆满熟物的
餐桌上竟有什么复活
他为他的错觉懊恼　立即去注意一根牙签了
他是最后的一位　此后　世界就再也想不到它
词典上不再有关于它的词条　不再有它的
本义引义和转义
而那时原先屈居它下面的瓷盘　正意味着一组川味
餐巾被一只将军的手使用着　玫瑰在盛开　暗喻出高贵
它在一道奇怪的弧线中离开了这场合　这不是它的弧线
啤酒厂　从未为一瓶啤酒设计过这样的线
它现在和烟蒂　脚印　骨渣以及地板这些脏物在一起
它们互不相干　一个即兴的图案　谁也不会对谁有用
而它还更糟　一个烟蒂能使世界想起一个邋遢鬼
一块骨渣意味着一只猫或狗　脚印当然暗示了某人的一生
它是废品　它的白色只是它的白色　它的形状只是它的形状
它在我们的形容词所能触及的一切之外
那时我尚未饮酒　是我把这瓶啤酒打开
因而我得以看它那么陌生地一跳　那么简单地不在了
我忽然也想像它那样"嘭"地一声　跳出去　但我不能
身为一本诗集的作者和一具六十公斤的躯体
我仅仅是弯下腰　把这个白色的小尤物拾起来
它那坚硬的　齿状的边缘　划破了我的手指
使我感受到某种与刀子无关的锋利

1991 年 2 月

导读

于坚(1954—　)，生于昆明。1979 年发表诗作，1984 年与韩东、丁当创办《他们》杂志。出版有诗集《诗六十首》《宝地》《对一只乌鸦的命名》。

　　这首诗同于坚的其他许多诗一样，是他诗歌主张的实践。于坚尖锐地指出，诗歌的现成传统错误地相信"只有过去的、遥远的、神秘的、原始的、古典的或西方的、不可企及的东西才是美的、诗的"，认定"日常生活总是灰色的、丑的、非诗的"。于坚持相反的观点："诗歌已经到达那片隐藏在普通人平淡无奇的日常生活底下的个人心灵的大海。"他的诗歌创作也就正是对乌托邦的告别，向日常经验、生存现场的逼近。《啤酒瓶盖》展开的是日常生活最琐碎的部分：宴会上的啤酒，启开后瓶盖以一道弧线离开，加入地上的烟蒂、骨渣之中。于坚对这一极细微的细节的注意和精致描绘，就是要密切和生活的关系，要将我们的审美注意从那些遥远的、神秘的、不可企及的东西拉开，拉回到现场。事实上，这样一个琐碎的世俗的生活场景，经由于坚的看似平淡实则饶有韵味的铺排和抒写，同样具有一种"陌生化"的效果。于坚的诗歌是他自己所说的"拒绝隐喻"的写作，是类似法国新小说的所谓"物化写作"，《啤酒瓶盖》一诗像静物写生一样地细致描摹一个瓶盖离开餐桌的弧线、和烟蒂等在一起的图案、坚硬的触感等，在传统诗歌一般要"升华"的地方"拒绝升华"，要给予"隐喻"和"象征"的地方"拒绝隐喻象征"，撩开集体意识，还原本真的日常的面目。将所谓意义悬搁，还原物自体，"词典上不再有关于它的词条不再有它的本义引义和转义"，"它在我们的形容词所能触及的一切之外"。"它是废品它的白色只是它的白色它的形状只是它的形状"。"我忽然也想像它那样'嘭'地一声跳出去"，传统诗写到这里，多半会展开去，但是于坚阻断了这种"升华"式的想象，不无反讽地说："一具六十公斤的躯体……仅仅是弯下腰……划破了我的手指"，始终是生活的原生象。

散　文

小橘灯

冰　心

这是十几年以前的事了。

在一个春节前一天的下午，我到重庆郊外去看一位朋友。她住在那个乡村的乡公所楼上。走上一段阴暗的反反的楼梯，进到一间有一张方桌和几张竹凳、墙上装着一架电话的屋子，再进去就是我的朋友的房间，和外间只隔一幅布帘。她不在家，窗前桌上留着一张条子，说是她临时有事出去，叫我等着她。

我在她桌前坐下，随手拿起一张报纸来看，忽然听见外屋板门吱地一声开了。过了一会，又听见有人在挪动那竹凳子。我掀开帘子，看见一个小姑娘，只有八九岁光景，瘦瘦的苍白的脸，冻得发紫的嘴唇，头发很短，穿一身很破旧的衣裤，光脚穿一双草鞋，正在登上竹凳想去摘墙上的听话器，看见我似乎吃了一惊，把手缩了回来。我问她："你要打电话吗？"她一面爬下竹凳，一面点头说："我要医院，找胡大夫，我妈妈刚才吐了许多血！"我问："你知道医院的电话号码吗？"她摇了摇头说："我正想问电话局……"我赶紧从机旁的电话本子里找到医院的号码，就又问她："找到了大夫，我请他到谁家去呢？"她说："你只要说王春林家里病了，她就会来的。"

我把电话打通了，她感激地谢了我，回头就走。我拉住她问："你的家远吗？"她指着窗外说："就在山窝那棵大黄果树下面，一下子就走到的。"说着就登、登、登地下楼去了。

我又回到屋里去，把报纸前前后后都看完了，又拿起一本《唐诗三百首》来，看了一半，天色越发阴暗了，我的朋友还不回来。我无聊地站了起来，望着窗外浓雾里迷茫的山景，看到那棵黄果树下面的小屋，忽然想去探望那个小姑娘和她生病的妈妈。我下楼在门口买了几个大红的橘子，塞在手提袋里，顺着歪斜不平的石板路，走到那小屋的门口。

我轻轻地扣着板门，发出清脆的"咚咚"声，刚才那个小姑娘出来开了门，抬头看了我，先愣了一下，后来就微笑了，招手叫我进去。这屋子很小很黑，靠墙的板铺上，她的妈妈闭着眼平躺着，大约是睡着了，被头上有斑斑的血痕，她的脸向里侧着，只看见她脸上的乱发，和脑后的一个大髻。门边一个小炭炉，上面放着一个小沙锅，微微地冒着热气。这小姑娘把炉前的小凳子让我坐了，她自己就蹲在我旁边，不住地打量我。我轻轻地问："大夫来过了吗？"她说："来过了，给妈妈打了一针……她现在很好。"

她又像安慰我似地说："你放心，大夫明早还要来的。"我问："她吃过东西吗？这锅里是什么？"她笑说："红薯稀饭，我们的年夜饭。"我想起了我带来的橘子，就拿出来放在床边的小矮桌上。她没有作声，只伸手拿过一个最大的橘子来，用小刀削去上面的一段皮，又用两只手把底下的一大半轻轻地揉捏着。

我低声问："你家还有什么人？"她说："现在没有什么人，我爸爸到外面去了……"她没有说下去，只慢慢地从橘皮里掏出一瓣一瓣的橘瓣来，放在她妈妈的枕头边。

炉火的微光，渐渐地暗了下去，外面更黑了。我站起来要走，她拉住我，一面极其敏捷地拿过穿着麻线的大针，把那小橘碗四周相对地穿起来，像一个小筐似的，用一根小竹棍挑着，又从窗台上拿了一段短短的洋蜡头，放在里面点起来，递给我说："天黑了，路滑，这盏小橘灯照你上山吧！"

我赞赏地接过，谢了她，她送我出到门外，我不知道说什么好，她又像安慰我似地说："不久，我爸爸一定会回来的。那时我妈妈就会好了，一定！"她用小手在面前画一个圆圈，最后按到我的手上："我们大家也都好了！"显然地，这"大家"也包括我在内。泪水在我眼中打转……

我提着这灵巧的小橘灯，慢慢地在黑暗潮湿的山路上走着。这蒙眬的橘红的光，实在照不了多远，但这小姑娘的镇定、勇敢、乐观的精神鼓舞了我，我似乎觉得眼前有无限光明！

　　我的朋友已经回来了，看见我提着小橘灯，便问我从哪里来。我说："从……从王春林家来。"她惊异地说："王春林，那个木匠，你怎么认得他？去年山下医学院里，有几个学生，被当作共产党抓走了，以后王春林也失踪了，据说他常替那些学生送信……"

　　当夜，我就离开那山村，再也没有听见那小姑娘和她母亲的消息。

　　但是从那时起，每逢春节，我就想起那盏小橘灯。十二年过去了，那小姑娘的爸爸一定早回来了。她妈妈也一定好了吧？因为我们"大家"都"好"了！

忆上海

靳 以

我对着这个跳动的菜油灯芯已经呆住了许久，我想对于我曾经先后住过八年的上海引起一些具体的思念和忆恋来；可是我失败了。时间轻轻地流过去，笔尖的墨干了又濡，濡了又干，眼前的一张纸仍然保持它的洁白，不曾留下一丝痕迹。我写，勉强地把笔尖划着纸面；可是要我写些什么呢？首先我就清晰地知道，上海距我所住的地方有几千里的路程，从前只要四天或是五天的时候，就可以顺流而下的，如今我若是起了一个念头，那么我就要应用各种不同的交通工具，花费周游世界的时日，才能达到我的目的。但是这样艰苦的旅程完成之后，对我将一无乐趣，仿佛投火的飞蛾一般，忍受烈焰的焚烧。否则我只得像一个失去了感觉的动物一样，蛰伏着，几乎和死去一般。但是一切是我所企求的么？每个人都可以代我回答出来的。然而要我在这个小市镇里，一切物质文明和精神文明，都要先从我们生活的这个年代数回一百年或是二百年，去遥念那个和世界上任何大都市全不显得逊色的上海，我们往日的记忆，都无凭依了。我先让你们知道我们穿的是土布衫，行路是用自己的两条腿或是把自己一身的分量都加在两个人肩上的"滑竿"，我们看不见火车，连汽车也不大看见（这时常使我想到有一天我们再回到那个繁华的大城里，是不是也同一些乡下人一样，望到汽车就显得不知所措），没有平坦路的，却有无数的老鼠横行，（这些老鼠都能咬婴孩的鼻子！）没有百货店，只有逢三六九的场，卖的也无非是鸡，鸭，老布，陶器，炒米，麦芽糖……

我们过的是简单而朴实的日子，我的心是较自由，较快乐的；可是我总有一份不安的情绪。仿佛我时时都在准备着，一直到那一天，我就可以提了行囊上路。许多人都是如此，许多人也是这样坚信着。从前我们信赖别人，我们不能加以决定的论断，现在我们用自己的力量，所以我们才可以这样说。我都不敢多想，因为怕那过于兴奋的情感使我中夜不眠。

什么使我这样惦记着上海呢？那个嘈杂的城不是在我只住了两三天就引起我的厌烦而加以诅咒么？初去的时节好像连誓也发过了，说是那样的城市再也不能住下去，那些吃大雪茄红涨着脸的买办们，那些凶恶相的流氓地痞们，那些专欺侮乡下人的邮局银行职员老爷们……可是渐渐地我也习惯了，因为知道都是为了钱的缘故，所以人们才那样不和善，假使在自己的一面把钱看得谈了，自然就有许多笑脸从旁偎过来，于是生活就显得并不那样可厌了。几年的日子就在这样的试验中度过，一切可鄙的丑恶的隐去它们的棱角，在这个"建基于金钱和罪恶的大城市"中，我终于也遇到些可爱的人；他们自然不是吸吮他人血肉的家伙们，他们更不是依附在外人势力下的寄生虫，他们也不是油头粉面蓄着波浪式头发的醉生梦死的青年……除开人，那个地方后来也居然能使我安心地住下来了。在嘈杂中我也能安静下来，有时我挤在熙攘的人群中，张大眼睛去观看；到我感到厌烦的时节，我就能一个人躲回我自己的小房子里。市声尽管还喧闹地从窗口流进来，街车的经过虽然还使我的危楼微微震颤着；可是我可以不受一点惊扰，因为我个人已经和这个大城的脉搏相调谐了。

但是它也和我们整个的民族有同一的命运，在三十个月以前遭受无端的危难。虽然如今它包容了更多的居民，显露着畸形的繁荣；火曾在它的四周烧着，飞机曾在上空盘旋，子弹像雨似地落下来，从四方向着四方，掠过这个城的天空，飞滚着火红的炮弹。人并不恐惧，有的还私自祝祷着；好了，一齐毁灭吧，我们不把一根草留给我们的敌人。

它却不曾毁灭，而今它还屹然地巍立着，它是群丑跳梁的场所；可是也有正义的手在开拓光明的路，也有高亢的呼声，引导着百万的大众，为了这一切它才更有力地引着我的眼睛和我的心，从不可见的远处望回去，从没有着落的思念中向着它的那一面。

我想念些什么呢？使我念念不忘的难道是那些仍然得意地过着成功的日子的一些人么？或是那一座高楼，应该造得成形了，使那个城有了更高的建筑，也许又造了一所更高更大的划破了那被奸污的天空？也许我只是从利禄的一面看，计算着有多少新贵或是由于特殊环境成为百万富翁的人？

这一切的事，有的是我想得到的，有的我不能想到；但是我总可以确定地说上海是在变，向好的方面或是向坏的方面。真是坚定地保持那不变的原质的该是大多数人那一颗火热的心，那只是一颗心，一颗伟大的心。

我看见过它，当无数的青年男女舍弃自身一切的幸福，安逸的日子，终日地劳作，甚至牺牲自己的生命；我又看见过它，当着那一支孤军和那一面旗，最后地点缀着蔚蓝的天空，河的这一面是数不清的企望的头和挥摇的手臂，河的那一面，在炮火的下面，在铁丝网的下面，是年青的人和食品一齐滚进去；我再看见它。

当着节日，招展在天空的，门前的都是大大小小鲜红的国旗，好像把自己的一颗热诚的心从胸膛里掏出高高挑起来，还像说："喂，来吧，试试看，这就是我们的心，我们的意志！"

假使那时候我能跳到半天空我该看到怎么样的一个奇景呵！无数的旗将成为一面大旗，覆在旗下的心，也只有一颗大心；这颗心，一直在经历艰辛的折磨，丢去所有不良的杂质，它是更坚实，更完美的了。在我们的心里，他是一颗遥远的灿烂的星子，不，它是一个太阳；在他们的那一面，它是一个毒癌，不是医药可以生效的，不是应用手术可以割除的，它生根地长着，不动摇，不晦暗，一直等到我最后胜利的一天！

当着那一天到来，朋友们，我将急切地投向你们的怀中：那时我们要说些什么呢？我们是絮絮地述说着几年来的辛苦，还是用为欢乐而充满了泪的眼相互地默望呢？朋友们，时候迫切了，为了免去临时的仓皇，让我们好好想过一下吧。

记一辆纺车

吴伯箫

我曾经使用过一辆纺车，离开延安那年，把它跟一些书籍一起留在蓝家坪了。后来常常想起它。想起它，就像想起旅伴，想起战友，心里充满着深切的怀念。

那是一辆普通的纺车。说它普通，一来是它的车架、轮子、锭子跟一般农村用的手摇纺车没有什么两样；二来是它是延安上千上万辆纺车中的一辆。那个时候在延安，无论是机关的干部，学校的教员和学员，部队的指挥员和战斗员，在工作、学习、练兵的间隙里，谁没有使用过纺车呢？纺车跟战斗用的枪、耕田用的犁、学习用的书和笔一样，成为大家亲密的伙伴。

在延安，纺车是作为战斗的武器使用的。那是在抗日战争最艰苦的年月，国民党反动派发动反共高潮，配合日寇重重封锁陕甘宁边区，想困死我们。我们边区军民热烈响应毛主席的"自己动手，丰衣足食"的伟大号召，结果彻底粉碎了敌人困死我们的阴谋。在延安的人，在所有抗日根据地的人，不但吃得饱，穿得暖，而且坚持了抗战，取得了抗战的最后胜利。开荒，种庄稼，种蔬菜，是足食的保证；纺羊毛，纺棉花，是丰衣的保证。

大家用自己纺的毛线织毛衣，织呢子，用自己纺的棉纱合线，织布。同志们穿的衣服鞋袜，有的就是自己纺的线织的布或者跟同志换工劳动做成的。开垦南泥湾的部队甚至能够在打仗练兵和进行政治、文化学习而外，纺毛线给指战员做军装呢。同志们亲手纺的线织的布做成衣服，穿着格外舒适，也格外爱惜。那个时候，人们对一身灰布制服，一件本色的粗毛线衣，或者自己打的一副手套，一双草鞋，都很有感情。衣服旧了，破了，也"敝帚自珍"，舍不得丢弃。总是脏了洗洗，破了补补，穿了一水又穿一水，穿了一年又穿一年。衣服只要整齐干净，越朴素穿着越称心。华丽的服装只有演员演戏的时候穿，平时不要说穿，就连看着也觉得碍眼。在延安，美的观念有更健康的内容，那就是整洁，朴素，自然。

纺线，劳动量并不太小，纺久了会腰酸胳膊疼；不过在刻苦学习和紧张工作的间隙里纺线，除了经济上对敌斗争的意义而外，也是一种很有兴趣的生活。纺线的时候，眼看着匀净的毛线或者棉纱从拇指和食指之间的毛卷里或者棉条里抽出来，又细又长，连绵不断，简直有艺术创作的快感。摇动的车轮，旋转的锭子，争着发出嗡嗡、嘤嘤的声音，像演奏弦乐，像轻轻地唱歌。那有节奏的乐音和歌声是和谐的，优美的。

纺线也需要技术。车摇慢了，线抽快了，线就会断头；车摇快了，线抽慢了，毛卷、棉条就会拧成绳，线就会打成结。摇车抽线配合恰当，成为熟练的技巧，可不简单，很需要下一番功夫。初学纺线，往往不知道劲往哪儿使。一会儿毛卷拧成绳了，一会儿棉纱打成结了，急得人满头大汗。性子躁一些的甚至为断头接不好而生纺车的气。可是关纺车什么事呢？尽管人急得站起来，坐下去，一点也没有用，纺车总是安安稳稳地待在那里，像露出头角的蜗牛，像着陆停驶的飞机，一声不响，仿佛只是在等待，等待。直等到纺线的人心平气和了，左右手动作协调，用力适当，快慢均匀了，左手拇指和食指之间的毛线或者棉纱就会像魔术家帽子里的彩绸一样无穷无尽地抽出来。那仿佛不是用羊毛、棉花纺线，而是从毛卷里或者棉条里往外抽线。线是现成的，早就藏在毛卷或者棉条里了。熟练的纺手趁着一线灯光或者朦胧的月色也能摇车，抽线，上线，一切做得从容自如。线绕在锭子上，线穗子一层一层加大，直到大得沉甸甸的，像成熟了的肥桃。从锭子上取下穗子，也像从果树上摘下果实，劳动以后收获的愉快，那是任何物质享受都不能比拟的。这个时候，就连起初生过纺车的气的人也对纺车发生了感情。那种感情，是凯旋的骑士对战马的感情，是"仰手接飞猱，俯身散马蹄"的射手对良弓的感情。

纺线有几种姿势：可以坐着蒲团纺，可以坐着矮凳纺，也可以把纺车垫得高高的站着纺。站着纺线，步子有进有退，手臂尽量伸直，像"白鹤亮翅"，一抽线能拉得很长很长。这样气势最开阔，肢体最舒展，兴致高的时候，很难说那究竟是生产还是舞蹈。

为了提高生产率，大家也进行技术改革，在轮子和锭子之间安装加速轮，加快锭子旋转的速度，把手工生产的工具改成半机械化。大多数纺车是从纺羊毛、纺棉花的劳动实践中培养出来的木工做的；安装加速轮也是大家从劳动实践中摸索出来的创造发明。从劳动实践中还不断总结出一些新的经验。譬如纺羊毛跟纺棉花有不同的要求，羊毛要松一些，干一些，棉花要紧一些，潮一些。因此弹过的羊毛折成卷，弹过的棉花搓成条之后，烘晒毛卷和润湿棉条都得有一定的分寸。这些技术经验，不靠实践是一辈子也不会知道其中的奥妙的。

为了交流经验，共同提高，纺线也开展竞赛。三五十辆或者百几十辆纺车摆在一起，在同一段时间里比纺线的数量和质量。成绩好的有奖励，譬如奖一辆纺车，奖手巾、肥皂、笔记本之类。那是很光荣的。更光荣的是被称为纺毛突击手、纺纱突击手。举行竞赛，有的时候在礼堂，有的时候在窑洞前边，有的时候在山根河边的坪坝上。在坪坝上竞赛的场面最壮阔，"沙场秋点兵"或者能有那种气派。不，阵容相似，热闹不够。那是盛大的节日赛会的场面。只要想想，天地是厂房，深谷是车间，幕天席地，群山环拱，世界上哪个地方哪个纺织厂有那样的规模？你看，整齐的纺车行列，精神饱满的竞赛者队伍，一声号令，百车齐鸣，别的不说，只那嗡嗡的响声就有飞机场上机群起飞的气势。那哪里是竞赛，那是万马奔腾，在共同完成一项战斗任务。因此竞赛结束的时候，无论纺得多的还是纺得比较少的，得奖的还是没有得奖的，大家都感到胜利的快乐。

就这样凭劳动的双手，自力更生。纺线，不只在经济上保证了革命根据地的军民有衣穿，不只使大家学会了一套生产劳动的本领，而且在思想上教育了大家，使大家认识劳动"本身成了生活的第一需要"的意义，自觉地"克服那种认为劳动只是一种负担，凡是劳动都应当付给一定报酬的习惯"。在劳动的过程里，很少有人为了个人的什么斤斤计较；倒是为集体做了些什么有意义的事情，才感到是真正的幸福。

就因为这些，我常常想起那辆纺车。想起它就像想起旅伴和战友，心里充满着深切的怀念。围绕着这种怀念，也想起延安的种种生活。在党中央和毛主席的周围工作，学习，劳动，同志的友谊，革命大家庭的温暖，把大家团结得像一个人。真是既团结，紧张，又严肃，活泼。那时候，物质生活曾经是艰苦的、困难的吧，但是，比起无限丰富的精神生活来，那算得了什么！凭着崇高的理想、豪迈的气概、乐观的志趣，克服困难不也是一种享受吗？

跟困难作斗争，其乐无穷。

香山红叶

杨　朔

　　早听说香山红叶是北京最浓最浓的秋色，能去看看，自然乐意。我去的那日，天也作美，明净高爽，好得不能再好了；人也凑巧，居然找到一位老向导。这位老向导就住在西山脚下，早年做过四十年的向导，胡子都白了，还是腰板挺直，硬朗得很。

　　我们先邀老向导到一家乡村小饭馆里吃饭。几盘野味，半杯麦酒，老人家的话来了，慢言慢语说："香山这地方也没别的好处，就是高，一进山门，门槛跟玉泉山顶一样平。地势一高，气也清爽，人才爱来。春天人来踏青，夏天来消夏，到秋天——"一位同游的朋友急着问："不知山上的红叶红了没有？"老向导说："还不是正时候。南面一带向阳，也该先有红的了。"于是用完酒饭，我们请老向导领我们顺着南坡上山。好清静的去处啊。沿着石砌的山路，两旁满是古松古柏，遮天蔽日的，听说三伏天走在树荫里，也不见汗。

　　老向导交叠着两手搭在肚皮上，不紧不慢走在前面，总是那么慢言慢语说："原先这地方什么也没有，后面是一片荒山，只有一家财主雇了个做活的给他种地、养猪。猪食倒在一个破石槽里，可是倒进去一点食，猪怎么吃也吃不完。那做活的觉得有点怪，放进石槽里几个铜钱，钱也拿不完，就知道这是个聚宝盆了。到算工账的时候，做活的什么也不要，单要这个石槽。一个破石槽能值几个钱？财主乐得送个人情，就给了他。石槽太重，做活的扛到山里，就扛不动了，便挖个坑埋好，怕忘了地点，又拿一棵松树和一棵柏树插在上面做记号，自己回家去找人帮着抬。谁知返回来一看，满山都是松柏树，数也数不清。"谈到这儿，老人又慨叹说："这真是座活山啊。有山就有水，有水就有脉，有脉就有苗，难怪人家说下面埋着聚宝盆。"

　　这当儿，老向导早带我们走进一座挺幽雅的院子，里边有两眼泉水。石壁上刻着"双清"两个字。老人围着泉水转了转说："我有十年不上山了，怎么有块碑不见了？我记得碑上刻的是'梦赶泉'。"接着又告诉我们一个故事，说是元朝有个皇帝来游山，倦了，睡在这儿，梦见身子坐在船上，脚下翻着波浪，醒来叫人一挖脚下，果然冒出股泉水，这就是"梦赶泉"的来历。

　　老向导又笑笑说："这都是些乡村野话，我怎么听来的，怎么说，你们也不必信。"

　　听着这个白胡子老人絮絮叨叨谈些离奇的传说，你会觉得香山更富有迷人的神话色彩。我们不会那么煞风景，偏要说不信。只是一路上山，怎么连一片红叶也看不见？

　　老人说："你先别急，一上半山亭，什么都看见了。"

　　我们上了半山亭，朝东一望，真是一片好景。莽莽苍苍的河北大平原就摆在眼前，烟树深处，正藏着我们的北京城。也妙，本来也算有点气魄的昆明湖，看起来只像一盆清水。万寿山、佛香阁，不过是些点缀的盆景。我们都忘了看红叶。红叶就在高头山坡上，满眼都是，半黄半红的，倒还有意思。可惜叶子伤了水，红的又不透。要是红透了，太阳一照，那颜色该有多浓。

　　我望着红叶，问："这是什么树？怎么不大像枫叶？"

　　老向导说："本来不是枫嘛。这叫红树。"就指着路边的树，说："你看看，就是那种树。"路边的红树叶子还没红，所以我们都没注意。我走过去摘下一片，叶子是圆的，只有叶脉上微微透出点红意。

　　我不觉叫："哎呀！还香呢。"把叶子送到鼻子上闻了闻，那叶子发出一股轻微的药香。

　　另一位同伴也嗅了嗅，叫："哎呀！是香。怪不得叫香山。"

　　老向导也慢慢说："真是香呢。我怎么做了四十年向导，早先就没闻见过？"

　　我的老大爷，我不十分清楚你过去的身世，但是从你脸上密密的纹路里，猜得出你是个久经风霜的人。你的心过去是苦的，你怎么能闻到红叶的香味？我也不十分清楚你今天的生活，可是你看，这么大年纪的一个老人，爬起山来不急，也不喘，好像不快，我们可总是落在后边，跟不上。有这样轻松脚步的老年人，心情也该是轻松的，还能不闻见红叶香？

　　老向导就在满山的红叶香里，领着我们看了"森玉笏""西山晴雪"、昭庙，还有别的香山风景。下山的时候，将近黄昏。一仰脸望见东边天上现出半轮上弦的白月亮，一位同伴忽然记起来，说："今天是不是重阳？"一翻身边带的报纸，原来是重阳的第二日。我们这一次秋游，倒应了重九登高的旧俗。

　　也有人觉得没看见一片好红叶，未免美中不足。我却摘到一片更可贵的红叶，藏到我心里去。这不是一般的红叶，这是一片曾在人生中经过风吹雨打的红叶，越到老秋，越红得可爱。不用说，我指的是那位老向导。

长江三峡

刘白羽

在信中，我这样叙说："这一天，我像在一支雄伟而瑰丽的交响乐中飞翔。我在海洋上远航过，我在天空中飞行过，但在我们的母亲河流长江上，第一次，为这样一种大自然的伟力所吸引了。"

曚眬中听见广播说，到了奉节。"江津号"停泊时，天已微明。起来看了一下，峰峦刚刚从黑夜中显露出一片灰蒙蒙的轮廓。启碇续行，我来到休息室里。只见前边两面悬崖绝壁，中间一条狭狭的江面，船已进入瞿塘峡了。江随壁转，前面天空上露出一片金色阳光，像横着一条金带，其余各处还是云海茫茫。瞿塘峡口为三峡最险处。杜甫《夔州歌》云："白帝高为三峡镇，瞿塘险过百牢关。"古时歌谣说："滟滪大如马，瞿塘不可下；滟滪大如猴，瞿塘不可游；滟滪大如龟，瞿塘不可回；滟滪大如象，瞿塘不可上。"这滟滪堆原是对准峡口的一堆黑色巨礁。万水奔腾，冲进峡口，便直奔巨礁而来，你可想象得到那真是雷霆万钧。船如离弦之箭，稍差分厘，便会撞得粉碎。现在，这巨礁早已炸掉。不过，瞿塘峡中依然激流澎湃，涛如雷鸣，江面形成无数漩涡。船从漩涡中冲过，只听得一片哗啦啦的水声。过了八公里长的瞿塘峡，乌沉沉的云雾突然隐去，峡顶上一道蓝天，浮着几小片金色浮云，一注阳光像闪电样落在左边峭壁上。右面峰顶上一片白云像银片样发亮了，但阳光还没有降临。这时，远远前方，层峦叠嶂之上，迷蒙云雾之中，忽然出现一团红雾。你看，绛紫色的山峰衬托着这一团雾，真美极了，就像那深谷之中反射出红色宝石的闪光，令人仿佛进入了神话境界。这时，你朝江流上望去，也是色彩缤纷：两面巨崖，倒影如墨；中间曲曲折折，却像有一条闪光的道路，上面荡着细碎的波光；近处山峦，则碧绿如翡翠。时间一分钟一分钟过去，前面那团红雾更红更亮了。船越驶越近，渐渐看清有一高峰亭亭笔立于红雾之中，渐渐看清那红雾原来是千万道强烈的阳光。八点二十分，我们来到这一片明朗的金黄色朝晖之中。

抬头望处，已到巫山。上面阳光垂照下来，下面浓雾滚涌上去，云蒸霞蔚，颇为壮观。刚从远处看到的那个笔直的山峰，就站在巫峡口上，山如斧削，隽秀婀娜。人们告诉我，这就是巫山十二峰的第一峰。它仿佛在招呼上游来的客人说："你看，这就是巫山巫峡了。""江津号"紧贴山脚进入峡口。红通通的阳光恰在此时射进玻璃厅内，照在我脸上。峡中，强烈的阳光与乳白色云雾交织在一起，数步之隔，这边是阳光，那边是云雾，真是神妙莫测。几只木船从下游上来，帆给阳光照得像透明的白色羽翼。山峡越来越狭，前面两山对峙，看去连一扇大门那么宽也没有，而门外完全是白雾。

八点五十分，满船人都在仰头观望。我也跑到甲板上，看到万仞高峰之巅，有一细石耸立，如一人对江而望，那就是充满神气色彩的传说的美女峰了。据说一个渔人在江中钓鱼，突遇狂风暴雨，船覆灭顶。他的妻子抱着小孩从峰顶眺望。盼他回来，一天一天，一月一月，他终未回来，而她却依然不顾晨昏，不顾风雨，站在那儿等候着他——至今还在那儿等着他呢。

如果说瞿塘峡像一道闸门，那么巫峡简直像江上一条迂回曲折的画廊。船随山势左一弯，右一转，每一曲，每一折，都向你展开一幅绝好的风景画。两岸山峰连绵不断，山势奇绝，巫山十二峰各有各的姿态，人们给它们以很高的评价和美的命名，使我们的江山增加了诗意。而诗意又是变化无穷的：突然是深灰色石岩从高空直垂而下，浸入江心，令人想到一个巨大的惊叹号；突然是绿茸茸的草坂，像一支充满幽情的乐曲。特别好看的是悬崖上那一堆给秋霜染得红艳艳的野草，简直像是满山杜鹃了。峡陡江急，江面布满大大小小的漩涡，船只能缓缓行进，像一个在崇山峻岭之间慢步前行的旅人。但这正好使远方来的人有充裕时间欣赏这莽莽苍苍、浩浩荡荡长江上大自然的壮美。苍鹰在高峡上盘旋,江涛追随着山峦激荡,山影云影,日光水光,交织成一片。

十点,江面渐趋广阔,"江津号"急流稳渡,穿过了巫峡。十点十五分到巴东,进入湖北境内,十点半到牛口,江浪汹涌,船在浪头上摇摆着前进。江流刚奔出巫峡,还没来得及喘息,却又冲入第三峡——西陵峡了。

西陵峡比较宽阔,但是江流至此变得特别凶恶,处处是急流,处处是险滩。船一下像流星随着怒涛冲去,一下又绕着险滩迂回浮进。最著名的三个险滩是:泄滩、青滩和崆岭滩。初下泄滩,看着那万马奔腾的江水,到这里突然变成千万个漩涡,你会感到江水简直是在旋转不前。"江津号"剧烈地震动起来。这一节江流虽险,却流传着无数优美的传说。十一点十五分到秭归。秭归是楚先王熊绎始封之地。也是屈原的故乡。后来屈原被流放到汨罗江,死在那里。民间流传着:屈大夫死日,有人在汨罗江畔看见他峨冠博带,骑一匹白马飘然而去。又传说:屈原死后,被一条大鱼驮回秭归,终于从流放之地回到故乡。这一切初听起来过于神奇怪诞,却正反映了人民对屈原的无限怀念之情。

秭归正面有一大片铁青色礁石,森然耸立江面。经过很长一段急流才绕过泄滩。在最急峻的地方,"江津号"用尽全副精力,战斗着、震颤着前进。急流刚刚滚过,前面有一奇峰突起,江水沿着这山峰右面流去。山峰左面却又出现一道河流,原来这里就是王昭君诞生地香溪。它一下就令人记起杜甫的诗:"群山万壑赴荆门,生长明妃尚有村。"我们遥望了一下香溪,船便沿着山峰进入一道无比险峻的长峡——兵书宝剑峡。这儿完全是一条窄巷。我到船头上,抬头仰望,只见黄石碧岩,高与天齐。再驶行一段,就到了青滩。江面陡然下降,波涛汹涌,浪花四溅,你还没来得及仔细观看,船已像箭一样迅速飞下,巨浪被船头劈开,旋卷着,合在一起,一下又激荡开去。江水像滚沸了一样,到处是泡沫,到处是浪花。船上的同志指着岩上一处乡镇告诉我:"长江航船上很多领航人都出生在这儿……就是木船要想渡过青滩,也得请这儿的人引领过去。"这时我正注视着一只逆流而上的木船,看起来这青滩的声势十分吓人,但人们只要从汹涌浪涛中掌握了一条前进的途径,也就战胜大自然了。

中午,"江津号"到了崆岭滩跟前。长江上的人都知道:"泄滩青滩不算滩,崆岭才是鬼门关。"可见其凶险了。眼看一片灰色礁石布满水面,船抛锚停泊着。原来崆岭滩一条狭窄航道只能过一只船,这时有一只江轮正在上行,我们只好等着。谁知竟等了好久,可见那上行的船是如何小心翼翼了。"江津号"驶下崆岭滩时,只见一片乱石林立,我们简直不像在浩荡的长江上,而是在苍莽的丛林中寻找小径跋涉前进了。

土 地

秦 牧

我们生活在一个开辟人类新历史的光辉时代。在这样的时代，人们对许许多多的自然景物也都产生了新的联想、新的感情。不是有无数人在讴歌那光芒四射的朝阳、四季常青的松柏、庄严屹立的山峰、澎湃翻腾的海洋吗？不是有好些人在赞美挺拔的白杨、明亮的灯火、奔驰的列车、崭新的日历吗？睹物思人，这些东西引起人们多少丰富和充满感情的想象！

这里我想来谈谈大地，谈谈泥土。

当你坐在飞机上，看着我们无边无际的像覆盖上一张绿色地毯的大地的时候；当你坐在汽车上，倚着车窗看万里平畴的时候；或者，在农村里，看到一个老农捏起一把泥土，仔细端详，想鉴定它究竟适宜于种植什么谷物和蔬菜的时候；或者，当你自己随着大伙在田里插秧，黑油油的泥土吱吱地冒出脚缝的时候，不知道你曾否为土地涌现过许许多多的遐想？想起它的过去，它的未来，想起世世代代的劳动人民为要成为土地的主人，怎样斗争和流血，想起在绵长的历史中，我们每一块土地上面曾经出现过的人物和事迹，他们的苦难、愤恨、希望、期待的心情？

有时，望着莽莽苍苍的大地，我骑着思想的野马奔驰到很远很远的地方，然后，才又收住缰绳，缓步回到眼前灿烂的现实中来。

我想起了二千六百多年前北方平原上的一幕情景。

一队亡命贵族，在黄土平原上仆仆奔驰。他们虽然仗剑驾车，然而看得出来，他们疲倦极了，饥饿极了。他们用搜索的眼光望着田野，然而骄阳在上，田垄间麦苗稀疏，哪里有什么可吃的东西！一个农民正在田里除草。那流亡队伍中一个王子模样的人物，走下车子来，尽量客气地向农民请求着："求你给我们弄点吃的东西吧！你总得要帮忙才好，我们已经好几天没有吃的了。"衣不蔽体、家里正在愁吃愁穿的农民望了这群不知稼穑艰难的人们一眼，一句话也没说，从田地里捧起一大块泥土，送到王子模样的人物面前，压抑着悲愤说："这个给你吧！"王子模样的人显然被激怒了，他转身到车上取下马鞭，怒气冲冲地想逞一下威风，鞭打那个胆敢冒犯他的尊严的农民。但是一个上了年纪的、大臣模样的人物上前去劝阻住了："这是土地，上天赐给我们的，可不正是我们的好征兆么！"于是，一幕怪剧出现了，那王子模样的人突然跪下地来，叩头谢过上苍，然后郑重地捧起土块，放到车上，一行人又策马前进了。辘辘大车过处卷起了漫天尘土……

这是《左传》记载下来的、春秋时代晋国公子重耳在亡命途中发生的故事。

为什么会发生这样奇怪的事情？除了因为这群贵族是在亡命途中，不得不压抑着威风外，还有一个原因是：在他们心目中，土地代表着上天不可思议的赏赐，代表了财富和权力！他们知道，只要掌握了土地的所有权，就可以永不休止地榨取农民的血汗。

古代中国皇帝把疆土封赠给公侯时，就有这么一个仪式：皇帝站在地坛上，取起一块泥土来，用茅草包了，递给被封的人。上一个世纪，当殖民主义强盗还处在壮年时期，他们大肆杀戮太平洋各个岛屿上的土人，强迫他们投降，有一种被规定的投降仪式，就是要土人们跪在地上，用砂土撒到头顶。许许多多地方的部落，为了不愿跪着把神圣的泥土撒上天灵盖，就成批成批地被杀戮了。

呵！这宝贵的土地！不事稼穑的剥削阶级只知道想方设法地掠夺它，把它作为榨取劳动者血汗的工具，亲自在上面播种五谷的劳动者，才真正对它具有强烈的感情，把它当做命根子，把它比喻成哺育自己的母亲。谈到这里，我想起了好些令人掀动感情波澜的事情。几个世纪以来，那些当年被迫得走投无路的破产的中国农民，漂流到海外去谋生的当儿，身上就常常怀着一撮家乡的泥土。那时，闽粤沿海港口上，一艘艘用白粉鬃腹，用朱砂油头，头部两旁画上两个鱼眼睛似的小圈的红头船，乘着信风，把一批批失掉了土地的农民送到海外各地。当时离乡别井的人们，都习惯在远行之前，从井里取出一撮土，珍重地包藏在身边。他们把这撮泥土叫做"乡井土"。直到现在，海外华侨的床头箱里，还有人藏着这样的乡井土！试想想，在一撮撮看似平凡的泥土里，寄托了人们多少丰富深厚的感情！

过去，多少劳动者为了土地而进行了连绵不断的悲壮斗争！当外国侵略者犯境的时候，又有多少英雄义士为保卫它而英勇地献出了生命！在我国福建沿海地方，历史上就流传着许多可歌可泣的保卫土地的抗敌爱国故事。在明末御倭和抗清的浪潮中，那里曾经进行过保卫每一寸土地的激烈斗争。有的地方，妇女的发髻上流行着插上三支短剑似的装饰品，那是明代妇女准备星夜和突然来袭的倭寇搏斗的装束的遗迹。有的地方，从前曾经流行过成人死后入殓时在面部盖上白布的风俗，那是明朝遗民羞见先人于地下、一种激励后代的葬仪。这些风俗，多么沉痛，多么壮烈！在我国的湛江地方，有一座桥梁被命名为"寸金桥"，就寓有"一寸土地一寸金"的意思，这是用来纪念当年抵抗帝国主义侵略的民族英雄们的。土地的长度和面积计算单位可以用市丈，用公里，有亩，用公顷，然而在含有国土的意义的时候，它的计算单位应该用一寸、一撮来衡量。因为它代表一个国家的主权，一寸土都决不容侵犯，一撮土都是珍宝。这里，我想到了我们中国的整个版图，在我们这一代人的手里，一定要使它真真正正地完整无缺。台、澎等地还被一小撮反动派所盘踞，我们必须把它解放。从福建前线，我们听到了多少动人的故事呵！不仅我们英勇而强大的海军和空军，给予美蒋反动派以沉重的打击，就是民兵队伍，也巧妙地打击了敌人。就是好些少年儿童，在大炮轰击中也自动奔跑接驳电线，传信送物。他们体现了全体中国人民保卫每一寸国土的坚强意志。

今天，在世界范围内，许许多多被殖民者奴役着的地方，也正在进行着驱逐侵略者、保卫国土的斗争。呵！一寸土，一撮土，在这种场合意义是多么神圣！

提到了一寸土这几个字，我又禁不住想到一些岛屿上的人民战士。登上那些岛屿，你会更深地认识到"一寸土"的严肃意义。我到过一个小岛，那岛屿很小。然而，岛上的生活却是多么沸腾呵！这里的海滩、天空、海面，决不容许任何侵略者窥探和侵入一步，人民的子弟兵日夜守着大炮阵地，从望远镜里、从炮镜里观测着海洋上的任何动静。这些岛屿像大陆的眼睛，这些战士又像是岛屿的眼睛。不论是在月白风清还是九级风浪的夜里，他们都全神贯注地盯着宽阔的海域。不仅这样，他们还把小岛建成花园一样美丽。本来是蛇虫蜿蜒、荆榛遍地的荒凉小岛，经过他们付出艰苦劳动，在上面建起了坚固的营房，辟出了林荫大道，又从祖国各地要来了花种，广植着笑脸迎人的各种花卉和鲜嫩的蔬菜；还建起畜牧栏，竖起鸽棚；又从海里摸出了石花，堆成小岛的美术图案。看到这些，令人不禁想到，我们所有的土地，一个个的岛屿，一寸寸的土壤，都在英雄们的守卫和汗水灌溉之下，迅速地在改变面貌了。

在我们看来很平凡的一块块的田野，实际上都有过极不平凡的经历。在几十万年之间，人类在这上面追逐着野兽，放牧着牛羊，捡拾着野果，播种着五谷，那时候人们匍匐在大自然的威力之下，风雨雷霆，电光野火，都曾经使他们畏惧颤栗。几十万年过去了，人类进入了阶级社会，一片片的土地像被带上了镣铐似的，多少世代的农民，在大地上流尽了血汗，却挣不上温饱，有多少人在这一片片土地上面仰天叹息，椎心痛恨！又有多少人揭竿起义，画着眉毛，扎着头巾参加战斗，把压迫他们的贵族豪强杀死在这些土地上面。到了近代，又有多少人民的军队为了从封建地主阶级手里，把土地夺回来，和帝国主义的军队、剥削者的军队在这上面鏖战过。二十年代以来，中国共产党领导全国人民进行了革命斗争，打垮了反动统治者，推翻了剥削制度，进行了土地改革，土地的镣铐才被彻底打碎，劳动人民才真正成了土地的主人。我们热爱土地，我们正在豪迈地改造着土地，使他变成一片锦绣。当你这么思索的时候，大地上的红土黑土，黄土白土，仿佛都变成感情丰富的东西了，它们仿佛就像古代神话中的"息壤"似的，正在不断变化，不断成长，就像具有生命一样。

几千年来披枷带锁的土地，一旦回到人民手里，变化是多么神速呵！你试展开一幅地图，思索一下各地的变化，该有多么惊人。沙漠开始出现了绿洲，不毛之地长出了庄稼，濯濯童山披上了锦裳，水库和运河像闪亮的镜子和一条条衣带一样缀满山谷和原野。有一次我从凌空直上的飞机的舱窗里俯瞰珠江三角洲，当时苍穹明净，我望了下去，真禁不住喝彩，珠江三角洲壮观秀丽得几乎难以形容。水网和湖泊熠熠发光，大地竟像是一幅碧绿的天鹅绒，公路好似刀切一样的笔直，一丘丘的田野又赛似棋盘般整齐。嘿！千百年前的人们，以为天上有什么神仙奇迹，其实真正的奇迹却在今天的大地上。劳动者的力量把大地改变得多美！一个巧手姑娘所绣的只是一小幅花巾，广大劳动者却以大地为巾，把本来丑陋难看的地面变得像苏绣广绣般美丽了。

你也许在火车的瞭望车上看过迅速掠过的美丽的大地；也许参加过几万人挑灯修筑水电站大坝的工程，在那种场合，千千万万人仿佛变成了一个挥动着巨臂的巨人，正在做着开天辟地工作。在华南，有些隔离大陆的岛屿给筑起了一条堤坝，和大陆连起来了；有些小山被填到海里，大海涌出陆地来了；干旱的雷州半岛被开出了一条比苏伊士运河还要长的运河；潮汕平原上的土地被整理成格一样齐整。我们时代的人既以一寸寸的土地为单位在精细工作着，又以一千里，一万里，更确切来说，又以全部已解放的九百多万平方公里土地作为一个整体来规划和工作着。这十几年来，同是千万年世代相传的大地上，长出了多少崭新的植物品种呵！每逢看到了欣欣向荣的庄稼，看到刚犁好的涌着泥浪的肥沃的土地，我的心头就涌起像《红旗歌谣》中的民歌所描写的——"沙果笑得红了脸，西瓜笑得如蜜甜，花儿笑得分了瓣，豌豆笑得鼓鼓圆"这一类带着泥土、露水、草叶、鲜花香味的大地的情景。让我们对土地激发起更强烈的感情吧！因为大地母亲的镣铐解除了，现在就看我们怎样为哺育我们的大地母亲好好工作了。

事实上，无数的人也正在一天天地发展着这样的感情。你可以从细小或者巨大的场面中觉察到这一切。你看过公社干部率领着一群老农在巡田的情景吗？他们拿着一根软尺，到处量着，计算着一块块土地的水稻穗数；不管是不是自己管理的，看到任何一丘田里面的一根稗草都要涉水下去把它拔掉。你看到农村中的青年技术员在改变土壤的场面吗？有时他们把几千年未曾见过天日的沃土底下的砾土都翻动了。或者深夜焚起篝火烧土，要使一处处的土地都变得膏腴起来。

几万人围在一片土地上建筑堤坝，几千人举着红旗浩浩荡荡上山的情景尤其动人心魄。那呐喊，那笑声，尤其是那一对对灼热的眼睛！虽然在紧张的劳动中大家都少说话了，但是那眼光仿佛在诉说着一切："干呵干呵，向土地夺宝，把我们所有的土地都利用起来。一定要用我们这一代人的双手，搬掉落后和穷困这两座大山！"有时这些声音寄托于劳动号子，寄托于车队奔驰之中，仿佛令人感到战鼓和进军号的撼人的气魄……

让我们捧起一把泥土来仔细端详吧！这是我们的土地呵！怎样保卫每一寸的土地呢？怎样使每一寸土地都发挥它的巨大的潜力，一天天更加美好起来呢？党正在领导和率领着我们前进。青春的大地也好像发出巨大的声音，要求每一个中国人民都作出回答。

天山景物记

碧　野

　　朋友，你到过天山吗？天山是我们祖国西北边疆的一条大山脉，连绵几千里，横亘准噶尔盆地和塔里木盆地之间，把广阔的新疆分为南北两半。远望天山，美丽多姿，那常年积雪高插云霄的群峰，像集体起舞时的维吾尔族少女的珠冠，银光闪闪；那富于色彩的不断的山峦，像孔雀正在开屏，艳丽迷人。

　　天山不仅给人一种稀有美丽的感觉，而且更给人一种无限温柔的感情。它有丰饶的水草，有绿发的似的森林。当当披着薄薄云纱的时候，它像少女似的含羞；当它被阳光照耀得非常明朗的时候，又像年轻母亲饱满的胸膛。人们会同时用两种甜蜜的感情交织着去爱它，既像婴儿喜爱母亲的怀抱，又像男依偎自己的恋人。如果你愿意，我陪你进天山去看一看。

雪峰·溪流·森林

　　七月间新疆的戈壁滩炎暑逼人，这时最理想是骑马上天山。新疆北部的伊犁和南部的焉耆都出产良马，不论伊犁的哈萨克马或者焉耆的蒙古马，骑上它爬山就像走平川，又快又稳。

　　进入天山，戈壁滩上的炎暑就远远地被撇在后边，迎面送来的雪山寒气，立刻会使你感到像秋天似的凉爽。蓝天衬着高矗的巨大的雪峰，在太阳下，几块白云在雪峰间投下云影，就像白缎上绣上了几朵银灰的暗花。那融化的雪水，从高悬的山涧、从峭壁断崖上飞泻焉，像千百条闪耀的银链。这飞泻下来的雪水，在山脚汇成冲激的溪流，浪花往上抛，形成千万朵盛开的白莲。可是每到水势缓慢的洄水涡，却有鱼儿在跳跃。当这个时候，饮马溪边，你坐在马鞍上，就可以俯视那阳光透射到的清澈的水底，在五彩斑斓的水石间，鱼群闪闪的鳞光映着雪水清流，给寂静的天山添上了无限生机。

　　再往里走，天山越来显得越优美，沿着白皑皑群峰的雪线以下，是蜿蜒无尽的翠绿的原始森林，密密的塔松像撑天的巨伞，重重叠叠的枝桠，只漏下斑点点细碎的日影，骑马空行林中，只听见马溅起漫流在岩石上的水声，增添了密林的幽静。在这林海深处，连鸟雀也少飞来，只偶然能听到过错处的几声鸟鸣。这时，如果你下马坐在一块岩石上吸烟休息，虽然林外是阳光灿烂，而遮去了天日的密林中却普耀着你烟头的红火光。从偶然发现的一棵两棵烧焦的枯树看来，这里也许来过辛勤的猎人，在午夜中他们生火宿过营，烤过猎获的野味。这天山上有的是成群的野羊、草鹿、野牛和野骆驼。

　　如果说进到天山这里还像是秋天，那么再往里走就像是春天了。山色逐渐变柔嫩，山形也逐渐变得柔和，很有一伸手就可以触摸到嫩脂似的感觉。这里溪流缓慢，萦绕着每一个山脚，在轻轻荡漾着的溪流两岸，满是高过马头的野花，红、黄、蓝、白、紫，五彩缤纷，像织不完的织锦那么绵延，像天边的彩霞那么耀眼，象高空的长虹那么绚烂。这密密层层成丈高的野花，朵儿赛八寸的玛瑙盘，瓣儿赛巴掌大。马走在花海中，显得格外矫健，人浮在花海上，也显得格外精神。在马上你用不着离鞍，只要稍微伸手就可以满怀捧到你最心爱的大鲜花。

　　虽然天山这时并不是春天，但是有哪一个春天的花园能比得过此时天山的无边繁花呢？

迷人的夏季牧场

　　就在雪的群峰的围绕中，一片奇丽的千里牧场展现在你的眼前。墨绿的原始森林和鲜艳的野花，给这辽阔的千里牧场镶上了双重富丽的花边。千里牧场长着一色青翠的酥油草，清清的溪水齐着两岸的草丛在漫流。草原是这样无边的平展，就像风平浪静的海洋。在太阳下，那点点水泡似的蒙古包在闪烁着白光。

当你尽情策马在这千里草原上驰骋的时候，处处都可以看见千百成群肥壮的羊群、马群和牛群。它们吃了含有乳汁的酥油草，毛色格外发亮，好像每一根毛尖都冒着油星。特别是那些被碧绿的草原衬托得十分清楚的黄牛、花牛、白羊、红羊，在太阳下就像绣在绿色缎面上的彩色图案一样美。

有的时候，风从牧群中间送过来银铃似的叮当声，那是哈萨克牧女们坠满衣角的银饰在风中击响。牧女们骑着骏马，优美的身姿映衬在蓝天、雪山和绿草之间，显得十分动人。她们欢笑着跟着嬉逐的马群驰骋，而每当停下来，就骑马轻轻地挥动着牧鞭歌唱她们的爱情。

这雪峰、绿林、繁花围绕着的天山千里牧场，虽然给人一种低平的感觉，但位置却在海拔两三千米以上。每当一片乌云飞来，云脚总是扫着草原，洒下阵雨过去，雨洗后的草原就变得更加清新碧绿，远看像块巨大的蓝宝石，近看缀满草尖上的水珠，却又像数不清的金刚钻。

特别诱人的是牧场的黄昏，周围的雪峰被落日映红，像云霞那么灿烂；雪峰的红光映射到这辽阔的牧场上，形成一个金碧辉煌的世界，蒙古包、牧群和牧女们，都镀上了一色的玫瑰红。当落日沉没，周围雪峰的红光逐渐消褪，银灰色的暮霭笼罩草原的时候，你就可以看见无数点点的红火光，那是牧民们烧起铜壶准备晚餐。

你用不着客气，任何一个蒙古包都是你的温暖的家，只要你朝火光的地方走去，不论走进哪一家蒙古包，好客的哈萨克牧民都会像对待亲兄弟似的热情地接待你。渴了你可以先喝一盆马奶，饿了有烤羊排，有酸奶疙瘩，有酥油饼，你可以一如哈萨克牧民那样豪情地狂饮大嚼。

当家家蒙古包的吊壶三脚架下的野牛粪只剩下一堆红火烬的时候，夜风就会送来冬不拉的弦章和哈萨克牧女们婉转嘹亮的歌声。这是十家八家聚居在一处的牧民们齐集到一家比较大的蒙古包里，欢度一天最后的幸福时辰。

过后，整个草原沉浸在夜静中。如果这时你披上一件皮衣走出蒙古包，在月光下或者繁星下，你就可以朦胧地看见牧群在夜的草原上轻轻地游荡，夜的草原是这么宁静而安详，只有漫流的溪水声引起你对这大自然的遐思。

野马·蘑菇圈·旱獭·雪莲

夜幕中，草原在繁星的闪烁下或者在月光的披照中，该发生多少动人的情景，但人们却在安静的睡眠中疏忽过去了；只有当黎明来到这草原上，人们才会发现自己的马群里的马匹在一夜间忽然变多了，而当人们怀着惊喜的心情走拢去，马匹立刻就分为两群，其中一群会奔腾离你远去，那长长的鬃鬣在黎明淡青的天光下，就像许多飘曳的缎幅。这个时候，你才知道那是一群野马。夜间，它们混入牧群，跟牧马领群，它们对许多牧马都熟悉，相见彼此用鼻子对闻，彼此用头亲热地摩擦，然后就合群地在一起吃草、嬉逐。黎明，当牧民们走出蒙古包，就是它们分群的一刻。公野马总是掩护着母野马和野马驹远离人们。当野马群远离人们站定的时候，在日出的草原上，还可以看见屹立护群的公野马的长鬃鬣一直披垂到膝下，闪着美丽的光泽。

日出后的草原千里通明，这时最便于去发现蘑菇。天山蘑菇又嫩又肥厚，又大又鲜甜。这个时候你只要立马草原上了望，便可以发现一些特别翠绿的圆点子，那就是蘑菇圈。你对着它朝直驰马前去，就很容易在这直径三四丈宽的一圈沁绿的酥油草丛里，发现像夏天夜空里的繁星似的蘑菇。眼看着这许许多多雪白的蘑菇隐藏在碧绿的草丛中，谁都会动心。一只手忙不过来，你自然会用双手去采，身上的口袋不完，你自然会添上你的帽子甚至马靴去装。第一次采到这么多新鲜蘑菇，对一个远来的客人是一桩最快乐的事。你把鲜蘑菇在溪水里洗净，不要油，不要盐，光是白煮来吃就有一种特别鲜甜的滋味，如果你再加上一条野羊腿，那就又鲜甜又浓香。

天山上奇珍异品很多，我们知道水獭是生活在水滨和水里的，而天山上却生长着旱獭。在牧场边缘的山脚下，你随处都可以看见一个个洞穴，这就是旱獭居住的地方。从九十月大雪封山，到第二年四五月冰消雪化，旱獭要整整在它们的洞穴里冬眠半年。只有到了夏至后，发青的酥油草才把它们养得胖墩墩，圆滚滚。这时它们的毛色麻黄发亮，肚子拖着地面，短短的四条腿行走迟缓，正可以大量捕捉。

另一种奇珍异品是雪莲。如果你从山脚往上爬,超越天山雪线以上,就可以看见青凛凛的雪的寒光挺立着一朵朵还玉琢似的雪莲,这习惯于生长在奇寒环境中的雪莲,根部扎入岩隙间,汲取着雪水,承受着雪光,柔静多姿,洁白晶莹。这生长在人迹罕到的海拔几千米雪线以上的灵花异草,据说是稀世之宝——一种很难求得的妇女良药。

天然湖与果子沟

在天山峰峦的高处,常常出现有巨大的天然湖,就像美女晨妆时开启的明净的镜面。湖面平静,水清见底,高空的白云和四周的雪峰清晰地倒影水中,把湖山天影融为晶莹的一体。在这幽静的湖中,唯一活动的东西就是天鹅的洁白增添了湖水的明净,天鹅的叫声增添了湖面的幽静。人家说山色多变,而事实上湖色也是多变,如果你站立高处了望湖面,眼前是一片爽心悦目的碧水茫茫,如果你再留意一看,接近你的视线的是鳞光闪闪,像千万条银鱼在游动,而远处平展如镜,没有一点纤尘或者没有一根游丝的侵扰。湖色越远越深,由近到远,是银白、淡蓝、深青、墨绿,界线非常分明。传说中有这么一个湖是古代一个不幸的哈萨克少女滴下的眼泪,湖色的多变正是象征着那个古代少女的万种哀愁。

就在这个湖边,传说中的少女的后代子孙现在已在放牧着羊群。湖水滋润着湖边的青草,青草喂胖了羊群,羊奶哺育着少女的后代子孙。当然,这象征哈萨克族不幸的湖,今天已经变为实际的幸福湖。

山高爽朗,湖边清净,日里披满阳光,夜里缀满星辰,牧民们的蒙古包随着羊群环湖周游,他们的羊群一年年繁殖,他们恋爱、生育,他们弹琴歌唱自己幸福的生活。

高山的雪水汇入湖中,又从象被一刀劈开的峡谷岩石间,泻落到千丈以下的山涧里去水从悬崖上像条飞链的白光。如果你走到悬崖跟前,脚下就会受到一种惊心动魄的震撼。俯视水链冲泻到深谷的涧石上,溅起密密的飞沫,在日中的阳光下,形成蒙蒙的瑰丽的彩色水雾。就在急湍的涧流边,绿色的深谷里也散布着一顶顶牧民的蒙古包,像水洗的玉石那么洁白。

如果你顺着弯弯曲曲的涧流走,沿途汇入千泉流就逐渐形成溪流,然后沿途再汇入涧流和溪流,就形成河流奔腾出天山。

就在这种深山野谷的溪流边,往往有着果树夹岸的野果子沟。春天繁花开遍峡谷,秋天果实压满山腰。每当花红果熟,正是鸟雀野兽的乐园。这种野苹果,连绵五百里。春天,五百里的苹果花开无人知,秋天,五百里成熟累累的苹果无人采。老苹果树凋枯了,更多的新苹果树苗长起来。多少年来。这条五百里长沟堆积了几丈厚的野苹果泥。

现在,已经有人发现了这条野苹果沟,开始在沟里开辟养猪场,用野苹果来养育成群的乌克兰大白猪;而且在有人已经开始计划在沟里建立酿酒厂,把野苹果酿造成大量芬芳的美酒,让这大自然的珍品化成人们的血液,增进人们的健康。

朋友,天山的丰美景物休止这些,天山绵延几千里,不论高山、深谷,不论草原、湖泊,不论森林、溪流,处处都有丰饶的物品,处处都有奇丽的美景,你要我说我可真说不完,如果哪一天你有豪情去游天山,临行前别忘了通知我一声,也许我可能给你当一个不很出色的向导。当向导在我只是一个漂亮的借口,其实我私心里也很想找个机会去重游天山。

况钟的笔

巴　人

看了昆剧"十五贯"，叫我念念不忘的是况钟那支三落三起的笔。

自从仓颉造字、蒙恬造笔以来，凡是略识"之乎"的人，都是要用用笔的。读书人著书立说，吟歌赋诗，要用笔；种田的，赶买卖的，记记豆腐白酒账，要用笔；甚至像阿Q那样人物，临到枪毙之前，还要拿起笔来，伏在地上，在判决书上面画个圈圈，并且有慨于圈圈之画得不圆，这就可见笔之为用是大得很哩。

自然，笔各有不同，我们用的或毛笔，或钢笔，而况钟所用的是朱砂笔。况钟虽然是苏州府尹，但这回担任的工作，却是监斩。他的职责就是核对犯人和榜上名字是否属实。如果属实，那就算他"验明正身"了，大可朱砂笔一挥，向榜上名字一点，叫刽子手拉出去，一斩了事的。然而况钟偏不这么做，一听到犯人呼冤，拿起的笔，便点不下去了。拿过判决书来看，竟是三问六审，经过不少人手，想来案情属实；又拿起笔来，又听到犯人呼冤，并且自述经过，又点不下去了。经过临时一次调查，冤情已经属实，但他既是监斩官，无权过问判决，于是又拿起笔来，但又看到犯人含冤莫伸的情形，又点不下去。他想到人命关天，要对人负责。他终于立下决心，自担干系，延缓处斩，向巡抚大人据理力争，并且亲自勘察，破了案情，平反了冤狱。这样，况钟的朱砂笔，终于点中了真正的杀人犯。可见一个人会不会用笔是大有讲究的。

我们的机关首长，单位的负责人，以至一般工作人员，都是要用笔的。有的是起拟计划、稿件，等等，有的则是拿起笔来在计划、稿件之类上面批示一下，或同意，或另拟，或写上一个名字。但是，我们用笔有没有像况钟那样用得慎重而严肃？实在是大可深思一下的。我们之间固然不缺乏像况钟那样的人，善于在笔底下看到"人"，并且用行动来帮助用笔。但我们之间，也不缺乏像过于执那样的人，只知大笔一挥，看不到笔底下有"人"；或者把任何工作，往上一推，往下一压；自己仅仅经过手，签个名，只考究自己签名的字，是否"龙翔凤舞"，足够威势，也算是用过笔了。

没有对人负责的精神，不可能做出对工作负责的事，况钟的笔底下有"人"，就是况钟用笔的可贵精神。

但况钟的用笔是很不容易的。首先，这支朱砂笔必须点中真正杀人犯，那才能为社会除掉坏人。而除掉了坏人，也就是保护了好人。但要做到这点，也是展开两条路线的斗争：一方面，他要同只知排比事件的表面现象，并且会用"人之常情"来做推理根据，却不研究事情的实质的主观主义者做斗争。另一方面，他还要同满足于自己的高官厚禄，闭着眼睛签发文件，而又讨厌下属提出不同意见，为了去掉不顺手的干部，就故意设下陷阱叫你跳下去的官僚主义分子做斗争。这样，况钟的笔就处在主观主义者过于执和官僚主义者周岑的两支笔锋夹攻之间了。他要在这两支笔锋夹攻之间，杀出一条真理的路来，实在是需要有大勇气、大智慧的。但一个能对人负责的人，一定会得到人民力量的支持，就会有大勇气；而一个得到人民力量支持的人，一定能集中群众的智慧，就会有大智慧。况钟就这样地战胜了两支夹攻的笔锋，平反了冤狱。况钟可说是善用其笔的人了。

经常用笔而又经常信笔一挥的人，是不能不想想况钟的用笔之法的。

小狗包弟

巴　金

一个多月前，我还在北京，听人讲起一位艺术家的事情，我记得其中一个故事是讲艺术家和狗的。据说艺术家住在一个不太大的城市里，隔壁人家养了小狗，它和艺术家相处很好，艺术家常常用吃的东西款待它。"文化大革命"期间，城里发生了从未见过的武斗，艺术家害怕起来，就逃到别处躲了一段时期。后来他回来了，大概是给人揪回来的，说他"里通外国"，是个反革命，批他，斗他，他不承认，就痛打，拳打脚踢，棍棒齐下，不但头破血流，一条腿也给打断了。批斗结束，他走不动，让专政队拖着他游街示众，衣服撕破了，满身是血和泥土，口里发出呻唤。认识的人看见半死不活的他都掉开头去。忽然一只小狗从人丛中跑出来，非常高兴地朝着他奔去。它亲热地叫着，扑到他跟前，到处闻闻，用舌头舔舔，用脚爪在他的身上抚摸。别人赶它走，用脚踢，拿棒打，都没有用，它一定要留在它的朋友的身边。最后专政队用大棒打断了小狗的后腿，它发出几声哀叫，痛苦地拖着伤残的身子走开了。地上添了血迹，艺术家的破衣上留下几处狗爪印。艺术家给关了几年才放出来，他的第一件事就是买几斤肉去看望那只小狗。邻居告诉他，那天狗给打坏以后，回到家里什么也不吃，哀叫了三天就死了。

听了这个故事，我又想起我曾经养过的那条小狗。是的，我也养过狗，那是1959年的事情，当时一位熟人给调到北京工作，要将全家迁去，想把他养的小狗送给我，因为我家里有一块草地，适合养狗的条件。我答应了，我的儿子也很高兴。狗来了，是一条日本种的黄毛小狗，干干净净，而且有一种本领：它有什么要求时就立起身子，把两只前脚并在一起不停地作揖。这本领不是我那位朋友训练出来的。它还有一位瑞典旧主人，关于他我毫无所知。他离开上海回国，把小狗送给接受房屋租赁权的人，小狗就归了我的朋友。小狗来的时候有一个外国名字，它的译音是"斯包弟"。我们简化了这个名字，就叫它做"包弟"。

包弟在我们家待了七年，同我们一家人处得很好。它不咬人，见到陌生人，在大门口吠一阵，我们一声叫唤，它就跑开了。夜晚篱笆外面人行道上常常有人走过，它听见某种声音就会朝着篱笆又跑又叫，叫声的确有点刺耳，但它也只是叫几声就安静了。它在院子里和草地上的时候多些，有时我们在客厅里接待客人或者同老朋友聊天，它会进来作几个揖，讨糖果吃，引起客人发笑。日本朋友对它更感兴趣，有一次大概在1963年或以后的夏天，一家日本通讯社到我家来拍电视片，就拍摄了包弟的镜头。又有一次日本作家由起女士访问上海，来我家做客，对日本产的包弟非常喜欢，她说她在东京家中也养了狗。两年以后，她再到北京参加亚非作家紧急会议，看见我她就问："您的小狗怎样？"听我说包弟很好，她笑了。

我的爱人萧珊也喜欢包弟。在三年困难时期，我们每次到文化俱乐部吃饭，她总要向服务员讨一点骨头回去喂包弟。

1962年我们夫妇带着孩子在广州过了春节，回到上海，听妹妹们说，我们在广州的时候，睡房门紧闭，包弟每天清早守在房门口等候我们出来。它天天这样，从不厌倦。它看见我们回来，特别是看到萧珊，不住地摇头摆尾，那种高兴、亲热的样子，现在想起来我还很感动，我仿佛又听见由起女士的问话："您的小狗怎样？"

"您的小狗怎样？"倘使我能够再见到那位日本女作家，她一定会拿同样的一句话问我。她的关心是不会减少的。然而我已经没有小狗了。

1966年8月下旬红卫兵开始上街抄"四旧"的时候，包弟变成了我们家的一个大"包袱"，晚上附近的小孩时常打门大喊大嚷，说是要杀小狗。听见包弟尖声吠叫，我就胆战心惊，害怕这种叫声会把抄"四旧"的红卫兵引到我家里来。

当时我已经处于半靠边的状态，傍晚我们在院子里乘凉，孩子们都劝我把包弟送走，我请我的大妹妹设法。可是在这时节谁愿意接受这样的礼物呢？据说只好送给医院由科研人员拿来做实验用，我们不愿意。以前看见包弟作揖，我就想笑，这些天我在机关学习后回家，包弟向我作揖讨东西吃，我却暗暗地流泪。

形势越来越紧。我们隔壁住着一位年老的工商业者，原先是某工厂的老板，住屋是他自己修建的，同我的院子只隔了一道竹篱。有人到他家去抄"四旧"了。隔壁人家的一动一静，我们听得清清楚楚，从篱笆缝里也看得见一些情况。这个晚上附近小孩几次打门捉小狗，幸而包弟不曾出来乱叫，也没有给捉了去。这是我六十多年来第一次看见抄家，人们拿着东西进进出出，一些人在大声叱骂，有人摔破坛坛罐罐。这情景实在可怕。十多天来我就睡不好觉，这一夜我想得更多，同萧珊谈起包弟的事情，我们最后决定把包弟送到医院去，交给我的大妹妹去办。

包弟送走后，我下班回家，听不见狗叫声，看不见包弟向我作揖、跟着我进屋，我反而感到轻松，真是一种甩掉包袱的感觉。但是在我吞了两片眠尔通、上床许久还不能入睡的时候，我不由自主地想到了包弟，想来想去，我又觉得我不但不曾甩掉什么，反而背上了更加沉重的包袱。在我眼前出现的不是摇头摆尾、连连作揖的小狗，而是躺在解剖桌上给割开肚皮的包弟。我再往下想，不仅是小狗包弟，连我自己也在受解剖。不能保护一条小狗，我感到羞耻；为了想保全自己，我把包弟送到解剖桌上，我瞧不起自己，我不能原谅自己！我就这样可耻地开始了十年浩劫中逆来顺受的苦难生活。一方面责备自己，另一方面又想保全自己，不要让一家人跟自己一起堕入地狱。我自己终于也变成了包弟，没有死在解剖桌上，倒是我的幸运……

整整十三年零五个月过去了。我仍然住在这所楼房里，每天清早我在院子里散步，脚下是一片衰草，竹篱笆换成了无缝的砖墙。隔壁房屋里增加了几户新主人，高高墙壁上多开了两堵窗，有时倒下一点垃圾。当初刚搭起的葡萄架给虫蛀后早已塌下来扔掉，连葡萄藤也被挖走了。右面角上却添了一个大化粪池，是从紧靠着的五层楼公寓里迁过来的。少掉了好几株花，多了几棵不开花的树。我想念过去同我一起散步的人，在绿草如茵的时节，她常常弯着身子，或者坐在地上拔除杂草，在午饭前后她有时逗着包弟玩。……我好像做了一场大梦。满身的创伤使我的心仿佛又给放在油锅里熬煎。

这样的熬煎是不会有终结的，除非我给自己过去十年的苦难生活作了总结，还清了心灵上的欠债。这绝不是容易的事。那么我今后的日子不会是好过的吧。但是那十年我也活过来了。

即使在"说谎成风"的时期，人对自己也不会讲假话，何况在今天？我不怕大家嘲笑，我要说：我怀念包弟，我想向它表示歉意。

怀念萧珊

巴　金

一

今天是萧珊逝世的六周年纪念日。六年前的光景还非常鲜明地出现在我的眼前。那一天我从火葬场回到家中，一切都是乱糟糟的，过了两三天我渐渐地安静下来了，一个人坐在书桌前，想写一篇纪念她的文章。在五十年前我就有了这样一种习惯：有感情无处倾吐时我经常求助于纸笔。可是一九七二年八月里那几天，我每天坐三四个小时望着面前摊开的稿纸，却写不出一句话。我痛苦地想，难道给关了几年的"牛棚"，真的就变成"牛"了？头上仿佛压了一块大石头，思想好像冻结了一样。我索性放下笔，什么也不写了。

六年过去了。林彪、"四人帮"及其爪牙们的确把我搞得很"狼狈"，但我还是活下来了，而且偏偏活得比较健康，脑子也并不糊涂，有时还可以写一两篇文章。最近我经常去火葬场，参加老朋友们的骨灰安放仪式。在大厅里，我想起许多事情。同样地奏着哀乐，我的思想却从挤满了人的大厅转到只有二三十个人的中厅里去了，我们正在用哭声向萧珊的遗体告别。我记起了《家》里面觉新说过的一句话："好像珏死了，也是一个不祥的鬼。"四十七年前我写这句话的时候，怎么想得到我是在写自己！我没有流眼泪，可是我觉得有无数锋利的指甲在搔我的心。我站在死者遗体旁边，望着那张惨白色的脸，那两片咽下千言万语的嘴唇，我咬紧牙齿，在心里唤着死者的名字。我想，我比她大十三岁，为什么不让我先死？我想，这是多不公平！她究竟犯了什么罪？她也给关进"牛棚"，挂上"牛鬼蛇神"的小纸牌，还扫过马路。究竟为什么？理由很简单，她是我的妻子。她患了病，得不到治疗，也因为她是我的妻子。想尽办法一直到逝世前三个星期，靠开后门她才住进医院。但是癌细胞已经扩散，肠癌变成了肝癌。

她不想死，她要活，她愿意改造思想，她愿意看到社会主义建成。这个愿望总不能说是痴心妄想吧。她本来可以活下去，倘使她不是"黑老K"的"臭婆娘"。一句话，是我连累了她，是我害了她。

在我靠边的几年中间，我所受到的精神折磨她也同样受到。但是我并未挨过打，她却挨了"北京来的红卫兵"的铜头皮带，留在她左眼上的黑圈好几天后才褪尽。她挨打只是为了保护我，她看见那些年轻人深夜闯进来，害怕他们把我揪走，便溜出大门，到对面派出所去，请民警同志出来干预。

那里只有一个人值班，不敢管。当着民警的面，她被他们用铜头皮带狠狠抽了一下，给押了回来，同我一起关在马桶间里。

她不仅分担了我的痛苦，还给了我不少的安慰和鼓励。在"四害"横行的时候，我在原单位（中国作家协会上海分会）给人当作"罪人"和"贼民"看待，日子十分难过，有时到晚上九、十点钟才能回家。我进了门看到她的面容，满脑子的乌云都消散了。我有什么委屈、牢骚，都可以向她尽情倾吐。有一个时期我和她每晚临睡前要服两粒眠尔通才能够闭眼，可是天刚刚发白就都醒了。我唤她，她也唤我。我诉苦般地说："日子难过啊！"她也用同样的声音回答："日子难过啊！"但是她马上加一句："要坚持下去。"或者再加一句："坚持就是胜利。"我说"日子难过"，因为在那一段时间里，我每天在"牛棚"里面劳动、学习、写交代、写检查、写思想汇报。任何人都可以责骂我、教训我、指挥我。从外地到"作协分会"来串联的人可以随意点名叫我出去"示众"，还要自报罪行。上下班不限时间，由管理"牛棚"的"监督组"随意决定。任何人都可以闯进我家里来，高兴拿什么就拿走什么。这个时候大规模的群众性批斗和电视批斗大会还没有开始，但已经越来越逼近了。

她说"日子难过"，因为她给两次揪到机关，靠边劳动，后来也常常参加陪斗。在淮海中路"大批判专栏"上张贴着批判我的罪行的大字报，我一家人的名字都给写出来"示众"，不用说"臭婆娘"的大名占着显著的地位。这些文字像虫子一样咬痛她的心。她让上海戏剧学院"狂妄派"学生突然袭击、揪到"作协分会"去的时候，在我家大门上还贴了一张揭露她的所谓罪行的大字报。幸好当天夜里我儿子把它撕毁。否则这一张大字报就会要了她的命！

人们的白眼，人们的冷嘲热骂蚕食着她的身心。我看出来她的健康逐渐遭到损害。表面上的平静是虚假的。内心的痛苦像一锅煮沸的水，她怎么能遮盖住！怎样能使它平静！她不断地给我安慰，对我表示信任，替我感到不平。然而她看到我的问题一天天地变得严重，上面对我的压力一天天地增加，她又非常担心。有时同我一起上班或者下班，走进巨鹿路口，快到"作协分会"，或者走进南湖路口，快到我们家，她总是抬不起头。我理解她，同情她，也非常担心她经受不起沉重的打击。我记得有一天到了平常下班的时间，我们没有受到留难，回到家里她比较高兴，到厨房去烧菜。我翻看当天的报纸，在第三版上看到当时做了"作协分会"的"头头"的两个工人作家写的文章《彻底揭露巴金的反革命真面》。真是当头一棒！我看了两三行，连忙把报纸藏起来，我害怕让她看见。她端着烧好的菜出来，脸上还带笑容，吃饭时她有说有笑。饭后她要看报，我企图把她的注意力引到别处。但是没有用，她找到了报纸。她的笑容一下子完全消失。

这一夜她再没有讲话。早早地进了房间。我后来发现她躺在床上小声哭着。一个安静的夜晚给破坏了。今天回想当时的情景，她那张满是泪痕的脸还在我的眼前。我多么愿意让她的泪痕消失，笑容在她憔悴的脸上重现，即使减少我几年的生命来换取我们家庭生活中一个宁静的夜晚，我也心甘情愿！

二

我听周信芳同志的媳妇说，周的夫人在逝世前经常被打手们拉出去当作皮球推来推去，打得遍体鳞伤。有人劝她躲开，她说："我躲开，他们就要这样对付周先生了。"萧珊并未受到这种新式体罚。可是她在精神上给别人当皮球打来打去。她也有这样的想法：她多受一点精神折磨，可以减轻对我的压力。其实这是她一片痴心，结果只苦了她自己。我看见她一天天地憔悴下去，我看见她的生命之火逐渐熄灭，我多么痛心。我劝她，我安慰她，我想拉住她，一点也没有用。

她常常问我："你的问题什么时候才解决呢？"我苦笑说："总有一天会解决的。"她叹口气说："我恐怕等不到那个时候了。"后来她病倒了，有人劝她打电话找我回家，她不知从哪里得来的消息，她说："他在写检查，不要打岔他。他的问题大概可以解决了。"等到我从五·七干校回家休假，她已经不能起床。她还问我检查写得怎样，问题是否可以解决。我当时的确在写检查，而且已经写了好几次了。他们要我写，只是为了消耗我的生命。但她怎么能理解呢？

这时离她逝世不过两个多月，癌细胞已经扩散，可是我们不知道，想找医生给她认真检查一次，也毫无办法。平日去医院挂号看门诊，等了许久才见到医生或者实习医生，随便给开个药方就算解决问题。只有在发烧到摄氏三十九度才有资格挂急诊号，或者还可以在病人拥挤的观察室里待上一天半天。当时去医院看病找交通工具也很困难，常常是我女婿借了自行车来，让她坐在车上，他慢慢地推着走。有一次她雇到小三轮车去看病，看好门诊回家雇不到车了，只好同陪她看病的朋友一起慢慢地走回来，走走停停，走到街口，她快要倒下了，只得请求行人到我们家通知，她一个表侄正好来探病，就由他去把她背了回家。她希望拍一张 X 光片子查一查肠子有什么病，但是办不到。后来靠了她一位亲戚帮忙开后门两次拍片，才查出她患肠癌。以后又靠朋友设法开后门住进了医院。她自己还很高兴，以为得救了。只有她一个人不知道真实的病情，她在医院里只活了三个星期。

我休假回家假期满了，我又请过两次假，留在家里照料病人。最多也不到一个月。我看见她病情日趋严重，实在不愿意把她丢开不管，我要求延长假期的时候，我们那个单位的一个"工宣队"头头逼着我第二天就回干校去。我回到家里，她问起来，我无法隐瞒。她叹了口气，说"你放心去吧。"

她把脸掉过去，不让我看见她。我女儿、女婿看到这种情景，自告奋勇地跑到巨鹿路向那位"工宣队"头头解释，希望同意我在市区多留些日子照料病人。可是那个头头"执法如山"，还说：他不是医生，留在家里，有什么用！"留在家里对他改造不利！"他们气愤地回到家中，只说机关不同意，后来才对我传达了这句"名言"。我还能讲什么呢？明天回干校去！

整个晚上她睡不好，我更睡不好。出乎意外，第二天一早我那个插队落户的儿子在我们房间里出现了，他是昨天半夜里到的。他得了家信，请假回家看母亲，却没有想到母亲病成这样。我见了他一面，把他母亲交给他，就回干校去了。

在车上我的情绪很不好。我实在想不通为什么会有这样的事情。我在干校待了五天，无法同家里通消息。我已经猜到她的病不轻了。可是人们不让我过问她的事情。这五天是多么难熬的日子！到第五天晚上在干校的造反派头头通知我们全体第二天一早回市区开会。这样我才又回到了家，见到了我的爱人。靠了朋友帮忙，她可以住进中山医院肝癌病房，一切都准备好，她第二天就要住院了。她多么希望住院前见我一面，我终于回来了。连我也没有想到她的病情发展得这么快。我们见了面，我一句话也讲不出来。她说了一句："我到底住院了。"我答说："你安心治疗吧。"她父亲也来看她，老人家双目失明，去医院探病有困难，可能是来同他的女儿告别了。

我吃过中饭，就去参加给别人戴上反革命帽子的大会，受批判、戴帽子的不止一个，其中有一个我的熟人王若望同志，他过去也是作家，不过比我年轻。我们一起在"牛棚"里关过一个时期，他的罪名是"摘帽右派"。他不服，不听话，他贴出大字报，声明"自己解放自己"，因此罪名越搞越大，给提去关了一个时期还不算，还戴上了反革命的帽子监督劳动。

在会场里我一直像在做怪梦。开完会回家，见到萧珊我感到格外亲切，仿佛重回人间，可是她不舒服，不想讲话，偶尔讲一句半句。我还记得她讲了两次："我看不到了。"我连声问她看不到什么？她后来才说："看不到你解放了。"我还能再讲什么呢？

我儿子在旁边，垂头丧气，精神不好，晚饭只吃了半碗，像是患感冒。她忽然指着他小声说："他怎么办呢？"他当时在安徽山区已经待了三年半，政治上没有人管，生活上不能养活自己，而且因为是我的儿子，给剥夺了好些公民权利。他先学会沉默，后来又学会抽烟。我怀着内疚的心情看看他，我后悔当初不该写小说，更不该生儿育女。我还记得前两年在痛苦难熬的时候她对我说："孩子们说爸爸做了坏事，害了我们大家。"这好像用刀子在割我身上的肉。我没有出声，我把泪水全吞在肚里。她睡了一觉醒过来忽然问我："你明天不去了？"我说："不去了。"就是那个"工宣队"头头今天通知我不用再去干校就留在市区。他还问我："你知道萧珊是什么病？"我答说："知道。"其实家里瞒住我，不给我知道真相，我还是从他这句问话里猜到的。

三

第二天早晨她动身去医院，一个朋友和我女儿、女婿陪她去。她穿好衣服等候车来。她显得急躁，又有些留恋，东张张西望望，她也许在想是不是能再看到这里的一切。我送走她，心上反而加了一块大石头。

将近二十天里，我每天去医院陪伴她大半天。我照料她，我坐在病床前守着她，同她短短地谈几句话。她的病情恶化，一天天衰弱下去，肚子却一天天大起来，行动越来越不方便。

当时病房里没有人照料，生活方面除饭食外一切都必须自理。

后来听同病房的人称赞她"坚强"，说她每天早晚都默默地挣扎着下了床，走到厕所。医生对我们谈起，病人的身体经不住手术，最怕的是她肠子堵塞，要是不堵塞，还可以拖延一个时期。她住院后的半个月是一九六六年八月以来我既感痛苦又感到幸福的一段时间，是我和她在一起渡过的最后的平静的时刻，我今天还不能将它忘记。但是半个月以后，她的病情有了发展，一天吃中饭的时候，医生通知我儿子找我去谈话。他告诉我：病人的肠子给堵住了，必须开刀。开刀不一定有把握，也许中途出毛病。但是不开刀，后果更不堪设想。他要我决定，并且要我劝她同意。我做了决定，就去病房对她解释。我讲完话，她只说了一句："看来，我们要分别了。"她望着我，眼睛里全是泪水。我说："不会的……"我的声音哑了。接着护士长来安慰她，对她说："我陪你，不要紧的。"她回答："你陪我就好。"时间很紧迫，医生、护士们很快做好准备，她给送进手术室去了，是她表侄把她推到手术室门口的，我们就在外面走廊上等了好几个小时，等到她平安地给送出来，由儿子把她推回到病房去。儿子还在她身边守过一个夜晚。过两天他也病倒了，查出来他患肝炎，是从安徽农村带回来的。本来我们想瞒住他的母亲，可是无意间让他母亲知道了。她不断地问："儿子怎么样？"我自己也不知道儿子怎么样，我怎么能使她放心呢？晚上回到家，走进空空的、静静的房间，我几乎要叫出声来："一切都朝我的头打下来吧，让所有的灾祸都来吧。我受得住！"

我应当感谢那位热心而又善良的护士长，她同情我的处境，要我把儿子的事情完全交给她办。她作好安排，陪他看病、检查，让他很快住进别处的隔离病房，得到及时的治疗和护理。他在隔离病房里苦苦地等候母亲病情的好转。母亲躺在病床上，只能有气无力地说几句短短的话，她经常问："棠棠怎么样？"从她那双含泪的眼睛里我明白她多么想看见她最爱的儿子。但是她已经没有精力多想了。

她每天给输血，打盐水针。她看见我去就断断续续地问我："输多少西西的血？该怎么办？"我安慰她："你只管放心。没有问题，治病要紧。"她不止一次地说："你辛苦了。"我有什么苦呢？我能够为我最亲爱的人做事情，哪怕做一件小事，我也高兴！后来她的身体更不行了。医生给她输氧气，鼻子里整天插着管子。她几次要求拿开，这说明她感到难受，但是听了我们的劝告，她终于忍受下去了。开刀以后她只活了五天。谁也想不到她会去得这么快！五天中间我整天守在病床前，默默地望着她在受苦（我是设身处地感觉到这样的），可是她除了两三次要求搬开床前巨大的氧气筒，三、四次表示担心输血较多付不出医药费之外，并没有抱怨过什么。见到熟人她常有这样一种表情：请原谅我麻烦了你们。她非常安静，但并未昏睡，始终睁大两只眼睛。眼睛很大，很美，很亮。我望着，望着，好像在望快要燃尽的烛火。我多么想让这对眼睛永远亮下去！我多么害怕她离开我！我甚至愿意为我那十四卷"邪书"受到千刀万剐，只求她能安静地活下去。

不久前我重读梅林写的《马克思传》，书中引用了马克思给女儿的信里一段话，讲到马克思夫人的死。信上说："她很快就咽了气。……这个病具有一种逐渐虚脱的性质，就像由于衰老所致一样。甚至在最后几小时也没有临终的挣扎，而是慢慢地沉入睡乡。她的眼睛比任何时候都更大、更美、更亮！"这段话我记得很清楚。马克思夫人也死于癌症。我默默地望着萧珊那对很大、很美、很亮的眼睛，我想起这段话，稍微得到一点安慰。听说她的确也"没有临终的挣扎"，也是"慢慢地沉入睡乡"。我这样说，因为她离开这个世界的时候，我不在她的身边。那天是星期天，卫生防疫站因为我们家发现了肝炎病人，派人上午来做消毒工作。她的表妹有空愿意到医院去照料她，讲好我们吃过中饭就去接替。没有想到我们刚刚端起饭碗，就得到传呼电话，通知我女儿去医院，说是她妈妈"不行"了。真是晴天霹雳！我和我女儿、女婿赶到医院。她那张病床上连床垫也给拿走了。别人告诉我她在太平间。我们又下了楼赶到那里，在门口遇见表妹。还是她找人帮忙把"咽了气"的病人抬进来的。死者还不曾给放进铁匣子里送进冷库，她躺在担架上，但已经白布床单包得紧紧的，看不到面容了。我只看到她的名字。我弯下身子，把地上那个还有点人形的白布包拍了好几下，一面哭唤着她的名字。不过几分钟的时间，这算是什么告别呢？

据表妹说，她逝世的时刻，表妹也不知道。她曾经对表妹说："找医生来。"医生来过，并没有什么。后来她就渐渐地"沉入睡乡"。表妹还以为她在睡眠。一个护士来打针，才发觉她的心脏已经停止跳动了。我没有能同她诀别，我有许多话没有能向她倾吐，她不能没有留下一句遗言就离开我！我后来常常想，她对表妹说："找医生来"。很可能不是"找医生"。是"找李先生"（她平日这样称呼我）。为什么那天上午偏偏我不在病房呢？家里人都不在她身边，她死得这样凄凉！

我女婿马上打电话给我们仅有的几个亲戚。她的弟媳赶到医院，马上晕了过去。三天以后在龙华火葬场举行告别仪式。她的朋友一个也没有来，因为一则我们没有通知，二则我是一个审查了将近七年的对象。没有悼词没有吊客，只有一片伤心的哭声。我衷心感谢前来参加仪式的少数亲友和特地来帮忙的我女儿的两三个同学。最后，我跟她的遗体告别，女儿望着遗容哀哭，儿子在隔离房还不知道把他当作命根子的妈妈已经死亡。值得提说的是她当作自己儿子照顾了好些年的一位亡友的男孩从北京赶来，只为了见她最后一面。这个整天同钢铁打交道的技术员，他的心倒不像钢铁那样。他得到电报以后，他爱人对他说："你去吧，你不去一趟，你的心永远安定不了。"我在变了形的她的遗体旁边站了一会。别人给我和她照了相。我痛苦地想：这是最后一次了，即使给我们留下来很难看的形象，我也要珍视这个镜头。

一切都结束了。过了几天我和女儿、女婿到火葬场，领到了她的骨灰盒。在存放室寄存了三年之后，我按期把骨灰盒接回家里。有人劝我把她的骨灰安葬，我宁愿让骨灰盒放在我的寝室里，我感到她仍然和我在一起。

四

梦魇一般的日子终于过去了。六年仿佛一瞬间似的远远地落在后面了。其实哪里是一瞬间！这段时间里有多少流着血和泪的日子啊。不仅是六年，从我开始写这篇短文到现在又过去了半年，半年中我经常在火葬场的大厅里默哀，行礼，为了纪念给"四人帮"迫害致死的朋友。想到他们不能把个人的智慧和才华献给社会主义祖国，我万分惋惜。每次戴上黑纱插上纸花的同时，我也想起我自己最亲爱的朋友，一个普通的文艺爱好者，一个成绩不大的翻译工作者，一个心地善良的人。她是我生命的一部分，她的骨灰里有我的泪和血。

她是我的一个读者。一九三六年我在上海第一次同她见面。一九三八年和一九四一年我们两次在桂林像朋友似的住在一起。一九四四年我们在贵阳结婚。我认识她的时候，她还不到二十，对她的成长我应当负很大的责任。她读了我的小说，给我写信，后来见到了我，对我发生了感情。她在中学念书，看见我以前，因为参加学生运动被学校开除，回到家乡住了一个短时期，又出来进另一所学校。倘使不是为了我，她三七、三八年一定去了延安。她同我谈了八年的恋爱，后来到贵阳旅行结婚，只印发了一个通知，没有摆过一桌酒席。从贵阳我和她先后到了重庆，住在民国路文化生活出版社门市部楼梯下七八个平方米的小屋里。她托人买了四只玻璃杯开始组织我们的小家庭。她陪着我经历了各种艰苦生活。

在抗日战争紧张的时期，我们一起在日军进城以前十多个小时逃离广州，我们从广东到广西，从昆明到桂林，从金华到温州，我们分散了，又重见，相见后又别离。在我那两册《旅途通讯》中就有一部分这种生活的记录。四十年前有一位朋友批评我："这算什么文章！"我的《文集》出版后，另一位朋友认为我不应当把它们也收进去。他们都有道理。两年来我对朋友、对读者讲过不止一次，我决定不让《文集》重版。但是为我自己，我要经常翻看那两小册《通讯》。在那些年代，每当我落在困苦的境地里、朋友们各奔前程的时候，她总是亲切地在我耳边说："不要难过，我不会离开你，我在你的身边。"的确，只有她最后一次进手术室之前她才说过这样一句："我们要分别了。"

我同她一起生活了三十多年。但是我并没有好好地帮助过她。她比我有才华，却缺乏刻苦钻研的精神。我很喜欢她翻译的普希金和屠格涅夫的小说。虽然译文并不恰当，也不是普希金和屠格涅夫的风格，它们却是有创造性的文学作品，阅读它们对我是一种享受。她想改变自己的生活，不愿做家庭妇女，却又缺少吃苦耐劳的勇气。她听一个朋友的劝告，得到后来也是给"四人帮"迫害致死的叶以群同志的同意，到《上海文学》"义务劳动"，也做了一点点工作，然而在运动中却受到批判，说她专门向老作家组稿，又说她是我派去的"坐探"。她为了改造思想，想走捷径，要求参加"四清"运动，找人推荐到某铜厂的工作组工作，工作相当忙碌、紧张，她却精神愉快。但是到我快要靠边的时候，她也被叫回"作协分会"参加运动。她第一次参加这种急风暴雨般的斗争，而且是以反动权威家属的身份参加，她不知道该怎么办才好。她张皇失措，坐立不安，替我担心，又为儿女们的前途忧虑。她盼望什么人向她伸出援助的手，可是朋友们离开了她，"同事们"拿她当作箭靶，还有人想通过整她来整我。她不是"作协分会"或者刊物的正式工作人员，可是仍然被"勒令"靠边劳动、站队挂牌，放回家以后，又给揪到机关。她怕人看见，每天大清早起来，拿着扫帚出门，扫得精疲力尽，才回到家里，关上大门，吐了一口气。但有时她还碰到上学去的小孩，对她叫骂"巴金的臭婆娘"。我偶尔看见她拿着扫帚回来，不敢正眼看她，我感到负罪的心情，这是对她的一个致命的打击。不到两个月，她病倒了，以后就没有再出去扫街（我妹妹继续扫了一个时期），但是也没有完全恢复健康。尽管她还继续拖了四年，但一直到死她并不曾看到我恢复自由。

这就是她的最后，然而绝不是她的结局。她的结局将和我的结局连在一起。

我绝不悲观。我要争取多活。我要为我们社会主义祖国工作到生命的最后一息。在我丧失工作能力的时候，我希望病榻上有萧珊翻译的那几本小说。等到我永远闭上眼睛，就让我的骨灰同她的掺和在一起。

风雨中忆萧红

丁 玲

本来就没有什么地方可去，一下雨便更觉得闷在窑洞里的日子太长。要是有更大的风雨也好，要是有更汹涌的河水也好，可是仿佛要来一阵骇人的风雨似的那么一块肮脏的云成天盖在头上，水声也是那么不断地哗啦哗啦在耳旁响，微微地下着一点看不见的细雨，打湿了地面，那轻柔的柳絮和蒲公英都飘舞不起而沾在泥土上了。这会使人有遐想，想到随风而倒的桃李，在风雨中更迅速迸出的苞芽。即使是很小的风雨或浪潮，都更能显出百物的凋谢和生长，丑陋或美丽。

世界上什么是最可怕的呢，决不是艰难险阻，决不是洪水猛兽，也决不是荒凉寂寞。而难于忍耐的却是阴沉和絮聒；人的伟大也不是能乘风而起，青云直上，也不只是能抵抗横逆之来，而是能在阴霾的气压下，打开局面，指示光明。

时代已经非复少年时代了，谁还有悠闲的心情在闷人的风雨中煮酒烹茶与琴诗为侣呢？或者是温习着一些细腻的情致，重读着那些曾经被迷醉过被感动过的小说，或者低徊冥思那些天涯的故人？流着一点温柔的泪，那些天真、那些纯洁、那些无疵的赤子之心，那些轻微的感伤，那些精神上的享受都飞逝了，早已飞逝得找不到影子了。这个飞逝得很好，但现在是什么呢？是听着不断的水的絮聒，看着脏布也似的云块，痛感着阴霾，连寂寞的宁静也没有，然而却需要阿底拉斯的力背负着宇宙的时代所给予的创伤，毫不动摇的存在着，存在便是一种大声疾呼，便是一种骄傲，便是给絮聒以回答。

然而我决不会麻木的，我的头成天膨胀着要爆炸，它装得太多，需要呕吐。于是我写着，在白天，在夜晚，有关节炎的手臂因为放在桌子上着太久而疼痛，患砂眼的眼睛因为在微小的灯光下而模糊。但幸好并没有激动，也没有感慨，我不缺乏冷静，而且很富有宽想，我很愉快，因为我感到我身体内有东西在冲撞；它支持了我的疲倦，它使我会看到将来，它使我跨过现在，它会使我更冷静，它包括了真理和智慧，它是我生命中的力量，比少年时代的那种无愁的青春更可爱啊！

但我仍会想起天涯的故人的，那些死去的或是正受着难的。前天我想起了雪峰，在我的知友中他是最没有自己的了。他工作着，他一切为了党，他受埋怨过，然而他没有感伤，他对名誉和地位是那样地无睹，那样不会趋炎附势，培植党羽，装腔作势，投机取巧。昨天我又苦苦地想起秋白，在政治生活中过了那么久，却还不能彻底地变更自己，他那种二重的生活使他在临死时还不能免于有所申诉。我常常责怪他申诉的"多余"，然而当我去体味他内心的战斗历史时，却也不能不感动，哪怕那在整体中，是很渺小的。今天我想起了刚逝世不久的萧红，明天，我也许会想到更多的谁，人人都与这社会关系，因为这社会，我更不能忘怀于一切了。

萧红和我认识的时候，是在一九三八年春初。那时山西还很冷，很久生活在军旅之中，习惯于粗犷的我，骤睹着她的苍白的脸，紧紧闭着的嘴唇，敏捷的动作和神经质的笑声，使我觉得很特别，而唤起许多回忆，但她的说话是很自然而真率的。我很奇怪作为一个作家的她，为什么会那样少于世故，大概女人都容易保有纯洁和幻想，或者也就同时显得有些稚嫩和软弱的缘故吧。但我们都很亲切，彼此并不感觉到有什么孤僻的性格。我们尽情地在一块儿唱歌，每夜谈到很晚才睡觉。当然我们之中在思想上，在感情上，在性格上都不是没有差异，然而彼此都能理解，并不会因为不同意见或不同嗜好而争吵，而揶揄。接着是她随同我们一道去西安，我们在西安住完了一个春天。我们痛饮过，我们也同度过风雨之夕，我们也互相倾诉。然而现在想来，我们谈得是多么地少啊！我们似乎从没有一次谈到过自己，尤其是我。然而我却以为她从没有一句话是失去了自己的，因为我们实在都太真实，太爱在朋友的面前赤裸自己的精神。因为我们又实在觉得是很亲近的。但我仍会觉得我们是谈得太少的，因为，像这样的能无妨嫌、无拘束、不须警惕着谈话的对手是太少了啊！

那时候我很希望她能来延安，平静地住一时期之后而致全力于著作。抗战开始后，短时期的劳累奔波似乎使她感到不知在什么地方能安排生活。她或许比我适于幽美平静。延安虽不够作为一个写作的百年长计之处，然在抗战中，的确可以使一个人少顾虑于日常琐碎，而策划于较远大的。并且这里有一种朝气，或者会使她能更健康些。但萧红却南去了。至今我还很后悔那时我对于她生活方式所参预的意见是太少了，这或许由于我们相交太浅，和我的生活方式离她太远的缘故，但徒劳的热情虽然常常于事无补，然在个人仍可得到一种心安。

我们分手后，就没有通过一封信。端木曾来过几次信，在最后的一封信上（香港失陷约一星期前收到）告诉我，萧红因病始由皇后医院迁出。不知为什么我就有一种预感，觉得有种可怕的东西会来似的。有一次我同白朗说："萧红决不会长寿的。"当我说这话的时候，我是曾把眼睛扫遍了中国我所认识的或知道的女性朋友，而感到一种无言的寂寞。能够耐苦的，不依赖于别的力量，有才智、有气节而从事于写作的女友，是如此其寥寥啊！

不幸的是我的杞忧竟成了现实，当我昂头望着天的那边，或低头细数脚底的泥沙，我都不能压制我丧去一个真实的同伴的叹息。在这样的世界中生活下去，多一个真实的同伴，便多一分力量，我们的责任还不只于打于局面，指示光明，而还是创造光明和美丽；人的灵魂假如只能拘泥于个体的褊狭之中，便只能陶醉于自我的小小成就。我们要使所有的人都能有崇高的享受，和为这享受而做出伟大牺牲。

生在现在的这世界上，活着固然能给整个事业添一分力量，而死对于自己也是莫大的损失。因为这世界上有的是戮尸的遗法，从此你的话语和文学将更被歪曲，被侮辱；听说连未死的胡风都有人证明他是汉奸，那么对于已死的人，当然更不必贿买这种无耻的人证了。鲁迅先生的"阿Q"曾被那批御用文人歪曲地诠释，那么《生死场》的命运也就难免于这种灾难。在活着的时候，你不能不被逼走到香港；死去，却还有各种污蔑在等着，而你还不会知道；那些与你一起的脱险回国的朋友们还将有被监视和被处分的前途。我完全不懂得到底要把这批人逼到什么地步才算够？猫在吃老鼠之前，必先玩弄它以娱乐自己的得意。这种残酷是比一切屠戮都更恶毒，更需要被毁灭的。

只要我活着，朋友的死耗一定将陆续地压住我沉闷的呼吸。尤其是在这风雨的日子里，我会更感到我的重荷。我的工作已经够消磨我的一生，何况再加上你们的屈死，和你们未完的事业，但我一定可以支持下去的。我要借这风雨，寄语你们，死去的，未死的朋友们，我将压榨我生命所有的余剩，为着你们的安慰和光荣。哪怕就仅仅为着你们也好，因为你们是受苦难的劳动者，你们的理想就是真理。

风雨已停，朦朦的月亮浮在西边的山头上，明天将有一个晴天。我为着明天的胜利而微笑，为着永生而休息。我吹熄了灯，平静地躺到床上。

枣核

萧乾

动身访美之前，一位旧时同窗寄来封航空信，再三托付我为她带几颗生枣核。东西倒不占分量，可是用途却很蹊跷。

从费城出发前，我们就通了电话。一下车，她已经在站上等了。掐指一算，分手快有半个世纪了，现在都已是风烛残年。拥抱之后她就殷切地问我："带来了吗？"我赶快从手提包里掏出那几颗枣核。她托在掌心，像比珍珠玛瑙还贵重。

她当年那股调皮劲显然还没改。我问起枣核的用途，她一面往衣兜里揣，一面故弄玄虚地说："等会儿你就明白啦。"

那真是座美丽的山城，汽车开去，一路坡上坡下满是一片嫣红。倘若在中国，这里一定会有枫城之称。过了几个山坳，她朝枫树丛中一座三层小楼指了指说："喏，到了。"汽车拐进草坪，离车库还有三四米，车库门就像认识主人似的自动掀启。

朋友有点不好意思地解释说，买这座大房子时，孩子们还上着学，如今都成家立业了。学生物化学的老伴儿在一家研究所里做营养试验。

她把我安顿在二楼临湖的一个房间后，就领我去踏访她的后花园。地方不大，布置得却精致匀称。我们在靠篱笆的一张白色长凳上坐下，她劈头就问我："觉不觉得这花园有点家乡味道？"经她指点，我留意到台阶两旁是她手栽的两株垂杨柳，草坪中央有个睡莲池。她感慨良深地对我说："栽垂柳的时候，我那个小子才 5 岁。如今在一条核潜艇上当总机械长了。姑娘在哈佛教书。家庭和事业都如意，各种新式设备也都有了。可是我心上总像是缺点什么。也许是没出息，怎么年纪越大，思乡越切。我现在可充分体会出游子的心境了。我想厂甸，想隆福寺。这里一过圣诞，我就想旧历年。近来，我老是想总布胡同院里那棵枣树。所以才托你带几颗种子，试种一下。"

接着，她又指着花园一角堆起的一座假山石说："你相信吗？那是我开车到几十里以外，一块块亲手挑选，论公斤买下，然后用汽车拉回来的。那是我们家的'北海'。"

说到这里，我们两人都不约而同地站了起来，沿着卵石铺成的小径，穿过草坪，走到"北海"跟前。真是个细心人呢，她在上面还嵌了一所泥制的小凉亭，一座红庙，顶上还有尊白塔。朋友解释说，都是从旧金山唐人街买来的。

她告诉我，时常在月夜，她同老伴儿并肩坐在这长凳上，追忆起当年在北海泛舟的日子。睡莲的清香迎风扑来，眼前仿佛就闪出一片荷塘佳色。

改了国籍，不等于就改了民族感情；而且没有一个民族像我们这么依恋故土的。

胡同文化

汪曾祺

　　北京城像一块大豆腐，四方四正。城里有大街，有胡同。大街、胡同都是正南正北，正东正西。北京人的方位意识极强。过去拉洋车的，逢转弯处都高叫一声"东去！""西去！"以防碰着行人。老两口睡觉，老太太嫌老头子挤着她了，说"你往南边去一点"。这是外地少有的。街道如是斜的，就特别标明是斜街，如烟袋斜街、杨梅竹斜街。大街、胡同，把北京切成一个又一个方块。这种方正不但影响了北京人的生活，也影响了北京人的思想。

　　胡同原是蒙古语，据说原意是水井，未知确否。胡同的取名，有各种来源。有的是计数的，如东单三条、东四十条。有的原是皇家储存物件的地方，如皮库胡同、惜薪司胡同（存放柴炭的地方），有的是这条胡同里曾住过一个有名的人物，如无量大人胡同、石老娘（老娘是接生婆）胡同。大雅宝胡同原名大哑巴胡同，大概胡同里曾住过一个哑巴。王皮胡同是因为有一个姓王的皮匠。王广福胡同原名王寡妇胡同。有的是某种行业集中的地方。手帕胡同大概是卖手帕的，羊肉胡同当初想必是卖羊肉的。有的胡同是像其形状的。高义伯胡同原名狗尾巴胡同。小羊宜宾胡同原名羊尾巴胡同。大概是因为这两条胡同的样子有点像羊尾巴、狗尾巴。有些胡同则不知道何所取义，如大绿纱帽胡同。

　　胡同有的很宽阔，如东总布胡同、铁狮子胡同。这些胡同两边大都是"宅门"，到现在房屋都还挺整齐。有些胡同很小，如耳朵眼胡同。北京到底有多少胡同？北京人说：有名的胡同三千六，没名的胡同数不清，通常提起"胡同"，多指的是小胡同。

　　胡同是贯通大街的网络。它距离闹市很近，打个酱油，约二斤鸡蛋什么的，很方便，但又似很远。这里没有车水马龙，总是安安静静的。偶尔有剃头挑子的"唤头"（像一个大镊子，用铁棒从当中擦过，便发出嗡的一声）、磨剪子磨刀的"惊闺"（十几个铁片穿成一串，摇动作声）、算命的盲人（现在早没有了）吹的短笛的声音。这些声音不但不显得喧闹，倒显得胡同里更加安静了。

　　胡同和四合院是一体。胡同两边是若干四合院连接起来的。胡同、四合院，是北京市民的居住方式，也是北京市民的文化形态。我们通常说北京的市民文化，就是指的胡同文化。胡同文化是北京文化的重要组成部分，即便不是最主要的部分。

　　胡同文化是一种封闭的文化。住在胡同里的居民大都安土重迁，不大愿意搬家。有在一个胡同里一住住几十年的，甚至有住了几辈子的。胡同里的房屋大都很旧了，"地根儿"房子就不太好，旧房檩，断砖墙。下雨天常是外面大下，屋里小下。一到下大雨，总可以听到房塌的声音，那是胡同里的房子。但是他们舍不得"挪窝儿"，——"破家值万贯"。

　　四合院是一个盒子。北京人理想的住家是"独门独院"。北京人也很讲究"处街坊"。"远亲不如近邻"。"街坊里道"的，谁家有点事，婚丧嫁娶，都得"随"一点"份子"，道个喜或道个恼，不这样就不合"礼数"。但是平常日子，过往不多，除了有的街坊是棋友，"杀"一盘；有的是酒友，到"大酒缸"（过去山西人开的酒铺，都没有桌子，在酒缸上放一块规成圆形的厚板以代酒桌）喝两"个"（大酒缸二两一杯，叫做"一个"）；或是鸟友，不约而同，各晃着鸟笼，到天坛城根、玉渊潭去"会鸟"（会鸟是把鸟笼挂在一处，既可让鸟互相学叫，也互相比赛）。此外，"各人自扫门前雪，休管他人瓦上霜"。

　　北京人易于满足，他们对生活的物质要求不高。有窝头，就知足了。大腌萝卜，就不错。小酱萝卜，那还有什么说的。臭豆腐滴几滴香油，可以待姑奶奶。虾米皮熬白菜，嘿！我认识一个在国子监当过差，伺候过陆润庠、王（土序）等祭酒的老人，他说："哪儿也比不了北京。北京的熬白菜也比别处好吃，——五味神在北京"。五味神是什么神？我至今考查不出来。但是北京人的大白菜文化却是可以理解的。北京人每个人一辈子吃的大白菜摞起来大概有北海白塔那么高。

北京人爱瞧热闹，但是不爱管闲事。他们总是置身事外，冷眼旁观。北京是民主运动的策源地，"民国"以来，常有学生运动。北京人管学生运动叫做"闹学生"。学生示威游行，叫做"过学生"。与他们无关。

北京胡同文化的精义是"忍"，安分守己、逆来顺受。老舍《茶馆》里的王利发说"我当了一辈子的顺民"，是大部分北京市民的心态。

我的小说《八月骄阳》里写到"文化大革命"，有这样一段对话：

"还有个章法没有？我可是当了一辈子安善良民，从来奉公守法。这会儿，全乱了。我这眼面前就跟'下黄土'似的，简直的，分不清东西南北了。"

"您多余操这份儿心。粮店还卖不卖棒子面？"

"卖！"

"还是的。有棒子面就行。……"

我们楼里有个小伙子，为一点事，打了开电梯的小姑娘一个嘴巴。我们都很生气，怎么可以打一个女孩子呢！我跟两个上了岁数的老北京（他们是"搬迁户"，原来是住在胡同里的）说，大家应该主持正义，让小伙子当众向小姑娘认错，这二位同志说："叫他认错？门儿也没有！忍着吧！——'穷忍着，富耐着，睡不着眯着'！""睡不着眯着"这话实在太精彩了！睡不着，别烦躁，别起急，眯着，北京人，真有你的！

北京的胡同在衰败，没落。除了少数"宅门"还在那里挺着，大部分民居的房屋都已经很残破，有的地基柱础甚至已经下沉，只有多半截还露在地面上。有些四合院门外还保存已失原形的拴马桩、上马石，记录着失去的荣华。有打不上水来的井眼、磨圆了棱角的石头棋盘，供人凭吊。西风残照，衰草离坡，满目荒凉，毫无生气。

看看这些胡同的照片，不禁使人产生怀旧情绪，甚至有些伤感。但是这是无可奈何的事。在商品经济大潮的席卷之下，胡同和胡同文化总有一天会消失的。也许像西安的虾蟆陵，南京的乌衣巷，还会保留一两个名目，使人怅望低徊。

再见吧，胡同。

法门寺

季羡林

法门寺，多么熟悉的名字啊！京剧有一出戏，就叫做"法门寺"。其中有两个角色，让人永远忘记不了：一个是太监刘瑾，一个是他的随从贾桂。刘瑾气焰万丈，炙手可热。他那种小人得志的情态，在戏剧中表现得惟妙惟肖，淋漓尽致，是京剧中最著名的人物之一。贾桂则是奴颜婢膝，一副小人阿谀奉承的奴才相。他的"知名度"甚至高过刘瑾，几乎是妇孺皆知。"贾桂思想"这个词儿至今流传。

我曾多次看"法门寺"这一出戏，我非常欣赏演员们的表演艺术。但是，我从来也没想研究究竟有没有法门寺这样一个地方？它坐落在何州何县？这样的问题好像跟我风马牛不相及，根本不存在似的。

然而，我何曾料到，自己今天竟然来到了法门寺，而且还同一件极其重要的考古发现联系在一起了。

这一座寺院距离陕西扶风县有八九里路，处在一个比较偏僻的农村中。我们来的时候，正落着蒙蒙细雨。据说这雨已经下了几天。快要收割的麦子湿漉漉的，流露出一种垂头丧气的神情。但是在中国比较稀见的大棵大朵的月季花却开得五颜六色，绚丽多姿，告诉我们春天还没有完全过去，夏天刚刚来临。寺院正在修葺，大殿已经修好，彩绘一新，鲜艳夺目。但是整个寺院却还是一片断壁残垣，显得破破烂烂。地上全是泥泞，根本没法走路。工人们搬来了宝塔倒掉留下来的巨大的砖头，硬是在泥水中垫出一条路来。我们这一群从北京来的秀才们小心翼翼，战战兢兢地踏着砖头，左歪右斜地走到了一个原来有一座十三层的宝塔而今完全倒掉的地方。

这样一个地方有什么可看的呢？千里迢迢从北京赶来这里难道就是为了看这一座破庙吗？事情当然不会这样简单。这一座法门寺在唐代真是大大地有名，它是皇家烧香礼佛的地方。这一座宝塔建自唐代，中间屡经修葺。但是在一千多年的漫长的时间内，年深日久，自然的破坏力是无法抗御的，终于在前几年倒塌了。我们现在看到的就是倒塌后的样子。

倒塌本身按理说也用不着大惊小怪。但是，倒塌以后，下面就露出了地宫。打开地宫，一方面似乎是出人意料，另一方面又似乎是在意料之内，在这里发现了大量异常珍贵的古代遗物。遗物真可以说是丰富多彩，琳琅满目，其中有金银器皿、玻璃器皿茶碾子、丝织品。据说，地宫初启时，一千多年以前的金器，金光闪闪，光辉夺目，参加发掘的人为之吃惊，为之振奋。最引人瞩目的是秘色瓷，实物还从来没有看到过。另外根据刻在石碑上的账簿，丝织品中有中国历史上惟一的一位女皇武则天的裙子。因为丝织品都粘在一起，还没有能打开看一看，这一条简直是充满了神话色彩的裙子究竟是什么样。

但是，真正引起轰动的还是如来佛释迦牟尼的真身舍利，世界上已经发现的舍利为数极多，我国也有不少。但是，那些舍利都是如来佛遗体焚化后留下来的。这一个如来佛指骨舍利却出自他的肉身，在世界上从来没有过。我不是佛教信徒，不想去探索考证。但是，这个指骨舍利在13层宝塔下面已经埋藏了一千多年，只是它这一把子年纪不就能让我们肃然起敬吗？何况它还同中国历史上和文学史上的一段公案紧密地联系在一起呢！唐朝大文学家韩愈有一篇著名的文章：《论佛骨表》，千百年来，读过这篇文章的人恐怕有千百万。我自己年幼时也曾读过，至今尚能背诵。但是，我从来也没有想到，唐宪宗"令群僧迎佛骨于凤翔"的佛骨竟然还存在于宇宙间，而且现在就在我们眼前，我原以为是神话的东西就保存在我们现在来看的地宫里，虚无缥缈的神话一下子变为现实，它将在全世界引起多么大的轰动，目前还无法预料。这一阵"佛骨旋风"会以雷霆百钧之力扫过佛教世界。这一点是肯定无疑的了。

我曾多次来过西安，我也曾多次感觉到过，而且说出来过：西安是一块宝地。在这里，中国古代文化仿佛阳光空气一般，弥漫城中。唐代著名诗人的那些名篇名句，很多都与西安有牵连。谁看到灞桥、渭水等等的名字不会立即神往盛唐呢？谁走过丈八沟、乐游原这样的地方不会立即想到杜甫、李商隐的名篇呢？这里到处是诗，美妙的诗；这里到处是梦，神奇的梦；这里是一个诗和梦的世界。如今又出现了如来真身舍利。它将给这个诗和梦的世界涂上一层神光，使它同西天净土，三千大千世界联系在一起，生为西安人，生为陕西人，生为中国人有福了。

从神话回到现实，我们这一群北京秀才们是应邀来鉴定新出土的奇宝的。对我们这些凡夫俗子来说，如来真身舍利渺矣茫矣。对每一个中国人来说，古代灿烂的文化遗物却是活生生的现实。即使对于神话不感兴趣的普通老百姓，对现实却是感兴趣的。现在法门寺已经严密封锁，一般人不容易进来。但是，老百姓却有自己的想法，有自己的价值观。我曾在大街上和飞机场上碰到过一些好奇的老百姓。在大街上，两位中年人满面堆笑，走了过来：

"你是从北京来的吗？"

"是的。"

"你是来鉴定如来佛的舍利吗？"

"是的。"

"听说你们已经挖出了一地窖金子?!"

对这样的"热心人"，我能回答些什么呢？

在飞机上五六个年轻人一下子拥了上来：

"你们不是从北京来的吗？"

"是的。"

"听说，你们看到的那几段佛骨，价钱可以顶得上三个香港?!"

多么奇妙的联想，又是多么天真的想法。让我关在屋子里想一辈子也想不出来。无论如何，这表示，西安的老百姓已经普遍地注意到如来真身舍利的出现这一件事，街头巷尾，高谈阔论，沸沸扬扬，满城都说佛舍利了。

外国朋友怎样呢？他们的好奇心，他们的轰动，决不亚于中国的老百姓。在新闻发布会上，一位日本什么报的记者抢过扩音器，发出了连珠炮似的问题："这个指骨舍利是如来佛哪一只手上的呢？是左手，还是右手？是哪一个指头上的呢？是拇指，还是小指？"我们这一些"答辩者"，谁也回答不出来。其他外国记者都争着想提问，但是这一位日本朋友却抓紧了扩音器，死不放手。我决不敢认为，他的问题提的幼稚，可笑。对一个信仰佛教又是记者的人来说，他提问题是非常认真严肃的，又是十分虔诚的。据我了解到的，现在世界上许多国家，特别是日本、印度、以及南亚和东南亚佛教国家，都纷纷议论西安的真身舍利。这个消息像燎原的大火一样，已经熊熊燃烧起来了，行将见"西安热"又将热遍全球了。

就这样，我在细雨霏霏中，一边参观法门寺，一边心潮起伏，浮想联翩。多年来没有背诵的《论佛骨表》硬是从遗忘中挤了出来，我不由地一字一句暗暗背诵着：

一封朝奏九重天，

夕贬潮阳路八千。

欲为圣明除弊事？

肯将衰朽惜残年，

云横秦岭家何在，

雪拥蓝关马不前。

知汝远来应有意，

好收吾骨瘴江边。

韩愈因谏迎佛骨，遭到贬逐，他的侄孙韩湘来看他，他写了这一首诗。我没有到过秦岭，更没有见过蓝关，我却仿佛看到了一个孤苦伶仃的老人，忠君遭贬，我不禁感到一阵凄凉。此时月季花在雨中别具风韵，法门寺的红墙另有异彩。我幻想，再过三五年，等到法门寺修复完毕，十三级宝塔重新矗立之时，此时冷落僻远的法门寺前，将是车水马龙，摩肩接踵，与秦俑馆媲美了。

下 放 记 别

杨 绛

中国社会科学院，以前是中国科学院哲学社会科学部，简称学部。我们夫妇同属学部；默存在文学所，我在外文所。一九六九年，学部的知识分子正在接受"工人、解放军宣传队"的"再教育"。全体人员先是"集中"住在办公室里，六、七人至九、十人一间，每天清晨练操，上下午和晚饭后共三个单元分班学习。过了些时候，年老体弱的可以回家住，学习时间渐渐减为上下午两个单元。我们俩都搬回家去住，不过料想我们住在一起的日子不会长久，不日就该下放干校了。干校的地点在纷纷传说中逐渐明确，下放的日期却只能猜测，只能等待。

我们俩每天各在自己单位的食堂排队买饭吃。排队足足要费半小时；回家自己做饭又太费事也来不及。工、军宣队后来管束稍懈，我们经常中午约会同上饭店。饭店里并没有好饭吃，也得等待，但两人一起等，可以说说话。那年十一月三日，我先在学部大门口的公共汽车站等待，看见默存杂在人群里出来。他过来站在我旁边，低声说："待会儿告诉你你一件大事。"我看看他的脸色，猜不出什么事。

我们挤上了车，他才告诉我："这个月十一号，我就要走了。我是先遣队。"

尽管天天在等待行期，听到这个消息，却好像头顶上着了一个焦雷。再过几天是默存虚岁六十生辰，我们商量好：到那天两人要吃一顿寿面庆祝。再等着过七十岁的生日，只怕轮不到我们了。可是只差几天，等不及这个生日，他就得下干校。

"为什么你要先遣呢？"

"因为有你。别人得带着家眷，或者安顿了家再走；我可以把家撂给你。"

干校的地点在河南罗山，他们全所是十一月十七号走。

我们到了预定的小吃店，叫了一个最现成的沙锅鸡块——不过是鸡皮鸡骨。我舀些清汤泡了半碗饭，饭还是咽不下。

只有一个星期置备行装，可是默存要到末了两天才得放假。我倒借此赖了几天学，在家收拾东西。这次下放是所谓"连锅端"——就是拔宅下放，好像是奉命一去不复返的意思。没用的东西、不穿的衣服、自己宝贵的图书、笔记等等，全得带走，行李一大堆。当时我们的女儿阿圆、女婿得一，各在工厂劳动，不能叫回来帮忙。他们休息日回家，就帮着收拾行李，并且学别人的样，把箱子用粗绳子密密缠捆，防旅途摔破或压塌。可惜能用粗绳子缠捆保护的，只不过是木箱铁箱等粗重行李；这些木箱、铁精，确也不如血肉之躯经得起折磨。

经受折磨，就叫锻炼，除了准备锻炼，还有什么可准备的呢。准备的衣服如果太旧，怕不经穿；如果太结实，怕洗来费劲。我久不缝纫，胡乱把耐脏的绸子用缝衣机做了个毛毯的套子，准备经年不洗。我补了一条裤子，坐处像个布满经线纬线的地球仪，而且厚如角壳。默存倒很欣赏，说好极了，穿上好比随身带着个座儿，随处都可以坐下。他说，不用筹备得太周全，只需等我也下去，就可以照看他。至于家人团聚，等几时阿圆和得一乡间落户，待他们迎养吧。

转眼到了十一号先遣队动身的日子。我和阿圆、得一送行。默存随身行李不多，我们找个旮旯儿歇着等待上车。候车室里，闹嚷嚷、乱哄哄人来人往；先遣队的领队人忙乱得只恨分身无术，而随身行李太多的，只恨少生了几双手。得一忙放下自己拿的东西，去帮助随身行李多得无法摆布的人。默存和我看他热心为旁人效力，不禁赞许新社会的好风尚，同时又互相安慰说：得一和善忠厚，阿圆有他在一起，我们可以放心。

得一据着、拎着别人的行李，我和阿圆帮默存拿着他的几件小包小袋，排队挤进月台。挤上火车，找到个车厢安顿了默存。我们三人就下车，痴痴站着等火车开动。

我记得从前看见坐海船出洋的旅客，登上摆渡的小火轮，送行者就把许多彩色的纸带抛向小轮船；小船慢慢向大船开去，那一条条彩色的纸带先后迸断，岸上就拍手欢呼。也有人在欢呼声中落泪；迸断的彩带好似迸断的离情。这番送人上干校，车上的先遣队和车下送行的亲人，彼此间的离情假如看得见，就决不是彩色的，也不能一迸就断。

默存走到车门口，叫我们回去吧，别等了。彼此遥遥相望，也无话可说。我想，让他看我们回去还有三人，何以放心释念，免得火车驰走时，他看到我们眼里，都在不放心他一人离去。我们遵照他的意思，不等车开，先自走了。几次回头望望，车还不动，车下还是挤满了人。我们默默回家；阿圆和得一接着也各回工厂。他们同在一校而不同系，不在同一工厂劳动。

过了一两天，文学所有人通知我，下干校的可以带自己的床，不过得用绳子缠捆好，立即送到学部去。粗硬的绳子要缠捆得服帖，关键在绳子两头；不能打结子，得把绳头紧紧压在绳下。这至少得两人一齐动手才行。我只有一天的期限，一人请假在家，把自己的小木床拆掉。左放、右放，怎么也无法捆在一起，只好分别捆；而且我至少还欠一只手，只好用牙齿帮忙。我用细绳缚住粗绳头，用牙咬住，然后把一只床分三部分捆好，各件重复写上默存的名字。小小一只床分拆了几部，就好比兵荒马乱中的一家人，只怕一出家门就彼此失散，再聚不到一处去。据默存来信，那三部分重新团聚一处，确也害他好生寻找。

文学所和另一所最先下放。用部队的辞儿，不称"所"而称"连"。两连动身的日子，学部敲锣打鼓，我们都放了学去欢送。下放人员整队而出；红旗开处，俞平老和俞师母领队当先。年逾七旬的老人了，还像学龄儿童那样排着队伍，远赴干校上学，我看着心中不忍，抽身先退；一路回去，发现许多人缺乏欢送的热情，也纷纷回去上班。大家脸上都漠无表情。

我们等待着下干校改造，没有心情理会什么离愁别恨，也没有闲暇去品尝那"别是一般"的"滋味"。学部既已有一部分下了干校，没下去的也得加紧干活儿。成天坐着学习，连"再教育"我们的"工人师傅"们也腻味了。有一位二十二三岁的小"师傅"嘀咕说："我天天在炉前炼钢，并不觉得劳累；现在成天坐着，屁股也痛，脑袋也痛，浑身不得劲儿。"显然炼人比炼钢费事；"坐冷板凳"也是一项苦功夫。

炼人靠体力劳动。我们挖完了防空洞——一个四通八达的地下建筑，就把图书搬来搬去。捆、扎、搬运，从这楼搬到那楼，从这处搬往那处；搬完自己单位的图书，又搬别单位的图书。有一次，我们到一个积尘三年的图书馆去搬出书籍、书柜、书架等，要腾出屋子来。有人一进去给尘土呛得连打了二十来个嚏喷。我们尽管戴着口罩，出来都满面尘土，咳吐的尽是黑痰。我记得那时候天气已经由寒转暖而转热。沉重的铁书架、沉重的大书橱、沉重的卡片柜——卡片屉内满满都是卡片，全都由年轻人狠命用肩膀打，贴身的衣衫磨破，露出肉来。这又使我惊叹，最经磨的还是人的血肉之躯！

弱者总沾便宜；我只干些微不足道的细事，得空就打点包裹寄给干校的默存。默存得空就写家信；三言两语，断断续续，白天黑夜都写。这些信如果保留下来，如今重读该多么有趣！但更有价值的书信都毁掉了，又何惜那几封。

他们一下去，先打扫了一个土积尘封的劳改营。当晚睡在草铺上还觉得燠热。忽然一场大雪，满地泥泞，天气骤寒。十七日大队人马到来，八十个单身汉聚居一间屋里，分睡在几个炕上。有个跟着爸爸下放的淘气小男孩儿，临睡常绕炕撒尿一匝，为炕上的人"施肥"。休息日大家到镇上去买吃的；有烧鸡，还有煮熟的乌龟。我问默存味道如何；他却没有尝过，只悄悄做了几首打油诗寄我。

罗山无地可耕，干校无事可干。过了一个多月，干校人员连同家眷又带着大堆箱笼物件，搬到息县东岳。地图上能找到息县，却找不到东岳。那儿地僻人穷，冬天没有燃料生火炉子，好多女同志脸上生了冻疮。洗衣服得蹲在水塘边上"投"。默存的新衬衣请当地的大娘代洗，洗完就不见了。我只愁他跌落水塘；能请人代洗，便赔掉几件衣服也值得。

在北京等待上干校的人，当然关心干校生活，常叫我讲些给他们听。大家最爱听的是何其芳同志吃鱼的故事。当地竭泽而渔，食堂改善伙食，做红烧鱼。其芳同志忙拿了自己的大漱口杯去买了一份；可是吃来味道很怪，愈吃愈怪。他捞起最大的一块想尝个究竟，一看原来是还未泡烂的药肥皂，落在漱口杯里没有拿掉。大家听完大笑，带着无限同情。他们也告诉我一个笑话，说铁锤书和丁××两位一级研究员，半天烧不开一锅炉水！我代他们辩护：锅炉设在露天，大风大雪中，烧开一锅炉水不是容易。可是笑话毕竟还是笑话。

他们过年就开始自己造房。女同志也拉大车，脱坯，造砖，盖房，充当壮劳力。默存和俞平伯先生等几位"老弱病残"都在免役之列，只干些打杂的轻活儿。他们下去八个月之后，我们的"连"才下放。那时候，他们已住进自己盖的新屋。

我们"连"是一九七〇年七月十二日动身下干校的。上次送默存走，有我和阿圆还有得一。这次送我走，只剩了阿圆一人；得一已于一月前自杀去世。

得一承认自己总是"偏右"一点，可是他说，实在看不惯那伙"过左派"。他们大学里开始围剿"五一六"的时候，几个有"五一六"之嫌的"过左派"供出得一是他们的"组织者"，"五一六"的名单就在他手里。那时候得一已回校，阿圆还在工厂劳动；两人不能同日回家。得一末了一次离开我的时候说："妈妈，我不能对群众态度不好，也不能顶撞宣传队；可是我决不能捏造个名单害人，我也不会撒谎。"他到校就失去自由。阶级斗争如火如荼，阿圆等在厂劳动的都返回学校。工宣队领导全系每天三个单元斗得一，逼他交出名单。得一就自杀了。

阿圆送我上了火车，我也促她先归，别等车开。她不是一个脆弱的女孩子，我该可以放心撇下她。可是我看着她踽踽独归的背影，心上凄楚，忙闭上眼睛；闭上了眼睛，越发能看到她在我们那破残凌乱的家里，独自收拾整理，忙又睁开眼。车窗外已不见了她的背影。我又合上眼，让眼泪流进鼻子，流入肚里。火车慢慢开动，我离开了北京。

干校的默存又黑又瘦，简直换了个样儿，奇怪的是我还一见就认识。

我们干校有一位心直口快的黄大夫。一次默存去看病，她看他在签名簿上写上钱锺书的名字，怒道："胡说！你什么钱锺书！钱锺书我认识！"默存一口咬定自己是钱锺书。黄大夫说："我认识钱锺书的爱人。"默存经得起考验，报出了他爱人的名字。黄大夫还待信不信，不过默存是否冒牌也没有关系，就不再争辩。事后我向黄大夫提起这事，她不禁大笑说："怎么的，全不像了。"

我记不起默存当时的面貌，也记不起他穿的什么衣服，只看见他右下颔一个红包，虽然只有榛子大小，形状却峥嵘险恶；高处是亮红色，低处是暗黄色，显然已经灌脓。我吃惊说："啊呀，这是个疽吧？得用热敷。"可是谁给他做热敷呢？我后来看见他们的红十字急救药箱，纱布上、药棉上尽是泥手印。默存说他已经生过一个同样的外疡，领导上让他休息几天，并叫他改行不再烧锅炉。他目前白天看管工具，晚上巡夜。他的顶头上司因我去探亲，还特地给了他半天假。可是我的排长却非常严厉，只让我跟着别人去探望一下，吩咐我立即回队。默存送我回队，我们没说得几句话就分手了。得一去世的事，阿圆和我暂时还瞒着他，这时也未及告诉。过了一两天他来信说：那个包儿是疽，穿了五个孔。幸亏打了几针也渐渐痊愈。

我们虽然相去不过一小时的路程，却各有所属，得听指挥、服从纪律，不能随便走动，经常只是书信来往，到休息日才许探亲。休息日不是星期日；十天一次休息，称为大礼拜。如有事，大礼拜可以取消。可是比了独在北京的阿圆，我们就算是同在一处了。干校的劳动有多种。种豆、种麦是大田劳动。大暑天，清晨三点钟空着肚子就下地。六点送饭到田里，大家吃罢早饭，劳动到午时休息；黄昏再下地干到晚。各连初到，借住老乡家。借住不能久占，得赶紧自己造屋。造屋得用砖；砖不易得，大部分用泥坯代替。脱坯是极重的活儿。此外，养猪是最脏又最烦的活儿。菜园里、厨房里老弱居多，繁重的工作都落在年轻人肩上。

有一次，干校开一个什么庆祝会，演出的节目都不离劳动。有一个话剧，演某连学员不怕砖窑倒塌，冒险加紧烧砖，据说真有其事。有一连表演钻井，演员一大群，没一句台词，唯一的动作是推着钻井机团团打转，一面有节奏地齐声哼"嗯哼！嗯哼！嗯哼！嗯哼！"入伙儿转呀、转呀，转个没停——钻机井不能停顿，得日以继夜，一口气钻到底。"嗯哼！嗯哼！嗯哼！嗯哼！"那低沉的音调始终不变，使人记起曾流行一时的电影歌曲《伏尔加船夫曲》；同时仿佛能看到拉纤的船夫踏在河岸上的一只只脚，带着全身负荷的重量，疲劳地一步步挣扎着向前迈进。戏虽单调，却好像比那个宣扬"不怕苦、不怕死"的烧窑剧更生动现实。散场后大家纷纷议论，都推许这个节目演得好，而且不必排练，搬上台去现成是戏。

有人忽脱口说："啊呀！这个剧——思想不大对头吧？好像——好像——咱们都那么——那么——"大家都会意地笑。笑完带来一阵沉默，然后就谈别的事了。

我分在菜园班。我们没用机器，单凭人力也凿了一眼井。

我们干校好运气，在淮河边上连续两年干旱，没遭逢水灾。可是干硬的地上种菜不易。人家说息县的地"天雨一包脓，天晴一片铜"。菜园虽然经拖拉机耕过一遍，只翻起满地大坷垃，比脑袋还大，比骨头还硬。要种菜，得整地；整地得把一块块坷垃砸碎、砸细，不但费力，还得耐心。我们整好了菜畦，挖好了灌水渠，却没有水。邻近也属学部干校的菜园里有一眼机井，据说有十米深呢，我们常去讨水喝。人力挖的井不过三米多，水是浑的。我们喝生水就在吊桶里掺一小瓶痧药水，聊当消毒；水味很怪。十米深的井，水又甜又凉，大太阳下干活儿渴了舀一碗喝，真是如饮甘露。我们不但喝，借便还能洗洗脚手。可是如要用来浇灌我们的菜园却难之又难。不用水泵，井水流不过来。一次好不容易借到水泵，水经过我们挖的渠道流入菜地，一路消耗，没浇灌得几畦，天就黑了，水泵也拉走了。我们撒下了菠菜的种子，过了一个多月，一场大雨之后，地里才露出绿苗来。所以我们决计凿一眼灌园的井。选定了地点，就破土动工。

那块地硬得真像风磨铜。我费尽吃奶气力，一锹下去，只筑出一道白痕，引得小伙子们大笑。他们也挖得吃力，说得用鹤嘴镐来凿。我的"拿手"是脚步快；动不了手，就飞跑回连，领了两把鹤嘴镐，扛在肩头，居然还能飞快跑回菜园。他们没停手，我也没停脚。我们的壮劳力轮流使鹤嘴镐凿松了硬地，旁人配合着使劲挖。大家狠干了一天，挖出一个深潭，可是不见水。我们的"小牛"是"大男子主义者"。他私下嘀咕说：挖井不用女人；有女人就不出水。菜园班里只两个女人，我是全连女人中最老的；阿香是最小的，年岁不到我的一半。她是华侨，听了这句闻所未闻的话又气又笑，吃吃地笑着来告诉我，一面又去和"小牛"理论，向他抗议。可是我们俩真有点担心，怕万一碰不上水脉，都怪在我们身上。幸亏没挖到二米，土就渐渐潮润，开始见水了。

干土挖来虽然吃力，烂泥的分量却更沉重。越挖越泥泞，两三个人光着脚跳下井去挖，把一桶桶烂泥往上送，上面的人接过来往旁边倒，霎时间井口周围一片泥泞。大家都脱了鞋袜。阿香干活儿很欢，也光着两只脚在井边递泥桶。我提不动一桶泥，可是凑热闹也脱了鞋袜，把四处乱溅的泥浆铲归一处。

道士塔

余秋雨

　　莫高窟大门外，有一条河，过河有一溜空地，高高低低建着几座僧人圆寂塔。塔呈圆形，状近葫芦，外敷白色。从几座坍弛的来看，塔心竖一木桩，四周以黄泥塑成，基座垒以青砖。历来住持莫高窟的僧侣都不富裕，从这里也可找见证明。夕阳西下，朔风凛冽，这个破落的塔群更显得悲凉。

　　有一座塔，由于修建年代较近，保存得较为完整。塔身有碑文，移步读去，猛然一惊，它的主人，竟然就是那个王圆箓！

　　历史已有记载，他是敦煌石窟的罪人。

　　我见过他的照片，穿着土布棉衣，目光呆滞，畏畏缩缩，是那个时代到处可以遇见的一个中国平民。他原是湖北麻城的农民，逃荒到甘肃，做了道士。几经转折，不幸由他当了莫高窟的家，把持着中国古代最灿烂的文化。他从外国冒险家手里接过极少的钱财，让他们把难以计数的敦煌文物一箱箱运走。今天，敦煌研究院的专家们只得一次次屈辱地从外国博物馆买取敦煌文献的微缩胶卷，叹息一声，走到放大机前。

　　完全可以把愤怒的洪水向他倾泄。但是，他太卑微，太渺小，太愚昧，最大的倾泄也只是对牛弹琴，换得一个漠然的表情。让他这具无知的躯体全然肩起这笔文化重债，连我们也会觉得无聊。

　　这是一个巨大的民族悲剧。王道士只是这出悲剧中错步上前的小丑。一位年轻诗人写道，那天傍晚，当冒险家斯坦因装满箱子的一队牛车正要启程，他回头看了一眼西天凄艳的晚霞。那里，一个古老民族的伤口在滴血。

　　真不知道一个堂堂佛教圣地，怎么会让一个道士来看管。中国的文化都到哪里去了，他们滔滔的奏折怎么从不提一句敦煌的事由？

　　其时已是二十世纪初年，欧美的艺术家正在酝酿着新世纪的突破。罗丹正在他的工作室里雕塑，雷诺阿、德加、塞尚已处于创作晚期，马奈早就展出过他的《草地上的午餐》。他们中有人已向东方艺术投来歆羡的目光，而敦煌艺术，正在王道士手上。

　　王道士每天起得很早，喜欢到洞窟里转转，就像一个老农，看看他的宅院。他对洞窟里的壁画有点不满，暗乎乎的，看着有点眼花。亮堂一点多好呢，他找了两个帮手，拎来一桶石灰。草扎的刷子装上一个长把，在石灰桶里蘸一蘸，开始他的粉刷。第一遍石灰刷得太薄，五颜六色还隐隐显现，农民做事就讲个认真，他再细细刷上第二遍。这儿空气干燥，一会儿石灰已经干透。什么也没有了，唐代的笑容，宋代的衣冠，洞中成了一片净白。道士擦了一把汗憨厚地一笑，顺便打听了一下石灰的市价。他算来算去，觉得暂时没有必要把更多的洞窟刷白，就刷这几个吧，他达观地放下了刷把。

　　当几面洞壁全都刷白，中座的塑雕就显得过分惹眼。在一个干干净净的农舍里，她们婀娜的体态过于招摇，她们柔美的浅笑有点尴尬。道士想起了自己的身份，一个道士，何不在这里搞上几个天师、灵官菩萨？他吩咐帮手去借几个铁锤，让原先几座塑雕委屈一下。事情干得不赖，才几下，婀娜的体态变成碎片，柔美的浅笑变成了泥巴。听说邻村有几个泥匠，请了来，拌点泥，开始堆塑他的天师和灵官。泥匠说从没干过这种活计，道士安慰道，不妨，有那点意思就成。于是，像顽童堆造雪人，这里是鼻子，这里是手脚，总算也能稳稳坐住。行了。再拿石灰，把它们刷白。画一双眼，还有胡子，像模像样。道士吐了一口气，谢过几个泥匠，再作下一步筹划。

今天我走进这几个洞窟，对着惨白的墙壁、惨白的怪像，脑中也是一片惨白。我几乎不会言动，眼前直晃动着那些刷把和铁锤。"住手！"我在心底痛苦地呼喊，只见王道士转过脸来，满眼困惑不解。是啊，他在整理他的宅院，闲人何必喧哗？我甚至想向他跪下，低声求他："请等一等，等一等……"但是等什么呢？我脑中依然一片惨白。

1900年5月26日清晨，王道士依然早起，辛辛苦苦地清除着一个洞窟中的积沙。没想到墙壁一震，裂开一条缝，里边似乎还有一个隐藏的洞穴。王道士有点奇怪，急忙把洞穴打开，嗬，满满实实一洞的古物！

王道士完全不能明白，这天早晨，他打开了一扇轰动世界的门户。一门永久性的学问，将靠这个洞穴建立。无数才华横溢的学者，将为这个洞穴耗尽终生。中国的荣耀和耻辱，将由这个洞穴吞吐。

现在，他正衔着旱烟管，趴在洞窟里随手捡翻。他当然看不懂这些东西，只觉得事情有点蹊跷。为何正好我在这儿时墙壁裂缝了呢？或许是神对我的酬劳。趁下次到县城，捡了几个经卷给县长看看，顺便说说这桩奇事。

县长是个文官，稍稍掂出了事情的分量。不久甘肃学台叶炽昌也知道了，他是金石学家，懂得洞窟的价值，建议藩台把这些文物运到省城保管。但是东西很多，运费不低，官僚们又犹豫了。只有王道士一次次随手取一点出来的文物，在官场上送来送去。

中国是穷，但只要看看这些官僚豪华的生活排场，就知道绝不会穷到筹不出这笔运费。中国官员也不是都没有学问，他们也已在窗明几净的书房里翻动出土经卷，推测着书写朝代了。但他们没有那副赤肠，下个决心，把祖国的遗产好好保护一下。他们文雅地摸着胡须，吩咐手下："什么时候，叫那个道士再送几件来！"已得的几件，包装一下，算是送给哪位京官的生日礼品。

就在这时，欧美的学者、汉学家、考古家、冒险家，却不远万里、风餐露宿，朝敦煌赶来。他们愿意卖掉自己的全部财产，充作偷运一两件文物回去的路费。他们愿意吃苦，愿意冒着葬身沙漠的危险，甚至做好了被打、被杀的准备，朝这个刚刚打开的洞窟赶来。他们在沙漠里燃起了股股炊烟，而中国官员的客厅里，也正茶香缕缕。

没有任何关卡，没有任何手续，外国人直接走到了那个洞窟跟前。洞窟砌了一道砖、上了一把锁，钥匙挂在王道士的裤腰带上。外国人未免有点遗憾，他们万里冲刺的最后一站，没有遇到森严的文物保护官邸，没有碰见冷漠的博物馆馆长，甚至没有遇到看守和门卫，一切的一切，竟是这个肮脏的土道士。他们只得幽默地耸耸肩。

略略交谈几句，就知道了道士的品位。原先设想好的种种方案纯属多余，道士要的只是一笔最轻松的小买卖。就像用两枚针换一只鸡，一颗纽扣换一篮青菜。要详细地复述这笔交换帐，也许我的笔会不太沉稳，我只能简略地说：1905年10月，俄国人勃奥鲁切夫用一点点随身带着的俄国商品，换取了一大批文书经卷；1907年5月，匈牙利人斯坦因用一叠子银元换取了二十四大箱经卷、三箱织绢和绘画；1908年7月，法国人伯希和又用少量银元换去了十大车、六千多卷写本和画卷；1911年10月，日本人吉川小一郎和橘瑞超用难以想象的低价换取了三百多卷写本和两尊唐塑；1914年，斯坦因第二次又来，仍用一点银元换去五大箱、六百多卷经卷……

道士也有过犹豫，怕这样会得罪了神。解除这种犹豫十分简单，那个斯坦因就哄他说，自己十分崇拜唐僧，这次是倒溯着唐僧的脚印，从印度到中国取经来了。好，既然是洋唐僧，那就取走吧，王道士爽快地打开了门。这里不用任何外交辞令，只需要几句现编的童话。一箱子，又一箱子。一大车，又一大车。都装好了，扎紧了，呼——车队出发了。

没有走向省城，因为老爷早就说过，没有运费。好吧，那就运到伦敦，运到巴黎，运到彼得堡，运到东京。

王道士频频点头，深深鞠躬，还送出一程。他恭敬地称斯坦因为"司大人讳代诺"，称伯希和为"贝大人讳希和"。他的口袋里有了一些沉甸甸的银元，这是平常化缘时很难得到的。他依依惜别，感谢司大人、贝大人的"布施"。车队已经驶远，他还站在路口。沙漠上，两道深深的车辙。

斯坦因他们回到国外，受到了热烈的欢迎。他们的学术报告和探险报告，时时激起如雷的掌声。他们在叙述中常常提到古怪的王道士，让外国听众感到，从这么一个蠢人手中抢救出这笔遗产，是多么重要。他们不断暗示，是他们的长途跋涉，使敦煌文献从黑暗走向光明。

他们都是富有实干精神的学者,在学术上,我可以佩服他们。但是,他们的论述中遗忘了一些极基本的前提。出来辩驳为时已晚,我心头只是浮现出一个当代中国青年的几行诗句,那是他写给火烧圆明园的额尔金勋爵的:

我好恨

恨我没早生一个世纪

使我能与你对视着站立在

阴森幽暗的古堡

晨光微露的旷野

要么我拾起你扔下的白手套

要么你接住我甩过去的剑

要么你我各乘一匹战马

远远离开遮天的帅旗

离开如云的战阵

决胜负于城下

对于这批学者,这些诗句或许太硬。但我确实想用这种方式,拦住他们的车队。对视着,站立在沙漠里。他们会说,你们无力研究;那么好,先找一个地方,坐下来,比比学问高低。什么都成,就是不能这么悄悄地运走祖先给我们的遗赠。

我不禁又叹息了,要是车队果真被我拦下来了,然后怎么办呢? 我只得送缴当时的京城,运费姑且不计。但当时,洞窟文献不是确也有一批送京的吗? 其情景是,没装木箱,只用席子乱捆,沿途官员伸手进去就取走一把,在哪儿歇脚又得留下几捆,结果,到京城时已零零落落,不成样子。

偌大的中国,竟存不下几卷经文? 比之于被官员大量糟践的情景,我有时甚至想狠心说一句:宁肯存放在伦敦博物馆里! 这句话终究说得不太舒心。被我拦住的车队,究竟应该驶向哪里? 这里也难,那里也难,我只能让他停驻在沙漠里,然后大哭一场。

我好恨!

四

不止是我在恨。敦煌研究院的专家们,比我恨得还狠。他们不愿意抒发感情,只是铁板着脸,一钻几十年,研究敦煌文献。文献的胶卷可以从外国买来,越是屈辱越是加紧钻研。

我去时,一次敦煌学国际学术讨论会正在莫高窟举行。几天会罢,一位日本学者用沉重的声调作了一个说明:"我想纠正一个过去的说法。这几年的成果已经表明,敦煌在中国,敦煌学也在中国!"

中国的专家没有太大的激动,他们默默地离开了会场,走过王道士的圆寂塔前。

诗　魂

赵丽宏

又是萧瑟秋风，又是满地黄叶。这条静悄悄的林荫路，依然使人想起幽谧的梦境……

到三角街心花园了。一片空旷，没有你的身影。听人说，你已经回来了，怎么看不见呢？……

从幼年起，诗魂就在胸中燃烧。

我们都体验过那美妙的激动……

已经非常遥远了。母亲携着我经过这条林荫路，走进三角街心花园。抬起头，就看见了你。你默默地站在绿荫深处，深邃的眼睛凝视着远方，正在沉思……

"这是谁？这个鬈头发的外国人？"

"普希金，一个诗人。"

"外国人为什么站在这里呢？"

"哦……"母亲笑了，她看着你深思的脸，轻轻地对我说，"等你长大了，等你读了他的诗，你就会认识他的。"

我不久就认识了你。谢谢你，谢谢你的那些美丽而又真诚的诗，它们不仅使我认识你，尊敬你，而且使我深深地爱上了你，使我经常悄悄地来到你的身边……

你的身边永远是那么宁静。坐在光滑的石头台阶上，翻开你的诗集，耳畔就仿佛响起了你的声音。你在吟你的诗篇，声音像山谷里流淌的清泉，清亮而又幽远，又像飘忽在夜空中的小提琴，优雅的旋律里不时闪出金属的音响……

你还记得那一位白发老人么？他常常拄着拐杖，缓缓地踱过林荫路，走到你的跟前，一站就是半个小时。你还记得么？看着他那瘦削的身材，清癯的面容，看着那一头雪山似的白发，我总是在心里暗暗猜度：莫非，这也是一位诗人？为了证实自己的想法，我用少年人的直率，作了一次试探。

那天正读着你的《三股泉水》。你的"卡斯达里的泉水"使我困惑，这是什么样的泉水呢？正好那老人走到了我身边。

"老爷爷，你能告诉我，什么是'卡斯达里的泉水'吗？"

老人看看我，又看看我手中的诗集，然后微笑着抬起头，指了指站在绿荫里的你，说："你应该问普希金，他才能回答你。"

我有点沮丧。老人却在我身边坐下来了。那根深褐色的山藤拐杖，轻轻在地面上点着。他的话，竟像诗一样，和着拐杖敲出的节奏，在我耳边响起来："卡斯达里的泉水不在书本里，而在生活里。假如你热爱生活，假如你真有一颗诗人的心，将来，它也许会涌到你心里的。"

"你也是诗人吧？"

"不，我只是喜欢普希金。"

像往常一样，随着悠然远去的拐杖叩地声，他瘦削的身影消失在浓浓的林荫之中……

以前的那种陌生感，从此荡然无存了，老人和我成了忘年之交。尽管不说话，见面点头一笑，所有一切似乎都包含其中了。是的，诗能沟通心灵，我想世界上一定还有许许多多陌路相逢的人，因为你的诗，成了好朋友。

而你，只是静静地在绿荫里伫立着，仿佛思索，观察着这世间的一切……

在天空中，欢快的早霞

遇到了凄凉的月亮……

梦里也仿佛听到一声巨响，是什么东西倒坍了？有人告诉我，你已经离开三角街心花园再也不会回来了……

我奔跑着穿过黄叶飘零的林荫路，冲进了街心花园。

我永远也忘不了那怵目惊心的一幕：你真的消失了！花园里空空如也，只有一座破裂的岩石的底座，在枯叶和碎石的包围中，孤岛似地兀立着……

哦，我恍惚走进了一个刑场——这里，刚刚发生过一场可耻的谋杀。诗人呵，你是怎样倒下的呢？

我仿佛见到，几根无情的麻绳，套住了你的颈脖，裹住了你的胸膛，在一阵闹哄哄的喊叫中，拉着，拉着……

我仿佛看到无数粗暴的铁镐铁锹，在你脚下叮叮当当的挥动着，狂舞着……

你倒下了，依然默默无声，沉思着……

你被拖走了，依然微昂着头望着远方……

我呆呆地站在秋意萧瑟的街心花园里，像一尊僵硬的塑像。蓦地，我的心颤抖了——远处，依稀响起了那熟悉的拐棍叩地声，只是节奏变得更缓慢，更沉重，那一头白发，像一片孤零零的雪花，在秋风中缓缓飘近，飘近……

是他，是那个老人。我们面对面，默默地站定了，盯着那个空荡荡的破裂的底座，谁也不说话。他好像苍老了许多，额头和眼角的皱纹更深更密了。说什么呢，除了震惊，除了悲哀，只有火辣辣的羞耻。说什么呢……

他仿佛不认识我了，陌生人般地凝视着我，目光由漠然而激奋，而愤怒，湿润的眼睛里跳跃着晶莹的火。好像这一切都是我干的，都是我的罪过。哦，是的，是一群年龄和我相仿的年轻人，呼啸着冲到你的身边……

咚！咚！那根山藤老拐杖，重重地在地上叩击了两下，像两声闷雷，震撼着我的心。满地枯叶被秋风卷起来，沙沙一片，仿佛这雷声的袅袅余响……

没有留下一句话，他转身走了。那瘦削的身影佝偻着，在落叶秋风中踽踽而去……

只有我，只有那个破裂的底座，只有满园秋风，遍地黄叶……

你呢，你在何方？

然而，等有一天，如果你忧悒

而孤独，请念着我的姓名……

我再也不走那条林荫路，再也不去那个街心花园，我怕再到那里去。你知道么，我曾经沮丧，曾经心灰意懒，以为一切都已黯淡，一切都已失去，一切儿时的憧憬都是错误的梦幻。没有什么"卡斯达里的泉水"，即使有，也不属于我们这块土地上的这辈人，不属于我……

天似穹庐（节选）

周　涛

　　我希望这是一篇散文而不是游记。游记本身就是散文，这我知道，但我仍然固执地相信它们之间的区别。

　　我希望这篇散文不至于用浮光掠影的水彩涂抹并败坏了山河的朴素原色。著名的博斯腾湖，盛产肥美大头鱼的开都河，夏季一望无边铺向天际的嫩绿苇子丛，毛色透着那么一股金黄劲儿的焉耆名马……一般说来是文学旅行家们比较赏识的东西。当美成为大家都能认识和理解的东西时，就应该避开它。

　　我遵循此训。

　　最后我需要说明的是：哈拉沙尔，即焉耆。而焉耆，就是那个位居天山南麓，从新疆首府乌鲁木齐出发，经托克逊南行，穿越突兀曲折的卧虎不拉沟和榆树沟而进入的盆地。

北方的嘴唇

　　天还没亮，我和同行的朋友"黑猫警长"（这是我在焉耆给他起的一个临时绰号）便背起行囊，穿过乌鲁木齐昏暗的街巷匆匆上路，赶往长途车站。

　　基本上没睡觉，我和黑猫警长就着莫合烟和红葡萄酒聊了一通宵。一走上这昏暗沉寂的街头，马上就产生出一缕几千年的早行客都产生过的"人迹板桥霜"的凄清之感。九月五更风，颇凉。一早，头脑清醒许多，腿却发软。

　　早行客是凄凉而又孤独的，尤其在今天这样一个汽车多如虫、我独不得乘的世纪。在家不是千日好，出外却是时时难。惟有在面对崇山峻岭戈壁大漠之时，能使人忘记琐碎的争斗，升起崇高悲壮的美感，在大自然的神力面前宠辱皆忘。

　　油黑发亮的公路一直蜿蜒伸入远山，周围是空旷戈壁，在太阳下沉默无声。那公路便像一条发着光的黑色河，引诱我们的汽车发疯地向前扑，想抓住它的尽头，但总提不住。

　　车子快得像船，有些飘。司机不在乎，腾出手来卷莫合烟，很熟练地用一只手划火柴，一拨，把一簇小火苗空握在掌心里，形成一个炉灶口，低头凑过去，眯着一只眼睛喷出一口蓝烟，其香使之五官挪位。

　　一驶进卧虎不拉沟，劈面摆在眼前一幅惊心动魄的翻车图，一辆带拖车的满载西瓜的卡车被撞翻在沟底。六个轮子朝天，驾驶舱压扁了，有一轿子车的人围在沟口，不知伤亡如何。只见满地的西瓜被压开，红红的瓜汁血水一样流。一位写诗的朋友把这些跑长途车的司机称为"新疆好汉"，实在不过分。他们虽然粗野得一言不合就抢起搅把子打架，虽然为了会他的情人把乘客扔在一个荒村野店，但他们太能吃苦，粗野而又豪爽地吃苦，忍受冬天蜷缩在喷灯之下的折磨，夏天大戈壁的烈日烤灼得他们"沟槽子淌汗"，有时候热急了，就在戈壁滩上把裤子脱了，光着屁股对风吹凉，再丑反正没人看见。

　　这都是些玩命的人，身上有那么一点儿当兵的味儿，但是比一般的兵更随便，因为几千里长途上，全靠自己拿主意，他是驾驶室里的帝王。

　　到了干沟，车停下，让大伙儿撒个尿。干沟果然是干，满山都是风化的岩石和晒得发红的土，远看燥红浑黄，逼得人从心里感到焦渴；近了连个坐处也没有，一蹭一身满色的土渣子粉末儿。此乃最佳流放地，在这儿困上一年，没有不精神崩溃的。

解完手上车，我和黑猫警长都发现，撒泡尿的工夫，嘴唇不对劲了。

想抽烟，嘴唇被烟纸粘得疼。

在塔什店吃碗凉皮子，嘴皮子又被醋汁和辣子蜇得疼。

黑猫警长说："瞧你嘴唇皴了。"

"你嘴也干裂了，红稀稀的。"我说。

悲惨的嘴唇，无水的山沟。在北方，这类山沟到处都是，两山相叠，像两片因干燥而张开的皮肤粗糙的嘴唇。半世纪前，尕司令马仲英的回族兵和禾加·尼牙孜的维吾尔人在这沟里打了一仗，死者上千，尸体横陈沟底，血把干沟染了个红。

现在什么都没有了，连个死人骨头也不见，除了山石泛着仿佛血水染过之后又被烈日晒旧的褐红之外，所有曾经发生过的惊心动魄的往事遗迹都被这干渴的北方之唇给吃光了，骨头渣儿也不剩。

残忍的北方。

没有古迹、墓碑的失去记忆的北方。

北方的嘴唇，就像这条卧虎不拉沟一样，毫无表情也毫不留情地噘着，一副干燥而又麻木，焦渴而又冷漠，愚蠢而又傲慢的样子。

大地，你吃的是什么？

你为什么这样渴？

为什么要喝这样多的眼泪和血？

依稀记起一位外国诗人的名句。

中国的犹太人

在福建省的泉州，这个明代闻名全世界的大港，我参观过那里的清真寺和博物馆。我对阿訇抚胸道了一声"萨拉玛里空！"使那位头戴白帽颊留长髯的老者惊奇地睁大了眼睛。博物馆陈列着明代巨大的三桅远洋船残骸，摆满刻着阿拉伯文字和诸如依斯麻尔、赛义德之类的氏族墓碑；闻名世界的大航海家郑和的塑像和伟大的思想家李贽故居都在这里。

我想起了生活在焉耆的这支回族人。

我想象不出他们的祖先是怎么从波斯、从阿拉伯漂洋过海，在泉州登上东方神秘而陌生的大陆；想象不出他们怎样抖开灿烂的宝石袋，换取光滑的瓷器、轻柔如云霞的丝绸和奇迹般的纸张；想象不出商业如何有这么大的力量，使人造出船只去航海，去把自己的大陆和另外的大陆联系起来，去把语言和种族之间、信仰和风尚之间的那个大海沟通……

我还想象不出来，为什么这个民族，终于没有返回他的远隔重洋的圣土，却宁静而又忧郁地在中国生息下来，扎下了深根。

尔后，他们终于失去了自己的语言和文字。

再后来，他们异国血统的特征渐渐淡化，需要在他们后代子孙的眉宇间细细分辨，才可以显示出来。

这支由勇敢的商业家和航海家组成的民族，在东方古国的人海里挣扎，以防沉没。他们用惟一的一条船保证自己的种族在历史中向前航行，这条船就是：伊斯兰教。

离开土地就会丢失语言，这是对无畏的航海者和冒险商人的惩罚吗？真主穆罕默德。

丧失信仰就会彻底消失·这是对没有了土地和语言的人们的保佑吗？真主穆罕默德。

在这样的民族当中，出现七下西洋的伟大航海家是正常的。产生离经叛道的卓越思想家是正常的·诞生一代代强悍善战的军事统帅人物也是正常的。一个民族最基本的生活方式形成了他的素质，而这种素质会穿越各种时代，体现在他的后代身上。

我想起了生活在焉耆的这支回族人。

真正的百年孤独啊……

隐忍、沉默的后面藏着可怕的强悍；怀疑、狡黠的不信任的目光后面有着最真诚诺言和舍命相陪的友谊；屈辱的自卑感和深藏于心的强大自尊心的矛盾造成的痛苦；不被理解却又顽强地要保存自己所形成的隔阂；边远、贫困的落后生活方式与心比天高的自信力之间的大反差所导致的悲哀和固执心理，就造成了这种百年孤独。

百年孤独不是人人都能感到的，也不是每个民族都能感到的。

妄谈马尔克斯的人在当今已成为一种时髦，但是我敢断言，他们之中的绝大多数人把自己片刻的寂寞当成了伟大的孤独，并且把它拿在手上，像拿着一柄檀香扇那样招摇过市。

一个真正忍受过百年孤独的民族正默默无言，他们还并不知道加西亚·马尔克斯这个名字。

于是我又想起了焉耆，想起了形成今天这个模样的哈拉沙尔百年史。

穿过卧虎不拉沟，来到焉耆丰沃湿润的盆地，尤其是浏览了形形色色的保留了极古朴风味的焉耆城之后，漫步开都河老桥和新桥之间的长满高大柳树的堤岸，难得不使人产生一种怅惘的感喟：这一切都是最后的了。最后的一幕。

手摇着萨巴依坐在街头唱歌乞钱的妇人是最后的了；把坐骑拴在木桩上走过去到挂着鲜红羊后腿的主人正大声吆喝的凉面铺吃面的农民是最后的了；四五个面留典型哲赫仁耶教派的胡须的老人正站在一车白杨木旁低声交谈的样子是最后的了；一位风尘仆仆然而充满幽默和自信心的维吾尔老头，他头戴地道的喀什式巴旦木花帽，身穿黑袷袢，足蹬有套鞋的靴子，肩背褡裢从人群中独自走出来并四下张望，这个喀什人来到这南疆的门户时的装束，也是最后的了……

时间在改变着一切，包括文化和风俗，包括文化和风俗中最有味的东西。

而这些，只有在焉耆还保留着一部分，虽然也只是最后的一部分了。

是的，抚回庄已经变成了永宁公社，木架老桥已经变成钢筋水泥结构的新桥，骑着著名焉耆马的上城人已经变成戴头盔穿牛仔裤的骑摩托车者，开都河挖沙子的马车夫已经变成汽车司机，沿堤而栽的百年垂柳已经做了建筑材料，河里已经很难钓到大头鱼，阿訇的儿子正在为考大学准备外语教材……

但是，哈拉沙尔一百年来的记忆是不会改变了，这记忆是被太多的鲜血浸泡着的一种胚胎，它深藏在这些人的胸腔里，不会变味，不会腐烂，它远比保存在福尔马林溶液里的标本有价值，有生命力。因此，仅只站在开都河老桥上欣赏河中孤岛上夕阳落照中牧马伸直的颈背是可笑的，匆匆来去的歌唱博斯腾湖连天绿浪和翩飞水鸟的旅游诗人是可笑的。

有一种更伟大的东西，正深藏在人们的缄默里。叩问它，是一件困难的事，就像要了解父亲最悲惨的往事和母亲受过的凌辱那样。既要获得信任，也须等待时机。

生活在焉耆的这支回族人啊……

失去了故土的、流洒了热血的人们哪！你们，哲赫仁耶教派的也好，虎夫耶教派的也好，告诉我，你们，中国的犹太人——

你们是怎样失去了家园的？

你们是怎样来到哈拉沙尔的？

你们的内心隐藏着的、眼神里躲闪着的，是一部什么样的真实传说和悲惨史诗呢？

告诉我，因为老人一旦死绝，传说就会失传；告诉我，因为我是你们忠实的朋友，我不是别人，而是一切民族的史诗的崇拜者……

拜访师傅

少年时，我曾有过一位叫依斯迈尔的回族朋友，那年秋天，我们全家刚刚从北京搬到乌鲁木齐，怀着满肚子的新鲜劲儿窜到机关院子里东张西望的时候，我一眼就发现了这个同龄少年。

他几乎穿了一身苏式小军装，黄呢马裤下，有一双黑色的翻毛骑兵马靴，这就使我当时羡慕到了极点。何况他长得又漂亮，又神气，精通维汉两种语言，活像电影里的人物。当时我俩像两只陌生小狗那样谨慎小心地互相打量、试探之后，很快就熟悉起来。他主动教给我维吾尔语，把最常用的骂人话教成"你好"，并怂恿我对迎面走来的维吾尔族人讲，其结果当然非常狼狈。

后来到十二三岁上初中的时候，他便主动向我透露早熟少年的秘密，他告诉我他曾在他舅舅新婚之日爬在房顶的小天窗上偷看了全过程，还曾乘停电的时候亲吻过一个女孩子等等。这种在我看来大逆不道、听来恐慌羞愧的事，依斯迈尔毫不在乎，谈得津津有味。现在我渐渐明白，在性的启蒙中，不同的民族在观念上有相当大的差异。在之后数年的交往中，我和依斯迈尔的外交关系时好时坏，有战有和。和的时候他又会告诉我一些新秘密，战的时候各自拉起人马打个鼻青脸肿，最能让他沮丧的是我方全体人马齐唱一支破坏民族团结的歌谣："××娃，喝奶茶，一口咬了个……"这恐怕是对穆斯林最大的侮辱。当时不懂，现在想来真对不起依斯迈尔。初中二年级的时候，他随父母去了伊犁，就再没有见到。

一晃将近三十年过去了，我带着这么一点对回族人的偏见和肤浅的了解，陪同一位回族作家来到回族聚居的哈拉沙尔，而我对伊斯兰教和回民风俗又知之甚少，所以当我坐在黑猫警长的自行车后捎架上向他讲述这段往事的时候，黑猫警长扭过他头发蓬散的大脑袋，以纯种回族人的身份向我发出警告了：

"把你的烂顺口溜藏起来，千万不敢露出半句！"

"到了师父家，决不要抽烟！"

"对师父只能称师父，不能直呼其名！"

好、好、好。这三戒弄得人很紧张，如同一个驻外武官初次拜见人家的总统。这师父，不是一般北京人、上海人所常用的师傅，这两个字的权威和含义是伊斯兰教之外的人所不理解的。师父和师爷，都是一方或一系教派的领袖人物，而且是世袭的。

待到穿过郊外的街巷、树林、菜地，到了师父马洪武家的时候，才感到果然名不虚传。

师父不在。师娘很有礼貌也很有分寸地把我们让进庭院。看那娘，五十上下，衣饰整洁，和眉笑目甚有福相。问明我们身份、来意，便让进家中，泡上糖茶，端来蛋糕点心招待。师娘的举止态度，使人觉得好似她把农家主妇的谦恭朴实和贵夫人的礼仪庄重巧妙地融合在自己身上。她不像一般有点权势人家的主妇，对没什么用处的客人冷慢，对关系实际利益的人又显出过分的热情，同时还时时处处提醒你别忘了她的地位。比较起来，她在那种本分农妇的朴实后面，还真有那么一点丝毫也不夸耀，却让人不能不感到的贵气。

一排整齐的砖房相连，顶头横出一间大客厅，陈设不在县委小会议室之下；家里非常洁净，电扇冰箱均有，沙发躺椅旁，是每个回族人家都有的大炕，上面铺着一幅图饰典雅的和田大地毯。那庭院里，就更是惊人。不下几十种各色繁花开得让人不敢置信，挤满了半个庭院。有栽在地上的，有栽在花盆里的，还有的栽在木板箍成的大桶里。几株高大的像树一样的红蓖麻，给人造成一种特殊的异国情调，美极了！想不到在这偏僻小城郊柳菜畦之后，竟有如此极富生趣的田园仙境！

爱整洁，爱花。回族人即使是被迫杀得十之不剩一二，从他们的故乡河州、湟水历尽艰辛、受尽冤苦来到这焉耆，也不肯苟且地生、肮脏地活……这是一支怎样顽强地热爱生活的人哪！血一样鲜艳的红花灿烂盛开在每一家回民的庭院时，花便不是一件仅供观赏的玩物，而成了一种精神，一种不屈不挠、令人钦佩的生活态度！

遗憾的是，师父马洪武不在家。征得师娘同意，凑近观看了压在玻璃板下的照片。这些照片，均系现任宁夏政府副主席的师爷马腾霭参加昌吉回族自治州三十年大庆时来焉耆与师父的合影。其中有一张，望之令人肃然。

在秋草枯黄的哈拉沙尔草原上，两位老者头戴黑色六角帽，足蹬黑面开口纳底布鞋，各骑一匹焉耆神骏：一匹黄骠马，一匹青骢马，勒马迎风而立。马如龙，人如虎，其凝重威严风采实为罕见，直教人想起百年前河湟事变时率十万回民与左宗棠的清廷官兵血战的统帅人物……

师爷马腾霭，身体匀称魁伟，面容英武；

师父马洪武，身躯矮壮，浓眉大眼豹头；

两人均有古人相，这是在常人中少见的。

"他到寺里去了，你们屋儿里头坐坐，他一阵儿就回来咧。"师娘让我们等。

再等就是等吃饭了，不好。起身告辞，说声："我们下回还来呢。"被师娘送至大门。

师父没寻见，但是情绪变得十分兴奋，和黑猫警长边走边谈论，陪我们来的回族青年小马脸上有一点矜持着的笑意。

正走到街面上，突然小马低声叫了一句："那不是师父来了吗！"他随声手臂一扬。

远远的寺门外，容易起尘的街面上，有一个老者缓缓行来，头戴一顶遮阳草帽。

左宗棠的后代

只要是能有机会倾听阅世极深而精神不颓的老人大讲掌故,那就算有福了。你听着听着,很容易就会发现,历史本身比所有的小说更具有绝妙的情节和矛盾冲突。而这些传奇式的故事不是谁编织构思的,它是真实存在过的。

那天晚上,当我们在回族青年小马的引荐下来到工程师苏老的家里,听他一边吃着汤揪片子,一边滔滔不绝地讲述焉耆往事的时候,我脑子里就闪出了上面的想法。

> 大将西征尚未还,
> 湖湘子弟满天山。
> 遍栽杨柳三千里,
> 未因春风度玉关。

这是左宗棠督师新疆时留下的著名诗篇。左宗棠不仅留下了古老苍劲的"左公柳",同时也因剿杀回民起义和击准噶尔部在新疆结怨。前人功过是非不好妄评,有趣的是一则旧事,这是苏老在谈到国民党在焉耆的吏治时告诉我们的。

国民党时期,焉耆一任专员号称是左宗棠的四世孙,名叫左庶平。此公一上任,轻骑简从去了当时焉耆最穷最边远的若羌县,到了那里便要去访当地年事最高的老人。县衙门一查,最老的当属一个看坟地的维吾尔孤老头,九十余岁,无儿无女,晚景凄凉。

这位左大专员当真去了,钻进黑乎乎、冷冰冰的破窑洞里,找见那位维吾尔高龄人。那老人站起身来,竟然足有两米之多! 老人不知有专员,只知有道台,感激之下,不明来历竟脱口说出"我是当年和左宗棠打过仗的!"随从的人一听,这下糟了,左宗棠的四世孙访着了一个和他先人打过仗的维吾尔族人,那还有你的好呀?

不料这位左公后裔把大拇指一伸,大声夸赞道:"好! 敢和我祖爷爷打仗的人是好样的,是巴特尔(维语:英雄)!"

接着他又说:"过去的事已经过去了,不提它了。我爷爷那时候杀过你们的人,现在我来还欠下你们的情来了"说罢,命令左右为这老人盖三间新房,每月送柴送米,每年置买衣服,所需银两从专员公署拨给。

此事传开,左宗棠的孙子如何胸怀大度、体恤民生的传闻便遍及焉耆各地,使不少人感激涕零。

这叫变不利因素为有利因素,也可以叫做"抓典型"。只不过在万千饥民中安抚了一个,却一下蒙蔽了所有的人,赢得少数民族的信任。仅此一招,不能不承认这位左公后裔有统治术,懂得一点做政治思想工作的诀窍。不然,哈拉沙尔遍地都是他的世仇,他怎么能立足做官呢?

不管怎么说,乃祖左宗棠是一位雄才大略的历史人物,他作为清朝的大吏而力保清朝的江山总算不是吃谁的饭砸谁的锅,东边的水灾刚堵住,又去西边灭火,为千疮百孔、摇摇欲坠的朝廷忙得不可开交。尔后,竟以七十高龄督师新疆,抬棺而战,平阿古柏叛乱,收复伊犁,即使我们今天想起来,也深知其不易。当然他也镇压了太平军,残酷围杀了白彦虎领导的回民起义和河湟事变的数十万英勇不屈的回民……而这两支人马,就是今天焉耆回民的来历。

这就又让人想起历史……是谁创造的? 人民——这当然没错。但是在"人民"这一极其富有概括力的概念中,包不包括岳飞、文天祥、海瑞、王安石这些官呢? 包不包括唱大风歌的汉高祖、被誉为天可汗的唐太宗、统一中国的秦始皇、"一代天骄"成吉思汗和爱新觉罗·玄烨以及"始为僧继为王终为帝"的明太祖呢?

中华民族的历史不仅仅是汉族的历史,历代帝王、名臣、保国有功的武将中就不知有多少是少数民族。因而,把"异族统治"看作是耻辱,其实只是一种狭隘的观点。

中华民族的历史也不仅仅是被压迫者的历史,不管那上面写着的是光荣还是耻辱,是灿烂的文化还是腐败的政治,是荒谬的千古之谜还是坦荡的正气歌,历史都是不容修改的。她应该是矛盾的双方或多方在斗争中共同创造的。历史是黄河,鱼龙混杂泥沙俱下,灌溉土地淹没村庄,雄雄浑浑曲曲折折地流过无数年代……在这条永不衰竭的伟大河流中,每一朵黄色的浪花——每个普通的人,都在其中随之腾跃、浮沉,以一瞬间的短暂生命去挣扎,去表演,去构成她滔滔不绝的永恒。善也罢,恶也罢;美也罢,丑也罢;真也罢,假也罢;不善不恶亦美亦丑半真半假的货色也罢,谁能否认它们曾经是这条河流中的一部分呢? 而谁能保证它们将来不在这河流中继续翻腾呢?

哦,黄河!你这条混浊的不清不白的、你这条曲折的多灾多难的但却是咆哮威严、浑厚朴实、奔腾有力的伟大之河啊,谁要是不理解你的混浊、你的泥沙、你的羊粪蛋儿和草棍棍,谁就永远也不能理解你……

那天晚上,我们在苏老家听得精神抖擞、两目生光。而这位剃着光头、长着雄马般粗壮脖颈的回族老人也如遇忘年之交,他简直是滔滔不绝、神采焕发;就连他做的手势,也完全不像一个老人而像一个壮汉那么强悍有力。他一会儿像个说书人,巧设悬念,直视听众,猛然以掌击案,说出一个意料之外的结局,使人魂魄为之震动!一会儿又俨然是位胸怀韬略的隐士,分析天下时局,俯视人间剧变,指点评论新疆半世纪的历史事件和风云人物,常有独到之见。特别是讲起他自己一生的经历,不矜不夸,不悔不怨,对自己的得意时和伤心处,均以"黑色幽默"的态度处之,显示出一个历经沧桑的老人超然的眼光。

这种老人可算是没有空到人世来一趟了。吃了不少苦,受了不少罪,到老,悟出了不少人生的道理。这些道理不是从哪本教科书上抄来的,也不是从哪篇社论里背来的,是他人生的宝贵经验和惨痛教训,是直面自己的生活琢磨出来的。这就不得了,因为多少老人到死,也终于没学会用自己的脑袋去想透一个道理。相比之下,那些人不是太可悲了吗?同样,和一些读了不少书便狂妄得"登泰山而小天下"的年轻人相比,他的道理虽不时髦,也不深奥炫目,却是像枝干一样是从树的身躯上生长出来的,而不少年轻人的理论,却是时装,今天可以穿在身上,明天可以脱了换另一件……

普普通通"无官一身轻"的人们哪,你们当中可真有一些隐士、豪杰、智者、高人呢!飘洒度日月,耕织过人生。无冠无冕,大彻大悟;无车无鱼,不哀不怨。庸庸众生中有不庸俗之辈,平平日月中有非寻常之人。为官者,且莫傲慢轻松!须知,治下可是真有远比尔等高明的人物呀……

看社戏

王英琦

昏黑的天，刚生出第一窝星崽儿，女房东小桂子便咚咚上楼来了："喝罢汤了？"（河南农村对晚饭的称谓）

"喝罢了，就走么？"我一把将儿子喝剩的小半碗玉米粥夺下问。

"走，快去岗河村看戏哩。"桂子催道。

"嗳！"我旋即抱起儿子，拿过板凳，与桂子一道，沿着白生生漫着月光的乡路，汇入四乡八村看戏的人流中……

今晚的"草台野戏"，就搭在我居家的小刘村不远的岗河村。说是"草台野戏"，一点也不辱没了它：破的帘，疙瘩不平的台面……这种寒碜的挂着"穷村陋闾"相儿，带着浓郁乡间俗味儿的"社戏"，在某些城里人的眼中，是"野戏"，是不登大雅之堂的末流猥杂。我自己虽说还未浅薄到对此高抬贵眼、不屑一置的地步，但一开始对豫剧，对这种土掉牙的精神实质便是一吼三叫，嘴里像含了包炸药，一出腔，便可震得风云星辰变色，三山五岳乱抖嗦。及至后来到了河南，尤其是搬到农村后，由于日深一日地听，高音喇叭日出夜伏地薰炙，竟也就听顺了，入门了，觉得出它的好，它的土、俗之韵味了。

我们赶到时，已是锣鼓喧天，观者如墙，开戏有一会儿了。只见戏台旁有着许多摆零食摊儿的。瓜果小糖，烤红薯，炒凉粉，各色纷呈。钱虽要得不轻贱，却不乏人买。我也要了一只烤红薯给儿，那热腾腾香喷喷的薯气，很给人一种"暖幼温贫"之感。

盼着这个好日子——盼着"社戏"，已很有些时辰了。刚来的那会儿，就听说此地的每年阴历九月十五是赶庙会的日子，届时商贾密集，百戏相随，热闹得不得了。

然而此刻我却无奈得昏了神。近台早已没了空，我抱儿正急得上钻下拱，旁边一位大嫂发了慈悲，挪了挪地方，让我进去。桂子心眼一活，也就势跟了过来。

我问大嫂，今晚唱的啥戏？答曰：大刀王怀女。真是个好蹊跷的戏名！我在心里好一番思量，却仍是估不透它究竟是"大刀"——王怀女哪，还是"大刀王"——怀女？

我承认，我并不能听懂所有的戏文，我也不是生、旦、净、丑都耐烦看。戏剧中，我的偏好在青衣花旦。我喜爱青衣风头绣鞋，绿裙衩里露出的红里子；我喜爱花旦的兰花指、甩水袖、水上漂样的小碎步，以及不瘟不火、缠绵悱恻的唱腔。

儿子却喜欢看戏里的行头及翻跟筋头。只要那个抹着刮锅灰样脸的武丑一出来，他的小眼珠儿便恨不能飞出来，随着那武丑的一翻一腾一踢踏，他小人家也跟着乱动弹，瞎使劲。然而那武丑的翻筋头，却每令我心悸发怵，台面怎小且怎不平，他要稍有闪失，一个筋头岂不砸了大家？好在我此虑纯属杞人忧天。那武丑无论怎生地翻，哪怕是来个"燕展翅""顺风旗"的绝活儿，却也是能贴台边儿稳稳地刹住，险伶伶地看似要掉，就是掉不下来。

我最怕的是老生老旦出场。他们老人家只要一上台，仿佛就生了根，不磨蹭不泡上几根烟时，算是下不了台。我心烦地盯着台上的一位老生，看得快打熬不住时，霍地一阵咚咚哐哐骋动天地的锣鼓弦钹骤响，随之一个手持大刀，腰间插满了彩旗的武旦，破帘一掀上了台，碎步疾疾老道地走了一个大全台，继之一个漂亮的大亮相——我暗忖，今晚的重头戏，主角"大刀王怀女"，非她莫属了。但见她翻过青龙战袍，耍过一阵大刀后，竟直逼老生大骂而去。老生被骂得连连败退，无以招架，终于逃向后台去。我感到大欣慰，却同时生了点小遗憾，那武旦刚才指鼻大骂老生时，兰花指过于粗大了，实在少点美感。这一偶然发现，使得我在后来，老爱盯着旦角的手看，并无法不承认一个可悲的事实：几乎所有旦角的手，莫不都粗大得有如半个蒲扇，尤其是云起手来，真能遮住半个天。

台下的观众却不理会什么兰花指。他们全部的审美情趣审美热忱都集中在戏情上热闹上，集中在花花绿绿的行头和唱文工武上。尤其是那个身怀技的武丑，收场大吉时一气翻了三十八个筋头，简直疯狂了台下的每一个人，笑破了清寂初寒的深秋之夜……

次日，锣鼓家伙响起得更早。太早还悬在西天沉着地燃烧，便已有前村后队的人，不绝地去赶戏了。

今晚出的戏码叫《老包坐监》。关于包公的戏，民间早已演得烂熟。最著名的当首推《铡美记》了。我小时看过这个戏的京剧，却丝毫不记得还有什么《老包坐监》。我生疑这戏绝不是包公戏的正宗嫡传，早出"五服"了。看来这又是当地人的别出心裁，生造出来的老包新传。如此编下去，包老爷不仅可以坐监，且能逃狱，乃至东山再起，挂帅讨征哩……

姑不论戏码怎生地瞎编乱造，台上的老包却唱得十二分地卖力，血气沸腾，声贯丹田，包括那一招一式都功夫极深，成熟到家。惜乎的是那些配角，不是唱得跟不上锣鼓眼儿，便是手脚动作不配套。好在这些小小的瑕疵，并不能打退台下看客的热情。豫剧毕竟姓豫。据说民国三十一年，河南密县有个崔庙，四个月竟连演了 380 个不同剧目，一时传为美谈。

作为中国"四大梆子"之一的豫剧，是拥有剧团最多的全国第一大剧各。它的腿最长，生命力最强。它不像京剧那么多的老框老套，也不像昆曲那样的高深古雅，它的全部特征个性，就在于它的不搭架子，不宥陈法，土极且又俗极上。由于河南地处中原，五方杂居，便在客观上形成了豫剧兼收并蓄的优点。不分调名，亦无板眼，乃"郑声之最"。有人统计，单就《朝阳沟》一出戏，便有越调、曲剧、道情和河南坠子等数种。无怪乎当地有俗谚："一清二黄三越调，梆子戏是胡乱套。"可别小觑轻贱了这胡乱套，它不仅是豫剧的一大特点，还是迎合自己的"衣食父母"——掏农民腰包的重要因素之一。在目前戏剧日渐势微的情形下，似乎还独有这个胡乱套的豫剧，未见膏肓蒵垮，不靠官办俸禄，活得有滋有味。

对我而言，与其说是对豫剧感兴趣，毋宁说是对当地的人文环境——对看戏和做戏的人更感兴趣。生成在城市，过去只在文学作品中看到过社戏，领略过那般"斜阳古柳赵家庄，负鼓盲翁正作场"的浑厚古朴的乡土气息。而今，我就寄生在这"荒村鄙邑"，夹杂在这拨散发着泥土味葱蒜味的乡下人中，这个中的滋味，确实是越咂摸越滋味。

看至三分之一时，我忽然来了心血，抱儿转到了后台。说是后台，也就是一布之隔的露天空地，拥着些看稀罕的观众。其时但见伶人们有的在练拳脚，有的在念台词，旁边一个把眉毛扯得细弯弯的猫儿脸姑娘，正对镜将一只翠玉簪子，斜斜地插在油光水滑的发髻上。我来了兴致，凑上去想看仔细。这一细看不打紧，那脖上、耳根后，粗糙的皮肤，积年的老垢，全看个一清二白，说她两个月没洗澡，未必十分的错。再细看那粉墨上妆的家伙，连伪造的都不如。尤其是那胭脂，很像是廉价的广告颜色。见那猫儿脸姑娘毫无忌惮地直往脸上抹，我终于憋不住搭腔了："这东西对皮肤有害呵！"

猫儿脸姑娘一怔，望望我道："没事儿，俺们用的就是这，惯了。"

话既搭上，我有意多问了几句。得知这是一个自发性的农村业余梆子剧团，哪儿有庙会往哪儿赶，东食西宿，四乡为家，有时连唱一个月也下不来。

正聊着，突然边上一个花脸猛地打了个喷嚏，溅到猫儿脸的颊上，姑娘愀然作色，朝那花脸打了一下。

"妈，他怎么也会打喷嚏？他是真人还是假人？"儿子忽然地来了精神头，指着花脸问我。

未待我作答，花脸上前笑摸摸儿子头道："你猜呢？我是真人还是假人？"

逗笑间，我才注意到后台的另一端，支了一只硕大无比的锅，锅边放着一案面条和青菜。我估摸这是给伶人们用的夜餐，却又觉得太寒酸了些。这些不经饿的面条青菜能挡什么事？能支补他们一晚上大功率的体力消耗么？

看出我的疑虑，花脸道："俺们这是包场，只给钱不管饭，一场下来才三百元，不敢大吃大喝呀。"

这话说得我心里酸酸的。这些伶人们在台上演尽王侯风流事，替人儿女说相思，孰料，背后却包藏着生途的坎坷，世事的艰酸。混口饭吃——难哟！

"妈，你看，那有个小孩！"儿蓦地打断我的沉思。顺他的小手指望去，果见那边石头上坐着一青衣少妇，正在奶孩子，走上前去一照眼，竟是昨晚那个武旦——那个演"大刀王怀女"的女主角。

"今晚你还不上场？"我坐到她边上，老相识样地问道。

她看我一眼："今晚我的戏少，后半场才上。"

"这孩子多大了，怎么出来演戏还带着？"

"六个月了。不带咋办，扔在家里没人带。"

"你又演戏，又拖着个奶孩子，太辛苦了。"

"没办法，就是这吃四方饭的命呗。"

她告诉我，她五岁便进了戏班，现在戏龄已二十年了。她在这个戏班是二号台住，平时挣的钱，除了补贴家中二老，还要赡养儿子。她的丈夫与其他女人有染，基本对她娘儿俩不管不问，

这时节，那时节，那孩子兀然地又吐又拉，弄得那女戏子一身满怀。"俺这孩儿这几天受凉了，老吐老拉……"她边说边打扫身上。我帮她抱孩子当儿，留神到这孩子又黄又瘦，蔫蔫的一副没神样儿。

"快，准备上场了！"这时，昨晚那个演包公的男演员急急走来招呼女戏子了。他从我怀里接过孩子，又帮那女戏子理了理裙衩，一同往台上走去。

第三天晚上，猎猎地起了五、六级北风。我揣了药，带了包儿子小时的裤褂，又匆匆赶到戏场，但见风雨无阻戏场又是黑压压地坐满了人。一村演戏，众村皆至，我似乎很能理解这些乡下人戏瘾头的之大。"百日这劳，一日之乐"，对于土生土长的他们，土梆子戏不仅是劳作之余的娱乐，且是一种文化给养，精神升华的表征。望着他们那大仰脖、圆瞪眼、全副投入的样子，我很生发一些感慨……我似乎突然明白了这"高粱棵里的玩意儿"，何以会有永恒的生命力？我似乎终于懂得了，从人生，从底层民众的角度去搞艺术，是最原始的，却也是最本质最不朽的这一伟大真理了。

我找到了那位女戏子，把药和衣服都给了她。她正要答谢，我忙止住了她。我怕听那些话。那些话于我不是酬慰，反是凝重和不能承受之伤感……我又看见了那位演包公的男演员。他今晚一袭便装，好不英俊倜傥的样子。他仍抱着那女戏子的孩子，间或深情地望望女戏子，复又感激地瞅瞅我……

岗河村的社戏，唱足了半个月，我亦赶满了十五场。虽然，我不是每场全都看完并记下，但我肯定看到并记住了一些什么……眼下，已是寒凝雪飘的深冬了，我的心仍是满满的、怅怅的，都是戏。朝起夕宿，举目窗外清冷萧瑟的菜地，捧着滚烫的玉米红薯粥，我每每总会挂心起那个"飘乡戏班子"，那个女戏子和她的孩儿。也不知道，于今，他们又飘零到哪乡哪村去了，那娘儿俩，可太平大吉？……

阅读青藏高原

马丽华

从烟波浩渺的原始古海到冰峰雪岭的今日高地,一个青藏高原生成演化过程,是一部壮丽的大自然史诗。

不是所有的人都能读得懂它。历经数以千万年计的沧桑变迁,这部巨著的诗页已成断章残篇,封存于大高原的冰雪永冻层中。是一些格外钟情于它的人——中国青藏科考队衔命而来,将星散于高原表里的诗页收拢拼接,前后连缀,使我们有幸读到了这部作品:从珠穆朗玛巨厚的沉积物中,我们遥望到古大洋洪荒时代它所在的由南而北的动态位置;从恐龙、三趾马的白色骨骼中,我们得知了新大陆与别处共享的环球同此凉热的年代;从希夏邦马山坡一枚石化了的高山栎叶片中,我们察访到数百万年来高原急剧隆升的证据;而藏北湖岸线的降落以及湖畔细石器遗存,则明示着从上万年前开始的气候变暖事件……

青藏高原的出现是地球乃至宇宙间多种因素合力作用之果,而青藏高原的存在又是地球环境诸多结果之因。地球内外充满了诸如此类环环相扣的因果链。假如没有青藏高原会怎么样?当代地理学家李吉均院士说,那么至少在中国,西部就不至于如此干旱,东部就不至于如此湿润,长江不是长江,黄河不是黄河;中国之外,阿拉伯、撒哈拉大沙漠不会出现,北半球气候不会转型,全球不会进入并持续着第四纪冰期……总而言之,世界地理气候格局就不是我们所眼见的这般模样。

"假如没有青藏高原",一个看似没有意义的设问,因为自然演化的方向无论出自偶然还是必然之力,只能沿着一个轨迹前行,去完成一个不可逆转的过程。然而正是因为有了青藏高原,科学家们说,有关全球变化的研究如果不考虑青藏高原的隆起,就不足以提出合理的解释。

中国青藏科考队寻访答案、连缀诗篇的工作,经历了整整半个世纪,并有了丰厚的结果,而我也有幸成为这一结果的第一读者,自有28万字的《青藏苍茫》一书为证。这本书的采访写作贯穿了我的整个1998年,书中记录的正是那群格外钟情于青藏高原的科学家们的探索历程,以及他们所"衔"之"命":复原一条青藏高原形成演化史之链。

《青藏苍茫》完成采访写作迄已五年,一部青藏高原形成演化史已大致了然于心,作为作者,在经历了那样一个"科学年"后,发生了许多改变,可言说部分与不可言说部分皆是一言难尽。例如成为一个自然地理的热爱者,由自然地理而人文地理、历史地理——本来多年间对于这片高地是从后者即生存风貌入手的,而今却直达肌理骨骼深部。

记得五年多以前,对于科学家的采访笑话多多。因隔膜而无知,最初的采访进行得窘迫,词不达意,言不及义,甚至提不出问题。当我面对大地构造学家潘裕生时的第一个发问竟是"古大洋的水流到哪里去了",当地质地貌学家们回顾有关第四纪青藏高原大冰盖存在与否的争论时,我困惑地插话:"这样的讨论有意义吗?"……

后来的情形就不是这样了。记得有一年在拉萨,湖泊研究者告诉我,碳14测定近在7000年前,藏北湖泊还处于高水位丰水期!听罢恍然大悟,噢。这正好可与考古学家所说的相印证,说明那里——今日所谓"藏北无人区"一定有过温暖宜人的时期,所以7000年前的猎手把细石器丢得满地都是。当然,我也早就理解了"古大洋的水流到哪里去了"的问题,正像潘裕生回答的那样:"整个地球上的海水是相通的。"

自然界渐变与突变交替,大高原隆升与夷平相间;人类生存于漂浮的陆地上,变化的环境中,变动不居乃是常数。所有的科学研究都伴随着人类认知世界的过程，即追求真知、接近真理的精神和勇气。而这也是科学探索以及科学家群体为人敬慕之所在。

青藏研究半个世纪来一直默默无闻，这一状况迄今并无根本改变。然而青藏研究却仍在更高的程度上继续着，每年夏季，国内的、国际合作的科考队纷纷走上高原，每年都有发现和创新。一批年轻的科学家还在继续寻找答案，书写这部伟大史诗的，究竟来自怎样的一只手。

霞落燕园

宗 璞

　　北京大学各住宅区,都有个好听的名字。朗润、蔚秀、镜春、畅春,无不引起满眼芳菲和意致疏远的联想。而燕南园只是个地理方位,说明在燕园南端而已。这个住宅区很小,共有 16 栋房屋,约一半在 50 年代初已分隔供两家居住,"文化大革命"前这里住户约二十家。63 号校长住宅自马寅初先生因过早提出人口问题而迁走后,很长时间都空着。西北角的小楼则是党委统战部办公室,据说还是冰心前辈举行"第一次宴会"的地方。有一个游戏场,设秋千、跷板、沙坑等物。不过那时这里的子女辈多已在青年,忙着工作和改造,很少有闲情逸致来游戏。

　　每栋房屋照原来设计各有特点,如 56 号遍植樱花,春来如雪。周培源先生在此居住多年,我曾戏称之为周家花园,以与樱桃沟争胜。54 号有大树桃花,从楼上倚窗而望,几乎可以伸手攀折,不过桃花映照的不是红颜,而是白发。

　　61 号的藤萝架依房屋形势搭成斜坡,紫色的花朵逐渐高起,直上楼台。随着时光流逝,各种花木减了许多。藤萝架已毁,桃树已斫,樱花也稀落多了。这几年万物复苏,有余力的人家都注意绿化,种些植物,却总是不时被修理下水道、铺设暖气管等工程毁去。施工的沟成年累月不填,各种器械也成年累月堆放,高高低低,颇有些惊险意味。

　　这只不过是最表面的变化。迁来这里已是第 34 个春天了。34 年,可以是一个人的一辈子,做出辉煌事业的一辈子。34 年,婴儿已过而立,中年重逢花甲。老人则不得不撒手另换世界了。燕南园里,几乎每一栋房屋都经历了丧事。

　　最先离去的是汤用彤先生。我们是紧邻。1954 年的一天,他和我的父亲同往《人民日报》社开会批判胡适先生,回来车到家门,他忽然说这是到了哪里,找不到自己的家。那便是中风先兆了。约十年后逝世。记得曾见一介兄从后角门进来,臂上挂着一根手杖。我当时想,汤先生再也用不着它了。以后在院中散步,眼前常浮现老人矮胖的身材,团团的笑脸。那时觉得死亡真是不可思议的事。

　　"文化大革命"初始,一张大字报杀害了物理系饶毓泰先生,他在 51 号住处投缳身亡。数年后翦伯赞先生夫妇同时自尽,在 64 号。他们是"文化大革命"中奉命搬进燕南园的。那时自杀的事时有所闻,记得还看过一个消息,题目是刹住自杀风,心里着实觉得惨。不过夫妇能同心走此绝路,一生到最后还有一同赴死的知己,人世间仿佛还有一点温馨。

　　1977 年我自己的母亲去世后,死亡不再是遥远的了,而是重重地压在心上,却又让人觉得空落落,难于填补。虽然对死亡已渐熟悉,后来得知魏建功先生在一次手术中意外地去世时,还很惊诧。魏家迁进那座曾经空了许久的 63 号院,是在 70 年代初,但那时它已是个大杂院了。魏太太王碧书曾和我的母亲说起,魏先生对她说过,解放以来经过多少次运动,想着这回可能不会有什么大错了,不想更错! 当时两位老太太不胜慨叹的情景,宛在目前。

　　65 号哲学系郑昕先生,后迁来的东语系马坚先生和抱病多年的老住户历史系齐思和先生俱以疾终。1982 年父亲和我从美国回来不久,我的弟弟去世,在悲苦忙乱之余忽然得知 52 号黄子卿先生也去世了。黄先生除是化学家外,擅长旧体诗,有唐人韵味。老一代专家的修养,实非后辈所能企及。

　　女植物学家吴素萱先生原在北大,后调植物所工作,一直没有搬家。70 年代末期我进城开会,常与她同路。她每天六点半到公共汽车站，非常准时。我常把校园里的植物向她请教，她都认真回答，一点不以门外汉的愚蠢为可笑。她病逝后约半年，《人民日报》刊登了一张她在看显微镜的照片。当时传为奇谈。不过我想，这倒是这些先生们总的写照。九泉之下，所想的也是那点学问。

冯定同志是老干部，和先生们不同。在55号住了几十年，受批判也有几十年了。他有句名言："无错不当检讨的英雄。"不管这是针对谁的，我认为这是一句好话，一句有骨气的话。如果我们党内能有坚持原则不随声附和的空气，党风民风何至于此！听说一个小偷到他家破窗而入行窃，翻了半天才发现有人坐在屋中，连忙仓皇逃走，冯定对他说："下回请你从门里进来。"这位老同志在久病倍受折磨之后去世了。到他为止，燕南园向人世告别的"户主"已有10人。

但上天还需要学者。1986年5月6日，朱光潜先生与世长辞。

朱家在"文化大革命"后期从燕东园迁来，与人合住了原统战部小楼。那时燕南园已约有八十余户人家。兴建了一座公厕，可谓"文化大革命"中的新生事物，现在又经翻修，成为园中最显眼的建筑。朱家也曾一度享用它。据朱太太奚今吾说，雨雪时先由家人扫出小路，老人再打着伞出来。令人庆幸的是北京晴天多。以后大家生活渐趋安定，便常见一位瘦小老人在校园中活动，早上举着手杖小跑，下午在体育馆前后慢走。我以为老先生们大都像我父亲一样，耳目失其聪明，未必认得我，不料他还记得，还知道些我的近况，不免暗自惭愧。

我没有上过朱先生的课，来往也不多。1960年10月我调往《世界文学》编辑部，评论方面任务之一是发表古典文艺理论。我们组到的第一篇稿子是朱先生摘译的莱辛名著《拉奥孔：论画和诗的界限》，原书16万字，朱先生摘译了两万多字，发表在1960年12月《世界文学》上。记得朱先生在译后记中论及莱辛提出的为什么拉奥孔在雕刻里不哀号，在诗里却哀号的问题。他用了化美为媚的说法。并曾对我说用"媚"字译charming最合适。媚是流动的，不是静止的；不只有外貌的形状，还有内心的精神。"回眸一笑百媚生"，那"生"字多么好！我一直记得这话。1961年下半年，他又为我们选译了一组文艺复兴时代意大利文艺理论，都极精彩。两次译文的译后记都不长，可是都不只有材料上的帮助，且有见地。朱先生曾把文学批评分为四类：以导师自居，以法官自命，重考据和重在自己感受的印象派批评。他主张后者。这种批评不掉书袋，却需要极高的欣赏水平，需要洞见。我看现在《读书》杂志上有些文章颇有此意。

也不记得为什么，有一次追随许多老先生到香山，一个办事人自言自语："这么多文曲星！"我便接着想，用满天云锦形容是否合适，满天云锦是由一片片霞彩组成的。不过那时只顾欣赏山的颜色，没有多注意人的活动。在玉华山庄一带观赏之余，我说我还从未上过"鬼见愁"呢，很想爬一爬。朱先生正坐在路边石头上，忽然说，他也想爬上"鬼见愁"。那年他该是近七十了，步履仍很矫健。当时因时间关系，不能走开，还说以后再来。香山红叶的霞彩变换了二十多回，我始终没有一偿登"鬼见愁"的夙愿，也许以后真会去一次，只是永不能陪同朱先生一起登临了。

"文化大革命"后期政协有时放电影，大家同车前往。记得一次演了一部大概名为《万紫千红》的纪录片，有些民间歌舞。回来时朱先生很高兴，说："这是中国的艺术，很美！"他说话的神气那样天真。他对生活充满了浓厚的感情和活泼泼的兴趣，也只有如此情浓的人，才能在生活里发现美，才有资格谈论美。正如他早年一篇讲人生艺术化的文章所说，文章忌俗滥，生活也忌俗滥。如季扎挂剑、夷齐采薇这种严肃的态度，是道德的也是艺术的。艺术的生活又是情趣丰富的生活。要在生活中寻求趣味，不能只与蝇蛆争温饱。记得他曾与他的学生澳籍学者陈兆华去看莎士比亚的一个戏剧，回来要不到出租车。陈兆华为此不平，曾投书《人民日报》。老先生潇洒地认为，看到了莎剧怎样辛苦也值得。

朱先生从给青年的十二封信开始，便和青年人保持着联系。我们这一批青年人已变为中年而接近老年了，我想他还有真正的青年朋友。这是毕生从事教育的老先生之福。就朱先生来说，其中必有奚先生内助之功，因为这需要精力、时间。他们曾要我把新出的书带到澳洲给陈兆华，带到社科院外文所给他的得意门生朱虹。他的学生们也都对他怀着深厚的感情。朱虹现在还怪我得知朱先生病危竟不给她打电话。

然而生活的重心、兴趣的焦点都集中在工作，时刻想着的都是各自的那点学问，这似乎是老先生们的共性。他们紧紧抓住不多了的时间，拼命吐出自己的丝，而且不断要使这丝更亮更美。有人送来一本澳大利亚人写的美学书，托我请朱先生看看值得译否。我知道老先生们的时间何等宝贵，实不忍打扰，又不好从我这儿驳回,便拿书去试一试。不料他很感兴趣,连声让放下,他愿意看。看看人家有怎样的说法,看看是否对我国美学界有益。据说康有为曾有议论,他的学问在二十九岁时已臻成熟,以后不再求改。有的老先生寿开九秩,学问仍和六十年前一样,不趋时尚固然难得,然而六十年不再吸收新东西,这六十年又有何用?朱先生不是这样。他总在寻求,总在吸收,有执着也有变化。而在执着与变化之间,自有分寸。

老先生们常住医院,我在省视老父时如有哪位在,便去看望。一次朱先生恰住隔壁,推门进去时,见他正拿着稿子卧读。我说:"不准看了。拿着也累,看也累!"便取过稿子放在桌上。他笑着接受了管制。若是自己家人,他大概要发脾气的。这是他生命中最重要的事啊。他要用力吐他的丝,用力把他那片霞彩照亮些。

奚先生说,朱先生一年前患脑血栓后脾气很不好。他常以为房间中哪一处放着他的稿子,但实际没有,便烦恼得不得了。在香港大学授予他荣誉学位那天,他忽然不肯出席,要一个人待着,好容易才劝得去了。一位一生寻求美、研究美、以美为生的学者在老和病的障碍中的痛苦是别人难以想象的。——他现在再没有寻求的不安和遗失的烦恼了。

文成待发,又传来王力先生仙逝的消息。与王家在昆明龙头村便曾是邻居,燕南园中对门而居也已三十年了。三十年风风雨雨,也不过一眨眼的工夫。父亲九十大寿时,王先生和王太太夏蔚霞曾来祝贺,他们还去向朱先生告别,怎么就忽然一病不起!王先生一生无党无派,遗命夫妇合葬,墓碑上要刻他1980年写的赠内诗。中有句云:"七省奔波逃猃狁,一灯如豆伴凄凉","今日桑榆晚景好,共祈百岁老鸳鸯"。可见其固守纯真之情,不与纷扰。各家老人转往万安公墓相候的渐多,我简直不敢往下想了。只有祷念龙虫并雕斋主人安息。

16栋房屋已有12户主人离开了。这条路上的行人是不会断的。他们都是一缕光辉的霞彩,又组成了绚烂的大片云锦,照耀过又消失,像万物消长一样。霞彩天天消去,但是次日还会生出。在东方,也在西方,还在青年学子的双颊上。

回看血泪相和流

柯 灵

平生事，
此时凝睇，
谁会凭栏意？

——王禹：《点绛唇》

我是个平凡的人，不幸生在不平凡的时代，"城门失火，殃及池鱼"，无端惹出许多是非。旧中国风雨如磐，我身历其境，未免和许多知识分子一样，心怀忧患，情切兴亡，参加了一些志在改变祖国命运的活动，主要是舞文弄墨，摇旗呐喊，不涉及实际政治，却落得二度入狱，两遭通缉，几次隐匿逃亡。这好比灯蛾扑火，还可以说是咎由自取。到了新中国，欣逢盛世，满以为从此霁月光风，天下澄清了，怎么也没有想到，我的罪还没有赎净，还要到现代《神曲》的炼狱里受一回洗礼。

1966年，夏季酷热，一出以"无产阶级文化大革命"命题的荒诞剧出台了。历史脱了轨，中国发了疯，饱经沧桑的上海又一次猛烈震荡。一群新的主宰者突然出现，带着"红卫兵"臂章，洪水一样淹没了大街小巷、万户千家，随心所欲地抄家造反，打砸抢，谁也不能向他们说个"不"字。妇女光着脚在路上狼狈逃窜，成群结队的孩子拿着剪刀在后面呼啸追逐，因为高跟鞋和窄裤管也是革命对象。这场冲击波，最初涉及的是文艺界。文学艺术一向被称为政治气候的晴雨表，现在作家以自己的厄运报道了暴风雨的来临。王西彦、孔罗荪、吴强、魏金枝纷纷落网，叶以群被迫堕楼，"黑老K巴金"的特大号大字报开始张贴出来，几乎从上海作家协会大厅的屋顶垂到地面。大毒草《不夜城》刚受过全国性批判，我自然也没有幸免的理由。9月3日傍晚，我在家接到电话，通知即刻到作协开会。当时在协会，当家的是"文化大革命"领导小组组长，我一到，蒙他单独接见，脸部表情丰富，告诫我说："外面形势对你很不利，现在上面给你一个机会，一个环境，让你去考虑考虑自己的问题。"说到这里，如响斯应，门一开，蓦地进来两位武装公安人员，我还来不及领会组长语言的全部含义，就被架上汽车带走了。那戏剧化的方式，很像反特影片里对付恐怖分子的场面。（应该补充一句：后来这位组长自己也成了审查对象。）

我背着囚犯的十字架，面壁三年，在兽笼式的铁栏后面度过六十华诞，茫茫千日愁如海。还连累了我的妻子国容，陪着我在外面加倍地受罪，几乎赔上了生命。

国容是教会大学培养出来的，学的专业是教育，从事的职业是教育，少女时代就是地下党员。她社会经历单纯，自尊心很强，在这方面特别敏感，受不得丝毫挫伤。我忽然成了无产阶级专政对象，单是这一点，就够她受用了。我犯了什么罪，连我自己也不明白，她当然更莫名其妙，但她得对我莫须有的"严重罪行"负责，因为她成了侦破我这件大案的天然突破口。她没完没了的受审讯，被迫揭发交代。她无法编造我的罪行，不愿意和我划清界线，为了维护我的清白，被那种出名的"逼供信"酷虐游戏纠缠得几乎神经错乱。一次又一次的抄家，破"四旧"，抢房子，别有用心的人幸灾乐祸，肆无忌惮地上门捣乱。……我坐了班房，一了百了；国容孤军匹马，四面受敌，天大的灾难，都由她一人顶着。

接着是她自己成为审查对象。她是一个重点女子中学的校长兼支部书记，平时大家客气地称她"陈校长"，现在胸前挂着"牛鬼蛇神"的牌子，每天到学校接受批斗。据说妇女是半爿天，到了"文化大革命"期间，这半爿天就塌了，只要男的靠边，女的就都是"臭婆娘"。国容顶着双重的恶名，邻家的孩子看见她就向她扔石子,吐唾沫。

我失踪以后,国容一直无法知道我在哪里。她孤苦无告,长年累月地到处去看大字报,希望从中得到一点线索。她听说,有的审查对象被押送出境,从此杳无下落。她满怀恐惧,怕我也遭到同样的命运。有一次她在路上遇见一位相熟的女同志,被打得满身伤痕,悄悄告诉她,听说我被公安局抓去了,她还不相信。可怜这位天真的地下党员,竟这样不了解政治!在这三年里,我们完全隔绝,不通任何消息,唯一的联系,是她可以给我送衣服和日用品,都是送到作协机关,听候造反派处理。她受审以后,停发工资,生活陷于极度困难,靠她父亲的接济,竭力给我送高档的东西,为的是不让我发觉她的处境。她苦心制造的假象也确实给了我宽慰,因为这对我在难中有无限丰富的含义。终于有那么一天,她收到一份油印的通知单,开列着需要的物品,还有送达的地点。她也不知道那是什么所在,兴冲冲地做了准备,修饰一番早已无心打理的仪容,换一身整洁的衣衫,怀着久别重逢的希望。那地点在斯南路,她循着绿云的林荫道,栖栖惶惶地向前走。据她的臆想,我大概在一个安静的环境里隔离审查。她终于发现阴森森的监狱高墙和大铁门,这就是租界时代对付中国人的法国牢监,现在是我们的第二看守所。门外排着给犯人送东西的长队,那多数是畸形社会的人物,形形色色的刑事罪犯家属。她这才明白过来,在我们为之奋斗多年的新社会里,落到了什么地位。她赶快靠在路边的墙上,才没有使自己晕倒。

所有这些,都是我在事过境迁、风平浪静以后,才陆续了解的。国容当时所受的精神怆痛和折磨,那就只有她本人知道了!

我身罹法网,却还不时押解外出,接受各种批斗。1969年7月16日午后,又被押到作家协会。走道上用白粉写着硕大无朋的"打倒柯灵",我从上面践踏而过,俯首敛容,走进人头济济的大厅。大会主题还是百批不厌的《不夜城》,论旨还是"美化资本家,丑化工人阶级"。这次重点发言人,是一位以攻势凌厉著名的理论家。大会到了尾声,我忽然听到台上宣布:我被监禁是黑市委保护我,现在要把我放在革命群众中交代问题。于是我又被押回看守所,令在"无罪释放"的证书上签字。我被捕那一天,一位相当高级的公安干部对我说:"你犯了那么多罪,还号称进步作家!这过去的十七年里,我们为什么不动你呢?那是因为黑线保护你,明白吗?"这几句自问自答的话,算是逮捕我的法律根据。现在经过漫长的三年,严鞫深究,穷追猛打,加上匪夷所思的心理战术,无数人的揭发,全国性的调查,结果就是这轻描淡写的"无罪释放"四字。说关就关,说放就放,随心所欲,理直气壮,这里的确存在着极大的优越性。——不过这是就治人者而言,在治于人者那一面,是否真像布帛菽粟那样须臾不可离,就难说了。我虽然吃了三年冤枉官司,没有打成冤案,总是不幸中之大幸。"能忍则安",是我们祖宗的传家宝,当时我神情麻木,只觉得松了口气,急于要脱身,因为我多么渴望那点可怜的人身自由。

我又被带到作家协会大门口,从牢房里带出来的衣物破烂,垃圾似的扔在马路边,一圈人把我围在核心,好像看马戏。我在牢里,曾经多次计划,有朝一日放出来,第一件事就是抛弃这些倒霉的东西,理一理发,若无其事地悄悄回家,好在邻居面前略为保全颜面,也免得国容过分伤心,没料到是眼前这样一种场面。我急于摆脱,提出要给我爱人打电话,押着我的工宣队员用手一指说:"这不就是!"他指的是一直站在我身旁的一位妇女,憔悴瘦损,风也吹得倒。我怔怔地望着她发呆,半晌才认出是国容。我可怜的老伴,竟变得对面不相识了!我回到家,满目凄凉,恍如隔世。客厅、书房都贴着封条,只保留了一间四壁萧然的卧室。在那样地老天荒的年月里,国容罗掘俱穷,没有拖欠国家一文房租。房管局的造反派勒令受审查的住户到局里认罪,对着毛主席的宝像。满满跪了一地,国容照样参加。她本来奉公守法,现在更谨小慎微,逆来顺受。那时不知有多少人家扫地出门,我仗着国容,出狱后才有这一片容身之地。

我虽然经国家的专政机关查明无罪在案,却依然是个无罪的罪人,每天到作协劳动,交代检查,一切照旧。也依然到处游斗,"特务""汉奸"的帽子向我乱扣。我释放那天,作协的工宣队事先把国容找去,向她严厉警告:我罪行严重,拒不交代,在监狱里逃避斗争,现在要对我实行群众监督,她必须帮助我彻底坦白。这对她显然是又一次沉重的打击,把她推到了绝望的深渊。

我和国容历劫重逢,怎么也没想到,她会发生这样剧烈的变化。不但容貌变得我不认得了,而且丧失了语言能力,说话佶屈聱牙,格格不吐,完全像洋人生硬地说中国话。她本来健谈,却变得沉默寡言。又学会了抽烟,一支一支接连不断,没日没夜,把自己埋在烟雾弥漫中。她绝口不谈过去的事,我一谈,她就用眼色和手势制止。有一晚，我靠窗坐着，窗上映着我头部的剪影，忽然一声锐响，我遭到了射击，没有击中，落在地上的是一粒小铅球，想必是邻家的孩子干的，那时这样的恶作剧很流行。国容惊魂甫定，轻声说："我们给人家当作特务在审查，你知道吗？四面都有耳朵。"说时神情惨淡，和我泪眼相向，久久无言。我心里很难受，眼看她从肉体到心灵，都给生生的摧残了。我在狱中，最牵肠挂肚的，就是怕她受不了这飞来横祸的袭击，更担心把她也拘禁起来，有一次听到牢房里仿佛有妇女说话的声音，但也摆脱不了那恐怖的黑影。我当时心有所感，常常构想些打油诗遣愁，为此曾有一首七绝，表示祝祷：

君是亭亭白玉莲，皎如幽谷出清泉。

我自泥污君自洁，应得人天别样看。

有一次我得到她送的新棉鞋，情绪激动，另有一首：

莫道苍生正苦寒，谪居犹得试新棉。

名流千百无归宿，我在人间大有天。

我把这两首诗写在纸上给国容看。那天我们谈得很晚才休息。将近破晓，我在睡梦中被一阵钝重的抨击声惊醒，开了灯，只见国容躺在长沙发上，用毯子蒙着头，我过去揭开一看，我一生也没有经过这样的打击，天崩地裂也不会使我这样吃惊。

就在我写诗的纸上，她写了两行字："亲爱的。我们是无罪的。我先走了，真抱歉。"她把诗用橡皮擦掉了，只是还留着隐约的痕迹，可以看出她的平静和坚定。惨剧幸而没有酿成，又招来了新的罪愆，因为这是"自绝于人民"的万恶行为。声势浩大的斗争大会，还有缤纷的冷言恶语，鄙夷轻蔑的眼色。国容送到医院抢救，医院里也是造反派当权，不但得不到正当的治疗，还受尽了白眼。"人生到此，天道宁论"，这是古人身陷绝境时无可奈何的呼声，我想不出还有什么比这更贴切的语言，能表达国容和我当时的处境。中国封建统治阶级有施行酷刑的野蛮传统，而且擅长锻炼罗织，但也想不出像"自绝于人民"这样刁钻促狭、不负责任的罪名！

人间毕竟还有温暖，国容年轻时的学生，不少走上社会后各有成就，始终没有和国容断绝交往，即使在那样万难的时刻，这是很可感谢的。有一位学生听到这消息，对我直跺脚叹气，说："我一直有预感，她的坚持是为了等你出来，你出来了，她可能要出事。"我后来才知道，她曾经割过腕动脉，只是为了不愿抛下我在不明不白的诬陷中独自挣扎，她才自己动手包扎，在生死一发间救活了自己。她就是这样的脆弱而又坚强！

一场风波刚刚过去，作协就宣布全体下乡，到松江辰山劳动改造。自从发生那场意外，我没有睡过一晚好觉。我实在不愿意国容一个人留在家里。但又身不由己。国容倒很镇静。忙着替我准备行装，等我动身，她决定回娘家，依靠她父亲过日子。

《圣经·创世纪》里说。礼拜天是上帝赐予人类万世的节日。劳动改造另有章程，改为每月集体回上海，集中过四个休息日，因为下乡的不但有牛鬼蛇神，还有革命群众和工宣队、军宣队，他们的家都在上海。国容每月可以回家和我团聚一次。在寒冬的一月，我休假前写信和国容约定，准时到家，却发现室空无人，到处是灰尘，情况很反常。我满心惶惑，坐立不安，不知出了什么差错。正想出去打电话，听见了叩门声，我赶快开门迎接，进来的却是我岳父。他满脸愁容，强作镇定，说国容隔夜还在准备回家，睡下以后，却一直没有醒过来，现在已送到第六医院。是什么原因，他也说不清楚。又一次晴天霹雳击中了我，我一时目瞪口呆，手足失措，六神无主。

国容在病床上只是昏睡，经过三天的抢救，也没有醒过来。我和岳父最担心的是她再一次想不开，但彼此心照不宣，害怕说穿。医生给她洗胃的结果，证明没有服用过什么药物，才撂下心里的千斤重担。但医生同时明显地暗示，病人很难有苏醒的希望。我不分昼夜陪着她，望着她宁静的睡容，时不时叫她几声，希望把她叫醒，她没有丝毫反应。因为痰多，喉头壅塞，医生给用了吸痰器，轰轰震响。我听着她艰难的呼吸，唯恐一口气上不来，心弦细得要断。想起她为我所受的委屈，所做的牺牲，我再也忍不住流泪。

造反派立法森严，审查对象不许乱说乱动，走到哪里，就到哪里消毒，宣布身份。我像脸上刺着金印，在医院里到处看人眼色。我本来患痔瘘，下乡劳动又造成了痛楚不堪的脱肛，身心交困，已到了崩溃的边缘。到第四天，国容依然昏迷，我的假期已经满了。我向工宣队请假，工宣队坚决不许。下乡的前夜，我整晚坐在国容的病床前，默默地向她告别。我深自歉疚，为什么那么卑怯，那么残忍，连给妻子送终的权利也不敢断然争取！岳父舍不得他爱怜的女儿，老泪纵横，劝我放心，他会来全力照顾。他已经为女儿料理后事，赶制了一套衬衣衬裤，说让她好干干净净的穿了去。我和岳父约定：万一国容不幸，就打电话或电报，我好赶回来给她送葬；如果病有转机，要尽快告诉我，但不要打电话电报，因为我再也经不起惊吓。

天毕竟比人宽厚，——"天无绝人之路"：国容到第七天，终于奇迹似的醒过来了。我在辰山收到了她的亲笔信，字迹歪斜潦草，难以辨认，写的是："我醒过来了，请放心。毛主席万岁！"——那时正在盛行"早请示，晚汇报"，文件报告，都得引用毛主席的语录，作为"最高指示"开头。医生确诊，国容患的是中毒性肺炎。一般的病例，昏迷过久，醒过来就会神志失常，记忆消亡，过去成为一片空白。国容醒过来，发现自己在医院里，她开口的第一句话是一个问号，说："柯灵呢，他怎么不来看我？"她还记得我休假的事。护士指着我岳父试探说："你看，这不是吗？"她说："不，这是我父亲。"天可怜见！她还是国容。

我平生最怕烟味，也反对抽烟。国容沉湎烟癖的时候，我每月领到有限的生活费，总是先买好香烟，当作礼物送给她。因为我理解受难的灵魂需要缓解。经过一场大病，烟瘾自然祛除，使我感到欣慰。有一次我在辰山街上小店理完发，因为刚听人谈到吸烟的危害，就顺便到代办邮政的烟纸店里，就着柜台给国容写了封信，寥寥数语，敦劝她为了健康，万不要再沾香烟。刚写完，背后伸过一只手，把信抢过去了。我一回头，原来是军宣队的连长。他脸色铁板，和我作了如下的对答："你出来干什么？""理发。"（他一瞥我刚刚清理过烦恼丝的脑袋）"请过假了吗？""请过了。""写信请示了吗？""没有，是临时我想到的。"（他看完信，向柜台上一丢）"以后写信，要经我们审查批准。"我默然，把信封好，扔进了邮箱。

国容的体质完全损坏了，在医院里躺了好几个月，才能勉强下床，但两脚已不能走路，人瘦得只剩一把骨头，上楼下楼，都由我背着。

我刚出狱时，有朋友私下向我道贺，说："你幸亏进去了！"那神情又像庆幸又像羡慕。我当时听了很不受用，心想你倒进去试试！但渐渐的也就释躁矜平，承认了这个欲哭无泪的事实。

十年一觉，噩梦总算结束了。像四十年前一样，我们又一度为振兴中华的美好希望所陶醉。国容在"四人帮"治下已被迫从工作岗位撤退，腿部致残，失去行动自由，但并没有损伤她对生活的勇气与信心。烦琐的家务并没有束缚她的身心手足，兴致勃勃地拿起笔，翻译了根据格林童话《灰姑娘》改编的英国影片《水晶鞋与玫瑰花》的文学本，美国当代哲学家马修斯的名著《哲学与幼童》。在"文革"爆发前，她已在病中翻译出版了好莱坞《二十部最佳电影剧本》中的《史密斯先生到华盛顿》。她的教学生涯结束了，但没有忘情教育。她翻译的作品内容，都和教育理想有血缘关系。

"事如春梦了无痕"，过去的阴影并没有破坏我们暮年的恬静心境，因为我们没有把这种惨痛的经历当作个人恩怨。但对大是大非，我们不能因年老而无所容心，因为我们热爱自己的祖国和人民。"文革"现象是人类文明的奇耻大辱，决不许重演！

列宁说："忘记过去，就意味着背叛。"这句话被反复引用得老掉了牙，现在已经不大有人提了。但忘记历史，掩盖历史，终将受历史的惩罚！

母亲，我不识字的文学导师

梁晓声

1949年9月22日，出生在哈尔滨市安平街一个人家众多的大院里。我的家是一间半低矮的苏联房屋。邻院是苏联侨民的教堂，经常举行各种宗教仪式。我从小听惯了教堂的钟声。

父亲目不识丁。祖父也目不识丁。原籍山东省荣城县温泉寨村。上溯18代乃至28代38代，尽是文盲，尽是穷苦农民。

父亲十几岁时，被生活所逼迫，随村人"闯关东"来到了哈尔滨。

他是我们家族史上的第一个工人。建筑工人。他转折了我们这一梁姓家族的成分。我在小说《父亲》中，用两万余纪实性的文字，为他这一个中国的农民出身的"工人阶级"立了一篇小传。从转折的意义讲，他是我们家族史上的一座碑。

父亲对我走上文学道路从未施加过任何有益的影响。不仅因为他是文盲，也因为从1956年起，我七岁的时候，他便离开哈尔滨市建设大西北去了。从此每隔两三年他才回家与我们团聚一次。我下乡以后，与父亲团聚一次更不易了。在我的记忆中，父亲是反对我们几个孩子"看闲书"的。父亲常因母亲给我们钱买"闲书"而对母亲大发其火。家里穷，父亲一个人挣钱养家口，也真难为他。每一分钱都是他用汗水换来的。父亲的工资仅够勉强维持一个家庭最低水平的生活。

母亲也是文盲。但母亲与父亲不一样，父亲是个崇尚力气的文盲，母亲是个崇尚文化的文盲。对我们几个孩子寄托的希望也便截然对立，父亲希望我们将来都能靠力气吃饭，母亲希望我们将来都能成为靠文化自立于社会的人。希望矛盾，对我们的教育宗旨、教育方式便难统一。父亲的教育方式是严厉的训斥和惩罚，母亲对我们的教育则注重在人格、品德、礼貌和学习方面。值得庆幸的是，父亲常年在大西北，我们从小接受的是母亲的教育。母亲的教育至今仍对我为人处世深有影响。

母亲从外祖父那里知道许多书中的人物和故事，而且听过一些旧戏，乐于将书中或戏中的人物和故事讲给我们。母亲年轻时记忆强，什么戏剧什么故事，只要听过一遍，就能详细记住。母亲善于讲故事，讲时带有很浓的个人感情色彩。我从五六岁起，就从母亲口中听到过《包公传》《济公传》《杨家将》《岳家将》《侠女十三妹》的故事。母亲是个很善良的女人。善良的女人大多喜欢悲剧。母亲尤其愿意、尤其善于讲悲剧的故事：《秦香莲》《风波亭》《赵氏孤儿》《杜十娘怒沉百宝箱》……母亲边讲边落泪，我们边听边落泪。

我于今在创作中追求悲剧情节，悲剧色彩，不能自已地在字里行间流溢浓重的主观感情色彩，可能正是由于小时候听母亲带着她浓重的主观感情色彩讲了许多悲剧故事的结果。我认为，文学对于一个作家儿童时代的心灵所形成的直接或间接的影响，对一个作家在某一时期或某一阶段的创作风格起着"先天"的、潜意识的制约。

我们长大了，母亲衰老了。母亲再也不像我们小时候那样给我们讲故事了。母亲操持着全家人的生活，没有时间、没有精力、没有心思重复那些典型的中国式的悲剧色彩很浓的传统故事了。母亲一生就是一个悲剧。她至今没过上一天无忧无虑的生活。

我们也不再满足于听母亲讲故事了。我们都能读书了，我们渴望读书。只要是为了买书，母亲给我们钱时从未犹豫过。母亲没有钱，就向邻居借。母亲这个没有文化的女人，凭着做母亲的本能认为，读书对于她的孩子们总归是有益的事。

家中没有书架，也没有摆书架的地方。母亲为我们腾出了一只旧木箱。我们买的书，包上书皮儿，看过后存放箱子里。

最先获得买书特权的，是我的哥哥。

哥哥也酷爱文学。我对文学的兴趣，一方面是母亲以讲故事的方式不自觉地培养的结果，另一方面是受哥哥的熏染。

我读小学时，哥哥读初中。我读初中时，哥哥读高中。

60 年代的教学，比今天更体现对学生的文学素养的普遍重视。哥哥高中读的已不是《语文》课本，而是《文学》课本。

哥哥的《文学》课本，便成了我常常阅读的"文学"书籍。哥哥无形中取代了母亲家庭"故事员"的角色。每天晚上，他做完功课，便捧起《文学》课本，为我们朗读。我们理解不了的，他就耐心启发我们。

我想买《红旗谱》，只有向母亲要钱。为了要钱我去母亲做活的那个条件低劣的街道小工厂找母亲。

那个街道小工厂里的情形像中世纪的奴隶作坊。200 多平方米的四壁颓败的大屋子，低矮、阴暗、天棚倾斜，仿佛随时会塌下来。五六十个家庭妇女，一人坐在一台破旧的缝纫机旁，一双接一双不停歇地加工棉胶鞋鞋帮。到处堆着毡团，空间毡绒弥漫。所有女人都戴口罩。夏日里从早到晚，一天戴八个乃至十个小时的口罩，可想而知是种什么罪。几扇窗子一半陷在地里，无法打开，空气不流通，闷得使人头晕。耳畔脚踏缝纫机的声音响成一片，女工们彼此说话，不得不摘下口罩，扯开嗓子。话一说完，就赶快将口罩戴上。她们一个个紧张得不直腰，不抬头，热得汗流浃背。有几个身体肥胖的女人，竟只穿着件男人的背心，大概是他们的丈夫的。我站在门口，用目光四处寻找母亲，却认不出在这些女人中，哪一个是我的母亲。

负责给女工们递送毡团的老头问我找谁，我说出了母亲的名字。

"在那儿！"老头用手一指。

我这才发现，最里边的角落，有一个瘦小的身躯，背对着我，像 800 度的近视眼写字一样，头低垂向缝纫机，正做活。

我走过去，轻轻叫了一声：

"妈……"

母亲没听见。

我又叫了一声。

母亲仍未听见。

"妈！"我喊起来。

母亲终于抬起了头。

母亲瘦削的憔悴的脸，被口罩遮住二分之一。口罩已湿了，一层毡绒附着上面，使它变成了毛茸茸的褐色的。母亲的头发上衣服上也落满了毡绒，母亲整个人都变成毛茸茸的褐色的。这个角落更缺少光线，更暗。一只可能是 100 瓦的灯泡，悬吊在缝纫机上方，向窒闷的空间继续散发热。一股蒸蒸的热气顿时包围了我。缝纫机板上水淋淋的，是母亲滴落的汗。母亲的眼病常年不愈，红红的眼睑夹着黑白混浊的眼睛，目光迟呆地望着我，问："你到这里来干什么？找妈有事？"

"妈，给我两元钱……"我本不想再开口要钱。亲眼看到母亲是这样挣钱的，我心里难受极了。可不想说的话说了。我追悔莫及。

"买什么？"

"买书……"

母亲不再多问，手伸入衣兜，掏出一卷毛票，默默点数，点够了两元钱递给我。

我犹豫地伸手接过。

离母亲最近的一个女人，停止做活，看着我问："买什么书啊？这么贵！"

我说："买一本长篇。"

"什么长篇短篇的！你瞧你妈一个月挣三十几元钱容易吗？你开口两元，你妈这两天的活白做了！"那女人将脸转向母亲，又说："大姐你别给他钱，你是当妈的，又不是奴隶！供他穿，供他吃，供他上学，还供他花钱买闲书看呀？你也太顺他意了！他还能出息成个写书的人咋的？"

母亲淡然苦笑，说："我哪敢指望他能出息成个写书的人呢！我可不就是为了几个孩子才做活的么！这孩子和他哥一样，不想穿好吃好，就爱看书。反正多看书对孩子总是有些教育的，算我这两天活白做了呗！"说着，俯下身，继续蹬缝纫机。

那女人独自叹道："唉，这老婆子，哪一天非为了儿女们累死在缝纫机旁！……"

我心里内疚极了，一转身跑出去。

我没有用母亲给我的那两元钱买《红旗谱》。

几天后母亲生了一场病，什么都不愿吃，只想吃山楂罐头，却没舍得花钱给自己买。

我就用那两元钱，几乎跑遍了道里区的大小食品商店，终于买到了一听山楂罐头，剩下的钱，一分也没花。

母亲下班后，发现了放在桌上的山楂罐头，沉下脸问："谁买的！"

我说："妈，我买的。用你给我那两元钱为你买的。"说着将剩下的钱从兜里掏出来也放在了桌上。

"谁叫你这么做的？"母亲生气了。

我讷讷地说："谁也没叫我这么做，是我自己……妈，我今后再也不向你要钱买书了！……"

"你向妈要钱买书，妈不给过你吗？"

"没有……"

"那你为什么还说这种话？一听罐头，妈吃不吃又能怎么样呢？还不如你买本书，将来也能保存给你弟弟们看……"

"我……妈，你别去做活了吧！……"我扑在母亲怀里，哭了。

今天，当我竟然也成了写书人的今天，每每想起儿时的这些往事以及这份特殊的母爱，不免一阵阵心酸。我在心底一次次呼喊：我爱您，母亲！

吃的耻辱

莫　言

吃人嘴短的意思很明白,仅仅有这点意思简直不算什么意思。我的意思是吃人一棵胡萝卜所蒙受的屈辱怕用一棵老山参也难洗清。

我傻瓜一样混进了首都北京之后,恨不得见了个动物就龇牙表示友好,但北京的动物凶猛程度是地球一流的,哪怕是条浑身污垢的野狗,也比外省的狗要神气许多。那汪汪的吠声里无法掩饰的透露出一些皇城根的味道。话说那一年,在一家又脏又破的似乎是纯种老北京人开办的冷面馆子里,苍蝇横飞,老板娘粘腻,一头生瞄的狗伏在所谓的柜台边上看我。我诚惶诚恐地把一块肉扔给它,我的意思是说:"狗啊,不要仇视我,我知道北京是你们的北京,你很讨厌我们这些外地土鳖混混,给你一块肉,不要仇视我,我暂时居留在此,随时都会回去。"狗汪地叫了一声,好像我把一颗炸弹扔在它面前一样。老板娘怒冲冲的说:"干什么干什么? 吃饱了撑得难受是不? 丫挺的傻﹡一样看你那操行欠戳!"我心里想这些北京人的语言怎么都是从裤裆里派生出来的? 北京人这样横? 北京人怎么这样和八国联军一样不讲理? 我喂他们狗吃肉是表示友好啊! 这时从里边走出一个北京胡同的典型形象的男子,那口与裤裆的关系十分密切的北京土话说得如同爆豆一样,他说这位狗是从法国运回来的,纯种,名种,价值起码十万元。这样的狗不能随便喂,这样的狗吃的是配方饲料,维生素、蛋白质是有数的,多一点不行,少一点不可以,你乱给他肉吃,非打乱了它的内分泌不可。这还是狗吗? 我感到肚子要气破了。那狗就凭那个死样也凭从法国进口? 我们村垛旮里那些野狗也比它模样俊秀许多倍。于是我说:"不要吓唬乡下人,不过是癞皮狗一条。"哎哟我的亲娘,我这句话一出口,等于用火钩子烫了老虎的屁股,那男人目放凶光逼上,那女人卡着屁股喊:"解放,你替我把那小子放了血。"

我很害怕。按照宰杀牲畜的一般顺序,放血之后该是烧开水屠戮毛羽,然后是卸去头脚,开膛破肚,摘出下货,然后挂起来卖。也许明天早晨,也许明天中午,也许明天晚上,在酱肉的盘子里,在油炸的丸子里,在串肉的扦子上,就有了我的身体的一部分。想到此,脊梁一阵冰凉,哪里还有心吃什么冷面,贴着墙边,点着头哈着腰,嘴里一连串儿糟践着自己跑了。

回到宿舍,越想越感到窝囊,于是便有了两行狗屎一样的泪水从眼里流出来。怨谁? 怨自己,谁让你去吃什么冷面呢? 躲在屋里煮包方便面不就行了? 为了不让卖方便面的北京服务小姐心烦,你可以豁出去一次买上五十袋,把罪攒起来受了就行了。正想着呢,一个朋友进来,说你流什么泪? 北京缺水,眼泪虽少也是自来水变成的。我一想有理,咱们外地人来了北京,事事都要小心,要哭回山东哭去,在北京要器可以,别喝北京的自来水你就哭。

朋友把我请去吃饭,吃了一盘胡萝卜丝,吃一盘粉丝,吃了一盘什么肉忘了。吃完了,感动得我要命,吃人点滴,永世也不要忘。

隔了几天,一群朋友聚会,我为一句什么话把请我吃饭的朋友得罪了,于是那朋友便咬着牙说:"你的良心让狗吃了! 前几天,我去香格里拉饭店买了西班牙产的胡萝卜,去长城饭店买了美国加州的酱小牛肉,还用上我爸爸出访苏联带回来的波罗的海的海鱼子酱,吃得你小子满嘴流油,一转眼你就忘了。那些小牛肉还没有消化完吧?"

我感到浑身冰凉,真是悔之莫及,我恨不得把自己这张作孽的嘴用胶布封了算了。你当年吃煤块不也照样活吗？你去吃人家那胡萝卜粉丝干什么？实在馋了你去买一麻袋胡萝卜吃成了兔子也花不了二十块钱，你吃人家那点东西，你就得承受人家的侮辱。

我这人最大的毛病就是没记性，像狗一样，记吃不记打。当时咬牙切齿地发狠，过不了几天就忘了。又有一次朋友请我吃饭，上了一只煤球炉子，炉子上放了一只锅，锅里放了十几只虾米，一堆白菜，还有一些什么肉忘了。吃着吃着我的凶相又毕露了。那朋友就说："看，又奋不顾身了！"一句话把我的肚子凉透了，因为吃人家的东西所蒙受的耻辱一桩桩一件件涌上心头。我怎么这样下贱呢？我怎么这样没出息？你自己下个馆子，老老实实地，吃了屈也不吱声地花上几块钱吃一顿不就行了吗？你想怎么吃就怎么吃！你想怎么凶恶就怎么凶恶吃。你吃光了肉把盘子舔了也没有嘲笑你。你忘了你是一个乡巴佬，人家那些人从根本上没把你当个人看，有时候找你玩，那像天鹅有时要了解水鸭子一样。我发誓宁愿饿死也不吃人家的东西了。我发誓万不得已与朋友在一起聚餐时一定要奋不顾身地抢先付账，我付账，我吃得多你们就不会嘲笑我了吧？

有一次去吃烤鸭，吃了一半时我就抢着付账了。几十个贵种都十分高雅的填饱了那些宝纹雕成的胃袋之后，桌子上还剩了许多，这时农民的下贱心理又在我心中发作了，多可惜啊，这鸭，这饼，这酱，这葱，多吃一点吧，我就多吃。这时，那人说："瞧瞧莫言，非把他那点钱吃回来不可！"我感到脸上火辣辣的，好像挨了一顿耳刮子一样。人家还说我："你们说他饭量为什么那么大？他为什么吃得那么多？要是中国人都像他一样能吃，中国早就被他吃成水深火热的资本主义了！"

我这才悲哀的明白了："这世界上的事情早就安排好了，该着受侮辱的命，头戴着皇冠也脱逃不了的。

前年春节回家，我把这些年在北京受到地屈辱对爹娘说了。娘说："我就不信，人活一口气，再去吃宴时，临行时你先吃上四个馒头，喝上两大海碗稀粥，上了宴席，还能做出那副饿死鬼的相来？"

回北京后，遵循母亲的教导，上了宴席，果然不猴急了，吃得温良恭让，像英国皇室里的厨子一样，我等待着大家的表扬，可是一个人说道："瞧瞧莫言那个假模假样的样儿！好像他只用两只门牙吃饭就能吃出一个贾宝玉来似的！"众人大笑，食欲大增，那匹人说："人还是本色些好，林黛玉也要坐马桶！"

"娘啊，简直没有活路了。"我对我娘说。

我娘："儿啊，认命吧！命中该受什么，就得受什么。"

我说："娘啊，咱们一大家人，就单单我因为吃受忍辱负重，半辈子人了，这种状况还没改变。"

娘说："儿啊，你这算什么？娘在六零年里，偷生产队马料吃，被李保管吊起来打，当时想，放下来干脆一头碰死在树干上算了。可等到放下来时，还不是爬着回了家。你大娘去西村讨饭，讨到麻风病人的家里，见过堂里一张饭桌，桌上一只碗，碗里半碗吃剩的面条，脏不脏！但你大娘扑上去就用手挖着吃了，还生怕人家看见骂！你受这点委屈算什么委屈？娘分明地看到你一天比一天胖起来了，不享福，如何胖？儿啊，你这是享福，不要身在福中不知福！"

我仔细思考着娘的话，渐渐地心平气和了。是啊，所谓的自尊、面子都是吃饱了之后的事情，对于一个饿得将死的人，一碗麻风病人吃剩的面条，是世间最珍贵的东西。当然也有宁愿饿死也不吃美国面粉的人，但人家是伟人。如我这种猪狗一样的动物，是万万不可用自尊啦、名誉啦这些狗屁玩意儿来为难自己的。

秦　腔

贾平凹

　　山川不同，便风俗区别，风俗区别，便戏剧存异；普天之下人不同貌，剧不同腔：京，豫，晋，越，黄梅，二黄，四川高腔，几十种品类；或问：历史最悠久者，文武最正经者，是非最汹汹者？曰：秦腔也。正如长处和短处一样突出便见其风格，对待秦腔，爱者便爱得要死，恶者便恶得要命。外地人——尤其是自夸于长江流域的纤秀之士——最害怕秦腔的震撼；评论说得婉转的是：唱得有劲；说得直率的是：大喊大叫。于是，便有柔弱女子，常在戏台下以绒堵耳，又或在平日教训某人：你要不怎么怎么样，今晚让你去看秦腔！秦腔成了惩罚的代名词。所以，别的剧种可以各省走动，唯秦腔则如秦人一样，死不离窝；严重的乡土观念，也使其离不了窝：可能还在西北几个地方变腔走调的有些市场，却绝对冲不出往东南而去的潼关呢。

　　但是，几百年来，秦腔却没有被淘汰，被沉沦，这使多少人在大惑而不得其解。其解是有的，就在陕西这块土地上。如果是一个南方人，坐车轰轰隆隆往北走，渡过黄河，进入西岸，八百里秦川大地，原来竟是：一扶黄褐的平原，辽阔的地平线上，一处一处用木椽夹打成一尺多宽墙的土屋，粗笨而庄重；冲天而起的白杨，苦楝，紫槐，枝干粗壮如桶，叶却小似铜钱，迎风正反翻覆……你立即就会明白了：这里的地理构造竟与秦腔的旋律惟妙惟肖的一统！再去接触一下秦人吧，活脱脱的一群秦始皇兵马俑的复出：高个，浓眉，眼和眼间隔略远，手和脚一样粗大，上身又稍见长于下身。当他们背着沉重的三角形状的犁铧，赶着山包一样团块组合式的秦川公牛，端着脑袋般大小的耀州瓷碗，蹲在立的卧的石磙子碌磕上吃着牛肉泡馍，你不禁又要改变起世界观了：啊，这是块多么空旷而实在的土地，在这块土地挖爬滚打的人群是多么"二愣"的民众！那晚霞烧起的黄昏里，落日在地平线上欲去不去的痛苦的妊娠，五里一村，十里一镇，高音喇叭里传播的秦腔互相交织，冲撞，这秦腔原来是秦川的天籁，地籁，人籁的共鸣啊！于此，你不渐渐感觉到了南方戏剧的秀而无骨吗？不深深地懂得秦腔为什么形成和存在而占却时间，空间的位置吗？

　　八百里秦川，以西安为界，咸阳，兴平，武功，周至，凤翔，长武，岐山，宝鸡，两个专区几十个县为西府；三原，泾阳，高陵，户县，合阳，大荔，韩城，白水，一个专区十几个县为东府。秦腔，就源于西府。在西府，民性敦厚，说话多用去声，一律咬字沉重，对话如吵架一样，哭丧又一呼三叹。呼喊远人更是特殊：前声拖十二分的长，末了方极快地道出内容。声韵的发展，使会远道喊人的人都从此有了唱秦腔的天才。老一辈的能唱，小一辈的能唱，男的能唱，女的能唱；唱秦腔成了做人最体面的事，任何一下乡下男女，只有唱秦腔，才有出人头地的可能，大凡有出息的，是个人才的，哪一个何曾未登过台，起码不能吼一阵乱弹呢！

　　农民是世上最劳苦的人，尤其是在这块平原上，生时落草在黄土炕上，死了被埋在黄土堆下；秦腔是他们大苦中的大乐，当老牛木犁疙瘩绳，在田野已经累得筋疲力尽，立在犁沟里大喊大叫来一段秦腔，那心胸肺腑，关关节节的困乏便一尽儿涤荡净了。秦腔与他们，要和"西凤"白酒，长线辣子，大叶卷烟，牛肉泡馍一样成为生命的五大要素。若与那些年长的农民聊起来，他们想象的伟大的共产主义生活，首先便是这五大要素。他们有的是吃不完的粮食，他们缺的是高超的艺术享受，他们教育自己的子女，不会是那些文豪们讲的，幼年不是祖母讲着动人的迷丽的童话，而是一字一板传授着秦腔。他们大都不识字，但却出奇地能一本一本整套背诵出剧本，虽然那常常是之乎者也的字眼从那一圈胡子的嘴里吐出来十分别扭。有了秦腔，生活便有了乐趣，高兴了，唱"快板"，高兴得像被烈性炸药爆炸了一样，要把整个身心粉碎在天空！痛苦了，唱"慢板"，揪心裂肠的唱腔却表现了多么有情有味的美来，美给了别人的享受，美也熨平了自己心中愁苦的皱纹。当他们在收获时节的土场上,在月在中天的庄院里大吼大叫唱起来的时候,那种难以想象的狂喜,激动,雄壮,与那些献身于诗歌的文人,与那些有吃有穿却总感空虚的都市人相比,常说的什么伟大的永恒的爱情是多么渺小、有限和虚弱啊!

我曾经在西府走动了两个秋冬,所到之处,村村都有戏班,人人都会清唱。在黎明或者黄昏的时分,一个人独独地到田野里去,远远看着天幕下一个一个山包一样隆起的十三个朝代帝王的陵墓,细细辨认着田埂土,荒草中那一截一截汉唐时期石碑上的残字,高高的土屋上的窗口里就飘出一阵冗长的二胡声,几声雄壮的秦腔叫板,我就痴呆了,猛然发现了自己心胸中一股强硬的气魄随同着胳膊上的肌肉疙瘩一起产生了。

每到农闲的夜里,村里就常听到几声锣响:戏班排演开始了。演员们都集合起来,到那古寺庙里去。吹,拉,弹,奏,翻,打,念,唱,提袍甩袖,吹胡瞪眼,古寺庙成了古今真乐府,天地大梨园。导演是老一辈演员,享有绝对权威,演员是一定几口,夫妻同台,父子同台,公公儿媳也同台。按秦川的风俗:父和子不能不有其序,爷和孙却可以无道,弟与哥嫂可以嬉闹无常,兄与弟媳则无正事不能多言。但是,一到台上,秦腔面前人人平等,兄可以拜弟媳为帅为将,子可以将老父绳绑索捆。寺庙里有窗无扇,屋梁上蛛丝结网,夏天蚊虫飞来,成团成团在头上旋转,薰蚊草就墙角燃起,一声唱腔一声咳嗽。冬天里四面透风,柳木疙瘩火当中架起,一出场一脸正经,一下场凑近火堆,热了前怀,凉了后背。排演到什么时候,什么时候都有观众,有抱着二尺长的烟袋的老者,有凳子高、桌子高趴满窗台的孩子。庙里一个跟头未翻起,窗外就哇地一声叫倒好,演员出来骂一声:谁说不好的滚蛋! 他们抓住窗台死不滚去,倒要连声讨好:翻得好! 翻得好! 更有殷勤的,跑回来偷拿了红薯、土豆、在火堆里煨熟给演员作夜餐,赚得进屋里有一个安全位置。排演到三更鸡叫,月儿偏西,演员们散了,孩子们还围了火堆弯腰踢腿,学那一招一式。

一出戏排成了,一人传出,全村振奋,扳着指头盼那上演日期。一年十二个月,正月元宵日,二月龙抬头,三月三,四月四,五月五日过端午,六月六日晒丝绸,七月过半,八月中秋,九月初九,十月一日,再是那腊月五豆,腊八,二十三……月月有节,三月一会,那戏必是上演的。戏台是全村人的共同的事业,宁肯少吃少穿也要筹资集款,买上好的木石,请高强的工匠来修筑。村子富不富,就比这戏台阔不阔。一演出,半下午人就找凳子去占地位了,未等戏开,台下坐的、站的人头攒拥,台两边阶上立的卧的是一群顽童。那锣鼓就叮叮咣咣地闹台,似乎整个世界要天翻地覆了。各类小吃趁机摆开,一个食摊上一盏马灯,花生,瓜子,糖果,烟卷,油茶,麻花,烧鸡,煎饼,长一声短一声叫卖不绝。锣鼓还在一声儿敲打,大幕只是不拉,演员偶尔从幕边往下望望,下边就喊:开演呀,场子都满了! 幕布放下,只说就要出场了,却又叮叮咣咣不停。台下就乱了,后边的喊前边的坐下,前边的喊后边的为什么不说最前边的立着;场外的大声叫着亲朋子女名字,问有坐处没有,场内的锐声回应快进来;有要吃煎饼的喊熟人去买一个,熟人买了站在场外一扬手,"日"地一声隔人头甩去,不偏不倚目标正好;左边的喊右边的踩了他的脚,右边的叫左边的挤了他的腰,一个说:狗年快完了,你还叫啥哩? 一个说:猪年还没到,你便拱开了! 言语伤人,动了手脚;外边的趁机而人,一时四边向里挤,里边向外扛,人的旋涡涌起,如四月的麦田起风,根儿不动,头身一会儿倒西,一会儿倒东,喊声,骂声,哭声一片;有拼命挤将出来的,一出来方觉世界偌大,身体胖胖,但差不多却光了脚,乱了头发。大幕又一挑,站出戏班头儿,大声叫喊要维持秩序;立即就跳出一个两个所谓"二杆子"人物来。这类人物多是头脑简单,四肢发达,却十二分忠诚于秦腔,此时便拿了枝条儿,哪里人挤,哪里打去,如凶神恶煞一般。人人恨骂这些人,人人又都盼有这些人,叫他们是秦腔宪兵,宪兵越发忠于职责,虽然彻夜不得看戏,但大家一夜满足了,他们也就满足了一夜。

终于台上锣鼓停了,大幕拉开,角色出场。但不管男的女的,出来偏不面对观众,一律背身掩面,女的就碎步后移,水上漂一样,台下就叫:瞧那腰身,那肩头,一身的戏哟是男的就摇那帽翎,一会双摇,一会单摇,一边上下飞闪,一边纹丝不动,台下便叫:绝了,绝了! 等到那角色儿猛一转身,头一高扬,一声高叫,声如炸雷訇訇直从人们头顶碾过,全场一个冷颤,从头到脚,每一个手指尖儿,每一根头发梢儿都麻酥酥的了。如果是演《救裴生》,那慧娘站在台中往下蹲,慢慢地,慢慢地,慧娘蹲下去了,全场人头也矮下去了半尺,等那慧娘往起站,慢慢地,慢慢地,慧娘站起来了,全场人的脖子也全拉长了起来。他们不喜欢看生戏,最欢迎看熟戏,那一腔一调都晓得,哪个演员唱得好,就摇头晃脑跟着唱,哪个演员走了调,台下就有人要纠正。说穿了,看秦腔不为求新鲜,他们只图过过瘾。

在这样的地方,这样的环境,这样的气氛,面对着这样的观众,秦腔是最逞能的,它的艺术的享受,是和拥挤而存在,是有力气而获得的。如果是冬天,那风在刮着,像刀子一样,如果是夏天,人窝里热得如蒸笼一般,但只要不是大雪,冰雹,暴雨,台下的人是不肯撒场的。最可贵的是那些老一辈的秦腔迷,他们没有力气挤在台下,也没有好眼力看清演员,却一溜一排地蹲在戏台两侧的墙根,吸着草烟,慢慢将唱腔品赏。一声叫板,便可以使他们坠入艺术之宫,"听了秦腔,肉酒不香",他们是体会得最深。那些大一点的,脾性野一点的孩子,却占领了戏场周围所有的高空,杨树上,柳树上,槐树上,一个枝杈一个人。他们常常乐而忘了险境,双手鼓掌时竟从树杈上掉下来,掉下来自不会损伤,因为树下是无数的人头,只是招致一顿臭骂罢了。更有一些爬在了场边的麦秸积上,夏天四面来风,好不凉快,冬日就趴个草洞,将身子缩进去,露一个脑袋,也正是有闲阶级享受不了秦腔吧,他们常就瞌睡了,一觉醒来,月在西在,戏毕人散,只好苦笑一声悄然没声儿地溜下来回家敲门去了。

当然,一次秦腔演出,是一次演员亮相,也是一次演员受村人评论的考场。每每角色一出场,台下就一片喊喊喳喳:这是谁的儿子,谁的女子,谁家的媳妇,娘家何处?于是乎,谁有出息,谁没能耐,一下子就有了定论。有好多外村的人来提亲说媒,总是就在这个时候进行。据说有一媒人将一女子引到台下,相亲台上一个男演员,事先夸口这男的如何俊样,如何能干,但戏演了过半,那男的还未出场,后来终于出来,是个国民党的伪兵,还持枪未走到中台,扮游击队长的演员挥枪一指,"叭"地一声,那伪兵就倒地而死,爬着钻进了后幕。那女子当下哼一声,闭了嘴,一场亲事自然了了。这是喜中之悲一例。据说还有一例,一个老头在脖子上架了孙孙去看戏,孙孙吵着要回家,老头好说好劝只是不忍半场而去,便破费买了半斤花生,他眼盯着台上,手在下边剥花生,然后一颗一颗扬手喂到孙孙嘴里,但喂着喂着,竟将一颗塞进孙孙鼻孔,吐不出,咽不下,口鼻出血,连夜送到医院动手术,花去了七十元钱。但是,以秦腔引喜的事却不计其数。每个村里,总会有那么个老汉,夜里看戏,第二天必是头一个起床往戏台下跑。戏台下一片石头、砖头,一堆堆瓜子皮,糖果纸,烟屁股,他掀掀这块石头,踢踢那堆尘土,少不了要捡到一角两角甚至三元四元钱币来,或者一只鞋,或者一条手帕。这是村里钻刁人干的营生,而馋嘴的孩子们有的则夜里趁各家锁门之机,去地里摘那香瓜来吃,去谁家院里将桃杏装在背心兜里回来分红。自然少不了有那些青春妙龄的少男少女,则往往在台下混乱之中眼送秋波,或者就悄悄退出,相依相偎到黑黑的渠畔树林子里去了……

秦腔在这块土地上,有着神圣的不可动摇的基础。凡是到这些村庄去下乡,到这些人家去做客,他们最高级的接待是陪着看一场秦腔,实在不逢年过节,他们就会要合家唱一会乱弹,你只能点头称好,不能耻笑,甚至不能有一点不入神的表示。他们一生最崇敬的只有两种人:一是国家领导人,一是当地的秦腔名角。即是在任何地方,这些名角没有在场,只要发现了名角的父母,去商店买油是不必排队的,进饭馆吃饭是会有座位的,就是在半路上挡车,只要喊一声:我是某某的什么,司机也便更嘎地停车。但是,谁要侮辱一下秦腔,他们要争死争活地和你论理,以至大打出手,永远使你记住教训。每每村里过红白丧喜之事,那必是要包一台秦腔的,生儿以秦腔迎接,送葬以秦腔致哀,似乎这人生的世界,就是秦腔的舞台,人只要在舞台上,生,旦,净,丑,才各显了真性,恶的夸张其丑,善的凸现其美,善的使他们获得美的教育,恶的也使丑里化作了美的艺术。

广漠旷远的八百里秦川,只有这秦腔,也只能有这秦腔,八百里秦川的劳作农民只有也只能有这秦腔使他们喜怒哀乐。秦人自古是大苦大乐之民众,他们的家乡交响乐除了大喊大叫的秦腔还能有别的吗?

戏　剧

茶馆（节选）

老 舍

第一幕

时　一八九八年（戊戌）初秋，康梁等的维新运动失败了。早半天。

地　北京，裕泰大茶馆。

人　王利发　刘麻子　庞太监　唐铁嘴　康　六　小牛儿

　　松二爷　黄胖子　宋恩子　常四爷　秦仲义　吴祥子

　　李　三　老人　康顺子　二德子　乡　妇　茶客（甲，乙，丙……）

　　马五爷　小　妞　茶　房（一二人）

幕启：这种大茶馆现在已经不见了。在几十年前，每城都起码有一处。这里卖茶，也卖简单的点心与菜饭。玩鸟的人们，每天在遛够了画眉、黄鸟等之后，要到这里歇歇腿，喝喝茶，并使鸟儿表现歌唱。商议事情的，说媒拉纤的，也到这里来。那年月，时常有打群架的。但是总会有朋友出头给双方调解；三五十口子打手，经调人东说西说，便都喝碗茶，吃碗烂肉面（大茶馆特殊的食品，价钱便宜，作起来快当），就可以化干戈为玉帛了。总之，这是当日非常重要的地方，有事无事都可以来坐半天。

在这里，可以听到最荒唐的新闻，如某处的大蜘蛛怎么成了精，受到雷击。奇怪的意见也在这里可以听到，像把海边上都修上大墙，就足以挡住洋兵上岸。这里还可以听到某京戏演员新近创造了什么腔儿，和煎熬鸦片烟的最好的方法。这里也可以看到某人新得到的奇珍——一个出土的玉扇坠儿，或三彩的鼻烟壶。这真是个重要的地方，简直可以算作文化交流的所在。

我们现在就要看见这样的一座茶馆。

一进门是柜台与炉灶——为省点事，我们的舞台上可以不要炉灶；有些锅勺的响声也就够了。屋子非常高大，摆着长桌与方桌，长凳与小凳，都是茶座儿。隔窗可见后院，高搭着凉棚，棚下也有茶座儿。屋里和凉棚下都有挂鸟笼的地方。各处都贴着"莫谈国事"的纸条。

有两位茶客，不知姓名，正眯着眼，摇着头，拍板低唱。有两三位茶客，也不知姓名，正入神地欣赏瓦罐里的蟋蟀。两位穿灰色大衫的，宋恩子与吴祥子，正低声地谈话，看样子他们是北衙门的办案的（侦探）。

今天又有一起打群架的，据说是为了争一只家鸽，惹起非用武力解决不可的纠纷。假若真打起来，非出人命不可，因为被约的打手中包括着善扑营的哥儿们和库兵，身手都十分厉害。好在，不能真打起来，因为在双方还没把打手约齐，已有人出面调停了——现在双方在这里会面。三三两两的打手，都横眉立目，短打扮，随时地进来，往后院去。马五爷在不惹人注意的角落，独自坐着喝茶。

王掌柜高高地坐在柜台里。

唐铁嘴踏拉着鞋，身穿一件极长极脏的大布衫，耳上夹着几张小纸片，进来。

王　唐先生，你外边蹓蹓吧！

唐　（惨笑）王掌柜，捧捧唐铁嘴吧！送给我碗茶喝，我就先给您相相面吧！手相奉送，不取分文！（不容分说，拉过王的手来）今年是光绪二十四年，戊戌。您贵庚是……

王　（夺回手去）算了吧，我送给你一碗茶喝，你就甭卖那套生意口啦！用不着相面，咱们既在江湖内，都是苦命人！（由柜台内走出。让唐坐下）坐下！我告诉你，你要是不戒了大烟，就永远交不了好运！这是我的相法，比你的更灵验！

（松二爷和常四爷都提着鸟笼进来，王掌柜向他们打招呼。他们先把鸟笼子挂好，找地方坐下。松文皱皱的，提着小黄鸟笼；常雄赳赳的，提着大而高的画眉笼。茶房李三赶紧过来，沏上盖碗茶。他们自带茶叶。茶沏好，二位爷向邻近的茶座让了让。）

松　"您喝这个！"（然后，往后院看了看。）

常

松　好像又有事儿？

常　反正打不起来！要真打的话，早到城外头去啦；到茶馆来干吗？

（二德子，一位打手，恰好进来，听见了四爷的话。）

德　（凑过去）你这是对谁甩闲话呢？

常　（不肯示弱）你问我哪？花钱喝茶，难道还教谁管着吗？

松　（打量了二德子一番）我说这位爷，您是营里当差的吧？来，坐下喝一碗，我们也都是外场人。

德　你管我当差不当差呢！

常　要抖威风，跟洋人干去，洋人厉害！英法联军烧了圆明园，尊家吃着官饷，可没见您去冲锋打仗！

德　甭说打洋人不打，我先管教管教你！（要动手。）

（别的茶客依旧进行他们自己的事。王掌柜急忙跑过来。）

王　哥儿们，都是街面上的朋友，有话好说。德爷，您后边坐！

德　（不听王的话，一下子把一个盖碗搂下桌去，摔碎。翻手要抓常四的脖领。）

常　（闪过）你要怎么着？

德　怎么着？我碰不了洋人，还碰不了你吗？

马　（并未立起）二德子，你威风啊！

德　（四下扫视，看到马）喝，马五爷，您在这儿哪？我可眼拙，没看见您！（过去请安。）

马　有什么事好好地说，干吗动不动地就讲打？

德　嗻！您说的对！我到后头坐坐去。李三，这儿的茶钱我候啦！

（往后面走去。）

常　（凑过来，要对马发牢骚）这位爷，您圣明，您给评评理！

马　（立起来）我还有事，再见！（走出去。）

常　（对王）邪！这倒是个怪人！

王　您不知道这是马五爷呀？怪不得您也得罪了他！

常　我也得罪了他？我今天出门没挑好日子！

王　（低声地）刚才您说洋人怎样，他就是吃洋饭的。信洋教，说洋话，有事情可以一直地找宛平县的县太爷去，要不怎么连官面上都不惹他呢！

常　（往原处走）哼，我就不佩服吃洋饭的！

王　（向二灰衣人那边稍一歪头，低声地）说话请留点神！（大声地）李三，再给这儿沏一碗来！（拾起地上的碎瓷片。）

松　盖碗多少钱？我赔！外场人不作老娘们事！

王　不忙，待会儿再算吧！（走开。）

（纤手刘麻子领着康六进来。刘先向松常二位打招呼。）

刘　您二位真早班儿！（掏出鼻烟壶，倒烟）您试试这个！刚装来的，地道英国造，又细又纯！

常　唉！连鼻烟也得从外洋来！这得往外流多少银子啊！

刘　咱们大清国有的是金山银山，永远花不完！您坐着，我办点小事！

（领康六找了个座儿，李三拿过茶来，他也给常拿来一碗。）

刘　说说吧，十两银子行不行？你说干脆的！我忙，没工夫专伺候你！

康　刘爷！十五岁的大姑娘，就值十两银子吗？

刘　卖到窑子去，也许多拿两儿八钱的，可是你又不肯！

康　那是我的亲女儿！我能够……。

刘　有女儿，你可养活不起，这怪谁呢？

康　那不是因为乡下种地的都没法子混了吗？一家大小要是一天能吃上一顿粥，我要还想卖女儿，我就不是人！

刘　那是你们乡下的事，我管不着。我受你之托，教你不吃亏，又教你女儿有个吃饱饭的地方，这还不好吗？

康　到底给谁呢？

刘　我一说，你必定从心眼里乐意！一位在宫里当差的！

康　宫里当差的谁要个乡下丫头呢？

刘　那不是你女儿的命好吗？

康　谁呢？

刘　庞总管！你也听说过庞总管吗？伺候着太后，红的不得了，连家里打醋的瓶子都是玛瑙作的！

康　刘大爷，把女儿给太监作老婆，我怎么对得起人呢？

刘　卖女儿，无论怎么卖，也对不起女儿！你糊涂！你看，姑娘一过门，吃的是珍馐美味，穿的是绫罗绸缎，这不是造化吗？怎样，摇头不算点头算，来个干脆的！

康　自古以来，哪有……他就给十两银子？

刘　找遍了你们全村儿，找得出十两银子找不出？在乡下，五斤白面就换个孩子，你不是不知道！

康　我，唉！我得跟姑娘商量一下！

刘　告诉你，过了这个村可没有这个店，耽误了事别怨我！快去快来！

康　唉！我一会儿就回来！

刘　我在这儿等着你！

康　唉！（慢慢地走出去。）

刘　（凑过松与常来）乡下人真难办事，永远没有个痛痛快快！

松　这号生意又不小吧？

刘　也甜不到哪儿去，弄好了，赚个元宝！

常　乡下是怎么了？会弄得这么卖儿卖女的。

刘　谁知道！要不怎么说，就是一条狗也得托生在北京城里嘛！

常　刘爷，您可真有个狠劲儿，给拉拢这路事！

刘　我要不分心，他们还许找不到买主呢！（忙岔话）松二爷（掏出个小时表来），您看这个！

松　（接表）好体面的小表！

刘　您听听，嘎登嘎登地响！

松　（听）这得多少钱？

刘　您爱吗？就让给您！一句话，五两银子！您玩够了，不爱再要了，我还照数退钱！东西真地道，传家的玩艺！

常　我这儿正咂摸这个味儿：咱们一个人身上有多少洋玩艺儿啊！老刘，就看你身上吧：洋鼻烟，洋表，洋缎大衫，洋布裤褂……

刘　洋东西可是真漂亮呢！我要是穿一身土布，像个乡下脑颏，谁还理我呀！

常　我老觉乎着咱们的大缎子，川绸，更体面！

刘　松二爷，留下这个表吧，这年月，戴着这么好的洋表，会教人另眼看待！是不是这么说，您哪？

松　（真爱表，但又嫌贵）我……

刘　您先戴两天，改日再给钱！

（黄胖子进来。）

黄　（严重的砂眼。看不清楚，进门就请安）哥儿们，都瞧我啦！

我请安了！都是自己弟兄，别伤了和气呀！

王　这不是他们，他们在后院哪！

黄　我看不大清楚啊！掌柜的，预备烂肉面，有我黄胖子，谁也打不起来！（往里走。）

德　（出来迎接）两边已经见了面，您快来吧！

（同黄入内。）

（茶房们一趟又一趟地往后面送茶水。进来一个很老的老者，拿着些牙签、胡梳、耳挖勺之类的小东西，低着头慢慢地挨着茶座儿走；没人买他的东西。他要往后院去，被李三截住。）

李　老大爷，您外边蹓蹓吧！后院里，人家正说和事呢，没人买您的东西！（顺手儿把剩茶递给老人一碗。）

松　（低声地）李三！（指后院）他们到底为了什么事，要这么拿刀动杖的？

李　（低声地）听说是为一只鸽子。张宅的鸽子飞到了李宅去，李宅不肯交还……唉，咱们还是少说话好，（问老人）老大爷您高寿啦？

老　（喝了茶）多谢！八十二了，没人管！这年月呀，人还不如一只鸽子呢！唉！

（慢慢走出去。）

（秦仲义，穿得很讲究，满面春风，走进来。）

王　哎哟！秦二爷，您怎么这样闲在，会想起坐茶馆来了？也没带个底下人？

秦　来看看，看看你这年轻小伙子会作生意不会！

王　唉，一边作一边学吧，指着这个吃饭嘛。谁叫我爸爸死得早，我不干不行啊！好在照顾主儿都是我父亲的老朋友，我有不周到的地方，都肯包涵，闭闭眼就过去了。在街面上混饭吃，人缘儿顶要紧。我按着我父亲遗留下的老办法，多说好话，多请安，讨人人的喜欢，就不会出大岔子！您坐下，我给您沏碗小叶茶去！

秦　我不喝！也不坐着！

王　坐一坐！有您在我这儿坐坐，我脸上有光！

秦　也好吧！（坐）可是，用不着奉承我！

王　李三，沏一碗高的来！二爷，府上都好？您的事情都顺心吧？

秦　不怎么太好！

王　您怕什么呢？那么多的买卖，您的小手指头都比我的腰还粗！

唐　（凑过来）这位爷好相貌，真是天庭饱满，地阁方圆，虽无宰相之权，而有陶朱之富！

秦　躲开我！去！

王　先生，你喝够了茶，该外边活动活动去！（把唐轻轻推开。）

唐　唉！（垂头走出去。）

秦　小王，这儿的房租是不是得往上提那么一提呢？当年你爸爸给我的那点租钱，还不够我喝茶用的呢！

王　二爷，您说的对，太对了！可是，这点小事用不着您分心，您派管事的来一趟，我跟他商量，该长多少租钱，我一定照办！是！嗻！

秦　你这小子，比你爸爸还滑！哼，等着吧，早晚我把房子收回去！

王　您甭吓唬着我玩，我知道您多么照应我，心疼我，决不会叫我挑着大茶壶，到街上卖热茶去！

秦　你等着瞧吧！

（一个乡下妇人拉着个十来岁的小姑娘进来。小姑娘的头上插着一根草标。李三本想不许她们往前走，可是心中一难过，没管。她们俩慢慢地往里走。茶客们忽然都停止说笑，看着她们。）

妞　（走到屋子中间，立住）妈，我饿！我饿！

妇　（呆视着小妞，忽然腿一软，坐在地上，掩面低泣。）

秦　（对王）掏出去！

王　是！出去吧，这里坐不住！

常　李三，要两个烂肉面，带她们到门外吃去！

李　是啦！（过去对妇人）起来，门口等着去，我给你们端面来！

妇　（立起，抹泪往外走，好像忘了孩子；走了两步，又转回身来，搂住小妞，吻她）宝贝！宝贝！

王　快着点吧！

（母女走出去。李三随后端出两碗面去。）

王　（过来）常四爷。您是积德行好，赏给她们面吃！可是，我告诉您：这路事儿太多了，太多了！谁也管不了！（对秦）二爷，您看我说的对不对？

常　（对松）二爷，我看哪。大清国要完！

秦　（老气横秋地）完不完，并不在乎有人给穷人们一碗面吃没有。小王，说真的，我真想收回这里的房子！

王　您别那么办哪，二爷！

秦　我不但收回房子，而且把乡下的地，城里的买卖也都卖了！

王　那为什么呢？

秦　把本钱拢在一块儿，开工厂！

王　开工厂？

秦　嗯，顶大顶大的工厂！那才救得了穷人，那才能抵制外货，那才能救国！

（对王说而眼看着常）唉，我跟你说这些干什么，你不懂！

王　您就专为别人，把财产都出手，不顾自己了吗？

秦　你不懂！只有那么办，国家才能富强！好啦，我该走啦。我亲眼看见了，你的生意不错，你甭再耍无赖，不长房钱！

王　您等等，我给您叫车去！

秦　用不着，我愿意蹓蹓跶跶！（往外走，王送。）

（小牛儿搀着庞太监走进来。小牛儿提着水烟袋。）

庞　哟！秦二爷！

秦　庞老爷！这两天您心里安顿了吧？

庞　那还用说吗？天下太平了：圣旨下来，谭嗣同问斩！告诉您，谁敢改祖宗的章程，谁就掉脑袋！

秦　我早就知道！

（茶客们忽然全静寂起来，几乎是闭住呼吸地听着。）

庞　您聪明，二爷，要不然您怎么发财呢！

秦　我那点财产？不值一提！

庞　太客气了吧？您看，全北京城谁不知道秦二爷！您比作官的还厉害呢！听说呀，好些财主都讲维新！

秦　不能这么说，我那点威风在您的面前可就施展不出来了！哈哈哈！

庞　说得好，咱们就八仙过海，各显其能把！哈哈哈！

秦　改天过去给您请安，再见！（下）

庞　（自言自语）哼，凭这么个小财主也敢跟我逗嘴皮子，年头真是改了！（问王）刘麻子在这儿哪？

王　总管！您里边歇着吧！

（刘麻子早已看见庞，但不敢靠近，怕打扰了庞、秦谈话。）

刘　喝，我的老爷子！我等了您好大半天了！（搀庞往里面走。）

（二灰衣人过来请安，庞对他们耳语。）

（茶客静默了一阵之后，开始议论纷纷。）

甲　谭嗣同是谁？

乙　好像听说过！反正犯了大罪，要不，怎么会问斩呀！

丙　这两三个月了,有些作官的,念书的,乱折腾乱闹,咱们怎能知道他们捣的什么鬼呀!

丁　得!不管怎么说,我的铁杆庄稼又保住了!姓谭的,还有那个康有为,不是说叫旗兵不关钱粮,去自谋生计吗?心眼多毒!

丙　一份钱粮倒叫上头克扣去一大半,咱们也不好过!

丁　那总比没有强啊!好死不如赖活着,叫我去自己谋生,非死不可!

王　诸位主顾,咱们还是莫谈国事吧!

（大家安静下来,都又各谈各的事。）

庞　（已坐下）怎么说?一个乡下丫头,要二百银子?

刘　（侍立）乡下人,可长得俊呀!带进城来,好好地一打扮、调教,准保是又好看,又有规矩!我给您办事,比给我亲爸爸作事都更尽心,一丝一毫不能马糊!（唐铁嘴又回来了。）

王　铁嘴。你怎么又回来了?

唐　街上兵慌马乱的,不知道是怎么回事!

庞　还能不搜查搜查谭嗣同的余党吗?唐铁嘴,你放心,没人抓你!

唐　嗻!总管,您要能赏给我几个烟泡儿,我可就更有出息了!

（坐下。）

（有几个茶客好像预感到什么灾祸,一个个往外瑠。）

松　咱们也该走啦吧!天不早啦!

常　嗻!走吧!

（二灰衣人——宋恩子和吴祥子走过来。）

宋　等等!

常　怎么啦?

宋　刚才你说大清国要完?

常　我,我爱大清国,怕它完了!

吴　（对松）你听见了?他是这么说的吗?

松　哥儿们,我们天天在这儿喝茶。王掌柜知道:我们都是地道老好人!

吴　问你听见了没有?

松　那,有话好说,二位请坐!

宋　你不说,连你也锁了走!他说大清国要完,就是跟谭嗣同一党!

松　我,我听见了!他是说……

宋　（对常）走!

常　上哪儿?事情要交代明白了啊!

宋　你还想拒捕吗?我这儿可带着"王法"呢!（掏出腰中带着的铁链子。）

常　告诉你们,我可是旗人!

吴　旗人当汉奸,罪加一等!锁上他!

常　甭锁,我跑不了!

宋　量你也跑不了!（对松）你也走一趟。到堂上实话实说,没你的事!

（黄胖子同三五个人由后院过来。）

黄　得啦,一天云雾散,算我没白跑腿!

松　黄爷!黄爷!

黄　（揉揉眼）谁呀?

松　我!松二!您过来,给说句好话!

黄　（看清）哟,宋爷,吴爷,二位爷办案哪?请吧!

松　黄爷,帮帮忙,给美言两句!

黄　官厅儿管不了的事,我管!官厅儿能管的事呀,我不便多嘴!

（问大家）是不是？

众　嗻！对！

（宋、昊带着常、松往外走。）

松　（对王）看着点我们的鸟笼子！

王　您放心，我给送到家里去！（宋等四人同下。）

黄　（看见了庞太监）哟，你老人家在这儿哪？听说要安份儿家，我先给您道喜！

庞　等吃喜酒吧！

黄　您赏脸！您赏脸！（下）

（乡妇端着空碗进来。往柜上放。小妞跟进来。）

妞　妈！我还饿！

王　唉，出去吧！

妇　走吧，乖！

妞　你不卖妞妞啦？妈！不卖啦？妈！

妇　乖！（哭着，携妞下。）

（康六带着康顺子进来，立在柜台前。）

康　姑娘！顺子！爸爸不是人，是畜生！可你叫我怎办呢？你不找个吃饭的地方，你饿死！我不弄到手几两银子，就得叫东家活活地打死！你呀，顺子，认命吧，积德吧！

顺　我，我……（说不出话来。）

刘　（跑过来）你们回来啦？点头啦？好！来见见总管！

顺　我不，不！我不！（要晕倒。）

康　（扶住女儿）顺子！顺子！

刘　怎么啦？

康　又饿又气，昏过去了！顺子！顺子！

庞　我要活的，可不要死的！（怪笑）哈哈哈……！

蔡文姬（节选）

（第四幕）

郭沫若

第一场

邺下，曹丞相之书斋。夜。

琴棋弓矢，图书文物均可适当布置，但须朴质而庄重。曹操尚俭约，不喜奢华，具有平民风度。多才多艺，喜谐谑潇洒，不拘形迹。但亦有威可畏，令人不敢侵犯，当时的习惯还是席地而坐，地上全面敷毡毯，座有坐垫或蒲团之类。书案须矮，但曹操所用之书案要大些，案上陈列文书笔砚之类，砚乃瓦砚，形如长箕而有四足。曹操善书，在案旁不妨设一有釉陶筒（不能用瓷，当时尚无瓷）插入纸卷画轴之类。

曹操在灯下看书，不断击节称赏，连赞"好诗！好诗！"其夫人卞氏坐在一旁缝补被面。曹操所用被面已历十年，每岁解浣缝补。

卞　氏　这条被面真是经用呵。算来用了十年了，补补缝缝，已经打了好几个大补丁。

曹　操　补丁愈多愈好。冬天厚实，暖和些。夏天去了棉絮，当单被盖，刚合适。

卞　氏　（笑出）你真会打算。

曹　操　天下好多人都还没有被盖，有被盖已经是天大的幸福了。（拍案叫绝）呵，好诗！好诗！（继之以朗吟，一面以手击拍）

谓天有眼呵何不见我独漂流？

谓神有灵呵何事处我天南海北头？

我不负天呵天何配我殊匹？

我不负神呵神何殛我越荒州？

好大的气魄！有胆力，说得出！

卞　氏　你在读谁的诗呵？

曹　操　蔡文姬的《胡笳十八拍》，是董祀前几天由长安派人送回来的。

卞　氏　哦？蔡文姬已经到了长安吗？

曹　操　早就到了，恐怕在这一两天就要回到我们这儿了。

卞　氏　我们要好好地欢迎她呀。怪可怜的，陷没在南匈奴，足足十二年！你说。她今年有多大年纪了？

曹　操　算来怕已有三十一二吧。我记得她是在她父亲充军的时候生在朔方的，那是光和元年。蔡邕在朔方九个月，朝廷赦免了他们。但蔡邕在回来的路上又得罪了五原太守王智，他们又要杀他，弄得来在江海亡命十二年。直到初平元年才回到洛阳，他立即就被董卓强迫利用了，实在可惜。

卞　氏　他为什么不逃走，就像你当年那样呢？

曹　操　文人的短处就在这些地方了，他说他也想逃走，但没有下定决心。

卞　氏　亡命十二年中，蔡文姬是跟着她父亲的吧？

曹　操　那当然了,不过回到洛阳以后不久就分开了。她父亲就在初平元年三月跟随朝廷迁都到长安,文姬就留下来了,她在初平三年嫁给河东卫仲道,不久她父亲在长安遇害,她母亲赵五娘也跟着死了,唉,蔡伯喈的死实在是一项大损失。他的文章和学问,今天还没有人能赶得上他。

卞　氏　我听说蔡文姬也很有才学的啦?

曹　操　她小时候很聪明,记性很好,能够过目成诵。现在看她这首《胡笳十八拍》使我感觉着蔡中郎是有一个好女儿啦。唉,这也是艰难玉成了她。她在父母死后的第二年丈夫又死掉了。

卞　氏　哎呀,真可怜的!

曹　操　丈夫死后回到陈留,不两年就在兴平二年(公元一九五年)又流落到匈奴去了。

卞　氏　哎呀,这孩子真是灾难重重啦!

曹　操　是呀,我也可怜她!所以这一次才派人去南匈奴把她接回来。我看她回来是可以承继她父亲的遗志,做出一番大事业的。她父亲想纂修《续汉书》这对她不就是最适宜的事吗?

卞　氏　她在南匈奴十二年,听说已经有了一子一女,能够一道回来吗?

曹　操　不能,那边的左贤王不肯。

卞　氏　那不又是伤心的事?

曹　操　是呵,她的《胡笳十八拍》就是写出她这天大的伤心。

曹操一面谈话,一面翻阅诗稿。似乎能够五官并用。

卞　氏　算来她要小我十六七岁,你看,我是把她当成妹子呢,还是当成侄女儿?

曹　操　当然是当成侄女儿了。蔡伯喈和我是忘年之交,我是把蔡文姬当成自己的女儿一样看待的。(又拍案叫绝,使卞氏大吃一惊)哦,好诗,好诗!(击拍吟哦)好诗,好诗!(击拍吟哦)

　　怨呵欲问天,

　　天苍苍呵上无缘,

　　举头仰望呵空云烟。(重重地击拍)

卞　氏　值得你那样欣赏的诗,那一定是很好的了。

曹　操　实在好得很,实在好得很!(继续击拍吟哦)

　　今别子呵归故乡,

　　旧怨平呵新怨长,

　　泣血仰头呵诉苍苍,

　　胡为生我呵独罹此殃?

简直是血写成的!(停一会儿继续吟哦)

　　天与地隔呵子西母东。

　　苦我怨气呵浩于长空,

　　六合虽广呵受之应不容!(又重重击拍)

卞　氏　(流泪,频频以手巾拭之)多么悲哀呵,你读得我都流出眼泪来了。

(此时曹丕入场。曹丕时年二十二岁。手执简牍一通,走向曹操侧近跪地呈献。)

曹　丕　爹爹,遣胡副使屯田司马周近迎接蔡文姬回来了。

曹　操　蔡文姬已经到了吗?我同你母亲才在这儿提到她。

曹　丕　周近到府报到,他呈缴了董祀的这通表文,南匈奴右贤王去卑也到了。

曹　操　董祀没有回来吗?

曹　丕　表文里说他在华阴落马,把左脚摔断了,要在当地治疗。

曹　操　哦,你把它念一遍给我听。(把简牍推给曹丕)

曹　丕　(展开简牍念出)待罪臣董祀,诚惶诚恐,死罪死罪,顿首禀白丞相曹公麾下。臣从长安赶赴华阴道中,不幸失足落马,致左胫骨折断,不能行旅。遵医嘱,当应留华阴疗治,恐需一月方能治愈。程期已迫,不敢羁延,谨遣副使屯田司马周近护送蔡琰回邺,先行报命。南匈奴呼厨泉单于所遣报聘使者右贤王去卑,亦由周近导引晋谒。所贡方物,由周近面陈。臣一旦痊愈,即回邺听受处分。臣董祀诚惶诚恐,死罪死罪,顿首顿首。建安十三年四月十日。

曹　操　好,那位周近我现在就接见他,你去叫人把他引到这儿来。

卞　氏　(收拾针黹,离座)我去替你吩咐吧,(向曹丕)子桓,你留在这儿。

曹　操　那也好。

卞氏下场。

曹　操　(把《胡笳十八拍》的抄本递给曹丕)子桓,这诗你看过吗?

曹　丕　呵,《胡笳十八拍》。董祀送回来的时候,我早就看到了;我还抄了副本呢。

曹　操　你也欣赏吗?

曹　丕　哈,我觉得是《离骚》以来的一首最好的诗。

曹　操　你的眼力不差。我看你那一批文友,王粲、刘桢、阮璃、应畅,恐怕没有一个人能够作得出来。

曹　丕　不行,我们没有那样的经历,没有那样磅礴的感情。不仅我们这一批,据我看来,自秦汉以来就没有这样一个人。司马迁的文章是好的,但他的不是诗,屈原、司马迁、蔡文姬他们的文字是用生命在写,而我们的文字只是用笔墨在写。

曹　操　你这见解好。蔡文姬有了这一篇《胡笳十八拍》,我看她这一次回来也就大有收获了。我很高兴,我做了一件好事。她如果不回来,是做不出这首好诗的。

曹　丕　实在是首好诗。我很欣赏她这第十拍。(据稿指点朗诵)

城头烽火不曾灭,

疆场征战何时歇?

杀气朝朝冲塞门,

胡风夜夜吹边月。

这些诗句多么精巧,多么和谐呵!

曹　操　我看,她的长处就在善于用民间歌谣体。像这七言一句的诗,在西汉末年以来的歌谣和铜镜铭文里面早就有了,但一般的文人学士却不敢采用。你的那两首《燕歌行》是七言诗,倒还写得不错,但也只有那么两首呵。

曹　丕　文人学士总是偏于保守的,四言诗固定了一千多年,近年才逐渐着重五言诗。七言诗要被人看重,恐怕还不知道要隔多少年代呢。

曹　操　这些都还是技法上的事情,可以概括成为有独创的风格。但这《胡笳十八拍》,我看,最要紧的还在有感情,有思想。这诗里面包含有灭神论的见解啦。

曹　丕　是的,她的胆子真够大,把天地鬼神都咒骂了。

曹　操　我欣赏她的正在这些地方,但她会受人排斥的恐怕也就在这些地方吧。

侍者入场报道:“屯田司马周近到了。”

曹　操　请他进来。

侍者应声下。不一会儿周近入场,远远跪地向曹操敬礼,更向曹丕敬礼。曹氏父子分别答礼。

周　近　小官周近敬候曹丞相万福,敬候五官中郎将起居。

曹　操　(指近旁座席、刚才卞氏所坐者)辛苦了,请到这儿坐下,仔细地谈谈。

周　近　(惶恐)不、不,小官不敢领座。

曹　操　(豁达地)不必那么拘形迹吧。“恭敬不如从命。”

周　近　好,那小官就遵命了。(起立,上前就座)。

曹丕亦选一稍远座席坐下。

曹　操　你们是今天到达的吗?

周　近　是,是今天下午申时初刻到达的。离开龙城,一共走了四十五天。南匈奴单于呼厨泉,要小官代达他的敬意敬候丞相万福。

曹　操　多谢他啦。

周　近　来时他贡献了黄羊二百五十头,胡马百匹,骆驼二十头,并由右贤王去卑率领胡骑二百人护送。贡品已妥帖点交。

曹　操　那边的政治情形怎样？

周　近　据小官的管测，呼厨泉单于和右贤王去卑是心向本朝的。由于三郡乌桓平定了，丞相这次又特别以隆重的玉帛赎回蔡文姬，他们对于丞相特别是畏威怀德。呼厨泉单于特遣右贤王去卑领兵护送，也就足以表现他们的诚意。

曹　操　那么，那位左贤王的态度是怎样？

周　近　(略作思虑)此人的态度——我觉得不大佳妙。

曹　操　呵？

周　近　赎回蔡文姬，他是不同意的，作了种种的刁难，拖延时日，最后小官只好向他说：你如果不把蔡文姬送回，后果是严重的，曹丞相的大兵到境，那就玉石俱焚了！

曹　操　(目光更加炯然)哦，你向他说过那样的话？

周　近　是的，小官是在最后一天才说出的，我看到左贤王实在桀骜不驯，只好警告他一下。不过他听到我那样说，倒似乎反而妥帖了。此人我感觉实在傲慢，他自命为"冒顿"也可以想见他的野心勃勃了。

曹　操　他是在追慕他们的祖先吧。

周　近　正是那样的，不过我向呼厨泉单于和右贤王去卑说过，他不会成为"冒顿"而是会成为"蹋顿"的。

曹　操　(笑出)哈哈，你很有风趣，不过"冒顿"在匈奴本音是读为"墨毒"的。

周　近　(惶恐)那我有失检点了。但我看到呼厨泉单于和右贤王去卑也喊他是"矛盾"啦。

曹　操　那怕是在和左贤王开玩笑。好吧，请你谈谈蔡文姬的情况。

周　近　看来还好，长途跋涉，倒还没有生病，这是托丞相的宏福。

曹　操　董都尉把她的《胡笳十八拍》从长安送回来了，我刚才看到。她这诗你看过吗？

周　近　我看过。蔡文姬夫人沿途都在弹唱。

曹　操　你觉得怎样？

周　近　(揣摩不透曹操的问意，迟疑了一会)我不通音律也不大懂诗。不过，我觉得好像很悲哀，很放肆，似乎有失"温柔敦厚"的诗教。

曹　操　唔，你这倒也是一种看法。

周　近　(自以为揣摩得手)我觉得蔡文姬夫人似乎有些不愿意回来，在她的诗里充满着怨恨，甚至于说到她的怨气之大连宇宙都不能容下。

曹　操　但她不是很怀念乡土吗？她在诗里不是在说"无日无夜呵不思我乡土"？你看她不是又在说"雁南征呵欲寄边心，雁北归呵为得汉音。雁高飞呵邈难寻，空断肠呵思悄悄"？你怎么能说她不愿意回来？我看她是舍不得和她的儿女生离，所以才那样悲哀。

周　近　是，是，丞相所见极是。蔡文姬夫人的心境是很乱的，她既怀念乡土，又舍不得儿女，她既过不惯匈奴的生活，又舍不得左贤王。据小官看来，蔡文姬和左贤王的感情很深，诗里面虽然着重说到自己的儿女，但也说到左贤王宠爱她。像左贤王那样的野心家，以冒顿(先说为"矛盾"后改口为"墨毒")自居的人，我就不大理会，为什么蔡文姬夫人对他会有好感？

曹　操　(觉得他说的话牵涉太远，有意转换话题)董都尉的伤势怎么样？

周　近　相当严重，把左脚的胫骨折断了，将来说不定会成为残废。

曹　操　他是怎样落马的？

周　近　他骑在马上睡觉，马失前蹄，他就跌下马来。

曹　操　你们在路上赶得很紧吗？

周　近　其实也不那么紧，只有董都尉的生活——似乎可以说，是有些——失检点的地方。

曹　操　唔！是怎样的？

周　近　他和蔡文姬是竹马之交，他们是太亲密了。我听说他们有时深夜相会，整晚都不睡觉。

曹　操　(有些声色)有那样的事吗？

周　近　丞相可以调询同路的任何人，我看每一个人都是知道的，特别是同来的匈奴人，啧有烦言。

曹　操　哼，我倒没有想到董祀这后生是这样！

周　近　（看到话已投机）董都尉的态度，我实在也不能理会。他和蔡文姬特别亲密，其实都还是情理中事，最难令人理会的是他同左贤王的来往啦。

曹　操　他和左贤王怎样？

周　近　左贤王对于本朝是有敌意的，我们在南匈奴的期间，他事事刁难，对于我们的行动也常常监伺。他想拘留着蔡文姬不让她回来，总是借口：蔡文姬舍不得她的儿女。呼厨泉单于后来给了他们三天考虑，可是左贤王总是拖延，推诿。到了第四天，左贤王突然把董都尉请到他那里去了，据他说，蔡文姬要亲自和董都尉见面，以作最后的决定。我们还担心有什么阴谋，不让董都尉去，但他毕竟去了。然而，奇怪得很！

曹　操　（有些颜色）怎么样？

周　近　真是想不到的事呵。董都尉去了之后，却和那位桀骜不驯的怀抱敌意的左贤王立地成为了好朋友。他们相互以刀剑相赠，据说是成为了"生死之交"，左贤王把他的轻吕刀送给了董都尉，董都尉也把丞相赐给他的玉具剑和朝廷的命服都送给了左贤王。

曹　操　（含怒意）是真的？

周　近　没有半点虚构，同行的人，人人都可以对证。

曹　操　人人都可以对证吗？

周　近　是，人人都可以对证！

曹　操　哼，这岂不是暗通关节吗？

周　近　那进一步的情形小官就无从知道。

曹　操　（眼神闪烁，决绝地向着曹丕）好，子桓！你给我记下一道饬令！

曹　丕　（应命、从腰带上的小佩囊中取出铅条和木片一枚，这在古代称为"铅椠"以备记录）请父亲念。

曹　操　"十万火急，饬华阴县令：屯田都尉董祀暗通关节，行为不端。令到之日，着即令其自裁！建安十三年四月二十日。"

曹　丕　（记录好、送呈曹操）请父亲署名。

曹　操　（把简牍接到手里，念了一遍，签好字，交还曹丕）你立即派人兼程送往华阴！

曹　丕　是！（起身将下。）

曹　操　你把周司马也领下去。明天上午辰时正刻（今之九时），在后花园松涛馆中接见右贤王去卑，周司马陪见。你们好生部署。

曹氏父子在交谈中，周近已跪起半身，颇呈得意之态。向曹操拱手敬礼。

曹　丕　蔡文姬夫人如何交代？

曹　操　容我再作考虑。（向曹丕）子桓，关于她的情况你可以好好查询一下。

曹　丕　（起身）是，我一定留意。（向周近）周司马，请你同我一道下去。

周近再向曹操敬礼一次，起身。

　　　　　　　　　　　　　　　　　　　　　　　　　　　——幕下

第二场

驿馆之一室。前场之次日，清晨，有鸡啼声。

馆中设书案、镜台诸事。古人席地而坐，台案不能过高（情景可参照顾恺之《女史箴图》）。

蔡文姬正伏案假寐，案上有纸笔墨砚等，表示她在写作。

侍书入场，略吃一惊，忙轻轻由衣架上取下外衣，给文姬披在肩上。

文　姬　（从微睡中惊醒）啊，侍书，多谢你啦！天已经大亮了吗？

侍　书　是的，文姬夫人，快到辰刻了。刚才我进来，看见你还在写，我没有惊动你。可是，一转眼你就睡着了。昨天才赶到这里，长途的疲劳还没有恢复，你就写了一夜。夫人，还希望你多多保重，才不辜负曹丞相的一番心意啊。

文　姬　侍书,你和侍琴对我太好了,我感谢你们。可是,你知道,我自从回到汉朝,经过长安来邺下,一路之上,我所看到的都是太平景象,真叫我兴奋。我活了三十一年,这还是第一次看到的。曹丞相对我的这番心意,我是越来越能领会了。我该做些什么事情来报告他呢? 董都尉说,曹丞相有意叫我帮助撰修《续汉书》,这是我父亲的遗业呵,我是应该继承的。我父亲的著作很多,可惜都丢散了,算来我还能记得四百多篇,我正在清写目录。我想,如果我把这四百多篇尽快抄录出来,对于《续汉书》的撰述,是会有所帮助的。侍书,你说对吗?

侍　书　夫人,你想得真好。如果你肯让我们抄写,我们是很乐意的哪。

文　姬　谢谢你们。侍琴呢?

侍　书　侍琴姐一早到丞相府里去了。

文　姬　我倒应该早一些去见曹丞相,向他表示我的感谢。周司马有没有什么通知来?

侍　书　没有,听说他昨天晚上受到丞相的召见,但他一直没有什么通知来。我们揣想,丞相是会单独接见你的,不会同周近司马和右贤王一道。侍琴姐刚才去是五官中郎将派人来叫她去的。我们揣想,可能就是商量你和丞相见面的事吧。

文　姬　我多么想早一刻见到他呀! 他是我父亲的好朋友,但我只在十六岁时在洛阳见过他一次。我觉得他很洒脱。

侍　书　是的,曹丞相为人是蛮好的。别人都说他很厉害,其实他非常平易近人。对于我们也是非常宽大的。还有他的夫人也落落大方,那位卞氏夫人真是好,她从来没有骂过一次人,也从来没有发过一次脾气。

文　姬　我听说丞相和丞相夫人非常朴素,他们平常穿的都是粗布衣服,是真的吗?

侍　书　真的,丞相的衣裳和被条都是布制的,总要用上十年,每每缝了又缝,补了又补。

文　姬　我又听说有一位公子的夫人穿了丝织的衣裳,被丞相发觉了,说她违背家规,遣回家去叫她自杀了,是真的吗?

侍　书　那是言过其实。事实是四公子(曹植)的夫人受了申斥,想不开,自己跑回家去自杀了的。

文　姬　啊,那我怎么办呢? 丞相送给我的衣服都是新的,而且是丝织的。

侍　书　你才回来,情形不同。丞相在正式场合,他也还是很讲究礼貌的啦。夫人,请你梳妆吧!

文　姬　(起身就镜台而坐)是的,我是要好好地梳妆打扮一下。

侍书为文姬梳头。

侍琴仓皇奔入。

侍　琴　(喘息)文姬夫人! 出了意外的事啦!

文　姬　(回顾)侍琴,甚么事?

侍书亦诧异,伫立回顾,执梳在手。

侍　琴　(喘息稍定)天刚亮的时候,五官中郎将打发人来找我去,我去了。他告诉我,丞相昨天晚上已经下了一道饬令,专人兼程送往华阴,着董都尉服罪自裁!

文　姬　(大吃一惊)你说什么?!

侍书也非常惊讶。文姬步下亭来,侍书随后。

侍　琴　着屯田都尉董祀,在华阴服罪自裁!

文　姬　他犯了什么罪?

侍　琴　五官中郎将说,饬令上写的罪名是"暗通关节,行为不端"。

文　姬　哎呀呀,董都尉会是这样的人吗? 这是从何说起呢?

侍　书　我不能相信。

侍　琴　五官中郎将没有和我多说什么。他只是说,事情和文姬夫人有关。

文　姬　(诧异)和我有关?

侍　琴　是呵,五官中郎将是那么说。他还说,他昨天夜里想了一下,有些怀疑。但他不好亲自来查问。他说,今天清早辰时正刻,丞相要接见右贤王去卑,他希望文姬夫人最好趁这个时候去求见丞相,当面把情形说清楚，他要从旁帮助。如果罪状有不确实的地方，据五宫中郎将说，事情或许还来得及挽回。

  文 姬 好，那就让我去吧。我不相信董都尉是那样的人，我应该去打救他。

  侍 琴 我也不能相信。

  侍 书 让我赶快替你把头挽好，穿好衣裳去吧。

  文 姬 不，我就这样去。这是比救火还要急的事。事情既和我有关，那我也要算是有罪的人，我理应到丞相面前请求处分。你们愿意帮助我吗？

  侍 书 愿意的。

  侍 琴 如果有需要作证的地方，我们正好是有力的证人。

  文 姬 谢谢你们，我们就立刻动身！

文姬挽着侍琴急忙动身，竟无暇着履，跣足而驰。侍书亦扶持之，同下。

——幕下

《关汉卿》（节选）

田 汉

【第一幕】

[城边的街口，许多人围堵着，观看行刑。

[在呜呜的长号筒声中，马队骑伞簇拥着骑马的蒙古监斩官如飞而过。然后，竹板子响，差役们高喊："行人散开，行人散开！"

[一会儿，破锣破鼓响着，高插边翎拿着法刀的刽子手和辘车上垂头披发背插"斩"标的女犯走过，后面紧跟着一个老妇人高喊："孩子，孩子，天哪，救救我的孩子……这不能啊……"等等，不断被如狼似虎的差役们喝骂着："老太婆滚开……滚开……不要命吗？"

[小酒店的女店主刘大娘，提着一个竹篮子，内藏酒、肉、纸钱之类，原来似乎想挤进去拦住这可怕的行列的，见不可能，就退出来了。低叫了几声"可怜的孩子"，泪如雨下。恰好几个蒙装家郎走过，她警惕地咽住哭声，试住眼泪，叫唤还在街边呆看的女儿二妞。二妞虽是家常打扮，却是个出色美丽的姑娘。

刘大娘：二妞，尽瞅着干嘛呀？还不来照顾点儿家里的事。

二　妞：就来。（但她还是望着。）

刘大娘："就来了"？，动也不动。咳，这样的热闹这条街上每个周都少不了一两回，有什么好看的？

二　妞：（勉强走过来，抓住她娘的手）娘，太可怜了。那么年轻漂亮的小媳妇儿会是杀人把吗？

刘大娘：谁说她是杀人犯？她是跟你一样的好孩子。你忘了，前年春天来找过我们的小兰姑娘。

二　妞：小兰姑娘？你说陈二奶奶的儿媳妇？

刘大娘：可不，就是她！（擦眼泪。）

二　妞：完全变了样儿了？娘，还有什么办法救救小兰姑娘，能吗？

刘大娘：傻孩子，还有什么办法？（指着竹篮）备了几样洒菜想祭祭她，也没有敢哩。小兰真命苦，怎么就碰上——（赶忙停住。）

[关汉卿起先也站在人后头看着，这会儿听得她们娘儿俩讲话，赶忙插进来。

关汉卿：（低声）刘大娘，你认识她？

刘大娘：哎呀，关大爷，您也来瞧热闹？

关汉卿：不，我要到城外去看个朋友，经过这儿，净了街了，碰上的。

二　妞：啊，关伯伯来了，进来坐一会儿吧，（她很快地沏茶）请喝茶。

关汉卿：谢谢，二妞越长越俊了，还记得关伯伯？

二　妞：我们是老邻居，您搬开这儿才两年多点儿，怎么就能忘了呢？坐吧。

关汉卿：好。（入座）生意还好吗？

刘大娘：还可以，就是人手不够，又请不起帮忙的。老头子在宛平乡下的时候多，一个月难得回来一两趟。

关汉卿：不要紧，二姑娘是你的一个好帮手了。

刘大娘：可不是，要是个小子就好了，女孩子家抛头露面的，是非多啊。

关汉卿：唔，那也是。刘大娘，你认识刚才那女犯人？

刘大娘：认识，我跟她婆婆家还沾点儿亲哩。咳，眼看着这孩子平白无故地落得这个结果，又没办法救救她，真是……（拭泪。）

关汉卿：这是怎么回事啊，年轻轻的怎么犯这么大罪？

刘大娘：她哪有什么罪呀？她可是个好孩子。

关汉卿：那是为什么？

刘大娘：（哽咽）关老爷，底下这些事都是孩子她婆婆告诉我的。您救不了活的，日后为她伸伸冤吧。

关汉卿：嗯，你说好了。

刘大娘：后来这苦命的孩子，叫小兰。她家原是襄阳的农户。那儿不是打过好几年的仗吗？城破了，阿里海牙大人圈地养马，把她家的几亩地全圈掉了，还让她父亲当养马的奴才，她父亲一气下逃走了。剩小兰母女俩，活不下去，到大都来找她舅舅。碰得不巧，她舅舅不在，就寄住在同乡陈二奶奶家里。小兰的娘感染风寒，一病半年多，请大夫，吃药什么的，借了二奶奶二十两银子。二奶奶有个孩子叫文秀，人也老实，就是从小病病歪歪的，也没有定亲。一天，二奶奶同小兰她娘要那二十两银子，小兰娘哪来的钱？没法子，就把小兰许给二奶奶做媳妇，一半也是还债的意思。小兰她娘的病没有好，到去年秋天就去世了。

关汉卿：那么小兰呢？

刘大娘：后来小兰就跟文秀结了亲，小两口儿倒也不错。二奶奶也心肝宝贝似的疼爱她。小日子也还过得下去，可是哪知道祸起萧墙呢？

二　妞：娘别说这些个了，有什么办法救救小兰姑娘没有呢？真急死人！能不能让关伯伯想想办法呀？快呀，快呀。

刘大娘：傻孩子，关伯伯这位大夫，只能救人家伤风咳嗽，怎么救得了杀头？娘在说话，别扰我吧。

〔二妞见没有办法，又跑出去了。

关汉卿：大娘，你说怎样是"祸起萧墙"？

刘大娘：陈二奶奶她娘家姓李，有个叔伯兄弟名叫六顺，年纪老了就住在二奶奶家里。二奶奶家人手单，托他照料些家事。前年六顺多年不见的儿子也找来了。他儿子叫李宣，人家都叫他李驴儿，是个不安分的家伙。多年在军队里混，据说跟萨千户到南方打过仗，到临安还捞了一把回来了。一回来就看上了小兰，想娶她。小兰不理他。后来小兰跟文秀结了亲了，李驴儿还是不死心。一天文秀出外没有回来，隔了两天才知道是被人推落在水里淹死了，有人说这就是李驴儿干的事。

关汉卿：（击桌）有这样恶毒的家伙！他算把良善的人吃定了。（问刘大娘）他当然还是为了娶小兰。对吗？

刘大娘：对。刚把文秀葬了，小兰日夜啼哭，李驴儿又死皮赖脸地向小兰提亲，小兰说她不嫁，情愿伺候她婆婆一辈子。二奶奶因她儿子死了也哭成了病。一天，想吃羊肚汤，小兰给婆婆做好了汤。李驴儿借个由头支使开小兰。在汤里搁上了毒。原是想把二奶奶毒死，好娶小兰的。

谁知二奶奶忽然不舒服，没有吃，李六顺是个馋嘴的，就端过去了。当时就七窍流血，死了。李驴儿威胁小兰，说只要她肯嫁。就一字不提。

不然，就要抓她去见官。小兰问心无愧，说"见官就见官吧。谁知这孩子命苦，偏偏就遇上了一个赃官！

关汉卿：咳，于今不赃的官就不多了，她可碰上谁了？

刘大娘：（小声）官司打到了大兴府，知府大人忽辛您是知道的，要钱如命，可又死好名，老叫人送万名伞。他是个色目人，见小兰是蛮子女儿，又是个逃亡户，心里就不喜欢，李驴儿交给忽辛一封萨千户的信，又给了他一些银子，那还有不向着他的？尽管小兰上堂去把出事的情形原原本本地说了，这知府大人半点也不推她的，一个劲儿地用苦刑逼她招供，问她怎样药死李驴儿的父亲的。可是小兰死也不招。

关汉卿：对呀，她万不能招啊。

刘大娘：后来，忽辛大人说。既然小兰不招，那一定是陈婆婆下的毒了，就叫把陈二奶奶拖下去打八十板子。小兰见问官要拷打她婆婆,一想婆婆那么大年纪,怎么挨受得起?她把心一横,就屈招了。

关汉卿:糟糕!她为什么要招呢?

刘大娘:她不招,那赃官不就得打死她婆婆?

关汉卿:这是万万招不得的呀,招了就得抵命,她没想到吗?

刘大娘:她怎么能不想到,可是要救她婆婆,她啥也不顾了。小兰这孩子就这么个爽快性子。

关汉卿:真是个烈性子女人,可是,哎,就没有一个细心点儿的官问问她吗?

刘大娘:关老爷,如今杀一个汉人还不如杀一头驴呢!小兰前儿个才问过一堂,今天不就判斩了吗?

关汉卿:全是这样草菅人命的狗官。

刘大娘:(低声)关老爷,你可别这样说。

[街上的人涌了过去,二妞跑了过来。

二 妞:(拉着母亲)娘,关伯伯,赶快想想法子救救小兰吧!(望着关汉卿)关伯伯,您不是认得很多的人吗?快想想法子呀。

[闻远处炮声。

刘大娘:还有啥法子想,人已经没有了。

[她坐下来,掩着面哭。

[二妞随即也哭。

关汉卿:(无限惆怅地)这是什么世道!(起身)刘大娘,那我走了。(自言自语地)咳,我当真只能救得人家的伤风咳嗽吗?"

[关汉卿迈着沉重的步子欲走出酒店,迎面碰到了从街那面走来的书会朋友谢小山和艺人欠耍俏。

[谢小山一把抓住关汉卿。

谢小山:老关,我们到处找不到你,原来你在这里喝酒啊!

关汉卿:哪里是喝酒,我和刘大娘谈起刚才过去的女犯人。

谢小山:我也知道一点,听说是冤枉的。

欠耍俏:听说是人家要娶她,她不愿意,人家才害她的。

关汉卿:刚听刘大娘说起,世上竟然有这样的事,真是把我气坏了。

谢小山:生气做什么。于今十案九冤,每一件都去认真就没法活了。有事情请教你,上我们那儿喝酒去吧。

关汉卿:不,然后要出城去。你有什么事吗?

谢小山:一位先生请我教他的那支《南吕·四块玉》,第一首我记得是"渴时饮,饥时罗,醉时歌。"可是欠耍俏一定要说是"渴时饮啊醉时歌。"没有"饥时罗"三个字。现在正好对证一下你着"古本"。你说谁错了?

关汉卿:都对。

欠耍俏:都对?这说了和没说一样嘛。

关汉卿:原来是你对,"饥时罗"是后来加上去的,为的是好唱。有人说这样加上去腔反而硬了,不如原来的灵巧。我觉得杂剧有许多地方应该改了。

欠耍俏:唔,是有这毛病。我还是照原来的教吧。位先生很喜欢你的"南山耕,东山卧,世态人情经多。闲将往事思量过,贤的是他,愚的是我,争什么?"他说写得太好了。

关汉卿:(他从心底否定了这种闲情趣味)不,一点也不好。贤的也不一定是他,愚的也不一定是我。我们就是要争,就是要把贤愚是非争个明白。小山,你别教这个了。

谢小山:怎么了,你变了?那么,那段《风流体》你还学吗?

关汉卿:要学的。回头我就到你那儿去。(向欠耍俏)欠耍俏,朱四姐在院子里吗?

欠耍俏:大约在吧。

关汉卿:那赛帘绣呢,她的病好了吗?

欠耍俏:(摇摇头)不知道。

关汉卿：不知道？你不是和她很好的吗。

谢小山：这家伙喝醉了酒，在台上忘词，被赛帘秀骂了一顿，他受不了，已经出来好几天了。

关汉卿：欠要俏，不管你是多有名的角儿，我们戏子在台上忘词，这应不应该呢？

欠要俏：那当然不应该。

关汉卿：那么人家为你好。说你，你干嘛生气？

欠要俏：因为，因为……

因为人家是女人，对不对？天下道理只有一个，还分男女？我去看四姐，快同我回去，去跟赛帘秀赔不是。（向刘大娘）刘大娘，二妞，那，我们走了。

刘大娘：您慢走。

　　［他们一道走出来，到街头。

关汉卿：（与小山作别）小山，替我约一下打鼓的任四和吹笛子的玉梅，我想写一个新戏，和他们商量一下场次和牌子。

谢小山：好。

　　［谢小山向城内走去，关汉卿和欠要俏向城外走去。

　　［正在这时，刚才走过去的蒙装家郎又转了回来，和一个歪戴帽子的人拥着一个装束阔气的公子，进了刘大娘的酒店。

刘大娘：公子请坐。

公　子：不坐了。催四，你和她说吧。

歪帽子：刘大娘，昨儿个，跟你提的事情，想得怎么样了？

刘大娘：公子，不是跟您说了吗，我们家二妞已经许给宛平周家了，他周家虽然是个种地的，他家儿子周祥福可是在大司徒和霍礼孙府里当差的。只怕今年秋后就要过门了。（示意女儿进去。）

歪帽子：不要说是司徒府里当差的，就是司徒的公子要娶的人，被我们阿合马大人的第二十五公子看中了，他也要让出来。

刘大娘：孩子已经有人家了，这……于情于理都办不到啊。

歪帽子：哪有什么情啊理啊的，我们二十五公子看上了你的女儿，这就是天大的理。

刘大娘：这位爷，您跟贵公子美言几句吧……

公　子：你看现在怎么办？

歪帽子：不要和她罗唆，带走。

公　子：（对家奴吩咐）带走。

　　［家奴从里面拖出二妞。

二　妞：娘。救命啊！

刘大娘：儿啊！我的儿啊！

　　［他们不由分说地把二妞拖走。歪帽子走在最后，刘大娘一把拖住他的袍角，死也不放。

刘大娘：怎么青天白日抢人家孩子，你们不要王法吗？

歪帽子：别那么死心眼了，咱们阿合马老大人一家子二十年来就这么个德行。你要什么王法，到大兴府去告去呀。

　　［歪帽子甩开刘大娘扬长而去，一个家奴回头来。

家　奴：你去打听打听，大都路总管兼大兴府知府忽辛大人就是我们家大少。

刘大娘：天哪，这怎么得了！这怎么得了！我不能活了（伏地大哭。）

（转暗）

【第二幕】

　　［大都附郭，朱帘秀的家，当时的行院所在。壁上挂着琵琶、箫管、宝剑、尘拂之类。

〔朱帘秀穿着紫色衫子,这是当时妓女的官定服色。

〔侍女香桂忙着用精致的茶具给关汉卿沏茶。

〔关汉卿已然把朱小兰的故事告诉她了。

关汉卿:你看,就这样残暴无耻地断送了一条高贵的生命,可他们还把自己说成是"民之父母"!(击桌。)

朱帘秀:干嘛这样跟桌子过不去啊,我的关大爷。

关汉卿:你能不生气吗,四妞?你看这还成个世界吗?

朱帘秀:怎么能不气?我可是气够了,都麻木了。有的人简直把这看成理所当然的了。只有你,头发部有好些根白的了,可心还跟年轻人一样,碰上不公正的事,就气成这个样儿。人家敬重你,就为的你有这个好处,你知道吗?

关汉卿:得了吧。(起身躲开她)让我去想想,是不是我不够老成,所以想得跟你们不一样?

朱帘秀:不是你不够老成,是你还没有失掉你常说的"赤子之心"。可是那些该气也不气了的,也不尽因为他们比你坏。许是他们比你苦。你们爷儿们有才华,有学问,飞得高,跳得远,有受委屈的时候,也容易有扬眉吐气的时候,像我们就可怜了。我也是好人家子女啊,就因为还不清花王爷糊里糊涂派给的租子,老爷子坐牢死了,我卖给行院当歌妓。坑在这里十来年了,还不是照样负屈衔冤没地方审诉吗?比起来我还算好点儿的哩,这大都城外两万五千个姊妹们谁过的是人的日子?有的求生不成,求死不得,还不如干脆挨那么一刀。

关汉卿(语调低沉地):你们当然有许多苦处,可我们这些念过点书的人又能飞得多高,跳得多远呢?七匠、八娼、九儒、十丐,我们的地位还不如你们哩。平时,私下里,我也有些自命不凡,俗话:读书破千卷,下笔如有神",老觉得有些想法。可今天在街上眼睁睁看见一群吃人血的家伙把一个无辜的女子拉到法场去杀头,我却想不出星星办法。我写过《包待制三勘蝴蝶梦》,我多么盼望出现包待制那样的青天来填满这冤海啊。刘大娘骂我只救得了人家的伤风咳嗽,骂得对呀。我就是个专会开薄荷、甘草的大夫。古人路见不平,拔刀相助,我是无刀可拔,只有一支破笔。

朱帘秀:笔不就是你的刀吗?写杂剧不就是你在挥刀吗?你在剧本里骂过杨衙内,干嘛不把李驴儿、忽辛这些人的鬼脸给勾出来,替屈死的女子伸冤呢?

关汉卿:这些邪恶的东西可不是一个两个,而是好多好多个结成一伙儿来吃人的。他们的鬼脸勾得完吗?以前我觉得这世道不公正,这天地鬼神总是公正的,于今才知道天地鬼神也是不公正的,没有眼睛的。

朱帘秀:鬼东西太多,你拣那最邪恶的东西勾吧。天地鬼神不公正,没有眼睛,你就骂天地,骂鬼神去吧。

关汉卿:对,路上我还想来着,一定得把朱小兰这案子写成一个杂剧,把这些滥官污吏的嘴脸摆在光天化日下示众。

朱帘秀:那太好了。那这忽辛大人的事我也知道一些,他倚仪他父亲的势焰,无恶不作。上回断错了一桩案子,人家也没有办法。

关汉卿:对。多替我搜集他的罪状吧。决不能让他逃脱我们的照妖镜。词儿我都想好一些了,女主角的名字我也想好了,可就是一桩——

朱帘秀:一桩什么?

关汉卿:就怕戏写出来没有人敢演。

朱帘秀:(想了一下)你写出来,我们想试一试,就是……

关汉卿:你担心什么?

朱帘秀:你不是跟人说:良家子弟扮演杂剧才是你们的"行家生活",我们倡优扮的不过是"供笑献勤,奴隶之役。"只能叫作"戾家把戏"吗?

关汉卿:得了,别听人家说的那些个了,我哪会说那样的话?

朱帘秀:那,你敢写,我就敢演。

关汉卿:你敢演,我就一定写,而且一定很快地把它写成。

朱帘秀：那太好了。人家夸我扮赵盼儿、谭记儿、王瑞兰、燕燕，演得不错。于今为着朱小兰，为着普天下负冤负屈的女子，我一定演好这个新的角色。

关汉卿：四姐，你！（感动地抓起她的双手。）

朱帘秀：这个女角色你安排叫她什么？

关汉卿：我安排叫窦娥。

朱帘秀：窦娥？我知道，你曾经想写孝女曾娥来着，你于今改写孝熄窦娥了，对不对？

关汉卿：正是这个意思，你猜得对。

［燕山秀、马二夫妇上来。赛帘秀、欠耍俏跟着上来，说笑着。

燕山秀：（向朱帘秀）师父，出了稀奇事儿了。欠耍俏跟小二姐赔不是来了。

马　二：这真得谢谢关大爷。我还当这一对冤家结定了呢。

关汉卿：哈哈哈哈。他很执拗。一路上一定费了好大劲儿才把他给劝过来吧。

朱帘秀：你当然得劝劝他。他还是在学你的样儿哩。他老说您爷自称是"普天下郎君领袖，盖世界浪子班头。"他呀，至少也是个小郎君、小浪子。

关汉卿：那好呀。不过我们演戏讲究入情入理，做人要讲究通情达理。倘使我们不遇情理，甚而至于蛮不服理，那还算什么郎君、浪子呢？

朱帘秀：（向欠耍俏他们）听得了没有？讲道理，爱重自己的玩意儿。才算是真正的郎君、浪子哩。哦。赛帘秀，告诉你一个好消息，燕大爷又要打一个新本儿了。这新本儿意思好极了。关大爷说让咱们演演看。

赛帘秀：那可太好了。就怕我们演不好。

关汉卿：别客气了。小二姐。

赛帘秀：那您就快写吧。我病好了，正愁没戏演哩。

马　二：关大爷，欠耍俏也老没演新戏了。您先给他打一个《李逵负荆》吧。

［大伙笑了。

欠耍俏：哈哈哈哈。（转话题）哦，我想起来了，我在六郎庄做会，烦咱们演您的《单刀会》，您能去看看吗？

关汉卿：什么时候？

欠耍俏：下个月初。日子定了我通知您。

关汉卿：只娶有工矢我一定击。我在六郎庄还串过戏的哩。

马　二：关大爷，近来少见您上台了，也来一出吧。就来您自己编的《玉镜台》。四姐演刘倩英，您的温峤，赛帘秀演的刘夫人，燕山秀演梅香，欠耍俏演媒人，还少不了我的正府尹。

关汉卿：哈哈，你分配得不错，可是六郎庄的庄稼汉不一定喜欢这样文绉绉的东西。来个《鲁斋郎》吧。由四姐演李氏，你的张氏。欠耍俏的银匠李四，我来个包公吧。

马　二：对，这个戏好。（背词）说那个鲁斋郎，胆有天来大，他为臣不守法，将官府敢欺压，将妻女敢夺拿，将官府敢欺压，将妻女敢夺拿，将百姓敢蹧踏。赤紧的他官职大的忒稀诧！……

欠耍俏：现在老百姓像"箭穿着大雁口似的。没有一个人敢咳嗽"，演这个戏会大快人心的。

马　二：好，那就准看您演的包公吧。

［鸨母上来，先向关汉卿略略招呼一下。

鸨　母：刚才总瞥亲自吩咐，今儿晚上丞相府有堂会，邀请波斯国的客人。你们快点去排戏吧。

燕山秀等：关大爷，您坐一会儿。

［他们随鸨母下去。

赛帘秀：那，我们不陪你了。（向朱帘秀）师父，留住关大爷吧。（跟着欠耍俏下去。）

关汉卿：（起身）好，四姐。我也走了。

朱帘秀：你回家去写本子吗？（热情地）别走了，汉卿。我在排戏，你就在这儿写，回头咱们一块吃饭。赛帘秀的老爷子送来了几条好鲤鱼，他从湖里打上来的，你也领领他的情吧。（向侍女）香挂，你给关大爷好好地点几杯茶。用我那包最好的双蕉。（见香桂点头）可不许扰关大爷，吓。把门关上，别让他听到外面的锣鼓家伙。

香　　桂：哼，关大爷才不怕闹呢。前儿个他不是在后台写戏吗，前面吹啊唱啊，他好像一点也听不见似的。真是好本事。

朱帘秀：俊丫头，关大爷的本事我还不知道？这戏可不比往常，就得让他安静下来，不能扰他，知道吗？

香　　桂：是，知道了。

关汉卿：四姐，你真好，替我谢谢小二姐。本子还没有太想好，恐怕得过几天才能动笔写。现在我还得去西山看一个病人。

朱帘秀：看一个病人？

关汉卿：对。（笑）我还是一个大夫，你忘了？接到太医院的通知，不管哪儿你就得去。有些病人还不许打听他的身份。看过好几次了，还不知病人姓什么，叫什么。

朱帘秀：你干嘛还要搞这个劳什子的行业呢？干脆辞掉，专心写东西，不好吗？

关汉卿：辞了太医院，我就得出好些捐税，应好些别的差使，还不如专当这一门差，反而可以挤出时间来做自己想做的事。再说，五医，六工，七匠，八娼，九儒，我干作家，比你们还低一等，这样不划算了。哈哈哈哈。

朱帘秀：哈哈，原来是这样儿。那也好，我不留你了。祝你妙手回春，财源旺盛，我的关大夫。

（转暗）

【第三幕】

[西山，一个林园中，当时权臣阿合马的华丽的别邸。

[阿合马的母亲正受着关汉卿的诊视，侍女春鹃在伺候着。

关汉卿：老太太，今天怎么样？

阿　　母：好多了。大夫你真高明。我这病也不是三年五年的了，经过了多少有名的大夫，现在才算一天天见好了，真不容易啊。

贵　　妇：你真是高明。老太太这几天不只是心痛止了，胃口也好了很多，昨儿个吃了好些东西，也不觉得撑得慌了。住在西山从不知道西山是什么个样儿，今天才第一次上外头走了一下，老太太可高兴哩。

阿　　母：这次可谢谢你了。

关汉卿：哪里哪里，这是分内的

贵　　妇：（对春鹃）春鹃，扶老太太到套间去一下。哦，先去叫秋燕来给大夫换点心。

春　　鹃：是。（扶着阿母下去。）

贵　　妇：（亲切地问）大夫，今年多大了？

关汉卿：四十八了。

贵　　妇：家里老太太还康健吗，有几位令郎啊？

关汉卿：家母托福，还算康健，荆妻亡故好几年了，只有一个孩子，目下不在身边。

贵　　妇：那可不好啊。您也是上年纪的人了，没有人伺候，行吗？

关汉卿：还好。

[春鹃下去了一下，又上来。秋燕端着点心上来，与关汉卿相见，各吃一惊。

秋　　燕：哎呀，关——

春　　鹃：关什么啊？

[适有风吹起窗帘。

秋　　燕：关……关窗子吧，春鹃姐。

春　　鹃：好的。（关窗子。）

[贵妇和春鹃下去了。

关汉卿：（机警地）你不是二姐吗，怎么在这儿？

秋　燕：关伯伯，阿合马的二十五公子要娶我。他少奶奶知道了，也和他起了讧，便想出个主意，把我送到西山来伺候老太太——刚才这个就是二十五少奶奶。可是他少爷还是常来，见机会就逼我。快想个法子把我给救出去吧。

关汉卿：这——

秋　燕：什么这个那个的，难道您还是一点办法也没有冯？

阿母（内）：来呀。

[阿母换了件外衣，由贵妇和春鹃扶着，走出来了。贵妇又走开，秋燕也帮着扶老太太。

[老太太坐下。

阿　母：大夫，你来过好些次可，知道我们这儿是谁的家吗？

关汉卿：不知道。太医院不许问的。

阿　母：这大夫很懂规矩。你把我医好了，也是你的造化，够你受用一辈子的了。（吩咐）春鹃，端礼物来谢大夫。

春　鹃：是。（端一个盘东西来，上面盖这彩绸。里面显然是珠宝。）

阿　母：一点薄礼，请大夫收下吧。

关汉卿：不，老太太。您病大好了，我们当大夫的就够体面的了，厚礼万不敢受。

阿　母：莫非嫌轻？

关汉卿：哪儿的话。

阿　母：莫非大夫另有什么心愿？好吧，不是我夸口，除了天时妁星星、龙宫的珠宝，只要人世间有的东西，寒家都还备办得出。你说说吧，到底要什么？

关汉卿：说出来，老太太不要吝惜才好。

阿　母：讲。

关汉卿：晚生是白璧、黄金都不要，只要谢家堂上燕。（望着秋燕。）

阿　母：哈哈，大夫眼力不错，看上我们的秋燕了。只是秋燕这孩子……（望着贵妇）只怕使不得吧。

贵　妇：（与阿母耳语）奶奶，使得的。

阿　母：好，使得，使得。（顾秋燕）秋燕，你愿意吗？

秋　燕：（含羞点头）愿意……

阿　母：好；另送中统钞二十万，就当添妆的费用吧。（吩咐）送他们下山。

（转暗）

【第四幕】

[关汉卿的书斋。壁上悬有琴、剑。

[关汉卿对着残烛，时而哦吟，时而构思，时而伏案狂草。

[鸡叫了，他还在拼命地写。

[关忠披衣进来。

关汉卿：我真的不饿。你帮帮忙，别扰我，睡去吧。

关　忠：好，不扰你，写完了就早点儿睡吧。明天一早，刘大娘她俩还要来跟您道谢哩。

关汉卿：谢个什么呀，明天我有事。（停笔）怎么，你把二妞送去的时候，刘大娘也在啊？

关　忠：岂止刘大爷回来了，二妞的夫婿周福祥也来了，他们全家团圆，就别提多高兴了。他们啦，把您当祖宗似的感激着。明儿个周福祥说他也要来，就是那个在和大人那儿当差的。二妞就娶过门子了。这次您真是做了一桩天大的好事。

关汉卿：别胡扯了。睡去吧！

关　忠：（走到窗边）瞧，东方都快发白了。

关汉卿：哦，给我换吧。

关　忠：得了，老爷，别换了。就写完这一枝蜡吧。（剔去烛泪。）

关汉卿：也好。（他正继续伏案辛苦地写下去。）

〔忽有人叩门。

关　忠：谁啊？

外面人声：我。

关　忠：你是谁，这么晚的？

外面人声：怎么我的声音还听不出？我姓谢。找老关的。

关汉卿：快开门吧。是谢老板。

关　忠：（一面开门）哎呀，谢老板，您真不怕晚啦。

谢小山：天还没亮就来奉看，还嫌晚吗？

〔大家笑了。玉梅跟着走进来，手里提着一个小长布袋，内装萧、笛。

关汉卿：（起来招呼）哦，玉梅也采了。快请坐。

谢小山：你要我约任四和玉梅。任四被人家邀到通州去了。玉梅有戏，我等到现在才等到他，他想回去睡觉，我生拉硬拽的才把他给拉来了。

关汉卿：怎么这么晚呢？

玉　梅：汝里·铁木耳将军家里唱堂会，从昨天下午一直唱到今儿早上，前后点了三出大戏，五出小戏。看的人也困了才让歇。我嘴唇都唱出血来了，这一行真不是人干的。

谢小山：玉梅到现在还没有吃夜饭哩。

关汉卿：哎呀！……（望关忠）有什么吃的没有？

关　忠：还是煮几个鸡子儿吧。（他倒好茶）对不起，喝杯凉茶。（下去。）

关汉卿：你们两位来得真是时傣。（向小山）我不是跟你谈过《窦娥冤》吗？写到第三折了，碰上一件为难的事，正要请教你们。

谢小山：还是你前回跟我谈过的那个架予吗？挺好嘛，有什么为难的？

关汉卿：请你们看看前几折的牌子。

谢小山：（接过去与玉梅同看）噶。第一折《点绛》起，使的《仙吕》；第二折《一枝花》起，使《南吕》；第三折《牧羊关》《骂玉郎》《感皇恩》《采茶歌》……还是《南吕》，唔，你用这来写窦娥在公堂上的申诉、受刑、屈招，"婆婆，我到把你来便打的，打得来惩的。若是我不死，如何救你"，这尾声好。

关汉卿：为难可就在这里。底下我紧接着写斩窦娥，写得悲愤慷慨。她怨天恨地，发下三个誓愿。头落之后她要血祭旗枪，六月下雪，三年不雨。这样的情感，《南吕》就不合适了。因此，从《端正好》起，我改用了《正宫》。这支《滚绣球》，是我比较满意的。临到最后要开刀，再起《耍孩儿》。这样，《二煞》《一煞》，这一折欢里头宫调三变，我写是这么写了，又怕不合规矩，你们看行吗？

谢小山：有什么不行呢？宫调是随着情感走的，情感变了，宫调当然可以变。（向玉梅）玉梅，你看呢？

玉　梅：你说得对。我觉得杂剧的规矩就是应该变一变了。平时不显，昨晚上在一个地方一连吹了三个大戏，就觉得有点儿腻了。为什么一个戏只许用四折呢？为什么一折只许用一个宫调呢？为什么全折只许一个人唱呢？这些规矩我看迟早是要打破的，去年在汴京看到有把您的《五侯宴》改成那儿的戏。这些规矩全没有了。

关汉卿：真的，改成南戏了？

玉　梅：可不。我看了，心里还真痛快。（郑重地向关汉卿）您是我们杂剧界领路的人，最好把大家领上阳关大道，别人好走，您自己家儿走起来也舒服；别尽领羊肠小道，别人辛苦，您自己也容易栽跟头。关先生，您说是吗？

谢小山：（笑）羊肠小道还是好的，还有人尽领着大家钻牛角尖哩。

〔关忠端一碗鸡子儿上来。

关　忠：哎呀，真对不起，三个鸡子儿，一个给小猫打碎了，剩两个了。怎么办呢？

关汉卿：两位客人，一人一个吧。

谢小山：不。我不饿，全给玉梅吃。

玉　梅：那怎么好？

谢小山：你就别客气了。

［玉梅吃鸡子儿。

关汉卿：（向谢小山）小山。趁这工夫，你把三折全给我哼一下，看顺不顺，哪一句绕口。

谢小山：行。（他热心地看稿子。）

玉　梅：（吃完了）嗬！这两个鸡子儿可救了我的命。

谢小山：要不怎么说"帮人要帮在这节骨眼上"呢？（他发现了问题）唔。玉梅。你看这一句是不是减去两个字，反而好唱一些？

玉　梅：哪儿？（看，吹了一下笛子）唔，对。

谢小山：喂，老关，这里减去两个字吧。

［关汉卿不答。

玉　梅：哼，他已经睡着了。

谢小山：老关，老关！

玉　梅：别叫他了，他写得太累了。你就给他删掉这两个字，不得了。

谢小山：对。（划掉，对关忠）关忠，你扶他到床上睡去。我们也走了。

关　忠：（扶关汉卿）老爷，老爷。（扶他到床上去。）

［关汉卿已经鼾声大起。

谢小山：玉梅，这里离我家近，你到我那里去睡一觉，回头请你喝二两。

玉　梅：不行。天亮了，我这就得上南天秀那儿给她吊嗓去。

谢小山：你不要命了吗？

玉　梅：有什么法子呢，拿人家的请受嘛。

谢小山：好，关忠，我们走了，明儿见。

［她们出门。

关　忠：您慢走。（关门）哎呀。真该睡一会儿了。

［鸡鸣。天亮。

（暗转）

【第五幕】

［仍然是关汉卿的书斋。

［他的好友杨显之，在看已经写成的几折。关汉卿站在其后面。

关汉卿：显之，你看这样写，行了吗？

杨显之：行。我看这倒是你的压卷之作。不过有几点想问问你：第一，蔡婆婆这人物，你是要当好人写呢，还是当坏人写呢？当作坏人写吧，她又是窦娥的婆婆，窦娥是为了救她才屈死了的。

关汉卿：这个人大体上还是善良的，她不是很爱窦娥的吗？

杨显之：不过你当她是好人写，她又是一个放高利贷的，借给你五两银子，隔一年连本带利要你十两；借给你十两。隔一年要你二十两。没有钱还她，你就得把女儿卖给她做儿媳妇。这样的人还能是好人？我倒是赞成赛卢医那个办法，要用绳子勒死她。

关汉卿：勒死她，就没有人再放高利贷了？

杨显之：那当然还会有。

关汉卿：却又来了。于今这世道，就是个高利贷的世道。相比之下，蔡婆婆还是比较好一点的了。要找真正的好人，除非世界上没有高利贷了。

杨显之：好，这一点算过去了吧。第二点，山阳县逼供之后，马上说"明日杀窦娥"，既不经三审六问，也不申请刑部批准,就处决人犯。作一个前代的戏,不是符合惯例啊。

关汉卿:你这一提得好。可是我问你,于今大元朝杀人必须要经过这些程序吗?忽辛杀朱小兰,不是刚问过一堂,第二天就稀里糊涂把她给砍了吗?

杨显之:哦,原来你是这个用意,那就没有说的了。此外在文字上,我觉得第二折那支《感皇恩》很好。"……恰消停,才苏醒,又昏迷。捱千般打拷,万种凌逼,一杖下,一道血,一层皮"写得又生动,又深刻。后面那支《滚绣球》,"地啊,你不分好歹难为地;天啊,我今日负屈衔冤哀告天",我看干脆改成"地也,不分好歹难为地;天也,错勘贤愚枉做天",这样感情不是更强烈一些吗。

关汉卿:好,那就这么改吧。

杨显之:不,你自己斟酌吧,我说的不一定对。

关汉卿:不,你说的很对,(确定地)改!

[从桌上落下一张纸头,杨显之忙拾起,看了一下。

杨显之念:天地有正气,杂然赋流行。下则为河岳,上则为日星。于人曰浩然,沛乎塞苍冥。

关汉卿:(低声)这是文丞相写的。

杨显之:文丞相?你是说文天祥丞相?

关汉卿:对,就是他。

杨显之:你见过他了?

关汉卿:不,是梁进之见过他。

杨显之:你不是说看管得很严吗?

关汉卿:看管得是很严,可是我们当大夫的就常常有这个机会。

杨显之:文丞相害得病了?

关汉卿:在那样潮湿的地方一住几年。哪有不病的?还算他修养好,神凝体实,病不容易侵犯他,要不然早没有人了。

杨显之:不是说皇上很看重宋朝的降臣吗?怎么让他住在那样的地方?

关汉卿:就因为他始终不降嘛。宋朝亡了三年了,伯颜丞相、孛罗丞相先后劝过他不知多少次,他就是执意不降,只求一死,他真是个铁汉子。

杨显之:最近徐威卿有一首诗,说"当今不杀文丞相,君义臣忠两得之。"你看皇上会不会始终不杀他呢?

关汉卿:这就难说了。你以为皇上真那么宽大吗?进之带出来文丞相这篇近作《正气歌》,我读了感动极了,你要看看吗?

杨显之:好。我今天还有事,我走了。

关汉卿:有什么事。这么忙?

杨显之:看了你的新作,想起了我那个《临江驿潇湘秋夜雨》来了。我也想把骂崔通的地方加强一点。你有什么意见吗??

关汉卿:《临江驿》你写得好,读起来就好像跟张翠鸾一道淋着秋雨,听着秋雨似的,你把人同雨都写活了。可是结尾的地方就不能再紧凑有力一些?像处理崔通那些地方?

杨显之:对,我也感到,所以得改。《酷寒亭》我也改了一些了。(站起)好,文丞相的诗,我带着了。

关汉卿:诗别丢了,也别告诉人家。

杨显之:知道。

[杨显之匆匆地走出去了。关汉卿看着经改过的前三折,出了神,不觉朗诵起来。

[关忠上场。

关　忠:老爷,叶先生来了。

[关汉卿不应。他已独自沉浸在艺术世界里好半天,似乎忘掉了周围的一切。

[叶和甫上,关忠欲再报告,叶和甫止住他,轻轻地走进来,听着关汉卿朗诵。

关汉卿朗诵:(正官端)没来由犯王法,不提防遭刑宪,叫声屈动地惊天。顷刻间游魂先赴森罗殿,怎不将天地也生埋怨。(滚绣球)有日月朝暮悬,有鬼神掌着生死权。天地也只合把清浊分辨,可怎生糊涂了盗跣颜渊:为善的受贫穷更命短,造恶的享富贵又寿延。天地也,做得个怕硬欺软,却原来也这般顺水推船。地也,你不分好歹何为地。天也,你错勘贤愚枉做天! 只落得两裙涟链。

关　忠:(提醒)老爷,叶先生来看你来了。

关汉卿:谁?(他醒过来似的)哦,和甫。

关　忠:叶先生来了好一会儿了。

关汉卿:请坐,请坐。没有知道你来了。失迎得很。

叶和甫:哪里,哪里。还是我来得莽撞,扰乱你的文思了。

关汉卿:好说。(吩咐)关忠,点茶。

关　忠:是,(端茶给叶和甫)您请喝茶。

叶和甫:昨儿个帘秀告诉我,你在给她打一个新本子,就是你刚念的这个吗?

关汉卿:对。

叶和甫:已经完稿了?

关汉卿:没有。还差一折,不过也快完了。

叶和甫:一定又是个杰作吧,刚才的这支《滚绣球》就不错。让我先观为快吧。(他接过前几折,看了一下。)

关汉卿:哦,还是所谓的"乱头粗服",刚才想请显之给仔细改一改,可他没工夫。

叶和甫:"乱头粗服,丰韵天然",你从来不是这样写的么? 不过听刚才念的,什么"不分好歹难为地,错勘贤愚枉做天",连天地也骂起来了,不能像往常那样轻松一点吗?

关汉卿:你是内行,当然应知道,这戏的写法是随着情节而定的。这戏原本根本就不是轻松愉快的情节,怎么能用这些笔法呢? 我甚至鄙视那些写法,我觉得那都是些甘草、薄荷,只好管管伤风、咳嗽。

叶和甫:(不了解)哦,不。还是往常那样的好。你开的是薄荷、甘草的店,人家就向你买薄荷、甘草,这不是很自然的吗?

关汉卿:你们那样看我?

叶和甫:哦,这是开玩笑。(转话题)刚才这个戏是写的哪个朝代的故事呢?

关汉卿:也不知道这是哪个朝代,应是汉朝吧。东海地方有一个孝妇被东阿太守给冤杀了,后来那地方三年没下雨。直到于公治狱,这案子给平反了,这才下起雨来。

叶和甫:这不过是个传说,你不会是还要替传说中的人物担忧吧?

关汉卿:如今,这样的冤狱还在重复着哩。

叶和甫:唔,帘秀告诉我,你对最近朱小兰一案很抱不平。

关汉卿:对,每个有良心的人,都会为她不平的。

叶和甫:是啊,街头巷尾,议论纷纷,更何况你这样多情的文人呢? 不过,别人议论尽管议论,你可千万别写。

关汉卿:(反感)那为什么?

叶和甫:我觉得,你近来的几出戏,像《救风尘》《望江亭》啊,称得上是洛阳纸贵。歌台舞榭没你的戏就不卖座。人家把你看成了"烟花粉黛"的大师。于今,你忽然改写公案戏,成功固然好,一旦不中,盛名岂不一落千丈? 很是不值。

关汉卿:胡说什么,我哪是什么"烟花粉黛的大师",我写《救风尘》是歌颂赵盼儿那样急人之难的侠妓,我写《望江亭》是赞美谭记儿那样机智勇敢、保卫自己幸福的寡妇。我的戏,不管写什么,都只求代替受冤屈的百姓们一吐胸中的怨气。再说了,我不是在痛恨那些周舍、杜婆婆,还有杨衙内之流吗? 我也不求什么盛名,怕什么一落千丈?

叶和甫:(遮住地)别生气嘛。再说了,小兰一案其说不一,你不要只听人家的一面之词,据李驴儿的说法……

关汉卿:你这不是一面之词吗? 叫我说,是李驴儿这狗杂种,把一个无辜的女子陷害死了,还要血口喷人。你也跟着附和,玷污她的清节。

叶和甫:汉卿,别忙。还有了,你刚才埋怨皇天"欺软怕硬"。其实,我们做事说话就得把谁硬谁软好好地估量一下。李驴儿当然是一个无足轻重的人,可是他后面有萨千户,还有忽辛大人。忽辛原也没有什么,其人贪赃枉法,不辨贤愚,不分好歹,这也是众所周知的。可是,不是我恭维你,你在戏里骂得真对。但有什么用呢?阿合马大人是当今皇上最信任的财神爷,好比一块又大又硬的石头,其余的人全是些鸡蛋,没人敢说他半个坏字眼。你敢碰他?谁碰他谁倒霉。别忘了,老朋友,已经有几个人被下狱了。监察御史白栋、宿卫秦长卿秦大人,你不要重蹈他们覆辙啊。

关汉卿:(愈发不快)怎么,你是要来威胁我?

叶和甫:(越发说得唾沫四溅)你写的这个戏本子,不管假托哪一个朝代的事,只要一演出来,明眼人哪个不知那个不用丑角扮的山阳县,是挖苦忽辛大人?只要人家在阿合马大人面前说上几句,不管是演戏的还是写戏的,准保都得……嚓,(用手在脖子上做了个抹脖动作)。——掉脑袋啊。

关汉卿:(质问)别瞎说了,我这戏跟阿合马有什么关系?

叶和甫:你骂忽辛,会跟他老子不相干?弄不好连我们都……

关汉卿:(走前一步)你说了两点,那我也说两点。我写的主角窦娥,是她舍己救人的性格感动了我,使我不能不写,绝不是单纯为的骂什么人。你千万替我解释解释。而且,我是爱上了戏才写戏的。我既然决定写,就对所写的负责任,生死祸福自己去当。别连累了您,"士各有志",您请吧。

叶和甫:你这是什么话,我们也算是老朋友了,我见得到地提醒你一下,信不信由你。

[叶和甫脸上禁不住红一阵白一阵的,幸亏这当口朱帘秀来了,像是有了解救似的。

叶和甫:哦,原来是帘秀来了,正好,你劝劝汉卿吧。他还是坚持要写。我看,写出来还是祸多福少,何苦呢。

[朱帘秀见关汉卿气得脸通红,猜出了几分缘由。

朱帘秀:(关切地)汉卿,怎么,你们闹翻了?

叶和甫:你劝劝他吧,我还得去回郝大人的话。回见,回见。

[叶和甫他赶紧借坡下驴,溜了。

关汉卿:这小子说话越说越不带人味了。

朱帘秀:就他说,他也是一番好心。

关汉卿:哼,他安得什么好心。

朱帘秀:他无非是怕得罪了财神爷,回头吃不了兜着走。

关汉卿:(怒)怎么,你真的劝起我来了?

朱帘秀:(笑)是呀,劝起来了。

关汉卿:(不屑地)那你劝吧。

朱帘秀:劝你快点写呀,写好了,我们好上演呀。

关汉卿:(恍然大悟)噢,这才像四姐说的话。前面的你都看过了?

朱帘秀:岂止看过了,我都快背熟了。我挺爱第二折那支《梁州》,(念起来)"哪一个似卓氏般当炉敌器?哪一个似孟光般举案齐眉?近来有些婆娘们道著难晓。说着难知,旧恩忘却,新爱便宜;坟头上土脉犹湿,架儿上又换新农。那裹有边廷上哭倒长城?那裹有浣纱处甘投大水?那裹有上青山便化顽石?可悲可耻,无人意,多淫奔,少志气。亏煞了,亏煞了前人在那里,便休说百步相随。"这一段把弃旧从新、毫无节操的女人们给骂苦了,可又是窦娥这样贤德媳妇骂她婆婆的。尽管选样骂,赶到赃官要拷打她婆婆,她又为了救她婆婆而毫不迟疑地把罪名担下来,情愿挨那一刀。这是多么美的性格。汉卿,你放心,我一定演好这个角色。

关汉卿:那太好了。你把窦娥的性格把握得这样深,一定能演得好。你当然知道,那支《梁州》虽说例举的是女人的例子,还不如说是骂那些弃旧从新、毫无节操的男人们的。我曾经想,要不是"亏煞了前人",我们这一代人真太不像话了。可是自从读了文丞相的《正气歌》,才知道现在也还有这样不愧前人的地维、天柱,这就大大增加了我的勇气了。

朱帘秀:汉卿,你的勇气真不错啊。我随便说说,你认为天地不正,你就骂天骂地吧。没想到你还真骂起来了。我记住了你的几句话："地也，你不分好歹何为地？天也，你错勘贤愚枉做天！"，骂得真够劲啊。

关汉卿：你再来看这末段，我改成这样了。

[小心地接过。

朱帘秀朗诵：（一然）你道是天公不可欺，人心不可怜，做甚么三年不见甘霖降？也只为东海曾经孝妇冤，如今轮到你山阳县。这都是官吏每无心正法，使百姓有口难言！

关汉卿：怎么样啊？

朱帘秀：你胆子还真不小。这戏演出去，台底下准不会太太平平的。百姓就会感谢我们替他们说话，官吏们被刺痛了的，短不了找我们麻烦。

关汉卿：而且，麻烦还一定不会小。我可是拼着性命写的，四姐，你还敢演吗？

朱帘秀：要不敢演那就不是我朱帘秀了。你拼着命写，我拼着命演。

关汉卿：你不会反悔？

朱帘秀：一句话，"虽九死其犹无悔。"这原是屈原说的。

关汉卿：（感动地握着她的手）四姐！

朱帘秀：（想了一下，严肃地）可尽管你敢写，我敢演，演得成演不成还不一定。

关汉卿：那为什么？

朱帘秀：我们得有园子啊。有没有园子敢让我们上演这样的戏，这很难说。再说了，我敢扮演窦娥，不知有没有人来演蔡婆婆，山阳县、张驴儿这些角色。

关汉卿：《窦娥冤》是演定了。那你有什么办法呢？

朱帘秀：园子我还想不出好法子。角儿们我倒有些把握。让我徒弟赛帘秀去蔡婆婆，燕山秀去扮窦天章，她丈夫马二演张驴儿，欠要俏来演山阳县。这样一来角色还挺硬的。

关汉卿：燕山秀不是演旦角的吗，她能演窦天章？

朱帘秀：你真把那孩子给看低了。她可是旦、末不挡，我们这个班子人少戏多，每个人什么都得会。拿我说吧，驾头、花旦、软末泥全来。只要他们几个敢演，别的人我说说好话也就差不多了。我那几个徒弟平日还算听我的话，再说他们都闯荡江湖惯了的，也都不是胆小鬼。于今难的就是场子，当然，不能让老板知道这戏演出之后会有人找麻烦，只说你又打出一个新戏了。老板想到《望江亭》《拜月亭》都那样上满座，正把你当作他们的摇钱树，能答应咱们，也说不定。

关汉卿：（苦笑）什么时候我成了摇钱树了。

[关忠上来。

关　忠：老爷，王先生来了。

关汉卿：哪位王先生？

关　忠：就是和卿先生。

和卿先生来了，好极了。可以跟他商量一下，他跟陈老板有交情。

关汉卿：嗯，对。

[来人叫王和卿，他很熟悉地走进来。

王和卿：（望了他们一眼，急退）哎呀，我来得不是时候。

关汉卿：怎见得呢？

王和卿：瞧这个局面，还容得第三个人来打扰吗？

关汉卿：我们唱的蹦子，还差一个小丑。

王和卿：也不照照镜子，你还好意思扮小生吗？

朱帘秀：得了。少说废话，和卿先生，我们有要紧的事正要找您这位狗头军师，快坐下吧。（拉他坐下。）

王和卿：喝！"我们"，"我们"的。什么时候请我喝喜酒啊？

朱帘秀：真是别来这个了，听我说正经的。汉卿给我写了一个本子，角色也差不多了，就是园子有点为难。您跟陈老板都是汴京的老乡，又加沾亲带故的，您跟他说说，一定肯借给我们的。帮帮这个忙吧？

王和卿：唔，本子写好了？

朱帘秀:还差一点儿。

王和卿:没有什么关碍官府的地方?

朱帘秀:(急遮掩地说)我想是没有的。

王和卿:行啊。只要不是演《窦娥冤》。我一定替你们跟老板说去。

关汉卿:你是怎么知道,我们正是要上演的戏叫《窦娥冤》的?

王和卿:若要人不知,除非己莫为。你写《窦娥冤》,骂天骂地骂官府,让我跟你们找园子,回头出了乱子,还让我跟你们垫背,对不对?

关汉卿:你碰到叶和甫那个鬼东西了?(愤怒地)告诉你,《窦娥冤》是演定了。没有园子我们撂地也干。至于生死祸福,由我们来背负,用不着尊驾来垫背。

王和卿:哈哈,蛤蟆虽小,肚皮里气倒不小。请尊驾把眼睛擦亮一点。我王和卿不是叶和甫。不找我王某,你还真演不成《窦娥冤》。

朱帘秀:(见机)我不是说大家少说废话吗。(向王和卿)您也别跟汉卿抬杠了。他的牛脾气您还不知道,他写《窦娥冤》,您也知道是为抱打不平的。我夸过海口,他敢写我就敢演,可就是为园子作难。刚才叶和甫在这儿泼了他几瓢冷水,您又那样说,他还有不别扭的?

王和卿:怎么,别扭就有园子了?

朱帘秀:是啊,刚才我也说,得大家想法子啊。和卿先生,您在外面活动比汉卿强太多了,认真地帮帮我们忙吧。没有别的,回头至至诚诚地唱几出家戏,请您给指教指教。

王和卿:还是画妞说话在理。既然汉卿敢写,你敢演,我也敢替你们找园子。

朱帘秀:那敢情太美了。您今天就去跟陈老板商量商量好吗?

王和卿:干嘛一定得找老陈,他那个破园子有什么好?给你们定下玉仙楼吧。

朱帘秀:玉仙楼?园子漂亮,地方适中,座儿多,再好没有了。做梦都想上那儿演戏呢!嗳,你不是开玩笑吧?

王和卿:办不成,喝你俩的喜酒!

关汉卿:老王,人家真心实意找你帮忙,别开玩笑。

王和卿:谁跟你开玩笑?这事让朱四姐出面,你就免开尊口。

朱帘秀:对。快告诉我吧,怎样才可以租到玉仙楼呢?

王和卿:租玉仙楼还不是最难的,最难的是找到一个比阿合马的腰还要粗的东家,他敢包我们的戏,那就什么都好办了。

朱帘秀:是啊,那该找谁呢?

王和卿:事也凑巧,于今伯颜丞相不在京城,他的夫人要给他们老太太做寿,并且还要与民同乐。这位老太太是最欢喜吃饱了饭到戏场来擦擦眼泪。她想看一个新打的悲戏,一时哪里去找这样的戏去?我就跟他们推荐了《窦娥冤》。

关汉卿:还真有这样的事啊。

朱帘秀:先生,没想到您跟伯颜丞相还有来往啊。

王和卿:也不是我跟他们有来往,事情是这样的:为了演这次祝寿戏,丞相府里找玉仙楼何总管做戏的提调,何总管认识我,知道我跟汉卿是好朋友,又再三托我找汉卿。

关汉卿:他要找我?

王和卿:你别得意。他不是来找你要本子,来找你要方子。

关汉卿:要方子?

王和卿:对。何总管有心疼病,我把你吹成太医院的高手,顺便跟他聊起《窦娥冤》情节怎样的悲苦、感人。他就倒出来了。

朱帘秀:敢情是这么回事,瞧你绕乎的。

王和卿:只要你把何总管的心疼病对付好了,那演戏的事不就成了吗?

朱帘秀:这……我看没把握。(对关汉卿)你一天到晚生、旦、净、末、丑的,心、肝、脾、肺、肾可还记得些吗？"

关汉卿：唔，还记得一些。

朱帘秀：瞧，"记得一些"，那不玄啦。当心把何总管给医死了，《窦娥冤》也就演不成了。

关汉卿：那倒不至于。

［赛帘秀秀匆匆来看她师父。

赛帘秀：师父！

朱帘秀：哦，你来干嘛？

赛帘秀：家里问，《王魁负桂英》，还排不排？他们都等在那儿哩。

朱帘秀：不是说过要赶排《窦娥冤》吗？

赛帘秀：刚才叶先生来说，《窦娥冤》不让演了。

朱帘秀：回去告诉他们，都等着我，我马上回去给他们解说《窦娥冤》。

（暗转）

【第六幕】

［玉仙楼后台。

［关汉卿从绣幕的门帘后面紧张地窥着前台的表演和观客席的情况。后台的管事们和蒙古的卫士们不时走动。

［场上正演着"窦娥冤"的第三折末段：

"窦娥"唱：(尾声)你将那滥官污吏都杀坏，救赐金牌势剑吹毛快，与一人分忧，万民除害。

［观众席发出的喝彩声。有人叫"与万民除害！"

"窦娥"：父亲，俺婆婆年纪高大，无人奉养。

"窦天章"：好孝顺孩儿也！

"窦娥"唱：嘱咐你个爷爷，迁葬了奶奶，恩养个婆婆，可怜见她年纪高大。后将文卷舒开，将俺屈死的于伏罪名儿改。

［外场喝彩声

"窦天章"：天色明了。你将那扬州府官吏那几个是问窦娥的，都与我拿上来！

"张千"：理会的……

［台上还是进行末场戏，朱帘秀作窦娥魂子装下场。

［关汉卿感动地扶着她进后台。

关汉卿：快歇会儿，四姐！你演得真好。我自己也没想到这戏有这么大力量。

朱帘秀：(一面卸去魂串)好像有人叫起来了。

关汉卿：有人叫"与万民除害"。

［王和卿与何总管兴奋地赶到后台。

王和卿：哎呀，廉秀，演得真好。这么短的日子赶出这么好的戏！(向关)已斋，你真不止会写"烟花粉黛"，还真是很好的悲剧作者。不过，话又说回来了，不抓这样的机会，这戏也真没法儿演出。

关汉卿：真是得谢谢你。

王和卿：不用谢了，以后再到你府上，别下逐客令就不错了。(大家大笑)

关汉卿：四姐，快卸装吧，你真累坏了。

何总管：别卸了，就这样换上第一折的衣裳，同我见老太太去。老太太今天可高兴呐。黄手绢都搽湿好几块儿啦。她老人家：从没瞧过这么好的戏。一定得见见那个可怜的小媳妇儿，赏她点什么，别太委屈这孩子了。"伯颜夫人见老太太高兴，也：这戏不错。"我这戏提调这回算当上了。

［蒙装侍卫急上。

侍　卫：快点儿吧，老太太等急了。

何总管:这就来了,再插几朵花儿,擦上点儿粉吧,老太太不喜欢太素净的小媳妇儿。

[朱帘秀匆匆再化妆。

[后台管事上来。

后台管事:(向何)总管,王千户要见见朱小姐跟关先生。

何总管:就是那位益州千户王著吗?请他进来。(管事下,对关汉卿)一个挺爽快挺热情的人,刚才台底下"为万民除害"就是他叫的,见见他吧。

关汉卿:好。

[王著,一位魁伟的军官,随管事进来。

王　著:(向何)何总管,哪一位是刚才演窦娥的?

何总管:(指正在薄施脂粉的廉秀)就是这一位。

王　著:啊,小姐,您演得真好。你说出了我们心里的话。"官吏们无心正法,使百姓有口难言。"

朱帘秀:谢谢您,这是关先生他写得好。(指关)

王　著:不过,也亏您唱得那么有感情,有力量,每个字都打进了我们的心。

侍　卫:朱小姐,快去吧,老太太等着哩。

朱帘秀:(向王著)您多指教。我见老太太去,不陪您了。(再整整衣)

[何总管、侍卫们拥朱帘秀下。

王　著:(向关)关先生,看过您好些戏。您这戏最感动我,今天也感动了好些人。恕我冒昧问一声,您这出戏是不是从朱小兰的案子想起来的?

关汉卿:(很窘)哦,不,我是写一件历史故事。

王　著:是。您真该多写写这样的历史故事。

[后台管事和叶和甫引左丞郝祯大模大样地走进来。

郝　祯:朱帘秀在哪儿啦?

后台管事:回郝大人,刚才何总管领她见老太太去啦。

郝　祯:唔,哪一位是关汉卿呐?

叶和甫:(指关)这位就是。

郝　祯:(打量关汉卿)你就是打本子的关汉卿?你认识我吗?

叶和甫:左丞郝祯郝大人。

关汉卿:哦,郝——

郝　祯:你不是在太医院吗?还会写戏?

关汉卿:写得不好。

郝　祯:何必过谦呢。写得不错啊,老太太们都给感动了。哈哈哈。咱们阿合马老大人也看了半场。明儿个还要烦一场,"望江亭"不要了。换"窦娥冤"了,知道吗?

郝　祯:换可是换。好些地方得请尊驾给修改一下。(向叶和甫)刚才老大人吩咐下来的几个地方都记下来了?

叶和甫:都记下来了。

郝　祯:条儿呢?

叶和甫:在这儿哩。

郝　祯:(顺手接过交关汉卿)照条上记的都给改一改。行吗?

关汉卿:(接过匆匆看了一下)这恐怕不行,把这些全改了,就不成一个戏了。(王和卿也接过去看)

郝　祯:本来就不成一个戏嘛。咱们当官的不算,连天地鬼神都骂起来了,还成个戏吗?要不是碍着老太太,老大人早把你们都给抓起来了。还是我——

叶和甫:对,还是郝大人在旁边说好说歹的,老大人才吩咐"叫关汉卿改一改,明晚再演。"

关汉卿:不,不好改。

郝　祯:"不好改?"回答得挺干脆。可是老大人吩咐:"不改好,不许演。"

王和卿：汉卿，那就改一改吧。

关汉卿：不行，宁可不演，不好改。

郝　祯：瞧你这死心眼儿，你们的孔圣人不也："过则勿惮改"吗？

关汉卿：那是说有过——

郝　祯：难道说你还无过？——

［何总管拥着朱帘秀抱了好些赏赐回来。

何总管：哎呀，老太太今天可高兴呐！瞧，赏多少东西，这是从来没有过的事啊。

郝　祯：（向何总管）老何，你听着！

何总管：（见形势不对）是、是，郝大人。

郝　祯：明天还是这个时候。

何总管：是。

郝　祯：还是这个圈子。还是这个戏，咱老大人再烦一场，知道吗？

何总管：是，知道了。

郝　祯：可是本子得全按改过的唱，条儿已经交给关汉卿了。

关汉卿：（决然地）郝大人，请您上复阿合马大人，说这出戏宁可不再演了，不好改动，照那样改动，面目全非，就不是原来的"窦娥冤"了。

郝　祯：哈哈，关汉卿你也够傻的了。你当咱老大人愿意看你原来的"窦娥冤"吗？没有什么说的了。戏是既得改，又得演。不改不演，要你们的脑袋！

［侍卫们拥着郝祯拂然下场。

［叶和甫留下。

叶和甫：汉卿，我早说过这戏会有麻烦不是？好汉不吃眼前亏，改一改吧。刚才忽辛少座把你戏里头骂他的话都告诉老大人了。你那些词儿有的就简直刺痛了老大人自己，他有个不生气的？咱们搞戏曲的左不过是"逢场作戏"嘛，马马虎虎修改几条，少说几句，一场天大的风险不就过去了？好，已斋，听听老朋友的话吧。

关汉卿：（忍耐不住）你是什么老朋友，你是奸细！

王和卿：（怕他失言）汉卿！

叶和甫：瞧，人家好心好意地帮你的忙，你还是这样老脾气。

王和卿：老白，你别说了，汉卿正在火头上。

叶和甫：老大人也正在火头上，那就看谁的火烧掉谁了。再见吧。（原形毕露地下去）

王和卿：（目送白）真没想到他会是这样的家伙！

［王著走出来，热情地拉着关汉卿的手。

王　著：关先生今天真有幸，不止看了您的好戏，还看了你的为人。您这样爱重自己的戏，用性命保护自己的戏，真叫我们更感动，更爱您。

对的，宁可不演，断不能改。再一说，这样的好戏还得大大地演。大都不能演可以到别的地方去演啊；北方不能演，可以到南方去演啊；中国还大得很哩。你们什么时候到我们益州去演呢？我一定款待你们。看了你们的戏我忍不住叫了起来，你到老百姓中间去演，叫的人一定会更多。是的，我们一定得"为万民除害"。一定不能同滥官污吏善罢甘休，你们多多保重，我告辞了。（跟大家招呼之后昂然地走了）

王和卿：比起来这就算个人，叶和甫只能算个耗子。

朱帘秀：汉卿，那么怎么办呢？听得台底下叫起来，我就知道一定要出乱子。还有赛廉秀今天也冒上了，她好像又加了几句词儿，我心里直打哆嗦。

何总管：关先生，没别的，您多受累，今天就照条儿上的给改一改吧，明天上半天廉秀他们还得对一对词，晚上还不能演砸了，是不是？刚才老白也说得对。有的也不用改，少说几句得了。像"官吏们无心正法"什么的，就干脆免了吧。至于骂天骂地，我看唱顺了就唱唱也死不了人。老实说，这些大人老爷们就怕刺痛当官的，至于怨天恨地，他们觉得事不关己，也就带过去了。

王和卿：您说得对极了。

何总管：好，大家回去吧。廉秀这几天赶出这么个大戏真够累的了。早点回去歇歇，还得养息点气力对付明天的戏。虽说有了这场风波，可是老太太赏给你那么些好东西，还那样疼你，甚至说要收你做干闺女，够你高兴的了。好，明儿见。

大　家：明儿见。

何总管：（回过头来）关先生，大丈夫能屈能伸，改一改吧，吓？

[何总管领管事们同下。场上剩下卸好了装的朱帘秀和关汉卿、王和卿。

朱帘秀：那么，汉卿、和卿先生，快拿个主意吧。

王和卿：（暂时沉默之后）今天的戏演得真动人。官儿们中间也有感动的，王千户就是一个例子。可是越演得动人，心里有毛病的就越受不了。阿合马在朝势压群僚，多少人倒在他手里，怎么肯轻轻放过咱们？幸而汉卿毕竟是当今名士，他们还不敢轻易动手。再加伯颜老太太又欢喜这个戏，召见了廉秀，不然，真不堪设想。汉卿很坚决是好的。可是于今戏不改就不能演，人家定了场子，不演也不成。生死祸福就看你们自己决定了。

关汉卿：我已经决定了，宁可不演，断然不改。

王和卿：可是刚说的，已经不能够不演啊。

朱帘秀：（决心）那么，照样演，不改。

王和卿：那怎么能瞒得过这些老奸巨猾？你没有听得郝祯"不改不演，要你们脑袋"吗？

朱帘秀：（想了一下）这么办吧，和卿先生，请您设法让汉卿连夜离开大都。（对关汉卿）汉卿，你走吧。这里的事由我承担，你放心，我宁可不要这颗脑袋，也不让你的戏受一点损失。

关汉卿：那怎么成，不要脑袋就都不要吧。（暗转）

绝对信号（存目）

高行超

　　《绝对信号》是高行健与刘会远 1982 年联合创作的一出无场次、小剧场实验话剧。

　　剧情发生在一列货车的守车上：待业青年黑子为筹婚款娶到心上人，在车匪利诱下铤而走险，协同登车作案，却在车上遇见昔日同学小号和恋人蜜蜂。面对二人，黑子内心产生剧烈冲突。三个有着一段感情纠葛的青年内心相互观察、揣摩，不同的人生追求和生活理想交相碰撞。最后蜜蜂的真挚爱情、小号的友情，以及识破车匪企图的老车长的规劝，让黑子渐渐醒悟。在车匪举枪行凶的时刻，黑子拔刀刺向车匪。

　　《绝对信号》的成功主要得益于戏剧观念和表演方法上的艺术革新。剧作反映尖锐的现实问题，但不以陈旧的编剧法去图解生活，而侧重心理展现，在一种特殊的情势之下展开"现实、回忆、想象"三个层面的心理剧情。为契合这样一种戏剧结构。此剧在舞台艺术处理上借鉴了西方现代派戏剧和民族戏曲的某些表现手法，如采用小剧场演出的形式，加强剧中人与观众的交流。充分利用戏剧艺术的假定性，将角色的主观幻象和内心活动化为直观的舞台形象，实现现实时空与心理时空自由交替、转换。以简约的舞美设计、普通的生活话语、"不像表演的表演"，追求一种自然、真实的舞台效果。这些形式技巧层面上的创新不仅为观众带来一种新颖的审美体验，也为中国当代话剧艺术开拓了新的向度。

狗儿爷涅槃(节选)

刘绵云

1

〔舞台上一片漆黑。在渐生的微光中,可见一个形状巍峨的旧式砖砌门楼的剪影。

〔先闻一阵窸窸窣窣的响声。一根火柴划亮了,旋又被风吹灭。在火光一现中,我们看见了他——狗儿爷。狗儿爷,这记载着他和他的父辈一段辛酸历史的不雅的诨号,已经伴随着我们主人公走过七十余载的人生旅途。村中的老少爷儿们,似乎忘记了他的堂堂大名——陈贺祥。此刻他已老态龙钟,满头堆雪,但那神态,却像一只困兽,张望着,扑捉着,也伺机着。又一根火柴被他划着,又灭去。

狗儿爷　娘的! 一辈子不走运,临了儿连根洋火都划不着,邪了,邪了……

〔又划一根,着了。他去引燃一个用柴草扎成的火把——

〔他身后出现了祁永年的幻影——姑依旧称之为祁永年罢,他做吹火状,随即一阵风哨声,擎在狗儿爷手中的刚刚引着的火把又灭掉。

狗儿爷　(猛回头,始惊愕,继平缓地)是你?

祁永年　是我。

狗儿爷　你不是人。

祁永年　……不是人。

狗儿爷　你是鬼。

祁永年　……是鬼。

狗儿爷　你来干什么?

祁永年　因为你想我。

狗儿爷　我想你干吗?

祁永年　因为……你闷得慌。到了咱这岁数,想谁来谁就来。(指门楼)就这么烧了?

狗儿爷　烧。

祁永年　放火可是犯法。

狗儿爷　我烧我儿子!

祁永年　还有我闺女一半儿呢。

狗儿爷　一块儿烧!

祁永年　烧了,烧了,你"了"啦? 哈哈!

狗儿爷　你笑什么?

祁永年　我笑你。

狗儿爷　笑我啥?

祁永年　笑你不如我。

狗儿爷　(蔑视地)我会不如你,嗯? 我会不如你?

祁永年　你狗儿爷就是不如我。我住过这门楼，大荷包掌柜的我当过，死了——虽说死得不那么开心，大小算个三顷地的财主，也闭眼了。你呢，得门楼，烧门楼，这就叫狼肉贴不到狗身上。

狗儿爷　你给我滚，臭地主！

祁永年　咱俩可是儿女亲家。

狗儿爷　我压根儿不认，怕脏了我的门风。

祁永年　咱俩，一辈子鸡吵鹅斗，一辈子冤家对头，这晚儿，该讲和了。人家小两口可正商量过好日子呢——

〔门楼的另一侧，出现陈大虎、祁小梦。

祁小梦　门楼是你爹的命根子，你敢动？

陈大虎　破车碍好道，就得动动。

祁小梦　今儿下午可是闹了个人仰马翻。

陈大虎　人老了，好糊弄。

祁小梦　你爹可不好糊弄。

陈大虎　还不是照样蒙他。咱就说把门楼卖了，卖钱还帐。他一病二十年，卖门楼子还了他吃药的钱。

〔狗儿爷、祁永年一直在谛听。

祁永年　听听，卖啦！

陈大虎　明天就卖，卖了就拆。

狗儿爷　明天卖，老子今天烧！烧了才痛快，烧了才足性，烧了才踏实，烧了才……

祁永年　烧吧，烧吧，又红火又热闹！

狗儿爷　你神气个啥？一个三顷地的破财主！五道庙的神仙——没受过大香火。大财主，咱当过……

祁小梦　老头子好像是睡了。

陈大虎　折腾够了，也该歇歇了。

祁小梦　偏有那老人，越老越精，越老越死性，越老越难对付，你爹就是。

陈大虎　财迷转向呗！

祁小梦　蛤蟆不长毛——天生的那道儿！你不财迷？东拉西扯地忙活一天，上炕累得直哼哼，相儿！

陈大虎　那为谁？我是扒子，你是匣子，我的宝贝匣子……

祁小梦　行啦，快看看你爹去吧！

祁永年　嘻嘻，财主的热屁你都拾不着，还当过——

狗儿爷　当过！你狗儿爷当过大财主，你狗儿爷挂过千顷牌！

祁永年　不就是收了我那二十亩地的好芝麻？

狗儿爷　呸！那怎么是你的呢？大炮一响，你兔崽子滚蛋了，全村人跑光了。（回味而神往地，可闻枪炮声隐隐）就剩那没边儿没沿儿的一汪金水儿似的好庄稼，满洼满洼的饱盛粮食。瞅着眼宽，想着舒心，拿着顺手——谁的？咱！你狗儿爷的！天爷嗳，人活到这份儿上，才有点儿滋味，嘿嘿，哈哈……

祁永年　揣着元宝跳静——舍命不舍财的土庄稼孙，嘿嘿，哈哈……

〔陈大虎急促的喊声："爸爸，爸爸！"

〔笑声、喊声隐去。枪炮声大作。暗。

2

〔枪声时而遥远，时而响在耳畔。

〔狗儿爷身后是大片熟透了的秋粮，这会儿，他满头的白发消失，复成壮年。

狗儿爷　说咱狗儿爷上炕认得媳妇，下炕认得鞋，出门认得地——不对！这地可不像媳妇，它不吵不闹，不赶集不上庙，不闹脾气。小媳妇子要不待见你，就捏手捏脚，扭扭拉拉，小脸儿一调，给你个后脊梁。地呢，又随和又绵软，谁都能种，谁都能收。大炮一响，媳妇抱着孩子，火燎屁股似地随人群儿跑了。穷的跑了,富的也跑了。地不跑,它陪着我,我陪着它。好大的粮食囤啊,就剩我,还有这个不怕死的蝈蝈儿……

〔一左一右,光环里同时出现祁永年和陈大虎的面孔。

祁永年　生死由命,富贵在天——甭你美,狼肉贴不到狗身上!

陈大虎　(同时)这大概是我爹一生中最得意的时刻。这点事,怀里抱着我的时候他就说,手里领着我的时候他还说,现在,你们有工夫,就听他说。我想,听一回也就够了。风吹票子满地滚的时候,咱各打各的主意。

〔左右隐去。

狗儿爷　怎么着,这庄稼不该收?熟掉地的粮食,眼瞅着不收,阎王爷都不饶你。哈,好喜人儿的高粱!好长势,好品种,(指点)"歪脖黄""打锣槌""凤凰窝""黑老婆儿翻白眼",嘿,穗头挺大,秧不高——"母猪翘脚"。来吧,挑进篮儿里就是菜……呸!小家子气,高粱原本是贱粮,吃多了拉不出屎来,还是这"金皇后"老玉米……哟,芝麻!张开嘴儿的芝麻,坐角低,秸杆高,一水儿的"霸王鞭",老祁家的,好长的地头:足有五百方,我给他扛活的时候,半天锄不了一遭地。姓祁的跑了,谁的,你狗儿爷的,来吧!(砍芝麻)真他妈过瘾……砍完了芝麻刨花生,还有黍子呢,过年好吃粘饽饽……(炮声)"你个财黑子,连老婆孩子都不要了!"媳妇抱孩子跑的时候这么骂我。阎王爷不收就能活着回来,要收你,一个炮弹下来,我不去炸死俩,我去了饶一个。孩儿他妈吔,你要是福大命大活着回来,我的小乖乖,你就喝香油吧!(砍着,念着)舍不得孩子——套不住狼,舍不得媳妇——逮不住和尚!舍不得孩子……(渐向舞台深处)

〔炮声渐隐。

3

〔已是战后。祁永年逃难回来,打上狗儿爷门来。

祁永年　(恶狠狠)狼肉贴不到狗身上!狗儿爷,小狗子——

〔狗儿爷上。

狗儿爷　(踌躇满志,哼着河北梆子《大登殿》"十呀八年,才坐了西帝长安……"要说当个地主可也不易——忒累!为倒腾这十几石芝麻,腰都快累折了。(立刻纠正自己)小家子气!没吃过猪肉还没见过猪跑?那时候你就是陈大掌柜的了!瞧人家祁永年,一年到头,长袍短褂儿,干鞋净袜儿,横草不拿,竖草不拈,出门就骑驴,吃咸菜泡香油……这刚才,谁呀?叫大号成不成——陈贺祥!

祁永年　(鄙夷地)大炮一响,倒把你小子端起来了。我说,这年成不错吧?

狗儿爷　敢情!(神秘地)不瞒你说,盆里碗里,连鞋窠拉儿里都是香油,油脂麻花吃腻了不说,敢情油性忒大了跑肚拉稀。

祁永年　(不阴不阳地)说吧,工钱怎么算?

狗儿爷　工钱,啥工钱?

祁永年　你给我砍芝麻,我得开给你工钱哪!

狗儿爷　噢,二十亩芝麻,穷命一条。要芝麻,拿命来。

祁永年　我告诉你,还乡团可要回来。

狗儿爷　我告诉你,区小队可离这儿不远,过河儿就是。

祁永年　这芝麻是我的,长在我地里的。

狗儿爷　这芝麻是我的,装在我口袋里的。

祁永年　还有王法没有?

狗儿爷　王法叫大炮轰啦!

祁永年　天生的无赖,贱种。

狗儿爷　你小子骂人?

祁永年　祖上无德,你爹就是贱种。

狗儿爷　你爹就是贱种!

祁永年　你爹不是贱种？跟人家打赌，活吃一条小狗儿，赢人家二亩地，搭上自个儿一条命，还给你挣了个狗名字。

狗儿爷　（不平地）那是因为我爹没有地，他喜欢地，可是没有地……你爹不是贱种？你爹一落草儿脑门子上就錾着字——大财主？呸！光绪年间发大水，满洼里沟满壕平，地里不剩一根草刺儿，偏你们家的房顶上长了二尺高的香菜——到今儿我也不明白，那泥皮房顶上怎么会长香菜呢？

祁永年　傻小子，那是财神爷指使我爹，把一大包香菜籽儿拉拉到抹房和泥用的麦糠里啦。

狗儿爷　我爹倒是听说了，第二年抹房，在那麦糠里拌上了香菜籽儿，倭瓜籽儿，还有西葫芦籽儿，偏巧七七四十九天没见一个雨星星儿。俺们爷儿俩也没少给财神爷上供，还不如喂狗呢！

祁永年　那是你爹命贱。

狗儿爷　你爹命也不贵，是他那香菜卖得贵。损不损？卖到大饭庄里一角钱一根！你们家这三顷地就是这么来的。

祁永年　哎，就是这么来的，发财啦！

狗儿爷　就许你发财？老子也要发发，可劲儿地发发！

祁永年　你这不是正道儿！

狗儿爷　老子土里刨食儿，敢说不是正道儿？

祁永年　少废话，赔芝麻！

狗儿爷　赔你个"坐着"，爷没工夫！

祁永年　狗性难改，那年你就把我的大辕骡掉进井里头……

狗儿爷　赖谁？我给你扛活，你不叫我歇，也不叫牲口歇，它渴急了，还不往井里扎？你把我吊在你们祁家那座高门楼上，水沾麻绳一通打，肉皮子坏了还能长起来，可惜了我那件刚上身的老寨子布的小褂儿叫你打烂了。挨打顶了你的骡子，小褂儿你得赔我，赔我！

祁永年　胡搅蛮缠！把芝麻还我，没事儿。

狗儿爷　想要芝麻，没门儿。

祁永年　别忘了，这地——我是地主！

狗儿爷　大炮一响，你滚蛋了，我就是他主！

祁永年　我是地主！

狗儿爷　我是地主！

〔一阵枪声震耳，李万江持枪跑上，他是民兵小队长。

李万江　谁是地主？

狗儿爷　（指祁永年）他是！

李万江　（训斥地）逃亡地主祁永年听着：命令你即刻回家，仔细如数地清理浮财，把土地文书匣子准备出来，听候斗争处理。

祁永年　（慌恐地）是。

李万江　老老实实，不推捣鬼！

祁永年　是。（欲下）

狗儿爷　（神气的）回来！

祁永年　是。

狗儿爷　老老实实，不准捣鬼！去吧。

祁永年　是。（下）

狗儿爷　（兴奋欣喜地）万江兄弟，咱们的队伍打回来了？

李万江　打回来了！

狗儿爷　解放了？

李万江　解放了！

狗儿爷　不受祁永年的气了？

李万江　永远不受了！

狗儿爷　咱，有地种了？

李万江　很快就平分。

狗儿爷　大恩大德，大恩大德！兄弟，你狗哥半辈子忍受祁家的，别的房子俺不要，求你作主，把祁家那高门楼儿，俺吊在上头挨过打的，把它分给咱吧，行呗？

李万江　行，就分给你！

狗儿爷　大恩大德，大恩大德…….

〔村中乡亲苏连玉风风火火地跑来。他是个剃头匠，常赶集串乡，因而消息灵通，一个办好事不见多好，办坏事不见多坏，而又非常乐意助人办事的家伙。

苏连玉　狗儿哥……俺狗嫂没啦！

狗儿爷　（急切地）她……

苏连玉　俺们都躲在东沙岗的柳树巷里，一个炮弹下来，炸了个锅底儿坑，嫂子她就……

狗儿爷　我那大虎呢？我儿子呢？

苏连玉　孩子倒没事，好好儿的，抱回俺家去了。

狗儿爷　（大恸）我的亲人……我的儿子……

〔暗。

4

〔陈大虎的声音："爸爸，爸爸！"

〔灯光照亮门楼的一角，满头白发的狗儿爷很伏在那里。

〔陈大虎找到了狗儿爷。

陈大虎　爸爸，您又晕乎什么呢？

狗儿爷　（一动不动地）我想你妈。

陈大虎　（平静地）亲妈死了，就为您那二十亩芝麻……

狗儿爷　想你后妈。

陈大虎　后妈走了，就为您死心眼，想不开……

狗儿爷　（紧紧抱住门楼的砖角）门楼，我的门楼！

陈大虎　就剩这门楼，还有我。您要哪个，说话吧！

〔祁小梦披衣上。

祁小梦　大虎，城里打来长途电话，问咱的白云石厂啥时候开工？

陈大虎　照时不误——明天。

祁小梦　明天？这门楼——

陈大虎　拆。不拆怎么走汽车？爸爸，回屋去吧！

祁小梦　折腾病了，还得俺们伺候您，都挺忙的。

狗儿爷　（无奈何）虎儿的妈，虎儿的妈，我的亲人哪……

〔暗。

5

〔光启前，先闻苏连玉的声音："狗儿哥，走吧！"

〔春日拂晓，凉风习习。路边有星星点点的花草。狗儿爷和苏连玉并肩走来。

苏连玉　我的哥哥，瞧你这三心二意的劲儿，这是娶媳妇，美差，不是上杀场！

狗儿爷　美差是美差，可这么快，不怕老少爷们儿笑话？

苏连玉　没人笑话这个。老话儿说：女人好比是墙上的泥皮，揭去一层还有一层。走了穿红的，就有挂绿的。你这二茬子光棍的罪，还没受够？种地，开油坊，里里外外，又当爷们儿，又当娘们儿，不是事儿。我担着剃头挑子走村串户，早就替你留神踅摸了。

狗儿爷　这兵荒马乱的，缓腾缓腾再说吧！

苏连玉　得了，狗儿哥，别拿捏着啦。桃村那头我可递过话儿去了，我说俺们陈大爷中年丧妻，日子足性，别的甭说，光香油家里也盛个三缸两缸的。听我这一说，那小寡妇小嘴儿乐得瓢儿似的。再说那小模样儿，就别提多俊了，我想想长得跟谁似的，咱村就没那么个人……对，就跟你们家石屋东墙上贴的那张吕布戏的那个貂蝉似的。

狗儿爷　真的？

苏连玉　去了瞧哇，这又不是隔山买老牛。说句丧良心的，见了她，恨不得头年柳树巷那一炮打的不是你媳妇，干脆是我那块"产业"——邋遢相儿！长得磨盘似的。

狗儿爷　别瞎说。人家多大？

苏连玉　十九。

狗儿爷　我都三十八啦。

苏连玉　怕啥？这年头，有您这十五石五斗芝麻戳着，黄花闺女都能娶，小寡妇算啥？咱哪，事不宜迟，说去就去，有把儿烧饼先攥到手，不能临了儿放了秃尾巴鹰，给它来个先下手为强——抢！

狗儿爷　抢？

苏连玉　听我的，没错儿。他们那儿是敌占区，还没闹"妇女解放"呢，寡妇嫁人缺多大理似的，谁要生了这个心儿，再是个漂漂亮亮的，那帮子红了眼的光棍汉就都来下家伙，谁抢到手是谁的，还有半路上让人劫走的呢。瞧，我还带根打狗棒呢！（亮出身后的棍子）

狗儿爷　（也早有准备）我还带了根绳子，万一要是……

苏连玉　（恍然）敢情你小子早有准备，还在这儿穷磨牙！走吧，趁天没亮。

狗儿爷　十八里地，一跑就到。

苏连玉　记住，到那儿，别说你三十八。

狗儿爷　知道。

〔二人隐去。随即灯光照出一树桃花。冯金花背身站在树下。狗儿爷在央求。不远处有苏连玉持棒的身影。

狗儿爷　你叫冯金花？

〔冯金花点头。

狗儿爷　"寻"我你愿意？

〔冯金花摇头。

狗儿爷　哎呀，到这时候了，来点痛快的吧！先扭过脸儿来行不行？

冯金花　（转身）给你，让你看个够。

〔狗儿爷假装吸烟，划亮一根火柴，他是要借亮瞅瞅，火光照亮两个人的脸。

狗儿爷　娘的，是挺中看。

冯金花　妈的，你多么大啦？

狗儿爷　三十……三十一。

冯金花　比我大一轮。

狗儿爷　你也属狗？

冯金花　什么？

狗儿爷　（急数算）子丑寅卯……属蛇，都属蛇，你看我这记性。

冯金花　我嫌你大。

狗儿爷　还大？这小女婿的拳头，大女婿的馒头——大女婿知道疼，我的傻奶奶儿！我疼你……

冯金花　呸！——怎么个疼法？

苏连玉　（插话）瞧他那满脸胡茬子。

冯金花　嗯？

狗儿爷　这……（猛见苏连玉向他伸出三个指头）噢，我许给三条。

冯会花　三条，哪三条？

狗儿爷　居家过日子，男的是扒子，女的是匣子——咱可别是没底儿的匣子。进门你当家，我交钥匙，行呗？

冯金花　差不离儿。第二呢？

狗儿爷　大麦二秋，不用你下地。

冯金花　我还是肉皮子嫩，日头晒了长毒疮。

狗儿爷　我行……庄稼人有闲死的，没累死的。眼下地不多，日后地多了，咱兴许还能雇个人手儿呢！

冯金花　真的？你说还能雇人？

狗儿爷　怎么着，就许他们雇我？告诉你，咱……有存项！

冯金花　听说了。第三？

狗儿爷　第三……（见苏连玉又向他伸出三个指头）噢，许你不上三台：一不上井台，咱村南有甜水井，村北有凉水泉儿，我把大缸小缸老给你挑得满满的。二不上磨台，捅驴屁股抱碾棍，本来不是娘们儿干的，粗罗麸子细罗面，供上你吃用了。三不上锅台，我会烙饼摊鸡蛋，切细咸菜丝儿泡香油，咱见天吃这个。还有什么你说，我满应满许，行了呗？

冯金花　哼，你们男的都这样儿，这会儿急得蹓蹦儿，说啥都行，过后儿就变卦！

狗儿爷　咱狗儿爷可不是那路人。

冯金花　（掩口）嘻……

狗儿爷　大名陈贺祥——我说孩儿他妈……

冯金花　去，来不来的先叫这个！

狗儿爷　我样样儿许了你个老满儿，可有一宗，你可得把咱大虎看顾好，那可是咱陈门后承啊！

冯金花　（伤神地）我死了男人，又新死了孩子，奶还没吊上去，（抚胸）老胀得疼，怀里空得慌，缺个孩子。

狗儿爷　嘿，芝麻粒儿掉进针鼻里——巧啦！连玉兄弟，成啦——

冯金花　谁说成啦？

狗儿爷　不成？不成再说，咱长长的工夫耐耐的性儿，你还要怎个儿？

冯金花　俺们这儿的老例儿，不管新人旧人，不能脚踩地走着出村，不能落下话把儿，说俺们是自个儿走来的。

狗儿爷　可眼下，哪儿去找人马车辆呢？这么办，我背你——（摆架式）

冯金花　累死你！

狗儿爷　心疼了不是？

苏连玉　还有我呢。（吓唬地）瞧，大道上可有一伙人过来啦！

狗儿爷　孩儿他妈，快——

冯金花　（扒上后背，捶他脊梁）你个狗儿爷……

狗儿爷　回家吧，我的狗儿奶奶！（小跑）

冯金花　哎哟，瞧你，硌我腰啦……（咯咯笑，被狗儿爷背下）

苏连玉　（美嫉地）好事儿全叫他摊上啦！喝喜酒去。

6

〔舞台一片敞亮，敞亮得有些耀眼。磨砖对缝的海青门楼修饰一新。紫红紫红的大枣压颤了枝条。门楼前、枣树下，略置矮方桌、矮板凳。

〔冯金花坐在矮凳上纳鞋底儿，随着针线的走动，嘴里悠然地哼着什么小曲儿，比如说是"大轱辘车呀轱辘轱辘转哪转哪转哪转到了咱们的家……"

〔幕后传来狗儿爷的喊声："往哪儿跑……"遂上，手里攥几颗红枣。

冯金花　嚷谁呢？又是这么纸糊的驴——大嗓儿！

狗儿爷　你倒自在，我给牲口拌顿草的工夫，让人家把枣树刨了你也不管。也没见过这样的穷孩崽子，由打小枣儿刚落花胎儿就来糟害，不怕贼偷，就怕贼惦记。（又喊起来）有人养活没人管的听着，你家是过日子，人家也是过日子！

冯金花　行了，行了，火上房似地，不怕人家笑话。本来嘛，大枣大枣，谁见谁拢，一个稀罕物儿，吃个就吃个，乡里乡亲的，抬头不见低头见，莫不成谁家还能房顶上开门儿？

狗儿爷　今儿丢仨，明儿就许丢五个。（看手里的大枣）咱小虎儿呢？

冯金花　让那院他连玉大婶抱去玩啦。你过来瞅瞅……

狗儿爷　啥？

冯金花　虎儿的大鞋底子，都快赶上你啦！

狗儿爷　邪虎，四岁的孩子能有我脚大？

冯金花　我说，明儿我想赶个集去。

狗儿爷　一哭二笑，三赶集四上庙——娘们儿的能耐。

冯金花　我想找个先生瞧瞧，过门儿这几年了，我也没……

狗儿爷　就为这……嗨，年轻的时候我就算过一卦，说我命中一子，怕啥？好儿不在多，一个顶十个。

冯金花　想起这档子，就觉乎着对不住你。（抽咽起来）有个一男半女的，也是我的个依靠。

狗儿爷　你这么疼虎儿，还怕虎儿不疼你，不护你的怀？

冯金花　谁知道呢，一层肚皮一层山……

狗儿爷　咱虎儿可是有良心的，用不了几年就长大了——他大了，我也老了！

冯金花　你不老，老了，我也不嫌。

狗儿爷　是呗，小女婿的拳头……

冯金花　行了，说说又来劲儿，唱曲儿似地哄我，当初你三条五条地满嘴抹蜜，过了门儿怎么样，这几年拿人当驴使，差点儿没把人累死。

狗儿爷　过日子就得抽筋扒骨。眼下好了，菊花青卖了，气轱辘大车拴上了，磨扇压手的日子总算过去了，趁眼下地皮儿贱，能多抓挠几亩是几亩，先把苏连玉大斜角这三亩买过来，好一好儿明年还能多置点。（仰看门楼）你老祁家吹灯拔蜡，完蛋啦！高门楼，过浆砖、小布瓦儿、磨砖对缝，十里八村儿头一份儿的体面，姓陈啦！见天见打这走几趟，不吃饭心里也舒坦。姓祁的，哪天老子也把你挂在这门楼上打打秋千。你狗儿爷有这么大权力？有！谁给的？咱政府！

〔苏连玉上。

苏连玉　（喊）狗儿哥！

狗儿爷　瞧，肥猪拱门来啦——

冯金花　连玉兄弟，过来坐。

苏连玉　嫂子，虎儿可真聪明，扳着手指头数数儿，一气儿能数到三百。从小看大，三岁看老，这小子大了准不是善茬儿，秀才、举人手拿把攥。（回身叫）来吧，这老地方，你还不熟？

〔祁永年神情萎缩地走来，停步，直盯着那本属自己现却已归外姓旁人的门楼，心思无限。

狗儿爷　（扯过苏连玉）你怎么把他给带来了？

苏连玉　买地卖地，这得过帖子，写文书，咱村除了他，没人会写。

狗儿爷　你就不许顺手划拉划拉？

苏连玉　我呀，贴对联儿还挂个"肥猪满圈"贴屋里呢！不怕，咱斗争性儿归斗争性儿，事儿归事儿，就算咱借他的手使唤使唤，让他伺候伺候咱。还不行？

狗儿爷　对，今儿让他伺候伺候咱。……祁永年，过来坐吧！

祁永年　不不,我就站站。

苏连玉　叫你坐你就坐,站着怎么写字?

祁永年　是。(坐下,打开布包,摊开笔砚)

狗儿爷　虎他妈,咱那张高丽纸呢?

冯金花　在墙柜东头的皮匣里。

狗儿爷　快,给咱钥匙。

〔冯金花把拴有铜铃的钥匙给他。

冯金花　(得体地)祁家大哥,喝水。

祁永年　不敢不敢。看得出,日子挺发旺啊!

冯金花　托共产党的福呗。

祁永年　是,是,这眼下,又要置地……

〔狗儿爷取纸回来,让冯金花回屋里。

狗儿爷　(接着)手里头有俩糟钱儿,闲着也是闲着,就置买点儿。庄稼人地是根本,有地就有根,有地就有指望,庄稼人没了地就变成了讨饭和尚,处处挨挤对。这理儿——你在行啊!

祁永年　是,是。

狗儿爷　(卖骗地)这菊花青也是贱骨头,这两天不大拿食儿,大把大把的料豆子抓给它,闻都不闻,叫我灌了它两勺子香油才好了。连玉兄弟,这气轱辘车就是比咱那笨式花轱辘拿活,打足了气自个儿就往前窜,邪不邪?大菊青都座不住坡,那天愣抻断了两根后鞧。

苏连玉　(顺口答应)那是,马是龙性。

狗儿爷　还有这门楼,这一归置,更体面了吧?

苏连玉　体面多了。

狗儿爷　老祁,你说呢?

祁永年　体面。

苏连玉　(对祁永年)还愣什么? 开写吧。

祁永年　老苏,你是要卖……

苏连玉　村东大斜角,三亩。

祁永年　(感触殊深)大斜角……

苏连玉　这你门儿清,在先是你们祁家祖遗产呢。

祁永年　(落笔,随口念出)立卖契人苏连玉,因本身不便……

苏连玉　对,本身不便。娘们儿半拉身子骨,常年干不了活儿,除了生孩子没耽误,别的全误了,张嘴物儿不少,干活儿的不多。我也就会剃头,挣不上仨瓜俩枣,有点地也摆荒了。往下写——

祁连玉　因本身不便,愿将大斜角地三亩……

苏连玉　写明内有水井一口。

祁永年　(脱口)知道。

苏连玉　对呀,狗儿哥,你忘啦? 那年那头骡子……嫂子,你不知道,就在这门楼儿上,他把俺狗……

狗儿爷　(觉得有接锐气)别说啦! 写——

祁永年　(写)东至……

苏连玉　东至柳树巷,西至老官道……唉,这你门儿清,我才种几年儿?

祁永年　(写)愿卖——多少?

苏连玉　三石芝麻。

祁永年　三石芝麻? (对苏连玉)便宜呀!

苏连玉　便宜就便宜,俺们哥们儿过得着。

祁永年　(对狗儿爷)太便宜啦!

狗儿爷　你还有完没完? 瞅着眼儿热你买! 叫怎么写你就怎么写不得了,仨鼻子眼——跟我这多出一口气儿！ 写，三石芝麻……

祁永年 （摇头惋惜，写）三石芝麻，卖与……

狗儿爷 写大名，陈贺祥！

祁永年 （写）永不反悔，空口无凭，立字为证。立字人：苏连玉、陈贺祥。代笔人：祁永年。二位，有印章呀？

狗儿爷 印章？（摇头）

祁永年 那就……摁个手印儿吧！（慢条斯理地打开随身携带的印盒）

〔狗儿爷和苏连玉摁手印，祁永年加盖印章。狗儿爷盯着那方神秘的印章，不觉欣欣然、怅怅然。

祁永年 这儿，还缺个"中人"呢——

狗儿爷 中人？

祁永年 买卖借当，都需有中人。

狗儿爷 我知道。

苏连玉 现成的，就他，村长——李万江。

狗儿爷 我去找他——

苏连玉 （有意拦下）先不用，咱这是"周瑜打黄盖"，两相情愿的事——是两相情愿吧？

狗儿爷 两相情愿——"愿打愿挨"。

苏连玉 这就截啦，等哪天遇到他，念叨一声，让他也摆这么一家伙，齐活。先写上——李万江。

〔祁永年写毕，把他所用什物，郑重其事地包起。

狗儿爷 兄弟，到地里看看去吧！

苏连玉 你呀，比当初娶俺狗儿嫂还心急，摆不住接夜的屁，走——

狗儿爷 （支走地）你先走一步，我随后就到，我这……跟老祁说句话。

苏连玉 大斜角——我等你。（下）

狗儿爷 （一时拿不准自己的感觉）祁……祁掌柜！

祁永年 （吓坏了）别别别，我这……伺候着呢！

狗儿爷 你说这地买得值？

祁永年 （抖擞地）太值啦！那地身儿半沙半胶儿，又经涝又经旱，离村儿又不远，这么便宜就出手，怪啦！

狗儿爷 我也觉乎着有点怪。

祁永年 （寻思，忘形地）嗯，这位苏爷担着剃头挑子绕世界转悠，走南闯北，耳目灵，会不会……会不会是要打第三次世界大战哪？

狗儿爷 什么？——你，你想变天？

祁永年 不不，我什么也没说，我可什么也没说呀！（欲走）

狗儿爷 你别走！

祁永年 我求求你，高高手儿……

狗儿爷 我什么也没听见，行啦吧？咱说旁的……你看呢，这眼下——（指门楼、院落）反正你也是用不着啦，你就把那……（比划）小匣匣，还有那小方块块儿，倒给我吧，兴许我能用上它。怎么样？ 祁……掌柜。

祁永年 （似乎懂了）这个，你不能用……

狗儿爷 胡说！我怎么就不能用？就许你能用？

祁永年 这上边儿刻的是我的名字——祁永年。

狗儿爷 咱把它磨磨，把"你"磨了去，重新刻上"我"——陈贺祥。

祁永年 你看呢，该"斗争"我的，你们都拿去了，这个，我还留着它，兴许，兴许我还有用着它的时候。

狗儿爷 你小子，还是贼心不死呀！

祁永年 不不，我是说，乡亲们谁要求我写个文书借贴的，对巧还得用它一下，比方说，今儿这事儿。好，请留步——（溜走）

狗儿爷　呸！让你留着，留着它做酱吧！一个小匣匣儿，一个小石块块儿，算啥？老子到集上，刻它一斗两簸箕！

〔冯金花闻声上。

冯金花　这又是跟谁嚷呢？

狗儿爷　祁永年，那老不死的！

冯金花　人哪，一时说一时，在先瞧他有多么威风啊，这会儿成落架的黄瓜啦！行啦，杀人不过头点地。

狗儿爷　这小子，还做梦呢！虎他妈，我到……（自得地）咱那三亩地上看看去。

〔一阵马嘶。

狗儿爷　别忘了给咱那菊花青添草拌料，狗儿奶奶！

冯金花　忘不了你那心尖子！

狗儿爷　俺看看地去。（扔下那串带铜铃的钥匙，当啷一响）

7

〔脚下是陈家坟地。新月投下一片朦胧。有秋虫二三鸣唧。

〔狗儿爷跟跄走来。

狗儿爷　看看地去，看看地去，看看我的地，看看我的地去！撒手不由人，这是最后一趟啦……一壶酒，满满儿一壶酒，他一杯，我一杯，我一杯，他一杯，小酒壶一打跟头，酒净了，人醉了，菊花青没了，气轱辘车没了，地没了……

〔一左一右的光环里，现出祁永年和陈大虎的面孔。

祁永年　十年河东十年河西，老阳儿不能总晌午。瞧，三天好日子没过，就乱了。乱吧，乱吧，叫你们乱成一锅粥！

陈大虎　（同时）还是这些陈芝麻、烂谷子！爸爸，您就不能说点新鲜样儿的？说吧，说说也好。说说您就知道为什么您撅着屁股拜了一辈子财神奶奶土地爷，临了儿也没发了财。谢天谢地，我没有随您——眼珠子没有长在后脑勺儿上！

〔左右二人隐去。

狗儿爷　咱的地没啦，爹！那不是我的酒。是他的——李万江的酒，他提来的，满满儿一壶。李村长是好人，是恩人，给咱这么大脸，不能不喝。他一杯，我一杯，我一杯，他一杯，小酒壶一打跟头，酒净了，人醉了，就都没了！不是没了——李村长说——乡长指示，咱村要"一片红"，人家都红了，他狗儿爷不能当"黑青药"！不当，打仗支前，土改分田，咱没落（读 la）过后——我说——可是，把那人马土地，说声归，就归了大堆堆儿，你一人浑身是铁捻多少钉？一人指挥几百条锄把子，能行？别忘了，亲哥儿俩为一垄青苗，还打出花红脑子来呢！可是行呗——他说——你就擎好儿吧，傻老爷们儿，眨眼之间，咱就楼上楼下，电灯电话，喝牛奶，吃饼干。我说：我不情愿。他说：你就是财黑子，地虫子，三斧劈不开的死榆木头，脑袋瓜子赛石头。我急了：当"黑青药"，俺认了。他说：那就揭"膏药"！我问：怎么个"揭"法？他说：把你新买的"大斜角"，还有（指脚下）这坟地葫芦嘴儿，都拢过来，划出那边边沿沿、零零星星的来跟你换，是青药也贴在脚指头上，不能胸脯上来块黑。——别蒙我啦，谁不知道"远女儿近地无价之宝"啊！再说那都是薄碱沙洼，种一斗，收八升，不换！——不换就得归堆儿，一片红，乡里还等着报喜哪，来，喝！——喝！这工夫，我媳妇，小金花插嘴啦：逢自庄稼主儿过日子，就得随个大溜儿，图个顺气，人家都那样，独独儿咱来个花"虎拨拉"（一种灰绿色鸟）——个色！人家万江兄弟日没夜地跑动是为谁，还不是为咱好？丑话说前头，你要不入，咱就分家，虎儿俺们娘儿俩入，俺们可不跟着你当那个"膏药"户。听听，敢情她们老娘儿也开会了。——还是嫂子明白，狗儿哥，别二心不定啦，眼看这就楼上楼下——话攻耳朵酒攻心，家神招外鬼，内外夹攻，走投无路，我就归堆儿啦，归堆儿啦——爹！菊花青，那菊花青舍不得走啊，舍不得离开我刚给它做好的三块板儿拼成的新柳木槽啊！这地，也没了，爹，小狗儿——你白吃啦！我，对不起你……（失声伏地）

〔祁永年走来。站定，拍了拍他。

祁永年　都后半夜了，秋风可凉，紧自趴着，留神冻着。

狗儿爷　（昏沉沉地）爹，爹，我是狗儿，来了！

祁永年　狗儿兄弟……

狗儿爷　（看不清）你是谁？

祁永年　兄弟，怎么样？这把土儿还没攥热乎儿，就奶奶子抱孩儿——人家的啦！我早就说过，这狼肉贴不到狗身上，当初……

〔远处射来一束手电光，照在他二人身上。

狗儿爷　（认出）是你？臭地主！你是瞧出殡的不嫌殡大，看着火的不嫌火苗子高，地没了——你解恨，你……滚！（一巴掌打在祁永年的脸上）

〔李万江上。

李万江　打得好！狗儿哥，不能让他看咱的笑话。明天开大会，刘乡长给你戴一朵这么大的光荣花！——祁永年，你要老老实实！

祁永年　是。

李万江　你不要错打算盘。对你，我们从来没有放松警惕，一旦有风吹草动，拿你是问！

祁永年　是。

狗儿爷　（欣喜地）兄弟，就你能降伏这坏东西，你是大英雄，俺一辈子听你的。

李万江　好大哥，咱回家吧，明天开大会——

狗儿爷　（想想）可是，我不要开大会，不要光荣，俺要地，要马，要车……

李万江　老哥，不能走回头路。

狗儿爷　不能走回头路？

李万江　对。天不早了，嫂子还在家等着呢，快回家吧！

狗儿爷　回家，回家——（猛回身）地没啦……爹！（一头伏地）

〔此间，祁永年一直缩在一旁瞅着。

李万江　祁永年！

祁永年　有。

李万江　愣着干什么？背上他——回村。

8

〔数年后的秋天。庄稼道上。一阵"嘿嘿嘿"的痴笑声。头发已见花白的狗儿爷狂跑上。冯金花手提一摞捆在一起的方方的草药包追上。这是她带他看病回来。

冯金花　虎他爸，别乱跑，听话——

狗儿爷　丧门神，扫帚星，哪来的野娘儿们别动手动脚的，我不认识你！（奔跑）

冯金花　（扯住他）别往庄稼地里钻，刚下过雨，一陷两脚泥。听话，顺道儿回家。

狗儿爷　你这娘们儿，别拉我……

冯金花　我求求你，别瞎跑，回家吃药——

狗儿爷　别拉我……

冯金花　你的病——

狗儿爷　我要拉屎！

冯金花　（无可奈何）唉，就在这儿……

狗儿爷　多轻巧——就在这儿，败家子儿！金粪银粪，不如人粪，一泡屎三棵苗，那是随便的？"猫不脏天，狗不脏地"，我上我的"大斜角"——

冯金花　"大斜角"没了。

狗儿爷　上我的"葫芦嘴儿"。

冯金花　也没了。

狗儿爷　跑了？飞了？地还能长翅膀？你这娘们儿……（痴笑，自言自语）多好的地呀！一大片，又一大片，老天爷把地交到凡人手里头，你就这么个种法儿，活糟哇！荒成了草山，滚成了草蛋，长疯了的草都把小苗儿给掐死了，儿子们，对不起你们的庄稼祖宗啊！瞧吧，到时候，阎王爷都不能饶你，不能饶你……

〔苏连玉背筐上。

苏连玉　狗儿哥，这程子好点吧？

狗儿爷　好着哪，锅也砸啦，树也伐了，这倒好，光屁股裹脚——干净利落！你不是说，除了媳妇和烟袋，都归大堆儿吗？

苏连玉　那是大队长李万江说的。

狗儿爷　你是谁？

苏连玉　（大声）副大队长苏连玉。

狗儿爷　（痴笑）你还要卖地？三石芝麻——便宜！不是肥猪拱门，是过路财神，三石芝麻，落了个光荣。还卖地？你先等等——俺有点急事儿……。

苏连玉　（拉住他）狗儿哥，别绕世界跑，你听我说……

狗儿爷　我说你跟这娘们儿犯的可是一路病，告诉你（附苏连玉耳上）……

苏连玉　嗨！那快去——

〔狗儿爷颠颠儿跑下。

冯金花　（痛苦地摇头）见了你们还明白点儿，就是不认得我。白天是个疯子，晚上是个死人。我过的这是什么日子啊……（抽泣）

苏连玉　（无言可慰）嫂子，这是五十斤豌豆，先凑合吃。（从筐里取一布袋，递过）

冯金花　也多亏你们当干部的，还总惦着俺们。

苏连玉　这事还不能让他知道。

冯金花　谁？

苏连玉　李万江。

冯金花　为啥？

苏连玉　（诡秘地）瞒产私分。

冯金花　那咱不要。

苏连玉　嘿，真是李万江领导的好社员，他那儿一把死拿，你这穷耿直，我倒里外不是人儿，这粮食算给我病老哥哥的，行吧？

冯金花　人穷顾不得脸面，要就要。可不管怎么说，人家万江兄弟可是大好人，办事一碗水儿端得平，财帛上五指漏缝，一点儿不占便宜。你们当干部的要都像他就好啦！

苏连玉　都像他？带头儿吃苦，带头儿受苦，见社员总拉拉着个苦驴脸子，自个儿混得屋里屋外茅帘草舍，家不像家，日子不像日子，三十大几啦还没娶上媳妇，外头忙活一天，回来还得撅着眼子捅锅腔子，他倒够得上苦典型。

冯金花　（掩口）叫你褒贬得人家就没人啦！那天见他打县上开会回来，穿个四兜的制服，还真像个大干部呢！帽子底下露出一圈儿青脑瓜皮儿了，大眼睛呼扇呼扇的，挺精神，怎么就……（忘情地）真是好汉无好妻，赖汉娶花枝……

苏连玉　（看着她，又意外发现地）是吗？

冯金花　（报然，又伤神地）看我，自个儿的心还操不完呢！（指布袋）就这，也吃不到接新粮食，可怎么了！

苏连玉　嫂子，大秋头子上，不能枕着烙饼挨饿。眼瞅黍子黄梢了，棒子苍皮儿了，秋天猫猫腰，胜似春天走一遭——社员谁不趁这会到地里掠个斗儿八升的？大秋上骡子马还摘箍嘴，许它道边上逮一嘴呢；你就不许晚上也背个筐，出来到地里转转，小的溜儿的弄点儿？

冯金花　嫂子长这么大没偷过人家，我怕人逮。

苏连玉　这算什么偷啊！上边说了，这叫小摸小拿儿，圆乎脸儿一抹长乎脸儿，就过去了。再说挤到这肯节儿上了，除了咱那位一把死拿的李万江，碰上谁也是睁只眼儿闭只眼儿。

冯金花　你又说人家。

苏连玉　还是那话，干部要都像他那么钉是钉，铆是铆，当社员的就没法儿活。

冯金花　（一时畅快）要都像你呢？

苏连玉　都像我？干脆，穷得卖裤子！

冯金花　那倒轻省了。

苏连玉　怎么？

冯金花　都甭下地干活啦——

苏连玉　嫂子，你可真逗！

〔这工夫，"嘿嘿"的痴笑声从庄稼地里传来，苏连玉应声跑去。冯金花蹙额叹息。少顷，苏连玉跑回——

苏连玉　嫂子，快回家给俺狗儿哥洗裤子吧！

中国现当代文学作品选

（上）

主　编　王向阳　　任东华　李定春
副主编　欧阳柏霖　雷振华　李　婷
　　　　向贵云　　彭映艳　罗见闻

电子科技大学出版社
University of Electronic Science and Technology of China Press

图书在版编目（CIP）数据

中国现当代文学作品选：全2册 / 王向阳，任东华，李定春主编.
-- 成都：电子科技大学出版社，2022.6
ISBN 978-7-5647-5640-6

Ⅰ.①中… Ⅱ.①王…②任…③李… Ⅲ.①中国文学－现代文学－作品综合集－高等学校－教材
②中国文学－当代文学－作品综合集－高等学校－教材 Ⅳ.①I216.1

中国版本图书馆 CIP 数据核字(2018)第 019959 号

内容简介

本书是为适应高校转型发展、配合中国现当代文学课程教学改革需要而编写的教材。所选作品皆为中国新文学发展史上不同发展阶段的代表作家的代表作品，也是展现新文学巨大成就的典范性作品。教材分上、下两册，全部选篇按传统的小说、诗歌、散文、戏剧等文体分类编排，适合高校中文类专业教学选用。

中国现当代文学作品选
王向阳 任东华 李定春　主编

策划编辑	汤云辉
责任编辑	刘 凡 兰 凯

出版发行　电子科技大学出版社
　　　　　成都市一环路东一段 159 号电子信息产业大厦九楼　邮编 610051
主　　页　www.uestcp.com.cn
服务电话　028-83203399
邮购电话　028-83201495

印　　刷　唐山北亚印刷股份有限公司
成品尺寸　185mm×260mm
印　　张　25
字　　数　830千字
版　　次　2023 年 6 月第 1 版
印　　次　2023 年 6 月第 1 次印刷
书　　号　ISBN 978-7-5647-5640-6
定　　价　118.80元（上下册）

前言
PREFACE

现代文学从发轫到如今马上就要进入一百个年头了，它的发展伴随着我们这个民族从文化思想上的自觉到独立，从乡间的无赖阿Q到解放区的小二黑，从闰土到差半车麦秸，从鲁镇到元茂屯，我们的成长经历了太多太多无法言说的沉重与悲哀。因此，阅读这些文学作品就是回望我们民族的脚印。

因为步履蹒跚，所以路途遥远。三十年的时间算起来很短，但是在中国文学史上却是一个极为重要的时期。一则因为其伴随国家命运的起伏而迭变不休；二则因为大家流派的纷纷涌现使得其纷繁而灿烂；三则因为很多文学作品在试验和探索的同时创造了许多经典的作品，其深刻性和典范意义至今仍然是我们无法超越的。所以，要想在今天再次编选一部现代文学作品选除了挑战还是挑战。这既需要我们对现代文学进行宏观上的把握，同时又要对作品进行微观的分析与甄别。很多学界前辈在此已经做出了很好的示范，今天我们对现代文学进行重新审视既有对经典的再次认知，也有对被忽略的文本的二次发掘，目的不是想标新立异，而是想与众多学界前辈们共同钩织现代文学群星闪烁的壮丽图景。

关于本书的相关细则特作以下说明：

一、本书是普通高等教育"十三五"国家级规划教材，主要针对普通高等教育阶段学生学习编辑，所选作品具有很强的教育性、示范性和可读性。编选范围主要是现代汉语创作的小说、诗歌、散文和戏剧。其中，长篇小说以故事梗概和节选的方式录入，优秀的中篇小说和短篇小说全文录入。篇幅过长的诗歌和多幕戏剧则选其精彩的篇章。散文包括抒情散文、杂文和其他相关文体，对于篇幅较长的理论批评文章则不予选取。此外，旧体诗词不在选文之列。

二、编选顺序按写作时间和流派排列，对于同一作家不同时期发表的作品也以作家发表顺序为准。

三、在编选体例上除作品外还插入作家的简单介绍。

四、本套教材具体编写分工如下：王向阳老师负责编写了散文部分；李定春老师、向本贵老师、彭映艳老师、罗见闻老师共同编写了小说部分；任东华老师和雷振华老师负责编写了诗歌部分；李婷老师负责编写了戏剧部分；最后全书由王向阳老师、任东华老师、李定春老师负责修改、总纂和定稿。

五、本书既为作品选，只是中国现代文学浩海之一粟，虽力求完善，但仍有挂一漏万之憾。此外，限于水平难免错漏，敬请读者批评指正。

编　者

目录
CONTENTS

诗　歌

散　文

小　说

孔乙己

鲁　迅

鲁镇的酒店的格局，是和别处不同的：都是当街一个曲尺形的大柜台，柜里面预备着热水，可以随时温酒。做工的人，傍午傍晚散了工，每每花四文铜钱，买一碗酒，——这是二十多年前的事，现在每碗涨到十文，——靠柜外站着，热热的喝了休息；倘肯多花一文，便可以买一碟盐煮笋，或者茴香豆，做下酒物了，如果出到十几文，那就能买一样荤菜，但这些顾客，多是短衣帮，大抵没有这样阔绰。只有穿长衫的，才踱进店面隔壁的房子里，要酒要菜，慢慢地坐喝。

我从十二岁起，便在镇口的咸亨酒店里当伙计，掌柜说，样子太傻，怕侍候不了长衫主顾，就在外面做点事罢。外面的短衣主顾，虽然容易说话，但唠唠叨叨缠夹不清的也很不少。他们往往要亲眼看着黄酒从坛子里舀出，看过壶子底里有水没有，又亲看将壶子放在热水里，然后放心；在这严重的监督下，羼水也很为难。所以过了几天，掌柜又说我干不了这事。幸亏荐头的情面大，辞退不得，便改为专管温酒的一种无聊职务了。

我从此便整天站在柜台里，专管我的职务。虽然没有什么失职，但总觉得有些单调，有些无聊。掌柜是一副凶脸孔，主顾也没有好声气，教人活泼不得；只有孔乙己到店，才可以笑几声，所以至今还记得。

孔乙己是站着喝酒而穿长衫的唯一的人。他身材很高大；青白脸色，皱纹间时常夹些伤痕；一部乱蓬蓬的花白胡子。穿的虽然是长衫，可是又脏又破，似乎十多年没有补，也没有洗。他对人说话，总是满口之乎者也，教人半懂不懂的。因为他姓孔，别人便从描红纸上的"上大人孔乙己"这半懂不懂的话里，替他取下一个绰号，叫作孔乙己。孔乙己一到店，所有喝酒的人便都看着他笑，有的叫道，"孔乙己，你脸上又添上新伤疤了！"他不回答，对柜里说，"温两碗酒，要一碟茴香豆。"便排出九文大钱。他们又故意的高声嚷道，"你一定又偷人家的东西了！"孔乙己睁大眼睛说，"你怎么这样凭空污人清白……""什么清白？我前天亲眼见你偷了何家的书，吊着打。"孔乙己便涨红了脸，额上的青筋条条绽出，争辩道，"窃书不能算偷……窃书！……读书人的事，能算偷么？"接连便是难懂的话，什么"君子固穷"，什么"者乎"之类，引得众人都哄笑起来：店内外充满了快活的空气。

听人家背地里谈论，孔乙己原来也读过书，但终于没有进学，又不会营生；于是愈过愈穷，弄到将要讨饭了。幸而写得一笔好字，便替人家抄抄书，换一碗饭吃。可惜他又有一样坏脾气，便是好吃懒做。坐不到几天，便连人和书籍纸张笔砚，一齐失踪。如是几次，叫他抄书的人也没有了。孔乙己没有法，便免不了偶然做些偷窃的事。但他在我们店里，品行却比别人都好，就是从不拖欠；虽然间或没有现钱，暂时记在粉板上，但不出一月，定然还清，从粉板上拭去了孔乙己的名字。

孔乙己喝过半碗酒，涨红的脸色渐渐复了原，旁人便又问道，"孔乙己，你当真认识字么？"孔乙己看着问他的人，显出不屑置辩的神气。他们便接着说道，"你怎的连半个秀才也捞不到呢？"孔乙己立刻显出颓唐不安的模样，脸上笼上了一层灰色，嘴里说些话；这回可是全是之乎者也之类，一些不懂了。在这时候，众人也都哄笑起来：店内外充满了快活的空气。

在这些时候，我可以附和着笑，掌柜是决不责备的。而且掌柜见了孔乙己，也每每这样问他，引人发笑。孔乙己自己知道不能和他们谈天，便只好向孩子说话。有一回对我说道，"你读过书么？"我略略点一点头。他说，"读过书，……我便考你一考。茴香豆的茴字，怎样写的？"我想，讨饭一样的人，也配考我么？便回过脸去，不再理会。孔乙己等了许久，很恳切的说道，"不能写罢？……我教给你，记着！这些字应该记着。将来做掌柜的时候，写账要用。"我暗想我和掌柜的等级还很远呢，而且我们掌柜也从不将茴香豆上账；又好笑，又不耐烦，懒懒地答道，"谁要你教，不是草头底下一个来回的回字么？"孔乙己显出极高兴的样子，将两个指头的长指甲敲着柜台，点头说，"对呀对呀！……回字有四样写法，你知道么？"我愈不耐烦了，努着嘴走远。孔乙己刚用指甲蘸了酒，想在柜上写字，见我毫不热心，便又叹一口气，显出极惋惜的样子。

有几回，邻居孩子听得笑声，也赶热闹，围住了孔乙己。他便给他们茴香豆吃，一人一颗。孩子吃完豆，仍然不散，眼睛都望着碟子。孔乙己着了慌，伸开五指将碟子罩住，弯腰下去说道，"不多了，我已经不多了。"直起身又看一看豆，自己摇头说，"不多不多！多乎哉？不多也。"于是这一群孩子都在笑声里走散了。

孔乙己是这样的使人快活，可是没有他，别人也便这么过。

有一天，大约是中秋前的两三天，掌柜正在慢慢的结账，取下粉板，忽然说，"孔乙己长久没有来了。还欠十九个钱呢！"我才也觉得他的确长久没有来了。一个喝酒的人说道，"他怎么会来？……他打折了腿了。"掌柜说，"哦！""他总仍旧是偷。这一回，是自己发昏，竟偷到丁举人家里去了。他家的东西，偷得的么？""后来怎么样？""怎么样？先写服辩，后来是打，打了大半夜，再打折了腿。""后来呢？""后来打折了腿了。""打折了怎样呢？""怎样？……谁晓得？许是死了。"掌柜也不再问，仍然慢慢地算他的账。

中秋之后，秋风是一天凉比一天，看看将近初冬；我整天的靠着火，也须穿上棉袄了。一天的下半天，没有一个顾客，我正合了眼坐着。忽然间听得一个声音，"温一碗酒。"这声音虽然极低，却很耳熟。看时又全没有人。站起来向外一望，那孔乙己便在柜台下对了门槛坐着。他脸上黑而且瘦，已经不成样子；穿一件破夹袄，盘着两腿，下面垫一个蒲包，用草绳在肩上挂住；见了我，又说道，"温一碗酒。"掌柜也伸出头去，一面说，"孔乙己么？你还欠十九个钱呢！"孔乙己很颓唐的仰面答道，"这……下回还清罢。这一回是现钱，酒要好。"掌柜仍然同平常一样，笑着对他说，"孔乙己，你又偷了东西了！"但他这回却不十分分辩，单说了一句"不要取笑！""取笑？要是不偷，怎么会打断腿？"孔乙己低声说道，"跌断，跌，跌……"他的眼色，很像恳求掌柜，不要再提。此时已经聚集了几个人，便和掌柜都笑了。我温了酒，端出去，放在门槛上。他从破衣袋里摸出四文大钱，放在我手里，见他满手是泥，原来他便用这手走来的。不一会，他喝完酒，便又在旁人的说笑声中，坐着用这手慢慢走去了。

自此以后，又长久没有看见孔乙己。到了年关，掌柜取下粉板说，"孔乙己还欠十九个钱呢！"到第二年的端午，又说"孔乙己还欠十九个钱呢！"到中秋可是没有说，再到年关也没有看见他。

我到现在终于没有见——大约孔乙己的确死了。

一九一九年三月
（一九一九年四月《新青年》第六卷第四号）

阿Q正传

鲁迅

第一章　这一章算是序

我要给阿Q做正传，已经不止一两年了。但一面要做，一面又往回想，这足见我不是一个"立言"的人，因为从来不朽之笔，须传不朽之人，于是人以文传，文以人传——究竟谁靠谁传，渐渐的不甚了然起来，而终于归接到传阿Q，仿佛思想里有鬼似的。

然而要做这一篇速朽的文章，才下笔，便感到万分的困难了。第一是文章的名目。孔子曰，"名不正则言不顺。"这原是应该极注意的。传的名目很繁多：列传，自传，内传，外传，别传，家传，小传……，而可惜都不合。"列传"么，这一篇并非和许多阔人排在"正史"里；"自传"么，我又并非就是阿Q。说是"外传"，"内传"在那里呢？倘用"内传"，阿Q又决不是神仙。"别传"呢，阿Q实在未曾有大总统上谕宣付国史馆立"本传"——虽说英国正史上并无"博徒列传"，而文豪迭更司也做过《博徒别传》这一部书，但文豪则可，在我辈却不可。其次是"家传"，则我既不知与阿Q是否同宗，也未曾受他子孙的拜托；或"小传"，则阿Q又更无别的"大传"了。总而言之，这一篇也便是"本传"，但从我的文章着想，因为文体卑下，是"引车卖浆者流"所用的话，所以不敢僭称，便从不入三教九流的小说家所谓"闲话休题言归正传"这一句套话里，取出"正传"两个字来，作为名目，即使与古人所撰《书法正传》的"正传"字面上很相混，也顾不得了。

第二，立传的通例，开首大抵该是"某，字某，某地人也"，而我并不知道阿Q姓什么。有一回，他似乎是姓赵，但第二日便模糊了。那是赵太爷的儿子进了秀才的时候，锣声镗镗的报到村里来，阿Q正喝了两碗黄酒，便手舞足蹈的说，这于他也很光采，因为他和赵太爷原来是本家，细细的排起来他还比秀才长三辈呢。其时几个旁听人倒也肃然的有些起敬了。那知道第二天，地保便叫阿Q到赵太爷家里去；太爷一见，满脸溅朱，喝道：

"阿Q，你这浑小子！你说我是你的本家么？"

阿Q不开口。

赵太爷愈看愈生气了，抢进几步说："你敢胡说！我怎么会有你这样的本家？你姓赵么？"

阿Q不开口，想往后退了；赵太爷跳过去，给了他一个嘴巴。

"你怎么会姓赵！——你哪里配姓赵！"

阿Q并没有抗辩他确凿姓赵，只用手摸着左颊，和地保退出去了；外面又被地保训斥了一番，谢了地保二百文酒钱。知道的人都说阿Q太荒唐，自己去招打；他大约未必姓赵，即使真姓赵，有赵太爷在这里，也不该如此胡说的。此后便再没有人提起他的氏族来，所以我终于不知道阿Q究竟什么姓。

第三，我又不知道阿Q的名字是怎么写的。他活着的时候，人都叫他阿Q，死了以后，便没有一个人再叫阿Q了，那里还会有"著之竹帛"的事。若论"著之竹帛"，这篇文章要算第一次，所以先遇着了这第一个难关。我曾仔细想：阿Q，阿桂还是阿贵呢？倘使他号月亭，或者在八月间做过生日，那一定是阿桂了；而他既没有号——也许有号，只是没有人知道他，——又未尝散过生日征文的帖子：写作阿桂，是武断的。又倘使他有一位老兄或令弟叫阿富，那一定是阿贵了；而他又只是一个人：写作阿贵，也没有佐证的。其余音

Quei 的偏僻字样，更加凑不上了。先前，我也曾问过赵太爷的儿子茂才先生，谁料博雅如此公，竟也茫然，但据结论说，是因为陈独秀办了《新青年》提倡洋字，所以国粹沦亡，无可查考了。我的最后的手段，只有托一个同乡去查阿 Q 犯事的案卷，八个月之后才有回信，说案卷里并无与阿 Quei 的声音相近的人。我虽不知道是真没有，还是没有查，然而也再没有别的方法了。生怕注音字母还未通行，只好用了"洋字"，照英国流行的拼法写他为阿 Quei，略作阿 Q。这近于盲从《新青年》，自己也很抱歉，但茂才公尚且不知，我还有什么好办法呢。

第四，是阿 Q 的籍贯了。倘他姓赵，则据现在好称郡望的老例，可以照《郡名百家姓》上的注解，说是"陇西天水人也"，但可惜这姓是不甚可靠的，因此籍贯也就有些决不定。他虽然多住未庄，然而也常常宿在别处，不能说是未庄人，即使说是"未庄人也"，也仍然有乖史法的。

我所聊以自慰的，是还有一个"阿"字非常正确，绝无附会假借的缺点，颇可以就正于通人。至于其余，却都非浅学所能穿凿，只希望有"历史癖与考据癖"的胡适之先生的门人们，将来或者能够寻出许多新端绪来，但是我这《阿 Q 正传》到那时却又怕早已经消灭了。

以上可以算是序。

第二章　优胜记略

阿 Q 不独是姓名籍贯有些渺茫，连他先前的"行状"也渺茫。因为未庄的人们之于阿 Q，只要他帮忙，只拿他玩笑，从来没有留心他的"行状"的。而阿 Q 自己也不说，独有和别人口角的时候，间或瞪着眼睛道：

"我们先前——比你阔的多啦！你算是什么东西！"

阿 Q 没有家，住在未庄的土谷祠里；也没有固定的职业，只给人家做短工，割麦便割麦，舂米便舂米，撑船便撑船。工作略长久时，他也或住在临时主人的家里，但一完就走了。所以，人们忙碌的时候，也还记起阿 Q 来，然而记起的是做工，并不是"行状"；一闲空，连阿 Q 都早忘却，更不必说"行状"了。只是有一回，有一个老头子颂扬说："阿 Q 真能做！"这时阿 Q 赤着膊，懒洋洋的瘦伶仃的正在他面前，别人也摸不着这话是真心还是讥笑，然而阿 Q 很喜欢。

阿 Q 又很自尊，所有未庄的居民，全不在他眼神里，甚而至于对于两位"文童"也有以为不值一笑的神情。夫文童者，将来恐怕要变秀才者也；赵太爷钱太爷大受居民的尊敬，除有钱之外，就因为都是文童的爹爹，而阿 Q 在精神上独不表格外的崇奉，他想：我的儿子会阔得多啦！加以进了几回城，阿 Q 自然更自负，然而他又很鄙薄城里人，譬如用三尺三寸宽的木板做成的凳子，未庄人叫"长凳"，他也叫"长凳"，城里人却叫"条凳"，他想：这是错的，可笑！油煎大头鱼，未庄都加上半寸长的葱叶，城里却加上切细的葱丝，他想：这也是错的，可笑！然而未庄人真是不见世面的可笑的乡下人呵，他们没有见过城里的煎鱼！

阿 Q "先前阔"，见识高，而且"真能做"，本来几乎是一个"完人"了，但可惜他体质上还有一些缺点。最恼人的是在他头皮上，颇有几处不知于何时的癞疮疤。这虽然也在他身上，而看阿 Q 的意思，倒也似乎以为不足贵的，因为他讳说"癞"以及一切近于"赖"的音，后来推而广之，"光"也讳，"亮"也讳，再后来，连"灯""烛"都讳了。一犯讳，不问有心与无心，阿 Q 便全疤通红的发起怒来，估量了对手，口讷的他便骂，气力小的他便打；然而不知怎么一回事，总还是阿 Q 吃亏的时候多。于是他渐渐的变换了方针，大抵改为怒目而视了。

谁知道阿 Q 采用怒目主义之后，未庄的闲人们便愈喜欢玩笑他。一见面，他们便假作吃惊的说："哈，亮起来了。"

阿 Q 照例的发了怒，他怒目而视了。

"原来有保险灯在这里！"他们并不怕。

阿 Q 没有法，只得另外想出报复的话来：

"你还不配……"这时候，又仿佛在他头上的是一种高尚的光荣的癞头疮，并非平常的癞头疮了；但上文说过，阿 Q 是有见识的，他立刻知道和"犯忌"有点抵触，便不再往底下说。

闲人还不完，只撩他，于是终而至于打。阿 Q 在形式上打败了，被人揪住黄辫子，在壁上碰了四五个响头，闲人这才心满意足的得胜的走了，阿Q站了一刻，心里想，"我总算被儿子打了，现在的世界真不像样……"于是也心满意足的得胜的走了。

阿Q想在心里的，后来每每说出口来，所以凡是和阿Q玩笑的人们，几乎全知道他有一种精神上的胜利法，此后每逢揪住他黄辫子的时候，人就先一着对他说：

"阿Q，这不是儿子打老子，是人打畜生。自己说：人打畜生！"

阿Q两只手都捏住了自己的辫根，歪着头，说道：

"打虫豸，好不好？我是虫豸——还不放么？"

但虽然是虫豸，闲人也并不放，仍旧在就近什么地方给他碰了五六个响头，这才心满意足的得胜的走了，他以为阿Q这回可遭了瘟。然而不到十秒钟，阿Q也心满意足的得胜的走了，他觉得他是第一个能够自轻自贱的人，除了"自轻自贱"不算外，余下的就是"第一个"。状元不也是"第一个"么？"你算是什么东西"呢!?

阿Q以如是等等妙法克服怨敌之后，便愉快的跑到酒店里喝几碗酒，又和别人调笑一通，口角一通，又得了胜，愉快的回到土谷祠，放倒头睡着了。假使有钱，他便去押牌宝，一堆人蹲在地面上，阿Q即汗流满面的夹在这中间，声音他最响：

"青龙四百！"

"咳……开……啦！"庄家揭开盒子盖，也是汗流满面的唱。"天门啦……角回啦……！人和穿堂空在那里啦……！阿Q的铜钱拿过来……！"

"穿堂一百——一百五十！"

阿Q的钱便在这样的歌吟之下，渐渐的输入别个汗流满面的人物的腰间。他终于只好挤出堆外，站在后面看，替别人着急，一直到散场，然后恋恋的回到土谷祠，第二天，肿着眼睛去工作。

但真所谓"塞翁失马安知非福"罢，阿Q不幸而赢了一回，他倒几乎失败了。

这是未庄赛神的晚上。这晚上照例有一台戏，戏台左近，也照例有许多的赌摊。做戏的锣鼓，在阿Q耳朵里仿佛在十里之外；他只听得庄家的歌唱了。他赢而又赢，铜钱变成角洋，角洋变成大洋，大洋又成了叠。他兴高采烈得非常：

"天门两块！"

他不知道谁和谁为什么打起架来了。骂声打声脚步声，昏头昏脑的一大阵，他才爬起来，赌摊不见了，人们也不见了，身上有几处似乎有些痛，似乎也挨了几拳几脚似的，几个人诧异的对他看。他如有所失的走进土谷祠，定一定神，知道他的一堆洋钱不见了。赶赛会的赌摊多不是本村人，还到那里去寻根底呢？

很白很亮的一堆洋钱！而且是他的——现在不见了！说是算被儿子拿去了罢，总还是忽忽不乐；说自己是虫豸罢，也还是忽忽不乐：他这回才有些感到失败的苦痛了。

但他立刻转败为胜了。他擎起右手，用力的在自己脸上连打了两个嘴巴，热剌剌的有些痛；打完之后，便心平气和起来，似乎打的是自己，被打的是别一个自己，不久也就仿佛是自己打了别个一般，——虽然还有些热剌剌，——心满意足的得胜的躺下了。

他睡着了。

第三章　续优胜记略

然而阿Q虽然常优胜，却直待蒙赵太爷打他嘴巴之后，这才出了名。

他付过地保二百文酒钱，愤愤的躺下了，后来想："现在的世界太不成话，儿子打老子……"于是忽而想到赵太爷的威风，而现在是他的儿子了，便自己也渐渐的得意起来，爬起身，唱着《小孤孀上坟》到酒店去。这时候，他又觉得赵太爷高人一等了。

说也奇怪，从此之后，果然大家也仿佛格外尊敬他。这在阿Q，或者以为因为他是赵太爷的父亲，而其实也不然。未庄通例，倘如阿七打阿八，或者李四打张三，向来本不算一件事，须与一位名人如赵太爷者相关，这才载上他们的口碑。一上口碑，则打的既有名，被打的也就托庇有了名。至于错在阿Q，那自然是不必说。所以者何？就因为赵太爷是不会错的。但他既然错，为什么大家又仿佛格外尊敬他呢？这可难解，穿凿起来说，或者因为阿Q说是赵太爷的本家，虽然挨了打，大家也还怕有些真，总不如尊敬一些稳当。否则，也如孔庙里的太牢一般，虽然与猪羊一样，同是畜生，但既经圣人下箸，先儒们便不敢妄动了。

阿Q此后倒得意了许多年。

有一年的春天，他醉醺醺的在街上走，在墙根的日光下，看见王胡在那里赤着膊捉虱子，他忽然觉得身上也痒起来了。这王胡，又癞又胡，别人都叫他王癞胡，阿Q却删去了一个癞字，然而非常渺视他。阿Q的意思，以为癞是不足为奇的，只有这一部络腮胡子，实在太新奇，令人看不上眼。他于是并排坐下去了。倘是别的闲人们，阿Q本不敢大意坐下去。但这王胡旁边，他有什么怕呢？老实说：他肯坐下去，简直还是抬举他。

阿Q也脱下破夹袄来，翻检了一回，不知道因为新洗呢还是因为粗心，许多工夫，只捉到三四个。他看那王胡，却是一个又一个，两个又三个，只放在嘴里毕毕剥剥的响。

阿Q最初是失望，后来却不平了：看不上眼的王胡尚且那么多，自己倒反这样少，这是怎样的大失体统的事呵！他很想寻一两个大的，然而竟没有，好容易才捉到一个中的，恨恨的塞在厚嘴唇里，狠命一咬，劈的一声，又不及王胡的响。

他癞疮疤块块通红了，将衣服摔在地上，吐一口唾沫，说：

"这毛虫！"

"癞皮狗，你骂谁？"王胡轻蔑的抬起眼来说。

阿Q近来虽然比较的受人尊敬，自己也更高傲些，但那些打惯的闲人们见面还胆怯，独有这回却非常武勇了。这样满脸胡子的东西，也敢出言无状么？

"谁认便骂谁！"他站起来，两手叉在腰间说。

"你的骨头痒了么？"王胡也站起来，披上衣服说。

阿Q以为他要逃了，抢进去就是一拳。这拳头还未达到身上，已经被他抓住了，只一拉，阿Q跄跄踉踉的跌进去，立刻又被王胡扭住了辫子，要拉到墙上照例去碰头。

"'君子动口不动手'！"阿Q歪着头说。

王胡似乎不是君子，并不理会，一连给他碰了五下，又用力的一推，至于阿Q跌出六尺多远，这才满足的去了。

在阿Q的记忆上，这大约要算是生平第一件的屈辱，因为王胡以络腮胡子的缺点，向来只被他奚落，从没有奚落他，更不必说动手了。而他现在竟动手，很意外，难道真如市上所说，皇帝已经停了考，不要秀才和举人了，因此赵家减了威风，因此他们也便小觑了他么？

阿Q无可适从的站着。

远远的走来了一个人，他的对头又到了。这也是阿Q最厌恶的一个人，就是钱太爷的大儿子。他先前跑上城里去进洋学堂，不知怎么又跑到东洋去了，半年之后他回到家里来，腿也直了，辫子也不见了，他的母亲大哭了十几场，他的老婆跳了三回井。后来，他的母亲到处说，"这辫子是被坏人灌醉了酒剪去的。本来可以做大官，现在只好等留长再说了。"然而阿Q不肯信，偏称他"假洋鬼子"，也叫作"里通外国的人"，一见他，一定在肚子里暗暗的咒骂。

阿Q尤其"深恶而痛绝之"的，是他的一条假辫子。辫子而至于假，就是没了做人的资格；他的老婆不跳第四回井，也不是好女人。

这"假洋鬼子"近来了。

"秃儿。驴……"阿Q历来本只在肚子里骂，没有出过声，这回因为正气忿，因为要报仇，便不由的轻轻的说出来了。

不料这秃儿却拿着一支黄漆的棍子——就是阿Q所谓哭丧棒——大踏步走了过来。阿Q在这刹那，便知道大约要打了，赶紧抽紧筋骨，耸了肩膀等候着，果然，拍的一声，似乎确凿打在自己头上了。

"我说他！"阿Q指着近旁的一个孩子，分辩说。

拍！拍拍！

在阿Q的记忆上，这大约要算是生平第二件的屈辱。幸而拍拍的响了之后，于他倒似乎完结了一件事，反而觉得轻松些，而且"忘却"这一件祖传的宝贝也发生了效力，他慢慢地走，将到酒店门口，早已有些高兴了。

但对面走来了静修庵里的小尼姑。阿Q便在平时，看见伊也一定要唾骂，而况在屈辱之后呢？他于是发生了回忆，又发生了敌忾了。

"我不知道我今天为什么这样晦气，原来就因为见了你！"他想。

他迎上去，大声地吐一口唾沫：

"咳，呸！"

小尼姑全不睬，低了头只是走。阿Q走近伊身旁，突然伸出手去摸着伊新剃的头皮，呆笑着，说：

"秃儿！快回去，和尚等着你……"

"你怎么动手动脚……"尼姑满脸通红的说，一面赶快走。

酒店里的人大笑了。阿Q看见自己的勋业得了赏识，便愈加兴高采烈起来：

"和尚动得，我动不得？"他扭住伊的面颊。

酒店里的人大笑了。阿Q更得意，而且为了满足那些赏鉴家起见，再用力的一拧，才放手。

他这一战，早忘却了王胡，也忘却了假洋鬼子，似乎对于今天的一切"晦气"都报了仇；而且奇怪，又仿佛全身比拍拍的响了之后轻松，飘飘然的似乎要飞去了。

"这断子绝孙的阿Q！"远远地听得小尼姑的带哭的声音。

"哈哈哈！"阿Q十分得意的笑。

"哈哈哈！"酒店里的人也九分得意的笑。

第四章　恋爱的悲剧

有人说：有些胜利者，愿意敌手如虎，如鹰，他才感到胜利的欢喜；假使如羊，如小鸡，他便反觉得胜利的无聊。又有些胜利者，当克服一切之后，看见死的死了，降的降了，"臣诚惶诚恐死罪死罪"，他于是没有了敌人，没有了对手，没有了朋友，只有自己在上，一个，孤零零，凄凉，寂寞，便反而感到了胜利的悲哀。然而我们的阿Q却没有这样乏，他是永远得意的；这或者也是中国精神文明冠于全球的一个证据了。

看哪，他飘飘然的似乎要飞去了！

然而这一次的胜利，却又使他有些异样。他飘飘然的飞了大半天，飘进土谷祠，照例应该躺下便打鼾。谁知道这一晚，他很不容易合眼，他觉得自己的大拇指和第二指有点古怪：仿佛比平常滑腻些。不知道是小尼姑的脸上有一点滑腻的东西粘在他指上，还是他的指头在小尼姑脸上磨得滑腻了？……

"断子绝孙的阿Q！"

阿Q的耳朵里又听到这句话。他想：不错，应该有一个女人，断子绝孙便没有人供一碗饭，……应该有一个女人。夫"不孝有三无后为大"，而"若敖之鬼馁而"，也是一件人生的大哀，所以他那思想，其实是样样合于圣经贤传的，只可惜后来有些"不能收其放心"了。

"女人，女人！……"他想。

"……和尚动得……女人，女人！……女人！"他又想。

我们不能知道这晚上阿Q在什么时候才打鼾。但大约他从此总觉得指头有些滑腻，所以他从此总有些飘飘然；"女……"他想。

即此一端，我们便可以知道女人是害人的东西。

中国的男人，本来大半都可以做圣贤，可惜全被女人毁掉了。商是妲己闹亡的；周是褒姒弄坏的；秦……虽然史无明文，我们也假定他因为女人，大约未必十分错；而董卓可是的确给貂蝉害死了。

阿Q本来也是正人，我们虽然不知道他曾蒙什么明师指授过，但他对于"男女之大防"却历来非常严；也很有排斥异端——如小尼姑及假洋鬼子之类——的正气。他的学说是：凡尼姑，一定与和尚私通；一个女人在外面走，一定想引诱野男人；一男一女在那里讲话，一定要有勾当了。为惩治他们起见，所以他往往怒目而视,或者大声说几句"诛心"话,或者在冷僻处,便从后面掷一块小石头。

谁知道他将到"而立"之年,竟被小尼姑害得飘飘然了。这飘飘然的精神,在礼教上是不应该有的,——所以女人真可恶,假使小尼姑的脸上不滑腻,阿Q便不至于被蛊,又假使小尼姑的脸上盖一层布,阿Q便也不至于被蛊了,——他五六年前,曾在戏台下的人丛中拧过一个女人的大腿,但因为隔一层裤,所以此后并不飘飘然,——而小尼姑并不然,这也足见异端之可恶。

"女……"阿Q想。

他对于以为"一定想引诱野男人"的女人,时常留心看,然而伊并不对他笑。他对于和他讲话的女人,也时常留心听,然而伊又并不提起关于什么勾当的话来。哦,这也是女人可恶之一节:伊们全都要装"假正经"的。

这一天,阿Q在赵太爷家里舂了一天米,吃过晚饭,便坐在厨房里吸旱烟。倘在别家,吃过晚饭本可以回去的了,但赵府上晚饭早,虽说定例不准掌灯,一吃完便睡觉,然而偶然也有一些例外:其一,是赵大爷未进秀才的时候,准其点灯读文章;其二,便是阿Q来做短工的时候,准其点灯舂米。因为这一条例外,所以阿Q在动手舂米之前,还坐在厨房里吸旱烟。

吴妈,是赵太爷家里唯一的女仆,洗完了碗碟,也就在长凳上坐下了,而且和阿Q谈闲天:

"太太两天没有吃饭哩,因为老爷要买一个小的……"

"女人……吴妈……这小孤孀……"阿Q想。

"我们的少奶奶是八月里要生孩子了……"

"女人……"阿Q想。

阿Q放下烟管,站了起来。

"我们的少奶奶……"吴妈还唠叨说。

"我和你困觉,我和你困觉!"阿Q忽然抢上去,对伊跪下了。

一刹时中很寂然。

"阿呀!"吴妈楞了一息,突然发抖,大叫着往外跑,且跑且嚷,似乎后来带哭了。

阿Q对了墙壁跪着也发楞,于是两手扶着空板凳,慢慢的站起来,仿佛觉得有些糟。他这时确也有些忐忑了,慌张的将烟管插在裤带上,就想去舂米。蓬的一声,头上着了很粗的一下,他急忙回转身去,那秀才便拿了一支大竹杠站在他面前。

"你反了,……你这……"

大竹杠又向他劈下来了。阿Q两手去抱头,拍的正打在指节上,这可很有些痛。他冲出厨房门,仿佛背上又着了一下似的。

"王八蛋!"秀才在后面用了官话这样骂。

阿Q奔入舂米场,一个人站着,还觉得指头痛,还记得"王八蛋",因为这话是未庄的乡下人从来不用,专是见过官府的阔人用的,所以格外怕,而印象也格外深。但这时,他那"女……"的思想却也没有了。而且打骂之后,似乎一件事已经收束,倒反觉得一无挂碍似的,便动手去舂米。舂了一会,他热起来了,又歇了手脱衣服。

脱下衣服的时候,他听得外面很热闹,阿Q生平本来最爱看热闹,便即寻声走出去了。寻声渐渐地寻到赵太爷的内院里,虽然在昏黄中,却辨得出许多人,赵府一家连两日不吃饭的太太也在内,还有间壁的邹七嫂,真正本家的赵白眼,赵司晨。

少奶奶正拖着吴妈走出下房来,一面说:

"你到外面来,……不要躲在自己房里想……"

"谁不知道你正经,……短见是万万寻不得的。"邹七嫂也从旁说。

吴妈只是哭,夹些话,却不甚听得分明。

阿Q想:"哼,有趣,这小孤孀不知道闹着什么玩意儿了?"他想打听,走近赵司晨的身边。这时他猛然间看见赵大爷向他奔来,而且手里捏着一支大竹杠。他看见这一支大竹杠,便猛然间悟到自己曾经被打,和这一场热闹似乎有点相关。他翻身便走,想逃回舂米场,不图这支竹杠阻了他的去路,于是他又翻身便走,自然而然地走出后门，不多工夫，已在土谷祠内了。

阿Q坐了一会，皮肤有些起粟，他觉得冷了，因为虽在春季，而夜间颇有余寒，尚不宜于赤膊。他也记得布衫留在赵家，但倘若去取，又深怕秀才的竹杠。然而地保进来了。

"阿Q，你的妈妈的！你连赵家的用人都调戏起来，简直是造反。害得我晚上没有觉睡，你的妈妈的！……"

如是云云的教训了一通，阿Q自然没有话。临末，因为在晚上，应该送地保加倍酒钱四百文，阿Q正没有现钱，便用一顶毡帽做抵押，并且订定了五条件：

一　明天用红烛——要一斤重的———对，香一封，到赵府上去赔罪。

二　赵府上请道士拔除缢鬼，费用由阿Q负担。

三　阿Q从此不准踏进赵府的门槛。

四　吴妈此后倘有不测，惟阿Q是问。

五　阿Q不准再去索取工钱和布衫。

阿Q自然都答应了，可惜没有钱。幸而已经春天，棉被可以无用，便质了二千大钱，履行条约。赤膊磕头之后，居然还剩几文，他也不再赎毡帽，统统喝了酒了。但赵家也并不烧香点烛，因为太太拜佛的时候可以用，留着了。那破布衫是大半做了少奶奶八月间生下来的孩子的衬尿布，那小半破烂的便都做了吴妈的鞋底。

第五章　生计问题

阿Q礼毕之后，仍旧回到土谷祠，太阳下去了，渐渐觉得世上有些古怪。他仔细一想，终于省悟过来：其原因盖在自己的赤膊。他记得破夹袄还在，便披在身上，躺倒了，待张开眼睛，原来太阳又已经照在西墙上头了。他坐起身，一面说道，"妈妈的……"

他起来之后，也仍旧在街上逛，虽然不比赤膊之有切肤之痛，却又渐渐地觉得世上有些古怪了。仿佛从这一天起，未庄的女人们忽然都怕了羞，伊们一见阿Q走来，便个个躲进门里去。甚而至于将近五十岁的邹七嫂，也跟着别人乱钻，而且将十一的女儿都叫进去了。阿Q很以为奇，而且想："这些东西忽然都学起小姐模样来了。这娼妇们……"

但他更觉得世上有些古怪，却是许多日以后的事。其一，酒店不肯赊欠了；其二，管土谷祠的老头子说些废话，似乎叫他走；其三，他虽然记不清多少日，但确乎有许多日，没有一个人来叫他做短工。酒店不赊，熬着也罢了；老头子催他走，噜苏一通也就算了；只是没有人来叫他做短工，却使阿Q肚子饿：这委实是一件非常"妈妈的"的事情。

阿Q忍不下去了，他只好到老主顾的家里去探问，——但独不许踏进赵府的门槛，——然而情形也异样：一定走出一个男人来，现了十分烦厌的相貌，像回复乞丐一般的摇手道：

"没有没有！你出去！"

阿Q愈觉得稀奇了。他想，这些人家向来少不了要帮忙，不至于现在忽然都无事，这总该有些蹊跷在里面了。他留心打听，才知道他们有事都去叫小Don。这小D，是一个穷小子，又瘦又乏，在阿Q的眼睛里，位置是在王胡之下的，谁料这小子竟谋了他的饭碗去。所以阿Q这一气，更与平常不同，当气愤愤地走着的时候，忽然将手一扬，唱道：

"我手执钢鞭将你打！……"

几天之后，他竟在钱府的照壁前遇见了小D。"仇人相见分外眼明"，阿Q便迎上去，小D也站住了。

"畜生！"阿Q怒目而视的说，嘴角上飞出唾沫来。

"我是虫豸，好么？……"小D说。

这谦逊反使阿Q更加愤怒起来，但他手里没有钢鞭，于是只得扑上去，伸手去拔小D的辫子。小D一手护住了自己的辫根，一手也来拔阿Q的辫子，阿Q便也将空着的一只手护住了自己的辫根。从先前的阿Q看来，小D本来是不足齿数的，但他近来挨了饿，又瘦又乏已经不下于小D，所以便成了势均力敌的现象，四只手拔着两颗头,都弯了腰,在钱家粉墙上映出一个蓝色的虹形,至于半点钟之久了。

"好了,好了!"看的人们说,大约是解劝的。

"好,好!"看的人们说,不知道是解劝,是颂扬,还是煽动。

然而他们都不听。阿Q进三步,小D便退三步,都站着;小D进三步,阿Q便退三步,又都站着。大约半点钟,——未庄少有自鸣钟,所以很难说,或者二十分,——他们的头发里便都冒烟,额上便都流汗,阿Q的手放松了,在同一瞬间,小D的手也正放松了,同时直起,同时退开,都挤出人丛去。

"记着罢,妈妈的……"阿Q回过头去说。

"妈妈的,记着罢……"小D也回过头来说。

这一场"龙虎斗"似乎并无胜败,也不知看的人可满足,都没有发什么议论,而阿Q却仍然没有人来叫他做短工。

有一日很温和,微风拂拂的颇有些夏意了,阿Q却觉得寒冷起来,但这还可担当,第一倒是肚子饿。棉被、毡帽、布衫,早已没有了,其次就卖了棉袄;现在有裤子,却万不可脱的;有破夹袄,又除了送人做鞋底之外,决定卖不出钱。他早想在路上拾得一注钱,但至今还没有见;他想在自己的破屋里忽然寻到一注钱,慌张的四顾,但屋内是空虚而且了然。于是他决计出门求食去了。

他在路上走着要"求食",看见熟识的酒店,看见熟识的馒头,但他都走过了,不但没有暂停,而且并不想要。他所求的不是这类东西了;他求的是什么东西,他自己不知道。

未庄本不是大村镇,不多时便走尽了。村外多是水田,满眼是新秧的嫩绿,夹着几个圆形的活动的黑点,便是耕田的农夫。阿Q并不赏鉴这田家乐,却只是走,因为他直觉的知道这与他的"求食"之道是很辽远的。但他终于走到静修庵的墙外了。

庵周围也是水田,粉墙突出在新绿里,后面的低土墙里是菜园。阿Q迟疑了一会,四面一看,并没有人。他便爬上这矮墙去,扯着何首乌藤,但泥土仍然簌簌的掉,阿Q的脚也索索的抖,终于攀着桑树枝,跳到里面了。里面真是郁郁葱葱,但似乎并没有黄酒馒头,以及此外可吃的之类。靠西墙是竹丛,下面许多笋,只可惜都是并未煮熟的,还有油菜早经结子,芥菜已将开花,小白菜也很老了。

阿Q仿佛文童落第似的觉得很冤屈,他慢慢走近园门去,忽而非常惊喜了,这分明是一畦老萝卜。他于是蹲下便拔,而门口突然伸出一个很圆的头来,又即缩回去了,这分明是小尼姑。小尼姑之流是阿Q本来视若草芥的,但世事须"退一步想",所以他便赶紧拔起四个萝卜,拧下青叶,兜在大襟里。然而老尼姑已经出来了。

"阿弥陀佛,阿Q,你怎么跳进园里来偷萝卜!……阿呀,罪过呵,阿唷,阿弥陀佛!……"

"我什么时候跳进你的园里来偷萝卜?"阿Q且看且走地说。

"现在……这不是?"老尼姑指着他的衣兜。

"这是你的?你能叫得他答应你么?你……"

阿Q没有说完话,拔步便跑;追来的是一匹很肥大的黑狗。这本来在前门的,不知怎的到后园来了。黑狗哼而且追,已经要咬着阿Q的腿,幸而从衣兜里落下一个萝卜来,那狗给一吓,略略一停,阿Q已经爬上桑树,跨到土墙,连人和萝卜都滚出墙外面了。只剩着黑狗还在对着桑树嗥,老尼姑念着佛。

阿Q怕尼姑又放出黑狗来,拾起萝卜便走,沿路又捡了几块小石头,但黑狗却并不再出现。阿Q于是抛了石块,一面走一面吃,而且想道,这里也没有什么东西寻,不如进城去……

待三个萝卜吃完时,他已经打定了进城的主意了。

第六章 从中兴到末路

在未庄再看见阿Q出现的时候,是刚过了这年的中秋。人们都惊异,说是阿Q回来了,于是又回上去想道,他先前那里去了呢?阿Q前几回的上城,大抵早就兴高采烈地对人说,但这一次却并不,所以也没有一个人留心到。他或者也曾告诉过管土谷祠的老头子,然而未庄老例,只有赵太爷钱太爷和秀才大爷上城才算一件事。假洋鬼子尚且不足数,何况是阿Q:因此老头子也就不替他宣传,而未庄的社会上也就无从知道了。

但阿Q这回的回来，却与先前大不同，确乎很值得惊异。天色将黑，他睡眼朦胧的在酒店门前出现了，他走近柜台，从腰间伸出手来，满把是银的和铜的，在柜上一扔说，"现钱！打酒来！"穿的是新夹袄，看去腰间还挂着一个大搭连，沉钿钿的将裤带坠成了很弯很弯的弧线。未庄老例，看见略有些醒目的人物，是与其慢也宁敬的，现在虽然明知道是阿Q，但因为和破夹袄的阿Q有些两样了，古人云，"士别三日便当刮目相待"，所以堂倌，掌柜，酒客，路人，便自然显出一种疑而且敬的形态来。掌柜既先之以点头，又继之以谈话：

"豁，阿Q，你回来了！"

"回来了。"

"发财发财，你是——在……"

"上城去了！"

这一件新闻，第二天便传遍了全未庄。人人都愿意知道现钱和新夹袄的阿Q的中兴史，所以在酒店里，茶馆里，庙檐下，便渐渐的探听出来了。这结果，是阿Q得了新敬畏。

据阿Q说，他是在举人老爷家里帮忙。这一节，听的人都肃然了。这老爷本姓白，但因为合城里只有他一个举人，所以不必再冠姓，说起举人来就是他。这也不独在未庄是如此，便是一百里方圆之内也都如此，人们几乎多以为他的姓名就叫举人老爷的了。在这人的府上帮忙，那当然是可敬的。但据阿Q又说，他却不高兴再帮忙了，因为这举人老爷实在太"妈妈的"了。这一节，听的人都叹息而且快意，因为阿Q本不配在举人老爷家里帮忙，而不帮忙是可惜的。

据阿Q说，他的回来，似乎也由于不满意城里人，这就在他们将长凳称为条凳，而且煎鱼用葱丝，加以最近观察所得的缺点，是女人的走路也扭得不很好。然而也偶有大可佩服的地方，即如未庄的乡下人不过打三十二张的竹牌，只有假洋鬼子能够叉"麻酱"，城里却连小乌龟子都叉得精熟的。什么假洋鬼子，只要放在城里的十几岁的小乌龟子的手里，也就立刻是"小鬼见阎王"。这一节，听的人都赧然了。

"你们可看见过杀头么？"阿Q说，"咳，好看。杀革命党。唉，好看好看，……"他摇摇头，将唾沫飞在正对面的赵司晨的脸上。这一节，听的人都凛然了。但阿Q又四面一看，忽然扬起右手，照着伸长脖子听得出神的王胡的后项窝上直劈下去道：

"嚓！"

王胡惊得一跳，同时电光石火似的赶快缩了头，而听的人又都悚然而且欣然了。从此王胡瘟头瘟脑的许多日，并且再不敢走近阿Q的身边；别的人也一样。

阿Q这时在未庄人眼睛里的地位，虽不敢说超过赵太爷，但谓之差不多，大约也就没有什么语病的了。

然而不多久，这阿Q的大名忽又传遍了未庄的闺中。虽然未庄只有钱赵两姓是大屋，此外十之九都是浅闺，但闺中究竟是闺中，所以也算得一件神异。女人们见面时一定说，邹七嫂在阿Q那里买了一条蓝绸裙，旧固然是旧的，但只化了九角钱。还有赵白眼的母亲，——一说是赵司晨的母亲，待考，——也买了一件孩子穿的大红洋纱衫，七成新，只用三百大钱九二串。于是伊们都眼巴巴的想见阿Q，缺绸裙的想问他买绸裙，要洋纱衫的想问他买洋纱衫，不但见了不逃避，有时阿Q已经走过了，也还要追上去叫住他，问道：

"阿Q，你还有绸裙么？没有？纱衫也要的，有罢？"

后来这终于从浅闺传进深闺里去了。因为邹七嫂得意之余，将伊的绸裙请赵太太去鉴赏，赵太太又告诉了赵太爷而且着实恭维了一番。赵太爷便在晚饭桌上，和秀才大爷讨论，以为阿Q实在有些古怪，我们门窗应该小心些；但他的东西，不知道可还有什么可买，也许有点好东西罢。加以赵太太也正想买一件价廉物美的皮背心。于是家族决议，便托邹七嫂即刻去寻阿Q，而且为此新辟了第三种的例外：这晚上也姑且特准点油灯。

油灯干了不少了，阿Q还不到。赵府的全眷都很焦急，打着呵欠，或恨阿Q太飘忽，或怨邹七嫂不上紧。赵太太还怕他因为春天的条件不敢来，而赵太爷以为不足虑：因为这是"我"去叫他的。果然，到底赵太爷有见识，阿Q终于跟着邹七嫂进来了。

"他只说没有没有，我说你自己当面说去，他还要说，我说……"邹七嫂气喘吁吁的走着说。

"太爷！"阿Q似笑非笑的叫了一声，在檐下站住了。

"阿Q,听说你在外面发财。"赵太爷踱开去,眼睛打量着他的全身,一面说。"那很好,那很好的。这个,……听说你有些旧东西,……可以都拿来看一看,……这也并不是别的,因为我倒要……"

"我对邹七嫂说过了。都完了。"

"完了?"赵太爷不觉失声的说,"那里会完得这样快呢?"

"那是朋友的,本来不多。他们买了些,……"

"总该还有一点罢。"

"现在,只剩了一张门幕了。"

"就拿门幕来看看罢。"赵太太慌忙说。

"那么,明天拿来就是,"赵太爷却不甚热心了。"阿Q,你以后有什么东西的时候,你尽先送来给我们看,……"

"价钱决不会比别家出得少!"秀才说。秀才娘子忙一瞥阿Q的脸,看他感动了没有。

"我要一件皮背心。"赵太太说。

阿Q虽然答应着,却懒洋洋地出去了,也不知道他是否放在心上。这使赵太爷很失望,气愤而且担心,至于停止了打呵欠。秀才对于阿Q的态度也很不平,于是说,这忘八蛋要提防,或者不如吩咐地保,不许他住在未庄。但赵太爷以为不然,说这也怕要结怨,况且做这路生意的大概是"老鹰不吃窝下食",本村倒不必担心的;只要自己夜里警醒点就是了。秀才听了这"庭训",非常之以为然,便即刻撤消了驱逐阿Q的提议,而且叮嘱邹七嫂,请伊千万不要向人提起这一段话。

但第二日,邹七嫂便将那蓝裙去染了皂,又将阿Q可疑之点传扬出去了,可是确没有提起秀才要驱逐他这一节。然而这已经于阿Q很不利。最先,地保寻上门了,取了他的门幕去,阿Q说是赵太太要看的,而地保也不还并且议定每月的孝敬钱。其次,是村人对于他的敬畏忽而变相了,虽然还不敢来放肆,却很有远避的神情,而这神情和先前的防他来"嚓"的时候又不同,颇混着"敬而远之"的分子了。

只有一班闲人们却还要寻根究底的去探阿Q的底细。阿Q也并不讳饰,傲然的说出他的经验来。从此他们才知道,他不过是一个小角色,不但不能上墙,并且不能进洞,只站在洞外接东西。有一夜,他刚才接到一个包,正再进去,一会,只听得里面大嚷起来,他便赶紧跑,连夜爬出城,逃回未庄来了,从此不敢再去做。然而这故事却于阿Q更不利,村人对于阿Q的"敬而远之"者,本因为怕结怨,谁料他不过是一个不敢再偷的偷儿呢?这实在是"斯亦不足畏也矣"。

第七章　革命

宣统三年九月十四日——即阿Q将搭连卖给赵白眼的这一天——三更四点,有一只大乌篷船到了赵府上的河埠头。这船从黑魆魆中荡来,乡下人睡得熟,都没有知道;出去时将近黎明,却很有几个看见的了。据探头探脑的调查来的结果,知道那竟是举人老爷的船!

那船便将大不安载给了未庄,不到正午,全村的人心就很动摇。船的使命,赵家本来是很秘密的,但茶坊酒肆里却都说,革命党要进城,举人老爷到我们乡下来逃难了。惟有邹七嫂不以为然,说那不过是几口破衣箱,举人老爷想来寄存的,却已被赵太爷回复转去。其实举人老爷和赵秀才素不相能,在理本不能有"共患难"的情谊,况且邹七嫂又和赵家是邻居,见闻较为切近,所以大概该是伊对的。

然而谣言很旺盛,说举人老爷虽然似乎没有亲到,却有一封长信,和赵家排了"转折亲"。赵太爷肚里一轮,觉得于他总不会有坏处,便将箱子留下了,现就塞在太太的床底下。至于革命党,有的说是便在这一夜进了城,个个白盔白甲:穿着崇正皇帝的素。

阿Q的耳朵里,本来早听到过革命党这一句话,今年又亲眼见过杀掉革命党。但他有一种不知从那里来的意见,以为革命党便是造反,造反便是与他为难,所以一向是"深恶而痛绝之"的。殊不料这却使百里闻名的举人老爷有这样怕,于是他未免也有些"神往"了,况且未庄的一群鸟男女的慌张的神情,也使阿Q更快意。

"革命也好罢,"阿Q想,"革这伙妈妈的命。太可恶!太可恨!……便是我,也要投降革命党了。"

阿Q近来用度窘，大约略略有些不平；加以午间喝了两碗空肚酒，愈加醉得快，一面想一面走，便又飘飘然起来。不知怎么一来，忽而似乎革命党便是自己，未庄人却都是他的俘虏了。他得意之余，禁不住大声的嚷道：

"造反了！造反了！"

未庄人都用了惊惧的眼光对他看。这一种可怜的眼光，是阿Q从来没有见过的，一见之下，又使他舒服得如六月里喝了雪水。他更加高兴的走而且喊道：

"好，……我要什么就是什么，我欢喜谁就是谁。

得得，锵锵！

悔不该，酒醉错斩了郑贤弟，

悔不该，呀呀呀……

得得，锵锵，得，锵令锵！

我手执钢鞭将你打……"

赵府上的两位男人和两个真本家，也正站在大门口论革命。阿Q没有见，昂了头直唱过去。

"得得，……"

"老Q，"赵太爷怯怯的迎着低声的叫。

"锵锵，"阿Q料不到他的名字会和"老"字联结起来，以为是一句别的话，与己无干，只是唱。"得，锵，锵令锵，锵！"

"老Q。"

"悔不该……"

"阿Q！"秀才只得直呼其名了。

阿Q这才站住，歪着头问道，"什么？"

"老Q，……现在……"赵太爷却又没有话，"现在……发财么？"

"发财？自然。要什么就是什么……"

"阿……Q哥，像我们这样穷朋友是不要紧的……"赵白眼惴惴的说，似乎想探革命党的口风。

"穷朋友？你总比我有钱。"阿Q说着自去了。

大家都怃然，没有话。赵太爷父子回家，晚上商量到点灯。赵白眼回家，便从腰间扯下搭连来，交给他女人藏在箱底里。

阿Q飘飘然的飞了一通，回到土谷祠，酒已经醒透了。这晚上，管祠的老头子也意外的和气，请他喝茶；阿Q便向他要了两个饼，吃完之后，又要了一支点过的四两烛和一个树烛台，点起来，独自躺在自己的小屋里。他说不出的新鲜而且高兴，烛火像元夜似的闪闪的跳，他的思想也迸跳起来了：

"造反？有趣，……来了一阵白盔白甲的革命党，都拿着板刀、钢鞭、炸弹、洋炮、三尖两刃刀、钩镰枪，走过土谷祠，叫道，'阿Q！同去同去！'于是一同去。……

"这时未庄的一伙鸟男女才好笑哩，跪下叫道，'阿Q，饶命！'谁听他！第一个该死的是小D和赵太爷，还有秀才，还有假洋鬼子，……留几条么？王胡本来还可留，但也不要了。……

"东西，……直走进去打开箱子来：元宝、洋钱、洋纱衫，……秀才娘子的一张宁式床先搬到土谷祠，此外便摆了钱家的桌椅，——或者也就用赵家的罢。自己是不动手的了，叫小D来搬，要搬得快，搬得不快打嘴巴。……

"赵司晨的妹子真丑。邹七嫂的女儿过几年再说。假洋鬼子的老婆会和没有辫子的男人睡觉，吓，不是好东西！秀才的老婆是眼胞上有疤的。……吴妈长久不见了，不知道在那里，——可惜脚太大。"

阿Q没有想得十分停当，已经发了鼾声，四两烛还只点去了小半寸，红焰焰的光照着他张开的嘴。

"荷荷！"阿Q忽而大叫起来，抬了头仓皇的四顾，待到看见四两烛，却又倒头睡去了。

第二天他起得很迟，走出街上看时，样样都照旧。他也仍然肚饿，他想着，想不起什么来；但他忽而似乎有了主意了，慢慢的跨开步，有意无意的走到静修庵。

庵和春天时节一样静，白的墙壁和漆黑的门。他想了一想，前去打门，一只狗在里面叫。他急急拾了几块断砖，再上去较为用力的打，打到黑门上生出许多麻点的时候，才听得有人来开门。

阿Q连忙捏好砖头，摆开马步，准备和黑狗来开战。但庵门只开了一条缝，并无黑狗从中冲出，望进去只有一个老尼姑。

"你又来什么事？"伊大吃一惊的说。

"革命了……你知道？……"阿Q说得很含糊。

"革命革命，革过一革的，……你们要革得我们怎么样呢？"老尼姑两眼通红的说。

"什么？……"阿Q诧异了。

"你不知道，他们已经来革过了！"

"谁？……"阿Q更其诧异了。

"那秀才和洋鬼子！"

阿Q很出意外，不由的一错愕；老尼姑见他失了锐气，便飞速的关了门，阿Q再推时，牢不可开，再打时，没有回答了。

那还是上午的事。赵秀才消息灵，一知道革命党已在夜间进城，便将辫子盘在顶上，一早去拜访那历来也不相能的钱洋鬼子。这是"咸与维新"的时候了，所以他们便谈得很投机，立刻成了情投意合的同志，也相约去革命。他们想而又想，才想出静修庵里有一块"皇帝万岁万万岁"的龙牌，是应该赶紧革掉的，于是又立刻同到庵里去革命。因为老尼姑来阻挡，说了三句话，他们便将伊当作满政府，在头上很给了不少的棍子和栗凿。尼姑待他们走后，定了神来检点，龙牌固然已经碎在地上了，而且又不见了观音娘娘座前的一个宣德炉。

这事阿Q后来才知道。他颇悔自己睡着，但也深怪他们不来招呼他。他又退一步想道："难道他们还没有知道我已经投降了革命党么？"

第八章　不准革命

未庄的人心日见其安静了。据传来的消息，知道革命党虽然进了城，倒还没有什么大异样。知县大老爷还是原官，不过改称了什么，而且举人老爷也做了什么——这些名目，未庄人都说不明白——官，带兵的也还是先前的老把总。只有一件可怕的事是另有几个不好的革命党夹在里面捣乱，第二天便动手剪辫子，听说那邻村的航船七斤便着了道儿，弄得不像人样子了。但这却还不算大恐怖，因为未庄人本来少上城，即使偶有想进城，也就立刻变了计，碰不着这危险。阿Q本也想进城去寻他的老朋友，一得这消息，也只得作罢了。

但未庄也不能说是无改革。几天之后，将辫子盘在顶上的逐渐增加起来了，早经说过，最先自然是茂才公，其次便是赵司晨和赵白眼，后来是阿Q。倘在夏天，大家将辫子盘在头顶上或者打一个结，本不算什么稀奇事，但现在是暮秋，所以这"秋行夏令"的情形，在盘辫家不能不说是万分的英断，而在未庄也不能说无关于改革了。

赵司晨脑后空荡荡的走来，看见的人大嚷说，

"豁，革命党来了！"

阿Q听到了很羡慕。他虽然早知道秀才盘辫的大新闻，但总没有想到自己可以照样做，现在看见赵司晨也如此，才有了学样的意思，定下实行的决心。他用一支竹筷将辫子盘在头顶上，迟疑多时，这才放胆的走去。

他在街上走，人也看他，然而不说什么话，阿Q当初很不快，后来便很不平。他近来很容易闹脾气了；其实他的生活，倒也并不比造反之前反艰难，人见他也客气，店铺也不说要现钱。而阿Q总觉得自己太失意：既然革了命，不应该只是这样的。况且有一回看见小D，愈使他气破肚皮了。

小D也将辫子盘在头顶上了，而且也居然用一支竹筷。阿Q万料不到他也敢这样做，自己也决不准他这样做！小D是什么东西呢？他很想即刻揪住他，拗断他的竹筷，放下他的辫子，并且批他几个嘴巴，聊且惩罚他忘了生辰八字，也敢来做革命党的罪。但他终于饶放了，单是怒目而视的吐一口唾沫道"呸！"

这几日里，进城去的只有一个假洋鬼子。赵秀才本也想靠着寄存箱子的渊源，亲身去拜访举人老爷的，但因为有剪辫的危险，所以也中止了。他写了一封"黄伞格"的信，托假洋鬼子带上城，而且托他给自己绍介绍介，去进自由党。假洋鬼子回来时，向秀才讨还了四块洋钱，秀才便有一块银桃子挂在大襟上了；未庄人都惊服，说这是柿油党的顶子，抵得一个翰林；赵太爷因此也骤然大阔，远过于他儿子初隽秀才的时候，所以目空一切，见了阿Q，也就很有些不放在眼里了。

阿Q正在不平，又时时刻刻感着冷落，一听得这银桃子的传说，他立即悟出自己之所以冷落的原因了：要革命，单说投降，是不行的；盘上辫子，也不行的；第一着仍然要和革命党去结识。他生平所知道的革命党只有两个，城里的一个早已"嚓"的杀掉了，现在只剩了一个假洋鬼子。他除却赶紧去和假洋鬼子商量之外，再没有别的道路了。

钱府的大门正开着，阿Q便怯怯的蹩进去。他一到里面，很吃了惊，只见假洋鬼子正站在院子的中央，一身乌黑的大约是洋衣，身上也挂着一块银桃子，手里是阿Q曾经领教过的棍子，已经留到一尺多长的辫子都拆开了披在肩背上，蓬头散发的像一个刘海仙。对面挺直的站着赵白眼和三个闲人，正在必恭必敬的听说话。

阿Q轻轻的走近了，站在赵白眼的背后，心里想招呼，却不知道怎么说才好：叫他假洋鬼子固然是不行的了，洋人也不妥，革命党也不妥，或者就应该叫洋先生了罢。

洋先生却没有见他，因为白着眼睛讲得正起劲：

"我是性急的，所以我们见面，我总是说：洪哥！我们动手罢！他却总说道No！——这是洋话，你们不懂的。否则早已成功了。然而这正是他做事小心的地方。他再三再四的请我上湖北，我还没有肯。谁愿意在这小县城里做事情。……"

"唔，……这个……"阿Q候他略停，终于用十二分的勇气开口了，但不知道因为什么，又并不叫他洋先生。

听着说话的四个人都吃惊的回顾他。洋先生也才看见：

"什么？"

"我……"

"出去！"

"我要投……"

"滚出去！"洋先生扬起哭丧棒来了。

赵白眼和闲人们便都吆喝道："先生叫你滚出去，你还不听么！"

阿Q将手向头上一遮，不自觉的逃出门外；洋先生倒也没有追。他快跑了六十多步，这才慢慢地走，于是心里便涌起了忧愁：洋先生不准他革命，他再没有别的路；从此决不能望有白盔白甲的人来叫他，他所有的抱负、志向、希望、前程，全被一笔勾销了。至于闲人们传扬开去，给小D王胡等辈笑话，倒是还在其次的事。

他似乎从来没有经验过这样的无聊。他对于自己的盘辫子，仿佛也觉得无意味，要侮蔑；为报仇起见，很想立刻放下辫子来，但也没有竟放。他游到夜间，赊了两碗酒，喝下肚去，渐渐的高兴起来了，思想里才又出现白盔白甲的碎片。

有一天，他照例的混到夜深，待酒店要关门，才踱回土谷祠去。

拍，吧……！

他忽而听得一种异样的声音，又不是爆竹。阿Q本来是爱看热闹，爱管闲事的，便在暗中直寻过去。似乎前面有些脚步声；他正听，猛然间一个人从对面逃来了。阿Q一看见，便赶紧翻身跟着逃。那人转弯，阿Q也转弯，那人站住了，阿Q也站住。他看后面并无什么，看那人便是小D。

"什么？"阿Q不平起来了。

"赵……赵家遭抢了！"小D气喘吁吁的说。

阿Q的心怦怦的跳了。小D说了便走；阿Q却逃而又停的两三回。但他究竟是做过"这路生意"，格外胆大，于是蹩出路角，仔细的听，似乎有些嚷嚷，又仔细的看，似乎许多白盔白甲的人，络绎的将箱子抬出了，器具抬出了，秀才娘子的宁式床也抬出了，但是不分明，他还想上前，两只脚却没有动。

这一夜没有月，未庄在黑暗里很寂静，寂静到像羲皇时候一般太平。阿Q站着看到自己发烦，也似乎还是先前一样，在那里来来往往的搬，箱子抬出了，器具抬出了，秀才娘子的宁式床也抬出了'……抬得他自己有些不信他的眼睛。但他决计不再上前，却回到自己的祠里去了。

土谷祠里更漆黑；他关好大门，摸进自己的屋子里。他躺了好一会，这才定了神，而且发出关于自己的思想来：白盔白甲的人明明到了，并不来打招呼，搬了许多好东西，又没有自己的份，——这全是假洋鬼子可恶，不准我造反，否则，这次何至于没有我的份呢？阿Q越想越气，终于禁不住满心痛恨起来，毒毒的点一点头："不准我造反，只准你造反？妈妈的假洋鬼子，——好，你造反！造反是杀头的罪名呵，我总要告一状，看你抓进县里去杀头，——满门抄斩，——嚓！嚓！"

第九章　大团圆

赵家遭抢之后，未庄人大抵很快意而且恐慌，阿Q也很快意而且恐慌。但四天之后，阿Q在半夜里忽被抓进县城里去了。那时恰是暗夜，一队兵，一队团丁，一队警察，五个侦探，悄悄地到了未庄，乘昏暗围住土谷祠，正对门架好机关枪；然而阿Q不冲出。许多时没有动静，把总焦急起来了，悬了二十千的赏，才有两个团丁冒了险，逾垣进去，里应外合，一拥而入，将阿Q抓出来；直待擒出祠外面的机关枪左近，他才有些清醒了。

到进城，已经是正午，阿Q见自己被搀进一所破衙门，转了五六个弯，便推在一间小屋里。他刚刚一跄踉，那用整株的木料做成的栅栏门便跟着他的脚跟阖上了，其余的三面都是墙壁，仔细看时，屋角上还有两个人。

阿Q虽然有些忐忑，却并不很苦闷，因为他那土谷祠里的卧室，也并没有比这间屋子更高明。那两个也仿佛是乡下人，渐渐和他兜搭起来了，一个说是举人老爷要追他祖父欠下来的陈租，一个不知道为了什么事。他们问阿Q，阿Q爽利的答道，"因为我想造反。"

他下半天便又被抓出栅栏门去了，到得大堂，上面坐着一个满头剃得精光的老头子。阿Q疑心他是和尚，但看见下面站着一排兵，两旁又站着十几个长衫人物，也有满头剃得精光像这老头子的，也有将一尺来长的头发披在背后像那假洋鬼子的，都是一脸横肉，怒目而视的看他；他便知道这人一定有些来历，膝关节立刻自然而然的宽松，便跪了下去了。

"站着说！不要跪！"长衫人物都吆喝说。

阿Q虽然似乎懂得，但总觉得站不住，身不由己的蹲了下去，而且终于趁势改为跪下了。

"奴隶性！……"长衫人物又鄙夷似的说，但也没有叫他起来。

"你从实招来罢，免得吃苦。我早都知道了。招了可以放你。"那光头的老头子看定了阿Q的脸，沉静的清楚的说。

"招罢！"长衫人物也大声说。

"我本来要……来投……"阿Q胡里胡涂的想了一通，这才断断续续的说。

"那么，为什么不来的呢？"老头子和气的问。

"假洋鬼子不准我！"

"胡说！此刻说，也迟了。现在你的同党在那里？"

"什么？……"

"那一晚打劫赵家的一伙人。"

"他们没有来叫我。他们自己搬走了。"阿Q提起来便愤愤。

"走到那里去了呢？说出来便放你了。"老头子更和气了。

"我不知道，……他们没有来叫我……"

然而老头子使了一个眼色，阿Q便又被抓进栅栏门里了。他第二次抓出栅栏门，是第二天的上午。

大堂的情形都照旧。上面仍然坐着光头的老头子，阿Q也仍然下了跪。

老头子和气的问道，"你还有什么话说么？"

阿Q一想，没有话，便回答说，"没有。"

于是一个长衫人物拿了一张纸，并一支笔送到阿Q的面前，要将笔塞在他手里。阿Q这时很吃惊，几乎"魂飞魄散"了：因为他的手和笔相关，这回是初次。他正不知怎样拿；那人却又指着一处地方教他画花押。

"我……我……不认得字。"阿Q一把抓住了笔，惶恐而且惭愧的说。

"那么，便宜你，画一个圆圈！"

阿Q要画圆圈了，那手捏着笔却只是抖。于是那人替他将纸铺在地上，阿Q伏下去，使尽了平生的力气画圆圈。他生怕被人笑话，立志要画得圆，但这可恶的笔不但很沉重，并且不听话，刚刚一抖一抖的几乎要合缝，却又向外一耸，画成瓜子模样了。

阿Q正羞愧自己画得不圆，那人却不计较，早已掣了纸笔去，许多人又将他第二次抓进栅栏门。——他第二次进了栅栏，倒也并不十分懊恼。他以为人生天地之间，大约本来有时要抓进抓出，有时要在纸上画圆圈的，惟有圈而不圆，却是他"行状"上的一个污点。但不多时也就释然了，他想：孙子才画得很圆的圆圈呢。于是他睡着了。

然而这一夜，举人老爷反而不能睡：他和把总呕了气了。举人老爷主张第一要追赃，把总主张第一要示众。把总近来很不将举人老爷放在眼里了，拍案打凳的说道，"惩一儆百！你看，我做革命党还不上二十天，抢案就是十几件，全不破案，我的面子在那里？破了案，你又来迂。不成！这是我管的！"举人老爷窘急了，然而还坚持，说是倘若不追赃，他便立刻辞了帮办民政的职务。而把总却道，"请便罢！"于是举人老爷在这一夜竟没有睡，但幸第二天倒也没有辞。

阿Q第三次抓出栅栏门的时候，便是举人老爷睡不着的那一夜的明天的上午了。他到了大堂，上面还坐着照例的光头老头子；阿Q也照例的下了跪。

老头子很和气的问道，"你还有什么话说么？"

阿Q一想，没有话，便回答说，"没有。"

许多长衫和短衫人物，忽然给他穿上一件洋布的白背心，上面有些黑字。阿Q很气苦：因为这很像是带孝，而带孝是晦气的。然而同时他的两手反缚了，同时又被一直抓出衙门外去了。

阿Q被抬上了一辆没有蓬的车，几个短衣人物也和他同坐一处。这车立刻走动了，前面是一班背着洋炮的兵们和团丁，两旁是许多张着嘴的看客，后面怎样，阿Q没有见。但他突然觉到了：这岂不是去杀头么？他一急，两眼发黑，耳朵里喤的一声，似乎发昏。然而他又没有全发昏，有时虽然着急，有时却也泰然；他意思之间，似乎觉得人生天地间，大约本来有时也未免要杀头的。

他还认得路，于是有些诧异了：怎么不向着法场走呢？他不知道这是在游街，在示众。但即使知道也一样，他不过便以为人生天地间，大约本来有时也未免要游街要示众罢了。

他省悟了，这是绕到法场去的路，这一定是"嚓"的去杀头。他惘惘的向左右看，全跟着蚂蚁似的人，而在无意中，却在路旁的人丛中发见了一个吴妈。很久违，伊原来在城里做工了。阿Q忽然很羞愧自己没志气：竟没有唱几句戏。他的思想仿佛旋风似的在脑里一回旋：《小孤孀上坟》欠堂皇，《龙虎斗》里的"悔不该……"也太乏，还是"手执钢鞭将你打"罢。他同时想手一扬，才记得这两手原来都捆着，于是"手执钢鞭"也不唱了。

"过了二十年又是一个……"阿Q在百忙中，"无师自通"的说出半句从来不说的话。

"好!!!"从人丛里，便发出豺狼的嗥叫一般的声音来。

车子不住的前行，阿Q在喝采声中，轮转眼睛去看吴妈，似乎伊一向并没有见他，却只是出神的看着兵们背上的洋炮。

阿Q于是再看那些喝采的人们。

这刹那中，他的思想又仿佛旋风似的在脑里一回旋了。四年之前，他曾在山脚下遇见一只饿狼，永是不近不远的跟定他，要吃他的肉。他那时吓得几乎要死，幸而手里有一柄斫柴刀，才得仗这壮了胆，支持到未庄；可是永远记得那狼眼睛，又凶又怯，闪闪的像两颗鬼火，似乎远远的来穿透了他的皮肉。而这回他又看见从来没有见过的更可怕的眼睛了，又钝又锋利，不但已经咀嚼了他的话，并且还要咀嚼他皮肉以外的东西，永是不近不远的跟他走。

这些眼睛们似乎连成一气，已经在那里咬他的灵魂。

"救命，……"

然而阿Q没有说。他早就两眼发黑，耳朵里嗡的一声，觉得全身仿佛微尘似的迸散了。

至于当时的影响，最大的倒反在举人老爷，因为终于没有追赃，他全家都号啕了。其次是赵府，非特秀才因为上城去报官，被不好的革命党剪了辫子，而且又破费了二十千的赏钱，所以全家也号啕了。从这一天以来，他们便渐渐的都发生了遗老的气味。

至于舆论，在未庄是无异议，自然都说阿Q坏，被枪毙便是他的坏的证据：不坏又何至于被枪毙呢？而城里的舆论却不佳，他们多半不满足，以为枪毙并无杀头这般好看；而且那是怎样的一个可笑的死囚呵，游了那么久的街，竟没有唱一句戏：他们白跟一趟了。

一九二一年十二月

（原载一九二一年十二月四日至一九二二年二月十二日《晨报副刊》）

超　　人

冰　心

　　何彬是一个冷心肠的青年，从来没有人看见他和人有什么来往。他住的那一座大楼上，同居的人很多，他却都不理人家，也不和人家在一间食堂里吃饭，偶然出入遇见了，轻易也不招呼。邮差来的时候，许多青年欢喜跳跃着去接他们的信；何彬却永远不着一封信。他除了每天在局里办事，和同事们说几句公事上的话；以及房东程姥姥替他端饭的时候，也说几句照例的应酬话，此外就不开口了。

　　他不但是和人没有交际，凡带一点生气的东西，他都不爱：屋里连一朵花，一根草，都没有，冷阴阴的如同山洞一般。书架上却堆满了书。他从局里低头独步的回来，关上门，摘下帽子，便坐在书桌旁边，随手拿起一本书来，无意识的看着。偶然觉得疲倦了，也站起来在屋里走了几转；或是拉开帘幕望了一望，但不多一会儿，便又闭上了。

　　程姥姥总算是他另眼看待的一个人；她端进饭去，有时便站在一边，絮絮叨叨的和他说话，也问他为何这样孤零。她问上几十句，何彬偶然答应几句说："世界是虚空的，人生是无意识的。人和人，和宇宙，和万物的聚合，都不过如同演剧一般：上了台是父子母女，亲密的了不得；下了台，摘下假面具，便各自散了。哭一场也是这么一回事，笑一场也是这么一回事，与其互相牵连，不如互相遗弃；而且尼采说得好，爱和怜悯都是恶……"程姥姥听着虽然不很明白，却也懂得一半，便笑道："要这样，活在世上有什么意思？死了，灭了，岂不更好，何必穿衣吃饭？"他微笑道："这样，岂不又太把自己和世界都看重了。不如行云流水似的，随他去就完了。"程姥姥还要往下说话，看见何彬面色冷然，低着头只管吃饭，也便不敢言语。

　　这一夜他忽然醒了。听得对面楼下凄惨的呻吟着，这痛苦的声音，断断续续的，在这沉寂的黑夜里只管颤动。他虽然毫不动心，却也搅得他一夜睡不着。月光如水，从窗纱外泻将进来，他想起了许多幼年的事情——慈爱的母亲，天上的繁星，院子里的花……他的脑子累极了，极力的想摈绝这些思想，无奈这些事只管奔凑了来，直到天明，才微微的合一合眼。

　　他听了三夜的呻吟，看了三夜的月，想了三夜的往事——眠食都失了次序，眼圈儿也黑了，脸色也惨白了。偶然照了照镜子，自己也微微的吃了一惊，他每天还是机械似的做他的事——然而在他空洞洞的脑子里，凭空添了一个深夜的病人。

　　第七天早起，他忽然问程姥姥对面楼下的病人是谁？程姥姥一面惊讶着，一面说："那是厨房里跑街的孩子禄儿，那天上街去了，不知道为什么把腿摔坏了，自己买块膏药贴上了，还是不好，每夜呻吟的就是他。这孩子真可怜，今年才十二岁呢，素日他勤勤恳恳极疼人的……"何彬自己只管穿衣戴帽，好像没有听见似的，自己走到门边。程姥姥也住了口，端起碗来，刚要出门，何彬慢慢的从袋里拿出一张钞票来，递给程姥姥说："给那禄儿罢，叫他请大夫治一治。"说完了，头也不回，径自走了。——程姥姥一看那巨大的数目，不禁愕然，何先生也会动起慈悲念头来，这是破天荒的事情呵！她端着碗，站在门口，只管出神。

　　呻吟的声音，渐渐的轻了，月儿也渐渐的缺了。何彬还是朦朦胧胧的——慈爱的母亲，天上的繁星，院子里的花……

　　他的脑子累极了，竭力的想摈绝这些思想，无奈这些事只管奔凑了来。

　　过了几天，呻吟的声音住了，夜色依旧沉寂着，何彬依旧"至人无梦"的睡着。前几夜的思想，不过如同晓月的微光，照在冰山的峰尖上，一会儿就过去了。

程姥姥带着禄儿几次来叩他的门，要跟他道谢；他好像忘记了似的，冷冷的抬起头来看了一看，又摇了摇头，仍去看他的书。禄儿仰着黑胖的脸，在门外张着，几乎要哭了出来。

这一天晚饭的时候，何彬告诉程姥姥说他要调到别的局里去了，后天早晨便要起身，请她将房租饭钱，都清算一下。

程姥姥觉得很失意，这样清净的住客，是少有的，然而究竟留他不得，便连忙和他道喜。他略略的点一点头，便回身去收拾他的书籍。

他觉得很疲倦，一会儿便睡下了。——忽然听得自己的门钮动了几下，接着又听见似乎有人用手推的样子。他不言不动，只静静的卧着，一会儿也便渺无声息。

第二天他自己又关着门忙了一天，程姥姥要帮助他，他也不肯，只说有事的时候再烦她。程姥姥下楼之后，他忽然想起一件事来，绳子忘了买了。慢慢的开了门，只见人影儿一闪，再看时，禄儿在对面门后藏着呢。他踌蹰着四围看了一看，一个仆人都没有，便唤："禄儿，你替我买几根绳子来。"

禄儿趑趄的走过来，欢天喜地的接了钱，如飞走下楼去。

不一会儿，禄儿跑得通红的脸，喘息着走上来，一只手拿着绳子，一只手背在身后，微微露着一两点金黄色的星儿。

他递过了绳子，仰着头似要说话，那只手也渐渐的回过来。

何彬却不理会，拿着绳子自己走进去了。

他忙着都收拾好了，握着手周围看了看，屋子空洞洞的——睡下的时候，他觉得热极了，便又起来，将窗户和门，都开了一缝，凉风来回的吹着。

"依旧热得很。脑筋似乎很杂乱，屋子似乎太空沉。——累了两天了，起居上自然有些反常。但是为何又想起深夜的病人。——慈爱的……，不想了，烦闷的很！"

微微的风，吹扬着他额前的短发，吹干了他头上的汗珠，也渐渐的将他扇进梦里去。

四面的白壁，一天的微光，屋角几堆的黑影。时间一分一分的过去了。

慈爱的母亲，满天的繁星，院子里的花。不想了，——烦闷……闷……

黑影漫上屋顶去，什么都看不见了，时间一分一分的过去了。

风大了，那壁厢放起光明。繁星历乱的飞舞进来。星光中间，缓缓的走进一个白衣的妇女，右手撩着裙子，左手按着额前。走近了，清香随将过来；渐渐的俯下身来看着，静穆不动的看着，——目光里充满了爱。

神经一时都麻木了！起来罢，不能，这是摇篮里，呀！母亲，——慈爱的母亲。

母亲呵！我要起来坐在你的怀里，你抱我起来坐在你的怀里。

母亲呵！我们只是互相牵连，永远不互相遗弃。

渐渐的向后退了，目光仍旧充满了爱。模糊了，星落如雨，横飞着都聚到屋角的黑影上。

"母亲呵，别走，别走！……"

十几年来隐藏起来的爱的神情，又呈露在何彬的脸上；十几年来不见点滴的泪儿，也珍珠般散落了下来。

清香还在，白衣的人儿还在。微微的睁开眼，四面的白壁，一天的微光，屋角的几堆黑影上，送过清香来。——刚动了一动，忽然觉得有一个小人儿，蹑手蹑脚的走出去，临到门口，还回过小脸儿来，望了一望。他是深夜的病人——是禄儿。

何彬竭力的坐起来。那边捆好了的书籍上面，放着一篮金黄色的花儿。他穿着单衣走了过去，花篮底下还压着一张纸，上面大字纵横，借着微光看时，上面是：

> 我也不知道怎样可以报先生的恩德。我在先生门口看了几次，桌子上都没有摆着花儿。——这里有的是卖花的，不知道先生看见过没有？——这篮子里的花，我也不知道是什么名字，是我自己种的，倒是香得很，我最爱它。
>
> 我想先生也必是爱它。我早就要送给先生了，但是总没有机会。昨天听见先生要走了，所以赶紧送来。

　　我想先生一定是不要的。然而我有一个母亲，她因为爱我的缘故，也很感激先生。先生有母亲么？她一定是爱先生的。这样我的母亲和先生的母亲是好朋友了。所以先生必要收母亲的朋友的儿子的东西。

禄儿叩上

　　何彬看完了，捧着花儿，回到床前，什么定力都尽了，不禁呜呜咽咽的痛哭起来。

　　清香还在，母亲走了！窗内窗外，互相辉映的，只有月光，星光，泪光。

　　早晨程姥姥进来的时候，只见何彬都穿着好了，帽儿戴得很低，背着脸站在窗前。程姥姥陪笑着问他用不用点心，他摇了摇头。——车也来了，箱子也都搬下去了，何彬泪痕满面，静默无声的谢了谢程姥姥，提着一篮的花儿，遂从此上车走了。

　　禄儿站在程姥姥的旁边，两个人的脸上，都堆着惊讶的颜色。看着车尘远了，程姥姥才回头对禄儿说："你去把那间空屋子收拾收拾，再锁上门罢，钥匙在门上呢。"

　　屋里空洞洞的，床上却放着一张纸，写着：

　　　　小朋友禄儿：

　　　　我先要深深的向你谢罪，我的恩德，就是我的罪恶。

　　　　你说你要报答我，我还不知道我应当怎样的报答你呢！

　　　　你深夜的呻吟，使我想起了许多的往事。头一件就是我的母亲，她的爱可以使我止水似的感情，重要荡漾起来。我这十几年来，错认了世界是虚空的，人生是无意识的，爱和怜悯都是恶德。我给你那医药费，里面不含着丝毫的爱和怜悯，不过是拒绝你的呻吟，拒绝我的母亲，拒绝了宇宙和人生，拒绝了爱和怜悯。上帝呵！这是什么念头呵！

　　　　我再深深的感谢你从天真里指示我的那几句话。小朋友呵！不错的，世界上的母亲和母亲都是好朋友，世界上的儿子和儿子也都是好朋友，都是互相牵连，不是互相遗弃的。

　　　　你送给我那一篮花之先，我母亲已经先来了。她带了你的爱来感动我。我必不忘记你的花和你的爱，也请你不要忘了，你的花和你的爱，是借着你朋友的母亲带了来的！

　　　　我是冒罪丛过的，我是空无所有的，更没有东西配送给你。——然而这时伴着我的，却有悔罪的泪光，半弦的月光，灿烂的星光。宇宙间只有它们是纯洁无疵的。

　　　　我要用一缕柔丝，将泪珠儿穿起，系在弦月的两端，摘下满天的星儿来盛在弦月的圆凹里，不也是一篮金黄色的花儿么？它的香气，就是悔罪的人呼吁的言词，请你收了罢。只有这一篮花配送给你！

　　　　天已明了，我要走了。没有别的话说了，我只感谢你，小朋友，再见！再见！世界上的儿子和儿子都是好朋友，我们永远是牵连着呵！

何彬草

　　用不着都慌得，因为你懂得的，比我多得多了！又及。

　　"他送给我的那一篮花儿呢？"禄儿仰着黑胖的脸儿，呆呆的望着天上。

（1921年4月《小说月报》第12卷第4号）

潘先生在难中

叶圣陶

车站里挤满了人，各有各的心事，都现出异样的神色。脚夫的两手插在号衣的口袋里，睡着一般地站着；他们知道可以得到特别收入的时间离得还远，也犯不着老早放出精神来。空气沉闷得很，人们略微感到呼吸的受压迫，大概快要下雨了。电灯亮了一会了，仿佛比平时昏黄一点，望去好像一切的人物都在雾里梦里。

揭示处的黑漆版上标明西来的快车须迟到四点钟。这个报告在几点钟以前早就教人家看熟了，现在便同风化了的戏单一样，没有一个人再望它一眼。像这种报告，在这一个礼拜里，几乎每天每趟的行车都有：大家也习以为当然了。

不知几多人心系着的来车居然到了，闷闷的一个车站就一变而为扰扰的境界。来客的安心，候客者的快意，以及脚夫的小小发财，我们且都不提。单讲一位从让里来的潘先生。他当火车没有驶进站场之先，早已调排得十分周妥：他领头，右手提着个黑漆皮包，左手牵着个七岁的孩子；七岁的孩子牵着他哥哥（今年九岁），哥哥又牵着他母亲。潘先生说人多照顾不齐，这么牵着，首尾一气，犹如一条蛇，什么地方都好钻了。他又屡次叮嘱，教大家握得紧紧，切勿放手；尚恐大家万一忘了，又屡次摇荡他的左手，意思是教把这警告打电报一般一站站递过去。

首尾一气诚然不错，可是也不能全乎没有弊病。火车将停时，所有的客人和东西都要涌向车门，潘先生一家的那条蛇就有点尾大不掉了。他用黑漆皮包做前锋，胸腹部用力向前抵，居然进展到距车门只两个窗洞的地位。但是他的七岁的孩子还在距车门四个窗洞的地方，被挤在好些客人和坐椅之间，一动不能动；两臂一前一后，伸得很长，前后的牵引力都很大，似乎快要把胳臂拉了去的样子。他急得直喊："啊！我的胳臂！我的胳臂！"

一些客人听见了带哭的喊声，方才知道腰下挤着个孩子；留心一看，见他们四个人一串，手联手牵着。一个客人呵斥道，"赶快放手；要不然，把孩子拉做两半了！"

"怎么弄的，孩子不抱在手里！"又一个客人用鄙夷的声气自语，一方面他仍注意在攫得向前行进的机会。

"不，"潘先生心想他们的话不对的，牵着自有牵着的妙用；再转一念，妙用岂是人人能够了解的，向他们辩白，也不过徒劳唇舌，不如省些精神吧：就把以下的话咽了下去。而七岁的孩子还是"胳臂！胳臂！"喊着，潘先生前进后退都没有希望，只得自己失约，先放了手，随即惊惶地发命令道，"你们看着我！你们看着我！"

车轮一顿，在轨道上站定了；车门里弹出去似地跳下了许多人。潘先生觉得前头松动了些；但是后面的力量突然增加，他的脚作不得一点主，只得向前推移；要回转头来招呼自己的队伍，也不得自由，于是对着前面的人的后脑叫喊："你们跟着我！你们跟着我！"

他居然从车门里被弹出来了。旋转身子看，后面没有他的儿子同夫人。心知他们还挤在车中，守住车门老等总是稳当的办法。又下来了百多人，方才看见脚踏上人丛中现出七岁的孩子的上半身，承着电灯光，面目作哭泣的形相。他走前去，几次被跳下来的客人冲回，才用左臂把孩子抱了下来。再等了一会，潘师母同九岁的孩子也下来了；她吁吁地呼着气，连喊"啊唷，啊唷"，凄然的眼光相着潘先生的脸，似乎要求抚慰的孩子。

潘先生到底镇定，看见自己的队伍全下来了，重又发命令道，"我们仍旧同刚才这样联起来。你们看月台上的人这么多，收票处又挤得厉害，要不是联着，就要走散了！"

七岁的孩子觉得害怕，拦住他的膝头说，"爸爸，抱。"

"没用的东西！"潘先生颇有点愤怒，但随即耐住，蹲下身子把孩子抱了起来。同时关照大的孩子拉着他的长衫的后幅，一手要紧紧牵着母亲，因为他自己两只手都不空了。

潘师母向来不曾受过这样的困累，好容易下了车，却还有可怕的拥挤在前头，不禁发怨道："早知道这样子，宁可死在家里，再也不要逃难的了！"

"悔什么！"潘先生一半发气，一半又觉得怜惜。"到了这里，懊悔也是没用。并且，性命到底安全了。走吧，当心脚下。"于是四个一串向人丛中蹒跚地移过去。

一阵的拥挤，潘先生如在梦里似的，出了收票处的隘口。他仿佛急流里的一滴水滴，没有回旋转侧的余地，只有顺着大众的势，脚不点地地走。一会儿，已经出了车站的铁栅栏，跨过了电车轨道，来到水门汀的旁路上。慌忙地回转身来，只见数不清的给电灯光耀得发白的面孔以及数不清的提箱与包裹，一齐向自己这边涌来，忽然觉得长衫后幅上的小手没有了，不知什么时候放了的；心头怅惘到不可言说，只是无意识地把身子乱转。转了几回，一丝影踪也没有。家破人亡之感立时袭进他的心门，禁不住渗出两滴眼泪来，望出去电灯人形都有点模糊了。

幸而抱着的孩子眼光敏锐，他瞥见母亲的疏疏的额发，便认识了，举起手来指点着，"妈妈，那边。"

潘先生一喜；但是还有点不大相信，眼睛凑近孩子的衣衫擦了擦，然后望去。搜寻了一会儿，果然看见他的夫人呆鼠一般在人丛中瞎撞，前面护着那大的孩子，他们还没有跨过电车轨道呢。他便向前迎上去，连喊着"阿大"，把他们引到刚才站定的人行道上。于是放下手中的孩子，舒畅地吐一口气，一手抹着脸上的汗说："现在好了！"的确好了，只要跨出那一道铁栅栏，就有人保险，什么兵火焚掠都遭逢不到；而已经散失的一妻一子，又幸运得很，一寻即着：岂不是四条性命，一个皮包，都从毁灭和危难的当中捡了回来么？岂不是"现在好了"？

"黄包车！"潘先生很入调地喊。

车夫们听见了，一齐拉着车围拢来，问他到什么地方。

他昂起一点头，似乎增加了好几分威严，伸出两个指头扬着说："只消两辆！两辆！"他想了一想，继续说，"十个铜子，四马路，去的就去！"这分明表示他是个"老上海"。

辩论了好一会，终于讲定十二个铜子一辆。潘师母带着大的孩子坐一辆，潘先生带着小的孩子同黑漆皮包坐一辆。

车夫刚要拔脚前奔，一个背枪的印度巡捕一臂在前面一横，只得缩住了。小的孩子看这个人的形相可怕，不由得回过脸来，贴着父亲的胸际。

潘先生领悟了，连忙解释道："不要害怕，那就是印度巡捕，你看他的红包头。我们因为本地没有他，所以要逃到这里来；他背着枪保护我们。他的胡子很好玩的，你可以看一看，同罗汉的胡子一个样子。"

孩子总觉得怕，便是同罗汉一样的胡子也不想看。直到听见当当的声音，才从侧边斜睨过去，只见很亮很亮的一个房间一闪就过去了；那边一家家都是花花灿灿的，灯点得亮亮的，他于是不再贴着父亲的胸际。

到了四马路，一连问了八九家旅馆，都大大的写着"客满"的牌子；而且一望而知情商也没用，因为客堂里都搭起床铺，可知确实是住满了。最后到一家也标着"客满"，但是一个伙计懒懒地开口道，"找房间么？"

"是找房间，这里还有么？"一缕安慰的心直透潘先生的周身，仿佛到了家似的。

"有是有一间，客人刚刚搬走，他自己租了房子了。你先生若是迟来一刻，说不定就没有了。"

"那一间就归我们住好了。"他放了小的孩子，回身去扶下夫人同大的孩子来，说："我们总算运气好，居然有房间住了！"随即付车钱，慷慨地照原价加上一个铜子；他相信运气好的时候多给人一些好处，以后好运气会连续而来的。但是车夫偏不知足，说跟着他们来回回去走了这多时，非加上五个铜子不可。结果旅馆里的伙计出来调停，潘先生又多破费了四个铜子。

这房间就在楼下，有一个床，一盏电灯，一桌，两把椅子，此外就只有烟雾一般的一房间的空气了。潘先生一家跟着茶房走进去时，立刻闻到刺鼻的油腥味，中间又混着阵阵的尿臭。潘先生不快地自语道："讨厌的气味!"随即听见隔壁有食料投下油锅的声音,才知道原是一间厨房。再一想时,气味虽讨厌,究竟比吃枪子睡露天好多了;也就觉得没有什么,舒舒泰泰在一把椅子上坐下。

"用晚饭吧?"茶房放下皮包回头问。

"我要吃火腿汤淘饭,"小的孩子咬着指头说。

潘师母马上对他看个白眼,凛然说:"火腿汤淘饭!是逃难呢,有得吃就好了,还要这样那样点戏!"

大的孩子也不知道看看风色,央着潘先生说:"今天到上海了,你给我吃大菜。"

潘师母竟然发怒了,她回头呵斥道:"你们都是没有心肝的,只配什么也没得吃,活活地饿……"

潘先生有点儿窘,却作没事的样子说:"小孩子懂得什么。"便吩咐茶房道:"我们在路上吃了东西了,现在只消来两客蛋炒饭。"

茶房似答非答地一点头就走,刚出房门,潘先生又把他喊回来道:"带一斤绍兴,一毛钱熏鱼来。"

茶房的脚声听不见了,潘先生舒快地对潘师母道:"这一刻该得乐一乐,喝一杯。你想,从兵祸凶险的地方,来到这绝无其事的境界,第一件可乐。刚才你们忽然离开了我,找了半天找不见,真把我急得要死了;倒是阿二乖觉(他说着,把阿二拖在身边,一手轻轻地拍着),他一眼便看见了你,于是我迎上来,这是第二件可乐。乐哉乐哉,陶陶酌酌一杯。"他作举杯就口的样子,迷迷地笑着。

潘师母不响,她正想着家里呢。细软的虽然已经带在皮包里以及寄到教堂里去了,但是留下的东西究竟还不少。不知王妈到底可靠不可靠;又不知隔壁那家穷人家会不会知道他们一家都出来了,只剩个王妈在家里看守;又不知王妈睡觉时,会不会忘了关上一扇门或是一扇窗。她又想起院子里的三只母鸡,没有完工的阿二的裤子,厨房里的一碗白�鸭……真同通了电一般,一刻之间,种种的事情都涌上心头,觉得异样地不舒服;便叹口气道:"不知弄到怎样呢!"

两个孩子都怀着失望的心情,茫昧地觉得这样的上海没有平时父亲嘴里的上海来得好玩而有味。

疏疏的雨点从窗外洒进来,潘先生站起来说:"果真下雨了,幸亏在这时候下,"就把窗子关上。突然看见原先给窗子掩没的旅客须知单,他便想起一件顶要紧的事情,一眼不眨地直注着那单子看。

"不折不扣,两块!"他惊讶地喊。回转头时,眼珠瞪着潘师母,一段舌头从嘴里伸了出来。

第二天早上,走廊中茶房们正蜷在几条长凳上熟睡,狭得只有一条的天井上面很少有晨光透下来,几许房间里的电灯还是昏黄地亮着。但是潘先生夫妇两个已经在那里谈话了;两个孩子希望今天的上海或许比昨晚的好一点,也醒了一会了,只因父母教他们再睡一会,所以还躺在床上,彼此呵痒为戏。

"我说你一定不要回去,"潘师母焦心地说。"这报上的话,知道它靠得住靠不住。既然千难万难地逃了出来,哪有立刻又回去的道理!"

"料是我早先也料到的。顾局长的脾气就是一点不肯马虎。'地方上又没有战事,学自然照常要开的,'这句话确然是他的声口。这个通信员我也认识,就是教育局里的职员,又那里会靠不住?回去是一定要回去的。"

"你要晓得,回去危险呢!"潘师母凄然地说。"说不定三天两天他们就会打到我们那地方去,你就是回去开学,有什么学生来念书?就是不打到我们那地方,将来教育局长怪你为什么不开学时,你也有话回答。你只要问他,到底性命要紧还是学堂要紧?他也是一条性命,想来决不会对你过不去。"

"你懂得什么!"潘先生颇怀着鄙薄的意思。"这种话只配躲在家里,伏在床角里,由你这种女人去说;你道我们也说得出口的么!你切不要拦阻我(这时候他已转为抚慰的声调),回去是一定要回去的;但是决没有一点危险,我自有保全自己的法子。而且(他自喜心思灵捷,微微笑着),你不是很不放心家里的东西么?我回去了,就可以自己照看,你也能定心定意住在这里了。等到时局平定了,我马上来接你们回去。"

潘师母知道丈夫的回去是万无挽回的了。回去可以照看东西固然很好;但是风声这样地紧,一去之后,犹如珠子抛在海里,谁保得定必能捞回来呢!生离死别的哀感涌上她的心头,再不敢正眼看她的丈夫,眼泪早在眼角边偷偷地想跑出来了。她又立刻想起这个场面不大吉利,现在并没有什么不好的事情,怎么能凄惨地流起泪来。于是勉强忍住,聊作自慰的请求道:"那么你去看看情形,假使教育局长并没有照常开学这句话,要是还来得及,你就搭了今天下午的车来,不然,搭了明天的早车来。你要知道(她到底忍不住,一滴眼泪落在手背,立刻在衫子上擦去了),我不放心呢!"

潘先生心里也着实有点烦乱，局长的意思照常开学，自己万无主张暂缓开学之理，回去当然是天经地义。但是又怎么放得下这里！看他夫人这样的依依之情，断然一走，未免太没有恩义。又况一个女人两个孩子都是很懦弱的，一无依傍，寄住在外边，怎能断言决没有意外？他这样想时，不禁深深地发恨：恨这人那人调兵遣将，预备作战，恨教育局长主张照常开课，又恨自己没有个已经成年，可以帮助一臂的儿子。

但是他究竟不比女人，他更从利害远近种种方面着想，觉得回去终于是天经地义，便把恼恨搁在一旁，脸上也不露一毫形色，顺着夫人的口气点头道："假若打听明白局长并没有这意思，依你的话，就搭了下午的车来。"

两个孩子约略听得回去和再来的话，小的就伏在床沿作娇道："我也要回去。"

"我同爸爸妈妈回去，剩下你独个儿住在这里，"大的孩子扮着鬼脸说。

小的听着，便迫紧喉咙叫唤，作啼哭的腔调，小手擦着眉眼的部分，但眼睛里实在没有眼泪。

"你们都跟着妈妈留在这里，"潘先生提高了声音说。"再不许胡闹了，好好儿起来等吃早饭吧。"说罢，又嘱咐了潘师母几句，径出雇车，赶往车站。

模糊地听得行人在那里说铁路已断火车不开的话，潘先生想，"火车如果不开，倒死了我的心，就是立刻免职也只得由他了。"同时又觉得这消息很使他失望；又想他若是运气好，未必会逢到这等失望的事，那么行人的话也未必可靠。欲决此疑，只希望车夫三步并作一步跑。

他的运气诚然不坏，赶到车站一看，并没有火车不开的通告；揭示处只标明夜车要迟四点钟才到，这一刻还没到呢。买票处绝不拥挤，时有一两个人前去买票。聚集在站中的人却不少，一半是候客的，一半是为看看来的，也有带着照相器具的，专等夜车到时摄取车站拥挤的情形，好作《风云变幻史》的一页。行李房满满地堆着箱子铺盖，各色各样，几乎碰到铅皮的屋面。

他心中似乎很安慰，又似乎有点儿怅惘，顿了一顿，终于前去买了一张三等票，就走入车厢里坐着。晴明的阳光照得一车通亮，温温地不嫌燠热；坐位很宽舒，就是勉强要躺躺也可以。他想："这是难得逢到的。倘若心里没有事，真是一趟愉快的旅行呢。"

这趟车一路耽搁，听候军人的命令，等待兵车的通过。直到抵达让里，已是下午三点过了。潘先生下了车，急忙赶到家，看见大门紧紧关着，心便一定，原来昨天再四叮嘱王妈的就是这一件。

扣了十几下，王妈方才把门开了。一见潘先生，出惊地说，"怎么，先生回来了！不用逃难了么？"

潘先生含糊地回答了她；奔进里面四周一看，便开了房门的锁，直闯进去上下左右打量着。没有变更，一点没有变更，什么都同昨天一样。于是他吊起的一半心放下来了。还有一半心没放下，便又锁上房门，回身出门；吩咐王妈道："你照旧好好把门关上了。"

王妈摸不清头绪，关了门进去只是思索。她想主人们一定就住在本地，恐怕她也要跟去，所以骗她说逃到上海去。"不然，怎么先生又回来了？奶奶同两个孩子不一同来，又躲在什么地方呢？但是，他们为什么不让我跟了去？这自然嫌着人多了不好。——他们一定就住在那洋人的红房子里，那些兵都讲通的，打起仗来不打那红房子。——其实就是老实告诉我，要我跟去，我也不高兴呢。我在这里一点也不怕；如果打仗打到这里来，横竖我的老衣早做好了。"她随即想到甥女儿送她的一双绣花鞋真好看，穿了这鞋子上西方，阎王一定另眼相看；于是她感到一种微妙的舒快，不再想主人究竟在那里的问题。

潘先生出门，就去访那当通信员的教育局职员，问他局长究竟有没有照常开学的意思。那人回答道："怎么没有？他还说有一些教员只顾逃难，不顾职务，这就是表示教育的事业不配他们干的；乘此淘汰一下也是好处。"潘先生听了，仿佛觉得一凛；但又赞赏自己的有主意，决定回来到底是不错的。一口气奔到自己的学校里，提起笔来就起草送给学生家属的通告。意思是说兵乱虽然可虑，子弟的教育犹如布帛菽粟，是一天一刻不可废弃的，现在暑假期满，学校照常开学。从前欧洲大战的时候，人家天空里布着御防炸弹的网，下面学校里却依然在那里上课：这种非常的精神，我们应当不让他们专美于前。希望家长们能够体谅这一层意思，若无其事地依旧把子弟送来：这不仅是家庭和学校的益处，也是地方和国家的荣誉。

他起好草稿，往复看了三遍，觉得再没有可以增损，局长看见了，至少也得说一声"先得我心"。便得意地誊上蜡纸，又自己动手印刷了百多张，派校役向一个学生家里送去。公事算是完毕了，开始想到私事；既要开学，上海是去不成了，他们母子三个住在旅馆里怎么挨得下去！但也没有办法，惟有教他们一切留意,安心住着。于是蘸着刚才的残墨写寄与夫人的信。

下一天,他从茶馆里得到确实的信息,铁路真个不通了。他心头突然一沉,似乎觉得最亲热的一妻两儿忽地乘风飘去,飘得很远,几乎至于渺茫。没精没采地踱到学校里,校役回报昨天的使命道,"昨天出去送通告,有二十多家关上了大门,打也打不开,只好从门缝里塞进去。有三十多家只有佣人在家里,主人逃到上海去了,孩子当然跟了去,不一定几时才能回来念书。其余的都说知道了;有的又说性命还保不定安全,读书的事再说吧。"

"哦,知道了。"潘先生并不留心在这些上边,更深的忧虑正萦绕在他的心头。他抽完了一支烟卷以后,应走的路途决定了,便赶到红十字会分会的办事处。

他缴纳会费愿做会员;又宣称自己的学校房屋还宽敞,愿意作为妇女收容所,到万一的时候收容妇女。这是慈善的举措,当然受热诚的欢迎,更兼潘先生本来是体面的大家知道的人物。办事处就给他红十字的旗子,好在学校门前张起来;又给他红十字的徽章,标明他是红十字会的一员。

潘先生接旗子和徽章在手,像捧着救命的神符,心头起一种神秘的快慰。"现在什么都安全了!但是……"想到这里,便笑向办事处的职员道,"多给我一面旗,几个徽章罢。"他的理由是学校还有个侧门,也得张一面旗,而徽章这东西太小巧,恐怕偶尔遗失了,不如多备几个在那里。

办事员同他说笑话,这东西又不好吃的,拿着玩也没有什么意思,多拿几个也只作一个会员,不如不要多拿罢。但是终于依他的话给了他。

两面红十字旗立刻在新秋的轻风中招展,可是学校的侧门上并没有旗,原来移到潘先生家的大门上去了。一个红十字徽章早已缀上潘先生的衣襟,闪耀着慈善庄严的光,给与潘先生一种新的勇气。其余几个呢,重重包裹,藏在潘先生贴身小衫的一个口袋里。他想,"一个是她的,一个是阿大的,一个是阿二的。"虽然他们远处在那渺茫难接的上海,但是仿佛给他们加保了一重险,他们也就各各增加一种新的勇气。

碧庄地方两军开火了。

让里的人家很少有开门的,店铺自然更不用说,路上时时有兵士经过。他们快要开拔到前方去,觉得最高的权威附灵在自己身上,什么东西都不在眼里,只要高兴提起脚来踩,都可以踩做泥团踩做粉。这就来了拉夫的事情:恐怕被拉的人乘隙脱逃,便用长绳一个联一个拴着胳臂,几个弟兄在前,几个弟兄在后,一串一串牵着走。因此,大家对于出门件事都觉得危惧,万不得已时,也只从小巷僻路走,甚至佩着红十字徽章如潘先生之辈,也不免怀着戒心,不敢大模大样地踱来踱去。于是让里的街道见得又清静又宽阔了。

上海的报纸好几天没来。本地的军事机关却常常有前方的战报公布出来,无非是些"敌军大败,我军进展若干里"的话。街头巷尾贴出一张新鲜的战报时,也有些人慢慢聚集拢来,注目看着。但大家看罢以后依然不能定心,好似这布告背后还有许多话没说出来,于是怅怅地各自散了,眉头照旧皱着。

这几天潘先生无聊极了。最难堪的,自然是妻儿远离,而且消息不通,而且似乎有永远难通的朕兆。次之便是自身的问题,"碧庄冲过来只一百多里路,这徽章虽说有用处,可是没有人写过笔据,万一没有用,又向谁去说话? ——枪子炮弹劫掠放火都是真家伙,不是耍的,到底要多打听多走门路才行。"他于是这里那里探听前方的消息,只要这消息与外间传说的不同,便觉得真实的成分越多,即根据着盘算对于自身的利害。街上如其有一个人神色仓皇急忙行走时,他便突地一惊,以为这个人一定探得确实而又可怕的消息了;只因与他不相识,"什么!"一声就在喉际咽住了。

红十字会派人在前方办理救护的事情,常有人搭着兵车回来,要打听消息自然最可靠了。潘先生虽然是个会员,却不常到办事处去探听,以为这样就是对公众表示胆怯,很不好意思。然而红十字会究竟是可以得到真消息的机关,舍此他求未免有点傻,于是每天傍晚到姓吴的办事员家里去打听。姓吴的告诉他没有什么,或者说前方抵住在那里,他才透了口气回家。

这一天傍晚,潘先生又到姓吴的家里;等了好久,姓吴的才从外面走进来。

"没有什么吧?"潘先生急切地问。"照布告上说,昨天正向对方总攻击呢。"

"不行,"姓吴的忧愁地说;但随即咽住了,捻着唇边仅有的几根二三分长的髭须。

"什么!"潘先生心头突地跳起来,周身有一种拘牵不自由的感觉。

姓吴的悄悄地回答,似乎防着人家偷听了去的样子,"确实的消息,正安(距碧庄八里的一个镇)今天早上失守了！"

"啊！"潘先生发狂似地喊出来。顿了一顿，回身就走，一壁说道，"我回去了！"

路上的电灯似乎特别昏暗，背后又仿佛有人追赶着的样子，惴惴地，歪斜的急步赶到了家，叮嘱王妈道，"你关好门安睡好了，我今夜有事，不回来住了。"他看见衣橱里有一件绉纱的旧棉袍，当时没收拾在寄出去的箱子里，丢了也可惜；又有孩子的几件布夹衫，仔细看时还可以穿穿；又有潘师母的一条旧绸裙，她不一定舍得便不要它：便胡乱包在一起，提着出门。

"车！车！福星街红房子，一毛钱。"

"哪里有一毛钱的？"车夫懒懒地说。"你看这几天路上有几辆车？不是拼死寻饭吃的，早就躲起来了。随你要不要，三毛钱。"

"就是三毛钱，"潘先生迎上去，跨上脚踏坐稳了，"你也得依着我，跑得快一点！"

"潘先生，你到哪里去？"一个姓黄的同业在途中瞥见了他，站定了问。

"哦，先生，到那边……"潘先生失措地回答，也不辨问他的是谁；忽然想起回答那人简直是多事——车轮滚得绝快，那人决不会赶上来再问，——便缩住了。

红房子里早已住满了人，大都是十天以前就搬来的，儿啼人语，灯火这边那边亮着，颇有点热闹的气象。主人翁见面之后，说，"这里实在没有余屋了。但是先生的东西都寄在这里，也不好拒绝。刚才有几位匆忙地赶来，也因不好拒绝，权且把一间做厨房的厢房让他们安顿。现在去同他们商量，总可以多插你先生一个。"

"商量商量总可以，"潘先生到了家似地安慰。"何况在这样时候。我也不预备睡觉，随便坐坐就得了。"

他提着包裹跨进厢房的当儿，以为自己受惊太利害了，眼睛生了翳，因而引起错觉；但是闭一闭眼睛再睁开来时，所见依然如前，这靠窗坐着，在那里同对面的人谈话，上唇翘起两笔浓须的，不就是教育局长么？

他顿时踌躇起来，已跨进去的一只脚想要缩出来，又似乎不大好。那局长也望见了他，尴尬的脸上故作笑容说，"潘先生，你来了，进来坐坐。"主人翁听了，知道他们是相识的，转身自去。

"局长先在这里了。还方便吧，再容一个人？"

"我们只三个人，当然还可以容你。我们带着席子；好在天气不很凉，可以轮流躺着歇歇。"

潘先生觉得今晚上局长特别可亲，全不像平日那副庄严的神态，便忘形地直跨进去说，"那么不客气，就要陪三位先生过一夜了。"

这厢房不很宽阔。地上铺着一张席子，一个戴眼镜的中年人坐在上面，略微有疲倦的神色，但绝无欲睡的意思。锅灶等东西贴着一壁。靠窗一排摆着三只凳子，局长坐一只，头发梳得很光的二十多岁的人，局长的表弟，坐一只，一只空着。那边的墙角有一只柳条箱，三个衣包，大概就是三位先生带来的。仅仅这些，房间里已没有空地了。电灯的光本来很弱，又蒙上了一层灰尘，照得房间里的人物都昏暗模糊。

潘先生也把衣包放在那边的墙角，与三位的东西合伙。回过来谦逊地坐上那只空凳子。局长给他介绍了自己的同伴，随后说，"你也听到了正安的消息么？"

"是呀，正安。正安失守，碧庄未必靠得住呢。"

"大概这方面对于南路很疏忽，正安失守，便是明证。那方面从正安袭取碧庄是最便当的，说不定此刻已被他们得手了。要是这样，不堪设想！"

"要是这样，这里非糜烂不可！"

"但是，这方面的杜统帅不是庸碌无能的人，他是著名善于用兵的，大约见得到这一层，总有方法抵挡得住。也许就此反守为攻，势如破竹，直捣那方面的巢穴呢。"

"若能这样，战事便收场了，那就好了！——我们办学的就可以开起学来，照常进行。"

局长一听到办学，立刻感到自己的尊严，捻着浓须叹道，"别的不要讲，这一场战争，大大小小的学生吃亏不小呢！"他把坐在这间小厢房里的局促不舒的感觉忘了，仿佛堂皇地坐在教育局的办公室里。

坐在席子上的中年人仰起头来含恨似地说，"那方面的朱统帅实在可恶！这方面打过去，他抵抗些什么，——他没有不终于吃败仗的。他若肯漂亮点儿让了，战事早就没有了。"

"他是傻子，"局长的表弟顺着说，"不到尽头不肯死心的。只是连累了我们，这当儿坐在这又暗又窄的房间里。"他带着玩笑的神气。

潘先生却想念起远在上海的妻儿来了。他不知道他们可安好,不知道他们出了什么乱子没有,不知道他们此刻睡了不曾,抓既抓不到,想象也极模糊;因而想自己的被累要算最深重了,凄然望着窗外的小院子默不作声。

"不知道到底怎么样呢!"他又转而想到那个可怕的消息以及意料所及的危险,不自主地吐露了这一句。

"难说,"局长表示富有经验的样子说。"用兵全在趁一个机,机是刻刻变化的,也许竟不为我们所料,此刻已……所以我们……"他对着中年人一笑。

中年人,局长的表弟同潘先生三个已经领会局长这一笑的意味;大家想坐在这地方总不至于有什么,也各安慰地一笑。

小院子里长满了草,是蚊虫同各种小虫的安适的国土。厢房里灯光亮着,虫子齐飞了进来。四位怀着惊恐的先生就够受了;扑头扑面的全是那些小东西,蚊虫突然一针,痛得直跳起来。又时时停语侧耳,惶惶地听外边有没有枪声或人众的喧哗。睡眠当然是无望了,只实做了局长所说的轮流躺着歇歇。

下一天清晨,潘先生的眼球上添了几缕红丝;风吹过来,觉得身上很凉。他急欲知道外面的情形,独个儿闪出红房子的大门。路上同平时的早晨一样,街犬竖起了尾巴高兴地这头那头望,偶尔走过一两个睡眼惺忪的人。他走过去,转入又一条街,也听不见什么特别的风声。回想昨夜的匆忙情形,不禁心里好笑。但是再一转念,又觉得实在并无可笑,小心一点总比冒险好。

二十余天之后,战事停止了。大众点头自慰道,"这就好了!只要不打仗,什么都平安了!"但是潘先生还不大满意,铁路还没通,不能就把避居上海的妻儿接回来。信是来过两封了,但简略得很,比不看更教他想念。他又恨自己到底没有先见之明;不然,这一笔冤枉的逃难费可以省下,又免得几十天的孤单。

他知道教育局里一定要提到开学的事情了,便前去打听。跨进招待室,看见局里的几个职员在那里裁纸磨墨,象是办喜事的样子。

一个职员喊道,"巧得很,潘先生来了!你写得一手好颜字,这个差使就请你当了吧。"

"这么大的字,非得潘先生写不可,"其余几个人附和着。

"写什么东西?我完全茫然。"

"我们这里正筹备欢迎杜统帅凯旋的事务。车站的两头要搭起四个彩牌坊,让杜统帅的花车在中间通过。现在要写的就是牌坊上的几个字。"

"我哪里配写这上边的字?"

"当仁不让,""一致推举,"几个人一哄地说;笔杆便送到潘先生手里。

潘先生觉得这当儿很有点意味,接了笔便在墨盆里蘸墨汁。凝想一下,提起笔来在蜡笺上一并排写"功高岳牧"四个大字。第二张写的是"威镇东南"。又写第三张,是"德隆恩溥"。——他写到"溥"字,仿佛看见许多影片,拉夫,开炮,焚烧房屋,奸淫妇人,菜色的男女,腐烂的死尸,在眼前一闪。

旁边看写字的一个人赞叹说,"这一句更见恳切。字也越来越好了。"

"看他对上一句什么,"又一个说。

1924 年 11 月 27 日

(原载一九二五年一月十日《小说月报》第十六卷第一期)

春风沉醉的晚上

郁达夫

在沪上闲居了半年，因为失业的结果，我的寓所迁移了三处。最初我住在静安寺路南的一间同鸟笼似的永也没有太阳晒着的自由的监房里。这些自由的监房的住民，除了几个同强盗小窃一样的凶恶裁缝之外，都是些可怜的无名文士，我当时所以送了那地方一个 Yellow Grub Street（注：黄种人的寒士街，寒士街是伦敦以前的一条街名）的称号。在这 Grub Street 里住了一个月，房租忽涨了价，我就不得不拖了几本破书，搬上跑马厅附近一家相识的栈房里去。后来在这栈房里又受了种种逼迫，不得不搬了，我便在外白渡桥北岸的邓脱路中间，日新里对面的贫民窟里，寻了一间小小的房间，迁移了过去。

邓脱路的这几排房子，从地上量到屋顶，只有一丈几尺高。我住的楼上的那间房里，更是矮小得不堪。若站在楼板上伸一伸懒腰，两只手就要把灰黑的屋顶穿通的。从前面的弄里踱进了那房子的门，便是房主的住房。在破布，洋铁罐，玻璃瓶，旧铁器堆满的中间，侧着身子走进两步，就有一张中间有几根横档跌落的梯子靠墙摆在那里。用了这张梯子往上面的黑黝黝的一个二尺宽的洞里一接，即能走上楼去。黑沉沉的这层楼上，本来只有猫额那样大，房主人却把它隔成了两间小房，外面一间是一个 N 烟公司的女工住在那里，我所租的是梯子口头的那间小房，因为外间的住者要从我的房里出入，所以我的每月的房租要比外间的便宜几角小洋。

我的房主，是一个五十来岁的弯腰老人。他的脸上的青黄色里，映射着一层暗黑的油光。两只眼睛是一只大一只小，颧骨很高，额上颊上的几条皱纹里满砌着煤灰，好像每天早晨洗也洗不掉的样子。他每日于八九点钟的时候起来，咳嗽一阵，便挑了一双竹篮出去，到午后的三四点钟总仍旧是挑了一双空篮回来的，有时挑了满担回来的时候，他的竹篮里便是那些破布，破铁器，玻璃瓶之类。像这样的晚上，他必要去买些酒来喝喝，一个人坐在床沿上瞎骂出许多不可捉摸的话来。

我与间壁的同寓者的第一次相遇，是在搬来的那天午后。春天的急景已经快晚了的五点钟的时候，我点了一支蜡烛，在那里安放几本刚从栈房里搬过来的破书。先把它们叠成了两方堆，一堆小些，一堆大些，然后把两个二尺长的装画的画架覆在大一点的那堆书上。因为我的器具都卖完了，这一堆书和画架白天要当写字台，晚上可以当床睡觉。摆好了画架的板，我就朝着了这张由书叠成的桌子，坐在小一点的那堆书上吸烟，我的背自然朝着了梯子的接口。我一边吸烟，一边在那里呆看放在桌上的蜡烛火，忽而听见梯子口上起了响动。回头一看，我只见了一个自家的扩大的投射影子，此外什么也辨不出来，但我的听觉分明告诉我说："有人上来了。"我向暗中凝视了几秒钟，一个圆形灰白的面貌，半截纤细的女人的身体，方才映到我的眼帘上来。一见了她的容貌，我就知道她是我的间壁的同居者了。因为我来找房子的时候，那房主的老人便告诉我说，这屋里除了他一个人外，楼上只住着一个女工。我一则喜欢房价的便宜，二则喜欢这屋里没有别的女人小孩，所以立刻就租定了的。等她走上了梯子，我才站起来对她点了点头说：

"对不起，我是今朝才搬来的，以后要请你照应。"

她听了我这话，也并不回答，放了一双漆黑的大眼，对我深深的看了一眼，就走上她的门口去开了锁，进房去了。我与她不过这样的见了一面，不晓是什么原因，我只觉得她是一个可怜的女子。她的高高的鼻梁，灰白长圆的面貌，清瘦不高的身体，好像都是表明她是可怜的特征，但是当时正为了生活问题在那里操心的我，也无暇去怜惜这还未曾失业的女工，过了几分钟我又动也不动的坐在那一小堆书上看蜡烛光了。

在这贫民窟里过了一个多礼拜,她每天早晨七点钟去上工和午后六点多钟下工回来,总只见我呆呆的对着了蜡烛或油灯坐在那堆书上。大约她的好奇心被我那痴不痴呆不呆的态度挑动了吧,有一天她下了工走上楼来的时候,我依旧和第一天一样的站起来让她过去。她走到了我的身边忽而停住了脚,看了我一眼,吞吞吐吐好像怕什么似的问我说:

"你天天在这里看的是什么书?"

(她操的是柔和的苏州音,听了这一种声音以后的感觉,是怎么也写不出来的,所以我只能把她的言语译成普通的白话。)

我听了她的话,反而脸上涨红了。因为我天天呆坐在那里,面前虽则有几本外国书摊着,其实我的脑筋昏乱得很,就是一行一句也看不进去。有时候我只用了想象在书的上一行与下一行中间的空白里,填些奇异的模型进去。有时候我只把书里边的插画翻开来看看,就了那些插画演绎些不近人情的幻想出来。我那时候的身体因为失眠与营养不良的结果,实际上已经成了病的状态了。况且又因为我的唯一的财产的一件棉袍子已经破得不堪,白天不能走出外面去散步和房里全没有光线进来,不论白天晚上,都要点着油灯或蜡烛的缘故,非但我的全部健康不如常人,就是我的眼睛和脚力,也局部的非常萎缩了。在这样状态下的我,听了她这一问,如何能够不红起脸来呢?所以我只是含含糊糊的回答说:

"我并不在看书,不过什么也不做呆坐在这里,样子一定不好看,所以把这几本书摊放着的。"

她听了这话,又深深的看了我一眼,作了一种不解的形容,依旧的走到她的房里去了。

那几天里,若说我完全什么事情也不去找,什么事情也不曾干,却是假的。有时候,我的脑筋稍微清新一点下来,也曾译过几首英法的小诗,和几篇不满四千字的德国的短篇小说,于晚上大家睡熟的时候,不声不响的出去投邮,在寄投给各新开的书局。因为当时我的各方面就职的希望,早已经完全断绝了,只有这一方面,还能靠了我的枯燥的脑筋,想想法子看。万一中了他们编辑先生的意,把我译的东西登了出来,也不难得着几块钱的酬报。所以我自迁移到邓脱路以后,当她第一次同我讲话的时候,这样的译稿已经发出了三四次了。

在乱昏昏的上海租界里住着,四季的变迁和日子的过去是不容易觉得的。我搬到了邓脱路的贫民窟之后,只觉得身上穿在那里的那件破棉袍子一天一天的重了起来,热了起来,所以我心里想:

"大约春光也已经老透了吧?"

但是囊中很羞涩的我,也不能上什么地方去旅行一次,日夜只是在那暗室的灯光下呆坐。在一天大约是午后了,我也是这样的坐在那里,间壁的同住者忽而手里拿了两包用纸包好的物件走了上来,我站起来让她走的时候,她把手里的纸包放了一包在我的书桌上说:

"这一包是葡萄浆的面包,请你收藏着,明天好吃的。另外我还有一包香蕉买在这里,请你到我房里来一道吃吧!"

我替她拿住了纸包,她就开了门邀我进她的房里去。共住了这十几天,她好像已经信我是一个忠厚的人的样子。我见她初见我的时候脸上流露出来的那一种疑惧的形容完全没有了。我进了她的房里,才知道天还未暗,因为她的房里有一扇朝南的窗,太阳返射的光线从这窗里投射进来,照见了小小的一间房,由二条板铺成的一张床,一张黑漆的半桌,一只板箱,和一条圆凳。床上虽则没有帐子,但堆着有二条洁净的青布被褥。半桌上有一只小洋铁箱摆在那里,大约是她的梳头器具,洋铁箱上已经有许多油污的点子了。她一边把堆在圆凳上的几件半旧的洋布棉袄,粗布裤等收在床上,一边就让我坐下。我看了她那殷勤待我的样子,心里倒不好意思起来,所以就对她说:

"我们本来住在一处,何必这样的客气。"

"我并不客气,但是你每天当我回来的时候,总站起来让我,我却觉得对不起得很。"

这样的说着,她就把一包香蕉打开来让我吃。她自家也拿了一只,在床上坐下,一边吃一边问我说:

"你何以只住在家里,不出去找点事情做做?"

"我原是这样的想,但是找来找去总找不着事情。"

"你有朋友么?"

"朋友是有的,但是到了这样的时候,他们都不和我来往了。"

"你进过学堂么?"

"我在外国的学堂里曾经念过几年书。"

"你家在什么地方? 何以不回家去?"

她问到了这里,我忽而感觉到我自己的现状了。因为自去年以来,我只是一日一日的萎靡下去,差不多把"我是什么人?""我现在所处的是怎么一种境遇?""我的心里还是悲还是喜?"这些观念都忘掉了。经她这一问,我重新把半年来困苦的情形一层一层的想了出来。所以听她的问话以后,我只是呆呆的看她,半晌说不出话来。她看了我这个样子,以为我也是一个无家可归的流浪人,脸上就立时起了一种孤寂的表情,微微的叹着说:

"唉! 你也是同我一样的么?"

微微的叹了一声之后,她就不说话了。我看她的眼圈上有些潮红起来,所以就想了一个另外的问题问她说:

"你在工厂里做的是什么工作?"

"是包纸烟的。"

"一天作几个钟头工?"

"早晨七点钟起,晚上六点钟止,中午休息一个钟头,每天一共要作十个钟头的工。少作一点钟就要扣钱的。"

"扣多少钱?"

"每月九块钱,所以是三块钱十天,三分大洋一个钟头。"

"饭钱多少?"

"四块钱一月。"

"这样算起来,每月一个钟点也不休息,除了饭钱,可省下五块钱来。够你付房钱买衣服的么?"

"哪里够呢! 并且那管理人又……啊啊! ……我……我所以非常恨工厂的。你吸烟的么?"

"吸的。"

"我劝你最好还是不吸。就吸也不要去吸我们工厂的烟。我真恨死它在这里。"

我看看她那一种切齿怨恨的样子,就不愿意再说下去。把手里捏着的半个吃剩的香蕉咬了几口,向四边一看,觉得她的房里也有些灰黑了,我站起来道了谢,就走回到了我自己的房里。她大约作工倦了的缘故,每天回来大概是马上就入睡的,只有这一晚上,她在房里好像是直到半夜还没有就寝。从这一回之后,她每天回来,总和我说几句话。我从她自家的口里听得,知道她姓陈,名叫二妹,是苏州东乡人,从小系在上海乡下长大的。她父亲也是纸烟工厂的工人,但是去年秋天死了。她本来和她父亲同住在那间房里,每天同上工厂去的,现在却只剩了她一个人了。她父亲死后的一个多月,她早晨上工厂去也一路哭了去,晚上回来也一路哭了回来的。她今年十七岁,也无兄弟姊妹,也无近亲的亲戚。她父亲死后的葬殓等事,是他于未死之前把十五块钱交给楼下的老人,托这老人包办的。她说:

"楼下的老人倒是一个好人,对我从来没有起过坏心,所以我得同父亲在日一样的去作工,不过工厂的一个姓李的管理人却坏得很,知道我父亲死了,就天天的想戏弄我。"

她自家和她父亲的身世,我差不多全知道了,但她母亲是如何的一个人? 死了呢还是活在哪里? 假使还活着,住在什么地方,等等,她却从来还没有说及过。

天气好像变了。几日来我那独有的世界,黑暗的小房里的腐浊的空气,同蒸笼里的蒸气一样,蒸得人头昏欲晕。我每年在春夏之交要发的神经衰弱的重症,遇了这样的气候,就要使我变成半狂。所以我这几天来到了晚上,等马路上人静之后,也常常走出去散步去。一个人在马路上从狭隘的深蓝天空里看看群星,慢慢的向前行走,一边作些漫无涯埃的空想,倒是于我的身体很有利益。当这样的无可奈何,春风沉醉的晚上,我每要在各处乱走,走到天将明的时候才回家里。我这样的走倦了回去就睡,一睡直可睡到第二天的日中,有几次竟要睡到二妹下工回来的前后方才起来。睡眠一足,我的健康状态也渐渐的回复起来了。平时只能消化半磅面包的我的胃部,自从我的深夜游行的练习开始之后,进步得几乎能容纳面包一磅了。这事在经济上虽则是一大打击,但我的脑筋,受了这些滋养,似乎比从前稍能统一;我于游行回来之后,就睡之前，却做成了几篇 Allan Poe（爱伦·坡，美国小说家）式的短篇小说，自家看看，也不很坏。我改了几次，抄了几次，——投邮寄出之后，心里虽然起了些微细的希望，但是想想前几回的译稿的绝无消息，过了几天，也便把它们忘了。

邻住者的二妹，这几天来，当她早晨出去上工的时候，我总在那里酣睡，只有午后下工回来的时候，有几次有见面的机会。但是不晓是什么原因，我觉得她对我的态度，又回到从前初次见面的时候的疑惧状态去了。有时候她深深的看我一眼，她的黑晶晶、水汪汪的眼睛里，似乎是满含着责备我规劝我的意思。

我搬到这贫民窟里住后，约摸已经有二十多天的样子，一天午后我正点上蜡烛，在那里看一本从旧书铺里买来的小说的时候，二妹却急急忙忙的走上楼来对我说：

"楼下有一个送信的在那里，要你拿了印子去拿信。"

她对我讲这话的时候，她的疑惧我的态度更表示得明显，她好像在那里说："呵呵，你的事件是发觉了啊！"我对她这种态度，心里非常痛恨，所以就气急了一点，回答她说：

"我有什么信？不是我的！"

她听了我这气愤愤的回答，更好像是得了胜利似的，脸上忽涌出了一种冷笑说：

"你自家去看吧；你的事情，只有你自家知道的！"

同时我听见楼底下门口果真有一个邮差似的人在催着说：

"挂号信！"

我把信取来一看！心里就突突的跳了几跳，原来我前回寄去的一篇德文短篇的译稿，已经在某杂志上发表了，信中寄来的是五元钱的一张汇票。我囊里正是将空的时候，有了这五元钱，非但月底要预付的来月的房金可以无忧，并且付过房金以后，还可以维持几天食料，当时这五元钱对我的效用的广大，是谁也不能推想得出来的。

第二天午后，我上邮局去取了钱，在太阳晒着的大街上走了一会，忽而觉得身上就淋出了许多汗来。我向我前后左右的行人一看，复向我自家的身上一看，就不知不觉的把头低俯了下去。我颈上头上的汗珠，更同盛雨似的，一颗一颗的钻出来了。因为当我在深夜游行的时候，天上并没有太阳，并且料峭的春寒，于东方微白的残夜，老在静寂的街巷中留着，所以我穿的那件破棉袍子，还觉得不十分与节季违异。如今到了阳和的春日晒着的这日中，我还不能自觉，依旧穿了这件夜游的敝袍，在大街上阔步，与前后左右的和节季同时进行的我的同类一比，我哪得不自惭形秽呢？我一时竟忘了几日后不得不付的房金，忘了囊中本来将尽的些微的积聚，便慢慢的走上了闸路的估衣铺去。好久不在天日之下行走的我，看看街上来往的汽车人力车，车中坐着的华美的少年男女，和马路两边的绸缎铺金银铺窗里的丰丽的陈设，听听四面的同蜂衙似的嘈杂的人声、脚步声、车铃声，一时倒也觉得是身到了大罗天上的样子。我忘记了我自家的存在，也想和我的同胞一样的欢歌欣舞起来，我的嘴里便不知不觉的唱起几句久忘了的京调来了。这一时的涅槃幻境，当我想横越过马路，转入闸路去的时候，忽而被一阵铃声惊破了。我抬起头来一看，我的面前正冲来了一乘无轨电车，车头上站着的那肥胖的机器手，伏出了半身，怒目的大声骂我说：

"猪头三！侬（你）艾（眼）睛勿散（生）咯！跌杀时，叫旺（黄）够（狗）来抵侬（你）命噢！"我呆呆的站住了脚，目送那无轨电车尾后卷起了一道灰尘，向北过去之后，不知是从何处发出来的感情，忽而竟禁不住哈哈哈哈的笑了几声。等得四面的人注视我的时候，我才红了脸慢慢的走向了闸路里去。

我在几家估衣铺里，问了些夹衫的价线，还了他们一个我所能出的数目，几个估衣铺的店员，好像是一个师父教出的样子，都摆下了脸来，嘲弄着说：

"侬（你）寻萨咯（什么）凯（开）心！马（买）勿起好勿要马（买）咯！"

一直问到五马路边上的一家小铺子里，我看看夹衫是怎么也买不成了，才买定了一件竹布单衫，马上就把它换上。手里拿了一包换下的棉袍子，默默的走回家来。一边我心里却在打算：

"横竖是不够用了，我索性来痛快的用它一下罢。"同时我又想起了那天二妹送我的面包香蕉等物。不等第二次的回想我就寻着了一家卖糖食的店，进去买了一块钱巧格力香蕉糖鸡蛋糕等杂食。站在那店里，等店员在那里替我包好来的时候，我忽而想起我有一月多不洗澡了，今天不如顺便也去洗一个澡吧。

洗好了澡，拿了一包棉袍子和一包糖食，回到邓脱路的时候，马路两旁的店家，已经上电灯了。街上来往的行人也很稀少，一阵从黄浦江上吹来的日暮的凉风，吹得我打了几个冷噤。我回到了我的房里，把蜡烛点上，向二妹的房门一照，知道她还没有回来。那时候我腹中虽则饥得很，但我刚买来的那包糖食怎么也不愿意打开来，因为我想等二妹回来同她一道吃。我一边拿出书来看，一边口里尽在咽唾液下去。等了许多时候，二妹终不回来。我的疲倦不知什么时候出来战胜了我，就靠在书堆上睡着了。

四

二妹回来的响动把我惊醒的时候，我见我面前的一枝十二盎司一包的洋蜡烛已经点去了二寸的样子，我问她是什么时候了！她说：

"十点的汽管刚刚放过。"

"你何以今天回来得这样迟？"

"厂里因为销路大了，要我们作夜工。工钱是增加的，不过人太累了。"

"那你可以不去做的。"

"但是工人不够，不做是不行的。"

她讲到这里，忽而滚了两粒眼泪出来，我以为她是作工作得倦了，故而动了伤感，一边心里虽在可怜她，但一边看了她这同小孩似的脾气，却也感着了些儿快乐。把糖食包打开，请她吃了几颗之后，我就劝她说：

"初作夜工的时候不惯，所以觉得困倦，惯了以后，也没有什么。"

她默默的坐在我的半高的由书叠成的桌上，吃了几个巧格力，对我看了几眼，好像是有话说不出来的样子。我就催她说：

"你有什么话说？"

她又沉默了一会，便断断续续的问我说：

"我……我……早想问你了，这几天晚上，你每晚在外边，可在与坏人作伙友么？"

我听了她这话，倒吃了一惊，她好像在疑我天天晚上在外面与小窃恶棍混在一块。她看我呆了不答，便以为我的行为真的被她看破了，所以就柔柔和和的连续着说：

"你何苦要吃这样好的东西，要穿这样好的衣服？你可知道这事情是靠不住的。万一被人家捉了去，你还有什么面目做人。过去的事情不必去说它，以后我请你改过了罢。……"

我尽是张大了眼睛张大了嘴呆呆的在看她，因为她的思想太奇突了，使我无从辩解起。她沉默了数秒钟，又接着说：

"就以你吸的烟而论，每天若戒绝了不吸，岂不可省几个铜子。我早就劝你不要吸烟，尤其是不要吸那我所痛恨的 N 工厂的烟，你总是不听。"

她讲到了这里，又忽而落了几滴眼泪。我知道这是她为怨恨 N 工厂而滴的眼泪，但我的心里，怎么也不许我这样的想，我总要把它们当作因规劝我而洒的。我静静儿的想了一会，等她的神经镇静下去之后，就把昨天的那封挂号信的来由说给她听，又把今天的取钱买物的事情说了一遍。最后更将我的神经衰弱症和每晚何以必要出去散步的原因说了。她听了我这一番辩解，就信用了我，等我说完之后，她颊上忽而起了两点红晕，把眼睛低下去看着桌上，好像是怕羞似的说：

"噢，我错怪你了，我错怪你了。请你不要多心，我本来是没有歹意的。因为你的行为太奇怪了，所以我想到了邪路里去。你若能好好儿的用功，岂不是很好么？你刚才说的那——叫什么的——东西，能够卖五块钱，要是每天能做一个，多么好呢？"

我看了她这种单纯的态度，心里忽而起了一种不可思议的感情，我想把两只手伸出去拥抱她一回，但是我的理性却命令我说：

"你莫再作孽了！你可知道你现在处的是什么境遇！你想把这纯洁的处女毒杀了么？恶魔，恶魔，你现在是没有爱人的资格的呀！"

我当那种感情起来的时候，曾把眼睛闭上了几秒钟，等听了理性的命令以后，我的眼睛又开了开来，我觉得我的周围，忽而比前几秒钟更光明了。对她微微的笑了一笑，我就催她说：

　　"夜也深了,你该去睡了吧! 明天你还要上工去的呢! 我从今天起,就答应你把纸烟戒下来吧!"

　　她听了我这话,就站了起来,很喜欢的回到她的房里去睡了。

　　她去之后,我又换上一枝洋蜡烛,静静儿的想了许多事情:

　　"我的劳动的结果,第一次得来的这五块钱已经用去了三块。连我原有的一块多钱合起来,付房钱之后,只能省下二三角小洋来,如何是好呢!"

　　"就把这破棉袍子去当吧! 但是当铺里恐怕不要。"

　　"这女孩子真是可怜,但我现在的境遇,可是还赶她不上,她是不想做工而工作要强迫她做,我是想找一点工作,终于找不到。"

　　"就去作筋肉的劳动吧! 啊啊,但是我这一双弱腕,怕吃不下一部黄包车的重力。"

　　"自杀! 我有勇气,早就干了。现在还能想到这两个字,足证我的志气还没有完全消磨尽哩!"

　　"哈哈哈哈! 今天的那无轨电车的机器手! 他骂我什么来?"

　　"黄狗,黄狗倒是一个好名词,……"

　　"…………"

　　我想了许多零乱断续的思想,终究没有一个好法子,可以救我出目下的穷状来。听见工厂的汽笛,好像在报十二点钟了,我就站了起来,换上了白天脱下的那件破棉袍子,仍复吹熄了蜡烛,走出外面去散步。

　　贫民窟里的人已经睡眠静了。对面日新里的一排临邓脱路的洋楼里,还有几家点着了红绿的电灯,在那里弹罢拉拉衣加。一声二声清脆的歌音,带着哀调,从静寂的深夜的冷空气里传到我的耳膜上来,这大约是俄国的飘泊的少女,在那里卖钱的歌唱。天上罩满了灰白的薄云,同腐烂的尸体似的沉沉的盖在那里。云层破处也能看得出一点两点星来,但星的近处,黝黝看得出来的天色,好像有无限的哀愁蕴藏着的样子。

一九二三年七月十五日

(原载一九二四年二月十八日《创造》季刊第二卷第二期)

水　葬

蹇先艾

"尔妈，老子算是背了时！偷人没有偷到，偏偏被你们扭住了！真把老子气死！……"

这是一种嘶哑粗躁的嗓音，在沉闷的空气中震荡，从骆毛的喉头里迸出来的。他的摇动躯体支撑着一张和成天在煤窑爬进爬出的苦工一样的脸孔；瘦筋筋的一身都没有肉，只剩下几根骨头架子披着皮；头上的发虽然很乱，却缠着青布的套头；套头之下那一对黄色的眼睛膨着直瞪。最引人注意的是，便是他左颊上一块紫青的印迹，上面还长了一大丛长毛。他敞开贴身的油渍染透的汗衣，挺露胸膛，他脸上的样子时时地变动，鼻子里偶然哼哼几声。看他的年纪约有三十岁的光景，他的两手背剪着，脚下蹬的是一双烂草鞋，涂满了涸泥。旁边有四五个浓眉粗眼的大汉，面部飞舞着得意的颜色，紧紧地寸步不离地将他把持住，匆匆地沿着松林走。仿佛稍一不留心，就要被他逃逸了去似的。这一行人是在奔小沙河。

他们送着骆毛去水葬，因为他在村中不守本分做了贼。文明的桐村向来就没有什么村长……等等名目。犯罪的人用不着裁判，私下都可以处置。而这种对于小偷处以"水葬"的死刑，在村中差不多是"古已有之"了的。

行列并不如此单简：前后左右还络绎的拖着一大群男女，各式各样的人们都有，红红绿绿的服色，高高低低的身材，老老少少的形态……这些也不尽都是村中的闲人，不过他们共同的目的都是为了看热闹而来的罢了。尤其是小孩子们，薄片小嘴唇都笑得合不拢来，两只手比着种种滑稽的姿势，好像觉得比看四川来的"西洋镜"还有趣的样子：拖住鞋子梯梯塔塔地跑，鞋带有时还被人家踩住了，立刻就有跌倒的危险，小朋友们尖起嗓子破口便骂，汗水在他们的头上像雨珠一般地滴下来。

妇人们，媳妇搀着婆婆，奶奶牵着小孙女，姑娘背着奶娃……有的抿着嘴直笑，有的皱着眉表示哀怜，有的冷起脸，口也不开，顶多滋一滋牙，老婆们却呢呢喃喃地念起佛来了。她们中间有几位拐着小脚飞也似地紧跟着走，有时还超过大队的前面去了；然后她们又斯斯文文低悄悄地慢摇着八字步，显然和大家是不即不离的。被好奇心充满了的群众，此时顾不得汗的味道，在这肉阵中前前后后地挤进挤出。你撞着我的肩膀，我踩踏了你的脚跟，……便一分钟一秒钟也没有宁静过。一下又密密地挨拢来，一下又疏疏的像满天的星点似的散开了。这正像蜜蜂嗡嗡得开不了交的时候，忽然一片更大的嘈杂声浪从人海中涌起来，这声音的粗细缓急是完全不一致的：

"呀！你们快看快看，那强盗又开口了！"

"了"字的余音还在袅袅不断，后面较远的闲杂人等跟着就像海潮一样拼命地撞击过来，前排矮小力弱的妇女和小孩却渐渐向后隐退。但骆毛（便是他们呼喊为强盗的）的语声这时嘶哑的程度减轻而蓦地高朗了许多，颤颤地像破锣般地响成一片：

"嘿！瞧你们祖宗的热闹！老子把你们的婆娘偷走了吗？叫老子吃水？你们也有吃火的一天！烧死你们这一群狗杂种！"

骆毛口里不干净的咕哝骂着，姑娘奶奶们多半红了脸，把耳朵掩起来；老太婆一类的人却装做耳聋，假装问旁边的人他说的是什么；村中的教书先生是完全听进去而且了解了，他于是撇着嘴觉得不值一钱地喊到，"丧德呀，丧德！"骆毛自己的两耳轰轰地在响，这时什么声音都是掺不入的，他只是一味大步地走出村去。摇摇摆摆地走，几位汉子几乎要跟不上了。看看已经快离开了这个村落。后方的人群"跑百码"般地起来，一路还扭嘴使眼嘻嘻地嘲笑。骆毛大概耳鸣得轻了一点，仿佛听见一长串刺耳的笑声，他更是一肚子的不高兴，用力地将头扭回来，伸长着脖子狂叫道：

"跟着你们的祖先走哪儿去？你们难道也不要命吗？……老子背时的日子，你们得色啦！叫你们这一群鬼子也都不得好死，看你们还笑不笑！"

但是当他的头刚好转过，枯瘦的脖子正要像鹭鸶似地伸长去望时，才一瞥，就被那长辫子的力大的村农强制地扭回去。他气愤愤地站住不走了，靠着路旁一棵大柏树。

"走！孙子！"长辫子当地给了他脊背骨上一拳。

"哎呦！你们儿子打老子吗？"他负痛地叫了一声，两条腿又只得向前挪移，"那不行！尔妈民国不讲理了是不是？……"他几乎要哭出来。

这时离开村庄已有半里的光景。这是一个阴天，天上飞驰着银灰的云浪。萧萧的风将树吹动，发出悦耳的一片清响。远处近处都蔓延着古柏苍松。路是崎岖不平的山路，有时也经过天堑或者浅浅的山丘。大家弯弯曲曲地走，似乎有点疲乏。在一座坟台之下略略休息。这一个好机会，群众都围拢来。潇飒的松枝掩盖在头顶，死寂的天空也投下几丝阳光来，透过了绿叶，骆毛傍着那一块字迹模糊的残碑坐下了。

"尔妈。老子今年三十一！"他换了一口气，提高嗓音又开始说，"再过几十年，又不是一条好汉吗？……"

"骆大哥！啊啊，说错啦！干老爷子！你老人家死咧的话，我儿子过年过节总帮你老人家多烧几包袱纸。你就放心去罢，有什么身后开不了交的事情，都留下让我儿子帮你办。干奶奶——哎呀！啥子干奶奶，简直就是我那嫡亲亲奶奶呀——我养他老人家一辈子还不行吗？……"

小耗子王七跛着脚走过坟前，用手搓着眼睛，把眼睛圈都搓得快红了，向骆毛请了一个大安，亲热的说了上面的那一段话。小耗子在今年跟骆毛交过手，败仗下来，就拜了老骆做干爹，是个著名的小滑头儿！

"七老弟，我就再不要干老爷子湿老爷子的啦！"老骆冷笑了一声说，"好汉做事好汉当，也用不上牵累旁人！我的妈呢？"

老骆心里忽然难过了起来，他也不再说下去，站起身来就往前走。人群又被他拖着像一根长绳，回环在山道上了。

登程以后的途中，老骆几乎绝无声响，除了习惯成自然的几声哼哼之外，不啻顿然变成哑巴。这些随处的人们都加倍地疑惑起来了。而几条大汉却很高兴，他们以为这样可以使大家安宁一点；进一步，也可以少伤点风化，因为老骆的话，没有一句不是村野难听的。所以就是老骆走得慢了，他们也不十分催逼他。

骆毛只是缓缓地走，含着一脸的苦笑，刚才王七那几句话引起他无限的感触：他心里暗暗悲酸着，想到他的母亲，便觉心里发软。那狂热的不怕死的心登时也就冷了一半。他的坚强的意志渐渐软化下去。

因为他精神上的毁伤，使他口都不愿意再开了。他心里完全是犹豫和踌躇了。

"我死后，我的妈怎么办呢？……我的妈啊，你在哪儿？你可晓得你的儿子死在眼前了吗？你如果在家紧等我不回来，你不知道焦心成那个样子！唉！唉！……"

老骆虽然是个粗人，可是想到死后老母无人养活，他也觉到死的可怕。直至他们捉住他的两臂，要往水下投他的时候，他狠心把眼一闭，他老母的慈容犹仿佛在目前一样。

天依旧恢复了沉寂的铅色，桐村里显得意外的冷冷落落。那黄金色的稻田被风吹着，起了轻掀的很自然的波动。真是无边的静谧，约略可以听见鹁鸪的低唱，从掩映着关帝庙那一派清幽的竹林中传来。远的山峰削壁地峙立着，遥遥与天海相接。合村都暂时掩没在清凄与寥寞的空气之中了。

村后远远的有一间草房，圮毁的仡立坡上，在风声中预备着坍塌。木栅门拉开后，一个老妇人拄着拐杖走出来。她的眼睛几乎要合成一条缝了，口里微微喘气，一手牢牢地把住门边，摩挲着老眼目不转睛地凝望，好似在期待着什么。看她站在那里的样子，显然身体非常衰弱；脸上堆满了皱纹，露出很高的颧骨；瘦削的耳朵上还垂着一对污铜的耳环，背有点驼，荒草般的头发，黑白参差地纷披在前额。她穿着一件补丁很多的夹衣，从袖子里伸出来的那只手，颜色青灰，骨头血管都露在外面。

她稳定地倚傍着门柱，连动也不动一下，嘴唇却不住地轻颤。最后她将拐杖靠在一边，索性在门限上坐下来了。深深地蹙着额发愁道：

"毛儿为什么出去一天一夜还不回来？"说着又抬起头来望了一望。

东邻招儿的媳妇，掠着发带笑地扭过来。她是村中少见的大脚婆娘，胖胖的脸儿，粗黑的眉毛，高高地挽起一双袖子。大概是刚从地里回来。她正要同这个老妇说话的时候，只见她的十岁孩子阿哥沿着田边喘吁吁地跑过来，口里喊道："妈，真吓死人的！我再也不敢到河边上去了。"

"什么事，这样大惊小怪的？"招儿媳妇问他的儿子说。

"他们刚才把一个人掷到河里去了。"

"因为什么事？"

"偷东西叫人捉到了。"

"是谁？"

阿哥把嘴向那个老妇一扭，说道："是她的……"

招儿的媳妇急忙把儿子的嘴用手握住，不让他说出来。

其实那个老妇本是耳聋的，这回又因为等儿子着急，越发听不到他们讲的是什么话，只见他们的嘴动。她因问道，"你们讲什么话，这样热闹的？阿哥，你见过毛儿没有？"

阿哥不敢答，只仰了面望他娘，他娘替他高声答道："没有看见。"

那个老妇把耳朵扭向招儿媳妇道，"你可是说没有看见？"

招儿媳妇点点头。那个老妇叹了一口气，口里咕哝道："他从来没有到这个时候不回家的。哪里去了！"说着又抬起头来向远处望一望。望了半天，又叹了一口气，把头倚在门框上。招儿的媳妇拉着她的儿子慢慢地躲开了。

直至招儿家里吃了晚饭，窗外吹来的风，入夜渐凉起来。外面冷清清的只有点点的星光在黝黑天空中闪烁，招儿的媳妇偷偷地跑到那个老妇的门前看一看，只见她还坐在那里，口里微弱听不清楚的声音仿佛是说，"毛儿，怎么你还不回来？"

菊英的出嫁

王鲁彦

　　菊英离开她已有整整的十年了。这十年中她不知道滴了多少眼泪，瘦了多少肌肉了，为了菊英，为了她的心肝儿。

　　人家的女儿都在自己的娘身边长大，时时刻刻倚傍着自己的娘，"阿姆阿姆"的喊。只有她的菊英，她的心肝儿，不在她的身边长大，不在她的身边倚傍着喊"阿姆阿姆"。

　　人家的女儿离开娘的也有，例如出了嫁，她便不和娘住在一起。但做娘的仍可以看见她的女儿，她可以到女儿那边去，女儿可以到她这里来。即使女儿被丈夫带到远处去了，做娘的可以写信给女儿，女儿也可以写信给娘，娘不能见女儿的面，女儿可以寄一张相片给娘。现在只有她，菊英的娘，十年中不曾见过菊英，不曾收到菊英一封信，甚至一张相片。十年以前，她又不曾给菊英照过相。

　　她能知道她的菊英现在的情形吗？菊英的口角露着微笑？菊英的眼边留着泪痕？菊英的世界是一个光明的？是一个黑暗的？有神在保佑菊英？有恶鬼在捉弄菊英？菊英肥了？菊英瘦了？或者病了？——这种种，只有天知道！

　　但是菊英长得高了，发育成熟了，她相信一定的。无论男子或女子，到了十七八岁的时候想要一个老婆或老公，她相信是必然的。她确信——这用不着问菊英——菊英现在非常的需要一个丈夫了。菊英现在一定感觉到非常的寂寞，非常的孤单。菊英所呼吸的空气一定是沉重的，闷人的。菊英一定非常的苦恼，非常的忧郁。菊英一定感觉到了活着没有趣味。或者——她想——菊英甚至于想自杀。要把她的心肝儿菊英从悲观的、绝望的、危险的地方拖到乐观的、希望的、平安的地方，她知道不是威吓，不是理论，不是劝告，不是母爱，所能济事；唯一的方法是给菊英一个老公，一个年轻的老公。自然，菊英绝不至于说自己的苦恼是因为没有老公；或者菊英竟当真的不晓得自己的苦恼是因何而起的也未可知。但是给菊英一个老公，必可除却菊英的寂寞，菊英的孤单。他会给菊英许多温和的安慰和许多的快乐。菊英的身体有了托付，灵魂有了依附，便会快活起来，不至于再陷入这样危险的地方去了。问一个十七八岁的女子要不要老公，这是不会得到"要"字的回答的。不论她平日如何注意男子，喜欢男子，想念男子，或甚至已爱上了一个男子，你都无须多礼。菊英的娘明白这个道理，所以也毅然的把对女儿的责任照着向来的风俗放在自己的肩上了。她已经耗费了许多心血。五六年前，一听见媒人来说某人要给儿子讨一个老婆，她便要冒风冒雨，跋山涉水的去东西打听。于今，她心满意足了，她找到了一个非常好的女婿。虽然她现在看不见女婿，但是女婿在七八岁时照的一张相片，她看见过。他生的非常的秀丽，显见得是一个聪明的孩子。因了媒人的说合，她已和他的爹娘订了婚约。他的家里很有钱，聘金的多少是用不着开口的。四百元大洋已做一次送来。她现在正忙着办嫁妆，她的力量能好到什么地步，她便好到什么地步。这样，她才心安，才觉得对得住女儿。

　　菊英的爹是一个商人。虽然他并不懂得洋文，但是因为他老成忠厚，森森煤油公司的外国人遂把银根托付了他，请他做经理。他的薪水不多，每月只有三十元，但每年年底的花红往往超过他一年的薪水。他在森森公司五年，手头已有数千元的积蓄。菊英的娘对于穿吃，非常的俭省。虽然菊英的爹不时一百元二百元的从远处带来给她，但她总是不肯做一件好的衣服，买一点好的小菜。她身体很不强健，屡因稍微过度的劳动或心中有点不乐，她的大腿腰背便会酸起来，太阳心口会痛起来，牙床会浮肿起来，眼睛会模糊起来。但是她虽然这样的多病，她总是不肯雇一个女工，甚至一个工钱极便宜的小女孩。她往往带着病还要工作。

腰和背尽管酸痛，她有衣服要洗时，还是不肯在家用水缸里的水洗——她说水缸里的水是备紧要时用的一定要跑到河边，走下那高高低低摇动而巨狭窄的一级一级的埠头，跪倒在最末的一级，弯着酸痛的腰和背，用力的洗衣服。眼睛尽管起了红丝，模糊而且疼痛，有什么衣或鞋要做时，她还是要带上眼镜，勉强的做衣或鞋。她的几种病所以成为医不好的老病，而且一天比一天利害了下去，未始不是她过度的勉强支持所致。菊英的爹和邻居都屡次劝她雇一个女工，不要这样过度的操劳，但她总是不肯。她知道别人的劝告是对的。她知道自己的身体一天不如一天的缘故。但是她以为自己是不要紧的，不论多病或不寿。她以为要紧的是，赶快给女儿嫁一个老公，给儿子讨一个老婆，而且都要热热闹闹阔阔绰绰的举办。菊英的娘和爹，一个千辛万苦的在家工作，一个飘海过洋的在外面经商，一大半是为的儿女的大事。如果儿女的婚姻草草的了事，他们的心中便要生出非常的不安。因为他们觉得儿女的婚嫁，是做爹娘责任内应尽的事，做儿女的除了拜堂以外，可以袖手旁观。不能使喜事热闹阔绰，他们便觉得对不住儿女。人家女儿多的，也须东挪西扯的弄一点钱来尽力的把她们一个一个、热热闹闹阔阔绰绰的嫁出去，何况他们除了菊英没有第二个女儿，而且菊英又是娘所最爱的心肝儿。

尽她所有的力给菊英预备嫁妆，是她的责任，又是她十分的心愿。

哈，这样好的嫁妆，菊英还会不喜欢吗？人家还会不称赞吗？你看，哪一种不完备？哪一种不漂亮？哪一种不值钱？

大略的说一说：金簪二枚，银簪珠簪各一枚。金银发钗各二枚。挖耳，金的二个，银的一个。金的、银的和钻石的耳环各两副。金戒指四枚，又钻石的二枚。手镯三对，金的倒有二对。自内至外，四季衣服粗穿的俱备三套四套，细穿的各二套。凡丝罗绸缎如纺绸等衣服皆在粗穿之列。棉被八条，湖绉的占了四条。毯子四条，外国绒的占了两条。十字布乌贼枕六对，两面都挑出山水人物。大床一张，衣橱二个，方桌及琴桌各一个。椅、凳、茶几及各种木器，都用花梨木和其他上等的硬木做成，或雕刻，或嵌镶，都非常细致，全件漆上淡黄、金黄和淡红等各种颜色。玻璃的橱头籈中的银器光彩夺目。大小的蜡烛台六副，最大的每只重十二斤。其余日用的各种小件没有一件不精致，新奇，值钱。在种种不能详说（就是菊英的娘也不能——记得清楚）的东西之外，还随去了良田十亩，每亩约计价一百二十元。

吉期近了，有许多嫁妆都须在前几天送到男家去，菊英的娘愈加一天比一天忙碌起来。一切的事情都要经过她的考虑，她的点督，或亲自动手。但是尽管日夜的忙碌，她总是不觉得容易疲倦，她的身体反而比平时强健了数倍。她心中非常的快活。人家都由"阿姆"而至"丈姆"，由"丈姆"而至"外婆"，她以前看着好不难过，现在她可也轮到了！邻居亲戚们知道罢，菊英的娘不是一个没有福气的人！

她进进出出总是看见菊英一脸的笑容。"是的呀，喜期近了呢，我的心肝儿！"她暗暗的对菊英说。菊英的两颊上突然飞出来两朵红云。"是一个好看的郎君，聪明的郎君哩！你到他的家里去，做'他的人'去！让你日日夜夜跟着他，守着他，让他日日夜夜陪着你，抱着你！"菊英差得抱住了头想逃走了。"好好的服侍他，"她又庄重的训导菊英说："依从他，不要使他不高兴。欢欢喜喜的明年就给他生一个儿子！对于公婆要孝顺，要周到。对于其他的长者要恭敬，幼者要和蔼。不要被人家说半句坏话，给娘争气，给自己争气，牢牢的记着！……"

音乐热闹的奏着，渐渐由远而近了。住在街上的人家都晓得菊英的轿子出了门。菊英的出嫁比别人要热闹，要阔绰，他们都知道。他们都预先扶老携幼的在街上等候着观看。

最先走过的是两个送嫂（送嫂专于婚丧时服侍女客，及平日与妇人绞面毛，其丈夫多为吹手兼轿夫或管庙祠。此处系用为至男家报喜及服侍新娘子之用）。她们的背上各斜披着一幅大红绫子，送嫂约过去有半里远近，队伍就到了。为首的是两盏红字的大灯笼。灯笼后八面旗子，八个吹手。随后便是一长排精制的、逼真的，各色纸童、纸婢、纸马、纸轿、纸桌、纸椅、纸箱、纸屋，以及许多纸做的器具。后面一顶鼓阁（鼓阁系一种轿子形式，内置乐器数种，以一人司之，与轿后数人之乐相和）两杠纸铺陈，两杠真铺陈。铺陈后一顶香亭，香亭后才是菊英的轿子。这轿子与平常花轿不同，不是红色，却是青色，四围结着彩。轿后十几个人抬着一口十分沉重的棺材，这就是菊英的灵柩。棺材在一套呆大的格子架中，架上盖着红色的绒毯，四面结着彩，后面跟送着两个坐轿的，和许多预备在中途折回的、步行的孩子。看的人多说菊英的娘办得好，称赞她平日能吃苦耐劳。她们又谈到菊英的聪明和新郎生前的漂亮，都说配合的得当。

这时，菊英的娘在家里哭得昏过去了。娘的心中是这样的悲苦，娘从此连心肝儿的棺材也要永久看不见了。菊英幼时是何等的好看，何等的聪明，又是何等听娘的话！她才学会走路，尚不能说话的时候，一举一动已很可爱了。来了一位客，娘喊她去行个礼，她便过去弯了一弯腰。客给她糖或饼吃，她红了脸不肯去接，但看着娘，娘说"接了罢，谢谢！"她便用两手捧了，弯了一弯腰。她随后便走到娘的身边，放了一点在自己的口里，拿了一点给娘吃，娘说，"娘不要吃，"她便"嗯"的响了一声，露出不高兴的样子，高高的举着手，硬要娘吃，娘接了放在口里，她便高兴得伏在娘的膝上嘻嘻的笑了。那时她的爹不走运，跑到千里迢迢的云南去做生意，半年六个月没有家信，四年没有回家，也没有半边烂钱寄回来。娘和她的祖母千辛万苦的给人家做粗做细，赚钱来养她，她六岁时自己学磨纸（磨纸，即磨锡箔），七岁绣花，学做小脚娘子（"小脚娘子"系女孩以各色布自做的女玩偶，以其小脚，故名）的衣裤，八岁便能帮娘磨纸，挑花边了。她不同别的孩子去玩耍，也不噪吃闲食，只是整天的坐在房子里做工。她离不开娘，娘也离不开她。她是娘的肉，她是娘的唯一的心肝儿！好几次，娘想到她的爹不走运，娘和祖母日日夜夜低着头给人家做苦工，还不能多赚一点钱，做一件好看的新衣给她穿，买点好吃的糖果给她吃，反而要她日日夜夜的帮着娘做苦工，娘的心酸了起来，忽然抱着她哭了。她看见娘哭，也就放声大哭起来。娘没有告诉她，娘想些什么，但是娘的心酸苦了，她也酸苦了。夜间娘要她早一点睡，她总是说做完了这一点，做完了这一点。娘恐怕她疲倦，但是她反说娘一定疲倦了，她说娘的事情比她多。她好几次的对娘说，"阿姆，我再过几年，人高了，气力大了，我来代你煮饭。你太苦了，又要做这个，又要做那个。"娘笑了，娘抱着她说，"好的，我的肉！"这时，眼泪几乎从娘的眼中滚出来了。娘有时心中悲伤不过，脸上露着愁容，一言不发的独自坐着，她便走了过来，靠着娘站着说："阿姆，我猜阿爹明天要回来了。"她看见娘病了，躺在床上，她的脸上的笑容就没有了。她没有心思再做工，但她整天的坐在娘的床边，牵着娘的手，或给娘敲背，或给娘敲腿。八年来，娘没有打过她一下，骂过她半句，她实在也无须娘用指尖去轻轻的触一触！菩萨，娘是敬重的，娘没有做过一件亵渎菩萨的事情。但是，天呵！为什么不留心肝儿在娘的身边呢？那时虽是娘不小心，但也是为的她苦得太可怜了，所以娘才要她跟着祖母到表兄弟那里去吃喜酒，好趁此热闹热闹，开开心。谁能够晓得反而害了她呢？早知这样，咳，何必要她去呢！她原是不肯去的。"阿姆不去，我也不去。"她对娘这样说。但是又有吃，又好看，又好耍，做娘的怎么不该劝她偶尔的去一次呢？"那末只有阿姆一个人在家了，"她固执不过娘，便答应了，但她又加上这一句。娘愿意离开她吗？娘能离开她吗？天呵，她去了八天，娘已经尽够苦恼了！她的爹在千里迢迢的地方，钱也没有，信也没有，人又不回来，娘日日夜夜在愁城中做苦工，还有什么生趣？娘的唯一的安慰只有这一个心肝儿，没有她，娘早就不想再活下去了。第九天，她跟着祖母回来了。娘是这样的喜欢：好像娘的灵魂失去了又回来一般！她一看见娘便喊着"阿姆"，跑到娘的身边来。娘把她抱了起来，她便用手臂挽住了娘的颈，将面颊贴到娘的脸上来。娘问她去了八天喜欢不喜欢，她说，"喜欢，只是阿姆不在那里没有十分趣味。"娘摸她的手，看她的脸，觉得反而比先瘦了。娘心中有点不乐。过了一会，她咳嗽了几声，娘没有留意。谁知过了一会，她又咳嗽了。娘连忙问她咳嗽了几天，她说两天。娘问她身体好过不好过，她说好过，只是咳了又咳，有点讨厌。娘听了有点懊悔，忙去街上去买了两个铜子的苏梗来泡茶给她吃。她把新娘子生得什么样子，穿什么好的衣服，闹房时怎样，以及种种事情讲给娘听，她的确很喜欢，她讲起来津津有味。第二天早晨，她的声音有点哑了，娘很担忧。但因为要预备早饭，娘没有仔细的问她，娘烧饭时，她还代娘扫了房中的地。吃饭时，娘见她吃不下去，两颊有点红色，忙去摸她的头，她的头发烧了。娘问她还有什么地方难过，她说喉咙有点痛。这一来，娘懊悔得不得了，娘觉得以先不该要她去。祖母愈加懊悔，她说不知道哪里疏忽了，竟使她受了寒，咳嗽而至于喉痛。娘放下饭碗，看她的喉咙，她的喉咙已如血一般的红。收拾过饭碗，娘又喊她到屋外去，给她仔细的看。这时，娘看见她喉咙的右边起了一个小小的雪白的点子。娘不晓得这是什么病，娘只知道喉病是极危险的。娘的心跳了起来，祖母也非常的担忧。娘又问她，哪一天便觉得喉咙不好过了，这时她才告诉说，前天就觉得有点干燥了似的。娘连忙喊了一只划船，带她到四里远的一个喉科医生那里去。医生的话，骇死了娘，他说这是白喉，已起了两三天了。"白喉！"这是一个可怕的名字！娘听见许多人说，生这病的人都是一礼拜就死的！医生要把一根明晃晃的东西拿到她的喉咙里去搽药，她怕，她闭着嘴不肯。娘劝她说这不痛的，但是她依然不肯。最后，娘急得哭了："为了阿姆呀，我的肉！"于是她也哭了，她依了娘的话，让医生搽了一次药。回来时，医生又给了一包吃的和漱的药。第二天，她更加厉害了：声音愈加哑，咳嗽愈加多，喉咙里面起了一层白的薄膜，白点愈加多，人愈发烧了。娘和祖母都非常的害怕。一个邻居来说，昨天的医生不大好，他是中医，这种病应该早点请西医。西医最好的办法是打药水针，只要病人在二十四点钟内不至于窒息，药水针便可保好。娘虽然不大相信西医，但是眼见得中医医不好，也就不得不去试一试。首善医院是在万邱山那边，娘想顺路去求药，便带了香烛和香灰去（求药者将香灰供神前，求神于冥冥中赐药于香灰上，持回与病人吞服）。她怕中医，一定更怕西医，娘只好不告诉她到医院里，只说到万邱山求药去。她相信了娘的话，和娘坐着船去了。但是到要上岸的时候，她明白了。因为她到过万邱山两次，医院的样子与万邱山一点也不像。她哭了，她无论如何不肯上岸去。娘劝她，两个划船的也劝她说，不医是不会好的，你不好，娘也不能活了，她总是不肯。划船的想把她抱上岸去，她用手乱打乱挣，哑着声音号哭得更利害了，娘看着心中非常的不好过，又想到外国医生的利害，怕要开刀做什么，她既一定不肯去，不如依了她，因此只到万邱山去求了药回来了。第三天早晨，她的呼吸是这样的困难：喉咙中发出嘶嘶的声音，好像有什么塞住了喉咙一般，咳嗽愈利害，她的脸色非常的青白。她瘦了许多，她有两天没有吃饭了。娘的心如烈火一般的烧着，只会抱着流泪。祖母也没有一点主意，也只会流眼泪了。许多人说可以拿荸荠汁，莱菔汁给她吃，娘也一一的依着办来给她吃过。但是第四天早晨，她的喉咙中声音响得如猪的一般了。说话的声音已经听不清楚。嘴巴大大的开着，鼻子跟着呼吸很快的一开一闭。咳嗽得非常利害。脸色又是青又是白，两颊陷了进去。下颚变得又长又尖。两眼呆呆的圆睁着，凹了进去，眼白青白的失了光，眼珠暗淡的不活泼了——像山羊的面孔！死相！娘怕看了。娘看起来，心要碎了！但是娘肯甘心吗？娘肯看着她死吗？娘肯舍却心肝儿吗？不的！娘是无论如何也要想法子的！娘没有钱，娘去借了钱来请医生。内科医生请来了两个，都说是肺风，各人开了一个方子。娘又暗自的跪倒在灶前，眼泪如潮一般的流了出来，对灶君菩萨许了高王经三千，吃斋一年的愿，求灶君菩萨的保佑。娘又诚心的在房中暗祝说，如果有客（"客"，对鬼尊称之词）在房中请求饶恕了她。今晚瘥了，今晚就烧元宝五十锭，直到完全好了，摆一桌十六大碗的羹饭。上半天，那个要娘送她到医院去看的邻居又来了。他说今天再不去请医生来打药水针，一定不会好了。他说他亲眼看见过医好几个人，如果她在二十四点钟内不至于"走"（"走"即死，避讳也），打了这药水针一定保好。请医院的医生来，必须喊轿子给他，打针和药钱都贵，他说总须六元钱才能请来，他既然这样说，娘在走投无路的时候也必须试一试看。娘没有钱，也没有地方可以再借了，娘只好把自己的皮袄（宁波人好体面，虽极穷也必尽力借购置美服，故菊英的娘尚有花缎皮袄及华丝葛裙子）托人拿去当了请医生。皮袄还有什么用处呢，她如果没有法子救了，娘还能活下去吗？吃中饭的时候，医生请来了。他说不应该这样迟才去请他，现在须看今夜的十二点钟了，过了这一关便可放心。她听见，哭了，紧紧的挽住了娘的头颈。她心里非常的清楚。她怕打针，几个人硬按住了她，医生便在她的屁股上打了一针，灌了一瓶药水进去。——但是，命运注定了，还有什么用处呢！咳，娘是该要这样可怜的！下半天，她的呼吸渐渐透不转来，就在夜间十一点钟……天呀！

为奴隶的母亲

柔 石

　　她的丈夫是一个皮贩，就是收集乡间各猎户的兽皮和牛皮，贩到大埠上出卖的人。但有时也兼做点农作，芒种的时节，便帮人家插秧，他能将每行插得非常直，假如有五人同在一个水田内，他们一定叫他站在第一个做标准，然而境况总是不佳，债是年年积起来了。他大约就因为境况的不佳，烟也吸了，酒也喝了，钱也赌起来了。这样，竟使他变做一个非常凶狠而暴躁的男子，但也就更贫穷下去，连小小的移借，别人也不敢答应了。

　　在穷的结果得病以后，全身便变成枯黄色，脸孔黄的和小铜鼓一样，连眼白也黄了。别人说他是黄疸病，孩子们也就叫他"黄胖"了。有一天，他向他的妻说：

　　"再也没有办法了。这样下去，连小锅也都卖去了。我想，还是从你的身上设法罢。你跟着我挨饿，有什么办法呢？"

　　"我的身上？……"

　　他的妻坐在灶后，怀里抱着她刚满五岁的男小孩——孩子还在啜着奶，她讷讷地低声地问。

　　"你，是呀，"她的丈夫病后的无力的声音，"我已经将你出典了……"

　　"什么呀？"他的妻子几乎昏去似的。

　　屋内是稍稍静寂了一息。他气喘着说：

　　三天前，王狼来坐讨了半天的债回去以后，我也跟着他去，走到九亩潭边，我很不想要做人了。但是坐在那株爬上去一纵身就可落在潭里的树下，想来想去，总没有力气跳了。猫头鹰在耳朵边不住地啼，我的心被它叫寒起来，我只得回转身，但在路上，遇见了沈家婆，她问我，晚也晚了，在外做什么。我就告诉她，请她代我借一笔款，或向什么人家的小姐借些衣服或首饰去暂时当一当，免得王狼的狼一般的绿眼睛天天在家里闪烁。可是沈家婆向我笑道：

　　"'你还将妻养在家里做什么呢？你自己黄也黄到这个地步了。'"

　　"我低着头站在她面前没有答，她又说：

　　"'儿子呢，你只有一个，舍不得。但妻——'"

　　"我当时想：'莫非叫我卖去妻子么？'"

　　"而她继续道：

　　"'但妻——虽然是结发的，穷了，也没有法。还养在家里做什么呢？'"

　　"这样，她就直说出：'有一个秀才，因为没有儿子，年纪已五十岁了，想买一个妾；又因他的大妻不允许，只准他典一个，典三年或五年，叫我物色相当的女人：年纪约三十岁左右，养过两三个儿子的，人要沉默老实，又肯做事，还要对他的大妻肯低眉下首。这次是秀才娘子向我说的，假如条件合，肯出八十元或一百元的身价。我代她寻好几天，总没有相当的女人。'她说：'现在碰到我，想起了你来，样样都对的。'当时问我的意见怎样，我一掉下了几滴泪，一边却被她催的答应她了。"

　　说到这里，他垂下头，声音很低弱，停止了。他的妻简直痴似的，话一句没有。又静寂了一息，他继续说：

　　"昨天，沈家婆到过秀才的家里，她说秀才很高兴，秀才娘子也喜欢，钱是一百元，年数呢，假如三年养不出儿子，是五年。沈家婆并将日子也拣定了——本月十八，五天后。今天，她写典契去了。"

这时，他的妻简直连腑脏都颤抖，吞吐着问：

"你为什么早不对我说？"

"昨天在你的面前旋了三个圈子，可是对你说不出。不过我仔细想，除出将你的身子设法外，再也没有办法了。"

"决定了么？"妇人颤着牙齿问。

"只待典契写好。"

"倒霉的事情呀，我！——一点也没有别的方法了么？春宝的爸呀！"

春宝是她怀里的孩子的名字。

"倒霉，我也想到过，可是穷了，我们又不肯死，有什么办法？今年，我怕连插秧也不能插了。"

"你也想到过春宝么？春宝还只有五岁，没有娘，他怎么好呢？"

"我领他便了，本来是断了奶的孩子。"

他似乎渐渐发怒了。也就走出门外去了。她，却呜呜咽咽地哭起来。

这时，在她过去的回忆里，却想起恰恰一年前的事：那时她生下了一个女儿，她简直如死去一般地卧在床上。死还是整个的，她却肢体分作四碎与五裂。刚落地的女婴，在地上的干草堆上叫："呱呀，呱呀"声音很重的，手脚揪缩。脐带绕在她的身上，胎盘落在一边，她很想挣扎起来给她洗好，可是她的头昂起来，身子凝滞在床上。这样，她看见她的丈夫，这个凶狠的男子，红着脸，提了一桶沸水到女婴的旁边。她简直用了她一生的最后的力向他喊："慢！慢……"但这个病前极凶狠的男子，没有一分钟商量的余地，也不答半句话，就将"呱呀，呱呀，"声音很重地在叫着的女儿，刚出世的新生命，用他的粗暴的两手捧起来，如屠户捧将杀的小羊一般，扑通，投下在沸水里了！除出沸水的溅声和皮肉吸收沸水的嘶声以外，女孩一声也不喊——她疑问地想，为什么也不重重地哭一声呢？竟这样不响地愿意冤枉死去么？啊！——她转念，那是因为她自己当时昏过去的缘故，她当时剜去了心一般地昏去了。

想到这里，似乎泪泉干涸了。"唉！苦命呀！"她低低地叹息了一声。这时春宝拔去了奶头，向他的母亲的脸上看，一边叫：

"妈妈！妈妈！"

在她将离别的前一晚，她拣了房子的最黑暗处坐着。一盏油灯点在灶前，萤火那么的光亮。她，手里抱着春宝，将她的头贴在他的头发上。她的思想似乎浮漂在极远，可是她自捉摸不定远在那里。于是慢慢地跑过来，跑到眼前，跑到她的孩子的身上。

她向她的孩子低声叫：

"春宝，宝宝！"

"妈妈，"孩子含着奶头答。

"妈妈明天要去了……"

唔，孩子似不十分懂得，本能地将头钻进他母亲的胸膛。

"妈妈不回来了，三年内不能回来了！"

她擦一擦眼睛，孩子放松口子问：

"妈妈那里去呢？庙里么？"

"不是，三十里路外，一家姓李的。"

"我也去。"

"宝宝去不得的。"

"呃！"孩子反抗地，又吸着并不多的奶。

"你跟爸爸在家里，爸爸会照料宝宝的：同宝宝睡，也带宝宝玩，你听爸爸的话好了。过三年……"

她没有说完，孩子要哭似的说：

"爸爸要打我的！"

"爸爸不再打你了，"同时用她的左手抚摸着孩子的右额，在这上，有他父亲在杀死他刚生下的妹妹后第第三天,用锄柄敲他,肿起而又平复了的伤痕。

她似要还想对孩子说话,她的丈夫踏进门了。他走到她的面前,一只手放在袋里,掏取着什么,一边说:

"钱已经拿来七十元了。还有三十元要等你到了十天后付。"

停了一息说:"也答应轿子来接。"

又停了一息说:"也答应轿夫一早吃好早饭来。"

这样,他离开了她,又向门外走出去了。

这一晚,她和她的丈夫都没有吃晚饭。

第二天,春雨竟滴滴渐渐地落着。

轿是一早就到了。可是这妇人,她却一夜不曾睡。她先将春宝的几件破衣服都修补好;春将完了,夏将到了,可是她,连孩子冬天用的破烂棉袄都拿出来,移交给他的父亲——实在,他已经在床上睡去了。以后,她坐在他的旁边,想对他说几句话,可是长夜是迟延着过去,她的话一句也说不出。而且,她大着胆向他叫了几声,发了几个听不清楚的声音,声音在他的耳外,她也就睡下不说了。

等她朦朦胧胧地刚离开思将要睡去,春宝醒了,他就推叫他的母亲,要起来。以后当她给他穿衣服的时候,向他说:"宝宝好好地在家里,不要哭,免得你爸爸打你。以后妈妈常买糖果来,买给宝宝吃,宝宝不要哭。"

而小孩子竟不知道悲哀是什么一回事,张大口子"欶,欶,"地唱起来了。她在他的唇边吻了一吻,又说:

"不要唱,你爸爸被你唱醒了。"

轿夫坐在门首的板凳上,抽着旱烟,说着他们自己要听的话。一息,邻村的沈家婆也赶到了。一个老妇人,熟悉世故的媒婆,一进门,就拍拍她身上的雨点,向他们说:

"下雨了,下雨了,这是你们家里此后会有滋长的预兆。"

老妇人忙碌似的在屋内旋了几个圈,对孩子的父亲说了几句话,意思是讨酬报。因为这件契约之能订的如此顺利而合算,实在是她的力量。

"说实话,春宝的爸呀,再加五十元,那老头子可以买一房妾了。"她说。

于是又转向催促她——妇人却抱着春宝,这时坐着不动。老妇人声音很高地:

"轿夫要赶到他们家里吃中饭的,你快些预备走呀!"

可是妇人向她瞧了一瞧,似乎说:

"我实在不愿离开呢!让我饿死在这里罢!"

声音是在她的喉下,可是媒婆懂得了,走近到她前面,迷迷地向她笑说:

"你真是一个不懂事的丫头,黄胖还有什么东西给你呢?那边真是一份有吃有剩的人家,两百多亩田,经济很宽裕,房子是自己的,也雇着长工养着牛。大娘的性子是极好的,对人非常客气,每次看见人总给人一些吃的东西。那老头子——实在并不老,脸是很白白的,也没有留胡子,因为读了书,背有些偻偻的,斯文的模样。可是也不必多说,你一走下轿就看见,我是一个从不说谎的媒婆。"

妇人拭一拭泪,极轻地:

"春宝……我怎么抛开他呢!"

"不用想到春宝了。"老妇人一手放在她的肩上,脸凑近她和春宝。"有五岁了,古人说:'三周四岁离娘身,'可以离开你。只要你肚子争气些,到那边,也养下一二个来,万事都好了。"

轿夫也在门首催起身了,他们噜苏着说:

"又不是新娘子,啼啼哭哭的。"

这样,老妇人将春宝从她的怀里拉去,一边说:

"春宝让我带去罢。"

小小的孩子也哭了,手脚乱舞的,可是老妇人终于给他拉到小门外去。当妇人走进轿门的时候,向他们说:

"带进屋里来罢,外边有雨呢。"

两村的相隔有三十里路，可是轿夫的第二次将轿子放下肩，就到了。春天的细雨，从轿子的布蓬里飘进，吹湿了她的衣衫。一个脸孔肥肥的，两眼很有心计的约莫五十四五岁的老妇人来迎她，她想：这当然是大娘了。可是只向她满面羞涩地看一看，并没有叫。她很亲昵似的将她牵上阶沿，一个长长的瘦瘦的而面孔圆细的男子就从房里走出来。他向新来的少妇，仔细地瞧了瞧，堆出满脸的笑容来，向她问："这么早就到了么？可是打湿你的衣裳了。"

而那位老妇人，却简直没有顾到他的说话，也向她问：

"还有什么在轿里么？"

"没有什么了，"少妇答。

几位邻舍的妇人站在大门外，探头张望；可是她们走进屋里面了。

她自己也不知道这究竟为什么，她的心老是挂念着她的旧的家，掉不下她的春宝。这是真实而明显的，她应庆祝这将开始的三年的生活——这个家庭，和她所典给他的丈夫，都比曾经过去的要好，秀才确是一个温良和善的人，讲话是那么地低声，连大娘，实在也是一个出乎意料的妇人，她的态度之殷勤，和滔滔的一席话：说她和她丈夫的过去生活之经过，从美满而漂亮的结婚生活起，一直到现在，中间的三十年。她曾做过一次的产，十五六年以前，养下一个男孩子，据她说，是一个极美丽又极聪明的婴儿，可是不到十个月竟患天花死去了。这样，以后就没有养过第二个。在她的意思中，似乎——似乎——早就叫她的丈夫娶一房姿，可是他，不知是爱她呢，还是没有相当的人——这一层她并没有说清楚；于是，就一直到现在。这样，竟说得这个具着朴素的心地的她，一时酸，一会苦，一时甜上心头，一时又咸的压下去了。最后这个老妇人并将她的希望也向她说出来了。她的脸是娇红的，可是老妇人说：

"你是养过三四孩子的女人了，当然，你是知道什么的，你一定知道的还比我多。"

这样，她说着走开了。

当晚，秀才也将家里的种种情形告诉她，实际，不过是向她夸耀或求媚罢了。她坐在一张橱子的旁边，这样的红的木橱，是她旧的家所没有的，她眼睛白晃晃地瞧着它。秀才也就坐在橱子的面前来，问她：

"你叫什么名字呢？"

她没有答，也并不笑，站起来，走在床的前面，秀才也跟到床的旁边，更笑地问她：

"怕羞么？哈，你想你的丈夫么？哈，哈，现在我是你的丈夫了。"声音是轻轻的，又用手去牵着她的袖子。"不要愁罢！你也想你的孩子的，是不是？不过——"

他没有说完，却又哈的笑了一声，他自己脱去他外面的长衫了。

她可以听见房外的大娘的声音在高声地骂着什么人，她一时听不出在骂谁，骂烧饭的女仆，又好像骂她自己，可是因为她的怨恨，仿佛又是为她而发的。秀才在床上叫道：

"睡罢，她常是这么噜噜苏苏的。她以前很爱那个长工，因为长工要和烧饭的黄妈多说话，她却常要骂黄妈的。"

日子是一天天地过去了。旧的家，渐渐地在她的脑里疏远了，而眼前，却一步步地亲近她使她熟悉。虽则，春宝的哭声有时竟在她耳朵边响，梦中，她也几次地遇到过他了。可是梦是一个比一个缥缈，眼前的事务是一天比一天繁多。她知道这个老妇人是猜忌多心的，外表虽则对她还算大方，可是她的嫉妒的心是和侦探一样，监视着秀才对她的一举一动。有时，秀才从外面回来，先遇见了她而同她说话，老妇人就疑心有什么特别的东西买给她了，非在当晚，将秀才叫到她自己的房内去，狠狠地训斥一番不可。"你给狐狸迷着了么？""你应该称一称你自己的老骨头是多少重！"像这样的话，她耳闻到不止一次了。这样以后，她望见秀才从外面回来而旁边没有她坐着的时候，就非得急忙避开不可。即使她在旁边，有时也该让开些，但这种动作，她要做的非常自然，而且不能让别人看出，否则，她又要向她发怒，说是她有意要在旁人的前面暴露她大娘的丑恶。而且以后，竟将家里的许多杂务都堆积在她的身上，同一个女仆那么样。她还算是聪明的，有时老妇人的换下来的衣服放着，她也给她拿去洗了，虽然她说：

"我的衣服怎么要你洗呢？就是你你自己的衣服，也可叫黄妈洗的。"可是接着说：

"妹妹呀，你最好到猪栏里去看一看，那两只猪为什么这样唔唔叫的，或者因为没有吃饱罢，黄妈总是不肯给它们吃饱的。"

八个月了，那年冬天，她的胃却起了变化：老是不想吃饭，想吃新鲜的面，番薯等。但番薯或面吃了两餐，又不想吃，又想吃馄饨，多吃又要呕。而且还想吃南瓜和梅子——这是六月里的东西，真稀奇，向那里去找呢？秀才是知道在这个变化中所带来的预告了。他整日地笑微微，能找到的东西，总忙着给她找来。他亲身给她街上去买橘子，又托便人买了金柑来，他在廊沿下走来走去，口里念念有词的，不知说什么。他看她和黄妈磨过年的粉，但还没有磨了三升，就向她叫："歇一歇罢，长工也好磨的，年糕是人人要吃的。"

有时在夜里，人家谈着话，他却独自拿了一盏灯，在灯下，读起《诗经》来了：

关关雎鸠，

在河之洲，

窈窕淑女，

君子好逑——

这时长工向他问：

"先生，你又不去考举人，还读它做什么呢？"

他却摸一摸没有胡子的口边，怡悦地说道：

"是呀，你也知道人生的快乐么？所谓：'洞房花烛夜，金榜挂名时。'你也知道这两句话的意思么？这是人生的最快乐的两件事呀！可是我对于这两件事都过去了，我却还有比这两件更快乐的事呢！"

这样，除出他的两个妻以外，其余的人们都大笑了。

这些事，在老妇人眼睛里是看得非常气恼了。她起初闻到她的受孕也欢喜，以后看见秀才的这样奉承她，她却怨恨她自己肚子的不会还债了。有一次，次年三月了，这妇人因为身体感觉不舒服，头有些痛，睡了三天。秀才呢，也愿她歇息歇息，更不时地问她要什么，而老妇人却着实地发怒了。她说她装娇，噜噜苏苏地说了三天。她先是恶意地讥嘲她：说是一到秀才的家里就高贵起来了，什么腰酸呀，头痛呀，姨太太的架子也都摆出来了；以前在自己的家里，她不相信她有这样的教养，恐怕竟和街头的母狗一样，肚皮里有着一肚子的小狗，临产了，还要到处地奔求着食物。现在呢，因为"老东西"——这是秀才的妻叫秀才的名字——趋奉了她，就装着娇滴滴的样子了。

"儿子，"她有一次在厨房里对黄妈说："谁没有养过呀？我也曾怀过十个月的孕，不相信有这么的难受。而且，此刻的儿子，还在'阎罗王的簿里'，谁保的定生出来不是一只癞蛤蟆呢？也等到真的'鸟儿'从洞里钻出来看见了，才可在我的面前显威风，摆架子，此刻，不过是一块血的猫头鹰，就这么的装腔，也显得太早一点！"

当晚这妇人没有吃晚饭，这时她已经睡了，听了这一番婉转的冷嘲与热骂，她呜呜咽咽地低声哭泣了。秀才也带衣服坐在床上，听到浑身透着冷汗，发起抖来。他很想扣好衣服，重新走起来，去扎她一顿，抓住她的头发狠狠地打她一顿，泄泄他一肚皮的气。但不知怎样，似乎没有力量，连指也颤动，臂也酸软了，一边轻轻地叹息着说：

"唉，一向实在太对她好了。结婚了三十年，没有打过她一掌，简直连指甲都没有弹到她的皮肤上过，所以今日，竟和娘娘一般地难惹了。"

同时，他爬过到床底那端，她的身边，向她耳语说：

"不要哭罢，不要哭罢，随她吠去好了！她是阉过的母鸡，看见别人的孵卵是难受的。假如你这一次真能养出一男孩子来。我当送你两样宝贝——我有一只青玉的戒指，我有一只白玉的……"

他没有说完，可是他忍不住听下门外的他的大妻的喋喋的讥笑声音，他急忙地脱去了衣服，将头钻进被窝里去，凑向她的胸膛，一边说：

"我有白玉的……"

肚子一天天地膨胀的如斗那么大，老妇人终究也将产婆雇定了，而且在别人的面前，竟拿起花布来做婴儿用的衣服。

酷热的暑天到了尽头，旧历的六月，他们在希望的眼中过去。秋开始，凉风也拂拂地乡镇上吹送。于是有一天，这全家的人们都到了希望的最高潮，屋里的空气完全地骚动起来。秀才的心更是异常地紧张，他在天井上不断地徘徊，手里捧着一本历书，好似要读它背诵那么地念去——"戊辰"，"甲戌"，"壬寅之年"，老是反复地轻轻的说着。有时他的焦急的眼光向一间关了窗的房子望去——在这间房子内是有产母的低声呻吟的声音；有时他向天上望一望被云笼罩着的太阳，于是又走走向房门口，向站在房门内的黄妈问：

"此刻如何？"

黄妈不住地点着头不做声响，一息，答：

"快下来了，快下来了。"

于是他又捧了那本历书，在廊下徘徊起来。

这样的情形，一直继续到黄昏的青烟在地面起来，灯火一盏盏的如春天的野花般在屋内开起，婴儿才落地了，是一个男的。婴儿的声音很重地在屋内叫，秀才却坐在屋角里，几乎快乐到流出泪来了。全家的人都没有心思吃晚饭，在平谈的晚餐席上，秀才的大妻向佣人们说道：

"暂时瞒一瞒罢，给小猫头避避晦气；假如别人问起，也答养一个女的好了。"

他们都微笑地点头。

一个月以后，婴儿的白嫩的小脸孔，已在秋天的阳光里照耀了。这个少妇给他哺着奶，邻舍的妇人围着他们瞧，有的称赞婴儿的鼻子好，有的称赞婴儿的口子好，有的称赞婴儿的两耳好；更有的称赞婴儿的母亲，也比以前好，白而且壮了。老妇人却和老祖母那么地吩咐着，保护着，这时开始说：

"够了，不要弄他哭了。"

关于孩子的名字，秀才是煞费苦心地想着，但总想不出一个相当的字来。据老妇人的意见，还是从"长命富贵"或"福禄寿喜"里拣一个字，最好还是"寿"字或"寿"同意义的字，如"其颐"，"彭祖"等。但秀才不同意，以为太通俗，人云亦云的名字。于是翻开了《易经》，《书经》，向这里面找，但找了半月，一月，还没有恰贴的字。在他的意思：以为在这个名字内，一边要祝福孩子，一边要包含他的老而得子的蕴义，所以竟不容易找。这一天，他一边抱着三个月的婴儿，一边又向书里找名字，戴着一副眼镜，将书递到灯的旁边去。婴儿的母亲呆呆地坐在房内的一边，不知思想着什么，却忽然开口说：

"我想，还是叫'秋宝'罢。"屋内的人们的几对眼睛都转向她，注意地静听着："他不是生在秋天吗？秋天的宝贝还是叫他'秋宝'罢。"

秀才立刻接着说道：

"是呀，我真极费心思了。我年过半百，实在到了人生的秋期；孩子也正养在秋天；'秋'是万物成熟的季节，秋宝，实在是很好的名字呀！而且《书经》里没么？'乃亦有秋'，我真乃亦有'秋'了！"

接着，又称赞了一通婴儿的母亲：说是呆读书实在无用，聪明是天生的。这些话，说的这妇人连坐着都局促不安，垂下头，苦笑地又含泪地想：

"我不过因春宝想到了。"

秋宝是天天成长的非常可爱地离不开他的母亲了。他有出奇的大的眼睛，对陌生人是不倦地注视地瞧着，但对他的母亲，却远远地一眼就知道了。他整天的抓住了他的母亲，虽则秀才是比她还爱他，但不喜欢父亲；秀才的大妻呢，表面也爱他，似爱她自己亲生的儿子一样，但在婴儿的大眼睛里，却看她似陌生人，也用奇怪的不倦的视法。可是他的执住他的母亲愈紧，而他的母亲离开这家的日子也愈近了。春天的口子咬住了冬天的尾巴；而夏天的脚又常是紧随着在春天的身后的；这样，谁都将孩子的母亲的三年快到的问题横放在心头上。

秀才呢，因为爱子的关系，首先向他的大妻提出来了：他愿意再拿出一百元钱，将她永远买下来。可是他的大妻的回答是：

"你要买她，那先给我药死罢！"

秀才听到这句话，气的只向鼻孔放出气，许久没有说；以后，他反而做着笑脸地：

"你想想孩子没有娘……"

老妇人也尖利地冷笑地说：

"我不好算是他的娘么？"

在孩子的母亲的心呢，却正矛盾这两种的冲突了：一边，她的脑里老是有"三年"这两个字，三年是容易过去的，于是她的生活便变做在秀才家里的用人似的了。而且想象中的春宝，也同眼前的秋宝一样活泼可爱,她既舍不得秋宝,怎么就能舍得掉春宝呢?可是另一边,她实在愿意永远在这新的家里住下去,她想,春宝的爸爸不是一个长寿的人,他的病一定是在三五年之内要将他带走到不可知的异国里去的,于是,她便要求她的第二个丈夫,将春宝也领过来,这样,春宝也在她的眼前。

有时,她倦坐在房外的沿廊下,初夏的阳光,异常地能令人昏朦地起幻想,秋宝睡在她的怀里,含着她的乳,可是她觉得仿佛春宝同时也站在她的旁边,她伸出手去也想将春宝抱近来,她还要对他们兄弟两人说几句话,可是身边是空空的。

在身边的较远的门口,却站着这位脸孔慈善而眼睛凶毒的老妇人,目光注视着她。这样,恍恍惚惚地敏悟:"还是早些脱离开罢,她简直探子一样地监视着我了。"可是忽然怀内的孩子一叫,她却又什么也没有的只剩着眼前的事实来支配她了。

以后,秀才又将计划修改了一些:他想叫沈家婆来,叫她向秋宝的母亲的前夫去说,他愿否再拿进三十元——最多是五十元,将妻续典三年给秀才。秀才对他的大妻说:

"要是秋宝到五岁,是可以离开娘了。"

他的大妻正是手里捻着念佛珠,一边在念着"南无阿弥陀佛",一边答:

"她家里也还有前儿在,你也应放她和她的结发夫妇团聚一下罢。"

秀才低着头,断断续续地仍然这样说:

"你想想秋宝两岁就没有娘……"

可是老妇人放下念佛珠说:

"我会养的,我会管理他的,你怕我谋害了他么?"

秀才一听到末一句话,就拔步走开了。老妇人仍在后面说:

"这个儿子是帮我生的,秋宝是我的;绝种虽然是绝了你家的种,可是我却仍然吃着你家的餐饭。你真被迷了,老昏了,一点也不会想了。你还有几年好活,却要拼命拉她在身边?双连牌位,我是不愿意坐的!"

老妇人似乎还有许多刻毒的锐利的话,可是秀才走远开听不见了。

在夏天,婴儿的头上生了一个疮,有时身体稍稍发些热,于是这位老妇人就到处地问菩萨,求佛药,给婴儿敷在疮上,或灌下肚里,婴儿的母亲觉得并不十分要紧,反而使这样小小的生命哭成一身的汗珠,她不愿意,或将吃了几口的药暗地里拿去倒掉。于是这位老妇人就高声叹息,向秀才说:

"你看她竟一点也不介意他的病,还说孩子是并不怎样瘦下去。爱在心里的是深的;专疼表面是假的。"

这样,妇人只有暗自挥泪,秀才也不说什么话了。

秋宝一周纪念的时候,这家热闹地排了一天的酒筵,客人也到了三四十,有的送衣服,有的送衣服,有的送面,有的送银制的狮貌,给婴儿挂在胸前的,有的送镀金的寿星老头儿,给孩子钉在帽上的,许多礼物,都在客人的袖子里带来了。他们祝福着婴儿的飞黄腾达,赞颂着婴儿的长寿永生;主人的脸孔,竟是荣光照耀着,有如落日的云霞反映着在他的颊上的。

可是在这天,正当他们筵席将举行的黄昏时,来了一个客,从朦胧的暮光中向他们的天井走进,人们都注意他:一个憔悴异常的乡人,衣服补衲的,头发很长,在他的腋下,挟着一个纸包。主人骇异地迎上前去,问他是那里人,他口吃似的答了,主人一时糊涂的,但立刻明白了,就是那个皮贩。主人更轻轻地说:

"你为什么也送东西来了?你真不必的呀!"

来客胆怯地向四周看看,一边答说:

"要,要的……我来祝祝这个宝贝长寿千……"

他似没有说完,一边将腋下的纸包打开来,手指颤动地打开了两三重的纸,于是拿出四只铜制镀银的字,一方寸那么大,是"寿比南山"四字。

秀才的大娘走来了,向他仔细一看,似乎不大高兴。秀才却将他招待到席上,客人们互相私语着。

两点钟的酒与肉,将人们弄的胡乱与狂热了:他们高声猜着拳,用大碗盛着酒互相比赛,闹得似乎房子都被震动了。只有那个皮贩,他虽然也喝了两杯酒,可是仍然坐着不动,客人们也不招呼他。等到兴尽了,于是各人草草地吃了一碗饭,互祝着好话,从两两三三的灯笼光影中,走散了。

而皮贩却吃到最后,用人来收拾羹碗了,他才离开了桌,走到廊下的黑暗处。在那里,他遇见了他的被典的妻。

"你也来做什么呢?"妇人问,语气是非常凄惨的。

"我那里又愿意来,因为没有法子。"

"那么你为什么来的这样晚?"

"我那里来买礼物的钱呀?! 奔跑了一上午,哀求了一上午,又到城里买礼物,走得乏了,饿了,也迟了。"

妇人接着问:

"春宝呢?"

男人沉吟了一息答:

"所以,我是为春宝来的。……"

"为春宝来的?"妇人惊异地回音似的问。

男人慢慢地说:

"从夏天来,春宝是瘦的异样了。到秋天,竟病起来了。我又那里有钱给他请医生吃药,所以现在,病是更厉害了! 再不想法救救他,眼见得要死!"静寂了一刻,继续说:"现在,我是向你来借钱的……"

这时妇人的胸膛内,简直似有四五只猫在抓她,咬她,咀嚼着她的心脏一样。她恨不得哭出来,但在人们个个向秋宝祝颂的日子,她又怎么好跟在人们的声音后面叫哭呢? 她吞下她的眼泪,向她的丈夫说:

"我又那里有钱呢? 我在这里,每月只给我两角钱的零用,我自己又那里要用什么,悉数补在孩子的身上了。现在,怎么好呢?"

他们一时没有话,以后,妇人又问:

"此刻有什么人照顾着春宝呢?"

"托了一个邻舍,我仍旧想回家,我就要走了。"

他一边说着,一边揩着泪。女的同时哽咽着说:

"你等一下罢,我向他去借借看。"

她就走开了。

三天以后的一天晚上,秀才忽然问这妇人道:

"我给你的那只青玉戒指?"

"在那天夜里,给了他了。给了他拿去当了。"

"没有借你五块钱么?"秀才愤怒地。

妇人低着头停了一息答:

"五块钱怎么够呢!"

秀才接着叹息说:

"总是前夫和前儿好,无论我对你怎么样! 本来我很想再留你两年的,现在,你还是到明春就走罢!"

女人简直连泪也没有地呆着了。

几天后,他还向她那么地说:

"那只戒指是宝贝,我给你是要你传给秋宝的,谁知你一下就拿去当了! 幸得她不知道,要是知道了。有三个月好闹了!"

妇人是一天天地黄瘦了。没有精采的光芒在她的眼睛里起来,而讥笑与冷骂的声音又充塞在她的耳内了。她是时常记念着她的春宝的病的,探听着有没有从她的本乡来的朋友,也探听着有没有向她的本乡去的便客,她很想得到一个关于"春宝的身体已复原"的消息,可是消息总没有;她也想借两元钱或买些糖果去,方便的客人又没有,她不时地抱着秋宝在门首过去一些的大路边,眼睛望着来和去的路。这种情形却很使秀才的大妻不舒服了,她时常对秀才说:

"她那里愿意在这里呢? 她是极想早些飞回去的。"

有几夜,她抱着秋宝在睡梦中突然喊起来,秋宝也被吓醒,哭起来了。秀才就追逼地问:

"你为什么? 你为什么?"

可是女人拍着秋宝,口子哼哼的没有答。秀才继续说:

"梦着你的前儿死了么，那么地喊？连我都被你叫醒了。"

女人急忙一边答：

"不，不，……好像我的前面有一圹坟呢！"

秀才没有再讲话，而悲哀的幻象更在女人的前面展现开来，她要走向这坟去。

冬末了，催离别的小鸟，已经到她的窗前不住地叫了。先是孩子断了奶，又叫道士们来给孩子度了一个关，于是孩子和他亲生的母亲的别离——永远的别离的命运就被决定了。

这一天，黄妈先悄悄地向秀才的大妻说：

"叫一顶轿子送她去么？"

秀才的妻子还是手里捻着念佛珠说：

走走好罢，到那边轿钱是那边付的，她又那里有钱呢？听说她的亲夫连饭也没得吃，她不必摆阔了。路也不算远，我也是曾经走过三四十里路的人，她的脚比较大，半天可以到了。

这天早晨当她给秋宝穿衣服的时候，她的泪如溪水地流下，孩子向她叫："婶婶，婶婶"——因为老妇人要他叫自己是"妈妈"，只准叫她是"婶婶"——她向他咽咽地答应。他很想对她说几句话，意思是：

"别了，我的亲爱的儿子呀！你的妈妈待你是好的，你将来也好好地待还她罢，永远不要再记念我了！"

可是她无论怎样也说不出。她也知道一周半的孩子是不会了解的。

秀才悄悄地走向她，从她背后的腋下伸进手来，在他的手内是十枚双毫角子，一边轻轻说：

"拿去罢，这两块钱。"

妇人扣好孩子的钮扣，就将角子塞在怀内的衣袋里。

老妇人又进来了，注意着秀才走出去的背后，又向妇人说：

"秋宝给我抱去罢，免得你走时他哭。"

妇人不做声响，可是秋宝总不愿意，用手不住地拍在老妇人的脸上，于是老妇人生气地又说：

"那同他去吃早饭去罢，吃了早饭交给我。"

黄妈拼命地劝她多吃饭，一边说：

"半月来你就这样了，你真来的时候还瘦了。你没有去照照镜子。今天，吃一碗下去罢，你还要走三十里路呢。"

她只不关紧要地说了一句：

"你对我真好！"

但是太阳是升的非常高了，一个很好的天气，秋宝还是不肯离开他的母亲，老妇人便狠狠地将她的怀里夺去，秋宝用小小的脚踢在老妇人的肚子上，用小小的拳头搔住她的头发，高兴呼喊她。妇人在后面说：

"让我吃了中饭去罢。"

老妇人却转过头，汹汹地答：

"赶快打起你的包袱去罢，早晚总有一次的！"

孩子的哭声便在她的耳内渐渐去了。

打包裹的时候，耳内是听着孩子的哭声。黄妈在旁边，一边劝慰着她，一边却看她打进甚么去。终于，她挟着一只旧的包裹走了。她离开他的大门时，听见她的秋宝的哭声；可是慢慢地远远地走了三里路了，还听见她的秋宝的哭声。

暖和的太阳所照耀的路，在她面前竟和天一样无穷止地长。当她走到一条河边的时候，她很想停止她的那么无力的脚步，向明澈可以照见她自己的身子的水底跳下去了。但在水边坐了一会之后，她还得依前去的方向，移动她自己的影子。

太阳已经过午了，一个村里的一个年老的乡人告诉她，路还有十五里；于是她向那个老人说：

"伯伯，请你代我就近叫一顶轿子罢，我是走不回去了！"

"你是有病的么？"老人问。

"是的。"

她那时坐在村口的凉亭里面。"你从那里来？"

妇人静默了一时答：

"我是向那里去的；早晨我以为自己会走的。"

老人怜悯地也没有多说话，就给她两位轿夫，一顶没蓬的轿。因为那是下秧的季节。

下午三四时的样子，一条狭窄而污秽的乡村小街上，抬过了一顶没蓬的轿子，轿里躺着一个脸色枯萎如同一张瘪的黄菜叶那么的中年妇人，两眼朦胧地颓唐地闭着。嘴里的呼吸只有微弱地吐出。街上的人们个个睁着惊异的目光，怜悯地凝视着过去。一群孩子们，争噪地跟在轿后，好像一件奇异的事情落到这沉寂小村镇里来了。

春宝也是跟在轿的孩子们中的一个，他还在似赶猪那么地哗着轿走，可是轿子一转一个弯，却是向他的家里去的路，他却伸直了两手而奇怪了，等到轿子到了他家里的门口，他简直呆似的远远地站在前面，背靠一株柱子上，面向着轿，其余的孩子们胆怯地围在轿的两边。妇人走出来了，她昏迷的眼睛还认不清站在前面的，穿着褴褛的衣服，头发蓬乱的，身子和三年前一样的短小，那个八岁的孩子是她的春宝。突然，她哭出来地高叫了：

"春宝呀！"

一群孩子们，个个无意地吃了一惊，而春宝简直吓的躲进屋子他父亲那里去了。

妇人在灰暗的屋内坐了许久许久，她和她的丈夫都没有一句话。夜色降落了，他下垂的头昂起来，向她说：

"烧饭吃罢！"

妇人不得已地站起来，向屋角上旋转了一周，一点也没有气力地对她丈夫说：

"米缸内是空空的……"

男人冷笑了一声，答说："你真是大人家里生活过了！米，盛在那只香烟盒子内。"

当天晚上，男子向她的儿子说：

"春宝，跟你的娘去睡！"

而春宝却靠在灶边哭起来了。他的母亲走近他，一边叫：

"春宝，宝宝！"

可是当她的手去抚摸他的时候，他又躲，闪开了。男子加上说：

"会生疏得那么快，一顿打呢！"

她眼睁睁地睡在一张龌龊的狭窄板床上，春宝陌生似的睡在她的身边。在她的已经麻木的脑内，仿佛秋宝肥白可爱地在她身边挣动着，她伸出两手去抱，可是身边是春宝。这时，春宝睡着了。转了一个身，她的母亲紧紧地将他抱住，而孩子却从微弱的鼻声中，脸伏在她的胸膛，两手抚摩着她的两乳。

沉静而寒冷的死一般长的夜，似无限地拖延着，拖延着……

一九三〇年一月二十日

春　桃

许地山

　　这年底夏天分外地热。街上底灯虽然亮了，胡同口那卖酸梅汤底还像唱梨花鼓的姑娘耍着他底铜碗。一个背着一大篓字纸底妇人从他面前走过，在破草帽底下虽看不清她底脸，当她与卖酸梅汤底打招呼时，却可以理会她有满口雪白的牙齿。她背上担负得很重，甚至不能把腰挺直，只如骆驼一样，庄严地一步一步踱到自己门口。

　　进门是个小院，妇人住底是塌剩下底两间厢房。院子一大部分是瓦砾。在她住底门前种着一棚黄瓜，几行玉米。窗下还有十几棵晚香玉。几根朽坏的梁木横在瓜棚底下，大概是她家最高贵的坐处。她一到门前，屋里出来一个男子，忙帮着她卸下背上底重负。

　　"媳妇，今儿回来晚了。"

　　妇人望着他，像很诧异他底话。"什么意思？你想媳妇想疯啦？别叫我媳妇，我说。"她一面走进屋里，把破草帽脱下，顺手挂在门后，从水缸旁边取了一个小烟罐向缸里一连舀了好几次，喝得换不过气来，张了一会嘴，到瓜棚底下把篓子拖到一边，便自坐在朽梁上。

　　那男子名叫刘向高。妇人底年纪也和他差不多，在三十左右，娘家也姓刘。除掉向高以外，没人知道她底名字叫做春桃。街坊叫她捡烂纸底刘大姑，因为她底职业是见天在街头巷尾垃圾堆里讨生活，有时沿途嚷着"烂字纸换取灯儿"。一天到晚在烈日冷风里吃尘土，可是生来就爱干净，无论冬夏，每天回家，她总得净身洗脸。替她预备水地照例是向高。

　　向高是个乡间高小毕业生，四年前，乡里闹兵灾，全家逃散了，在道上遇见同是逃难底刘春桃，一同走了几百里，彼此又分开了。

　　她随着人到北京来，因为总布胡同里一个西洋妇人要雇一个没混过事底乡下婆娘当"阿妈"，她便被荐去上工。主妇见她长得清秀，很喜爱她。她见主人老是吃牛肉，在馒头上涂牛油，喝茶还要加牛奶，来去鼓着一阵臊味，闻不惯。有一天，主人叫她带孩子到三贝子花园去，她理会主人家底气味有点像从虎狼栏里发出来的，心里越发难过，不到两个月，便辞了工。到平常人家去，乡下人不惯当差，又换不得骂，上工不久，又不干了。在穷途上，她自己选了这捡烂纸换取灯儿底职业，一天底生活勉强可以维持下去。

　　向高与春桃分别后底历史倒很简单，他到涿州去，找不着亲人，虽有一两个世交，听他说是逃难来底，都不很愿意留他住下，不得已又流到北京来。由别人底介绍，他认识胡同口那卖酸梅汤底老吴，老吴借他现在住底破院子住，说明有人来赁，他得另找地方。他没事做，只帮着老吴算算账，卖卖货。他白住房子，白做活，只赚两顿吃。春桃底捡纸生活渐次发达起来，原住底地方，人家不许她堆货，她便沿着德胜门墙根来找住处。一敲门，正是认识底刘向高。她不用经过许多手续，便向老吴赁下这房子，也留向高住下，帮她底忙。这都是三年前底事了。他认得几个字，在春桃捡来和换来底字纸里，也会抽出些少比较能卖钱底东西，如画片或将军、某总长写底联对信札之类。二人合作，事业也有进步。向高有时也教她认几个字，但没有什么功效，因为他自己认得底也不算多，解字就更难了。

　　他们同居这些年，生活状态，若不配说像鸳鸯，便说像一对小家雀罢。

　　言归正传。春桃进屋里，向高已提着一桶水在她后面跟着走。他用快活的声调说："媳妇，快洗罢，我等饿了。今晚咱们吃点好的，烙葱花饼，赞成不赞成？若赞成，我就买葱酱去。"

"媳妇，媳妇，别这样叫，成不成？"春桃不耐烦地说。

"你答应我一声，明儿到天桥给你买一顶好帽子去。你不说帽子该换了么？"向高再要求。

"我不爱听。"

他知道妇人有点不高兴了，便转口问："到底吃什么？说呀。"

"你爱吃什么，做什么给你吃。买去罢。"

向高买了几根葱和一碗麻酱回来，放在明间底桌上。春桃擦过澡出来，手里拿着一张红帖子。

"这又是那一位王爷底龙凤帖！这次可别再给小市那老李了。托人拿到北京饭店去，可以多卖些钱。"

"那是咱们底。要不然，你就成了我底媳妇啦？教了你一两年底字，连自己底姓名都认不得！"

"谁认得这么些字？别媳妇媳妇底，我不爱听。这是谁写底？"

"我填底。早晨巡警来查户口，说这两天加紧戒严，那家有多少人，都得照实报。老吴教我把咱们写成两口子，省得麻烦。巡警也说写同居人，一男一女，不妥当。我便把上次没卖掉底那分空帖子填上了。我填底是辛未年咱们办喜事。"

"什么？辛未年？辛未年我那儿认得你？你别捣乱啦。咱们没拜过天地，没喝过交杯酒，不算两口子。"

春桃有点不愿意，可还和平地说出来。她换了一条蓝布裤。上身是白的，脸上虽没脂粉，却呈露着天然的秀丽。若她肯嫁底话，按媒人底行情，说是二十三四底小寡妇，最少还可以值得一百八十底。

她笑着把那红帖搓成一长条，说："别捣乱，什么龙凤帖？烙饼吃了罢。"她掀起炉盖把纸条放进火里，随即到桌边和面。

向高说："烧就烧罢，反正巡警已经记上咱们是两口子；若是官府查起来，我不会说龙凤帖在逃难的时候丢掉底么？从今儿起，我可要叫你做媳妇了，老吴承认，巡警也承认，你不愿意，我也要叫。媳妇嗳！媳妇嗳！明天给你买帽子去，戒指我打不起。"

"你再这样叫，我可要恼了。"

"看来，你还想着那李茂。"向高底神气没像方才那么高兴。他自己说着，也不一定要春桃听见，但她已听见了。

"我想他？一夜夫妻，分散了四五年没信，可不是白想？"春桃这样说。她曾对向高说过她出阁那天底情形。花轿进了门，客人还没坐席，前头两个村子来人说，大队兵已经到了，四处拉人挖战壕，吓得大家都逃了。新夫妇也赶紧收拾东西，随着大众望西逃。同走了一天一宿。第二宿，前面连嚷几声"胡子来了，快躲罢！"那时大家只顾躲，谁也顾不了谁。到天亮时，不见了十几个人，连她丈夫李茂也在里头。她继续方才底话说："我想他一定跟着胡子走了，也许早叫人打死了。得啦，别提他啦。"

她把饼烙好了，端到桌上。向高向沙锅里掏了一碗黄瓜汤，大家没言语，吃了一顿。吃完，照例在瓜棚底下坐坐谈谈。一点点的星光在瓜叶当中闪着。凉风把萤火送到棚上，像星掉下来一般。晚香玉也渐次散出香气来，压住四围底臭味。

"好香的晚香玉！"向高摘了一朵，插在春桃底鬓上。

"别糟蹋我底晚香玉。晚上戴花，又不是窑姐儿。"她取下来，闻了一闻，便放在朽梁上头。

"怎么今儿回来晚啦？"向高问。

"吓！今儿做了一批好买卖！我下午正要回家，经过后门，瞧见清道夫推着一大车烂纸，问他从那儿推来的；他说是从神武门甩出来底废纸。我见里面红的黄的一大堆，便问他卖不卖。他说，你要，少算一点装去罢。你瞧。"她指着窗下那大篓，"我花了一块钱，买了一大篓！赔不赔，可不晓得，明儿捡一捡啦。"

"宫里出来底东西没个错。我就怕学堂和洋行出来底东西，分量又重，气味又坏，值钱不值，一点也没准。"

"近年来，街上包东西都作兴用洋报纸。不晓得那里来底那么些看洋报纸底人。捡起来，真是分量又重，又卖不出多少钱。"

"念洋书底人越多，谁都想看看洋报，将来好混混洋事。"

"他们混洋事，咱们捡洋字纸。"

"往后恐怕什么都要带上个洋字，拉车要拉洋车，赶驴更赶洋驴，也许还有洋骆驼要来。"向高把春桃逗笑起来了。

"你先别说别人。若是给你有钱,你也想念洋书,娶个洋媳妇。"

"老天爷知道,我绝不会发财。发财也不会娶洋婆子。若是我有钱,回乡下买几亩田,咱们两个种去。"

春桃自从逃难以来,把丈夫丢了,听见乡下两字,总没有好感想。她说:"你还想回去?恐怕田还没买,连钱带人都没有了。没饭吃,我也不回去。"

"我说回我们锦县乡下。"

"这年头,那一个乡下都是一样,不闹兵便闹贼,不闹贼便闹日本,谁敢回去?还是在这里捡捡烂纸罢。咱们现在只缺一个帮忙底人,若是多一个人在家替你归着东西,你白天便可以出去摆地摊,省得货过别人手里,卖漏了。"

"我还得学三年徒弟才成,卖漏了,不怨别人,只怨自己不够眼光。这几个月来,我可学了不少。邮票,那种值钱,那种不值,也差不多会瞧了。大人物底信札手笔,卖得出钱,卖不出钱,也有一点把握了。前几天在那堆字纸里捡出一张康有为底字,你说今天我卖了多少?"他很高兴地伸出拇指和食指比仿着,"八毛钱!"

"说是呢!若是每天在烂纸堆里能捡出八毛钱就算顶不错,还用回乡下种田去?那不是自找罪受么?"春桃愉快的声音就像春深底莺啼一样。她接着说:"今天这堆准保有好的给你捡。听说明天还有好些,那人教我一早到后门去等他。这两天宫里底东西都赶着装箱,往南方运,库里许多烂纸都不要。我瞧见东华门外也有许多,一口袋一口袋陆续地扔出来。明儿你也打听去。"

说了许多话,不觉二更打过。她伸伸懒腰站起来说:"今天累了,我要歇去。"

向高跟着她进屋里。窗户下横着小小的土炕,够两三人睡底。在微细的灯光底下,隐约看见墙上一边贴着八仙打麻雀底谐画,一边是烟公司"还是他好"底广告画。春桃底模样,若脱去破帽子,不用说到瑞蚨祥或别的上海成衣店,只到天桥搜罗一身落伍的旗袍穿上,坐在任何草地,也与"还是他好"里那摩登女差不上下。因此,向高常对春桃说贴底是她底小照。

她上了炕,把衣服脱光了,顺手揪一张被单盖着,躺在一边。向高照例是给她按按背,捶捶腿。她每天底疲劳就是这样含着一点微笑,在小油灯底闪烁中,渐次得着苏息。在半睡的状态中,她喃喃地说:"向哥,你也睡罢,别开夜工了,明天还要早起咧。"

妇人渐次发出一点微细的鼾声,向高便把灯灭了。

一破晓,男女二人又像打食的老鸹,急飞出巢,各自办各底事情去。

刚放过午炮,什刹海底锣鼓已闹得喧天。春桃从后门出来,背着纸篓,向西石压桥这边来。在那临时市场底路口,忽然听见路边有人叫她:"春桃,春桃!"

她底小名,就是向高,一年之中也罕得这样叫唤她一声。自离开乡下以后,四五年来没人这样叫过她。

"春桃,春桃,你不认得我啦?"

她不由得回头一瞧,只见路边坐着一个叫花子。那乞怜的声音从他满长了胡子底嘴发出来。他站不起来,因为他两条腿已经折了。身上穿底一件灰色的破军衣,白铁钮扣都生了锈,肩膀从肩章底破缝露出来,不伦不类的军帽斜戴在头上,帽章早已不见了。

春桃望着他,一声也不响。

"春桃,我是李茂呀!"

她进前两步,那人底眼泪已带着灰土透入蓬乱的胡子里。她心跳得慌,半晌说不出话来,至终说:"茂哥,你在这里当叫花子啦?你两条腿怎么丢啦?"

"唉,说来话长。你从多晓起,在这里呢?你卖底是什么?"

"卖什么!我捡烂纸咧。……咱们回家再说罢。"

她雇了一辆洋车,把李茂扶上去,把篓子也放在车上,自己在后面推着。一直来到德胜门墙根,车夫帮着她把李茂扶下来。进了胡同口,老吴敲着小铜碗,一面问:"刘大姑,今儿早回家,买卖好呀!"

"来了乡亲啦。"她应酬了一句。

李茂像只小狗熊,两只手按在地上,帮着两条断腿爬道。她从口袋里拿出钥匙,开了门,引着男子进去。她把向高底衣服取一身出来,像向高每天所做底,到井边打了两桶水倒在小澡盆里教男人洗澡。洗过以后,又倒一盆水给他洗脸。然后扶他上炕坐，自己在明间也洗一轮。

"春桃，你这屋里收拾得很干净，一个人住吗？"

"还有一个伙计。"春桃不迟疑地回答他。

"做起买卖来啦？"

"不告诉你就是捡烂纸么？"

"捡烂纸？一天捡得出多少钱？"

"先别盘问我，你先说你底罢。"

春桃把水泼掉，理着头发进屋里来，坐在李茂对面。

李茂开始说他的故事。

"春桃，唉，说不尽哟！我就说个大概罢：

自从那晚上教胡子绑去以后，因为不见了你，我恨他们，夺了他们一杆枪，打死他们两个人，拚命地逃。逃到沈阳，正巧边防军招兵，我便应了招。在营里三年，老打听家里底消息，人来都说咱们村里都变成砖瓦地了。咱们底地契也不晓得现在落在谁手里。咱们逃出来时，偏忘了带着地契。因此这几年也没告假回乡下瞧瞧。在营里，告假，怕连几块钱底饷也告丢了。

"我安分当兵，指望月月关饷，至于运到升官，本不敢盼。也是我命里合该有事：去年年头，那团长忽然下一道命令，说，若团里底兵能瞄枪连中九次靶，每月要关双饷，还升差事。一团人没有一个中过四枪，中，还是不进红心。我可连发连中，不但中了九次红心，连剩下那一颗子弹，我也放了。我要显本领，背着脸，弯着腰，脑袋向地，枪从裤裆放过去，不偏不歪，正中红心。当时我心里多么快活呢。那团长教把我带上去。我心里想着总要听几句褒奖底话。不料那畜生翻了脸，楞说我是胡子，要枪毙我！他说若不是胡子，枪法决不会那么准。我底排长队长都替我求情，担保我不是坏人，好容易不枪毙我了，可是把我底正兵革掉，连副兵也不许我当。他说当军官底难免不得罪弟兄们，若是上前线督战，队里有个像我瞄得那么准，从后面来一枪，虽然也算阵亡，可值不得死在仇人手里。大家没话说，只劝我离开军队找别的营生去。

"我被革了不久，日本人便占了沈阳；听说那狗团长领着他底军队先投降去了。我听见这事，愤不过，想法子要去找那奴才。我加入义勇军，在海城附近打了几个月，一面打一面退到关里。前个月在平谷东北边打，我去放哨，遇见敌人，伤了我两条腿。那时还能走，躲在一块大石底下，开枪打死他几个。我实在支持不住了，把枪扔掉，向田边的小道爬，等了一天，两天，还不见有红十字会或红 C 字会底人来。伤越肿越厉害，走不动又没吃底喝底，只躺在一边等死。后来可巧有一辆大车经过，赶车底把我扶了上去，送我到一个军医底帐幕。他们又不瞧，只把我扛上汽车，往后方医院送。已经伤了三天，大夫解开一瞧，说都烂了，非用锯不可。在院里住了一个多月，好是好了，就丢了两条腿。我想在此地举目无亲，乡下又回不去；就说回去得了，没有腿怎能种田？求医院收容我，给我一点事情做，大夫说医院管治不管留，也不管找事，此地又没有残废兵留养院，迫着我不得不出来要饭，今天刚是第三天。这两天我常想着，若是这样下去，我可受不了，非上吊不可。"

春桃注神听他说，眼眶不晓得什么时候都湿了。她还是静默着。李茂用手抹抹额上底汗，也歇了一会。

"春桃，你这几年呢？这小小地方虽不如咱们乡下那么宽敞，看来你倒不十分苦。"

"谁不受苦？苦也得想法子活。在阎罗殿前，难道就瞧不见笑脸？这几年来，我就是干这捡烂纸换取灯底生活，还有一个姓刘底同我合伙。我们两人，可以说不分彼此，勉强能度过日子。"

"你和那姓刘底同住在这屋里？"

"是，我们同住在这炕上睡。"春桃一点也不迟疑，她好像早已有了成见。

"那么，你已经嫁给他？"

"不，同住就是。"

"那么，你现在还算是我底媳妇？"

"不，谁底媳妇，我都不是。"

李茂底夫权意识被激动了。他可想不出什么话来说。两眼注视着地上，当然他不是为看什么，只为有点不敢望着他底媳妇。至终他沉吟了一句："这样，人家会笑话我是个活王八。"

"王八?"妇人听了他底话有点翻脸,但她底态度仍是很和平。她接着说:"有钱有势底人才怕当王八。像你,谁认得? 活不留名,死不留姓,王八不王八,有什么相干? 现在,我是我自己,我做底事,决不会玷着你。"

"咱们到底还是两口子,常言道,一夜夫妻百日恩,……"

"百日恩不百日恩我不知道。"春桃截住他底话,"就算百日恩,也过了好十几个百日子。四五年间,彼此不知下落;我想你也想不到会在这里遇见我。我一个人在这里,得活,得人帮忙。我们同住了这些年,要说恩爱,自然是对你薄得多。今天我领你回来,是因为我爹同你爹的交情,我们还是乡亲。你若认我做媳妇,我不认你,打起官司,也未必是你赢。"

李茂掏掏他底裤带,好像要拿什么东西出来,但他底手忽然停住,眼睛望望春桃,至终把手缩回去撑着席子。

李茂没话,春桃哭。日影在这当中也静静地移了三四分。

"好罢,春桃,你做主。你瞧我已经残废了,就使你愿意跟我,我也养不活你。"李茂到底说出这英明的话。

"我不能因为你残废就不要你,不过我也舍不得丢了他。大家住着,谁也别想谁是养活着谁,好不好?"春桃也说了她心里底话。

李茂的肚子发出很微细的咕噜咕噜声音。

"噢,说了大半天,我还没问你要吃什么! 你一定很饿了。"

"随便罢,有什么吃什么。我昨天晚上到现在还没吃,只喝水。"

"我买去。"春桃正踏出房门,向高从院外很高兴地走进来,两人在瓜棚底下撞了个满怀。"高兴什么? 今天怎样这早就回来?"

"今天做了一批好买卖! 昨天你背回底那一篓,早晨我打开一看,里头有一包是明朝高丽王上底表章,一分最少可以卖五十元钱。现在我们手里有十分! 方才散了几分给行里,看看主儿出得多少,再发这几分。里头还有两张盖上端明殿御宝底纸,行家说是宋家底,一给价就是六十块,我没敢卖,怕卖漏了,先带回来给你开开眼。你瞧……"他说时,一面把手里底旧蓝布包袱打开,拿出表章和旧纸来。"这是端明殿御宝。"他指着纸上底印纹。

"若没有这个印,我真看不出有什么好处,洋宣比它还白咧。怎么官里管事底老爷们也和我一样不懂眼?"春桃虽然看了,却不晓得那纸底值钱处在那里。

"懂眼? 若是他们懂眼,咱们还能换一块几毛么?"向高把纸接过去,仍旧和表章包在包袱里。他笑着对春桃说:"我说,媳妇……"

春桃瞟了他一眼,说:"告诉你别管我叫媳妇。"

向高没理会她,直说:"可巧你也早回家。买卖想是不错。"

"早晨又买了像昨天那样的一篓。"

"你不说还有许多么?"

"都教他们送到晓市卖到乡下包落花生去了!"

"不要紧,反正咱们今天开了光,头一次做上三十块钱底买卖。我说,咱们难得下午都在家,回头咱们上十刹海逛逛,消消暑去,好不好?"

他进屋里,把包袱放在桌上。春桃也跟进来。她说:"不成,今天来了人了。"说着掀开帘子,点头招向高,"你进去。"

向高进去,她也跟着。"这是我原先的男人。"她对向高说过这话,又把他介绍给李茂说,"这是我现在的伙计。"

两个男子,四只眼睛对着,若是他们眼球底距离相等,他们底视线就会平行地接连着。彼此都没话,连窗台上歇底两只苍蝇也不做声。这样又教日影静静地移一二分。

"贵姓?"向高明知道,还得照例地问。

彼此谈开了。

"我去买一点吃的。"春桃又向着向高说，"我想你也还没吃罢？烧饼成不成？"

"我吃过了。你在家，我买去罢。"

妇人把向高拖到炕上坐下，说："你在家陪客人谈话。"给了他一副笑脸，便自出去。

屋里现在剩下两个男人，在这样情况底下，若不能一见如故，便得打个你死我活。好在他们是前者底情形。但我们别想李茂是短了两条腿，不能打。我们得记住向高是拿过三五年笔杆底，用李茂底分量满可以把他压死。若是他有枪，更省事。一动指头，向高便得过奈何桥。

李茂告诉他，春桃底父亲是个乡下财主，有一顷田。他自己底父亲就在他家做活和赶叫驴。因为他能瞄很准的枪，她父亲怕他当兵去，便把女儿许给他，为底是要他保护庄里底人们。这些话，是春桃没向他说过底。他又把方才对春桃说底话再述一遍，渐次迫到他们二人切身的问题上头。

"你们夫妇团圆，我当然得走开。"向高在不愿意的情态底下说出这话。

"不，我已经离开她很久，现在并且残废了，养不活她，也是白搭。你们同住这些年，何必拆？我可以到残废院去。听说这里有，有人情便可进去。"

这给向高很大的诧异。他想，李茂虽然是个大兵，却料不到他有这样的侠气。他心里虽然愿意，嘴上还不得不让。这是礼仪的狡猾，念过书底人们都懂得。

"那可没有这样的道理，"向高说，"教我冒一个霸占人家妻子底名义，我可不愿意。为你想，你也不愿意你妻子跟别人住。"

"我写一张休书给她，或写一张卖契给你，两样都成。"李茂微笑诚意地说。

"休？她没什么错，休不得。我不愿意丢她底脸。卖？我那儿有钱买？我底钱都是她底。"

"我不要钱。"

"那么，你要什么？"

"我什么都不要。"

"那又何必写卖契呢？"

"因为口讲无凭，日后反悔，倒不好了。咱们先小人，后君子。"

说到这里，春桃买了烧饼回来。她见二人谈得很投机，心下十分快乐。

"近来我常想着得多找一个人来帮忙，可巧茂哥来了。他不能走动，正好在家管管事，捡捡纸。你当跑外卖货。我还是当捡货底。咱们三人开公司。"春桃另有主意。

李茂让也不让，拿着烧饼望嘴送，像从饿鬼世界出来底一样，他没工夫说话了。

"两个男人，一个女人，开公司？本钱都是你底？"向高发出不须要的疑问。

"你不愿意吗？"妇人问。

"不，不，不，我没有什么意思。"向高心里有话，可说不出来。

"我能做什么？整天坐在家里，干得了什么事？"李茂也有点不敢赞成。他理会向高底意思。

"你们都不用着急，我有主意。"

向高听了，伸出舌头舐舐嘴唇，还吞了一口唾沫。李茂依然吃着他的，眼睛可在望春桃，等着听她底主意。

捡烂纸大概是女性中心底一种事业。她心中已经派定李茂在家把旧邮票和纸烟盒里底画片捡出来。那事情，只要有手有眼便可以做。她核一核，若是天天有一百几十张卷烟画片可以从烂纸堆里捡出来，李茂每月底伙食便有了门。邮票好的和罕见的，每天能捡得两三个，也就不劣。外国烟卷在这城里，一天总销售一万包左右，纸包底百分之一给她捡回来，并不算难。至于向高还是让他底名人书札，或比较可以多卖钱底东西。他不用说已经是个行家，不必再受指导。她自己干那最吃力的工作，除去下大雨以外，在狂风烈日下，是一样地出去捡货。尤其是在天气不好底时候，她更要工作，因为同业们有些就不出去。

她从窗户望望太阳，知道还没到两点，便出到明间，把破草帽仍旧戴上，探头进房里对向高说："我还得去打听宫里还有东西出来没有。你在家招呼他。晚上回来，我们再商量。"

向高留她不住，便由她走了。

好几天底光阴都在静默中度过。但二男一女同睡一铺炕上定然不很顺心。多夫制底社会到底不能够流行得很广。其中的一个原故是一般人还不能摆脱原始的夫权和父权思想。由这个，造成了风俗习惯和道德观念。老实说，在社会里，依赖人和掠夺人底才会遵守所谓风俗习惯；至于依自己底能力而生活底人们，心目中并不很看重这些。像春桃，她既不是夫人，也不是小姐；她不会到外交大楼去赴跳舞会。也没有机会在庄严的典礼上当主角。她底行为，没人批评，也没人过问，纵然有，也没有切肤之痛。监督她只有巡警，但巡警是很容易对付底。两个男人呢？向高诚然念过一点书，含糊地了解些圣人底道理，除掉些少名分底观念以外，他也和春桃一样。但他底生活，从同居以后，完全靠着春桃。春桃底话，是从他耳朵进去底维他命，他得听，因为于他有利。春桃教他不要嫉妒，他连嫉妒底种子也都毁掉。李茂呢？春桃和向高能容他住一天便住一天，他们若肯认他做亲戚，他便满足了。当兵的人照例要丢一两个妻子。但他底困难也是名分上底。

向高的嫉妒虽然没有，可是在此以外底种种不安，常往来于这两个男子当中。

暑气仍没减少，春桃和向高不是到汤山或北戴河去底人物。他们日间仍然得出去谋生活。李茂在家，对于这行事业可算刚上了道，他已能分别那一种是要送到万柳堂或天宁寺去做糙纸底，那一样要留起来的等向高回来鉴定。

春桃回家，照例还是向高侍候她。那时已经很晚了，她在明间里闻见蚊烟底气味，便向着坐在瓜棚底下底向高说："咱们多会点过蚊烟，不留神，不把房子点着了才怪咧。"

向高还没回答，李茂便说："那不是熏蚊子，是熏秽气，我央刘大哥点底。我打算在外面地下睡。屋里太热，三人睡，实在不舒服。"

"我说，桌上这张红帖子又是谁的？"春桃拿起来看。

"我们今天说好了，你归刘大哥。那是我立给他底契。"声从屋里底炕上发出来。

"哦，你们商量着怎样处置我来！可是我不能由你们派。"她把红帖子拿进屋里，问李茂，"这是你底主意，还是他底？"

"是我们俩底主意。要不然，我难过，他也难过。"

"说来说去，还是那话。你们都别想着咱们是丈夫和媳妇，成不成？"

她把红帖子撕得粉碎，气有点粗。

"你把我卖多少钱？"

"写几十块钱做个彩头。白送媳妇给人，没出息。"

"卖媳妇，就有出息？"她出来对向高说，"你现在有钱，可以买媳妇了。若是给你阔一点……"

"别这样说，别这样说。"向高拦住她底话，"春桃，你不明白。这两天，同行底人们直笑话我。……"

"笑你什么？"

"笑我……"向高又说不出来。其实他没有很大的成见，春桃要怎办，十回有九回是遵从底。他自己也不明白这是什么力量。在她背后，他想着这样该做，那样得照他底意思办，可是一见了她，就像见了西太后似的，样样都要听她底懿旨。

"噢，你到底是念过两天书，怕人骂，怕人笑话。"

自古以来，真正统治民众底并不是圣人底教训，好像只是打人底鞭子和骂人底舌头。风俗习惯是靠着打骂维持底。但在春桃心里，像已持着"人打还打，人骂还骂"底态度。她不是个弱者，不打骂人，也不受人打骂。我们听她教训向高底话便可以知道。

"若是人笑话你，你不会揍他？你露什么怯？咱们底事，谁也管不了。"

向高没话。

"以后不要再提这事罢。咱们三人就这样活下去，不好吗？"

一屋里都静了。吃过晚饭，向高和春桃仍是坐在瓜棚底下，只不像往日那么爱说话。连买卖经也不念了。

李茂叫春桃到屋里，劝她归给向高。他说男人底心，她不知道，谁也不愿意当王八，占人妻子，也不是好名誉。他从腰间拿出一张已经变成暗褐色的红纸帖，交给春桃，说："这是咱们底龙凤帖。那晚上逃出来底时候，我从神龛上取下来，揣在怀里。现在你可以拿去，就算咱们不是两口子。"

　　春桃接过那红帖子，一言不发，只注视着炕上破席。她不由自主地坐下，挨近那残废的底人，说："茂哥，我不能要这个，你收回去罢。我还是你底媳妇。一夜夫妻百日恩，我不做缺德的事。今天看你走不动，不能干大活，我就不要你，我还能算人吗？"

　　她把红帖也放在炕上。

　　李茂听了她底话，心里很受感动。他低声对春桃说："我瞧你怪喜欢他底，你还是跟他过日子好。等有点钱，可以打发我回乡下，或送我到残废院去。"

　　"不瞒你说，"春桃底声音低下去，"这几年我和他就同两口子一样活着，样样顺心，事事如意，要他走，也怪舍不得。不如他进来商量，瞧他有什么主意。"她向着窗户叫，"向哥，向哥。"可是一点回音也没有。出来一瞧，向哥已不在了。这是他第一次晚间出门。她楞了一会，便向屋里说："我找他去。"

　　她料想向高不会到别的地方去。到胡同口，问问老吴。老吴说，望大街那边去了。她到他常交易底地方去，都没找着。人很容易丢失，眼睛若见不到，就是渺渺茫茫无寻觅处。快到一点钟，她才懊丧地回家。

　　屋里底油灯已经灭了。

　　"你睡着啦？向哥回来没有？"她进屋里，掏出洋火，把灯点着，向炕上一望，只见李茂把自己挂在窗棂上，用底是他自己底裤带。她心里虽免不了存着女性的恐慌，但是还有胆量紧爬上去，把他解下来。幸而时间不久，用不着惊动别人，轻轻地抚揉着他。他渐次苏醒回来。

　　杀自己底身体来成就别人是侠士底精神。若是李茂底两条腿还存在，他也不必出这样的手段。两三天以来，他总觉得自己没多少希望，倒不如毁灭自己，教春桃好好地活着。春桃于他虽没有爱，却很有义。她用许多话安慰他，一直到天亮。他睡着了，春桃下炕，见地上一些纸灰，还剩下没烧完的红纸。她认得是李茂曾给他的那张龙凤帖，直望着出神。

　　那天她没出门。晚上还陪李茂坐在炕上。

　　"你哭什么？"春桃见李茂热泪滚滚地滴下来，便这样问他。

　　"我对不起你。我来干什么？"

　　"没人怨你来。"

　　"现在他走了，我又短了两条腿。……"

　　"你别这样想。我想他会回来。"

　　"我盼望他会回来。"

　　又是一天过去了，春桃起来，到瓜棚摘了两条黄瓜做菜，草草地烙了一张大饼，端到屋里，两个人同吃。

　　她仍旧把破帽戴着，背上篓子。

　　"你今天不大高兴，别出去啦！"李茂隔着窗户对她说。

　　"坐在家里更闷得慌。"

　　她慢慢地蹩出门。作活是她底天性，虽在沉闷的心境中，她也要干。中国女人好像只理会生活，而不理会爱情，生活底发展是她所注意底，爱情底发展，只在盲闷的心境中沸动而已。自然，爱只是感觉，而生活是实质的，整天躺在锦帐里或坐在幽林中讲爱经，也是从皇后船或总统船运来底知识。春桃既不是弄潮儿底姊妹，也不是碧眼胡底学生，她不懂得，只会莫名其妙地纳闷。

　　一条胡同过了又是一条胡同。无量的尘土无尽的道，涌着这沉闷的妇人。她有时嚷"烂纸换洋取灯儿"，有时连路边一堆不用换底旧报纸，她都不捡。有时该给人两盒取灯，她却给了五盒。胡乱地过了一天，她便随着天上那班只会嚷嚷和抢吃的黑衣党慢慢地蹩回家。仰头看见那新贴上底户口照，写底户主是刘向高妻刘氏，使她心里更闷得厉害。

　　刚踏进院子，向高从屋里赶出来。

　　她瞪着眼，只说："你回来……"其余的话用眼泪连续下去。

　　"我不能离开你，我底事情都是你成全底。我知道你要我帮忙。我不能无情无义。"其实他这两天在道上漫散地走，不晓得要往那里去。走路底时候，直像脚上扣着一条很重的铁镣，那一面是扣在春桃手上一样。加以到处都遇见"还是他好"底广告，心情更受着不断的搅动，甚至饿了他也不知道。

　　"我已经同向哥说好了。他是户主，我是同居。"

　　向高照旧帮她卸下篓子。一面替她抹掉脸上底眼泪。他说："若是回到乡下，他是户主，我是同居。你是咱们底媳妇。"

　　她没有做声，直进屋里，脱下衣帽，行她每日的洗礼。

　　买卖经又开始在瓜棚底下念开了。他们商量把宫里那批字纸卖掉以后，向高便可以在市场里摆一个小摊，或者可以搬到一间大一点点的房子去住。

　　屋里，豆大的灯火，教从瓜棚飞进去底一只油葫芦扑灭了。李茂早已睡熟，因为银河已经低了。

　　"咱们也睡罢。"妇人说。

　　"你先躺去，一会我给你捶腿。"

　　"不用啦，今天我没走多少道。明儿早起，记得做那批买卖去，咱们有好几天不开张了。"

　　"方才我忘了拿给你。今天回家，见你还没回来，我特意到天桥去给你带一顶八成新的帽子回来。你瞧瞧！"他在暗里摸着那帽子，要递给她。

　　"现在那里瞧得见！明天我戴上就是。"

　　院子都静了，只剩下晚香玉底香还在空气中游荡。屋里微微地可以听见"媳妇"和"我不爱听，我不是你底媳妇"的对答。

　　　　　　　　　　　　　　　　（原载一九三四年七月一日《文学》第三卷第一期）

子夜（故事梗概）

茅 盾

故事发生在 20 世纪 30 年代的中国上海。

上海裕华丝厂总经理吴荪甫携妻子林佩瑶和姐姐吴芙芳、姐夫——上海恒丰银行总经理杜竹斋到码头迎接因乡下农民暴动到上海避乱的父亲吴老太爷。

初到灯红酒绿的上海，吴老太爷在大上海汽车、楼房、香水和坦胸露乳的女人的刺激下突发脑溢血，在子夜中死去。

开丧之日，上海工商界的名流都汇聚于吴家。他们议战况，谈生意，搞社交。买办资本家赵伯韬拉拢吴荪甫和杜竹斋联合资金结成公债大户"多头"，想要从股票交易中投机牟取暴利。吴荪甫和杜竹斋答应了。

吴荪甫在工商界同仁的倡议下又几家合资筹办了益中信托公司，想通过自己的金融流通机关在将来把自己的企业做大做强，以实现自己实业救国的理想。濒临破产的小丝厂被他使用各种手段兼并。

就在吴荪甫逐步壮大自己的企业的同时，他的家乡发生了农民暴动，使他在故乡的产业蒙受了损失。他想削减工钱的消息也传入到工人耳中，工人开始消极怠工，并酝酿举行大罢工。吴荪甫怒不可遏，查出向工人透漏风声的是职员屠维岳。屠维岳非但不认错反而平起平坐地同吴荪甫议论既能少花钱又能制止罢工的办法。

屠维岳的胆量和心计让吴荪甫大为惊讶，他取消了开除的决定还升任屠维岳为总管事，成为了他的心腹。在屠维岳的帮助下，吴荪甫耍手段很快平息了罢工。

交易所中，吴荪甫和赵伯韬由联合转向斗争。赵伯韬在美国人的支持下搞起了托拉斯，预备用金融资本支配工业资本，想乘吴荪甫资金短缺时吞并丝厂。吴荪甫用八个工厂作抵押借了一笔款子与赵伯韬决一死战但很快落败。资金日益吃紧，他便开始盘剥工人的劳动和克扣工钱。工人们又开始新一轮的罢工，屠维岳分化瓦解工人组织的伎俩被识破。内外交困的吴荪甫把自己的丝厂和公馆全部抵押预备与赵伯韬背水一战，但他的姐夫杜竹斋就在这千钧一发之际却倒向了赵伯韬。

吴荪甫彻底破产，连夜与夫人林佩瑶乘船离开了上海。

骆驼祥子（节选）

老 舍

十

个别的解决，祥子没那么聪明。全盘的清算，他没那个魄力。于是，一点儿办法没有，整天际圈着满肚子委屈。正和一切的生命同样，受了损害之后，无可如何的只想由自己去收拾残局。那斗落了大腿的蟋蟀，还想用那些小腿儿爬。祥子没有一定的主意，只想慢慢的一天天，一件件的挨过去，爬到哪儿算哪儿，根本不想往起跳了。

离二十七还有十多天，他完全注意到这一天上去，心里想的，口中念道的，梦中梦见的，全是二十七。仿佛一过了二十七，他就有了解决一切的办法，虽然明知道这是欺骗自己。有时候他也往远处想，譬如拿着手里的几十块钱到天津去；到了那里，碰巧还许改了行，不再拉车。虎妞还能追到他天津去？在他的心里，凡是坐火车去的地方必是很远，无论怎样她也追不了去。想得很好，可是他自己良心上知道这只是万不得已的办法，再分能在北平，还是在北平！这样一来，他就又想到二十七那一天，还是这样想近便省事，只要混过这一关，就许可以全局不动而把事儿闯过去；即使不能干脆的都摆脱清楚，到底过了一关是一关。

怎样混过这一关呢？他有两个主意：一个是不理她那回事，干脆不去拜寿。另一个是按照她所嘱咐的去办。这两个主意虽然不同，可是结果一样：不去呢，她必不会善罢甘休；去呢，她也不会饶了他。他还记得初拉车的时候，摹仿着别人，见小巷就钻，为是抄点近儿，而误入了罗圈胡同；绕了个圈儿，又绕回到原街。现在他又入了这样的小胡同，仿佛是：无论走哪一头儿，结果是一样的。

在没办法之中，他试着往好里想，就干脆要了她，又有什么不可以呢？可是，无论从哪方面想，他都觉着憋气。想想她的模样，他只能摇头。不管模样吧，想想她的行为；哼！就凭自己这样要强，这样规矩，而娶那么个破货，他不能再见人，连死后都没脸见父母！谁准知道她肚子里的小孩是他的不是呢？不错，她会带过几辆车来；能保准吗？刘四爷并非是好惹的人！即使一切顺利，他也受不了，他能干得过虎妞？她只须伸出个小指，就能把他支使的头晕眼花，不认识了东西南北。他晓得她的厉害！要成家，根本不能要她，没有别的可说的！要了她，便没了他，而他又不是看不起自己的人！没办法！

没方法处置她，他转过来恨自己，很想脆脆的抽自己几个嘴巴子。可是，说真的，自己并没有什么过错。一切都是她布置好的，单等他来上套儿。毛病似乎是在他太老实，老实就必定吃亏，没有情理可讲！

更让他难过的是没地方去诉诉委屈。他没有父母兄弟，没有朋友。平日，他觉得自己是头顶着天，脚踩着地，无牵无挂的一条好汉。现在，他才明白过来，悔悟过来，人是不能独自活着的。特别是对那些同行的，现在都似乎有点可爱。假若他平日交下几个，他想，象他自己一样的大汉，再多有个虎妞，他也不怕；他们会给他出主意，会替他拔创卖力气。可是，他始终是一个人；临时想抓朋友是不大容易的！他感到一点向来没有过的恐惧。照这么下去，谁也会欺侮他；独自一个是顶不住天的！

这点恐惧使他开始怀疑自己。在冬天，遇上主人有饭局，或听戏，他照例是把电石灯的水筒儿揣在怀里；因为放在车上就会冻上。刚跑了一身的热汗，把那个冰凉的小水筒往胸前一贴，让他立刻哆嗦一下；不定有多大时候，那个水筒才会有点热和劲儿。可是在平日，他并不觉得这有什么说不过去；有时候揣上它，他还觉得这是一种优越，那些拉破车的根本就用不上电石灯。现在，他似乎看出来，一月只挣那么些钱，而把所有的苦处都得受过来，连个小水筒也不许冻上，而必得在胸前抱着，自己的胸脯多么宽，仿佛还没有个小筒儿值钱。原先，他以为拉车是他最理想的事，由拉车他可以成家立业。现在他暗暗摇头了。不怪虎妞欺侮他，他原来不过是个连小水筒也不如的人！

在虎妞找他的第三天上，曹先生同着朋友去看夜场电影，祥子在个小茶馆里等着，胸前揣着那像块冰似的小筒。天极冷，小茶馆里的门窗都关得严严的，充满了煤气，汗味，与贱臭的烟卷的干烟。饶这么样，窗上还冻着一层冰花。喝茶的几乎都是拉包月车的，有的把头靠在墙上，借着屋中的暖和气儿，闭上眼打盹。有的拿着碗白干酒，让让大家，而后慢慢的喝，喝完一口，上面咂着嘴，下面很响的放凉气。有的攥着卷儿大饼，一口咬下半截，把脖子撑得又粗又红。有的绷着脸，普遍的向大家抱怨，他怎么由一清早到如今，还没停过脚，身上已经湿了又干，干了又湿，不知有多少回！其余的人多数是彼此谈着闲话，听到这两句，马上都静了一会儿，而后像鸟儿炸了巢似的都想起一日间的委屈，都想讲给大家听。连那个吃着大饼的也把口中匀出能调动舌头的空隙，一边儿咽饼，一边儿说话，连头上的筋都跳了起来："你当他妈的拉包月的就不蘑菇哪?！我打他妈的——嗝！——两点起到现在还水米没打牙！竟说前门到平则门——嗝！——我拉他妈的三个来回了！这个天，把屁眼都他妈的冻裂了，一劲的放气！"转圈看了大家一眼，点了点头，又咬了一截饼。

这，把大家的话又都转到天气上去，以天气为中心各自道出辛苦。祥子始终一语未发，可是很留心他们说了什么。大家的话，虽然口气，音调，事实，各有不同，但都是咒骂与不平。这些话，碰到他自己心上的委屈，就像一些雨点儿落在干透了的土上，全都吃了进去。他没法，也不会，把自己的话有头有尾的说给大家听；他只能由别人的话中吸收些生命的苦味，大家都苦恼，他也不是例外；认识了自己，也想同情大家。大家说到悲苦的地方，他皱上眉；说到可笑的地方，他也撇撇嘴。这样，他觉得他是和他们打成一气，大家都是苦朋友，虽然他一言不发，也没大关系。从前，他以为大家是贫嘴恶舌，凭他们一天到晚说，就发不了财。今天仿佛是头一次觉到，他们并不是穷说，而是替他说呢，说出他与一切车夫的苦处。

大家正说到热闹中间，门忽然开了，进来一阵冷气。大家几乎都怒目的往外看，看谁这么不得人心，把门推开。大家越着急，门外的人越慢，似乎故意的磨烦（磨烦，即拖时间）。茶馆的伙计半急半笑的喊："快着点吧，我一个人的大叔！别把点热气儿都给放了！"

这话还没说完，门外的人进来了，也是个拉车的。看样子已有五十多岁，穿着件短不够短，长不够长，莲蓬篓儿似的棉袄，襟上肘上都露了棉花。脸似乎有许多日子没洗过，看不出肉色，只有两个耳朵冻得通红，红得像要落下来的果子。惨白的头发在一顶破小帽下杂乱的髭髭着；眉上，短须上，都挂着些冰珠。一进来，摸住条板凳便坐下了，扎挣着说了句："沏一壶。"

这个茶馆一向是包月车夫的聚处，像这个老车夫，在平日，是决不会进来的。

大家看着他，都好像感到比刚才所说的更加深刻的一点什么意思，谁也不想再开口。在平日，总会有一两个不很懂事的少年，找几句俏皮话来拿这样的茶客取取笑，今天没有一个出声的。

茶还没有沏来，老车夫的头慢慢的往下低，低着低着，全身都出溜下去。

大家马上都立了起来："怎啦？怎啦？"说着，都想往前跑。

"别动！"茶馆掌柜的有经验，拦住了大家。他独自过去，把老车夫的脖领解开，就地扶起来，用把椅子戗在背后，用手勒着双肩："白糖水，快！"说完，他在老车夫的脖子那溜听了听，自言自语的："不是痰！"

大家谁也没动，可谁也没再坐下。都在那满屋子的烟中，眨巴着眼，向门儿这边看。大家好似都不约而同的心里说：

"这就是咱们的榜样！到头发惨白了的时候，谁也有一个跟头摔死的行市！"

糖水刚放在老车夫的嘴边上，他哼哼了两声。还闭着眼，抬起右手——手黑得发亮，像漆过似的——用手背抹了下儿嘴。

"喝点水！"掌柜的对着他耳朵说。

"啊？"老车夫睁开了眼。看见自己是坐在地上，腿蜷了蜷，想立起来。

"先喝点水，不用忙。"掌柜的说，松开了手。

大家几乎都跑了过来。

"哎！哎！"老车夫向四围看了一眼，双手捧定了茶碗，一口口的吸糖水。

慢慢的把糖水喝完，他又看了大家一眼："哎，劳诸位的驾！"说得非常的温柔亲切，绝不像是由那个胡子拉碴的口中说出来的。说完，他又想往起立，过去三四个人忙着往起搀他。他脸上有了点笑意，又那么温和的说："行，行，不碍！我是又冷又饿，一阵儿发晕！不要紧！"他脸上虽然是那么厚的泥，可是那点笑意教大家仿佛看到一个温善白净的脸。

大家似乎全动了心。那个拿着碗酒的中年人，已经把酒喝净，眼珠子通红，而且此刻带着些泪："来，来二两！"等酒来到，老车夫已坐在靠墙的一把椅子上。他有一点醉意，可是规规矩矩的把酒放在老车夫面前："我的请，您喝吧！我也四十望外了，不瞒您说，拉包月就是凑合事，一年是一年的事，腿知道！再过二三年，我也得跟您一样！您横是快六十了吧？"

"还小呢，五十五！"老车夫喝了口酒。"天冷，拉不上座儿。我呀，哎，肚子空；就有几个子儿我都喝了酒，好暖和点呀！走在这儿，我可实在撑不住了，想进来取个暖。屋里太热，我又没食，横是晕过去了。不要紧，不要紧！劳诸位哥儿们的驾！"

这时候，老者的干草似的灰发，脸上的泥，炭条似的手，和那个破帽头与棉袄，都像发着点纯洁的光，如同破庙里的神像似的，虽然破碎，依然尊严。大家看着他，仿佛唯恐他走了。祥子始终没言语，呆呆的立在那里。听到老车夫说肚子里空，他猛的跑出去，飞也似又跑回来，手里用块白菜叶儿托着十个羊肉馅的包子，一直送到老者的眼前，说了声："吃吧！"然后，坐在原位，低下头去，仿佛非常疲倦。

"哎！"老者像是乐，又像是哭，向大家点着头。"到底是哥儿们哪！拉座儿，给他卖多大的力气，临完多要一个子儿都怪难的！"说着，他立了起来，要往外走。

"吃呀！"大家几乎是一齐的喊出来。

"我叫小马儿去，我的小孙子，在外面看着车呢！"

"我去，您坐下！"那个中年的车夫说，"在这儿丢不了车，您自管放心，对过儿就是巡警阁子。"他开开了点门缝："小马儿！小马儿！你爷爷叫你哪！把车放在这儿来！"

老者用手摸了好几回包子，始终没往起拿。小马儿刚一进门，他拿起来一个："小马儿，乖乖，给你！"

小马儿也就是十二三岁，脸上挺瘦，身上可是穿得很圆，鼻子冻得通红，挂着两条白鼻涕，耳朵上戴着一对破耳帽儿。

立在老者的身旁，右手接过包子来，左手又自动的拿起来一个，一个上咬了一口。

"哎！慢慢的！"老者一手扶在孙子的头上，一手拿起个包子，慢慢的往口中送。"爷爷吃两个就够，都是你的！吃完了，咱们收车回家，不拉啦。明儿个要是不这么冷呀，咱们早着点出车。对不对，小马儿？"

小马儿对着包子点了点头，吸溜了一下鼻子："爷爷吃三个吧，剩下都是我的。我回头把爷爷拉回家去！"

"不用！"老者得意的向大家一笑："回头咱们还是走着，坐在车上冷啊。"

老者吃完自己的份儿，把杯中的酒喝干，等着小马儿吃净了包子。掏出块破布来，擦了擦嘴，他又向大家点了点头：

"儿子当兵去了，一去不回头；媳妇——"

"别说那个！"小马儿的腮撑得像俩小桃，连吃带说的拦阻爷爷。

"说说不要紧！都不是外人！"然后向大家低声的："孩子心重，甭提多么要强啦！媳妇也走了。我们爷儿俩就吃这辆车；车破，可是我们自己的，就仗着天天不必为车份儿着急。挣多挣少，我们爷儿俩苦混，无法！无法！"

"爷爷，"小马儿把包子吃得差不离了，拉了拉老者的袖子，"咱们还得拉一趟，明儿个早上还没钱买煤呢！都是你，刚才二十子儿拉后门，依着我，就拉，你偏不去！明儿早上没煤，看你怎样办！"

"有法子，爷爷会去赊五斤煤球。"

"还饶点劈柴？"

"对呀！好小子，吃吧；吃完，咱们该塞着了！"说着，老者立起来，绕着圈儿向大家说："劳诸位哥儿们的驾啦！"伸手去拉小马儿，小马儿把未吃完的一个包子整个的塞在口中。

大家有的坐着没动，有的跟出来。祥子头一个跟出来，他要看看那辆车。

一辆极破的车，车板上的漆已经裂了口，车把上已磨得露出木纹，一只唏哩哗啷响的破灯，车棚子的支棍儿用麻绳儿捆着。小马儿在耳朵帽里找出根洋火，在鞋底儿上划着，用两只小黑手捧着，点着了灯。老者往手心上吐了口唾沫，哎了一声，抄起车把来，"明儿见啦，哥儿们！"

祥子呆呆的立在门外，看着这一老一少和那辆破车。老者一边走还一边说话，语声时高时低；路上的灯光与黑影，时明时暗。祥子听着，看着，心中感到一种向来没有过的难受。

在小马儿身上，他似乎看见了自己的过去；在老者身上，似乎看到了自己的将来！他向来没有轻易撒手过一个钱，现在他觉得很痛快，为这一老一少买了十个包子。直到已看不见了他们，他才又进到屋中。大家又说笑起来，他觉得发乱，会了茶钱，又走了出来，把车拉到电影园门外去等候曹先生。

天真冷。空中浮着些灰沙，风似乎是在上面疾走，星星看不甚真，只有那几个大的，在空中微颤。地上并没有风，可是四下里发着寒气，车辙上已有几条冻裂的长缝子，土色灰白，和冰一样凉，一样坚硬。祥子在电影园外立了一会儿，已经觉出冷来，可是不愿再回到茶馆去。他要静静的独自想一想。那一老一少似乎把他的最大希望给打破——老者的车是自己的呀！自从他头一天拉车，他就决定买上自己的车，现在还是为这个志愿整天的苦奔；有了自己的车，他以为，就有了一切。哼，看看那个老头子！

他不肯要虎妞，还不是因为自己有买车的愿望？买上车，省下钱，然后一清二白的娶个老婆；哼，看看小马儿！自己有了儿子，未必就是那样。

这样一想，对虎妞的要挟，似乎不必反抗了；反正自己跳不出圈儿去，什么样的娘们不可以要呢？况且她还许带过几辆车来呢，干吗不享几天现成的福！看透了自己，便无须小看别人，虎妞就是虎妞吧，什么也甭说了！

电影散了，他急忙的把小水筒安好，点着了灯。连小棉袄也脱了，只剩了件小褂，他想飞跑一气，跑忘了一切，摔死也没多大关系！

十一

一想到那个老者与小马儿，祥子就把一切的希望都要放下，而想乐一天是一天吧，干吗成天际咬着牙跟自己过不去呢?! 穷人的命，他似乎看明白了，是枣核儿两头尖：幼小的时候能不饿死，万幸；到老了能不饿死，很难。只有中间的一段，年轻力壮，不怕饥饱劳碌，还能像个人儿似的。在这一段里，该快活快活的时候还不敢去干，地道的傻子；过了这村便没有这店！这么一想，他连虎妞的那回事儿都不想发愁了。

及至看到那个闷葫芦罐儿，他的心思又转过来。不，不能随便；只差几十块钱就能买上车了，不能前功尽弃；至少也不能把罐儿里那点积蓄瞎扔了，那么不容易省下来的！还是得往正路走，一定！可是，虎妞呢？还是没办法，还是得为那个可恨的二十七发愁。

愁到无可如何，他抱着那个瓦罐儿自言自语的嘀咕：爱怎样怎样，反正这点钱是我的！谁也抢不了去！有这点钱，祥子什么也不怕！招急了我，我会跺脚一跑，有钱，腿就会活动！

街上越来越热闹了，祭灶的糖瓜摆满了街，走到哪里也可以听到"糖来，糖"的声音。祥子本来盼着过年，现在可是一点也不起劲，街上越乱，他的心越紧，那可怕的二十七就在眼前了！他的眼陷下去，连脸上那块疤都有些发暗。

拉着车，街上是那么乱，地上是那么滑，他得分外的小心。心事和留神两气夹攻，他觉得精神不够用的了，想着这个便忘了那个，时常忽然一惊，身上痒剌剌的像小孩儿在夏天炸了痱子似的。

祭灶那天下午，溜溜的东风带来一天黑云。天气忽然暖了一些。到快掌灯的时候，风更小了些，天上落着稀疏的雪花。卖糖瓜的都着了急，天暖，再加上雪花，大家一劲儿往糖上撒白土子，还怕都粘在一处。雪花落了不多，变成了小雪粒，刷刷的轻响，落白了地。七点以后，铺户与人家开始祭灶，香光炮影之中夹着密密的小雪，热闹中带出点阴森的气象。街上的人都显出点惊急的样子，步行的，坐车的，都急于回家祭神，可是地上湿滑，又不敢放开步走。卖糖的小贩急于把应节的货物卖出去，上气不接下气的喊叫，听着怪震心的。

大概有九点钟了,祥子拉着曹先生由西城回家。过了西单牌楼那一段热闹街市,往东入了长安街,人马渐渐稀少起来。坦平的柏油马路上铺着一层薄雪,被街灯照得有点闪眼。

偶尔过来辆汽车,灯光远射,小雪粒在灯光里带着点黄亮,像洒着万颗金砂。快到新华门那一带,路本来极宽,加上薄雪,更教人眼宽神爽,而且一切都仿佛更严肃了些。"长安牌楼","新华门的门楼,南海的红墙,都戴上了素冠,配着朱柱红墙,静静的在灯光下展示着故都的尊严。此时此地,令人感到北平仿佛并没有居民,直是一片琼宫玉宇,只有些老松默默的接着雪花。祥子没工夫看这些美景,一看眼前的"玉路",他只想一步便跑到家中;那直,白,冷静的大路似乎使他的心眼中一直的看到家门。可是他不能快跑,地上的雪虽不厚,但是拿脚,一会儿鞋底上就粘成一厚层;踩下去,一会儿又粘上了。霰粒非常的小,可是沉重有分量,既拿脚,又迷眼,他不能飞快的跑。雪粒打在身上也不容易化,他的衣肩上已积了薄薄的一层,虽然不算什么,可是湿漉漉的使他觉得别扭。

这一带没有什么铺户,可是远处的炮声还继续不断,时时的在黑空中射起个双响或五鬼闹判儿。火花散落,空中越发显着黑,黑得几乎可怕。他听着炮声,看见空中的火花与黑暗,他想立刻到家。可是他不敢放开了腿,别扭!

更使他不痛快的是由西城起,他就觉得后面有辆自行车儿跟着他。到了西长安街,街上清静了些,更觉出后面的追随——车辆轧着薄雪,虽然声音不大,可是觉得出来。祥子,和别的车夫一样,最讨厌自行车。汽车可恶,但是它的声响大,老远的便可躲开。自行车是见缝子就钻,而且东摇西摆,看着就眼晕。外带着还是别出错儿,出了错儿总是洋车夫不对,巡警们心中的算盘是无论如何洋车夫总比骑车的好对付,所以先派洋车夫的不是。好几次,祥子很想抽冷子闸住车,摔后头这小子一交。但是他不敢,拉车的得到处忍气。每当要踩一踩鞋底儿的时候,他得喊声:"闸住!"到了南海前门,街道是那么宽,那辆脚踏车还紧紧的跟在后面。祥子更上了火,他故意的把车停住,弹了弹肩上的雪。他立住,那辆自行车从车旁蹭了过去。车上的人还回头看了看。祥子故意的磨烦,等自行车走出老远才抄起车把来,骂了句:"讨厌!"

曹先生的"人道主义"使他不肯安那御风的棉车篷子,就是那帆布车篷也非到赶上大雨不准支上,为是教车夫省点力气。这点小雪,他以为没有支起车篷的必要,况且他还贪图着看看夜间的雪景呢。他也注意到这辆自行车,等祥子骂完,他低声的说,"要是他老跟着,到家门口别停住,上黄化门左先生那里去;别慌!"

祥子有点慌。他只知道骑自行车的讨厌,还不晓得其中还有可怕的——既然曹先生都不敢家去,这个家伙一定来历不小!他跑了几十步,便追上了那个人;故意的等着他与曹先生呢。自行车把祥子让过去,祥子看了车上的人一眼。一眼便看明白了,侦缉队上的。他常在茶馆里碰到队里的人,虽然没说过话儿,可是晓得他们的神气与打扮。这个的打扮,他看着眼熟:青大袄,呢帽,帽子戴得很低。

到了南长街口上,祥子乘着拐弯儿的机会,向后溜了一眼,那个人还跟着呢。他几乎忘了地上的雪,脚底下加了劲。

直长而白亮的路,只有些冷冷的灯光,背后迫着个侦探!祥子没有过这种经验,他冒了汗。到了公园后门,他回了回头,还跟着呢!到了家门口,他不敢站住,又有点舍不得走;曹先生一声也不响,他只好继续往北跑。一气跑到北口,自行车还跟着呢!他进了小胡同,还跟着!出了胡同,还跟着!上黄化门去,本不应当进小胡同,直到他走到胡同的北口才明白过来,他承认自己是有点迷头,也就更生气。

跑到景山背后,自行车往北向后门去了。祥子擦了把汗。

雪小了些,可是雪粒中又有了几片雪花。祥子似乎喜爱雪花,大大方方的在空中飞舞,不像雪粒那么使人别气。他回头问了声:"上哪儿,先生?"

"还到左宅。有人跟你打听我,你说不认识!"

"是啦!"祥子心中打开了鼓,可是不便细问。

到了左家,曹先生叫祥子把车拉进去,赶紧关上门。曹先生还很镇定,可是神色不大好看。嘱咐完了祥子,他走进去。祥子刚把车拉进门洞来,放好,曹先生又出来了,同着左先生;祥子认识,并且知道左先生是宅上的好朋友。

"祥子,"曹先生的嘴动得很快,"你坐汽车回去。告诉太太我在这儿呢。教她们也来,坐汽车来,另叫一辆,不必教你坐去的这辆等着。明白?好!告诉太太带着应用的东西,和书房里那几张画儿。听明白了?

我这就给太太打电话，为是再告诉你一声，怕她一着急，把我的话忘了，你好提醒她一声。"

"我去好不好？"左先生问了声。

"不必！刚才那个人未必一定是侦探，不过我心里有那回事儿，不能不防备一下。你先叫辆汽车来好不好？"

左先生去打电话叫车。曹先生又嘱咐了祥子一遍："汽车来到，我这给了钱。教太太快收拾东西；别的都不要紧，就是千万带着小孩子的东西，和书房里那几张画，那几张画！等太太收拾好，教高妈打电话要辆车，上这儿来。这都明白了？等她们走后，你把大门锁好，搬到书房去睡，那里有电话。你会打电话？"

"不会往外打，会接。"其实祥子连接电话也不大喜欢，不过不愿教曹先生着急，只好这么答应下。

"那就行！"曹先生接着往下说，说得还是很快："万一有个动静，你别去开门！我们都走了，剩下你一个，他们决不放手你！见事不好的话，你灭了灯，打后院跳到王家去。王家的人你认得？对！在王家藏会儿再走。我的东西，你自己的东西都不用管，跳墙就走，省得把你拿了去！你若丢了东西，将来我赔上。先给你这五块钱拿着。好，我去给太太打电话，回头你再对她说一遍。不必说拿人，刚才那个骑车的也许是侦探，也许不是；你也先别着慌！"

祥子心中很乱，好象有许多要问的话，可是因急于记住曹先生所嘱咐的，不敢再问。

汽车来了，祥子楞头磕脑的坐进去。雪不大不小的落着，车外边的东西看不大真，他直挺着腰板坐着，头几乎顶住车棚。他要思索一番，可是眼睛只顾看车前的红箭头，红得那么鲜灵可爱。驶车的面前的那把小刷子，自动的左右摆着，刷去玻璃上的哈气，也颇有趣。刚似乎把这看腻了，车已到了家门，心中怪不得劲的下了车。

刚要按街门的电铃，像从墙里钻出个人来似的，揪住他的腕子。祥子本能的想往出夺手，可是已经看清那个人，他不动了，正是刚才骑自行车的那个侦探。

"祥子，你不认识我了？"侦探笑着松了手。

祥子咽了口气，不知说什么好。

"你不记得当初你教我们拉到西山去？我就是那个孙排长。想起来了吧？"

"啊，孙排长！"祥子想不起来。他被大兵们拉到山上去的时候，顾不得看谁是排长，还是连长。

"你不记得我，我可记得你；你脸上那块疤是个好记号。我刚才跟了你半天，起初也有点不敢认你，左看右看，这块疤不能有错！"

"有事吗？"祥子又要去按电铃。

"自然是有事，并且是要紧的事！咱们进去说好不好！"孙排长——现在是侦探——伸手按了铃。

"我有事！"祥子的头上忽然冒了汗，心里发着狠儿说：

"躲他还不行呢，怎能往里请呢！"

"你不用着急，我来是为你好！"侦探露出点狡猾的笑意。

赶到高妈把门开开，他一脚迈进去："劳驾劳驾！"没等祥子和高妈过一句话，扯着他便往里走，指着门房："你在这儿住？"

进了屋，他四下里看了一眼："小屋还怪干净呢！你的事儿不坏！"

"有事吗？我忙！"祥子不能再听这些闲盘儿。

"没告诉吗，有要紧的事！"孙侦探还笑着，可是语气非常的严厉。"干脆对你说吧，姓曹的是乱党，拿住就枪毙，他还是跑不了！咱们总算有一面之交，在兵营里你伺候过我；再说咱们又都是街面上的人，所以我担着好大的处分来给你送个信！你要是晚跑一步，回来是堵窝儿掏，谁也跑不了。咱们卖力气吃饭，跟他们打哪门子挂误官司？这话对不对？"

"对不起人呀！"祥子还想着曹先生所嘱托的话。

"对不起谁呀？"孙侦探的嘴角上带笑，而眼角棱棱着。

"祸是他们自己闯的，你对不起谁呀？他们敢作敢当，咱们跟着受罪，才合不着！不用说别的，把你圈上三个月，你野鸟似的惯了，楞教你坐黑屋子，你受得了受不了？再说，他们下狱，有钱打点，受不了罪；你呀，我的好兄弟，手里没硬的，准拴在尿桶上！这还算小事，碰巧了他们花钱一运动，闹个几年徒刑；官面上交待不下去,要不把你垫了背才怪。咱们不招谁不惹谁的,临完上天桥吃黑枣,冤不冤? 你是明白人,明白人不吃眼前亏。对得起人喽,又! 告诉你吧,好兄弟,天下就没有对得起咱们苦哥儿们的事!"

祥子害了怕。想起被大兵拉去的苦处,他会想象到下狱的滋味。"那么我走,不管他们?"

"你管他们,谁管你呢?!"

祥子没话答对。楞了会儿,连他的良心也点了头:"好,我走!"

"就这么走吗?"孙侦探冷笑了一下。

祥子又迷了头。

"祥子,我的好伙计! 你太傻了! 凭我作侦探的,肯把你放了走?"

"那——"祥子急得不知说什么好了。

"别装傻!"孙侦探的眼盯住祥子的:"大概你也有个积蓄,拿出来买条命! 我一个月还没你挣的多,得吃得穿得养家,就仗着点外找儿,跟你说知心话! 你想想,我能一撒巴掌把你放了不能? 哥儿们的交情是交情,没交情我能来劝你吗? 可是事情是事情,我不图点什么,难道教我一家子喝西北风? 外场人用不着费话,你说真的吧!"

"得多少?"祥子坐在了床上。

"有多少拿多少,没准价儿!"

"我等着坐狱得了!"

"这可是你说的? 可别后悔?"孙侦探的手伸入棉袍中,"看这个,祥子! 我马上就可以拿你,你要拒捕的话,我开枪! 我要马上把你带走,不要说钱呀,连你这身衣裳都一进狱门就得剥下来。你是明白人,自己合计合计得了!"

"有工夫挤我,干吗不挤挤曹先生?"祥子吭吃了半天才说出来。

"那是正犯,拿住呢有点赏,拿不住担'不是'。你,你呀,我的傻兄弟,把你放了像放个屁;把你杀了像抹个臭虫! 拿钱呢,你走你的;不拿,好,天桥见! 别麻烦,来干脆的,这么大的人! 再说,这点钱也不能我一个人独吞了,伙计们都得沾补点儿,不定分上几个子儿呢。这么便宜买条命还不干,我可就没了法! 你有多少钱?"

祥子立起来,脑筋跳起多高,攥上了拳头。

"动手没你的,我先告诉你,外边还有一大帮人呢! 快着,拿钱! 我看面子,你别不知好歹!"孙侦探的眼神非常的难看了。

"我招谁惹谁了?!"祥子带着哭音,说完又坐在床沿上。

"你谁也没招;就是碰在点儿上了! 人就是得胎里富,咱们都是底儿上的。什么也甭再说了!"孙侦探摇了摇头,似有无限的感慨。"得了,自当是我委屈了你,别再磨烦了!"

祥子又想了会儿,没办法。他的手哆嗦着,把闷葫芦罐儿从被子里掏了出来。

"我看看!"孙侦探笑了,一把将瓦罐接过来,往墙上一碰。

祥子看着那些钱洒在地上,心要裂开。

"就是这点?"

祥子没出声,只剩了哆嗦。

"算了吧! 我不赶尽杀绝,朋友是朋友。你可也得知道,这些钱儿买一条命,便宜事儿!"

祥子还没出声,哆嗦着要往起裹被褥。

"那也别动!"

"这么冷的……"祥子的眼瞪得发了火。

"我告诉你别动,就别动! 滚!"

祥子咽了口气,咬了咬嘴唇,推门走出来。

雪已下了寸多厚,祥子低着头走。处处洁白,只有他的身后留着些大黑脚印。

四世同堂（故事梗概）

老　舍

北京的小羊圈胡同里居住着好几户人家，其中家族最大的祁家，祖孙四代同堂，生活安逸幸福。但这一切随着日本的入侵发生了变化，人们衣食无着，终日生活在惶恐不安中。

祁家长孙瑞宣鼓励三弟瑞全逃出北平参加抗战，他则因为要照顾全家只能和善良贤惠的妻子韵梅天天为家里的柴米油盐操心。

二弟瑞丰和他的胖太太菊儿好吃懒做，游手好闲。两口子和邻居冠晓荷夫妇臭味相投，经常在一起打牌赌钱。冠晓荷是以前的军阀小官，家境殷实。他心狠手辣的大太太大赤包给他生养了两个女儿高弟和招弟。为了养个儿子他又娶了一个戏子叫尤桐芳，两个老婆整天在家吵架。

冠晓荷和大赤包为了巴结日本人，密谋出卖老邻居钱默吟先生。钱先生的二儿子开车将一车日本兵摔死，自己也壮烈牺牲。

钱先生刚从有正义感的高弟那里得到消息，冠晓荷就领着几个日本宪兵和中国巡官来抓他。钱先生患病的大儿子受此打击不久病故，好心的邻居们东拼西凑为他办了丧事。下葬那天，钱老太太悲伤过度，碰死在儿子的棺材上。当晚浑身血肉模糊、遍体鳞伤的钱先生被扔在家门口，钱先生的亲家金三爷再也抑止不住胸中的怒火，带着钱先生到冠家把正在打牌的冠晓荷痛打一顿，直到冠晓荷跪地求饶。

日本人在北京组织了一个宣传机构新民会，头目之一是祁瑞丰以前的同事蓝东阳。两人连骗带吓组织了一帮中学生庆祝保定陷落。瑞丰又将蓝东阳介绍到冠晓荷家打牌，没想打牌输了钱的蓝东阳恼羞成怒找瑞丰要钱，瑞丰狗急跳墙将其打倒之后却又后悔只得找大哥想办法。不久，瑞丰因为胖菊的关系当了教育局的科长，兴高采烈地决定搬到高级房子去住，大赤包也在四处活动后当上了妓女检查所所长。这群小丑在国家陷落后靠出卖同胞巴结日本人越发的威风起来。

瑞宣对此痛苦不堪却又无可奈何。他去看望钱先生，钱先生把狱中的经历告诉了他，并决定将已经怀孕的儿媳送到她父亲金三爷那里去，而自己则准备出走，瑞宣听了非常难过。

大赤包现在飞黄腾达了，便决定把高弟嫁给以前是流氓但最近又发迹的军官李定山，高弟不从。李定山便与招弟走到了一起，不久便同居了。

瑞宣突然被日本人抓走，祁家上下顿时陷入焦急和恐慌中。瑞丰正要参加一个日本人的会议也在家门口被抓住，他一怕耽误大会，二恨大哥连累他，反复哀求特务无效后，他母亲便把自己留作买棺材的银洋贿赂特务才放出了瑞丰。韵梅对此只能暗自流泪。

瑞丰去参加会议了，可又听到日本密使被暗杀的消息。日本人反复排查后排除了他的嫌疑，他暗自庆幸。由于查不出凶手，日本人为了交差，便把正直豪爽的车夫小崔杀了。

教育局新换了一位局长，祁瑞丰没了背景也丢掉了差事，胖菊因此嫁给了蓝东阳。

战争使得祁天佑的小本生意越来越难做。日本人在一次送货时算错了账事后硬说他是奸商，逼着他挂牌子上街游行，还要高呼"我是奸商"，祁天佑不堪此辱，投河自尽。

尤桐芳痛恨日本人，她预谋在唱戏时炸死看戏的侵略者，事情败露后被枪杀。大赤包觉得日本人拔除了自己的眼中钉，很是高兴。

蓝东阳为使胖菊当上所长便落井下石，向日本人告发尤桐芳是冠家人并且这事与大赤包有关。大赤包马上被日本人下狱。一心替日本人卖命的她以为这只是误会,可日本人并没有放她走的意思,大赤包在绝望中发疯死去。

水性杨花的招弟失去了父母的依靠便上了粉妆楼,又在楼里狐朋狗友的介绍下做了日本人的特务,专门在火车站抓捕一些疑似抗日的中国人。她遇上姐姐高弟想逃出北京便予以坚决阻止。高弟在无奈之下只得返回,她在钱先生的帮助下为抗日做事。

天佑的去世和日本人的暴掠使得祁家的生活越发困难,韵梅必须每天排一上午队才能买到一种劣质面。一双儿女也因得不到粮食吃而患病吵闹,整个祁家陷入了困境。

瑞丰在丢掉差事后一直找不到为日本人卖命的机会,无奈之下便去讨好蓝东阳。蓝东阳记得瑞丰曾打过他,而且瑞丰的存在影响自己和胖菊的关系,便决定通过日本人除掉瑞丰。瑞丰被日本人抓走后死在了监狱里,祁家得到消息后,心情非常复杂。

冠晓荷因为被抄家和粮食的紧缺,只得露宿街头。饮食的不卫生让他患上了流行疾病。日本人为防止自己也得这种疾病,便决定对露宿街头的病人实行"消毒"。就在冠晓荷以为日本人大发善心时,日本人却把他们装上大卡车送到里地里活埋了。

瑞全一直找机会抗日,一路奔波才发现真正的战场到处都是。他引诱招弟与他约会乘机掐死了这个祸害同胞的汉奸。接着他恐吓胖菊不得危害祁家,并让蓝东阳给大哥找了一个教书的差事。

瑞宣的女儿妞子因为长期营养不良而死去了。就在大家悲伤之际,随日本侵略军搬进胡同里的日本老太太告诉瑞宣日本投降的消息。胡同里的人高兴的同时准备将八年来的愤怒和屈辱全都报复在日本老太婆身上,瑞宣冷静地拦住了他们。

瑞全和高弟手挽手回来了,钱先生也回来了,小羊圈胡同的人沉浸在胜利的喜悦中。

莎菲女士的日记

丁 玲

十二月二十四

今天又刮风！天还没亮，就被风刮醒了。伙计又跑进来生火炉。我知道，这是怎样都不能再睡得着了的，我也知道，不起来，便会头昏，睡在被窝里是太爱想到一些奇奇怪怪的事上去。医生说顶好能多睡，多吃，莫看书，莫想事，偏这就不能，夜晚总得到两三点才能睡着。天不亮又醒了。像这样刮风天，真不能不令人想到许多使人焦躁的事。并且一刮风，就不能出去玩，关在屋子里没有书看，还能做些什么？一个人能呆呆的坐着，等时间的过去吗？我是每天都在等着，挨着，只想这冬天快点过去；天气一暖和，我咳嗽总可好些，那时候，要回南便回南，要进学校便进学校，但这冬天可太长了。

太阳照到纸窗上时，我在煨第三次的牛奶。昨天煨了四次。次数虽煨得多，却不定是要吃，这只不过是一个人在刮风天为免除烦恼的养气法子。这固然可以混去一小点时间，但有时却又不能不令人更加生气，所以上星期整整的有七天没玩它，不过在没想出别的法子时，又不能不借重它来像一个老年人耐心着消磨时间。

报来了，便看报，顺着次序看那大号字标题的国内新闻，然后又看国外要闻，本埠琐闻……把教育界，党化教育，经济界，九六公债盘价……全看完，还要再去温习一次昨天前天已看熟了的那些招男女编级新生的广告。那些为分家产起诉的启事，连那些什么六〇六，百零机，美容药水，开明戏，真光电影……都熟习了过后才懒懒的丢开报纸。自然，有时会发现点新的广告，但也除不了是些绸缎铺五年六年纪念的减价，恕讨不周的讣闻之类。

报看完，想不出能找点什么事做。只好一人坐在火炉旁生气。气的事，也是天天气惯了的。天天一听到从窗外走廊上传来的那些住客们喊伙计的声音，便头痛，那声音真是又粗，又大，又嘎，又单调；"伙计，开壶！"或是"脸水，伙计！"这是谁也可以想象出来的一种难听的声音。还有，那楼下电话也不断的有人在电机旁大声的说话。没有一些声息时，又会感到寂沉沉的可怕，尤其是那四堵粉垩的墙。它们呆呆的把你眼睛挡住，无论你坐在哪方；逃到床上躺着吧，那同样的白垩的天花板，便沉沉地把你压住。真找不出一件事是能令人不生嫌厌的心的；如那麻脸伙计，那有抹布味的饭菜，那扫不干净的窗格上的沙土，那洗脸台上的镜子——这是一面可以把你的脸拖到一尺多长的镜子，不过只要你肯稍微一偏你的头，那你的脸又会扁的使你自己也害怕……这都可以令人生气了又生气。也许只我一人如是。但我宁肯能找到些新的不快活，不满足；只是新的，无论好坏，似乎都隔我太远了。

吃过午饭，苇弟便来了，我一听到那特有的急遽的皮鞋声从走廊的那端传来时，我的心似乎便从一种窒息中透出一口气来感到舒适。但我却不会表示，所以当苇弟进来时，我只默默的望着他；他以为我又在烦恼，握紧我一双手，"姊姊，姊姊，"那样不断的叫着。我，我自然笑了！我笑的什么呢，我知道！在那两颗只望到我眼睛下面的跳动的眸子中，我准懂得那收藏在眼睑下面，不愿给人知道的是些什么东西！这有多么久了，你，苇弟，你在爱我！但他捉住过我吗？自然，我是不能负一点责，一个女人应当这样。其实，我算够忠厚；我不相信会有第二个女人这样不捉弄他的，并且我还确确实实地可怜他，竟有时忍不住想指点他；

"苇弟,你不可以换个方法吗?这样只能反使我不高兴的……"对的,假使苇弟能够再聪明一点,我是可以比较喜欢他些,但他却只能如此忠实地去表现他的真挚!

苇弟看见我笑了,便很满足。跳过床头去脱大氅,还脱下他那顶大皮帽。假使他这时再掉过头来望我一下,我想他一定可以从我的眼睛里得些不快活去。为什么他不可以再多的懂得我些呢?

我总愿意有那么一个人能了解得我清清楚楚的,如若不懂得我,我要那些爱。那些体贴做什么?偏偏我的父亲,我的姊姊,我的朋友都如此盲目的爱惜我,我真不知他们爱惜我的什么;爱我的骄纵,爱我的脾气,爱我的肺病吗?有时我为这些生气,伤心,但他们却更容让我,更爱我,说一些错到更使我想打他们的一些安慰话。我真愿意在这种时候会有人懂得我,便骂我,我也可以快乐而骄傲了。

没有人来理我,看我,我会想念人家,或恼恨人家,但有人来后,我不觉得又会给人一些难堪,这也是无法的事。近来为要磨练自己,常常话到口边便咽住,怕又在无意中竟刺着了别人的隐处,虽说是开玩笑,因为如此,所以可以想象出来,我是拿一种什么样的心情在陪苇弟坐。但苇弟若站起身来喊走时,我又会因怕寂寞而感到怅惘,而恨起他来。这个,苇弟是早就知道的,所以他一直到晚上十点钟才回去,不过我却不骗人,并不骗自己,我清白,苇弟不走,不特于他没有益处,反只能让我更觉得他太容易支使,或竟更可怜他的太不会爱的技巧了。

十二月二十八

今天我请毓芳同云霖看电影。毓芳却邀了剑如来。我气得只想哭,但我却纵声的笑了。剑如,她是多么可以损害我自尊之心的;因为她的容貌,举止。无一不像我幼时所最投洽的一个朋友,所以我不觉得时常在追随她,她又特意给了我许多敢于亲近她的勇气。但后来,我却遭受了一种不可忍耐的待遇,无论什么时候想起,我都会痛恨我那过去的,不可追悔的无赖行为:在一个星期中我曾足足的给了她八封长信,而未被人理睬过。毓芳真不知想的哪一股劲,明知我不愿再提起从前的事,却故意邀着她来,像有心要挑逗我的愤恨一样,我真气了。

我的笑,毓芳和云霖不会留意这有什么变异,但剑如,她能感觉到;可是她会装,装糊涂,同我毫无芥蒂的说话。我预备骂她几句,不过话到口边便想到我为自己定下的戒条,并且做得太认真,反令人越得意。所以我又忍下心去同她们玩。

到真光时,还很早,在门口遇着一群同乡的小姐们,我真厌恶那些惯做的笑靥,我不去理她们,并且我无缘无故地生气到那许多去看电影的人。我乘毓芳同她们说到热闹中,丢下我所请的客,悄悄回来了。

除了我自己,没有人会原谅我的,谁也在批评我,谁也不知道我在人前所忍受的一些人们给我的感触。别人说我怪僻,他们哪里知道我却时常在讨人好,讨人欢喜。不过人们太不肯鼓励我说那太违心的话,常常给我机会,让我反省我自己的行为,让我离人们却更远了。

夜深时,全公寓都静静的,我躺在床上好久了。我清清白白的想透了一些事,我还能伤心什么呢?

十二月二十九

一早毓芳就来电话。毓芳是好人,她不会扯谎,大约剑如是真病。毓芳说,起病是为我,要我去,剑如将向我解释。毓芳错了,剑如也错了,莎菲不是欢喜听人解释的人。根本我就否认宇宙间要解释。朋友们好,便好;合不来时,给别人点苦头吃,也是正大光明的事。我还以为我够大量,太没报复人了。剑如既为我病,我倒快活,我不会拒绝听别人为我而病的消息。并且剑如病,还可以减少点我从前自怨自艾的烦恼。

我真不知应怎样才能分析我自己。有时为一朵被风吹散了的白云,会感到一种渺茫的,不可捉摸的难过;但看到一个二十多岁的男子(苇弟其实还大我四岁)把眼泪一颗一颗掉到我手背时,却像野人一样在得意的笑了。苇弟从东城买了许多信纸信封来我这里玩,为了他很快乐,在笑,我便故意去捉弄,看到他哭了,我却快意起来,并且说"请珍重点你的眼泪吧,不要以为姊姊像别的女人一样脆弱得受不起一颗眼泪……""还要哭,请你转家去哭,我看见眼泪就讨厌……"自然,他不走,不分辩,不负气,只蜷在椅角边老老实实无声的去流那不知从哪里得来的那么多的眼泪。我，自然，得意够了，又会惭愧起来，于是用着姊姊的态度去喊他洗脸，抚摩他的头发。他镶着泪珠又笑了。

在一个老实人面前，我已尽自己的残酷天性去磨折他，但当他走后，我真想能抓回他来，只请求他："我知道自己的罪过，请不要再爱这样一个不配承受那真挚的爱的女人了吧！"

一月一号

我不知道那些热闹的人们是怎样的过年，我只在牛奶中加了一个鸡子，鸡子是昨天苇弟拿来的，一共二十个，昨天煨了七个茶卤蛋，剩下十三个，大约够我两星期吃。若吃午饭时，苇弟会来，则一定有两个罐头的希望。我真希望他来。因为想到苇弟来，我便上单牌楼去买了四合糖，两包点心，一篓橘子和苹果，预备他来时给他吃，我断定今天只有他才能来。

但午饭吃过了，苇弟却没来。

我一共写了五封信，都是用前几天苇弟买来的好纸好笔，我想能接得几个美丽的画片，却不能。连几个最爱弄这个玩艺儿的姊姊们都把我这应得的一份儿忘了。不得画片，不希罕，单单只忘了我，却是可气的事。不过自己从不曾给人拜过一次年，算了，这也是应该的。

晚饭还是我一人独吃，我烦恼透了。

夜晚毓芳云霖来了，还引来一个高个儿少年，我想他们才真算幸福；毓芳有云霖爱她，她满意，他也满意。幸福不是在有爱人，是在两人都五更大的欲望，商商量量平平和和地过日子。自然，有人将不屑于这平庸。但那只是另外人的，与我的毓芳无关。

毓芳是好人，因为她有云霖，所以她"愿天下有情人皆成眷属"。她去年曾替玛丽作过一次恋爱婚姻的介绍。她又希望我能同苇弟好，她一来便问苇弟。但她却和云霖及那高个儿把我给苇弟买的东西吃完了。

那高个儿可真漂亮，这是我第一次感觉到男人的美，从来我还没有留心到。只以为一个男人的本行是会说话，会看眼色，会小心就够了。今天我看了这高个儿，才懂得男人是另铸有一种高贵的模型，我看出在他面前的云霖显得多么猥琐，多么呆拙……我真要可怜云霖，假使他知道他在这个人前所衬出的不幸时，他将怎样伤心他那些所有的粗丑的眼神，举止。我更不知，当毓芳拿这一高一矮的男人相比时，会起一种什么情感！

他，这生人，我将怎样去形容他的美呢？固然，他的颀长的身躯，白嫩的面庞，薄薄的小嘴唇，柔软的头发，都足以闪耀人的眼睛，但他还另外有一种说不出，捉不到的丰仪来煽动你的心。比如，当我请问他的名字时，他会用那种我想不到的不急遽的态度递过那双擎有名片的手来。我抬起头去，呀，我看见那两个鲜红的，嫩腻的，深深凹进的嘴角了。我能告诉人吗，我是用一种小儿要糖果的心情在望着那惹人的两个小东西。但我知道在这个社会里面是不准许任我去取得我所要的来满足我的冲动，我的欲望，无论这于人并没有损害的事，我只得忍耐着，低下头去，默默地念那名片上的字：

"凌吉士，新加坡……"

凌吉士，他能那样毫无拘束的在我这儿谈话，像是在一个很熟的朋友处，难道我能说他这是有意来捉弄一个胆小的人？我为要强迫地拒绝引诱，不敢把眼光抬平去一望那可爱慕的火炉的一角。两只不知羞惭的破烂拖鞋，也逼着我不准走到桌前的灯光处。我气我自己：怎么会那样拘束，不会调皮的应对？平日看不起别人的交际，今天才知道自己是显得又呆，又傻气。唉，他一定以为我是一个乡下才出来的姑娘了！

云霖同毓芳两人看见我木木的，以为我不欢喜这生人，常常去打断他的话，不久带着他走了。这个我也感激他们的好意吗？我望着那一高两矮的影子在楼下院子中消失时，我真不愿再回到这留得有那人的靴印，那人的声音，和那人吃剩的饼屑的屋子。

一月三号

这两夜通宵通宵地咳嗽。对于药，简直就不会有信仰，药与病不是已毫无关系吗？我明明厌烦那苦水，但却又按时去吃它，假使连药也不吃，我能拿什么来希望我的病呢？（神要人忍耐着生活，安排许多痛苦在死的前面，使人不敢走近死亡。）我呢，我是更为了我这短促的不久的生，我越求生得厉害；不是我怕死，是我总觉得我还没享有我生的一切。我要，我要使我快乐。无论在白天，在夜晚，我都在梦想可以使我没有什么遗憾在我死的时候的一些事情。我想能睡在一间极精致的卧房的睡榻上，有我的姊姊们跪在榻前的熊皮毡子上为我祈祷，父亲悄悄的朝着窗外叹息，我读着许多封从那些爱我的人儿们寄来的长信，朋友们都纪念我流着忠实的眼泪……我迫切的需要这人间的感情，想占有许多不可能的东西。但人们给我的是什么呢？整整两天，又一人幽囚在公寓里，没有一个人来，也没有一封信来，我躺在床上咳嗽，坐在火炉旁咳嗽，走到桌子前也咳嗽，还想念这些可恨的人们……其实还是收到一封信的，不过这除了更加我一些不快外，也只不过是加我不快。这是一年前曾骚扰过我的一个安徽粗壮男人寄来的，我没有看完就扯了。我真肉麻那满纸的"爱呀爱的"！我厌恨我不喜欢的人们的殷勤……

我，我能说得出我真实的需要是些什么呢？

一月四号

事情不知错到什么地方去了。我为什么会想到搬家，并且在糊里糊涂中期骗了云霖，好像扯谎也是本能一样，所以在今天能毫不费力的便使用了。假使云霖知道莎菲也会骗他，他不知应如何伤心，莎菲是他们那样爱惜的一个小妹妹。自然我不是安心的，并且我现在在后悔，但我能决定吗，搬呢，还是不搬？

我不能不向我自己说："你是在想念那高个儿的影子呢！"是的，这几天几夜我无时不神往到那些足以诱惑我的。为什么他不在这几天中单独来会我呢？他应当知道他不该让我如此的去思慕他。他应当来看我，说他也想念我才对。假使他来，我不会拒绝去听他所说的一些爱慕我的话，我还将令他知道我所要的是些什么。但他却不来。我估定这像传奇中的事是难实现了。难道我去找他吗？一个女人这样放肆，是不会得好结果的。何况还要别人能尊敬我呢。我想不出好法子，只好先到云霖处试一试，所以吃过午饭，我便冒风向东城去。

云霖是京都大学的学生，他租的住房在京都大学一院和二院之间的青年胡同里。我到他那里时，幸好他没有出去，毓芳也没有来。云霖当然很诧异我在大风天出来，我说是到德国医院看病，顺便来这里。他就毫不疑惑，问我的病状，我却把话头故意引到那天晚上。不费一点气力，我便打探得那人儿住在第四寄宿舍，在京都大学二院隔壁。不久，我又叹起气来，我用许多言辞把在西城公寓里的生活，描摹得寂寞，暗淡，我又扯谎，说我唯一只想能贴近毓芳（我知道毓芳已预备搬来云霖处）。我要求云霖同我在近处找房。云霖当然高兴这差事，不会迟疑的。

在找房的时候，凑巧竟碰着了凌吉士。他也陪着我们。我真高兴，高兴使我胆大了，我狠狠的望了他几次，他没有觉得。他问我的病。我说全好了，他不信似的在笑。

我看上一间又低，又小，又霉的东房，在云霖的隔壁一家大元公寓里。他和云霖都说太湿，我却执意要在第二天便搬来，理由是那太太使我厌倦，而我急切的要依着毓芳。云霖无法，就答应了，还说好第二天一早他和毓芳过来替我帮忙。

我能告诉人，我单单选上这房子的用意吗？它位置在第四寄宿舍和云霖住所之间。

他不曾向我告别，我又转到云霖处，尽我所有的大胆在谈笑。我把他什么细小处都审视遍了，我觉得都有我嘴唇放上去的需要。他不会也想到我在打量他，盘算他吗？后来我特意说我想请他替我补英文，云霖笑，他却受窘了，不好意思的含含糊糊的问答，于是我向心里说，这还不是一个坏蛋呢，那样高大的一个男人还会红脸？因此我的狂热更炎炽了。但我不愿让人懂得我，看得我太容易，所以我驱遣我自己，很早就回来了。

现在仔细一想，我唯恐我的任性，将把我送到更坏的地方去，暂时且住在这有洋炉的房里吧，难道我能说得上是爱上了那南洋人吗？我还一丝一毫都不知道他呢。什么那嘴唇，那眉梢，那眼角，那指尖……多无意识，这并不是一个人所应需的，我着魔了，会想到那上面。我决计不搬，一心一意来养病。

我决定了，我懊悔，懊悔我白天所做的一些不是，一个正经女人所做不出来的。

一月六号

都奇怪我，听说我搬了家，南城的金英，西城的江周，都来到我这低湿的小屋里。我笑着，有时在床上打滚，她们都说我越小孩气了，我更大笑起来。我只想告诉她们我想的是什么。下午苇弟也来了。苇弟最不快活我搬家，因为我未曾同他商量，并且离他更远了。他见着云霖时，竟不理他。云霖摸不着他为什么生气。望着他。他更板起脸孔。我好笑，我向自己说"可怜，冤枉他了，一个好人！"

毓芳不再向我说剑如。她决定两三天便搬来云霖处，因为她觉得我既这样想傍着她住，她不能让我一人寂寂寞寞的住在这里。她和云霖待我比以前更亲热。

一月十号

这几天我都见着凌吉士，但我从没同他多说几句话，我决定不先提补英文事。我看见他一天两次往云霖处跑，我发笑，我断定他以前一定不会同云霖如此亲密的。我没有一次邀请他来我那儿玩，虽说他问了几次搬了家如何，我都装出不懂的样儿笑一下便算回答。我把所有的心计都放在这上面，好像同什么东西搏斗一样，我要那样东西，我还愿去取得，我务必想方设计让他自己送来。是的，我了解我自己，不过是一个女性十足的女人，女人只把心思放到她要征服的男人们身上。我要占有他，我要他无条件的献上他的心，跪着求我赐给他的吻呢。我简直癫了，反反复复的只想着我所要施行的手段的步骤，我简直癫了！

毓芳云霖看不出我的兴奋，只说我病快好了。我也正不愿他们知道，说我病好，我就装着高兴。

一月十二

毓芳已搬来，云霖却搬走了。宇宙间竟会生出这样一对人来，为怕生小孩，便不肯住在一起，我猜想他们连自己也不敢断定：当两人抱在一床时是不会另外干出些别的事来，所以只好预先防范，不给那肉体接触的机会。至于那单独在一房时的拥抱和亲嘴，是不会发生危险，所以悄悄表演几次，便不在禁止之列。我忍不住嘲笑他们了，这禁欲主义者！为什么会不需要拥抱那爱人的裸露的身体？为什么要压制住这爱的表现？为什么在两人还没睡在一个被窝里以前，会想到那些不相干足以担心的事？我不相信恋爱是如此的理智，如此的科学！

他俩不生气我的嘲笑，他俩还骄傲着他们的纯洁，而笑我小孩气呢。我体会得出他们的心情，但我不能解释宇宙间所发生的许许多多奇怪的事。

这夜我在云霖处（现在要说毓芳处了）坐到夜晚十点钟才回来，说了许多关于鬼怪的故事。

鬼怪这东西，我在一点点大的时候就听惯了，坐在姨妈怀里听姨爹讲《聊斋》是常事，并且一到夜里就爱听。至于怕，又是另外一件不愿告人的。因为一说怕，准就听不成，姨爹便会踱过对面书房去，小孩就不准下床了。到进了学校，又从先生口里得知点科学常识，为了信服那位周麻子二先生，所以连书本也信服，从此鬼怪便不屑于害怕了。近来人更在长高长大，说起来，总是否认有鬼怪的，但鸡粟却不肯因为不信便不出来，毫毛一根根也会竖起的。不过每次同人说到鬼怪时，别人不知道我想拗开说到别的闲话上去，为的怕夜里一个人睡在被窝里时想到死去了的姨爹姨妈就伤心。

回来时，看到那黑魆魆的小胡同，真有点胆悚。我想，假使在哪个角落里露出一个大黄脸，或伸来一只毛手，在这样像冻住了的冷巷里，我不会以为是意外。但看到身边的这高大汉子（凌吉士）做镖手，大约总可靠，所以当毓芳问我时，我只答应"不怕，不怕"。

云霖也同我们出来，他回他的新房子去，他向南，我们向北，所以只走了三四步，便听不清那橡皮鞋底在泥板上发出的声音。

他伸来一只手，拢住了我的腰：

"莎菲，你一定怕哟！"

我想挣，但挣不掉。

我的头停在他的胁前，我想，如若在亮处，看起来，我会像个什么东西，被挟在比我高一个头还多的人的腕中。

我把身一蹲，便窜出来了，他也松了手陪我站在大门边打门。

小胡同里黑极了，但他的眼睛望到何处，我却能很清楚的看见。心微微有点跳，等着开门。

"莎菲，你怕哟！"

门闩已在响，是伙计在问谁，我朝他说：

"再——"

他猛的握住我的手，我无力再说下去。

伙计看到我身后的大人，露着诧异。

到单独只剩两人在一房时，我的大胆，已经变得毫无用处了，想故意说几句客套话，也不会，只说："请坐吧！"自己便去洗脸。

鬼怪的事，已不知忘到什么地方去了。

"莎菲！你还高兴读英文吗？"他忽然问。

这是他来找我，提到英文，自然他未必欢喜白白牺牲时间去替人补课，这意思，在一个二十岁的女人面前，怎能瞒过，我笑了（这是只在心里笑）。我说：

"蠢得很，怕读不好，丢人。"

他不说话，把我桌上摆的照片拿来玩弄着，这照片是我姊姊的一个刚满一岁的女儿。

我洗完脸，坐在桌子那头。

他望望我，又去望那小女孩，然后又望我。是的，这小女孩长的真像我。于是我问他：

"好玩吗？你说像我不像？"

"她，谁呀！"显然，这声音表示着非常认真。

"你说可爱不可爱？"

他只追问着是谁。

忽的，我明白了他的意思，我又想扯谎了。

"我的，"于是我把相片抢过来吻着。

他信了。我竟愚弄了他，我得意我的不诚实。

这得意，似乎便能减少他的妩媚，他的英爽。要不，为什么当他显出那天真的诧愕时，我会忽略了他那眼睛，我会忘掉了他那嘴唇？否则，这得意一定将冷淡下我的热情。

然而当他走后，我却懊悔了。那不是明明安放着许多机会吗？我只要在他按住我手的当儿，另做出一种眼色，让他懂得他是不会遭拒绝，那他一定可以做出一些比较大胆的事。这种两性间的大胆。我想只要不厌烦那人，会像把肉体融化了的感到快乐无疑。但我为什么要给人一些严厉，一些端庄呢？唉，我搬到这破房子里来，到底为的是什么呢？

一月十五

近来我是不算寂寞了，白天在隔壁玩，晚上又有一个新鲜的朋友陪我谈话。但我的病却越深了。这真不能不令我灰心，我要什么呢，什么也于我无益。难道我有所眷恋吗？一切又是多么的可笑，但死却不期然的会让我一想到便伤心。每次看见那克利大夫的脸色，我便想：是的，我懂得，你尽管说吧，是不是我已没希望了？但我却拿笑代替了我的哭。谁能知道我在夜深流出的眼泪的分量！

几夜，凌吉士都接着接着来，他告人说是在替我补英文，云霖问我，我只好答应。晚上，我拿一本"Poor People"放在他面前，他真个便教起我来。我只好又把书丢开，我说："以后你不要再向人说在替我补英文吧，我病，谁也不会相信这事的。"他赶忙便说："莎菲，我不可以等你病好些教你吗？莎菲，只要你喜欢。"

这新朋友似乎是来得如此够人爱，但我却不知怎的，反而懒于注意到这些事。我每夜看到他丝毫得不着高兴的出去，心里总觉得有点歉仄，我只好在他穿大氅的当儿向他说："原谅我吧，我有病！"他会错了我的意思，以为我同他客气。"病有什么要紧呢，我是不怕传染的。"后来我仔细一想，也许这话含得有别的意思，我真不敢断定人的所作所为像可以想象出来的那样单纯。

一月十六

今天接到蕴姊从上海来的信，更把我引到百无可望的境地。我哪里还能找得几句话去安慰她呢？她信里说："我的生命，我的爱，都于我无益了……"那她是更不需要我的安慰，我为她而流的眼泪了。唉！从她的信中，我可以揣想得出她婚后的生活，虽说她未肯明明的表白出来。神为什么要去捉弄这些在爱中的人儿？蕴姊是最神经质，最热情的人，自然她更受不住那渐渐的冷淡，那遮饰不住的虚情……我想要蕴姊来北京，不过这是做得到的吗？这还是疑问。

苇弟来的时候，我把蕴姊的信给他看：他真难过，因为那使我蕴姊感到生之无趣的人，不幸便是苇弟的哥哥。于是我向他说了我许多新得的"人生哲学"的意义：他又尽他唯一的本能在哭。我只是很冷静的去看他怎样使眼睛变红，怎样拿手去擦干，并且我在他那些举动中，加上许多残酷的解释。我未曾想到在人世中，他是一个例外的老实人，不久，我一个人悄悄的跑出去了。

为要躲避一切的熟人，深夜我才独自从冷寂寂的公园里转来，我不知怎样度过那些时间，我只想："多无意义啊！倒不如早死了干净……"

一月十七

我想：也许我是发狂了！假使是真发狂，我倒愿意。我想，能够得到那地步，我总可以不会再感到这人生的麻烦了吧……

足足有半年为病而禁了的酒，今天又开始痛饮了。明明看到那吐出来的是比酒还红的血。但我的心却像被什么别的东西主宰一样。似乎这酒便可在今晚致死我一样，我不愿再去细想那些纠纠葛葛的事……

一月十八

现在我还睡在这床上，但不久就将与这屋分别了，也许是永别，我断得定我还能再亲我这枕头，这棉被……的幸福吗？毓芳，云霖，苇弟，金夏都守着一种沉默围绕着我坐着，焦急的等着天明了好送我进医院去。我是在他们忧愁的低语中醒来的，我不愿说话，我细想昨天上午的事，我闻到屋子中遗留下来的酒气和腥气，才觉得心正在剧烈的痛，于是眼泪便汹涌了。因了他们的沉默，因了他们脸上所显现出来的凄惨和暗淡，我似乎感到这便是我死的预兆。假设我便如此长睡不醒了呢，是不是他们也将如此沉默的围绕着我僵硬的尸体？他们看见我醒了，便都走拢来问我。这时我真感到了那可怕的死别！我握着他们，仔细望着他们每个的脸，似乎要将这记忆永远保存着。他们都把眼泪滴到我手上，好像我就要长远离开他们走向死之国一样。尤其是苇弟，哭得现出丑脸。唉，我想：朋友呵，请给我一点快乐吧……于是我反而笑了。我请他们替我清理一下东西，他们便在床铺底下拖出那口大藤箱来，箱子里有几捆花手绢的小包，我说："这我要的，随着我进协和吧。"他们便递给我，我给他们看，原来都满满是信札，我又向他们笑："这，你们的也在内。"他们才似乎也快乐些了。苇弟又忙着从抽屉里递给我一本照片，是要我带去的样子，我更笑了。这里面有七八张是苇弟的单像，我又容许苇弟吻我的手，并握着我的手在他脸上摩擦，于是这屋子才不像真有个僵尸停着的一样，天这时也慢慢显出了鱼肚白。他们忙乱了，慌着在各处找洋车。于是我病院的生活便开始了。

三月四号

接蕴姊死电是二十天以前的事,我的病却一天好一天。一号又由送我进院的几人把我送转公寓来,房子已打扫得干干净净。因为怕我冷,特生了一个小小的洋炉,我真不知怎样才能表示我的感谢,尤其是苇弟和毓芳。金和周在我这儿住了两夜才走,都充当我的看护,我每日都躺着,舒服得不像住公寓,同在家里也差不了什么了!毓芳决定再陪我住几天,等天气暖和点便替我上西山找房子,我好专去养病,我也真想能离开北京,可恨阳历三月了,还如是之冷!毓芳硬要住在这儿,我也不好十分拒绝,所以前两天为金和周搭的一个小铺又不能撤了。

近来在病院把我自己的心又医转了,实实在在是这些朋友们的温情把它重暖了起来。觉得这宇宙还充满着爱呢。尤其是凌吉士,当他到医院看我时,我觉得很骄傲,他那种丰仪才够去看一个在病院的女友的病,并且我也懂得,那些看护妇都在羡慕着我呢。有一天,那个很漂亮的密司杨问我:

"那高个儿,是你的什么人呢?"

"朋友!"我忽略了她问的无礼。

"同乡吗?"

"不,他是南洋的华侨。"

"那么是同学?"

"也不是。"

于是她狡猾的笑了,"就仅是朋友吗?"

自然,我可以不必脸红,并且还可以警诫她几句,但我却惭愧了。她看到我闭着眼装要睡的狼狈样儿,便得意的笑着走去。后来我一直都恼着她。并且为了躲避麻烦,有人问起苇弟时,我便扯谎说是我的哥哥。有一个同周很好的小伙子,我便说是同乡,或是亲戚的乱扯。

当毓芳上课去,我一个人留在房里时,我就去翻在一月多中所收到的信,我又很快活,很满足,还有许多人在纪念我呢。我是需要别人纪念的,总觉得能多得点好意才好。父亲是更不必说,又寄了一张像来,只有白头发似乎又多了几根。姊姊们都好,可惜就为小孩们忙得很,不能多替我写信。

信还没有看完,凌吉士又来了。我想站起来。但他却把我按住。他握着我的手时,我快活得真想哭了。我说:

"你想没想到我又会回转这屋子呢?"

他只瞅着那侧面的小铺,表示不高兴的样子,于是我告诉他从前的那两位客已走了,这是特为毓芳预备的。

他听了便向我说他今晚不愿再来,怕毓芳厌烦他。于是我心里更充满乐意了,便说:

"难道你就不怕我厌烦吗?"

他坐在床头更长篇的述说他这一个多月中的生活,怎样和云霖冲突,闹意见,因为他赞成我早些出院,而云霖执着说不能出来。毓芳也附着云霖,他懂得他认识我的时间太短,说话自然不会起影响,所以以后他不管这事了,并且在院中一和云霖碰见,自己便先回来。

我懂得他的意思,但我却装着说:

"你还说云霖,不是云霖我还不会出院呢,住在里面舒服多了。"

于是我又看见他默默地把头掉到一边去,不答我的话。

他算着毓芳快来时,便走了,悄悄告诉我说等明天再来。果然,不久毓芳便回来了。毓芳不曾问,我也不告她,并且她为我的病,不愿同我多说话,怕我费神,我更乐得藉此可以多去想些另外的小闲事。

三月六号

当毓芳上课去后,把我一人撂在房里时,我便会想起这所谓男女间的怪事;其实,在这上面,不是我爱自夸，我所受的训练，至少也有我几个朋友们的相加或相乘，但近来我却非常不能了解了。当独自同着那高个儿时，我的心便会跳起来，又是羞惭，又是害怕，而他呢，他只是那样随便的坐着，近乎天真的讲他过去的历史，有时握着我的手，不过非常自然，然而我的手便不会很安静的被握在那大手中，慢慢的会发烧。一当他站起身预备走时，不由的我心便慌张了，好像我将跌入那可怕的不安中，于是我盯着他看，真说不清那眼光是求怜，还是怨恨；但他却忽略了我这眼光，偶尔懂得了，也只说："毓芳要来了哟！"我应当怎样说呢？他是在怕毓芳！自然，我也不愿有人知道我暗地所想的一些不近情理的事，不过我又感到有别人了解我感情的必要；几次我向毓芳含糊的说起我的心境，她还是那样忠实的替我盖被子，留心我的药，我真不能不有点烦闷了。

三月八号

毓芳已搬回去，苇弟又想代替那看护的差事。我知道，如若苇弟来，一定比毓芳还好，夜晚若想茶吃时，总不至于因听到那浓睡中的鼾声而不愿搅扰人便把头缩进被窝算了；但我自然拒绝他这好意，他固执着，我只好说："你在这里，我有许多不方便，并且病呢，也好了。"他还要证明间壁的屋子空着，他可以住间壁，我正在无法时，凌吉士来了。我以为他们还不认识，而凌吉士已握着苇弟的手，说是在医院见过两次。苇弟冷冷的不理他，我笑着向凌吉士说："这是我的弟弟，小孩子，不懂交际，你常来同他玩吧。"苇弟真的变成了小孩子，丧着脸站起身就走了。我因为有人在面前，便感得不快，也只掩藏住，并且觉得有点对凌吉士不住，但他却毫没介意，反问我："不是他姓白吗，怎会变成你的弟弟？"于是我笑了："那么你是只准姓凌的人叫你做哥哥弟弟的！"于是他也笑了。

近来青年人在一处时，老喜欢研究到这一个"爱"字，虽说有时我似乎懂得点，不过终究还是不很说得清。至于男女间的一些小动作，似乎我又太看得明白了。也许是因为我懂得了这些小动作，于"爱"才反迷糊，才没有勇气鼓吹恋爱，才不敢相信自己是一个纯粹的够人爱的小女子，并且才会怀疑到世人所谓的"爱"，以及我所接受的"爱"……

在我稍微有点懂事的时候，便给爱我的人把我苦够了，给许多无事的人以诬蔑我，凌辱我的机会，以致我顶亲密的小伴侣们也疏远了。后来又为了爱的胁迫，使我害怕得离开了我的学校。以后，人虽说一天天大了，但总常常感到那些无味的纠缠，因此有时不特怀疑到所谓"爱"，竟会不屑于这种亲密。苇弟说他爱我，为什么他只常常给我一些难过呢？譬如今晚，他又来了，来了便哭，并且似乎带了很浓的兴味来哭一样，无论我说："你怎么了，说呀！""我求你，说话呀，苇弟！……"他都不理会。这是从未有的事，我尽我的脑力也猜想不出他所骤遭的这灾祸。我应当把不幸朝哪一方去揣测呢？后来，大约他哭够了，才大声说："我不喜欢他！""这又是谁欺侮了你呢，这样大嚷大闹的？""我不喜欢那高个子！那同你好的！"哦，我这才知道原来是怄我的气。我不觉得笑了。这种无味的嫉妒，这种自私的占有，便是所谓爱吗？我发笑，而这笑，自然不会安慰那野心的男人的。并且因我不屑的态度，更激起他那不可抑制的怒气。我看着他那放亮的眼光，我以为他要噬人了，我想："来吧！"但他却又低下头哭了，还揩着眼泪，踉跄地走出去。

这种表示，也许是称为狂热的，真率的爱的表现吧，但苇弟却不加思索地用在我面前，自然是只会失败；并不是我愿意别人虚伪，做作，我只觉得想靠这种小孩般举动来打动我的心，全是无用，或者因为我的心生来便如此硬；那我之种种不惬于人意而得来烦恼和伤心，也是应该的。

苇弟一走，自自然然我把我自己的心意去揣摩，去仔细回忆那一种温柔的，大方的，坦白而又多情的态度上去，光这态度已够人欣赏像吃醉一般的感到那融融的蜜意，于是我拿了一张画片，写了几个字，命伙计即刻送到第四寄宿舍去。

三月九号

我看见安安闲闲坐在我房里的凌吉士，不禁又可怜苇弟，我祝祷世人不要像我一样，忽略了蔑视了那可贵的真诚而把自己陷到那不可拔的渺茫的悲境里；我更愿有那么一个真诚纯洁的女郎去饱领苇弟的爱，并填实苇弟所感得的空虚啊！

三月十三

好几天又不提笔，不知是因为我心情不好，或是找不出所谓的情绪。我只知道，从昨天来我是只想哭了。别人看到我哭，以为我在想家，想到病，看见我笑呢，又以为我快乐了，还欣庆着这健康的光芒……但所谓朋友皆如是，我能告谁以我的不屑流泪，而又无力笑出的痴呆心境？因我看清了自己在人间的种种不愿舍弃的热望以及每次追求而得来的懊丧，所以连自己也不愿再同情这未能悟彻所引起的伤心。更哪能捉住一管笔去详细写出自怨和自恨呢！

是的，我好像又在发牢骚了。但这只是隐忍在心头反复向自己说，似乎还无碍。因为我未曾有过那种胆量，给人看我的蹙紧眉头和听我的叹气，虽说人们早已无条件的赠送过我以"狷傲""怪僻"等等好字眼。其实，我并不是要发牢骚，我只想哭，想有那么一个人来让我倒在他怀里哭，并告诉他："我又糟踏我自己了！"不过谁能了解我，抱我，抚慰我呢？是以我只能在笑声中咽住"我又糟踏我自己了"的哭声。

我到底又为了什么呢，这真难说！自然我未曾有过一刻私自承认我是爱恋上那高个儿了的，但他在我的心心念念中又蕴蓄着一种分析不清的意义。虽说他那颀长的身躯，嫩玫瑰般的脸庞，柔软的嘴唇，惹人的眼角，可以诱惑许多爱美的女子，并以他那娇贵的态度倾倒那些还有情爱的。但我岂肯为了这些无意识的引诱而迷恋一个十足的南洋人！真的，在他最近的谈话中，我懂得了他的可怜的思想；他需要的是什么？是金钱，是在客厅中能应酬买卖中朋友们的年轻太太，是几个穿得很标致的白胖儿子. 他的爱情是什么？是拿金钱在妓院中，去挥霍而得来的一时肉感的享受，和坐在软软的沙发上，拥着香喷喷的肉体，抽着烟卷，同朋友们任意谈笑，还把左腿叠压在右膝上；不高兴时，便拉倒，回到家里老婆那里去。热心于演讲辩论会，网球比赛，留学哈佛，做外交官，公使大臣，或继承父亲的职业，做橡树生意，成资本家……这便是他的志趣！他除了不满他父亲未曾给他过多的钱以外，便什么都可使他在一夜不会做梦的睡觉；如有，便只是嫌北京好看的女人太少，有时也会厌腻起游戏园，戏场，电影院，公园来……唉，我能说什么呢？当我明白了那使我爱慕的一个高贵的美型里，是安置着如此一个卑劣灵魂，并且无缘无故还接受过他的许多亲密。这亲密，还值不了他从妓院中挥霍里剩余下的一半！想起那落在我发际的吻来，真使我悔恨到想哭了！我岂不是把我献给他任他来玩弄来比拟到卖笑的姊妹中去！这只能责备我自己使我更难受，假设只要我自己肯，肯把严厉的拒绝放到我眸子中去，我敢相信，他不会那样大胆，并且我也相信，他所以不会那样大胆，是由于他还未曾有过那恋爱的火焰燃炽……唉！我应该怎样来诅咒我自己了！

三月十四

这是爱吗，也许爱才具有如此的魔力，要不，为什么一个人的思想会变幻得如此不可测！当我睡去的时候，我看不起美人，但刚从梦里醒来，一揉开睡眼，便又思念那市侩了。我想：他今天会来吗？什么时候呢，早晨，过午，晚上？于是我跳下床来，急忙忙的洗脸，铺床，还把昨夜丢在地下的一本大书捡起，不住的在边缘处摩挲着，这是凌吉士昨夜遗忘在这儿的一本《威尔逊演讲录》。

三月十四晚上

我有如此一个美的梦想，这梦想是凌吉士给我的。然而同时又为他而破灭。我因了他才能满饮着青春的醇酒，在爱情的微笑中度过了清晨；但因了他，我认识了"人生"这玩艺，而灰心而又想到死；至于痛恨到自己甘于堕落，所招来的，简直只是最轻的刑罚！真的，有时我为愿保存我所爱的，我竟想到"我有没有力去杀死一个人呢？"

我想遍了，我觉得为了保存我的美梦，为了免除使我生活的力一天天减少，顶好是即刻上西山，但毓芳告诉我，说她托找房子的那位住在西山的朋友还没有回信来，我怎好再去询问或催促呢？不过我决心了，我决心让那高个子来尝一尝我的不柔顺，不近情理的倨傲和侮弄。

三月十七

那天晚上苇弟赌气回去，今天又小小心心地自己来和解，我不觉笑了，并感到他的可爱。如若一个女人只要能找得一个忠实的男伴，做一身的归宿，我想谁也没有我苇弟可靠。我笑问："苇弟，还恨姊姊不呢？"他羞惭地说："不敢。姊姊，你了解我吧！我除了希冀你不摈弃我以外不敢有别的念头。一切只要你好，你快乐就够了！"这还不真挚吗？这还不动人吗？比起那白脸庞红嘴唇的如何？但后来我说："苇弟，你好，你将来一定是一切都会很满意的。"他却露出凄然的一笑："永世也不会——但愿如你所说……"这又是什么呢？又是给我难受一下！我恨不得跪在他面前求他只赐我以弟弟或朋友的爱吧！单单为了我的自私，我愿我少些纠葛，多点快乐。苇弟爱我，并会说那样好听的话，但他忽略了：第一他应当真的减少他的热望，第二他也应该藏起他的爱。我为了这一个老实的男人，感到无能的抱歉，也受够了。

三月十八

我又托夏在替我往西山找房了。

三月十九

凌吉士居然几日不来我这里了。自然，我不会打扮，不会应酬，不会治事理家，我有肺病，无钱，他来我这里做什么！我本无须乎要他来，但他真的不来却又更令我伤心，更证实他以前的轻薄。难道他也是如苇弟一样老实，当他看到我写给他的字条："我有病，请不要再来扰我，"就信为是真话，竟不可违背，而果真不来吗？我只想再见他一面，审看一下这高大的怪物到底是怎样的在觑看我。

三月二十

今天我往云霖处跑了三次，都未曾遇见我想见的人，似乎云霖也有点疑惑，所以他问我这几天见着凌吉士没有。我只好怅怅的跑回来。我实在焦烦得很，我敢自己欺自己说我这几日没有思念他吗？

晚上七点钟的时候，毓芳和云霖来邀我到京都大学第三院去听英语辩论会，乙组的组长便是凌吉士。我一听到这消息，心就立刻砰砰的跳起来。我只得拿病来推辞了这善意的邀请。我这无用的弱者，我没有胆量去承受那激动，我还是希望我能不见着他。不过他俩走时，我却请他俩致意凌吉士，说我问候他。唉，这又是多无意识啊！

三月二十一

我刚吃过鸡子牛奶，一种熟习的叩门声响着，纸格上映出一个颀长的黑影。我只想跳过去开门，但不知为一种什么情感所支使，我咽着气，低下头去了。

"莎菲，起来没有？"这声音如此柔嫩，令我一听到会想哭。

为了知道我已坐在椅子上吗？为了知道我无能发气和拒绝吗？他轻轻的推开门走进来了。我不敢仰起我滋润的眼皮。

"病好些没有，刚起来吗？"

我答不出一句话。

"你真在生我的气啊。莎菲，你厌烦我，我只好走了。莎菲！"

他走，于我自然很合适，但我又猛然抬起头拿眼光止住了他开门的手。

谁说他不是一个坏蛋呢,他懂得了。他敢于把我的双手握得紧紧的。他说:

"莎菲,你捉弄我了。每天我走你门前过,都不敢进来,不是云霖告诉我说你不会生我气,那我今天还不敢来。你,莎菲,你厌烦我不呢?"

谁都可以体会得出来,假使他这时敢于拥抱我,狂乱的吻我,我一定会倒在他手腕上哭出来:"我爱你呵!我爱你呵!"但他却如此的冷淡,冷淡得使我又恨他了。然而我心里在想:"来呀,抱我,我要吻你咧!"自然,他依旧握着我的手,把眼光紧盯在我脸上,然而我搜遍了,在他的各种表示中,我得不着我所等待于他的赐予。为什么他仅仅只懂得我的无用,我的不可轻侮,而不够了解他在我心中所占的是一种怎样的地位!我恨不得用脚尖踢他出去,不过我又为另一种情绪所支配,我向他摇头,表示不厌烦他的来到。

于是我又很柔顺地接受了他许多浅薄的情意,听他说着那些使他津津回味的卑劣享乐,以及"赚钱和化钱"的人生意义,并承他暗示我许多做女人的本分。这些又使我看不起他,暗骂他,嘲笑他,我拿我的拳头,隐隐痛击我的心,但当他扬扬地走出我的房时,我受逼得又想哭了。因为我压制住我那狂热的欲念,未曾请求他多留一会儿。

唉,他走了!

三月二十一夜

去年这时候,我过的是一种什么生活!为了蕴姊千依百顺地疼我,我便装病躺在床上不肯起来。为了想蕴姊抚摩我,我伏在桌上想到一些小不满意的事而哼哼唧唧的哭。有时因在整日静寂的沉思里得了点哀戚,但这种淡淡的凄凉,更令我舍不得去扰乱这情调,似乎在这里面我可以味出一缕甜意一样的。至于在夜深的法国公园,听躺在草地上的蕴姊唱《牡丹亭》,那是更不愿想到的事了。假使她不被神捉弄般的去爱上那苍白脸色的男人,她一定不会死的这样快,我当然不会一人漂流到北京,无亲无爱的在病中挣扎。虽说有几个朋友,他们也很体惜我,但在我所感应得出的我和他们的关系能和蕴姊的爱在一个天平上相称吗?想起蕴姊,我真应当像从前在蕴姊面前撒娇一样的纵声大哭,不过这一年来,因为多懂得了一些事,虽说时时想哭却又咽住了,怕让人知道了厌烦。近来呢,我更不知为了什么只能焦急,想得点空闲去思虑一下我所做的,我所想的,关于我的身体,我的名誉,我的前途的好歹的时间也没有,整天把紊乱的脑筋放到一个我不愿想到的去处,因为是我想逃避的,所以越把我弄成焦烦苦恼得不堪言说!但是我除了说"死了也活该!"是不能再希冀什么了。我能求得一些同情和慰藉吗?然而我又似乎在向人乞怜了。

晚饭一吃过,毓芳和云霖来我这儿坐,到九点我还不肯放他俩走。我知道,毓芳碍住面子只好又坐下来,云霖藉口要预备明天的课,执意一人走回去了。于是我隐隐向毓芳吐露我近来所感的窘状,我想她能懂得这事,并且能作主把我的生活改变一下,做我自己所不能胜任的。但她完全把话听到反面去了,她忠实地告诫我:"莎菲,我觉得你太不老实,自然你不是有意,你可太不留心你的眼波了。你要知道,凌吉士他们比不得在上海同我们玩耍的那群孩子,他们很少机会同女人接近,受不起一点好意,你不要令他将来感到失望和痛苦。我知道,你哪里会爱他呢?"这错误是不是又该归我,假设我不想求助于她而向她饶舌,是不是她不会说出这更令我生气,更令我伤心的话来?我噎着气又笑了:"芳姊,不要把我说得太坏了吓!"

毓芳愿意留下住一夜时,我又赶她走了。

像那些才女们,因为得了一点点不很受用。便能"我是多愁善感呀","悲哀呀我的心……""……"做出许多新旧的诗。我呢,没出息,白白被这些诗境困着,想以哭代替诗句来表现一下我的情感的搏斗都不能。光在这上面,为了不如人,也应摆开一切去努力做人才对,便退一千步说,为了自己的热闹,为了得一群浅薄眼光之赞颂,我也不该拿不起笔或枪来。真的便把自己陷到比死还难忍的苦境里,单单为了那男人的柔发,红唇……

我又梦想到欧洲中古的骑士风度,拿这来比拟不会有错,如其有人看到过凌吉士的话,他把那东方特长的温柔保留着。神把什么好的,都慨然赐给他了,但神为什么不再给他一点聪明呢?他还不懂得真的爱情呢,他确是不懂,虽说他已有了妻(今夜毓芳告我的),虽说他,曾在新加坡乘着脚踏车追赶坐洋车的女人,因而恋爱过一小段时间,虽说他曾在韩家潭住过夜,但他真得到过一个女人的爱吗?他爱过一个女人吗?我敢说不曾！

一种奇怪的思想又在我脑中燃烧了。我决定来教教这大学生。这宇宙并不是像他所懂的那样简单啊！

三月二十二

在心的忙乱中，我勉强竟写了这些日记了。早先因为蕴姊写信来要，再三再四的，我只好开始写。现在蕴姊死了好久，我还舍不得不继续下去，心想为了蕴姊在世时所谆谆向我说的一些话便永远写下去纪念蕴姊也好。所以无论我那样不愿提笔，也只得胡乱画下一页半页的字来。本来是睡了的，但望到挂在壁上蕴姊的像，忍不住又爬起，为免掉想念蕴姊的难受而提笔了。自然，这日记，我是除了蕴姊不愿给任何人看。第一因为这是为了蕴姊要知道我的生活而记下的一些琐琐碎碎的事，二来我怕别人给一些理智的面孔给我看，好更刺透我的心；似乎我自己也会因了别人所尊崇的道德而真的感到像犯罪一样的难受。所以这黑皮的小本子我许久以来都安放在枕头底下的垫被的下层。今天不幸我却违背我的初意了，然而也是不得已，虽说似乎是出于毫未思考。原因是苇弟近来非常误解我，以致常常使得他自己不安，而又常常波及我，我相信在我平日的一举一动中，我都能表示出我的态度来。为什么他不懂我的意思呢？难道我能直捷的说明，和阻止他的爱吗？我常常想，假设这不是苇弟而是另外一人，我将会知道怎样处置是最合法的。偏偏又是如此令我忍不下心去的一个好人！我无法了，只好把我的日记给他看。让他知道他在我的心里是怎样的无希望，并知道我是如何凉薄的反反复复的不足爱的女人。假使苇弟知道我，我自然会将他当做我唯一可诉心肺的朋友，我会热诚的拥着他同他接吻。我将替他愿望那世界上最可爱，最美的女人……日记，苇弟看过一遍，又一遍了，虽说他曾经哭过，但态度非常镇静，是出我意料之外的。我说：

"懂得了姊姊吗？"

他点头。

"相信姊姊吗？"

"关于哪方面的？"

于是我懂得那点头的意义。谁能懂得我呢，便能懂得这只能表现我万分之一的日记，也只令我看到这有限的伤心哟！何况，希求人了解，以想方设计用文字来反复说明的日记给人看，是多么可伤心的事！并且，后来苇弟还怕我以为他未曾懂得我，于是不住的说：

"你爱他，你爱他！我不配你！"

我真想一赌气扯了这日记。我能说我没有糟踏这日记吗？我只好向苇弟说："我要睡了，明天再来吧。"

在人里面，真不必求什么！这不是顶可怕的吗？假设蕴姊在，看见我这日记，我知道，她会抱着我哭："莎菲，我的莎菲！我为什么不再变得伟大点，让我的莎菲不至于这样苦啊……"但蕴姊已死了，我拿着这日记应怎样的痛哭才对！

三月二十三

凌吉士向我说："莎菲！你真是一个奇怪的女子。"我了解这并不是懂得了我的什么而说出的一句赞叹。他所以为奇怪的，无非是看见我的破烂的手套，搜不出香水的抽屉，无缘无故扯碎了的新棉袍，保存着一些旧的小玩具，……还有什么？听见些不常的笑声，至于别的，他便无能去体会了，我也从未向他说过一句我自己的话，譬如他说"我以后要努力赚钱呀"，我便笑，他说到邀起几个朋友在公园追着女学生时，"莎菲那真有趣"，我也笑。自然，他所说的奇怪，只是一种在他生活习惯上不常见的奇怪。并且我也很伤心，我无能使他了解我而敬重我，我是什么也不希求了，除了往西山去。我想到我过去的一切妄想，我好笑！

三月二十四

当他单独在我面前时，我觑着那脸庞，聆着那音乐般的声音，心便在忍受那感情的鞭打！为什么不扑过去吻他的嘴唇,他的眉梢,他的……无论什么地方? 真的,有时话都到口边了:"我的王! 准许我亲一下吧!" 但又受理智,不,我就从没有过理智,是受另一种自尊的情感所裁制而又咽住了。唉! 无论他的思想怎样坏,他使我如此癫狂的动情,是曾有过而无疑,那我为什么不承认我是爱上了他啊? 并且,我敢断定,假使他能把我紧紧的拥抱着,让我吻遍他全身,然后他把我丢下海去,丢下火去,我都会快乐的闭着眼等待那可以永久保藏我那爱情的死的来到。唉! 我竟爱他了,我要他给我一个好好的死就够了……

三月二十四夜深

我决心了。我为拯救我自己被一种色的诱惑而堕落,我明早便到夏那儿去,以免看见凌吉士又痛苦,这痛苦已缠缚我如是之久了!

三月二十六

为了一种纠缠而去,但又遭逢着另一种纠缠,我不得不又急速的转来了。我去夏那儿的第二天,梦如便去了。虽说她是看另一人去的,但使我感到很不快活。夜晚,她大发其对感情的一种新近所获得的议论,隐隐的含着讥刺向我,我默然。为不愿让她更得意,我睁着眼,睡在夏的床上等到天明,才忍着气转来……

毓芳告诉我,说西山房子已找好了,并且另外替我邀了一个女伴。也是养病的,而这女伴同毓芳又是很好的朋友。听到这消息,应该是很欢喜吧,但我刚刚在眉头舒展了一点喜色,一种默然的凄凉便罩上了。虽说我从小便离开家。在外面混,但都有我的亲戚朋友随着我。这次上西山,固然说起来离城只是几十里,但在我,一个活了二十岁的人,开始一人跑到陌生的地方去,还是第一次。假使我竟无声无息的死在那山上,谁是第一个发现我死尸的? 我能担保我不会死在那里吗? 也许别人会笑我担忧到这些小事,而我却真的哭过。当我问毓芳舍不舍得我时,毓芳却笑,笑我问小孩话,说这一点点路有什么舍不得,直到毓芳答应我每礼拜上山一次,我才不好意思地揩干眼泪。

下午我到苇弟那儿去,苇弟也说他一礼拜上山一次,填毓芳不去的空日。

回来已夜了,我一人寂寂寞寞地收拾东西,想到我要离开北京的这些朋友们,我又哭了。但一想到朋友们都未曾向我流泪,我又擦去我脸上的泪痕。我又将一人寂寂寞寞地离开这古城。

在寂寞里,我又想到凌吉士了,其实。话不是这样说,凌吉士简直不能说"想起""又想起",完全是整天都在系念到他,只能说:"又来讲我的凌吉士吧。"这几天我故意造成的离别,在我是不可计的损失,我本想放松他,而我把他捏得更紧了。我既不能把他从心里压根儿拔去,我为什么要躲避着不见他的面呢? 这真使我懊恼,我不能便如此同他离别,这样寂寂寞寞的走上西山……

三月二十七

一早毓芳便上西山去了,去替我布置房子,说好明天我便去。为她这番盛情,我应怎样去找得那些没有的字来表示我的感谢? 我本想再呆一天在城里。也不好说了。

我正焦急的时候,凌吉士才来,我握紧他双手,他说:

"莎菲! 几天没见你了!"

我很愿意这时我能哭出来,抱着他哭,但眼泪只能噙在眼里,我只好又笑了。他听见明天我要上山时,显出的那惊诧和嗟叹,很安慰到我,于是我真的笑了。他见到我笑,便把我的手反捏得紧紧的,紧得使我生痛。他怨恨似的说:

"你笑! 你笑!"

这痛,是我从未有过的舒适,好像心里也正锥下去一个什么东西,我很想倒向他的手腕,而这时苇弟却来了。

苇弟知道我恨他来,他偏不走。我向凌吉士使眼色,我说:"这点钟有课吧?"于是我送凌吉士出来。他问我明早什么时候走,我告他;问他还来不来呢,他说回头便来;于是我望着他快乐了,我忘了他是怎样可鄙的人格,和美的相貌了,这时他在我的眼里,是一个传奇中的情人。哈,莎菲有一个情人了!……

三月二十七晚

自从我赶走苇弟到这时已整整五个钟头了。在这五点钟里,我应怎样才想得出一个恰好的名字来称呼它?像热锅上的蚂蚁在这小房子里不安的坐下,又站起,又跑到门缝边瞧,但是——他一定不来了,他一定不来了,于是我又想哭,哭我走得这样凄凉,北京城就没有一个人陪我一哭吗?是的,我应该离开这冷酷的北京,为什么我要舍不得这板床,这油腻的书桌,这三条腿的椅子……是的,明早我就要走了,北京的朋友们不会再腻烦莎菲的病。为了朋友们轻快舒适,莎菲便为朋友们死在西山也是该的!但如此让莎菲一人看不着一点热情孤孤寂寂的上山去,想来莎菲便不死,也不会有损害或激动于人心吧……不想了!不想!有什么可想的?假使莎菲不如此贪心攫取感情,那莎菲不是便很可满足于那些眉目间的同情了吗?……

关于朋友,我不说了。我知道永世也不会使莎菲感到满足这人间的友谊的!

但我能满足些什么呢?凌吉士答应来,而这时已晚上九点了。纵是他来了,我会很快乐吗?他会给我所需要的吗?……

想起他不来,我又该痛恨自己了!在很早的从前,我懂得对付哪一种男人应用哪一种态度,而现在反蠢了。当我问他还来不来时,我怎能显露出那希求的眼光,在一个漂亮人面前是不应老实,让人瞧不起……但我爱他,为什么我要使用技巧?我不能直接向他表明我的爱吗?并且我觉得只要于人无损,便吻人一百下,为什么便不可以被准许呢?

他既答应来,而又失信,显见得是在戏弄我。朋友,留点好意在莎菲走时,总不至于是一种损失吧。

今夜我简直狂了。语言,文字是怎样在这时显得无用!我心像被许多小老鼠啃着一样,又像一盆火在心里燃烧。我想把什么东西都摔破,又想冒着夜气在外面乱跑,我无法制止我狂热的感情的激荡,我躺在这热情的针毡上,反过去也刺着,翻过来也刺着,似乎我又是在油锅里听到那油沸的响声,感到浑身的灼热……为什么我不跑出去呢?我等着一种渺茫的无意义的希望到来!哈……想到红唇,我又癫了!假使这希望是可能的话——我独自又忍不住笑,我再三再四反复问我自己:"爱他吗?"我更笑了。莎菲不会傻到如此地步去爱上南洋人。难道因了我不承认我的爱,便不可以被人准许做一点儿于人无损的事?

假使今夜他竟不来,我怎能甘心便愤然上西山去……

唉!九点半了!

九点四十分!

三月二十八晨三时

莎菲生活在世上,要人们了解她体会她的心太热太恳切了,所以长远的沉溺在失望的苦恼中,但除了自己,谁能够知道她所流出的眼泪的分量?

在这本日记里,与其说是莎菲生活的一段记录,不如直接算为莎菲眼泪的每一个点滴,是在莎菲心上,才觉得更切实。然而这本日记现在要收束了,因为莎菲已无需乎此——用眼泪来泄愤和安慰,这原因是对于一切都觉得无意识,流泪更是这无意识的极深的表白。可是在这最后一页的日记上,莎菲应该用快乐的心情来庆祝,她从最大的失望中,蓦然得到了满足,这满足似乎要使人快乐得死才对。但是我,我只从那满足中感到胜利,从这胜利中得到凄凉,而更深的认识我自己的可怜处,可笑处,因此把我这几月来所萦萦于梦想的一点"美"反缥缈了,——这个美便是那高个儿的丰仪!

我应该怎样来解释呢?一个完全癫狂于男人仪表上的女人的心理!自然我不会爱他,这不会爱,很容易说明,就是在他丰仪的里面是躲着一个何等卑丑的灵魂!可是我又倾慕他,思念他,甚至于没有他,我就失掉一切生活意义了;并且我常常想,假使有那么一日,我和他的嘴唇合拢来,密密的,那我的身体就从这心的狂笑中瓦解去,也愿意。其实,单单能获得骑士般的那人儿的温柔的一抚摩,随便他的手尖触到我身上的任何部分，因此就牺牲一切，我也肯。

我应当发癫，因为这些幻想中的异迹，梦似的，终于毫无困难的都给我得到了。但是从这中间，我所感到的是我所想象的那些会醉我灵魂的幸福吗？不啊！

当他——凌吉士——晚间十点钟来到时候，开始向我嗫嚅地表白，说他是如何的在想我……还使我心动过好几次；但不久我看到他那被情欲燃烧的眼睛，我就害怕了。于是从他那卑劣的思想中发出的更丑的誓语，又振起我的自尊心！假使他把这串浅薄肉麻的情话去对别个女人说，一定是很动听的，可以得一个所谓的爱的心吧。但他却向我，就由这些话语的力，把我推得隔他更远了。唉，可怜的男子！神既然赋与你这样的一副美形，却又暗暗的捉弄你，把那样一个毫不相称的灵魂放到你人生的顶上！你以为我所希望的是"家庭"吗？我所欢喜的是"金钱"吗？我所骄傲的是"地位"吗？"你，在我面前，是显得多么可怜的一个男子啊！"我真要为他不幸而痛哭，然而他依样把眼光镇住我脸上，是被情欲之火燃烧得如何的怕人！倘若他只限于肉感的满足，那么他倒可以用他的色来摧残我的心；但他却哭声地向我说："莎菲，你信我，我是不会负你的！"啊，可怜的人，他还不知道在他面前的这女人，是用如何的轻蔑去可怜他的这些做作，这些话！我竟忍不住笑出声来，说他也知道爱，会爱我，这只是近于开玩笑！那情欲之火的巢穴——那两只灼闪的眼睛，不正宣布他除了可鄙的浅薄的需要，别的一切都不知道吗？

"喂，聪明一点，走开吧，韩家潭那个地方才是你寻乐的场所！"我既然认清他，我就应该这样说，教这个人类中最劣种的人儿滚出去。然而，虽说我暗暗的在嘲笑他，但当他大胆的贸然伸开手臂来拥我时，我竟又忘了一切，我临时失掉了我所有的一些自尊和骄傲，我完全被那仅有的一副好丰仪迷住了，在我心中，我只想，"紧些！多抱我一会儿吧，明早我便走了。"假使我那时还有一点自制力，我该会想到他的美形以外的那东西，而把他像一块石头般，丢到房外去。

唉！我能用什么言语或心情来痛悔？他，凌吉士，这样一个可鄙的人，吻了我！我静静默默地承受着！但那时，在一个温润的软热的东西放到我脸上，我心中得到的是些什么呢？我不能像别的女人一样晕倒在她那爱人的臂膀里。我张大着眼睛望他，我想："我胜利了！我胜利了！"因为他所使我迷恋的那东西，在吻我时，我已知道是如何的滋味——我同时鄙夷我自己了！于是我忽然伤心起来，我把他用力推开，我哭了。

他也许忽略了我的眼泪，以为他的嘴唇给我如何的温软，如何的嫩腻，把我的心融醉到发迷的状态里吧，所以他又挨我坐着，继续说了许多所谓爱情表白的肉麻话。

"何必把你那令人惋惜处暴露得无余呢？"我真这样的又可怜起他来。

我说："不要乱想吧，说不定明天我便死去了！"

他听着，谁知道他对于这话是得到怎样的感触？他又吻我，但我躲开了，于是那嘴唇便落到我手上……

我决心了，因为这时我有的是充足的清晰的脑力，我要他走，他带点抱怨颜色，缠着我。我想"为什么你也是这样傻劲呢？"他直挨到夜十二点半钟才走。

他走后，我想起适间的事情。我用所有的力量，来痛击我的心！为什么呢，给一个如此我看不起的男人接吻？既不爱他，还嘲笑他，又让他来拥抱？真的，单凭了一种骑士般的风度，就能使我堕落到如此地步吗？

总之，我是给我自己糟踏了，凡一个人的仇敌就是自己，我的天，这有什么法子去报复而偿还一切的损失？

好在在这宇宙间，我的生命只是我自己的玩品，我已浪费得尽够了，那么因这一番经历而使我更陷到极深的悲境里去，似乎也不成一个重大的事件。

但是我不愿留在北京，西山更不愿去了，我决计搭车南下，在无人认识的地方，浪费我生命的余剩；因此我的心从伤痛中又兴奋起来，我狂笑的怜惜自己：

"悄悄的活下来，悄悄的死去，啊！我可怜你，莎菲！"

边城（故事梗概）

沈从文

20世纪初叶的湘西边境有一个叫茶峒的小城市，近代中国社会的变乱好像还传不到这里。在这里苗蛮杂处一片宁静和平，人们也莫不质朴厚道。在碧溪嘴白塔下有一个老人和他的外孙女翠翠，靠在河上摆渡过活。翠翠的母亲与父亲十几年前自杀殉情，丢下老人独自抚养这个遗孤。翠翠大了，老人老了，老人想把翠翠交给一个可靠的人才觉得放心。翠翠在这自然中生长着，天真活泼，清明如水。城里管码头的顺顺，有一双儿子，名叫天保和傩送。二人也在这自然的养育下勇敢而豪爽，诚实而热情。两年前的端午节，翠翠与傩送在河边第一次相遇，傩送爱上翠翠，翠翠下意识里已朦胧生出对傩送的爱恋。然而不巧的是天保也爱上了翠翠。

天保托人向老船夫探口风。老船夫就转话问天保他是想走车路还是马路。车路就是让天保的父亲请了媒人来说亲，若走马路就站在渡口对溪高崖上，为翠翠唱三年六个月的歌。天保当真请了媒人，向船夫提亲。但翠翠不曾回答，老船夫思前想后，明白了翠翠爱的是傩送。为了避免女儿的悲剧在孙女身上重演，他让翠翠自己做主。傩送明白天保也爱翠翠，便提出二人公平竞争，按这里的风俗轮流对翠翠唱歌，谁唱动了翠翠的心，翠翠便归谁。天保自知不敌，乘船下行不小心跌入激流淹死。傩送也远走他乡。老船夫在孤独中于一个雷雨交加的夜晚伴随白塔的坍塌而死去，留下翠翠独自守在渡口，等待傩送的归来。这个人也许永远不回来了，也许明天回来！

龙　朱

沈从文

写在"龙朱"一文之前

这一点文章,作在我生日,送与那供给我生命,父亲的妈,与祖父的妈,以及其同族中仅存的人一点薄礼。

血管里流着你们民族健康的血液的我,二十七年的生命,有一半为都市生活所吞噬,中着在道德下所变成虚伪庸懦的大毒,所有值得称为高贵的性格,如那热情、与勇敢、与诚实、早已完全消失殆尽,再也不配说是出自你们一族了。

你们给我的诚实,勇敢,热情,血质的遗传,到如今,向前证实的特性机能已荡然无余,生的光荣早随你们已死去了。

皮面的生活常使我感到悲怆,内在的生活又使我感到消沉。我不能信仰一切,也缺少自信的勇气。

我只有一天忧郁一天下来。忧郁占了我过去生活的全部,未来也仍然如骨附肉。你死去了百年。另一时代的白耳族王子,你的光荣时代,你的混合血泪的生涯,所能唤起这被现代社会蹂躏过的男子的心,真是怎样微弱的反应! 想起了你们,描写到你们,情感近于被阉割的无用人,所有的仍然还是那忧郁!

第一　说这个人

白耳族苗人中出美男子,仿佛是那地方的父母全会参预过雕塑阿波罗神的工作,因此把美的模型留给儿子了。族长儿子龙朱年十七岁,为美男子中之美男子。这个人,美丽强壮像狮子,温和谦驯如小羊。是人中模型。是权威。是力。是光。种种比譬全是为了他的美。其他的德行则与美一样,得天比平常人都多。

提到龙朱相貌时,就使人生一种卑视自己的心情。平时在各样事业得失上全引不出妒嫉的神巫,因为有次望到龙朱的鼻子,也立时变成小气,甚至于想用钢刀去刺破龙朱的鼻子。这样与天作难的倔强野心却生之于神巫,到后又却因为这美,仍然把这神巫克服了。

白耳族,以及乌婆、倮倮、花帕、长脚各族,人人都说龙朱相貌长得好看,如日头光明,如花新鲜。正因为说这样话的人太多,无量的阿谀,反而烦恼起龙朱了。好的风仪用处不是得阿谀。(龙朱的地位,已就应当得到各样人的尊敬歆羡了。)既不能在女人中煽动勇敢的悲欢,好的风仪全成为无意思之事。龙朱走到水边去,照过了自己,相信自己的好处,又时时用铜镜观察自己,觉得并不为人过誉。然而结果如何呢? 因为龙朱不像是应当在每个女子理想中的丈夫那么平常,因此反而与妇女们离远了。

女人不敢把龙朱当成目标,做那荒唐艳丽的梦,并不是女人的错。在任何民族中,女子们,不能把神做对象,来热烈恋爱,来流泪流血,不是自然的事么? 任何种族的妇人,原永远是一种胆小知分的兽类,要情人,也知道要什么样情人为合乎身份。纵其中并不乏勇敢不知事故的女子,也自然能从她的不合理希望上得到一种好教训,相貌堂堂是女子倾心的原由,但一个过分美观的身材,却只作成了与女子相远的方便。谁不承认狮子是孤独? 狮子永远是孤独,就只为了狮子全身的纹彩与众不同。

龙朱因为美,有那与美同来的骄傲? 不,凡是到过青石冈的苗人,全都能赌咒作证,否认这个事。人人总说总爷的儿子，从不用地位虐待过人畜，也从不闻对长年老辈妇人女子失过敬礼。在称赞龙朱的人口中，总还不忘同时提到龙朱的相貌。全砦中，年青汉子们，有与老年人争吵事情时，老人词穷，就必定说，我老了，你青年人，干吗不学龙朱谦恭对待长辈？这青年汉子，若还有羞耻心存在，必立时遁去，不说话，或立即认错，作揖陪礼。一个妇人与人谈到自己儿子，总常说，儿子若能像龙朱，那就卖自己与江西布客，让儿子得钱花用，也愿意。所有未出嫁的女人，都想自己将来有个丈夫能与龙朱一样。所有同丈夫吵嘴的妇人，说到丈夫时，总说你不是龙朱，真不配管我磨我；你若是龙朱，我做牛做马也甘心情愿。

还有，一个女人的她的情人，在山峒里约会，男子不失约，女人第一句赞美的话总是"你真像龙朱。"其实这女人并不曾同龙朱有过交情，也未尝听到谁个女人同龙朱约会过。

一个长得太标致了的人，是这样常常容易为别人把名字放到口上咀嚼！

龙朱在本地方远远近近，得到的尊敬爱重，是如此。然而他是寂寞的。这人是兽中之狮，永远当独行无伴！

在龙朱面前，人人觉得是卑小，把男女之爱全抹杀，因此这族长的儿子，却永无从爱女人了。女人中，属于乌婆族，以出产多情多才貌女子著名地方的女人，也从无一个敢来在龙朱面前，闭上一只眼，荡着她上身，同龙朱挑情。也从无一个女人，敢把她绣成的荷包，掷到龙朱身边来。也从无一个女人敢把自己姓名与龙朱姓名编成一首歌，来到跳舞时节唱。然而所有龙朱的亲随，所有龙朱的奴仆，又正因为美，正因为与龙朱接近，如何的在一种沉醉狂欢中享受这些年青女人小嘴长臂的温柔！

"寂寞的王子，向神请求帮忙吧。"

使龙朱生长得如此壮美，是神的权力，也就是神所能帮助龙朱的唯一事。至于要女人倾心，是人为的事啊！

要自己，或他人，设法使女人来在面前唱歌，狂中裸身于草席上面献上贞洁的身，只要是可能，龙朱不拘牺牲自己所有何物，都愿意。然而不行。任怎样设法，也不行。七梁桥的洞口终于有合拢的一日，有人能说在这高大山洞合拢以前，龙朱能够得到女人的爱，是不可信的事。

不是怕受天责罚，也不是另有所畏，也不是预言者曾有明示，也不是族中法律限止，自自然然，所有女人都将她的爱情，给了一个男子，轮到龙朱却五分了。民族中积习，折磨了天才与英雄，不是在事业上粉骨碎身，便是在爱情中退位落伍，这不是仅仅白耳族王子的寂寞，他一种族中人，总不缺少同样故事！

在寂寞中，龙朱是用骑马猎狐以及其他消遣把日子混过了。

日子过了四年，他二十一岁。

四年后的龙朱，没有与以前日子龙朱两样处，若说无论如何可以指出一点不同来，那就是说如今的龙朱，更像一个好情人了。年龄在这个神工打就的身体上，加上了些更表示"力"的东西，应长毛的地方生长了茂盛的毛，应长肉的地方增加了结实的肉。一颗心。则同样因为年龄所补充的，是更其能顽固的预备要爱了。

他越觉得寂寞。

虽说七梁洞并未有合拢，二十一岁的人年纪算青，来日正长，前途大好，然而什么时候是那补偿填还时候呢？有人能作证，说天所给别的男子的，幸福与苦恼，也将同样给龙朱么？有人敢包，说到另一时，总有女子来爱龙朱么？

白耳族男女结合，在唱歌庆大年时，端午时，八月中秋时，以及跳年刺牛大祭时，男女成群唱，成群舞。女人们，各穿了峒锦衣裙，各戴花擦粉，供男子享受。平常时，在好天气下，或早或晚，在山中深洞，在水滨，唱着歌，把男子吸到一块来，即在太阳下或月亮下，成了熟人，做着只有顶熟的人可做的事。在此习惯下，一个男子不能唱歌他是种羞辱，一个女子不能唱歌她不会得到好的丈夫。抓出自己的心，放在爱人的面前，方法不是钱，不是貌，不是门阀也不是假装的一切，只有真实热情的歌。所唱的，不拘是健壮乐观，是忧郁，是怒，是恼，是眼泪，总之还是歌。一个多情的鸟绝不是哑鸟。一个人在爱情上无力勇敢自白，那在一切事业上也全是无希望可言，这样人决不是好人！

那么龙朱必定是缺少这一项，所以不行了。

事实又并不如此。龙朱的歌全为人引作模范的歌，用歌发誓的男子妇人，全采用龙朱誓歌那一个韵。

一个情人被对方的歌窘倒时，总说及胜利人拜过龙朱作歌师傅的话。凡是龙朱的声音，别人都知道。凡是龙朱唱的歌，无一个女人敢接声。各样的超凡入圣，把龙朱摒除于爱情之外，歌唱得太好，也仿佛成为一种吃亏理由了。

有人拜龙朱作歌师傅的话，也是当真的。手下的用人，或其他青年汉子，在求爱时腹中歌词为女人逼尽，或者爱情扼着了他的喉咙，歌不出心中的事时，来请教龙朱，龙朱总不辞。经过龙朱的指点，结果是多数把女子引到家，成了管家妇。或者到山峒中，互相把心愿了销。熟读龙朱的歌的男子，博得美貌善歌的女人倾心，也有过许多人。但是歌师傅永远是歌师傅，直接要龙朱教歌的，总全是男子，并无一个青年女人。

龙朱是狮子，只有说这个人是狮子，可以作我们对于他的寂寞得到一种解释！

年青女人到什么地方去了呢？懂到唱歌要男人的，都给一些歌战胜，全引诱尽了。凡是女人都明白情欲上的固持是一种痴处，所以女人宁愿意减价卖出，无一个敢屯货在家。如今是只能让日子过去一个办法，因了日子的推迁，希望那新生的犊中也有那不怕狮子的犊在。

龙朱是常常这样自慰着度着每个新的日子。我们也不要把话说尽，在七梁桥洞口合拢以前，也许龙朱仍然可以遇着与这个高贵的人身份相称的一种机运！

第二　说一件事

中秋大节的月下整夜歌舞，已成了过去的事了。大节的来临，反而更寂寞，也成了过去的事了。如今是九月。打完谷子了。拾完桐子了。红薯早挖完全下地窖了。冬鸡已上孵，快要生小鸡了。连日晴明出太阳。天气冷暖宜人。年青妇人全都负了柴耙同笼上坡耙草。各见坡上都有歌声。各处山峒里，都有情人在用干草铺就并撒有野花的临时床上并排坐或并头睡。这九月是比春天还好的九月。

龙朱在这样时候更多无聊。出去玩，打鸠本来非常相宜，然而一出门，就听到各处歌声，到许多地方又免不了要碰到那成双的人，于是大门也不敢出了。

无所事事的龙朱，每天只在家中磨刀。这预备在冬天来剥豹皮的刀，是宝物，是龙朱的朋友。无聊无赖的龙朱，是正用着那"一日数摸挲剧于十五女"的心情来爱这宝刀。刀用油在一方小石上磨了多日，光亮到暗中照得见人，锋利到把头发放到刀口，吹一口气发就成两截，然而还是每天把这刀来磨的。

某天，一个比平常日子似乎更像是有意帮助青年男女"野餐"的一天，黄黄的日头照满全村，龙朱仍然磨刀。

在这人脸上有种孤高鄙夷的表情，嘴角的笑纹也变成了一条对生存感到烦厌的线。他时时凝神听察堡外远处女人的尖细歌声，又时时望天空。黄的日头照到他一身，使他身上作春天温暖。天是蓝天，在蓝天作底的景致中，常常有雁鹅排成八字或一字写在那虚空。龙朱望到这些也不笑。

什么事把龙朱变成这样阴郁的人呢？白耳族，乌婆族，保保，花帕，长脚，……每一族的年青女人都应负责，每一对年青情人都应致歉。妇女们，在爱情选择中遗弃了这样完全人物，是委娜丝神不许可的一件事，是爱的耻辱，是民族灭亡的先兆。女人们对于恋爱不能发狂，不能超越一切利害去追求，不能选她顶欢喜的一个人，不论是白耳族还是乌婆族，总之这民族无用，近于中国汉人，也很明显了。

龙朱正磨刀，一个矮矮的奴隶走到他身边来，伏在龙朱的脚边，用手攀他主人的脚。

龙朱瞥了一眼，仍然不做声，因为远处又有歌声飞过来了。

奴隶抚着龙朱的脚也不做声。

过了一阵，龙朱发声了，声音像唱歌，在揉和了庄严和爱的调子中挟着一点愤懑，说，"矮子你又不听我话，做这个样子！"

"主，我是你的奴仆。"

"难道你不想做朋友吗？"

"我的主，我的神，在你面前我永远卑小。谁人敢在你面前平排？谁人敢说他的尊严在美丽的龙朱面前还有存在必须？谁人不愿意永远为龙朱作奴作婢？谁……"龙朱用顿足制止了矮奴的奉承，然而矮奴仍然把最后一句"谁个女子敢想爱上龙朱？"恭维得不得体的话说毕，才站起。

矮奴站起了，也仍然如平常人跪下一般高。矮人似乎真适宜于作奴隶的。

龙朱说，"什么事使你这样可怜？"

"在主面前看出我的可怜，这一天我真值得生存了。"

"你太聪明了。"

"经过主的称赞，呆子也成了天才。"

"我问你，到底有什么事？"

"是主人的事，因为主在此事上又可见出神的恩惠。"

"你这个只会唱歌不会说话的人，真要我打你了。"

矮奴到这时，才把话说到身上。这个时他哭着脸，表示自己的苦恼失望，且学着龙朱生气时顿足的样子。这行为，若在别人猜来，也许以为矮子服了毒，或者肚脐被山蜂所螫，所以作这样子，表明自己痛苦，至于龙朱，则早已明白，猜得出这样的矮子，不出赌输钱或失欢女人两事了。

龙朱不作声，高贵的笑，于是矮子说：

"我的主，我的神，我的事瞒不了你的，在你面前的仆人，是又被一个女子欺侮了。"

"你是一只会唱谄媚曲子的鸟，被欺侮是不会有的事！"

"但是，主，爱情把仆人变蠢了。"

"只有人在爱情中变聪明的事。"

"是的，聪明了，仿佛比其他时节聪明了点，但在一个比自己更聪明的人面前，我看出我自己蠢得像猪。"

"你这土鹦哥平日的本事到什么地方去了？"

"平时哪里有什么本事呢，这只土鹦哥，嘴巴大，身体大，唱的歌全是学来的歌，不中用。"

"把你所学的全唱过，也就很可以打胜仗了。"

"唱过了，还是失败。"

龙朱就皱了一皱眉毛，心想这事怪。

然而一低头，望到矮奴这样矮；便瞭然于矮奴的失败是在身体，不是在咽喉了，龙朱失笑的说，"矮东西，莫非是为你相貌把你事情弄坏了？"

"但是她并不曾看清楚我是谁。若说她知道我是在美丽无比的龙朱王子面前的矮奴，那她定为我引到老虎洞做新娘子了。"

"我不信你。一定是土气太重。"

"主，我赌咒。这个女人不是从声音上量得出我身体长短的人。但她在我歌声上，却把我心的长短量出了。"

龙朱还是摇头，因为自己是即或见到矮人在前，至于度量这矮奴心的长短，还不能够的。

"主，请你信我的话。这是一个美人，许多人唱枯了喉咙，还为她所唱败！"

"既然是好女人，你也就应把喉咙唱枯，为她吐血，才是爱。"

"我喉咙是枯了，才到主面前来求救。"

"不行不行，我刚才还听过你恭维了我一阵，一个真真为爱情绊倒了脚的人，他决不会又能爬起来说别的话！"

"主啊，"矮奴摇着他的大的头颅，悲声的说道，"一个死人在主面前，也总有话赞扬主的完全的美，何况奴仆呢。奴仆是已为爱情绊倒了脚，但一同主人接近，仿佛又勇气勃勃了。主给人的勇气比何首乌补药还强十倍。我仍然要去了。让人家战败了我也不说是主的奴仆，不然别人会笑主用着这样的蠢人，丢了白耳族的光荣！"

矮奴就走了。但最后说的几句话，激起了龙朱的愤怒，把矮子叫着，问，到底女人是怎样的女人。

矮奴把女人的脸，身，以及歌声，形容了一次。矮奴的言语，正如他自己所称，是用一枝秃笔与残余颜色，涂在一块破布上的。在女人的歌声上，他就把所有白耳族青石冈地方有名的出产比喻净尽。说到像甜酒，说到像枇杷，说到像三羊溪的鲫鱼，说到像狗肉，仿佛全是可吃的东西。矮奴用口作画的本领并不蹩脚。

在龙朱眼中，是看得出矮奴饿了，在龙朱心中，则所引起的，似乎也同甜酒狗肉引起的欲望相近。他因了好奇,不相信,就为矮奴设法,说同到矮奴一起去看。

正想设法使龙朱快乐的矮奴,见到主人要出去,当然欢喜极了,就着忙催主人快出砦门到山中去。

不到一会,这白耳族的王子就到山中了。

藏在一积草后面的龙朱,要矮奴大声唱出去,照他所教的唱。先不闻回声。矮奴又高声唱,在对山,在毛竹林里,却答出歌来了。音调是花帕族中女子的音调。

龙朱把每一个声音都放到心上去,歌只唱三句,就止了。

有一句留着待唱歌人解释。龙朱便告给矮奴答复这一句歌。又教矮奴也唱三句出去,等那边解释,歌的意思是:凡是好酒就归那善于唱歌的人喝,凡是好肉也应归善于唱歌的人吃,只是你好的美的女人应当归谁?

女人就答一句,意思是:好的女人只有好男子才配。她且即刻又唱出三句歌来,就说出什么样男子是好男子的称呼。

说好男子时,提到龙朱的名,又提到别的个人的名,那另外两个名字却是历史上的美男子名字,只有龙朱是活人,女人的意思是:你不是龙朱,又不是××××,你与我对歌的人究竟算什么人?

"主,她提到你的名!她骂我!我就唱出你是我的主人,说她只配同主人的奴隶相交。"

龙朱说,"不行,不要唱了。"

"她胡说,应当要让她知道是只够得上为主人搓脚的女子!"

然而矮奴见到龙朱不作声,也不敢口唱出去了。龙朱的心是深深沉到刚才几句歌中去了,他料不到有女人敢这样大胆。虽然许多女子骂男人时,都总说,"你不是龙朱。"这事却又当别论了。因为这时谈到的正是谁才配爱她的问题,女人能提出龙朱名字来,女人骄傲也就可知了。龙朱想既然是这样,就让她先知道矮奴是自己的用人,再看情形是如何。

于是矮奴照到龙朱所教的,又唱了四句。歌的意思是:吃酒糟的人何必说自己量大,没有根柢的人也休想同王子要好,若认为搀了水的酒总比酒精还行,那与龙朱的用人恋爱也就可以写意了。

谁知女子答得更妙,她用歌表明她的身份,说,只有乌婆族的女人才同龙朱用人相好,花帕族女人只有外族的王子可以论交,至于花帕苗中的自己,是预备在白耳族与男子唱歌三年,再来同龙朱对歌的。

矮子说,"我的主,她尊视了你,却小看了你的仆人,我要解释我这无用的人并不是你的仆人,免得她耻笑!"

龙朱对矮奴微笑,说,"为什么你不说,应当说'你对山的女子,胆量大就从今天起来同我龙朱主人对歌'呢?你不是先才说到要她知道我在此,好羞辱她吗?"

矮奴听到龙朱说的话,还不很相信得过,以为这只是主人的笑话。他哪里会想到主人因此就会爱上这个狂妄大胆的女人。他以为女人不知对山有龙朱在,唐突了主人,主人纵不生气,自己也应当生气。告女人龙朱在此,则女人虽觉得羞辱了,可是自己的事情也完了。

龙朱见矮奴迟疑,不敢接声,就打一声吆喝,让对山人明白,表示还有接歌的气概,尽女人起头。龙朱的行为使矮奴发急,矮奴说,"主,你在这儿我是没有歌了。"

"你照到意思唱,问她胆子既然这样大,就拢来,看看这个如虹如日的龙朱。"

"我当真要她来?"

"当真!要来我看是什么女人,敢轻视我们白耳族说不配同花帕族女子相好!"

矮奴又望了望龙朱,见主人情形并不是在取笑他的用人,就全答应下来了。他们于是等待着女子的歌声。稍稍过了些时间,女子果然又唱起来了。歌的意思是:对山的雀你不必叫了,对山的人你也不必唱了,还是想法子到你龙朱王子的奴仆前学三年歌,再来开口。

矮奴说,"主,这话怎么回答?她要我跟龙朱的用人学三年歌,再开口,她还是不相信我是你最亲信的奴仆,还是在骂我白耳族的全体!"

龙朱告矮奴一首非常有力的歌,唱过去,那边好久好久不回。矮奴又提高喉咙唱。回声来了,大骂矮子,说矮奴偷龙朱的歌,不知羞,至于龙朱这个人,却是值得在走过的路上撒花的。矮子烂了脸,不知所答。年青的龙朱,再也不能忍下去了,小小心心,压着了喉咙,平平的唱了四句。声音的低平仅仅使对山一处可以明白，龙朱是正怕自己的歌使其他男女听到，因此哑喉半天的。龙朱的歌意思就是说：唱歌的高贵女人，你常常提到白耳族一个平凡的名字使我惭愧，因为我在我族中是最无用的人，所以我族中男子在任何地方都有情人，独名字在你口中出入的龙朱却仍然是独身。

不久，那一边像思索了一阵，也幽幽的唱和起来了，歌的是：你自称为白耳族王子的人我知道你不是，因为这王子有银钟的声音，本来拿所有花帕苗年青的女子供龙朱作垫还不配，但爱情是超过一切的事情，所以你也不要笑我。所歌的意思，极其委婉谦和，音节又极其整齐，是龙朱从不闻过的好歌。因为对山的女人不相信与她对歌的是龙朱，所以龙朱不由得不放声唱了。

这歌是用白耳族顶精粹的言语，自白耳族顶纯洁的一颗心中摇着，从白耳族一个顶甜蜜的口中喊出，成为白耳族顶热情的音调，这样一来，所有一切声音仿佛全哑了。一切鸟声与一切远处歌声，全成了这王子歌时和拍的一种碎声，对山的女人，从此沉默了。

龙朱的歌一出口，矮奴就断定了对山再不会有回答。这时等了一阵，还无回声，矮奴说，"主，一个在奴仆当来是劲敌的女人，不在王的第二句歌已压倒了。这女人不久还说到大话，要与白耳族王子对歌，她学三十年还不配！"

矮奴不问龙朱意见，许可不许可，就又用他不高明的中音唱道："你花帕族中说大话的女子，大话是以后不用再说了，若你欢喜作白耳族王子仆人的新妇，他愿意你过来见他的主同你的夫。"

仍然不闻有回声。矮奴说。这个女人莫非害羞上吊了。矮奴说的只是笑话，然而龙朱却说出过对山看看的话了。龙朱说后就走，向谷里下去。跟到后面追着，两手拿了一大把野黄菊同山红果的，是想做新郎的矮奴。

矮奴常说，在龙朱王子面前，跛脚的人也能跃过阔涧。这话是真的。如今的矮奴，若不是跟了主人，这身长不过四尺的人，就决不会像腾云驾雾一般的飞！

第三　唱歌过后一天

"狮子，我说过你，永远是孤独的！"白耳族为一个无名勇士立碑，曾有过这样句子。

龙朱昨天并没有寻到那唱歌人。到女人所在处的毛竹林中时，不见人。人走去不久，只遗了无数野花。跟到各处追，还是不遇。各处找遍了，见到不少好女子，女人见到龙朱来，识与不识都立起来怯怯的如为龙朱的美所征服。见到的女子，问矮奴是不是那一个人，矮奴总摇头。

到后龙朱又重复回到女人唱歌地方。望到这个野花的龙朱，如同嗅到血腥气的小豹，虽按捺到自己咆哮，仍不免要憎恼矮奴走得太慢。其实则走在前面的是龙朱，矮奴则两只脚像贴了神行符，全不自主，只仿佛像飞。不过女人比鸟儿，这称呼得实在太久了，不怕白耳族王子主仆走得怎样飞快，鸟儿毕竟是先已飞到远处去了！

天气渐渐夜下来，各处有雀叫，各处有炊烟，龙朱废然归家了。那想作新郎的矮奴，跟在主人的后面，把所有的花丢了，两只长手垂到膝下，还只说见到了她非抱她不可，万料不到自己是拿这女人在主人面前开了多少该死的玩笑。天气当时原是夜下来了。矮奴是跟在龙朱王子的后面，想不到主人的颜色。一个聪明的仆人，即或怎样聪明，总也不会闭了眼睛知道主人的心中事！

龙朱过的烦恼日子以昨夜为最坏。半夜睡不着，起来怀了宝刀，披上一件豹皮褂，走到堡墙上去外望。无所闻，无所见，人目的只是远山上的野烧明灭。各处村庄全睡尽了。大地也睡了。寒月凉露，助人悲思，于是白耳族的王子，仰天叹息，悲叹自己。且远处山下，听到有孩子哭，好像半夜醒来吃奶时情形，龙朱更难自遣。

龙朱想，这时节，各地各处，那洁白如羔羊温和如鸽子的女人，岂不是全都正在新棉絮中做那好梦？那白耳族的青年，在日里唱歌疲倦了的心，作工疲倦了的身体，岂不是在这时也全得到休息了么？只是那扰乱了白耳族王子的心的女人，这时究竟在什么地方呢？她不应当如同其他女人，在新棉絮中做梦。她不应当有睡眠。她应当这时来思索她所歆慕的白耳族王子的歌声。她应当野心扩张，希望我凭空而下。她应当为思我而流泪，如悲悼她情人的死去。……但是，这究竟是什么人的女儿？

烦恼中的龙朱,拔出刀来,向天作誓,说,"你大神,你老祖宗,神明在左在右:我龙朱不能得到这女人作妻,我永远不与女人同睡,承宗接祖的事我不负责! 若是爱要用血来换时,我愿在神面前立约。斫下一只手也不悔!"

立过誓的龙朱,回到自己的屋中,和衣睡了。睡了不久,就梦到女人缓缓唱歌而来,穿白衣白裙,头发披在身后,模样如救苦救难观世音。女人的神奇,使白耳族王子屈膝,倾身膜拜。但是女人却不理,越走越远了。白耳族王子就赶过去,拉着女人的衣裙,女人回过头就笑。女人一笑龙朱就勇敢了,这王子猛如豹子擒羊,把女人连衣抱起飞向一个最近的山洞中去。龙朱做了男子。龙朱把最武勇的力,最纯洁的血,最神圣的爱,全献给这梦中女子了。

白耳族的大神是能护佑于青年情人的,龙朱所要的,业已由神帮助得到了。

今日里的龙朱,已明白昨天一个好梦所交换的是些什么了,精神反而更充足了一点,坐到那大凳上晒太阳,在太阳下深思人世苦乐的分界。

矮奴走进院中来,仍复来到龙朱脚边伏下,龙朱轻轻用脚一踢,矮奴就乘势一个斤斗,翻然立起。

"我的主,我的神,若不是因为你有时高兴,用你尊贵的脚踢我,奴仆的斤斗决不至于如此纯熟!"

"你该打十个嘴巴。"

"那大约是因为口牙太钝,本来是得白耳族王子跟前的人,无论如何也应比奴仆聪明十倍!"

"唉,矮陀螺,你是又在做戏了。我告了你不知道有多少回,不许这样,难道全都忘记了么? 你大约似乎把我当做情人,来练习一精粹的诌媚技能罢。"

"主,惶恐,奴仆是当真有一种野心,在主面前来练习一种技能,便将来把主的神奇编成历史的。"

"你是近来赌博又输了,总是又缺少钱扳本。一个天才在穷时越显得是天才,所以这时的你到我面前时话就特别多。"

"主啊,是的。是输了。损失不少。但这个不是金钱;是爱情!"

"你肚子这样大,爱情总是不会用尽!"

"用肚子大小比爱情贫富,主的想象是历史上大诗人的想象。不过,……"矮奴从龙朱脸上看出龙朱今天情形不同往日,所以不说了。这据说爱情上赌输了的矮奴,看得出主人有出去的样子,就改口说:"主,今天这样好的天气,是日神特意为主出游而预备的天气,不出去像不大对得起神的一番好意!"

龙朱说,"日神为我预备的天气我倒好意思接受,你为我预备的恭维我可不要了。"

"本来主并不是人中的皇帝,要倚靠恭维而生存。主是天上的虹,同日头与雨一块儿长在世界上的,赞美形容自然是多余。"

"那你为什么还是这样唠唠叨叨?"

"在美的月光下野兔也会跳舞,在主的光明照耀下我当然比野兔聪明一点儿。"

"够了! 随我到昨天唱歌女人那地方去,或者今天可以见到那个人。"

"主呵,我就是来报告这件事。我已经探听明白了。女人是黄牛寨寨主的姑娘。据说这寨主除会酿好酒以外就是会养女儿。据说姑娘有三个,这是第三个,还有大姑娘二姑娘不常出来。不常出来的据说生长得更美。这全是有福气的人享受的! 我的主,当我听到女人是这家人的姑娘时,我才知道我是癞蛤蟆。这样人家的姑娘,为白耳族王子擦背擦脚,勉勉强强。主若是要,我们就差人抢来。"

龙朱稍稍生了气,说,"滚了罢,白耳族的王子是抢别人的女儿的么? 说这个话不知羞么?"

矮奴当真就把身卷成一个球,滚到院的一角去。是这样,算是知着了。然而听过矮奴的话以后的龙朱,怎么样呢? 三个女人就在离此不到三里路的寨上,自己却一无所知,白耳族的王子真是怎样愚蠢! 到第三的小鸟也能到外面来唱歌,那大姐二姐是已成了熟透的桃子多日了。让好的女人守在家中,等候那命运中远方大风吹来的美男子作配,这是神的意思。但是神这意见又是多么自私! 白耳族的王子,如今既明白了,也不要风,也不要雨,自己马上就应当走去!

龙朱不再理会矮奴就跑出去了。矮奴这时正在用手代足走路,作戏法娱龙朱,见龙朱一走,知道主人脾气,也忙站起身追出去。

"我的主,慢一点,让奴仆随在一旁! 在笼中蓄养的雀儿是始终飞不远的,主,你忙有什么用?"

龙朱虽听到后面矮奴的声音，却仍不理会，如飞跑向黄牛寨去。

快要到寨边，白耳族的王子是已全身略觉发热了，这王子，一面想起许多事还是要矮奴才行，于是就蹲到一株大榆树下的青石墩上歇憩。这个地方再有两箭远近就是那黄牛寨用石砌成的寨门了。树边大路下，是一口大井。溢出井外的水成一小溪活活流着，溪水清明如玻璃。井边有人低头洗菜，龙朱望到这人的背影是一个女子，心就一动。望到一个极美的背影还望到一个大大的髻，髻上簪了一朵小黄花，龙朱就目不转睛的注意这背影转移，以为总可有机会见到她的脸。在那边，大路上，矮奴却像一只海豹匍匐气喘走来了。矮奴不知道路下井边有人，只望到龙朱，深恐怕龙朱冒冒失失走进寨去却一无所得，就大声嚷："我的主，我的神，你不能冒昧进去，里面的狗像豹子！

虽说白耳族的王子原是山中的狮子，无怕狗道理，但是为什么让笑话留给这花帕族，说狮子曾被家养的狗吠过呢？"

龙朱也来不及喝止矮奴，矮奴的话却全为洗菜女人听到了。听到这话的女人，就嗤的笑。且知道有人在背后了，才抬起头回转身来，望了望路边人是什么样子。

这一望情形全了然了。不必道名通姓，也不必再看第二眼，女人就知道路上的男子便是白耳族的王子，是昨天唱过了歌今天追跟到此的王子，白耳族王子也同样明白了这洗菜的女人是谁。平时气概轩昂的龙朱看日头不陕眼睛，看老虎也不动心，只略把目光与女人清冷的目光相遇，却忽然觉得全身缩小到可笑的情形中了。女人的头发能击大象，女人的声音能制怒狮，白耳族王子屈服到这寨主女儿面前，也是平平常常的一件事啊！

矮奴走到了龙朱身边，见到龙朱失神失志的情形，又望到井边女人的背影，情形明白了五分。他知道这个女人就是那昨天唱歌被主人收服的女人，且知道这时候无论如何女人也明白蹲在路旁石墩上的男子是龙朱，他不知所措对龙朱作呆样子，又用一手掩自己的口，一手指女人。

龙朱轻轻附到他耳边说，"聪明的扁嘴公鸭，这时节，是你做戏的时节！"

矮奴于是咳了一声嗽。女人明知道了头却不回。矮奴于是把音调弄得极其柔和，像唱歌一样的说道："白耳族王子的仆人昨天做了错事，今天特意来当到他主人在姑娘面前赔礼。不可恕的过失是永远不可恕，因为我如今把姑娘想对歌的人引导前来了。"

女人头不回却轻轻说道：

"跟到凤凰飞的乌鸦也比锦鸡还好。"

"这乌鸦若无凤凰在身边，就有人要拔它的毛……"说出这样话的矮奴，毛虽不被拔，耳朵却被龙朱拉长了。

小子知道了自己猪八戒性质未脱，忙陪礼作揖。听到这话的女人，笑着回过头来，见到矮奴情形，更好笑了。

矮奴望到女人回了头，就又说道：

"我的世界上唯一良善的主人，你做错事了。"

"为什么？"龙朱很奇怪矮奴有这种话，所以问。

"你的富有与慷慨，是各苗族全知道的，所以用不着在一个尊贵的女人面前赏我的金银，那不要紧的。你的良善喧传远近，所以你故意这样教训你的奴仆，别人也相信你不是会发怒的人。但是你为什么不差遣你的奴仆，为那花帕族的尊贵姑娘把菜篮提回，表示你应当同她说说话呢？"

白耳族的王子与黄牛寨主的女儿，听到这话全笑了。

矮奴话还说不完，才责了主人又来自责。他说，"不过白耳族王子的仆人，照理他应当不必主人使唤就把事情做好，是这样也才配说是好仆人——"于是，不听龙朱发言，也不待那女人把菜洗好，走到井边去，把菜篮拿来挂到屈着的肘上，向龙朱眨了一下眼睛，却回头走了。

矮奴与菜篮，全象懂得事，避开了，剩下的是白耳族王子同寨主女儿。

龙朱迟了许久才走到井边去。

一九二八年冬作

鸡鸭名家

汪曾祺

刚才那两个老人是谁？

父亲在洗刮鸭掌。每个蹼蹼都掰开来仔细看过，是不是还有一丝泥垢、一片没有去尽的皮，就像在做一件精巧的手工似的。两副鸭掌白白净净，妥妥停停，排成一排。四只鸭翅，也白白净净，排成一排。很漂亮，很可爱。甚至那两个鸭肫，父亲也把它处理得极美。他用那把我小时就非常熟悉的角柄小刀从栗紫色当中闪着钢蓝色的一个微微凹处轻轻一划，一翻，里面的蕊黄色的东西就翻出来了。洗涮了几次，往鸭掌、鸭翅之间一放，样子很名贵，像一种珍奇的果品似的。我很有兴趣地看着他用洁白的，然而男性的手，熟练地做着这样的事。我小时候就爱看他用他的手做这一类的事，就像我爱看他画画刻图章一样。我和父亲分别了十年，他的这双手我还是非常熟悉。

刚才那两个老人是谁？

鸭掌、鸭翅是刚从鸡鸭店里买来的。这个地方鸡鸭多，鸡鸭店多。鸡鸭店都是回回开的。这地方一定有很多回回。我们家乡回回很少。鸡鸭店全城似乎只有一家。小小一间铺面，干净而寂寞。门口挂着收拾好的白白净净的鸡鸭，很少有人买。我每回走过时总觉得有一种使人难忘的印象袭来。这家铺子有一种什么东西和别家不一样。好像这是一个古代的店铺。铺子在我舅舅家附近，出一个深巷高坡，上大街，拐角第一家便是。主人相貌奇古，一个非常大的鼻子，鼻子上有很多小洞，通红通红，十分鲜艳，一个酒糟鼻子。我从那个鼻子上认得了什么叫酒糟鼻子。没有人告诉过我，我无师自通，一看见就知道："酒糟鼻子！"我在外十年，时常会想起那个鼻子。刚才在鸡鸭店又想起了那个鼻子。现在那个鼻子的主人，那条斜阳古柳的巷子不知怎么样了……

那两个老人是谁？

一声鸡啼，一只金彩烂丽的大公鸡，一个很好看的鸡，在小院子里顾影徘徊，又高傲，又冷清。那两个老人是谁呢，父亲跟他们招呼的，在江边的沙滩上？……

街上回来，行过沙滩。沙滩上有人在分鸭子。四个男子汉站在一个大鸭圈里，在熙熙攘攘的鸭群里，一只一只，提着鸭脖子，看一看，分别丢在四边几个较小的圈里。他们看什么？——四个人都一色是短棉袄，下面皆系青布鱼裙。这一带，江南江北，依水而住，靠水吃水的人，卖鱼的、贩卖菱藕、芡实、芦柴、茭草的，都有这样一条裙子。系了这样一条大概宋朝就兴的布裙，戴上一顶瓦块毡帽，一看就知道是干什么行业的。——看的是鸭头，分别公母？母鸭下蛋，可能价钱卖得贵些？不对，鸭子上了市，多是卖给人吃，很少人家特为买了母鸭下蛋的。单是为了分别公母，弄两个大圈就行了，把公鸭赶到一边，剩下的不都是母鸭了，无须这么麻烦。是公是母，一眼不就看出来，得要那么提起来认一认么？而且，几个圈里灰头绿头都有！——沙滩上安静极了，然而万籁有声，江流浩浩，飘忽着一种又积极又消沉的神秘的向往，一种广大而深微的呼吁，悠悠钒钒，悄怆感人。东北风。交过小雪了，真的入了冬了。可是江南地暖，虽已至"相逢不出手"的时候，身体各处却还觉得舒舒服服，饶有清兴，不很肃杀，天气微阴，空气里潮润润的。新麦、旧柳，抽了卷须的豌豆苗，散过了絮的蒲公英，全都欣然接受这点水气。鸭子似乎也很满意这样的天气，显得比平常安静得多。虽被提着脖子，并不表示抗议。也由于那几个鸭贩子提得是地方，一提起，趁势就甩了过去，不致使它们痛苦。甚至那一甩还会使它们得到筋肉伸张的快感，所以往来走动，煦煦然很自得的样子。人多以为鸭子是很唠叨的动物，其实鸭子也有默处的时候。不过这样大一群鸭子而能如此雍雍雅雅，我还从未见过。它们今天早上大概都得到一顿饱餐了吧？——什么地方送来一阵煮大麦芽的气味，香得很。一定有人用长柄的大铲子在铜锅里慢慢搅和着，就要出糖。——是约约斤两，把新鸭和老鸭分开？也不对。这些鸭子都差不多大，全是当年的，生日不是四月下旬就是五月初，上下差不了几天。骡马看牙口，鸭子不是骡马，也看几岁口？看，也得叫鸭子张开嘴，而鸭子嘴全都闭得扁扁的。黄嘴也是扁扁的，绿嘴也是扁扁的。即使掰开来看，也看不出所以然呀，全都是一圈细锯齿，分不开牙多牙少。看的是嘴。看什么呢？哦，鸭嘴上有点东西，有一道一道印子，是刻出来的。有的一道，有的两道，有的刻一个十字叉叉。哦，这是记号！这一群鸭子不是一家养的。主人相熟，搭伙运过江来了，混在一起，搅乱了，现在再分开，以便各自出卖？对了，对了！不错！这个记号作得实在有道理。

江边风大，立久了究竟有点冷，走吧。

刚才运那一车鸡的两口子不知到了哪儿了。一板车的鸡，一笼一笼堆得很高。这些鸡是他们自己的，还是给别人家运的？我起初真有些不平，这个男人真岂有此理，怎么叫女人拉车，自己却提了两只分量不大的蒲包在后面踱方步！后来才知道，他的负担更重一些。这一带地不平，尽是坑！车子拉动了，并不怎么费力，陷在坑里要推上来可不易。这一下，够瞧的！车掉进坑里了，他赶紧用肩膀顶住。然而一只轱辘怎么弄也上不来。跑过来两个老人（他们原来蹲在一边谈天）。老人之一捡了一块砖煞住后滑的轱辘，推车的男人发一声喊，车上来了！他接过女人为他拾回来的落到地下的毡帽，掸一掸草屑，向老人道了谢："难为了！"车子吱吱咀咀地拉过去，走远了。我忽然想起了两句《打花鼓》：

恩爱的夫妻

槌不离锣

这两句唱腔老是在我心里回旋。我觉得很凄楚。

这个记号作得实在很有道理。遍观鸭子全身，还有其他什么地方可以作记号的呢？不像鸡。鸡长大了，毛色各不相同，养鸡人都记得。在他们眼中，世界没有两只样的鸡。就是被人偷去杀了吃掉，剩下一堆毛，他认也认得清（《王婆骂鸡》中列举了很多鸡的名目，这是一部"鸡典"）。小鸡都差不多，养鸡的人家都在它们的肩翅之间染了颜色，或红或绿，以防走失。我小时颇不赞成，以为这很不好看。但人家养鸡可不是为了给我看的！鸭子麻烦，不能染色。小鸭子要下水，染了颜色，浸在水里，要退。到一放大毛，则普天下的鸭子只有两种样子了：公鸭、母鸭。所有的公鸭都一样，所有的母鸭也都一样。鸭子养在河里，你家养，他家养，难免混杂。可以作记号的地方，一看就看出来的，只有那张嘴。上帝造鸭，没有想到鸭嘴有这个用处吧。小鸭子，嘴嫩嫩的，刻几道一定很容易。鸭嘴是角质，就像指甲，没有神经，刻起来不痛。刻过的嘴，一样吃东西，碎米、浮萍、小鱼、虾蚤、蛆虫……鸭子们大概毫不在乎。不会有一只鸭子发现同伴的异样，呱呱大叫起来："咦！老哥，你嘴上是怎么回事，雕了花了？"当初想出作这样记号的，一定是个聪明人。

然而那两个老人是谁呢？

鸭掌鸭翅已经下在砂锅里。砂锅咕嘟咕嘟响了半天了，汤的气味飘出来，快得了。碗筷摆了出来，就要吃饭了。"那两个老人是谁？"

"怎么？——你不记得了？"

父亲这一反问教我觉得高兴：这分明是两个值得记得的人。我一问，他就知道问的是谁。

"一个是余老五。"

余老五！我立刻知道，是高高大大，广额方颊，一腮帮白胡子茬的那个。——那个瘦瘦小小，目光精利，一小撮山羊胡子，头老是微微扬起，眼角带着一点嘲讽痕迹的，行动敏捷，不像是六十开外的人，是——

"陆长庚。"

"陆长庚？"

"陆鸭。"

陆鸭！这个名字我很熟，人不很熟，不像余老五似的是天天见得到的老街坊。

余老五是余大房炕房的师傅。他虽也姓余，炕房可不是他开的，虽然他是这个炕房里顶重要的一个人。老板和他同宗，但已经出了五服，他们之间只有东伙缘分，不讲亲戚面情。如果意见不和，东辞伙，伙辞东，都是可以的。说是老街坊，余大房离我们家还很有一段路。地名大淖，已经是附郭的最外一圈。大淖是一片大水，由此可至东北各乡及下河诸县。水边有人家处亦称大淖。这是个很动人的地方，风景人物皆有佳胜处。在这里出入的，多是戴瓦块毡帽系鱼裙的朋友。剩小船往北顺流而下，可以在垂杨柳、脆皮榆、茅棚、瓦屋之间，高爽地段，看到一座比较整齐的房子，两旁八字粉墙，几个黑漆大字，鲜明醒目；夏天门外多用芦席搭一凉棚，绿缸里渍着凉茶，任人取用；冬天照例有卖花生薄脆的孩子在门口踢毽子；树顶上飘着做会的纸幡或一串红灯绿灯笼的，那是"行"。一种是鲜货行，代客投牙买卖鱼虾水货、荸荠茨菇、山药芋艿、薏米鸡头，诸种杂物。一种是鸡鸭蛋行。鸡鸭蛋行旁边常常是一家炕房。炕房无字号，多称姓某几房，似颇有古意。其中余大房声誉最著，一直是最大的一家。

余老五成天没有什么事情，老看他在街上逛来逛去，到哪里都提了他那把其大无比，细润发光的紫砂茶壶，坐下来就聊，一聊一半天。而且好喝酒，一天两顿，一顿四两。而且好管闲事。跟他毫无关系的事，他也要挤上来插嘴。而且声音奇大。这条街上茶馆酒肆里随时听得见他的喊叫一样的说话声音。不论是哪两家闹纠纷，吃"讲茶"评理，都有他一份。就凭他的大嗓门，别人只好退避三舍，叫他一个人说！有时炕房里有事，差个小孩子来找他，问人看见没有，答话的人常是说："看没有看见，听倒听见的。再走过三家门面，你把耳朵竖起来，找不到，再来问我！"他一年闲到头，吃、喝、穿、用全不缺。余大房养他。只有每年春夏之间，看不到他的影子了。

多少年没有吃"巧蛋"了。巧蛋是孵小鸡孵不出来的蛋。不知什么道理，有些小鸡长不全，多半是长了一个头，下面还是一个蛋。有的甚至翅膀也有了，只是出不了壳。鸡出不了壳，是鸡生得笨，所以这种蛋也称"拙蛋"，说是小孩子吃不得，吃了书念不好。反过来改成"巧蛋"，似乎就可通融，念书的孩子也马马虎虎准许吃了。这东西很多人是不吃的。因为看上去使人身上发麻，想一想也怪不舒服，总之吃这种东西很不高雅。很惭愧，我是吃过的，而且只好老实说，味道很不错。吃都吃过了，赖也赖不掉，想高雅也来不及了。——吃巧蛋的时候，看不见余老五了。清明前后，正是炕鸡子的时候；接着又炕小鸭，四月。

蛋先得挑一挑。那是蛋行里人的责任。鸡鸭也有"种口"。哪一路的鸡容易养，哪一路的长得高大，哪一路的下蛋多，蛋行里的人都知道。生蛋收来之后，分别放置，并不混杂。分好后，剔一道，薄壳，过小，散黄，乱带，日久，全不要。——"乱带"是系着蛋黄的那道韧带断了，蛋黄偏坠到一边，不在正中悬着了。

再就是炕房师傅的事了。一间不透光的暗屋子，一扇门上开一个小洞，把蛋放在洞口，一眼闭，一眼睁，反复映看，谓之"照蛋"。第一次叫"头照"。头照是照"珠子"，照蛋黄中的胚珠，看是否受过精，用他们的说法，是"有"过公鸡或公鸭没有。没"有"过的，是寡蛋，出不了小鸡小鸭。照完了，这就"下炕"了。下炕后三四天，取出来再照，名为"二照"。二照照珠子"发饱"没有。头照很简单，谁都作得来。不用在门洞上，用手轻握如筒，把蛋放在底下，迎着亮光，转来转去，就看得出蛋黄里有没有晕晕的一个圆影子。二照要点功夫，胚珠是否隆起了一点，常常不易断定。珠子不饱的，要剔下来。二照剔下的蛋，可以照常拿到市上去卖，看不出是炕过的。二照之后，三照四照，隔几天一次。三四照后，蛋就变了。到知道炕里的蛋都在正常发育，就不再动它，静待出炕"上床"。

下了炕之后，不让人随便去看。下炕那天照例是猪头三牲，大香大烛，燃鞭放炮，磕头敬拜祖师菩萨，仪式十分庄严隆重。因为炕房一年就做一季生意，赚钱蚀本，就看这几天。因为父亲和余老五很熟，我随着他去看过。所谓"炕"，是一口一口缸，里头糊着泥和草，下面点着稻草和谷糠，不断用火烘着。火是微火，要保持一定的温度。太热了一炕蛋全熟了，太小了温度透不进蛋里去。什么时候加一点草、糠，什么时候撤掉一点，这是余老五的职份。那两天他整天不离一步。许多事情不用他自己动手。他只要不时看一看，吩咐两句，有下手徒弟照办。余老五这两天可显得重要极了，尊贵极了，也谨慎极了，还温柔极了。他话很少，说话声音也是轻轻的。他的神情很奇怪，总像在谛听着什么似的，怕自己轻轻咳嗽也会惊散这点声音似的。他聚精会神，身体各部全在一种沉湎，一种兴奋，一种极度的敏感之中。熟悉炕房情况的人，都说这行饭不容易吃。一炕下来，人要瘦一圈，像生了一场大病。吃饭睡觉都不能马虎一刻，前前后后半个多月！他也很少真正睡觉。总是躺在屋角一张小床上抽烟，或者闭目假寐，不时就着壶嘴喝一口茶，哑哑地说一句话。一样借以量度的器械都没有，就凭他这个人，一个精细准确而又复杂多方的"表"，不以形求，全以神遇，用他的感觉判断一切。炕房里暗暗的，暖洋洋的，潮濡濡的，笼罩着一种暖昧、缠绵的含情怀春似的异样感觉。余老五身上也有着一种"母性"。（母性！）他身验着一个一个生命正在完成。

蛋炕好了，放在一张一张木架上，那就是"床"。床上垫着棉花。放上去，不多久，就"出"了：小鸡一个一个啄破蛋壳，啾啾叫起来。这些小鸡似乎非常急于用自己的声音宣告也证实自己已经活了。啾啾啾啾，叫成一片，热闹极了。听到这声音，老板心里就开了花。而余老五的眼皮一麻搭，已经沉沉睡去了。小鸡子在街上卖的时候，正是余老五呼呼大睡的时候。他得接连睡几天。——鸭子比较简单，连床也不用上；难的是鸡。

小鸡跟真正的春天一起来，气候也暖和了，花也开了。而小鸭子接着就带来了夏天。画"春江水暖鸭先知"的，往往画出黄毛小鸭。这是很自然的，然而季节上不大对。桃花开的时候小鸭还没有出来。小鸡小鸭都放在浅扁的竹笼里卖。一路走，一路啾啾地叫，好玩极了。小鸡小鸭很可爱。小鸡娇弱伶仃，小鸭傻气而固执。看它们在竹笼里挨挨挤挤，窜窜跳跳，令人感到生命的欢悦。捉在手里，那点轻微的挣扎搔挠，使人心中怦怦然，胸口痒痒的。

余大房何以生意最好？因为有一个余老五。余老五是这行的状元。余老五何以是状元？他炕出来的鸡跟别家的摆在一起，来买的人一定买余老五炕出的鸡，他的鸡特别大。刚刚出炕的小鸡照理是一般大小，上戥子称，分量差不多，但是看上去，他的小鸡要大一圈！那就好看多了，当然有人买。怎么能大一圈呢？他让小鸡的绒毛都出足了。鸡蛋下了炕，几十个时辰。可以出炕了，别的师傅都不敢等到最后的限度，生怕火功水气错一点，一炕蛋整个的废了，还是稳一点。想等，没那个胆量。余老五总要多等一个半个时辰。这一个半个时辰是最吃紧的时候，半个多月的功夫就要在这一会见分晓。余老五也疲倦到了极点，然而他比平常更警醒，更敏锐。他完全变了一个人。眼睛塌陷了，连颜色都变了，眼睛的光彩近乎疯狂。脾气也大了，动不动就恼怒，简直碰他不得，专断极了，顽固极了。很奇怪，他这时倒不走近火炕一步，只是半倚半靠在小床上抽烟，一句话也不说。木床、棉絮，一切都准备好了。小徒弟不放心，轻轻来问一句："起了吧？"摇摇头。——"起了吧？"还是摇摇头，只管抽他的烟。这一会正是小鸡放绒毛的时候。这是神圣的一刻。忽而作然而起："起！"徒弟们赶紧一窝蜂似的取出来，简直是才放上床，小鸡就啾啾啾啾纷纷出来了。余老五自掌炕以来，从未误过一回事，同行中无不赞叹佩服。道理是谁也知道的，可是别人得不到他那种坚定不移的信心。这是才分，是学问，强求不来。

余老五炕小鸭亦类此出色。至于照蛋、煨火，是尤其余事了。

因此他才配提了紫砂茶壶到处闲聊，除了掌炕，一事不管。人说不是他吃老板，是老板吃着他。没有余老五，余大房就不成其为余大房。没有余大房，余老五仍是一个余老五。什么时候，他前脚跨出那个大门，后脚就有人替他把那把紫砂壶接过去。每一家炕房随时都在等着他。每年都有人来跟他谈的，他都用种种方法回绝了。后来实在麻烦不过，他就半开玩笑似的说："对不起，老板连坟地都给我看好了！"

父亲说，后来余大房当真在泰山庙后，离炕房不远处，给他找了一块坟地。附近有一片短松林，我们小时常上那里放风筝。蚕豆花开得闹嚷嚷的，斑鸠在叫。

余老五高高大大，方肩膀，方下巴，到处方。陆长庚瘦瘦小小，小头，小脸。八字眉。小小的眼睛，不停地眨动。嘴唇秀小微薄而柔软。他是一个农民，举止言词都像一个农民，安分，卑屈。他的眼睛比一般农民要少一点惊惶，但带着更深的绝望。他不像余老五那样有酒有饭，有寄托，有保障。他是个倒霉的人。他的脸小，可是脸上的纹路比余老五杂乱，写出更多的人生。他有太多没有说出的俏皮笑话，太多没有浪费的风情，他没有爱抚，没有安慰，没有吐气扬眉，没有……他是个很聪明的人，乡下的活计没有哪一件难得倒他。许多活计，他看一看就会，想一想就明白。他是窑庄一带的能人，是这一带茶坊酒肆、豆棚瓜架的一个点缀，一个谈话的题目。可是他的运气不好，干什么都不成功。日子越过越穷，他也就变得自暴自弃，变得懒散了。他好喝酒，好赌钱，像一个不得意的才子一样，潦倒了。我父亲知道他的本事，完全是偶然；他表演了那么一回，也是偶然！

母亲故世之后，父亲觉得很寂寞无聊。母亲葬在窑庄。窑庄有我们的一块地。这块地一直没有收成，沙性很重，种稻种麦，都不相宜，只能种一点豆子，长草。北乡这种瘦地很多，叫做"草田"。父亲想把它开辟成一个小小农场，试种果树、棉花。把庄房收回来，略事装修，他平日就住在那边，逢年过节才回家。我那时才六岁，由一个老奶妈带着，在舅舅家住。有时老奶妈送我到窑庄来住几天。我很少下乡，很喜欢到窑庄来。

我又来了！父亲正在接枝。用来削切枝条的，正是这把拾掇鸭肫的角柄小刀。这把刀用了这么多年了，还是刀刃若新发于硎。正在这时，一个长工跑来了："三爷，鸭都丢了！"

佃户和长工一向都叫我父亲为"三爷"。

"怎么都丢了？"

这一带多河沟港汊，出细鱼细虾，是个适于养鸭的地方。有好几家养过鸭。这块地上的老佃户叫倪二，父亲原说留他。他不干，他不相信从来没有结过一个棉桃的地方会长出棉花。他要退租。退租怎么维生？他要养鸭。从来没有养过鸭，这怎么行？他说他帮过人，懂得一点。没有本钱，没有本钱想跟三爷借。父亲觉得让他种了多年草田，应该借给他钱。不过很替他担心。父亲也托他买了一百只小鸭，由他代养。事发生后，他居然把一趟鸭养得不坏。棉花也长出来了。

"倪二，你不相信我种得出棉花，我也不相信你养得好鸭子。现在地里一朵一朵白的，那是什么？"

"是棉花。河里一只一只肥的，是——鸭子！"

每天早晚，站在庄头，在沉沉雾霭，淡淡金光中，可以看到他喳喳叱叱赶着一大群鸭子经过荡口，父亲常常要摇头："还是不成，不'像'！这些鸭跟他还不熟。照说，都就要卖了，那根赶鸭用的篙子就不大动了，可你看他那忙乎劲儿！"

倪二没有听见父亲说什么，但是远远地看到（或感觉到）父亲在摇头，他不服，他舞着竹篙，说："三爷，您看！"

他的意思是说：就要到八月中秋了，这群鸭子就可以赶到南京或镇江的鸭市上变钱。今年鸡鸭好行市。到那时三爷才佩服倪二，知道倪二为什么要改行养鸭！

放鸭是很苦的事。问放鸭人，顶苦的是什么？"冷清"。放鸭和种地不一样。种地不是一个人，撒种、车水、薅草、打场，有歌声，有锣鼓，呼吸着人的气息。养鸭是一种游离，一种放逐，一种流浪。一大清早，天才露白，撑一个浅扁小船，仅容一人，叫做"鸭撇子"，手里一根竹篙，篙头系着一把稻草或破蒲扇，就离开村庄，到茫茫的水里去了。一去一天，到天擦黑了，才回来。下雨天穿蓑衣，太阳大戴个笠子，天凉了多带一件衣服。"连一个说话的人都没有。"远远地，偶尔可以听到远远地一两声人声，可是眼前只是一群扁毛畜生。有人爱跟牛、羊、猪说话。牛羊也懂人话。要跟鸭子谈谈心可是很困难。这些东西只会呱呱地叫，不停地用它的扁嘴呷喋呷喋地吃。

可是，鸭子肥了，倪二喜欢。

前两天倪二说，要把鸭子赶去卖了。他算了算，刨去行佣、卡钱，连底三倍利。就要赶，问父亲那一百只鸭怎么说，是不是一起卖。今天早上，父亲想起留三十只送人，叫一个长工到荡里去告诉倪二。

"鸭都丢了！"

倪二说要去卖鸭，父亲问他要不要请一个赶过鸭的行家帮一帮，怕他一个人应付不了。运鸭，不像运鸡。鸡是装了笼的。运鸭，还是一只小船，船上装着一大卷鸭圈，干粮，简单的行李，人在船，鸭在水，一路迤迤逦逦地走。鸭子路上要吃活食，小鱼小虾，运到了，才不落膘掉斤两，精神好看。指挥鸭阵，划撑小船，全凭一根篙子。一程十天半月。经过长江大浪，也只是一根竹篙。晚上，找一个沙洲歇一歇，这赶鸭是个险事，不是外行冒充得来的。

"不要！"

他怕父亲再建议他请人帮忙，留下三十只鸭，偷偷地一早把鸭赶过荡，准备过白莲湖，沿漕河寸过江。

长工一到荡口，问人："倪二呢？"

"倪二在白莲湖里。你赶快去看看。叫三爷也去看看。一趟鸭子全散了！"

"散了"，就是鸭子不服从指挥，各自为政，四散逃窜，钻进芦丛里去了，而且再也不出来。这种事过去也发生过。

白莲湖是一口不大的湖，离窑庄不远。出菱，出藕，藕肥白少渣。三五八集期，父亲也带我去过。湖边港汊甚多，密密地长着芦苇。新芦苇很高了，黑森森的。莲蓬已经采过了，荷叶的颜色也发黑了。人过时常有翠鸟冲出，翠绿的一闪，快如疾箭。

小船浮在岸边，竹篙横在船上，倪二呢？坐在一家晒谷场的石辘轴上，手里的瓦块毡帽攥成了一团，额头上破了一块皮。几个人围着他。他好像老了十年。他疲倦了。一清早到现在，现在已经是下午了，他跟鸭子奋斗了半日。他一定还没有吃过饭。他的饭在一个布口袋里，——一袋老锅巴。他木然地坐着，一动不动，不时把脑袋抖一抖，倒像受了震动。——他的脖子里有好多道深沟，一方格，一方格的。颜色真红，好像烧焦了似的。老那么坐着，脚恐怕要麻了。他的脚显出一股傻相。

父亲叫他：

"倪二。"

他像个孩子似的哭起来。

怎么办呢？

围着的人说：

"去找陆长庚，他有法子。"

"哎，除非陆长庚。"

"只有老陆，陆鸭。"

陆长庚在哪里？

"多半在桥头茶馆。"

桥头有个茶馆，是为鲜货行客人、蛋行客人、陆陈行客人谈生意而设的。区里、县里来了什么大人物，也请在这里歇脚。卖清茶，也代卖纸烟、针线、香烛纸枋、鸡蛋糕、芝麻饼、七厘散、紫金锭、菜种、草鞋、写契的契纸、小绿颖毛笔、金不换黑墨、何通记纸牌……总而言之，日用所需，应有尽有。这茶馆照例又是闲散无事人聚赌耍钱的地方。茶馆里备有一副麻将牌（这副麻将牌丢了一张红中，是后配的），一副牌九。推牌九时下旁注的比坐下拿牌的多，站在后面呼吆喝六，呐喊助威。船从桥头过，远远地就看到一堆兴奋忘形的人头人手。船过去，还听得吼叫："七七八八——不要九！"——"天地遇虎头，越大越封侯！"常在后面斜着头看人赌钱的，有人指给我们过，就是陆长庚，这一带放鸭的第一把手，诨号陆鸭，说他跟鸭子能通话，他自己就是一只成了精的老鸭。——瘦瘦小小，神情总是在发愁。他已经多年不养鸭了，现在见到鸭就怕。"不要你多，十五块洋钱。"

赌钱的人听到这个数目都捏着牌回过头来：十五块！十五块在从前很是一个数目了。他们看看倪二，又看看陆长庚。这时牌九桌上最大的赌注是一吊钱三三四，天之九吃三道。

说了半天，讲定了，十块钱。他不慌不忙，看一家地扛通吃，红了一庄，方去。

"把鸭圈拿好。倪二，赶鸭子进圈，你会的？我把鸭吆上来，你就赶。鸭子在水里好弄，上了岸，七零八落的不好捉。"

这十块钱赚得太不费力了！拈起那根篙子（还是那根篙，他拈在手里就是样儿），把船撑到湖心，人仆在船上，把篙子平着，在水上扒打了一气，嘴里啧啧啧咕咕咕不知道叫点什么，赫！——都来了！鸭子四面八方，从芦苇缝里，好像来争抢什么东西似的，拼命地拍着翅膀，挺着脖子，一起奔向他那里小船的四围来。本来平静辽阔的湖面，骤然热闹起来，一湖都是鸭子。不知道为什么，高兴极了，喜欢极了，放开喉咙大叫："呱呱呱呱呱……"不停地把头没进水里，爪子伸出水面乱划，翻来翻去，像一个一个小疯子。岸上人看到这情形都忍不住大笑起来。倪二也抹着鼻涕笑了。看看差不多到齐了，篙子一抬，嘴里曼声唱着，鸭子马上又安静了，文文雅雅，摆摆摇摇，向岸边游来，舒闲整齐有致。兵法：用兵第一贵"和"。这个"和"字用来形容这些鸭子，真是再恰当不过了。他唱的不知是什么，仿佛鸭子都爱听，听得很入神，真怪！

这个人真是有点魔法。

"一共多少只？"

"三百多。"

"三百多少？"

"三百四十二。"

他拣一个高处，四面一望。

"你数数。大概不差了。——嗨！你这里头怎么来了一只老鸭？"

"没有，都是当年的。"

"是哪家养的老鸭教你裹来了！"

倪二分辩。分辩也没用。他一伸手捞住了。

"它屁股一撅，就知道。新鸭子拉稀屎，过了一年的，才硬。鸭肠子搭头的那儿有一个小箍道，老鸭子就长老了。你看看！裹了人家的老鸭还不知道。就知道多了一只！"

倪二只好笑。

"我不要你多，只要两只。送不送由你。"

怎么小气，也没法不送他。他已经到鸭圈子提了两只，一手一只，拎了一拎。

"多重？"

他问人。

"你说多重？"

人问他。

"六斤四，——这一只，多一两，六斤五。这一趟里顶肥的两只。"

"不相信。一两之差也分得出，就凭手拎一拎？"

"不相信？不相信拿秤来称。称得不对，两只鸭算你的；对了，今天晚上上你家喝酒。"

到茶馆里借个秤来，称出来，一点都不错。

"拎都不用拎，凭眼睛，说得出这一趟鸭一个一个多重。不过先得大叫一声。鸭身上有毛，毛蓬松着看不出来，得惊它一惊。一惊，鸭毛就紧了，贴在身上了，这就看得哪只肥，哪只瘦。晚上喝酒了，茶馆里会。不让你费事，鸭杀好。"

他刀也不用，一指头往鸭子三岔骨处一搠，两只鸭挣扎都不挣扎，就死了。

"杀的鸭子不好吃。鸭子要吃呛血的，肉才不老。"

什么事都轻描淡写，毫不装腔作势。说话自然也流露出得意，可是得意中又还有一种对于自己的嘲讽。这是一点本事。可是人最好没有这点本事。他正因为有这些本事，才种种不如别人。他放过多年鸭，到头来连本钱都蚀光了。鸭瘟。鸭子瘟起来不得了。只要看见一只鸭子摇头，就完了。这不像鸡。鸡瘟还有救，灌一点胡椒、香油，能保住几只。鸭，一个摇头，个个摇头，不大一会，都不动了。好几次，一趟鸭子放到荡里，回来时就剩自己一个人了。看着死，毫无办法。他发誓，从此不再养鸭。

"倪老二，你不要肉疼，十块钱不白要你的，我给你送到。今天晚了，你把鸭圈起来过一夜。明天一早我来。三爷，十块钱赶一趟鸭，不算顶贵噢？"他知道这十块钱将由谁来出。

当然，第二天大早来时他仍是一个陆长庚：一夜"七戳五在手"，输得光光的。

"没有！还剩一块！"

这两个老人怎么会到这个地方来呢？他们的光景过得怎么样了呢？

一九四七年初，写于上海
（原载一九四八年第六卷第三期《文艺春秋》）

华威先生

张天翼

转弯抹角算起来——他算是我的一个亲戚。我叫他"华威先生"。他觉得这种称呼不大好。

"嗳,你真是!"他说。"为什么一定要个'先生'呢。你应当叫我'威弟'。再不然叫'阿威'。"

把这件事交涉过了之后,他立刻戴上了帽子:

"我们改日再谈好不好?我总想畅畅快快跟你谈一次——唉,可总是没有时间。今天刘主任起草了一个县长公余工作方案,硬叫我参加意见,叫我替他修改。三点钟又还有一个集会。"

这里他摇摇头,没奈何地苦笑了一下。他声明他并不怕吃苦;在抗战时期大家都应当苦一点。不过——时间总要够支配呀。

"王委员又打了三个电报来,硬要请我到汉口去一趟。这里全省文化界抗敌总会又成立了,一切抗战工作者要领导起来才行。我怎么跑得开呢,我的天!"

于是匆匆忙忙跟我握了握手,跨上他的包车。

他永远挟着他的公文皮包。并且永远带着他那根老粗老粗的黑油油的手杖。左手无名指上带着他的结婚戒指。拿着雪茄的时候就叫这根无名指微微地弯着,而小指翘得高高的,构成一朵兰花的图样。

这个城市里的黄包车谁都不作兴跑,一脚一脚挺踏实地踱着,好像饭后千步似的。可是包车例外:叮当,叮当,叮当——一下子就抢到了前面。黄包车立刻就得往左边躲开,小推车马上打斜。扣子很快地就让到路边。行人赶紧就避到两旁的店铺里去。

包车踏铃不断地响着。钢丝在闪着亮。还来不及看清楚——它就跑得老远老远的了,像闪电一样快。

而——据这里有几位抗战工作者的上层分子的统计——跑得顶快的是那位华威先生的包车。

他的时间很要紧。他说过——

"我恨不得取消晚上睡觉的制度。我还希望一天不止二十四小时。抗战工作实在太多了。"

接着掏出表来看一看,他那一脸丰满的肌肉立刻紧张了起来。眉毛皱着,嘴唇使劲撮着,好像他在把全身的精力都要收敛到脸上似的。他立刻就走:他要到难民救济会去开会。

照例——会场里的人全到齐了坐在那里等着他。他在门口下车的时候总得顺便把踏铃踏它一下:叮!

同志们彼此看着:唔,华威先生到了。有几位透了一口气。有几位可就拉长了脸瞧着会场门口。有一位甚至于要准备决斗似的——抓着拳头瞪着眼。

华威先生的态度很庄严,用种从容的步子走进去,他先前那副忙劲儿好像被他自己的庄严态度消解掉了。他在门口稍为停了一会儿,让大家好把他看个清楚,仿佛要唤起同志们的一种信任心,仿佛要给同志们一种担保——什么困难的大事也都可以放下心来。他并且还点点头。他眼睛并不对着谁,只看着天花板。他是在对整个集体打招呼。

会场里很静。会议就要开始。有谁在那里翻着什么纸张,窸窸窣窣的。

华威先生很客气地坐到一个冷角落里,离主席位子顶远的一角。他不大肯当主席。

"我不能当主席,"他拿着一支雪茄烟打手势。"工人抗战工作协会的指导部今天开常会。通俗文艺研究会的会议也是今天。伤兵工作团也要去的,等一下。你们知道我的时间不够支配:只容许我在这里讨论十分钟。我不能当主席。我想推举刘同志当主席。"

说了就在嘴角上闪起一丝微笑,轻轻地拍几下手板。

主席报告的时候,华威先生不断地在那里括洋火点他的烟。把表放在面前,时不时像计算什么似的看看它。

"我提议!"他大声说,"我们的时间是很宝贵的;我希望主席尽可能报告得简单一点。我希望主席能够在两分钟之内报告完。"

他括了两分钟洋火之后,猛地站了起来。对那正在哇啦哇啦的主席摆摆手:

"好了,好了。虽然主席没有报告完,我已经明白了。我现在还要赴别的会,让我先发表一点意见。"

停了一停。抽两口雪茄,扫了大家一眼。

"我的意见很简单,只有两点,"他舔舔嘴唇,"第一点,就是——每个工作人员不能够怠工。而是相反,要加紧工作。这一点不必多说,你们都是很努力的青年,你们都能热心工作。我很感谢你们。但是还有一点——你们时时刻刻不能忘记,那就是我要说的第二点。"

他又抽了两口烟,嘴里吐出来的可只有热气。这就又括了一根洋火。

"这第二点呢,就是:青年工作人员要认定一个领导中心。你们只有在这一个领导中心的领导之下,抗战工作才能够展开。青年是努力的,是热心的,但是因为理解不够,工作经验不够,常常容易犯错误。要是上面没有一个领导中心,往往要弄得不可收拾。"

瞧瞧所有的脸色,他脸上的肌肉耸动了一下——表示一种微笑。他往下说:

"你们都是青年同志,所以我说得很坦白,很不客气。大家都要做抗战工作,没有什么客气可讲。我想你们诸位青年同志一定会接受我的意见。我很感激你们。好了,抱歉得很,我要先走一步。"

把帽子一戴,把皮包一挟,瞧着天花板点点头,挺着肚子走了出去。

到门口可又想起了一件什么事。他把当主席的同志拽开,小声儿谈了几句。

"你们工作——有什么困难没有?"他问。

"我刚才的报告提到了这一点,我们……"

华威先生伸出个食指顶着主席的胸脯:

"唔,唔,唔。我知道我知道。我没有多余的时间来谈这件事。以后——你们凡是想到的工作计划,你们可以到我家里去找我商量。"

坐在主席旁边那个长头发青年注意地看着他们,现在可忍不住插嘴了:

"星期三我们到华先生家里去过三次,华先生不在家……"

那位华先生冷冷地瞅他一眼,带着鼻音哼了一句——"唔,我有别的事,"又对主席低声说下去:

"要是我不在家,你们跟密司黄接头也可以。密司黄知道我的意见,她可以告诉你们。"

密司黄就是他的太太。他对第三者说起她来,总是这么称呼她的。

他交代过了这才真的走开。这就到了通俗文艺研究会的会场。他发现别人已经在那里开会,正有一个人在那里发表意见。他坐了下来,点着了雪茄,不高兴地拍了三下手板。

"主席!"他叫,"我因为今天另外还有一个集会,我不能等到终席。我现在有点意见,想要先提出来。"

于是他发表了两点意见:第一,他告诉大家——在座的人都是当地的文化人,文化人的工作是很重要的,应当加紧地做去。第二,文化人应当认清一个领导中心,文化人在文抗会的领导中心的领导之下团结起来,统一起来。

五点三刻他到了文化界抗敌总会的会议室。

这回他脸上堆上了笑容,并且对每一个人点头。

"对不住得很,对不住得很,迟到了三刻钟。"

主席对他微笑一下,他还笑着伸了伸舌头,好像闯了祸怕挨骂似的。他四面瞧瞧形势,就拣在一个小胡子的旁边坐下来。

他带着很机密很严重的脸色——小声儿问那个小胡子:

"昨晚你喝醉了没有?"

"还好,不过头有点子晕。你呢?"

"我啊——我不该喝了那三杯猛酒，"他严肃地说。"尤其是汾酒，我不能猛喝。刘主任硬要我干掉——嗨，一回家就睡倒了。密司黄说要跟刘主任去算账呢，要质问他为什么要把我灌醉。你看！"

一谈了这些，他赶紧打开皮包，拿出一张纸条——写几个字递给了主席。

"请你稍等一等，"主席打断了一个正在发言的人的话。"华威先生还有别的事情要走。现在他有点意见：要求先让他发表。"

华威先生点点头站了起来。

"主席！"腰板微微地一弯。"各位先生！"腰板微微地一弯。"兄弟首先要请求各位原谅：我到会迟了点，而又要提前退席。……"

随后他说出了他的意见。他声明——这文化界抗敌总会的常务理事会，是一切救亡工作的领导机关，应该时时刻刻起领导中心作用。

"群众是复杂的。工作又很多。我们要是不能起领导作用，那就很危险，很危险。事实上，此地各方面的工作也非有个领导中心不可。我们的担子真是太重了，但是我们不怕怎样的艰苦，也要把这担子担起来。"

他反复地说明了领导中心作用的重要，这就戴起帽子去赴一个宴会。他每天都这么忙着。要到刘主任那里去联络。要到各学校去演讲。要到各团体去开会。而且每天——不是别人请他吃饭，就是他请人吃饭。

华威太太每次遇到我，总是代替华威先生诉苦。

"唉，他真苦死了！工作这么多，连吃饭的工夫都没有。"

"他不可以少管一点，专门去做某一种工作么？"我问。

"怎么行呢？许多工作都要他去领导呀。"

可是有一次，华威先生简直吃了一大惊。妇女界有些人组织了一个战时保婴会，竟没有去找他！

他开始打听，调查。他设法把一个负责人找来。

"我知道你们委员会已经选出来了。我想还可以多添加几个。由我们文化界抗敌总会派人来参加。"

他看见对方在那里踌躇，他把下巴挂了下来：

"问题是在这一点：你们委员是不是能够真正领导这工作？你能不能够对我担保——你们会内没有汉奸，没有不良分子？你能不能担保——你们以后工作不至于错误，不至于怠工？你能不能担保，你能不能？你能够担保的话，那我要请你写个书面的东西，给我们文抗会常务理事会。以后万一、如果你们的工作出了毛病，那你就要负责。"

接着他又声明：这并不是他自己的意思。他不过是一个执行者。这里他食指点点对方胸脯：

"如果我刚才说的那些你们办不到，那不是就成了非法团体了么？"

这么谈判了两次，华威先生当了战时保婴会的委员。于是在委员会开会的时候，华威先生挟着皮包去坐这么五分钟，发表了一两点意见就跨上了包车。

有一天他请我吃晚饭。他说因为家乡带来了一块腊肉。

我到他家里的时候，他正在那里对两个学生样的人发脾气。他们都挂着文化界抗敌总会的徽章。

"你昨天为什么不去，为什么不去？"他吼着，"我叫你拖几个人去的。但是我在台上一开始演讲，一看——连你都没有去听！我真不懂你们干了些什么？"

"昨天——我去出席日本问题座谈会的。"

华威先生猛地跳起来了：

"什么！什么！日本问题座谈会？怎么我不知道，怎么不告诉我？"

"我们那天部务会议决议了的。我来找过华先生，华先生又是不在家——"

"好啊，你们秘密行动！"他瞪着眼，"你老实告诉我——这个座谈会到底是什么背景，你老实告诉我！"

对方似乎也动了火：

"什么背景呢，都是中华民族！部务会议议决的，怎么是秘密行动呢。……华先生又不到会，开会也不终席，来找又找不到……我们总不能把部里的工作停顿起来。"

"混蛋!"他咬着牙,嘴唇在颤抖着,"你们小心! 你们,哼,你们! 你们! ……"他倒到了沙发上,嘴巴痛苦地抽得歪着。"妈的! 这个这个——你们青年! ……"

五分钟之后他抬起头来,害怕地四面看一看。那两个客人已经走了。他叹一口长气,对我说:

"唉,你看你看! 现在的青年怎么办,现在的青年!"

这晚他没命地喝了许多酒,嘴里嘶嘶地骂着那些小伙子。他打碎了一只茶杯。密司黄扶着他上了床,他忽然打个寒噤说:

"明天十点钟有个集会……"

(原载一九三八年四月十六日《文艺阵地》第一卷第一期)

梅雨之夕

施蛰存

梅雨又涔涔地降下了。

对于雨，我倒并不觉得嫌厌，所嫌厌的是在雨中疾驰的摩托车的轮子，它会溅起泥水猛力地洒上我的衣裤，甚至会连嘴里也拜受了美味。我常常在办公室里，当公事空闲的时候，凝望着窗外淡白的空中的雨丝，对同事们谈起我对于这些自私的车轮的怨苦。下雨天是不必省钱的，你可以坐车，舒服些。他们会这样善意地劝告我。但我并不曾屈就了他们的好心，我不是为了省钱，我喜欢在滴沥的雨声中撑着伞回去。我的寓所离公司是很近的，所以我散工出来，便是电车也不必坐，此外还有一个我所以不喜欢在雨天坐车的理由，那是因为我还不曾有一件雨衣，而普通在雨天的电车里，几乎全是裹着雨衣的先生们，夫人们或小姐们，在这样一间狭窄的车厢里，滚来滚去的人身上全是水，我一定会虽然带着一柄上等的伞，也不免满身淋漓地回到家里，况且，尤其是在傍晚时分，街灯初上，沿着人行路用一些暂时安逸的心境去看看都市的雨景，虽然拖泥带水，也不失为一种自己的娱乐。在雾中来来往往的车辆人物，全都消失了清晰的轮廓，广阔的路上倒映着许多黄色的灯光，间或有几条警灯的红色和绿色在闪烁着行人的眼睛。雨大的时候，很近的人语声，即使声音很高，也好像在半空中了。

人家时常举出这一端来说我太刻苦了，但他们不知道我会从这里找出很大的乐趣来，即使偶尔有摩托车的轮子溅满泥泞在我身上，我也并不会因此而改了我的习惯。说是习惯，有什么不妥呢？这样的已经有三四年了。有时也偶尔想着总得买一件雨衣来，于是可以在雨天坐车，或者即使步行，也可以免得被泥水溅着了上衣，但到如今这仍然留在心里做一种生活上的希望。

在近来的连日的大雨里，我依然早上撑着伞上公司去，下午撑着伞回家，每天都如此。

昨日下午，公事堆积得很多。到了四点钟，看看外面雨还是很大，便独自留下在公事房里，想索性再办了几桩，一来省得明天要更多地积起来，二来也借此避雨，等它小一些再走。这样地竟逗遛到六点钟，雨早已止了。

走出外面，虽然已是满街灯火，但天色却转清朗了。曳着伞，避着檐滴，缓步过去，从江西路南口走到四川路桥，竟走了差不多有半点钟光景。邮政局的大钟已是六点二十五分了。未走上桥，天色早已重又冥晦下来，但我并没有介意，因为晓得是傍晚的时分了。刚走到桥头，急雨骤然从乌云中漏下来，潇潇的起着繁响。看下面北四川路上和苏州河两岸行人的纷纷乱窜乱避，只觉得连自己心里也有些着急。他们在着急些什么呢？他们也一定知道这降下来的是雨，对于他们没有生命上的危险，但何以要这样急迫地躲避呢？说是为了恐怕衣裳给淋湿了，但我分明看见手中持着伞的和身上披了雨衣的人也有些脚步跟跄了。我觉得至少这是一种无意识的纷乱。但要是我不曾感觉到雨中闲行的滋味，我也是会和这些人一样地急突地奔下桥去的。

何必这样的奔逃呢，前路也是在下着雨，撑开我的伞来的时候，我这样漫想着。不觉已走过了天潼路口。大街上浩浩荡荡地降着雨，真是一个伟观，除了间或有几辆摩托车，连续地冲破了雨仍旧钻进了雨中地疾驰过去之外，电车和人力车全不看见。我奇怪它们都躲到什么地方去了。至于人，行走着的几乎是没有，但在店铺的檐下或蔽荫下是可以一团一团地看得见，有伞的和无伞的，有雨衣的和无雨衣的，全都聚集着，用嫌厌的眼望着这奈何不得的雨，我不懂他们这些雨具是为了怎样的天气而买的。

至于我，已经走近文监师路了。我并没什么不舒服，我有一柄好的伞，脸上绝不会给雨水淋湿，脚上虽然觉得有些湿漉漉，但这至多是回家后换一双袜子的事。我且行且看着雨中的北四川路，觉得朦胧的颇有些诗意。但这里所说的"觉得"，其实也并不是什么具体的思绪，除了"我该得在这里转弯了"之外，心中一些也不意识着什么。

从人行路上走出去，探头看看街上有没有往来的车辆，刚想穿过去转入文监师路，但一辆先前并没有看见的电车已停在眼前。我止步了，依然退进到人行路上，在一支电杆边等候着这辆车的开出。在车停的时候，其实我是可以安心地对穿过去的，但我并不曾这样做。我在上海住得很久，我懂得走路的规则。我为什么不在这个可以穿过去的时候走到对街去呢？我没知道。

我数着从头等车里下来的乘客。为什么不数三等车里下来的呢？这里并没有故意的挑选，头等座的车的前部，下来的乘客刚在我面前，所以我可以很看得清楚。第一个，穿着红皮雨衣的俄罗斯人，第二个是中年的日本妇人，她急急地下了车，撑开了手里提着的东洋粗柄雨伞，缩着头鼠窜似的绕过车前，转进文监师路去了。我认识她，她是一家果子店的女店主。第三，第四，是像宁波人似的我国商人，他们都穿着绿色的橡皮华式雨衣。第五个下来的乘客，也即是末一个了，是一位姑娘。她手里没有伞，身上也没有穿雨衣，好像是在雨停止了之后上电车的，而不幸在到目的地的时候却下着这样的大雨。我猜想她一定是从很远的地方上车的，至少应当在卡德路以上的几站里。

她走下车来，缩着瘦削的，但并不露骨的双肩，窘迫地走上人行路的时候，我开始注意着她的美丽了。美丽有许多方面，容颜的姣好固然是一重要素，但风仪的温雅，肢体的停匀，甚至谈吐的不俗，至少是不惹厌，这些也有着份儿，而这个雨中的少女，我事后觉得她是全适合这几端的。

她向路底两边看了一看，又走到转角上看着文监师路。我晓得她是急于要招呼一辆人力车。但我看，跟着她的眼光，大路上清寂地没一辆车子徘徊着，而雨还尽量地落下来。她旋即回了转来，躲避在一家木器店的屋檐下，露着烦恼的眼色，并且蹙着细淡的修眉。

我也便退进屋檐下，虽则电车已开出，路上空空的，我照理可以穿过去了。但我何以不即穿过去，走上了归家的路呢？为了对于这少女有什么依恋么？并不，绝没有这种依恋的意识。但这也决不是为了我家里有着等候我回去在灯下一同吃晚饭的妻，当时是连我已有妻的思想都不曾有，面前有着一个美的对象，而又是在一重困难之中，孤寂地只身呆立着望这永远地，永远地垂下来的梅雨，只为了这些缘故，我不自觉地移动了脚步站在她旁边了。

虽然在屋檐下，虽然没有粗重的檐溜滴下来，但每一阵风会把凉凉的雨丝吹向我们。我有着伞，我可以如中古时期骁勇的武士似的把伞当作盾牌，挡着扑面袭来的雨的箭，但这个少女却身上间歇地被淋得很湿了。薄薄的绸衣，黑色也没有效用了，两支手臂已被画出了它们的圆润。她屡次旋转身去，倒立着，避免这轻薄的雨之侵袭她的前胸。肩臂上受些雨水，让衣裳贴着了肉倒不打紧吗？我曾偶尔这样想。

天晴的时候，马路上多的是兜搭生意的人力车，但现在需要它们的时候，却反而没有了。我想着人力车夫的不善于做生意，或许是因为需要的人太多了，供不应求，所以即使在这样繁盛的街上，也不见一辆车子的踪迹。或许车夫也都在避雨呢，这样大的雨，车夫不该避一避吗？对于人力车之有无，本来用不到关心的我，也忽然寻思起来，我并且还甚至觉得那些人力车夫是可恨的，为什么你们不拖着车子走出来接应这生意呢，这里有一位美丽的姑娘，正窘立在雨中等候着你们的任何一个。

如是想着，人力车终于没有踪迹。天色真的晚了。此处对街的店铺门前有几个短衣的男子已经等着不耐而冒着雨，他们是拼着淋湿一身衣裤的，跨着大步跑去了。我看这位少女的长眉已颦蹙得更紧，眸子莹然，像是心里很着急了。她的忧闷的眼光正与我的互相交换，在她眼里，我懂得我正受着诧异，为什么你老是站在这里不走呢。你有伞，并且穿着皮鞋，等什么人么？雨天在街上等谁呢？眼睛这样锐利的看着我，不是没怀好意么？从他将盯住着在我身上打量我的眼光移向着阴黑的天空的这个动作上，我猜测她肯定是在这样想着。

我有着伞呢，而且大得足够容两个人的，我不懂何以这个意识不早就觉醒了我。但现在在它觉醒了我将使我做什么呢？我可以用我的伞给她挡住这样的淫雨，我可以陪伴她走一段路去找人力车，如果路不多，我可以送她到她的家。如果路很多，又有什么不成呢？我应当跨过这一箭路，去表白我的好意吗？好意，她不会有什么别方面的疑虑吗？或许她会像刚才我所猜想着的那样误解了我，她便会拒绝了我。难道她宁愿在这样不停的风雨中，在冷静的夕暮的街头，独自个立到很迟吗？不啊！雨是不久就会停的，已经这样连续不断地降下了……多久了，我也完全忘记了时间在这雨水中间流过。我取出表来，七点三十四分。一小时多了。不至于老是这样地降下来吧，看，排水沟已经来不及渲泄，多量的水已经积聚在它上面，打着漩涡，挣扎不到流下的路，不久怕会溢上了人行路么？不会的，决不会有这样持久的雨，再停一会，她一定可以走了。即使雨不就停止，人力车是大约总能够来一辆的。她一定会不管多大的代价坐了去的。然则我应当走了么？应当走了。为什么不？……

这样地又十分钟过去了。我还没有走。雨没有住，车儿没有影踪。她也依然焦灼地站着。我有一个残忍的好奇心，如她这样的在一重困难中，我要看她终于如何处理自己。看着她这样窘急，怜悯和旁观的心理在我身中各占了一半。

她又在惊异地看着我。

忽然，我觉得，何以刚才会不觉得呢？我奇怪，她好像在等待我拿我的伞贡献给她，并且送她回去，不，不一定是回去，只是到她所要到的地方去。你有伞，但你不走，你愿意分一半伞荫蔽我，但还在等待什么更适当的时候呢？她的眼光在对我这样说。

我脸红了，但并没有低下头去。

用羞赧来对付一个少女的注目，在结婚以后，我是不常有的。这是自己也随即觉得可怪了。我将用何种理由来譬解我的脸红呢？没有！但随即有一种男子的勇气升上来，我要求报复，这样说或许是较言重了，但至少是要求着克服她的心在我身里急突地催促着。

终归是我移近了这少女，将我的伞分一半荫蔽她。

——小姐，车子恐怕一时不会有，假如不妨碍，让我来送一送罢。我有着伞。

我想说送她回府，但随即想到她未必是在回家的路上，所以结果是这样两用地说了。当说着这些话的时候，我竭力做得神色泰然，而她一定已看出了这勉强的安静的态度后面藏匿着的我的血脉之急流。

她凝视着我半微笑着。这样好久。她是在估量我这种举止的动机，上海是个坏地方，人与人都用了一种不信任的思想交际着！她也许是正在自己委决不下，雨真的在短时期内不会止么？人力车真的不会来一辆么？要不要借着他的伞姑且走起来呢？也许转一个弯就可以有人力车，也许就让他送到了。那不妨事么？……不妨事。遇见了认识的人不会猜疑么？……但天太晚了，雨并不觉得小一些。

于是她对我点了点头，极轻微地。

——谢谢你，朱唇一启，她进出柔软的苏州音。

转进靠西边的文监师路，在响着雨声的伞下，在一个少女的旁边，我开始诧异我的奇遇。事情会得展开到这个现状吗？她是谁，在我身旁同走，并且让我用伞荫蔽着她，除了和我的妻之外，近几年来我并不曾有过这样的经历。我回转头去，向后面斜看，店铺里有许多人歇下了工作对我，或是我们，看着。隔着雨的，我看得见他们的可疑的脸色。我心里吃惊了，这里有着我认识的人吗？或是可有着认识她的人吗？……再回看她，她正低下着头，拣着踏脚地走。我的鼻子刚接近了她的鬓发，一阵香。无论认识我们之中任何一个的人，看见了这样的我们的同行，会怎样想？……我将伞沉下了些，让它遮蔽到我们的眉额。人家除非故意低下身子来，不能看见我们的脸面。这样的举动，她似乎很中意。

我起先是走在她右边，右手执着伞柄，为了要让她多得些荫蔽，手臂便凌空了。我开始觉得手臂酸痛，但并不以为是一种苦楚。我侧眼看她，我恨那个伞柄，它遮隔了我的视线。从侧面看，她并没有从正面看那样的美丽。但我却从此得到了一个新的发现：她很像一个人。谁？我搜寻着，我搜寻着，好像很记得，岂但，……几乎每日都在意中的，一个我认识的女子，像现在身旁并行着的这个一样的身材，差不多的面容，但何以现在百思不得了呢？……啊，是了，我奇怪为什么我竟会想不起来，这是不可能的！我的初恋的那个少女，同学，邻居，她不是很像她吗？这样的从侧面看，我与她离别了好几年了，在我们相聚的最后一日，她还只有十四岁，……一年……二年……七年了呢。我结婚，我没有再看见她，想来长成得更美丽了……但我并不是没有看见她长大起来，当我脑中浮起她的印象来的时候，她并不还保留着十四岁的少女的姿态。我不时在梦里，睡梦或白日梦，看见她在长大起来，我曾自己构成她是个美丽的二十岁年纪的少女。她有好的声音和姿态,当偶然悲哀的时候,她在我底幻觉里会得是一个妇人,或甚至是一个年轻的母亲。

但她何以这样的像她呢?这个容态,还保留十四岁时候的余影,难道就是她自己么?她为什么不会到上海来呢?是她!天下有这样容貌完全相同的人么?不知她认出了我没有……我应该问问她了。

——小姐是苏州人么?

——是的。

确然是她,罕有的机会啊!她几时到上海来的呢?她的家搬到上海来了吗?还是,哎,我怕,她嫁到上海来了呢?她一定已经忘记我了,否则她不会允许我送她走。……也许我的容貌有了改变,她不能再认识我,年数确是很久了。……但她知道我已经结婚吗?要是没有知道,而现在她认识了我,怎么办呢?我应当告诉她吗?如果这样是需要的,我将怎么措辞呢?……

我偶然向道旁一望,有一个女子倚在一家店里的柜上。用着忧郁的眼光,看着我,或者也许是看着她。我忽然好像发现这是我的妻,她为什么在这里?我奇怪。

我们走在什么地方了。我留心看。小菜场。她恐怕快要到了。我应当不失了这个机会。我要晓得她更多一些,但要不要使我们继续已断的友谊呢,是的,至少也得是友谊?还是仍旧这样地让我在她的意识里只不过是一个不相识的帮助女子的善意的人呢?我开始踌躇了。我应当怎样做才是最适当的。

我似乎还应该知道她正要到那里去。她未必是归家去吧。家——要是父母的家倒也不妨事的,我可以进去,如像幼小的时候一样。但如果是她自己的家呢?我为什么不问她结婚了不曾呢……或许,连自己的家也不是,而是她的爱人的家呢,我看见一个文雅的青年绅士。我开始后悔了,为什么今天这样高兴,剩下妻在家里焦灼地等候着我,而来管人家的闲事呢?北四川路上。终于会有人力车往来的?即使我不这样地用我的伞伴送她,她也一定早已能雇到车子了。要不是自己觉得不便说出口,我是已经会得剩了她在雨中返身走了。

还是再考验一次罢。

——小姐贵姓?

——刘。

刘吗?一定是假的。她已经认出了我,她一定都知道了关于我的事,她哄我了。她不愿意再认识我了,便是友谊也不想继续了。女人!……她为什么改了姓呢?……也许这是她丈夫的姓?刘……刘什么?

这些思想的独白,并不占有了我多少时候。它们是很迅速地翻舞过我心里,就在与这个好像有魅力的少女同行过一条马路的几分钟之内。我的眼不常离开她,雨到这时已在小下来也没有觉得。眼前好像来来往往的人在多起来了,人力车也恍惚看见了几辆。她为什么不雇车呢?或许快要到达她的目的地了。她会不会因为心里已认识了我,不敢断认,所以故意延滞着和我同走么?

一阵微风,将她的衣缘吹起,飘漾在身后。她扭过脸去避对面吹来的风,闭着眼睛,有些娇媚。这是很有诗兴的姿态,我记起日本画伯铃木春信的一帧题名叫"夜雨宫诣美人图"的画。提着灯笼,遮着被斜风细雨所撕破的伞,在夜的神社之前走着,衣裳和灯笼都给风吹卷着,侧转脸儿来避着风雨的威势,这是颇有些洒脱的感觉的。现在我留心到这方面时,她也有些这样的风度。至于我自己,在旁人眼光里,或许成为她的丈夫或情人了,我很有些得意着这种自譬的假设。是的,当我觉得她确是幼小时候初恋着的女伴的时候,我是如像真有这回事似的享受着这样的假设。而从她鬓边颊上被潮润的风吹来的粉香,我也闻嗅得出是和我妻所有的香味一样的。……我旋即想到古人有"担簦亲送绮罗人"那么一句诗,是很适合于今日的我的奇遇的。铃木画伯的名画又一度浮现上来了。但铃木的所画的美人并不和她有一些相像,倒是我妻的嘴唇却与画里的少女的嘴唇有些仿佛的。我再试一试对于她的凝视,奇怪啊,现在我觉得她并不是我适才所误会着的初恋的女伴了。她是另外一个不相干的少女。眉额,鼻子,颧骨,即使说是有年岁的改换,也绝对地找不出一些踪迹来。而我尤其嫌厌着她的嘴唇,侧着过去,似乎太厚一些了。

我忽然觉得很舒适,呼吸也更通畅了。我若有意若无意地替她撑着伞,徐徐觉得手臂太酸痛之外,没什么感觉。在身旁由我伴送着的这个不相识的少女的形态,好似已经从我的心的樊笼中被释放了出来。我才觉得天已完全夜了,而伞上已听不到些微的雨声。

——谢谢你,不必送了,雨已经停了。

她在我耳朵边这样地嘤响。

我蓦然惊觉，收拢了手中的伞。一缕街灯的光射上了她的脸，显着橙子的颜色。她快要到了吗？可是她不愿意我伴她到目的地，所以趁此雨已停住的时候要辞别我吗？我能不能设法看一看她究竟到什么地方去呢？……

——不要紧，假使没有妨碍，让我送到了罢。

——不敢当呀，我一个人可以走了，不必送罢。时光已是很晏了，真对不起得很呢。

看来是不愿我送的了。但假如还是下着大雨便怎么了呢？……我怨怼着不情的天气，何以不再继续下半小时雨呢，是的，只要再半小时就够了。一瞬间，我从她的对于我的凝视——那是为了要等候我的答话——中看出一种特殊的端庄，我觉得凛然，像雨中的风吹上我的肩膀。我想回答，但她已不再等候我。

——谢谢你，请回转罢，再会。……

她微微地侧面向我说着，跨前一步走了，没有再回转头来。我站在中路，看她的后形，旋即消失在黄昏里。我呆立着，直到一个人力车夫来向我兜揽生意。

在车上的我，好像飞行在一个醒觉之后就要忘记了的梦里。我似乎有一桩事情没有做完，我心里有着一种牵挂。但这并不曾清晰地意识着。我几次想把手中的伞张起来，可是随即会自己失笑这是无意识的。并没有雨降下来，完全地暗了，而天空中也稀疏地有了几颗星。

下了车，我叩门。

——谁？

这是我在伞底下伴送着走的少女的声音！奇怪，她何以又会在我家里？门开了。堂中灯火通明，背着灯光立在开着一半的大门边的，倒并不是那个少女。朦胧里，我认出她是那个倚在柜台上用嫉妒的眼光看着我和那个同行的少女的女子。我惝恍地走进门。在灯下，我很奇怪，为什么从我妻的脸色上再也找不出那个女子的幻影来。

妻问我何故归家这样的迟，我说遇到了朋友，在沙利文吃些小点，因为等雨停止，所以坐得久了。为了要证实我这谎话，夜饭吃得很少。

上海的狐步舞(一个断片)

穆时英

上海,造在地狱上面的天堂!

沪西,大月亮爬在天边,照着大原野。浅灰的原野,铺上银灰的月光,再嵌着深灰的树影和村庄的一大堆一大堆的影子。原野上,铁轨画着弧线,沿着天空直伸到那边儿的水平线下去。

林肯路(在这儿,道德给践在脚下,罪恶给高高地捧在脑袋上面)。

拎着饭篮,独自个儿在那儿走着,一只手放在裤袋里,看着自家儿嘴里出来的热气慢慢儿的飘到蔚蓝的夜色里去。

三个穿黑绸长褂,外面罩着黑大褂的人影一闪。三张在呢帽底下只瞧得见鼻子和下巴的脸遮在他前面。

"慢着走,朋友!"

"有话尽说,朋友!"

"咱们冤有头,债有主,今儿不是咱们有什么跟你过不去,各为各的主子,咱们也要吃口饭,回头您老别怨咱们不够朋友。明年今儿是你的周年,记着!"

"笑话了! 咱也不是那么不够朋友的——"一扔饭篮,一手抓住那人的枪,就是一拳过去。

碰! 手放了,人倒下去,按着肚子。碰! 又是一枪。

"好小子! 有种!"

"咱们这辈子再会了,朋友!"

"黑绸长褂"把呢帽一推,叫搁在脑勺上,穿过铁路,不见了。

"救命!"爬了几步。

"救命!"又爬了几步。

嘟的吼了一声儿,一道弧灯的光从水平线底下伸了出来。铁轨隆隆地响着,铁轨上的枕木像蜈蚣似的光线里向前爬去,电杆木显了出来,马上又隐没在黑暗里边,一列"上海特别快"突着肚子,达达达,用着狐步舞的拍,含着颗夜明珠,龙似的跑了过去,绕着那条弧线。又张着嘴吼了一声儿,一道黑烟直拖到尾巴那儿,弧灯的光线钻到地平线下,一会儿便不见了。

又静了下来。

铁道交通门前,交错着汽车的弧灯的光线,管交通门的倒拿着红绿旗,拉开了那白脸红嘴唇,带了红宝石耳坠子的交通门,马上,汽车就跟着门飞了过去,一长串。

上了白漆的街树的腿,电杆木的腿,一切静物的腿……revue 似的,把擦满了粉的大腿交叉地伸出来的姑娘们……白漆的腿的行列。沿着那条静悄的大路,从住宅的窗里,都会的眼珠子似的,透过了窗纱,偷溜了出来淡红的,紫的,绿的,处女的灯光。

汽车在一座别墅式的小洋房前停了,叭叭的拉着喇叭。刘有德先生的西瓜皮帽上的珊瑚结子从车门里探了出来,黑毛葛背心上两只小口袋里挂着的金表链上面的几个小金镑钉当地笑着,把他送出车外,送到这屋子里。他把半段雪茄扔在门外,走到客室里,刚坐下,楼梯的地毯上响着轻捷的鞋跟,嗒嗒地。

"回来了吗?"活泼的笑声,一位在年龄上是他的媳妇,在法律上是他的妻子的夫人跑了进来,扯着他的鼻子道。"快！给我签张三千块钱的支票。"

"上礼拜那些钱又用完了吗？"

不说话，把手里的一叠账交给他，便拉他的蓝缎袍的大袖子往书房里跑，把笔送到他手里。

"我说……"

"你说什么？"堵着小红嘴。

瞧了她一眼便签了，她就低下脑袋把小嘴凑到他大嘴上。"晚饭你独自个儿吃吧，我和小德要出去。"便笑着跑了出去，碰的阖上门。他掏出手帕来往嘴上一擦，麻纱手帕上印着 tangee。倒像我的女儿呢，成天的缠着要钱。

"爹！"

一抬脑袋，小德不知多咱溜了进来，站在他旁边，见了猫的耗子似的。

"你怎么又回来啦？"

"姨娘打电话叫我回来的。"

"干吗？"

"拿钱。"

刘有德先生心里好笑，这娘儿俩真有他们的。

"她怎么会叫你回来问我要钱？她不会要不成？"

"是我要钱，姨娘叫我伴她去玩。"

忽然门开了，"你有现钱没有？"刘颜蓉珠又跑了进来。

"只有……"

一只刚用过蔻丹的小手早就伸到他口袋里把皮夹拿了出来！红润的指甲数着钞票：一五，十，二十……三百。"五十留给你，多的我拿去了。多给你晚上又得不回来。"做了个媚眼，拉了她法律上的儿子就走。

儿子是衣架子，成天地读着给 gigolo 看的时装杂志，把烫得有粗大明朗的折纹的裤子穿到身上，领带打得在中间留了个涡，拉着母亲的胳膊坐到车上。

上了白漆的街树的腿，电杆木的腿，一切静物的腿……revue 似的，把擦满了粉的大腿交叉地伸出来的姑娘们……白漆腿的行列。沿着那条静悄的大路，从住宅区的窗里，都会的眼珠子似的，透过了窗纱，偷溜了出来淡红的，紫的，绿的，处女的灯光。

开着一九三二的新别克，却一个心儿想一九八零年的恋爱方式。深秋的晚风吹来，吹动了儿子的领子，母亲的头发，全有点儿觉得凉。法律上的母亲偎在儿子的怀里道：

"可惜你是我的儿子。"嘻嘻地笑着。

儿子在父亲吻过的母亲的小嘴上吻了一下，差点儿把车开到行人道上去啦。

Neonlight 伸着颜色的手指在蓝墨水似的夜空里写着大字。一个英国绅士站在前面，穿了红的燕尾服，挟着手杖，那么精神抖擞地在散步。脚下写着：Johnny Walker；Still Going Strong。路旁一小块草地上层开了地产公司的乌托邦，上面一个抽吉士牌的美国人看着，像在说："可惜这是小人国的乌托邦，那片大草原里还放不下我的一只脚呢？"

汽车前显出个人的影子，喇叭吼了一声儿，那人回过脑袋来一瞧，就从车轮前溜到行人道上去了。

"蓉珠，我们上哪去？"

"随便那个 Cabaret 里去闹个新鲜吧，礼查，大华我全玩腻了。"

跑马厅屋顶上，风针上的金马向着红月亮撒开了四蹄。在那片大草地的四周泛滥着光的海，罪恶的海浪，慕尔堂浸在黑暗里，跪着，在替这些下地狱的男女祈祷，大世界的塔尖拒绝了忏悔，骄傲地瞧着这位迂牧师，放射着一圈圈的灯光。

蔚蓝的黄昏笼罩着全场，一只 Saxophone 正伸长了脖子，张着大嘴，呜呜地冲着他们嚷，当中那片光滑的地板上，飘动的裙子，飘动的袍角，精致的鞋跟，鞋跟，鞋跟，鞋跟，鞋跟。蓬松的头发和男子的脸。男子衬衫的白领和女子的笑脸。伸着的胳膊，翡翠坠子拖到肩上，整齐的圆桌子的队伍，椅子却是零乱的。暗角上站着白衣侍者。酒味，香水味，英蛋的气味，烟味……独身者坐在角隅里拿黑咖啡刺激着自家儿的神经。

舞着，华尔兹的旋律绕着他们的腿，他们的脚站在华尔滋旋律上飘飘地，飘飘地。

儿子凑在母亲的耳朵旁说："有许多话是一定要跳着华尔兹才能说的，你是顶好的华尔兹的舞侣——可是，蓉珠，我爱你呢！"

觉得在轻轻地吻着鬓脚，母亲躲在儿子的怀里，低低的笑。

一个冒充法国绅士的比利时珠宝掮客，凑在电影明星殷芙蓉的耳朵旁说："你嘴上的笑是会使天下的女子妒忌的——可是，我爱你呢！"

觉得轻轻地吻着鬓脚，便躲在怀里低低地笑，忽然看见手指上多了一只钻戒。

珠宝掮客看见了刘颜蓉珠，在殷芙蓉的肩上跟她点了点脑袋，笑了一笑。小德回过身来瞧见了殷芙蓉也 Gigolo 地把眉毛扬了一下。

舞着，华尔兹的旋律绕着他们的腿，他们的脚践在华尔滋上面，飘飘地，飘飘地。

珠宝掮客凑在刘颜蓉珠的耳朵旁，悄悄地说："你嘴上的笑是会使天下的女子妒忌的——可是，我爱你呢！"

觉得轻轻地在吻着鬓脚，便躲在怀里低低地笑，把唇上的胭脂印到白衬衫上面。

小德凑在殷芙蓉的耳朵旁，悄悄地说："有许多话是一定要跳着华尔兹才能说的，你是顶好的华尔兹的舞侣——可是，芙蓉，我爱你呢！"

觉得在轻轻地吻着鬓脚，便躲在怀里，低低地笑。

独身者坐在角隅里拿黑咖啡刺激着自家儿的神经，酒味，香水味，英蛋的气味，烟味……暗角上站着白衣侍者。椅子是凌乱的，可是整齐的圆桌子的队伍。翡翠坠子拖到肩上，伸着的胳膊。女子的笑脸和男子的衬衫的白领。男子的脸和蓬松的头发。精致的鞋跟，鞋跟，鞋跟，鞋跟，鞋跟。飘荡的袍角，飘荡的裙子，当中是一片光滑的地板。呜呜地冲着人家嚷，那只 Saxophone 伸长了脖子，张着大嘴。蔚蓝的黄昏笼罩着全场。

推开了玻璃门，这纤弱的幻景就打破了。跑下扶梯，两溜黄包车停在街旁，拉车的分班站着，中间留了一道门灯光照着的路，争着"Ricksha?"奥斯汀孩车，爱山克水，福特，别克跑车，别克小九，八汽缸，六汽缸……大月亮红着脸蹒跚地走上跑马厅的大草原上来了。街角卖《大美晚报》的用卖大饼油条的嗓子嚷：

"Evening Post!"

电车当当地驶进布满了大减价的广告旗和招牌的危险地带去，脚踏车挤在电车的旁边瞧着也可怜。坐在黄包车上的水兵挤箍着醉眼，瞧准了拉车的屁股踹了一脚便哈哈地笑了，红的交通灯，绿的交通灯，交通灯的柱子和印度巡捕一同地垂直在地上。交通灯一闪，便涌着人的潮，车的潮。这许多人，全像没了脑袋的苍蝇似的！一个 Fashion Model 穿了她铺子里的衣服来冒充贵妇人。电梯用十五秒钟一次的速度，把人货物似的抛到屋顶花园去。女秘书站在绸缎铺的橱窗外面瞧着全丝面的法国 crepé，想起了经理的刮得刀痕苍然的嘴上的笑劲儿。主义者和党人挟了一大包传单踱过去，心里想，如果给抓住了便在这里演说一番。蓝眼珠的姑娘穿了窄裙，黑眼珠的姑娘穿了长旗袍儿，腿股间有相同的媚态。

街旁，一片空地里，竖起了金字塔似的高木架，粗壮的木腿插在泥里，顶上装了盏弧灯，倒照下来，照到底下每一条横木板上的人。这些人吆喝着："嗳嗳呀！"几百丈高的木架顶上的木桩直坠下来，碰！把三抱粗的大木柱撞到泥里去，四角上全装着弧灯，强烈的光探照着这片空地。空地里：横一道，竖一道的沟，钢骨，瓦砾堆。人扛着大木柱在沟里走，拖着悠长的影子。在前面的脚一滑，摔倒了，木柱压到脊梁上。脊梁断了，嘴里哇的一口血……弧灯……碰！木桩顺着木架又溜了上去……光着身子在煤屑路滚铜子的孩子……大木架顶上的弧灯在夜空里像月亮……捡煤渣的媳妇……月亮有两个……月亮叫天狗吞了——月亮没有了。

死尸给搬了开去，空地里：横一道竖一道的沟，钢骨，瓦砾，还有一堆他的血。在血上，铺上了士敏土，造起了钢骨，新的饭店造起来了！新的舞场造起来了！新的旅馆造起来了！把他的力气，把他的血，把他的生命压在底下，正和别的旅馆一样地，和刘有德先生刚在跨进去的华东饭店一样地。

华东饭店里——

二楼：白漆房间，古铜色的鸦片香味，麻雀牌，《四郎探母》，《长三骂淌白小娟妇》，古龙香水和淫欲味，白衣侍者，娼妓捐客，绑票匪，阴谋和诡计，白俄浪人……

三楼：白漆房间，古铜色的鸦片香味，麻雀牌，《四郎探母》，《长三骂淌白小娟妇》，古龙香水和淫欲味，白衣侍者，娼妓捐客，绑票匪，阴谋和诡计，白俄浪人……

四楼：白漆房间，古铜色的鸦片香味，麻雀牌，《四郎探母》，《长三骂淌白小娟妇》，古龙香水和淫欲味，白衣侍者，娼妓捐客，绑票匪，阴谋和诡计，白俄浪人……

电梯把他吐在四楼，刘有德先生哼着《四郎探母》踏进了一间响有骨牌声的房间，点上了茄立克，写了张局票，不一回，他也坐到桌旁，把一张中风，用熟练的手法，怕碰伤了它似的抓了进来，一面却："怎么一张好的也抓不进来，"一副老抹牌的脸，一面却细心地听着因为不束胸而被人家叫做沙利文面包的宝月老八的话："对不起，刘大少，还得出条子，等回儿抹完了牌请过来坐。"

"到我们家坐坐去哪!"站在街角，只瞧见黑眼珠子的石灰脸，躲在建筑物的阴影里，向来往的人喊着，拍卖行的伙计似的，老鸨尾巴似的拖在后边儿。

"到我们家坐坐去哪!"那张瘪嘴说着，故意去碰在一个扁脸身上。扁脸笑，瞧了一瞧，指着自家儿的鼻子，探着脑袋："好寡老，碰大爷?"

"年纪轻轻，朋友要紧!"瘪嘴也笑。

"想不到我这印度小白脸儿今儿倒也给人家瞧上咧，"手往她脸上一抹，又走了。

旁边一个长头发不刮胡须的作家正在瞧着好笑，心里想到了一个题目：第二回巡礼——都市黑暗面检阅 Sonata；忽然瞧见那瘪嘴的眼光扫到自家儿脸上来了，马上就慌慌张张的往前跑。

石灰脸躲在阴影里，老鸨尾巴似的拖在后边儿——躲在阴影里的石灰脸，石灰脸，石灰脸……

（作家心里想：）

第一回巡视赌场，第二回巡视街头娼妓，第三回巡视舞场，第四回巡视……再说《东方杂志》《小说月报》《文艺月刊》第一句就写大马路北京路野鸡交易所……不行——

有人拉了拉他的袖子："先生!"一看是个老婆儿装着苦脸，抬起脑袋望着他。

"干吗?"

"请您给我看封信。"

"信在哪儿?"

"请您跟我到家里去拿，就在这胡同里边。"

便跟着走。

中国的悲剧这里边一定有小说资料。一九三一年是我的年代了。《东方小说》《北斗》每月一篇单行本日译本俄译本各国译本都出版诺贝尔奖金又伟大又发财……

拐进了一条小胡同，暗得什么都看不见。

"你家在哪儿?"

"就在这儿，不远儿，先生，请您看封信。"

胡同的那边儿有一支黄路灯。灯下是个女人低着脑袋站在那儿。老婆儿忽然又装着苦脸，扯着他的袖子道："先生，这是我的媳妇，信在她那儿。"走到女人那地方儿，女人还不抬起脑袋来，老婆儿说："先生，这是我的媳妇。我的儿子是机器匠，偷了人家东西，给抓进去了，可怜咱们娘儿们四天没吃东西啦。"

（可不是吗，那么好的题材，技术不成问题。她讲出来的话意识一定正确的不怕人家再说我人道主义咧……）

"先生，可怜儿的，你给几个钱，我叫媳妇陪你一晚上，救救咱们两条命!"

作家愣住了。那女人抬起脑袋来，两条影子拖在瘦腮帮儿上，嘴角浮出笑劲儿来。

嘴角浮出笑劲儿来。冒充法国绅士的比利时珠宝捐客凑在刘颜蓉珠的耳朵旁，悄悄地说："你嘴上的笑是会使天下的女子妒忌的——喝一杯吧。"

在高脚玻璃杯上，刘颜蓉珠的两只眼珠子笑着。

在别克里，那两只浸透了 Cocktail 的眼珠子，从外套的皮领上笑着。

在华懋饭店的走廊里,那两只浸透了 Cocktail 的眼珠子,从披散的头发边上笑着。

在电梯上,那两只眼珠子在紫眼皮下笑着。

在华东饭店七层楼上一间房间里,那两只眼珠子,在焦红的腮帮儿上笑着。

珠宝掮客在自家儿的鼻子底下发现了那对笑着的眼珠子。

笑着的眼珠子!

白的床巾!

喘着气……

喘着气动也不动地躺在床上。

床巾,溶了的雪。

"组织个国际俱乐部吧!"猛的得了这么个好主意,一面淌着细汗。

淌着汗,在静寂的街上,拉着醉水手往酒排间跑。街上,巡捕也没有了,那么静,像个死了的城市。水手的皮鞋搁到拉车的脊梁盖儿上面,哑嗓子在大建筑物的墙上响着:

啦得儿……啦得——

啦得儿

啦得……

拉车的脸上,汗冒着;拉车的心里,金洋钱滚着,飞滚着。醉水手猛的跳了下来,跌到两扇玻璃门后边儿去啦。

"Hullo,Master! Master!"

那么地嚷着追到门边,印度巡捕把手里的棒冲着他一扬,笑声从门缝里挤出来,酒香从门缝里挤出来,Jazz 从门缝里挤出来……拉车的拉了车杠,摆在他前面的是十二月的江风,一个冷月,一条大建筑物中间的深巷。给扔在欢乐外面,他也不想到自杀,只"妈妈的"骂了一声儿,又往生活里走去了。

空去了这辆黄包车,街上只有月光啦。月光照着半边街,还有半边街浸在黑暗里边,这黑暗里边蹲着那家酒排,酒排的脑门上一盏灯是青的,青光底下站着个化石似的印度巡捕。开着门又关着门,鹦鹉似的说着:

"Good—bye,Sir。"

从玻璃门里走出个年青人来,胳膊肘上挂着条手杖。他从灯光下走到黑暗里,又从黑暗里走到月光下面,叹息了一下,窸窸地向前走去,想到了睡在别人床上的恋人,他走到江边,站在栏杆旁边发怔。

东方的天上,太阳光,金色的眼珠子似的在乌云里睁开了。

在浦东,一声男子的最高音:

"嗳……呀……嗳……"

直飞上半天,和第一线的太阳光碰在一起,接着便来了雄伟的合唱。睡熟了的建筑物站了起来,抬着脑袋,卸了灰色的睡衣,江水又哗啦哗啦的往东流,工厂的汽笛也吼着。

歌唱着新的生命,夜总会里的人们的命运!

醒回来了,上海!

上海,造在地狱上的天堂。

在其香居茶馆里

沙 汀

坐在其香居茶馆里的联保主任方治国，当他看见正从东头走来，嘴里照例扰嚷不休的邢幺吵吵的时候，简直立刻冷了半截，觉得身子快要坐不稳了。

使他发生这种异状的原因是：为了种种糊涂措施，目前他正处在全镇市民的围攻当中，这是一；其次，幺吵吵的第二个儿子，因为缓役了四次，又从不出半文钱壮丁费，好多人讲闲话了；加之，新县长又宣布了要认真整顿"役政"，于是他就赶紧上了封密告，而在三天前被兵役科捉进城了。

最为重要的还在这里：正如全市市民批评的那样，幺吵吵是个不忌生冷的人，什么话他都嘴一张就说了，不管你受得住受不住。就是联保主任的令尊在世的时候，也经常对他那张嘴感到头痛。因为尽管幺吵吵本人并不可怕，他的大哥可是全县极有威望的耆宿，他的舅子是财务委员，县政上的活跃分子，都是很不好沾惹的。

幺吵吵终于一路吵过来了。这是那种精力充足，对这世界上任何物事都采取一种毫不在意的态度的典型男性。他时常打起哈哈，在茶馆里自白道："老子这张嘴么，就这样：说是要说的，吃也是要吃的；说够了回去两杯甜酒一喝，倒下去就睡！……"

现在，幺吵吵一面跨上其香居的阶沿，拖了把圈椅坐下，一面直着嗓子，干笑着嚷叫道：

"嗨，对！看阳沟里还把船翻了么！……"

他所参加的那张茶桌已经有三个茶客，全是熟人：十年前当过视学的俞视学；前征收局的管帐，现在靠着利金生活的黄光锐；会文纸店的老板汪世模汪二。

他们大家，以及旁的茶客，都向他打着招呼：

"拿碗来！茶钱我给了。"

"坐上来好吧，"俞视学客气道，"这里要舒服些。"

"我要那么舒服做甚么哇？"出乎意外，幺吵吵横着眼睛嚷道，"你知道么，我坐上席会头昏的，——没有那个资格！……"

本份人的视学禁不住红起脸来。但他随即猜出来幺吵吵是针对着联保主任说的，因为当他嚷叫的时候，视学看见他充满恶意地瞥了一眼坐在后面首席上的方治国。

除却联保主任，那张桌子还坐得有张三监爷。人们都说他是方治国的军师，实际上，他可只能跟主任坐坐酒馆，在紧要关头进点不着边际的忠告。但这并不特别，他原是对什么事都关心的，而往往忽略了自己。他的老婆孩子经常在家里是饿着饭的，他却很少管顾。

同监爷对面坐着的是黄牯牛肉，正在吞服一种秘制的戒烟丸药。他是主任的重要助手；虽然并无多少才干，惟一的本领就是毫无顾忌。"现在的事你管那么多做什么哇？"他常常这么说，"拿得到手的就拿！"

牯牛肉应付这世界上一切经常使人大惊小怪的事变，只有一种态度：装做不懂。

"你不要管他的，发神经！"他小声向主任建议。

"这回子把蜂窝戳破了。"主任方治国苦笑说。

"我看要赶紧'缝'啊！"捧着暗淡无光的黄铜烟袋，监爷皱着脸沉吟道，"另外找一个人去'抵'怎样？"

"已经来不及了呀。"主任叹口气说。

"管他做甚么呵!"牦牛肉眨眼而且努嘴,"是他妈个火炮性子。"

这时候,幺吵吵已经拍着桌子,放开嗓子在叫嚷了。但是他的战术依然停留在第一阶段,即并不指出被攻击的人的姓名,只是影射着对方,正像一通没头没脑的谩骂那样。

"搞到我名下来了!"他显得做作地打了一串哈哈,"好得很! 老子今天就要看他是什么东西做出来的:人吗? 狗吗? 你们见过狗起草么,嗨,那才有趣! ……"

于是他又比又说地形容起来了。虽然已经蓄着了十年上下的胡子,幺吵吵的粗鲁话可是越来越多。许多闲着无事的人,有时候甚至故意挑弄他说下流话。他的所谓"狗",是指他的仇人方治国说的,因为主任的外祖父曾经当过衙役,而这又正是方府上下人等最大的忌讳。

因为他形容得太恶俗了,俞视学插嘴道:

"少造点口孽呵! 有道理讲得清的。"

"我有啥道理哇!"幺吵吵忽然板起脸嚷道,"有道理,我也早当了什么主任了。两眼墨黑,见钱就拿!"

"吓,邢表叔! ……"

气得脸青面黑的身材瘦小的主任,一下子忍不往站起来了。

"吓,邢表叔!"他重复说,"你说话要负责啊!"

"甚么叫做负责哇? 我就不懂! 表叔!"幺吵吵模拟着主任的声调,这惹得大家忍不住笑起来,"你认错人了! 认真是你表叔,你也不吃我了!"

"对,对,对,我吃你!"主任解嘲地说,干笑着坐了下去。

"不是吗?"幺吵吵拍了一巴掌桌子,嗓子更加高了,"兵役科的人亲自对我老大说的! 你的报告真做得好呢。我今天倒要看你长的几个卵子! ……"幺吵吵一个劲说下去。而他愈来愈加觉得这不是开玩笑,也不是平日的瞎吵瞎闹,完全为了个痛快;他认真感觉到愤激了。

他十分相信,要是一年半以前,他是用不着这么样着急的,事情好办得很。只需给他大哥一个通知,他的老二就会自自由由走回来的。而且以往抽丁,他的老二就躲掉过四次。但是现在情形已经两样,一切要照规矩办了。而最为严重的,是他的老二已经抓进城了。

他已经派了他的老大进城,而带回来的口信,更加证明他的忧虑不是没有根据。因为那捎信人说,新县长是认真要整顿兵役的,好几个有钱有势的青年人都偷跑了;有的成天躲在家里。幺吵吵的大哥已经试探过两次,但他认为情形险恶。额外那捎信人又说,壮丁就快要送进省了。凡是邢大老爷都感觉棘手的事,人还能有什么办法呢? 他的老二只有作炮灰了。

"你怕我是聋子吧,"幺吵吵简直在咆哮了,"去年蒋家寡母子的儿子五百,你放了;陈二靴子两百,你也放了! 你比土匪头儿萧大个子还要厉害。钱也拿了,脑袋也保住了,——老子也有钱的,你要张一张嘴呀?"

"说话要负责啊! 邢么老爷! ……"

主任又出马了,而且现出假装的笑容。

主任是一个糊涂而胆怯的人。胆怯,因为他太有钱了;而在这个边野地区,他又从来没有摸过枪炮。这地区是几乎每个人都能来两手的,还有人靠着它维持生计。好些年前,因为预征太多,许多人怕当公事,于是联保主任这个头衔忽然落在他头上了,弄得一批老实人莫名其妙。联保主任很清楚这是实力派的阴谋,然而,一向忍气吞声的日子驱使他接受了这个挑战。他起初老是垫钱,但后来他尝到甜头了:回扣、黑粮,等等。并且,当他走进茶馆的时候,招呼茶钱的声音也来得响亮。而在三年以前,他的大门上已经有了一道县长颁赠的匾额:

尽瘁桑梓

但是,不管怎样,正像他自己感觉到的一般,在这回龙镇,还是有人压住他的。他现在多少有点失悔自己做了糊涂事情;但他佯笑着,满不在意似的接着说道:

"你发气做啥啊,都不是外人! ……"

"你也知道不是外人么?"幺吵吵反问,但又并不等候回答,一直嚷叫下去道,"你既知道不是外人,就不该搞我了,告我的密了!"

"我只问你一句! ……"

联保主任又一下站起来了，而他的笑容更加充满一种讨好的意味。

"你说一句就是了！"他接着说，"兵役科什么人告诉你的？"

"总有那个人呀，"幺吵吵冷笑说，"像还是谣言呢！"

"不是！你要告诉我甚么人说的啦。"联保主任说，态度装得异常诚恳。

因为看见幺吵吵松了劲，他察觉出可以说理的机会到了。于是就势坐向俞视学侧面去，赌咒发誓地分辩起来，说他一辈子都不会做出这样胆大糊涂的事情来的！

他坐下，故意不注意幺吵吵，仿佛视学他们倒是他的对手。

"你们想吧，"他说，摊开手臂，蹙着瘦瘦的铁青的脸蛋，"我姓方的是吃饭长大的呀！并且，我一定要抓他的人做啥呢？难道'委员长'会赏我个状元当么？没讲的话，这街上的事，一向糊得圆我总是糊的！"

"你才会糊！"幺吵吵叹着气抵了一句。

"那总是我吹牛啊！"联保主任无可奈何地辩解说，瞥了一眼他的对手，"别的不讲，就拿救国公债说吧，别人写的多少，你又写的多少？"

他随又把嘴凑近视学的耳朵边呻唤道：

"连丁八字都是五百元呀！"

联保主任表演得如此精彩，这不是没原因的，他想充分显示出事情的重要性，和他对待幺吵吵的一件苦心。同时，他发觉看热闹的人已经越来越多，几乎街都快扎断了，漏出风声太不光彩，而且容易引起纠纷。

大约视学相信了他的话，或者被他的诚意感动了，兼之又是出名的好好先生，因此他斯斯文文地扫了扫喉咙，开始劝解起幺吵吵来。

"幺哥！我看这样啊：人不抓，已经抓了，横竖是为国家，……"

"这你才会说！"幺吵吵一下撑起来了，眯起眼睛问视学道，"这样会说，你那么一大堆，怎么不挑一个送起去呢？"

"好！我两个讲不通。"

视学满脸通红，故意勾下脑袋喝茶去了。

"再多讲点就讲通了！"幺吵吵重又坐了下去，接着满脸怒气嚷道，"没有生过娃娃，当然会说生娃娃很舒服！今天怎么把你个好好先生遇到了啊：冬瓜做不做得甑子？做得。蒸垮了呢？那是要垮呀，——你个老哥子真是！"

他的形容引来一片笑声，他自己却并不笑，他把他那结结实实的身子移动了一下，抹抹胡子，又把袖头两挽，理直气壮地宣告道：

"闲话少讲！方大主任，说不清楚你今天走不掉的！"

"好呀！"主任应声道，一面懒懒退还原地方去，"回龙镇只有这样大一个地方哩，我会往哪里跑？就要跑也跑不脱的。"

联保主任的声调和表情照例带着一种嘲笑的意味，至于是嘲笑自己，或者嘲笑对方，那就要凭你猜了。他是经常凭借了这点武器来掩护自己的；而且经常弄得顽强的敌手哭笑不得。人们一般都叫他做软硬人；碰见老虎他是绵羊，如果对方是绵羊呢，他又变成了老虎了。

当他回到原位的时候，牦牛肉一面吞服着戒烟丸，生气道：

"我白还懒得答呢，你就让他吵去！"

"不行不行，"监爷意味深长地说，"事情不同了。"

监爷一直这样坚持自己的意见，是颇有理由的。因为他确信这镇上正在对准联保主任进行一种大规模的控告，而邢大老爷，那位全县知名的绅耆，可以使这控告成为事实，也可以打消它。这也就是说，现在联络邢家是个必要措施。何况谁知道新县长是怎样一副脾气的人呢！

这时候，茶堂里的来客已增多了。连平时懒于出门的陈新老爷也走来了。新老爷是前清科举时代最末一科的秀才，当过十年团总，十年哥老会的头目，八年前才退休的。他已经很少过问镇上的事情了，但是他的意见还同团总时代一样有效。

新老爷一露面，茶客们都立刻直觉到：幺吵吵已经布置好一台讲茶了。茶堂里响起一片零乱的呼唤声。

有照旧坐在座位上向堂倌叫喊的,有站起来叫喊的,有的一面挥着钞票一面叫喊,但是都把声音提得很高很高,深恐新老爷听不见。

其间一个茶客,甚至于怒气冲冲地吼道:

"不准乱收钱啦!嗨!这个龟儿子听到没有?……"

于是立刻跑去塞一张钞票在堂倌手里。

在这种种热情的骚动中间,争执的双方,已经很平静了。联保主任知道自己会亏理的,他正在殷勤地争取客人,希望能于自己有利。而么吵吵则一直闷着张脸,这是因为当着这许多漂亮人物面前,他忽然深切地感觉到,既然他的老二被抓,这就等于说他已经失掉了面子!

这镇上是流行着这样一种风气的,凡是照规矩行事的,那就是平常人,重要人物都是站在一切规矩之外的。比如陈新老爷,他并不是个惜疼金钱的角色,但是就连打醮这类事情,他也没有份;否则便会惹起人们大惊小怪,以为新老爷失了面子,和一个平常人没多少区别了。面子在这镇上的作用就有如此厉害,所以么吵吵闷着张脸,只是懒懒地打着招呼。直到新老爷问起他是否欠安的时候,这才稍稍振作起来。

"人倒是好的,"他苦笑着说,"就是眉毛快给人剪光了!"

接着他又一连打了一串干燥无味的哈哈。

"你瞎说!"新老爷严正地切断他,"简直瞎说!"

"当真哩!不然。也不敢劳驾你哥子动步了。"

为了表示关切,新老爷深深叹了口气。

"大哥有信来没有呢?"新老爷接着又问。

"他也没办法呀!……"

么吵吵呻唤了。

"你想吧,"为了避免人们误会,以为他的大哥也成了没面子的角色了,他随又解释道,"新县长的脾气又没有摸到,叫他怎么办呢?常言说,新官上任三把火,又是闹起要整顿役政的,谁知道他会发些什么猫儿毛病?前天我又托蒋门神打听去了。"

"新县长怕难说话,"一个新近从城里回来的小商人插入道,"看样子就晓得了:随常一个人在街上串,戴他妈副黑眼镜子……"

严肃沉默的空气没有让小商人说下去。

接着,也没有人敢再插嘴,因为大家都不知道应该如何表示自己的感情。表示高兴吧,这是会得罪人的,因为情形的确有些严重;但说是严重吧,也不对,这又会显得邢府上太无能了。所以彼此只好暧昧不明地摇头叹气,喝起茶来。

看见联保主任似乎正在考虑一种行动。牦牛肉包着丸药,小声道:

"不要管他!这么快县长就叫他们喂家了么?"

"去找找新老爷是对的!"监爷意味深长地说。

这个脸面浮肿、常以足智多谋自负的没落士绅,正投了联保本任的机,方治国早就考虑到这个必要的措施了。使得他迟疑的,是他觉得,比较起来,新老爷同邢家的关系一向深厚得多,他不一定捡得到便宜。虽然在派款和收粮上面,他并没有对不住新老爷的地方;逢年过节,他也从未忘记送礼,但在几件小事情上,他是开罪过新老爷的。

比如,有一回曾布客想抵制他,抬出新老爷来,说道:

"好的,我们到新老爷那里去说!"

"你把时候记错了!"主任发火道,"新老爷吓不倒我!"

后来,事情虽然照旧是在新老爷的意志下和平解决了的,但是他的失言一定已经散播开去,新老爷给他记下一笔帐了。但他终于站了起来,向着新老爷走过去了。这个行动,立刻使得人们很振作了,大家全都期待着一个新的开端。有几个人在大声喊叫堂倌拿开水来,希望缓和一下他们的紧张心情。么吵吵自然也是注意到联保主任的攻势的,但他不当作攻势看,以为他的对手是要求新老爷调解的;但他猜不准这个调解将会采取一种什么方式。

而且，从幺吵吵看来，在目前这样一种严重问题上，一个能够叫他满意的调解办法，是不容易想出来的。这不能道歉了事，也不能用金钱的赔偿弥补，那么剩下来的只有立法庭起诉了！但一想到这个，他就立刻不安起来，因为一个决心整饬役政的县长。难道会让他占上风？！

幺吵吵觉得苦恼，而且感觉一切都不对劲。这个一向坚实乐观的汉子，第一次遭到烦扰的袭击了，简直就同一个处在这种境况的平常人不差上下：一点抓拿没有！

他忽然在桌子上拍了一掌，苦笑着自言自语道：

"哼！乱整吧，老子大家乱整！"

"你又来了！"俞视学说，"他总会拿话出来说嘛。"

"这还有甚么说的呢？"幺吵吵苦着脸反驳道，"你个老哥子怎么不想想啊：难道甚么天王老子会有这么大的面子，能够把人给我取回来么？！"

"不是那么讲。取不出来，也有取不出来的办法。"

"那我就请教你！"幺吵吵认真快发火了，但他尽力克制着自己，"甚么办法呢？！——说一句对不住了事？——打死了让他赔命？……""也不是那样讲。……""那又是怎样讲呢？"幺吵吵终于大发其火，直着嗓子叫了，"老实说吧，他就没有办法！我们只有到场外前大河里去喝水了！"

这立刻引起一阵新的骚动。全部预感到精彩节目就要来了。

一个站在阶沿下人堆里的看客，大声回绝着朋友的催促道：

"你走你的嘛，我还要玩一会！"

提着茶壶穿堂走过的堂倌，也在兴高采烈叫道：

"让开一点，看把脑袋烫肿！"

在当街的最末一张条桌上，那里离幺吵吵隔着四张桌子，一种平心静气的谈判已经决要结束。但是效果显然很少，因为长条子的陈新老爷，忽然气冲冲站起来了。

陈新老爷仰起瘦脸，颈子一扭，大叫道：

"你倒说你娃条鸟啊！……"

但他随又坐了下去，手指很响地击着桌面。

"老弟！"他一直望着联保主任，几乎一字一顿地说，"我不会害你的！一个人眼光要放远大一点，目前的事是谁也料不到的！——懂么？"

"我懂呵！难道你会害我？"

"那你就该听大家的劝呀！"

"查出来要这个啦，——我的老先人！"

联保主任苦涩地叫着，同时用手拿在后颈上一比：他怕杀头。

这的确也很可虑，因为严惩兵役舞弊的明令，已经来过三四次了。这就算不作数，我们这里隔上峰还远，但是县长对于我们就全然不相同了：他简直就在你的鼻子前面。并且，既然已经把人抓起去了，就要额外买人替换，一定也比平日困难得多。

加之，前一任县长正是为了壮丁问题被撤职的，而新县长一上任便宣称他要扫除役政上的种种积弊。谁知道他是不是也如一般新县长那样，上任时候的官腔总特别打得响，结果说过算事，或者他硬要认真地干一下？他的脾气又是怎样的呢？……

此外，联保主任还有一个不能冒这危险的重大理由。他已经四十岁了，但他还没有取得父亲的资格。他的两个太太都不中用，虽然一般人把责任归在这作丈夫的先天不足上面。好像就是再活下去，他也永远无济于事，作不成父亲。

然而，不管如何，看光景他是决不会冒险了。所以停停，他又解嘲地继续道：

"我的老先人！这个险我不敢冒。认真是我告了他的密都说得过去！……"他佯笑着，而且装做得很安静。同幺吵吵一样，他也看出了事情的诸般困难的，而他首先应该矢口否认那个密告的责任。但他没有料到，他把新老爷激恼了。

新老爷没有让他说完，便很生气地反驳道。

"你这才会装呢！可惜是大老爷亲自听兵役科说的！"

"方大主任！"幺吵吵忽然直接地插进来了，"是人做出来的就撑住哇！我告诉你：赖，你今天无论如何赖不脱的！"

"嘴巴不要伤人啊！"联保主任忍不住发起火来。

他态度严正，口气充满了警告气味；但是幺吵吵可更加蛮横了。

"是的，老子说了，是人做出来的你就撑住！"

"好嘛，你多凶啊。"

"老子就是这样！"

"对对对，你是老子！哈哈！……"

联保主任响着干笑，一面退回自己原先的座位上去。他觉得他在全镇的市民面前受了侮辱，他决心要同他的敌人斗到底了。仿佛就是拼掉老命他都决不低头。

联保主任的幕僚们依旧各有各的主见。牦牛肉说：

"你愈让他愈来了，是吧！"

"不行不行，事情不同了。"监爷叹着气说。

许多人都感到事情已经闹成僵局，接着来的一定会是谩骂，是散场了。因为情形明显得很，争吵的双方都是不会动拳头的。那些站在大街上看热闹的，已经在准备回家吃午饭了。

但是，茶客们却谁也不能轻易动身，担心有失体统。并且新老爷已经请了幺吵吵过去，正在进行一种新的商量，希望能有一个顾全体面的办法。虽然按照常识，一个二十岁的青年人的生命，绝不能和体面相提并论，而关于体面的解释也很不一致。

然而，不管怎样，由于一种不得已的苦衷，幺吵吵终于是让步了。

"好好，"他带着决然忍受一切的神情说，"就照你哥子说的做吧！"

"那么方主任，"新老爷紧接着站起来宣布说，"这一下就看你怎样，一切用费么老爷出，人由你找。事情也由你进城去办；办不通还有他们大老爷，——"

"就请大老爷办不更方便些么？"主任嘴快地插入说。

"是呀！也请他们大老爷，不过你负责就是了。"

"我负不了这个责。"

"什么呀?！"

"你想，我怎么能负这个责呢？"

"好！"

新老爷简洁地说，闷着脸坐下去了。他显然是被对方弄得不快意了；但是，沉默了会，他又耐着性子重新劝说起来。

"你是怕用的钱会推在你身上吧？"新老爷笑笑说。

"笑话！"联保主任毫不在意地答道，"我怕什么？又不是我的事。"

"那又是什么人的事呢？"

"我晓得的呀！"

联保主任回答这句话的时候，带着一种做作的安闲态度，而且嘲弄似的笑着，好像他是什么都不懂得，因此什么也未觉得可怕；但他没有料到幺吵吵冲过来了。而且，那个气得胡子发抖的汉子，一把扭牢他的领口就朝街面上拖。

"我晓得你是个软硬人！——老子今天跟你拼了！……"

"大家都是面子上的人，有话好好说啊！"茶客们劝解着。

然而，一面劝解，一而偷偷溜走的也就不少。堂倌已经在忙着收茶碗了。监爷在四处向人求援；昏头昏脑地胡乱打着漩子；而这也正证明着联保主任并没有白费自己的酒肉。

"这太不成话了！"他摇头叹气说，"大家把他们分开吧！"

"我管不了！"视学边往街上溜去边说，"看血喷在我身上。"

牦牛肉在收敛着戒烟丸药，一面叽叽咕咕嚷道：

"这样就好！哪个没有生得手么？好得很！"

但当丸药收敛停当的时候，他的上司已经吃了亏了。联保主任不断淌着鼻血，左眼睛已经青肿起来。他是新老爷解救出来的，而他现在已经被安顿在茶堂门口一张白木圈椅上面。

"你姓邢的是对的！"他摸摸自己的肿眼睛说，"你打得好！"

"你嘴硬吧！"幺吵吵气喘吁吁地唾着牙血，"你嘴硬吧！"

牦牛肉悄悄向联保主任建议，说他应该马上找医生诊治一下，取个伤单；但是他的上司拒绝了他，反而要他赶快去雇滑杆。因为联保主任已经决定立刻进城控告去了。

联保主任的眷属，特别是他的母亲，那个以悭吝出名的小老太婆，早已经赶来了。

"咦，兴这样打么？"她连连叫道，"这样眼睛不认人么?！"

邢幺太太则在丈夫耳朵边报告着联保主任的伤势。

"眼睛都肿来像毛桃子了！……"

"老子还没有打够！"吐着牙血，幺吵吵吸口气说。

别的来看热闹的妇女也很不少，整个市镇几乎全给翻了转来。吵架打架本来就值得看，一对有面子的人物弄来动手动脚，自然也就更可观了！因而大家的情绪比看把戏还要热烈。

但正当这人心沸腾的时候，一个左腿微跛，满脸胡须的矮汉子忽然从人丛中挤了进来。这是蒋米贩子，因为神情呆板，大家又叫他蒋门神。前天进城赶场，幺吵吵就托过他捎信的，因此他立刻把大家的注意一下子集中了。那首先抓住他的是刑幺太太。

这是个顶着假发的肥胖妇人，爱做作，爱饶舌，诨名九娘子。她颤声颤气问那个米贩子道：

"托你打听的事情呢？……坐下来说吧！"

"打听的事情？"米贩子显得见怪似的答道，"人已经出来啦。"

"当真的呀！"许多人吃惊了，一齐叫了出来。

"那还是假的么？我走的时候，还在十字口茶馆里打牌呢。昨天夜里点名，他报数报错了，队长说他没资格打国仗，就开革了；打了一百军棍。"

"一百军棍?！"又是许多声音。

"不是大老爷面子大，你就再挨几个一百也出来不了呢。起初都讲新县长厉害，其实很好说话。前天大老爷请客，一个人老早就跑去了：戴他妈副黑眼镜子……"

米贩子叙说着，而他忽然一眼注意到了幺吵吵和联保主任。

"你们是怎么搞的？你牙齿痛吗？你的眼睛怎么肿啦？……"

（原载 1940 年 12 月 1 日《抗战文艺》第 6 卷第 4 期）

山峡中

艾　芜

江上横着铁链作成的索桥,巨蟒似的,现出顽强古怪的样子,终于渐渐吞蚀在夜色中了。

桥下凶恶的江水,在黑暗中奔腾着,咆哮着,发怒地冲打岩石,激起吓人的巨响。

两岸蛮野的山峰,好像也在怕着脚下的奔流,无法避开一样,都把头尽量地躲入疏星寥落的空际。

夏天的山中之夜,阴郁、寒冷、怕人。

桥头的神祠,破败而荒凉的。显然已给人类忘记了,遗弃了,孤零零地躺着,只有山风、江流送着它的余年。

我们这几个被世界忘却的人,到晚上的时候,趁着月色星光,就从远山那边的市集里,悄悄地爬了下来,进去和残废的神们,一块儿住着,作为暂时的自由之家。

黄黑斑驳的神龛面前,烧着一堆煮饭的野火,跳起熊熊的红光,就把伸手取暖的阴影鲜明地经在火堆的周遭。上面金衣剥落的江神,虽也在暗淡的红色光影中,显出一足踏着龙头的悲壮样子,但人一看见那只扬起的握剑的手,是那么地残破,危危欲坠了,谁也要怜惜他这位末路英雄的。锅盖的四围,呼呼地冒出白色的蒸汽,咸肉的香味和着松柴的芬芳,一时到处弥漫起来。这是宜于哼小曲、吹口哨的悠闲时候,但大家都是静默地坐着,只在暖暖手。

另一边角落里,燃着一节残缺的蜡烛,摇曳的地吐出微黄的光辉,展示出另一个暗淡的世界。没头的土地菩萨侧边,躺着小黑牛,污腻的上身完全裸露出来。正无力地呻唤着,衣和裤上的血迹,有的干了,有的还是湿渍渍的。夜白飞就坐在旁边,给他揉着腰杆,擦着背,一发现重伤的地方,便惊讶地喊:

"呵呀,这一处!"

接着咒骂起来:"他妈的!这地方的人,真毒!老子走遍天下,也没碰见过这些吃人的东西!……这里的江水也可恶,像今晚要把我们冲走一样!"

夜愈静寂,江水也愈吼得厉害,地和屋宇和神龛都在震颤起来。

"小伙子,我告诉你,这算什么呢?对待我们更要残酷的人,天底下还多哩,……苍蝇一样的多哩!"

这是老头子不高兴的声音,由那薄暗的地方送来,仿佛在责备着,"你为什么要大惊小怪哪!"他躺在一张破烂虎皮的毯子上面,样子却望不清楚,只是铁烟管上的旱烟,现出一明一暗的红焰。复又吐出教训的话语:

"我么?人老了,拳头棍棒样可就挨得不少。……想想看,吃我们这行饭,不怕挨打就是本钱哪!……没本钱怎么做生意呢?"

在这边烤火的鬼冬哥把手一张,脑袋一仰,就大声插嘴过去,一半是讨老人的好,一半是夸自己的狠。

"是呀,要活下去。我们这批人打断腿倒是常有的事情,……你们看,像那回在鸡街,鼻血打出了,牙齿打脱了,腰杆也差不多伸不起来,我回来的时候,不是还在笑么?……"

"对哪!"老头子高兴地坐了起来,"还有,小黑牛就是太笨了,嘴巴又不会扯谎,有些事情一说就说脱了的。像今天,你说,也掉东西,谁还拉着你哩?……只晓得说'不是我,不是我',就是这一句,人家怎不搜你身上呢?……不怕挨打,也好嘛?……呻唤,呻唤,尽是呻唤!"

我虽是没有就着火光看书了,但却仍旧把书拿在手里的。鬼冬哥得了老头子的赞许,就动手动足起来,一把抓着我的书喊道："看什么？书上的废话，有什么用呢？一个钱也不值，……烧起来还当不得这一根干柴……听，老人家在讲我们的学问哪！"一面就把一根干柴，送进火里。

老头子在砖上叩去了铁烟管上的余烬，很矜持地说道："我们的学问，没有写在纸上，……写来给傻子读么？……第一……一句话，就是不怕和扯谎！……第二……我们的学问，哈哈哈。"

似乎一下子觉出了，我才同他合伙没久的，便用笑声掩饰着更深一层的话了。

"烧了吧，烧了吧，你这本傻子才肯读的书！"

鬼冬哥作势要把书抛进火里去，我忙抢着喊：

"不行！不行！"

侧边的人就叫了起来："锅碰倒了！锅碰倒了！"

"同你的书一块去跳江吧！"鬼冬哥笑着把书丢给了我。

老头子轻徐地对我说道：

"你高兴同我们一道走，还带那些书做什么呢。……那是没用的，小时候我也读过一两本。"

"用处是不大的，不过闲着的时候，看看罢了，像你老人家无事的时候吸烟一样。……"

我不愿同老头子引起争论，因为就有再好的理由也说不服他这顽强的人的，所以便这样客气地答复他。他得意地笑了，笑声在黑暗中散播着。至于说到要同他们一道走，我却没有如何决定，只是一路上给生活压来说气忿话的时候，老头子就误以为我真的要入伙了。今天去干的那一件事，无非由于他们的逼迫，凑凑角色罢了，并不是另一个新生活的开始。我打算趁此向老头子说明也许不多几天，就要独自走我的，但却给小黑牛突然一阵猛烈的呻唤打断了。

大家皱着眉头沉默着。

在这些时候，不息地打着桥头的江涛。仿佛要冲进庙来，扫荡一切似的。江风也比往天晚上大些，挟着尘沙，一阵阵地滚人，简直要连人连锅连火吹走一样。

残烛熄灭，火堆也闷着烟，全世界的光明，统给风带走了，一切重返于天涯的黑暗。只有小黑牛痛苦的呻吟，还表示出了我们悲惨生活的存在。

野老鸦拨着火堆，尖起嘴巴吹，闪闪的红光，依旧喜悦地跳起，周遭不好看的脸子，重又画出来了。大家吐了一口舒适的气。野老鸦却是流着眼泪了，因为刚才吹的时候，湿烟熏着了他的眼睛，他伸手揉揉之后，独自悠悠然地说：

"今晚的大江，吼得这么大……又凶，……像要吃人的光景哩，该不会出事吧……"

大家仍旧沉默着。外面的山风、江涛，不停地咆哮，不停地怒吼，好像诅咒我们的存在似的。

小黑牛突然大声地呻唤，发出痛苦的呓语："哎呀，……哎……害了我了……害了我了，……哎呀……哎呀……我不干了！我不……"

替他擦着伤处的夜白飞，点燃了残烛，用一只手挡着风，照映出小黑牛打坏了的身子——正痉挛地做出要翻身不能翻的痛苦光景，就赶快替他往腰部揉一揉，恨恨地抱怨他：

"你在说什么？你……鬼附着你哪！"

同时掉头回去，恐怖地望望黑暗中的老头子。

小黑牛突地翻过身，嘎声嘶叫："你们不得好死的！你们！……菩萨！菩萨呀！"已经躺下的老头子突然坐了起来，轻声说道。"这样么？……哦……"忽又生气了，把铁烟管用力地往砖上叩了一下，说："菩萨，菩萨，菩萨也同你一样的倒霉！"

交闪在火光上面的眼光，都你望我我望你地，现出不安的神色。野老鸦向着黑暗的门外看了一下，仍旧静静地说："今晚的江水实在吼得太大了！……我说嘛……"

"你说，……你一开口，就不是吉利的！"

鬼冬哥粗暴地盯了野老鸦一眼，恨恨地诅咒着。

一阵风又从破门框上刮了进来，激起点点红艳的火星，直朝鬼冬哥的身上进射。他赶快退后几步，向门外黑暗中的风声，扬着拳头骂：

"你进来！你进来……"神祠后面的小门一开，白色鲜明的玻璃灯光和着一位油黑蛋脸的年青姑娘，连同笑声,挤进我们这个暗淡的世界里来了。黑暗、沉闷和忧郁,都悄悄地躲去。

"喂,懒人们!饭煮得怎样了……孩子都要饿哭了哩!"一手提灯,一手抱着一块木头人儿,亲昵地偎在怀里,做出母亲那样高兴的神情。

蹲着暖手的鬼冬哥把头一仰,手一张,高声哗笑起来:"哈呀,野猫子,……一大半天,我说你在后面做什么?……你原来是在生孩子哪!……"

"呸,我在生你!"

接着啵的响了一声。野猫子生气了,鼓起原来就是很大的乌黑眼睛,把木人儿打在鬼冬哥的身旁;一下子冲到火堆边上,放下了灯,揭开锅盖,用筷子查看锅里翻腾滚沸的咸肉。白濛濛的蒸汽,便在雪亮的灯光中,袅袅地上升着。

鬼冬哥拾起木人儿,装模作样地喊道:"呵呀,……尿都跌出来了!……好狠毒的妈妈!"

野猫子不说话,只把嘴巴一尖,头颈一伸,向他作个顽皮的鬼脸,就撕着一大块油腻腻的肉,有味地嚼她的。

小骡子用手肘碰碰我,斜起眼睛打趣说:

"今天不是还在替孩子买衣料么?"

接着大笑起来。

"嘿嘿,……酒鬼……嘿嘿,酒鬼。"

鬼冬哥也突地记起了,哗笑着,向我喊:

"该你抱!该你抱!"

就把木人儿递在我的面前。

野猫子将锅盖骤然一盖,抓着木人儿,抓着灯,像风一样蓦地卷开了。

小骡子的眼珠跟着她的身子溜,点点头说:"活像哪,活像哪,一条野猫子!"

她把灯、木人儿和她自己,一同蹲在老头子的面前,撒娇地说:

"爷爷,你抱抱!娃儿哭哩!"

老头子正生气地坐着,虎着脸,耳根下的刀痕,绽出红涨的痕迹。不答理他的女儿。女儿却不怕爸爸的,就把木人儿的蓝色小光头,伸向短短的络腮胡上,顽皮地乱闯着,一面呶起小嘴巴,娇声娇气地说:

"抱,嗯,抱,一定要抱!"

"不!"

老头子的牙齿缝里挤出这么一声。

"抱,一定要抱,一定要,一定!"

老头子在各方面,都很顽强的,但对女儿却每一次总是无可如何地屈服了。接着木人儿,对在鼻子尖上,较大眼睛,粗声粗气地打趣道:

"你是哪个的孩子?……喊声外公吧!喊,蠢东西!"

"不给你玩!拿来,拿来!"野猫子一把抓去了,气得翘起了嘴巴。

老头子却粗暴地哗笑起来。大家都感到了异常的轻松,因为残留在这个小世界里的怒气,这一下子也已完全冰消了。

我只把眼光放在书上,心里却另外浮起了今天那一件新鲜而有趣的事情。

早上,他们叫我装作农家小子,拿着一根长烟袋,野猫子扮成农家小媳妇,提着一只小竹篮,同到远山那边的市集里,假作去买东西。他们呢,两个三个地远远尾在我们的后面,也装作忙忙赶街的样子。往日我只是留着守东西,从不曾伙他们去干的,今天机会一到,便逼着扮演一位不重要的角色,可笑而好玩地登台了。

山中的市集,也很热闹的,拥挤着许多远地来的庄稼人。野猫子同我走到一家布摊子的面前,她就把竹篮子套在手腕上,乱翻起摊上的布来,选着条纹花的说不好,选着棋盘格的也说不好,惹得老板也感到烦厌了。最后她扯出一匹蓝底白花的印花布,喜滋滋地叫道:

"呵呀,这才好看哪!"

随即掉转身来,仰起乌溜溜的眼睛,对我说:

"爸爸，……买一件给阿狗穿！"

我简直想笑起来——天呀，她怎么装得这样像！幸好始终板起了面孔，立刻记起了他们教我的话。

"不行，太贵了！……我没那样多的钱花！"

"酒鬼，我晓得！你的钱，是要喝马尿水的！"

同时在我的鼻子尖上，竖起一根示威的指头，点了两点。说完就一下子转过身去，气狠狠地把布丢在摊子上。

于是，两个人就小小地吵起嘴来了。满以为狡猾的老板总要看我们这幕滑稽剧的，哪知道他才是见惯不惊了，眼睛始终照顾着他的摊子。

野猫子最后赌气说：

"不买了，什么也不买了！"

一面却向对面街边上的货摊子望去。突然做出吃惊的样子，低声地向我也是向着老板喊：

"呀！看，小偷在摸东西哪！"

我一望去，简直吓灰了脸，怎么野猫子会来这一着？在那边干的人不正是夜白飞、小黑牛他们么？

然而，正因为这一着，事情却得了手。后来，小骡子在路上告诉我，就是在这个时候，狡猾的老板始把时时刻刻都在提防的眼光引向远去，他才趁势偷去一匹上好的细布的。当时我却不知道，只听得老板幸灾乐祸地袖着手说：

"好呀！好呀！王老三，你也倒楣了！"

我还呆着看，野猫子便揪了我一把，喊着：

"酒鬼，死了么？"

我便跟着她赶快走开，却听着老板在后面冷冷地笑着，说风凉话哩。

"年纪轻轻，就这样的泼辣！咳！"

野猫子掉回头去啐了一口。

"看进去了！看进去了！"

鬼冬哥一面端开炖肉的锅，一面打趣着我。

于是，我的回味，便同山风刮着的火烟，一道儿溜走了。

中夜，纷乱的足声和嘈杂的低语，惊醒了我；我没有翻爬起来，只是静静地睡着。像是野猫子吧？走到我所睡的地方，站了一会，小声说道：

"睡熟了，睡熟了。"

我知道一定有什么瞒我的事在发生着了，心里禁不住惊跳起来，但却不敢翻动，只是尖起耳朵凝神地听着，忽然听见夜白飞哀求的声音，在暗黑中颤抖地说着：

"这太残酷了，太，太残酷了……魏大爷，可怜他是……"

尾声低小下去，听着的只是夜深打岸的江涛。

接着老头子发出钢铁一样的高声，叱责着：

"天底下的人，谁可怜过我们？……小伙子，个个都对我们捏着拳头哪！要是心肠软一点，还活得到今天么？你……哼，你！小伙子，在这里，懦弱的人是不配活的。……他，又知道我们的……咳，那么多！怎好白白放走呢？"

那边角落里躺着的小黑牛，似乎被人抬了起来，一路带着痛苦的呻唤和着杂色的足步，流向神祠的外面去。一时屋里静悄悄的了，简直空洞得十分怕人。

我轻轻地抬起头，朝破壁缝中望去，外面一片清朗的月色，已把山峰的姿影、岩石的面部和林木的参差，或浓或淡地画了出来，更显着峡壁的阴森和凄郁，比黄昏时候看起来还要怕人些。山脚底，汹涌着一片蓝色的奔流，碰着江中的石礁，不断地在月光中溅跃起、喷射起银白的水花。白天，尤其黄昏时候，看起来像是顽强古怪的铁索桥呢，这时却在皎洁的月下，露出妩媚的修影了。

老头子和野猫子站在桥头。影子投在地上。江风掠飞着他们的衣裳。

另外抬着东西的几个阴影，走到索桥的中部，便停了下来。蓦地一个人那么样的形体，很快地丢下江去。原先就是怒吼着的江涛，却并没有因此激起一点另外的声息，只是一霎时在落下处，跳起了丈多高亮晶晶的水珠，然而也就马上消灭了。

我明白了，小黑牛已经在这世界上凭借着一只残酷的巨手，完结了他的悲惨的命运了。但他往天那样老实而苦恼的农民样子，却还遗留在我的心里，搅得我一时无法安睡。

他们回来了。大家都是默无一语地悄然睡下，显见得这件事的结局是不得已的，谁也不高兴做的。

在黑暗中，野老鸦翻了一个身，自言自语地低声说道：

"江水实在吼得太大了！"

没有谁答一句话，只有庙外的江涛和山风，鼓噪地应和着。我回忆起小黑牛坐在坡上歇气时，常常爱说的那一句话了，

"那多好呀！……那样的山地！……还有那小牛！"

随着他那忧郁的眼睛望去，一定会在晴明的远山上面，看出点点灰色的茅屋和正在缕缕升起的蓝色轻烟的。同伙们也知道，他是被那远处人家的景色，勾引起深沉的怀乡病了，但却没有谁来安慰他，只是一阵地瞎打趣。

小骡子每次都爱接着他的话说："还有那白白胖胖的女人啰！"

另一人插嘴道：

"正在张太爷家里享福哪，吃好穿好的。"

小黑牛呆住了，默默地低下了头。

"鬼东西，总爱提这些！……我们打几盘再走吧，牌嘀？牌嘀？……谁抢着？"

夜白飞始终袒护着小黑牛：众人知道小黑牛的悲惨故事，也是由他的嘴巴传达出来的。

"又是在想，又是在想！你要回去死在张太爷的拳头下才好的！……同你的山地牛儿一块去死吧！"

鬼冬哥在小黑牛的鼻子尖上示威似的摇一摇拳头，就抽身到树荫下打纸牌去了。

小黑牛在那个世界里躲开了张太爷的拳击，掉过身来在这个世界里，却仍然又免不了江流的吞食。我不禁就由这想起，难道穷苦人的生活本身，便原是悲痛而残酷的么？也许地球上还有另外的光明留给我们的吧？明天我终于要走了。

次晨醒来，只有野猫子和我留着。

破败凋残的神祠，尘灰满积的神龛，吊挂蛛网的屋角，俱如我枯燥的心地一样，是灰色的、暗淡的。

除却时时刻刻都在震人心房的江涛声而外，在这里简直可以说没有一样东西使人感到兴奋了。

野猫子先我起来，穿着青花布的短衣，大脚统的黑绸裤，独自生着火，炖着开水，悠悠闲闲地坐在火旁边唱着：

江水呵，
慢慢流，
流呀流，
流到东边大海头，

我一面爬起来扣着衣纽，听着这样的歌声，越发感到岑寂了。便没精打采地问（其实自己也是知道的）：

"野猫子，他们哪里去了？"

"发财去了！"

接着又唱她的：

那儿呀，没有忧！
那儿呀，没有愁！

她见我不时朝昨夜小黑牛睡的地方望，便打探似的说道："小黑牛昨夜可真叫得凶，大家都吵来睡不着。"一面闪着她乌黑的狡猾的眼睛。

"我没听见。"

打算听她再捏造些什么话，便故意这样地回答。

她便继续说："一早就抬他去医伤去了！……他真是个该死的家伙，不是爸爸估着他，说着好话，他还不

去呢!"

她比着手势,很出色地形容着,好像真有那么一回事一样。刚在火堆边坐着的我,简直感到忿怒了,便低下头去,用干树枝拨着火,冷冷地说:"你的爸爸,太好了,太好了! ……可惜我却不能多跟他老人家几天了。"

"你要走了?"她吃了一惊,随即生气地骂道:"你也想学小黑牛了!"

"也许……不过……"我一面用干枝画着灰,一面犹豫地说。

"不过什么? 不过! ……爸爸说的好,懦弱的人,一辈子只有给人踏着过日子的。……伸起腰干吧! 抬起头吧! ……羞不羞哪,像小黑牛那样子!"

"你的爸爸,说的话,是对的,做的事,却错了!"

"为什么?"

"你说为什么? ……并且昨夜的事情,我通通看见了!"我说着,冷冷的眼光浮了起来。看见她突然变了脸色,但又一下子恢复了原状,而且狡猾地说着:"嘿嘿,就是为了这才要走么? 你这不中用的!"

马上揭开开水罐子看,气冲冲地骂:"还不开! 还不开!"

蓦地像风一样卷到神殿后面去,一会儿,抱了一抱干柴出来。一面拨大火,一面柔和地说:

"害怕么? 要活下去,怕是不行的。咋夜的事,多着哩,久了就会见惯了的。……是么? 规规矩矩地跟我们吧,……你这阿狗的爹,哈哈哈!"

她狂笑起来,随即抓着昨夜丢下了的木人儿,顽皮地命令我道:"木头,抱,抱,他哭哩!"

我笑了起来,但却仍然去整理我的衣衫和书。

"真的要走么? 来来来,到后面去!"她的两条眉峰一竖,眼睛露出恶毒的光芒,看起来,却是又美丽又可怕的。

她比我矮一个头,身子虽是结实,但却总是小小的,一种好奇的冲动捉弄着我,于是无意识地笑了一下,便尾着她到后面去了。

她从柴草中抓出一把雪亮的刀来,半张不理地递给我,斜瞬着狡猾的眼睛,命令道:"试试看,你砍这棵树!"我由她摆布,接着刀,照着面前的黄桷树,用力砍去,结果只砍了半寸多深。因为使刀的本事,我原是不行的。

"让我来!"

她突地活跃了起来,夺去了刀,作出一个侧面骑马的姿势,很结实地一挥,喳的一刀,便没入树身三四寸的光景,又毫不费力地拔了出来,依旧放在柴草里面,然后气昂昂地走来我的面前,两手叉在腰上,微微地噘起嘴巴,笑嘻嘻地嘲弄我:

"你怎么走得脱呢? ……你怎么走得脱呢?"

于是,在这无人的山中,我给这位比我小块的野女子窘住了。正还打算这样地回答她:

"你的爸爸会让我走的!"

但她却忽然抽身跑开了,一面高声唱着,仿佛奏着凯旋一样。

这儿呀,也没有忧,

这儿呀,也没有愁,

我慢步走到江边去,无可奈何地徘徊着。

峰尖浸着粉红的朝阳。山半腰,抹着一两条淡淡的白雾。崖头苍翠的树丛,如同洗后一样的鲜绿。峡里面,到处都流溢着清新的晨光。江水仍旧发着吼声,但却没有夜来那样的怕人。清亮的波涛,碰在嶙峋的石上,溅起万朵灿烂的银花,宛若江在笑着一样。谁能猜到这样美好的地方,曾经发生过夜来那样可怕的事情呢?

午后,在江流的澎湃中,迸裂出马铃子连击的声响,渐渐强大起来。野猫子和我都感到非常的诧异,赶快跑出去看。久无人行的索桥那面,从崖上转下来一小队人,正由桥上走了过来。为首的一个胖家伙,骑着马,十多个灰衣的小兵,尾在后面。还有两三个行李挑子,和一架坐着女人的滑竿。

"糟了! 我们的对头呀!"

野猫子恐慌起来，我却故意喜欢地说道：

"那么，是我的救星了！"野猫子恨恨地看了我一眼，把嘴唇紧紧地闭着，两只嘴角朝下一弯，傲然地说："我还怕么？……爸爸说的，我们原是在刀上过日子哪！迟早总有那么一天的。"

他们一行人来到庙前，便歇了下来。老爷和太太坐在石阶上，互相温存地问询着。勤务兵似的孩子，赶忙在挑子里面，找寻着温水瓶和毛巾，抬滑竿的夫子，满头都是汗，走下江边去喝江水。兵士们把枪横在地上，从耳上取下香烟缓缓地点燃，吸着。另一个班长似的灰衣汉子，军帽挂在脑后，毛巾缠在颈上，走到我们的面前。枪兜子抵在我的足边，眼睛盯着野猫子，盘问我们是做什么的，从什么地方来，到什么地方去。

野猫子咬着嘴唇，不做声。

我就从容地回答他，说我们是山那边的人，今天从丈母家回来，在此歇歇气的。同时催促野猫子说：

"我们走吧！——阿狗怕在家里哭哩！"

"是呀，我很担心的。……唉，我的足怪疼哩！"

野猫子做出焦眉愁眼的样子，一面就摸着她的足，叹气。

"那就再歇一会吧。"

我们便开始讲起山那边家中的牛马和鸡鸭，竭力做出一对庄稼人应有的风度。

他们歇了一会，就忙着赶路走了。

野猫子欢喜得直是跳，抓着我喊：

"你怎么不叫他们抓我呢？怎么不呢？怎么不呢？"

她静下来叹一口气，说："我倒打算杀你哩；唉，我以为你是恨我们的。……我还想杀了，好在他们面前显显本事。……先前，我还不曾单独杀过一个人哩。"

我静静地笑着说："那么，现在还可以杀哩。"

"不，我现在为什么要杀你呢？……"

"那么，规规矩矩地让我走吧！"

"不！你得让爸爸好好地教导一下子！……往后再吃几个人血馒头就好了！"

她坚决地吐出这话之后，就重又唱着她那常常在哼的歌曲，我的话，我的祈求，全不理睬了。于是，我只好抑郁地等着黄昏的到来。

晚上，他们回来了，带着那么多的"财喜"，看情形，显然是完全胜利，而且不像昨天那样小干了。老头子喝得泥醉，由鬼冬哥的背上放下，便呼呼地睡着。原来大家因为今天事事得手，就都在半路上的山家酒店里，喝过庆贺的酒了。

夜深都睡得很熟，神殿上交响着鼻息的鼾声。我却不能安睡下去，便在江流激湍中，思索着明天怎样对付老头子的话语，同时也打算趁此夜深人静，悄悄地离开此地。但一想到山中不熟悉的路径，和夜间出游的野物，便又只好等待天明了。

大约将近天明的时候，我才昏昏地沉入梦中。醒来时，已快近午，发现同伴们都已不见了，空空洞洞的破残神祠里，只我一人独自留着。江涛仍旧热心地打着岩石，不过比往天却显得单调些、寂寞些了。

我想着，这大概是我昨晚独自儿在这里过夜，作了一场荒诞不经的梦，今朝从梦中醒来，才有点感觉异样吧。

但看见躺在砖地上的灰堆，灰堆旁边的木人儿，与留在我书里的三块银元时，烟霭也似的遐思和怅惘，便在我岑寂的心上缕缕地升起来了。

（原载一九三四年三月《青年报》第五卷第三号）

寒夜（节选）

巴　金

七

他走到大门口。对面人行道上水果摊和面担子旁边几盏电石灯星子似的在黑暗的街中闪光。他感到冷意，把肩头耸了一下。"到哪里去呢？"他问自己。他找不到回答。他大步走下街心。

他无目的地走过三条街，差一点被一辆飞跑下坡的人力车撞倒。车夫骂了他两句，他也没有听进耳里，仿佛他周围的一切都和他隔得很远似的。他心里空虚得很。

他又走了一条街，还是不知道应该走到哪里去。对面那条街灯光辉煌，不知道有多少盏电灯。两条街成了两个世界。他便朝着灯光走去。

他刚走到街角，忽然一个声音在唤他的名字："文宣！"他吃惊地侧头一看。他发觉自己站在一家冷酒馆的门前。就在靠门一张方桌旁边，一个穿西装的中年人立起来招呼他。

"你来得正好，坐下来吃杯酒罢，"那个人大声说。他认出这是他的一个中学同学。他们半年光景没有见面，那个人却苍老了许多。要是在平时，他至多站着谈三四句话就走开了。现在他却默默地走到方桌旁，拉开板凳，在那个同学对面坐下来。

"来杯红糖！"同学掉转脸向着柜台大声吩咐道。

柜台那面有人答应着，于是一杯香喷喷的大麯酒端上来了。

"给我再来一杯，"同学一口把杯里的残酒喝干了，红着脸拍着桌子叫道。

他说话了："柏青，我记得你从前不会喝酒，你几时学会的？"

"我没有学过，我没有学过。我想吃，我非吃不可，"同学摇摆着头大声说。"你先干一杯。"

他望着同学，并不答话。过了片刻，他拿起酒杯，默默地喝了一大口。他放下杯子，长叹了一声。一股热气直往喉管冒，他压不下去，打了一个嗝。

"干一杯，干一杯！你没有干，不行！"同学做着手势接连地催他喝酒。

"我干，我干，"他激动地说，他真的一口把剩余的酒喝干了。他觉得心跳得厉害，脸也烧起来。

"再来一杯，"同学拍着桌子叫道，一面从桌子中央几个瓦碟子里拿了一块豆腐干，又抓了一把花生放在他的面前，说："你吃。"

"我不能喝了，"他连忙摇手拦阻道。

"老兄，怕什么！吃醉了有什么要紧！我觉得醉了还比醒着好些，"同学说。酒已经送到他面前了。

"可是人不能一辈子喝醉啊，总有醒的时候，"他寂寞地苦笑道。他望着同学的脸，他发觉这个三十岁的人在半年中间至少老了十年，额上现出好几条皱纹，两颊深陷进去，眉毛聚在一起，眼睛完全失了光彩，两颗眼珠呆呆地望着他。他心里一阵难过，又加上一句："醒来岂不是更苦吗？"

那个人不作声了，埋下头喝了一口酒，又抬起脸看他一眼，然后又喝一口酒。"我心里真不好过，"同学摇摆着头自语似的说了。

"不好过，为什么还到这里来喝酒？早点回宿舍不好吗？我送你回去。"他关心地说。

"不吃酒又干什么？吃多了至多也不过病——死，我不怕。死了也好，"那个人带着痛苦的表情说。"我完了，我什么都完了。"

"你不明白，你的处境总比我好。我都能忍下去，你还不能吗？"他同情地说。他望着那张瘦脸，觉得自己的伤痕被触动了，心里一阵痛，他差一点掉下泪来。"你太太好吗？是不是还住在乡下？"他换过话题说。他想到那个孩子面孔的女人，他们一年前在百龄餐厅结婚，他同树生还去参加了那个简单的婚礼。他后来也到他们乡下家中去作过客。那个年轻太太笑起来多么甜，树生也喜欢她。他想到自己的痛苦，就想到树生，于是联想到那位太太的身上。

"她过去了，"同学低声说，掉开脸不看他。

"她不在了？什么病？"他吃惊地说，他仿佛坐到了针尖上一样，差一点要跳起来了。

"她没有病，"同学摇摇头冷冷地说，脸色却十分难看。他难猜出这是什么意思。

"那么她——"说到"她"字他连忙住了口，他自己也害怕听下面的话：自杀？惨死？好像一根锥子在钻他的心。

同学不作声，他也不作声。这沉默大叫人难堪了。别的桌上的酒客们似乎都不快乐，有的人唠唠叨叨地诉苦，有的在和同伴争论一件事情，右边角落里桌子旁边一个中年酒客埋着头，孤寂地喝着闷酒，忽然站起来付了酒钱走了。这个人出门后，堂倌告诉一个白脸客人说，这是一个每晚必到的老主顾，不爱讲话，喝酒也不过量，两块豆腐干便是他的下酒菜。他按时来准时去。谁也不知道他是一个怎样的人，干什么样的职业。

汪文宣听得厌烦了，昂起头长叹一声，酸苦地说："无处不是苦恼！"

那个同学吃惊地望着他，眼泪一滴一滴地掉下来。"今天是她的头七。"歇了一下他又说："十天前她还是很好的，一点病也没有。她怀着小孩已经足月了，我陪她到那里的卫生院去检查，医生说她还不到月份，最早也要在半个月以后，不让她住院。我不能够在乡下多住半个月，我那个机关的科长跟我合不来，他故意捣乱，不准我的假。我进城来了。第三天我女人就发作了。她痛了大半天，没有人管，后来同院子住的太太发觉了，才送她进卫生院去。从前检查的时候，说是顺产，一切都没有问题。到了卫生院，孩子却生不下来。接生的医生把我女人弄来弄去，弄到半夜，才把孩子取出来，已经死了。产妇也不行了。我女人一晚上叫着我的名字，她叫了一两百声才死去。据说她叫得很惨，她的声音连楼下的人也听得见。她只想在死去以前跟我见一面，要我给她伸冤。可是我住在城里哪里知道！我得到电话，立刻赶去，她已经冷硬了，肚皮大得吓人，几乎连棺材也盖不上。我还是跟没有结婚以前一样，一个人。我葬了我女人，进城来第一件事就是请长假。我一天什么事都不能做，我只听见我女人的声音在叫我的名字。不管我在家里，在街上，我都听见那个声音。你听她在叫：柏青！柏青！"说话的人用两根手指敲着右边太阳角。"是，的确是她的声音，她叫得多惨！……所以我只想吃酒，我只想醉，顶好醉得不省人事，那时候我才听不见她的声音。活着，活着，真不容易啊！以后除了酒，我还有什么伴侣呢？"这个人用右手蒙着脸，轻轻抽泣了几声，然后像睡去似的寂然了。

汪文宣听完了这个人的故事，他觉得仿佛有一只大手把他的心紧紧捏住似的，他尝到一种难忍的苦味。背脊上一阵一阵地发冷。他的自持的力量快要崩溃了。"你这样不行啊！"他为了抵抗那越来越重的压迫，才说出这句话来。他心里更难过，他又说："你是个文学硕士，你还记得你那些著作计划吗？你为什么不拿起笔来？"

"我的书全卖光了，我得生活啊，著作不是我们的事！"同学突然取下蒙脸的手，脸上还有泪痕，两眼却闪着逼人的光。"你说我应该怎样办呢？是不是我再去结婚，再养孩子，再害死人？我不干这种事。我宁愿毁掉自己。这个世界不是我们这种人的。我们奉公守法，别人升官发财……"

"所以我们还是拼命喝酒！"汪文宣大声接嘴说。他完全崩溃了，他用不着再抑制自己，堤决了一个口，水只有向一个地方流去。他悲愤到了极点，他需要忘记一切。醉自然成了他唯一的出路。"拿酒来，拿酒来！"他喝着。堂倌又送来一杯酒。他望着杯里香喷喷的液体，心里想：这是怎样的一个世界啊！他端起杯子，喝了一大口，咬着牙吞下去，立刻一股热气冲上来，他受不住，打了一个嗝。"我喝不了酒，"他抱歉地说。他想：我真不中用，连酒也不会喝，就该永远受人欺负。于是他反抗似的把余酒接连几口就喝光了。

"你脸红得跟关公一样，你吃醉没有？"同学好意地问道。

"没有，没有！"他用力回答道，他觉得脑子凝成一块重重的硬东西，他一用力讲话，脑子就痛。脸烧得厉害，身子轻飘飘的。他想站起来，没有立稳，又颓然坐下。

"怎么！当心啊！"同学大声说。

"我一点也没有醉，"他说着，想笑一笑，可是他连笑也不会了。他只想哭。他觉得一切可悲的事都涌到了他的心头。他也分不清楚是些什么事情。他头晕得厉害，心里也很难过。他忍不住。他觉得那个同学的眼睛变成了许多对，在他的面前打转。他用力一看，还是那张忧郁的瘦脸孔。但是过了片刻，他又看见许多对眼睛了，连电灯光也在旋转。他挣扎着，终于支住桌子站起来。"我醉了，"他认输地说。他朝同学点一个头，就跟跄地走出了冷酒馆。

他东歪西倒地在人行道上走了一条多街，忽然想起了家。好像看见一道光照亮自己的身子，他有点清醒了。"我怎么会这样啊，"他懊恼地想道。他掉转身朝着回家的方向走去。他刚走了两步，一个庞大的黑影迎面撞来，撞着他眼前直冒火星，大半个脸发巨痛又发烧，他的身子摇晃了两下，差一点倒下去。

那个人凶狠地骂了两三声。他没有听进耳去，仍旧歪歪斜斜地走了。他想走得快，可是他心里很难过，似乎有一肚皮的东西在向上翻腾。他还想忍耐，但是他终于张开口，喷泉似的吐出了他先前在家里吃的晚饭。

他觉得吐够了，也不揩干净嘴，便又往前走。那种酒臭连他自己也厌恶。他只想回家静静地睡一觉。他恨不得两步就走到家。可是他的心越急，脚越是走不快。走了大半条街他又吐起来。这次他吐得不畅快了，仿佛未吐尽的饭菜都塞在他的喉管里，他心里烧得难过。他用力挣一下，才吐出一口来。他一路走，一路呕。过路人中间有几个好奇地望着他。那些眼光并不曾引起他的反感。周围的一切都跟他不相干了。这时候就是有人死在他的旁边，他也不会掉头去看一眼。

可是就在这时候两个女人从一家灯光耀眼的下江饭馆里谈着话走出来。他的眼光无意地触到她们的粉脸上，他大吃一惊，连忙掉开了头。他的动作十分不灵活，两个女人中年纪较大的一个已经把他看清楚了。她叫了一声："宣。"

他不答应她，却大步走向黑暗的地方去。但是走了不多远，整个身体已经不由他控制了，他就站在人行道的边沿上弯着腰吐起来。他大声呕着，吐出来的东西不多，可是心却像被熬煎似的难过，满口都是苦味。他慢慢地伸直身子，靠着旁边一根电线杆喘气。

"宣，"他听见这一声柔和的呼唤，不自觉地掉过脸去。他的眼里泪水模糊，她又背了光立着，他匆促的一瞥，只看见她一个轮廓，但是他已经认出树生来了。"你怎么了？"她惊问道。

他喘着气，望望她，觉得有满肚皮的话，不知道怎么说起，实在也说不出一句话来。

"你生病吗？"她关心地说。

他摇摇头，觉得气顺了，但是眼泪又流了出来，先前的泪水是呕吐时挣出来的，现在流的却是感激与悲伤的眼泪。

"你怎么不回家去？看你吐得这样难过！"她又说。

"我喝醉了，"他悔恨地答道。

"你怎么去喝酒？你本来不会喝的。快回家去睡觉，看真的闹出病来，"她着急地说。

"在家里妈也不了解我。我心里很烦，到街上走走，碰到一个同学拉我去喝酒，就喝醉了，"他抱歉似的解释道。"谢谢你，再见。"他觉得好了些，便离开电线杆走下街心去。身子仍然在摇摇晃晃。

"当心，看跌倒的！"她在后面大声叮嘱道。她马上又跟着他走下去。走到他的身边，说一句："我送你回去。"便挽着他的左膀往前走了。

"你真的送我回去？"他声音发颤地问道。他胆怯地看看她。

"我不送你，我怕你又会跑去喝酒。"她含笑地说。他感到一丝暖意，心里也舒服多了。

"我再也不喝酒了，"他孩子似的说，便让她扶着走回家去。

八

他们走到大门口，他看见那个大黑洞，就皱起眉头，踌躇着不进去。

"你看不清楚，当心，慢慢走啊！"她并不离开他，反而偎得更紧，她关心地嘱咐他，一面用力抬他的膀子。

"你？你不进去？"他担心地问。

"我陪你上楼去，"她在他的耳边小声回答。

"你对我真好，"他感激地说了一句，他真想搂着她高兴地哭一场。可是他只看了她一眼，就默默地低下头，移动脚步，走进大门，踏下他极熟悉的台阶。"当心啊，"她不断地在他的旁边说，她还用了全力支持着他，可是她的扶持只有使他走得更慢。

"上楼啊，"她又在叮嘱。他暗暗高兴地又答应了一声。

他们终于走上了三楼，刚踏完最上一级楼梯，就看见隔壁那位公务员的太太举着一支蜡烛从房里出来。

"汪太太，你回来啦！"那个苍白脸的女人含笑招呼道，脸上露出一点惊讶的表情，不过人可以看出来这是带善意的。

她对这个温顺的女人点头笑了笑，然后应酬说："张太太，你下楼去？"

张太太一面应着，一面惊奇地看了他一眼，温和地问道："汪先生有什么不舒服吗？"

他垂着头站在妻子的身旁，答不出话来。她代他答道："不是，他喝了酒。"

"我们张先生也吃醉啦，我出去给他买几个广柑。汪太太，你快陪汪先生进去罢，让他睡一会儿就会好的。"这个小女人亲切地微笑道，她的笑容并不是虚假的，不过就在笑的时候，她额上几条忧郁的皱纹还是十分显露，双眉也没有完全开展。"这个小女人，生活把她压得太苦了！"汪太太每次看见她，就要起怜悯的念头。小女人走着慢步子下楼去了。他们夫妇借着她的烛光，走到了房门口。

门并没有上闩，他一推，门就大开了。屋里还是那样阴暗，蜡烛仍然点在方桌上，母亲仍旧坐在方桌旁，戴着眼镜，补衣服。她显得那样衰老，背弯得那样深，而且一点声息也不出。烛芯结了小小的烛花，她也不把它剪去。她好像这许久都没有移动过似的。

"宣，你到哪里去了？也不先对我讲一声。是不是又去找那个女人？你也是……我劝你还是死了心罢。现在的新派女人，哪里会长远跟着你过这种苦日子啊！"母亲一面说话，一面动针，她并没有抬起头来。她还以为她儿子是一个人回来的。"宣，不要难过，那个女人走了也好。将来抗战胜利，有一天你发了财，还怕接不到女人！"她没有听见儿子回答，便诧异地抬头一看，她满眼金光，什么也看不出来，眼睛干得十分难过。她放下针线取下眼镜，用手在眼皮上揉了几揉。

他母亲说到"那个女人"的时候，他便痛苦地皱起眉头，一面伸手去紧紧捏住他妻子的一只手，他害怕他妻子会跟他母亲吵起来。可是他妻子始终不作声。到这时他不能再忍耐了，便叫了一声："妈！"声音里含着恳求和悲痛。

"什么事？"母亲惊问道。她把手从眼睛上拿下来。这次她看见了，在他的身旁就站着那个女人！

"我陪他回来的，"树生故意装出安静的样子说。

"好，你本领大，你居然把她请回来了，"母亲冷笑道，她又埋下头动起针线来。

树生带着微笑看了母亲一眼，后来才说："并不是他去请我回来的，他不晓得在哪里喝了酒，在街上到处乱吐，我看见，才送他回来的。他走路都走不稳了。"她故意用这样的话来气他的母亲。

"宣，你怎样不给我讲一声就偷偷跑出去吃酒？"母亲差不多惊得跳起来，她把衣服针线全丢在桌上，走到儿子的面前，她仔细地看他。"你不会吃酒嘛，怎样忽然跑出去吃酒？你不记得你父亲就是醉死的！我从小就不让你沾一口酒。怎样你还要出去吃酒！"她痛苦地大声说。

"他心里难过，你让他睡觉罢。"树生打岔道。

"我没有跟你讲话！"母亲掉过脸带怒地抢白道。

树生冷笑一声，赌气地不响了。

"宣，你告诉我你怎样吃酒的，"母亲像对一个溺爱惯了的小孩讲话似的柔声说。

他疲倦地垂着头不答话。

"你说呀！你心里有什么事，你说呀！"母亲催促道。"你尽管直说，我不怪你。"

"我心里难过，我觉得还是醉了好些，"他被逼得失掉了主意，老老实实地答道。

"那么你什么时候碰到她的？"母亲还不放松地追问，另一种感情使她忘记了她儿子的痛苦。

"你让他睡罢。"树生忍不住又插嘴说了一句。

母亲不理睬，还是要儿子口答。

"我——我——"他费力吐出了这两个字，心上一阵翻腾，一股力量从胃里直往上冲，他一用力镇压，反而失去了控制的力量，张开嘴哇哇地吐起来，他自己身上和母亲的身上都溅到了他吐的脏东西。

"你快坐下来。"母亲慌张地说，她把她那些问题全抛在脑后了。

他仍旧立在原处弯着腰呕吐，妻子给他捶背，母亲为他端了凳子来。他吐出的东西并不多，可是鼻涕眼泪全挣出来了。他坐在凳子上喘气，两只手压在两个膝头上。

"真是何苦来，"妻子立在他背后怜惜地说。

"你照料他去睡罢。"母亲终于心软了，让步地对她儿媳说，"我去弄点灰来扫地。"

母亲出去以后，妻子便扶着丈夫走到床前，她默默地给他脱去鞋袜和外衣。他好些年没有享过这样的福了。他像孩子似的顺从她。最后他上了床，她给他盖好被。她正要转身走开，他忽然从被里伸出手来将她的右手握住，并且握得紧紧的。

"你好好睡罢。"她安慰他道。

"你不要走啊……我都是为了你……"他睁大眼睛哀求地说。

她不答话。她在思索。她在他旁边站了好一阵子，泪珠从两只眼角慢慢地滚了下来。他不久就睡着了。可是他的手始终没有放松。

这晚上她留了下来。他的一个难题就这样简单地解决了，他自己还不知道。

这一夜他睡得好，一直睡到天大亮他才醒过来。他妻子正坐在窗口小书桌前化妆。

"树生，"他惊喜地唤道。她回过头看他，脸上绽出灿烂的微笑。她柔声问他：

"你好了？要起来吗？"

他点点头，伸一个懒腰，满意地答道："我好了。我就起来。"

她又转过头去继续化妆。她脑后烫得卷起的头发在他的眼里显得新鲜，好看。她轻轻地咳了一声嗽。

她回来了。这并不是梦。这是真实的事。

九

这一对夫妇过了十几天平静的生活。两个人都是按时上班，按时回家。妻子也不再提离开的话，连那个箱子也从友人家拿回来了。就在拿回箱子的晚上，丈夫陪妻子在国泰戏院看过一次电影；他们后来又去看过一次，可是这次刚看到三分之二，电影就因警报台上挂出一个红球而停止放映了。

母亲常常躲在她那个小房间里。她似乎故意避开她的儿媳，不过两个人要是遇在一处，她也并不对树生板面孔，说讽刺话，她只是少讲话罢了。

星期日早晨小宣回家来，下午搭最后一班汽车回学校去。祖母见到孙儿，特别高兴。她自然把她亲手补好的大衣给小宣试穿了。为了这件大衣，她儿媳也对她含笑地说过几句感谢话。

天永远是阴的，时而下小雨，时而雨停。可是马路始终没有全干过。有时路上布满泥浆，非常滑脚，人走在上面，很不容易站稳。人行道上也是泥泞的。半个月很快地过去了，汪文宣某一天上午去公司办公，刚走到十字路口就跌了一跤，把左边膝盖皮擦破一块，他忍住痛，一歪一拐地走到公司门口。还没有到办公时间。钟老坐在办公桌前，两眼望着路上行人，看见他进来，便问："你怎么啦，跌了跤吗？"

他点点头，不答话，签了到以后就往楼梯口走。

"你请天假罢，不要把身体累坏了啊！"钟老关心地说。

他在楼梯口站住了，回过头无可奈何地笑了笑，轻轻地答道："你晓得的，我有多少薪水好扣啊！"

"这种时候,你还担心扣薪水!你还要替公司拼死命!你知道我们还能够在公司吃多少天饭!"钟老有点激动地埋怨道。

"有什么办法!我们既然吃公司的饭。"他疲倦地答道。他想关,却笑不出声来。

"吃公司的饭?我们这个不是铁饭碗啊。"钟老冷笑道。

他吃了一惊,连忙走近钟老的办公桌,小声问道:"你听到什么消息吗?"

"日本人打下了桂林,柳州,来势很凶啊。听说总经理有过表示,要是敌人进了贵州,就把公司搬到兰州去,他已经打电报到兰州去找房子了。要是真的搬兰州的话,什么都完了。我们这般人还不是只好滚蛋!"钟老又发牢骚地说。

会有这样的事!他发呆了。他的眼前一片黑暗。他疲倦地摇着头说:"不会罢,不会罢。"

"也说不定。不过他们那种人什么事都做得出来。就拿公司来说:一些人一事不做,拿大薪水;像你整天拼命卖力气,却只拿那么一点钱,真少得可以!"钟老还没有把话讲完,看见周主任大步走进来,便收了话头,低声对他说:"他今天怎么来得这样早!……你上楼去办公罢。"

他没精打采地上了楼。他走过吴科长的办公桌前,吴科长忽然抬起头把他打量了一下,看得他毛骨悚然。他胆战心惊地走到自己位子前坐下,摊开那部永远校不完的长篇译稿,想把自己的脑子硬塞到那堆黑字中间去。"真没有出息啊,他们连文章都做不通,我还要怕他们!"他暗暗地责备自己。可是他仍然小心翼翼地做他的工作。

腿不断地痛,他的思想不能够集中,他不知道自己一上午干了些什么事。他想到家,想到这里的工作情形,想到刚才钟老的话。他好些天没有看报了。他个人的痛苦占有了他的整个心,别的身外事情再也引不起他的注意。过去,湘北战事爆发,长沙沦陷,衡阳苦战,全州失守,都不曾给他添一点苦恼。生活的担子重重地压着他,这几年他一直没有畅快地吐过一口气。周围的一切跟他有什么关系呢?人人都在对他说,世界大局一天一天地在好转,可是他的日子却一天比一天地更艰难了。

开饭的铃声惊醒了他,把他从那些思想的纠缠中救了出来。他仰起头吐了一口气。一个同事马上走到他面前,说声:"你签个字罢,"就摊开一张信笺在他的桌上。他吃惊地一看,原来是同事们发起的给周主任做寿的公启,每人名下摊派一千元。一千元,这是一个不小的数目,他踌躇一下,但是那个同事轻蔑地在旁边咳嗽了。他惶恐地立刻拿起笔签上自己的名字。同事笑了笑走开了。他站起来,觉得不仅左膝还在痛,连周身骨头都疲痛了。他勉强支持着走下楼去吃中饭。

在饭桌上同事们激动地谈论着桂、柳的失陷,和敌人的动向。他埋着头吃饭,不参加讨论,也不倾听他们谈论。他觉得浑身发冷,疑心是"摆子"发作了。他放下碗离开饭桌,钟老望见他,便走过来说:"你不舒服罢?你脸色很难看,下半天不要办公了。回家去睡个午觉也好。"

他感激地点一个头,回答道:"那么就请你替我请半天假罢;我自己也觉得精神不大好。"他走出门去。一辆人力车正拉到门前,车夫无意地看了他一眼。钟老在门内劝道:"你坐车回去罢。"

"不要紧,路很近,我可以慢慢走,"他回过头答道,便打起精神走下马路,到对面人行道上去。

他走得很慢。身子摇摇晃晃;头变得特别重,不时要往颈上缩。走路时左膝的伤处仍然在痛,他只好咬紧牙关,三步一停地埋着头走,终于走了一大段路。前面就是国际了。他忽然听见一个女人的声音。分明是他的妻子在说话。他吃惊地抬起头。果然是她,她同那个穿漂亮大衣的年轻男子站在玻璃橱窗前,看里面陈列的物品。但是她马上跟着那个人进里面去了。她没有看见他,也不会想到他离她就只有三四步的光景。

他看到她的背影,今天她的身子似乎比任何时候都动人,她丰腴并且显得年轻而富于生命力。虽然她和他同岁,可是他看看自己单薄瘦弱的身子,和一颠一簸的走路姿势,还有他那疲乏的精神,他觉得她同他相差的地方太多,他们不像是同一个时代的人。

这样一想,他感到一种锋利的痛苦了。那个身材魁梧的年轻男人使他苦恼。她和那个人倒似乎更接近,距离更短。她站在那个人旁边,倒使看见的人起一种和谐的感觉。他的心不安静了。他本来已经走过了那个咖啡店,现在又转回来,也站在橱窗前,看看里面放着些什么东西。大蛋糕、美国咖啡、口香糖、巧克力糖,真是五光十色。他们在看什么呢?——他想。"Happy Birthday",蛋糕的奶油面上红花绿叶中间现出这两个红色的英文字。他忽然记起来还有半个多月便是她的生日。他们刚才在看的，是不是这个生日蛋糕呢？那个年轻男人在准备送给她的生日礼物吗？可是他自己呢？他又有什么礼物送给她？他不自觉地把手伸进衣袋里去。他掏出一把钞票来。他低头数了一数，一千一百几十元！这是他的全部财产。他明晚还得拿出公宴主任的份子钱一千元。他再看蛋糕，他看见了旁边一张白纸条，上面写着："四磅奶油大蛋糕法币一千六百元"。他叹了一口气。他连一磅也买不起，多寒伧！他躲避似的掉开了头。他刚把身子转开，忽然想道："他一定买得起的。"这个"他"指的是里面那个年轻人。这个思想伤害了他。他已经走过了咖啡店，又回转来，走进大门，站到玻璃货柜前，假装在看里面陈列的糖果点心，却偷偷地侧过头朝咖啡厅看去。树生正拿起杯子放到唇边小口地呷着，她的脸上带着笑容。妒忌使他心里难过。他又害怕她会看到他。他不敢再停留，便急急地走出了大门。

一路上他只觉得心在翻腾，头在燃烧，他担心自己会倒在这条倾斜不平的泥泞路上。他总算支持着到了家。

母亲系着围裙，立在方桌前挽起袖子洗衣服，抬起头惊讶地问他一句："你吃过饭没有？"

"吃过了，"他疲倦地答道。他勉强地在母亲旁边站了片刻。

"你今天怎么回来得这样早？脸色又这样难看！你不舒服吗？"母亲吃惊地说，她把两只手从盆里拿出来，在围裙上揩干了。"快去睡下来，快去睡下来！"她半扶半推地把他送到床前。

"我没有病，"他还在解释，但是到了床前他再也支持不住，连鞋子也不脱，便倒下去。

"你把鞋子脱掉，舒服点，"母亲站在床前说。

他挣扎着刚要坐起来，马上又倒下去了，同时发出了一声痛苦的呻吟。

"你好好地睡，我给你脱。"母亲说着，真的弯下身子去解他的鞋带。他闭着眼睛躺在床上。母亲把他的两只皮鞋都脱掉了。她伸直身子带着痛苦的关心望他的脸。"我给你盖床毯子罢，"她又说，便把那床叠好放在床脚的毛毯打开，盖在他的身上。

他睁开眼睛望着她，有气没力地说了一句："我恐怕在打摆子。"他的脸色白得像一张纸，连嘴唇也是灰白的。

"你睡罢，你只管睡你的，等一会儿我给你吃奎宁，"母亲安慰他说。她脸上的皱纹显得更多了，头发也好像没有一根是黑色的了。她刚回到四川来的时候完全不是这个样子。现在她自己烧饭，自己洗衣服，这些年她也苦够了。完全是他使她受苦的。可是她始终关心他，不离开他。"她真是好母亲啊，"他暗暗地称赞道。

后来母亲拿来三粒奎宁丸给他吞下了。她把剩下的半杯白开水放到方桌上去。

"妈，"他感激地唤了一声，泪水从眼角掉下来了，他望着他母亲，半晌说不出话。

"什么事？"母亲又走到床前俯下头亲切地问道。

"你真好……你对我太好了……"他断断续续地说。

"你睡罢，这些话等你好起来再说，"母亲和蔼地安慰他。

"我不要紧，"他摇摇头无力地说。他看见母亲并不注意听他的话，又解释道："我只请半天假。明天他们公宴周主任，给他祝寿，我还要去参加。"

"你只请半天假？"母亲不以为然地说。"其实你可以多休息一天，不必担心扣不扣薪水。"

"我明天一定要去，不然他们会看不起我，说我太'狗'，想赖掉份子钱。"他用力说，脸都争红了。

"'狗'不'狗'是你自己的事，跟他们有什么相干？周主任又不是什么了不起的人！"母亲气愤地说。她忽然又问一句："你看见树生吗？"

"我刚才还看见她，"他不加思索地回答。

"那么她不陪你回家？她很可以请假回来看护你，她们当'花瓶'的，不怕扣薪水。"她的妒忌和憎恨又被他那句话引起来了，她只顾发泄自己的怒气，却没有想到她的话怎样伤了他的心。

他呆呆地望着母亲，过了一会儿才露出微笑（多么痛苦的微笑），自语似的小声说：

"她，她是天使啊。我不配她！"

母亲只听清楚他的后一句话，便气恼地接嘴说：

"你不配她？明明是她不配你啊！说是在银行办公，却一天打扮得妖形怪状，又不是去做女招待，哪个晓得她一天办些什么公？"

他不答话，只是痛苦地叹了一口气。

围城（节选）

钱钟书

第五章

明天早晨，大家送李顾上车，梅亭只关心他的大铁箱，车，临开，还从车窗里伸头叫辛楣鸿渐仔细看这箱子在车顶上没有。脚夫只摇头说，今天行李多，这狼犹家伙搁不下了，明天准到，反正结行李票的，不会误事。孙小姐忙向李先生报告，李先生皱了眉头正有嘱咐，这汽车头轰隆隆掀动了好一会，突然鼓足了气开发，李先生头一晃，所说的话仿佛有手一把从他嘴边夺去向半空中扔了，孙小姐侧着耳朵全没听到。鸿渐们看了乘客的扰乱拥挤，担忧着明天，只说："李顾今天也挤得上车，咱们不成问题。"明天三人领到车票，重赏管行李的脚夫，叮嘱他务必把他们的大行李搁在这班车上，每人手提只小箱子，在人堆里等车，时时刻刻鼓励自己，不要畏缩。第一辆新车来了，大家一拥而上，那股蛮劲儿证明中国大有冲锋敢死之士，只没上前线去。鸿渐瞧人多挤不进，便想冲上这时候开来的第二辆车，谁知道总有人抢在前头。总算三人都到得车上，有个立足之地，透了口气，彼此会心苦笑，才有工夫出汗。人还不断的来。气急败坏的。带笑软商量的："对不住，请挤一挤！"以大义晓谕的："出门出路，大家方便，来，挤一挤！好了！好了！"眼前指点的："朋友，让一让，里面有的是地方，拦在门口好傻！"其势汹汹的："我有票子，为什么不能上车？这车是你包的？哼！"结果，买到票子的那一堆人全上了车，真料不到小车厢会像有弹性，容得下这许多人。这车厢仿佛沙丁鱼罐，里面的人紧紧的挤得身体都扁了。可是沙丁鱼的骨头，深藏在自己身里，这些乘客的肘骨膝骨都向旁人的身体里硬嵌。罐装的沙丁鱼条条挺直，这些乘客都蜷曲波折。腰跟腿弯成几何学上有名目的角度。辛楣的箱子太长，横放不下，只能在左右两行座位中间的过道上竖直，自己高高坐在上面。身后是个小提篮，上面跨坐着抽香烟的女主人，辛楣回头请她抽烟小心，别烧到人衣服，倒惹那女人说："你背后不生眼睛，我眼睛可是好好的，决不会抽烟抽到你裤子上，只要你小心别把屁股撞我的烟头。"那女人的同乡都和着她欢笑。鸿渐挤得前，靠近汽车夫，坐在小提箱上。孙小姐在木板搭的长凳上有个座位，不过也够不舒服了，左右两个男人各移大腿让出来一角空隙，只容许猴子没进化成人以前生尾巴那小块地方贴凳。在旅行的时候，人生的地平线移近；坐汽车只几个钟点，而乘客仿佛下半世全在车里消磨的，只要坐定了，身心像得到归宿，一劳永逸地看书、看报、抽烟、吃东西、瞌睡，路程以外的事暂时等于身后身外的事。

汽车夫把私带的东西安置了，人坐开车。这辆车久历风尘，该庆古稀高寿，可是抗战时期，未便退休。机器是没有脾气癖性的，而这辆车倚老卖老，修炼成桀骜不训、怪僻难测的性格，有时标劲像大官僚，有时别扭像小女郎，汽车夫那种粗人休想驾驭了解。它开动之际，前头咳嗽，后面泄气，于是掀身一跳，跳得乘客东倒西撞，齐声叫唤，孙小姐从座位上滑下来，鸿渐碰痛了头，辛楣差一点向后跌在那女人身上。这车声威大震，一口气走了一二十里，忽然要休息了，汽车夫强它继续前进。如是者四五次，这车觉悟今天不是逍遥散步，可以随意流连，原来真得走路，前面路走不完呢！它生气不肯走了，汽车夫只好下车，向车头疏通了好一会，在路旁拾了一团烂泥，请它享用，它喝了酒似的，欹斜摇摆地缓行着。每逢它不肯走，汽车夫就破口臭骂，此刻骂得更利害了。骂来骂去，只有一个意思：汽车夫愿意跟汽车的母亲和祖母发生肉体恋爱。骂的话虽然欠缺变化，骂的力气愈来愈足。汽车夫身后坐的是个穿制服的公务人员和一个十五六岁的女孩子，像是父女。那女孩子年纪虽小，打扮得脸上颜色赛过雨后虹霓、三棱镜下日光或者姹紫嫣红开遍的花园。她擦的粉不是来路货，似乎泥水匠粉饰墙壁用的，汽车颠动利害，震得脸上粉粒一颗颗参加太阳光里飞舞的灰尘。她听汽车夫愈骂愈坦白了，天然战胜人工，涂抹的红色里泛出羞恶的红色来，低低跟老子说句话。公务员便叫汽车夫："朋友，说话请斯文点，这儿是女客，啊！"汽车夫变了脸，正待回嘴，和父女俩同凳坐的军官夫妇也说："你骂有什么用？汽车还是要抛锚。你这粗话人家听了刺耳朵。"汽车夫本想一撒手，说"老子不开了"！一转念这公务员和军官都是站长领到车房里先上车占好座位的，都有簇新的公事皮包，听说上省政府公干，自己斗不过他们，只好妒着气，自言自语说："咱老子偏爱骂，不干你事！怕刺耳朵，塞了它做聋子！"车夫没好气，车开得更暴厉了，有一次险的撞在对面来的车上。那军官的老婆怕闻汽油味儿，给车一颠，连打恶心，嘴里一口口浓厚的气息里有作酸的绍兴酒味、在腐化中的大葱和萝卜味。鸿渐也在头晕胃泛，闻到这味道，再忍不住了，冲口而出的吐，忙掏手帕按住。早晨没吃东西，吐的只是酸水，手帕吸不尽，手指缝里汪出来，淋在衣服上，亏得自己抑住没多吐。又感觉坐得不舒服，箱子太硬太低，身体嵌在人堆里，脚不能伸，背不能弯，不容易改变坐态，只有轮流地侧重左右屁股坐着，以资调节，左倾坐了不到一分钟，臀骨酸痛，忙换为右倾，百无是处。一刻难受似一刻，几乎不相信会有到站的时候。然而抛锚三次以后，居然到了一个小站，汽车夫要吃午饭了，客人也下去在路旁的小饭店里吃饭。鸿渐等三人如蒙大赦，下车伸伸腰，活动活动腿，饭是没胃口吃了，泡壶茶，吃几片箱子里的饼干。休息一会，又有精力回车受罪，汽车夫说，这车机器坏了，得换辆车。大家忙上原车拿了随身行李，抢上第二辆车。鸿渐等意外地在车梢占有好座位。原车有座位而现在没座位的那些人，都振振有词说：该照原车的位子坐，中华民国不是强盗世界，大家别抢。有位子坐的人，不但身体安稳，心理也占优势；他们可以冷眼端详那些没座位的人，而那些站的人只望着窗外，没勇气回看他们。这是辆病车，正害疟疾，走的时候，门窗无不发抖，坐在车梢的人更给它震动得骨节松脱、腑脏颠倒，方才吃的粳米饭仿佛在胃里狰嵘跳碰，有如赌场中碗里的骰子。天黑才到金华，结票的行李没从原车上搬过来，要等明天的车运送。鸿渐等疲乏地出车站，就近一家小旅馆里过夜。今天的苦算吃完了，明天的苦还远得很，这一夜的身心安适是向不属今明两天的中立时间里的躲避。

旅馆名叫"欧亚大旅社"。虽然直到现在欧洲人没来住过，但这名称不失为一种预言，还不能断定它是夸大之词。后面两进中国式子屋，木板隔成五六间卧室，前面黄泥地上搭了一个席棚，算是饭堂，要凭那股酒肉香、炒菜的刀锅响、跑堂们的叫嚷，来引诱过客进去投宿。席棚里电灯辉煌，扎竹涂泥的壁上贴满了红绿纸条，写的是本店拿手菜名，什么"清蒸甲鱼"、"本地名腿"、"三鲜米线"、"牛奶咖啡"等等。十几张饭桌子一大半有人占了。掌柜写账的桌子边坐个胖女人坦白地摊开白而不坦的胸膛，喂孩子吃奶；奶是孩子吃的饭，所以也该在饭堂吃，证明这旅馆是科学管理的。她满腔都是肥腻腻的营养，小孩吸的想是加糖的溶化猪油。她那样肥硕，表示这店里的饭菜也营养丰富；她靠掌柜坐着，算得不落言诠的好广告。鸿渐等看定房间，洗了脸，出来吃饭，找个桌子坐下。桌面就像《儒林外史》里范进给胡屠户打了耳光的脸，刮得下斤把猪油。大家点了菜，鸿渐和孙小姐说胃口不好，要吃清淡些，便一人叫了个米线。辛楣不爱米线，要一客三鲜糊涂面。鸿渐忽然瞧见牛奶咖啡的粉红纸条，诧异道："想不到这里会有这东西，真不愧'欧亚大旅社'了！咱们先来一杯醒醒胃口，饭后再来一杯，做它一次欧洲人，好不好？"孙小姐无可无不可，辛楣道："我想不会好吃，叫跑堂来问问。"跑堂一口担保是上海来的好东西，原封没打开过。鸿渐问什么牌子，跑堂不知道什么牌子，反正又甜又香的顶刮刮货色，一纸包冲一杯。辛楣恍然大悟道："这是哄小孩子的咖啡方糖——"鸿渐高兴头上，说："别讲究了，来三杯试试再说，多少总有点咖啡香味儿。"跑堂应声去了。孙小姐说："这咖啡糖里没有牛奶成分，怎么叫牛奶咖啡，一定是另外把奶粉调进去的。"鸿渐向那位胖女人歪歪嘴道："只要不是她的奶，什么都行。"孙小姐皱眉努嘴做个颇可爱的厌恶表情。辛楣红了脸，忍着笑道："该死！该死！你不说好话。"咖啡来了，居然又黑又香，面上浮一层白沫，鸿渐问跑堂是什么，跑堂说是牛奶，问什么牛奶，说是牛奶的脂膏。辛楣道："我看像人的唾沫。"鸿渐正要喝，恨得推开杯子说："我不要喝了！"孙小姐也不肯喝，辛楣一壁笑，一壁道歉，可是自己也不喝，顽皮地向杯子里吐一口，果然很像那浮着的白沫。鸿渐骂他糟蹋东西，孙小姐只是笑，像母亲旁观孩子捣乱，宽容地笑。跑堂上了菜跟辛楣的面。面烧得太烂了，又腻又粘，像一碗浆糊，面上堆些鸡颈骨、火腿皮。辛楣见了，大不高兴，鸿渐笑道："你讲咖啡里有唾沫，我看你这面里有人的鼻涕。"辛楣把面碗推向他道："请你吃。"叫跑堂来拿去换，跑堂不肯，只得另要碗米线来吃了。吃完算账时,辛楣说:"咱们今天亏得没有李梅亭跟顾尔谦,要了东西不吃,给他们骂死了。可是这面我实在吃不下,这米线我也不敢仔细研究。"卧房里点的是油灯,没有外面亮,三人就坐着不进去,闲谈一回。都有些疲乏过度的兴奋,孙小姐也有说有笑,但比了辛楣鸿渐的胡闹,倒是这女孩子老成。

这时候,有个三四岁的女孩子两手向头发里乱爬,嚷到那胖女店主身边。胖女人一手拍怀里睡熟的孩子,一手替那女孩子搔痒。她手上生的五根香肠,灵敏得很,在头发里抓一下就捉到个虱子,掐死了,叫孩子摊开手掌受着,陈尸累累。女孩子把另一手指着死虱,口里乱数:"一,二,五,八,十……"孙小姐看见了,告诉辛楣鸿渐,大家都觉得上痒起来,便回卧室睡觉。可是方才的景象使他们对床铺起了戒心,孙小姐借手电给他们在床上照一次,偏偏电用完了,只好罢休。辛楣道:"不要害怕,疲倦会战胜一切小痛痒,睡一晚再说。"鸿渐上床,好一会没有什么,正放心要睡去,忽然发痒,不能忽略的痒,一处痒,两处痒,满身痒,心窝里奇痒。蒙马脱尔(Monmartre)的"跳蚤市场"和耶路撒冷圣庙的"世界蚤虱大会"全像在这欧亚大旅社里举行。咬得体无完肤,抓得指无余力。每一处新鲜明确的痒,手指迅雷闪电似的捺住,然后谨慎小心地拈起,才知道并没捉到那咬人的小东西,白费了许多力,手指间只是一小粒皮肤屑。好容易捺死一臭虫,宛如报了仇那样的舒畅,心安虑得,可以入睡,谁知道杀一并未儆百,周身还是痒。到后来,疲乏不堪,自我意识愈缩愈小,身体只好推出自己之外,学我佛如来舍身喂虎的榜样,尽那些蚤虱去受用,外国人说听觉敏锐的人能听见跳蚤的咳嗽;那一晚上,这副尖耳朵该听得出跳蚤们吃饱了噫气。早晨清醒,居然自己没给蚤虱吃个精光,收拾残骸剩肉还够成一个人,可是并没有成佛。只听辛楣在床上狠声道:"好呀!又是一个!你吃得我舒服呀?"鸿渐道:"你在跟跳蚤谈话,还是在捉虱?"辛楣道:"我在自杀。我捉到两个臭虫、一个跳蚤,捺死了,一点一点红,全是我自己的血,这不等于自杀——咦,又是一个!啊哟,给它溜了——鸿渐,我奇怪这家旅馆里有这许多吃血动物,而女掌柜还会那样肥胖。"鸿渐道:"也许这些蚤虱就是女掌柜养着,叫它们客人的血来供给她。我劝你不要捉了,回头她叫你——偿命,怎么得了!赶快起床,换家旅馆罢。"两人起床,把内衣脱个精光,赤身裸体,又冷又笑,手指沿衣服缝掏着捺杀,把衣服拌了又拌然后穿上。出房碰见孙小姐,脸上有些红点,扑鼻的花露水香味,也说痒了一夜。三人到汽车站"留言板"上看见李顾留的纸条,说住在火车站旁一家旅馆内,便搬去了。跟女掌柜算账的时候,鸿渐说这店里跳蚤太多,女掌柜大不答应,说她店里的床铺最干净,这臭虫跳蚤准是鸿渐们随身带来的。

行李陆续运来,今天来个箱子,明天来个铺盖,他们每天下午,得上汽车站去领。到第五天,李梅亭的铁箱还没影踪,急得他直嚷直跳,打了两次长途电话,总算来了。李梅亭忙打开看里面东西有没有损失,大家替他高兴,也凑着看。箱子内部像口橱,一只只都是小抽屉,拉开抽屉,里面是排得整齐的白卡片,像图书馆的目录。他们失声奇怪,梅亭面有得色道:"这是我的随身法宝。只要有它,中国书全烧完了,我还能照样在中国文学系开课程。"这些卡片照四角号码排列,分姓名题目两种。鸿渐好奇,拉开一只抽屉,把卡片一拨,只见那张片子天头上红墨水横写着"杜甫"两字,下面紫墨水写的标题,标题以后,蓝墨水细字的正文。鸿渐觉得梅亭的白眼睛在黑眼镜里注视着自己的表情,便说:"精细了!了不得——"自知语气欠强,哄不过李梅亭,忙加一句:"顾先生,辛楣,你们要不要来瞧瞧?真正是科学方法!"顾尔谦道:"我是要广广眼界,学是学不来的了!"不怕嘴酸舌干地连声赞叹:"李先生,你的钢笔书法也雄健得很,并且一手能写好几体字,变化百出,佩服佩服!"李先生笑道:"我字写得很糟,这些片子都是我指导的学生写的,有十几个人的手笔在里面。"顾先生摇头道:"唉!名师必出高徒!名师必出高徒!"这样上下左右打开了几只抽屉,李梅亭道:"下面全是一样的,没有什么可看了。"顾尔谦道:"包罗万象!我真恨不能偷了去——"李梅亭来不及阻止,他早拉开近箱底两只抽屉——"咦!这不是卡片——"孙小姐凑上去瞧,不肯定地说:"这像是西药。"李梅亭冰冷地说:"这是西药,我备着路上用的。"顾尔谦这时候给好奇心支使得没注意主人表情,又打开两只抽屉,一瓶瓶紧暖稳密地躺在棉花里,露出软木塞的,可不是西药?李梅亭忍不住挤开顾尔谦道:"东西没有损失,让我合上箱子罢。"鸿渐恶意道:"东西是不会有人偷的,只怕脚夫手脚粗,扔箱子的时候,把玻璃瓶震碎了,你应该仔细检点一下。"李梅亭嘴里说:"我想不会,我棉花塞得好好的。"手本能地拉抽屉了。这箱里一半是西药,原瓶封口的消治龙、药特灵、金鸡纳霜、福美明达片,应有尽有。辛楣道:"李先生,你一个人用不了这许多呀!是不是高松年托你替学校带的?"梅亭像淹在水里的人,忽然有人拉他一把,感激地不放松道:"对了!对了!内地买不到西药,各位万一生起病来,那时候才知道我李梅亭的功劳呢!"辛楣笑道:"预谢,预谢!有了上半箱的卡片,中国书烧完了,李先生一个人可以教中国文学;有了下半箱的药,中国人全病死了,李先生还可以活着。"顾尔谦道:"哪里的话! 李先生不但是学校的功臣,并且是我们的救命恩人——"亚当和夏娃为好奇心失去了天堂,顾尔廉也为好奇心失去了李梅亭安放他的天堂,恭维都挽回不来了,跟着的几句话险的使他进地狱——"我这两天冷热不调,嗓子有点儿痛——可是没有关系,到利害的时候,我问你要三五片福美明达来含。"

辛楣说在金华耽误这好几天,钱花了不少,大家把身上的余钱摊出来,看共有多少。不出他在船上所料,李顾都没有把学校给的旅费全数带上。这时候两人也许又留下几元镇守口袋的钱,作香烟费,只合交出来五十余元;辛楣等三人每人剩八十余元。所住的旅馆账还没有付,无论如何,到不了学校。大家议决拍电报给高松年,请他汇笔款子到吉安的中央银行里。辛楣道,大家身上的钱在到吉安以前,全部充作公用,一个子儿不得浪费。李先生问,香烟如何。辛楣道,以后香烟也不许买,大家得戒烟。鸿渐道:"我早戒了,孙小姐根本不抽烟。"辛楣道:"我抽烟斗,带着烟草,路上不用买,可是我以后也不抽,免得你们瞧着眼红。"李先生不响,忽然说:"我昨天刚买了两罐烟,路上当然可以抽,只要不再买就是了。"当天晚上,一行五人买了三等卧车票在金华上火车,明天一早可到鹰潭,有几个多情而肯远游的蚤虱一路陪着他们。

火车一清早到鹰潭,等行李领出,公路汽车早开走了。这镇上唯一像样的旅馆挂牌"客满",只好住在一家小店里。这店楼上住人,楼下卖茶带饭。窄街两面是房屋,太阳轻易不会照进楼下的茶座。门口桌子上,一叠饭碗,大碟子里几块半生不熟的肥肉,原是红烧,现在像红人倒运,又冷又黑。旁边一碟馒头,远看也像玷污了清白的大闺女,全是黑斑点,走近了,这些黑点飞升而消散于周遭的阴暗之中,原来是苍蝇。这东西跟蚊子臭虫算得小饭店里的岁寒三友,现在刚是深秋天气,还显不出它们的后凋劲节。楼上搁着一张竹梯子,李先生的铁箱无论如何运不上去,店主拍胸担保说放在楼下就行,李先生只好自慰道:"譬如这箱子给火车耽误了没运到,还不是一样的人家替我看管,我想东西不会走漏。在金华不是过了好几天才到么?"大家赞他想得通。辛楣由伙计陪着先上楼去看卧室,楼板给他们践踏得作不平之鸣,灰尘扑簌簌地掉下来,顾先生笑道:"赵先生的身体真重!"店主瞧孙小姐掏手帕出来拂灰,就说:"放心,这楼板牢得很。楼板要响的好,晚上贼来,客人会惊醒。我们这店里贼从没来过,他不敢来,就因为我们这楼板会响。吓! 耗子走动,我这楼板也报信的。"伙计下梯来招呼客人上去,李梅亭依依不舍地把铁箱托付给店主。楼上只有三间房还空着,都是单铺,伙计在赵方两人的房间里添张竹榻,要算双铺的价钱。辛楣道:"咱们这间房最好,沿街,光线最足,床上还有帐子。可是,我不愿睡店里的被褥,回头得另想办法。"鸿渐道:"好房间为什么不让给孙小姐?"辛楣指壁上道:"你瞧罢。"只见剥落的白粉壁上歪歪斜斜地写着淡墨字:"路过鹰潭与王美玉女士恩爱双双题此永久纪念济南许大隆题"记着中华民国年月日,一算就是昨天晚上写的。后面也像许大隆的墨迹,是首诗:"酒不醉人人自醉色不迷人人自迷今朝有缘来相会明日你东我向西。"又写着:"大爷去也!"那感叹记号使人想出这位许先生撇着京剧说白的调儿,挥着马鞭子,慷慨激昂的神气。此外有些铅笔小字,都是讲王美玉的,想来是许先生酒醉色迷那一夜以前旁人的手笔,因为许先生的诗就写在"孤王酒醉鹰潭宫王美玉生来好美容"那几个铅笔字身上。又有新式标点的铅笔字三行:"注意! 王美玉有毒! 抗战时期,凡我同胞,均须卫生为健国之本,万万不可传染! 而且她只认洋钱没有情! 过来人题!"旁边许大隆的淡墨批语道:"毁坏名誉该当何罪?"鸿渐笑道:"这位姓许的倒有情有义得很!"辛楣也笑道:"孙小姐这房间住得么? 李梅亭更住不得——"

正说着,听得李顾那面嚷起来,顾先生在和伙计吵,两人跑去瞧。那伙计因为店里的竹榻全为添铺用完了,替顾先生把一扇板门搁在两张白木凳上,算是他的床。顾尔谦看见辛楣和鸿渐,声势大振,张牙舞爪道:"二位瞧他可恶不可恶? 这是搁死人尸首用的,他不是欺负我么?"伙计道:"店里只有这块板了,你们穿西装的文明人,要讲理。"顾尔谦拍自己青布大褂胸脯上一片油腻道:"我不穿西装的就不讲理? 为什么旁人有竹榻睡,我没有? 我不是照样付钱的? 我并不是迷信可是出门出路,也讨个利市,你这家伙全不懂规矩。"李梅亭自从昨天西药发现以后,对顾尔谦不甚庇护,冷眼瞧他们吵架,这时候插嘴道:"你把这板搬走就是了。吵些什么! 你想法把我的箱子搬上来,那箱子可以当床,我请你抽支香烟,"伸出左手的食指摇着仿佛是香烟的样品。伙计看只是给烟熏黄的指头,并非香烟,光着眼道:"香烟在哪里?"李梅亭摇头道:"哼,你这人笨死了! 香烟我自然有,我还会骗你? 你把我这铁箱搬上来,我请你抽。"伙计道:"你有香烟就给我一根,你真要我搬箱子,那不成。"李先生气得只好笑,顾先生胜利地教大家注意这伙计蛮不讲理。结果鸿渐睡的竹榻跟这扇门对换了。

孙小姐来了,辛楣问到何处吃早点。李梅亭道:"就在本店罢。省得上街去找,也许价钱便宜些。"辛楣不便出主意,伙计恰上来沏茶,便问他店里有什么东西吃。伙计说有大白馒头、四喜肉、鸡蛋、风肉。鸿渐主张切一碟风肉夹了馒头吃,李顾赵三人赞成,说是"本位文化三明治",要分付伙计下去准备。孙小姐道:"我进来的时候,看见这店里都是苍蝇,馒头和肉尽苍蝇呆着,恐怕不大卫生。"李梅亭笑道:"孙小姐毕竟是深闺娇养的,不知道行路艰难,你要找一家没有苍蝇的旅馆,只能到外国去了!我担保你吃了不会生病,就是生病,我箱子里有的是药。"说时做个鬼脸,倒比他本来的脸合式些。辛楣正在喝李梅亭房里新沏的开水,喝了一口,皱眉头道:"这水愈喝愈渴,全是烟火气,可以代替火油点灯的——我看这店里的东西靠不住,冬天才有风肉,现在只是秋天,知道这风肉是什么年深月久的古董。咱们别先叫菜,下去考察一下再决定。"伙计取下壁上挂的一块乌黑油腻的东西,请他们赏鉴,嘴里连说:"好味道!"引得自己口水要流,生怕经这几位客人的馋眼睛一看,肥肉会减瘦了。肉上一条蛆虫从腻睡里惊醒,蠕蠕而动,李梅亭眼快,见了恶心,向这条蛆远远地尖了嘴做个指示记号道:"这要不得!"伙计忙伸指头按着这嫩肥软白的东西,轻轻一捺,在肉面的尘垢上划了一条乌光油润的痕迹,像新浇的柏油路,一壁说:"没有什么呀!"顾尔谦冒火,连声质问他:"难道我们眼睛是瞎的?"大家也说:"岂有此理!"顾尔谦还唠唠叨叨地牵涉适才床板的事。这一吵吵得店主来了,肉里另有两条蛆也闻声探头出现。伙计再没法毁尸灭迹,只反复说:"你们不吃,有人要吃——我吃给你们看——"店主拔出嘴里的旱烟筒,劝告道:"这不是虫呀,没有关系的,这叫'肉芽'——'肉'——'芽'。"方鸿渐引申说:"你们这店里吃的东西都会发芽,不但是肉。"店主不懂,可是他看见大家都笑,也生气了,跟伙计用土话咕着。结果,五人出门上那家像样旅馆去吃饭。

李梅亭的片子没有多大效力,汽车站长说只有照规矩登记,按次序三天以后准有票子。五人大起恐慌:三天房饭好一笔开销,照这样耽误,怕身上的钱到不了吉安。大家没精打采地走回客栈,只见对面一个女人倚门抽烟。这女人尖颧削脸,不知用什么东西烫出来的一头鬈发,像中国写意画坚的满树梅花,颈里一条白丝围巾,身上绿绸旗袍,光华夺目,可是那面子亮得像小家女人衬旗袍里子用的作料。辛楣拍鸿渐的膊子道:"这恐怕就是'有美玉于斯'了。"鸿渐笑道:"我也这样想。"顾尔谦听他们背诵《论语》,不懂用意,问:"什么?"李梅亭聪明,说:"尔谦,你想这种地方怎会有那样打扮的女子——你们何以背《论语》?"鸿渐道:"你到我们房里来看罢。"顾尔谦听说是妓女,呆呆地观之不足,那女人本在把孙小姐从头到脚的打量,忽然发现顾先生的注意,便对他一笑,满嘴鲜红的牙根肉,块垒不平侠客的胸襟,上面疏疏地缀几粒娇羞不肯露出头的黄牙齿。顾先生倒臊得脸红,自幸没人瞧见,忙跟孙小姐进店。辛楣和鸿渐一夜在火车里没睡好,回房躺着休息,李梅亭打门进来了,问有什么好东西给他看。两人懒起床,叫他自己看墙壁上的文献。李梅亭又向窗外一望,回头直嚷道:"你们两个年轻人不怀好意呀!怪不得你们要占据这间房,对面一定就是那王美玉的卧房,相去只四五尺的距离,跳都跳得过去。你们起来瞧,床上是红被,桌子上有大镜子,还有香水瓶儿——唉!你们没结婚的人太不老实。这事开不得玩笑的——咦,她上来了!"两人从床上伸头一瞧,果然适才倚门抽烟的女人对窗立着,慌忙缩头睡下。李先生若无其事地靠窗昂首抽烟,黑眼镜里欣赏对面的屋顶,两人在床上等得不耐烦,正想叫李梅亭出去,忽听那女人说话了:"你们哪块来的啥?"李先生如梦初醒地一跳道:"你问谁呀?我呀?我们是上海来的。"这话并不可笑,而两人笑得把被蒙住头,又赶快揭开被,要听下文。那女人道:"我也是上海来的,逃难来这块的——你们干什么的?"李先生下意识地伸手到口袋里去掏片子,省悟过来,尊严地道:"我们都是大学教授。"那女人道:"教书的?教书的没有钱,为什么不走私做买卖?"两人又蒙上被。李先生鼻子里应一声。那女人道:"我爹也教书的——"两人笑着蒙着头叫痛——"那个跟你们一起的女人是谁?她也是教书的?"李先生道:"是的。"那女人道:"我也进过学堂——她赚多少钱啥?"辛楣怕这女人笑孙小姐赚的钱没有她多,大声咳嗽,李先生只说:"很多,很多——抽支烟罢?哪,接好——"两人紧张得不敢吐气,李先生下面的话更使他们不能相信自己的耳朵——"我问你,公共汽车的票子难买得很,你——你熟人多,有没有法想一个?我们好好的谢你。"那女人讲了一大串话,又快又脆,像钢刀削萝卜片,大意是:公路车票买不到,可以搭军用运货汽车,她认识一位侯营长,一会儿来看她,到时李先生过去当面接洽。李先生千谢万谢。那女人走了,李先生回身向赵方二人得意地把头转个圈儿,一言不发,望着他们。二人钦佩他异想他开，真有本领。李先生恨不能身外化身，拍着自己肩膀，说："老李，真有你！"所以也不谦虚说："我知道这种女人路数多，有时用得着她们，这就是孟尝君结交鸡鸣狗盗的用意。"

李先生去后，辛楣和鸿渐睡熟了。鸿渐睡梦里，觉得有东西在撞这肌理稠密的睡，只破了一个小孔，而整个睡都退散了，像一道滚水的注射冰面，醒过来只听见："唅！唅！"昏头昏脑下床一看，王美玉在向这面叫，正要关窗不理她，忽想起李梅亭跟她的接洽。辛楣也惊醒了，王美玉道："那戴黑眼镜的呢？侯营长来了。"李梅亭得到通知，忙把压在褥子下的西装裤子和领带取出，早刮过脸，皮破了好几处，倒也红光满面。临走时，李梅亭说妓女家里不能白去的，去了要开销，这笔交际费如何算法，自己方才已经赔了一支香烟。大家担保他，只要交涉顺利，不但费用公担，还有酬劳。李梅亭问他们要不要到辛楣房间里去隔窗旁听，"反正没有什么秘密的事。"余人无此雅兴，说现在四点钟，上街溜达，六点钟在吃早点地馆子里聚会。到时候，李梅亭兴冲冲来了。大家忙问事情怎样，李梅亭道："明天正午开车。"大家还问长问短，李梅亭说这位侯营长晚上九点钟要来看行李，有问题可以面询。这些军用货车每辆搭客一人和行李一件或两件，开向韶关去的，到了韶关再坐火车进湖南。一算费用比坐公共汽车贵一倍，"可是，"李梅亭说，"到处等汽车票，一等就是几天，这房饭钱全省下来了。"辛楣踌躇说："好是很好，可是学校汇到吉安的钱怎么办？"李梅亭道："那很容易，去个电报请高校长汇到韶关得了。"鸿渐道："到韶关折回湖南，那不是兜远路么？"李梅亭怫然道："我能力有限，只能办到这样。方先生有面子，也许侯营长为你派专车直放学校。"顾尔谦忙说："李先生办事不会错。明天一早拍个电报，中午上车走它妈的，要教我在这个鬼地方等五天，头发都白了。"李梅亭还悻悻道："今天王美玉家打茶围的钱将来归我一个人出得了。"鸿渐忍着气道："就是不坐军车，交际费也该大家出的，这是绝对两回事。"辛楣桌下踢鸿渐一脚，嘴里胡扯一阵，总算双方没有吵起来，孙小姐睁大的眼睛也恢复了常态。

回旅馆不多一会，伙计在梯子下口里含着饭嚷："侯营长来了！"大家赶下来。侯营长有个桔皮大鼻子，鼻子上附带一张脸，脸上应有尽有，并未给鼻子挤去眉眼，鼻尖生几个酒刺，像未熟的草莓，高声说笑，一望而知是位豪杰。侯营长瞧见李梅亭，笑说："怎么我回到小王那里，你已经溜了？什么时候走的？"李梅亭支吾着忙把同行三人介绍，孙小姐还没下来。侯营长演说道："我们这货车不能私带客人的，带客人违犯军法，懂不懂？可是我看你们在国立学校教书，总算也是公务机关人员，所以冒险行个方便，懂不懂？我一个钱不要你们的，你们也清苦得很我不在乎这几个钱，懂不懂？可是我手下开车的、押车的弟兄要几个香烟钱，钱少了你们拿不出去，懂不懂？我并不要钱，你们行李不多罢？里面没有上海带来的私货罢？哈哈，你们念书人有时候很贪小便宜的！"笑得两颊肌肉把鼻孔牵得更大了。大家同声说不带私货，李梅亭指着自己的铁箱道："这是一件行李，楼上还有——"侯营长的眼睛忽然变成近视，努目注视了好一会才似乎看清了，放机关枪似的说："好家伙！这是谁的？里面什么东西？这不能带——"忽然又近视了，睁眼望着刚下梯来的孙小姐——"这也是你们同走的？这——这我也不能带。方才跟你讲不到几句话，我就给人叫走了，没交代清楚，女人不带。要是女人可以带，我早带小王一二一，开步走了，哈哈。"孙小姐气得嘤然作声，鸿渐等侯营长进了对门，向他已消灭的阔背影出声骂："浑蛋！"辛楣和顾先生劝孙小姐不要介意，"这种人嘴里没有好话。"孙小姐道："都是我一个人妨碍了你们搭车——"鸿渐道："还有李先生这只八宝箱呢！李先生你——"李梅亭向孙小姐道歉道："我事情没办好，带累你受侮辱。"这样一说，鸿渐倒没法损他了。

这事不成，李梅亭第一个说"侥幸"，还说："失马安知非福。带枪杆的人不讲理的，我们同走有孙小姐，一切该慎重。而且到韶关转湖南，冤枉路走得太多，花的钱也不合算，方先生说话对了。"在鹰潭这几天里，李梅亭对鸿渐刮目相看，特别殷勤，可是鸿渐愈嫌恶他，背后跟辛楣笑说："为了打茶围那几块钱，怕我挑眼，就那样没志气。我做了他，宁可掏腰包的。"鸿渐晚上睡不着的时候，自惜自怜，愈想愈懊悔这次的来。与李梅亭顾尔谦等为伍，就是可耻的堕落。这十来天的旅行磨得一个人志气消沉。一天他辛楣散步，听见一个卖花生的小贩讲家乡话，问起来果然是同乡，逃难流落在此。这小贩只淡淡说声住在本县城里那条街。并不向他诉苦经，借同乡盘缠，鸿渐又放心、又感慨道："这人准碰过不知多少同乡的钉子，所以不再开口了。我真不敢想要历过多少挫折，才磨练到这种死心塌地的境界。"辛楣笑他颓丧，说："你这样经不起打击。一辈子恋爱不会成功。"鸿渐道："谁像你肯在苏小姐身上花二十年的工夫。"辛楣道："我这几天来心里也闷，昨天半夜醒来，忽然想苏文纨会不会有时候想到我。"鸿渐想起唐晓芙和自己，心像火焰的舌头突跳起，说："想到你还是想你？我们一天要想到不知多少人，亲戚、朋友、仇人，以及不相干的见过面的人。真正想一个人，记挂着他，希望跟他接近，这少得很。人事太忙了，不许我们全神贯注，无间断地怀念一个人。我们一生对于最亲爱的人的想念，加起来恐怕不会一点钟，此外不过是念头在他身上瞥过，想到而已。"辛楣笑道："我总希望，你将来会他几秒钟给我。告诉你罢，我第一次碰到你以后，倒常常想你，念念不释地恨你，可惜我没有看表，计算时间。"鸿渐道："你看，情敌的彼此想念，比情人的彼此想念还要多——那时候也许苏小姐真在梦见你，所以你会忽然想到她。"辛楣道："人家哪里有工夫梦见我们这种孤魂野鬼。并且她已经是曹元朗的人了，要梦见我就是对她丈夫不忠实。"鸿渐瞧他的正经样儿，笑得打跌道："你这位政治家真是独裁的作风！谁做你的太太，做梦也不能自由，你要派特务式作人员去侦察她的潜意识。"

三天后到南城去的公路汽车照例是挤得仅可容足，五个人都站在人堆里，交相安慰道："半天就到南城了，站一会儿没有关系。"一个穿短衣服、满脸出油的汉子摆开两膝，像打拳里的四平势，牢实地坐在位子上，仿佛他就是汽车配备的一部分，前面放个滚圆的麻袋，里面想是米。这麻袋有座位那么高，刚在孙小姐身畔。辛楣对孙小姐道："为什么不坐呀？比座位舒服多了。"孙小姐也觉得站着摇摇撞撞地不安，向那油脸汉道声歉，要坐下去。那油脸汉子直跳起来，双手拦着，翻眼嚷："这是米，你知道不知道？吃的米！"孙小姐窘得说不出话，辛楣怒目相向道："是米又怎么样？她这样一个女人坐一下也不会压碎你的米。"那汉子道："你做了男人也不懂道理，米是要吃到嘴里去的呀——"孙小姐羞愤顿足道："我不要坐了！赵先生，别理他。"辛楣不答应，方李顾三人也参加吵嘴，骂这汉子蛮横，自己占了座位，还把米袋妨碍人家，既然不许人家坐米袋，自己快把位子让出来。那汉子看他们人多气壮，态度软下来了，说："你们男人坐，可以，你们这位太太坐，那不行！这是米，吃到嘴里去的。"孙小姐第二次申明愿意一路站到南城，辛楣等说："我们偏不要坐，是这位小姐要坐，你又怎样？"那汉子没法，怒目打量孙小姐一下，把垫坐的小衣包拿出来，捡一条半旧的棉裤，盖在米袋上，算替米戴上防毒面具，厉声道："你坐罢！"孙小姐不要坐，但经不起汽车的颠簸和大家的劝告，便坐了。斜对着孙小姐有位子坐的是个年轻白净的女人，带着孝，可是嘴唇和眼皮擦得红红的，纤眉细眼小鼻子，五官平淡得像一把热手巾擦脸就可以抹而去之的，说起话来，扭头咽嘴。她本在看热闹，此时跟孙小姐攀谈，一口苏州话，问孙小姐是不是上海来的，骂内地人凶横，和他们没有理讲。她说她丈夫在浙江省政府当科员，害病新死，她到桂林投奔夫兄去的。她知道孙小姐有四个人同走，十分忻羡，自怨自怜说："我是孤苦零丁，路上只有一个用人陪了我，没有你福气！"她还表示愿同走到衡阳，有个照应。正讲得热闹，汽车停了打早尖，客人大半下车吃早点。那女人不下车，打开提篮，强孙小姐吃她带的米粉糕，赵方二人怕寡妇分糕为难也下车散步去了。顾尔谦瞧他们下去，掏出半支香烟大吸。李梅亭四顾少人，对那寡妇道："你那时候不应该讲你是寡妇单身旅行的，路上坏人多，车子里耳目众多，听了你的话要起邪念的。"那寡妇向李梅亭眼珠一溜，嘴一扯道："先生真是好人！"那女人叫坐在她左边的二十多岁的男人道："阿福，让这位先生坐。"这男人油头滑面，像浸油的楷粑核，穿件青布大褂，跟女人并肩而坐，看不出是用人。现在他给女人揭破身份，又要让位子，骨朵着嘴只好站起来。李先生假客套一下，便挨挨擦擦地坐下。孙小姐看不入眼，也下车去。到大家回车，汽车上路，李先生在咀嚼米糕，寡妇和阿福在吸香烟。鸿渐用英文对辛楣道："你猜一猜，这香烟是谁的？"辛楣笑道："我什么不知道！这人是个撒谎精，他那两罐烟到现在还没抽完，我真不相信。"鸿渐道："他的烟味难闻。现在三张跟同时抽，真受不了，得戴防毒口罩。请你抽一会烟斗罢，解解他的烟毒。"

到了南城，那寡妇主仆两人和他们五人住在一个旅馆里。依李梅亭的意思，孙小姐与寡妇同室，阿福独睡一间。孙小姐口气里决不肯和那寡妇作伴，李梅亭却再三示意，余钱无多，旅馆费可省则省。寡妇也没请李梅亭批准，就主仆俩开了一个房间。大家看了奇怪，李梅亭尤其义愤填胸，背后咕了好一阵："男女有别，尊卑有分。"顾尔谦借到一张当天的报，看不上几行，直嚷："不好了！赵先生，李先生，不好了！孙小姐。"原来日本人进攻长沙，形势危急得很。五人商议一下，觉得身上盘费决不够想回去，只有赶到吉安，领了汇款，看情形再作后图。李梅亭忙把长沙紧急的消息告诉寡妇，加油加酱，如火如荼，就仿佛日本军部给他一个人的机密情报，吓得那女人不绝地娇声说："啊呀！李先生，个末那亨呢！"李梅亭说自己这种上等人到处有办法，会相机行事，绝处逢生，"用人们就靠不住了，没有知识——他有知识也不做用人了！跟着他走，准闯祸。"李梅亭别了寡妇不多时，只听她房里阿福厉声说话："潘科长派我送你的，你路上见一个好一个，知道他是什么人？潘科长那儿我将来怎样交代？"那妇人道："吃醋也轮得到你？我要你来管？给你点面子，你就封了王了！不识抬举、忘恩负义的王八蛋！"阿福冷笑道："王八是谁挑我做的？害了你那死鬼男人做王八不够还要害我——啊呀呀——"一溜烟跑出房来。那女人在房里狠声道："打了你耳光，还要教你向我烧路头！你放肆，请你尝尝滋味，下次你别再想——"李先生听他们话中有因，作酸得心似绞汁的青梅，恨不能向那寡妇问个明白，再痛打阿福一顿。他坐立不定地向外探望，阿福正躲在寡妇房外，左手抚摩着红肿的脸颊，一眼瞥见李梅亭，自言自语："不向尿缸里照照自己的脸！想吊膀子揩油——"李先生再有涵养工夫也忍不住了，冲出房道："猪猡！你骂谁？"阿福道："骂你这猪猡。"李先生道："猪猡骂我。"阿福道："我骂猪猡。"两人"鸡生蛋""蛋生鸡"的句法练习没有了期，反正谁嗓子高，谁的话就是真理。顾先生怕事，拉李先生，说："这种小人跟他计较什么呢？"阿福威风百倍道："你有种出来！别像乌龟躲在洞里，我怕了你——"李先生果然又要夺门而出，辛楣鸿渐听不过了，也出来喝阿福道："人家不理你了，你还嘴里不清不楚干什么？"阿福有点气馁，还嘴硬道："笑话！我骂我的，不干你们的事。"辛楣嘴里的烟半高翘着像老式军舰上一尊炮的形势，对擦大手掌，响脆地拍一下，握着拳头道："我旁观抱不平，又怎么样？"阿福眼睛里全是恐惧，可是辛楣话没说完，那寡妇从房里跳出道："谁敢欺负我的用人？两欺一，不要脸！枉做了男人，欺负我寡妇，没有出息！"辛楣鸿渐慌忙逃走。那寡妇得意地冷笑，海骂几句，拉阿福回房去了。辛楣教训了李梅亭一顿，鸿渐背后对辛楣道："那雌老虎跳出来的时候，我们这方面该孙小姐出场，就抵得住了。"下半天寡妇碰见他们五人，伴伴不睬，阿福不顾坟起的脸，对李梅亭挤眼撇嘴。那寡妇有事叫"阿福"，声音里滴得下蜜糖。李梅亭叹了半夜的气。

旅馆又住了一天。在这一天里，孙小姐碰到那寡妇还点头微笑，假如辛楣等不在旁，也许彼此应酬几句，说车票难买，旅馆里等得气闷。可是辛楣等四人就像新学会了隐身法似的，那寡妇路上到，眼睛里没有他们。明天上车，辛楣等把行李全结了票，手提的东西少，挤上去都抢到座位。寡妇带的是些不结票的小行李；阿福上车的时候，正像欢迎会上跟来宾拉手的要人，恨不能向千手观音菩萨分几双手来才够用。辛楣瞧他们俩没位子坐，笑说："亏得昨天闹翻了，否则这时候还要让位子呢，我可不肯。""我"字说得有意义地重，李梅亭脸红了，大家忍住笑。那寡妇远远地望着孙小姐，使她想起牛或马的瞪眼向人请求，因为眼睛就是不会说话的动物的舌头。孙小姐心软了，低头不看，可是觉得坐着不安，直到车开，偷眼望见那寡妇也有了位子，才算心定。

车下午到宁都。辛楣们忙着领行李，大家一点，还有两件没运来，同声说："晦气！这一等不知道又是几天。"心里都担忧着钱。上车站对面的旅馆一问，只剩两间双铺房了。辛楣道："这哪里行？孙小姐一个人一间房，单铺的就够了，我们四个人，要有两间房。"孙小姐不踌躇说："我没有关系，在赵先生方先生房里添张竹铺得了，不省事省钱么？"看了房间，搁了东西，算了今天一路上的账，大家说晚饭只能将就吃些东西了，正要叫伙计，忽然一间房里连嚷："伙计！伙计！"带咳带呛，正是那寡妇的声音，跟着大吵起来。仔细一听，那寡妇叫了旅馆里的饭，吃不到几筷菜就恶心，这时候才知道菜是用桐油炒的；阿福这粗货，没理会味道，一口气吞了两碗饭，连饭连菜吐个干净，"隔夜吃的饭都吐出来了！"寡妇如是说，仿佛那顿在南城吃的饭该带到桂林去。李梅亭拍手说："真是天罚他，瞧这浑蛋还要撒野不撒野。这旅馆里的饭不必请教了，他们俩已经替咱们做了试验品。"五人出旅馆的时候，寡妇房门大开，阿福在床上哼哼唧唧，她手扶桌子向痰盂恶心，伙计一手拿杯开水，一手拍她背。李先生道："咦，她也吐了！"辛楣道："呕吐跟打呵欠一样，有传染性的。尤其晕船的时候，看不得人家呕。"孙小姐弯着含笑的眼睛说："李先生，你有安定胃神经的药，送一片给她，她准——"李梅亭在街上装腔跳嚷道："孙小姐，你真坏！你也来开我的玩笑。我告诉你的赵叔叔。"

晚上为谁睡竹榻的问题，辛楣等三人又谦让了一阵。孙小姐给辛楣和鸿渐强逼着睡床，好像这不是女人应享的权利，而是她应尽的义务。辛楣人太高大，竹榻容不下。结果鸿渐睡了竹榻，刚夹在两床之间，躺了下去，局促得只想翻来覆去，又拘谨得动都不敢动。不多时，他听辛楣呼吸和匀，料他睡熟，想便宜了这家伙，自己倒在这两张不挂帐子的床中间，做了个屏风，替他隔离孙小姐。他又嫌桌上的灯太亮，妨了好一会，熬不住了，轻轻地下床，想喝口冷茶，吹来灯再睡。沿床里到桌子前，不由自主望望孙小姐，只见睡眠把她的脸洗濯得明净滋润，一堆散发不知怎样会覆在她脸上，使她脸添了放任的媚姿，鼻尖上的发梢跟着鼻息起伏，看得代她脸痒，恨不能伸手替她掠好。灯光里她睫毛仿佛微动，鸿渐一跳，想也许自己眼错，又似乎她忽然呼吸短促，再一看，她睡着不动的脸像在泛红。慌忙吹来了灯，溜回竹榻，倒惶恐了半天。

明天一早起，李先生在账房的柜台上看见昨天的报，第一道消息就是长沙烧成白地，吓得声音都遗失了，一分钟后才找回来，说得出话。大家焦急得没工夫觉得饿，倒省了一顿早点。鸿渐毫没主意，但仿佛这不是自己一个人的事，跟着人走，总有办法。李梅亭唉声叹气道："倒霉！这一次出门，真是倒足了霉！上海好几处留我的留我，请我的请我，我鬼迷昏了头，却不过高松年的情面，吃了许多苦，还要半途而废，走回头路！这笔账向谁去算？"辛楣道："要走回头路也没有钱。我的意思是，到了吉安领了学校汇款再看情形，现在大不用计划得太早。"大家吐口气，放了心。顾尔谦忽聪明地说："假如学校款子没有汇，那就糟透了。"四人不耐烦地同声说他过虑，可是意识里都给他这话唤起了响应，彼此举的理由，倒不是驳斥顾尔谦，而是安慰自己。顾尔谦忙想收回那句话，仿佛给人拉住的蛇尾巴要缩进洞，道："我也知道这事不可能，我说一声罢了。"鸿渐道："我想这问题容易解决。我们先去一个人。吉安有钱，就打电报叫大家去；吉安没有钱，也省得五个人全去扑个空，白费了许多车钱。"

辛楣道："着呀！咱们分工，等行李的等行李，领钱的领钱，行动灵活点，别大家拼在一起老等。这钱是汇给我的，我带了行李先上吉安，鸿渐陪我走，多个帮手。"

孙小姐温柔而坚决道："我也跟赵先生走，我行李也来了。"

李梅亭尖利地给辛楣一个 X 光的透视道："好，只剩我跟顾先生。可是我们的钱都充了公了，你们分多少钱给我们？"

顾尔谦向李梅亭抱歉地笑道："我行李全到了，我想跟他们去，在这儿住下去没有意义。"

李梅亭脸上升火道："你们全去了，撇下我一个人，好！我无所谓。什么'同舟共济'！事到临头，还不是各人替自己打算？说老实话，你们到吉安领了钱，干脆一个子儿不给我得了，难不倒我李梅亭。我箱子里的药要在内地卖千把块钱，很容易的事。你们瞧我讨饭也讨到了上海。"

辛楣诧异说："咦！李先生，你怎么误会到这个地步！"

顾尔谦抚慰地说："梅亭先生，我决不先走，陪你等行李。"

辛楣道："究竟怎么办？我一个人先去，好不好？李先生，你总不疑心我会吞灭公款——要不要我留下行李作押！"说完加以一笑，减低语意的严重，可是这笑生硬倔强宛如干浆糊粘上去的。

李梅亭摇手连连道："笑话！笑话！我也决不是以'小人之心'推测人的——"鸿渐自言自语道："还说不是"——"我觉得方先生的提议不切实际——方先生，抱歉抱歉，我说话一向直率的。譬如赵先生，你一个人到吉安领了钱，还是向前进呢？向后转？你一个人作不了主，还要大家就地打听消息共同决定的——"鸿渐接嘴道："所以我们四个人先去呀。服从大多数的决定，我们不是大多数么？"李梅亭说不出话，赵顾两人忙劝开了，说："大家患难之交，一致行动。"

午饭后，鸿渐回到房里，埋怨辛楣太软，处处让着李梅亭："你这委曲求全的气量真不痛快！做领袖有时也得下辣手。"孙小姐笑道："我那时候瞧方先生跟李先生两人睁了眼，我看着你，你看着我，气呼呼的，真好玩儿！像互相要吞掉彼此的。"鸿渐笑道："糟糕！丑态全落在你眼里了。我并不想吞他，李梅亭这种东西，吞下去要害肚子的——并且我气呼呼了没有？好像我没有呀。"孙小姐道："李先生是嘴里的热气，你是鼻子里的冷气。"辛楣在孙小姐背后向鸿渐翻白眼儿伸舌头。

向吉安去的路上，他们都恨汽车又笨又慢，把他们跃跃欲前的心也拖累了不能自由，同时又怕到了吉安一场空，愿意这车走下去，走下去，永远在开动，永远不到达，替希望留着一线生机。住定旅馆以后，一算只剩十来块钱，笑说："不要紧，一会儿就富了。"向旅馆账房打听，知道银行怕空袭，下午四点钟后才开门，这时候正办公。五个人上银行，一路留心有没有好馆子，因为好久没痛快吃了。银行里办事人说，钱来了好几天了，给他们一张表格去填。辛楣向办事人讨一支毛笔来填写，李顾两位左右夹着他，怕他不会写字似的。这支笔写秃了头，需要蘸的是生发油，不是墨水，辛楣一写一堆墨，李顾看得满心不以为然。那办事人说："这笔不好写，你带回去填了。反正你得找铺保盖图章——可是，我告诉你，旅馆不能当铺保的。"这把五人吓坏了，跟办事员讲了许多好话，说人地生疏，铺保无从找起，可否通融一下。办事员表示同情和惋惜，可是公事公办，得照章程做，劝他们先去找。大家出了银行，大骂这章程不通，骂完了，又互相安慰说："无论如何，钱是来了。"明天早上，辛楣和李梅亭吃几颗疲乏的花生米，灌半壶冷淡的茶，同出门找本地教育机关去了。

下午两点多钟，两人回来，垂头气丧，精疲力尽，说中小学校全疏散下乡，什么人都没找到，"吃了饭再说罢，你们也饿晕了。"几口饭吃下肚，五人精神顿振，忽想起那银行办事员倒很客气，听他口气，好像真找不到铺保，钱也许就给了，晚上去跟他软商量罢。到五点钟，孙小姐留在旅馆，四人又到银行。昨天那办事员早忘记他们是谁了，问明白之后，依然要铺保，教他们到教育局去想办法，他听说教育局没有搬走。大家回旅馆后，省钱，不吃东西就睡了。

鸿渐饿得睡不熟，身子像没放文件的公事皮包，几乎腹背相贴，才领略出法国人所谓"长得像没有面包吃的日子"还不够亲切；长得像没有面包吃的日子，长得像失眠的夜，都比不上因没有面包吃而失的夜那样漫漫难度。东方未明，辛楣也醒，咂嘴舐舌道："气死我了，梦里都没有东西吃，别说醒的时候了。"他做梦在"都会饭店"吃中饭，点了汉堡牛排和柠檬甜点，老等不来，就饿醒了。鸿渐道："请你不要说了，说得我更饿了。你这小气家伙，梦里吃东西有我没有？"辛楣笑道："我来不及通知你，反正我没有吃到！现在把李梅亭烤熟了给你吃，你也不会嫌了罢。"鸿渐道："李梅亭没有肉呀，我看你又白又胖，烤得火工到了，蘸甜面酱、椒盐——"辛楣笑里带呻吟："饿的时不能笑，一笑肚子愈掣痛。好家伙！这饿像有牙齿似的从里面咬出来，啊呀呀——"鸿渐道："愈躺愈受罪，我起来了。上街溜达一下，活动活动，可以忘掉饿。早晨街上清静，出去呼吸点新鲜空气。"辛楣道："要不得！新鲜空气是开胃健脾的，你真是自讨苦吃。我省了气力还要上教育局呢。我劝你——"说着又笑又嚷痛——"你别上毛厕，熬住了，留点东西维持肚子。"鸿渐出门前，辛楣问他要一大杯水来充实肚子，仰天躺在床上，动也不动，一转侧身体里就有波涛汹涌的声音。鸿渐拿了些公账里的作钱，准备买带壳花生回来代替早餐，辛楣警告他不许引偏手偷吃。街上的市面，仿佛缩在被里的人面，还没露出来，卖花生的杂货铺也关着门。鸿渐走前几步，闻到一阵烤山薯的香味，鼻子渴极喝水似的吸着，饥饿立刻把肠胃加紧地抽。烤山薯这东西，本来像中国谚语里的私情男女，"偷着不如偷不着，"香味比滋味好；你闻的时候，觉得非吃不可，真到嘴，也不过尔尔。鸿渐看见一个烤山薯的摊子，想这比花生米好多了，早餐就买它罢。忽然注意有人正作成这个摊子的生意，衣服体态活像李梅亭；他细一瞧，不是他是谁，买了山薯脸对着墙壁在吃呢。鸿渐不好意思撞破他，忙向小弄里躲了。等他去后，鸿渐才买了些回去，进旅馆时，遮遮掩掩的深怕落在掌柜或伙计的势利眼里，给他们看破了寒窭，催算账，赶搬场。辛楣见是烤山薯，大赞鸿渐的采办本领，鸿渐把适才的事告诉辛楣，辛楣道："我知他没把钱全交出来。他慌慌张张地偷吃，别梗死了。烤山薯吃得快，就梗喉咙，而且滚热的，真亏他！"孙小姐李先生顾先生来了，都说："咦！怎么找到这东西？妙得很！"

顾先生跟着上教育局，说添个人，声势壮些。鸿渐也去，辛楣嫌他十几天不梳头剃胡子，脸像刺猬，头发像准备母鸡在里面孵蛋，不许他去。近中午，孙小姐道："他们还不回来，不知道有希望没有？"鸿渐道："这时候不回来，我想也许事情妥了。假如干脆拒绝了，他们早会回来，教育局路又不远。"辛楣到旅馆，喝了半壶水，喘口气，大骂那教育局长是糊涂鸡子儿，李顾也说"岂有此理"。原来那局长到局很迟，好容易来了，还不就见，接见时口风比装食品的洋铁罐还紧，不但不肯作保，并且怀疑他们是骗子，两个指头拈着李梅亭的片子仿佛是捡的垃圾，眼睛瞟着片子上的字说："我是老上海，上海滩上什么玩意儿全懂，这种新闻学校都是挂空头招牌的——诸位不要误会，我是论个大概。'国立三闾大学'？这名字生得很，我从来没听见过。新立的？那我也该知道呀！"可怜他们这天饭都不敢多吃，吃的饭并不能使他们不饿，只滋养栽培了饿，使饿在他们身体里长存，而他们不至于饿死了不再饿。辛楣道："这样下去，钱到手的时候，我们全死了，只能买棺材下殓了。"顾先生忽然眼睛一亮道："你们两位看见那'妇女协会'没有？我看见的。我想女人心肠软，请孙小姐去走一趟，也许有点门路——这当然是不得已的下策。"孙小姐一诺无辞道："我这时候就去。"辛楣满脸不好意思，望着孙小姐道："这怎么行？你父亲把你交托给我的，我事做不好，怎么拖累你？"孙小姐道："我一路上已经承赵先生照应——"辛楣不愿意听她感谢自己，忙说："好，你试一试罢，希望你运气比我们好。"孙小姐到妇女协会没碰见人，说明早再去。鸿渐应用心理学的知识，道："再去碰见人也没有用。女人的性情最猜疑，最小气。叫女人去求女人，准碰钉子。"辛楣因为旅馆章程是三天一清账，发愁明天付不出钱，李先生豪爽地说："假使明天还没有办法，而旅馆逼钱，我卖掉药得了。"明天孙小姐去了不到一个钟点，就带一个灰布装的女同志回来。在她房里叽叽咕咕了一会儿，孙小姐出来请辛楣等进去。那女同志正细看孙小姐的毕业文凭——上面有孙小姐戴方帽子的漂亮照相。孙小姐——介绍了，李先生又送上片子。她肃然起敬，说她有个朋友在公路局做事，可能帮些忙，她下半天来给回音。大家千恩万谢，又不敢留她吃饭，恭送出门时，孙小姐跟她手勾手，尤其亲热。吃那顿中饭的时候，孙小姐给她的旅伴们恭维得脸像东方初出的太阳。

直到下午五点钟，那女同志影踪全无，大家又饿又急，问了孙小姐好几次，也问不出个道理。鸿渐觉得冥冥中有个预兆，这钱是拿不到的了，不干不脆地拖下去，有劲使不出来，仿佛要把转动弹簧门碰上似的无处用力。晚上八点钟，大家等得心都发霉，安定地绝望，索性不再愁了，准备睡觉。那女同志跟她的男朋友宛如诗人"尽日觅不得，有时还自来"的妙句，忽然光顾，五个人欢喜得像遇见久别的情人，亲热得像狗迎接回家的主人。那男人大剌剌地坐了，每问句话，大家殷勤抢答，引得他把手一拦道："一个人讲话够了。"他向孙小姐要了文凭，细细把照相跟孙小姐本人认看，孙小姐微微疑心他不是对照相，是在鉴赏自己，倒难为情起来。他又盘问赵辛楣一下，怪他们不带随身证明文件。他女朋友在旁说些好话，他才态度和缓，说他并非猜疑很愿意交朋友，但不知用公路局名义铺保，是否有效，教他们先向银行问明白了，通知他再盖章。所以他们又多住了一天，多上了一次银行。那天晚上，大家睡熟了还觉得饿，仿佛饿宣告独立，具体化了，跟身子分开似的。

两天后，他们领到钱；旅馆与银行间这条路径，他们的鞋子也走熟得不必有脚而能自身来回了。银行里还交给他们一个高松年新拍来的电报，请他们放心到学校，长沙战事并无影响。那天晚上，他们借酬谢和庆祝为名，请女同志和她朋友上馆子放量大吃一顿。顾先生三杯酒下肚，嘻开嘴，千金一笑地金牙灿烂，酒烘得发亮的脸探海灯似的向全桌照一周，道："我们这位李先生离开上海的时候，曾经算过命，说有贵人扶持，一路逢凶化吉，果然碰见了你们两位，萍水相逢，做我们的保人，两位将来大富大贵，未可限量——赵先生，李先生，咱们五个人公敬他们两位一杯，孙小姐，你，你，你也喝一口。"孙小姐满以为"贵人"指的自己，早低着头，一阵红的消息在脸上透漏，后来听见这话全不相干，这红像暖天向玻璃上呵的气，没成晕就散了。那位女同志跟她的朋友虽然是民主国家的公民，知道民为贵的道理，可是受了这封建思想的恭维，也快乐得两张酒脸像怒放的红花。辛楣顽皮道："要讲贵人，咱们孙小姐也是贵人，没有她——"李梅亭不等他说完，就敬孙小姐酒。鸿渐道："我最惭愧了，这次我什么事都没有做，真是饭桶。"李梅亭道："是呀！小方是真正的贵人，坐在旅馆里动也不动，我们替他跑腿。辛楣，咱们虽然一无结果，跑是跑得够苦的，啊？"当晚临睡，辛楣道："今天可以舒舒服服地睡了。鸿渐，你看那位女同志长得真丑，喝了酒更吓得死人，居然也有男人爱她。"鸿渐道："我知道她难看，可是因为她是我们的恩人，我不忍细看她。对于丑人，细看是一种残忍——除非他是坏人，你要惩罚他。"

明天上午，他们到了界化陇，是江西和湖南的交界。江西公路车不开过去了，他们该换坐中午开的湖南公路车。他们一路来坐车，到站从没有这样快的，不计较路走得少，反觉得净赚了半天，说休息一夜罢，今天不赶车了。这是片荒山冷僻之地，车站左右面公路背山，有七八家小店。他们投宿的里，厨房设在门口，前间白天的过客的餐堂，晚上是店主夫妇的洞房，后间隔为两间暗不见日、漏雨透风、夏暖冬凉、顺天应时的客房。店周围浓烈的尿屎气，仿佛这店是棵菜，客人有出肥料灌溉的义务。店主当街炒菜，只害得辛楣等在房里大打喷嚏；鸿渐以为自己着了凉，李先生说："谁在家里惦记我呢！"到后来才明白是给菜里的辣椒薰出来的。饭后，四个男人全睡午觉，孙小姐跟辛楣鸿渐同房，只说不困，坐在外间的竹躺椅里看书，也睡着了。他醒来头痛，身上冷，晚饭时吃不下东西。这是暮秋天气，山深日短，云雾里露出一线月亮，宛如一只挤着的近视眼睛。少顷，这月亮圆得什么都粘不上，轻盈得什么都压不住，从蓬松如絮的云堆下无牵无挂地浮出来，原来还有一边没满，像被打耳光的脸肿着一边。孙小姐觉得胃里不舒服，提议踏月散步。大家沿公路走，满地枯草，不见树木，成片像样的黑影子也没有，夜的文饰遮掩全给月亮剥光了，不留体面。

那一晚，山里的寒气把旅客们的睡眠冻得收缩，不够包裹整个身心，五人只支离零碎地睡到天明。照例辛楣和鸿渐一早溜出来，让孙小姐房里从容穿衣服。两人回房拿手巾牙刷，看孙小姐还没起床，被蒙着头呻吟。他们忙问她身体有什么不服，她说头晕得身不敢转侧，眼不敢睁开。辛楣伸手按她前额道："热度像没有。怕是累了，受了些凉。你放心好好休息一天，咱们三人明天走。"孙小姐嘴里说不必，作势抬头，又是倒下去，良久吐口气，请他们在她床前放个痰盂。鸿渐问店主要痰盂，店主说，这样大的地方还不够吐痰？要痰盂有什么用？半天找出来一个洗脚的破木盆。孙小姐向盆里直吐。吐完躺着。鸿渐出去要开水，辛楣说外间有太阳，并且竹躺椅的枕头高，睡着舒服些，教她试穿衣服，自己抱条被先替她在躺椅上铺好。孙小姐不肯让他们扶，垂头闭眼，摸着壁走到躺椅边颓然倒下。鸿渐把辛楣的橡皮热水袋冲满了，给她暖胃，问她要不要喝水。她喝了一口又吐出来，两人急了，想李梅亭带的药里也许有仁丹，隔门问他讨一包。李梅亭因为车到中午才开，正在床上懒着呢。他的药是带到学校去卖好价钱的，留着原封不动，准备十倍原价去卖给穷乡僻壤的学校医院。一包仁丹打开了不过吃几粒。可是封皮一拆，余下的便卖不了钱，又不好意思向孙小姐算账。虽然仁丹值钱无几，他以为孙小姐一路上对自己的态度也不够一包仁丹的交情；而不给她药呢，又显出自己小气。他在吉安的时候，三餐不全，担心自己害营养不足的病，偷打开了一瓶日本牌子的鱼肝油丸，每天一餐以后，吃三粒聊作滋补。鱼肝油丸当然比仁丹贵，但已打开的药瓶，好比嫁过的女人，减了市价。李先生披衣出房一问，知道是胃里受了冷，躺一下自然会好的，想鱼肝油丸吃下去没有关系，便说："你们先用早点罢，我来服侍孙小姐吃药。"辛楣鸿渐都避嫌疑，不愿意李梅亭说他们冒他的功，真吃早点去了。李梅亭回房取一粒丸药，讨杯开水；孙小姐懒张眼，随他摆布咽了下去。鸿渐吃完早点，去看孙小姐，只闻着一阵鱼腥，想她又吐了，怎会有这样怪味儿，正想问她，忽见她两颊全是湿的，一部分泪水从紧闭的眼梢里流过耳边，滴湿枕头。鸿渐慌得手足无措，仿佛无意中撞破了自己不该看的秘密，忙偷偷告诉辛楣。辛楣也想这种哭是不许给陌生人知道的，不敢向她问长问短。两人参考生平关于女人的全部学问，来解释她为什么哭。结果英雄所见同，说她的哭大半由于心里的痛苦；女孩子千里辞家，半途生病，举目无亲，自然要哭。两人因为她哭得不敢出声，尤其可怜她，都说要待她好一点，轻轻走去看她。她像睡着了，脸上泪渍和灰尘，结成几道黑痕；幸亏年轻女人的眼泪还不是秋冬的雨点，不致把自己的脸摧毁得衰败，只像清明时节的梦雨，浸肿了地面，添了些泥。

八十一梦（节选）

张恨水

第八章　第三十六梦天堂之游

　　身子飘飘荡荡的，我不知是坐着船还是坐着汽车？然而我定睛细看，全不是，脚下踏着一块云，不由自主的，尽管向前直飞。我想起来，仿佛八九岁的时候，瞒着先生看《西游记》，我学会了驾云，多年没有使用这道术，现在竟是不招自来了。我本没有打算到哪里去，既是踏上了云头，却也不妨向欧洲一行，看看英德在北海的海空大战。于是手里掐着诀，口喝一声疾！施起催云法来。糟了，我年久法疏，催着云向前，不知怎么弄错了，云只管高飞。我待改正我的航线时，抬头一看，只见云雾缥缈之中，霞光万道，瑞气千条，现出一座八角琉璃的楼阁。楼前竖立着一块直匾，金字辉煌，大书"南天门"。咦！我心想，乱打乱撞，跑到天上来了。上天堂是人生极难得的事，到了这里，这个机会不能错过，便索性催了云向前去。到了南天门，云消雾散，豁然开朗，现出一块大地，夹道洋槐和法国梧桐罩着下面一条柏油路，流线型的汽车，如穿梭一般的走着。"天上也跑汽车？"我正这样奇怪着，不知不觉下了云端，踏上大地，但我要向南天门走去，势必穿过马路中心的一片广场，无如这汽车一辆跟着一辆跑，就像一条长龙在地面上跑，哪里有空隙让我钻过去？我站着停了一停脚，只见广场中间，树立了一具大铁架，高约十丈。在铁架中间，嵌着铁条支的大字，漆了红漆，那字由上至下，共是八个，乃是"一滴汽油一滴脂膏"。我想究竟神仙比人爽直，这一滴汽油一滴血的口号，他们简直说明了血是人民的脂膏。但血字天上也用的，就是路边汽车速度限制牌下，另立了一张标语牌，上写"滚着先烈的血迹前进"。这标语奇怪却罢了，怎么有"先烈"字样？难道天上也起了革命？我对于所见，几乎至蚂蚁之微，觉得都有一种待研究的价值。忽然有一只巴掌按住我的肩膀，问道："你是哪里来的？要到哪里去？"我回头看时，是位身材高大的警察，我望了他，还没有答复，他又道："你是一个凡人，你凡人为什么到天上来？"我对于他这一问，当然答复不出来，根本我就是无所谓而来的。警察道："那很好，我们邓天君，正要找个凡人问问凡间的事情呢。"说着，带了我走进南天门，向门旁一幢立体式的洋房子里走去。在那门框的大理石上，横刻了一行很大的英文，乃是"Police Office"。这英文字我算认得，译出汉字来是警察署。天上应该有天文，而我所来的，是管辖中国的一块天，据我寸见，应该用汉文。不然，为什么天上都说汉话呢？但周围找了一遍，除了这块英文招牌，实在没有其他匾牌。无疑的，我是被带到了警察署。好在我自问也并没有什么罪，且随了警察走进去。这立体式的洋房里面，一切都是欧化的布置，那巡警带我乘着电梯，上了几层楼，先引着见过巡长，坐在待审室里，自行向上司报告去了。不多一会，出来两个人，很像洋式大饭店的西崽打扮，穿着两排铜钮扣的青制服，向我一鞠躬，笑道："督办有请。"我心里又奇怪了。守南天门是几位天君，在《封神榜》《西游记》上早已得着这消息了，怎么变成了督办？且随着这位西崽走去，看督办却是何人？推开一扇玻璃的活簧门，远远看到一位穿绿呢西服的胖子，上前相迎。我不用问他姓名，我已知道他是谁。他生了一副黑脸，长嘴，大耳朵，肚皮挺了起来，正是戏台上大闹高家庄的猪八戒。我笑道："哦！是天蓬元帅。"我情不自禁的这一声恭维，又中了他的下怀，他伸手和我握了一握，让我在一边蓝海绒沙发上相对坐了。他笑道："我已接了无线电，知道足下要到。"说了这句，声音低上一低，把长嘴伸到我肩上，笑道："那批货物，请今晚三点钟运进南天门。这座天门是我把守，我不查私货，你放心运过来是了。至于要晚上运进来,那不过遮遮别人耳目,毫无关系。"他说这话,我有点不解。但我又仿佛有人托我从东海龙王那里带一批洋货来,便道:"有猪督办做主,我们的人就很放心。但是南天门过了,三十三天,只进一关,后面关卡还多呢!"

猪八戒张开大嘴,哈哈大笑道:"你们凡人,究竟是凡人,死心眼儿,一点不活动。这南天门既归我管,货运到了我这里,就可以囤在堆栈里,把龙宫商标撕了,从从容容的换一套土产品商标。天上的货在天上销行,不但不要纳税,运费还可以减价呢。三十三天怎么样?九十九天也通行无阻。管货运的这个人,提起来,密斯脱张也该晓得,就是托塔天王的儿子哪吒。这两年天上布成了公路网,因为他会骑风火轮,正好利用,这交通机关的天神,你也应当联络联络。"说着,猪八戒在西装里掏出一张电报货单来看了一看,一拍大腿道:"这批羊毛可惜来晚了三天",我是个新闻记者,少不得乘机要探一下消息。便问道:"羊毛市价下落了吗?"猪八戒道:"虽没有大跌,却是疲下来了。你不知道,因为天上羊毛缺货,现在受着统制,改为公卖了,这货要早到三天,人会抢着收买囤积。于今大批的羊毛,由我堆栈里向人家仓库里搬,未免打眼,只好我自己囤起来了。"我笑道:"天蓬元帅调到南天门来洪福很好。"猪八戒将肚子一挺,扇了两扇大耳朵,笑道:"实不相瞒,我这样做,也事出无奈。我除了高老庄那位高夫人之外,又讨了几位新夫人。有的是董双成的姊妹班,在瑶池里出来的人,什么没见过,花得很厉害。有的是我路过南海讨的,一切是海派,家用也开支浩大,我这身体,又不离猪胎,一添儿女,便是一大群,靠几个死薪水,就是我这个大胖子,恐怕也吃不饱呢。密斯脱张远道而来,我得请请你,你说吧,愿意吃什么馆子?"我道:"那倒不必。请猪督办给我一点自由,让我满天宫都去游历一下。"猪八戒垂着脑袋想了一想,因点点头道:"这个好办。"就按着电铃,叫进一个茶房来,说是请王秘书拿一封顾问的聘书来。茶房去了,又进来一位穿西装的少年,手里拿着整套公事,猪八戒扯着他到客厅一边,唧咕了几句。那西装秘书,就用这边写字台上现成笔墨,在公事上填了我的名字,原来这聘书连文字和签字,都早已写好了的,现在只要填上人名字就行。猪八戒笑着将公文接过,递到我手上来,笑道:"虽然这是拿空白公文填上的,但也有个分别。奉送密斯脱张这样头等的顾问,截至现在为止,还只二十四位呢。"

说着,又给了我一个证章,笑道:"公事你收着吧,不会有多少地方一定要查看你的公事。你只挂了这证章,就有许多地方可去。你若要到远一些的地方去,我有车子可送。"我笑道:"坐汽车?"随着摇了两摇头。猪八戒道:"你不要信街上贴的那些标语。我坐我自己的车子,烧我自己的汽油,干别人屁事。"我听到猪八戒这样说,分明是故意捣乱,我更不能坐他的汽车了。当时向他告辞,说是要去游历游历。猪八戒握着我的手,一直送到电梯口上来。他笑道:"假如找不到旅馆,可以到天堂银行去,那五六层楼,两个楼层都招待我的客人。"我知道住银行的招待所,比住旅馆要舒服得多,便道:"我极愿意住到那里去,请猪督办给我介绍一下。"猪八戒笑道:"何必这样费事?密斯脱张身上挂的那块证章就是介绍人。要是密斯脱张愿意住在那里的话,我们晚上还可以会面。"说着,连连将大耳朵扇了几扇,低声笑道:"许飞琼董双成晚上都到那里去玩的。"这猪八戒是著名的色中饿鬼,我倒相信了他的话。他向我高喊着谷突摆,我们分手了。出得南天门警察署,便是最有名的一条天街。这时,我已做了天上的小官,不是凡人了,便坦然的赏鉴一切。据我看,名曰天上,其实这里的建筑,也和北平、南京差不多,只是路上来来往往的人,和凡间大为不同。有的兽头人身,有的人头兽身,虽然大半都穿了西装,但是他那举动上,各现出原形来。大概坐在汽车上的,有的是牛头象头猪头,坐在公共汽车里的人,獐头猴头,自然人头的也有一部分,但就服装上看来,人头的总透着寒酸些。我正观望着,有一个赶着野鸡车的车夫沿着人行路走,就向我兜揽生意,那赶车夫是着的古装,头戴青纱头巾,身穿蓝布圆领长衣,是个须发皓白的人头。手里举着一支尺来长的大笔,当了马鞭子。车子上坐着两男一女。一个男子是狗面,一个男子是鼠头,穿了极摩登的西服。那女子是穿了银色漏纱的长旗袍,桃花人面,很有几分姿色。可是在那漏纱袍的下面,却隐隐约约的露出了一截狐狸尾巴。我原想搭坐一程,尝尝这公共马车的滋味。可是我还不曾走近马车时,便有一阵很浓厚的狐膻臭气,向人鼻子里猛袭过来。我一阵恶心上涌,几乎要猛可的吐了出来。我站住了脚步,让这马车过去,且顺着人行路走,这就看到两个科头穿布长袍的人,拦腰系了藤条,席地而坐,仿佛像两个老道。他们面前摆了好些青草,有一个木牌子放在上面,牌上写了四个字:"奉送蕨薇"。

这倒引起了我的好奇心,便向这两人看了一看,其中有一个年纪大的,须发齐胸,笼着大袖向我拱了两拱道："足下莫非要蕨薇？请随便拿。"我看这人道貌岸然，便回揖道："请问老先生，摆着这蕨薇在这里，是什么意思？"那人笑道："在下伯夷。"指着地面上坐的人道："这是舍弟叔齐。终日在首阳山上采蕨薇，尽饿不了。因知此间有很多没饭吃的人，特意摊设在街头，以供同好。"我道："谨领教，难道天上还有没饭吃的人吗？"一言未了，只见一个彪形大汉，身穿儒服，头戴儒冠，腰上佩了一柄剑，肩上扛了一只米口袋，匆匆而来。到了面前向伯夷叔齐深深两揖道："二位老先生请了，弟子是仲由。敝师今日又有陈蔡之厄，特来请让些蕨薇。"我一看，这是子路。他说敝师有陈蔡之厄，莫非孔夫子又绝了粮？伯夷笑道："子路兄，你随便拿，可是我有一言奉告。还是那句话：'丘何为栖栖者欤？'请回复尊师，不要管天上这些闲事。做好人，说公道话，那是自找苦恼。你看，鲁仲连来了。"说时，一个叫化子走过来，身上皂布袍，拖一片，挂一片，披了满肩的长头发，打着赤脚，在路边一溜斜的走近。子路迎着道："连翁，如何这样狼狈？"鲁仲连摇着头道："不要提起。我遇了司马懿的那群子孙，由家里打得头破血流，滚出大门口来。我生性多事，不能不理。便劝他们，怎么不好，也是骨肉，不可动辄流血。不想这班混账东西，看我穿着一件布衣，说是我没有说话的资格。不分皂白，把我这个劝架人，饱打了一顿。"子路一听，满面通红，就去拔剑。伯夷连忙拦着道："你又多事，你先生还在家里挨饿呢。"

子路听了这话，按剑入鞘，盛了一口袋蕨薇转身就走，这倒教我为难了。我站在这里，自然可以听听三位大贤的高论。可是跟了子路走去，又可以见见先师。我是向哪里去好呢？我正犹疑着，那子路背了一口袋蕨薇，已经向大路走去。我想，纵不跟了他去，至少也当追着他问他几句话，于是情不自禁的，顺着他后影，也跟了去。约摸走有几十步路，忽然有一辆流线型的汽车，抢上前去，靠着人行路边停住。车门开了，有三个男人、两个女人下来，一齐拦着子路的去路站定。三个男子，都穿着笔挺的西装，女人自然是烫发旗袍高跟皮鞋。子路走向前问道："各位有何见教？"最前站着的一个男子，就深深点头道："我们五人都是梁山泊义士。我是毛头星孔明，这四位是矮脚虎王英，一丈青扈三娘，菜园子张青，母夜叉孙二娘。"子路听说是群强盗，先是怒目相视，随后又哈哈大笑起来，因骂道："我骂你这伙狗男女，也不睁开你的贼眼。我随夫子到处讲道德说仁义，只落得整日饿饭，现时在伯夷叔齐那里，讨了一些蕨薇拿回去权且度命。天上神仙府，琼瑶玉树，满眼都是，你一概不问，倒来抢我这个穷书生。但是，我仲由是不好惹的。纵然是一袋子蕨薇，也不能让你拿去，你快快滚开，莫谓吾剑不利。"孔明一鞠躬笑道："大贤错了。我们弟兄虽然打家劫舍为生，却也知道个好歹。我们有眼无珠，也不会来抢大贤。"子路将布袋丢在地上，已提手按剑柄，要拔出来，听了这话，且按剑不动，因瞪着眼道："既不抢我，你们拦住我的去路做什么？"孔明道："不才忝为圣门后裔，听说先师又有陈蔡之厄，我特备了黄金万两，馒头千个……"子路不等他说完，大喝一声道："住口！我夫子圣门，中华盛族，人人志士，个个君子，以仁义为性命，视钱财如粪土，万姓景仰。你也敢说'圣裔'两字？你冒充姓孔，其罪一。直犯诸葛武侯之名，其罪二。在孔氏门徒面前，大言不惭，自称义士，你置我师徒于何地？其罪三。我夫子割不正不食，肯要你的赃款吗？"说毕，呛啷一声，一道银光夺目，拔出剑来。那孔明见不是头路，扭转头走了。同路的四位男女也没有多说话，抢上了汽车，呜的一声开了走。

子路插剑入鞘，瞪着眼睛望了，自言自语道："这是什么世界？"缓缓的弯下腰去，拾起那一袋子蕨薇。我见他怒气未息，就不敢再跟了他走，只好远远的站住。见先师这个机会，只好放过让他走了。我站在路边，出了一会神，觉得天堂这两个字，也不过说着好听，其实这里是什么人物都有，彼此倒不必把所看到的人都估计得太高。因此我虽在路边走着，却也挺胸阔步地走。不要看这是行人道上，所有走路的人，都是人头人身。虽偶然也有两三个兽头的，杂在人堆里走，不像坐在汽车马车上那些兽头人神气。我正站着，前面有一群人拦住了去路，看时，有的是虾子头，有的螃蟹背，七手八脚，有的架梯子，有的扯绳子，忙成一团，正在横街的半空，悬上长幅横标语。我看那上面写的是："欢迎上天进宝的四海龙王"。下面写着"财神府谨制"。这在凡间，也算敷衍人情的应有故事，我也并不觉得有甚奇异之处。可是自这里起，每隔三五爿店面，横空就有一幅标语，那文字也越来越恭维。最让我看着难受的：一是"四海龙王是我们的救命菩萨"，一是"我们永不忘四海龙王送款大德"。下面索性写着"五路财神赵公明率部恭制"。这都罢了，还有百十名虾头蟹背的人，各拿了一叠五彩小标语，纷纷向各商店人家门口去张贴。上面一律写着："欢迎送钱的四海龙王"。正忙碌着，有人大声喊起来："我的门口，我有管理权，我不贴这标语，你又奈我何？"我看时，也是一位古装老人，虽然须髯飘然，却也筋肉怒张，他面红耳赤的，将一位贴标语的虾头人推出了竹篱门。那虾头人对他倒相当的客气,鞠着躬笑道:"墨先生,你应当原谅我们。我们是奉命在每家门口贴上一张标语,将来纠察队来清查,到了你府上,独没有欢迎标语,上司要说我们偷懒的。"那人道:"这绝对无可通融。四海龙王不过有几个钱,并不见得有什么能耐。你们这样下身份去欢迎他,教他笑你天上人不开眼,只认得有钱的财主。我不能下这身份,我也不欢迎他的钱。我墨翟处心救世,赴汤蹈火,在所不辞,什么四海龙王,我不管那门账!"那人正眼看我一下,这四海龙王,不过有起身的消息说到这里,许多散标语的人,都拥过来了。其中一个身背鳖甲,上顶龟头的人,将绿豆眼一翻,淡笑道:"墨翟先生,你有这一番牢骚,你可以到四大天王那里去登记,他们一高兴,也许大者拨几十万款子,让你开一所工厂,少也拨一万元,让你去办一种刊物,鼓吹墨学,可也养活了你一班徒子徒孙。你在大门口和我们这无名小卒,撒的什么酸风!你的这一番话,不是打,胜于杀。"

把这位墨老先生气得根根胡子直竖,跳起来骂道:"你这些不带人气息的东西,也在天上瞎混,你不打听打听你墨老夫子是一个什么角色?"他这样大喊着,早惊动了在屋子里研究救国救民的徒弟,有一二十人,一齐抢了出来,这才把这群撒标语的人吓跑。墨翟向那些徒弟道:"我们苦心孤诣,在这里熬守了三年,倒为这些虾头鳖甲所侮辱。虽然我们苦可救世,死而无悔,但这样下去,却不生不死得难受。你们收拾行李,我即刻引你们上西天去。"于是大家相率进篱笆门去了。我在旁边看着,倒呆了。这位墨老夫子有点傻,已有两千多年了,还在谈救世。叹了一口气,我信步所之,也不辨东西南北。耳边送来一阵铮铮琵琶声,站定了脚看时,原来走到一条绿荫夹道的巷子里来了。这巷子两边,都是花砖围墙,套着成片的树林,在树叶里露出几角泥鳅瓦脊,和一抹红栏杆,乐器声音正由这里传出。我觉得糊里糊涂走着,身上乏力,脊梁上只管阵阵地向外排着汗珠,突然走到这绿巷子里来,觉得周身轻松了一阵,便站定了脚,靠着人家一堵白粉墙下,略微休息一下。就在这时,有几位衣冠齐整的人,一个穿着长袍马褂,一个穿着西装,狗头兔耳,各有两只豺狼眼,四粒老虎牙,轻轻悄悄走了过来。在他们后面,有个人头人推着一辆太平车子,上面成堆的堆着黄白之物,只看他们那瞻前顾后的神气,恐怕不会是做好事。在我身边,有一丛蔷薇架,我就闪在树叶子里面,看他们要做什么?就在这时,那两个狗头人,走到白粉墙下,一扇朱漆小门前,轻轻敲了两下。那门呀的一声开了,一个垂髫丫环,闪出半截身体来。这个穿长袍马褂的,在头上取下帽子,深深地鞠了个躬笑道:"不知道夫人起床没有?"丫环道:"昨夜我们公馆里有晚会,半夜方才散会,所以夫人到现时还没有起床,二位有什么事见告?"穿西装的挤上前去,也是一鞠躬,他笑道:"夫人没有起床,也不要紧,我们在门房里等一下就是。"丫环笑道:"门房?那里有点人样的才可以去的。二位尊容不佳,那里去不得。"

穿西装的笑道:"我们也知道。无奈我有这一车子东西,要送与夫人,不便在路上等候。"丫环道:"既是这样说,就请二位进园子来,在那假山石后面厕所外站站吧,别的地方是不便答应。"我想人家送一车子金银上门,按着狗不咬屙屎的定理说起来,这丫环却不该把这两个送礼的轰到厕所里去。我正犹疑着,这两位送礼人,已经推了那辆车子进去,给了三个铜钱,将那个推车子来的车夫,打发走了。就在这时,有个卖鲜花的人,挽了一篮子鲜花,送到耳门口交替丫环带了进去。丫环关门走了。我将出来,正好遇着那个花贩子,便和他点点头,说一声请教。那人看我是个凡人,便上下打量了一番。因问道:"这里不是阁下所应到的地方,莫非走错了路?"我道:"我是由凡间初到天上的,糊里糊涂走来,正不知道这是哪里?"那人笑道:"这地方是秦楼楚馆的地带。"我道:"哦!原来如此!刚才有两个人送了一车金银到这耳门里去,那丫环倒要他们到厕所外面去候着,那又是什么缘故?"花贩向耳门一指道:"你不问的就是这地方吗?"我点点头。他道:"这是一位千古有名的懂政治的阔妓女,李师师家里。"我道:"既是李师师家里,有钱的人,谁都可以去得?为什么刚才这丫环无礼,连门房都不许他两人去?"花贩笑道:"你阁下由人间走到天上,难道这一点见识都没有?他家里既有门房,非同平常勾栏院可比。李师师是和宋徽宗谈爱情的人,他会看得上狗头狗脑的人?他们也没有这大胆子来和李师师谈交情,他那整车子黄的白的是来投资的。"我听了这话,恍然大悟,怪不得那两个狗头称李师师做夫人了。花贩笑道:"看你阁下这种样子,倒有些探险意味。在这门口,有所大巷子,那是西门庆家里。你到那里去张望张望,或者可以碰到一些新闻。"我想,这不好,到天上来看的是神仙世界,不染一点尘俗才好,怎么这路越走越邪?但是到了这里,却也不能不顺这条路直走。出了这巷子口,果然坐北朝南,有一所大户人家。那里白粉绘花墙,八字门楼,朱漆大门,七层白石台阶上去,门廊丈来深,四根红柱落地。在那门楼上立了一块横匾,上面大书:"西门公馆"。左右配挂一副六字对联,上联是"励行礼义廉耻",下联是"修到富贵荣华"。我大吃一惊,西门庆这样觉悟,励行"礼义廉耻"。我正犹疑着,只见一批獐头鼠目，鹰鼻鸟啄的人，个个穿了大礼服，分着左右两班，站在西门公馆大门楼下台阶上。同时，也就有一种又臭又膻的气味，随了风势，向人直扑了来。就在这时，有个小听差跑了出来，大声叫道："西门大官人，今天有十二个公司，要开股东会，没有工夫会客，各位请便，不必进去了。"这些人听了这话，大家面面相觑，作声不得。早是呜的一声，一辆流线型的崭新汽车，由大门里冲了出来。

那些在门口求见的人，在躲开汽车的一刹那间，还忘不了门联上礼义廉耻中的那个礼字，早是齐齐的弯腰下去，行个九十度的鞠躬礼。那汽车回答的，可是由车后喷出一阵臭屁味的黑气来。那车子上的人，我倒很快的看到，肥头胖脑，狐头蛇眼，活是一个不规矩的人。身上倒穿着蓝袍黑马褂，是一套礼服。我心想这是何人？由西门庆冲出来。心里想着，口里是情不自禁喊了出来。身后忽有一个人轻轻的道："你先生多事？"我回头看时，有一个衣服破烂的老和尚，向我笑嘻嘻地说话。我看他浑身不带禽兽形迹，又穿的是破衣服，按着我在天上这短短时间的经验，料着这一定是一位道德高尚的僧人，便施礼请教。老和尚笑道："我是宝志，只因有点讽刺世人，被足下同业将我改为济癫和尚，形容得过于不堪。好在我释家讲个无人相，无我相，倒也不必介意。"我听说虽然猜着不错，是一位高僧。便先笑了，宝志知道我笑什么，因道："虽然穿破衣服的不一定是志士仁人，但穿得周身华丽的，也未尝没有自好之士。好在天上有一个最平等的事，无论什么坏人，必定给你现出原形。刚才过去的，就是西门庆。他不是小说上形容的那般风流人物了。"我道："既然坏人都现出原形来，为什么坏人在天上都这样威风得了不得呢？"宝志笑道："你们凡间有一句话，见怪不怪，其怪自败。天上不是这样，见怪不怪，下学上爱。"我对于"下学上爱"这四个字，还有点不大理会，偏着头沉吟一会，正待想出个道理来。那宝志又使出了他那滑稽老套，却在我肩上一拍道，不要发呆，人人喜欢的潘金莲来了。我看时，一辆敞篷汽车上面坐着一个妖形女人，顾盼自如的，斜躺了身子坐在车子上。我心里也正希望着这车子走得慢一点才好，看看到底是怎么一个颠倒众生的女人？倒也天从人愿，那汽车到了我面前，便吱呀一声停住。只见潘金莲脸色一变，在汽车里站立起来，这倒让我看清楚了，她穿了一套人时的巴黎新装，前露胸脯，后露脊梁，套着漏花白绸长衣，光了双腿，踏着草鞋式的皮鞋，开了车门，跳下车来。街心里停下车子下来，这是什么意思，我正疑惑着。潘金莲却直奔了站在路当中指挥交通的警察。我倒明白了，这或者是问路。可是不然，她伸出玉臂，向警察脸上，就是一个巴掌劈去，警察左腮猛可的被她一掌，打得脸向右一偏。这有些凑近她的左手，她索性抬起左手来，又给他右腮一巴掌。两耳巴之后，她也没有说一个字，板着脸扭转身来，就走上车去。那汽车夫正和她一样，并未把下车打警察的事，认为不寻常，开了车子就走了。我看那警察摸摸脸腮，还是照样尽他的职守。我十分奇怪，便向宝志道："我的佛爷，天上怎么有这样不平的事。"宝志笑道："宇宙里怎么能平？平了就没有天地了。譬如地球是圆的，就不能平了。"

这和尚故意说得牛头不对马嘴，我却是不肯撒手，追着问道："潘金莲能够毒死亲夫，自然是位辣手。可是在这天上，她有什么……"宝志拍拍我的肩道："你不知道西门大官人有钱吗？她丈夫现在是十家大银行的董事与行长，独资或合资开了一百二十家公司。"我道："便是有钱，难道天上的金科玉律也可以不管。"宝志道："亏你还是个文人，连'钱上十万可以通神'的这句话都不知道。"我笑道："我哪算文人，我是个文丐罢了。"宝志笑道："哦！你是求救济到天上来的，我指你一条明路。西天各佛现在办了一个普渡堂，主持的是观音大士，你到那里去哀告哀告，一定在杨枝净水之下，可以得沾些油水。"我听了这话，不由脸色一变，因道："老禅师，你不要看我是一位寒酸，叱而与之，我还有所不受，你怎么教我做一个无能为力的难民，去受观音的救济，换一句话说，那也等于孟兰大会上的孤魂野鬼，未免太教斯文扫地了。"宝志将颈一扭，哈哈大笑道："你还有这一手，怪不得你穷。我叫你到普渡堂去，也不一定教你去讨吃讨喝。这究竟是天上一个大机关，你去观光观光也好。"我笑道："这倒使得，就烦老禅师一引。"宝志道："那不行。我疯疯癫癫信口开河，那有口不开的阿弥陀佛，最讨厌我这种人，让我来和你找找机会看。"说着，他掐指一算，拍手笑道："有了有了，找着极好的路线了。"说着扯了我衣袖，转上两个弯。在十字路口，一家店铺屋檐下站住。不多一会，他对了一辆汽车一指。究是佛有佛法，那车子直奔我们身边走来停住。车门开了，下来一位牛头人，身着长袍褂，口衔雪茄，向宝志点头道："和尚找我什么事，又要募捐？"宝志笑道："不要害怕。我不是童子军，不会拦街募捐。我这里有一位凡间来的朋友，想到普渡堂去瞻仰瞻仰大士，烦你一引。"他又向我笑道："你当然看过《西游记》，这位就是牛魔王。他的令郎红孩儿，被大士收伏之后，做了莲花座前的善财童子，是大士面前第一个红人儿。你走他令尊的路子，他无论如何，不能拒绝你进门了。"我才晓得小说上形容过的事情，天上是真有。便向牛魔王一点头道："我并不需要救济，只是要见见大士。"牛魔王笑道："这疯和尚介绍的人，我还有什么话说？就坐我的车子同去。"我告别了宝志，坐着牛魔王的车子，直到普渡堂去。牛魔王在车上向我问道："阁下希望些什么？可以直对我说。我听说该堂在无底洞开矿，可以……"我笑道："大王错了，我不是工程师，我是个穷书生。"牛魔王笑道："那更好办了。该堂现办有个庵庙灯油输送委员会，替你找一个送油员当。"

说着话，车子停在一所金碧辉煌的宫殿门前。一下车就看到进进出出的人都是胖脑肥头的。他们挺着大肚子，又有一张长嘴，虽是官样，而仪表却另成一种典型。我低声问道："这些长嘴人，都是具有广长之舌的善士吗？"牛魔王笑道："非也！俗言道得好，鹭鸶越吃越尖嘴。"我这才恍然，此群人之后，又有一批人由一旁小道走去。周身油水淋漓，如汗珠子一般，向地下流着。牛魔王道："此即送油委员也。因为昼夜的在油边揸来揸去弄这一身，油太多了，身上藏不住，所以人到哪里，油滴到哪里，阁下无意于此吗？"我向他摇摇头道："我无法消受。我怕身上脂肪太多了，会中风的。"说着话，我们走过了几重堂皇的楼阁，走到一幢十八层水泥钢骨的洋房面前，见玻璃砖门上，有鎏金的字，上写"善财童子室"。牛魔王一来，早有一位穿着青呢制服，专一开门的童子，拉开了玻璃门让我们进去。我脚踏着尺来厚的地毯，疑心又在腾云。向屋子里一看，我的眼睛都花了。立体式的西式家具，乱嵌着金银钻石。一位西装少年，齿白唇红，至多是十四五岁，他架了腿，坐在天鹅绒的沙发上，周围站着看他颜色的人，黑胡子也有，白胡子也有，竟是西洋人也有。谁都挺直地站着，听他口讲指划，他见牛魔王来了，才站起身来相迎。牛魔王介绍着道："这是大小儿善财童子。"又将我介绍他道："这是志公介绍来的张君。"善财见我是疯和尚介绍来的，也微笑着点个头道："How do you do?"我瞪了两眼，不知可否，接着深深的点个头道："真对不起，我不会英语，可以用中国话交谈吗？"牛魔王道："我们都是南瞻部洲大中华原籍，当然可以说中国话。我有事，暂且离开，你们交谈吧。"于是他走了，善财离我也在天鹅绒的沙发上坐下。我有点儿惭愧，辛苦一生，未尝坐过这样舒适的椅子。我极力的镇定着，缓缓坐了下去，总怕摩擦掉一根毛绒。善财童子也许是对志公和尚真有点含糊，留我坐下之后，却向那些站着的长袍短褂朋友，摇了两摇头，意思是要他们出去。我不知道他们怎么那样道法低微，受着这小孩子的颐指气使，立刻退走，而且还鞠了一个躬。善财见屋中无人，才笑道："志公和我们是好友，有他一张名片，我也不能不招待足下，何必还须家父送了来。而且我也正要请志公出来帮忙，在孟兰大会之外，另设几个局面小些的支会。每一个支会里都有一个分会长，有十二个副分会长。每个会长之下，有九十六组，每组一个组长，一百二十四个副组长。"我听了这话，不觉呵呀了一声道："好一个庞大的组织。"

善财童子道："也没有多大的组织。不过容纳一两万办事人员而已。"我道："大士真是慈悲为本。这样庞大的组织，所超度的鬼魂，总有百十万。将来欧战终了，对那些战死的英魂，都周济得及。"善财童子道："那是未来的事，现在谈不到。这次超度的人数，我们预计不过一两千鬼魂而已。"我想，小孩子到底是小孩子，纵然成仙成佛，童心是不会减少的。超度一两千鬼魂，天下倒要动员一两万天兵天将，十个人侍候一个孤魂野鬼，未免太周到了。因问道："用这么些个办事人，给不给一点车马费？"善财童子笑道："这也是寓周济于服务的办法，当然都有正式薪金。便是一个勤务仙童，每月也支薪水一百元。我办事认真，我酬劳也向来不薄。我打算在这些支会里，添五百名顾问，招待客卿，大概每位客卿，可以支夫马费一千二百元。这点意思，请你回复志公就是了。"我听了这些话，我觉得这小子还是想吃唐僧肉那副狂妄姿态。说多了话，他看出了我是个凡夫俗子，一脚把我踢下九霄云。我没长翅膀，又没带航空伞，知难而退吧，于是起身告辞道："先生这番好意，在下已十分明了，我马上去答复志公，不敢多打搅。"善财起身送到门口，问道："你要不要我派人送？飞机汽车都现成。"我自然不敢领受，道谢了一番。走出他这个院落，心里倒有些后悔。多少凡人朝南海，睡里梦里，只想见一点观音大士的影子，我今天见着了大士寸步不离的侍卫，怎能不去拜访拜访呢？正这样踌躇，只见一辆小跑车风驰电掣，向这小院里直冲了来，恰是到我面前，便已停住。车门开了，出来一位十四五岁的小姑娘。她虽是天上神仙，却也摩登入时，头上左右梳上两个七八寸的小辫，各扎了一朵红辫花。上身穿一件背心式的粉红西服，光了两条雪白的大腿，踏着一只漏帮的红绿皮鞋。由上至下，看她总不过是一个洋娃娃之流，没有什么了不得。我想着，这个小女孩子，怎么胡乱地向机关里撞？可是这位小姐，不但撞，真是乱起来，她周围一望，似乎是想定了心事了，然后回转身跑到汽车上去，将那喇叭一阵狂按，仿佛像凡间的紧急警报一样。这种声音，自然惊动了各方面的人前来看望。

这些人里面有锦袍玉带的，有戎装佩剑的。至于身穿盔甲，手拿斧钺的天兵，自是不消说的。他们齐齐地跑了上前，围了那小女孩子打躬作揖，齐问龙女菩萨何事？我这才恍然大悟，原来是这位法力无边的女仙。若根据传说，好像她也是一位公主刹罗，至少是一员女张飞。于今看起来，却也摩登之至。那龙女道："什么事？你不都应该负责。我刚才在九霄酒家请客，菜做得不好也罢了，那茶房只管偷看我，这是政治没有办得好的现象。来，你们和我去拿人。"她说时说什么柳眉倒竖，杏眼圆睁，恰恰是一副苹果脸儿紧绷着。两条玉腿，地上乱跳。吓得文武天官，个个打颤，面面相觑。龙女喝道："你们发什么呆？快快派了队伍跟我走。"说着，那些身披甲胄，手拿斧钺的天兵，个个把手一招，七八辆红漆的救火车，自己直逃前来。于是龙女架了小跑车在前，救火车队紧随在后，响声震地，云雾遮天，同奔了出去。我想这一幕热闹戏，不可错过。心里一急，我那自来会的腾云法，就实行起来。手里一掐催云诀，跟着那团云雾追了上去。究竟凡人不及神仙，落后很远。我追到一片瓦砾场上，见有一个九层楼的钢骨架子还在，架子上直匾大书"九霄大酒家"。龙女的小跑车，已不知何在，那救火车队，已排列着行伍，奏凯而还。我落下云头，站在街上，望了这幢倒塌楼房，有点发呆。难道不到两分钟，他们就捣毁了这么一座酒楼。正是沉吟着，却听到身后有微叹声。连说，天何言哉！天何言哉！

回头一看，一人身穿青袍，头戴乌纱，手拿朝笏，颇像一位下八洞神仙，他笑道："老友，你不认识我了吗？"他一说道，我才明白，是老友郝三。我惊喜对望，抓住他身上的围带道："我听说你在凉州病故了，心里十分难过，不想你已身列仙班，可喜可贺。"郝三笑道："你看看我这一身穿戴，乌烟瘴气，什么身列仙班？"我道："你这身穿着，究竟不是凡夫俗子。"郝三道："实不相瞒，玉帝念我一生革命，穷愁潦倒而死，按着天上铨叙，给了我一个言官做。在九天司命府里，当了一位灶神。"我道："那就好，孔夫子都说，宁媚于灶。俗言道得好，灶神上天，一本直奏。你那不苟且的脾气，正合作此官。不过你生前既喜喝酒，又会吟诗，直至高起兴来，将胡琴来一段反二簧。于今你做了这铁面无私的言官，你应当一切都戒绝了。魏碑还写不写呢？"郝三笑道："一切是外甥打灯笼，照旧。此地到敝衙门不远，去逛逛如何？还有一层，你我老友张楚萍，也做了灶神，你也应该去会会他。"我道："他虽是革命一分子，死得太早呵！论铨叙恐怕不足和你一比。"郝三道："他民国四年实行参加过胶州半岛的东北军行动，而且只有他在上海坐西牢而死，玉帝也可怜他一下。"我道："到底天上有公道。我的穷朋友，虽不得志于凡间，还可扬眉于天上。好好好，我们快快一会。"郝三道："我们在衙门面前，小酒馆很多，我们去便酌三杯。"于是我二人一驾云，一驾阴风，转眼到了九天司命府大门前。那衙门倒不是我们凡夫俗子想的那么煤烟熏的，一般朱漆廊柱，彩画大门，在横匾上，黑大光圆，写了六个字"九天司命之府"，一笔好字。

郝三笑道："老张，你看我们这块招牌如何？"我连声说好好。郝三笑道："又一个实不相瞒，这是我们的商标。我们这是清苦衙门，薪俸养人，不够开支，就靠卖卖字，卖卖文，弄几个外快糊口。敝衙门虽无他长，却是文气甚旺，诗书画三绝，天上没有任何一个机关可以比得上我们。"说着话，我们到了一爿小酒馆里，找了一个雅座坐着。郝三一面要酒菜，一面写了一张字条去请张楚萍。我笑道："凡间古来做言官的，都是一些翰林院，自然是诗酒风流。你们九天司命，千秋赫赫有名的天府，密迩天枢，哪里还有工夫干这斗方名士的玩意？"郝三斟上一杯酒，端起来一饮而尽，还向我照了一照杯。低声道："我现在是无法，以我本性说，我宁可流落凡间，做一个布衣，反正是不在其位，不谋其政。于今做了一位灶神，应该善恶分明，据说密迩天枢，可是……就像方才龙女小姐那一分狂妄，我简直可以拿朝笏砍她。然而……"我道："你既有这分正义感，为什么不奏她一本呢？"郝三将筷子夹了碟子里的炝蚶子，连连的向我指点着道："且食蛤蜊。"我一面陪了他吃酒，一面向屋子四周观望。见墙上柱上，全是他司命府的灶君所题或所写的。便沉吟着笑道："我不免打一首油送你。司命原来是个名，乌纱情重是非轻。"一首诗未曾念完，忽听得外面有人插嘴道："来迟了一步，你们已经先联起句来了。"随了这话，正是我那亡友张楚萍。他一般的青袍乌纱，腰围板带，较之当年穿淡蓝竹布长衫，在上海法租界里度风雨重阳，就高明得多了。我一见之下，惊喜若狂，抓了他的衣袖，连连摇撼着道："故人别来无恙？"楚萍两手捧了朝笏道："依旧寒酸而已。"郝三让他坐下，先连着对干了三杯。楚萍笑道："你刚才的那半首打油诗，不足为奇。我有灶神自嘲七律一首，说出来，请你干一杯酒吧。便念道：

没法勤劳没法贪，斗条冷凳坐言官。明知有胆能惊世，只恐无乡可挂冠。

多拍苍蝇原痛快，一逢老虎便寒酸。吾侪巨笔今还在，写幅招牌大众看。

我笑道："妙诗妙诗？不想一别二十年，先生油劲十足了。"楚萍笑道："我们在司命府干了两三年，别无他长，只是写字作诗的功夫，却可与天上各机关争一日短长。"郝三笑道："这是真话。你这次回到凡间，可以告诉凡人，以后腊月二十三日，不必用糖果供我们灶神了。反正我们善既难奏，恶也难言，吃了凡人的糖，食了天下俸禄，全无以报，真是惭愧之至。"说到这里，大家都有些没趣。我更将话扯开来，问道："我想起了一件事。老乡那位好友韩先生，让齐燮元骗到南京杀了，是一位先烈，现时应该在天上了。"老郝道："他在东岳大帝手下报应司里当了一位散仙。"我道："以先烈资格参加报应司里去，那也正合身份。只是干一名散仙，没有实权，又未免是吟风弄月一番了。"郝三笑道："他这个散仙，倒不像我们这样自在。他们那里人常对我司命府的人说，你们也在灵霄殿上大小奏个两本才好。你们奏了本，我们才有案子可办。你们老不奏本，大佛宇宙之间就没有恶人，这报应从何而起？"我道："既名散仙，为什么还办案？"郝三道："也就因为散仙太没有事做，觉得不大好。于是报应司有个科律斟酌委员会。由东岳大帝发下案子来，教他们根据金科玉律，加以斟酌，可是一年之间，也没有二十件案子发下，而散仙倒有三十六天罡之数。因之每位散仙，一年只摊到办大半件案子。"我笑道："讼庭无声，这正是政治清明之象，又何必一定要天天有案可办？但不知散仙一月拿多少薪俸。"楚萍道："当散仙的人，比我们书呆子身份又要高些，每月可以拿到六百两银子。"我听了这话，且放下杯筷，掐指一算口里念念有词，一六得六，二六一十二，因笑道："每位散仙，一年拿七千二百两银子。以一年半办一件案子而论，那是一万零八百两银子，乖乖隆的咚，天上办案子好大的费用，我们凡间山野草县的清闲衙门，一万元至少也要办一千来案子。"楚萍笑道："你这是刘姥姥进大观园的看法。"郝三皱了眉笑道："久别相逢，我们且说些个人的境遇吧。"于是我们丢了这些天上的观念，闲谈别况，酒尽三壶，菜干五碟，大家有点醉意阑珊了。忽然酒保进来问道："哪位是郝司命？东岳府报应司有人送信来。"郝三道："你看，说曹操曹操就到了。"因叫酒保把送信人叫了进来。那人呈上了信，说是请回一个字条。郝三教他在外面等着。拆了信看过一看，回头将信交给我道："让你凡夫俗子见识见识。"我接过信来看，上面写明的是：

耕仁吾兄文席：三天不见，得诗几许？弟得有瑶岛琼浆，足供一醉，未知何日命驾来寓。当扫榻以候也。兹有求者，弟顷分得一案，是大荒山土地，吞蚀山上野鸡两只情事。无论是否属实，太不值一办。然弟忝列东岳散仙，已有两年了，向上司再三要案，方得此件，若让与别人，又不知再要闲散多少时候？聊以解嘲，只得接受。而弟戎马半生，未谙法律，案子到手，又转加惶恐。盖如何斟酌，无从下手也。吾兄文章不必言矣，法律又极熟，此等割鸡小事，倚属可办，尚望代为审查交下案件，为拟一处分书，以救倒悬。

毋任感谢。附上司交来原案一件，阅后请掷回。企候回示。即颂吟安！

弟复炎拜上

我笑道："韩先生急了，把以解倒悬的话都使出来了。"郝三道："一个大马关刀，痛快惯了的人，你教他咬文嚼字去弄几百几十条，当然用违其长。"说着，向酒保讨了一支笔，在信封背面写了六字，遵办遵办别急！把信笺取下，将信封交来人带去。我们继续着喝酒。我向来涓滴不尝，今天他乡遇故，未免多饮三杯，只觉脑子发胀，人前仰后合，有些坐不住。楚萍问道："老张，你预备在哪里寄宿？"我含糊地说着是天堂银行。楚萍道："你凭着什么资格，可以住到那里去？"我说是猪八戒介绍的。这两位老友听着默然，并没有说话，我也就昏昏沉沉地睡着了。醒来时，二友不见，桌上有一张纸条，还是打油诗一首：交友怜君却友猪，天堂路上可归欤？故人便是前车鉴，莫学前车更不如！我看了这首诗，不觉汗下如雨。你想，我还恋着如此天堂吗？

金锁记（节选）

张爱玲

　　三十年前的上海，一个有月亮的晚上……我们也许没赶上看见三十年前的月亮。年轻的人想着三十年前的月亮该是铜钱大的一个红黄的湿晕，像朵云轩信笺上落了一滴泪珠，陈旧而迷糊。老年人回忆中的三十年前的月亮是欢愉的，比眼前的月亮大、圆、白；然而隔着三十年的辛苦路望回看，再好的月色也不免带点凄凉。

　　月光照到姜公馆新娶的三奶奶的陪嫁丫头凤箫的枕边。凤箫睁眼看了一看，只见自己一只青白色的手搁在半旧高丽棉的被面上，心中便道："是月亮光么？"凤箫打地铺睡在窗户底下。那两年正忙着换朝代，姜公馆避兵到上海来，屋子不够住的，因此这一间下房里横七竖八睡满了底下人。

　　凤箫恍惚听见大床背后有悉悉索索的声音，猜着有人起来解手，翻过身去，果见布帘子一掀，一个黑影趿着鞋出来了，约摸是伺候二奶奶的小双，便轻轻叫了一声："小双姐姐。"小双笑嘻嘻走来，踢了踢地上的褥子道："吵醒了你了。"她把两手抄在青莲色旧绸夹袄里。下面系着明油绿裤子。凤箫伸手捻了那裤脚，笑道："现在颜色衣服不大有人穿了，下江人时兴的都是素净的。"小双笑道："你不知道，我们家哪比得旁人家？我们老太太古板，连奶奶小姐们尚且做不得主呢，何况我们丫头？给什么，穿什么——一个个打扮得庄稼人似的！"她一蹲身坐在地铺上，拣起凤箫枕头一件小袄来，问道："这是你们小姐出阁，给你们新添的？"凤箫摇头道："三季衣裳，就只外场上看见的两套是新制的，余下的还不是拿上头人穿剩下的贴补贴补！"小双道："这次办喜事，偏赶着革命党造反，可委屈了你们小姐！"凤箫叹道："别提了。就说省些罢，总得有个谱子！也不能太看不上眼了。我们那一位，嘴里不言语，心里岂有不气的？"小双道："也难怪三奶奶不乐意。你们那边的嫁妆，也还凑付着，我们这边的排场，可太凄惨了。就连那一年娶咱们二奶奶，也还比这一趟强些！"凤箫愣了一愣道："怎么？你们二奶奶……"

　　小双脱下了鞋，赤脚从凤箫身上跨过去，走到窗户跟前，笑道："你也起来看看月亮。"凤箫一骨碌爬起来，低声问道："我早就想问你了，你们二奶奶……"小双弯腰拾起那件小袄来替她披上了，道："仔细着了凉。"凤箫一面扣纽子，一面笑道："不行，你得告诉我！"小双笑道："是我说话不留神，闯了祸！"凤箫道："咱们这都是自家人了，干吗这么见外呀？"小双道："告诉你，你可别告诉你们小姐去！咱们二奶奶家里是开麻油店的。"凤箫哟了一声道："开麻油店！打哪儿想起的？像你们大奶奶，也是公侯人家小姐，我们那一位虽比不上大奶奶，也还不是低三下四的人——"小双道："这里头自然有个缘故。咱们二爷你也见过了，是个残废，做官人家的女儿谁肯给他？老太太没奈何，打算替二爷置一房姨奶奶，做媒的给找了这曹家的，是七月里生的，就叫七巧。"凤箫道："哦，是姨奶奶。"小双道："原来是姨奶奶的，后来老太太想着，既然不打算替二爷另娶了，二房里没个当家的媳妇，也不是事，索性聘了来做正头奶奶，好叫她死心塌地服侍二爷。"凤箫把手扶着窗台，沉吟道："怪道呢！我虽是初来，也瞧料了两三分。"小双道："龙生龙，凤生凤，这话是有的。你还没听见她的谈吐呢！当着姑娘们，一点忌讳也没有。亏得我们家一向内言不出，外言不入，姑娘们什么都不懂。饶是不懂，还臊得没处躲！"凤箫扑哧一笑道："真的？她这些村话，又是从哪儿听来的？就连我们丫头——"小双抱着胳膊道："麻油店的活招牌，站惯了柜台，见多识广的，我们拿什么去比人家？"凤箫道："你是她陪嫁来的么？"小双冷笑说："她也配！我原是老太太跟前的人，二爷成天的吃药，行动都离不了人，屋里几个丫头不够使，把我拨了过去。怎么着？你冷么？"凤箫摇摇头。小双道："瞧你缩着脖子这娇模样儿！"一语未完，凤箫打了个喷嚏，小双忙推她道："睡罢！睡罢！快窝一窝。"凤箫跪了下来脱袄子，笑道："又不是冬天，哪儿就至于冻着了？"小双道："你别瞧这窗户关着，窗户眼儿里吱溜溜的钻风。"

两人各自睡下，凤箫悄悄的问道："过来了也有四五年了罢？"小双道："谁？"凤箫："还有谁？"小双道："哦，她，可不是有五年了。"凤箫道："也生男育女的——倒没闹出什么话柄儿？"小双道："还说呢！话柄儿就多了！前年老太太领着阖家上下到普陀山进香去，她做月子没去，留着她看家。舅爷脚步儿走得勤了些，就丢了一票东西。"凤箫失惊道："也没查出个究竟来？"小双道："问得出什么好的来？大家面子上下不去！那些首饰左不过将来是归大爷二爷三爷的。大爷大奶奶碍着二爷，没好说什么。三爷自己在外头流水似的花钱，欠了公账上不少，也说不响嘴。"

她们俩隔着丈来远交谈。虽是极力的压低了喉咙，依旧有一句半句声音大了些。惊醒了大床上睡着的赵嬷嬷。赵嬷嬷唤道："小双。"小双不敢答应。赵嬷嬷道："小双，你再混说，让人家听见了，明儿仔细揭你的皮！"小双还是不做声。赵嬷嬷又道："你别以为还是从前住的深堂大院哪，由得你疯疯癫癫！这儿可是挤鼻子挤眼睛的，什么事瞒得了人？趁早别讨打！"屋里顿时鸦雀无声。赵嬷嬷害眼，枕头里塞着菊花叶子，据说是使人眼目清凉的。她欠起头来按一按鬓上横绾的银簪，略一转侧，菊叶便沙沙作响。赵嬷嬷翻了个身，吱吱格格牵动了全身的骨节，她唉了一声道："你们懂得什么！"小双与凤箫依旧不敢接嘴。久久没有人开口，也就一个个的朦胧睡去了。

天就快亮了。那扁扁的下弦月，低一点，低一点，大一点，像赤金的脸盆，沉了下去。天是森冷的蟹壳青，天底下黑漆漆的只有些矮楼房，因此一望望得很远。地平线上的晓色，一层绿，一层黄，又一层红，如同切开的西瓜——是太阳要上来了。渐渐马路上有了小车与塌车辘辘推动，马车蹄声得得。卖豆腐花的挑着担子悠悠吆喝着，只听见那漫长的尾声："花……呕！花……呕！"再去远些，就只听见"哦……呕！哦……呕！"

屋子里丫头老妈子也起身了，乱着开房门、打脸水、叠铺盖、挂帐子、梳头。凤箫伺候三奶奶兰仙穿了衣裳，兰仙凑到镜子前面仔细望了一望，从腋下抽出一条水绿洒花湖纺手帕，擦了擦鼻翅上的粉，背对着床上的三爷道："我先去替老太太请安罢。等你，准得误了事。"正说着，大奶奶玳珍来了，站在门槛上笑道："三妹妹，咱们一块儿去。"兰仙迎了出去道："我正担心着怕晚了，大嫂原来还没上来。二嫂呢？"玳珍笑道："她还有一会儿耽搁呢。"兰仙道："打发二哥吃药？"玳珍四顾无人，便笑道："吃药还在其次——"她把大拇指抵着嘴唇，中间的三个指头握着拳头，小指头翘着，轻轻的"嘘"了两声。兰仙诧异道："两人都抽这个？"玳珍点头道："你二哥是过了明路的，她这可是瞒着老太太的，叫我们夹在中间为难，处处还得替她遮盖遮盖。其实老太太有什么不知道？有意的装不晓得，照常的派她差使，零零碎碎给她罪受，无非是不肯让她抽个痛快罢了。其实也是的，年纪轻轻的妇道人家，有什么了不得的心事，要抽这个解闷儿？"

玳珍兰仙挽手一同上楼，各人后面跟着贴身丫环，来到老太太卧室隔壁的一间小小的起坐间里。老太太的丫头榴喜迎了出来，低声道："还没醒呢。"玳珍抬头望了望挂钟，笑道："今儿老太太也晚了。"榴喜道："前两天说是马路上人声太杂，睡不稳。这现在想是惯了。今儿补足了一觉。"

紫榆百龄小圆桌上铺着红毡条，二小姐姜云泽一边坐着，正拿着小钳子磕核桃呢，因丢下了站起来相见。玳珍把手搭在云泽肩上，笑道："还是云妹妹孝心，老太太昨儿一时高兴，叫做糖核桃，你就记住了。"兰仙玳珍便围着桌子坐下了，帮着剥核桃衣子。云泽手酸了，放下了钳子，兰仙接过来。玳珍道："当心你那水葱似的指甲，养得这么长了，断了怪可惜的！"云泽道："叫人去拿金指甲套子去。"兰仙笑道："有这些麻烦的，倒不如叫他们拿到厨房里去剥了！"

众人低声说笑，榴喜打起帘子，报道："二奶奶来了。"兰仙云泽起身让座，那曹七巧且不坐下，一只手撑着门，一只手撑住腰，窄窄的袖口里垂下一条雪青洋绉手帕，下身上穿着银红衫子，葱白线镶滚，雪青闪蓝如意小脚裤子，瘦骨脸儿，朱口细牙，三角眼，小山眉，四下里一看，笑道："人都齐了，今儿想必我又晚了！怎怪我不迟到——摸着黑梳的头！谁教我的窗户冲着后院子呢？单单就派了那么间房给我，横竖我们那位眼看是活不长的，我们净等着做孤儿寡妇了——不欺负我们，欺负谁？"玳珍淡淡的并不接口，兰仙笑道："二嫂住惯了北京的房子，怪不得嫌这儿憋闷的慌。"云泽道："大哥当初找房子的时候，原该找个宽敞些的，不过上海像这样，只怕也算敞亮的了。"兰仙道："可不是！家里人实在多，挤是挤了点——"七巧挽起袖口，把手帕子掖在翡翠镯子里，瞟了兰仙一眼，笑道："三妹妹原来也嫌人太多了。连我们都嫌人太多，像你们没满月的自然更嫌人多了！"兰仙听了这话，还没有怎么，玳珍先红了脸，道："玩是玩。笑是笑，也得有个分寸。三妹妹新来乍到的，你让她想着咱们是什么样的人家？"七巧扯起手绢子的一角掩住了嘴唇道："知道你们都是清门净户的小姐，你倒跟我换一换试试，只怕你一晚上也过不惯。"玳珍啐道："不跟你说了，越说你越上头上脸的。"七巧索性上前拉住玳珍的袖子道："我可以赌得咒——这三年里头我可以赌得咒！你敢赌么？你敢赌么？"玳珍也撑不住扑哧一笑，咕噜了一句道："怎么你孩子也有了两个？"七巧道："真的，连我也不知道这孩子是怎么生出来的！越想越不明白！"玳珍摇手道："够了，够了，少说两句罢。就算你拿三妹妹当自己人，没有什么避讳，现放着云妹妹在这儿呢，待会儿老太太跟前一告诉，管叫你吃不了兜着走！"

云泽早远远的走开了，背着手站在阳台上，噘尖了嘴逗芙蓉鸟。姜家住的虽然是早期的最新式洋房，堆花红砖大柱支着巍峨的拱门，楼上阳台却是木板铺的地。黄杨木栏杆里面，放着一溜簸箕子，晾着笋干。敝旧的太阳弥漫在空气里像金的灰尘，微微呛人的金灰，揉进眼睛里去，昏昏的。街上小贩遥遥摇着拨浪鼓，那懵懂的"不愣登……不愣登"里面有着无数老去的孩子们的回忆。包车叮叮的跑过，偶尔也有一辆汽车叭叭叫两声。

七巧自己也知道这屋里的人都瞧不起她，因此和新来的人分外亲热些，倚在兰仙的椅背上问长问短，携着兰仙的手左看右看，夸赞了一会她的指甲，又道："我去年小拇指上养的比这个足足还长半寸呢，掐花给弄断了。"兰仙早看穿了七巧的为人和她在姜家的地位，微笑尽管微笑着，也不大答理她。七巧自觉无趣，蹭到阳台上来，拾起云泽的辫梢来抖了一抖，搭讪着笑道："呦！小姐的头发怎么这样稀朗朗的？去年还是乌油油的一头好头发，该掉了不少罢！"云泽闪过身去护着辫子，笑道："我掉两根头发，也要你管！"七巧只顾端详她，叫道："大嫂你来看看，云妹妹的确瘦多了，小姐莫不是有了心事了？"云泽啪的一声打掉了她的手，恨道："你今儿个真的发了疯了！平日还不够讨人嫌的？"七巧把两手筒在袖子里，笑嘻嘻的道："小姐脾气好大！"

玳珍探出头来道："云妹妹，老太太起来了。"众人连忙扯扯衣襟，摸摸鬓角，打帘子进隔壁房里去，请了安，伺候老太太吃早饭。婆子们端着托盘从起坐间穿了过去，里面的丫头接过碗碟，婆子们依旧退到外间来守候着。里面静悄悄的，难得有人说句把话，只听见银筷子头上的细根链条悉索颤动。老太太信佛，饭后照例要做两个时辰的功课，众人退了出来，云泽背地里向玳珍道："二嫂不忙着过瘾去，还挨在里面做什么？"玳珍道："想是有两句私房话要说。"云泽不由得笑了起来道："她的话，老太太哪里听得进？"玳珍冷笑道："那倒也说不定。老年人心思总是活动的，成天在耳边聒絮着，十句里头相信一两句，也未可知。"

兰仙坐着磕核桃，玳珍和云泽便顺着脚走到阳台上，虽不是存心偷听正房里的谈话，老太太上了年纪，有点聋，喉咙特别高些，有意无意之间不免有好些话吹到阳台上的人的耳朵里来。云泽把脸气得雪白，先是握紧了拳头，又把两只手使劲一撒，便向走廊的另一头跑去。跑了两步，又站住了，身子向前伛偻着，捧着脸呜呜哭起来。玳珍赶上去扶着劝道："妹妹快别这么着！快别这么着！犯不着跟她这样的人计较！谁拿她的话当桩事！"云泽甩开了她，一径往自己屋里奔去。玳珍回到起坐间里来，一拍手道："这可闯出祸来了！"兰仙忙道："怎么了？"玳珍道："你二嫂去告诉了老太太，说女大不中留，让老太太写信给彭家，叫他们早早把云妹妹娶了去罢。你瞧，这算什么话？"兰仙也怔了一怔道："女家说出这种话来，可不是自己打脸么？"玳珍道："姜家没面子，还是一时的事，云妹妹将来嫁了过去，叫人家怎么瞧得起她？她这一辈子还要做人呢！"兰仙道："老太太是明白人，不见得跟那一位一样的见识。"玳珍道："老太太起先自然是不爱听，说咱们家的孩子，决不会生这样的心．她就说：'呦！您不知道现在的女子跟你从前做女孩子时候的女孩子，哪儿能够打比呀？时世变了，要不怎么天下大乱？'我知道，年岁大的人就爱听这一套，说得老太太也有点疑疑惑惑起来。"兰仙叹道："好端端怎么想起来的，造这样的谣言！"玳珍两肘支在桌子上，伸着小指剔眉毛，沉吟了一会，嗤的一笑道："她自己以为她是特别的体贴云妹妹呢！要她这样体贴我，我可受不了！"兰仙拉了她一把道："你听——不能是云妹妹罢？"后房似乎有人在那里大放悲声，蹬得铜床柱子一片响，嘈嘈杂杂还有人在那里解劝，只是劝不住。玳珍站起身来道："我去看看，别瞧这位小姐好性儿，逼急了她，也不是好惹的。"

玳珍出去了，那姜三爷姜季泽却一路打着呵欠进来了。季泽是个结实小伙子，偏于胖的一方面，脑后拖一根三股油松大辫，生得天圆地方，鲜红的腮颊，往下坠着一点，青湿眉毛，水汪汪的黑眼睛里永远透着三分不耐烦,穿一件竹根青窄袖长袍,酱紫芝麻地一字襟珠扣小坎肩,问兰仙道:"谁在里头吱吱喳喳跟老太太说话?"兰仙道:"二嫂。"季泽抿着嘴摇摇头。兰仙笑道:"你也怕了她?"季泽一声儿不言语,拖过一把椅子,将椅背抵着桌缘,把袍子高高的一撩,骑着椅子坐了下来,下巴搁在椅背上,手里只管把核桃仁一个一个拈来吃,兰仙睨了他一眼道:"人家剥了这一晌午,是专诚孝敬你的么?"正说着,七巧掀着帘子出来了,一眼看见了季泽,身不由主的就走了过来,绕到兰仙椅子背后,两手兜在兰仙脖子上,把脸凑了下去,笑道:"这么一个人才出众的新娘子!三弟你还没谢谢我哪!要不是我催着他们早早替你办了这件事,这一耽搁,等打完了仗,指不定要十年八年呢!可不把你急坏了!"兰仙生平最大的憾事便是出阁的日子正赶着非常时期,潦草成了家,诸事都欠齐全,因此一听见这不入耳的话,她那小长瓜子脸便往下一沉。季泽望了兰仙一眼,微笑道:"二嫂,自古好心没有好报,谁都不承你的情!"七巧道:"不承情也罢!我也惯了。我进了你们姜家的门,别的不说,单只守着你二哥这些年,衣不解带的服侍他,也就是个有功无过的人——谁见我的情来?谁有半点好处到我头上?"季泽道:"你一开口就是满肚子的牢骚!"七巧长长的吁了一口气,只管拨弄兰仙衣襟上扣着的金三事儿和钥匙。半响,忽道:"总算你这一个来月没出去胡闹过。真亏了新娘子留住了你。旁人跪下地来求你也留不住!"季泽笑道:"是吗?嫂子并没有留过我,怎见得留不住?"一面笑,一面向兰仙使了个眼色。七巧笑得直不起腰道:"三妹妹,你也不管管他!这么个猴儿崽子,我眼看他长大的,他倒占起我的便宜来了!"

她嘴里说笑着,心里发烦,一双手也不肯闲着,把兰仙揣着捏着,捶着打着,恨不得把她挤得走了样才好。兰仙纵然有涵养,也忍不住要恼了,一性急,磕核桃使差了劲,把那二寸多长的指甲齐根折断。七巧哟了一声道:"快拿剪刀来修一修。我记得这屋里有一把小剪子的。"便唤:"小双!榴喜!来人哪!"兰仙立起身来道:"二嫂不用费事,我上我屋里铰去。"便抽身出去。七巧就在兰仙的椅子上坐下了,一手托着腮,抬高了眉毛,斜睒着季泽道:"她跟我生了气么?"季泽笑道:"她干吗生你的气?"七巧道:"我正要问呀!我难道说错了话不成?留你在家倒不好?她倒愿意你上外头逛去?"季泽笑道:"这一家子从大哥大嫂起,齐了心管教我,无非是怕我花了公账上的钱罢了。"七巧道:"阿弥陀佛,我保不定别人不安着这个心,我可不那么想.你就是闹了亏空,押了房子卖了田,我若皱一皱眉头,我也不是你二嫂了。谁叫咱们是骨肉至亲呢?我不过是要你当心你的身子。"季泽嗤的一笑道:"我当心我的身子,要你操心?"七巧颤声道:"一个人,身子第一要紧。你瞧你二哥弄得那样儿,还成个人吗?还能拿他当个人看?"季泽正色道:"二哥比不得我,他一下地就是那样儿,并不是自己作践。他是个可怜的人,一切全仗二嫂照护他了。"七巧直挺挺的站了起来,两手扶着桌子,垂着眼皮,脸庞的下半部抖得像嘴里含着滚烫的蜡烛油似的,用尖细的声音逼出两句话道:"你去挨着你二哥坐坐!你去挨着你二哥坐坐!"她试着在季泽身边坐下,只搭着他的椅子的一角,她将手贴在他腿上,道:"你碰过他的肉没有?是软的、重的,就像人的脚有时发麻了,摸上去那感觉……"季泽脸上也变了色,然而他仍旧轻佻地笑了一声,俯下腰,伸手去捏她的脚道:"倒要瞧瞧你的脚现在麻不麻!"七巧道:"天哪,你没挨着他的肉,你不知道没病的身子是多好的……多好的……"她顺着椅子溜下去,蹲在地上,脸枕着袖子,听不见她哭,只看见发髻上插的风凉针,针头上的一粒钻石的光,闪闪掣动着。发髻的心子里扎着一小截粉红丝线,反映在金刚钻微红的光焰里。她的背影一挫一挫,俯伏了下去。她不像在哭,简直像在翻肠搅胃地呕吐。

季泽先是愣住了,随后就立起来道:"我走就是了。你不怕人,我还怕人呢。也得给二哥留点面子!"七巧扶着椅子站了起来,呜咽道:"我走。"她扯着衫袖里的手帕子飕了飕脸,忽然微微一笑道:"你这样卫护二哥!"季泽冷笑道:"我不卫护他,还有谁卫护他?"七巧向门走去,哼了一声道:"你又是什么好人?趁早不用在我跟前假撇清!且不提你在外头怎样荒唐,只单在这屋里……老娘眼睛里揉不下沙子去!别说我是你嫂子了,就是我是你奶妈,只怕你也不在乎。"季泽笑道:"我原是个随随便便的人,哪禁得起你挑眼儿?"七巧待要出去,又把背心贴在门下,低声道:"我就不懂,我什么地方不如人?我有什么地方不好……"季泽笑道:"好嫂子,你有什么不好?"七巧笑了一声道:"难不成我跟了个残废的人,就过上了残废的气,沾也沾不得?"她睁着眼直勾勾朝前望着,耳朵上的实心小金坠子像两只铜钉把她钉在门上——玻璃匣子里蝴蝶的标本,鲜艳而凄怆。

季泽看着她,心里也动了一动。可是那不行,玩尽管玩,他早抱定了宗旨不惹自己家里人,一时的兴致过去了，躲也躲不掉，踢也踢不开，成天在面前，是个累赘。何况七巧的嘴这样敞，脾气这样躁，如何瞒得了人？何况她的人缘这样坏，上上下下谁肯代她包涵一点，她也许是豁出去了，闹穿了也满不在乎。他可是年纪轻轻的，凭什么要冒那个险？他侃侃然道："二嫂，我虽年纪小，并不是一味胡来的人。"

仿佛有脚步声，季泽一撩袍子，钻到老太太屋里去了，临走还抓了一大把核桃仁。七巧神志还不很清楚，直到有人推门，她方才醒了过来，只得将计就计，藏在门背后，见玳珍走了进来，她便夹脚跟出来，在玳珍背上打了一下。玳珍勉强一笑道："你的兴致越发好了！"又望了望桌上道："咦？那么些个核桃，吃得差不多了。再也没有别人，准是三弟。"

七巧倚着桌子，面向阳台立着，只是不言语。玳珍坐了下来，嘟哝道："害人家剥了一早上，便宜他享现成的！"七巧捏着一片锋利的胡桃壳，在红毡条上狠命刮着，左一刮，右一刮，看看那毡子起了毛，就要破了。她咬着牙道："钱上头何尝不是一样？一味的叫咱们省，省下来让人家拿出去大把的花！我就不服这口气！"玳珍看了她一眼，冷冷的道："那可没有办法。人多了，明里不去，暗里也不见得不去。管得了这个，管不了那个。"七巧觉得她话中有刺，正待反唇相讥，小双进来了，鬼鬼祟祟走到七巧跟前，嗫嚅道："奶奶，舅爷来了。"七巧骂道："舅爷来了，又不是背人的事，你嗓子眼里长了疔是怎么着？蚊子哼哼似的！"小双倒退了一步，不敢言语。玳珍道："你们舅爷原来也到上海来了，咱们这儿亲戚倒都全了。"七巧移步出房道："不许他到上海来？内地兵荒马乱的，穷人也一样的要命呀！"她在门槛子上站住了，问小双道："回过老太太没有？"小双道："还没呢。"七巧想了一想，毕竟不敢去告诉一声，只得悄悄下楼去了。

玳珍问小双道："舅爷一个人来的？"小双道："还有舅奶奶，携着四只提篮盒。"玳珍格的一笑道："倒破费了他们。"小双道："大奶奶不用替他们心疼。装得满满的进来，一样装得满满的出去。别说金的银的圆的扁的，就连零头鞋面儿裤腰都是好的！"玳珍笑道："别那么缺德了！你下去罢。她娘家人难得上门，伺候不周到，又该大闹了。"

小双赶了出去，七巧正在楼梯口盘问榴喜老太太可知道这件事。榴喜道："老太太念佛呢，三爷趴在窗口看野景，说大门口来了客。老太太问是谁，三爷仔细看了看，说不知是不是曹家舅爷，老太太就没追问下去。"七巧听了，心头火起，跺了跺脚，喃喃呐呐骂道："敢情你装不知道就算了！皇帝还有草鞋亲呢！这会子有这么势利的，当初何必三媒六聘的把我抬过来？快刀斩不断的亲戚，别说你今儿是装死，就是你真死了，他也不能不到你的灵前磕三个头，你也不能不受着他的！"一面说，一面下去了。

她那间房，一进门便有一堆金漆箱笼迎面拦住，只隔开几步见方的空地。她一掀帘子，只见她嫂子蹲下身去将提篮盒上面的一屉盒子卸了下来，检视下面一屉里的菜可曾泼出来。她哥哥曹大年背着手弯着腰看着。七巧止不住一阵心酸，倚着箱笼，把脸偎在那纱蓝棉套子上，纷纷落下泪来。她嫂子慌忙站直了身子，抢步上前，两只手捧住她一只手。连连叫着姑娘。曹大年也不免抬起袖子来擦眼睛。七巧把那只空着的手去解箱套子上的纽扣，解了又扣上，只是开不得口。

她嫂子回过头去睃了她哥哥一眼道："你也说句话呀！成日家念叨着，见了妹妹的面，又像锯了嘴的葫芦似的！"七巧颤声道："也不怪他没有话——他哪儿有脸来见我！"又向她哥哥道："我只道你这一辈子不打算上我门了！你害得我好！你扔崩一走，我可走不了。你也不顾我的死活。"曹大年道："这是什么话？旁人这么说还罢了，你也这么说！你不替我遮盖遮盖，你自己脸上也不见得光鲜。"七巧道："我不说，我可禁不住人家不说。就为你，我气出了一身病在这里。今日之下，亏你还拿这话来堵我！"她嫂子忙道："是他的不是，是他的不是！姑娘受了委屈了。姑娘受委屈也不止这一件，好歹忍着罢，总有个出头之日。"她嫂子那句"姑娘受委屈也不止这一件"的话却深深打进她心坎儿里去。七巧哀哀哭了起来，急得她嫂子急摇手道："看吵醒了姑爷。"房那边暗昏昏的紫楠大床上，寂寂吊着珠罗纱帐子。七巧的嫂子又道："姑爷睡着了罢？惊动了他，该生气了。"七巧高声叫道："他要有点人气，倒又好了。"她嫂子吓得掩住她的嘴道："姑奶奶别！病人听见了，心里不好受！"七巧道："他心里不好受，我心里好受吗？"她嫂子道："姑爷还是那软骨症？"七巧道："就这一件还不够受了，还禁得起添什么？这儿一家子都忌讳痨病这两个字，其实还不就是骨痨！"她嫂子道："整天躺着，有时候也坐起来一会儿么？"七巧吓吓的笑了起来道："坐起来，脊梁骨直溜下去，看上去还没有我那三岁的孩子高哪！"她嫂子一时想不出劝慰的话，三个人都愣住了。七巧猛的蹬脚道："走罢，走罢，你们！你们来一趟，就害得我把前因后果重新在心里过一过。我禁不起这么折腾！你快给我走！"

曹大年道："妹妹你听我一句话。别说你现在心里不舒坦，有个娘家走动着，多少好些，就是你有了出头之日了，姜家是个大族，长辈动不动就拿大帽子压人，平辈小辈一个个如狼似虎的，哪一个是好惹的？替你打算，也得要个帮手。将来你用得着你哥哥你侄儿的时候多着呢！"七巧啐了一声道："我靠你帮忙，我也倒了霉了！我早把你看得透里透——斗得过他们，你到我跟前来邀功要钱，斗不过他们，你往那边一倒。本来见了做官的就魂都没有了，头一缩，死活随我去。"大年涨红了脸冷笑道："等钱到了你手里，你再防着你哥哥分你的，也还不迟。"

七巧道："你既然知道钱还没到我手里，你来缠我做什么？"大年道："路远迢迢赶来看你，倒是我们的不是了！走！我们这就走！凭良心说，我就用你两个钱，也是该的，当初我若贪图财礼，问姜家多要几百两银子，把你卖给他们做姨太太，也就卖了。"

七巧道："奶奶不胜似姨奶奶吗？长线放远鹞，指望大着呢！"大年待要回嘴，他媳妇拦住他道："你就少说一句罢！以后还有见面的日子呢。将来姑奶奶想到你的时候，才知道她就只这一个亲哥哥了！"大年督促他媳妇整理了提篮盒，捡起就待走。七巧道："我希罕你？等我有了钱了，我不愁你不来，只愁打发你不开。"嘴里虽然硬着，熬不住那呜咽的声音，一声响似一声，憋了一上午的满腔幽恨，借着这因由尽情发泄了出来。

她嫂子见她分明有些留恋之意，便做好做歹劝住了她哥哥：一面半搀半拥把她引到花梨炕上坐下了，百般譬解，七巧渐渐收了泪。兄妹姑嫂叙了些家常。北方情形还算平静，曹家的麻油铺还照常营业着。大年夫妇此番到上海来，却是因为他家没过门的女婿在人家当账房，光复的时候恰巧在湖北，后来辗转跟主人到上海来了，因此大年亲自送了女儿来完婚，顺便探望妹妹。大年问候了姜家阖宅上下，又要参见老太太，七巧道："不见也罢了，我正跟她怄气呢。"大年夫妇都吃了一惊，七巧道："怎么不淘气呢？一家子都往我头上踩，我若是好欺负的，早给作践死了，饶是这么着，还气得我七病八痛的！"她嫂子道："姑娘近来还抽烟不抽，倒是鸦片烟，平肝导气，比什么药都强。姑娘自己千万保重，我们又不在跟前，谁是个知疼着热的人？"

七巧翻箱子取出几件新款尺头送与她嫂子，又是一副四两重的金镯子，一对披霞莲蓬簪，一床丝绵被胎，侄女们每人一只金挖耳，侄儿们或是一只金锞子，或是一顶貂皮暖帽，另送了她哥哥一只珐蓝金蝉打簧表，她哥嫂道谢不迭。七巧道："你们来得不巧，若是在北京，我们正要上路的时候，带不了的东西，分了几箱给丫头老妈子，白便宜了他们。"说得她哥嫂讪讪的。临行的时候，她嫂子道："忙完了闺女，再来瞧姑奶奶。"七巧笑道："不来也罢了，我应酬不起！"

大年夫妇出了姜家的门，她嫂子便道："我们这位姑奶奶怎么换了个人？没出嫁的时候不过要强些，嘴头上琐碎些，就连后来我们去瞧她，虽是比前暴躁些，也还有个分寸，不似如今疯疯傻傻，说话有一句没一句，就没一点儿得人心的地方。"

七巧立在房里，抱着胳膊看小双祥云两个丫头把箱子抬回原处，一只一只叠了上去。从前的事又回来了：临着碎石子街的馨香的麻油店，黑腻的柜台，芝麻酱桶里竖着木匙子，油缸上吊着大大小小的铁匙子。漏斗插在打油的人的瓶里，一大匙再加上两小匙正好装满一瓶——一斤半。熟人呢，算一斤四两。有时她也上街买菜，蓝夏布衫裤，镜面乌绫镶滚。隔着密密层层的一排吊着猪肉的铜钩，她看见肉铺里的朝禄。朝禄赶着她叫曹大姑娘。难得叫声巧姐儿，她就一巴掌打在钩子背上，无数的空钩子荡过去锥他的眼睛，朝禄从钩子上摘下尺来宽的一片生猪油，重重的向肉案一抛，一阵温风直扑到她脸上，腻滞的死去的肉体的气味……她皱紧了眉毛。床上睡着的她的丈夫，那没有生命的肉体……

风从窗子里进来，对面挂着的回文雕漆长镜被吹得摇摇晃晃，磕托磕托敲着墙。七巧双手按住了镜子。镜子里反映着的翠竹帘子和一副金绿山水屏条依旧在风中来回荡漾着，望久了，便有一种晕船的感觉。再定睛看时，翠竹帘子已经褪了色，金绿山水换为一张她丈夫的遗像，镜子里的人也老了十年。

去年她戴了丈夫的孝，今年婆婆又过世了。现在正式挽了叔公九老太爷出来为他们分家。今天是她嫁到姜家来之后一切幻想的集中点。这些年了，她戴着黄金的枷锁，可是连金子的边都啃不到，这以后就不同了。七巧穿着白香云纱衫，黑裙子，然而她脸上像抹了胭脂似的，从那揉红了的眼圈儿到烧热的颧骨。她抬起手来飚了一飚脸，脸上烫，身子却冷得打颤。她叫祥云倒了杯茶来，（小双早已嫁了，祥云也配了个小厮。）茶给喝了下去，沉重地往腔子里流，一颗心便在热茶里扑通扑通跳。她背向着镜子坐下了，问祥云道："九老太爷来了这一下午，就在堂屋里跟马师爷查账？"祥云应了一声是。七巧又道："大爷大奶奶三爷三奶奶都不在跟前？"祥云又应了一声是。七巧道："还到谁的屋里去过？"祥云道："就到哥儿们的书房里兜了一兜。"七巧道："好在咱们白哥儿的书倒不怕他查考……今年这孩子就吃亏在他爸爸他奶奶接连着出了事，他若还有心念书，他也不是人养的！"她把茶吃完了，吩咐祥云下去看看堂屋里大房三房的人可都齐了，免得自己去早了，显得性急，被人耻笑。恰巧大房里也差了一个丫头出来探看，和祥云打了个照面。

七巧终于款款下楼来了。堂屋里临时布置了一张镜面乌木大餐台，九老太爷独当一面坐了，面前乱堆着青布面，梅红签的账簿，又搁着一只瓜楞茶碗。四周除了马师爷之外，又有特地邀请的"公亲"，近于陪审员的性质。各房只派了一个男子作代表，大房是大爷，二房二爷没了，是二奶奶，三房是三爷。季泽很知道这总清算的日子于他没有什么好处，因此他也得来迟。然而来既来了，他决不愿意露出焦灼懊丧的神气。腮帮子上依旧是他那点丰肥的，红色的笑。眼睛里依旧是他那点潇洒的不耐烦。

九老太爷咳嗽了一声，把姜家的经济状况约略报告了一遍，又翻着账簿子读出重要的田地房产的所在与按年的收入。七巧两手紧紧扣在肚子上，身子向前倾着，努力向她自己解释他的每一句话，与她往日调查所得一一印证。青岛的房子、天津的房子、北京城外的地、上海的房子……三爷在公账上拖欠过巨，他的一部分遗产被抵消了之后，还净欠六万，然而大房二房也只得就此算了，因为他是一无所有的人。他仅有的那一幢花园洋房，他为一个姨太太买的，也已经抵押了出去。其余只有老太太陪嫁过来的首饰，由兄弟三人均分，季泽的那一份也不便充公，因为是母亲留下的一点纪念。七巧突然叫了起来道："九老太爷，那我们太吃亏了！"

堂屋里本就肃静无声，现在这肃静却是沙沙有声，直钻进耳朵里去，像电影配音机器损坏之后的锈轧。九老太爷睁了眼望着她道："怎么？你连他娘丢下的几件首饰也舍不得给他？"七巧道："亲兄弟，明算账，大哥大嫂不言语，我可不能不老着脸开口说句话。我须比不得大哥大嫂——我们死掉的那个若是有能耐出去做两任官，手头活便些，我也乐得放大方些，哪怕把从前的旧账一笔勾销呢？可怜我们那一个病病哼哼一辈子，何尝有过一文半文进账，丢下我们孤儿寡妇，就指着这两个死钱过活。我是个没脚蟹，长白还不满十四岁，往后苦日子有得过呢！"说着，流下泪来。九老太爷道："依你便怎样？"七巧呜咽道："哪儿由得我出主意呢？只求九老太爷替我们做主！"季泽冷着脸只不做声，满屋子的人都觉不便开口。九老太爷按捺不住一肚子的火，哼了一声道："我倒想替你出主意呢，只怕你不爱听！二房里有田地没人照管，三房里有人没有地，我待要叫三爷替你照管，你多少贴他些，又怕你不要他！"七巧冷笑道："我倒想依你呢，只怕死掉的那个不依！来人哪！祥云你把白哥儿给我找来！长白，你爹好苦哇！一下地就是一身的病，为人一场，一天舒坦日子也没过着，临了丢下你这点骨血，人家还看不得，千方百计图谋你的东西！长白谁叫你爹拖着一身病，活着人家欺负他，死了人家欺负他的孤儿寡妇！我还不打紧，我还能活个几十年么？至多我到老太太灵前把话说明白了，把这条命跟人拼了。长白你可是年纪小着呢，就是喝西北风你也得活下去呀！"九老太爷气得把桌子一拍道："我不管了！是你们求爹爹拜奶奶邀了我来的，你道我喜欢自找麻烦么？"站起来一脚踢翻了椅子，也不等人搀扶，一阵风走得无影无踪，众人面面相觑，一个个悄没声儿溜走了。唯有那马师爷忙着拾掇账簿子，落后了一步，看看屋里人全走光了，单剩下二奶奶一个人在那里捶着胸脯号啕大哭，自己若无其事的走，似乎不好意思，只得走上前去，打拱作揖叫道："二太太！二太太！……二太太！"七巧只顾把袖子遮住脸，马师爷又不便把她的手拿开，急得把瓜皮帽摘下来扇着汗。

维持了几天的僵局，到底还是无声无息照原定计划分了家。孤儿寡妇还是被欺负了。

七巧带着儿子长白，女儿长安另租了一幢屋子住下了，和姜家各房很少来往。隔了几个月，姜季泽忽然上门来了。老妈子通报上来，七巧怀着鬼胎，想着分家的那一天得罪了他，不知他有什么手段对付。可是兵来将挡，她凭什么要怕他？她家常穿着佛青实地纱袄子，特地紧上一条玄色铁线纱裙，走下楼来。季泽却是满面春风的站起来问二嫂好，又问白哥儿可是在书房里，安姐儿的湿气可大好了。七巧心里便疑惑他是来借钱的，加意防备着，坐下笑道："三弟你近来又发福了。"季泽笑道："看我像一点心事都没有的人。"七巧笑道："有福之人不在忙嘛！你一向就是无牵无挂的。"季泽笑道："等我把房子卖了，我还要无牵无挂呢！"七巧道："就是你做了押款的那房子，你要卖？"季泽道："当初造它的时候，很费了点心思，有许多装置都是自己心爱的，当然不愿意脱手。后来你是知道的，那块地皮值钱了，前年把它翻造了弄堂房子，一家一家收租，跟那些住小家的打交道，我实在嫌麻烦，索性打算卖了它，图个清净。"七巧暗地里说道："口气好大！我是知道你的底细的,你在我跟前充什么阔大爷!"

　　虽然他不向她哭穷,但凡谈到银钱交易,她总觉得有点危险,便岔了开去道:"三妹妹好么?腰子病近来发过没有?"季泽笑道:"我也有许久没见过她的面了。"七巧道:"这是什么话?你们吵了嘴么?"季泽笑道:"这些时我们倒也没吵过嘴。不得已在一起说两句话,也是难得的,也没那闲情逸致吵嘴。"七巧道:"何至于这样?我就不相信!"季泽两肘撑在藤椅的扶手上,交叉十指,手搭凉棚,影子落在眼睛上,深深的唉了一声。七巧笑道:"没有别的,要不就是你在外头玩得太厉害了。自己做错了事,还唉声叹气的仿佛谁害了你似的,你们姜家就没有一个好人!"说着,举起白团扇,作势要打。季泽把那交叉着的十指往下移了一移,两只大拇指按在嘴唇上,两只食指缓缓抚摸着鼻梁,露出一双水汪汪的眼睛来。那眼珠却是水仙花缸底的黑石子,上面汪着水,下面冷冷的没有表情。看不出他在想什么。七巧道:"我非打你不可!"季泽的眼睛里突然冒出一点笑泡儿,道:"你打,你打!"七巧待要打,又掣回手去,重新一鼓作气道:"我真打!"抬高了手,一扇子劈下来,又在半空中停住了,吃吃笑起来,季泽带笑将肩膀耸了一耸,凑了上去道:"你倒是打我一下罢!害得我浑身骨头痒着,不得劲儿!"七巧把扇子向背后一藏,越发笑得格格的。

　　季泽把椅子换了个方向,面朝墙坐着,人向椅背上一靠,双手蒙住了眼睛,又是长长的叹了口气。七巧啃着扇子柄,斜瞟着他道:"你今儿是怎么了?受了暑吗?"季泽道:"你哪里知道?"半晌,他低低的一个字一个字说道:"你知道我为什么跟家里的那个不好,为什么我拼命的在外头玩,把产业都败光了?你知道这都是为了谁?"七巧不知不觉有些胆寒,走得远远的,倚在炉台上,脸色慢慢的变了。季泽跟了过来。七巧垂着头,肘弯撑在炉台上,手里擎着团扇,扇子上的杏黄穗子顺着她的额角拖下来。季泽在她对面站住了,小声道:"二嫂!……七巧!"

　　七巧背过脸去淡淡笑道:"我要相信你才怪呢!"季泽便也走开了,道:"不错。你怎么能够相信我?自从你到我家来,我在家一刻也待不住,只想出去。你没来的时候我并没有那样荒唐过,后来那都是为了躲你,娶了兰仙来,我更玩得凶了,为了躲你之外又要躲她。见了你,说不了两句话我就要发脾气——你哪儿知道我心里的苦楚?你对我好,我心里更难受——我得管着我自己——我不能平白的坑坏了你,家里人多眼杂,让人知道了,我是个男子汉,还不打紧,你可了不得!"七巧的手直打颤,扇柄上的杏黄须子在她额上苏苏摩擦着。季泽道:"你信也罢!不信也罢!信了又怎样?横竖我们半辈子已经过去了,说也是白说,我只求你原谅我这一片心。我为你吃了这些苦,也就不算冤枉了。"

　　七巧低着头,沐浴在光辉里,细细的音乐,细细的喜悦……这些年了,她跟他捉迷藏似的,只是近不得身,原来还有今天!可不是,这半辈子已经完了——花一般的年纪已经过去了。人生就是这样的错综复杂。不讲理。当初她为什么嫁到姜家来?为了钱么?不是的,为了要遇见季泽,为了命中注定她要和季泽相爱。她微微抬起脸来,季泽立在她跟前,两手合在她扇子上,面颊贴在她扇子上。他也老了十年了,然而人究竟还是那个人呵!他难道是哄她!他想她的钱——她卖掉她的一生换来的几个钱?仅仅这一转念便使她暴怒起来。就算她错怪了他,他为她吃的苦抵得过她为他吃的苦么?好容易她死了心了,他又来撩拨她,她恨他。他还在看着她。他的眼睛——虽然隔了十年,人还是那个人呵!就算他是骗她的,迟一点儿发现不好么?即使明知是骗人的,他太会演戏了,也跟真的差不多罢?

　　不行!她不能有把柄落在这厮手里。姜家的人是厉害的,她的钱只怕保不住。她得先证明他是真心不是。七巧定了一定神,向门外瞧了一瞧,轻轻惊叫道:"有人!"便三脚两步赶出门去,到下房里吩咐潘妈替三爷弄点心去,快些端了来,顺便带芭蕉扇进来替三爷打扇。七巧回到屋里来,故意皱着眉道:"真可恶,老妈子在门口探头探脑的,见了我抹过头去就跑,被我赶上去喝住了。若是关上了门说两句话,指不定造出什么谣言来呢!饶是独门独户住了,还没个清净。"潘妈送了点心与酸梅汤进来,七巧亲自拿筷子替季泽拣掉了蜜层糕上的玫瑰与青梅,道:"我记得你是不爱吃红绿丝的。"有人在跟前,季泽不便说什么,只是微笑。七巧似乎没话找话说似的,问道:"你卖房子,接洽得怎么样了?"季泽一面吃,一面答道:"有人出八万五,我还没打定主意呢。"七巧沉吟道:"地段倒是好的。"季泽道:"谁都不赞成我脱手,说还要涨呢。"

　　七巧又问了些详细情形,便道:"可惜我手头没有这一笔现款,不然我倒想买。"季泽道:"其实呢,我这房子倒不急,倒是咱们乡下你那些田,早早脱手的好。自从改了民国,接二连三的打仗,何尝有一年闲过,把地面上糟蹋得不成样子,中间还被收租的、师爷、地头蛇一层一层勒唷着,莫说这两年不是水就是旱,就遇着了丰年，也没有多少进账轮到我们头上。"七巧寻思着，道："我也盘算过来，一直挨着没有办。先晓得把它卖了，这会子想买房子，也不至于钱不凑手了。"季泽道："你那田要卖趁现在就得卖，听说直鲁又要开仗了。"

七巧道："急切间你叫我卖给谁去？"季泽顿了一顿道："我去替你打听打听，也成。"七巧耸了耸眉毛笑道："得了，你那些狐群狗党里头，又有谁是靠得住的？"季泽把咬开的饺子在小碟里蘸了点醋，闲闲说出两个靠得住的人名，七巧便认真仔细盘问他起来，他果然回答得有条不紊，显然他是筹之已熟的。

七巧虽是笑吟吟的，嘴里发干，上嘴唇粘在牙仁上，放不下来。她端起盖碗来吸了一口茶，舐了舐嘴唇，突然把脸一沉，跳起身来，将手里的扇子向季泽头上滴溜溜掷过去，季泽向左偏了一偏，那团扇敲在他肩膀上，打翻了玻璃杯，酸梅汤淋淋漓漓溅了他一身。七巧骂道："你要我卖了田去买你的房子？你要我卖田？钱一经你的手，还有得说么？你哄我——你拿那样的话来哄我——你拿我当傻子——"她隔着一张桌子探身过去打他，然而她被潘妈一下死劲抱住了。潘妈叫唤起来，祥云等人都奔了来，七手八脚按住了她，七嘴八舌求告着。七巧一头挣扎，一头叱喝着，然而她的一颗心直往下坠——她很明白她这举动太蠢——太蠢——她在这儿丢人出丑。

季泽脱下了他那湿濡的白香云纱长衫，潘妈绞了毛巾来代他揩擦，他理也不理，把衣服夹在手臂上，竟自扬长出门去了，临行的时候向祥云道："等白哥儿下了学，叫他替他母亲请个医生来看看。"祥云吓糊涂了，连声答应着，被七巧兜脸给她一个耳刮子。

季泽走了。丫头老妈子也给七巧骂跑了。酸梅汤沿着桌子一滴一滴朝下滴，像迟迟的夜漏——一滴，一滴……一更，二更……一年，一百年。真长，这寂寂的一刹那。七巧扶着头站着，倏地掉转身来上楼去，提着裙子，性急慌忙，跌跌跄跄，不住的撞到那阴暗的绿粉墙上，佛青袄子上沾了大块的淡色的灰。她要在楼上的窗户里再看他一眼。无论如何，她从前爱过他。他的爱给了她无穷的痛苦。单只这一点，就使她值得留恋。多少回了，为了要按捺她自己，她进得全身的筋骨与牙根都酸楚了。今天完全是她的错。他不是个好人，她又不是不知道。她要他，就得装糊涂，就得容忍他的坏。她为什么要戳穿他？人生在世，还不就是那么一回事？归根究底，什么是真的，什么是假的？

她到了窗前，揭开了那边上缀有小绒球的墨绿洋式窗帘，季泽正在弄堂里往外走，长衫搭在臂上，晴天的风像一群白鸽子钻进他的纺绸裤褂里去，哪儿都钻到了。飘飘拍着翅子。

七巧眼前仿佛挂了冰冷的珍珠帘，一阵热风来了，把那帘子紧紧贴在她脸上，风去了，又把帘子吸了回去，气还没透过来，风又来了，没头没脸包住她——一阵凉一阵热，她只是流着眼泪。

玻璃窗的上角隐隐约约反映出弄堂里一个巡警的缩小的影子，晃着膀子踱过去。一辆黄包车静静在巡警身上辗过。小孩把袍子掖在裤腰里，一路踢着球，奔出玻璃的边缘。绿色的邮差骑着自行车，复印在巡警身上，一溜烟掠过。都是些鬼，多年前的鬼，多年后的没投胎的鬼……什么是真的，什么是假的？

过了秋天又是冬天，七巧与现实失去了接触。虽然一样的使性子，打丫头，换厨子，总有些失魂落魄的。她哥哥嫂子到上海来探望了她两次，住不上十来天，末了永远是给她絮叨得站不住脚，然而临走的时候她也没有少给他们东西。她侄子曹春熹上城来找事，耽搁在她家里。那春熹虽是个浑头浑脑的年轻人，却也本本分分的。七巧的儿子长白，女儿长安，年纪到了十三四岁，只因身材瘦小，看上去才只七八岁的光景。在年下，一个穿着品蓝摹本缎棉袍，一个穿着葱绿遍地锦棉袍，衣服太厚了，直挺挺撑开了两臂，一般都是薄薄的两张白脸，并排站着，纸糊的人儿似的。这一天午饭后，七巧还没起身，那曹春熹陪着她兄妹俩掷骰子，长安把压岁钱输光了，还不肯歇手。长白把桌上的铜板一搂，笑道："不跟你来了。"长安道："我们用糖莲子来赌。"春熹道："糖莲子揣在口袋里，看脏了衣服。"长安道："用瓜子也好，柜顶上就有一罐。"便搬过一张茶几来，踩了椅子爬上去拿。慌得春熹叫道："安姐儿你可别摔跤，回头我担不了这干系！"正说着，只见长安猛可里向后一仰，若不是春熹扶住了，早是个倒栽葱。长白在旁拍手大笑，春熹嘟嘟哝哝骂着，也撑不住要笑，三人笑成一片。春熹将她抱下地来，忽然从那红木大橱的穿衣镜里瞥见七巧蓬着头叉着腰站在门口，不觉一怔，连忙放下了长安，回身道："姑妈起来了。"七巧汹汹奔了过来，将长安向自己身后一推，长安立脚不稳，跌了一跤。七巧只顾将身子挡住了她，向春熹厉声道："我把你这狼心狗肺的东西！我三茶六饭款待你这狼心狗肺的东西，什么地方亏待了你，你欺负我女儿？你那狼心狗肺，你道我揣摩不出么？你别以为你教坏了我女儿，我就不能不捏着鼻子把她许配给你，你好霸占我们的家产！我看你这混蛋，也还想不出这等主意来，敢情是你爹娘把着手儿教的！那两个狼心狗肺忘恩负义的老浑蛋！齐了心想我的钱,一计不成,又生一计!"春熹气得白瞪眼,欲待分辩,七巧道:"你还有脸顶撞我!你还不给我快滚,别等我乱棒打出去!"说着,把儿女们推推撞撞送了出去,自己也喘吁吁扶着个丫头走了。春熹究竟年纪轻火性大,赌气卷了铺盖,顿时离了姜家的门。

七巧回到起坐间里,在烟榻上躺下了。屋里暗昏昏的,拉上了丝绒窗帘。时而窗户缝里漏了风进来,帘子动了,方在那墨绿小绒球底下毛茸茸地看见一点天色,除此只有烟灯和烧红的火炉的微光。长安吃了吓,呆呆坐在火炉边一张小凳上。七巧道:"你过来。"长安只道是要打,只是延挨着,搭讪把火炉边的洋铁围屏上晾着的小红格子法布衬衫翻了一翻,道:"快烤糊了。"衬衫发出热烘烘的毛气。

七巧却不像要责打她的光景,只数落了一番,道:"你今年过了年也有十三岁了,也该放明白些。表哥虽不是外人,天下的男子都是一样混账。你自己要晓得当心,谁不想你的钱?"一阵风过,窗帘上的绒球与绒球之间露出白色的寒天,屋子里暖热的黑暗给打上了一排小洞。烟灯的火焰往下一挫,七巧脸上的影子仿佛更深了一层。她突然坐起身来,低声道:"男人……碰都碰不得!谁不想你的钱?你娘这几个钱不是容易得来的,也不是容易守得住。轮到你们手里,我可不能眼睁睁看着你们上人的当——叫你以后提防着些,你听见了没有?"长安垂着头道:"听见了。"

七巧的一只脚有点麻,她探身去捏一捏她的脚。仅仅是一刹那,她眼睛里蠢动着一点温柔的回忆。她记起了想她的钱的一个男人。

她的脚是缠过的,尖尖的缎鞋里塞了棉花,装成半大的文明脚。她瞧着那双脚,心里一动,冷笑一声道:"你嘴里尽管答应着,我怎么知道你心里是明白还是糊涂?你人也有这么大了,又是一双大脚,哪里去不得?我就是管得住你,也没那个精神成天看着你。按说你今年十三了,裹脚已经嫌晚了,原怪我耽搁了你。马上这就替你裹起来,也还来得及。"长安一时答不出话来,倒是旁边的老妈子们笑道:"如今小脚不时兴了,只怕将来给姐儿定亲的时候麻烦。"七巧道:"没的扯淡!我不愁我的女儿没人要,不劳你们替我担心!真没人要,养活她一辈子,我也养得起!"当真替长安裹起脚来,痛得长安鬼哭神号。这时连姜家这样守旧的人家,缠过脚的也都已经放了脚了,别说是没缠过的,因此都拿长安的脚传作笑话奇谈。裹了一年多,七巧一时的兴致过去了,又经亲戚们劝着,也就渐渐放松了,然而长安的脚可不能完全恢复原状了。

姜家大房三房里的儿女都进了洋学堂读书,七巧处处存心跟他们比赛着,便也要送长白去投考。长白除打小牌之外,只喜欢跑跑票房,正在那里朝夕用功吊嗓子,只怕进学校要耽搁了他的功课,便不肯去。七巧无奈,只得把长安送到沪范女中,托人说了情,插班进去。长安换上了蓝爱国布的校服,不上半年,脸色也红润了,胳膊腿腕也粗了一圈。住读的学生洗换衣服,照例是送到学校里包着的洗衣作坊里去的。长安记不清自己的号码,往往失落了枕套手帕种种零件,七巧便闹着说要去找校长说话。这一天放假回家,检点了一下,又发现有一条裤单是丢了。七巧暴跳如雷,准备明天亲自上学校去大兴问罪之师。长安着了急,拦阻了一声,七巧便骂道:"天生的败家精,拿你的钱不当钱。你娘的钱是容易得来的?——将来你出嫁,你看我有什么陪送给你!——给也是白给!"长安不敢做声,却哭了一晚上。她不能在她的同学跟前丢这个脸。对于十四岁的人,那似乎有天大的重要。她母亲去闹一场,她以后拿什么脸去见人?她宁死也不到学校里去了。她的朋友们,她所喜欢的音乐教员,不久就会忘记了有这么一个女孩子,来了半年,又无缘无故悄悄的走了。走得干净。她觉得她这牺牲是一个美丽的,苍凉的手势。

半夜里她爬下床来,伸手到窗外试试,漆黑的,是下了雨么?没有雨点。她从枕头边摸出一只口琴,半蹲半坐在地上,偷偷吹了起来。犹疑地,Long Long Ago 的细小的调子在庞大的夜里袅袅漾开,不能让人听见了。为了竭力按捺着,那呜呜的口琴忽断忽续,如同婴儿的哭泣。她接不上气来,歇了半响。窗格子里,月亮从云里出来了。墨灰的天,几点疏星,模糊的缺月,像石印的图画,下面白云蒸腾,树顶上透出街灯淡淡的圆光。长安又吹起口琴。"告诉我那故事,往日我最心爱的那故事,许久以前,许久以前……"

第二天她大着胆子告诉她母亲:"娘,我不想念下去了。"七巧睁着眼道:"为什么?"长安道:"功课跟不上,吃的太苦了,我过不惯。"七巧脱下一只鞋来,顺手将鞋底抽了她一下,恨道:"你爹不如人,你也不如人?养下你来又不是个十不全,就不肯替我争口气!"长安反剪着一双手,垂着眼睛,只是不言语。旁边老妈子们便劝道:"姐儿也大了,学堂里人杂,的确有些不方便。其实不去也罢了。"七巧沉吟道:"学费总得想法子拿回来。白便宜了他们不成?"便要领了长安一同去索讨,长安抵死不肯去,七巧带着两个老妈子去了一趟回来了,据她自己补叙,钱虽然没收回来,却也着实羞辱了那校长一场。长安以后在街上遇着了同学。脸上红一阵白一阵,无地自容,只得装做不看见,急急走了过去。朋友寄信来,她拆也不敢拆,原封退了回去。她的学校生活就此告一结束。

有时她也觉得牺牲得有点不值得,暗自懊悔着,然而也来不及挽回了。她渐渐放弃了一切上进的思想,安分守己起来。学会了挑是非,使小坏,干涉家里的行政。她不时的跟母亲怄气,可是她的言谈举止越来越像她母亲了。每逢她单叉着裤子,撑开了两腿坐着,两只手按在胯间露出的凳子上,歪着头,下巴搁在心口上凄凄惨惨瞅住了对面的人说道:"一家有一家的苦处呀,表嫂——一家有一家的苦处!"——谁都说她是活脱的一个七巧。她打了一根辫子,眉眼的紧俏有似当年的七巧,可是她的小小的嘴过于瘪进去,仿佛显老一点。她再年轻些也不过是一棵较嫩的雪里红——盐腌过的。

也有人来替她做媒。若是家境推板一点的,七巧总疑心人家是贪她们的钱。若是那有财有势的,对方却又不十分热心,长安不过是中等姿色,她母亲出身既低,又有个不贤惠的名声,想必没有什么家教。因此高不成,低不就,一年一年耽搁了下去。那长白的婚事却不容耽搁。长白在外面赌钱,捧女戏子,七巧还没甚话说,后来渐渐跟着他三叔姜季泽逛起窑子来,七巧方才着了慌,手忙脚乱替他定亲,娶了一个袁家的小姐,小名芝寿。

行的是半新式的婚礼,红色盖头是蠲免了,新娘戴着蓝眼镜,粉红喜纱,穿着粉红彩绣裙袄,进了洞房,除去了眼镜,低着头坐在湖色帐幔里。闹新房的人围着打趣,七巧只看了一看便出来了。长安在门口赶上了她,悄悄笑道:"皮色倒还白净,就是嘴唇太厚了些。"七巧把手撑着门,拔下一只金挖耳来搔搔头,冷笑道:"还说呢!你新嫂子这两片嘴唇,切切倒有一大碟子。"旁边一个太太便道:"说是嘴唇厚的人天性厚哇!"七巧哼了一声,将金挖耳指住了那太太,倒剔起一只眉毛,歪着嘴微微一笑道:"天性厚,并不是什么好话。当着姑娘们,我也不便多说——但愿咱们白哥儿这条命别送在她手里!"七巧天生着一副高爽的喉咙,现在因为苍老了些,不那么尖了,可是扁扁的依旧四面刮得人疼痛,像剃刀片。这两句话,说响不响,说轻也不轻。人丛里的新娘子的平板的脸与胸震了一震——多半是龙凤烛的火光的跳动。

三朝过后,七巧嫌新娘子笨,诸事不如意,每每向亲戚们诉说着。便有人劝道:"少奶奶年纪轻,二嫂少不了费点心教导教导她。谁叫这孩子没心眼儿呢!"七巧啐道:"你们瞧咱们新少奶奶老实呀——一见了白哥儿,她就得去上马桶!真的!你信不信?"这话传到芝寿耳朵里,急得芝寿只待寻死。然而这还是没满月的时候,七巧还顾些脸面,后来索性这一类的话当着芝寿的面也说了起来,芝寿哭也不是,笑也不是,若是木着脸装听不见,七巧便一拍桌子嗟叹起来道:"在儿子媳妇手里吃口饭,可真不容易!动不动就给人脸子看!"

这天晚上,七巧躺着抽烟,长白盘踞在烟铺跟前的一张沙发椅上嗑瓜子,无线电里正唱着一出冷戏,他捧着剧考,一个字一个字跟着哼,哼上了劲,甩过一条腿去骑在椅背上,来回摇着打拍子。七巧伸过脚去踢他一下道:"白哥儿你来替我装两筒。"长白道:"现放着烧烟的,偏要支使我!我手上有蜜是怎么着?"说着,伸了个懒腰,慢腾腾移身坐在烟灯前的小凳上,卷起了袖子。七巧笑道:"我把你这不孝的奴才!支使你,是抬举你!"她眯缝着眼望着他。这些年来她的生命里只有这一个男人。只有他,她不怕他想她的钱——横竖钱都是他的。可是,因为他是她的儿子,他这一个人还抵不了半个……现在,就连这半个人她也保留不住——他娶了亲。他是个瘦小白皙的年轻人,背有点驼,戴着金丝眼镜,有着工细的五官,时常茫然地微笑着,张着嘴,嘴里闪闪发着光的不知道是太多的唾沫水还是他的金牙。他敞着衣领,露出里面的珠羔里子和白小褂。七巧把一只脚搁在他肩膀上,不住的轻轻踢着他的脖子,低声道:"我把你这不孝的奴才!打几时起变得这么不孝了?"长安在旁答道:"娶了媳妇忘了娘嘛!"七巧道:"少胡说!我们白哥儿倒不是那们样的人!我也养不出那样的儿子!"长白只是笑。七巧斜着眼看定了他,笑道:"你若还是我从前的白哥儿,你今儿替我烧一夜的烟!"长白笑道:"那可难不倒我!"七巧道:"盹着了,看我捶你!"

起坐间的帘子撤下送去洗濯了。隔着玻璃窗望出去,影影绰绰乌云里有个月亮,一搭黑,一搭白,像个戏剧化的狰狞的脸谱。一点,一点,月亮缓缓的从云里出来了,黑云底下透出一线炯炯的光,是面具底下的眼睛。天是无底洞的深青色。久已过了午夜了。长安早去睡了,长白打着烟泡,也前仰后合起来。七巧斟了杯浓茶给他，两人吃着蜜饯糖果，讨论着东邻西舍的隐私。七巧忽然含笑问道："白哥儿你说，你媳妇儿好不好？"长白说道："这有什么可说的？"七巧道："没有可批评的，想必是好的了？"长白笑着不做声。七巧道："好，也有个怎么个好呀！"长白道，"谁说她好来着？"七巧道："她不好？哪一点不好？说给娘听。"长白起初只是含糊对答，禁不起七巧再三盘问，只得吐露一二。旁边递茶递水的老妈子们都背过脸去笑得格格的，丫头们都掩着嘴忍着笑回避出去了。七巧又是咬牙，又是笑，又是喃喃咒骂，卸下烟斗来狠命磕里面的灰，敲得托托一片响，长白说溜了嘴，止不住要说下去，足足说了一夜。

次日清晨，七巧吩咐老妈子取过两床毯子来打发哥儿在烟榻上睡觉。这时芝寿也已经起了身，过来请安。七巧一夜没合眼，却是精神百倍，邀了几家女眷来打牌，亲家母也在内。在麻将桌上一五一十地将她儿子亲口招供的她媳妇的秘密宣布了出来，略加渲染，越发有声有色。众人竭力的打岔，然而说不出两句闲话，七巧笑嘻嘻的转了个弯，又回到她媳妇身上来了。逼得芝寿的母亲脸皮紫涨，也无颜再见女儿，放下牌，乘了包车回去了。

七巧接连着要长白为她烧了两晚上的烟。芝寿直挺挺躺在床上，搁在肋骨上的两只手蜷曲着像死去的鸡的脚爪。她知道她婆婆又在那里盘问她丈夫，她知道她丈夫又在那里叙述一些什么事，可是天知道他还有什么新鲜的可说！明天他又该涎着脸到她跟前来了。也许他早料到她会把满腔的怨毒都结在他身上，就算她没本领跟他拼命，最不济也得质问他几句，闹上一场。多半他准备先声夺人，借酒盖住了脸，找点岔子，摔上两件东西。她知道他的脾气。末后他会坐到床沿上来，耸耸肩膀，伸手到白绸小褂里面抓痒，出人意料之外地一笑。他的金丝眼镜上抖动着一点光，他嘴里抖动着一点光，不知道是唾沫还是金牙。他摘去了他的眼镜。……芝寿猛然坐起身来，哗啦揭开了帐子。这是个疯狂的世界，丈夫不像个丈夫，婆婆也不像个婆婆。不是他们疯了，就是她疯了。今天晚上的月亮比哪一天都好，高高的一轮满月，万里无云，像是黑漆的天上一个白太阳。遍地的蓝影子，帐顶上也是蓝影子，她的一双脚也在那死寂的蓝影子里。

芝寿待要挂起帐子来，伸手去摸索帐钩，一只手臂吊在那铜钩上，脸偎住了肩膀，不由得就抽噎起来。帐子自动的放了下来。昏暗的帐子里除了她之外没有别人，然而她还是吃了一惊，仓皇地再度挂起了帐子。窗外还是那使人汗毛凛凛的反常的明月——漆黑的天上一个灼灼的小而白的太阳。屋里看得分明那玫瑰紫绣花椅披桌布，大红平金五凤齐飞的围屏，水红软缎对联，绣着盘花篆字。梳妆台上红绿丝网络着银粉缸、银漱盂、银花瓶，里面满满盛着喜果，帐檐上垂下五彩攒金绕绒花球、花盆、如意、粽子，下面滴溜溜坠着指头大的琉璃珠和尺来长的桃红穗子。偌大一间房里充塞着箱笼、被褥、铺陈，不见得她就找不出一条汗巾子来上吊，她又倒到床上去。月光里，她的脚没有一点血色——青、绿、紫、冷去的尸身的颜色。她想死，她想死。她怕这月亮光，又不敢开灯。明天她婆婆会说："白哥儿给我多烧了两口烟，害得我们少奶奶一宿没睡觉，半夜三更点着灯等他回来——少不了他吗！"芝寿的眼泪顺着枕头不停的流。她不用手帕去擦眼睛，擦肿了。她婆婆又该说了："白哥儿一晚上没回房去睡，少奶奶把眼睛哭得桃儿似的！"

七巧虽然把儿子媳妇描摹成这样热情的一对，长白对于芝寿却不甚中意，芝寿也把长白恨得牙痒痒的。夫妻不和，长白渐渐又往花街柳巷里走动。七巧把一个丫头绢儿给了他做小，还是牢笼不住他。七巧又变着方儿哄他吃烟。长白一向就喜欢玩两口，只是没上瘾，现在吸得多了，也就收了心不大往外跑了，只在家守着母亲和新姨太太。

他妹子长安二十四岁那年生了痢疾，七巧不替她延医服药，只劝她抽两筒鸦片，果然减轻了不少痛苦。病愈之后，也就上了瘾。那长安更与长白不同，未出阁的小姐，没有其他的消遣，一心一意的抽烟，抽的倒比长白还要多。也有人劝阻，七巧道："怕什么！莫说我们姜家还吃得起，就是我今天卖了两顷地给他们姐儿俩抽烟，又有谁敢放半个屁？姑娘赶明儿聘了人家，少不得有她这一份嫁妆。她吃自己的，喝自己的，姑爷就是舍不得，也只好干望着她罢了！"

话虽如此说，长安的婚事毕竟受了点影响。来做媒的本来就不十分踊跃，如今竟绝迹了。长安到了近三十的时候，七巧见女儿注定了是要做老姑娘的了，便又换了一种论调，道："自己长得不好，嫁不掉，还怨我做娘的耽搁了她！成天挂搭着个脸，倒像我该她二百钱似的。我留她在家里吃一碗闲茶闲饭，可没打算留她在家里给我气受呢！"

姜季泽的女儿长馨过二十岁生日，长安去给她堂房妹子拜寿。那姜季泽虽然穷了，幸喜他交游广阔，手里还算兜得转。长馨背地向她母亲道："妈想法子给安姐姐介绍个朋友罢，瞧她怪可怜的。还没提起家里的情形，眼圈儿就红了。"兰仙慌忙摇手道："罢！罢！这个媒我不敢做！你二妈那脾气是好惹的？"长馨年少好事，哪里理会得？歇了些时，偶然与同学们说起这件事，恰巧那同学有个表叔新从德国留学回来，也是北方人，仔细攀认起来，与姜家还沾着点老亲。那人名唤童世舫，叙起来比长安略大几岁。长馨竟自作主张，安排了一切，由那同学的母亲出面请客。长安这边瞒得家里铁桶相似。

七巧身子一向硬朗，只因她媳妇芝寿得了肺痨，七巧嫌她乔张做致，吃这个，吃那个，累又累不得，比寻常似乎多享了一些福，自己一赌气便也病了。起初不过是气虚血亏。却也将阖家支使得团团转，哪儿还能够兼顾到芝寿？后来七巧真得了病，卧床不起，越发鸡犬不宁。长安乘乱里便走开了，把裁缝唤到她三叔家里，由长馨出主意替她制了新装。赴宴的那天晚上，长安先陪她到理发店去用钳子烫了头发，从天庭到鬓角一路密密的贴着细小的发圈，耳朵上戴了二寸来长的玻璃翡翠宝塔坠子，又换上了苹果绿乔琪纱旗袍，高领圈，荷叶边袖子，腰以下是半西式的百褶裙。一个小大姐蹲在地上为她扣揪钮，长安在穿衣镜里端详着自己，忍不住将两臂虚虚的一伸，裙子一踢，摆了个葡萄仙子的姿势，一扭头笑了起来道："把我打扮得天女散花似的！"长馨在镜子里向那小大姐做了个媚眼，两人不约而同也都笑了起来。长安妆罢，便向高椅上端端正正坐下了。长馨道："我去打电话叫车。"长安道："还早呢！"长馨看了看表道："约的是八点，已经八点过五分了。"长安道："晚半个钟头，想必也不碍事。"长馨猜她是存心要搭点架子，心中又好气又好笑，打开银丝手提皮包来检点了一下，借口说忘了带粉镜子，径自走到她母亲屋里来，如此这般告诉了一遍，又道："今儿又不是姓童的请客，她这架子是冲着谁搭？我也懒得去劝她，由她挨到明儿早上去，也不干我事。"兰仙道："瞧你这糊涂！人是你约的，媒是你做的，你怎么卸得了这干系？我埋怨过你多少回了——你早该知道了，安姐儿就跟她娘一样的小家子气，不上台盘。待会儿出乖露丑的，说起来是你姐姐，你丢人也是活该，谁叫你把这些是是非非，揽上身来，敢是闲疯了？"长馨咕嘟着嘴在她母亲屋里坐了半晌。兰仙笑道："看这情形，你姐姐是等着人催请哩。"长馨道："我才不去催她呢！"兰仙道："傻丫头，要你催，中什么用？她等着那边来电话哪！"长馨失声笑道："又不是新娘子，要三请四催的，逼着上轿！"兰仙道："好歹你打个电话到饭店里去，叫他们打个电话来，不就结了？快九点了，再挨下去，事情可真要崩了！"长馨只得依言做去，这边方才动了身。

长安在汽车里还是兴兴头头，谈笑风生的，到了菜馆子里，突然矜持起来，跟在长馨后面，悄悄掩进了房间，怯怯的褪去了苹果绿鸵鸟毛斗篷，低头端坐，拈了一只杏仁，每隔两分钟轻轻啃去了十分之一，缓缓咀嚼着。她是为了被看而来的。她觉得她浑身的装束，无懈可击，任凭人家多看两眼也不妨事，可是她的身体完全是多余的，缩也没处缩，她始终缄默着，吃完了一顿饭。等上甜菜的时候，长馨把她拉到窗户跟前去观看街景，又托故走开了，那童世舫便踱到窗前，问道："姜小姐这儿来过么？"长安细声道："没有。"童世舫道："我也是第一次，菜倒是不坏，可是我还是吃不大惯。"长安道："吃不惯？"世舫道："可不是！外国菜比较清淡些，中国菜要油腻得多。刚回来，连着几天亲戚朋友们接风，很容易的就吃坏了肚子。"长安反复地看她的手指，仿佛一心一意要数数一共有几个指纹是螺形的，几个是畚箕……

玻璃窗上面，没来由开了小小的一朵霓虹灯的花——对过一家店面里反映过来的，绿心红瓣。是尼罗河祀神的莲花，又是法国王室的百合徽章……

世舫多年没见过故国的姑娘，觉得长安很有点楚楚可怜的韵致，倒有几分喜欢。他留学以前早就定了亲，只因他爱上了一个女同学，抵死反对家里的亲事，路远迢迢，打了无数的笔墨官司，几乎闹翻了脸，他父母曾经一度断绝了他的接济，使他吃了不少的苦，方才依了他，解了约。不幸他的女同学别有所恋，抛下了他，他失意之余，倒埋头读了七八年的书。他深信妻子还是旧式的好，也是由于反应作用。

和长安见了这一面之后，两下里都有了意。长馨想着送佛送到西天，自己再热心些，也没有资格出来向长安的母亲说话，只得央及兰仙。兰仙执意不肯道："你又不是不知道，你爹跟你二妈仇人似的，向来是不见面的。我虽然没跟她红过脸，再好些也有限，何苦去自讨没趣？"长安见了兰仙，只是垂泪，兰仙却不过情面，只得答应去走一遭。妯娌相见，问候了一番，兰仙便说明了来意。七巧初听见了，倒也欣然，因道："那就拜托了三妹妹罢！我病病哼哼的，也管不得了，偏劳了三妹妹。这丫头就是我的一块心病。我做娘的也不能说是对不起她了，行的是老法规矩，我替她裹脚；行的是新派规矩，我送她上学堂——还要怎么着？照我这样扒心扒肝调理出来的人,只要她不疤不麻不瞎,还会没人要吗?怎奈这丫头天生的是扶不起的阿斗,恨得我只嚷嚷;多是我一闭眼去了,男婚女嫁,听天由命罢!"

当下议妥了,由兰仙请客,两方面相亲。长安与童世舫只做没见过面模样,只会晤了一次。七巧病在床上,没有出场,因此长安便风平浪静的订了婚。在筵席上,兰仙与长馨强拉着长安的手,递到童世舫手里,世舫当众替她套上了戒指。女家也回了礼,文房四宝虽然免了,却用新式的丝绒文具盒来代替,又添上了一只手表。

订婚之后,长安遮遮掩掩竟和世舫独自出去了几次。晒着秋天的太阳,两人并排在公园里走,很少说话,眼角里带着一点对方的衣服与移动着的脚,女子的粉香,男子的淡巴菰气,这单纯而可爱的印象便是他们身边的栏杆,栏杆把他们与众人隔开了。空旷的绿草地上,许多人跑着、笑着、谈着,可是他们走的是寂寂的绮丽的回廊——走不完的寂寂的回廊。不说话,长安并不感到任何缺陷。她以为新式的男女间的交际也就"尽于此矣"。童世舫呢,因为过去的痛苦的经验,对于思想的交换根本抱着怀疑的态度。有个人在身边,他也就满足了。从前,他顶讨厌小说上的男人,向女人要求同居的时候,只说:"请给我一点安慰。"安慰是纯粹精神上的,这里却做了肉欲的代名词。但是他现在知道精神与物质的界限不能分得这么清。言语究竟没有用。久久的握手,就是妥协的安慰,因为会说话的人很少,真正有话说的人还要少。

有时在公园里遇着了雨,长安撑起了伞,世舫为她擎着。隔着半透明的蓝绸伞,千万粒雨珠闪着光,像一天的星。一天的星到处跟着他们,在水珠银烂的车窗上,汽车驰过了红灯、绿灯,窗子外营营飞着一窠红的星,又是一窠绿的星。

长安带了点星光下的乱梦回家来,人变得异常沉默了。时时微笑着。七巧见了,不由的有气,便冷言冷语道:"这些年来,多多怠慢了姑娘,不怪姑娘难得开个笑脸。这下子跳出了姜家的门,称了心愿了,再快活些,可也别这么摆在脸上呀——叫人寒心!"依着长安素日的性子,就要回嘴,无如长安近来像换了个人似的,听了也不计较,自顾自努力去戒烟。七巧也奈何她不得。

长安订婚那天,大奶奶玳珍没去,隔了些天来补道喜。七巧悄悄唤了声大嫂,道:"我看咱们还得在外头打听打听哩,这事可冒失不得!前天我耳朵里仿佛刮着一点,说是乡下有太太,外洋还有一个。"玳珍道:"乡下的那个没过门就退了亲。外洋那个也是这样,说是做了几年的朋友了,不知怎么又没成功。"七巧道:"那还有个为什么?男人的心,说声变,就变了,他连三媒六聘的还不认账,何况那不三不四的歪辣货?知道他在外洋还有旁人没有?我就只这一个女儿,可不能糊里糊涂断送了她的终身,我自己是吃过媒人的苦的!"

长安坐在一旁用指甲去掐手掌心,手掌心掐红了,指甲却挣得雪白。七巧一抬眼望见了她,便骂道:"死不要脸的丫头,竖着耳朵听呢!这话是你听得的吗?我们做姑娘的时候,一声提到婆婆家,来不迭的躲开了。你姜家枉为世代书香,只怕你还要到你开麻油店的外婆家去学点规矩哩!"长安一头哭一头奔了出去。七巧拍着枕头嗳了一声道:"姑娘急着要嫁,叫我也没法子。腥的臭的往家里拉。名为是她三婶给找的人,其实不过是拿她三婶做个幌子。多半是生米煮成了熟饭了,这才挽了三婶出来做媒。大家齐打伙儿糊弄我一个人……糊弄着也好!说穿了,叫做娘的做哥哥的脸往哪儿去放?"

又一天,长安托辞溜了出去,回来的时候,不等七巧查问,待要报告自己的行踪,七巧叱道:"得了,得了,少说两句罢!在我前面糊什么鬼?有朝一日你让我抓着了真凭实据——哼!别以为你大了,定了亲了,我打不得你了!"长安急了道:"我给馨妹妹送鞋样子去,犯了法了?娘不信,娘问三婶去!"七巧道:"你三婶替你寻了个汉子来,就是你的重生父母,再养爹娘!也没见你这样的轻骨头!……一转眼就不见你的人了。你家里供养了你这些年,就只差买个小厮伺候你,哪一处对你不住了,你在家里一刻也坐不稳?"长安红了脸,眼泪直掉下来。七巧缓过一口气来,又道:"当初多少好的都不要,这会子去嫁个不成器的,人家拣剩下来的,岂不是自己打嘴?他若是个人,怎么活到三十来岁,漂洋过海的,跑上十万里地,一房老婆还没弄到手?"

然而长安一味的执迷不悟。因为双方的年纪都不小了,订了婚不上几月,男方便托了兰仙来议定婚期。七巧指着长安道:"早不嫁,迟不嫁,偏赶着这两年钱不凑手!明年若是田上收成好些,嫁妆也还整些。"兰仙道:"如今新式结婚,倒也不讲究这些了。就照新派办法,省着点也好。"七巧道:"什么新派旧派?旧派无非排场大些,新派实惠些,一样还是娘家的晦气!"兰仙道:"二嫂看着办就是了,难道安姐儿还会争多论少不成?"一屋子的人全笑了.长安也不觉微微一笑。七巧破口骂道:"不害臊!你是肚子里有了搁不住的东西是怎么着?火烧眉毛,等不及的要过门!嫁妆也不要了——你情愿,人家倒许不情愿呢?你就拿准了他是图你的人?你好不自量。你有哪一点叫人看得上眼?趁早别自骗了!姓童的还不是看中了姜家的门第!别瞧你们家轰轰烈烈,公侯将相的,其实全不是那么回事!早就是外强中干,这两年连空架子也撑不起了。人呢,一代坏似一代,眼里哪儿还有天地君亲?少爷们是什么都不懂,小姐们就知道霸钱要男人——猪狗都不如!我娘家当初千不该万不该跟姜家结了亲,坑了我一世,我待要告诉那姓童的趁早别像我似的上了当!"

自从吵闹过这一番,兰仙对于这头亲事便洗手不管了。七巧的病渐渐痊愈,略略下床走动,便逐日骑着门坐着,遥遥向长安屋里叫喊道:"你要野男人你尽管去找,只别把他带上门来认我做丈母娘,活活的气死了我!我只图个眼不见,心不烦。能够容我多活两年,便是姑娘的恩典了!"颠来倒去几句话,嚷得一条街上都听得见。亲戚从中自然更将这事沸沸扬扬传了开去。

七巧又把长安唤到跟前,忽然滴下泪来道:"我的儿,你知道外头人把你怎么长怎么短糟蹋得一个钱也不值!你娘自从嫁到姜家来,上上下下谁不是势利的,狗眼看人低,明里暗里我不知受了他们多少气。就连你爹,他有什么好处到我身上,我要替他守寡?我千辛万苦守了这二十年,无非是指望你姐儿俩长大成人,替我争回一点面子来。不承望今日之下,只落得这等的收场!"说着,呜咽起来。

长安听了这话,如同轰雷掣顶一般。她娘尽管把她说得不成人,外头人尽管把她说得不成人,她管不了这许多。唯有童世舫——他——他该怎么想?他还要她么?上次见面的时候,他的态度有点改变吗?很难说……她太快乐了,小小的不同的地方她不会注意到……被戒烟期间身体上的痛苦与种种刺激两面夹攻着,长安早就有点受不了,可是硬撑着也就撑了过去,现在她突然觉得浑身的骨骼都脱了节,向他解释么?他不比她的哥哥,他不是她母亲的儿女,他决不能彻底明白她母亲的为人。他果真一辈子见不到她母亲,倒也罢了,可是他迟早要认识七巧。这是天长地久的事,只有千年做贼的,没有千年防贼的——她知道她母亲会放出什么手段来?迟早要出乱子,迟早要决裂。这是她的生命里顶完美的一段,与其让别人给它加上一个不堪的尾巴,不如她自己早早结束了它。一个美丽而苍凉的手势……她知道她会懊悔的,她知道她会懊悔的,然而她抬了抬眉毛,做出不介意的样子,说道:"既然娘不愿意结这个亲,我去回掉他们就是了。"七巧正哭着,忽然住了声。停了一停,又抽答抽答哭了起来。

长安定了一定神,就去打了个电话给童世舫。世舫当天没有空,约了明天下午。长安所最怕的就是中间隔的这一晚,一分钟,一刻、一刻,晴进她心里去。次日,在公园里的老地方,世舫微笑着迎上前来,没跟她打招呼——这在他是一种亲昵的表示。他今天仿佛是特别的注意她,并肩走着的时候,屡屡的望着她的脸。太阳煌煌的照着,长安越发觉得眼皮肿得抬不起来了。趁他不在看她的时候把话说了罢。她用哭哑了的喉咙轻轻唤了一声"童先生",世舫没听见。那么,趁他看她的时候把话说了罢。她诧异她脸上还带着点笑,小声道:"童先生,我想——我们的事也许还是——还是再说罢。对不起得很。"她褪下戒指来塞在他手里,冷涩的戒指,冷湿的手。她放快了步子走去,他愣了一会,便追上来,问道:"为什么呢?对于我有不满意的地方么?"长安笔直向前望着,摇了摇头。世舫道:"那么,为什么呢?"长安道:"我母亲……"世舫道:"你母亲并没有看见过我。"长安道:"我告诉过你了,不是因为你。跟你完全没有关系。我母亲……"世舫站定了脚。这在中国是很充分的理由了罢?他这么略一踌躇,她已经走远了。

园子在深秋的日头里晒了一上午又一下午,像烂熟的水果一般,往下坠着,坠着,发出香味来。长安悠悠忽忽听见了口琴的声音,迟钝地吹出了 Long Long Ago——"告诉我那故事,往日我最心爱的那故事。许久以前,许久以前……"这是现在,一转眼也就变了许久以前了,什么都完了。长安着了魔似的,去找那吹口琴的人——去找她自己。迎着阳光走着,走到树底下,一个穿着黄短裤的男孩骑在树丫枝上颠颠着,吹着口琴,可是他吹的是另一个调子,她从来没听见过的。不大的一棵树,稀稀朗朗的梧桐叶在太阳里摇着像金的铃铛。长安仰面看着,眼前一阵黑,像骤雨似的,泪珠一串串的披了一脸,世舫找到了她,在她身边悄悄站了半晌,方道:"我尊重你的意见。"长安举起了她的皮包来遮住了脸上的阳光。

他们继续来往了一些时。世舫要表示新人物交女朋友的目的不仅限于择偶,因此虽然与长安解除了婚约,依旧常常的邀她出去。至于长安呢,她是抱着什么样的矛盾的希望跟着他出去,她自己也不知道——知道了也不肯承认。订着婚的时候,光明正大的一同出去,尚且要瞒了家里,如今更成了幽期密约了。世舫的态度始终是坦然的。固然,她略略伤害了他的自尊心,同时他对于她多少也有点惋惜,然而"大丈夫何患无妻?"男子对于女子最隆重的赞美是求婚。他割舍了他的自由,送了她一份厚礼,虽然她是"心领璧还"了,他可是尽了他的心。这是惠而不费的事。

无论两人之间的关系是怎样的微妙而尴尬,他们认真的做起朋友来了。他们甚至谈起话来。长安的没见过世面的话每每使世舫笑起来,说:"你这人真有意思!"长安渐渐的也发现了她自己原来是个"很有意思"的人。这样下去,事情会发展到什么地步,连世舫自己也会惊奇。

然而风声吹到了七巧的耳朵里。七巧背着长安吩咐长白下帖子请童世舫吃便饭。世舫猜着姜家许是要警告他一声,不准他和他们小姐藕断丝连,可是他同长白在那阴森高敞的餐室里吃了两盅酒,说了一会话,天气、时局、风土人情,并没有一个字沾到长安身上。冷盘撤了下去,长白突然手按着桌子站了起来。世舫回过头去,只见门口背着光立着一个小身材的老太太,脸看不清楚,穿一件青灰团龙宫织缎袍,双手捧着大红热水袋,身边夹峙着两个高大的女仆。门外日色昏黄,楼梯上铺着湖绿花格子漆布地衣,一级一级上去,通入没有光的所在。世舫直觉地感到那是个疯子——无缘无故的,他只是毛骨悚然,长白介绍道:"这就是家母。"

世舫挪开椅子站起来,鞠了一躬。七巧将手搭在一个佣妇的胳膊上,款款走了进来,客套了几句,坐下来便敬酒让菜。长白道:"妹妹呢?来了客,也不帮着张罗张罗。"七巧道:"她再抽两筒就下来了。"世舫吃了一惊,睁眼望着她。七巧忙解释道:"这孩子就苦在先天不足,下地就得给她喷烟。后来也是为了病,抽上了这东西。小姐家,够多不方便哪!也不是没戒过,身子又娇,又是由着性儿惯了的,说丢,哪儿丢得掉呢!戒戒抽抽,这也有十年了。"世舫不由的变了色,七巧有一个疯子的审慎与机智。她知道,一不留心,人们就会用嘲笑的,不信任的眼光截断了她的话锋,她已经习惯了那种痛苦。她怕话说多了要被人看穿了。因此及早止住了自己,忙着添酒布菜。隔了些时,再提起长安的时候,她还是轻描淡写的把那几句话重复了一遍。她那平扁而尖利的喉咙四面割着人像剃刀片。

长安悄悄的走下楼来,玄色花绣鞋与白丝袜停留在日色昏黄的楼梯上。停了一会,又上去了,一级一级,走进没有光的所在。

七巧道:"长白你陪童先生多喝两杯。我先上去了。"佣人端上一品锅来,又换上了新烫的竹叶青。一个丫头慌里慌张站在门口将席上伺候的小厮唤了出去,叽咕了一会,那小厮又进来向长白附耳说了几句,长白仓皇起身,向世舫连连道歉,说:"暂且失陪,我去去就来,"三脚两步也上楼去了,只剩世舫一人独酌。那小厮也觉过意不去,低低的告诉了他:"我们绢姑娘要生了。"世舫道:"绢姑娘是谁?"小厮道:"是少爷的姨奶奶。"

世舫拿上饭来胡乱吃了两口,不便放下碗来就走,只得坐在花梨炕上等着,酒醋耳热,忽然觉得异常的委顿,便躺了下来。卷着云头的花梨炕,冷凉的黄藤心子,柚子的寒香……姨奶奶添了孩子了。这就是他所怀念着的古中国……他的幽娴贞静的中国闺秀是抽鸦片的!他坐了起来,双手托着头,感到了难堪的落寞。

他取了帽子出门,向那个小厮道:"待会儿你对上头说一声,改天我再面谢罢!"他穿过砖砌的天井,院子正中生着树,一树的枯枝高高印在淡青的天上,像磁上的冰纹。长安静静的跟在他后面送了出来,她的藏青长袖旗袍上有着浅黄的雏菊。她两手交握着,脸上显出稀有的柔和。世舫回过身来道:"姜小姐……"她隔得远远的站定了,只是垂着头。世舫微微鞠了一躬,转身就走了。长安觉得他是隔了相当的距离看这太阳里的庭院,从高楼上望下来,明晰、亲切、然而没有能力干涉,天井、树、曳着萧条的影子的两个人,没有话——不多的一点回忆,将来是要装在水晶瓶里双手捧着看的——她的最初也是最后的爱。

芝寿直挺挺躺在床上,搁在肋骨上的两只手蜷曲着像宰了的鸡的脚爪。帐子吊起了一半。不分昼夜她不让他们给她放下帐子来,她怕。

外面传进来说绢姑娘生了个小少爷。丫头丢下了热气腾腾的药罐子跑出去凑热闹。敞着房门,一阵风吹了进来,帐钩豁朗朗乱摇,帐子自动的放了下来,然而芝寿不再抗议了。她的头向右一歪,滚到枕头外面去。她并没有死——又挨了半个月光景才死的。

绢姑娘扶了正,做了芝寿的替身。扶了正不上一年就吞了生鸦片自杀了。长白不敢再娶了,只在妓院里走走。长安更是早就断了结婚的念头。

　　七巧似睡非睡横在烟铺上。三十年来她戴着黄金的枷。她用那沉重的枷角劈杀了几个人，没死的也送了半条命。她知道她儿子女儿恨毒了她，她婆家的人恨她，她娘家的人恨她。她摸索着腕上的翠玉镯子，徐徐将那镯子顺着骨瘦如柴的手臂往上推，一直推到腋下。她自己也不能相信她年轻的时候有过滚圆的胳膊。就连出了嫁之后几年，镯子里也只塞得进一条洋绉手帕。十八九岁做姑娘的时候，高高挽起了大镶大滚的蓝夏布衫袖，露出一双雪白的手腕，上街买菜去。喜欢她的有肉店里的朝禄，她哥哥的结拜弟兄丁玉根、张少泉，还有沈裁缝的儿子。喜欢她，也许只是喜欢跟她开开玩笑。然而如果她挑中了他们之中的一个，往后日子久了，生了孩子，男人多少对她有点真心。七巧挪了挪头底下的荷叶边小洋枕，凑上脸去揉擦了一下，那一面的一滴眼泪她就懒怠去揩拭，由它挂在腮上，渐渐自己干了。

　　七巧过世以后，长安和长白分了家搬出来住。七巧的女儿是不难解决她自己的问题的，谣言说她和一个男子在街上一同走，停在摊子跟前，他为她买了一双吊袜带。也许她用的是她自己的钱，可是无论如何是由男子的袋里掏出来的。……当然这不过是谣言。

　　三十年前的月亮早已沉下去，三十年前的人也死了，然而三十年前的故事还没完——完不了。

小二黑结婚

赵树理

一　神仙的忌讳

　　刘家峧有两个神仙,邻近各村无人不晓:一个是前庄上的二诸葛,一个是后庄上的三仙姑。二诸葛原来叫刘修德,当年作过生意,抬脚动手要论一论阴阳八卦,看一看黄道黑道。三仙姑是后庄于福的老婆,每月初一十五都要顶着红布摇摇摆摆装扮天神。

　　二诸葛忌讳"不宜栽种",三仙姑忌讳"米烂了"。这里边有两个小故事:有一年春天大旱,直到阴历五月初三才下了四指雨。初四那天大家都抢着种地,二诸葛看了看历书,又掐指算了一下说:"今日不宜栽种。"初五日是端午,他历年就不在端午这天做什么,又不曾种;初六倒是个黄道吉日,可惜地干了,虽然勉强把他的四亩谷子种上了,却没有出够一半。后来直到十五才又下雨,别人家都在地里锄苗,二诸葛却领着两个孩子在地里补空子。邻家有个后生,吃饭时候在街上碰上二诸葛便问道:"老汉! 今天宜栽种不宜?"二诸葛翻了他一眼,扭转头返回去了,大家就嘻嘻哈哈传为笑谈。

　　三仙姑有个女孩叫小芹。一天,金旺他爹到三仙姑那里问病,三仙姑坐在香案后唱,金旺他爹跪在香案前听。小芹那年才九岁,晌午做捞饭,把米下进锅里了,听见她娘哼哼得很中听,站在桌前听了一会,把做饭也忘了。一会,金旺他爹出去小便,三仙姑趁空子向小芹说:"快去捞饭! 米烂了!"

　　这句话却不料就叫金旺他爹听见,回去就传开了。后来有些好玩笑的人,见了三仙姑就故意问别人"米烂了没有?"

二　三仙姑的来历

　　三仙姑下神,足足有三十年了。那时三仙姑才十五岁,刚刚嫁给于福,是前后庄上第一个俊俏媳妇。于福是个老实后生,不多说一句话,只会在地里死受。于福的娘早死了,只有个爹,父子两个一上了地,家里只留下新媳妇一个人。村里的年青人们感觉着新媳妇太孤单,就慢慢自动的来跟新媳妇作伴,不几天就集合了一大群,每天嘻嘻哈哈,十分红火。于福他爹看见不像个样子,有一天发了脾气,大骂一顿,虽然把外人挡住了,新媳妇却跟他闹起来。新媳妇哭了一天一夜,头也不梳,脸也不洗,饭也不吃,躺在炕上,谁也叫不起来,父子两个没了办法。邻家有个老婆替她请了一个神婆子,在她家下了一回神,说是三仙姑跟上她了。她也哼哼唧唧自称吾神长吾神短,从此以后每月初一十五就下起神来,别人也给她烧起香来求财问病,三仙姑的香案便从此设起来了。

　　青年们到三仙姑那里去,要说是去问神,还不如说是去看圣像。三仙姑也暗暗猜透大家的心事,衣服穿得更新鲜,头发梳得更光滑,首饰擦得更明,宫粉搽得更匀,不由青年们不跟着她转来转去。

　　这是三十来年前的事。当时的青年,如今都已留下了胡子,家里大半又都是子媳成群,所以除了几个老光棍,差不多都没有那些闲情到三仙姑那里去了。三仙姑却和大家不同,虽然已经四十五岁,却偏爱当个老来俏,小鞋上仍要绣花,裤腿上仍要镶边,顶门上的头发脱光了,用黑手帕盖起来,只可惜宫粉涂不平脸上的皱纹,看起来好像驴粪蛋上下上了霜。

老相好都不来了,几个老光棍不能叫三仙姑满意,三仙姑又团结了一伙孩子们,比当年的老相好更多,更俏皮。

三仙姑有什么本领能团结这伙青年呢? 这秘密在她女儿小芹身上。

三　小芹

三仙姑前后共生过六个孩子,就有五个没有成人,只落了一个女儿,名叫小芹。小芹当两三岁时候,就非常伶俐乖巧,三仙姑的老相好们,这个抱过来说是"我的",那个抱起来说是"我的",后来小芹长到五六岁,知道这不是好话,三仙姑教她说:"谁再这么说,你就说'是你的姑姑'。"说了几回,果然没有人再提了。

小芹今年十八了,村里的轻薄人说,比她娘年轻时候好得多。青年小伙子们,有事没事,总想跟小芹说句话。小芹去洗衣服,马上青年们也要去洗;小芹上树采野菜,马上青年们也都去采。

吃饭时候,邻居们端上碗爱到三仙姑那里坐一会,前庄上的人来回一里路,也并不觉得远。这已经是三十年来的老规矩,不过小青年们也这样热心,却是近二三年来才有的事。三仙姑起先还以为自己仍有勾引青年的本领,日子长了,青年们并不真正跟她接近,她才慢慢看出门道来,才知道人家来了为的是小芹。

不过小芹却不跟三仙姑一样:表面上虽然也跟大家说说笑笑,实际上却不跟人乱来,近二三年,只是跟小二黑好一点。前年夏天,有一天前晌,于福去地,三仙姑去串门,家里只留下小芹一个人。金旺来了,嬉皮笑脸向小芹说:"这会可算是个空子吧?"小芹板起脸来说:"金旺哥! 咱们以后说话规矩些! 你也是娶媳妇大汉了!"金旺撇撇嘴说:"咦! 装什么假正经? 小二黑一来管保你就软了! 有便宜大家讨开点,没事;要正经除非自己锅底没有黑。"说着就拉住小芹的胳膊悄悄说:"不用装模作样了!"不料小芹大声喊道:"金旺!"金旺赶紧跑出来。一边还咄念道:"等得住你!"说着就悄悄溜走了。

四　金旺弟兄

提起金旺来,刘家峧没有人不恨他,只有他一个本家兄弟名叫兴旺跟他对劲。

金旺他爹虽是个庄稼人,却是刘家峧一只虎,当过几十年老社首,捆人打人是他的拿手好戏。金旺长到十七八岁,就成了他爹的好帮手,兴旺也学会了帮虎吃食,从此金旺他爹想要捆谁,就不用亲自动手,只要下个命令,自有金旺兴旺代办。

抗战初年,汉奸敌探溃兵土匪到处横行,那时金旺他爹已经死了,金旺兴旺弟兄两个,给一支溃兵作了内线工作,引路绑票,讲价赎人,又做巫婆又做鬼,两头出面装好人。后来八路军来,打垮溃兵土匪,他两人才又回到刘家峧。

山里人本来就胆子小,经过几个月大混乱,死了许多人,弄得大家更不敢出头了。别的大村子都成立了村公所、各救会、武委会,刘家峧却除了县府派来一个村长以外,谁也不愿意当干部。不久,县里派人来刘家峧工作,要选举村干部,金旺跟兴旺两个看出这又是掌权的机会,大家也巴不得有人愿干,就把兴旺选为武委会主任,把金旺选为村政委员,连金旺老婆也被选为妇救会主席,其他各干部,硬捏了几个老头子出来充数。只有青抗先队长,老头子充不得。兴旺看见小二黑这个小孩子漂亮好玩,随便提了一下名就通过了,他爹二诸葛虽然不愿,可是惹不起金旺,也没有敢说什么。

村长是外来的,对村里情形不十分了解,从此金旺兴旺比以前更厉害了。只要瞒住村长一个人,村里人不论那个都得由他两个调遣。这几年来,村里别的干部虽然调换了几个,而他两个却好像铁桶江山。大家对他两个虽是恨之入骨,可是谁也不敢说半句话,都恐怕扳不倒他们,自己吃亏。

五　小二黑

小二黑,是二诸葛的二小子,有一次反"扫荡"打死过两个敌人,曾得到特等射手的奖励。说到他的漂亮,那不只在刘家峧有名,每年正月扮故事,不论去到那一村,妇女们的眼睛都跟着他转。

小二黑没有上过学,只是跟着他爹识了几个字。当他六岁时候,他爹就教他识字。识字课本既不是《五经》《四书》,也不是常识国语,而是从天干、地支、五行、八卦、六十四卦名等学起,进一步便学些《百中经》、《玉匣记》、《增删卜易》、《麻衣神相》、《奇门遁甲》、《阴阳宅》等书。小二黑从小就聪明,像那些算属相、卜六壬课、念大小流年或"甲子乙丑海中金"等口诀,不几天就都弄熟了,二诸葛也常把他引在人前卖弄。因为他长得伶俐可爱,大人们也都爱跟他玩;这个说:"二黑,算一算十岁属什么?"那个说:"二黑,给我卜一课!"后来二诸葛因为说"不宜栽种"误了种地,老婆也埋怨,大黑也埋怨,庄上人也都传为笑谈,小二黑也跟着这事受了许多奚落。那时候小二黑十三岁,已经懂得好歹了,可是大人们仍把他当成小孩来玩弄,好跟二诸葛开玩笑的,一到了家,常好对着二诸葛问小二黑道:"二黑!算算今天宜不宜栽种?"和小二黑年纪相仿的孩子们,一跟小二黑生了气,就连声喊道:"不宜栽种不宜栽种……"小二黑因为这事,好几个月见了人躲着走,从此就和他娘商量成一气,再不信他爹的鬼八卦。

小二黑跟小芹相好已经二三年了。那时候他才十六七,原不过在冬天夜长时候,跟着些闲人到三仙姑那里凑热闹,后来跟小芹混熟了,好像是一天不见面也不能行。后庄上也有人愿意给小二黑跟小芹做媒人,二诸葛不愿意,不愿意的理由有三:第一小二黑是金命,小芹是火命,恐怕火克金;第二小芹生在十月,是个犯月;第三是三仙姑的声名不好。恰巧在这时候彰德府来了一伙难民,其中有个老李带来个八九岁的小姑娘,因为没有吃的,愿意把姑娘送给人家逃个活命。

二诸葛说是个便宜,先问了一下生辰八字,掐算了半天说:

"千里姻缘一线牵。"就替小二黑收作童养媳。

虽然二诸葛说是千合适万合适,小二黑却不认账。父子俩吵了几天,二诸葛非养不行,小二黑说:"你愿意养你就养着,反正我不要!"结果虽然把小姑娘留下了,却到底没有说清楚算什么关系。

六　斗争会

金旺自从碰了小芹的钉子以后,每日怀恨,总想设法报一报仇。有一次武委会训练村干部,恰巧小二黑发疟疾没有去。训练完毕之后,金旺就向兴旺说:"小二黑是装病,其实是被小芹勾引住了,可以斗争他一顿。"兴旺就是武委会主任,从前也碰过小芹一回钉子,自然十分赞成金旺的意见,并且又叫金旺回去和自己的老婆说一下,发动妇救会也斗争小芹一番。金旺老婆现任妇救会主席,因为金旺好到小芹那里去,早就恨得小芹了不得。现在金旺回去跟她说要斗争小芹,这才是巴不得的机会,丢下活计,马上就去布置。第二天,村里开了两个斗争会,一个是武委会斗争小二黑,一个是妇救会斗争小芹。

小二黑自己没有错,当然不承认,嘴硬到底,兴旺就下命令把他捆起来送交政权机关处理。幸而村长脑筋清楚,劝兴旺说:"小二黑发疟是真的,不是装病,至于跟别人恋爱,不是犯法的事,不能捆人家。"兴旺说:"他已是有了女人的。"村长说:"村里谁不知道小二黑不承认他的童养媳。人家不承认是对的:男不过十六,女不过十五,不到订婚年龄。十来岁小姑娘,长大也不会来认这笔账。小二黑满有资格跟别人恋爱,谁也不能干涉。"兴旺没话说了,小二黑反要问他:"无故捆人犯法不犯?"经村长双方劝解,才算放了完事。

兴旺还没有离村公所,小芹拉着妇救会主席也来找村长。她一进门就说:"村长!捉贼要赃,捉奸要双,当了妇救会主席就不说理了?"兴旺见拉着金旺的老婆,生怕说出这事与自己有关,赶紧溜走。后来村长问了问情由,费了好大一会唇舌,才给他们调解开。

七　三仙姑许亲

两个斗争会开过以后,事情包也包不住了,小二黑也知道这事是合理合法的了,索性就跟小芹公开商量起来。

三仙姑却着了急。她跟小芹虽是母女,近几年来却不对劲。三仙姑爱的是青年们,青年们爱的是小芹。小二黑这个孩子,在三仙姑看来好像鲜果,可惜多一个小芹,就没了自己的份儿。她本想早给小芹找个婆家推出门去，可是因为自己声名不正，差不多都不愿意跟她结亲。开罢斗争会以后，风言风语都说小二黑要跟小芹自由结婚，她想要真是那样的话，以后想跟小二黑说几句笑话都不能了，那是多么可惜的事，因此托东家求西家要给小芹找婆家。

"插起招军旗，就有吃粮人。"有个吴先生是在阎锡山部下当过旅长的退职军官，家里很富，才死了老婆。他在奶奶庙大会上见过小芹一面，愿意续她，媒人向三仙姑一说，三仙姑当然愿意。不几天过了礼帖，就算定了，三仙姑以为了却一宗心事。

小芹已经和小二黑商量得差不多了。如何肯听她娘的话。过礼那一天，小芹跟她娘闹起来，把吴先生送来的首饰绸缎扔下一地。媒人走后，小芹跟她娘说："我不管！谁收了人家的东西谁跟人家去！"

三仙姑愁住了，睡了半天，晚饭以后，说是神上了身，打了两个呵欠就唱起来。她起先责备于福管不了家，后来说小芹跟吴先生是前世姻缘，还唱些什么"前世姻缘由天定，不顺天意活不成，……"于福跪在地下哀求，神非教他马上打小芹一顿不可。小芹听了这话，知道跟这个装神弄鬼的娘说不出什么道理来，干脆躲了出去，让她娘一个人胡说。

小芹一个人悄悄跑到前庄上去找小二黑，恰在路上碰上小二黑去找她，两个就悄悄拉着手到一个大窑里去商量对付三仙姑的法子。

八　拿双

小芹把她娘怎样主婚怎样装神，唱些什么，从头至尾细细向小二黑说了一遍，小二黑说："不用理她！我打听过区上的同志，人家说只要男女本人愿意，就能到区上登记，别人谁也作不了主……"说到这里，听见外边有脚步声，小二黑伸出头来一看，黑影里站着四五个人，有一个说："拿双拿双！"他两人都听出是金旺的声音，小二黑起了火，大叫道："拿？没有犯了法！"兴旺也来了，下命令道："捉住捉住！我就看你犯法不犯法？给你操了好几天心了！"小二黑："你说去哪里咱就去哪里，到边区政府你也不能把谁怎么样！走！"兴旺说："走？便宜了你！把他捆起来！"小二黑挣扎了一会，无奈没有他们人多，终于被他们七手八脚打了一顿捆起来。兴旺说："里边还有个女的，也捆起来！捉奸捉双，这是她自己说的！"说着就把小芹也捆起来。

前庄上的人都还没有睡，听见有人吵架，有些人就跑出来看，麻秆火把下看见捆着的两个人，大家不问就都知道了八九分。二诸葛也出来了，见小二黑被人家捆起来，就跪在兴旺面前哀求道："兴旺！咱两家没有什么仇！看在我老汉面上，请你们诸位高高手……"兴旺说："这事情，我们管不了，送给上级再说吧！"小二黑说："爹！你不用管！送到哪里也不犯法！我不怕他！"兴旺说："好小子！要硬你就硬到底！"又逼住三个民兵说："带他们走！"一个民兵问："带到村公所？"兴旺说："还到村公所干什么？上一回不是村长放了的？送给区武委会主任按军法处理！"说着就把他两个人拥上走了。

九　二诸葛的神课

邻居们见是兴旺弟兄们捆人，也没有人敢给小二黑讲情，直等到他们走后，才把二诸葛招呼回家。

二诸葛连连摇头说："唉！我知道这几天要出事啦！前天早上我上地去，才上到岭上，碰上个骑驴媳妇，穿了一身孝，我就知道坏了。我今年是罗睺星照运，要谨防带孝的冲了运气，因此哪里也不敢去，谁知躲也躲不过？昨天晚上二黑她娘梦见庙里唱戏。今天早上一个老鸦落在东房上叫了十几声……唉！反正是时运，躲也躲不过。"他罗里罗嗦念了一大堆，邻居们听了有些厌烦，又给他说了一会宽心话，就都散了。

有事人那里睡得着？人散了之后，二诸葛家里除了童养媳之外，三个人谁也没有睡。二诸葛摸了摸脸，取出三个制钱占了一卦，占出之后吓得他面色如土。他说："了不得呀了不得！丑土的父母动出午火的官鬼，火旺于夏，恐怕有些危险了。唉！人家把他选成青年队长，我就说过不叫他当，小杂种硬要充人物头！人家说要按军法处理，要不当队长哪里犯得了军法？"老婆也拍手跺脚道："小爹呀！谁知道你要闯这么大的事啦？"大黑劝道："不怕！事已经出下了，由他去吧！我想这又不是人命事，也犯不了什么大罪！既然他们送到区上了，我先到区上打听打听！你们都睡吧！"说着点了个灯笼就走了。

二诸葛打发大黑去后，仍然低头细细研究方才占的那一卦。停了一会，远远听着有个女人哭，越哭越近，不大一会就来到窗下，一推门就进来了。二诸葛还没有看清是谁，这女人就一把把他拉住，带哭带闹说："刘修德！还我闺女！你的孩子把我的闺女勾引到那里了？还我……"二诸葛老婆正气得死去活来，一看见来的是三仙姑，正赶上出气，从炕上跳下来拉住她道："你来了好！省得我去找你！你母女两个好生生把我个孩子勾引坏，你倒有脸来找我！咱两人就到区上说说理！"两个女人滚成一团，二诸葛一个人拉也拉不开，也再顾不上研究他的卦。三仙姑见二诸葛老婆已经不顾了命，自己先胆怯了几分，不敢恋战，少闹了一会挣脱出来就走了。二诸葛老婆追出门来，被二诸葛拦回去，还骂个不休。

十　恩典恩典

二诸葛一夜没有睡，一遍一遍念："大黑怎么还不回来，大黑怎么还不回来。"第二天天不明就起程往区上走，走到半路，远远看见大黑、三个民兵都回来了，还来了区上一个助理员、一个交通员。他远远就喊叫道："大黑！怎么样？要紧不要紧？"大黑说："没有事！不怕！"说着就走到跟前，助理员跟三个民兵先走了。大黑告交通员说："这就是我爹！"又向二诸葛说："区上添传你跟于福婆婆。你去吧，没有事！二黑跟小芹两个人。一到区上就放开了。区上早就听说兴旺和金旺两个人不是东西，已经把他两个人押起来了，还派助理员到咱村开大会调查他们横行霸道的证据。我赶到那里人家就问罢了，听说区上还许咱二黑跟小芹结婚。"二诸葛说："不犯罪就好，结婚可不行，命相不对！你没有听说添传我做什么？"大黑说："不知道，大约也没有什么大事。你去吧，我先回去告我娘说。"交通员说："老汉！这就算见了你了！你去吧，我再传那一个去！"说了就跟大黑相跟着走了。

二诸葛到了区上，看见小二黑跟小芹坐在一条板凳上，他就指着小二黑骂道："闯祸东西！放了你你还不快回去？你把老子吓死了！不要脸！"区长道："干什么？区公所是骂人的地方？"二诸葛不说话了。区长问："你就是刘修德？"二诸葛答："是！"问："你给刘二黑收了个童养媳？"答："是！"问："今年几岁了？"答："属猴的，十二岁了。"区长说："女不过十五不能订婚，把人家退回娘家去，刘二黑已经跟于小芹订婚了！"二诸葛说："她只有个爹，也不知逃难逃到哪里去了，退也没处退。女不过十五不能订婚，那不过是官家规定，其实乡间七八岁订婚的多着哩。请区长恩典恩典就过去了……"区长说："凡是不合法的订婚，只要有一方面不愿意都得退！"二诸葛说："我这是两家情愿！"区长问小二黑道："刘二黑！你愿意不愿意？"小二黑说："不愿意！"二诸葛的脾气又上来了，瞪了小二黑一眼道："由你啦！"区长道："给他订婚不由他，难道由你啦？老汉！如今是婚姻自主，由不得你了！你家养的那个小姑娘，要真是没有娘家，就算成你的闺女好了。"二诸葛道："那也可以，不过还得请区长恩典恩典，不能叫他跟于福这闺女订婚！"区长说："这你就管不着了！"二诸葛发急道："千万请区长恩典恩典，命相不对，这是一辈子的事！"又向小二黑："二黑！你不要糊涂了！这是你一辈子的事！"区长道："老汉！你不要糊涂了；强逼着你十九岁的孩子娶上个十二岁的小姑娘，恐怕要生一辈子气！我不过是劝一劝你，其实只要人家两个人愿意，你愿意不愿意都不相干。回去吧！童养媳没处退就算成你的闺女！"二诸葛还要请区长"恩典恩典"，一个交通员把他推出来了。

十一　看看仙姑

三仙姑去寻二诸葛，一来为的是逞逞闹气的本领，二来为的是遮遮外人的耳目。其实让小芹吃一吃亏她很高兴，所以跟二诸葛老婆闹了一阵之后，回去就睡了。第二天早上，她起得很迟，于福虽比她着急，可是自己既没有主意，又不敢叫醒她，只好自己先去做饭，饭快成的时候，三仙姑慢慢起来梳妆，于福问她道："不去打听打听小芹？"她说："打听她做甚啦？她的本领多大啦？"于福也再没有敢说什么，把饭菜做成了放在炉边等，直等到她梳妆罢了才开饭。

饭还没有吃罢，区上的交通员来传她。她好像很得意，嗓子拉得长长的说："闺女大了咱管不了，就去请区长替咱管教管教！"她吃完了饭，换上新衣服、新手帕、绣花鞋、镶边裤，又擦了一次粉，加了几件首饰，然后叫于福给她备上驴，她骑上，于福给她赶上，往区上去。

到了区上。交通员把她引到区长房子里，她爬下就磕头，连声叫道："区长老爷，你可要给我作主！"区长正伏在桌上写字，见她低着头跪在地下，头上戴了满头银首饰，还以为是前两天跟婆婆生了气的那个年青媳妇，便说道："你婆婆不是有保人吗？为什么不找保人？"三仙姑莫名其妙，抬头看了看区长的脸。区长见是个擦着粉的老太婆，才知道是认错了人。交通员道："认错人了！这就是于小芹的娘！"区长打量了她一眼道："你就是小芹的娘呀？起来！不要装神做鬼！我什么都清楚！起来！"三仙姑站起来了。区长问："你今年多大岁数？"三仙姑说："四十五。"区长说："你自己看看你打扮得像个人不像？"门边站着一个十来岁的小围女嘻嘻嘻笑了。交通员说："到外边耍！"小围女跑了。区长问："你会下神是不是？"三仙姑不敢答话。区长问："你给你闺女找了个婆家？"三仙姑答："找下了！"问："使了多少钱？"答："三千五！"问："还有些什么？"答："有些首饰布匹！"问："跟你闺女商量过没有？"答："没有！"问："你闺女愿意不愿意？"答："不知道！"区长道："我给你叫来你亲自问问她！"又向交通员道："去叫于小芹！"

刚才跑出去那个小围女，跑到外边一宣传，说有个打官司的老婆，四十五了，擦着粉，穿着花鞋。邻近的女人们都跑来看，挤了半院，唧唧哝哝的："看看！四十五了！""看那裤腿！""看那花鞋！"三仙姑半辈没有脸红过，偏这会撑不住气了，一道道热汗在脸上流。交通员领着小芹来了，故意说："看什么？人家也是个人吧，没有见过？闪开路！"一伙女人们哈哈大笑。

把小芹叫来，区长说："你问问你闺女愿意不愿意！"三仙姑只听见院里人说"四十五""穿花鞋"，羞得只顾擦汗，再也开不得口。院里的人们忽然又转了话头，都说"那是人家的闺女"，"闺女不如娘打扮"，也有人说"听说还会下神"，偏又有个知道底细的断断续续讲"米烂了"的故事，这时三仙姑恨不得一头碰死。

区长说："你不问我替你问！于小芹，你娘给你找的婆家你愿意跟人家结婚不愿意？"小芹说："不愿意！我知道人家是谁？"区长向三仙姑道："你听见了吧？"又给她讲了一会婚姻自主的法令，说小芹跟小二黑订婚完全合法，还吩咐她把吴家送来的钱和东西原封退了，让小芹跟小二黑结婚。她羞愧之下，一一答应了下来。

十二　怎么到底

三个民兵回到刘家峧，一说区上把兴旺金旺两人押起来，又派助理员来调查他们的罪恶，真是人人拍手称快。午饭后，庙里开一个群众大会，村长报告了开会宗旨就请大家举他两个人的作恶事实。起先大家还怕扳不倒人家，人家再返回来报仇，老大一会没有人说话，有几个胆子太小的人，还悄悄劝大家说："忍事者安然。"有个被他两人作践垮了的年青人说："我从前没有忍过？越忍越不得安然！你们不说我说！"他先从金旺领着土匪到他家绑票说起，一连说了四五款，才说道："我歇歇再说，先让别人也说几款！"他一说开了头，许多受过害的人也都抢着说起来：有给他们花过钱的，有被他们逼着上过吊的，也有产业被他们霸了的，老婆被他们奸淫过的。他两人还派上民兵给他们自己割柴，拨上民夫给他们自己锄地；浮收粮，私派款，强迫民兵捆人……你一宗他一宗，从晌午说到太阳落，一共说了五六十款。

区上根据这些罪状把他两人送到县里，县里把罪状一一证实之后，除叫他们赔偿大家损失外，又判了十五年徒刑。

经过这次大会之后，村里人也都敢出头了。不久，村干部又都经过大改选，村里人再也不敢乱投坏人的票。这其间，金旺老婆自然也落了选。偏她还变了口吻，说："以后我也要进步了。"

两个神仙也有了变化：

三仙姑那天在区上被一伙妇女围住看了半天，实在觉着不好意思，回去对着镜子研究了一下，真有点打扮得不像话；又想到自己的女儿快要跟人结婚，自己还卖什么老俏？这才下了个决心，把自己的打扮从顶到底换了一遍，弄得像个当长辈人的样子，把三十年来装神弄鬼的那张香案也悄悄拆去。

二诸葛那天从区上回去，又向老婆提起二黑跟小芹的命相不对，他老婆道："把你的鬼八卦收起吧！你不是说二黑这回不得吗？你一辈子放个屁也要卜一课，究竟抵了些什么事？我看小芹满不错，能跟咱二黑过就很好！什么命相对不对？你就不记得'不宜栽种'？"二诸葛见老婆都不信自己的阴阳，也就不好意思再到别人跟前卖弄他那一套了。

小芹和小二黑各回各家,见老人们的脾气都有些改变,托邻居们趁势和说和说,两位神仙也就顺水推舟同意他们结婚。后来两家都准备了一下,就过门。过门之后,小两口都十分得意,邻居们都说是村里第一对好夫妻。

夫妻们在自己卧房里有时候免不了说玩话:小二黑好学三仙姑下神时候唱"前吐姻缘由天定",小芹好学二诸葛说"区长恩典,命相不对"。淘气的孩子们去听窗,学会了这两句话,就给两位神仙加了新外号:三仙姑叫"前世姻缘",二诸葛叫"命相不对"。

1943 年 5 月,写于太行

荷花淀

孙　犁

——白洋淀纪事之一

月亮升起来，院子里凉爽得很，干净得很，白天破好的苇眉子潮润润的，正好编席。女人坐在小院当中，手指上缠绞着柔滑修长的苇眉子。苇眉子又薄又细，在她怀里跳跃着。

要问白洋淀有多少苇地？不知道。每年出多少苇子？不知道。只晓得，每年芦花飘飞苇叶黄的时候，全淀的芦苇收割，垛起垛来，在白洋淀周围的广场上，就成了一条苇子的长城。女人们在场里院里编着席。编成了多少席？六月里，淀水涨满，有无数的船只，运输银白雪亮的席子出口，不久，各地的城市村庄，就全有了花纹又密、又精致的席子用了。大家争着买："好席子，白洋淀席！"

这女人编席。不久在她的身子下面，就编成了一大片。她像坐在一片洁白的雪地上，也像坐在一片洁白的云彩上。她有时望望淀里，淀里也是一片银白世界。水面笼起一层薄薄透明的雾，风吹过来，带着新鲜的荷叶荷花香。但是大门还没关，丈夫还没回来。

很晚丈夫才回来了。这年轻人不过二十五六岁，头戴一顶大草帽，上身穿一件洁白的小褂，黑单裤卷过了膝盖，光着脚。他叫水生，小苇庄的游击组长，党的负责人。今天领着游击组到区上开会来。女人抬头笑着问：

"今天怎么回来的这么晚？"站起来要去端饭。水生坐在台阶上说：

"吃过饭了，你不要去拿。"

女人就又坐在席子上。她望着丈夫的脸，她看出他的脸有些红胀，说话也有些气喘。她问：

"他们几个哩？"

水生说：

"还在区上。爹哩？"

女人说：

"睡了。"

"小华哩？"

"和他爷爷去收了半天虾篓，早就睡了。他们几个为什么还不回来？"

水生笑了一下。女人看出他笑的不像平常。

"怎么了，你？"

水生小声说：

"明天我就到大部队上去了。"

女人的手指震动了一下，像是叫苇眉子划破了手，她把一个手指放在嘴里吮了一下。水生说：

"今天县委召集我们开会。假若敌人再在同口安上据点，那和端村就成了一条线，淀里的斗争形势就变了。会上决定成立一个地区队。我第一个举手报了名的。"

女人低着头说：

"你总是很积极的。"

水生说：

"我是村里的游击组长，是干部，自然要站在头里，他们几个也报了名。他们不敢回来，怕家里的人拖尾巴。公推我代表，回来和家里人们说一说。他们全觉得你还开明一些。"

女人没有说话。过了一会，她才说：

"你走，我不拦你，家里怎么办？"

水生指着父亲的小房叫她小声一些。说：

"家里，自然别有人照顾。可是咱的庄子小，这一次参军的就有七个。庄上青年人少了，也不能全靠别人，家里的事，你就多做些，爹老了，小华还不懂事。"

女人鼻子里有些酸，但她并没有哭。只说：

"你明白家里的难处就好了。"

水生想安慰她。因为要考虑准备的事情还太多，他只说了两句：

"千斤的担子你先担吧，打走了鬼子，我回来谢你。"

说罢，他就到别人家里去了，他说回来再和父亲谈。

鸡叫的时候，水生才回来。女人还是呆呆地坐在院子里等他，她说：

"你有什么话嘱咐我吧！"

"没有什么话了，我走了，你要不断进步，识字，生产。"

"嗯。"

"什么事也不要落在别人后面！"

"嗯，还有什么？"

"不要叫敌人汉奸捉活的。捉住了要和他拼命。"

这才是那最重要的一句，女人流着眼泪答应了他。

第二天，女人给他打点好一个小小的包裹，里面包了一身新单衣，一条新毛巾，一双新鞋子。那几家也是这些东西，交水生带去。一家人送他出了门。父亲一手拉着水生，对他说：

"水生，你干的是光荣事情，我不拦你，你放心走吧。大人孩子我给你照顾，什么也不要惦记。"

全庄的男女老少也送他出来，水生对大家笑一笑，上船走了。

女人们到底有些藕断丝连。过了两天，四个青年妇女集在水生家里来，大家商量：

"听说他们还在这里没走。我不拖尾巴，可是忘下了一件衣裳。"

"我有句要紧的话得和他说说。"

水生的女人说：

"听他说鬼子要在同口安据点……"

"哪里就碰得那么巧，我们快去快回来。"

"我本来不想去，可是俺婆婆非叫我再去看看他，有什么看头啊！"

于是这几个女人偷偷坐在一只小船上，划到对面马庄去了。

到了马庄，她们不敢到街上去找，来到村头一个亲戚家里。亲戚说：你们来的不巧，昨天晚上他们还在这里，半夜里走了，谁也不知开到哪里去。你们不用惦记他们，听说水生一来就当了副排长，大家都是欢天喜地的……

几个女人羞红着脸告辞出来，摇开靠在岸边上的小船。现在已经快到晌午了，万里无云，可是因为在水上，还有些凉风。这风从南面吹过来，从稻秧上苇尖吹过来。水面没有一只船，水像无边的跳荡的水银。

几个女人有点失望，也有些伤心，各人在心里骂着自己的狠心贼。可是青年人，永远朝着愉快的事情想，女人们尤其容易忘记那些不痛快。不久，她们就又说笑起来了。

"你看说走就走了。"

"可慌（高兴的意思）哩，比什么也慌，比过新年，娶新娘也没见他这么慌过！"

"拴马桩也不顶事了。"

"不行了，脱了缰了！"

"一到军队里，他一准得忘了家里的人。"

"那是真的，我们家里住过一些年轻的队伍，一天到晚仰着脖子出来唱，进去唱，我们一辈子也没那么乐过。等他们闲下来没有事了，我就傻想：该低下头了吧。你猜人家干什么？用白粉子在我家影壁上画上许多圆圈圈，一个一个蹲在院子里，托着枪瞄那个，又唱起来了！"

她们轻轻划着船，船两边的水哗，哗，哗。顺手从水里捞上一棵菱角来，菱角还很嫩很小，乳白色。顺手又丢到水里去。那棵菱角就又安安稳稳浮在水面上生长去了。

"现在你知道他们到了哪里？"

"管他哩，也许跑到天边上去了！"

她们都抬起头往远处看了看。

"唉呀！那边过来一只船。"

"唉呀！日本鬼子，你看那衣裳！"

"快摇！"

小船拼命往前摇。她们心里也许有些后悔，不该这么冒冒失失走来；也许有些怨恨那些走远了的人。但是立刻就想，什么也别想了，快摇，大船紧紧追过来了。

大船追的很紧。

幸亏是这些青年妇女，白洋淀长大的，她们摇的小船飞快。小船活像离开了水皮的一条打跳的梭鱼。她们从小跟这小船打交道，驶起来，就像织布穿梭，缝衣透针一般快。假如敌人追上了，就跳到水里去死吧！

后面大船来的飞快。那明明白白是鬼子！这几个青年妇女咬紧牙制止住心跳，摇橹的手并没有慌，水在两旁大声哗哗，哗哗，哗哗哗！

"往荷花淀里摇！那里水浅，大船过不去。"

她们奔着那不知道有几亩大小的荷花淀去，那一望无边际的密密层层的大荷叶，迎着阳光舒展开，就像铜墙铁壁一样。粉色荷花箭高高地挺出来，是监视白洋淀的哨兵吧！

她们向荷花淀里摇，最后，努力的一摇，小船窜进了荷花淀。几只野鸭扑楞楞飞起，尖声惊叫，掠着水面飞走了。就在她们的耳边响起一排枪声！

整个荷花淀全震荡起来。她们想，陷在敌人的埋伏里了，一准要死了，一齐翻身跳到水里去。渐渐听清楚枪声只是向着外面，她们才又扒着船帮露出头来。她们看见不远的地方，那宽厚肥大的荷叶下面，有一个人的脸，下半截身子长在水里。荷花变成人了？那不是我们的水生吗？又往左右看去，不久各人就找到了各人丈夫的脸，啊！原来是他们！

但是那些隐蔽在大荷叶下面的战士们，正在聚精会神瞄着敌人射击，半眼也没有看她们。枪声清脆，三五排枪过后，他们投出了手榴弹，冲出了荷花淀。

手榴弹把敌人那只大船击沉，一切都沉下去了。水面上只剩下一团烟硝火药气味。战士们就在那里大声欢笑着，打捞战利品。他们又开始了沉到水底捞出大鱼来的拿手戏。他们争着捞出敌人的枪支、子弹带，然后是一袋子一袋子叫水浸透了的面粉和大米。水生拍打着水去追赶一个在水波上滚动的东西，是一包用精致纸盒装的饼干。

妇女们带着浑身水，又坐到她们的小船上去了。

水生追回那个纸盒，一只手高高举起，一只手用力拍打着水，好使自己不沉下去。对着荷花淀吆喝：

"出来吧，你们！"

好像带着很大的气。

她们只好摇着船出来。忽然从她们的船底下冒出一个人来，只有水生的女人认的那是区小队的队长。这个人抹一把脸上的水问她们：

"你们干什么来呀？"

水生的女人说：

"又给他们送了一些衣裳来！"

小队长回头对水生说：

"都是你村的?"

"不是她们是谁,一群落后分子!"说完把纸盒顺手丢在女人们船上,一泅,又沉到水底下去了,到很远的地方才钻出来。

小队长开了个玩笑,他说:

"你们也没有白来,不是你们,我们的伏击不会这么彻底。可是,任务已经完成,该回去晒晒衣裳了。情况还紧的很!"战士们已经把打捞出来的战利品,全装在他们的小船上,

准备转移。一人摘了一片大荷叶顶在头上,抵挡正午的太阳。几个青年妇女把掉在水里又捞出来的小包裹,丢给了他们,战士们的三只小船就奔着东南方向,箭一样飞去了。不久就消失在中午水面上的烟波里。

几个青年妇女划着她们的小船赶紧回家,一个个像落水鸡似的。一路走着,因过于刺激和兴奋,他们又说笑起来,坐在船头脸朝后的一个噘着嘴说:

"你看他们那个横样子,见了我们爱搭理不搭理的!"

"啊,好像我们给他们丢了什么人似的。"

她们自己也笑了,今天的事情不算光彩,可是:

"我们没枪,有枪就不往荷花淀里跑,在大淀里就和鬼子干起来!"

"我今天也算看见打仗了。打仗有什么出奇,只要你不着慌,谁还不会趴在那里放枪呀!"

"打沉了,我也会凫水捞东西,我管保比他们水式好,再深点我也不怕!"

"水生嫂,回去我们也成立队伍,不然以后还能出门吗!"

"刚当上兵就小看我们,过二年,更把我们看得一钱不值了,谁比谁落后多少呢!"

这一年秋季,她们学会了射击。冬天,打冰夹鱼的时候,她们一个个登在流星一样的冰船上,来回警戒。敌人围剿那百亩大苇塘的时候,她们配合子弟兵作战,出入在那芦苇似的海里。

1945 年于延安

诗　歌

人力车夫

胡　适

"车子！车子！"

车来如飞。

客看车夫，忽然心中酸悲。

客问车夫："你今年几岁？拉车拉了多少时？"

车夫答客："今年十六，拉过三年车了，你老别多疑。"

客告车夫："你年纪太小，我不坐你车。我坐你车，我心中惨凄。"

车夫告客："我半日没有生意，又寒又饥。你老的好心肠，饱不了我的饿肚皮。我年纪小拉车，警察还不管，你老又是谁？"

客人点头上车，说："拉到内务部西！"

1917 年 11 月 9 日

小　河

周作人

一条小河，稳稳地向前流动。
经过的地方，两面全是乌黑的土，
生满了红的花，碧绿的叶，黄的果实。
一个农夫背了锄来，在小河中间筑起一道堰。
下流干了，上流的水被堰拦着，下来不得，
不得前进，又不能退回，水只在堰前乱转。
水要保她的生命，总须流动，便只在堰前乱转。
堰下的土，逐渐淘去，成了深潭。
水也不怨这堰，——便只是想流动，
想同从前一样，稳稳的向前流动。
一日农夫又来，土堰外筑起一道石堰，土堰坍了；水冲着坚固的石堰，还只是乱转。
堰外田里的稻，听着水声，皱眉说道："我是一株稻，是一株可怜的小草，
我喜欢水来润泽我，
却怕他在我身上流过。
小河的水是我的好朋友，
他曾经稳稳的流过我面前，
我对他点头，他对我微笑。
我愿他能够放出了石堰，
仍然稳稳的流着，
向我们微笑，
曲曲折折的尽量向前流着，
经过的两面地方，都变成一片锦绣。
他本是我的好朋友，
只怕他如今不认识我了；
他在地底里呻吟，
听去虽然微细，却又如何可怕！
这不像我朋友平日的声音，
被轻风挽着走上河滩来时，
快活的声音。
我只怕他这回出来的时候，
不认识从前的朋友了，——
便在我身上大踏步过去。
我所以正在这里忧虑。"

田边的桑树，也摇头说，——

"我生的高，能望见那小河，——

他是我的好朋友，

他送清水给我喝，

使我能生肥绿的叶，紫红的桑葚。

他从前清澈的颜色，

现在变了青黑，

又是终年挣扎，脸上添出许多痉挛的皱纹。

他只向下钻，早没有工夫对了我点头微笑；

堰下的潭，深过了我的根了。

我生在小河旁边，

夏天晒不枯我的枝条，

冬天冻不坏我的根。

如今只怕我的好朋友，

将我带倒在沙滩上，

拌着他卷来的水草。

我可怜我的好朋友，

但实在也为我自己着急。"

田里的草和虾蟆，听了两个的话，

也都叹气，各有他们自己的心事。

水只在堰前乱转，

坚固的石堰，还是一毫不摇动。

筑堰的人，不知到那里去了。

1919 年 1 月 24 日

三　弦

沈尹默

中午时候，
火一样的太阳，
没法去遮拦，
让他直晒到长街上。
静悄悄少人行路；
只有悠悠风来，
吹动路旁杨树。
谁家破大门里，
半院子绿茸茸细草，
都浮着闪闪的金光。
旁边有一段低低土墙，
挡住了个弹三弦的人，
却不能隔断那三弦鼓荡的声浪。
门外坐着一个穿破衣裳的老年人，
双手抱着头，
他不声不响。

教我如何不想她

刘半农

天上飘着些微云，
地上吹着些微风。
啊！
微风吹动了我头发，
教我如何不想她？

月光恋爱着海洋，
海洋恋爱着月光。
啊！
这般蜜也似的银夜，
教我如何不想她？

水面落花慢慢流，
水底鱼儿慢慢游。
啊！
燕子你说些什么话？
教我如何不想她？

枯树在冷风里摇。
野火在暮色中烧。
啊！
西天还有些儿残霞，
教我如何不想她？

草儿

康白情

草儿在前，
鞭儿在后。
那喘吁吁的耕牛，
正担着犁鸢，
眙着白眼，
带水拖泥，
在那里"一东二冬"地走着。
"呼——呼……"
"牛吧，你不要叹气，
快犁快犁，
我把草儿给你。"
"呼——呼……"
"牛吧，快犁快犁。
你还要叹气，
我把鞭儿抽你。"
牛呵！
人呵！
草儿在前，
鞭儿在后。

1919 年 2 月 1 日

凤凰涅槃

郭沫若

天方国古有神鸟名"菲尼克司"（Phoenix），满五百岁后，集香木自焚，复从死灰中更生，鲜美异常，不再死。

按此鸟殆即中国所谓凤凰：雄为凤，雌为凰。《孔演图》云："凤凰火精，生丹穴。"《广雅》云："凤凰……雄鸣曰即即，雌鸣曰足足。"

序　　曲

除夕将近的空中，
飞来飞去的一对凤凰，
唱着哀哀的歌声飞去，
衔着枝枝的香木飞来，
飞来在丹穴山上。

山右有枯槁了的梧桐，
山左有消歇了的醴泉。
山前有浩茫茫的大海，
山后有阴莽莽的平原，
山上是寒风凛冽的冰天。

天色昏黄了，
香木集高了，
凤已飞倦了，
凰已飞倦了，
他们的死期将近了。

凤啄香木，
一星星的火点迸飞。
凰扇火星，
一缕缕的香烟上腾。

凤又啄，
凰又扇，
山上的香烟弥散，
山上的火光弥满。

夜色已深了，
香木已燃了，
凤已啄倦了，
凰已扇倦了，
他们的死期已近了！

啊啊！
哀哀的凤凰！
凤起舞，低昂！
凰唱歌，悲壮！
凤又舞，
凰又唱，
一群的凡鸟，
自天外飞来观葬。

凤　　歌
即即！即即！即即！
即即！即即！即即！
茫茫的宇宙，冷酷如铁！
茫茫的宇宙，黑暗如漆！
茫茫的宇宙，腥秽如血！

宇宙呀，宇宙，
你为什么存在？
你自从哪儿来？
你坐在哪儿在？
你是个有限大的空球？
你是个无限大的整块？
你若是有限大的空球，
那拥抱着你的空间
他从哪儿来？
你的外边还有些什么存在？
你若是无限大的整块，
这被你拥抱着的空间
他从哪儿来？
你的当中为什么又有生命存在？
你到底还是个有生命的交流？
你到底还是个无生命的机械？

昂头我问天，
天徒矜高，莫有点儿知识。
低头我问地，
地已死了，莫有点儿呼吸。
伸头我问海，

海正扬声而鸣唈。

啊啊！
生在这个阴秽的世界当中，
便是把金钢石的宝刀也会生锈！
宇宙呀，宇宙，
我要努力地把你诅咒：
你脓血污秽着的屠场呀！
你悲哀充塞着的囚牢呀！
你群鬼叫号着的坟墓呀！
你群魔跳梁着的地狱呀！
你到底为什么存在？

我们飞向西方，
西方同是一座屠场。
我们飞向东方，
东方同是一座囚牢。
我们飞向南方，
南方同是一座坟墓。
我们飞向北方，
北方同是一座地狱。
我们生在这样个世界当中，
只好学着海洋哀哭。

凰　　歌
足足！足足！足足！
足足！足足！足足！
五百年来的眼泪倾泻如瀑。
五百年来的眼泪淋漓如烛。
流不尽的眼泪，
洗不净的污浊，
浇不熄的情炎，
荡不去的羞辱，
我们这缥缈的浮生，
到底要向哪儿安宿？
啊啊！
我们这缥缈的浮生，
好像那大海里的孤舟。
左也是漂漫，
右也是漂漫，
前不见灯台，
后不见海岸，
帆已破，
樯已断，
楫已飘流，

柁已腐烂，
倦了的舟子只是在舟中呻唤，
怒了的海涛还是在海中泛滥。
啊啊！
我们这缥缈的浮生。
好像这黑夜里的酣梦。
前也是睡眠，
后也是睡眠，
来得如飘风，
去得如轻烟，
来如风，
去如烟，
眠在后，
睡在前，
我们只是这睡眠当中的
一刹那的风烟。

啊啊！
有什么意思？
有什么意思？
痴！痴！痴！
只剩些悲哀，烦恼，寂寥，衰败，
环绕着我们活动着的死尸，
贯串着我们活动着的死尸。

啊啊！
我们年青时候的新鲜哪儿去了？
我们年青时候的甘美哪儿去了？
我们年青时候的光华哪儿去了？
我们年青时候的欢爱哪儿去了？
去了！去了！去了！
一切都已去了，
一切都要去了。
我们也要去了，
你们也要去了，
悲哀呀！烦恼呀！寂寥呀！衰败呀！

凤凰同歌
啊啊！
火光熊熊了。
香气蓬蓬了。
时期已到了。
死期已到了。
身外的一切！

身内的一切！
一切的一切！
请了！请了！

群鸟歌

岩　鹰

哈哈，凤凰！凤凰！
你们枉为这禽中的灵长！
你们死了吗？你们死了吗？
从今后该我为空界的霸王！

孔　雀

哈哈，凤凰！凤凰！
你们枉为这禽中的灵长！
你们死了吗？你们死了吗？
从今后请看我花翎上的威光！

鸱　枭

哈哈，凤凰！凤凰！
你们枉为这禽中的灵长！
你们死了吗？你们死了吗？
哦！是哪儿来的鼠肉的馨香？

家　鸽

哈哈，凤凰！凤凰！
你们枉为这禽中的灵长！
你们死了吗？你们死了吗？
从今后请看我们驯良百姓的安康！

鹦　鹉

哈哈，凤凰！凤凰！
你们枉为这禽中的灵长！
你们死了吗？你们死了吗？
从今后请听我们雄辩家的主张！

白　鹤

哈哈，凤凰！凤凰！
你们枉为这禽中的灵长！
你们死了吗？你们死了吗？
从今后请看我们高蹈派的徜徉！

凤凰更生歌

鸡　鸣

昕潮涨了，
昕潮涨了，
死了的光明更生了。
春潮涨了，
春潮涨了，
死了的宇宙更生了。
生潮涨了，
生潮涨了，

死了的凤凰更生了。
凤凰和鸣
　　我们更生了。
　　我们更生了。
　　一切的一，更生了。
　　一的一切，更生了。
　　我们便是他，他们便是我。
　　我中也有你，你中也有我。
　　我便是你。
　　你便是我。
　　火便是凰。
　　凤便是火。
　　翱翔！翱翔！
　　欢唱！欢唱！
　　我们新鲜，我们净朗，
　　我们华美，我们芬芳，
　　一切的一，芬芳。
　　一的一切，芬芳。
　　芬芳便是你，芬芳便是我。
　　芬芳便是他，芬芳便是火。
　　火便是你。
　　火便是我。
　　火便是他。
　　火便是火。
　　翱翔！翱翔！
　　欢唱！欢唱！
　　我们热诚，我们挚爱。
　　我们欢乐，我们和谐。
　　一切的一，和谐。
　　一的一切，和谐。
　　和谐便是你，和谐便是我。
　　和谐便是他，和谐便是火。
　　火便是你。
　　火便是我。
　　火便是他。
　　火便是火。
　　翱翔！翱翔！
　　欢唱！欢唱！

　　我们生动，我们自由，
　　我们雄浑，我们悠久。
　　一切的一，悠久。
　　一的一切，悠久。
　　悠久便是你，悠久便是我。

悠久便是他，悠久便是火。
火便是你。
火便是我。
火便是他。
火便是火。
翱翔！翱翔！
欢唱！欢唱！

我们欢唱，我们翱翔。
我们翱翔，我们欢唱。
一切的一，常在欢唱。
一的一切，常在欢唱。
是你在欢唱？是我在欢唱？
是他在欢唱？是火在欢唱？
欢唱在欢唱！
欢唱在欢唱！
只有欢唱！
只有欢唱！
欢唱！
欢唱！
欢唱！

1920 年 1 月 20 日初稿
1928 年 1 月 3 日改削

天　狗

郭沫若

（一）
我是一条天狗呀！
我把月来吞了，
我把日来吞了，
我把一切的星球来吞了，
我把全宇宙来吞了。
我便是我了！
（二）
我是月的光，
我是日的光，
我是一切星球的光，
我是 X 光线的光，
我是全宇宙的 Energy 的总量！
（三）
我飞奔，
我狂叫，
我燃烧。
我如烈火一样地燃烧！
我如大海一样地狂叫！
我如电气一样地飞跑！
我飞跑，
我飞跑，
我飞跑，
我剥我的皮，
我食我的肉，
我吸我的血，
我啮我的心肝，
我在我神经上飞跑，
我在我脊髓上飞跑，
我在我脑筋上飞跑，
我便是我呀！
我的我要爆了！

1920 年 2 月初作

蕙的风

汪静之

是哪里吹来
这蕙花的风——
温馨的蕙花的风？
蕙花深锁在园里，
伊满怀着幽怨。
伊的幽香潜出园外，
去招伊所爱的蝶儿。
雅洁的蝶儿，
薰在蕙风里：
他陶醉了；
想去寻着伊呢。
他怎寻得到被禁锢的伊呢？
他只迷在伊的风里，
隐忍着这悲惨而甜蜜的伤心，
醺醺地翩翩地飞着。

落　花

冯雪峰

片片的落花,尽随着流水流去。
流水呀!
你好好地流罢。
你流到我家的门前时,
请给几片我的妈;——
戴在伊的头上,
于是伊的白头发可以遮了一些了。
请给几片我的姊;——
贴在伊的两耳旁,
也许伊照镜时可以开个青春的笑呵。
还请你给几片那人儿:——
那人儿你认识么?
伊的脸上是时常有泪的。

1922 年 3 月 10 日

我是一条小河

冯　至

我是一条小河，
我无心由你的身边绕过
你无心把你彩霞般的影儿
投入了我软软的柔波。
我流过一座森林，
柔波便荡荡地
把那些碧翠的叶影儿
裁剪成你的裙裳。
我流过一座花丛，
柔波便粼粼地
把那些凄艳的花影儿
编织成你的花冠。
无奈呀，我终于流入了，
流入那无情的大海
海上的风又厉，浪又狂，
吹折了花冠，击碎了裙裳！
我也随着海潮漂漾，
漂漾到无边的地方
你那彩霞般的影儿
竟也同幻散了的彩霞一样！

1925 年

我们准备着

冯　至

我们准备着深深地领受
那些意想不到的奇迹，
在漫长的岁月里忽然有
彗星的出现，狂风乍起。
我们的生命在这一瞬间，
仿佛在第一次的拥抱里
过去的悲欢忽然在眼前
凝结成屹然不动的形体。
我们赞颂那些小昆虫，
它们经过了一次交媾
或是抵御了一次危险，
便结束它们美妙的一生。
我们整个的生命在承受
狂风乍起，彗星的出现。

死　水

闻一多

这是一沟绝望的死水，
清风吹不起半点漪沦。
不如多扔些破铜烂铁，
爽性泼你的剩菜残羹。

也许铜的要绿成翡翠，
铁罐上锈出几瓣桃花；
再让油腻织一层罗绮，
霉菌给他蒸出些云霞。

让死水酵成一沟绿酒，
漂满了珍珠似的白沫；
小珠们笑声变成大珠，
又被偷酒的花蚊咬破。

那么一沟绝望的死水，
也就夸得上几分鲜明。
如果青蛙耐不住寂寞，
又算死水叫出了歌声。

这是一沟绝望的死水，
这里断不是美的所在，
不如让给丑恶来开垦，
看他造出个什么世界。

静 夜

闻一多

这灯光,这灯光漂白了的四壁;
这贤良的桌椅,朋友似的亲密;
这古书的纸香一阵阵的袭来;
要好的茶杯贞女一般的洁白;
受哺的小儿接呷在母亲怀里,
鼾声报道我大儿康健的消息……
这神秘的静夜,这浑圆的和平,
我喉咙里颤动着感谢的歌声。
但是歌声马上又变成了诅咒,
静夜!我不能,不能受你的贿赂。
谁希罕你这墙内尺方的和平!幸福!
我的世界还有更辽阔的边境。
这四墙既隔不断战争的喧嚣,
你有什么方法禁止我的心跳?
最好是让这口里塞满了沙泥,
如其他只会唱着个人的休戚,
最好是让这头颅给田鼠掘洞,
让这一团血肉也去喂着尸虫,
如果只是为了一杯酒,一本诗,
静夜里钟摆摇来的一片闲适,
就听不见了你们四邻的呻吟,
看不见寡妇孤儿抖颤的身影,
战壕里的痉挛,疯人咬着病榻,
和各种惨剧在生活的磨子下。
幸福!我如今不能受你的私贿,
我的世界不在这尺方的墙内。
听!又是一阵炮声,死神在咆哮。
静夜!你如何能禁止我的心跳?

雪花的快乐

徐志摩

假如我是一朵雪花，
翩翩的在半空里潇洒，
我一定认清我的方向——
飞扬，飞扬，飞扬，——
这地面上有我的方向。
不去那冷寞的幽谷，
不去那凄清的山麓，
也不上荒街去惆怅——
飞扬，飞扬，飞扬，——
你看，我有我的方向！
在半空里娟娟的飞舞，
认明了那清幽的住处，
等着她来花园里探望——
飞扬，飞扬，飞扬，——
啊，她身上有朱砂梅的清香！
那时我凭借我的身轻，
盈盈的，沾住了她的衣襟，
贴近她柔波似的心胸——
消溶，消溶，消溶——
溶入了她柔波似的心胸！

再别康桥

徐志摩

轻轻的我走了，
正如我轻轻的来；
我轻轻的招手，
作别西天的云彩。

那河畔的金柳，
是夕阳中的新娘；
波光里的艳影，
在我的心头荡漾。

软泥上的青荇，
油油的在水底招摇；
在康河的柔波里，
我甘心做一条水草！

那榆荫下的一潭，
不是清泉，是天上虹：
揉碎在浮藻间，
沉淀着彩虹似的梦。

寻梦？撑一只长篙，
向青草更青处漫溯；
满载一船星辉，
在星辉斑斓里放歌。

但我不能放歌，
悄悄是别离的笙箫；
夏虫也为我沉默，
沉默是今晚的康桥！

悄悄的我走了，
　正如我悄悄的来；
我挥一挥衣袖，
　不带走一片云彩。

自己的歌

陈梦家

我挖碎了我的心胸掏出一串歌——
血红的酒里渗着深毒的花朵。
除掉我自己，我从来不曾埋怨过
那苍天——苍天也有它不赦的错。
要说人根本就没有一条好的心，
从他会掉泪，便学着藏起真情；
这原是苍天的错，捏成了人的罪，
一万遍的谎话挂十万行的泪。
我赞扬过苍天，苍天反要讥笑我，
生命原是点燃了不永明的火，
还要套上那铜钱的枷，肉的迷阵，
我摔起两条腿盲从那豆火的灯。
挤在命运的磨盘里再不敢作声，
有谁挺出身子挡住掌磨的人？
黑层层的烟灰下无数双的粗手，
榨出自己的血甘心酿别人的酒。
年青人早已忘记了自己的聪明，
在爱的戏台上不拣角色调情；
那儿有个司幕的人看得最清楚，
世上那会有一场演不完的糊涂？
我们纤了自己的船在沙石上走，
永远的搁浅，一天重一天——肩头，
等起了狂风逆吹着船，支不住腿，
终是用尽了力，感谢天，受完了罪。
在世界的谜里做了上帝的玩偶，
最痛恨自己知道是一条刍狗；
我们生，我们死，我们全不曾想到，
一回青春，一回笑，也不值骄傲。
我是侥幸还留存这一丝灵魂，
吊我自己的丧，哭出一腔哀声；
那忘了自己的人都要不幸迷住
在跟别人的哭笑里再不会清苏。
我像在梦里还死抓着一把空想：

有人会听见我歌的半分声响。
但这终究是骆驼往针眼里钻，
只有让这歌在自己的心上回转。
我挖碎了我的心胸掏出一串歌——
血红的酒里渗着深毒的花朵。
一遍两遍把这歌在我心上穿过。
是我自己的歌，从来不曾离开我。

弃 妇

李金发

长发披遍我两眼之前，
遂割断了一切羞恶之疾视，
与鲜血之急流，枯骨之沉睡。
黑夜与蚊虫联步徐来，
越此短墙之角，
狂呼在我清白之耳后，
如荒野狂风怒号：
战栗了无数游牧。

靠一根草儿，与上帝之灵往返在空谷里。
我的哀戚惟游蜂之脑能深印着；
或与山泉长泻在悬崖，
然后随红叶而俱去。

弃妇之隐忧堆积在动作上，
夕阳之火不能把时间之烦闷
化成灰烬，从烟突里飞去，
长染在游鸦之羽，
将同栖止于海啸之石上，
静听舟子之歌。

衰老的裙裾发出哀吟，
徜徉在丘墓之侧，
永无热泪，
点滴在草地
为世界之装饰。

别了，哥哥！

殷 夫

（算作是向一个"阶级"的告别词吧！）

别了，我最亲爱的哥哥，
你的来函促成了我的决心，
恨的是不能握一握最后的手，
再独立地向前途踏进。
二十年来手足的爱和怜，
二十年来的保护和抚养；
请在这最后的一滴泪水里，
收回吧，作为恶梦一场。
你诚意的教导使我感激，
你牺牲的培植使我钦佩，
但这不能留住我不向你告别，
我不能不向别方转变。
在你的一方，哟，哥哥，
有的是，安逸、功业和名号，
是治者们荣赏的爵禄，
或是薄纸糊成的高帽。
只要我，答应一声说，
"我进去听指示的圈套，"
我很容易能够获得一切，
从名号直至纸帽。
但你的弟弟现在饥渴，
饥渴着的是永久的真理，
不要荣誉，不要功建，
只望向真理的王国进礼。
因此机械的悲鸣扰了他的美梦，
因此劳苦群众的呼号震动心灵，
因此他尽日尽夜地忧愁，
想做个普罗米修士偷给人间以光明。

真理和愤怒使他强硬，
他再不怕天帝的咆哮，

他要牺牲去他的生命，
更不要那纸糊的高帽。

这，就是你弟弟的前途，
这前途满站着危崖荆棘，
又有的是黑的死，和白的骨，
又有的是砭人肌筋的冰雹风雪。

但他决心要踏上前去，
真理的伟光在地平线下闪照，
死的恐怖都辟易远退，
热的心火会把冰雪溶消。

别了，哥哥，别了，
此后各走前途，
再见的机会是在，
当我们和你隶属着的阶级交了战火。

1929 年 4 月 12 日

难　民

臧克家

日头坠到鸟巢里，
黄昏还没溶尽归鸦的翅膀，
陌生的道路，无归宿的薄暮，
把这群人度到这座古镇上。
沉重的身影，扎根在大街两旁，
一簇一簇，像秋郊的禾堆一样，
静静地，孤寂地，支撑着一个大的凄凉。
满染征尘的古怪的服装，
告诉了他们的来历，
一张一张兜着阴影的脸皮，
说尽了他们的情况。
螺丝的炊烟牵动着一串亲热的眼光，
在这群人心上抽出了一个不忍的想象：
"这时，黄昏正徘徊在古树梢头，
从无烟火的屋顶慢慢地涨大到无边，
接着，阴森的凄凉吞了可怜的故乡。"
铁力的疲倦，连人和想象一齐推入了朦胧，
但是，更猛烈的饥饿立刻又把他们牵回了异乡。
像一个天神从梦里落到这群人身旁，
一只灰色的影子，手里亮出一支长枪，
一个小声，在他们耳中开出一个天大的响：
"年头不对，不敢留生人在镇上。"
"唉，人到哪里，灾荒到哪里！"
一阵叹息，黄昏更加苍茫。
一步一步，这群人走下了大街，
走开了这异乡，
小孩子的哭声乱了大人的心肠，
铁门的响声截断了最后一人的脚步，
这时，黄昏爬过了古镇的围墙。

发热的只有枪筒子

臧克家

不要看百货公司
那份神气，
心血枯竭了，
它会一头倒下来碰个死！
不要看工厂的大烟囱
摩着天，
突然一下子
它会全不冒烟！
揭开每一口灶门，
摸摸那一堆冷灰，
把手打在心口窝，
去试试每一颗心。
一夜西北风
冻死那么多的人，
大半个中国，
已经是人鬼不分！
这年头，哪儿去找繁荣？
繁荣全个儿集中在战地；
这年头，什么都冰冷，
发热的只有枪筒子！

1946 年 12 月 21 日于沪

北　方

艾　青

一天
那个科尔沁草原上的诗人
对我说：
"北方是悲哀的。"

不错
北方是悲哀的。
从塞外吹来的
沙漠风，
已卷去北方的生命的绿色
与时日的光辉
——一片暗淡的灰黄
蒙上一层揭不开的沙雾；
那天边疾奔而至的呼啸
带来了恐怖
疯狂地
扫荡过大地；
荒漠的原野
冻结在十二月的寒风里，
村庄呀，山坡呀，河岸呀，
颓垣与荒冢呀
都披上了土色的忧郁……
孤单的行人，
上身俯前
用手遮住了脸颊，
在风沙里
困苦地呼吸
一步一步地
挣扎着前进……
几只驴子
——那有悲哀的眼
和疲乏的耳朵的畜生，
载负了土地的

痛苦的重压，
它们厌倦的脚步
徐缓地踏过
北国的
修长而又寂寞的道路……

那些小河早已枯干了
河底也已画满了车辙，
北方的土地和人民
在渴求着
那滋润生命的流泉啊！
枯死的林木
与低矮的住房
稀疏地，阴郁地
散布在灰暗的天幕下；
天上，
看不见太阳，
只有那结成大队的雁群
惶乱的雁群
击着黑色的翅膀
叫出它们的不安与悲苦，
从这荒凉的地域逃亡
逃亡到
绿荫蔽天的南方去了……

北方是悲哀的
而万里的黄河
汹涌着混浊的波涛
给广大的北方
倾泻着灾难与不幸；
而年代的风霜
刻划着
广大的北方的
贫穷与饥饿啊。

而我
——这来自南方的旅客，
却爱这悲哀的北国啊。
扑面的风沙
与入骨的冷气
决不曾使我咒诅；
我爱这悲哀的国土，
一片无垠的荒漠
也引起了我的崇敬

——我看见
我们的祖先
带领了羊群
吹着笳笛
沉浸在这大漠的黄昏里；
我们踏着的
古老的松软的黄土层里
埋有我们祖先的骸骨啊，
——这土地是他们所开垦
几千年了
他们曾在这里
和带给他们以打击的自然相搏斗，
他们为保卫土地。
从不曾屈辱过一次，
他们死了
把土地遗留给我们——
我爱这悲哀的国土，
它的广大而瘦瘠的土地
带给我们以淳朴的言语
与宽阔的姿态，
我相信这言语与姿态，
坚强地生活在大地上
永远不会灭亡；
我爱这悲哀的国土，
古老的国土
——这国土
养育了为我所爱的
世界上最艰苦
与最古老的种族。

1938 年 2 月 4 日　潼关

雪落在中国的土地上

艾 青

雪落在中国的土地上，
寒冷在封锁着中国呀
风，
像一个太悲哀了的老妇。
紧紧地跟随着，
伸出寒冷的指爪，
拉扯着行人的衣襟。
用着像土地一样古老的话，
一刻也不停地絮聒着
那从林间出现的，
赶着马车的，
你中国的农夫，
戴着皮帽，
冒着大雪，
你要到哪儿去呢？
告诉你，
我也是农人的后裔——
由于你们的，
刻满了痛苦的皱纹的脸，
我能如此深深地，
知道了，
生活在草原上的人们的，
岁月的艰辛。
而我，
也并不比你们快乐啊，
——躺在时间的河流上，
苦难的浪涛，
曾经几次把我吞没而又卷起——
流浪与监禁，
已失去了我的青春的最可贵的日子，
我的生命，
也像你们的生命，
一样的憔悴呀。

雪落在中国的土地上，
寒冷在封锁着中国呀
沿着雪夜的河流，
一盏小油灯在徐缓地移行，
那破烂的乌篷船里，
映着灯光，垂着头，
坐着的是谁呀？
——啊，你，
蓬发垢面的少妇，
是不是
你的家？
——那幸福与温暖的巢穴——
已被暴戾的敌人，
烧毁了么？
是不是
也像这样的夜间，
失去了男人的保护，
在死亡的恐怖里，
你已经受尽敌人刺刀的戏弄？
咳，就在如此寒冷的今夜，
无数的，
我们的年老的母亲，
都蜷伏在不是自己的家里，
就像异邦人，
不知明天的车轮，
要滚上怎样的路程？
——而且，
中国的路，
是如此的崎岖，
是如此的泥泞呀。
雪落在中国的土地上，
寒冷在封锁着中国呀
透过雪夜的草原，
那些被烽火所啮啃着的地域，
无数的，土地的垦植者，
失去了他们所饲养的家畜，
失去了他们肥沃的田地，
拥挤在，
生活的绝望的污巷里；
饥馑的大地，
朝向阴暗的天，
伸出乞援的，
颤抖着的两臂。

中国的苦痛与灾难，
像这雪夜一样广阔而又漫长呀！
雪落在中国的土地上，
寒冷在封锁着中国呀
中国，
我的在没有灯光的晚上，
所写的无力的诗句，
能给你些许的温暖么？

我底记忆

戴望舒

我底记忆是忠实于我的，
忠实得甚于我最好的友人。

它存在在燃着的烟卷上，
它存在在绘着百合花的笔杆上，
它存在在破旧的粉盒上，
它存在在颓垣的木莓上，
它存在在喝了一半的酒瓶上，
在撕碎的往日的诗稿上，在压干的花片上，
在凄暗的灯上，在平静的水上，
在一切有灵魂没有灵魂的东西上，
它在到处生存着，像我在这世界一样。
它是胆小的，它怕着人们底喧嚣，
但在寂寥时，它便对我来作密切的拜访。
它底声音是低微的，
但是它底话是很长，很长，
很多，很琐碎，而且永远不肯休：
它底话是古旧的，老是讲着同样的故事，
它底音调是和谐的，老是唱着同样的曲子，
有时它还模仿着爱娇的少女底声音，
它底声音是没有气力的，
而且还夹着眼泪，夹着太息。

它底拜访是没有一定的，
在任何时间，在任何地点，
甚至当我已上床，朦胧地想睡了；
人们会说它没有礼貌，
但是我们是老朋友。
它是琐琐地永远不肯休止的，
除非我凄凄地哭了，或是沉沉地睡了；
但是我是永远不讨厌它，
因为它是忠实于我的。

载《未名》第二卷第一期，一九二九年一月

雨　巷

戴望舒

撑着油纸伞，独自
彷徨在悠长、悠长
又寂寥的雨巷，
我希望逢着
一个丁香一样的
结着愁怨的姑娘。

她是有
丁香一样的颜色，
丁香一样的芬芳，
丁香一样的忧愁，
在雨中哀怨，
哀怨又彷徨；

她彷徨在这寂寥的雨巷，
撑着油纸伞
像我一样，
像我一样地
默默彳亍着，
冷漠，凄清，又惆怅。

她静默地走近
走近，又投出
太息一般的眼光，
她飘过
像梦一般的，

像梦一般的凄婉迷茫。

像梦中飘过
一枝丁香的，
我身旁飘过这女郎；
她静默地远了，远了，

到了颓圮的篱墙，
走尽这雨巷。

在雨的哀曲里，
消了她的颜色，
散了她的芬芳，
消散了，甚至她的
太息般的眼光，
丁香般的惆怅。

撑着油纸伞，独自
彷徨在悠长、悠长
又寂寥的雨巷，
我希望飘过
一个丁香一样的
结着愁怨的姑娘。

1927 年

断　章

卞之琳

你站在桥上看风景，
看风景的人在楼上看你 。
明月装饰了你的窗子 ，
你装饰了别人的梦 。

预　言

何其芳

这一个心跳的日子终于来临！
你夜的叹息似的渐近的足音
我听得清不是林叶和夜风私语，
麋鹿驰过苔径的细碎的蹄声。
告诉我，用你银铃的歌声告诉我，
你是不是预言中的年轻的神？
你一定来自温郁的南方，
告诉我那儿的月色，那儿的日光，
告诉我春风是怎样吹开百花，
燕子是怎样痴恋着绿杨。
我将合眼睡在你如梦的歌声里，
那温馨我似乎记得又似乎遗忘。
请停下来，停下你长途的奔波，
进来，这儿有虎皮的褥你坐！
让我烧起每一个秋天拾来的落叶，
听我低低唱起我自己的歌。
那歌声将火光一样沉郁又高扬，
火光将落叶的一生诉说。
不要前行，前面是无边的森林，
古老的树现着野兽身上的斑文，
半生半死的藤蟒蛇一样交缠着，
密叶里漏不下一颗星。
你将怯怯地不敢放下第二步，
当你听见了第一步空寥的回声。
一定要走吗？等我和你同行！
我的足知道每一条平安的路径，
我可以不停地唱着忘倦的歌，
再给你，再给你手的温存。
当夜的浓黑遮断了我们，
你可以转眼地望着我的眼睛。
我激动的歌声你竟不听，
你的足竟不为我的颤抖暂停！
像静穆的微风飘过这黄昏里，

消失了，消失了你骄傲的足音！
呵，你终于如预言所说的无语而来
无语而去了吗，年轻的神？

1931 年秋天

生活是多么广阔

何其芳

生活是多么广阔，
生活是海洋。
凡是有生活的地方就有快乐和宝藏。
去参加歌咏队，去演戏，
去建设铁路，去作飞行师，
去坐在实验室里，去写诗，
去高山上滑雪，
去驾一只船颠簸在波涛上，
去北极探险，去热带搜集植物，
去带一个帐篷在星光下露宿。
去过寻常的日子。
去在平凡的事物中睁大你的眼睛，
去以自己的火点燃旁人的火，
去以心发现心。
生活是多么广阔。
生活又多么芬芳。
凡是有生活的地方就有快乐和宝藏。

孤　岛

阿　垅

在掀腾的海波之中,我是小小的孤岛,如同其他的孤岛

在晴丽的天气,我能够清楚地望见大陆边岸的远景

似乎隐隐约约传来了人声,虽然远,但是传来了,人声传来

有的时候,也有一叶小舟渡海而来,在我的岸边小泊

而在雾和冬的季节,在深夜无星之时,我不能看到你了,我只在我的恋慕和向往的心情中看见你为我留下的影子

我,是小小的孤岛,然而和大陆一样

我有乔木和灌木,你的乔木和灌木

我有小小的麦田和疏疏的村落,你的麦田和村落

我有飞来的候鸟和鸣鸟,从你那儿带着消息飞来

我有如珠的繁星的夜,和你共同在里面睡眠的繁星的夜

我有如桥的七色的虹霓,横跨你我之间的虹霓

我,似乎是一个弃儿然而不是

似乎是一个浪子然而不是

海面的波涛嚣然地隔断了我们,为了隔断我们

迷惘的海雾黯澹地隔断了我们,想使你以为丧失了我而我以为丧失了你

然而在海流最深之处,我和你永远联结而属一体,连断层地震也无力使你我分离

如同其他的孤岛,我是小小的孤岛,你的儿子,你的兄弟

1946 年

泥 土

鲁 藜

老是把自己当作珍珠
就时时有怕被埋没的痛苦
把自己当作泥土吧
让众人把你踩成一条道路

惊 蛰

绿 原

当羊队面向栅栏辞别了旷野
当向日葵画完半圆又寂寞地沉落
当远航的船只卸卷白帆停泊了
当城市泛滥着光辉像火灾
从那没有灯和烛的院落出来
我将芒鞋做舟叶
划行在这潮湿的草原上
草原上,我来了
好不好,你
蓝色的　海的泡沫
蓝色的　梦的车轮
蓝色的　冷谷的野蔷薇
蓝色的　夜的铃串呀
呀,星……
星被监禁在
云的城墙和
云的楼阁里去了
然而,星是没有哭泣的啊
露水不是星的泪水啊
当星逃出天空的门槛
向这痛苦的土地上谢落
据说就有一个闪烁的生命
在这痛苦的土地上跨过
那么,我想
——十九年前,茂盛的天空
那一片丰收着金色谷粒的农场里
我是哪一颗呢

今天
我旅行到这潮湿的草原上来了
我要歌唱……
但我也要回去的
等我唱完了我的歌

等我将歌声射动雷响
等我将雷声滚破了
人类喧哗的梦。

1941 年

赞　美

穆　旦

走不尽的山峦的起伏,河流和草原,
数不尽的密密的村庄,鸡鸣和狗吠,
接连在原是荒凉的亚洲的土地上,
在野草的茫茫中呼啸着干燥的风,
在低压的暗云下唱着单调的东流的水,
在忧郁的森林里有无数埋藏的年代。
它们静静地和我拥抱:
说不尽的故事是说不尽的灾难,沉默的
是爱情,是在天空飞翔的鹰群,
是干枯的眼睛期待着泉涌的热泪,
当不移的灰色的行列在遥远的天际爬行;
我有太多的话语,太悠久的感情,
我要以荒凉的沙漠,坎坷的小路,骡子车,
我要以槽子船,漫山的野花,阴雨的天气,
我要以一切拥抱你,你,
我到处看见的人民呵,
在耻辱里生活的人民,佝偻的人民,
我要以带血的手和你们一一拥抱。
因为一个民族已经起来。
一个农夫,他粗糙的身躯移动在田野中,
他是一个女人的孩子,许多孩子的父亲,
多少朝代在他的身边升起又降落了,
而把希望和失望压在他身上,
而他永远无言地跟在犁后旋转,
翻起同样的泥土溶解过他祖先的,
是同样的受难的形象凝固在路旁。
在大路上多少次愉快的歌声流过去了,
多少次跟来的是临到他的忧患;
在大路上人们演说,叫嚣,欢快,
然而他没有,他只放下了古代的锄头,
再一次相信名词,溶进了大众的爱,
坚定地,他看着自己溶进死亡里,
而这样的路是无限的悠长的,

而他是不能够流泪的，
他没有流泪，因为一个民族已经起来。
在群山的包围里，在蔚蓝的天空下，
在春天和秋天经过他家园的时候，
在幽深的谷里隐着最含蓄的悲哀：
一个老妇期待着孩子，许多孩子期待着
饥饿，而又在饥饿里忍耐，
在路旁仍是那聚集着黑暗的茅屋，
一样的是不可知的恐惧，一样的是
大自然中那侵蚀着生活的泥土，
而他走去了从不回头诅咒。
为了他我要拥抱每一个人，
为了他我失去了拥抱的安慰，
因为他，我们是不能给以幸福的，
痛哭吧，让我们在他的身上痛哭吧，
因为一个民族已经起来。
一样的是这悠久的年代的风，
一样的是从这倾圮的屋檐下散开的无尽的呻吟和寒冷，
它歌唱在一片枯槁的树顶上，
它吹过了荒芜的沼泽，芦苇和虫鸣，
一样的是这飞过的乌鸦的声音。
当我走过，站在路上踟蹰，
我踟蹰着为了多年耻辱的历史
仍在这广大的山河中等待，
等待着，我们无言的痛苦是太多了，
然而一个民族已经起来，
然而一个民族已经起来。

山

杜运燮

来自平原，而只好放弃平原；
植根于地球，却更想植根于云汉；
茫茫平原的升华，它幻梦的形象，
大家自豪有他，他却永远不满。
他向往的是高远变化万千的天空，
有无尽光热的太阳，博学含蓄的月亮，
笑眼的星群，生命力最丰富的风，
戴雪帽享受寂静冬日的安详。
还喜欢一些有音乐天才的流水，
挂一面瀑布，唱悦耳的质朴山歌；
或者孤独的古庙，招引善男信女俯跪，
有暮鼓晨钟单调地诉说某种饥饿；
或者一些怪人隐士，羡慕他，追随他，
欣赏人海的波涛起伏，却只能孤独地
生活，到夜里，梦着流水流着梦，
回到平原上唯一甜蜜的童年记忆。
他追求，所以不满足，所以更追求：
他没有桃花，没有牛羊、炊烟、村落；
可以鸟瞰，有更多空气，也有更多石头；
因为他只好离开他必需的，他永远寂寞。

1945 年于昆明

铸　炼

陈敬容

将最初的叹息，
最后的悲伤，
一齐投入生命的熔炉，
铸炼成金色的希望。
给黑夜开一个窗子，
让那儿流进来星辉、月光，
在绝静的深山，一片风
就能激起松涛的巨响。
不眠的夜，梦幻与烛火
一同摇落，一同
向暗角缭绕又低翔。
当一声钟敲落永夜，
哭泣吧，亲爱的心啊，
窗上已颤动着银白的曙光。

5 月 15 日夜客重庆

王贵与李香香(存目)

李 季

导读

　　李季(1922—1980),原名李振鹏,河南唐河县祁仪镇人。《王贵与李香香》原载于1946。年9月22日至24日的《解放日报》,是新诗发展史上民歌体叙事长诗的奠基作品。

　　作品以王贵与李香香的悲欢离合的爱情故事为主线,描写了三边地区人民的革命斗争。全诗共分三部,共十三章。第一部主要写王贵的贫苦出身以及他与李香香爱情的萌芽与发展。恶霸地主崔二爷荒年逼租,打死贫农王麻子,其子王贵被拉去做长工。穷老汉李德瑞收留了王贵,其女儿李香香与王贵产生真挚的爱情。崔二爷欲霸占李香香,遭李香香的拒绝。第二部真实地再现了土地革命时期三边地区如火如荼的革命斗争。王贵追随共产党,暗中参加了赤卫军,被崔二爷发觉后,受到严刑拷打。香香为救亲人,冒死送信,引来了游击队,救出王贵,解放了死羊湾。王贵与李香香自由结婚。第三部描写了革命过程的重重挫折和死羊湾人民最终取得了斗争胜利。崔二爷逃出死羊湾投奔白军,不久卷土重来,血腥报复,并强逼李香香要与之成婚。游击队打回死羊湾,消灭了白军,活捉崔二爷,王贵与李香香重又团聚。诗人将一个杀父夺妻的故事同三边人民争取翻身解放的革命运动紧紧地结合在一起,表现了革命斗争与劳动民众幸福生活之间血肉相连的关系。

　　长诗运用不同的艺术手法,于尖锐激烈的矛盾冲突中,成功地塑造了王贵与李香香这两个新型农民形象,十分细腻地描绘了他们丰富的内心世界,展现出无产阶级革命时代青年农民的思想风貌。

　　诗作采用了陕北民歌"信天游"的形式,并加以革新改造,使其适于表现较大规模的现代生活。诗人还从民歌中汲取丰富的营养,成功地运用重复和比兴等手法,来叙写故事、塑造形象、凸显主题。语言朴素生动,句子大体整齐,每句一般三顿,韵式一般是两句一韵,以多种押韵方式来加强节奏感,使诗歌韵律显得灵活多变、谐调动听。

散 文

再论雷峰塔的倒掉

鲁 迅

从崇轩先生的通信(二月份《京报副刊》)里,知道他在轮船上听到两个旅客谈话,说是杭州雷峰塔之所以倒掉,是因为乡下人迷信那塔砖放在自己的家中,凡事都必平安,如意,逢凶化吉,于是这个也挖,那个也挖,挖之久久,便倒了。一个旅客并且再三叹息道:西湖十景这可缺了呵!

这消息,可又使我有点畅快了,虽然明知道幸灾乐祸,不像一个绅士,但本来不是绅士的,也没有法子来装潢。

我们中国的许多人,——我在此特别郑重声明:并不包括四万万同胞全部!——大抵患有一种"十景病",至少是"八景病",沉重起来的时候大概在清朝。凡看一部县志,这一县往往有十景或八景,如"远村明月""萧寺清钟""古池好水"之类。而且,"十"字形的病菌,似乎已经侵入血管,流布全身,其势力早不在"!"形惊叹亡国病菌之下了。点心有十样锦,菜有十碗,音乐有十番,阎罗有十殿,药有十全大补,猜拳有全福手福手全,连人的劣迹或罪状,宣布起来也大抵是十条,仿佛犯了九条的时候总不肯歇手。现在西湖十景可缺了呵!"凡为天下国家有九经",九经固古已有之,而九景却颇不习见,所以正是对于十景病的一个针砭,至少也可以使患者感到一种不平常,知道自己的可爱的老病,忽而跑掉了十分之一了。

但仍有悲哀在里面。

其实,这一种势所必至的破坏,也还是徒然的,畅快不过是无聊的自欺。雅人和信士和传统大家,定要苦心孤诣巧语花言地再来补足了十景而后已。

无破坏即无新建设,大致是的;但有破坏却未必即有新建设。卢梭、斯谛纳尔、尼采、托尔斯泰、伊孛生等辈,若用勃兰兑斯的话来说,乃是"轨道破坏者"。其实他们不单是破坏,而且是扫除,是大呼猛进,将碍脚的旧轨道不论整条或碎片,一扫而空,并非想挖一块废铁古砖挟回家去,预备卖给旧货店。中国很少这一类人,即使有之,也会被大众的唾沫掩死。孔丘先生确是伟大,生在巫鬼势力如此旺盛的时代,偏不肯随俗谈鬼神;但可惜太聪明了,"祭如在祭神如神在",只用他修《春秋》的照例手段以两个"如"字略寓"俏皮刻薄"之意,使人一时莫名其妙,看不出他肚皮里的反对来。他肯对子路赌咒,却不肯对鬼神宣战,因为一宣战就不和平,易犯骂人——虽然不过骂鬼——之罪,即不免有《衡论》(见一月份《晨报副镌》)作家 TY 先生似的好人,会替鬼神宣战来奚落他道:为名乎? 骂人不能得名。为利乎? 骂人不能得利。想引诱女人乎? 又不能将蚩尤的脸子印在文章上。何乐而为之也欤?

孔丘先生是深通世故的老先生,大约除脸子付印问题以外,还有深心,犯不上来做明目张胆的破坏者,所以只是不谈,而决不骂,于是乎俨然成为中国的圣人,道大,无所不包故也。否则,现在供在圣庙里的,也许不姓孔。

不过在戏台上罢了,悲剧将人生的有价值的东西毁灭给人看,喜剧将那无价值的撕破给人看。讥讽又不过是喜剧的变简的一支流。但悲壮滑稽,却都是十景病的仇敌,因为都有破坏性,虽然所破坏的方面各不同。中国如十景病尚存,则不但卢梭他们似的疯子决不产生,并且也决不产生一个悲剧作家或喜剧作家或讽刺诗人。所有的,只是喜剧的人物或非喜剧非悲剧的人物,在互相模造的十景中生存,一面各各带了十景病。

然而十全停滞的生活,世界上是很不多见的事,于是破坏者到了,但并非自己的先觉的破坏者,却是狂暴的强盗，或外来的蛮夷。猃狁早到过中原，五胡来过了，蒙古也来过了；同胞张献忠杀人如草，而满州兵的一箭，就钻进树丛中死掉了。有人论中国说，倘使没有带着新鲜的血液的野蛮的侵入，真不知自身会腐败到如何！这当然是极刻毒的恶谑，但我们一翻历史，怕不免要有汗流浃背的时候罢。外寇来了，暂一震动，终于请他做主子，在他的刀斧下修补老例；内寇来了，也暂一震动，终于请他做主子，或者别拜一个主子，在自己的瓦砾中修补老例。再来翻县志，就看见每一次兵燹之后，所添上的是许多烈妇烈女的氏名。看近来的兵祸，怕又要大举表扬节烈了罢。许多男人们都那里去了？

凡这一种寇盗式的破坏，结果只能留下一片瓦砾，与建设无关。

但当太平时候，就是正在修补老例，并无寇盗时候，即国中暂时没有破坏么？也不然的，其时有奴才式的破坏作用常川活动着。

雷峰塔砖的挖去，不过是极近的一条小小的例。龙门的石佛，大半肢体不全，图书馆中的书籍，插图须谨防撕去，凡公物或无主的东西，倘难于移动，能够完全的即很不多。但其毁坏的原因，则非如革除者的志在扫除，也非如寇盗的志在掠夺或单是破坏，仅因目前极小的自利，也肯对于完整的大物暗暗的加一个创伤。人数既多，创伤自然极大，而倒败之后，却难于知道加害的究竟是谁。正如雷峰塔倒掉以后，我们单知道由于乡下人的迷信。共有的塔失去了，乡下人的所得，却不过一块砖，这砖，将来又将为别一自利者所藏，终究至于灭尽。倘在民康物阜时候，因为十景病的发作，新的雷峰塔也会再造的罢。但将来的运命，不也就可以推想而知么？如果乡下人还是这样的乡下人，老例还是这样的老例。

这一种奴才式的破坏，结果也只能留下一片瓦砾，与建设无关。

岂但乡下人之于雷峰塔，日日偷挖中华民国的柱石的奴才们，现在正不知有多少！

瓦砾场上还不足悲，在瓦砾场上修补老例是可悲的。我们要革新的破坏者，因为他内心有理想的光。我们应该知道他和寇盗奴才的分别；应该留心自己堕入后两种。这区别并不烦难，只要观人，省己，凡言动中，思想中，含有借此据为己有的朕兆者是寇盗，含有借此占些目前的小便宜的朕兆者是奴才，无论在前面打着的是怎样鲜明好看的旗子。

一九二五年二月六日
（选自《坟》，人民文学出版社 1980 年版）

记念刘和珍君

鲁 迅

中华民国十五年三月二十五日，就是国立北京女子师范大学为十八日在段祺瑞执政府前遇害的刘和珍杨德群两君开追悼会的那一天，我独在礼堂外徘徊，遇见程君，前来问我道，"先生可曾为刘和珍写了一点什么没有?"我说"没有"。她就正告我，"先生还是写一点罢;刘和珍生前就很爱看先生的文章。"

这是我知道的，凡我所编辑的期刊，大概是因为往往有始无终之故罢，销行一向就甚为寥落，然而在这样的生活艰难中，毅然预定了《莽原》全年的就有她。我也早觉得有写一点东西的必要了，这虽然于死者毫不相干，但在生者，却大抵只能如此而已。倘使我能够相信真有所谓"在天之灵"，那自然可以得到更大的安慰，——但是，现在，却只能如此而已。

可是我实在无话可说。我只觉得所住的并非人间。四十多个青年的血，洋溢在我的周围，使我难于呼吸视听，那里还能有什么言语?长歌当哭，是必须在痛定之后的。而此后几个所谓学者文人的阴险的论调，尤使我觉得悲哀。我已经出离愤怒了。我将深味这非人间的浓黑的悲凉;以我的最大哀痛显示于非人间，使它们快意于我的苦痛，就将这作为后死者的菲薄的祭品，奉献于逝者的灵前。

真的猛士，敢于直面惨淡的人生，敢于正视淋漓的鲜血。这是怎样的哀痛者和幸福者?然而造化又常常为庸人设计，以时间的流驶，来洗涤旧迹，仅使留下淡红的血色和微漠的悲哀。在这淡红的血色和微漠的悲哀中，又给人暂得偷生，维持着这似人非人的世界。我不知道这样的世界何时是一个尽头!

我们还在这样的世上活着;我也早觉得有写一点东西的必要了。离三月十八日也已有两星期，忘却的救主快要降临了罢，我正有写一点东西的必要了。

在四十余被害的青年之中，刘和珍君是我的学生。学生云者，我向来这样想，这样说，现在却觉得有些踌躇了，我应该对她奉献我的悲哀与尊敬。她不是"苟活到现在的我"的学生，是为了中国而死的中国的青年。

她的姓名第一次为我所见，是在去年夏初杨荫榆女士做女子师范大学校长，开除校中六个学生自治会职员的时候。其中的一个就是她;但是我不认识。直到后来，也许已经是刘百昭率领男女武将，强拖出校之后了，才有人指着一个学生告诉我，说:这就是刘和珍。其时我才能将姓名和实体联合起来，心中却暗自诧异。我平素想，能够不为势利所屈，反抗一广有羽翼的校长的学生，无论如何，总该是有些桀骜锋利的，但她却常常微笑着，态度很温和。待到偏安于宗帽胡同，赁屋授课之后，她才来听我的讲义，于是见面的回数就较多了，也还是始终微笑着，态度很温和。待到学校恢复旧观，往日的教职员以为责任已尽，准备陆续引退的时候，我才见她虑及母校前途，黯然至于泣下。此后似乎就不相见。总之，在我的记忆上，那一次就是永别了。

四

我在十八日早晨，才知道上午有群众向执政府请愿的事;下午便得到噩耗，说卫队居然开枪，死伤至数百人，而刘和珍君即在遇害者之列。但我对于这些传说，竟至于颇为怀疑。我向来是不惮以最坏的恶意，来推测中国人的，然而我还不料，也不信竟会下劣凶残到这地步。况且始终微笑着的和蔼的刘和珍君，更何至于无端在府门前喋血呢？

　　然而即日证明是事实了，作证的便是她自己的尸骸。还有一具，是杨德群君的。而且又证明着这不但是杀害，简直是虐杀，因为身体上还有棍棒的伤痕。

　　但段政府就有令，说她们是"暴徒"！

　　但接着就有流言，说她们是受人利用的。

　　惨象，已使我目不忍视了；流言，尤使我耳不忍闻。我还有什么话可说呢？我懂得衰亡民族之所以默无声息的缘由了。沉默呵，沉默呵！不在沉默中爆发，就在沉默中灭亡。

五

　　但是，我还有要说的话。

　　我没有亲见；听说，她，刘和珍君，那时是欣然前往的。自然，请愿而已，稍有人心者，谁也不会料到有这样的罗网。但竟在执政府前中弹了，从背部入，斜穿心肺，已是致命的创伤，只是没有便死。同去的张静淑君想扶起她，中了四弹，其一是手枪，立仆；同去的杨德群君又想去扶起她，也被击，弹从左肩入，穿胸偏右出，也立仆。但她还能坐起来，一个兵在她头部及胸部猛击两棍，于是死掉了。

　　始终微笑着的和蔼的刘和珍君确是死掉了，这是真的，有她自己的尸骸为证；沉勇而友爱的杨德群君也死掉了，有她自己的尸骸为证；只有一样沉勇而友爱的张静淑君还在医院里呻吟。当三个女子从容地转辗于文明人所发明的枪弹的攒射中的时候，这是怎样的一个惊心动魄的伟大呵！中国军人的屠戮妇婴的伟绩，八国联军的惩创学生的武功，不幸全被这几缕血痕抹杀了。

　　但是中外的杀人者却居然昂起头来，不知道个个脸上有着血污……

六

　　时间永是流逝，街市依旧太平，有限的几个生命，在中国是不算什么的，至多，不过供无恶意的闲人以饭后的谈资，或者给有恶意的闲人作"流言"的种子。至于此外的深的意义，我总觉得很寥寥，因为这实在不过是徒手的请愿。人类的血战前行的历史，正如煤的形成，当时用大量的木材，结果却只是一小块，但请愿是不在其中的，更何况是徒手。

　　然而既然有了血痕了，当然不觉要扩大。至少，也当浸渍了亲族，师友，爱人的心，纵使时光流驶，洗成绯红，也会在微漠的悲哀中永存微笑的和蔼的旧影。陶潜说过，"亲戚或余悲，他人亦已歌，死去何所道，托体同山阿。"倘能如此，这也就够了。

七

　　我已经说过：我向来是不惮以最坏的恶意来推测中国人的。但这回却很有几点出于我的意外。一是当局者竟会这样地凶残，一是流言家竟至如此之下劣，一是中国的女性临难竟能如是之从容。

　　我目睹中国女子的办事，是始于去年的，虽然是少数，但看那干练坚决，百折不回的气概，曾经屡次为之感叹。至于这一回在弹雨中互相救助，虽殒身不恤的事实，则更足为中国女子的勇毅，虽遭阴谋秘计，压抑至数千年，而终于没有消亡的明证了。倘要寻求这一次死伤者对于将来的意义，意义就在此罢。

　　苟活者在淡红的血色中，会依稀看见微茫的希望；真的猛士，将更奋然而前行。

　　呜呼，我说不出话，但以此记念刘和珍君！

四月一日

（选自《华盖集续编》，《鲁迅全集》第 3 卷，人民文学出版社 1981 年版）

秋 夜

鲁 迅

——野草之一

在我的后园，可以看见墙外有两株树，一株是枣树，还有一株也是枣树。

这上面的夜的天空，奇怪而高，我生平没有见过这样的奇怪而高的天空，他仿佛要离开人间而去，使人们仰面不再看见。然而现在却非常之蓝，闪闪地映着几十个星星的眼，冷眼。他的口角上现出微笑，似乎自以为大有深意，而将繁霜洒在我的园里的野花草上。

我不知道那些花草真叫什么名字，人们叫他们什么名字。我记得有一种开过极细小的粉红花，现在还开着，但是更极细小了，她在冷的夜气中，瑟缩地做梦，梦见春的到来，梦见秋的到来，梦见瘦的诗人将眼泪擦在她最末的花瓣上，告诉她秋虽然来，冬虽然来，而此后接着还是春，蝴蝶乱飞，蜜蜂都唱起春词来了。她于是一笑，虽然颜色冻得红惨惨地，仍然瑟缩着。

枣树，他们简直落尽了叶子。先前，还有一两个孩子来打他们别人打剩的枣子，现在是一个也不剩了，连叶子也落尽了。他知道小粉红花的梦，秋后要有春；他也知道落叶的梦，春后还是秋。他简直落尽叶子，单剩干子，然而脱了当初满树是果实和叶子时候的弧形，欠伸得很舒服。但是有几枝还低亚着，护定他从打枣的竿梢所得的皮伤，而最直最长的几枝，却已默默地铁似的直刺着奇怪而高的天空，使天空闪闪地鬼眨眼；直刺着天空中圆满的月亮，使月亮窘得发白。

鬼眨眼的天空越加非常之蓝，不安了，仿佛想离去人间，避开枣树，只将月亮剩下。然而月亮也暗暗地躲到东边去了。而一无所有的干子，却仍然默默地铁似的直刺着奇怪而高的天空，一意要制他的死命，不管他各式各样地眠着许多蛊惑的眼睛。

哇的一声，夜游的恶鸟飞过了。

我忽而听到夜半的笑声，吃吃地，似乎不愿意惊动睡着的人，然而四围的空气都应和着笑。夜半，没有别的人，我即刻听出这声音就在我嘴里，我也立即被这笑声所驱逐，回进自己的房。灯火的带子也即刻被我旋高了。

后窗的玻璃上丁丁地响，还有许多小飞虫乱撞。不多久，几个进来了，许是从窗纸的破孔进来的。他们一进来，又在玻璃的灯罩上撞得丁丁地响。一个从上面撞进去了，他于是遇到火，而且我以为这火是真的。两三个却休息在灯的纸罩上喘气。那罩是昨晚新换的罩，雪白的纸，折出波浪纹的叠痕，一角还画出一枝猩红色的栀子。

猩红的栀子开花时，枣树又要做小粉红花的梦，青葱地弯成弧形了……。我又听到夜半的笑声，我赶紧砍断我的心绪，看那老在白纸罩上的小青虫，头大尾小，向日葵子似的，只有半粒小麦那么大，遍身的颜色苍翠得可爱，可怜。

我打一个呵欠，点起一支纸烟，喷出烟来，对着灯默默地敬奠这些苍翠精致的英雄们。

（选自一九二四年十二月一日《语丝》第三期）

影的告别

鲁　迅

——野草之二

人睡到不知道时候的时候，就会有影来告别，说出那些话：

有我所不乐意的在天堂里，我不愿去；有我所不乐意的在地狱里，我不愿去；有我所不乐意的在你们将来的黄金世界里，我不愿去。

然而你就是我所不乐意的。

朋友，我不想跟随你，我不愿往。

我不愿意！

呜乎呜乎，我不愿意，我不如彷徨于无地。

我不过一个影，要别你而沉没在黑暗里了。然而黑暗又会吞并我，然而光明又会使我消失。

然而我不愿彷徨于明暗之间，我不如在黑暗里沉没。

然而我终于彷徨于明暗之间，我不知道是黄昏还是黎明。我姑且举灰黑的手装作喝干一卮酒，我将在不知时候的时候独自远行。

呜乎呜乎，倘若黄昏，黑夜自然会来沉没我，否则我要被白天消失，如果现是黎明。

朋友，时候近了。

我将向黑暗里彷徨于无地。

你还想我的赠品。我能献你什么呢？无已，则仍是黑暗和虚空而已。但是，我愿意只是黑暗，或者会消失于你的白天；我愿意只是虚空，决不占你的心地。

我愿意这样，朋友——

我独自远行，不但没有你，并且再没有别的影在黑暗里。只有我被黑暗沉没，那世界全属于我自己。

一九二四年九月二十四日

（选自一九二四年十二月八日《语丝》第四期）

北京的茶食

周作人

在东安市场的旧书摊上买到一本日本文章家五十岚力的《我的书翰》,中间说起东京的茶食店的点心都不好吃了,只有几家如上野山下的空也,还做得好点心,吃起来馅和糖及果实浑然融合,在舌头上分不出各自的味来。想起德川时代江户的二百五十年的繁华,当然有这一种享乐的流风余韵留传到今日,虽然比起京都来自然有点不及。北京建都已有五百余年之久,论理于衣食住方面应有多少精微的造就,但实际似乎并不如此,即以茶食而论,就不曾知道什么特殊的有滋味的东西。固然我们对于北京情形不甚熟悉,只是随便撞进一家饽饽铺里去买一点来吃,但是就撞过的经验来说,总没有很好吃的点心买到过。难道北京竟是没有好的茶食,还是有而我们不知道呢? 这也未必全是为贪口腹之欲,总觉得住在古老的京城里吃不到包含历史的精炼的或颓废的点心是一个很大的缺陷。北京的朋友们,能够告诉我两三家做得上好点心的饽饽铺么?

我对于二十世纪的中国货色,有点不大喜欢,粗恶的模仿品,美其名曰国货,要卖得比外国货更贵些。新房子里卖的东西,便不免都有点怀疑,虽然这样说好像遗老的口吻,但总之关于风流享乐的事我是颇迷信传统的。我在西四牌楼以南走过,望着异馥斋的丈许高的独木招牌,不禁神往,因为这不但表示他是义和团以前的老店,那模糊阴暗的字迹又引起我一种焚香静坐的安闲而丰腴的生活的幻想。我不曾焚过什么香,却对于这件事很有趣味,然而终于不敢进香店去,因为怕他们在香盒上已放着花露水与日光皂了。我们于日用必需的东西以外,必须还有一点无用的游戏与享乐,生活才觉得有意思。我们看夕阳,看秋河,看花,听雨,闻香,喝不求解渴的酒,吃不求饱的点心,都是生活上必要的——虽然是无用的装点,而且是愈精炼愈好。可怜现在的中国生活,却是极端地干燥粗鄙,别的不说,我在北京彷徨了十年,终未曾吃到好点心。

(1924 年 2 月作,选自《雨天的书》)

乌篷船

周作人

子荣君：

接到手书，知道你要到我的故乡去，叫我给你一点什么指导。老实说，我的故乡，真正觉得可怀恋的地方，并不是那里；但是因为在那里生长，住过十多年，究竟知道一点情形，所以写这一封信告诉你。

我所要告诉你的，并不是那里的风土人情，那是写不尽的，但是你到那里一看也就会明白的，不必啰唆地多讲。我要说的是一种很有趣的东西，这便是船。你在家乡平常总坐人力车，电车，或是汽车，但在我的故乡那里这些都没有，除了在城内或山上是用轿子以外，普遍代步都是用船。船有两种，普通坐的都是"乌篷船"，白篷的大抵作航船用，坐夜航船到西陵去也有特别的风趣，但是你总不便坐，所以我也就可以不说了。乌篷船大的为"四明瓦"（Sy menngoa），小的为脚划船（划读 uoa）亦称小船。但是最适用的还是在这中间的"三道"，亦即三明瓦。篷是半圆形的，用竹片编成，中夹竹箬，上涂黑油；在两扇"定篷"之间放着一扇遮阳，也是半圆的，木作格子，嵌着一片片的小鱼鳞，径约一寸，颇有点透明，略似玻璃而坚韧耐用，这就称为明瓦。三明瓦者，谓其中舱有两道，后舱有一道明瓦也。船尾用橹，大抵两支，船首有竹篙，用以定船。船头着眉目，状如老虎，但似在微笑，颇滑稽而不可怕，唯白篷船则无之。三道船篷之高大约可以使你直立，舱宽可以放下一顶方桌，四个人坐着打马将，——这个恐怕你也已学会了罢？小船则真是一叶扁舟，你坐在船底席上，篷顶离你的头有两三寸，你的两手可以搁在左右的舷上，还把手都露出在外边。在这种船里仿佛是在水面上坐，靠近田岸去时泥土便和你的眼鼻接近，而且遇着风浪，或是坐得少不小心，就会船底朝天，发生危险，但是也颇有趣味，是水乡的一种特色。不过你总可以不必去坐，最好还是坐那三道船罢。

你如坐船出去，可是不能像坐电车的那样性急，立刻盼望走到。倘若出城，走三四十里路，（我们那里的里程是很短，一里才及英里三分之一），来回总要预备一天。你坐在船上，应该是游山的态度，看看四周物色，随处可见的山，岸旁的乌柏，河边的红蓼和白苹，渔舍，各式各样的桥，困倦的时候睡在舱中拿出随笔来看，或者冲一碗清茶喝喝。偏门外的鉴湖一带，贺家池，壶觞左近，我都是喜欢的，或者往娄公埠骑驴去游兰亭，（但我劝你还是步行，骑驴或者于你不很相宜），到得暮色苍然的时候进城上都挂着薛荔的东门来，倒是颇有趣味的事。倘若路上不平静，你往杭州去时可于下午开船，黄昏时候的景色正最好看，只可惜这一带地方的名字我都忘记了。夜间睡在舱中，听水声橹声，来往船只的招呼声，以及乡间的犬吠鸡鸣，也都很有意思。雇一只船到乡下去看庙戏，可以了解中国旧戏的真趣味，而且在船上行动自如，要看就看，要睡就睡，要喝酒就喝酒，我觉得也可以算是理想的行乐法。只可惜讲维新以来这些演剧与迎会都已禁止，中产阶级的低能人别在"布业会馆"等处建起"海式"的戏场来，请大家买票看上海的猫儿戏。这些地方你千万不要去。——你到我那故乡，恐怕没有一个人认得，我又因为在教书不能陪你去玩，坐夜船，谈闲天，实在抱歉而且惆怅。川岛君夫妇现在僻山下，本来可以给你介绍，但是你到那里的时候他们恐怕已经离开故乡了。初寒，善自珍重，不尽。

十五年十一月十八日夜，于北京。

（选自周作人《泽泻集》，北新书局一九二七年九月版）

故乡的野菜

周作人

我的故乡不止一个，凡我住过的地方都是故乡。故乡对于我并没有什么特别的情分，只因钓于斯游于斯的关系，朝夕会面，遂成相识，正如乡村里的邻舍一样，虽然不是亲属，别后有时也要想念到他。我在浙东住过十几年，南京东京都住过六年，这都是我的故乡；现在住在北京，于是北京就成了我的家乡了。

日前我的妻往西单市场买菜回来，说起有荠菜在那里卖着，我便想起浙东的事来。荠菜是浙东人春天常吃的野菜，乡间不必说，就是城里只要有后园的人家都可以随时采食，妇女小儿各拿一把剪刀一只"苗篮"，蹲在地上搜寻，是一种有趣味的游戏的工作。那时小孩们唱道："荠菜马兰头，姊姊嫁在后门头。"后来马兰头有乡人拿来进城售卖了，但荠菜还是一种野菜，须得自家去采。关于荠菜向来颇有风雅的传说，不过这似乎以吴地为主。《西湖游览志》云："三月三日男女皆戴荠菜花。谚云：三春戴荠花，桃李羞繁华。"顾禄的《清嘉录》上亦说："荠菜花俗呼野菜花，因谚有三月三蚂蚁上灶山之语，三日人家皆以野菜花置灶陉上，以厌虫蚁。侵晨村童叫卖不绝。或妇女簪髻上以祈清目，俗号眼亮花。"但浙东人却不很理会这些事情，只是挑来做菜或炒年糕吃罢了。

黄花麦果通称鼠曲草，系菊科植物，叶小微圆互生，表面有白毛，花黄色，簇生梢头。春天采嫩叶，捣烂去汁，和粉作糕，称黄花麦果糕。小孩们有歌赞美之云：

黄花麦果韧结结，

关得大门自要吃，

半块拿弗出，一块自要吃。

清明前后扫墓时，有些人家——大约是保存古风的人家——用黄花麦果作供，但不作饼状，做成小颗如指顶大，或细条如小指，以五六个作一攒，名曰茧果，不知是什么意思，或因蚕上山时设祭，也用这种食品，故有是称，亦未可知。自从十二三岁时外出不参与外祖家扫墓以后，不复见过茧果，近来住在北京，也不再见黄花麦果的影子了。日本称作"御形"，与荠菜同为春的七草之一，也采来做点心用，状如艾饺，名曰"草饼"，春分前后多食之，在北京也有，但是吃去总是日本风味，不复是儿时的黄花麦果糕了。

扫墓时候所常吃的还有一种野菜，俗称草紫，通称紫云英。农人在收获后，播种田内，用作肥料，是一种很被贱视的植物，但采取嫩茎滴食，味颇鲜美，似豌豆苗。花紫红色，数十亩接连不断，一片锦绣，如铺着华美的地毯，非常好看，而且花朵状若蝴蝶，又如鸡雏，尤为小孩所喜，间有白色的花，相传可以治痢。很是珍重，但不易得。

日本《俳句大辞典》云："此草与蒲公英同是习见的东西，从幼年时代便已熟识。在女人里边，不曾采过紫云英的人，恐未必有吧。"中国古来没有花环，但紫云英的花球却是小孩常玩的东西，这一层我还替那些小人们欣幸的。浙东扫墓用鼓吹，所以少年常随了乐音去看"上坟船里的姣姣"；没有钱的人家虽没有鼓吹，但是船头上篷窗下总露出些紫云英和杜鹃的花束，这也就是上坟船的确实的证据了。

一九二四年二月

（选自《周作人早期散文选》，上海文艺出版社 1984 年版）

陶然亭的雪

俞平伯

小 引

悄然的北风，黯然的同云，炉火不温了，灯还没有上呢。这又是一年的冬天。在海滨草草营巢，暂止飘零的我，似乎不必再学黄叶们故意沙沙的作成那繁响了。老实说，近来时序的迁流，无非逼我换了几回衣裳；把夹衣叠起，把棉衣抖开，这就是秋尽冬来的惟一大事。至于秋之为秋，冬之为冬，我之为我，一切之为一切，固依然自若，并非可叹可悲可怜可喜的意味，而且连那些意味的残痕也觉无从觅哩。千条万派活跃的流泉似全然消释于无何有之乡土，剩下"漠然"这么一味来相伴了。看看窗外酿雪的同云，倒活画出我那潦倒的影儿一个。像这样喑哑无声的蠢然一物，除血脉呼吸的轻颤以外，安息在冬天的晚上，真真再好没有了。有人说，这不是静止——静止是没有的——是均衡的动，如两匹马以同速同向去跑着，即不异于比肩站着的石马。但这些问题虽另有人耐烦去想，而我则岂其人呢。所以于我顶顶合式，莫如学那冬晚的停云。（你听见它说过话吗？）无如编辑《星海》的朋友们逼我饶舌。我将怎样呢？——有了！在："悄然的北风，黯然的同云，炉火不温了，灯还没有上呢"这个光景下，令我追忆昔年北京陶然亭的雪。

我虽生长于江南，而自曾北去以后，对于第二故乡的北京也真不能无所恋恋了。尤其是在那样一个冬晚，有银花纸糊裱的顶棚和新衣裳一样租车卒察的纸窗，一半已烬一半还红着，可以照人须眉的泥炉火，还有墙外边三两声的担子吆喝。因房这样矮而洁，窗这样低而明，越显出天上的同云格外的沉凝欲堕，酿雪的意思格外浓鲜而成熟了。我房中照例上灯独迟些，对面或侧面的火光常浅浅耀在我的窗纸上，似比月色还多了些静穆，还多些凄清。当我听见廓落的院子里有脚步声，一会儿必要跟着"砰"关风门了，或者"搭"下窗帘子了。我便料到必有寒紧的风在走道的人颈傍拂着，所以他要那样匆匆的走，如此，类乎此黯淡的寒姿。在我忆中至少可以匹敌江南春与秋的姝丽了，至少也可以使惯住江南的朋友了解一点名说苦寒的北方，也有足以系人思念的冬之黄昏啊，有人说，"这岂不将钩惹我们的迟暮之感？"真的！——可是，我们谁又是专喝蜜水的人呢。

总是冬天罢，（谁要你说？）年月日是忘怀了。读者们想决不屑介意于此琐琐的，所以忘怀倒也没要紧。那天是雪后的下午。我其时住在东华门侧一条曲折的小胡同里，而G君所居更偏东些。我们雇了两辆"胶皮"，向着陶然亭去，但车只雇到前门外大外郎营，（从东城至陶然亭路很远，冒雪雇车很不便，）牛轮咯咯吱吱的切碾着白雪，留下凹纹的平行线，我们遂由南池子而天安门东，渐逼近车马纷填，兀然在目的前门了。街衢上已是一半儿泥泞，一半儿雪了。幸而北风还时时吹下一阵雪珠，蒙络那一切，正如疏朗冥蒙的银雾。亦幸而雪在北京，似乎是白面捏的，又似乎是白泥塑的。（往往到初春时，人家庭院里还堆着与土同色的雪，结果是成筐的挑了出去完事。）若移在江南，檐漏的滴搭，不终朝而消尽了。

言归正传。我们下了车，踏着雪，穿粉房琉璃街而南，炫眼的雪光愈白，栉比的人家渐寥落了。不久就远远望见清旷莹明的原野，这正是在城圈里耽腻了的我们所期待的。累累的荒冢，白着头的，地名叫做窑台。我不禁连想那"会向瑶台月下逢"的所谓瑶台，这本是比拟不伦，但我总不住的那么想。

那时江亭之北似尚未有通衢。我踯躅于白蓑衣广覆着的田野之间，望望这里，望望那里，都很像江亭似的。商量着，偏西南方较高大的屋，或者就是了。但为什么不见一个亭子呢？藏在里边罢？

到拾级而登时，已确信所测不误了。然踏穿了内外竟不见有什么亭子。幸而上面挂着的一方匾；否则那天到的是不是陶然亭，若至今还是疑问，岂非是个笑话。江亭无亭，这样的名实乖违，总使我们怅然若失。我来时是这样预期的，一座四望极目的危亭，无碍无遮，在雪海中沐浴而嬉，宛如回旋的灯塔在银涛万沸之中，浅礁之上，亭亭蠢立一般。而今竟只见拙钝的几间老屋，为城圈之中所习见而不一见的，则已往的名流筋咏，想起来真不免黯然寡色了。

然其时雪又纷纷扬扬而下来，跳舞在灰空里的雪羽，任意地飞集到我们的粗呢氅衣上。趁它们未及融为明珠的时候，我即用手那么一拍，大半掉在地上，小半已渗进衣襟去。"下马先寻题壁字，"来来回回的循墙而走，咱们也大有古人之风呢。看看咱们能拾得什么？至少也当有如"白丁香折玉亭亭"一样的句子被传诵着罢。然而竟终于不见！可证"一蟹不如一蟹"这句老话真是有一点意思的。后来幸而觅得略可解嘲的断句，所谓"卅年戎马尽秋尘"者，从此就在咱们嘴里咕噜着了。

在曲折廊落的游廊间，当北风卷雪渺无片响的时分，忽近处递来琅琅的读书声。谛听，分明得很，是小孩子的。它对于我们十分亲密，因为和从前我们在书房里所唱出的正是一个样子的。这尽可以使我重温热久未曾尝的几时的甜酒，使我俯拾眠歌声里的温馨梦痕；并可以减轻北风的尖冷，抚慰素雪的飘零。换一句干脆点的话，就是在清冷双绝的况味中，它恰好给喝了一点热热酽酽的东西，使一切已凝的，一切凝着的，一切将凝的，都软洋洋掸着腰肢不自支持了。

书声还正琅琅然呢，我们寻诗的闲趣被窥人的热念给岔开了。从回廊下趑趄过去，两明一暗的三间屋，玻璃窗上帷子亦未下。天色其时尚未近黄昏；惟云天密吻，酿雪意的浓醋，阡陌明胸，积雪痕的寒皎，似乎全与迟暮合缘，催着黄昏快些来罢。至屋内的陈设，人物的须眉，已尽随年月日时的迁移，送进茫茫昧昧的乡土，在此也只好从缺。几个较鲜明的印象，尚可片片掇拾以告诸君的，是厚的棉门帘一个；肥短的旱调袋一支；老黄色的《孟子》一册，上有银朱圈点，正翻到《离娄》篇首；照例还有白灰泥炉一个，高高的火苗窜着；以外……"算了罢，你不要在这儿写帐哟！"

游览必终之以大嚼，是我们的惯例，这里边好像有鬼催着似的。我曾和我姊说过，"咱们以后不用说逛什么地方，老实说吃什么地方好了。"她虽付之一笑，却不斥我为胡闹，可见中非无故了。我且曾以之问过吾师。吾师说得尤妙，"好吃是文人的天性，"这更令我不便追问下去。因为既曰天性，已是第一因了。还要求它的因，似乎不很知趣。如理化学家说到电子，心理学家说到本能，生机哲学者说到什么"隐得而希"……

闲言少表。天性既不许有例外，谈到白雪，自然会归到一条条的白面上去。不过这种说法是很辱没胜地的，且有点文不对题。所以在江亭中吃的素面，只好割爱不谈。我只记得青汪汪的一炉火，温煦最先散在人的双颊上。那户外的尖风呜呜的独自去响。倚着北窗，恰好鸟瞰那南郊的旷莽积雪。玻璃上偶沾了几片鹅毛碎雪，更显得它的莹明不滓，雪固白得可爱，但它干净得尤好，酿雪的云，融雪的泥，各有各的意思；但总不如一半留着的雪痕，一半飘着的雪花，上上下下，迷眩难分的尤为美满。脚步声听不到，门帘也不动，屋里没有第三个人。我们手都插在衣袋里，悄对着那排向北的窗。窗外有几方妙绝的素雪装成的册页。累累的坟，弯弯的路，枝枝丫丫的树，高高低低的屋顶，都秃着白头，耸着白肩膀，危立在卷雪的北风之中。上边不见一只鸟儿展着翅，下边不见一条虫儿蠢然的动（或者要归功于我的近视眼），不用提路上的行人，更不用提马足车尘了。惟有背后已热的瓶笙吱吱的响，是为静之独一异品；然依昔人所谓"蝉噪林逾静"的静这种诠释，它虽努力思与岑寂绝缘终久是失败的哟。死样的寂每每促生胎动的潜能，惟万寂之中留下一分两分的喧哗，使就烬的赤灰不致以内炎而重生烟焰；故未全枯寂伪外缘正能孕育着止水一泓似的心境。这也无烦高谈妙谛，只当咱们清眠不熟的时光便可以稍稍体验这番悬谈了。闲闲的意想，乍生乍灭，如行云流水一般的不关痛痒，比强制吾心，一念不着的滋味如何？这想必有人能辨别的。

炉火使我们的颊热，素面使我们的胃饱，飘零的暮雪使我们的心越过越黯淡。我们到底不得不出去一走，到底不得不面迎着雪，脚踹着雪，齐向北快快的走。离亭数十步外有一土坡，上开着一家油厂，厂右有小小的断坟并立。从坟头的小碣，知道一个葬的是鹦鹉，一个名为香冢，想又是美人黄土那类把戏了。只是一件，油厂有狗，喜拦门乱吠。G君是怕狗的；因怕它咬，并怕那未必就咬的吠，并怕那未必就吠的狗。而我又是怯登土坡的，雪覆着的坡子滑滑的难走，更有点望之生畏。故我们商量商量，还是别去为妙。

我们绕坡北去时，G君抬头而望（我记得其时狗没有吠）对我说，来年春归时，种些红杜鹃花在上面，我点点头。路上还商量着买杜鹃花的价钱。……现在呢，然而现在呢？我惆怅着夙愿的虚设。区区的愿原不妨孤负；然区区的愿亦未免孤负，则以外的岂不又可知了。——北京冬间早又见了三两寸的雪，而上海至今只是黯然的同云，说是酿雪，说是酿雪，而终于不来。这令我由不得追忆那年江亭玩雪的故事。

一九二四年一月十二日

（选自《杂拌儿》，开明书店1928年8月版）

西湖的六月十八夜

俞平伯

　　我写我的"中夏夜梦"罢。有些踪迹是事后追寻,恍如梦寐,这是习见不鲜的;有些,简直当前就是不多不少的一个梦,那更不用提什么忆了。这儿所写的正是佳例之一。

　　在杭州住着的,都该记得阴历六月十八这一个节日罢。它比什么寒食,上巳,重九……都强,在西湖上可以看见。

　　杭州人士向来是那么寒乞相的,(不要见气,我不算例外。)惟有当六月十八的晚上,他们的发狂倒很像有点彻底的。(这是鲁迅君赞美蚊子的说法。)这真是佛力庇护——虽然那时班禅还没有去。

　　说杭州是佛地,如其是有佛的话,我不否认它配有这称号。即此地所说的六月十八,其实也是个节日。观世音菩萨的生日听说在六月十九,这句话从来远矣,是千真万确的了,而十八正是它的前夜。

　　三天竺和灵隐本来是江南的圣地,何况又恭逢这位"大慈大悲救苦救难观世音菩萨"的芳诞,——又用靓丽的字样了,死罪,死罪!——自然在进香者的心中,香烧得早,便越恭敬,得福越多,这所谓"烧头香"。他们默认以下的方式:得福的多少以烧香的早晚为正比例,得福不嫌多,故烧香不怕早。一来二去,越提越早,反而晚了。(您说这多么费解。)于是便宜了六月十八的一夜。

　　不知是谁的诗我忘怀了,只记得一句,可以想像从前西子湖的光景,这是"三面云山一面城"。现在打桨于湖上的,却永无缘拜识了。云山是依然,但瀕湖女墙的影子那里去了?我们凝视东方,在白日只是成列的市廛,在黄昏只是星星的灯火,虽亦不见得丑劣;但没出息的我总会时常去默想曾有这么一带森严曲折颓败的雉堞,倒印于湖水的纹裳里。

　　从前既有城,即不能没有城门。湖滨之门自南而北凡三:曰清波,曰涌金,曰钱塘,到了夜深,都要下锁的。烧香客人们既要赶得早,且要越早越好,则不得不设法飞跨这三座门。他们的妙法不是爬城,不是学鸡叫,(这多么下作而且险!)只是隔夜赶出城。那时城外荒荒凉凉的,没有湖滨聚英,更别提西湖饭店新新旅馆之流了,于是只好作不夜之游,强颜与湖山结伴了。好在天气既大热,又是好月亮,不会得受罪的。至于放放荷灯这种把戏,都因为惯住城中的不甘清寂,才想出来的花头,未必真有什么雅趣。杭州人有了西湖,乃老躲在城里,必要被官府(关城门)佛菩萨(做生日)两重逼迫着方始出来晃荡这一夜;这真是寒乞相之至了。拆了城依旧如此,我看还是惰性难除罢,不见得是彻底发泄狂气呢。

　　我在杭州一住五年,却只过了一个六月十八夜;暑中往往他去,不是在美国就是在北京。记得有一年上,正当六月十八的早晨我动身北去的,莹环他们却在那晚上讨了一支疲惫的划子,在湖中飘泛了半响。据说那晚的船很破烂,游得也不畅快;但她既告我以游踪,毕竟使我愕然。

　　去年住在俞楼,真是躬逢其盛。是时和 H 君一家还同住着。H 君平日兴致是极好的,他的儿女们更渴望着这佳节。年年住居城中,与湖山究不免隔膜,现在却移家湖上了。上一天先忙着到岳坟去定船。在平时泛月一度,约费杖头资四五角,现在非三元不办了。到十八下午,我们商量着去到城市买些零食,备嬉游时的咬嚼。我俩和 YL 两小姐,背着夕阳,打桨悠悠然去。

　　归途车上白沙堤,则流水般的车儿马儿或先或后和我们同走。其时已黄昏了。呀,湖楼附近竟成一小小的市集。楼外楼高悬着炫目的石油灯,酒人已如蚁聚。小楼上下及楼前路畔,填溢着喧哗和繁热。夹道树下的小摊儿们,啾啾唧唧在那边做买卖。如是直接于公园,行人来往,曾无闲歇。偏西一望,从岳坟的灯火，瞥见人气的浮涌，与此地一般无二。这和平素萧萧的绿杨，寂寂的明湖大相径庭了。我不自觉的动了孩子的兴奋。

饭很不得味的匆匆吃了，马上就想坐船。——但是不巧，来了一群女客，须得尽先让她们耍子儿；我们惟有落后了。H君是好静的，主张在西泠桥畔露坐憩息着，到月上了再去荡桨。我们只得答应着；而且我们也没有船，大家感着轻微的失意。

西泠桥畔依然冷冷清清的。我们坐了一会儿，听远处的箫鼓声，人的语笑都迷蒙疏阔得很，顿遭逢一种凄寂，迥异我们先前所期待的了。偶然有两三盏浮漾在湖面的荷灯飘近我们，弟弟妹妹们便说灯来了。我瞅着那伶俜摇摆的神气，也实在可怜得很呢。后来有日本仁丹的广告船，一队一队，带着成列的红灯笼，沉填的空大鼓，火龙般的在里湖外湖间穿走着，似乎抖散了一堆寂寞。但不久映入水心的红意越宕越远越淡，我们以没有船赶它们不上，更添许多无聊。——淡黄月已在东方涌起，天和水都微明了。我们的船尚在渺茫中。

月儿渐高了，大家终于坐不住，一个一个的陆续溜回俞楼去。H君因此不高兴，也走回家。那边倒还是热闹的。看见许多灯，许多人影子，竟有归来之感，我一身尽是俗骨罢？嚼着方才亲自买来的火腿，咸得很，乏味乏味！幸而客人们不久散尽，船儿重系于柳下，时候虽不早，我们还得下湖去。我鼓舞起孩子的兴致来："我们去。我们快去罢！"

红明的莲花飘流于银碧的夜波上，我们的划子追随着它们去。其实那时的荷灯已零零落落，无复方才的盛。放的灯真不少，无奈抢灯的更多。他们把灯都从波心里攫起来，摆在船上明晃晃地，方始踌躇满志而去。到烛烬灯昏时，依然是条怪蹩脚的划子，而湖面上却非常寥落；这真是杀风景。"摇摆，上三潭印月。"

西湖的画舫不如秦淮河的美丽；只这宵一律妆点以温明的灯饰，嘹亮的声歌。在群山互拥，孤月中天，上下莹澈，四顾空灵的湖上，这样的穿梭走动，也觉别具丰致，决不弱于她的姊妹们。用老旧的比况，西湖的夏是"林下之风"，秦淮河的是"闺房之秀"。何况秦淮是夜夜如斯的；在西湖只是一年一度的美景良辰，风雨来时还不免虚度了。

公园码头上大船小船挨挤着。岸上石油灯的苍白芒角，把其他的灯姿和月色都逼得很黯淡了，我们不如别处去。我们甫下船时，远远听那边船上正缓歌《南昌懒画眉》，等到我们船拢近来，早已歌阑人静了，这也很觉怅然。我们不如别处去。船渐渐的向三潭印月划动了。

中宵月华皎洁，是难于言说的。湖心悄且冷；四岸浮动着的歌声人语，灯火的微芒，合拢来却晕成一个繁热的光圈儿围裹着它。我们的心因此也不落于全寂，如平时夜泛的光景；只是伴着少一半的兴奋，多一半的怅惘，软软地跳动着。灯影的历乱，波痕的皱皱，云气的奔驰，船身的动荡……一切都和心象相溶合。柔滑是入梦的惟一象征，故在当时已是不多不少的一个梦。

及至到了三潭印月，灯歌又烂漫起来，人反而倦了。停泊了一歇，绕这小洲而游，渐入荒寒境界；上面欹侧的树根，旁边披离的宿草，三个圆尖石潭，一支秃笔样的雷峰塔，尚同立于月明中。湖南没有什么灯，愈显出波寒月白；我们的眼渐渐伤涩得抬不起来了，终于摇了回去。另一划船上奏着最流行的《三六》，柔曼的和音依依地送我们的归船。记得从前H君有一断句是"遥灯出树明如柿"，我对了一句"倦桨投波密过伤"；虽不是今宵的眼前事，移用却也正好。我们转船，望灯火的丛中归去。

梦中行走般的上了岸，H君夫妇回湖楼去，我们还恋恋于白沙堤上徘徊着。楼外楼仍然上下通明，酒人尚未散尽。路上行人三三五五，络绎不绝。我们回头再往公园方面走，泊着的灯船少了一些，但也还有五六条。其中有一船挂着招帘，灯亦特别亮，是卖凉饮及吃食的，我们上去喝了些汽水。中舱端坐着一个华妆的女郎，虽然不见得美，我们乍见，误认她也是客人，后来不知从那儿领悟出是船上的活招牌，才恍然失笑，走了。

不论如何的疲惫无聊，总得拼到东方发白才返高楼寻梦去；我们谁都是这般期待的。奈事不从人愿，H君夫妇不放心儿女们在湖上深更浪荡，毕竟来叫他们回去。顶小的一位L君临去时只咕噜着："今儿顽得真不畅快！"但仍旧垂着头踱回去了。只剩下我们，踽踽凉凉如何是了？境又是不耐夜凉的。"我们一淘走罢！"

他们都上重楼高卧去了。我俩同凭着疏朗的水泥栏，一桁楼廊满载着月色，见方才卖凉饮的灯船复向湖心动了。活招牌式的女人必定还支撑着倦眼端坐着呢，我俩同时作此想。叮叮当，叮叮冬，那船在西倾的圆月下响着。远了，渐渐听不真。一阵夜风过来，又是叮……当。叮……冬。

　　一切都和我疏阔，连自己在明月中的影子看起来也朦胧得甚于烟雾。才想转身去睡；不知怎的脚上踌躇了一步，于是箭逝的残梦俄然一顿，虽然马上又脱镞般飞驶了。这场怪短的"中夏夜梦"，我事后至今不省得如何对它。它究竟回过头瞟了我一眼才走的，我那能怪它。喜欢它吗？不，一点不！

十九二五年四月十三日作于北京

（选自一九二五年五月二十三日《现代评论》第一卷第二十四期）

钱塘江的夜潮

钟敬文

人类真是富于夸大性的动物。有时一件很平庸的事情或物体，一经过他们的夸大的渲染，就变成了不得的伟大、奇诡、神秘，而深饶吸引人的魔力。村夫农妇传说中的神仙英雄，骚人才子诗文中的名山胜迹，都是千百倍显微镜下的东西，和所谓实体的模样儿，大都是相差得很遥远的。这也许是人类用以自慰的一个法子吧，我想。因为人间实际的事物，往往太丑恶、平凡、藐小了。夸大地说说谎，使我们不至感觉到过分的无味、单调，甚至于引起嫌恶。这也是一种以"无聊当有聊"的办法。但这样的法子，可不是正办，把粉红的轻纱，蒙蔽在丑妇的脸上，暂时固然是可售一售他的欺诳；但到了人们实际看到那真相，不教人感到幻灭的悲哀吗？

我为什么忽地发这样的牢骚呢？原来是为了看过一次钱塘江的夜潮而失望呀。

"钱塘江潮"，我们一提到这几个字，心里就不免发生一种驰慕的情感。我们试翻开宋人周密的《武林旧事》一看：

浙江之潮，天下之伟观也。自既望以至十八为最盛。方其远出海门，仅如银线。既而渐近，则玉城雪岭，际天而来，大声如雷霆。震撼激射，吞天沃日，势极雄豪。杨诚斋诗云："海涌银为郭，江横玉系腰"，是也。……吴儿善泅者数百，皆披发文身，手持十幅大彩旗，争先鼓勇。诉洄而上，出没于鲸波万仞中，腾身百变，而旗尾略不沾湿。以此夸能，而豪富、贵宦争赏银彩。江干上下十余里间，珠翠罗绮溢目，车马塞途。饮食百物，皆倍于常时；而僦赁看幕，虽席地不容间也……

看这里所记，我们可以知道这钱塘江潮的惹人注意了。且我们脑子里还有许多在少年时听、读过的关于它的故事，如钱王"三千强弩射潮低"的传说，伍子胥"魂压怒涛翻白浪"的神话等，都在鼓舞着我们的兴趣。古人说："未能免俗，聊复尔尔。"何况我是一个有时好奇心特别旺盛的人呢？住在这密迩咫尺的地方，如不去看，将来不是要懊悔失了机会么？所以在未行前的几日，我便高兴地决定去看看了。

据朋友们说，观潮自然以八月的秋潮为佳，然而八月的秋潮，日里的还不及夜里的好看。我记得高濂《四时幽赏录》中，亦有这话：

浙江潮汛，人多从八月昼观，鲜有知夜观者。余昔焚修寺中，燃点塔灯。夜午，月色横空，江波静寂，悠悠江水吞吐蟾光，自是一段奇景。顷焉，风色陡寒，海门潮起，日影银涛，光摇喷雪，云移玉岸，浪卷轰雷，白练风扬，奔飞曲折，势若山岳奔腾，使人毛骨欲竖。古云："十万军声半夜潮"，信哉！

在我自己的想象中，也觉得于月明风清之中，观览江头浪潮奔驰，比在日日太阳光下的所见的，要有趣味得多。所以结局，是立意去看"夜潮"。

是旧历八月十七日傍晚。我吃过了晚餐，换一换衣服，便坐黄包车到湖滨路中国旅行社去。因离开车的时刻尚早，只得买了些苹果、山梨等，坐在湖旁吃着消遣时光。不用说，我这时心里差不多全充满了热蓬蓬的兴趣，以为"天下奇观"的钱塘江秋潮，在两三个钟头后，就要摆现在我的眼前，任我激赏。此游不仅自己饱饫一时眼福，还可以终生地向许多朋友们夸耀呢。

时候到了，汽车里坐满了客人了。叫笛一声，车身便往前驰奔。车里所载的游客，约二十人左右；但差不多全数是广东人。我听到亲熟的乡音，不免有些欣悦。又想他们为了观潮，特别从迢遥的岭外或上海，赶到这里来，怀着何等热情呢？假如我住在这里的，反不来看一下，不是要给他们笑作痴呆么？想到此，我的心更为欣然。在和他们纵横谈笑中,极表现出我的高兴了。

汽车出了杭州市以外,驰行于旷野的大道中。从车窗望出去,清朗的月光下,桑麻、松柏、池沼、平原、村落、远山,……都梦一样的浸没在肃静里。我不禁悠然的浮动了乡思。凝盼移时,心更怅惘无所依。加以西风峭寒,车身不息的摆动,我颓然不胜睡意的侵袭了。似寐非寐的情况,直到将到海宁时,才破除去,而神志回复到了原来的清醒。

下车后,即到海塘上指定的观潮处。这时,塘基上拥挤满了观众,如一个热闹的夜市。江上水色,一望无涯,月光罩在上面,如盖着一重轻纱。离开了座位,移步到一块比较人迹稀疏的树荫下,默对着壮旷、苍茫的自然,悠然意远,日常的思虑,到此都逃遁净尽,连特别为此而来的观潮的意念,暂时也好像不知去向了。小立移时,再回到座位上。夜意已深,寒威加重,因未带大衣来,此时身上颇有些瑟缩。不久,耳畔隆隆的声音,自远方而至。大众都侧头向海门处遥望,并且彼此声息哗然。我知潮将来了。便也抖擞精神,站了起来向众人所瞩目之处望去。

果然,潮终于来了!最初是一线白痕,从远处慢慢移来,暂近暂快,声势亦暂大。忽而风驰电击似的从我们所立的塘基下奔过,向那一边移去。暂远暂迷模,终至于看不见。当潮之奔驰过我们眼前时,其高不过数尺,形状如釜里怒沸的开水,跃动不可止息。奔驰过后,则江水增高了量度,而色样变得格外浑浊。这在月光下,是可以清楚地辨出来的。

我不觉失望了。我以为这自古以来,给文人、士大夫所歌咏、观赏,百姓父老所乐于津津传说的钱塘江秋潮,至少应有些惊魂慑魄的奇伟气象。原来却是这样没有什么出人意表的平常!我们在海上经历过如山岳似的惊涛骇浪的人,对于这个有什么稀罕?便是我故乡沿海一带终日不息地一来一往冲激着的闲波浪,也不见得比这逊色多少!也许是今年我所见的,潮势比别年特别低小,但在我总算是很扫却兴致了。并且,我想就是来得大些,也不见得如人们所大吹的那么"奇观",自己从前所幻想的那么骇目吧?

归程中,坐在我身边的一位女同乡,对她同来的男朋友说:"倘若不是有西湖,要叫我花了两三百块钱来单看这样的江潮,真是不愿意呀!"我心里暗暗地承认了她的话。但没有开口。我已包围在失望和疲倦中了。

一九二八年十月十三日,补记。

竹林的故事

废 名

出城一条河，过河西走，坝脚下有一簇竹林，竹林里露出一重茅屋，茅屋两边都是菜园：十二年前，它们的主人是一个很和气的汉子，大家呼他老程。

那时我们是专门请一位先生在祠堂里讲《了凡纲鉴》，为得拣到这菜园来割菜，因而结识了老程，老程有一个小姑娘，非常的害羞而又爱笑，我们以后就借了割菜来逗她玩笑。我们起初不知道她的名字，问她，她笑而不答，有一回见了老程呼"阿三"，我才挽住她的手："哈哈，三姑娘！"我们从此就呼她三姑娘。从名字看来，三姑娘应该还有姊妹或兄弟，然而我们除掉她的爸爸同妈妈，实在没有看见别的谁。

一天我们的先生不在家，我们大家聚在门口掷瓦片，老程家的捏着香纸走我们的面前过去，不一刻又望见她转来——不笔直地循走原路，勉强带笑地弯近我们："先生！替我看看这签。"我们围着念菩萨的绝句，问道："你求的是什么呢？"她对我们诉一大串，我们才知道她的阿三头上本来还有两个姑娘，而现在只要让她有这一个，不再三朝两病的就好了。

老程除了种菜，也还打鱼卖。四五月间，霪雨之后，河里满河山水，他照例拿着摇网走到河边的一个草墩上——这墩也就是老程家的洗衣裳的地方，因为太阳射不到这来，一边一棵树交荫着成一座天然的凉棚：水涨了，搓衣的石头沉在河底，呈现绿团团的坡，刚刚高过水面，老程老像乘着划船一般站在上面把摇网朝水里兜来兜去；倘若兜着了，那就不移地地转过身倒在挖就了的荡里——三姑娘的小小的手掌，这时跟着她的欢跃的叫声热闹起来，一直等到蹦跳蹦跳好容易给捉住了，才又坐下草地望着爸爸。

流水潺潺，摇网从水里探起，一滴滴的水点打在水上，浸在水当中的枝条也冲击着嚓嚓作响。三姑娘渐渐把爸爸站在哪里都忘掉了，只是不住地抠土，嘴里还低声地歌唱；头毛低到眼边，才把脑壳一扬，不觉也就瞥到那滔滔水流上的一堆白沫，顿时兴奋起来，然而立刻不见了，偏头又给树叶子遮住了——使得眼光回复到爸爸的身上，是突然一声"啊呀"！这回是一尾大鱼！而妈妈也沿坝走来，说盐钵里的盐怕还够不了一餐饭。

老程由街转头，茅屋顶上正在冒烟，叱咤一声，躲在园里吃菜的猪飞奔的跑——三姑娘也就出来了，老程从荷包里掏出一把大红头绳："阿三，这个打辫好吗？"三姑娘抢在手上，一面还接下酒壶，奔向灶角里去。"留到端午扎艾啊，别糟蹋了！"妈妈这样答应着，随即把洒壶伸到灶孔烫。三姑娘到房里去了一会又出来，见了妈妈抽筷子，便赶快拿出杯子——家里只有这一个，老是归三姑娘照管——踮着脚送在桌上；然而老程终于还是要亲自朝中间挪一挪，然后又取出壶来。"爸爸喝酒，我吃豆腐干！"老程实在用不着下酒的菜，对着三姑娘慢慢地喝了。

三姑娘八岁的时候，就能够代替妈妈洗衣。然而绿团团的坡上，从此也不见老程的踪迹了——这只要看竹林的那边河坝倾斜成一块平坦的上面，高耸着一个不毛的同教书先生（自然不是我们的先生）用的戒方一般模样的土堆，堆前竖着三四根只有秒梢还没有斩去的枝丫吊着被雨粘住的纸幡残片的竹竿，就可以知道是什么意义。

老程家的已经是四十岁的婆婆，就在平常，穿的衣服也都是青蓝大布，现在不过系鞋的带子也不用那水红颜色的罢了，所以并不显得十分异样。独有三姑娘的黑地绿花鞋的尖头蒙上一层白布，虽然更显得好看，却叫人见了也同三姑娘自己一样懒懒地没有话可说了。

然而那也并非是长久的情形。母女都是那样勤敏，家事的兴旺，正如这块小天地，春天来了，林里的竹子，园里的菜，都一天一天地绿得可爱。老程的死却正相反，一天比一天淡漠起来，只有鹞鹰在屋头上打圈子，妈妈呼喊女儿道，"去，去看坦里放的鸡娃。"三姑娘才走到竹林那边，知道这里睡的是爸爸了。到后来，青草铺平了一切，连曾经有个爸爸这件事实几乎也没有了。

正二月间城里赛龙灯，大街小巷，真是人山人海。最多的还要算邻近各村上的女人，她们像一阵旋风，大大小小牵成一串从这街冲到那街，街上的汉子也借这个机会撞一撞她们的奶。然而能够看得见三姑娘同三姑娘的妈妈吗？不，一回也没有看见！锣鼓喧天，惊不了她母女两个，正如惊不了栖在竹林的雀子。鸡上埘的时候，比这里更西也是住在坝下的堂嫂子们，顺便也邀请一声"三姐"，三姑娘总是微笑地推辞。妈妈则极力鼓励着一路去，三姑娘送客到坝上，也跟着出来，看到底攀缠着走了不；然而别人的渐渐走得远了，自己的不还是影子一般的依在身边吗？

三姑娘的拒绝，本是很自然的，妈妈的神情反而有点莫名其妙了！用询问的眼光朝妈妈脸上一瞧，——却也正在瞧过来，于是又掉头望着嫂子们走去的方向：

"有什么可看？成群打阵，好像是发了疯的！"

这话本来想使妈妈热闹起来，而妈妈依然是无精打采沉着面孔。河里没有水，平沙一片，显得这坝从远远看来是蜿蜒着一条蛇，站在上面的人，更小到同一颗黑子。由这里望过去，半圆形的城门，也低斜得快要同地面合成了一起；木桥俨然是画中见过的，而往来蠕动都在沙滩；在坝上分明数得清楚，及至到了沙滩，一转眼就失了心目中的标记，只觉得一簇簇的仿佛是远山上的树林罢了。至于咕咕的喧声，却止站在近旁更能入耳，虽然听不着说的是什么，听者的心早被他牵引了去了。竹林里也同平常一样，雀子在奏他们的晚歌，然而对于听惯了的人只能够增加静寂。

打破这静寂的终于还是妈妈：

"阿三！我就是死了也不怕猫跳！你老这样守着我，到底……"

妈妈不作声，三姑娘抱歉似的不安，突然来了这埋怨，刚才的事倒好像给一阵风赶跑了，增长了一番力气娇恼着：

"到底！这也什么到底不到底！我不欢喜玩！"

三姑娘同妈妈间的争吵，其原因都出在自己的过于乖巧，比如每天清早起来，把房里的家具抹得干净，妈妈却说，"乡户人家啊，要这样？"偶然一出门做客，只对着镜子把散在额上的头毛梳理一梳理，妈妈却硬从盒子里拿出一枝花来。现在站在坝上，眶子里的眼泪快要迸出来了，妈妈才不做声。这时节难为的是妈妈了，皱着眉头不转睛地望，而三姑娘老不抬头！待到点燃了案上的灯，才知道已经走进了茅屋，这期间的时刻竟是在梦中过去的。

灯光下也立刻照见了三姑娘，拿一束稻草，一菜篮适才饭后同妈妈在园里割回的白菜，坐下板凳三棵捆成一把。

"妈妈，这比以前大得多了！两棵怕就有一斤。"

妈妈哪想到屋里还放着明天早晨要卖的菜呢？三姑娘本不依恃妈妈的帮忙，妈妈终于不出声地叹一口气伴着三姑娘捆了。

三姑娘不上街看灯，然而当年背在爸爸的背上是看过了多少次的，所以听了敲在城里响在城外的锣鼓，都能够在记忆中画出是怎样的情境来。"再是上东门，再是在衙门口领赏……"忖着声音所来的地方自言自语地这样猜。妈妈正在做嫂子的时候，也是一样地欢喜赶热闹，那情境也许比三姑娘更记得清白，然而对于三姑娘的仿佛亲临一般地高兴，只是无意地吐出来几声"是"——这几乎要使得三姑娘稀奇得伸起腰来了："刚才还催我去玩哩！"

三姑娘实在是站起来了，一二三四的点着把数，然后又一把把地摆在菜篮，以便于明天一大早挑上街去卖。

见了三姑娘活泼泼的肩上一担菜，一定要奇怪，昨夜晚为什么那样没出息，不在火烛之下现一现那黑然而美的瓜子模样的面庞的呢？不——倘若奇怪，只有自己的妈妈。人一见了三姑娘挑菜，就只有三姑娘同三姑娘的菜，其余的什么也不记得，因为耽误了一刻，三姑娘的菜就买不到手，三姑娘的白菜原是这样好，隔夜没有浸水，煮起来比别人的多，吃起来比别人的甜了。

我在祠堂里足足住了六年之久，三姑娘最后留给我的印象，也就在卖菜这一件事。

三姑娘这时已经是十二三岁的姑娘，因为是暑天，穿的是竹布单衣，颜色淡得同月色一般——这自然是旧的了，然而倘若是新的，怕没有这样合适，不过这也不能够说定，因为我们从没有看见三姑娘穿过新衣：总之三姑娘是好看罢了。三姑娘在我们的眼睛里同我们的先生一样熟，所不同的，我们一望见先生就往里跑，望见三姑娘都不知不觉地站在那里笑。然而三姑娘是这样淑静，愈走近我们，我们的热闹便愈是消灭下去，等到我们从她的篮里拣起菜来，又从自己的荷包里掏出了铜子，简直是犯了罪孽似的觉得这太对不起三姑娘了。而三姑娘始终是很习惯的，接下铜子又把菜篮肩上。

一天三姑娘是卖青椒。这时青椒出世还不久，我们大家商议买四两来煮鱼吃——鲜青椒煮鲜鱼，是再好吃没有的。三姑娘在用秤称，我们都高兴得了不得，有的说买鲫鱼，有的说鲫鱼还不及鳊鱼。其中有一位是最会说笑的，向着三姑娘道：

"三姑娘，你多称一两，回头我们的饭熟了，你也来吃，好不好呢？"

三姑娘笑了：

"吃先生们的一餐饭使不得？难道就要我出东西？"

我们大家也都笑了，不提防三姑娘果然从篮子里抓起一把掷在原来称就了的堆里。

"三姑娘是不吃我们的饭的，妈妈在家里等吃饭。我们没有什么谢三姑娘，只望三姑娘将来碰一个好姑爷。"

我这样说。然而三姑娘也就赶跑了。

从此我没有见到三姑娘。到今年，我远道回家过清明，阴雨天气，打算去郊外看烧香，走到坝上，远远望见竹林，我的记忆又好像一塘春水，被微风吹起波皱了。正在徘徊，从竹林上坝的小径，走来两个妇人，一个站住了，前面的一个且走且回应，而我即刻认定了是三姑娘！

"我的三姐，就有这样忙，端午中秋接不来，为得先人来了饭也不吃！"

那妇人的话也分明听到。

再没有别的声息：三姑娘的鞋踏着沙土。我急于要走过竹林看看，然而也暂时面对流水，让三姑娘低头过去。

1924 年 10 月

（选自《竹林的故事》，广西师范大学出版社，2003.3）

笑

冰 心

雨声渐渐的住了,窗帘后隐隐的透进清光来。推开窗户一看,呀!凉云散了,树叶上的残滴,映著月儿,好似萤光千点,闪闪烁烁的动着。——真没想到苦雨孤灯之后,会有这么一幅清美的图画!

凭窗站了一会儿,微微的觉得凉意侵入。转过身来,忽然眼花缭乱,屋子里的别的东西,都隐在光云里;一片幽辉,只浸着墙上画中的安琪儿。——这白衣的安琪儿,抱着花儿,扬着翅儿,向着我微微的笑。

"这笑容仿佛在那儿看见过似的,什么时候,我曾……"我不知不觉的便坐在窗口下想,——默默的想。

严闭的心幕,慢慢的拉开了,涌出五年前的一个印象。——一条很长的古道。驴脚下的泥,兀自滑滑的。田沟里的水,潺潺的流着。近村的绿树,都笼在湿烟里。弓儿似的新月,挂在树梢。一边走着,似乎道旁有一个孩子,抱着一堆灿白的东西。驴儿过去了,无意中回头一看。——他抱着花儿,赤着脚儿,向着我微微的笑。

"这笑容又仿佛是那儿看见过似的!"我仍是想——默默的想。

又现出一重心幕来,也慢慢的拉开了,涌出十年前的一个印象。——茅檐下的雨水,一滴一滴的落到衣上来。土阶边的水泡儿,泛来泛去的乱转。门前的麦陇和葡萄架子,都濯得新黄嫩绿的非常鲜丽。——一会儿好容易雨晴了,连忙走下坡儿去。迎头看见月儿从海面上来了,猛然记得有件东西忘下了,站住了,回过头来。这茅屋里的老妇人——她倚着门儿,抱着花儿,向着我微微的笑。

这同样微妙的神情,好似游丝一般,飘飘漾漾的合了拢来,缩在一起。

这时心下光明澄静,如登仙界,如归故乡。眼前浮现的三个笑容,一时融化在爱的调和里看不分明了。

(选自《冰心散文集》,北新书局一九三二年版)

往事（二）

冰 心

今夜林中月下的青山，无可比拟！仿佛万一，只能说是似娟娟的静女，虽是照人的明艳，却不飞扬妖冶；是低眉垂袖，璎珞矜严。

流动的光辉之中，一切都失了正色：松林是一片浓黑的，天空是莹白的，无边的雪地，竟是浅蓝色的了。这三色衬成的宇宙，充满了凝静，超逸与壮严；中间流溢着满空幽哀的神意，一切言词文字都丧失了，几乎不容凝视，不容把握！

今夜的林中，决不宜于将军夜猎——那从骑杂沓，传叫风生，会踏毁了这平整匀纤的雪地；朵朵的火燎，和生寒的铁甲，会缭乱了静冷的月光。

今夜的林中，也不宜于燃枝野餐——火光中的喧哗欢笑，杯盘狼藉，会惊起树上稳栖的禽鸟；踏月归去，数里相和的歌声，会叫破了这如怨如慕的诗的世界。

今夜的林中，也不宜于爱友话别，叮咛细语——凄意已足，语音已微；而抑郁缠绵，作茧自缚的情绪，总是太"人间的"了，对不上这晶莹的雪月，空阔的山林。

今夜的林中，也不宜于高士徘徊，美人掩映——纵使林中月下，有佳句可寻，有佳音可赏，而一片光雾凄迷之中，只容意念回旋，不容人物点缀。

我倚枕百般回肠凝想，忽然一念回转，黯然神伤……

今夜的青山只宜于这些女孩子，这些病中倚枕看月的女孩子！

假如我能飞身月中下视：依山上下曲折的长廊，雪色侵围阑外，月光浸着雪净的衾绸，逼着玲珑的眉宇。这一带长廊之中：万籁俱绝，万缘俱断，有如水的客愁，有如丝的乡梦，有幽感，有彻悟，有祈祷，有忏悔，有万千种话……

山中的千百日，山光松影重叠到千百回，世事从头减去，感悟逐渐侵来，已滤就了水晶般清澈的襟怀。这时纵是顽石钝根，也要思量万事，何况这些思深善怀的女子？

往者如观流水——月下的乡魂旅思：或在罗马故宫，颓垣废柱之旁；或在万里长城，缺堞断阶之上；或在约旦河边，或在麦加城里；或超渡莱因河，或飞越落玑山；有多少魂销目断，是耶非耶？只她知道！

来者如仰高山，——久久的徘徊在困弱道途之上，也许明日，也许今年，就揭卸病的细网，轻轻的试叩死的铁门！

天国泥犁，任她幻拟：是泛入七宝莲池？是参谒白玉帝座？是欢悦？是惊怯？有天上的重逢，有人间的留恋，有未成而可成的事功，有将实而仍虚的愿望；岂但为我？牵及众生，大哉生命！

这一切，融合着无限之生一刹那顷，此时此地的，宇宙中流动的光辉，是幽忧，是彻悟，都已宛宛氤氲，超凡入圣——

万能的上帝，我诚何福？我又何辜？……

一九二四年二月三十日夜，沙穰
（原载 1924 年 7 月 10 日《小说月报》第 15 卷第 7 号
选自《冰心散文集》，北新书局一九三二年版）

山中杂记（七）

冰 心

说几句爱海的孩气的话

白发的老医生对我说："可喜你已大好了。城市与你不宜，今夏海滨之行，也是取消了为妙。"

这句话如同平地起了一个焦雷！

学问未必都在书本上。纽约，康桥，芝加哥这些人烟稠密的地方，终身不去也没有什么。只是说不许我到海边去，这却太使我伤心了。

我抬头张目的说："不，你没有阻止我到海边去的意思！"

他笑道："是的，我不愿意你到海边去，太潮湿了，于你新愈的身体没有好处。"

我们争执了半点钟，至终他说："那么你去一个礼拜罢！"他又笑说："其实秋后的湖上，也够你玩的了！"

我爱慰冰，无非也是海的关系。若完全的叫湖光代替了海色，我似乎不大甘心。

可怜，沙穰的六个多月，除了小小的流泉外，连慰冰都看不见！山也是可爱的，但和海比，的确比不起，我有我的理由！

人常常说："海阔天空。"只有在海上的时候，才觉得天空阔远到了尽量处。在山上的时候，走到岩壁中间，有时只见一线天光。即或是到了山顶，而因着天末是山，天与地的界线便起伏不平，不如水平线的齐整。

海是蓝色灰色的。山是黄色绿色的。拿颜色来比，山也比海不过，蓝色灰色含着庄严淡远的意味，黄色绿色却未免浅显小方一些。固然我们常以黄色为至尊，皇帝的龙袍是黄色的，但皇帝称为"天子"，天比皇帝还尊贵，而天却是蓝色的。

海是动的，山是静的；海是活泼的，山是呆板的。昼长人静的时候，天气又热，凝神望着青山，一片黑郁郁的连绵不动，如同病牛一般。而海呢，你看她没有一刻静止！从天边微波粼粼的直卷到岸边，触着崖石，更欣然的溅跃了起来，开了灿然万朵的银花！

四围是大海，与四围是乱山，两者相较，是如何滋味，看古诗便可知道。比如说海上山上看月出，古诗说："南山塞天地，日月石上生。"细细咀嚼，这两句形容乱山，形容得极好，而光景何等臃肿，崎岖，僵冷，读了不使人生快感。而"海上生明月，天涯共此时"，也是月出，光景却何等妩媚，遥远，璀璨！

原也是的，海上没有红，白，紫，黄的野花。没有蓝雀，红襟等等美丽的小鸟。然而野花到秋冬之间，便都萎谢，反予人以凋落的凄凉。海上的朝霞晚霞，天上水里反映到不止红白紫黄这几个颜色。这一片花，却是四时不断的。说到飞鸟，蓝雀，红襟自然也可爱。而海上的沙鸥，白胸翠羽，轻盈的飘浮在浪花之上，"凌波微步，罗袜生尘"。看见蓝雀，红襟，只使我联忆到"山禽自唤名"，而见海鸥，却使我联忆到千古颂赞美人，颂赞到绝顶的句子，是"婉若游龙，翩若惊鸿"！

在海上又使人有透视的能力，这句话天然是真的！你倚栏俯视，你不由自主的要想起这万顷碧琉璃之下，有什么明珠，什么珊瑚，什么龙女，什么鲛纱。在山上呢，很少使人想到山石黄泉以下，有什么金银铜铁。因为海水透明，天然的有引人们思想往深里去的趋向。

简直越说越没有完了，总而言之，统而言之，我以为海比山强得多。说句极端的话，假如我犯了天条，赐我自杀，我也愿投海，不愿坠崖！

争论真有意思！我对于山和海的品评，小朋友们愈和我辩驳愈好。"人心之不同，各如其面"，这样世界上才有个不同和变换。假如世界上的人都是一样的脸，我必不愿见人。假如天下人都是一样的嗜好，穿衣服的颜色式样都是一般的，则世界成了一个大学校，男女老幼都穿一样的制服，想至此不但好笑，而且无味！再一说，如大家都爱海呢，大家都搬到海上去，我又不得清静了！

（选自《冰心散文集》，北新书局一九三二年版）

桨声灯影里的秦淮河

朱自清

　　一九二三年八月的一晚，我和平伯同游秦淮河；平伯是初泛，我是重来了。我们雇了一只"七板子"，在夕阳已去，皎月方来的时候，便下了船。于是桨声汨——汨，我们开始领略那晃荡着蔷薇色的历史的秦淮河的滋味了。

　　秦淮河里的船，比北京万生园，颐和园的船好，比西湖的船好，比扬州瘦西湖的船也好。这几处的船不是觉着笨，就是觉着简陋，局促；都不能引起乘客们的情韵，如秦淮河的船一样。秦淮河的船约略可分为两种：一是大船；一是小船，就是所谓"七板子"。大船舱口阔大，可容二三十人。里面陈设着字画和光洁的红木家具，桌上一律嵌着冰凉的大理石面。窗格雕镂颇细，使人起柔腻之感。窗格里映着红色蓝色的玻璃；玻璃上有精致的花纹，也颇悦人目。"七板子"规模虽不及大船，但那淡蓝色的栏杆，空敞的舱，也足系人情思。而最出色处却在它的舱前。舱前是甲板上的一部，上面有弧形的顶，两边用疏疏的栏杆支着。里面通常放着两张藤的躺椅。躺下，可以谈天，可以望远，可以顾盼两岸的河房。大船上也有这个，但在小船上更觉清隽罢了。舱前的顶下，一律悬着灯彩；灯的多少，明暗，彩苏的精粗，艳晦，是不一的，但好歹总还你一个灯彩。这灯彩实在是最能钩人的东西。夜幕垂垂地下来时，大小船上都点起灯火。从两重玻璃里映出那辐射着的黄黄的散光，反晕出一片朦胧的烟霭；透过这烟霭，在黯黯的水波里，又逗起缕缕的明漪。在这薄霭和微漪里，听着那悠然的间歇的桨声，谁能不被引入他的美梦去呢？只愁梦太多了，这些大小船儿如何载得起呀？我们这时模模糊糊的谈着明末的秦淮河的艳迹，如《桃花扇》及《板桥杂记》里所载的。我们真神往了。我们仿佛亲见那时华灯映水，画舫凌波的光景了。于是我们的船便成了历史的重载了。我们终于怳然秦淮河的船所以雅丽过于他处，而又有奇异的吸引力的，实在是许多历史的影象使然了。

　　秦淮河的水是碧阴阴的；看起来厚而不腻，或者是六朝金粉所凝么？我们初上船的时候，天色还未断黑，那漾漾的柔波是这样恬静，委婉，使我们一面有水阔天空之想，一面又憧憬着纸醉金迷之境了。等到灯火明时，阴阴的变为沈沈了：黯淡的水光，像梦一般；那偶然闪烁着的光芒，就是梦的眼睛了。我们坐在舱前，因了那隆起的顶棚，仿佛总是昂着首向前走着似的；于是飘飘然如御风而行的我们，看着那些自在的湾泊着的船，船里走马灯般的人物，便像下界一般，迢迢的远了，又像在雾里看花，尽朦朦胧胧的。这时我们已过了利涉桥，望见东关头了。沿路听见断续的歌声：有从沿河的妓楼飘来的，有从河上船里度来的。我们明知那些歌声，只是些因袭的言词，从生涩的歌喉里机械的发出来的；但它们经了夏夜的微风的吹漾和水波的摇拂，袅娜着到我们耳边的时候，已经不单是她们的歌声，而混着微风和河水的密语了。于是我们不得不被牵惹着，震撼着，相与浮沉于这歌声里。从东关头转弯，不久就到大中桥。大中桥共有三个桥拱，都很阔大，俨然是三座门儿；使我们觉得我们的船和船里的我们，在桥下过去时，真是太无颜色了。桥砖是深褐色，表明它的历史的长久；但都完好无缺，令人太息于古昔工程的坚美。桥上两旁都是木壁的房子，中间应该有街路？这些房子都破旧了，多年烟熏的迹，遮没了当年的美丽。我想象秦淮河的极盛时，在这样宏阔的桥上，特地盖了房子，必然是髹漆得富富丽丽的；晚间必然是灯火通明的，现在却只剩下一片黑沉沉！但是桥上造着房子，毕竟使我们多少可以想见往日的繁华；这也慰情聊胜无了。过了大中桥，便到了灯月交辉，笙歌彻夜的秦淮河，这才是秦淮河的真面目哩。

　　大中桥外，顿然空阔，和桥内两岸排着密密的人家的景象大异了。一眼望去，疏疏的林，淡淡的月，衬着蓝蔚的天,颇像荒江野渡光景;那边呢,郁丛丛的,阴森森的,又似乎藏着无边的黑暗:令人几乎不信那是繁华的秦淮河了。但是河中眩晕着的灯光,纵横着的画舫,悠扬着的笛韵,夹着那吱吱的胡琴声,终于使我们认识绿如茵陈酒的秦淮水了。此地天裸露着的多些,故觉夜来的独迟些;从清清的水影里,我们感到的只是薄薄的夜——这正是秦淮河的夜。大中桥外,本来还有一座复成桥,是船夫口中的我们的游踪尽处,或也是秦淮河繁华的尽处了。我的脚曾踏过复成桥的脊,在十三四岁的时候。但是两次游秦淮河,却都不曾见着复成桥的面;明知总在前途的,却常觉得有些虚无缥缈似的。我想,不见倒也好。这时正是盛夏。我们下船后,藉着新生的晚凉和河上的微风,暑气已渐渐消散;到了此地,豁然开朗,身子顿然轻了——习习的清风荏苒在面上,手上,衣上,这便又感到了一缕新凉了。南京的日光,大概没有杭州猛烈;西湖的夏夜老是热蓬蓬的,水像沸着一般,秦淮河的水却尽是这样冷冷地绿着。任你人影的憧憧,歌声的扰扰,总像隔着一层薄薄的绿纱面幂似的;它尽是这样静静的,冷冷的绿着。我们出了大中桥,走不上半里路,船夫便将船划到一旁,停了桨由它宕着。他以为那里正是繁华的极点,再过去就是荒凉了;所以让我们多多赏鉴一会儿。他自己却静静的蹲着。他是看惯这光景的了,大约只是一个无可无不可。这无可无不可,无论是升的沉的,总之,都比我们高了。

那时河里闹热极了;船大半泊着,小半在水上穿梭似的来往。停泊着的都在近市的那一边,我们的船自然也夹在其中。因为这边略略的挤,便觉那边十分的疏了。在每一只船从那边过去时,我们能画出它的轻轻的影和曲曲的波,在我们的心上;这显着是空,且显着是静了。那时处处都是歌声和凄厉的胡琴声,圆润的喉咙,确乎是很少的。但那生涩的,尖脆的调子能使人有少年的,粗率不拘的感觉,也正可快我们的意。况且多少隔开些儿听着,因为想象与渴慕的做美,总觉更有滋味;而竞发的喧嚣,抑扬的不齐,远近的杂沓,和乐器的嘈嘈切切,合成另一意味的谐音,也使我们无所适从,如随着大风而走。这实在因为我们的心枯涩久了,变为脆弱;故偶然润泽一下,便疯狂似的不能自主了。但秦淮河确也腻人。即如船里的人面,无论是和我们一堆儿泊着的,无论是从我们眼前过去的,总是模模糊糊的,甚至渺渺茫茫的;任你张圆了眼睛,揩净了眦垢,也是枉然。这真够人想呢。在我们停泊的地方,灯光原是纷然的;不过这些灯光都是黄而有晕的。黄已经不能明了,再加上了晕,便更不成了。灯愈多,晕就愈甚;在繁星般的黄的交错里,秦淮河仿佛笼上了一团光雾。光芒与雾气腾腾的晕着,什么都只剩了轮廓了;所以人面的详细的曲线,便消失于我们的眼底了。但灯光究竟夺不了那边的月色;灯光是浑的,月色是清的。在浑沌的灯光里,渗入一派清辉,却真是奇迹!那晚月儿已瘦削了两三分。她晚妆才罢,盈盈的上了柳梢头。天是蓝得可爱,仿佛一汪水似的;月儿便更出落得精神了。岸上原有三株两株的垂杨树,淡淡的影子,在水里摇曳着。它们那柔细的枝条浴着月光,就像一支支美人的臂膊,交互的缠着,挽着;又像是月儿披着的发。而月儿偶尔也从它们的交叉处偷偷窥看我们,大有小姑娘怕羞的样子。岸上另有几株不知名的老树,光光的立着;在月光里照起来,却又俨然是精神矍铄的老人。远处——快到天际线了,才有一两片白云,亮得现出异彩,像是美丽的贝壳一般。白云下便是黑黑的一带轮廓;是一条随意画的不规则的曲线。这一段光景,和河中的风味大异了。但灯与月竟能并存着,交融着,使月成了缠绵的月,灯射着渺渺的灵辉,这正是天之所以厚秦淮河,也正是天之所以厚我们了。

这时却遇着了难解的纠纷。秦淮河上原有一种歌妓,是以歌为业的。从前都在茶舫上,唱些大曲之类。每日午后一时起;什么时候止,却忘记了。晚上照样也有一回,也在黄晕的灯光里。我从前过南京时,曾随着朋友去听过两次。因为茶舫里的人脸太多了,觉得不大适意,终于听不出所以然。前年听说歌妓被取缔了,不知怎的,颇涉想了几次——却想不出什么。这次到南京,先到茶舫上去看看,觉得颇是寂寥,令我无端的怅怅了。不料她们却仍在秦淮河里挣扎着,不料她们竟会纠缠到我们,我于是很张皇了,她们也乘着"七板子",她们总是坐在舱前的。舱前点着石油汽灯,光亮眩人眼目;坐在下面的,自然是纤毫毕见了——引诱客人们的力量,也便在此了。舱里躲着乐工等人,映着汽灯的余辉蠕动着;他们是永远不被注意的。每船的歌妓大约都是二人;天色一黑,她们的船就在大中桥外往来不息的兜生意。无论行着的船,泊着的船,都要来兜揽的。这都是我后来推想出来的,那晚不知怎样,忽然轮着我们的船了。我们的船好好的停着,一只歌舫划向我们来了;渐渐和我们的船并着了。烁烁的灯光逼得我们皱起了眉头;我们的风尘色全给它托出来了,这使我跼蹐不安了。那时一个伙计跨过船来,拿着摊开的歌折,就近塞向我的手里,说:"点几出吧!"他跨过来的时候，我们船上似乎有许多眼光跟着。同时相近的别的船上也似乎有许多眼睛炯炯的向我们船上看着。我真窘了！我也装出大方的样子，向歌妓们瞥了一眼，但究竟是不成的！我勉强将那歌折翻了一翻，却不曾看清了几个字；便赶紧递还那伙计，一面不好意思地说："不要。我们……不要。"他便塞给平伯，平伯掉转头去，摇手说："不要！"那人还腻着不走。平伯又回过脸来，摇着头道，"不要！"于是那人重到我处，我窘着再拒绝了他。他这才有所不屑似的走了。我的心立刻放下，如释了重负一般。我们就开始自白了。

我说我受了道德律的压迫，拒绝了她们；心里似乎很抱歉的。这所谓抱歉，一面对于她们，一面对于我自己。她们于我们虽然没有很奢的希望；但总有些希望的。我们拒绝了她们，无论理由如何充足，却使她们的希望受了伤；这总有几分不做美了。这是我觉得很怅怅的。至于我自己，更有一种不足之感。我这时被四面的歌声诱惑了，降伏了；但是远远的，远远的歌声总仿佛隔着重衣搔痒似的，越搔越搔不着痒处。我于是憧憬着贴耳的妙音了。在歌舫划来时，我的憧憬，变为盼望；我固执的盼望着，有如饥渴。虽然从浅薄的经验里，也能够推知，那贴耳的歌声，将剥去了一切的美妙；但一个平常的人像我的，谁愿凭了理性之力去丑化未来呢？我宁愿自己骗着了。不过我的社会感性是很敏锐的；我的思力能拆穿道德律的西洋镜，而我的感情却终于被它压服着。我于是有所顾忌了，尤其是在众目昭彰的时候。道德律的力，本来是民众赋予的；在民众的面前，自然更显出它的威严了。我这时一面盼望，一面却感到了两重的禁制：一、在通俗的意义上，接近妓者总算一种不正当的行为；二、妓是一种不健全的职业，我们对于她们，应有哀矜勿喜之心，不应赏玩的去听她们的歌。在众目睽睽之下，这两种思想在我心里最为旺盛。她们暂时压倒了我的听歌的盼望，这便成就了我的灰色的拒绝。那时的心实在异常状态中，觉得颇是昏乱。歌舫去了，暂时宁静之后，我的思绪又如潮涌了。两个相反的意思在我心头往复：卖歌和卖淫不同，听歌和狎妓不同，又干道德甚事？——但是，但是，她们既被逼的以歌为业，她们的歌必无艺术味的；况她们的身世，我们究竟该同情的。所以拒绝倒也是正办。但这些意思终于不曾撤开我的听歌的盼望。它力量异常坚强；它总想将别的思绪踏在脚下。从这重重的争斗里，我感到了浓厚的不足之感。这不足之感使我的心盘旋不安，起坐都不安宁了。唉！我承认我是一个自私的人！平伯呢，却与我不同。他引周启明先生的诗，"因为我有妻子，所以我爱一切的女人；因为我有子女，所以我爱一切的孩子。"他的意思可以见了。他因为推及的同情，爱着那些歌妓，并且尊重着她们，所以拒绝了她们。在这种情形下，他自然以为听是对于她们的一种侮辱。但他也是想听歌的，虽然不和我一样。所以在他的心中，当然也有一番小小的争斗；争斗的结果，是同情胜了。至于道德律，在他是没有什么的；因为他很有蔑视一切的倾向，民众的力量在他是不大觉着的。这时他的心意的活动比较简单，又比较松弱，故事后还怡然自若；我却不能了。这里平伯又比我高了。

在我们谈话中间，又来了两只歌舫。伙计照前一样的请我们点戏，我们照前一样的拒绝了。我受了三次窘，心里的不安更甚了。清艳的夜景也为之减色。船夫大约因为要赶第二趟生意，催着我们回去；我们无可无不可的答应了。我们渐渐和那些晕黄的灯光远了，只有些月色冷清清的随着我们的归舟。我们的船竟没个伴儿，秦淮河的夜正长哩！到大中桥近处，才遇着一只来船。这是一只载妓的板船，黑漆漆的没有一点光。船头上坐着一个妓女；暗里看出，白地小花的衫子，黑的下衣。她手里拉着胡琴，口里唱着青衫的调子。她唱得响亮而圆转；当她的船箭一般驶过去时，余音还袅袅的在我们耳际，使我们倾听而向往。想不到在弩末的游踪里，还能领略到这样的清歌！这时船过大中桥了，森森的水影，如黑暗张着巨口，要将我们的船吞了下去。我们回顾那渺渺的黄光，不胜依恋之情：我们感到了寂寞了！这一段地方夜色甚浓，又有两头的灯火招邀着；桥外的灯火不用说了，过了桥另有东关头疏疏的灯火。我们忽然仰头看见依人的素月，不觉深悔归来之早了！走过东关头，有一两只大船湾泊着，又有几只船向我们来着。嚣嚣的一阵歌声人语，仿佛笑我们无伴的孤舟哩。东关头转湾，河上的夜色更浓了；临水的妓楼上，时时从帘缝里射出一线一线的灯光；仿佛黑暗从酣睡里眨了一眨眼。我们默然的对着，静听那汩——汩的桨声，几乎要入睡了；朦胧里却温寻着适才的繁华的余味。我那不安的心在静里愈显活跃了！这时我们都有了不足之感，而我的更其浓厚。我们却又不愿回去，于是只能由懊悔而怅惘了。船里便满载着怅惘了。直到利涉桥下，微微嘈杂的人声，才使我豁然一惊；那光景却又不同。右岸的河房里，都大开了窗户，里面亮着晃晃的电灯，电灯的光射到水上，蜿蜒曲折，闪闪不息，正如跳舞着的仙女的臂膊。我们的船已在她的臂膊里了；如睡在摇篮里一样，倦了的我们便又入梦了。那电灯下的人物，只觉得像蚂蚁一般，更不去萦念。这是最后的梦；可惜是最短的梦！黑暗重复落在我们面前，我们看见傍岸的空船上一星两星的，枯燥无力又摇摇不定的灯光。我们的梦醒了，我们知道就要上岸了；我们心里充满了幻灭的情思。

一九二三年十月十一日作完，于温州

（原载 1924 年 1 月 25 日《东方杂志》第 21 卷第 2 号

选自朱自清《踪迹》，上海亚东图书馆一九二四年版）

荷塘月色

朱自清

　　这几天心里颇不宁静。今晚在院子里坐着乘凉,忽然想起日日走过的荷塘,在这满月的光里,总该另有一番样子吧。月亮渐渐地升高了,墙外马路上孩子们的欢笑,已经听不见了;妻在屋里拍着闰儿,迷迷糊糊地哼着眠歌。我悄悄地披了大衫,带上门出去。

　　沿着荷塘,是一条曲折的小煤屑路。这是一条幽僻的路;白天也少人走,夜晚更加寂寞。荷塘四面,长着许多树,蓊蓊郁郁的。路的一旁,是些杨柳,和一些不知道名字的树。没有月光的晚上,这路上阴森森的,有些怕人。今晚却很好,虽然月光也还是淡淡的。

　　路上只我一个人,背着手踱着。这一片天地好像是我的;我也像超出了平常的自己,到了另一世界里。我爱热闹,也爱冷静;爱群居,也爱独处。像今晚上,一个人在这苍茫的月下,什么都可以想,什么都可以不想,便觉是个自由的人。白天里一定要做的事,一定要说的话,现在都可不理。这是独处的妙处,我且受用这无边的荷香月色好了。

　　曲曲折折的荷塘上面,弥望的是田田的叶子。叶子出水很高,像亭亭的舞女的裙。层层的叶子中间,零星地点缀着些白花,有袅娜地开着的,有羞涩地打着朵儿的;正如一粒粒的明珠,又如碧天里的星星,又如刚出浴的美人。微风过处,送来缕缕清香,仿佛远处高楼上渺茫的歌声似的。这时候叶子与花也有一丝的颤动,像闪电般,霎时传过荷塘的那边去了。叶子本是肩并肩密密地挨着,这便宛然有了一道凝碧的波痕。叶子底下是脉脉的流水,遮住了,不能见一些颜色;而叶子却更见风致了。

　　月光如流水一般,静静地泻在这一片叶子和花上。薄薄的青雾浮起在荷塘里。叶子和花仿佛在牛乳中洗过一样;又像笼着轻纱的梦。虽然是满月,天上却有一层淡淡的云,所以不能朗照;但我以为这恰是到了好处——酣眠固不可少,小睡也别有风味的。月光是隔了树照过来的,高处丛生的灌木,落下参差的斑驳的黑影,峭楞楞如鬼一般;弯弯的杨柳的稀疏的倩影,却又像是画在荷叶上。塘中的月色并不均匀;但光与影有着和谐的旋律,如梵婀玲上奏着的名曲。

　　荷塘的四面,远远近近,高高低低都是树,而杨柳最多。这些树将一片荷塘重重围住;只在小路一旁,漏着几段空隙,像是特为月光留下的。树色一例是阴阴的,乍看像一团烟雾;但杨柳的丰姿,便在烟雾里也辨得出。树梢上隐隐约约的是一带远山,只有些大意罢了。树缝里也漏着一两点路灯光,没精打采的,是渴睡人的眼。这时候最热闹的,要数树上的蝉声与水里的蛙声;但热闹是它们的,我什么也没有。

　　忽然想起采莲的事情来了。采莲是江南的旧俗,似乎很早就有,而六朝时为盛;从诗歌里可以约略知道。采莲的是少年的女子,她们是荡着小船,唱着艳歌去的。采莲人不用说很多,还有看采莲的人。那是一个热闹的季节,也是一个风流的季节。梁元帝《采莲赋》里说得好:

　　于是妖童媛女,荡舟心许,鹢首徐回,兼传羽杯;

　　櫂将移而藻挂,船欲动而萍开。尔其纤腰束素,迁延顾步;

　　夏始春余,叶嫩花初,恐沾裳而浅笑,畏倾船而敛裾。

　　可见当时嬉游的光景了。这真是有趣的事,可惜我们现在早已无福消受了。

　　于是又记起《西洲曲》里的句子:

　　采莲南塘秋,莲花过人头;低头弄莲子,莲子清如水。今晚若有采莲人,这儿的莲花也算得"过人头"了;

只不见一些流水的影子，是不行的。这令我到底惦着江南了。——这样想着，猛一抬头，不觉已是自己的门前；轻轻地推门进去，什么声息也没有，妻已睡熟好久了。

1927年7月，北京清华园。

（选自朱自清《背影》，开明书店一九二八年版）

儿 戏

丰子恺

楼下忽然起了一片孩子们暴动的声音。他们的娘高声喊着："两只雄鸡又在斗了,爸爸快来劝解!"我不及放下手中的报纸,连忙跑下楼来。

原来是两个男孩在打架:六岁的元草要夺九岁的华瞻的木片头,华瞻不给,元草哭着用手打他的头;华瞻也哭着,双手擎起木片头,用脚踢元草的腿。

我放下报纸,把身体插入两孩子的中间,用两臂分别抱住了两孩子,对他们说:"不许打!为的啥事体?大家讲!"元草竭力想摆脱我的手臂而向对方进攻,一面带哭带嚷地说:"他不肯给我木片头!他不肯给我木片头!"似乎这就是他打人的正当理由。华瞻究竟比他大了三岁,最初静伏在我的臂弯里,表示不抵抗而听我调解,后来吃着口声辩:"这些木片头原是我的!他要夺,我不给,他就打我!"元草用哭声接着说:"他踢我!"华瞻改用直接交涉,对着他说:"你先打!"在旁作壁上观的宝姊姊发表意见:"轻句还重句,先打呒道理!"

背后另一个又发表一种舆论:"君子开口,小人动手!"我未及下评判,元草已猛力退出我的手臂,突然向对方袭击。他们的娘看我排解无效,赶过来将元草擒去,抱在怀里,用甘言骗住他。我也把华瞻抱在怀里,用话抚慰他。两孩子分别占据了两亲的怀里,暴动方始告终。这时候,"五香……豆腐干"的叫声在后门外亲切地响着,把脸上挂着眼泪的两孩子一齐从我们的怀里叫了出去。我拿了报纸重回楼上去的时候,已听到他们复交后的笑谈声了。

但我到了楼上,并不继续看报。因为我看刚才的事件,觉得比看报上的国际纷争直截明了得多。我想:世间人与人的对待,小的是个人对个人,大的是团体对团体。个人对待中最小的是小孩对小孩,团体对待中最大的是国家对国家。在文明的世间,除了最小的和最大的两极端而外,人对人的交涉,总是用口的说话来讲理,而不用身体的武力来相打的。例如要掠夺,也必用巧妙的手段;要侵占,也必立巧妙的名义:所谓"攻击"也只是辩论,所谓"打倒"也只是叫喊。故人对人虽怀怨害之心,相见还是点头握手,敷衍应酬。虽然也有用武力的人,但"君子开口,小人动手",开化的世间是不通行用武力的。其中唯有最小的和最大的两极端不然:小孩对小孩的交涉,可以不讲理,而通行用武力来相打;国家对国家的交涉,也可以不讲理,而通行用武力来战争。战争就是大规模的相打。可知凡物相反对的两极端相通似,或相等。国际的事如儿戏,或等于儿戏。

一九三二年

(选自《散文选》(第一册),上海教育出版社 1979 年版)

口中剿匪记

丰子恺

口中剿匪，就是把牙齿拔光，为什么要这样说法呢？因为我口中所剩十七颗牙齿，不但毫无用处，而且常常作祟，使我受苦不浅。现在索性把它们拔光，犹如把盘踞要害的群匪剿尽，肃清，从此可以天下太平，安居乐业。这比喻非常确切，所以我要这样说。

把我的十七颗牙齿，比方一群匪，再像没有了。不过这匪不是普通所谓"匪"，而是官匪，即贪官污吏。何以言之？因为普通所谓"匪"，是当局明令通缉的，或地方合力严防的，直称为"匪"。而我的牙齿则不然：它们虽然向我作祟，而我非但不通缉它们，严防它们，反而袒护它们。我天天洗刷它们；我留心保养它们；吃食物的时候我让它们先尝；说话的时候我委屈地迁就它们；我决心不敢冒犯它们。我如此爱护它们，所以我口中这群匪，不是普通所谓"匪"。

怎见得像官匪，即贪官污吏呢？官是政府任命的，人民推戴的。但他们竟不尽责任，而贪赃枉法，作恶为非，以危害国家，蹂躏人民。我的十七颗牙齿，正同这批人物一样。它们原是我亲生的，从小在我口中长大起来的。它们是我身体的一部分，与我痛痒相关的。它们是我吸取营养的第一道关口。它们替我研磨食物，送到我的胃里去营养我全身。它们站在我的言论机关的要路上，帮助我发表意见。它们真是我的忠仆，我的护卫。讵料它们居心不良，渐渐变坏。起初，有时还替我服务，为我造福，而有时对我虐害，使我苦痛。到后来它们作恶太多，个个变坏，歪斜偏侧，吊儿郎当，根本没有替我服务、为我造福的能力，而一味对我贼害，使我奇痒，使我大痛，使我不能吸烟，使我不得喝酒，使我不能作画，使我不能作文，使我不得说话，使我不得安眠。这种苦头是谁给我吃的？便是我亲生的，本当替我服务、为我造福的牙齿！因此，我忍气吞声，敢怒而不敢言。在这班贪官污吏的苛政之下，我茹苦含辛，已经隐忍了近十年了！不但隐忍，还要不断地买黑人牙膏、消治龙牙膏来孝敬它们呢！

我以前反对拔牙，一则怕痛，二则我认为此事违背天命，不近人情。现在回想，我那时真有文王之至德，宁可让商纣方命虐民，而不肯加以诛戮。直到最近，我受了易昭雪牙医师的一次劝告，文王忽然变了武王，毅然决然地兴兵伐纣，代天行道了。而且这一次革命，顺利进行，迅速成功。武王伐纣要"血流标杵"，而我的口中剿匪，不见血光，不觉苦痛，比武王高明得多呢。

饮水思源，我得感谢许钦文先生。秋初有一天，他来看我，他满口金牙，欣然地对我说："我认识一位牙医生，就是易昭雪。我劝你也去请教一下。"那时我还有文王之德，不忍诛暴。便反问他："装了究竟有什么好处呢？"他说："夫妻从此不讨相骂了。"我不胜赞叹。并非羡慕夫妻不相骂，却是佩服许先生说话的幽默。幽默的功用真伟大，后来有一天，我居然自动地走进易医师的诊所里去，躺在他的椅子上了。经过他的检查和忠告之后，我恍然大悟，原来我口中的国土内，养了一大批官匪，若不把这批人物杀光，国家永远不得太平，民生永远不得幸福。我就下决心，马上任命易医师为口中剿匪总司令，次日立即向口中进攻。攻了十一天，连根拔起，满门抄斩，全部贪官，从此肃清。我方不伤一兵一卒，全无苦痛，顺利成功。于是我再托易医师另行物色一批人才来，要个个方正，个个干练，个个为国效劳，为民服务。我口中的国土，从此可以天下太平了。

1947 年冬于杭州

（选自《缘缘堂随笔》，浙江人民出版社，1985 年版）

"还我头来"及其他

梁遇春

关云长兵败麦城,虽然首级给人拿去招安,可是英灵不散,其舌尚存,还到玉泉山,向和尚诉冤,大喊什么"还我头来"!这是多么惊心动魄的事,万想不到我现在也来发出同样阴惨的呼声。

但是我并非爱做古人的鹦鹉,实在有不得已的苦衷,在所谓最高学府里头,上堂,吃饭,睡觉,匆匆地过了五年,到底学到了什么,自己实在很怀疑。然而一同同学们和别的大学中学的学生接近,常感觉到他们是全知的——人们,(差不多要写做上帝了。)他们多数对于一切大大小小长长短短的问题,都有一定的意见,说起来滔滔不绝,这是何等可羡慕的事。他们知道宗教是应当"非"的,孔丘是要打倒的,东方文化根本要不得,文学是苏俄最高明,小中大学都非专教白话文不可,文学是进化的(因为胡适先生有一篇文学进化论),行为派心理学是唯一的心理学,哲学是要立在科学上面的,新的一定是好,一切旧的总该打倒,以至恋爱问题女子解放问题……他们头头是道,十八般武艺无一不知。鲁拙的我看着不免有无限的羡慕同妒忌。更使我赞美的是他们的态度,观察点总是大同小异——简直是全同无异。有时我精神疲倦,不注意些,就分不出是谁在那儿说话。我从前老想大学生是有思想的人,各个性格不同,意见难免分歧,现在一看这种融融泄泄的空气,才明白我是杞人忧天。不过凡庸的我有时试把他们所说的话,拿来仔细想一下,总觉头绪纷纷,不是我一个人的力几秒钟的时间所能了解。有时尝尽艰难,打破我这愚拙的网,将一个问题,从头到尾,好好想一下,结果却常是找不出自己十分满意解决的方法,只好归咎到自己能力的薄弱了。有时学他们所说的,照样向旁人说一下,因此倒得到些恭维的话,说我思想进步。荣誉虽然得到,心中却觉惭愧,怕的是这样下去,满口只会说别人懂?自己不懂的话。随和是做人最好的态度,为了他人,失了自己,也是有牺牲精神的人做的事;不过这么一来,自己的头一部一部消灭了,那岂不是个伤心的事情吗?

由赞美到妒忌,由妒忌到诽谤是很短的路。人非圣贤,谁能无过,我有时也免不了随意乱骂了。一回我同朋友谈天,我引美国 Cabell 说的话来泄心中的积愤,我朋友或者猜出我恼羞成怒的动机,看我一眼,我也只好住口了。现在他不在这儿,何妨将 Cabell 话译出,泄当时未泄的气。Cabell 在他那本怪书,名字叫做《不朽》"Beyond Life"中间说:

"印刷发明后,思想传布是这么方便,人们不要麻烦费心思,就可得到很有用的意见。从那时候起很少人高兴去用脑力,伤害自己的脑。"

Cabell 在现在美国,还高谈 Romance,提倡吃酒,本来是个狂生,他的话自然是无足重轻的,只好借来发点牢骚不平罢!

以上所说的是自己有愿意把头弄掉,去换几个时髦的字眼的危险。此外在我们青年旁边想用快刀阔斧来取我们的头者又大有人在。思想界的权威者无往而不用其权威来做他的文力统一。从前晨报副刊登载青年必读书十种时候,我曾经摇过头。所以摇头者,一方面表示不满意,一方面也可使自己相信我的头还没有被斩。这十种既是青年所必读,那么不去读的就不好算做青年了。年纪轻轻就失掉了做青年的资格,这岂不是等于不得保首级。回想二三十年前英国也有这种开书单的风气。但是 Lord Avebury 在他《人生乐趣》(The pleasure of Life)里所开的书单的题目不过是"百本书目表"(List of loo Books)。此外 Lord Acton,Shorter 等所开者,标题皆用此。彼等以爵士之尊,说话尚且这么谦虚,不用什么"必读"等命令式字眼,真使我不得不佩服西人客气的精神了。想不到后来每下愈况,梁启超先生开个书单,就说没有念过他所开的书的人不是中国人,那种办法完全是青天白日当街杀人刽子手的行为了。胡适先生在《现代评论》曾说他治哲学史的方法是惟一无二的路,凡同他不同的都会失败。我从前曾想抱尝试的精神,怀疑的态度,去读哲学,因为胡先生说过真理不是绝对的,中间很有商量余地,所以打算舍胡先生的大道而不由,另找个羊肠小径来。现在给胡先生这么当头棒喝,只好摆开梦想,摇一下头——看还在没有。总之在旁边窥伺我们的头者,大有人在,所以我暑假间赶紧离开学府,万里奔波,回家来好好保养这六斤四的头。

所以"还我头来"是我的口号,我以后也只愿说几句自己确实明白了解的话,不去高攀,谈什么问题主义,免得跌重。说的话自然平淡凡庸或者反因为它的平淡凡庸而深深地表现出我的性格,因为平淡凡庸的话只有我这鲁拙的人,才能够说出的。无论如何总不至于失掉了头。

末了,让我抄几句 Amauld 在"Port—Royal Logic"里面的话,来做结束罢。

"我们太容易将理智只当做求科学智识的工具,实在我们应该用科学来做完成我们理智的工具;思想的正确是比我们由最有根据的科学所得来一切的智识都要紧得多。"

中国普通一般自命为名士才子之流,到了风景清幽地方,一定照例他说若使能够在此读书,才是不辜负此生。由这点就可看出他们是不能真正鉴赏山水的美处。读书是一件乐事,游山玩水也是一件乐事。若使当读书时候,一心想什么飞瀑松声绝崖远眺,我们相信他读书趣味一定不浓厚,同样地若使他看到好风景时候,不将一己投到自然怀中,热烈领会生存之美,却来排名士架子,说出不冷不热的套话,我们也知道他实在不能够吸收自然无限的美。我一想到这事,每每记起英国大诗人 Chaucer 的几行诗(这几行是我深信能懂的,其余文字太古了,实在不知道清楚)。他说:

"When that the monthe of May
Is comen, and that I here the foules synge,
And that the floures gynnen for to sprynge,
Farurl my boke and my devocon. "
Legende of Good Women.

大意是当五月来的时候,我听到鸟唱,花也渐渐为春天开,我就向我的书籍同宗教告别了。要有这样的热诚才能得真正的趣味。徐旭生先生说中国人缺乏 enthusiasm,这句话真值得一百圈。实在中国人不止对重要事没有 enthusiasm,就是关于游戏也是取一种逢场作戏随便玩玩的态度,对于一切娱乐事情总没有什么无限的兴味。闭口消遣,开口销愁,全失去人生的乐趣,因为人生乐趣多存在对于一切零碎事物普通游戏感觉无穷的趣味。要常常使生活活泼生姿,一定要对极微末的娱乐也全心一意地看重,热烈地将一己忘掉在里头。比如要谈天,那么就老老实实说心中自己的话,不把通常流俗的意见,你说过来,我答过去地敷衍。这样子谈天也有真趣,不至像刻板文章,然而多数人谈天总是一副皮面话,听得真使人难过。关于说到这点的文章,我最爱读兰姆(Lamb)的"Mrs. Battie's opinions on Whist"。那是一篇游戏的福音,可惜文字太妙了,不敢动笔翻译。再抄一句直腿者流的话来说明我的鄙见罢。AC. Berson 在"From a College window"里说:

"一个人对于游戏的态度愈是郑重,游戏就越会有趣。"

因为我们对于一切都是有些麻木,所以每回游戏玩山水,只好借几句陈语来遮饰我们心理的空虚。为维持面子的缘故,渐渐造成虚伪的习惯,所以智识阶级特别多伪君子,也因为他们对面子特别看重。他们既然对自然对人情不能够深切地欣赏,只好将快乐全放在淫欲虚荣权力钱财……这方面。这总是不知生活术的结果。

有人说,我们向文学求我们自己所缺的东西,这自然是主张浪漫派人的说法,可是也有些道理。我们若使不是麻木不仁,对于自己缺点总特别深切地感觉。所以对没有缺点的人常有过量的赞美,而对于有同一缺点的人,反不能加以原谅。Turgeniev 自己意志薄弱,是 Hamlet 一流人物,他的小说描写当时俄国智识阶级意志薄弱也特别动人。Hazlitt 自己脾气极坏,可是对心性慈悲什么事也不计较的 Goldsmith 却啧啧称美。朋友的结合,因为二人同心一意虽多,而因为性质正相反也不少。为的各有缺点各有优点,并且这个所没有的那个有,那个自己惭愧所少的,这个又有,所以互相吸引力特别重。心思精密的管仲同性情宽大的鲍叔,友谊特别重;拘谨守礼的 Addison 和放荡不羁的 Steele,厚重老成的 Southey,和吃大烟什么也不管的

Coleridge 也都是性情相背,居然成历史上有名友谊的榜样。老先生们自己道德一塌糊涂,却口口声声说道德,或者也是因为自己缺乏,所以特别觉得重要。我相信天下没有那么多伪君子,无非是无意中行为同口说的矛盾罢了。

我相信真正了解下层社会情形的作家,不会费笔墨去写他们物质生活的艰苦,却去描写他们生活的单调,精神奴化的经过,命定的思想,思想的迟钝,失望的麻木,或者反抗的精神,蔑视一切的勇气,穷里寻欢,泪中求笑的心情。不过这种细密精致的地方,不是亲身尝过的人像 Dostoievski,Gorki 不能够说出,出身纨袴的青年文学家,还是扯开仁人君子的假面,讲几句真话罢!

因为人是人,所以我们总觉人比事情要紧,在小说里描状个人性格的比专述事情的印象会深得多。这是一件非常明显的事,然而近来所看的短篇小说多是叙一两段情史,用几十个风花雪月字眼,真使人失望。希望新文豪少顾些结构,多注意点性格。Tolstoy 的《伊凡伊列支之死》,Conrod 的"Lord Jim"都是没有多少事实的小说,也都是有名的杰作。

十六年七月六日,于福州
(选自《春醪集》,北新书店一九三〇年版)

落花生

许地山

我们屋后有半亩隙地。母亲说："让它荒芜着怪可惜，既然你们那么爱吃花生，就辟来做花生园罢。"我们几姊弟和几个小丫头都很喜欢——买种的买种，动土的动土，灌园的灌园；过不了几个月，居然收获了！

妈妈说："今晚我们可以做一个收获节，也请你们爹爹来尝尝我们的新花生，如何？"我们都答应了。母亲把花生做成好几样的食品，还吩咐这节期要在园里的茅亭举行。

那晚上的天色不大好，可是爹爹也到来，实在很难得！爹爹说："你们爱吃花生么？"

我们都争着答应："爱！"

"谁能把花生的好处说出来？"

姊姊说："花生的气味很美。"

哥哥说："花生可以制油。"

我说："无论何等人都可以用贱价买它来吃；都喜欢吃它。这就是它的好处。"

爹爹说："花生的用处固然很多；但有一样是很可贵的。这小小的豆不像那好看的苹果、桃子、石榴，把它们的果实悬在枝上，鲜红嫩绿的颜色，令人一望而发生羡慕的心。它只把果子埋在地底，等到成熟，才容人把它挖出来。你们偶然看见一棵花生瑟缩地长在地上，不能立刻辨出它有没有果实，非得等到你接触它才能知道。"

我们都说："是的。"母亲也点点头。爹爹接下去说："所以你们要像花生，因为它是有用的，不是伟大、好看的东西。"我说："那么，人要做有用的人，不要做伟大、体面的人了。"爹爹说："这是我对于你们的希望。"

我们谈到夜阑才散，所有花生食品虽然没有了，然而父亲的话现在还印在我的心版上。

（选自一九二二年八月十日《小说月报》第十三卷第八号《空山灵雨》）

五月卅一日急雨中

叶圣陶

从车上跨下,急雨如恶魔的乱箭,立刻打湿了我的长衫。满腔的愤怒,头颅似乎戴着紧紧的铁箍。我走,我奋疾地走。路人少极了,店铺里仿佛也很少见人影。那里去了!? 那里去了!? 怕听昨天那样的排枪声,怕吃昨天那样的急射弹,所以如小鼠如蜗牛般,蜷伏在家里,躲藏在柜台底下么? 这有什么用! 你蜷伏,你躲藏,枪声会来找你的耳朵,子弹会来找你的肉体:你看有什么用?

猛兽似的张着巨眼的汽车冲驰而过,泥水溅污我的衣服,也溅及我的项颈,我满腔的愤怒。

一口气赶到"老闸捕房"门前,我想参拜我们的伙伴的血迹,我想用舌头舐尽所有的血迹,咽入肚里。但是,没有了,一点儿也没有了! 已给仇人的水机冲得光光,已给腐心的人们践得光光,更给恶魔的乱箭似的急雨洗得光光!

不要紧,我想。血总是曾经淌在这地方的,总有渗入这块土的吧。那就行了。这块土是血的土,血是我们的伙伴的血,还不够是一课严重的功课么? 血灌溉着,血湿润着,行见血的花开在这里,血的果结在这里。

我注视这块土,全神地注视着,其余什么都不见了,仿佛已把整个儿躯体融化在里头。

抬起眼睛,那边站着两个巡捕:手枪在他们的腰间;泛红的脸肉,深深的纹刻在嘴围,黄的睫毛下闪着绿光,似乎在那里狞笑。

手枪,是你么!? 似乎在那里狞笑的,是你么!?

是的,是的,什么都是,你便怎样! 我仿佛看见无量数的手枪颠头,仿佛听见无量数的狞笑的开口。

我吻着嘴唇咽下去,把看见的听见的一齐咽下去,如同咽一块糙石,一块热铁。我满腔的愤怒。

雨越来越急,风吹着把我的身体卷住,全身湿透了,伞全然不中用。我回身走才来的路,路上有人了。三四个,六七个,显然可见是青布大褂的队伍,虽然中间也有穿洋服的,也有穿各色衫子的断发的女子。他们有的张着伞,大部分却直任雨狂淋。

我开始惊异于他们的脸。从来没有看见过,这么严肃的脸,有如昆仑的耸峙,这么郁怒的脸,有如雷电之将作;青年的柔秀的颜色退隐了,换上了壮士的北地人的苍劲。他们的眼睛冒得出焚烧掉一切的火,吻紧的嘴唇里藏着咬得死生物的牙齿,鼻头不怕闻血腥与死人的尸臭,耳朵不怕听大炮与猛兽的咆哮,而皮肤简直是百炼的铁甲。

佩弦的诗道,"笑将不复在我们唇上!"用以歌咏这许多的脸,正是适合。他们不复笑,永远不复笑! 他们有的是严肃与郁怒,永远是严肃与郁怒。

似乎店铺里人脸多起来了,从家里才跑来呢,从柜台底下才探出来呢,我没有工夫想。这些人脸而且露出在店门首了,他们惊讶地望着路上那些严肃的郁怒的脸。

青布大褂的队伍纷纷投入各家店铺,我也跟着一队跨进一家,记得是布匹庄。我听见他们开口了,差不多掏示整个的心,涌起满腔的血,这样真挚地热烈地讲说着。他们讲及民族的命运,他们讲及群众的力量,他们讲及反抗的必要;他们不惮郑重叮咛的是"咱们是一伙儿"! 我感动,我心酸,酸得痛快。

店伙的脸比较地严肃了;没有话说,暗暗颠头。

我跨出布匹庄,"中国人不会齐心呀! 如果齐心,吓,怕什么!"这句带有尖刺的话传来,我回头去看。

是一个三十左右的男子,粗布的短衫露着胸,苍黯的肤色标记他是在露天出卖劳力的,眼睛里放射出英雄的光。

不错呀，我想。露胸的朋友，你喊出这样简要精练的话来，你伟大！你刚强！你是具有解放的优先权者！我虔敬地向他颠头。

但是，恍惚有蓝袍玄褂小髭须的影子在我眼前晃过，玩世地微笑，又仿佛鼻子里发出轻轻的一声"嗤"。接着又晃过一个袖手的，漂亮的嘴脸，漂亮的衣著，在那里低吟，依稀是"可怜无补费精神"！袖手的幻灭了，抖抖地，显出一个瘠瘦的中年人，如鼠的觳觫的眼睛，如兔的颤动的嘴唇，含在喉际，欲吐又不敢吐的是一声"怕……"

我倒楣，我如受奇辱，看见这样等等的魔影！我愤怒地张大眼睛，什么魔影都没有了，只见满街恶魔的乱箭似的急雨。

微笑的魔影，漂亮的魔影，惶恐的魔影，我诅咒你们；你们灭绝！你们消亡！你们是拦路的荆棘！你们是伙伴的牵累！你们灭绝，你们消亡，永远不存一丝儿痕迹，永远不存一丝痕迹于这块土！

有淌在路上的血，有严肃的郁怒的脸，有露胸朋友那样的意思，"咱们一伙儿"，有救，一定有救，——岂但有救而已！

我满腔的愤怒。再有露胸朋友那样的话在路上吧？我向前走去。

依然是满街恶魔的乱箭似的急雨。

一九二五年五月三十一日作

（选自一九二五年六月二十八日《文学周报》第一百七十九期）

藕与莼菜

叶圣陶

　　与朋友喝酒,嚼着薄片的雪藕,忽然怀念起故乡来了。若在故乡,每当新秋的早晨,门前经过许多的乡人:男的紫赤的臂膊和小腿肌肉突起,躯干高大且挺直,使人起康健的感觉;女的往往裹着白地青花的头布,虽然赤脚,却穿着短短的夏布裙,躯干固然不及男的这样高,但是别有一种康健的美的风致,他们各挑着一副担子,盛着鲜嫩玉色的长节的藕。在藕的家乡的池塘里,在城外曲曲弯弯的小河边,他们把这些藕一濯再濯,所以这样洁白了。仿佛他们以为这是供人体味的高品的东西,这是清的图画里的重要题材,倘若满涂污泥,便把人家欣赏的浑凝之感打破了;这是一件罪过的事情,他们不愿意担在身上,故而先把它们濯得这样洁白了,才挑进城里来。他们要稍稍休息的时候,就把竹扁横在地上,自己坐在上面,随便拣择担里的过嫩的"藕枪"或是较老的"藕朴",大口地嚼着解渴。走过的人便站住了,红衣衫的小姑娘拣一节,白发的老公公买两支。清淡而甘美的滋味是普遍于家家户户了。这种情形,差不多是平常的日课,直要到叶落秋深的时候。

　　在这里,藕这东西几乎是珍品了。大概也是从我们的故乡运来的,但是数量不多,自有那些伺候豪华公子硕腹巨贾的帮闲茶房们把大部分抢去了;其余的便要供在大一点的水果铺子里,位置在金山苹果,吕宋香芒之间,专待善价而沽。至于挑着担子在街上卖的,也并不是没有,但不是瘦得像乞丐的臂腿,便涩得像未熟的柿子,实在无从欣羡,因此,除了仅有的一回,我们今年竟不曾吃过藕。

　　这仅有的一回不是买来吃的,是邻舍送给我们吃的。他们也不是买的,是从故乡来的亲戚带来的。这藕离开它的家乡大约有好些时候了,所以不复呈玉样的颜色,却满被着许多锈斑。削去皮的时候,刀锋过处很不顺爽。切成了片,送人口里嚼着,顿有点甘味,但没有一种鲜嫩的感觉,而且似乎含了满口的渣,第二片就不想吃,只有孩子很高兴,他把这许多嚼完,居然有半点钟工夫不再作别种的要求。

　　因为想起了藕,就联想到莼菜。在故乡的春天,几乎天天吃莼菜。它本来没有味道,味道全在于好的汤。但这样嫩绿的颜色与丰富的诗意,无味之味真足令人心醉呢。在每条街旁的小河里,石埠头总歇着一两条没篷船,满舱盛着莼菜,是从太湖里捞来的。取得这样方便,当然能日餐一碗了。

　　而在这里又不然;非上馆子,就难吃到这东西。我们当然不上馆子,偶然有一两回去扰朋友的酒席,恰又不是莼菜上市的时候,所以今年竟不曾吃过。直到最近,伯祥的杭州亲戚来了,送他几瓶装瓶的西湖莼菜,他送我一瓶,我才算也尝了新了。

　　向来不恋故乡的我,想到这里,觉得故乡可爱极了。我自己也不明白,为什么会起这么深浓的情绪?再一思索,实在很浅显的:因为故乡有所恋,而所恋又惟在故乡有,便萦着系着,不能舍去了。譬如亲密的家人在那里,知心的朋友在那里,怎得不恋恋?怎得不怀念?但是仅仅为了爱故乡么?不是的,不过在故乡的几个人把我牵着罢了。若无所牵,更何所恋?像我现在,偶然被藕与莼菜所牵,所以便怀念起故乡来了。

　　所恋在那里,那里就是我们的故乡了。

一九二三年九月七日作
(选自叶圣陶《未厌居习作》,一九三五年版)

卖豆腐的哨子

茅　盾

早上醒来的时候，听得卖豆腐的哨子在窗外呜呜地吹。

每次这哨子声引起了我不少的怅惘。

并不是它那低叹暗泣似的声调在诱发我的漂泊者的乡愁；不是呢，像我这样的 outcast，没有了故乡，也没有了祖国，所谓"乡愁"之类的优雅的情绪，轻易不会兜上我的心头。

也不是它那类乎军笳然而已颇小规模的悲壮的颤音，使我联想到别一方面的烟云似的过去；也不是呢，过去的，只留下淡淡的一道痕，早已为现实的严肃和未来的闪光所掩煞所销毁。

所以我这怅惘是难言的。然而每次我听到这呜呜的声音，我总抑不住胸间那股回荡起伏的怅惘的滋味。

昨夜我在夜市上，也感到了同样的滋味。

每次我到夜市，看见那些用一张席片挡住了潮湿的泥土，就这么着货物和人一同挤在上面，冒着寒风在嚷嚷然叫卖的衣衫褴褛的小贩子，我总是感得了说不出的怅惘的心情。说是在怜悯他们？我知道怜悯是亵渎的。那么，说是在同情于他们罢？我又觉得太轻。我心底里钦佩他们那种求生存的忠实的手段和态度，然而，亦未始不以为那是太拙笨。我从他们那雄辩似的"夸卖"声中感得了他们的心的哀诉。我仿佛看见他们呼出的热气在天空中凝集为一片灰色的云。

可是他们没有呜呜的哨子。没有这像是闷在瓮中，像是透过了重压而挣扎出来的地下的声音，作为他们的生活的象征。

呜呜的声音震破了冻凝的空气在我窗前过去了。我倾耳静听，我似乎已经从这单调的呜呜中读出了无数文字。

我猛然推开幛子，遥望屋后的天空。我看见了些什么呢？我只看见满天白茫茫的愁雾。

（原载 1929 年 2 月《小说月报》第 20 卷第 2 号）

白杨礼赞

茅 盾

白杨树实在是不平凡的,我赞美白杨树!

当汽车在望不到边际的高原上奔驰,扑入你的视野的,是黄绿错综的一条大毡子;黄的,那是土,未开垦的处女土,几十万年前由伟大的自然力所堆积成功的黄土高原的外壳;绿的呢,是人类劳力战胜自然的成果,是麦田,和风吹送,翻起了一轮一轮的绿波,——这时你会真心佩服昔人所造的两个字"麦浪",若不是妙手偶得,便确是经过锤炼的语言的精华;黄与绿主宰着,无边无垠,坦荡如砥,这时如果不是宛若并肩的远山的连峰提醒了你(这些山峰凭你的肉眼来判断,就知道在你脚底下的),你会忘记了汽车是在高原上行驶,这时你涌起来的感想也许是"雄壮",也许是"伟大",诸如此类的形容词,然而同时你的眼睛也许觉得有点倦怠,你对当前的"雄壮"或"伟大"闭了眼,而另一种味儿在你的心头潜滋暗长了,——"单调"!可不是,单调,有一点儿吧。

然而刹那间,要是你猛抬眼看见了前面远远地有一排,——不,或者只是三五株,一株,傲然地耸立,像哨兵似的树木的话,那你的恹恹欲睡的情绪又将如何?我那时是惊奇地叫了一声的!

那就是白杨树,西北极普通的一种树,然而实在不是平凡的一种树!

那是力争上游的一种树,笔直的干,笔直的枝,它的干呢,通常是丈把高,像是加以人工似的,一丈以内,绝无旁枝;它所有的桠枝呢,一律向上,而且紧紧靠拢,也像是加以人工似的。成为一束,绝无横斜逸出;它的宽大的叶子也是片片向上,几乎没有斜生的,更不用说倒垂了;它的皮,光滑而有银色的晕圈,微微泛出淡青色。这是虽在北方的风雪的压迫下却保持着倔强挺立的一种树!那怕只有碗来粗细罢,它却努力向上发展,高到丈许,二丈,参天耸立,不折不挠,对抗着西北风。

这就是白杨树,西北极普通的一种树,然而决不是平凡的树!

它没有婆娑的姿态,没有屈曲盘旋的虬枝,也许你要说它不美丽,——如果美是专指"婆娑"或"横斜逸出"之类而言,那么白杨树算不得树中的好女子;但是它却是伟岸,正直,朴质,严肃,也不缺乏温和,更不用提它的坚强不屈与挺拔,它是树中的伟丈夫!当你在积雪初融的高原上走过,看见平坦的大地上傲然挺立这么一株或一排白杨树,难道你就只觉得树只是树,难道你就不想到它的朴质,严肃,坚强不屈,至少也象征了北方的农民;难道你竟一点也不联想到,在敌后的广大土地上,到处有坚强不屈,就像这白杨树一样傲然挺立的守卫他们家乡的哨兵!难道你又不更远一点想到这样枝枝叶叶靠紧团结,力求上进的白杨树,宛然象征了今天在华北平原纵横激荡用血写出新中国历史的那种精神和意志。

白杨不是平凡的树,它在西北极普遍,不被人重视,就跟北方农民相似;它有极强的生命力,磨折不了,压迫不倒,也跟北方的农民相似,我赞美白杨树,就因为它不但象征了北方的农民,尤其象征了今天我们民族解放斗争中所不可缺的朴质,坚强,以及力求上进的精神。

让那些看不起民众,贱视民众,顽固的倒退的人们去赞美那贵族化的楠木(那也是直挺秀颀的),去鄙视这极常见,极易生长的白杨罢,但是我要高声赞美白杨树!

(一九四一年三月)

(选自茅盾《见闻杂记》,文光书店一九四六年版)

归　航

郁达夫

微寒刺骨的初冬晚上，若在清冷同中世似的故乡小市镇中，吃了晚饭，于未敲二更之先，便与家中的老幼上了楼，将你的身体躺入温暖的被里，呆呆的隔着帐子，注视着你的低小的木桌上的灯光，你必要因听了窗外冷清的街上过路人的歌音和足声而泪落。你因了这灰暗的街上的行人，必要追想到你孩提时候的景象上去。这微寒静寂的晚间的空气，这幽闲落寞的夜行者的哀歌，与你儿童时代所经历的一样，但是睡在楼上薄棉被里，听这哀歌的人的变化却如何了？一想到这里谁能不生起伤感的情来呢？——但是我的此言，是为像我一样的无能力的将近中年的人而说的——

我在日本的郊外夕阳晼晚的山野田间散步的时候，也忽而起了一种同这情怀相象的怀乡的悲感；看看几个日夕谈心的朋友，一个一个的减少下去的时候，我也想把我的迷游生活结束了。

十年久住的这海东的岛国，把我那同玫瑰露似的青春消磨了的这异乡的天地，我虽受了她的凌辱不少，我虽不愿第二次再使她来吻我的脚底，但是因为这厌恶的情太深了，到了将离的时候，倒反而生出了一种不忍与她诀别的心来。啊啊，这柔情一脉，便是千古的伤心种子，人生的悲剧，大约是发芽在此地的吧？

我于未去日本之先，我的高等学校时代的生活背景，也想再去探看一回。我于永久离开这强暴的小国之先，我的叠次失败了的浪漫史的血迹，也想再去揩拭一回。

"轻薄淫荡的异性者呀，你们用了种种柔术想把来弄杀了的他，现在已经化作了仙人，想回到他的须弥故国去了。请你们尽在这里试用你们的手段吧，他将要骑了白鹤，回到他的母亲怀里去了。他回去之后，定将拥挟了霓裳仙子，舞几夜通宵的歌舞，他是再也不来向你们乞怜的了。"

我也想用于微笑，代替了这一段言语，向那些愚弄过我的妇人，告个长别，用以泄泄我的一段幽恨。为了这种种琐碎的原因，我的回国日期竟一天一天的延长了许多的时日。

从家里寄来的款也到了，几个留在东京过夏的朋友为我饯行的席也设了，想去的地方，也差不多去过了，几册爱读的书也买好了，但是要上船的第一天（七月的十五）我又忽而跑上日本邮船公司去，把我的船票改迟了一班，我虽知道在黄海的这面有几个——我只说几个——与我意气相合的朋友在那里等我，但是我这莫名其妙的离情，我这像将死时一样的哀感，究竟教我如何处置呢？我到七月十九的晚上，喝醉了酒，才上了东京的火车，上神户去趁翌日出发的归舟。

二十的早晨从车上走下来的时候，赤色的太阳光线已经将神户市的一大半房屋烧热了。神户市的附近，须磨是风光明媚的海滨村，是三伏中地上避暑的快乐园，当前年须磨寺大祭的晚上，是我与一个不相识的妇人共宿过的地方。依我目下的情怀说来，是不得不再去留一宵宿，叹几声别的，但是回故国的轮船将于午前十点钟开行，我只能在海上与她遥别了。

"妇人呀妇人，但愿你健在，但愿你荣华，我今天是不能来看你了。再会——不……不……永别了……"

须磨的西边是明石，紫式部的同画卷似的文章，蓝苍的海浪，洁白的沙滨，参差雅淡的别庄，别庄内的美人，美人的幽梦，……

"明石呀明石！我只能在游仙枕上，远梦到你的青松影里，再来和你的儿女谈多情的韵事了。"

八点半钟上了船，照管行李，整理舱位，足足忙了两个钟头；船的前后铁索响的时候，铜锣报知将开船的时候，我的十年中积下来的对日本的愤恨与悲哀，不由得化作了数行冰冷的清泪，把海湾一带的风景，染成了模糊像梦里的江山。

"啊啊，日本呀！世界一等强国的日本呀！国民比我们矮小，野心比我们强烈的日本呀！我去之后，你的海岸大约依旧是风光明媚，你的儿女大约依旧是荒淫无忌地过去的。天色的苍茫，海洋的浩荡，大约总不至因我之去而稍生变更的。我的同胞的青年，大约仍旧要上你这里来，继续我的运命，受你的欺辱的。但是我的青春，我的在你这无情的地上化费了的青春！啊啊，枯死的青春呀，你大约总再也不能回复到我的身上来了吧！"

二十一日的早晨，我还在三等舱里做梦的时候，同舱的鲁君就跳到我的枕边上来说："到了到了！到门司了！你起来同我们上门司去吧！"

我乘的这只船，是经过门司不经过长崎的，所以门司，便是中途停泊的最后的海港；我的从昨日酝酿成的那种伤感的情怀，听了门司两字，又在我的胸中复活了起来。一只手擦着眼睛，一只手捏了牙刷，我就跟了鲁君走出舱来。淡蓝的天色，已经被赤热的太阳光线笼罩了东方半角。平静无波的海上，贯流着一种夏天早晨特有的清新的空气。船的左右岸有几堆同青螺似的小岛，受了朝阳的照耀，映出了一种浓润的绿色。前面去左船舷不远的地方有一条翠绿的横山，山上有两株无线电报的电杆，突出在碧落的背景里；这电杆下就是门司港市了。船又行进了三五十分钟，回到那横山正面的时候，我只见无数的人家，无数的工厂烟囱，无数的船舶和桅杆，纵横错落的浮映在天水中间的太阳光线里，船已经到了门司了。

门司是此次我的脚所践踏的最后的日本土地，上海虽然有日本的居民，天津汉口杭州虽然有日本的租界，但是日本的本土，怕今后与我便无缘分了。因为日本是我所最厌恶的土地，所以今后大约我总不至于再来的。因为我是无产阶级的一个分子，所以将来大约我总不至坐在赴美国的船上，再向神户横滨来泊船的。所以我可以说门司便是此次我的脚所践踏的最后的日本土地了。

我因为想深深的尝一尝这最后的伤感的离情，所以衣服也不换，面也不洗，等船一停下，便一个人跳上了一只来迎德国人的小汽船，跑上岸上去了。小汽船的速力，在海上振动了周围清新的空气，我立在船头上觉得一种微风同妇人的气息似的吹上了我的面来。蓝碧的海面上，被那小汽船冲起了一层波浪，汽船过处，现出了一片银白的浪花，在那里返射着朝日。

在门司海关码头上岸之后，我觉得射在灰白干燥的陆地路上的阳光，几乎要使我头晕；在海上不感得的一种闷人的热气，一步一步的逼上我的面来，我觉得我的鼻上有几颗珍珠似的汗珠滚出来了；我穿过了门司车站的前庭，便走进狭小的锦町街上去。我想永久将去日本之先，不得不买一点什么东西，作作纪念，所以在街上走了一回，我就踏进了一家书店。新刊的杂志有许多陈列在那里，我因为不想买日本诸作家的作品，来培养我的创作能力，所以便走近里面的洋书架去。小泉八云 Lafcadio Hearn 的著作，Modern Library 的丛书占了书架的一大部分，我细细的看了一遍，觉得与我这时候的心境最适合的书还是去年新出版的 John Paris 的那本 Kimono（日本衣服之名）。

我将要离日本了，我在沦亡的故国山中，万一同老人追怀及少年时代的情人一般，有追思到日本的风物的时候，那时候我就可拿出几本描写日本的风俗人情的书来赏玩。这书若是日本人所著，他的描写，必至过于真确，那时候我的追寻远地的梦幻心境，倒反要被那真实粗暴的形相所打破。我在那时候若要在沙上建筑蜃楼，若要从梦里追寻生活，非要读读朦胧奇特、富有异国情调的，那些描写月下的江山，追怀远地的情事的书类不可；从此看来，这 Kimono 便是与这境状最适合的书了，我心里想了一遍，就把 Kimono 买了。从书店出来又在狭小的街上的暑热的太阳光里走了一段，我就忍了热从锦町三丁目走上幸町的通里山的街上去。幸町是三弦酒肉的巢窟，是红粉胭脂的堆栈，今天正好像是大扫除的日子，那些调和性欲，忠诚于她们的天职的妓女，都裸了雪样的洁白，风样的柔嫩的身体，在那里打扫，啊啊，这日本的最美的春景，我今天看后，怕也不能多看了。

我在一家姓安东的妓家门前站了一忽，同饥狼似的饱看了一回烂熟的肉体，便又走下幸町的街路，折回到了港口。路上的灰尘和太阳的光线，逼迫我的身体，致我不得不向咖啡店去休息一场；我在去码头不远的一家下等的酒店坐下的时候，身体也真疲劳极了。

喝了一大瓶啤酒，吃了几碗日本固有的菜，我觉得我的消沉的心里，也生了一点兴致出来，便想尽我所有的金钱，上妓家去瞎闹一场；但拿出表来一看，已经过十二点了，船是午后二点钟就要拔锚的。

我出了酒店，手里拿了一本 Kimono，在街上走了两步，就把游荡的邪心改过，到浴场去洗了一个澡，因以涤尽了十几年来，堆叠在我这微躯上的日本的灰尘与恶土。

上船的时候，已经是午后一点半了。三十分后开船的时候，我和许多去日本的中国人和日本人立在三等舱外甲板上的太阳影里看最后的日本的陆地。门司的人家远去了，工场的烟囱也看不清楚了，近海岸的无人绿岛也一个一个的少下去了，我正在出神的时候，忽听一等舱的船楼上有清脆的妇人声在那里说话；我抬起头来一看，见有一个年约十八九的中西杂种的少女，立在船楼的栏杆边上，在那里和一个红脸肥胖的下劣西洋人说话。那少女皮肤带有浅黑色，眼睛凹在鼻梁的两边，鼻尖高得很，瞳人带些微黄，但仍是黑色；头发用烙铁烫过，有一圈珍珠，带在蓬蓬的发下。她穿的是黄白薄绸的一件西洋的夏天女服，双袖短得很，她若把手与肩胛平张起来，你从袖口能看得出她腋下的黑影，和胸前的乳头来。她的颈项下的前后又裸着两块可爱的黄黑色的肥肉。下面穿的是一条短短的围裙，她的瘦长的两条脚露出在鱼白的湖绉裙下。从玄色的丝袜里蒸发出来的她的下体的香味，我好像也闻得出来的样子。看看她那微笑的短短的面貌，和一排洁白的牙齿，我恨不得拿出一把手枪来，把那同禽兽似的西洋人击杀了。

"年轻的少女呀，我的半同胞呀！你母亲已经为他们异类的禽兽玷污了，你切不可再与他们接近才好呢！我并不想你，我并不在这里贪你的姿色；但是，但是像你这样的美人，万一被他们同野兽一样的西洋人蹂躏了去，教我如何能堪呢！你那柔软黄黑的肉体被那肥胖和雄猪似的洋人压着的光景，我便在想象的时候，也觉得眼睛里要喷出火来。少女呀少女！我并不要你爱我，我并不要你和我同梦。我只求你别把你的身体送给异类的外人去享乐就对了。我们中国也有美男子，我们中国也有同黑人一样强壮的伟男子，我们中国也有几千万几万万家财的富翁，你何必要接近外国人呢！啊啊，中国可亡，但是中国的女子是不可被他们外国人强奸去的。少女呀少女！你听了我的这哀愿吧！"

我的眼睛呆呆的在那里看守她那颧骨微突嘴巴狭小的面貌，我的心里同跪在圣女马利亚像前面的旧教徒一样，尽在那里念这些祈祷。感伤的情怀，一时征服了我的全体，我觉得眼睛里酸热起来，她的面貌，就好像有一层 Veil 罩着的样子，也渐渐的朦胧起来了。

海上的景物也变了。近处的小岛完全失去了影子，空旷的海面上，映着了夕照，远远里浮出了几处同眉黛似的青山；我在甲板上立得不耐烦起来，就一声也不响，低了头，回到了舱里。

太阳在西方海面上沉没了下去，灰黑的夜阴从大海的四角里聚集了拢来，我吃完了晚饭，仍复回到甲板上来，立在那少女立过的楼底直下。我仰起头来看看她立过的地方，心里就觉得悲哀起来，前次的纯洁的心情，早已不复在了，我心里只暗暗地想：

"我的头上那一块板，就是她曾经立过的地方。啊啊，要是她能爱我，就教我用无论什么方法去使她快乐，我也愿意的。啊啊，所罗门当日的荣华，比到纯洁的少女的爱情，只值得什么？事也不难，她立在我头上板上的时候，我只须用一点奇术，把我的头一寸一寸的伸长起来，钻过船板去就对了。"

想到了这里，我倒感着了一种滑稽的快感；但看看船外灰黑的夜阴，我觉得我的心境也同白日的光明一样，一点一点被黑暗腐蚀了。

我今后的黑暗的前程，也想起来了。我的先辈回国之后，受了故国社会的虐待，投海自尽的一段哀史，也想起来了。

"我在那无情的岛国上，受了十几年的苦，若回到故国之后，仍不得不受社会的虐待，教我如何是好呢！日本的少女轻侮我，欺骗我时，我还可以说'我是为人在客'，若故国的少女，也同日本妇人一样的欺辱我的时候，我更有什么话说呢！你看那 Eurooaian 不是已在那里轻侮我了么？她不是已经不承认我的存在了么？唉，唉，唉，唉，我错了，我错了。我是不该回国来的。一样的被人虐待，与其受故国同胞的欺辱，倒还不如受他国人的欺辱更好自家宽慰些。"

我走近船舷，向后面我所别来的国土一看，只见得一条黑线，隐隐的浮在东方的苍茫夜色里。我心里只叫着说：

"日本呀日本，我去了。我死了也不再回到你这里来了。但是，但是我受了故国社会的压迫，不得不自杀的时候，最后浮上我的脑子里来的，怕就是你这岛国哩！Avé Japon！我的前途正黑暗得很呀！"

一九二二，七月二十六日，上海。

（据《达夫散文集》，1936 年 4 月上海北新书局版）

马蜂的毒刺

郁达夫

这几年来,自己因为不能应时豹变,顺合潮流的结果,所以弄得失去了职业,失去了朋友亲人,失去了一切的一切,只剩了孤零零的一个,落在时代的后面浮沉着。人家要我没落,但肉体却仍旧在维持着它的旧日的作用,不肯好好儿的消亡下去。人家劝我自杀,但穷得连买一点药买一支手枪的余裕都没有,而堕落颓废的我的意志也连竖直耳朵,听一听人家的劝告的毅力都决拿不起来。在这无可奈何的楚歌声里,自然而然,我便成了一个与猪狗一样的一点儿自决心责任心也没有的行尸走肉了,对这一个行尸,人家还在说是什么"运命论者"。

运命论者也好,颓废堕落也没有法子。可是像猪一样的这一块走肉中间,有时候还不能完全把知觉感情等稍为高尚一点的感觉杀死,于是突然之间,就同癫痫病者的发作一样,会有一种很深沉很悲痛的孤寂之感袭上身来。

有一天,也是在这一种发作之后,我忽而想起了一位不相识的青年写给我的几封信,这一位好奇的青年,大约也同我一样的在感到孤独吧,他写来的几封满贮着热情的信上,说无论如何总想看一看我这一块走肉。想起了他,那一天早晨,我就借得了几个零用钱,飘然坐上了车,走到了上海最热闹的一区地方去拜访了一次。

两人见到了面,不消说是各有一种欢喜之情感到的。我也一时破了长久沉默的戒,滔滔谈了许多前后不接的闲天,他也全身抖擞了起来,似乎是喜欢得不得了的样子。谈了一会,我觉得饿了,就和他一同出来去吃了一点点心,吃饱了之后又同他走了一圈,谈了半天。

他怎么也不肯和我别去,一定要邀我回到他的旅馆去和他同吃午饭。但可怜的我那时候心里头又起了别的作用了,一时就想去看一回好久没有见到而相约已经有好几次的一位书店里的熟人。我就告诉他说,吃饭是不能同他在一道吃的。他问为什么?我说因为今天是有人约我吃饭的。他问在什么地方?我说在某处某地的书店楼上。他问几点钟?我说正午十二点。因此他就很悲哀地和我在马路上分开了手,我回头来看了几眼,看见他老远的还立在那里目送我的行。

和他分开之后去会到了那位书店的熟人,不幸吃饭的地点临时改变了。我们吃完饭后,坐到了两点多钟才走下楼来。正走到了一处宽广的野道上的时候,我看见前面路上向着我们,太阳光下有一位横行阔步,好像是兴奋得很的青年在走。走近来一看却正是午前我去访他和他在马路上别去的那位纯直的少年朋友。

他立在我的面前,面色涨得通红,眉毛竖了起来,眼睛里同喷火山似的放出了两道异样的光,全身和两颧骨似乎在格格地发抖,钉视住了我的颜面,半晌说不出话来。两只手是捏紧了拳头垂在肩下的。我也同做了一次窃贼,被抓着了赃证者一样,一时急得什么话也想不出来。两人对头呆立了一阵,终究还是我先破口说:"你上什么地方去?"

他又默默地毒视了我一阵,才大声的喝着说:"你为什么要骗我?你为什么要撒谎?"我看了他那双冒火的眼光,觉得知觉也没有了,神致也昏乱了,不晓回答了他几句什么样的支吾言语,就匆匆逃开了他的面前。但同时在我的脑门的正中,仿佛是感到了一种隐隐的痛楚。仿佛是被一只马蜂放了一针毒刺似的。我觉得这正是一只马蜂的毒刺,因为我在这一次偶尔的失言之中,所感到的苦痛不过是暂时的罢了,而在他的洁白的灵魂之上,怕不得不印上一个极深刻的永久消不去的毒印。听说马蜂尾上的毒刺是只有一次好用的,这是它最后的一件自卫武器，这一次的他岂不也同马蜂一样，受了我的永久的害毒了么？我现在当一个人感到孤独的时候，每要想起这一件事情来，所以近来弄得连无论什么人的信札都不敢开读，无论什么人的地方都不敢去走动了。这一针小小的毒刺，大约是可以把我的孤独钉住，使它随伴我到我的坟墓里去的，细细玩味起来，倒也能够感到一点痛定之后的宽怀情绪，可是那只马蜂，那只已经被我解除了武装的马蜂，却太可怜了，我在此地还只想诚恳地乞求它的饶恕。

一九二九年四月作

（据《在寒风里》，1929 年厦门世界文艺书社版）

山中杂记——芭蕉花

郭沫若

这是我五六岁时的事情了。我现在想起了我的母亲,突然记起了这段故事。

我的母亲六十六年前是生在贵州省黄平州的。我的外祖父是当时黄平州的州官。苗子造反,失守城池,外祖父手刃了四岁的四姨,在公堂上行了自尽。外祖母和七岁的三姨跳在州署里面的池堂里殉了节,所用的男工女婢也大都殉了。我们的母亲那时才满一岁,刘奶妈把我们的母亲背着已经跳进了池子,但又逃了出来。在途中遇着过两次匪难,第一次被劫去了金银首饰,第二次被劫去了身上的衣服。忠义的刘奶妈在农人家里讨了些稻草来遮身,仍然背着母亲逃难。逃到后来遇着赴援的官军才得了解救。最初流到贵州省城,其次又流到云南省城,倚人庐下,受了种种的虐待,但是忠义的刘奶妈始终是保护着我们的母亲。直到母亲满了四岁,大舅赴黄平收尸,便道往云南,才把母亲和刘奶妈带回了四川。

母亲在幼年时分是遭受过这样不幸的人。

母亲在十五岁的时候到了我们家里来,我们现存的兄弟姊妹共有八人,听说还死了一兄三姐。那时候我们的家道寒微,一切炊洗洒扫要和妯娌分担,母亲又多子息,更受了不少的累赘。

白日里家务奔忙,到晚来背着弟弟在菜油灯下洗尿布的光景,我在小时还亲眼见过,我至今也还记得。

母亲因为这样过于劳苦的原故,身子是异常衰弱的,每年交秋的时候总要晕倒一回,在旧时称为"晕病",但在现在想来,这怕是在产褥中,因为摄养不良的关系所生出的子宫病罢。

晕病发了的时候,母亲倒睡在床上,终日只是呻吟呕吐,饭不消说是不能吃的,有时候连茶也几乎不能进口。像这样要经过两个礼拜的光景,又才渐渐回复起来,完全是害了一场大病一样。

芭蕉花的故事是和这晕病关连着的。

在我们四川的乡下,相传这芭蕉花是治晕病的良药。母亲发了病时,我们便要四处托人去购买芭蕉花。但这芭蕉花是不容易购买的。因为芭蕉在我们四川很不容易开花,开了花时乡里人都视为祥瑞,不肯轻易摘卖。好容易买得了一朵芭蕉花了,在我们小的时候,要管两只肥鸡的价钱呢。

芭蕉花买来了,但是花瓣是没有用的,可用的只是瓣里的蕉子。蕉子在已经形成了果实的时候也是没有用的,中用的只是蕉子几乎还是雌蕊的阶段。一朵花上实在是采不出许多的这样的蕉子来。

这样的蕉子是一点也不好吃的,我们吃过香蕉的人,如以为吃那蕉子怕会和吃香蕉一样,那是大错而特错了。有一回母亲吃蕉子的时候,在床边上挟过一箸给我,简直是涩得不能入口。

芭蕉花的故事便是和我母亲的晕病关连着的。

我们四川人大约是外省人居多,在张献忠剿了四川以后——四川人有句话说:"张献忠剿四川,杀得鸡犬不留。"——在清初时期好像有过一个很大的移民运动。外省籍的四川人各有各的会馆,便是极小的乡镇也都是有的。

我们的祖宗原是福建的人,在汀州府的宁化县,听说还有我们的同族住在那里。我们的祖宗正是在清初时分入了四川的,卜居在峨眉山下一个小小的村里。我们福建人的会馆是天后宫,供的是一位女神叫做"天后圣母"。这天后宫在我们村里也有一座。

那是我五六岁时候的事了。我们的母亲又发了晕病。我同我的二哥,他比我要大四岁,同到天后宫去。那天后宫离我们家里不过半里路光景,里面有一座散馆,是福建人子弟读书的地方。我们去的时候散馆已经放了假，大概是中秋前后了。我们隔着窗看见散馆园内的一簇芭蕉，其中有一株刚好开着一朵大黄花，就像尖瓣的莲花一样。我们是欢喜极了。那时候我们家里正在找芭蕉花，但在四处都找不出。我们商量着便翻过窗去摘取那朵芭蕉花。窗子也不过三四尺高的光景，但我那时还不能翻过，是我二哥擎我过去的。我们两人好容易把花苞摘了下来，二哥怕人看见，把来藏在衣袂下同路回去。回到家里了，二哥叫我把花苞拿去献给母亲。我捧着跑到母亲的床前，母亲问我是从甚么地方拿来的，我便直说是在天后宫掏来的。我母亲听了便大大地生气，她立地叫我们跪在床前，只是连连叹气地说："啊，娘生下了你们这样不争气的孩子，为娘的倒不如病死的好了！"我们都哭了，但我也不知为甚么事情要哭。不一会父亲晓得了，他又把我们拉去跪在大堂上的祖宗面前打了我们一阵。我挨掌心是这一回才开始的，我至今也还记得。

我们一面挨打，一面伤心。但我不知道为甚么该讨我父亲、母亲的气。母亲病了要吃芭蕉花。在别处园子里掏了一朵回来，为甚么就犯了这样大的过错呢？

芭蕉花没有用，抱去奉还了天后圣母，大约是在圣母的神座前干掉了吧？

这样的一段故事，我现在一想到母亲，无端地便涌上了心来。我现在离家已十二三年，值此新秋，又是风雨飘摇的深夜，天涯羁客不胜落寞的情怀，思念着母亲，我一阵阵鼻酸眼胀。

啊，母亲，我慈爱的母亲哟！你儿子已经到了中年，在海外已自娶妻生子了。幼年时摘取芭蕉花的故事，为甚么使我父亲、母亲那样的伤心，我现在是早已知道了。但是，我正因为知道了，竟失掉了我摘取芭蕉花的自信和勇气。这难道是进步吗？

1925 年秋

（选自《沫若文集》第七卷《山中杂记》，人民文学出版社一九五八年八月版）

祝土匪

林语堂

莽原社诸朋友来要稿,论理莽原社诸先生既非正人君子又不是当代名流,当然有与我合作之可能,所以也就慨然允了他们,写几字凑数,补白。

然而又实在没有工夫,文士们(假如我们也可冒充文士)欠稿债,就同穷教员欠房租一样,期一到就焦急。所以没工夫也得挤,所要者挤出来的是我们自己的东西,不是挪用、借光、贩卖的货物,便不至于成文妖。

于短短的时间,要做长长的文章,在文思迟滞的我是不行的。无已,姑就我要说的话有条理的或无条理的说出来。

近来我对于言论界的职任及性质渐渐清楚。也许我一时所见是错误的,然而我实在还未老,不必装起老成的架子,将来升官或入研究系时再来更正我的主张不迟。

言论界,依中国今日此刻此地情形,非有些土匪傻子来说话不可。这也是祝莽原恭维莽原的话,因为莽原即非太平世界,莽原之主稿诸位先生当然很愿意揭竿作乱,以土匪自居。至少总不愿意以"绅士""学者"自居,因为学者所记得的是他的脸孔,而我们似乎没有时间顾到这一层。

现在的学者最要紧的就是他们的脸孔,倘是他们自三层楼滚到楼底下,翻起来时,头一样想到的还是拿起手镜照一照看他的假胡须还在乎?金牙齿没掉么?雪花膏未涂污乎?至于骨头折断与否,似在其次。

学者只知道尊严,因为要尊严,所以有时骨头不能不折断,而不自知,且自告人曰,我固完肤也,呜呼学者!呜呼所谓学者!

因为真理有时要与学者的脸孔冲突,不敢为真理而忘记其脸孔者则终必为脸孔而忘记真理,于是乎学者之骨头折断矣。骨头既断,无以自立,于是"架子"、木脚、木腿来了。就是一副银腿银脚也要觉得讨厌,何况还是木头做的呢?

托尔斯泰曾经说过极好的话,论真理与上帝孰重,他说以上帝为重于真理者,必以教会为重于上帝,其结果必以其特别教门为重于教会,而终必以自身为重于其特别教门。

就是学者斤斤于其所谓学者态度,所以失其所谓学者,而去真理一万八千里之遥,说不定将来学者反得让我们土匪做。

学者说讲道德,士风,而每每说到自己脸孔上去,所以道德,士风将来也非由土匪来讲不可。

一人不敢说我们要说的话,不敢维持我们良心上要维持的主张,这边告诉人家我是学者,那边告诉人家我是学者,自己无贯彻强毅主张,倚门卖笑,双方讨好,不必说真理招呼不来,真理有知,亦早已因一见学者脸孔而退避三舍矣。

惟有土匪,既没有脸孔可讲,所以比较可以少作揖让,少对大人物叩头。他们既没有金牙齿,又没有假胡须,所以自三层楼上滚下来,比较少顾虑完肤或者未必完肤,但是骨头可以不折,而且手足嘴脸,就使受伤,好起来时,还是真皮真肉。

真理是妒忌的女神,归奉她的人就不能不守独身主义,学者却家里还有许多老婆,姨太太,上坑老妈,通房丫头。然而真理并非靠学者供养的,虽然是妒忌,却不肯说话,所以学者所真怕的还是家里老婆,不是真理。

惟其有许多要说的话学者不敢说，惟其有许多良心上应维持的主张学者不敢维持，所以今日的言论界还得有土匪傻子来说话。土匪傻子是顾不到脸孔的，并且也不想将真理贩卖给大人物。

土匪傻子可以自慰的地方就是有史以来大思想家都被当代学者称为"土匪""傻子"过。并且他们的仇敌也都是当代的学者、绅士、君子、士大夫……自有史以来，学者、绅士、君子、士大夫都是中和稳健，他们的家里老婆不一，但是他们的一副面团团的尊容，则无古今中外东西南北皆同。

然而土匪有时也想做学者，等到当代学者夭灭伤亡之时。到那时候，却要请真理出来登极。但是我们没有这种狂想，这个时候还远着呢，我们生于草莽，死于草莽，遥遥在野外莽原，为真理喝彩，祝真理万岁，于愿足矣。

只不要投降！

一九二五年十二月

发表于《莽原》半月刊第 1 期 1926 年 1 月 10 日

秋天的况味

林语堂

秋天的黄昏，一人独坐在沙发上抽烟，看烟头白灰之下露出红光，微微透露出暖气，心头的情绪便跟着那蓝烟缭绕而上，一样的轻松，一样的自由。不转眼，缭烟变成缕缕细丝，慢慢不见了，而那霎时，心上的情绪也跟着消沉于大千世界，所以也不讲那时的情绪，只讲那时的情绪的况味。待要再划一根洋火，再点起那已点过三四次的雪茄，却因白灰已积得太多，而点不着，乃轻轻的一弹，烟灰静悄悄的落在铜炉上，其静寂如同我此时用毛笔写在纸上一样，一点的声息也没有。于是再点起来，一口一口的吞云吐露，香气扑鼻，宛如偎红倚翠温香在抱情调。于是想到烟，想到这烟一股温煦的热气，想到室中缭绕暗淡的烟霞，想到秋天的意味，这时才忆起，向来诗文上秋的含义，并不是这样的，使人联想的是萧杀、是凄凉、是秋扇、是红叶、是荒林、是蓑草。然而秋确有另一意味，没有春天的阳气勃勃，也没有夏天的炎烈迫人，也不像冬天之全入于枯槁凋零。我所爱的是秋林古气磅礴气象。有人以老气横秋骂人，可见是不懂得秋林古色之滋味。在四时中，我于秋是有偏爱的，所以不妨说说，秋是代表成熟，对于春天之明媚娇艳，夏日之茂密浓深，都是过来人，不足为奇了，所以其色淡，叶多黄，有古色苍茏之慨，不单以葱翠争荣了，这是我所谓秋天的意味。大概我所爱的不是晚秋，是初秋，那时暄气初消，月正圆，蟹正肥，桂花皎洁，也未陷入凛烈萧瑟气态，这是最值得赏乐的，那时的温和，如我烟上的红灰，只是一股熏熟的温香罢了。或如文人已排脱下笔惊人的格调，而渐趋纯熟练达，宏毅坚实，其文读来有深长意味，这就是庄子所谓"正得秋而万宝成"结实的意义。在人生上最享乐的就是这一类的事。比如酒以醇以老为佳。烟也有和烈之辨。雪茄之佳者，远胜于香烟，因其意味较和，倘是烧得得法，慢慢的吸完一支。看那红光炙发，有无穷的意味。鸦片吾不知，然看见人在烟灯上烧，听那微微哗剥的声音，也觉得有一种诗意，大概凡是古老、纯熟、薰黄、熟练的事物，都使我得到同样的愉快。如一只薰黑的陶锅在烘炉上用慢火炖猪肉时所发出的锅中徐吟的声调，是使我感到同看人烧大烟一样的兴味。或如一本用过二十年而尚未破烂的字典，或是一张用了半世的书桌，或如看见街上一块薰黑了老气横秋的招牌，或是看见书法大家苍劲雄深的笔迹，都令人有相同的快乐，人生世上如岁月之有四时，必须要经过这纯熟时期，如女人发育健全遭遇安顺的，亦必有一时徐娘半老的风韵，为二八佳人所不及者。使我最佩服的是邓肯的佳句："世人只会吟咏春天与恋爱，真无道理。须知秋天的景色，更华丽，更恢奇，而秋天的快乐有万倍的雄壮、惊奇、都丽。我真可怜那些妇女识见偏狭，使她们错过爱之秋天的宏大的赠赐。"若邓肯者，可谓识趣之人。

（选自《林语堂文选》，中国广播电视出版社 1990 年版）

翡冷翠山居闲话

徐志摩

在这里出门散步去，上山或是下山，在一个晴好的五月的向晚，正像是去赴一个美的宴会，比如去一果子园，那边每株树上都是满挂着诗情最秀逸的果实，假如你单是站着看还不满意时，只要你一伸手就可以采取，可以恣尝鲜味，足够你性灵的迷醉。阳光正好暖和，决不过暖；风息是温驯的，而且往往因为他是从繁花的山林里吹度过来，他带来一股幽远的淡香，连着一息滋润的水气，摩挲着你的颜面，轻绕着你的肩腰，就这单纯的呼吸已是无穷的愉快；空气总是明净的，近谷内不生烟，远山上不起霭，那美秀风景的全部正像画片似的展露在你的眼前，供你闲暇的鉴赏。

作客山中的妙处，尤在你永不须踌躇你的服色与体态；你不妨摇曳着一头的蓬草，不妨纵容你满腮的苔藓；你爱穿什么就穿什么；扮一个牧童，扮一个渔翁，装一个农夫，装一个走江湖的桀卜闪，装一个猎户；你再不必提心去整理你的领结，你尽可以不用领结，给你的颈根与胸膛一半日的自由，你可以拿一条这边艳色的长巾包在你的头上，学一个太平军的头目，或是拜伦那埃及装的姿态；但最要紧的是穿上你最旧的旧鞋，别管他模样不佳，他们是顶可爱的好友，他们承着你的体重却不叫你记起你还有一双脚在你的底下。

这样的玩顶好是不要约伴，我竟想严格的取缔，只许你独身；因为有了伴多少总得叫你分心，尤其是年轻的女伴，那是最危险最专制不过的旅伴，你应得躲避她像你躲避青草里一条美丽的花蛇！平常我们从自己家里走到朋友的家里，或是我们执事的地方，那无非是在同一个大牢里从一间狱室移到另一间狱室去，拘束永远跟着我们，自由永远寻不到我们；但在这春夏间美秀的山中或乡间你要是有机会独身闲逛时，那才是你福星高照的时候，那才是你实际领受，亲口尝味，自由与自在的时候，那才是你肉体与灵魂行动一致的时候；朋友们，我们多长一岁年纪往往只是加重我们头上的枷，加紧我们脚胫上的链，我们见小孩子在草里在沙堆里在浅水里打滚作乐，或是看见小猫追他自己的尾巴，何尝没有羡慕的时候，但我们的枷，我们的链永远是制定我们行动的上司！所以只有你单身奔赴大自然的怀抱时，像一个裸体的小孩扑入他母亲的怀抱时，你才知道灵魂的愉快是怎样的，单是活着的快乐是怎样的，单就呼吸单就走道单就张眼看耸耳听的幸福是怎样的，因此你得严格的为己，极端的自私，只许你，体魄与性灵，与自然同在一个脉搏里跳动，同在一个音波里起伏，同在一个神奇的宇宙里自得。我们浑朴的天真是像含羞草似的娇柔，一经同伴的抵触，他就卷了起来，但在澄静的日光下，和风中，他的姿态是自然的，他的生活是无阻碍的。

你一个人漫游的时候，你就会在青草里坐地仰卧，甚至有时打滚，因为草的和暖的颜色自然的唤起你童稚的活泼；在静僻的道上你就会不自主的狂舞，看着你自己的身影幻出种种诡异的变相，因为道旁树木的阴影在他们纤徐的婆娑里暗示你舞蹈的快乐；你也会得信口的歌唱，偶尔记起断片的音调，与你自己随口的小曲，因为树林中的莺燕告诉你春光是应得赞美的；更不必说你的胸襟自然会跟着漫长的山径开拓，你的心地会看着澄蓝的天空静定，你的思想和着山壑间的水声，山罅里的泉响，有时一澄到底的清澈，有时激成章的波动，流，流。流入凉爽的橄榄林中，流入妩媚的阿诺河去……

并且你不但不须约伴，每逢这样的游行，你也不必带书。书是理想的伴侣，但你应得带书，是在火车上，在你住处的客室里，不是在你独身漫步的时候，什么伟大的深沉的鼓舞的清明的优美的思想的根源不可以在风籁中、云彩里、山势与地形的起伏里、花草的颜色与香息里寻得？自然是最伟大的一部书，葛德说，在他每一页的字句里我们读得最深奥的消息。并且这书上的文字是人人懂得的；阿尔帕斯与五老峰，雪西里与

294

普陀山。莱茵河与扬子江,梨梦湖与西子湖,建兰与琼花,杭州西溪的芦雪与威尼市夕照的红潮,百灵与夜莺,更不提一般黄的黄麦,一般紫的紫藤,一般青的青草同在大地上生长,同在和风中波动——他们应用的符号是永远一致的,他们的意义是永远明显的,只要你自己性灵上不长疮癣,眼不盲,耳不塞,这无形迹的最高等教育便永远是你的名分,这不取费的最珍贵的补剂便永远供你的受用;只要你认识了这一部书,你在这世界上寂寞时便不寂寞,穷困时不穷困,苦恼时有安慰,挫折时有鼓励,软弱时有督责,迷失时有指南针。

一九二五年七月

(选自《巴黎鳞爪》,新月书店一九三一年版)

(一)

(二)

我所知道的康桥

徐志摩

（一）

我这一生的周折，大都寻得出感情的线索，不论别的，单说求学。我到英国是为要从罗素，罗素来中国时，我已经在美国。他那不确的死耗传到的时候，我真的出眼泪不够，还做悼诗来了，他没有死，我自然高兴。我摆脱了哥仑比亚大博士衔的引诱，买船票过大西洋，想跟这位二十世纪的福禄泰尔认真念一点书去，谁知一到英国才知道事情变样了：一为他在战时主张和平，二为他离婚，罗素叫康桥给除名了，他原来是Trinity College 的 Fellow，这来他的 Fellowship 也给取消了，他回英国后就在伦敦住下，夫妻两人卖文章过日子。因此我也不曾遂我从学的始愿。我在伦敦政治经济学院里混了半年，正感着闷，想换路走的时候，我认识了狄更生先生。狄更生——Galsworthy LowesDickinson——是一个有名的作者，他的《一个中国人的通信》(Letters from John Chinaman)与《一个现代聚餐谈话》(A Modern Symposium)两本小册子早得了我的景仰。我第一次会着他是在伦敦国际联盟协会席上，那天林宗孟先生演说，他做主席；第二次是宗孟寓里吃茶，有他，以后我常到他家里去。他看出我的烦闷，劝我到康桥去，他自己是王家学院（Kings College）的Fellow。我就写信去问两个学院，回信都说学额早满了，随后还是狄更生先生替我去在他的学院里说好了，给我一个特别生的资格，随意选科听讲。从此黑方巾黑披袍的风光也被我占着了。初起我在离康桥六英里的乡下叫沙士顿地方租了几间小屋住下，同居的有我从前的夫人张幼仪女士与郭虞裳君。每天一早我坐街车（有时自行车）上学，到晚回家。这样的生活过了一个春，但我在康桥还只是个陌生人谁都不认识。康桥的生活，可以说完全不曾尝着，我知道的只是一个图书馆，几个课室，和三两个吃便宜饭的茶食铺子。狄更生常在伦敦或是大陆上，所以也不常见他。那年的秋季我一个人回到康桥整整有一学年，那时我才有机会接近真正的康桥生活，同时我也慢慢的"发见"了康桥，我不曾知道过更大的愉快。

（二）

"单独"是一个耐寻味的现象。我有时想它是任何发见的第一个条件。你要发见你的朋友的"真"，你得有与他单独的机会。你要发见你自己的真，你得给你自己一个单独的机会。你要发见一个地方（地方一样有灵性），你也得有单独玩的机会。我们这一辈子，认真说，能认识几个人？能认识几个地方？我们都是太匆忙，太没有单独的机会。说实话，我连我的本乡都没有什么了解。康桥我要算是有相当交情的，再次许只有新认识的翡冷翠了。呵，那些清晨，那些黄昏，我一个人发痴似的在康桥！绝对的单独。

但一个人要写他最心爱的对象，不论是人是地，是多么使他为难的一个工作？你怕，你怕描坏了它，你怕说过分了恼了它，你怕说太谨慎了辜负了它。我现在想写康桥，也正是这样的心理，我不曾写，我就知道这回是写不好——况且又是临时逼出来的事情。但我却不能不写，上期预告已经出去了。我想勉强分两节写：一是我所知道的康桥的天然景色；一是我所知道的康桥的学生生活。我今晚只能极简的写些，等以后有兴会时再补。

（三）

康桥的灵性全在一条河上：康河，我敢说，是全世界最秀丽的一条水。河的名字是葛兰大（Granta），也有叫康河（River Gam）的，许有上下流的区别，我不甚清楚。河身多的是曲折，上游是有名的拜伦潭——"Byron's Pool"——当年拜伦常在那里玩的；有一个老村子叫格兰骞斯德，有一个果子园，你可以躺在累累的桃李荫下吃茶，花果会掉入你的茶杯，小雀子会到你桌上来啄食，那真是别有一番天地。这是上游；下游是从骞斯德顿下去，河面展开，那是春夏间竞舟的场所。上下河分界处有一个坝筑，水流急得很，在星光下听水声，听近村晚钟声，听河畔倦牛刍草声，是我康桥经验中最神秘的一种：大自然的优美，宁静，调谐在这星光与波光的默契中不期然的淹入了你的性灵。

但康河的精华是在它的中权，著名的"Backs"，这两岸是几个最蜚声的学院的建筑。从上面一来是Penbroke，St. Katharine's，King's，Clare，Trinity，St. John's。最令人留连的一节是克莱亚与王家学院的毗连处，克莱亚的秀丽紧邻着王家教堂（King's Chapel）的宏伟。别的地方尽有更美更庄严的建筑，例如巴黎赛因河的罗浮宫一带，威尼斯的利阿尔多大桥的两岸，翡冷翠维基乌大桥的周遭；但康桥的"Backs"自有它的特长，这不容易用一二个状词来概括，它那脱离尽尘埃气的一种清澈秀逸的意境可说是超出了画面而化生了音乐的神味。再没有比这一群建筑更调谐更匀称的了！论画，可比的许只有柯邦（Corot）的田野；论音乐，可比的许只有萧邦（Chopin）的夜曲。就这也不能给你依稀的印象，它给你的美感简直是神灵性的一种。

假如你站在王家学院桥边的那棵大桔树荫下眺望，右侧面，隔着一大方浅草坪，是我们的校友居（Fellows Building），那年代并不早，但它的妩媚也是不可掩的，它那苍白的石壁上春夏间满缀着艳色的蔷薇在和风中摇颤，更移左是那教堂，森林似的尖阁不可换的永远直指着天空；更左是克莱亚，呵！那不可信的玲珑的方庭，谁说这不是圣克莱亚（St. Clare）的化身，那一块石上不闪耀着她当年圣洁的精神？在克莱亚后背隐约可辨的是康桥最璜贵最骄纵的三清学院（Trinity），它那临河的图书楼上坐镇着拜伦神采惊人的雕像。

但这时你的注意早已叫克莱亚的三环洞桥魔术似的摄住。你见过西湖白堤上的西泠断桥不是（可怜它们早已叫代表近代丑恶精神的汽车公司给踩平了，现在它们跟着苍凉的雷峰永远辞别了人间。）你忘不了那桥上斑驳的苍苔，木栅的古色，与那桥拱下泄露的湖光与山色不是？克莱亚并没有那样体面的衬托，它也不比庐山栖贤寺旁的观音桥，上瞰五老的奇峰，下临深潭与飞瀑；它只是怯怜怜的一座三环洞的小桥，它那桥洞间也只掩映着细纹的波鳞与婆娑的树影，它那桥上栉比的小穿阑与阑节顶上双双的白石球，也只是村姑子头上不夸张的香草与野花一类的装饰；但你凝神的看着，更凝神的看着，你再反省你的心境，看还有一丝屑的俗念沾滞不？只要你审美的本能不曾汩灭时，这是你的机会实现纯粹美感的神奇！

但你还得选你赏鉴的时辰。英国的天时与气候是走极端的。冬天是荒谬的坏，逢着连绵的雾盲天你一定不迟疑的甘愿进地狱本身去试试；春天（英国是几乎没有夏天的）是更荒谬的可爱，尤其是它那四五月间最渐缓最艳丽的黄昏，那才真是寸寸黄金。在康河边上过一个黄昏是一服灵魂的补剂．呵！我那时蜜甜的单独，那时甜蜜的闲暇，一晚又一晚的，只见我出神似的倚在桥阑上向西天凝望：

看一回凝静的桥影，

数一数螺钿的波纹；

我倚暖了石阑的青苔，

青苔凉透了我的心坎；……

还有几句更笨重的怎能仿佛那游丝似轻妙的情景：

难忘七月的黄昏，远树凝寂，

像墨泼的山形，衬出轻柔暝色

密稠稠，七分鹅黄，三分橘绿，

那妙意只可去秋梦边缘捕捉；……

（四）

　　这河身的两岸都是四季常青最葱翠的草坪。从校友居的楼上望去，对岸草场上，不论早晚，永远有十数匹黄牛与白马，胫蹄没在恣蔓的草丛中，从容的在咬嚼，星星的黄花在风中动荡，应和着它们尾鬃的扫拂。桥的两端有斜倚的垂柳与桔荫护住。水是澈底的清澄，深不足四尺，匀匀的长着长条的水草。这岸边的草坪又是我的爱宠，在清朝，在傍晚，我常去这天然的织锦上坐地，有时读书，有时看水；有时仰卧着看天空的行去，有时反仆着搂抱大地的温软。

　　但河上的风流还不止两岸的秀丽。你得买船去玩。船不止一种：有普通的双桨划船，有轻快的薄皮舟（canoe），有最别致的长形撑篙船（punt）。最末的一种是别处不常有的：约莫有二丈长，三尺宽，你站直在船梢上用长竿撑着走的。这撑是一种技术。我手脚太蠢，始终不曾学会。你初起手尝试时，容易把船身横住在河中，东颠西撞的狼狈。英国人是不轻易开口笑人的，但是小心他们不出声的皱眉！也不知有多少次河中本来优闲的秩序叫我这莽撞的外行给捣乱了。我真的始终不曾学会：每回我不服输跑去租船再试的时候，有一个白胡子的船家往往带讥讽的对我说："先生，这撑船费劲，天热累人，还是拿个薄皮舟溜溜吧！"我那里肯听话，长篙子一点就把船撑了开去，结果还是把河身一段段的腰斩了去。

　　你站在桥上去看人家撑，那多不费劲，多美！尤其在礼拜天有几个专家的女郎，穿一身缟素衣服，裙裾在风前悠悠的飘着，戴一顶宽边的薄纱帽，帽影在水草间颤动，你看她们出桥洞时的姿态，捻起一根竟像没分量的长竿，只轻轻的，不经心的往波心里一点，身子徽微的一蹲，这船身便波的转出了桥影，翠条鱼似的向前滑了去。她们那敏捷，那闲暇，那轻盈，真是值得歌咏的。

　　在初夏阳光渐暖时你去买一只小船，划去桥边荫下躺着念你的书或是做你的梦，槐花香在水面上飘浮，鱼群的唼喋声在你的耳边挑逗。或是在初秋的黄昏，近着新月的寒光，望上流僻静处远去。爱热闹的少年们携着他们的女友，在船沿上支着双双的东洋红纸灯，带着话匣子，船心里用软垫铺着，也开向无人迹处去享他们的野福——谁不爱听那水底翻的音乐在静定的河上描写梦意与春光！

　　住惯城市的人不易知道季候的变迁。看见叶子掉知道是秋，看见叶子绿知道是春；天冷了装炉子，天热了拆炉子；脱下棉袍，换上夹袍，脱下夹袍，穿上单袍；不过如此罢了。天上星斗的消息，地下泥土里的消息，空中风吹的消息，都不关我们的事。忙着哪，这样那样事情多着，谁耐烦管星星的移转，花草的消长，风云的变幻？同时我们抱怨我们的生活，苦痛，烦闷，拘束，枯燥，谁肯承认做人是快乐？谁不多少咒诅人生？

　　但不满意的生活大都是由于自取的。我是一个生命的信仰者，我信生活决不是我们大多数人仅仅从自身经验推得的那样暗惨。我们的病根是在"忘本"。人是自然的产儿；就比枝头的花与鸟是自然的产儿；但我们不幸是文明人，人世深似一天，离自然远似一天。离开了泥土的花草，离开了水的鱼，能快活吗？能生存吗？从大自然，我们取得我们的生命；从大自然，我们分取得我们继续的滋养。那一株婆娑的大木没有盘错的根柢深入在无尽藏的地里？我们是永远不能独立的。有幸福是永远不离母亲抚育的孩子，有健康是永远接近自然的人们。不必一定与鹿豕游，不必一定回"洞府"去：为医治我们当前生活枯窘，只要"不完全遗忘自然"一张轻淡的药方，我们的病就像有缓和的希望。在青草里打几个滚，到海水里洗几次浴，到高处去看几次朝霞与晚照——你肩背上的负担就会轻松了去的。

　　这是极肤浅的道埋，当然。但我要没有过康桥的日子，我就不会有这样的自信。我这一辈子就只那一春，说也可怜，算是不曾虚度。就只那一春，我的生活是自然的，是真愉快的！（虽则碰巧那也是我最感受人生痛苦的时期。）我那时有的是闲暇，有的是自由，有的是绝对单独的机会。说也奇怪，竟像是第一次，我辨认了星月的光明，草的青，花的香，流水的殷勤。我能忘记那初春的睥睨吗？曾经有多少个清晨我独自冒着冷去薄霜铺地的林子里闲步——为听鸟语，为盼朝阳，为寻泥土里渐次苏醒的花草，为体会最微细最神妙的春信。呵，那是新来的画眉在那边调不尽的青枝上试它的新声！呵，这是第一朵小雪球花挣出了半冻的地面！呵，这不是新来的潮润沾上了寂寞的柳条？

　　静极了，这朝来水溶溶的大道，只远处牛奶车的铃声，点缀这周遭的沉默。顺着这大道走去，走到尽头，再转入林子里的小径，往烟雾浓密处走去，头顶是交枝的榆荫，透露着漠楞楞的曙色；再往前走去，走尽这林子,当前是平坦的原野,望见村舍;初青的麦田,更远三两个馒头形的小山掩住了一条通道。天边是雾茫茫的,尖尖的黑影是近村的教寺。听,那晓钟和缓的清音。这一带是此邦中部的平原,地形像是海里的轻波,默沉沉的起伏;山岭是望不见的,有的是常青的草原与沃腴的田壤。登那土阜上望去,康桥只是一带茂林,拥戴着几处娉婷的尖阁。妩媚的康河也望不见踪迹,你只能循着那锦带似的林木想像那一流清浅。村舍与树林是这地盘上的棋子,有村舍处有佳荫,有佳荫处有村舍。这早起是看炊烟的时辰;朝雾渐渐的升起,揭开了这灰苍苍的天幕(最好是微霰后的光景),远近的炊烟,成丝的,成缕的,成卷的,轻快的,迟重的,浓灰的,淡青的,惨白的,在静定的朝气里渐渐的上腾,渐渐的不见,仿佛是朝来人们的祈祷,参差的翳入了天听。朝阳是难得见的,这初春的天气。但它来时是起早人莫大的愉快。顷刻间这田野添深了颜色,一层轻纱似的金粉糁上了这草,这树,这通道,这庄舍。顷刻间这周遭弥漫了清晨富丽的温柔。顷刻间你的心怀也分润了白天诞生的光荣。"春"!这胜利的晴空仿佛在你的耳边私语。"春"!你那快活的灵魂也仿佛在那里回响。

伺候着河上的风光,这春来一天有一天的消息。关心石上的苔痕,关心败草里的花鲜,关心这水流的缓急,关心水草的滋长,关心天上的云霞,关心新来的鸟语。怯怜怜的小雪球是探春信的小使。铃兰与香草是欢喜的初声。窈窕的莲馨,玲珑的石水仙,爱热闹的克罗克斯,耐辛苦的蒲公英与雏菊——这时候春光已是熳烂在人间,更不须殷勤问讯。

瑰丽的春放。这是你野游的时期。可爱的路政,这里不比中国,那一处不是坦荡荡的大道?徒步是一个愉快,但骑自转车是一个更大的愉快,在康桥骑车是普遍的技术;妇人,稚子,老翁,一致享受这双轮舞的快乐。(在康桥听说自转车是不怕人偷的,就为人人都自己有车,没人要偷。)任你选一个方向,任你上一条通道,顺着这带草味的和风,放轮远去,保管你这半天的逍遥是你性灵的补剂。——这道上有的是清荫与美草,随地都可以供你休憩。你如爱花,这里多的是锦绣似的草原。你如爱鸟,这里多的是巧啭的鸣禽。你如爱儿童,这乡间到处是可亲的稚子。你如爱人情,这里多的是不嫌远客的乡人,你到处可以"挂单"借宿,有酪浆与嫩薯供你饱餐,有夺目的果鲜恣你尝新。你如爱酒,这乡间每"望"都为你储有上好的新酿,黑啤如太浓,苹果酒姜酒都是供你解渴润肺的。……带一卷书,走十里路,选一块清静地,看天,听鸟,读书,倦了时,和身在草绵绵处寻梦去——你能想象更适情更适性的消遣吗?

陆放翁有一联诗句:"传呼快马迎新月,却上轻舆趁晚凉";这是做地方官的风流。我在康桥时虽没马骑,没轿子坐,却也有我的风流:我常常在夕阳西晒时骑了车迎着天边扁大的日头直迫。日头是追不到的,我没有夸父的荒诞,但晚景的温存却被我这样偷尝了不少。有三两幅画图似的经验至今还是栩栩的留着。只说看夕阳,我们平常只知道登山或是临海,但实际上你须辽阔的天际,平地上的晚霞有时也是一样的神奇。有一次我赶到一个地方,手把着一家村庄的篱笆隔着一大田的麦浪,看西天的变幻。有一次是正冲着一条宽广的大道,过来一大群羊,放草归来的,偌大的太阳在它们后背放射着万缕的金辉,天上却是乌青青的,剩这不可逼视的威光中的一条大路,一群生物,我心头顿时感着神异性的压迫,我真的跪下了,对着这冉冉渐翳的金光。再有一次是更不可忘的奇景,那是临着一大片望不到头的草原,满开着艳红的罂粟,在青草里亭亭的像是万盏的金灯,阳光从褐色云斜着过来,幻成一种异样的紫色,透明似的不可逼视,霎那间在我迷眩了视觉中,这草田变成了……不说也罢,说来你们也是不信的!

一别二年多了,康桥,谁知我这思乡的隐忧?也不想别的,我只要那晚钟撼动的黄昏,没遮拦的田野,独自斜俯在软草里,看第一个大星在天边出现!

十五年一月十五日
(原载 1926 年 1 月 16 日、25 日《晨报副镌》)

流氓尼德

瞿秋白

欧洲资产阶级的老祖宗是海盗出身。那时候他们的所谓做生意,老实说,实在是很浪漫谛克的:一只手拿着算盘,一只手拿着宝剑,做生意做到那里,也就是抢到那里。东印度公司……鸦片战争等等已经是大规模的海盗队了。后来,他们一天天的肥胖起来,大家要搭绅士架子,于是乎有所谓市场道德。这也许是他们的福气。因为当时世界还没有瓜分完结,所以抢劫的地方,范围很大,在自己家里尽可以装着斯斯文文的样子,据说要每个人拿出"真本事"来,在市场上"自由竞争"。十分露骨的霸占,撞骗,投机……是不行的。这所谓"真本事",当然是剥削剩余价值的本事,要拿出来的东西,老老实实是成本轻,价钱便宜,货色道地。跟着,政治上也有所谓立宪人权……国会制度。道地的国会制度——现在帝国主义的时代差不多已经完全消灭,——可是,在当初,这却是个"最高的理想",这就是所谓"自由竞争"的市场的照片;也是要拿出"真本事"来制造民意,取得所谓大多数的选举票的。现在,这自然已经是老古董,早就不时髦的了。

资本主义发展到殖民地时候,那就有点儿变种。大概是从海盗种变成了流氓种。请看中国的资产阶级,他们的根本性就脱离不了封建式的地主绅士的混乱的血统关系,他们不能够当海盗,他们只能够当海盗的奴才。

中国这个地方,说起来也有点儿奇怪,固然自己也几次三番想当强盗,然而始终做了众人的奴才。这地方的市场上,还能够有什么"道地的自由竞争"吗? 不能够。海盗把什么都霸占了去。市场是来得个狭小。于是乎中国的商人资本家,除出剥削剩余价值,榨取农民群众的汗血以外,还必须有点儿特殊的本事。这点儿特殊本事就是流氓精神。谁要是没有这种流氓精神,凭他剥削工农的"真本事"多么大,他在市场上还是要失败的。凡是现在"成家立业",站得住的大资本家,差不多个个都有一套流氓手段。

流氓的精神差不多全部包含在赌博主义里面。做生意,以至于办实业的,首先要会赌。成千成万的空头生意,放大了胆做去罢。撞它一下,撞得好可以变成头等的绅商,撞不好,还是一个"马路巡阅使"的小瘪三。这叫做"困得落,立得起"。其次就是要会打。三刀六洞,白刀子进去,红刀子出来。所谓码头是打出的。凭你货真价实,我管不了许多。其三是要会骗会吓,还要会抵赖。我们只要看看流氓在茶馆里"讲道理"的神气,就可以看见这种讹诈撞骗的本事。而这正是所谓生意经。其四是要会罚咒。自然,一面嘴里在罚咒,一面脚在底下写着"不"字。嘴里尽管罚着恶咒,一转身,立刻就干得出"天诛地灭男盗女娼"的事情。其五是要会十二万分的没有廉耻。流氓的小辫子要是给人家抓住了,他立刻会磕头下跪。人家说"你是昏蛋",他一定答应"是,是!"——但是他也会摇着破蒲扇,翘起一个大拇指说:你看我是在提倡国货,多么爱国。……够了! 区区并不是流氓,流氓主义的讲演集,还是让流氓党的领袖去出版罢。

读者先生只要稍为留心些中国最近几十年工商业界的具体现象,就可以知道这种流氓路数的人物,的确是中国新文学的很别致的题材。

经济上是这样,政治上难道不是这样? 最近两三个月以来,各种各式的流氓把戏更是多得不得了了。自然,问题不仅仅是这两三个月里的情形。这种流氓制度的政治,是有流氓学说做根据的。欧洲资产阶级的伪善的假道学的思想家,在资本主义的黎明时期,至多还不过有客观的无意之中的虚伪和欺骗,他们主观上也许真有些唯心主义,他们讲"民约",讲"自由博爱平等",讲"主权属于人民",他们甚至于还要把"人民"理想化,把这个字眼变成一种了不得的,神秘的象征。至于中国可不同。中国假使也会有资产阶级思想家的话，那他们可是老老实实的"唯物主义者"（注意——并非唯物论者）。他们的脸皮真是厚到十二万分——他们不客气的说：人民蠢如鹿豕笨如牛马，人民是阿斗——昏庸无用不知不觉的昏君，只有他们自己才是精明强干大权独握的诸葛亮。他们这套戏法，不但是万分的无耻，而且是个太巧妙的骗术，他们说："不错，主权是属于阿斗的，因为阿斗是皇帝，然而阿斗有自知之明，自己知道昏庸无用，所以就把全权交给诸葛亮，由他去治理国家。"这个"权"属于人民，又交出去给党国，——这样一出一进，一套戏法就变完了。多么巧妙！如果阿斗不肯有"自知之明"，而要动手动脚的来干涉，甚至于自己来治理国家呢？那就是现成的"白刀子进去，红刀子出来"——一套打的手段拿出来！这一副全套的流氓学说，就是流氓制度的政治的根据。你不信？——有书为证！

根据这种整个的学说和制度，自然发生最近两三个月许多流氓把戏。似乎用不着详细说了。举几个例罢。

"三年之后我如果不能够废除不平等条约，请杀我以谢天下。"——这一个恶咒赌得结实。三年的期限过去了，这班人还会有脸皮跑到人跟前来，拍拍胸膛的叫喊："为什么不相信我们，应当相信我们！相信！相信！谁不相信，就是反动！"八个月以前，早就有"根据人民职业团体选举的国民会议"，还有议诀的"约法"。这会议和约法的结果，小百姓亲身尝着它们的滋味。过了八个月，另外又有一帮流氓出来说什么：职业团体代表选举……国民救国会，国民代表会等等。花样是多得很！说嘴郎中说得天花乱坠，他们葫芦里其实还是卖的那一套假药，比砒霜还毒！小百姓气愤不过，抓住一两个流氓，打他们一顿；立刻，就会有人出来打拱作揖的说："赔罪，赔罪，对不起！我要是再卖国，诸位尽管抓我的胡须，打我一个半死不活。"他说着，还真的用手揪揪自己一把有名的大胡子。真做得出来！可是一转身，立刻就去恭请国联的列国联军来共管瓜分。同时，立刻转动机关枪，盒子炮，刺刀，木棍，麻绳……把小百姓大大的教训一顿。这算是诸葛亮用兵如神，杀敌救国。只不过并非救小百姓的国；而且为着实行无抵抗主义，杀死抵抗主义的敌人，保全海盗的奴才的国。……

所有这些——叫做流氓尼德！

一九三一年十二月二十五日
（选自《瞿秋白诗文选》，人民文学出版社 1982 年版）

一种云

瞿秋白

天总是皱着眉头，太阳光如果还射得到地面上，那也总是稀微的淡薄的。至于月亮，那更不必说，他只是偶然露出半面。用他那惨淡的眼光看一看这罪孽的人间，这是寡妇孤儿的眼光，眼睛里含着总算还没有流干的眼泪。受过不只一次封禅大典的山岳，至少有大半截是上了天，只留一点山脚给人看。黄河，长江……据说是中国文明的母亲，也不知道怎么变了心，对于他们的亲骨肉，都摆出一副冷酷的面孔。从春天到夏天，从秋天到冬天，这样一年年的过去，淫虐的雨，凄厉的风和肃杀的霜雪更番的来去，一点儿光明也没有。这样的漫漫长夜，已经二十年了。这都是一种云在作祟。那云是从什么地方来的？这是太平洋上的大风暴吹过来的，这是大西洋上的狂飙吹过来的。还有那模糊的血肉——榨床底下淌着的模糊的血肉蒸发出来的。那些会画符的人——会写借据，会写当票的人，就用这些符箓在呼召。那些吃泥土的土蜘蛛，——虽然死了也不过只要六尺土地藏他的贵体，可是活着总要吃这么一二百亩三四百亩的土地，——这些土蜘蛛就用屁股在吐着。那些肚里装着铁心肝钢肚肠的怪物，又竖起了一根根的烟囱在那里喷着。狂飙风暴吹来的，血肉蒸发的，呼召来的，吐出来的，喷出来的，都是这种云。这是战云。

难怪总是漫漫的长夜了！

什么时候才黎明呢？

看那刚刚发现的虹。祈祷是没有用的了。只有自己去做雷公公电闪娘娘。那虹发现的地方，已经有了小小的雷电，打开了层层的乌云，让太阳重新照到紫铜色的脸。如果是惊天动地的霹雳——这可只有你自己做了雷公公电娘娘才办得到，如果那小小的雷电变成惊天动地的霹雳，那才拨得开这些愁云惨雾。

1931 年 9 月 3 日（选自 1931 年 10 月 20 日《北斗》第 1 卷第 2 期《笑峰乱弹》）

新脸谱

唐 弢

　　说是受着潮流的影响,文舞台的戏儿一出出换了。脚色虽然依旧,而脸谱却是簇新的。

　　从前饰员外饰绅士的,如今是要画上愁苦的脸谱,扭着鼻子叫穷了;从前做泼旦,做三角戏里淫妇的,如今也就戴了正经的面具,反串起正旦来了;白脸的回到后台去涂上更白的粉,不久重又上场;青面獠牙的装出不自然的笑容,向着看客们做媚眼。这些这些,全是新的,簇新的。

　　旧戏虽也还有,然而是新编了。《薛平贵西凉招亲》,《骆宏勋扬州打擂台》,从前是武生戏,如今却由半阴性的小生来串演。但也还会使刀,使枪,放暗箭,怪声怪气地吆喝,扭扭怩怩地挑战。

　　于是看客们就喝彩。

　　脸谱是愈出愈奇了。红的,白的,黑的,涂金的;互相竞赛,拉拉扯扯的鏖战,败了,去重画一个再来。最后的是洋脸谱,高鼻子,碧眼儿,走起路来直着腿,嘴里哼着洋四书,洋礼记、杜威、白璧德、哈佛、哥伦比亚,不信,请吃外国火腿;再不信,飞机,坦克,来福枪。

　　于是,看客们又喝彩。

　　但脸谱是还有其它妙用的。前回萧伯纳到上海来,上海的文人们就送他一套"新发明"的脸谱小模型,而且还收在盒子里。萧伯纳就很高兴的带着走了。可见脸谱还可以馈赠名人,请名人带到外国去播种,以垂永久的。

　　这自然只限于国货,而且要"新发明"。

一九三三年十一月十九日

过　夜

萧　红

也许是快近天明了吧！我第一次醒来。街车稀疏的从远处响起，一直到那声音雷鸣一般地震撼着这房子，直到那声音又远远的消灭下去，我都听到的。但感到生疏和广大，我就像睡在马路上一样，孤独并且无所凭据。

睡在我旁边的是我所不认识的人，那鼾声对于我简直是厌恶和隔膜。我对她并不存着一点感激，也像憎恶我所憎恶的人一样憎恶她。虽然在深夜里她给我一个住处，虽然从马路上把我招引到她的家里。

那夜寒风逼着我非常严厉，眼泪差不多和哭着一般流下，用手套抹着，揩着，在我敲打姨母家的门的时候，手套几乎是结了冰，在门扇上起着小小的粘结。我一面敲打一面叫着：

"姨母！姨母……"

她家的人完全睡下了，狗在院子里面叫了几声。我只好背转来走去。脚在下面感到有针在刺着似的痛楚。我是怎样的去羡慕那些临街的我所经过的楼房，对着每个窗子我起着愤恨。那里面一定是温暖和快乐，并且那里面一定设置着很好的眠床。一想到眠床，我就想到了我家乡那边的马房，挂在马房里面不也很安逸吗！甚至于我想到了狗睡觉的地方，那一定有茅草。坐在茅草上面可以使我的脚温暖。

积雪在脚下面呼叫："吱……吱……吱……"我的眼毛感到了纠绞，积雪随着风在我的腿部扫打。当我经过那些平日认为可怜的下等妓馆的门前时，我觉得她们也比我幸福。

我快走，慌张的走，我忘记了我背脊怎样的弓起，肩头怎样的耸高。

"小姐！坐车吧！"经过繁华一点的街道，洋车夫们向我说着。

都记不得了，那等在路旁的马车的车夫们也许和我开着玩笑。

"喂……喂……冻得活像个他妈的……小鸡样……"

但我只看见马的蹄子在石路上面踩打。

我完全感到充血是我走上了我熟人的扶梯，我摸索，我寻找电灯，往往一件事情越接近着终点越容易着急和不能忍耐。升到最高级了，几几乎从顶上滑了下来。

感到自己的力量完全用尽了！再多走半里路也好像是不可能，并且这种寒冷我再不能忍耐，并且脚冻得麻木了，它一定需要休息下来，无论如何它需要一点暖气，无论如何不应该再让它去接触着霜雪。

去按电铃，电铃不响了，但是门扇欠了一个缝，用手一触时，它自己开了。一点声音也没有，人概人们都睡了。我停在内间的玻璃门外，我招呼那熟人的名字，终没有回答！我还看到墙上那张没有框子的画片。分明房里在开着电灯。再招呼了几声，但是什么也没有……

"喔……"门扇用铁丝绞了起来，街灯就闪耀在窗子的外面。我踏着过道里搬了家余留下来的碎纸的声音，同时在空屋里我听到了自己苍白的叹息。

"浆汁还热吗？"在一排长街转角的地方，那里还张着卖浆汁的白色的布棚。我坐在小凳上，在集合着铜板……

等我第一次醒来时，只感到我的呼吸里面充满着鱼的气味。

"街上吃东西，那是不行的。您吃吃这鱼看吧。这是黄花鱼，用油炸的……"她的颜面和干了的海藻一样打着波绉。

"小金铃子,你个小死鬼,你给我滚出来……快……"我跟着她的声音才发现墙角蹲着个孩子。

"喝浆汁,要喝热的,我也是爱喝浆汁……哼!不然,你就遇不到我了,那是老主顾,我差不多每夜要喝……偏偏金铃子昨晚上不在家,不然的话,每晚都是金铃子去买浆汁。"

"小死金铃子,你失了魂啦!还等我孝敬你吗?还不自己来装饭!"

那孩子好像猫一样来到桌子旁边。

"还见过吗?这丫头十三岁啦,你看这头发吧!活像个多毛兽!"她在那孩子的头上用筷子打了一下,于是又举起她的酒杯来。她的两只袖口都一起往外脱着棉花。

晚饭她也是喝酒,一直喝到坐着就要睡去了的样子。

我整天没有吃东西,昏沉沉和软弱,我的知觉似乎一半存在着,一半失掉了。在夜里,我听到了女孩的尖叫。

"怎么,你叫什么?"我问。

"不,妈呀!"她惶惑的哭着。

从打开着的房门,老妇人捧着雪球回来了。

"不,妈呀!"她赤着身子站到角落里去。

她把雪块完全打在孩子的身上。

"睡吧!我让你知道我的厉害!"她一面说着,孩子的腿部就流着水的条纹。

我究竟不知道这是为了什么。

第二天,我要走的时候,她向我说:

"你有衣裳吗?留给我一件……"

"你说的是什么衣裳?"

"我要去进当铺,我实在没有好当的了!"于是她翻着炕上的旧毯片和流着棉花的被子:"金铃子这丫头还不中用……也无怪她,年纪还不到哩!五毛钱谁要她呢?要长样没有长样,要人才没有人才!化钱看样子吗?前些个年头可行,比方我年青的时候,我常跟着我的姨姐到班子里去逛逛,一逛就能落几个……多多少少总能落几个……现在不行了!正经的班子不许你进,土窑子是什么油水也没有,老庄都懂得看样子的,化钱让他看样子,他就干了吗?就是凤凰也不行啊!落毛鸡就是不花钱谁又想看呢?"她突然用手指在那孩子的头上点了一下。"摆设,总得像个摆设的样子,看这穿戴……呸呸!"她的嘴和眼睛一致的歪动了一下。"再过两年我就好了。管她长得猫样狗样,可是她到底是中用了!"

她的颜面和一片干了的海蜇一样。我明白一点她所说的"中用"或"不中用"。

"套鞋可以吧?"我打量了我全身的衣裳,一件棉外衣,一件夹袍,一件单衫,一件短绒衣和绒裤,一双皮鞋,一双单袜。

"不用进当铺,把它卖掉,三块钱买的,五角钱总可以卖出。"

我弯下腰在地上寻找套鞋。

"那里去了呢?"我开始划着一根火柴,屋子里黑暗下来,好像"夜"又要来临了。

"老鼠会把它拖走的吗?不会的吧?"我好像在反复着我的声音,可是她,一点也不来帮助我,无所感觉的一样。

我去扒着土炕,扒着碎毡片,碎棉花。但套鞋是不见了。

女孩坐在角落里面咳嗽着,那老妇人简直是喑哑了。

"我拿了你的鞋!你以为?那是金铃子干的事……"借着她抽烟时划着火柴的光亮,我看到她打着绉纹的鼻子的两旁挂下两条发亮的东西。

"昨天她把那套鞋就偷着卖了!她交给我钱的时候我才知道。半夜里我为什么打她?就是为着这桩事。我告诉她偷,是到外面去偷。看见过吗?回家来偷。我说我要用雪把她活埋……不中用的,男人不能看上她的,看那小毛辫子!活像个猪尾巴!"

她回转身去扯着孩子的头发,好像她在扯着什么没有知觉的东西似的。

"老的老,小的小……你看我这年纪,不用说是不中用的啦!"

两天没有见到太阳，在这屋里，我觉得狭窄和阴暗，好像和老鼠住在一起了。假如走出去，外面又是"夜"。但一点也不怕惧，走出去了！

我把单衫从身上褪了下来。我说：

"去当，去卖，都是不值钱的。"

这次我是用夏季里穿的通孔的鞋子去接触着雪地。

一九三五年二月五日

（选自《桥》，文化生活出版社一九三六年十一月初版）

蹲在洋车上

萧 红

看到了乡巴佬坐洋车,忽然想起一个童年的故事。

当我还是小孩的时候,祖母常常进街。我们并不住在城外,只是离市镇较偏的地方罢了! 有一天,祖母又要进街,命令我:

"叫你妈妈把斗风给我拿来!"

那时因为我过于娇惯,把舌头故意缩短一些,叫斗篷作斗风,所以祖母学着我,把风字拖得很长。

她知道我最爱惜皮球,每次进街的时候,她问我:

"你要些什么呢?"

"我要皮球。"

"你要多大的呢?"

"我要这样大的。"

我赶快把手臂拱向两面,好像张着的鹰的翅膀。大家都笑了! 祖父轻动着嘴唇,好像要骂我一些什么话,因我的小小的姿势感动了他。

祖母的斗篷消失在高烟囱的背后。

等她回来的时候,什么皮球也没带给我,可是我也不追问一声:

"我的皮球呢?"

因为每次她也不带给我;下次祖母再上街的时候,我仍说是要皮球,我是说惯了,我是熟练而惯于作那种姿势。

祖母上街尽是坐马车回来,今天却不是,她睡在仿佛是小槽子里,大概是槽子装置了两个大车轮。非常轻快,雁似的从大门口飞来,一直到房门。在前面挽着的那个人,把祖母停下,我站在玻璃窗里,小小的心灵上,有无限的奇秘冲击着。我以为祖母不会从那里头走出来,我想祖母为什么要被装进槽子里呢? 我渐渐惊怕起来,我完全成个呆气的孩子,把头盖顶住玻璃,想尽方法理解我所不能理解的那个从来没有见过的槽子。

很快我领会了! 见祖母从口袋里拿钱给那个人,并且祖母非常兴奋,她说叫着,斗篷几乎从她的肩上脱溜下去!

"呵! 今天我坐的东洋驴子回来的,那是过于安稳呀! 还是头一次呢,我坐过安稳的车子!"

祖父在街上也看见过人们所呼叫的东洋驴子,妈妈也没有奇怪。只是我,仍旧头皮顶撞在玻璃那儿,我眼看那个驴子从门口飘飘地不见了! 我的心魂被引了去。

等我离开窗子,祖母的斗篷已是脱在炕的中央,她嘴里叨叨地讲着她街上所见的新闻。可是我没有留心听,就是给我吃什么糖果之类,我也不会留心吃,只是那样的车子太吸引我了! 太捉住我小小的心灵了!

夜晚在灯光里,我们的邻居,刘三奶奶摇闪着走来,我知道又是找祖母来谈天的。

所以我稳当当地占了一个位置在桌边。于是我咬起嘴唇来,仿佛大人样能了解一切话语。祖母又讲关于街上所见的新闻,我用心听,我十分费力!

"……那是可笑,真好笑呢! 一切人站下瞧,可是那个乡下佬还是不知道笑自己,拉车的回头才知道乡

巴佬是蹲在车子前放脚的地方,拉车的问:

'你为什么蹲在这地方?'

"他说怕拉车的过于吃力,蹲着不是比坐着强吗? 比坐在那里不是轻吗? 所以没敢坐下……"

邻居的三奶奶,笑得几个残齿完全摆在外面,我也笑了! 祖母还说,她感到这个乡巴佬难以形容,她的态度,她用所有的一切字眼,都是引人发笑。

"后来那个乡巴佬,你说怎么样! 他从车上跳下来,拉车的问他为什么跳? 他说:若是蹲着吗? 那还行。坐着,我实在没有那样的钱。拉车的说:坐着,我不多要钱。那个乡巴佬到底不信这话,从车上搬下他的零碎东西,走了。他走了!"

我听得懂,我觉得费力,我问祖母:

"你说的,那是什么驴子?"

她不懂我的半句话,拍了我的头一下,当时我真是不能记住那样繁复的名词。过了几天祖母又上街,又是坐驴子回来的,我的心里渐渐羡慕那驴子,也想要坐驴子。

过了两年,六岁了! 我的聪明,也许是我的年岁吧! 支持着我使我愈见讨厌我那个皮球,那真是太小,而又太旧了;我不能喜欢黑脸皮球,我爱上邻家孩子手里那个大的;买皮球,好像我的志愿,一天比一天坚决起来。

向祖母说,她答:"过几天买吧,你先玩这个吧!"

又向祖父请求,他答:"这个还不是很好吗? 不是没有出气吗?"

我得知他们的意思是说旧皮球还没有破,不能买新的。于是把皮球在脚下用力捣毁它,任是怎样捣毁,皮球仍是很圆,很鼓,后来到祖父面前让他替我踏破! 祖父变了脸色,像是要打我,我跑开了!

从此,我每天表示不满意的样子。

终于一天晴朗的夏日,戴起小草帽来,自己出街去买皮球了! 朝向母亲曾领我到过的那家铺子走去,离家不远的时候,我的心志非常光明,能够分辨方向,我知道自己是向北走。过了一会,不然了! 太阳我也找不着了! 一些些的招牌,依我看来都是一个样,街上的行人好像每个要撞倒我似的,就连马车也好像是旋转着。我不晓得自己走了多远,只是我实在疲劳。不能再寻找那商店;我急切地想回家,可是家也被寻觅不到。我是从哪一条路来的? 究竟家是在什么方向?

我忘记一切危险,在街心停住,我没有哭,把头向天,愿看见太阳。因为平常爸爸不是拿指南针看看太阳就知道或南或北吗? 我虽然看了,只见太阳在街路中央,别的什么都不能知道,我无心留意街道,跌倒了在阴沟板上面。

"小孩! 小心点。"

身边的马车夫驱着车子过去,我想问他我的家在什么地方,他走过了! 我昏沉极了!

忙问一个路旁的人:

"你知道我的家吗?"

他好像知道我是被丢的孩子,或许那时候我的脸上有什么急慌的神色,那人跑向路的那边去,把车子拉过来,我知道他是洋车夫,他和我开玩笑一般:

"走吧! 坐车回家吧!"

我坐上了车,他问我,总是玩笑一般地:

"小姑娘! 家在哪里呀?"

我说:"我们离南河沿不远,我也不知道哪面是南,反正我们南边有河。"

走了一会,我的心渐渐平稳,好像被动荡的一盆水,渐渐静止下来,可是不多一会,我忽然忧愁了! 抱怨自己皮球仍是没有买成! 从皮球连想到祖母骗我给买皮球的故事,很快又连想到祖母讲的关于乡巴佬坐东洋车的故事。于是我想试一试,怎样可以像个乡巴佬。该怎样蹲法呢? 轻轻地从座位滑下来,当我还没有蹲稳当的时节,拉车的回头来:

"你要做什么呀?"

我说:"我要蹲一蹲试试,你答应我蹲吗?"

他看我已经偎在车前放脚的那个地方,于是他向我深深地做了一个鬼脸,嘴里哼着:

"倒好哩! 你这样孩子,很会淘气!"

车子跑得不很快,我忘记街上有没有人笑我。车跑到红色的大门楼,我知道家了!

我应该起来呀! 应该下车呀! 不,目的想给祖母一个意外的发笑,等车拉到院心,我仍蹲在那里,像耍猴人的猴样,一动不动。祖母笑着跑出来了! 祖父也是笑! 我怕他们不晓得我的意义,用尖音喊:

"看我! 乡巴佬蹲东洋驴子! 乡巴佬蹲东洋驴子呀!"

只有妈妈大声骂着我,忽然我怕要打我,我是偷着上街。

洋车忽然放停,从上面我倒滚下来,不记得被跌伤没有。祖父猛力打了拉车的,说他欺侮小孩,说他不让小孩坐车让蹲在那里。没有给他钱,从院子把他轰出去。

所以后来,无论祖父对我怎样疼爱,心里总是生着隔膜,我不同意他打洋车夫,我问:

"你为什么打他呢? 那是我自己愿意蹲着。"

祖父把眼睛斜视一下:"有钱的孩子是不受什么气的。"

现在我是廿多岁了! 我的祖父死去多年了! 在这样的年代中,我没发现一个有钱的人蹲在洋车上;他有钱,他不怕车夫吃力,他自己没拉过车,自己所尝到的,只是被拉着舒服滋味。假若偶尔有钱家的小孩子要蹲在车厢中玩一玩,那么孩子的祖父出来,拉洋车的便要被打。

可是我呢? 现在变成个没有钱的孩子了!

雨　前

何其芳

最后的鸽群带着低弱的笛声在微风里划一个圈子后，也消失了。也许是误认这灰暗的凄冷的天空为夜色的来袭，或是也预感到风雨的将至，遂过早地飞回它们温暖的木舍。

几天的阳光在柳条上撒下的一抹嫩绿，被尘土埋掩得有憔悴色了，是需要一次洗涤。还有干裂的大地和树根也早已期待着雨。雨却迟疑着。

我怀想着故乡的雷声和雨声。那隆隆的有力的搏击，从山谷返响到山谷，仿佛春之芽就从冻土里震动，惊醒，而怒苗出来。细草样柔的雨声又以温存之手抚摩它，使它簇生油绿的枝叶而开出红色的花。这些怀想如乡愁一样萦绕得使我忧郁了。我心里的气候也和这北方大陆一样缺少雨量，一滴温柔的泪在我枯涩的眼里，如迟疑在这阴沉的天空里的雨点，久不落下。

白色的鸭也似有一点烦躁了，有不洁的颜色的都市的河沟里传出它们焦急的叫声。有的还未厌倦那船一样的徐徐的划行。有的却倒插它们的长颈在水里，红色的蹼趾伸在尾后，不停地扑击着水以支持身体的平衡。不知是在寻找沟底的细微的食物，还是贪那深深的水里的寒冷。

有几个已上岸了。在柳树下来回地作绅士的散步，舒息划行的疲劳。然后参差地站着，用嘴细细地抚理它们遍体白色的羽毛，间或又摇动身子或扑展着翅翼，使那缀在羽毛间的水珠坠落。一个已修饰完毕的，弯曲它的颈到背上，长长的红嘴藏没在翅膀里，静静合上它白色的茸毛间的小黑眼睛，仿佛准备睡眠。可怜的小动物，你就是这样做你的梦吗？

我想起故乡放雏鸭的人了。一大群鹅黄色的雏鸭游牧在溪流间。清浅的水，两岸青青的草，一根长长的竹竿在牧人的手里。他的小队伍是多么欢欣地发出唧啾声，又多么驯服地随着他的竿头越过一个山野又一个山坡！夜来了，帐幕似的竹篷撑在地上，就是他的家。但这是怎样辽远的想象啊！在这多尘土的国度里，我仅只希望听见一点树叶上的雨声。一点雨声的幽凉滴到我憔悴的梦，也许会长成一树圆圆的绿阴来都覆荫我自己。

我仰起头。天空低垂如灰色的雾幕，落下一些寒冷的碎屑到我脸上。一只远来的鹰隼仿佛带着怒愤，对这沉重的天色的怒愤，平张的双翅不动地从天空斜插下，几乎触到河沟对岸的土阜，而又鼓扑着双翅，作出猛烈的声响腾上了。那样巨大的翅使我惊异。我看见了它两肋间斑白的羽毛。

接着听见了它有力的鸣声，如同一个巨大的心的呼号，或是在黑暗里寻找伴侣的叫唤。

然而雨还是没有来。

1933 年春，北京
（选自《何其芳选集》四川人民出版社 1979 年版）

独　语

何其芳

　　设想独步在荒凉的夜街上，一种枯寂的声响固执地追随着你，如昏黄的灯光下的黑色影子，你不知该对它珍爱还是不能忍耐了：那是你脚步的独语。

　　人在孤寂时常发出奇异的语言，或是动作。动作也是语言的一种。

　　决绝地离开了绿蒂的维特，独步在阳光与垂柳的堤岸上，如在梦里。诱惑的彩色又激动了他作画家的欲望，遂决心试卜他自己的命运了。他从衣袋里摸出一把小刀子，从垂柳里掷入河水中。他想：若是能看见它的落下，他就将成功一个画家，否则不。那寂寞的一挥手使你感动吗？你了解吗？

　　我又想起了一个西晋人物，他爱驱车独游，到车辙不通之处就痛哭而返。

　　绝顶登高，谁不悲慨地一长啸呢？是想以他的声音填满宇宙的寥阔吗？等到追问时怕又只有沉默地低首了。我曾经走进一个古代的建筑物，画檐巨柱都争着向我有所诉说，低小的石栏也发出声息，像一些坚韧的深思的手指在上面呻吟，而我自己倒成了一个化石了。

　　或是昏黄的灯光下，放在你面前的是一册杰出的书，你将听见里面各个人物的独语。温柔的独语，悲哀的独语，或者狂暴的独语。黑色的门紧闭着：一个永远期待的灵魂死在门内，一个永远找寻的灵魂死在门外。每一个灵魂是一个世界。没有窗户。而可爱的灵魂都是倔强的独语者。

　　我的思想倒不是在荒野上奔驰。有一所落寞的古老的屋子，画壁漫漶，阶石上铺着白藓，像期待着最后的脚步：当我独自时我就神往了。

　　真有这样一个所在，或者是在梦里吗？或者不过是两章宿昔嗜爱的诗篇的揉合，没有关联的奇异的揉合：幔子半掩，地板已扫，死者的床榻上长春藤影在爬；死者的魂灵回到他熟悉的屋子里，朋友们在聚餐，嬉笑，都说着"明天明天"，无人记起"昨天"。

　　这是颓废吗？我能很美丽地想着"死"，反不能美丽地想着"生"吗？

　　我何以又太息："去者日以疏，生者日以亲？"是慨叹着我被人忘记了，还是我忘记了人呢？

　　"这里是你的帽子"，或者"这里是你的纱巾，我们出去走走吧"，我还能说这些惯口的句子。而我那有温和的沉默的朋友，我更记起他：他屋里有一个古怪的抽屉，精致的小信封，装着丁香花，或是不知名的扇形的叶子，像为着分我的寂寞而展示他温柔的记忆。墙上是一张小画片，翻过背面来，写着"月的渔女"。

　　唉，我尝自忖度：那使人类温暖的，我不是过分缺乏了它就是充溢了它。两者都足以致病的。

　　印度王子出游，看见生老病死，遂发自印度人的宏愿。我也倒想有一树菩提之阴，坐在下面思索一会儿。虽然我要思索的是另外一个题目。

　　于是，我的目光在窗上徘徊了。天色像一张阴晦的脸压在窗前，发出令人窒息的呼吸。这就是我抑郁的缘故吗？而又，在窗格的左角，我发现一个我的独语的窃听者了，像一个鸣蝉蜕弃的躯壳，向上蹲伏着，噤默地，噤默地。和着它一对长长的触须，三对屈曲的瘦腿。我记起了它是我用自己的手描画成的一个昆虫的影子，当它迟徐地爬到我窗纸上，发出孤独的银样的鸣声，在一个过逝的有阳光的秋天里。

一九三四年三月二日

（选自《散文选集》，人民文学出版社一九五七年三月北京第一版）

街

何其芳

我凄凉地回到了我的乡土。

我说凄凉，因为这个小县城对我冷淡得犹如任何一个陌生地方。若不是靠着一位身在北方的朋友的好心，预先写信告诉他家里收留这个无所依归的还乡人，我准得到旅馆里去咀嚼一夜的茕独。我的家在离县城五十六里的乡下。由于山岭的崎岖险阻，那是一小半天的路程。从前到县城里来寄居的地方，一位孤独的老姨母的几间屋子，已卖给某家公司了，现在正拆毁着那些屋顶，那些墙壁和那些半朽的木门。

什么时候我也能拆毁掉我那些老旧的颓朽的童年记忆呢，即使并不能重新建筑？

我已说不清我第一次从乡下进城是在几岁时候了，那是到亲戚家去，途中经过县城。只有高大的城门给我一个深的印象。此外我倒记得清楚在河中搭白木船的情景，暗色的水慢慢流着，母亲和我坐在轿子里，叫人丢几个青铜钱到河水里去，不知是作为镇压还是别的意思，总之，现在回想起来觉得很忧郁。但这和县城没有关系。

后来我们到县城里住家去了。我们住在我祖父和一个商人共有的棕厂里。说是棕厂，实际与普通住家人户不同的，不过存放着许多大捆的棕包而已。而我便和那些愚笨的沉默的棕包一块儿生活着。一个十岁左右的孩子并不知道没有温暖，没有欢笑的日子是可以致病的，但我那时已似乎感到心灵上的营养不足了。像一根不见阳光的小草，我是那样阴郁，那样萎靡。

所以，在别的孩子们的面前，这个县城也许是热闹，阔大而且快乐的，对于我却显得十分阴暗，十分湫隘，没有声音颜色的荒凉。

当我正神往于那些记忆里的荒凉，黄昏已静静地流泻过来像一条忧郁的河，湮没了这个县城。我踟蹰在一条街上。在我从船上下来，把行李寄放在我那个朋友的家里后，还没有休息到一小时便又走出来了，不是想买东西，也不是想去拜访人，就简单地为着要看一看这个县城和这些街。我在北方那个大城里，当黄昏，当深夜，往往喜欢独自踟蹰在那些长长的平直的大街上。我觉得它们是大都市的脉搏。我倾听着它们的颤动。我又想象着白昼和夜里走过这些街上的各种不同的人，而且选择出几个特殊的角色来构成一个悲哀的故事，慢慢地我竟很感动于这种虚幻的情节了，我竟觉得自己便是那故事里的一个人物了，于是叹息着世界上为什么充满了不幸和痛苦。于是我的心胸里仿佛充满了对于人类的热爱。

但现在，我踟蹰在我故乡里的一条狭小、多曲折、铺着高低不平的碎石子的街上，仿佛垂头丧气地走进了我的童年。

这是一个真实的故事。

这是一个卑微无足道的故事。

我十五岁时进了县里的初级中学，即是说在四五年乡居生活之后又来到了县城里。那时候我的祖父和父亲对于学校教育仍抱有怀疑和轻视的态度，他们总相信这种没有皇帝的时代不久便要过去，而还深深地留在他们记忆里的科举制度不久便要恢复起来，所以他们固执地关闭他们的子弟在家里读着经史，期待着幻想中的太平。所以从私塾到学校在我并不是一件轻易达到的事。然而由于一位长辈亲戚的援助和我自己的坚决，我终于带着一种模糊的希望，生怯的欢欣，走进了新奇的第一次的学校生活。

学校的地址是从前县考时的考棚。一条又宽又长的石板甬道的两旁，立着有楼的寄宿舍和教室和几株高及瓦檐的孤零的梧桐。这便是我的新世界。照样的阴暗，湫隘，荒凉。在这几及两百人的人群中我感到的仍是寂寞。

一月后一个更使人感到寂寞的事件展开在我这个新来者的面前。

那时学校里已施行新学制了，但学生们的年龄有很大的差异，大概从十四五岁到二十四五岁吧。和我同宿舍的有两三个已是成人的高班次的学生。他们对我倒是亲善的；又因为我还幼小，他们似乎有一点忽视我的存在，商量有些秘密的事情并不都避开我。他们在做着一种活动。在和校外的人联络着攻击那时的校长，并且计议在他免职后拥出某一个人来。于是那位常常两手背在后面迈着方步的校长先生终于免职了。不过委派来继任的并不是拟定的人而是一个第三者。

我们县里除了中学还有一个师范学校。两个学校出来的人们彼此倾轧，争斗，敌视得犹如仇敌。这位新校长不幸是从那师范出来的，于是以这种借口，秘密攻击前校长的人们和他的真正拥护者一致联合起来挽留他，而且发动了一个可怕的风潮。

已记不清是一天的上午还是下午了。新校长和着其他的人一块儿到学校里视事。当他们从那又宽又长的石板甬道上走过，走进了校长室所在的后院，两旁宿舍里暴风雨似的拥出了一群武士，嚷着骂着，又狂奔着，一直奔到后院去闹了许久。最后那位可怜的校长交出了校印，在脸上和嘴唇上带着血痕匆匆地逃出校门了。

我没有去亲自欣赏这幕武剧的顶点。我对于这意外的爆发实在有一点惊惶。

武士们都大声地嚷着，笑着，追述着刚才的勇敢：他们围着那位该死的校长在那间屋里，而且用哑铃从玻璃窗掷进去。

接着是他遗留下的行李来替他受惩罚了。箱子在人们的手中破碎犹如一颗板栗。打脱了顶的草帽高高地戴在芭蕉叶上。腰斩后的白绸衫悬在树枝头示众。木板的大本《史记》《汉书》变成无数的白蝴蝶，飘飞在庭院里又栖止在草地上。

以十五岁的孩子的心来接受这种事变，我那时虽没有明显地表示愤怒或憎恶，但越是感到人的不可亲近。对于成人，我是很早很早便带着一种沉默的淡漠去观察，测验，而感到不可信任了。然而这到底是一页崭新的功课。

并且这一页崭新的功课还没有完。

当黑夜开始的时候，学校被几十个枪尖都上好枪刺的兵士包围起来了。搜索的结果，仅有八九个新生还没有逃走，于是被禁锢在一间小屋子里过夜。守卫的兵士带着讥讽的神气吓唬我们，说第二天要带到他们的军长面前去审问，也许还要用鞭子抽打我们。我们到底是几个孩子，在商量好明天的答语后，便拥挤地安静地睡去了。

第二天早晨下着大雨，一个年轻的旅长来训诫我们一阵，便把我们释放了。我冒着雨跑到我那位老姨母家里去，淋得几乎成了一尾鱼。

这便是第一次学校生活留给我的记忆。

柔和的黑夜已开始在街上移动。朦胧的街灯投下黄色的光轮。我到底上哪儿去？我走过这条狭小、多曲折、铺着高低不平的碎石子的街，又走过一座桥，难道我要去拜访我昔日的学校吗？那早已拆毁了。那些衰老的建筑物早已卖给某家银行。而在别的地址建筑起一个新的学校了。我再也不能看见那几株高及瓦檐的孤零的梧桐。我再也不能走上那些半朽的轧轧作响的木楼梯，穿着家里缝好的总是过于宽大的蓝布衫。现在我的面前又是一条不整洁的街。它是这小县城的贫血的脉管，走过我身边的都是一些垂头丧气，失掉了希望，而又仍得负担着劳苦的人。

这是我的乡土。

这是我的凄凉的乡土。

对于我那些昔日的同学，虽说我刚才回忆起了他们那次粗暴的发泄，我并不责备他们。假若我现在遇见了他们，在这街上，在这夜色中，我决定当作一种意外的快乐向他们伸出我的手去。我要重新去发现他们的美德。即是当时的他们，留在我记忆中的也有一些是诚实的人。并且，我与其责备他们，毋宁责备那些病菌似的寄生在县里的小教育家。那个常常两手背在后面迈着方步的校长先生，听说现在仍保守着县教育家的地位，而他的一个同党，后来也作过我们的校长的，则听说已流落成一个无赖了。假若我现在遇见了他们，在街上，在这夜色中，我是不是也宽容地向他们伸出手去呢？不，对于他们我有一种无法抑制的嫌恶之感。虽说，我也应该补充一句，与其责备他们，毋宁责备社会。

这由人类组成的社会实在是一个阴暗的，污秽的，悲惨的地狱。我几乎要写一本书来证明其他动物都比人类有一种合理的生活。

理想，爱，品德，美，幸福，以及那些可以使我们悲哀时十分温柔，快乐时流出眼泪的东西，都是在书籍中容易找到，而在真实的人间却比任何珍贵的物品还要希罕。那些悦耳的名字我在书籍中才第一次遇到。它们于我是那样新鲜，那样陌生，我只敢轻声说出它们的名字。真实的人间教给我的完全是另外一些东西. 当我是一个孩子的时候，我已完全习惯了那些阴暗，冷酷，卑微。我以为那是人类惟一的粮食，虽然觉得粗粝，苦涩，难于吞咽，我也带着作为一个人所必须有的忍耐和勇敢，吞咽了很久很久。然而后来书籍给我开启了一扇金色的幻想的门。从此我极力忘掉并且忽视这地上的真实。我生活在书上的故事里。我生活在自己的白日梦里。我沉醉，留连于一个不存在的世界。然而既是梦便有一个醒觉的时候，而我又觉醒得太快。现在叫我相信什么呢？我把我的希望寄放于人类的未来吗？我能够断言未来的人类必有一种合理的幸福的生活，那时再没有人需要翻开这些可怜的书籍，读着这些无尽的诳语吗？我们必须以爱，以热情，以正直和宽大来酬答这人间的寒冷吗？

对人，爱更是一种学习，一种极艰难的极易失败的学习。

我重复着我自己的语言。

一切语言都不过是空洞的声音。

我又踯躅在这第二条狭小、多曲折、铺着高低不平的碎石子的街上。夜色和黑暗的思想使我感到自己的迷失。我现在到底在哪儿？这是我的乡土？这不是我的乡土？我必须找出一个媒介来证明我和这县城的关系。我必须找出一个认识的人。一辆洋车走过我的身边。我说出一个我自己不知道它在哪个方向的地名，我坐了上去。

最后到了一座大门前。

这是一个小学，我有一个认识的人在里面。但说不准在这暑假里他已回到乡下去了。

两扇大木门关得十分严密。我起初轻轻地敲着门环。随后用手重拍，随后大声叫喊。然后侧耳倾听。里面是黑夜一样安静。我想一个学校不会没有门房。我想也许有一个旁门，但问侧边的人家，都说没有。

于是，像击碎我所有的沉重的思想似的，我尽量使力地用拳头捶打着门，并且尽量大声地叫喊起来。

我摸出口袋里的夜明表：八点钟。

一九三六年十月十五日夜，莱阳

桃园杂记

李广田

　　我的故乡在黄河与清河两流之间。县名齐东,济南府属。土质为白沙壤,宜五谷与棉及落花生等。无山、多树,凡道旁田畔间广植榆柳,县西境方数十里一带,则胜产桃。间有杏,不过于桃树行里添插些隙空而已。世之人只知有"肥桃"而不知尚有"齐东桃",这应当说是见闻不广的过失,不然,就是先入为主为名声所蔽了。我这样说话,并非卖瓜者不说瓜苦,一味替家乡土产鼓吹,意在使自家人多卖些铜钱过日子,实在是因为年头不好,连家乡的桃树也遭了末运,现在是一年年地逐渐稀少了下去,恰如我多年不回家乡,回去时向人打听幼年时候的伙伴,得到的回答却是某人夭亡某人走失之类,平素纵不关心,到此也难免有些黯然了。

　　故乡的桃李,是有着很好的景色的。计算时间,从三月花开时起,至八月拔园时止,差不多占去了半年日子。所谓拔园,就是把最后的桃子也都摘掉,最多也只剩着一种既不美观也少甘美的秋桃,这时候园里的篱笆也已除去,表示已不必再昼夜看守了。最好的时候大概还是春天吧,遍野红花,又恰好有绿柳相衬,早晚烟霞中,罩一片锦绣画图,一些用低矮土屋所组成的小村庄,这时候是恰如其分地显得好看了。到得夏天,有的桃实已届成熟,走在桃园路边,也许于茂密的秀长桃叶间,看见有刚刚点了一滴红唇的桃子,桃的香气,是无论走在什么地方都可以闻到的,尤其当早夜,或雨后。说起雨后,这使我想起布谷,这时候种谷的日子已过,是锄谷的时候了,布谷改声,鸣如"荒谷早锄",我的故乡人却呼作"光光多锄"。这种鸟以午夜至清晨之间叫得最勤,再就是雨霁天晴的时候了。叫的时候又仿佛另有一个作吱吱鸣声的在远方呼应,说这是雌雄和唱,也许是真实的事情。这种鸟也好像并无一定的宿处,只常见它们往来于桃树柳树间,忽地飞起,又且飞且鸣罢了。我永不能忘记的,是这时候的雨后天气,天空也许还是半阴半晴,有片片灰云在头上移动,禾田上冒着轻轻水气,桃树柳树上还带着如烟的湿雾,停了工作的农人又继续着,看守桃园的也不再躲在园屋里。这时候的每个桃园都已建起了一座临时的小屋,有的用土作为墙壁而以树枝之类作为顶蓬,有的则只用芦苇作成。守园人则多半是老人或年轻姑娘,他们看桃园,同时又做着种种事情,如绩麻或纺线之类。落雨的时候则躲在那座小屋内,雨晴之后则出来各处走走,到别家园里找人闲话。孩子们呢,这时候都穿了最简单的衣服在泥道上跑来跑去,唱着歌子,和"光光多锄"互相应答,被问的自然是鸟,问答的言语是这样的:

光光多锄,

你在哪里?

我在山后。

你吃什么?

白菜炒肉。

给我点吃?

不够不够。

在大城市里,是不常听到这种鸟声的,但偶一听到,我就立刻被带到了故乡的桃园去,而且这极简单却又最能表现出孩子的快乐的歌唱，也同时很清脆地响在我的耳里。我不听到这种唱答已经有七八年之久了。

今次偶然回到家乡，是多少年来惟一的能看到桃花的一次。然而使我惊讶的，却是桃花已不再那么多了，有许多桃园都已变成了平坦的农田，这原因我不大明白。问乡里人，则只说这里的土地都已衰老，不能再生新的桃树了。当自己年幼的时候，记得桃的种类是颇多的，有各种奇奇怪怪名目，现在仅存的也不过三五种罢了。有些种类是我从未见过的，有些名目也已经被我忘却，大体说来，则应当分做秋桃与接桃两种，秋桃之中没有多大异同，接桃则又可分出许多不同的名色。

秋桃是由桃核直接生长起来的桃树，开花最早，而果实成熟则最晚，有的等到秋末天凉时才能上市。这时候其他桃子都已净树，人们都在惋惜着今年不会再有好的桃子可吃了，于是这种小而多毛，且颇有点酸苦味道的秋桃也成了稀罕东西。接桃则是由生长过两三年的秋桃所接成的。有的是"根接"：把秋桃树干齐地锯掉，以接桃树的嫩枝插在被锯的树根上，再用土培覆起来，生出的幼芽就是接桃了。又有所谓"筐接"，方法和"根接"相同，不过保留了树干，而只锯掉树头罢了，因须用一个盛土的筱筐以保护插了新枝的树干顶端，故曰"筐接"。这种方法是不大容易成功的，假如成功，则可以较速地得到新的果实。另有一种叫做"枝接"，是颇有趣的一种接法：把秋桃枝梢的外皮剥除，再以接桃枝端上拧下来的哨子套在被剥的枝上，用树皮之类把接合处严密捆缚就行了，但必须保留桃枝上的原有的芽码，不然，是不会有新的幼芽出生的。因此，一棵秋桃上可以接出许多种接桃，当桃子成熟时，就有各色各样的桃实了。也有人把柳树接作桃树的，据说所生桃实大可如人首，但吃起来则毫无滋味，说者谓如嚼木梨。

按成熟的先后为序，据我所知道的，接桃中有下列几种：

"落丝"，当新的蚕丝上市时，落丝桃也就上市了。形椭圆，嘴尖长，味甘微酸。因为在同辈中是最先来到的一种，又因为产量较少之故，价值较高也是当然的了。

"麦匹子"，这是和小麦同时成熟的一种。形圆，色紫，味甚酸，非至全个果实已经熟透而内外皆呈紫色时，酸味是依然如故的。

"大易生"，此为接桃中最易生长而味最甘美的一种，能够和"肥桃"媲美的也就是这一种了。熟时实大而白，只染一个红嘴和一条红线。未熟时甘脆如梨，而清爽适口则为梨所不及，熟透则皮薄多浆，味微如蜜。皮薄是其优点，也是劣点，不能耐久，不能致远，我想也就是因为这个了。

"红易生"，一名"一串陵"，实小，熟时遍体作绛色，产量甚丰，绿枝累累如贯珠。名"一串缕"，乃言如一串红绫绕枝，肉少而味薄，为接桃中之下品。

"大芙蓉"，形浑圆，色全白，故一名"大白桃"，夏末成熟，味甘而淡。又有"小芙蓉"，与此为同种，果实较小。亦曰"小白桃"。

"胭脂雪"，此为接桃中最美观的一种，红如胭脂，白如雪，红白相匀，说者谓如美人颜，味不如"大易生"，而皮厚经久。此为桃类中价值最高者。

"铁巴子"，叶细小。故亦称"小叶子"。"铁巴子"谓其不易摇落，即生摘亦须稍费力气。实小，味甘，现已绝种。另有"齐嘴红"一种，以状得名，不多见。

有一种所谓"磨枝"的，并非桃的另一种类，乃是紧靠着桃枝结果，因之被桃枝磨上了疤痕的桃子，奇怪处是这种桃子特别甘美，为相桃桃的挑贩所不取，但我们园里人则特意在枝叶间探寻"磨枝"来自己享用。为什么这种桃子会特别甘美呢，到现在也还不能明白。另有所谓"桃王"的，我想这大概只是一种传说罢了。据云"桃王"是一种特大的桃子，生在最繁密的枝叶间，长青不老，为一园之王。当然，一个桃园里也就只能有这么一个了。有"桃王"的桃园是幸福的，因为园里的桃子会格外丰美，甚至可以取之不竭。但假如有人把这"桃王"给摘掉了，则全园的桃子也将殒落净尽。这是奇迹，幼年时候每每费尽了工夫去发现"桃王"，但从未发现过一次，也不曾听说谁家桃园里发现过。

桃是我们家乡的重要土产，有些人家是借了桃园来辅助一家生活之所需的。这宗土产的推销有两种方法：一是靠了外乡小贩的运贩，他们每到桃季便肩了挑子在各处桃园里来往；另一种方法，就是靠着流过这地方的那两条河水了。当"大易生"和"胭脂雪"成熟的时候,附近两河的码头上是停泊了许多帆船的。从水路再转上铁路,我们的桃子是被送到其他城市人民的口上去了。我很担心,今后的桃园会变得冷落,恐怕不会再有那么多吆吆喝喝的肩挑贩,河上的白帆也将更见得稀疏了吧。

一九三五年四月

（选自《银狐集》一九三六年出版）

山之子

李广田

住在"中天门"的"泰山旅馆"里，我们每天得有方便，在"快活三里"目送来往的香客。

自"岱宗坊"至"中天门"，恰好是登绝顶的山路之一半。"斗母宫"以下尚近于平坦，久于登山的人说那一段就是平川大道。自"斗母宫"以上至"中天门"，则步步向上，逐渐陡险，尤其是"峰回路转"以上，初次登山的人就以为已经陡险到无以复加了。尤其妙处，则在于"南天门"和"绝顶"均为"中天门"的山头所遮蔽，在"中天门"下边的人往往误认"中天门"为"南天门"，于是心里想道这可好了，已经登峰造极了，及至费了很大的力气攀到"中天门"时，猛然抬头，才知道从此上去却仍有一半更陡险的盘路待登，登山人不能不仰面兴叹了。然而紧接着就是"快活三里"，于是登山人就说这是神的意思，不能不坐下来休息，且向神明致最诚的敬意。

由"中天门"北折而下行，曰"倒三盘"，以下就是二三里的平路。那条山路不但很平，而且完全不见什么石块在脚下磕磕绊绊，使上山人有难言的轻快之感。且随处是小桥流水，破屋丛花，鸡鸣犬吠，人语相闻。山家妇女多做着针织在松柏树下打坐，孩子们常赤着结实的身子在草丛里睡眠，这哪里是登山呢，简直是回到自己的村落中了。虽然这里也有几家卖酒食的，然而那只是做另一些有钱人的买卖，至于乡下香客，他们的办法却更饶有佳趣。他们三个一帮，五个一团，他们用一只大柳条篮子携带他们的盛宴：有白酒，有茶叶，有煎饼，有咸菜，有已经劈得很细的干木柴，一把红铜的烧心壶，而"快活三里"又为他们备一个"快活泉"。这泉子就在"快活三里"的中间，在几树松柏荫下，由一处石崖下流出，注入一个小小的石潭，水极清冽，味亦颇甘，周有磐石，恰好作了他们的几筵。黎明出发，到此正是早饭时辰，于是他们就在这儿用过早饭，休息掉一身辛苦，收拾柳筐，呼喝着重望"南天门"攀登而上了。我们则乐得看这些乡下人朴实的面孔，听他们以土音说乡下事情，讲山中故事，更羡慕从他们柳篮内送出来的好酒香。自然，我们还得看山，看山岭把我们绕了一周，好像把我们放在盆底，而头上又有青翠的天空作盖。看东面山崖上的流泉，听活活泉声，看北面绝顶上的人影，又有白云从山后飞过，叫我们疑心山雨欲来。更看西面的一道深谷，看银雾从谷中升起，又把诸山缠绕。我们是为看山而来的，我们看山然而我们却忘记了是在看山。

等到下午两三点钟左右，是香客们下山的时候了。他们已把他们的心事告诉给神明，他们已把一年来的罪过在神前取得了宽恕，于是他们像修完了一桩盛业，他们的脸上带着微笑，他们的心里更非常轻松。而他们的身上也是轻松的。柳篮里空了，酒瓶里也空了，他们把应用的东西都打发在山顶上，把余下的煎饼屑，和临出发时带在身上的小洋针、棉花线、小铜元和青色的制钱，也都施舍给了残废的讨乞人。他们从山上带下平安与快乐在他们心里，他们又带来许多好看的百合花在空着的篮里，在头巾里，在用山草结成的包裹里。我们不明白这些百合花是从哪里得来的，而且那么多，叫我们觉得非常稀奇。

我们前后在这里住过十余日，一共接纳了两个小朋友，一名刘兴，一名高立山。我几时遇到高立山总是同他开一次玩笑："高立山，你本来就姓高，你立在山上就更高了。"这样喊着，我们大家一齐笑。

忽然听到两声尖锐的招呼，闻声不见人，使我觉得更好玩。原来那呼声是来自雾中，不过十分钟就看见我那两个小朋友从雾中走来了：刘兴和高立山。高立山这名字使我喜欢。我爱设想，玩游人孑然一身，笔立泰山绝顶被天风吹着，图画好看，而画中人却另有一番怆恨。刘兴那孩子使我想起我的弟弟，不但相貌相似，精神也相似，是一个朴实敦厚的孩子。我不见我的弟弟已经很久了。我简直想抱吻面前的刘兴，然而那孩子看见我总是有些畏缩,使我无可如何。

"呀!独个儿在这里不害怕吗?"

我正想同他们打招呼,他们已同声这样喊了。

我很懂得他们这点惊讶。他们总以为我是城市人,而且来自远方,不懂得山里的事情,在这样大雾天里孑然独立,他们就替我担心了。说是担心倒也很亲切,而其中却也有些玩弄我的意味吧,这个就更使我觉得好玩。我在他们面前时常显得很傻,老是问东问西,我向他们打听山花的名字,向他们访问四叶参或何首乌是什么样子,生在什么地方,问石头,问泉水,问风候云雨,问故事传说。他们都能给我一些有趣的回答。于是他们非常骄傲,他们又笑话我少见多怪。

"害怕?有什么可怕呢?"我接着问。

"怕山鬼,怕毒蛇。——怕雾染了你的眼睛,怕雾湿了你的头发。"

他们都哈哈大笑了。笑一阵,又告诉我山鬼和毒蛇的事情。他们说山上深草中藏伏毒蛇,此山毒蛇也并不怎么长大,颜色也并不怎么凶恶,只仿佛是石头颜色,然而它们却极其可怕,因为它们最喜欢追逐行人,而它们又爬得非常迅速,简直如同在草上飞驰,人可以听到沙沙的声音。有人不幸被毒蛇缠住,它至死也不会放松,除非你立刻用镰刀把它割裂,而为毒蛇所啮破的伤痕是永难痊好的,那伤痕将继续糜烂,以至把人烂死为止。这类事情时常为割草人或牧羊人所遭遇。

"毒蛇既到处皆是,为什么我还不曾见过?"

"你不曾见过,不错,你当然不会见到,因为山里的毒蛇白天是不出来的,你早晨起来不看见草叶上的白沫吗?"说这话的是刘兴。

这件证明颇使我信服,因为我曾见过绿草上许多白沫,我还以为那是牛羊反刍所流的口涎呢。而且尤以一种叶似竹叶的小草上最常见到白沫,我又曾经误认那就是薇一类植物,于是很自然地想起饿死首阳山的两个古人。

高立山却以为刘兴的说明尚不足奇,他更以惊讶的声色告诉道:

"晴天白日固然不出来,像这样大雾天却很容易碰见毒蛇。"

刘兴又仿佛害怕的样子加说道:"不光毒蛇呀,就连山鬼也常常在大雾天出现呢。"

他们说山鬼的样子总看不清,大概就像团团的一个人影儿。山鬼的居处在巉岩之下的深洞里。那些地方当然很少人敢去,尤其当夜晚或者雾天。原来山鬼也同毒蛇一样,有时候误认大雾为黑夜。打柴的,采药的,有时碰见山鬼,十个有八个就不能逃生,因为山鬼也像水鬼一样,喜欢换替死鬼,遇见生人便推下巉岩或拉入石窟。他们又说常听见山鬼的哭声和呼号声,那声音就好像雾里刮大风。

"你不信吗?"高立山很严肃地想说服我,"我告诉你,哑巴的爹爹和哥哥都是碰到了山鬼,摔死在后山的山涧里。"

他们的声音变得很低,脸色也有些沉郁,他们又向远方的浓雾中送一个眼色,仿佛那看不见的地方就有山鬼。

这话颇引起我的好奇,我向他们打听那个哑子是什么人物。他们说那哑巴就住在上边"升仙坊"一旁的小庙里,他遇见任何人总爱比手划脚地说他的哑巴话。于是我急忙说道:"我知道,我知道,我见过他,我见过他。"这回忆使我喜悦,也使我怅惘。一日清晨,我们欲攀登山之绝顶,爬到"升仙坊"时正看到许多人停下来休息,而那也正是应当休息的地方,因为从此以上,便是最难走的"紧十八盘"了。我们坐下以后,才知道那些登山人并非只为了休息,同时,他们是正在听一个哑子讲话。一个高大结实的汉子,山之子,正站在"升仙坊"前面峭壁的顶上,以洪朗的声音,以只有他自己能了解的语言,说着一个别人所不能懂的故事,虽然他用了种种动作来作为说明,然而却依然没有人能够懂他。我当然也不懂他,然而我却懂得了另一个故事:泰山的精灵在宣说泰山的伟大,正如石头不能说话,我们却自以为懂得石头的灵心。只要一想起"升仙坊"那个地方,便是一幅绝好的图画了:向上去是"南天门","南天门"之上自然是青天一碧,两旁壁立千仞,松柏森森,中间夹一线登天的玉梯,再向下看呢,"浮云连海岱,平野入青徐",俯视一气,天下就在眼底了,而我们的山之子就笔立在这儿,今天我才知道他是永远住在这里的。我急忙止住两个孩子:"你且慢讲,你且慢讲,我告诉你,我告诉你。"但是我将告诉他们什么呢?我将说那个哑巴在山上说一大篇话却没有人懂他,他好不寂寞呀，他站在峭岩上好不壮观啊，风之晨，雨之夕，"升仙坊"的小庙将是怎样的飘摇呢？至若星月在天，举手可摘，谷风不动，露凝天阶，山之子该有怎样的一山沉默呀！然而我却不能不怀一个闷葫芦，到底那哑巴是说了些什么呢？"高立山，告诉我，他到底是说了些什么呢？"我不能不这样问了。

"说些什么，反正是那一套啦，说他爸爸是因为到山涧采山花摔死的，他的哥哥也一样地摔死在山涧里了。"高立山翻着白眼说。

"就是啦，他们就是被山鬼讨了替代啊，为了采山花。"刘兴又提醒我。

山花？什么山花？两个孩子告诉我：百合花。

两个小孩子就继续告诉我哑巴的故事。泰山后面有一个古涸涧，两面是峭壁，中间是深谷，而在那峭壁上就生满了百合花。自然，那个地方是很少有人攀登的，然而那些自生的红百合实在好看。百合花生得那么繁盛，花开得那么鲜艳，那就是一个百合涧。哑巴的爸爸是一个顶结实勇敢的山汉，他最先发现这个百合涧，他攀到百合涧来采取百合，卖给从乡下来的香客。这是一件非常艰险的工作，攀着乱石，拉着荆棘，悬在陡崖上掘一株百合必须费很大工夫，因此一株百合也卖得一个好价钱。这事情渐渐成为风尚，凡进香人都乐意带百合花下山，于是哑巴的哥哥也随着爸爸作这件事业。然而父子两个都遭了同样的命运：爸爸四十岁时在一个浓雾天里坠入百合涧，作哥哥的到三十岁上又为一阵山风吹下了悬崖。从此这采百合的事业更不敢为别人所尝试，然而我们的山之子，这个哑巴，却已到了可以承继父业的成年，两条人命取得一种特权，如今又轮到了哑巴来占领这百合涧。他也是勇敢而大胆，他也不曾忘记爸爸和哥哥的殉难，然而就正为了爸爸和哥哥的命运，他不得不拾起这以生命为孤注的生涯。他住在"升仙坊"的小庙里，趁香客最多时他去采取百合，他用这方法来奉养他的老母和他的寡嫂。

我很感激两个小孩子告诉我这些故事。刘兴那孩子说完后还显得有些忧郁，那种木讷的样子就更像我的弟弟。雾渐渐收起，却又吹来了山风，我们都觉得有些冷意，我说了"再见"向他们告辞。

天气渐渐冷起来了。山下人还可以穿单衣，住在山上就非有棉衣不行了。又加上多雨多雾，使精神上感到极不舒服。因为我们不曾携带御寒的衣服，就连"快活三里"也不常去了。选一个比较晴朗的日子，我们决定下山。早晨起来就打好了行李，早饭之后就来了轿子。两个抬轿子的并非别人，乃是刘兴的爸爸和高立山的爸爸，这使我们觉得格外放心。跟在轿子后面的是刘兴和高立山，他们是特来给我们送行的。此刻的我简直是在惜别了，我不愿离开这个地方，我不愿离开两个小朋友，尤其是刘兴——我的弟弟。他们的沉默我很懂得，他们也知道，此刻一别就很难有机会相遇了。而且，真巧，为什么一切事情安排得这样巧呢，我们的行李已经搬到轿子上了，我们就要走了，忽然两个孩子招呼道："哑巴，哑巴，哑巴来了！"

不错，正是那个哑巴，我们在"升仙坊"见过他。他已经穿上了小棉袄，他手上携一个大柳筐。我特为看看他的筐里是什么东西，很简单：一把挖土的大铲子，一把刀，一把大剪子。我们都沉默着，哑巴却同别人打开了招呼。两个孩子哑哑地学他说话，旅馆中人大声问他是否下山，他不但哑，而且也聋，同他说话就非大声不行。于是他也就大声哑哑地回答着，并指点着，指点着山下，指点着他的棉袄，又指点着他的筐子，又指点着"南天门"。我们明白他昨天曾下山去，今天早晨刚上来。我同昭都想从这个人身上有所发现，但也不知道要发现些什么。在一阵喧嚷声中，我们的轿子已经抬起来了。两个小朋友送了我们颇长的一段路，等听不见他俩的话声时，我还同他们招手，摇帽子，而我的耳朵里却还仿佛听见那个哑巴的咿咿呀呀。

1936.11.18，济南

（原载 1937 年 3 月 15 日《文丛净创刊号，选自《雀蓑记》）

马

吴伯箫

马是天池之龙种。那自是一种灵物。

——庾信:《春赋》

也许是缘分,从孩提时候我就喜欢了马。三四岁,话怕才咿呀会说,亦复刚刚记事,朦胧想着,仿佛家门前,老槐树荫下,站满了大圈人,说不定是送四姑走呢。老长工张五,从东院牵出马来,鞍鞯都已齐备,右手是长鞭,先就笑着嚷:跟姑姑去吧?说着一手揽上了鞍去,我就高兴着忸怩学唱:骑白马,咣铃咣铃到娘家……大家都笑了。准是父亲,我是喜欢父亲而却更怕父亲的,说:下来吧!小小的就这样皮。一团高兴全飞了。下不及,躲在了祖母跟前。

人,说着就会慢慢儿大的。坡里移来的小桃树,在菜园里都长满了一握。姐姐出阁了呢。那远远的山庄里,土财主。每次搬回来住娘家,母亲和我们弟弟,总是于夕阳的辉照中,在庄头眺望的。远远听见了銮铃声响,隔着疏疏的杨柳,隐约望见了在马上招手的客人,母亲总禁不住先喜欢得落泪。我们也快活得像几只鸟,叫着跑着迎上去。问着好,从伙计的手中接过马辔来,姐姐总说:"又长高了。"车门口,也是彼此问着好;客人尽管是一边笑着,偷回首却是满手帕的泪。

家乡的日子是有趣的。大年初三四,人正闲,衣裳正新,春联的颜色与小孩的兴致正浓。村里有马的人家,都相将牵出了马来。雪掩春田,正好驰骤竞赛呢。总也有三五匹吧,骑师是各自当家的。我们的,例由比我大不了几岁的叔父负责,叔父骑腻了,就是我的事。观众不少啊:丁村的祖伯叔,兄弟行辈,年老的太太,较小的邻舍侄妹,一凑就是近百的数目。崭新的年衣,咳笑的乱语,是同了那头上亮着的一碧晴空比着光彩的。骑马的人自然更是鼓舞有加喽。一鞭扬起,真像霹雳弦惊,飕飕的那耳边风丝,恰应着一个满心的矜持与欢快。驰骋往返,非到了马放大汗不歇。毕剥的鞭炮声中,马打着响鼻,像是凯旋,人散了。那是一幅春郊试马图。

那样直到上元,总是有马骑的亲戚家人来人往,驴骡而外,代步的就是马。那些日子,家里最热闹,年轻人也正蓬勃有生气。姑表堆里,不是常常少不了戏谑么?春酒筵后,不下象棋的,就出门遛几趟马。

孟春雨霁,滑挞的道上,骑了马看卷去的凉云,麦苗承着残滴,草木吐着新翠,那一脉清鲜的泥土气息,直会沁人心脾。残虹拂马鞍,景致也是宜人的。

端阳,正是初夏,天气多少热了起来。穿了单衣,戴着箬笠,骑马去看戚友,在途中,偶尔河边停步,攀着柳条,乘乘凉,顺便也数数清流的游鱼,听三两渔父,应着活浪活浪的水声,哼着小调儿,这境界一品尚书是不换的。不然,远道归来,恰当日啣半山,残照红于榴花,驱马过三家村边,酒旗飘处,斜睨着"闻香下马"那么几个斗方大字,你不馋得口流涎么?才怪!鞭子垂在身边,摇摆着,狗咬也不怕。"小妞!吃饭啦,还不给我回家!"你瞧,已是吃大家饭的黄昏时分了呢。把缰绳一提,我也赶我的路。到家掌灯了,最喜那满天星斗。

真是家乡的日子是有趣的。

当学生了。去家五里遥的城里。七天一回家,每次总要过过马瘾的。东岭,西洼,河埃,丛林,踪迹殆遍殆遍。不是午饭都忘了吃么?直到老父呵叱了,才想起肚子饿来。反正父亲也是喜欢骑马的,呵叱那只是一种担心。啊,生着气的那慈爱喜悦的心啊!

祖父也爱马，除了像三国志那样几部老书。春天是好骑了马到十里外的龙潭看梨花的。秋来也喜去看矿山的枫叶。马夫，别人争也无益，我是抓定了的官差。本来么，祖孙两人，缓辔蹒跚于羊肠小道，或浴着朝暾，或披着晚霞，闲谈着，也同乡里交换问寒问暖的亲热的说话；右边一只鸟飞了，左边一只公鸡喔喔在叫，在纯朴自然的田野中，我们是陶醉着的。Old man is the twice of Child 我们也志同道合。

最记得一个冬天，满坡白雪，没有风，老人家忽尔要骑马出去了，他就穿了一袭皮袍，暖暖的，系一条深紫的腰带，同银白的胡须对比的也戴了一顶绛紫色的风帽，宽大几乎当得斗篷，马是棕色的那一匹吧，跟班仍旧是我。出发了呢？那情景永远忘不了。虽没去做韵事，寻梅花，当我们到岭巅头，系马长松，去俯瞰村舍里的缕缕炊烟，领略那直到天边的皓洁与荒旷的时候，却是一个奇迹。

说呢，孩子时候的梦比就风雨里的花朵，是一招就落的。转眼，没想竟是大人了。家乡既变得那样苍老，人事又总坎坷纷乱，闲暇少，时地复多乖离，跃马长堤的事就稀疏寥落了。可是我还是喜欢马呢：不管它是银鬃，不管它是赤兔，也不管它是泥肥骏瘦，蹄轻鬣长，我都喜欢。我喜欢刘玄德跃马过檀溪的故事，我也喜欢"泥马渡康王"的传说，即使荒诞不经吧，却都是那样神秘超逸，令人深深向往。

徐庶走马荐诸葛，在这句话里，我看见了大野中那位热肠的而又洒脱风雅的名士。骑马倚长桥，满楼红袖招，你看那绿草垂杨临风伫立的金陵年少，丰采又够多么英俊翩翩呢。固然敝车羸马，颠顿于古道西风中，也会带给人一种寂寞怅惘之感的，但是，这种寂寞怅惘，不是也正可于或种情景下令人留恋的么？——前路茫茫，往哪里去？当你徘徊踟蹰时就姑且信托一匹龙钟的老马，跟了它一东二冬的走吧。听说它是认识路的。譬如那回忆中幸福的路。

你不信么？"非敢后也，马不进也。"那个落落大方说着这样话的家伙，要在跟前的话，我不去给他执鞭坠镫才怪哪。还有那冯异将军的马，看着别人擎擎着一点点劳碌就都去舰颜献功，而自己的主人却踢开了丰功伟烈，兀自巍然堂堂的站在了大树根下，仿佛只是吹吹风的那种神情的时候，不该照准了那群不要脸的东西去乱踢一阵，而也跑到旁边去骄傲的跳跃长啸么？那应当是很痛快的事。

十万火急的羽文，古时候有驿马飞递；探马报道，寥寥四个字里，活活绘出了一片马蹄声中那营帐里的忙乱与紧急，百万军中，出生入死，不也是凭了征马战马才能斩将搴旗的么？飞将在时，阴山以里就没有胡儿了。

落日照大旗，马鸣风萧萧。

唅，怎么这样壮呢！胆小的人不要哆嗦啊，你看，那风驰电掣的闪了过去又风驰电掣的闪了过来的，就是马。那就是我所喜欢的马。——弟弟来信说，"家里才买了一匹年轻的马，挺快的。……"真是，说句儿女情肠的话，我有点儿想家。

一九三四年三月，青岛

山 屋

吴伯箫

屋是挂在山坡上的。门窗开处便都是山。不叫它别墅，因为不是旁宅支院颐养避暑的地方；唤作什么楼也不妥，因为一底一顶，顶上就正对着天空。无以名之，就姑且直呼为山屋吧，那是很有点老实相的。

搬来山屋，已非一朝一夕了；刚来记得是初夏，现在已慢慢到了春天呢。忆昔入山时候，常常感到一种莫名的寂寞，原来地方太偏僻，离街市太远啊。可是习惯自然了，浸假又爱了它的幽静；何况市镇边缘上的山，山坡上的房屋，终究还具备着市廛与山林两面的佳胜呢。想热闹，就跑去繁嚣的市内；爱清闲，就索性锁在山里，是两得其便左右逢源的。倘若你来，于山屋，你也会喜欢它的吧？傍山人家，是颇有情趣的。

譬如说，在阳春三月，微微煦暖的天气，使你干什么都感到几分慵倦；再加整天的忙碌，到晚上你不会疲惫得像一只晒腻了太阳的猫么？打打舒身都嫌烦。一头栽到床上，怕就蜷伏着昏昏入睡了。活像一条死猪。熟睡中，踢来拌去的乱梦，梦味儿都是淡淡的。心同躯壳是同样的懒啊。几乎可以说是泥醉着，糊涂着，乏不可耐。可是大大的睡了一场，寅卯时分，你的梦境不是忽然透出了一丝绿莹莹的微光么，像东风吹过经冬的衰草似的，展眼就青到了天边。恍恍惚惚的，屋前屋后有一片啾唧唧嘁的闹声，像是姑娘们吵嘴，又像一群活泼泼的孩子在嘈杂乱唱，兀的不知怎么一来，那里"支幽"一响，你就醒了。立刻你听到了满山满谷的鸟叫。缥缥缈缈的那里的钟声，也嗡嗡的传了过来。你睁开了眼，窗帘后一缕明亮，给了你一个透底的清醒。靠左边一点，石工们在丁咚的凿石声中，说着呜呜噜噜的话；稍偏右边，得得的马蹄声又仿佛一路轻的撒上了山去。一切带来的是个满心的欢笑啊。那时你还能躺在床上么？不，你会霍然一跃就起来的。衣裳都来不及披一件，先就跳下床来打开窗子。那窗外像笑着似的处女的阳光，一扑就扑了你个满怀。

"呵，我的灵魂，我们在平静而清冷的早晨找到我们自己了。"

——惠特曼《草叶集》

那阳光洒下一屋的愉快，你自己不是都几乎笑了么？通身的轻松。那山上一抹嫩绿的颜色，使你深深的吸一口气，清爽是透到脚底的。瞧着那窗外的一丛迎春花，你自己也仿佛变作了它的一枝。

我知道你是不暇妆梳的，随便穿了穿衣裳，就跑上山去了。一路，鸟儿们飞着叫着的赶着问"早啊？早啊？"的话，闹得简直不像样子。戴着朝露的那山草野花，遍山弥漫着，也懂事不懂事似的直对你颔首微笑，受宠若惊，你忽然骄蹇起来了，迈着昂藏的脚步三跨就跨上了山巅。你挺直了腰板，要大声嚷出什么来，可是怕喊破了那清朝静穆的美景，你又没嚷。只高高的伸出了你粗壮的两臂，像要拥抱那个温都的娇阳似的，很久很久，你忘掉了你自己。自然融化了你，你也将自然融化了。等到你有空再眺望一下那山根尽头的大海的时候，看它展开着万顷碧浪，翻掀着千种金波灵机一动，你主宰了山，海，宇宙全在你的掌握中了。

下山，路那边邻家的小孩子，苹果脸映着旭阳，正向你闪闪招手，烂漫的笑：你不会赶着问她，"宝宝起这样早哇？姐姐呢？"

再一会，山屋里的人就是满口的歌声了。

再一会，山屋右近的路上，就是逛山的人格格的笑语了。

要是夏天，晌午阳光正毒，在别处是热得汤煮了似的了，山屋里却还保持着相当的凉爽。坡上是通风的。四围的山松也有够浓的荫凉。敞着窗，躺在床上，噪耳的蝉声中你睡着了，噪耳的蝉声中你又醒了。没人逛山。樵夫也正傍了山石打盹儿。市声又远远的，只有三五个苍蝇，嗡飞到了这里，嗡又飞到了那里。老鼠都会瞅空出来看看景的吧，"蝉噪林逾静，鸟鸣山更幽"，心跳都听得见扑腾呢。你说，山屋里的人，不该是无怀氏之民么？

夏夜，自是更好。天刚黑，星就悄悄的亮了。流萤点点，像小灯笼，像飞花。檐边有吱吱叫的蝙蝠，张着膜翅凭了羞光的眼在摸索乱飞。远处有乡村味的犬吠，也有都市味的火车的汽笛。几丈外谁在毕剥的拍得蒲扇响呢？突然你听见耳边的蚊子薨薨了。这样，不怕露冷，山屋门前坐到丙夜是无碍的。

可是，我得告诉你，秋来的山屋是不大好斗的啊。若然你不时时刻刻咬紧了牙，记牢自己是个男子，并且想着"英国的孩子是不哭的"那句名言的话，你真挡不了有时候要落泪呢。黄昏，正自无聊的当儿，阴沉沉的天却又淅淅沥沥的落起雨来。不紧也不慢，不疏也不密，滴滴零零，抽丝似的，人的愁绪可就细细的长了。真愁人啊！想来个朋友谈谈天吧，老长的山道上却连把雨伞的影子也没有；喝点酒解解闷吧，又往那里去找个把牧童借问酒家何处呢？你听，偏偏墙角的秋虫又凄凄切切唧唧而吟了。呜呼，山屋里的人其不惘然蹙眉颓然告病者，怕极稀矣，极稀矣！

凑巧，就是那晚上，不，应当说是夜里，夜至中宵。没有闩紧的窗后，应着潇潇的雨声冷冷的虫声，不远不近，袭来了一片野兽踏落叶的悉索声。呕吼呕吼，接二连三的噪叫，告诉你那是一只饿狼或是一匹饥狐的时候，喂，伙计，你的头皮不会发胀么？好家伙！真得要蒙蒙头。

虽然，"采菊东篱下"，陶彭泽的逸兴还是不浅的。

最可爱，当然数冬深。山屋炉边围了几个要好的朋友，说着话，暖烘烘的，有人吸着烟，有人就偎依在床上，唏嘘也好，争辩也好，锁口默然也好，态度却都是那样淳朴诚恳的。回忆着华年旧梦的有，希冀着来日尊荣的有，发着牢骚，大夸其企图与雄心的也有。怒来拍一顿桌子，三句话没完却又笑了。那怕当面骂人呢，该骂的是不会见怪的，山屋里没有"官话"啊，要讲"官话"，他们指给你，说："你瞧，那座亮堂堂的奏着军乐的，请移驾那楼上去吧。"

若有三五乡老，晚饭后咳嗽了一阵，拖着厚棉鞋提了长烟袋相将而来，该是欢迎的吧？进屋随便坐下，便尔开始了那短短长长的闲话。八月十五云遮月，单等来年雪打灯。说到了长毛，说到了红枪会，说到了税，捐，拿着粮食换不出钱，乡里的灾害，兵匪的骚扰，希望中的太平丰年及怕着的天下行将大乱：说一阵，笑一阵，就鞋底上磕磕烟灰，大声的打个呵欠，"天不早了。""总快鸡叫了。"要走，却不知门开处已落了满地的雪呢。

原来我已跑远了。急急收场："雪夜闭户读禁书。"你瞧，这半支残烛，正是一个好伴儿。

一九三四年四月六日，青岛万年兵营

羽　书

吴伯箫

羽书,或羽檄,翻成俗话,应是"鸡毛翎子文书","鸡毛信"。这东西仿佛是很古就有的。《汉书注》里说:"以木简为书,长尺二寸,用征召也,其有急事,则加以鸟羽插之。"《史记》里也有"以羽书征天下兵"的话。出于古诗词的,更数见不鲜,如:高适的《燕歌行》里"校尉羽书飞瀚海,单于猎火照狼山",岑参诗里的"羽书昨夜过渠黎,单于已在金山西",都是。想来,羽书是用之于紧急军事的无疑。因为,古时候虽有睿智如诸葛先生者,能发明木牛流马用作战争利器,但用电波来传话、递报的事却还没人晓得。信鸽呢,难得役使自如;蜡丸书呢,又嫌麻烦费事;于是檄文插羽毛,意使急行如飞,就算尽紧张迅速之能事了。不信,那木简的另一面所常写的"速速速"的字样,就很敌得过于今电文上的"十万火急"。

童年在家乡当小学学生的时候,曾朦胧记得有过"鸡毛翎子文书"下乡的故事。说朦胧,那是岁时月日记不清的意思;留的印象却很深很深,至今回想,还历历在目。

是一个黄昏。黄昏,在中年人易多闲愁,"闲愁似与黄昏约";在小孩子就易生恐惧。那晚也是。都吃了晚饭罢,巷口有的是立着谈闲天的人。有牵了牛到村边湾里去饮牛的。家家门口的狗在冷打慢吹地吠着。也有谁家妈妈唤孩子的声音。空气很平静,不,又有点儿异样的浮动。忽然一个邻庄的小伙子跑来了,满头是汗。对,是冬天,有点风呢。那人穿着短袄,扎着腰,戴一顶瓜皮毡帽。跑到人丛里,站定了还喘。说是找庄长。问:"什么事?"他喳喳着说:"鸡毛翎子文书!"声音很低,但很清楚,很有力。站在周围听的人脸上都立刻罩了一层严肃与矜持,互相看看,也偷偷回头瞧瞧,气氛恰像深秋的霜朝。我那时虽还小,是头一次听说"鸡毛翎子文书",但也打了一个寒噤,为什么却不知道。

有人把庄长请来了。不知谁去的,那样快,一请就到。仿佛原就在眼前似的。那人从腰里掏出文书来,又戚戚喳喳地说:"口子镇,啊啊,初五鸡叫赶到! 三个,啊啊,每人一根白蜡杆,两束干草。啊啊,一庄传一庄。不得有误! 不去的烧?"他说着,大家一壁听,一壁看他手里的一个木牌,那就是文书了。方方的,下端有柄,顶头插两根鸡毛,正面写字,是"速速速"。听着看着,人人的嘴都闭紧了,身上顿时充满了小心与力! 庄长接过木牌来,手都哆嗦了。即刻吩咐,结果是家里一匹马应差出发了。骑马的是铁蛋百顺。

记得,天紧跟着就黑了,漆黑。我被父亲看了一眼,就跟着家去了。

狗仿佛都不再吠,沉默锁住了全村,像暴风雨的前夜。

那晚,家里的马回来似乎已半夜了。大门是上了锁又开的。

过了几天,忘记是几天了,初五。口子镇上发了大火,烧的是各村带去的干草。县长的轿子在那里被农民捣毁了。坐轿子的是上头派下来的量地委员,受了重伤。县长听说是化装成庄稼老头逃跑了的;穿着破棉鞋,棉袄露了瓢子,也戴一顶瓜皮毡帽。说是一天没吃饭,叫了人家"大爷",人家才给了一口饭汤喝;都传得有名有姓。

后来事情怎样进展不很清楚,只知道当时城里好几天没有官。要丈量地亩的也不丈量了。

这是一回"鸡毛翎子文书"的事。从那直到现在没再听说哪儿还闹过这玩艺,可是总觉得哪儿是在闹着。速! 速! 速! 很快就集合了大帮人,烧着大火,千万根白蜡杆底下,有人被打倒了,有人被赶跑了,生活总要变变样子。那"鸡毛翎子文书"像雷公电母,又像天使,它散布着风雨,也常是带着幸福,在飞!

八月十五,把异族侵略的敌人一宿中间从中原版图上肃清,民间是有过传说的。那真是悲壮,痛快,可歌可泣的历史的页数！可是谁发的命令呢？多言的嘴是怎样用秘密的封条封拢的？觉得神妙了。我想，传递消息会用的是"鸡毛翎子文书"吧？虽说山遥水阻，交通多滞塞不便，但你晓得，羽书是会飞的！虽说中原版图辽阔，足迹殆难踏遍，然而，速速速，羽书是飞得快的！虽说，敌人已布满了中原，混进了户户家家，作了户户家家的主人，但，你要明白，忿怒锁在了每个中国人的心里，血液都被狠毒煮沸了，即使怒不敢言，笑里也可以藏得住刀子！哪怕它敌人再多些，只要下深了锄，自然会连根也拔尽了的！

阿，"鸡毛翎子文书"飞啊！去告诉每个真正的中国人，醒起来，联合了中国人民真正的朋友，等哪一天，再来一个八月十五！

一九三六年二月四日大风夜

桃源与沅州

沈从文

全中国的读书人，大概从唐朝以来，命运中就注定了应读一篇《桃花源记》，因此把桃源当成一个洞天福地，人人皆知道那地方是武陵渔人发现的，有桃花夹岸，芳草鲜美。远客来到，乡下人就杀鸡，温酒，表示欢迎。乡下人皆避秦隐居的遗民，不知有汉朝，更无论魏晋了。千余年来读书人对于桃源的印象，既不怎么改变，所以每当国体衰弱发生变乱时，想做遗民的必多，这文章也就增加了许多人的幻想，增加了许多人的酒量。至于住在那儿的人呢，却无人自以为是遗民或神仙，也从不曾有人遇着遗民或神仙。

桃源洞离桃源县二十五里。从桃源县坐小船沿沅水上行，船到白马渡时，上岸走去，忘路之远近乱走一阵，桃花源就在眼前了。那地方桃花虽不如何动人，竹林却很有意思。如椽如柱的大竹子，随处皆可发现前人用小刀刻画留下的诗歌。新派学生不甘自弃，也多刻下英文字母的题名。竹林里间或潜伏一二篛径壮士，待机会霍地从路旁跃出，仿照《水浒传》上英雄好汉行为，向游客发个利市。桃源县城则与长江中部各小县城差不多，一入城门最触目的是推行印花税与某种公债的布告。城中有棺材铺，官药铺，有茶馆酒馆，有米行脚行，有和尚道士，有经纪媒婆。庙宇祠堂多数为军队驻防，门外必有个武装同志站岗。土栈烟馆皆照章纳税，受当地军警保护。代表本地的出产，边街上有几十家玉器作，用珉石染红着绿，琢成酒杯笔架等物，货物品质平平常常，价钱却不轻贱。另外还有个名为"后江"的地方，住下无数公私不分的妓女，很认真经营他们的业务。有些人家在一个菜园平房里，有些却又住在空船上，地方虽脏一点倒富有诗意。这些妇女使用她们的下体，安慰军政各界，且征服了往还沅水流域的烟贩，木商，船主，以及种种过路人。挖空了每个顾客的钱包，维持许多人生活，促进地方的繁荣。一县之长照例是个读书人，从史籍上早知道这是人类一种最古的职业，没有郡县以前就有了它们，取缔既与"风俗"不合，且影响及若干人生存，因此就很正当的向这些人来抽收一种捐税（并采取了个美丽名词叫作花捐），把这笔款项用来补充地方行政，保安，或城乡教育经费。

桃源既是个有名地方，每年自然有许多"风雅"人，心慕古桃源之名，二三月里携了《陶靖节集》与《诗韵集成》等物，来到桃源县访幽探胜。这些人往桃源洞赋诗前后，必尚有机会过后江走走。由朋友或专家引导，这家那家坐坐，烧匣烟，喝杯茶，看中意某一个女人时，问问行市，花个三元五元，便在那醴酼不堪万人用过的花板床上，压着那可怜妇人胸膛放荡一夜，于是纪游诗上多了几首无题艳遇诗，把"巫峡神女"、"汉皋解佩"、"刘阮天台"等等典故，一律被引用到诗上去。看过了桃源洞，这人平常若是很谨慎的，自会觉得应当过医生处走走，于是匆匆的回家了。至于接待过这种外路风雅人的妓女呢，前一夜也许陆续接待过三个麻阳船水手，后一夜又得陪伴两个贵州省牛皮商人。这些妇人说不定还被一个水手，一个县公署执达吏，一个公安局书记，或一个当地小流氓，长时期包定占有，客来时那人往烟馆过夜，客去时再回到妇人身边来烧烟。

妓女的数目，占城中人口比例数不小。因此仿佛有各种原因，她们的年龄皆比其他都市更无限制。有些人年在五十以上，还不甘自弃，同孙女辈前来参加这种生活斗争，每日轮流接待水手同军营中火夫。也有年纪不过十三四岁，乳臭尚未脱尽，便在那儿服侍客人过夜的。

她们的技艺是烧烧鸦片烟，唱点流行小曲，若来客是粮子上跑四方人物，还得唱唱军歌党歌，与电影明星的新歌，应酬应酬，增加兴趣。她们的收入有些一次可得洋钱二十三十，有些一整夜又只得三毛五毛。这些人有病本不算一回事，实在病重了，不能作生活挣饭吃，间或就上街走到西药房去打针，六零六三零三扎那么几下，或请走方郎中配付药，朱砂茯苓乱吃一阵，只要支持得下去，总不会坐下来吃白饭。直到病倒了，毫无希望可言了，就叫毛伙用门板抬到那类住在空船中孤身过日子的老妇人身边去，尽她咽最后那一口气，死去时亲人呼天抢地哭一阵，罄所有请和尚安魂念经再托人赊购副四合头棺木，或借"大加一"买副薄薄板片，土里一埋也就完事了。

桃源地方已有公路，直达号称湘西咽喉的武陵（常德），每日皆有八辆十辆新式载客汽车，按照一定时刻在公路上奔驰。距常德约九十里，车票价钱一元零。这公路从常德且直达湖南省会长沙，汽车路程约四点钟，车票价约六元。公路通车时，有人说这条公路在湘省经济上具有极大意义，对于黔省出口特货运输可方便不少。这人似乎不知道特货过境每次皆三百担五百担，公路上一天不过十几辆汽车来回，若非特货再加以精制，每天能运输特货多少？关于特货的精制，在各省严厉禁烟宣传中，平民谁还有胆量来作这种非法勾当。假若在桃源县某种铺子里，居然有人能够设法购买一点黄色粉末药物，仔细问问也就会弄明白那货物的来源。且明白出产地并不是桃源县城，运输出口时或用轮船直往汉口，却不需借公路汽车转运长沙。

真可称为桃源名产的，是家鸡同鸡卵，街头巷尾无处不可以发现这种冠赤如火庞大庄严的生物。凡过路人初见这地方鸡卵，必以为鸭卵或鹅卵。其次，桃源有一种小划子，轻捷，稳当，干净，在沅河中可称首屈一指。一个外省旅行者，若想从湘西的永绥，干城，凤凰，研究湘边苗族的分布状况，或想从湘西往四川的酉阳，秀山，调查桐油的生产。往贵州的铜仁，调查朱砂水银的生产，往玉屏调查竹科种类，注意造箫制纸的工业，皆可在桃源县魁星阁下边，雇妥那只小船，沿沅河溯流而上，直达目的地，到地时取行李上岸落店，毫无何等困难。

一只桃源小划子上照例要个舵手，管理后梢，调动船只左右。张挂风帆，松紧帆索，捕捉河面山谷中的微风。放缆拉船，量渡河面宽窄与河流水势，伸缩竹缆。另外还要个拦头人，上滩下滩时看水认容口，出事前提醒舵手躲避石头，恶浪，与洞流，出事后点篙子需要准确，稳重。这种人还要有胆量，有气力，有经验。张帆落帆都得很敏捷的拉桅牵绳索。走风船行如箭时，便蹲坐在船头打呔喝呼啸，嘲笑同行落后的船只。自己船只落后被人嘲骂时，还要回骂，人家唱歌也得用歌声作答。两船相碰说理时，不让别人占便宜。动手打架时，先把篙子抽出拿在手上。船只逼入急流乱石中，不问冬夏，皆得敏捷而勇敢的脱光衣裤，向急流中跳去，在水里尽肩背之力使船只离开险境。掌舵的有事不能尽职，就从船顶爬过船尾去，作个临时舵手。船上若有小水手，还应事事照料小水手，指点小水手。更有一分不可推却的职务，便是在一切过失上，应与掌舵的各据小船一头，相互辱宗骂祖，继续使船前进，小船除此两人以外，尚需要个小水手，居于杂务地位，淘米，烧饭，切菜，洗碗，无事不作。行船时应荡桨就帮同荡桨，应点篙就帮同持篙。这种小水手大都在学习期间，应处处留心，取得经验同本领。除了学习看水，看风，记石头，使用篙桨以外，也学习挨打挨骂。尽各种古怪希奇字眼儿成天在耳边响着，好好的保留在记忆里，将来长大时再用它来辱骂旁人。上行无风吹，一个人还负了纤板，曳着一段竹缆，在荒凉河岸小路上拉船前进。小船停泊码头边时，又得规规矩矩守船。关于他们经济情势，舵手多为船家长年雇工，平均算来合八分到一角钱一天。拦头工有长年雇定的，人若年富力强多经验，待遇同掌舵的差不多。若只是短期包来回，上行平均每天可得一毛或一毛五分钱，下行则尽义务吃白饭而已。至于小水手，学习期限看年龄同本事来，学习期间有些人每天可得两分钱作零用，有些人在船上三年五载吃白饭。上滩时一个不小心，闪不知被自己手中竹篙弹入乱石激流中，泅水技术又不在行，淹死了，船主方面写得有字据，生死家长不能过问，掌舵的把死者剩余的衣服交给亲长说明白落水情形后，烧几百钱纸手续便清楚了。

一只桃源划子，有了这样三个水手，再加上一个需要赶路，有耐心，不嫌孤独，能花个二十三十的乘客，这船便在一条清明透澈的沅水上下游移动起来了。在这条河里在这种小船上作乘客，最先见于记载的一人，应当是那疯疯癫癫的楚逐臣屈原。在他自己的文章里，他就说道："朝发汪渚，夕宿辰阳。"若果他那文章还值得称引，我们尚可以就"沅有芷兮澧有兰"与"乘舲上沅"这些话，估想他当年或许就坐了这种小船，溯流而上，到过出产香草香花的沅州。沅州上游不远有个白燕溪，小溪谷里生芷草，到如今还随处可见。这种兰科植物生根在悬崖罅隙间，或蔓延到松树枝桠上，长叶飘拂，花朵下垂成一长串，风致楚楚。花叶形体较建兰柔和，香味较建兰淡远。游白燕溪的可坐小船去，船上人若伸手可及，多随意伸手摘花，顷刻就成一束。若崖石过高，还可以用竹篙将花打下，尽它堕入清溪涧流里，再用手去溪里把花捞起。除了兰芷以外，还有不少香草香花,在溪边崖下繁殖。那种黛色无际的崖石,那种一丛丛幽香眩目的奇葩,那种小小洄旋的溪流,合成一个如何不可言说迷人心目的圣境!若没有这种地方,屈原便再疯一点,据我想来他文章未必就能写得那么美丽。

什么人看了我这个记载,若神往于香草香花的沅州,居然从桃源包了小船,过沅州去,希望实地研究解决《楚辞》上几个草木问题。到了沅州南门城边,也许无意中会一眼瞥见城门上有一片触目黑色,因好奇想明白它,一时可无从向谁去询问。他所见到的只是一片新的血迹,并非什么古迹。大约在清党前后,有个晃州姓唐的青年,北京农科大学毕业生,用党务特派员资格,率领了两万以上四乡农民,肩持各种农具,上城请愿。守城兵先已得到长官命令,不许请愿群众进城。于是双方自然发生了冲突。一面是旗帜,木棒,呼喊与愤怒,一面是居高临下,一尊机关枪同十支步枪。街道既那么窄,结果站在最前线上的特派员同四十多个青年学生与农民,便全在城门边牺牲了。其余农民一看情形不对,抛下农具四散跑了。那个特派员的身体,于是被兵士用刺刀钉在城门木板上,示众三天。三天过后,便抛入屈原所称赞的清流里喂鱼吃了。几年来本地人被派捐拉夫,在应付差役中把日子混过去,大致把这件事也慢慢的忘掉了。

桃源小船载客载到沅州府,把客人行李扛上岸,讨得酒钱回船时,这些水手必乘兴过皮匠街走走。那地方同桃源的后江差不多,住下不少经营最古职业的人物。地方既非商埠,价钱可公道一些。花五角钱关一次门,上船时还可以得一包黄油油的上净丝烟,那是十年前的规矩。照目前百物昂贵情形想来,一切当然已不同了,出钱的花费也许要多一点,收钱的待客也许已改用"美丽牌"代替"上净丝"了。

或有人在皮匠街蓦见水手,对水手发问:"弄船的,‘肥水不落外人田’,家里有的你让别人用,用别人的你还得花钱,这上算吗?"

那水手一定会拍着腰间麂皮抱兜,笑眯眯的回答说:"大爷,‘羊毛出在羊身上’,这钱不是我桃源人的钱,上算的。"

他回答的只是后半截,前半截却不必提。本人正在沅州,离桃源远过六七百里,桃源那一个他管不着。

便因为这点哲学,水手们的生活,比起"风雅人"来似乎洒脱多了。若说话不犯忌讳,无人疑心我袒护无产阶级,我还想说,他们的行为,比起那些读了些"子曰",带了《五百家香艳诗》去桃源寻幽访胜,过后江讨经验的"风雅人"来也实在道德的多。

一九三五年三月作于北平

（原载 1935 年 3 月《国闻周报》十二卷十一期,后收入《湘行散记》,上海商务印书馆 1936 年 3 月版）

箱子岩

沈从文

十五年以前，我有机会独坐一只小篷船，沿辰河上行，停船在箱子岩脚下。一列青黛崭削的石壁，夹江高矗，被夕阳烘炙成为一个五彩屏障。石壁半腰约百米高的石缝中，有古代巢居者的遗迹，石罅间横横的悬撑起无数横梁，暗红色长方形大木柜尚依然好好的搁在木梁上。岩壁断折缺口处，看得见人家茅棚同水码头，上岸喝酒下船过渡人皆得从这缺口通过。那一天正是五月十五，河中人过大端阳节。箱子岩洞窟中最美丽的三只龙船，皆被乡下人拖出浮在水面上。船只狭而长，船舷描绘有朱红线条，全船坐满了青年桨手，头腰各缠红布。鼓声起处，船便如一支没羽箭，在平静无波的长潭中来去如飞。河身大约一里路宽，两岸皆有人看船，大声呐喊助兴。且有好事者，从后山爬到悬岩顶上去，把百子鞭炮从高岩上抛下，尽鞭炮在半空中爆裂，形成一团团五彩碎纸云尘，彭彭湃湃的鞭炮声与水面船中锣鼓声相应和。引起人对于历史发生一种幻想，一点感慨。

当时我心想：多古怪的一切！两千年前那个楚国逐臣屈原，若本身不被放逐，疯疯癫癫来到这种充满了奇异光彩的地方，目击身经这些惊心动魄的景物，两千年来的读书人，或许就没有福分读《九歌》那类文章，中国文学史也就不会如现在的样子了。在这一段长长岁月中，世界上多少民族皆堕落了，衰老了，灭亡了。即如号称东亚大国的一片土地，也已经有过多少次被来自西北方沙漠中的蛮族，骑了膘壮的马匹，手持强弓硬弩，长枪大戟，到处践踏蹂躏！然而，历史中也照样发生不断的杀戮，争夺，以及一到改朝换代时，派人民担负种种不幸命运，死的因此死去。活的被逼迫留发，剪发，在生活上受新朝代种种限制与支配。然而细细一想，这些人根本上又似乎与历史毫无关系。从他们应付生存的方法与排泄感情的娱乐上看来，竟好像今古相同，不分彼此。这时节我所眼见的光景，或许就与两千年前屈原所见的完全一样。

那次我的小船停泊在箱子岩石壁下，附近还有十来只小渔船，大致打鱼人也有弄龙船竞渡的，所以渔船上妇女小孩们，精神皆十分兴奋，各站在尾梢上或船篷上锐声呼喊。其中有几个小孩子，我只担心他们太快乐兴奋，会把住家的小船跳沉。

日头落尽云影无光时，两岸渐渐消失在温柔暮色里。两岸看船人呼喝声越来越少，河面被一片紫雾笼罩，除了从锣鼓声中尚能辨别那些龙船方向，此外已别无所见。然而岩壁缺口处却人声嘈杂，且闻有小孩子哭声，有妇女们尖锐叫唤声，综合给人一种悠然不尽的感觉。天已经夜了，吃饭是正经事. 我原先尚以为再等一会儿，那龙船一定就会傍近岩边来休息，被人搁进石窟里，在快乐呼喊中结束这个节日了。谁知过了许久，那种锣鼓声尚在河面飘着，表示一班人还不愿意离开小船，回转家中。待到我把晚饭吃过后，爬出舱外一望，呀，天上好一轮圆月！月光下石壁同河面，一切皆镀了银，已完全变换了一种调子。岩壁缺口处水码头边，正有人用废竹缆或油柴燃着火燎，火光下只见许多穿白衣人的影子移动。问问船上水手，方知道那些人正把酒食搬移上船，预备分派给龙船上人。原来这些青年人白日里划了一整天船，看船的皆散尽了，划船的还不尽兴，并且谁也不愿意扫兴示弱，先行上岸，因此三只长船还得在月光下玩个上半夜。

提起这件事，使我重新感到人类文字语言的贫俭。那一派声音，那一种情调，真不是用文字语言可以形容的事情。要一个长年身在城市里住下，以读读《楚辞》就"神王意移"的人，来描绘那下竞舟的一切，更近于徒然的努力。我可以说的，只是自从我把这次水上所领略的印象保留到心上后，一切书本上的动人记载，皆看得平平常常，不至于发生任何惊讶了。这正像我另外一时，看过人类许多花样的杀戮，对于其余书上叙述到这件事,同样不能再给我如何感动。

十五年后我又有了机会乘坐小船沿辰河上行,应当经过箱子岩。我想温习温习那地方给我的印象,就要管船的不问迟早,把小船在箱子岩停泊。这一天是十二月七号,快要过年的光景。没有太阳的酿雪天,气候异常寒冷。停船时还只下午三点钟左右,岩壁上藤萝草木叶子多已萎落,显得那一带岩壁十分陡削。悬岩高处红木柜,只剩下三四具,其余早不知到那儿去了。小船最先泊在岩壁下洞窟边,冬天水落得太多,洞口已离水面两丈以上。我从石壁裂罅爬上洞口,到搁龙船处看了一下,旧船已不知坏了还是早被水冲去了,只见有四只新船搁在石梁上,船头还贴有鸡血同鸡毛,一望就明白是今年方已下水的,出得洞口时,见岩下左边泊定五只渔船,有几个老渔婆缩颈敛手在船头寒风中修补钓网。上船后觉得这样子太冷落了,可不是个办法。就又要船上水手,为我把小船撑到岩壁断折处有人家地方去,就便上岸,看看乡下人过年以前是什么光景。

四点钟左右,黄昏已腐蚀了山峦与树石轮廓,占领了屋角隅。我独自坐在一家小饭铺柴火边烤火。我默默的望着那个火光煜煜的树根,在我脚边很快乐的燃着,爆炸出轻微的声音。铺子里人来来往往,有些说两句话又走了,有些就来镶在我身边长凳上,坐下吸他的旱烟。有些来烘脚,把穿着湿草鞋的脚去热灰里乱搅。看看每一个人的脸子,我都发生一种奇异。这里是一群会寻快乐的乡下人,有捕鱼的,打猎的,有船上水手和编制竹缆工人。若我的估计不错,那个坐在我身旁,伸出两只手向火,中指节有个放光顶针的,一定还是一位乡村成衣人。这些人每到大端阳时节,皆得下河去玩一整天的龙船。平常日子却在这个地方,按照一种分定,很简单的把日子过下去。每日看往来船只摇橹扬帆来去,看落日同水鸟。虽然也有人事上的得失,到恩怨纠纷成一团时,就陆续发生庆贺或仇杀。然而从整个说来,这些人生活却仿佛同"自然"已相融合,很从容的各在那里尽其性命之理,与其他无生命物质一样,惟在日月升降寒暑交替中放射,分解。而且在这种过程中,人是如何渺小的东西,这些人比起世界上任何哲人,也似乎还更知道的多一些!

听他们谈了许久,我心中有点忧郁起来了。这些不辜负自然的人,与自然妥协,对历史毫无担负,活在这无人知道的地方。另外尚有一批人,与自然毫不妥协,想出种种方法来支配自然,违反自然的习惯,同样也那么尽寒暑交替,看日月升降。然而后者却在改变历史,创造历史。一份新的日月,行将消灭旧的一切。我们用什么方法,就可以使这些人心中感觉一种"惶恐",且放弃过去对自然和平的态度,重新来一股劲儿,用划龙船的精神活下去? 这些人在娱乐上的狂热,就证明这种狂热,使他们还配在世界上占据一片土地,活得更愉快更长久一些。不过有什么方法,可以改造这些人的狂热到一件新的竞争方面去?

一个跛脚青年人,手中提了一个老虎牌桅灯,灯罩光光的,洒着摇着从外面走进屋子。许多人皆同声叫唤起来:"什长,你发财回来了! 好个灯!"

那跛子年纪虽很轻,脸上却刻划了一种油气与骄气,在乡下人中仿佛身分特高一层。把灯搁在木桌上,坐近火边来,拉开两腿摊出两只手烘火,满不高兴的说:"碰鬼,运气坏,什么都完了。"

"船上老八说你发了财,瞒我们。怕我们开借。"

"发了财,哼。瞒你们? 本钱去七角,桃源行市一块零,除了上下开销,二百两货有什么捞头,我问你。"

这个人接着且连骂带唱的说起桃源后江娘儿们种种有趣的情形,使得一般人皆活泼兴奋起来,话说得正有兴味时,一个人来找他,说"什么,猪蹄膀炖好了,酒已热好了。"他搓搓手,说声"有偏各位",提起那个新桅灯就走了。

原来这个青年汉子,是个打鱼人的独生子。三年前被省城里募兵委员看中了招去,训练了三个月,就开出去打仗。打了半年仗,一班兄弟中只剩下他一个人好好的活着,奉令调回后防招新军补充时,他因此升了班长。第二次又训练三个月,再开到前线去打仗。于是碎了一只腿,抬回军医院诊治,照规矩这只腿用锯子锯去。一群同乡皆以为从辰州地方出来的家乡人,"辰州符"比截割高明得多了,就把他从医院中抢出,在外边用老办法找人敷水药治疗。说也古怪,那只腿居然不必截割全好了。战争是个什么东西他已明白了。取得了本营证明,领得了些伤兵抚恤费后,于是回到家乡来,用什长名义受同乡恭维,又用伤兵名义做点特别生意。这生意也就正是有人可以赚钱,有人可以犯法,政府也设局收税,也制定法律禁止,那种从各方面说来皆似乎极有出息的生意。我想弄明白那什长的年龄,从那个当地唯一成衣人口中,方知道这什长今年还只二十一岁,那成衣人还说:

"这小子看事有眼睛，做事有魄力，瘸了一只腿，还会发财走好运。若两只腿弄坏，那就更好了。"

有个水手插口说："这是什么话。"

"什么画，壁上挂。穷人打光棍，一只腿打坏了不顶事。如两只腿全打坏了，他就不会赚了钱，再到桃源县后江玩花姑娘了！"

成衣人末后一句打趣话把大家皆弄笑了。

回船时，我一个人坐在灌满冷气的小小船舱中，屈指计算那什长年龄，二十一岁减十五，得到个数目是六。我记起十五年前那个夜里一切光景，那落日返照，那狭长而描朱红线条的船只，那锣鼓与热情兴奋的呼喊，……尤其是临近几只小渔船上欢乐跳掷的小孩子，其中一定就有一个今晚我所见到的跛脚什长。唉，历史，多么古怪的事物。生恶性痛疽的人，照旧式治疗方法，可用一点点毒药敷上，尽它溃烂，到溃烂净尽时，再用药物使新的肌肉生长，人也就恢复健康了。这跛脚什长，我对他的印象虽异常恶劣，想起他就是个可以溃烂这乡村居民灵魂的人物，不由人不寄托一种幻想……

二十年前澧州镇守使王正雅部队的一个平常马夫，姓贺名龙，兵乱时，一菜刀切下了一个兵士的头颅，二十年后就得惊动三省集中十万军队来解决这马夫。谁个人会注意这小小节目，谁个人想象得到人类历史是用什么写成的！

1934 年

（原载 1935 年 4 月 10 日《水星》二卷一期）

（选自《湘行散记》，上海商务印书馆 1936 年 3 月版）

鹰之歌

丽 尼

黄昏是美丽的。我忆念着那南方的黄昏。

晚霞如同一片赤红的落叶坠到铺着黄尘的地上,斜阳之下的山岗变成了暗紫,好像是云海之中的礁石。

南方是遥远的;南方的黄昏是美丽的。

有一轮红日沐浴着在大海之彼岸;有欢笑着的海水送着夕归的渔船。

南方,遥远而美丽的!

南方是有着榕树的地方,榕树永远是垂着长须,如同一个老人安静地站立,在夕暮之中作着冗长的低语,而将千百年的过去都埋在幻想里了。

晚天是赤红的。公园如同一个废墟。鹰在赤红的天空之中盘旋,作出短促而悠远的歌唱,嘹亮地,清脆地。

鹰是我所爱的。它有着两个强健的翅膀。

鹰的歌声是嘹亮而清脆的,如同一个巨人的口在远天吹出了口哨。而当这口哨一响着的时候,我就忘却我的忧愁而感觉兴奋了。

我有过一个忧愁的故事。每一个年轻的人都会有一个忧愁的故事。

南方是有着太阳和热和火焰的地方。而且,那时,我比现在年轻。

那些年头!啊,那是热情的年头!我们之中,像我们这样大的年纪的人,在那样的年代,谁不曾有过热情的如同火焰一般的生活!谁不曾愿意把生命当作一把柴薪,来加强这正在燃烧的火焰!有一团火焰给人们点燃了,那么美丽地发着光辉,吸引着我们,使我们抛弃了一切其它的希望与幻想,而专一地投身到这火焰中来。

然而,希望,它有时比火星还容易熄灭。对于一个年青人,只须一个刹那,一整个世界就会从光明变成了黑暗。

我们曾经说过:"在火焰之中锻炼着自己";我们曾经感觉过一切旧的渣滓都会被铲除,而由废墟之中会生长出新的生命,而且相信这一切都是不久就会成就的。

然而,当火焰苦闷地窒息于潮湿的柴草,只有浓烟可以见到的时候,一刹那间,一整个世界就变成黑暗了。

我坐在已经成了废墟的公园看着赤红的晚霞,听着嘹亮而清脆的鹰歌,然而我却如同一个没有路走的孩子,凄然地流下眼泪来了。

"一整个世界变成了黑暗;新的希望是一个艰难的生产。"

鹰在天空之中飞翔着了,伸展着两个翅膀,倾侧着,回旋着,作出了短促而悠远的歌声,如同一个信号。我凝望着鹰,想从它的歌声里听出一个珍贵的消息。

"你凝望着鹰么?"她问。

"是的,我望着鹰。"我回答。

她是我的同伴,我三年来的一个伴侣。

"鹰真好,"她沉思地说了,"你可爱鹰?"

"我爱鹰的。"

"鹰是可爱的。鹰有两个强健的翅膀，会飞，飞得高，飞得远，能在黎明里飞，也能在黑夜里飞。你知道鹰是怎样在黑夜里飞的么？是像这样飞的，你瞧，"说着，她展开了两只修长的手臂，旋舞一般地飞着了，是飞得那么天真，飞得那么热情，使她的脸面也现出了夕阳一般的霞彩。

我欢乐地笑了，而感觉了兴奋。

然而，有一次夜晚，这年轻的鹰飞了出去，就没有再看见她飞了回来。一个月以后，在一个黎明，我在那已经成了废墟的公园之中发现了她的被六个枪弹贯穿了的身体，如同一只被猎人从赤红的天空击落了下来的鹰雏，披散了毛发在那里躺着了。那正是她为我展开了手臂而热情地飞过的一块地方。

我忘却了忧愁，而变得在黑暗里感觉兴奋了。

南方是遥远的，但我忆念着那南方的黄昏。

南方是有着鹰歌唱的地方，那嘹亮而清脆的歌声是会使我忘却忧愁而感觉兴奋的。

1934 年 12 月

（选自 1935 年 3 月 16 日《文学季刊》第 2 卷第 1 期）

戏 剧

名优之死

田 汉

第一幕

大京班后台。

名角儿扮戏的特别戏房。

［名丑左宝奎扮好《乌龙院》里的张文远，坐在刘老板的大镜子前面，故意地仔细端详。

［萧郁兰，一位新来的坤角花旦，扮好阎惜姣也坐在镜子前面跟左宝奎闲谈。

左宝奎 （把面部化妆斟酌了好一会）今晚也不知怎么回事，老扮不好。

萧郁兰 （一面理着头上的珠翠）得了。扮得再好也是个小花脸儿。

左宝奎 （仍是一面匀粉）别瞧我是个小花脸儿，在阎惜姣的眼睛里面，还是个大大的小白脸儿呢。

萧郁兰 这才叫："情人眼里出西施。"

左宝奎 不，不是"出西施"，是"出张文远"。（彼此大笑）这是咱们唱戏的挺公道的地方，人家自以为是漂亮人物，够得上骗人家老婆的，咱们在戏台上偏叫他去丑。

萧郁兰 （微笑）不过左老板也只好在戏台上骗骗人家的老婆罢了。

左宝奎 那不就成了吗。人总得安分，像我这样的平凡人，能够在后台跟萧小姐这样的聪明姑娘聊聊天，就够幸福的了。

萧郁兰 同我？我有什么好？我看你同她才谈得起劲呢。

左宝奎 别瞎说了，"她"是谁？

萧郁兰 （努一努嘴）你听！

［内刘凤仙唱《玉堂春》中一段［二六］："打发公子回原郡，悲悲切切转回楼门。公子立誓不再娶，玉堂春到院我誓不接人。"接着台下叫"好"之声，和许多怪声。

左宝奎 （悟）哦，凤仙儿啊。

萧郁兰 可不是吗？

左宝奎 （鄙笑）那种没有良心的女人，我同她谈得起劲儿？

萧郁兰 （低声）怎么说她没有良心？

左宝奎 你不知道她跟刘老板的关系？

萧郁兰 我才来半个多月嘛。

左宝奎 我告你吧。……

［后台经理匆匆上。

经　理 老板来了没有？

左宝奎 还没有来。

经　理 老板从不误场的，今天怎么啦。

左宝奎 是啊，平常总是老早就来了的，今天许是有了什么事吧。

经　理　（顿足）这怎么办！《玉堂春》就要下了。

左宝奎　叫前台码后点儿吧。他一会儿准到的，误不了。

［经理下。

萧郁兰　（女性的好奇心，低声）你说，她怎么没有良心？

左宝奎　（低声）我对你说了，你可别告诉人家。

萧郁兰　那自然哪。

左宝奎　谁相信你。叫一个女人守秘密，好比叫孙悟空守蟠桃园，非坏事不可。你得发誓。

萧郁兰　那么，你且听了。

左宝奎　（戏味）大姐请讲。

萧郁兰　左老板对我说了真情实话，我要是告诉了人家，天把我怎么长，地把我怎么短。

左宝奎　哈，哈，你倒唱起《坐宫》来了。

萧郁兰　好，这一下可真发誓了。我若告诉了人家，到下一辈子再变女人。

左宝奎　还再唱花旦。

萧郁兰　左老板也再唱小花脸儿跟我配戏。

左宝奎　得了，我下一辈子再唱小花脸儿可受不了。老实告诉你吧。你猜凤仙儿先前是干什么的。

萧郁兰　我怎么知道。

左宝奎　她呀，她是从小就卖给人家当小丫头的。时常给她太太打得满屋子转。有一回她失手打碎了她太太的一个玉钏子，一想这可没有命了，才逃到外面来。她又没有亲戚朋友可找，就躲在人家屋子后头哭。这给刘老板看见了，可怜她，把她收留在家里，替她出钱请师父叫她学戏，老板也亲自指点她，跟她制行头，在她身上真没有少花心血。

萧郁兰　那么现在鼎鼎大名的刘凤仙是刘老板给一手提拔出来的了。

左宝奎　可不是。

萧郁兰　这么说起来，凤仙儿得大大地报答刘老板才对啊。

左宝奎　可不是。从前这孩子对刘老板倒还好，近来可越不成话了。

［内刘凤仙唱《玉堂春》中的一段："皮氏一见变了脸，她说犯妇害官人，约同乡邻共地保，拉拉扯扯到公庭。"

［台下彩声和怪声叫好之声不绝。

萧郁兰　凤仙儿的人缘可真不坏。

左宝奎　咳，论聪明，论扮相，谁不说是一块好料，可是这年头就容不了好东西。……老板最讲究戏德，戏品，巴巴地望她做个好角儿，哪知道她偏不在玩意儿上用工夫，专在交际上用工夫。因此外行越欢迎，内行就越看不顺眼儿了。……这还不算，你看见那老坐在右边楼上第一个包厢里的那个戴尖顶儿帽的没有？

萧郁兰　（想一想）是不是那姓杨的？

左宝奎　你怎么认识他？

萧郁兰　昨天他还同一个报馆里的记者问我要照片儿呢。

左宝奎　你得当心，那真是个坏蛋，社会上有了这种人就像家里有一窝小耗子似的，什么好东西不给破坏完。

萧郁兰　他今晚又来了吗？

左宝奎　怎么没有来，他每晚都不告假，有许多真想看咱们的戏的，不是没有钱，就是没有工夫，偏偏他有的是钱，有的是工夫。

萧郁兰　我看他每逢凤仙儿上，他就坐在那儿看戏，凤仙儿一下，他就溜到后台来了。难道还想打凤仙儿的坏主意吗？

左宝奎　不是打她的坏主意，莫非真爱她的艺术？

萧郁兰　他岂不知凤仙儿是刘老板的。

左宝奎　这年头讲的是霸道，只要是自己喜爱的，管他是谁的？不过这个也不能全怪人家，只怪自个儿不好。（笑望萧郁兰）像咱们萧小姐这样的正派姑娘，人家能勾引得坏吗？

萧郁兰　（笑了）那倒很难说。

[刘振声的跟包阿福上。

左宝奎　（对阿福）阿福，老板来了吗？

阿　福　来了。（预备脸水等）

[内刘凤仙唱《玉堂春》中的一段："王公子一家多和顺，奴与他露水夫妻有的什么情？"

[接着有人怪声叫"好嘛"。

[经理疾上。

经　理　老板还没有来吗？

阿　福　来了，来了。

经　理　（拭汗）真把我给急死了，再不来可真要误了。

左宝奎　还不要紧，叫前台再码后点儿。

[经理下。

[刘振声，一代名优，抑郁执拗之态可掬，便服上。

左宝奎　哦呀，老板来了。

刘振声　（略拱手）辛苦，辛苦。

左宝奎　辛苦，辛苦。

萧郁兰

[刘振声就坐，吸烟后，徐徐洗面化妆。

左宝奎　怎么这个时候才来？他们催了好几趟了。

刘振声　家里来了几个老朋友。前面谁的戏？

左宝奎　凤仙儿的《玉堂春》，早就要下了。您没有来，才叫他们码后。

刘振声　唔。（穿上彩裤，着上靴）阿福，摺头。

[阿福给刘振声摺水纱，戴上网巾等……

刘振声　（一面扮戏，慨然对左宝奎）我也许不久要上烟台去。

左宝奎　为什么？

刘振声　今天有一个朋友从烟台来邀角儿，我说我去。

左宝奎　（惊）您怎么到那样的小地方去？

刘振声　那个地方虽小，可是懂得我的倒很多。再说，我也想走动一下。……

左宝奎　（同情）您走动一下我也赞成，凤仙儿呢？当然跟您一块儿去哪？

刘振声　（一面扮戏，默然有顷）谁管得着人家呢。

[左宝奎、萧郁兰相视默然。

[内刘凤仙白："大人哪。……[二六]：王公子好比采花蜂，想当初花开多茂盛，他好比蜜蜂儿飞来飞去采花心，到如今朝风暮雨摧残尽，为何不见蜜蜂行？"

[内小生白："快快出院去吧。"

[内刘凤仙白："昂，悲切切哭出了都察院……"

左宝奎　凤仙儿快下了。

[内刘凤仙唱："看他把我怎样行。"

[刘凤仙着《玉堂春》戏装上。

左宝奎　辛苦，辛苦。

刘凤仙　辛苦，辛苦。今天可真倒霉。弦子调门打得那么高，把我的嗓子都给逼哑了，后台还老是码后的。唷，先生您可来了。

刘振声　（点头）来了。

刘凤仙　怎么来得这么晚哪，家里有什么事吗？

刘振声　来了几个朋友。

刘凤仙　永康给我送衣服来了没有？

刘振声　没有。（扮得差不多好了）

刘凤仙　阿蓉回头去催一催。（卸妆）

阿蓉　（替刘凤仙卸妆）是。

［杨大爷，一头戴尖头儿帽的绅士，同一小报记者王梅庵由右上。

杨大爷　（对王梅庵）你到后台来过没有？

王梅庵　没有。

杨大爷　到后台来玩比在前台看戏有趣得多。

［左宝奎将上场，恰与杨大爷相撞。

杨大爷　啊，左老板！（握手）

左宝奎　呀，杨大爷，老没有见。

杨大爷　你这坏蛋，不是昨晚还见过的么？

左宝奎　哦，对，咱们昨晚还见过的哩。这些日子我不知怎么了，老是头昏脑涨的。难得杨大爷每晚都来捧我。阿福，给杨大爷倒茶。

［内声："左老板快上了。"

左宝奎　请坐，请坐，我一会儿就来陪您。（带着笑匆匆下场〕

杨大爷　（望着他下场，回头向王梅庵）这个坏蛋，他当我每晚是来捧他的。

王梅庵　哈哈。这样的误会是常常有的。

杨大爷　（忽见刘振声，有些惶愧，赶忙招呼）啊，刘老板。您好？

刘振声　（冷然敷衍）好，您好？请坐。

杨大爷　（介绍王梅庵）这位王先生，是《春申日报》的。

刘振声　（略起声）哦，请坐。

杨大爷　这是刘老板。（四顾寻刘凤仙）

［萧郁兰默坐等候上场。

杨大爷　（见萧郁兰）哦，萧小姐，您可好？

萧郁兰　（微笑）我好。

杨大爷　您好？

杨大爷　好。（给王梅庵介绍）这位就是萧郁兰萧小姐。

王梅庵　哦。（招呼）

杨大爷　萧小姐虽是唱花旦的，可是后台都恭维她是个女圣人，像我们这样的人她睬都不睬哩。哈哈！

王梅庵　真乃艳如桃李，冷若冰霜。

萧郁兰　（笑）哪儿啊。我是个蠢孩子，什么话也谈不上来，您那多原谅。

杨大爷　别客气了。瞧您多会说话。哈哈。萧小姐，在北京的时候我也常看你的戏，那时候你的名字叫玉兰，怎么这会儿又改了郁兰了呢？

萧郁兰　从前有爸爸有妈妈的时候心里挺痛快的，所以叫玉兰；这会儿单剩了我一个出门在外，心里老是挺别扭，挺郁闷的，所以就改了郁兰了。

杨大爷　这用得着什么郁闷呢？像萧小姐这样的姑娘到哪儿都是受欢迎的。还是叫玉兰的好。我挺喜欢这名字。（用手指写在掌心）玉兰。（向掌心一吻）

萧郁兰　（鄙视地微笑）怕不够味儿吧。

杨大爷　够味儿极了。

［王梅庵、萧郁兰皆笑。

［刘凤仙换好旗袍由屏风后面转出来。

萧郁兰　够味儿的在后头呢。

〔内丑白："大姐,开门来。"

萧郁兰　（忙念戏词）来了……（向杨大爷等）您坐会儿。（一笑匆下）

刘凤仙　唷。杨大爷,您刚来的吗?

杨大爷　（狼狈）啊,凤仙! 我们来了一会儿了。……我给你介绍,这位是《春申日报》的王先生。（对王梅庵）这就是刚才演《玉堂春》的——你叫好把嗓子都给叫哑了的刘小姐。

刘凤仙　哦,请坐。

杨大爷　王先生一向仰慕你的艺术,几次要我带他来看你。

刘凤仙　不敢当。

王梅庵　刘小姐的色艺我们一向是很仰慕的。昨天我还在报上发表一篇介绍您的文章。您的玩意儿可真棒,有些读者还提议要给您封王哩。

刘凤仙　唷,那怎么敢当,都是您捧得好。

杨大爷　是呀,前回你那张照片就是在王先生的报上登出来的。

刘凤仙　谢谢。

王梅庵　可惜是本装的,而且小了一些,最好请刘小姐再给我一张大一点儿的戏装。

刘凤仙　有。家里有。《汾河湾》的,《御碑亭》的全有。杨大爷常到我家的,回头请杨大爷交给您得了。

〔刘振声一面化妆,一面嫉怒的表情。

杨大爷　对,你找我吧。

王梅庵　好。不过顶好是《玉堂春》的。

刘凤仙　那倒没有。

杨大爷　不要紧啊,回头我带她去拍几张得了。总归关于凤仙儿的事都包在我身上。

刘振声　（忍无可忍,以拳击桌）什么东西!

杨大爷　（推开王梅庵,怒目对刘振声）你骂谁?

刘振声　（不欲启衅,最后的隐忍）我骂别人,不关你的事。

杨大爷　说话可得清楚一点。

刘振声　没有什么清楚不清楚,谁不是东西,我就骂的是谁。

杨大爷　（瞪眼）好! （四目对射）

〔内旦白："三郎随我来。"

〔丑："来了。"

〔萧郁兰、左宝奎同下场,就是说同回扮戏的房里。

萧郁兰　（打量一下）怎么哪?

左宝奎　暖呀,杨大爷,我不是说一会儿就来陪您的吗? 怎么生我这么大的气呢?

萧郁兰　老板,望着他干么! 快上呀!

〔众人内白："退堂了。"

刘振声　（由愤怒回复到他的艺术的世界）列位,少陪了。（下）

〔刘振声内唱《乌龙院》〔二簧平板〕："大老爷打罢了退堂鼓,衙前来了宋公明。"

——幕落

第二幕

午后二时。

刘振声　之家,刘凤仙居室,锦帐低垂。

〔刘振声之另一女弟子刘芸仙由右门轻轻登场,至榻前略掀帐子,唤刘凤仙起床。

刘芸仙　姐姐,姐姐,起来呀。

刘凤仙　（在床上闭着眼睛答应）唔。

刘芸仙　起来呀,先生叫你起来吊嗓呀。

刘凤仙　唔,就起来了。(可是动也不动)

刘芸仙　怎么又不起来呢? 时候真不早了。

刘凤仙　(带愠)晓得了。

〔刘芸仙只好暂下。

〔帐子里面的刘凤仙仍无起意。

〔一会儿刘芸仙又轻轻走至榻前。

刘芸仙　姐姐,姐姐,起来呀,怎么还没有起来呢?

刘凤仙　(刚入好梦,被其叫醒)尽在这里叫什么! 好容易睡一忽儿又给你吵醒了。

刘芸仙　先生要我来催你的呀。

刘凤仙　催,催什么命! 一会儿不就起来啦?

刘芸仙　一会儿一会儿的,洗脸水都凉了。

刘凤仙　凉了不好再打。

刘芸仙　我哪有工夫。

刘凤仙　你没有工夫,谁有工夫? 人家每天黑更半夜地回来,教你打盆洗脸水都没工夫? ——

刘芸仙　(忍气换水)好,水打好哪,快起来吧,姐姐。张先生等了好一会儿了,见你没有起来,他找间壁左老板去了。

刘凤仙　好,别冤鬼似的在这里吵了,我就起来了。

〔刘芸仙见叫也没有用,废然再退。

〔帐子里的刘凤仙仍无起意。

〔一会儿刘老板自己上来了。刘芸仙跟在后面。

刘振声　(走到榻前,略掀帐子,慈母似的)凤仙,凤仙! 起来呀。

〔刘凤仙不语。

刘振声　(略推刘凤仙)凤仙,凤仙! 该起来了。快三点了。

刘凤仙　唔哦。先生,我一会儿就起来。

刘振声　就起来? 咳,这"就"字是最坏事的。

刘凤仙　(孩子似的)昨晚睡得太晚了。

刘振声　谁不睡得晚? 我也是三点才睡,可是凭怎样睡得晚,早上十点总得起来的。

刘凤仙　谁都像您? 胡老板他们起得比我还晚呢。

刘振声　所以我说我们戏班里的习惯太坏了,再说,胡老板原本是每天一早就练工的,好些年不间断,所以工夫扎实,后来有了嗜好才起得晚了,因此工夫也回去了,嗓子也差了。你又不抽大烟,干吗单学他起得晚呢?

刘凤仙　(撒娇地)先生,我也学学他抽大烟好不好?(作抽烟声)

刘振声　好,那么一来你就有出息了。快起来,再不起来我要掀被窝了。

刘凤仙　嗡……(一翻身,又向里面睡去了)

〔刘振声离了她,坐到床边茶几椅上。刘芸仙给他点上香烟,桌钟敲三点。

刘振声　(喝了一口茶,对帐子里)凤仙,听,三点了。再隔几个钟头,昨晚排的戏就得上了。快起来走一走吧。

刘凤仙　那样的新戏马马虎虎得了。

刘振声　马马虎虎? 凤仙儿……新戏跟我们开路,更不应该马虎,晓得吗?(有许多话想说又不愿意说似的,但终于这么吐出来一部分)你还是听我的话爱重咱们的玩意儿吧。学咱们这一行,玩意儿就是性命。别因为有了一点小名气就把自己的命根子给毁了。玩意儿真好人家总会知道的,把玩意儿丢生了,名气越大越加不受用,你看多少有名的角儿不都是这样垮了的吗? ……人总得有德行。怎么叫有德行呢? 就是越有名气越用功,我望你有名气,可更望你用功。

刘凤仙　难道我没有用过功么？

刘振声　你自然用过功，你从前真是个有心眼儿的孩子，真不枉我教你一场。我望你成功比望我自己还要切，所以责备你就不能不严。凤仙，你比从前变多了。从前不管是下雨下雪，天还没亮，你就起来跟妹妹一块儿去喊嗓子，练功。现在你睡到这时候还不起来；从前你听我的话，现在你好像觉得我的话都是害你的了，你不知道那些恭维你的话才真是害你的哩。

刘凤仙　（不服）我知道了。

刘振声　但愿你知道才好。

〔琴师携琴上。

刘振声　啊，张先生你来了。

琴　师　来了，我到左老板那边坐了一会儿。

刘振声　左老板在家吗？

琴　师　在家。

刘振声　我当他到会里去了呢。他们不是组织了一个丑行联合会，今天开会吗？

琴　师　不，改了明天了。

刘振声　这个我倒很赞成。

琴　师　听说占行也要组织联合会了。

刘振声　这办法很好，从前咱们唱戏的靠大人先生们保护，可他们总是嘴里说得好，骨子里看不起咱们，吃咱们的。现在该咱们自己联合起来保护自己了。

琴　师　是呀，就是我们搞场面的现在也组织会了。

刘振声　场面也有会了吗？那好。……凤仙，快起来吧。张先生来了。

刘凤仙　（在被内）唔。

琴　师　我来了两趟了。我以为大小姐这会儿该起来了，怎么还歇着吗？哈哈。

刘振声　昨晚唱完了又接着排戏，睡得晚了些。

刘凤仙　（掀帐笑窥）啊呀，张先生这么早就来了吗？

琴　师　哎呀，大小姐，还早呢，都快吃晚饭了。

刘振声　快起来吊一吊吧。

刘凤仙　好，这就起来了。（一面披衣，揉眼）人家还没有睡够呢。叫妹妹先吊吧。张先生，您坐一会儿，我去洗洗脸就来。（著拖鞋匆匆由右门下）

〔琴师调好琴。

刘振声　那么芸仙，你吊吊吧。

刘芸仙　好。

琴　师　（一面弄琴）那么唱什么呢？……

刘振声　就把昨天学的《昭关》后段吊一吊吧。

琴　师　（奏弦）好，来呀。

刘芸仙　（唱）一事无成两鬓斑……

刘振声　口劲还不坏。

〔刘凤仙已洗好脸，上来。

〔刘芸仙停。

刘凤仙　唱呀。

〔刘芸仙继续唱完。

刘振声　还不错。不过尖团字还得分清楚一些。比方"马到长江"的"江"字就没有念好。（对刘凤仙）这一下该你了。

琴　师　来个什么呢？

刘凤仙　还是《汾河湾》吧。

琴　师　哪一段？

刘凤仙　唱四句好哪。

［琴师拉［西皮原板］。

刘凤仙　（唱）儿的父投军无音信，全仗着儿打雁奉养娘亲，将弓袋和鱼膘付儿拿定，不等待红日落儿要早早回程。

琴　师　今儿个嗓子满好呀。

刘振声　像她这个年纪是应该好的。可是嗓子这玩意儿好比爱闹别扭的牲口，你要不每天溜溜它，它就不听使唤，越大了越这样。

［阿福上。

阿　福　老板，陈老板来找您来了。

刘振声　哦。那么张先生你多多指点她们吧。（下）

琴　师　好，您别客气。那么大小姐再吊一吊？

刘凤仙　好，妹妹再吊吧。（望望衣镜里）瞧我披头散发的。（下）

琴　师　把前儿教你的《法门寺》温一温，怎么样，二姑娘？

刘芸仙　头里起吗？

琴　师　"郿坞县"起吧。

刘芸仙　（唱）郿坞县在马上神魂不定。……

琴　师　这儿这样唱。（订正一句）

刘芸仙　（再）可怜我七品官不如黎民。

琴　师　对，唱下去。

刘芸仙　（唱到）叫衙役将人犯与爷……

［这时刘凤仙从妆阁走出来。

刘凤仙　（匆匆地，对刘芸仙）妹妹，你快到永康去一趟，问问那鬼裁缝，我的旗袍倒是什么时候做好。他倒是还要不要我照顾他生意。快去。好妹妹。

刘芸仙　我不去。他不是说过明天就得吗？

刘凤仙　我知道，去催催他，要他给赶一赶，说姐姐今天要。

刘芸仙　等一天有什么要紧，我不去。

刘凤仙　你不去！姐姐帮过你多少忙，要你跑这几步路也不干？我看你这孩子给先生宠的要上天了。

刘芸仙　瞧我不是在吊嗓吗？

刘凤仙　得了，你成角儿还早哩。忙在这一时半刻的？

刘芸仙　一会儿就上戏了，要旗袍有啥用？你也忙在这一时半刻的？

刘凤仙　唉，气死我了，你这不要脸的家伙竟敢顶起我来了。

刘芸仙　谁顶你？本来嘛，今天你又不出门，要新旗袍干嘛呀？

刘凤仙　你怎么知道我不出门？你居然替我作起主来了，真是不要脸的东西！

刘芸仙　哼！看谁不要脸！

琴　师　好，得了，得了，别闹了。二姑娘今天打住，明天再吊吧。千万别为小事伤了姊妹的和气。

刘芸仙　都是我不对，都是我不对！

刘凤仙　那么是我不对了，我得罪了你了？

琴　师　好了，好了，这都是我不对，我不该来请你们吊嗓。好了，我走了，我五点还有点事。真是，你们姊妹俩好好的闹什么呢？从前我们弟兄两个在一块的时候也老爱闹，好像这世界上就多了他一样，现在剩下我一个人，想要找一个兄弟说说话也没有了。

刘凤仙　您说的是，可是，她太不听话了，她太没出息了！

刘芸仙　哼，你听话？你有出息？

刘凤仙　不要脸的东西！

刘芸仙　你要脸？

琴　师　好了，好了，别闹了，都是我的不好，我去了就好了。大小姐回头园子里见。二姑娘回见。

刘凤仙　回见。

[琴师下。

[刘凤仙送琴师至门口，阖上门，回头很凶恶地走近刘芸仙。

刘凤仙　你这鬼东西，你敢说我不要脸。我什么地方不要脸？你说说。（揪她耳朵）

[刘芸仙大哭。

刘凤仙　瞧你这不要脸的东西，人家还没有打着你，你就哭起来了。让先生听见了好裁我的不是，对不对？年纪这么小，心倒好险啊。

刘芸仙　可没有你那么险。

刘凤仙　我什么地方险？什么地方险？

[外面敲门声。

刘凤仙　（对刘芸仙）快出去看谁来了！

[刘芸仙匆匆退场。

[刘凤仙急忙对镜略整衣襟。

[刘芸仙鼓着嘴进来。

刘凤仙　（回头）谁来了？

刘芸仙　还不是那个坏蛋来了。

[杨大爷很熟识地不待请，早进来了。

杨大爷　凤仙。

刘凤仙　哦，您来了，杨大爷。

杨大爷　刚起来吗？

刘凤仙　起来了老半天了。您请坐吧。

杨大爷　（坐）啊呀，二小姐有什么不舒服吗？

刘凤仙　她呀，生气了。

杨大爷　跟谁生气？该不是生了我的气吧。啊，我又忘了给你买朱古力糖，该打该打。

刘芸仙　谁爱吃你的，还朱古力，羊古力哩。

杨大爷　对，明天晚上没有戏，我请姐姐跟你去看回力球。

刘芸仙　我不要看回力球。

杨大爷　那么后天咱们上丽娥丽姐，好不好？

刘凤仙　客人来了，怎么不倒茶啊？

[刘芸仙倒了一杯茶使气地往桌子上一放。

刘凤仙　怎么啦！要你上永康你不高兴，要你倒茶也不高兴吗？回头你可高兴吃饭？

刘芸仙　我可没有吃你的饭！我吃的是先生的饭。

刘凤仙　先生的饭就是我的饭！

刘芸仙　哼，这我倒不晓得。

刘凤仙　（对杨大爷）您看这孩子有什么用？真把我给气死了。

杨大爷　真是，二小姐，年纪小脾气倒不小呢。

刘芸仙　我脾气小不小不关你的事！

杨大爷　姑娘们脾气太大了容易老啊，二小姐。

刘凤仙　杨大爷别和这没有出息的噜嗦了。您今天打哪来的？

杨大爷　我是打家里来"专诚拜谒"的。

刘凤仙　不见得吧。

杨大爷　你去问阿土，我每天离了你这里就回到家里；离了家里就到你这里来了。

刘凤仙　今天怎么来的这么早呢？

杨大爷　前天在后台，《春申报》的老王不是问你要《玉堂春》的戏照吗？今天我陪你到光艺去拍那么一张，好不好？

刘凤仙　我就等着您哩。行头跟头面我叫阿蓉早给预备好了。

杨大爷　拍完《玉堂春》，我们也来一张吧。就是这个打扮吗？

刘凤仙　在永康做了一件新旗袍，要明天才得。我叫芸仙去催一催，她不去，我们刚才还吵嘴哩。

杨大爷　没关系，做得了再拍嘛。

刘凤仙　就去吗？

杨大爷　就去呀。我的新车子也开来了。

刘凤仙　哦，待一会儿，喝点酒去吧。我们家里有好酒。

杨大爷　有好酒？你爱喝酒吗？

刘凤仙　您知道我是从来不喝酒的，先生不许喝。说喝酒坏嗓子，唱戏的人坏了嗓子就是坏了命根子。尤其是我们唱青衣的，嗓子坏了人家想捧也没法儿捧了，对不对？

杨大爷　对呀。那么刘老板喝酒吗？他好像也是不喝的。去年有一回我跪着劝他，他还不喝哩。（望刘芸仙）那么莫非你们二小姐倒是个酒仙吗？难怪她脾气这么大了。

刘芸仙　瞎说！谁要喝酒。

杨大爷　那么，你们家哪来的好酒呢？人家送给你们的吗？

刘凤仙　不，是我买了预备送给人家的。芸仙，把我橱子里那瓶洋酒给我拿来，先让杨大爷尝，是不是好酒。

刘芸仙　咱们家哪有酒？

刘凤仙　我昨天买的。

刘芸仙　我不晓得。姐姐，你自己拿去吧。

刘凤仙　唔，好。现在不和你闹。（自己很快地从橱里拿出一瓶酒来）

这不是酒！真是不会做事的丫头。……

［刘芸仙一句话要出口却收回了。

刘凤仙　杨大爷您看看是不是好酒？

杨大爷　（接瓶一看）哦呀，正是我最爱喝的威斯忌！你哪里买来的？

刘凤仙　那晚在舞场，我见您顶爱喝这种酒，昨天我上百货公司就顺便买了这一瓶，想送给您。我也不知道是怎么个称呼，只记得酒的颜色和瓶子的装潢。没有买错吗？

杨大爷　（喝了一杯）不错，不错，正是这种酒，凤仙，你真聪明。（再喝一杯）啊，凤，你不但聪明而且多情。

刘芸仙　（学着）不但多情，而且是个大浑蛋！

杨大爷　哈哈，二小姐的嘴可真是不含糊。来来来，喝一杯，咱们和气和气吧。

刘芸仙　谁跟你和气？

刘凤仙　好了，咱们走吧。别和这孩子生气了。她是先生的爱臣，谁也惹不起她的。

［刘芸仙要说什么了，但……

刘凤仙　我们先到园子里去吧。头面和衣裳都在那儿呢。

杨大爷　好，叫车子转一转就得了。

刘凤仙　哦，杨大爷，您看我这件大衣做得好不好？

杨大爷　这就是前回做的那件吗？好极了。颜色太漂亮了。

刘凤仙　可是先生不大喜欢……

杨大爷　（低声鬼脸）那有什么关系，我喜欢就成。（替她穿上大衣）好，走了。

刘凤仙　等一等。（重复理一理秀发）好，走吧。（走至门口回头见刘芸仙怒视，急带笑向她）好妹妹，别这吹胡子瞪眼的了，多难看呀。

刘芸仙　我不要好看。

刘凤仙　这有什么意思呢？姐姐平日不是对你挺好吗？我问你，妹妹，回头先生回来了，你对他说我上哪儿去了？

刘芸仙　我说你坐那个大坏蛋的车一块儿走了。

刘凤仙　好，你真那么说我可饶不了你。好妹妹，别淘气了。姐姐回头替你做一件挺好看的衣裳，你可别告诉先生说我同杨大爷出去了，你就说我到永康去试旗袍样子了，好不好？

　　［刘芸仙低头不答。

刘凤仙　好妹妹，听话呀，回头我带些好东西你吃。姐是最疼你的，不是吗？

杨大爷　（在门口）凤仙，走呀。

刘凤仙　（对杨大爷）就来了。（回头）妹妹，别忘了。

　　［刘凤仙下场。

　　［刘芸仙望着他们出去，叹了一声气。替刘凤仙叠被窝。

刘振声　匆匆登场见帐子内叠被的以为是刘凤仙。

刘振声　凤仙！凤仙！（见不是，问）你姐姐呢？

刘芸仙　姐姐——出去了。

刘振声　（也没有留神，随便坐下）又出去了吗？陈太太想找她呢。陈老板家里的孩子今天满周岁，请我们去吃晚饭。她上哪儿去了？到街上买东西去了吗？

刘芸仙　（含糊地）唔……

刘振声　倒杯茶来。

刘芸仙　好。（取桌上杯倒去酒，换上茶）

刘振声　（一饮而尽，忽感异味）唔？怎么有酒味呀？

　　［刘芸仙不语。

刘振声　（见威斯忌瓶）这酒哪来的？你们在家里瞒着我喝酒吗？

刘芸仙　我——我不喝。我——我从没有喝过酒，先生。

刘振声　那么你姐姐喝酒？她什么时候学会喝酒的？怎么不告诉我？

刘芸仙　姐姐——也——也不喝。

刘振声　那么谁喝酒来着？左老板来过吗？

刘芸仙　不，没有来过。

刘振声　那么——谁来过了？

　　［刘芸仙不语。

刘振声　这酒是谁买的？

刘芸仙　姐姐买的。

刘振声　她自己不喝，买给谁的？

　　［刘芸仙不语。

刘振声　她一个人出去的吗？

刘芸仙　不。

刘振声　那么同谁出去的？

　　［刘芸仙不语。

刘振声　（沉痛地）芸仙！我辛辛苦苦把你姐姐拉扯大，教她走上玩意儿的正路。好容易她翅膀硬了，她就离开工路，也离开我了，不对我说实话了。尔——我把你也辛辛苦苦领到今天，你还没有成名，还用得着我，难道说，你——你也不肯对我说实话了吗？

　　［刘芸仙悲从中来……

刘振声　凭你说，我把你们领大是想拿你们卖钱吗？是想靠你们养活我吗？都不是啊。我没有儿女，我只想多培养出几个有天分的，看重玩意儿的孩子，只想在这世界上得一两个实心的徒弟。这个想头也不算是太过分吧。怎么临了，连你这孩子都骗起我来了吗？

刘芸仙　先生，我怎么敢骗您？不过我不想您晓得这些事，晓得了您心里要难过的呀。

刘振声　你只说，这酒是姐姐买给谁的？

刘芸仙　这是她买给那时常来的那坏蛋的。

刘振声　唔。……那么，她是同那姓杨的出去了。

刘芸仙　坐他的汽车一块出去的，说是去照相。

刘振声　她还说了些什么没有？

刘芸仙　她要我别告诉先生。

刘振声　（悲声）是呀，你本不该告诉我的呀，你本应该瞒着我的呀。（狂笑）哈哈哈！（将威斯忌瓶对着口喝）

刘芸仙　（急上前跪，拉刘振声手哭）先生……

——幕　落

第三幕

大京班后台。

〔左宝奎正扮《打渔杀家》里的大教师，对镜戏做打架的姿势。

〔新闻记者何景明上，从后捏住他的手，他动也不能动了。

何景明　怎么这一点本事也没有？

左宝奎　有本事就不做"大教师"了，您老。——哦呀，何先生！请坐，请坐。怎么老没有到后台来玩儿。

何景明　这一晌报馆里的事忙，前些日子到广州去了一趟。……刘老板呢？……

左宝奎　他刚上，一会儿就下了。

何景明　他得罪了谁？怎么我在火车上见有人在报上骂他呢？

左宝奎　您看见哪一个报骂他？

何景明　这种无聊的小报多得很，我也记不起名字了。

左宝奎　是怎么骂的？

何景明　说刘老板现在的玩意儿不比从前了，又不肯卖力气。……

左宝奎　你以为他骂的对不对？

何景明　我是知道刘老板的，不用说了。

左宝奎　何先生，咱们都是刘老板的好朋友，不是我说句袒护他的话，骂刘老板脾气不好，可以；骂他运气不好，更可以；可不能说他的玩意儿不好。说他不卖力气吗，那更加冤枉，我挺佩服刘老板的地方就在这一点，挺替他值不得的地方也在这一点。——他对玩意儿太认真了。因为认真所以他无论什么戏不肯不卖力急慢观众，也不肯太卖力讨好观众。别瞧他外表一点也不火，但是骨子里他使了全身的气力，一下来里面衣裳总是潮的。他近来身体不像从前好了，医生劝他休息几个月，我也劝他带起凤仙儿走动走动，可是因为他欠的债太多，一时走不动，又因为合同的关系，老板一定不放他走，所以他总是带着病上台，一上台他又是一样的卖力，像今天这样他还唱双出哩。我劝他说："老板你有病，马马虎虎过了场就得了，犯不上这样卖命。"他说："宝奎，咱们吃的是台上的饭，玩意儿可比生命更要紧啊！"像他这样把玩意儿看得比性命还要紧的人，外边还要骂他不卖力，他要不要气得病上加病呢？

何景明　可是捧凤仙儿的好像很不少哇。

左宝奎　可不是。谁不愿台下人缘好啊，老板也挺希望凤仙儿成名的，可是她一成名就跟臭肉一样给苍蝇盯上了。老板被这事气病了哩。

何景明　我好久不到后台来，究竟怎么一回事？难道报上说凤仙同一个什么姓杨的——

左宝奎　（急止之）嘘。

〔刘凤仙同杨大爷上。

刘凤仙　唔，左老板，辛苦辛苦。

左宝奎　辛苦辛苦，你打哪儿来？

刘凤仙　家里来。

左宝奎　咖啡馆里来吧。

刘凤仙　别瞎说了，先生上了吗？

左宝奎　上了。（见杨大爷，故作惊状）哦，杨大爷，老没见，您好吓？

杨大爷　这坏蛋！前天不是还见过的吗？

左宝奎　对，咱们前天还见过的哩，只有一天没有见，怎么好像长远没有见似的，这真叫"一日不见，如隔三秋"。杨大爷，您昨天怎么不来。您每晚来捧我，昨儿个特为着您演了一出《化子拾金》，您没有来，您猜怎么着？我演的简直不得劲儿了。您昨天上哪儿去了？

杨大爷　（得意地）昨天我同她上吴淞去了。

刘凤仙　（扯杨大爷）没有的事。昨天不是待在家里吗？

杨大爷　（含糊）哦，不错，待在家里的。

何景明　（一直望着他们，低声问左宝奎）难道那……是真的吗？

左宝奎　咳，何先生，世界上的事在我们小丑的眼睛里面看起来，也没有什么真，也没有什么假。

（内生唱《打渔杀家》的〔摇板〕："他本江湖二豪家，大战辽寇也有他，蟒袍玉带不愿挂，弟兄双双走天涯……"）

何景明　刘老板的味儿真够，他好像改了词儿了。

左宝奎　是啊，他时常把一些不合适的词儿给改了，台底下年轻的观众很欢迎，守旧的先生们就不大赞成。坏蛋们就利用这些不明白的老先生们来反对他，说他不守规矩，破坏老戏。

何景明　是啊，听说还有人恐吓过他，有这事吗？

左宝奎　怎么没有，还说他跟进步分子有来往，要拿手枪对付他哩。可是老板没有向他们低头。

何景明　行。刘老板总算一条硬汉子。告诉他不要害怕，支持他的人也多着哩。

左宝奎　是啊，老板也时常接到年轻人的信，他给我看过好几封，……

〔内旦唱："昔日子期访伯牙，爹爹交游也不差。一叶渔舟往前驾……"生唱："猛抬头！晚江上一片红霞。"〕

左宝奎　老板要下了。

杨大爷　（对刘凤仙）你得赶快扮戏了。

刘凤仙　是吓。阿蓉打水来。

杨大爷　（接过阿土送来的晚报。得意地指给刘凤仙看）瞧，戏照登出来了。念念这篇特写，你简直快红得发紫了。

刘凤仙　（媚笑）还不是您捧的吗？

杨大爷　这也是你的运气好，碰上了我。

左宝奎　对呀，凤仙儿要不是碰上了杨大爷，这会子恐怕还在那儿当小丫头，挨太太的揍呢。

刘凤仙　（生气）左老板这是什么话！这个前后眼儿非罚你不可。

左宝奎　罚，该罚，该罚。（拿出四毛钱来）阿福，快去买点什么东西来。

阿　福　买什么东西好呢？

杨大爷　两毛钱良乡，两毛钱长生果。

〔萧郁兰扮桂英扶刘振声扮萧恩上。阿福下。

刘凤仙　唔，先生，辛苦辛苦。

〔刘振声点点头。

萧郁兰　老爷子休息会儿吧。刚才圆场的时候我担心您会摔倒的。

刘振声　郁兰，谢谢你照顾。（一面接过阿蓉的手巾拭汗）

萧郁兰　（笑着）客气什么呀,女儿不应照顾爸爸吗?

刘振声　（有感）你不讨厌我这个爸爸?

萧郁兰　哪儿啊,能跟您配戏我太光荣了。快休息会儿,回头还有一出重头戏哩,（扶他坐）老爷子您有病,以后别再演双出了。

我去换行头去。（她下去了）

何景明　刘老板,久违了。辛苦,辛苦。（伸手）

刘振声　（如发见亲人似的急握手）哦,久违了! 好久没有见,我当您也把我忘了哩。

何景明　哪有的事。您近来怎么样? 听说您身体不大好。

刘振声　还好。谢谢您关心。

何景明　您得保重保重。……要是能够休息的话,简直就到什么地方休息几个月吧。我陪你上青岛去,好不好?

刘振声　何先生您知道咱们学上了这个玩意儿的,一辈子就没有过休息的时候,好像命中注定了——他非得唱到死的那天不可!

何景明　您别把人生老朝着悲观的方面想。会有一天这世界变了,唱玩意儿的也翻了身,该唱的时候尽情地唱,该休息的时候舒舒坦坦地休息。

刘振声　真有那么一天吗?

何景明　真会有的。

刘振声　那太好了。那太好了。可是现在这日子怎么过下去呢?

〔此时杨大爷一直挨着刘凤仙细语。

〔左宝奎一直不安。

杨大爷　（好像在商量衣料）你还是要件红的呢? 浅绿的呢?

刘凤仙　是料子不是? 还是粉红的吧。可是我又喜欢那小蓝花儿的。

杨大爷　那么,回头我叫泰丰给你送几匹花绸来随便你拣得了。

〔刘振声愤然作色。

何景明　（对刘振声）您上次的信上不是说要上烟台去吗?

刘振声　一时还走不动。（但听得杨大爷的话气极了,意殊不属,以拳击桌。）

左宝奎　（见机）杨大爷,谢老板在找您呢!（推去）

杨大爷　那么,我一会儿就来了。（由左下场）

〔内白:"晓得了,有请师父。"

〔管场:"左老板上了。"

〔左宝奎急转下,在内白:"好吃,好喝,好睡觉,听说相打我先跑。徒弟们什么事?……"

何景明　我好久没有看见你的戏了。今天很巧,碰上你的双出好戏。

刘振声　看看戏吧。阿蓉带何先生到前台去,关照案目一声。

何景明　那么回头见。

刘振声　（点头）回见。

〔何景明下。

〔刘振声与刘凤仙对看。

刘振声　（愤怒的沉默）忘恩负义的东西! 出卖自己的东西!

刘凤仙　我怎么出卖了自己了?

刘振声　你自己想一想。

〔刘凤仙哭。

〔杨大爷匆匆上场。

杨大爷　（独骂）左宝奎这个坏蛋,有什么谢老板找我!（急到刘凤仙前,见她哭）凤仙,你怎么哭? 你为什么哭?（望望刘振声）难道谁还敢欺负你吗!

〔刘凤仙愈哭。

杨大爷　你说什么人敢欺负你？哪一个杂种敢欺负你？

刘凤仙　没有人欺负我，是我自己心里难受。

杨大爷　刚才好好的，谁让你心里难受来着，快说！

刘振声　（击桌）什么东西！

杨大爷　（勃然）哈！你骂谁？

刘振声　我骂你！

杨大爷　你认得我吗？

刘振声　我认得你，你是浑蛋，你是孬种，你是我们梨园行的敌人！

杨大爷　你敢骂我！你……（伸出手杖要打刘振声）

刘振声　我不但是骂你，我，我还要揍你。（气极了，抢过手杖，很熟练地给他一推）

杨大爷　（摔在地下）好。你敢打我……好。……

〔内四小教师白："此话怎讲？"大教师白："凑胆子走。"

〔左宝奎听得声音匆匆上，后台闻声者同上。拉住两人。

杨大爷　（再起要打）好，你敢打我。……大不了一个臭唱戏的，好大的狗胆。看你还敢在我们这码头混。

左宝奎　（急劝止）有话好说，怎么动手动脚的，老板快上了，我们台上的人，犯不着和人家争台下的事，还是爱重自己的玩意儿吧，好的玩意儿是压不下的！

刘振声　好。（凝凝神，立归平静，勉强登场）

杨大爷　好。好的玩意儿是压不下的。（欲下）

〔刘凤仙拉着杨大爷的袖，杨大爷将刘凤仙一摔，急步下场。

左宝奎　真是怎么闹的。

〔大家紧张。

〔内刘振声唱："昨夜晚，吃酒醉，和衣而卧。"

左宝奎　凤仙！你真能够离开你的先生吗？

刘凤仙　（自捶其胸）我不是人了，我不是人了。

〔内唱："稼场鸡，惊醒了梦里南柯。"

左宝奎　（注意听刘振声的唱腔）嗳呀，刘老板的嗓子气坏了。

刘凤仙　（担心）怎么办！？

〔内刘振声唱："二贤弟在河下相劝于我。他劝我，把打鱼的事一旦丢却，我本当，不打鱼，家中闲坐。怎奈我家贫穷无计奈何……"

左宝奎　好。

〔大家很担心的听，仍有许多人叫好。大家安心。

〔刘振声唱到"清晨起开柴扉，乌鸦叫过。……"嗓子忽哑。

〔台底下有人叫，倒彩连起。"好呀！""通！""滚下去！"之声。

〔内声："嗳呀，不得了，刘老板倒了。"

〔后台的人都一齐拥到前台。

〔一时大家把面如白纸的刘振声扶到后台他的戏房。

刘凤仙　先生，先生！

左宝奎　老板，老板！

经　理　刘老板，刘老板！

众　人　刘老板，刘老板！

〔何景明急上。

何景明　刘老板呢？……（见刘振声）刘老板，振声！振声！

〔内闹声大起:"打死那喊倒彩的人!""哪来的混帐东西!"
"打死这批坏蛋!"
〔经理急奔下。

何景明　振声!挣扎呀!挣扎呀!你犯得着这样牺牲吗?
〔萧郁兰戏装赶来。

萧郁兰　老爷子,老爷子,你怎么啦?怕他们干吗?咱们跟那些坏蛋干到底。挣扎呀!挣扎呀!
〔刘振声慢慢有些转动。

刘凤仙　(哭)先生!先生!只要你转来,我以后随你把我怎么样!先生呀。——
〔刘振声略睁眼睛望着大众,及见刘凤仙不觉泪下。

左宝奎
何景明　好了,好了。

众　人　好了,好了,气转过来了。
〔经理又奔上。挤进来看的更多。"怎么样了?""怎么样了?""好了,好了。"

杨大爷　(悄步上见刘振声,得意地)刘老板,你好呀。你可认得我?

刘振声　我认得你,我们唱戏的饶不了你!(挣起举拳头欲击之,但心脏已弱,不能支持,倒下了)
〔萧郁兰盛怒地走近杨大爷,抓住他的胸襟。

杨大爷　萧小姐,别开玩笑。

萧郁兰　谁跟你开玩笑。你这流氓头!你这丁员外!(打了他一个巴掌)

群　众　打呀,打呀!

杨大爷　怎么,你敢打人,你这小娼妇!抓到巡捕房去!(与萧郁兰互相抓着,同下)

左宝奎　老板,老板,你怎么样了?何先生你是懂得医道的,你快来摸一摸脉吧!
〔何景明握着刘振声手腕,一直不响。

刘凤仙
左宝奎　(同声)怎么样了?怎么样了?

何景明　(暂时紧张的沉默。猛然地叫出来)振声!难道你一代名优就这样下场么?

左宝奎　老板,老板呀!难道我们活在台上的也要死在台上么?你瞑目吧,我们跟那些鬼东西没有完!

刘凤仙　(良心发现地哭出来)先生呀!只要你醒转来,我什么事都依你。我一定听你的话,你你……
你难道不给我一个忏悔的机会吗?先生呀!
〔杨大爷又悄悄上来,走近刘凤仙。

杨大爷　凤仙,走吧,(低声)车子在后面弄堂口。
〔阿福匆匆买花生米上。

阿　福　(见状呆然,问)刘老板怎么样了?〔众人不答。

刘凤仙　(不理,仍握刘振声)先生啊,先生啊。

杨大爷　凤仙,走啊。

阿　福　(明白过来,无限气愤地走近杨大爷)怎么,是你把老板给气死了!?

杨大爷　把他气死了怎么样?你也想进巡捕房吗?
〔阿福举起花生米、良乡栗子向杨大爷掷去。
〔全后台的人站起来向着杨大爷。杨大爷溜下。

刘凤仙　(一直不理会别人,摇着刘振声,伏在他身上哭)先生,先生,先生啊!你转过来吧!

——幕落·剧终

压 迫

丁西林

剧中人物

男客人
女客人
房东太太
老妈子
巡警

布　景

一间中国旧式的房子。后面一门通院子，左右壁各一门通耳房。房的中间偏右方，一张方桌，四围几张小椅。桌上铺了白布，中间放着一架煤油灯及茶具。偏左方，一张茶几，两张椅子，靠壁放着。一张椅子背上担着一件雨衣，旁边放着一个手提的皮包。后面的左边靠墙放着一张类似洗脸架带有镜子的小桌，上面放着一个时钟及花瓶。屋内尚有其他的陈设，壁上还有一些字画，但都很简单而俭朴。

〔开幕时，一个着粗呢洋服，长筒皮靴的男人坐在茶几旁边的一张椅上抽烟斗，一个老妈子立在门外，将手伸到屋檐的外边去试验有无雨点。

老　妈　（走进屋来）雨倒下不了了，怎么还不回来？（从桌上拿了茶壶，走到茶几边代客人倒茶）

男　客　（不耐烦，站起）唉，你先弄一点东西来吃，好不好？

老　妈　东西倒有在那里，不过这也得等太太回来。

男　客　吃东西也得等太太回来？

老　妈　（叹了一口气）是的，吃东西得等太太回来，房子的事情，也得等太太回来。

男　客　好吧，等太太回来吧。横竖是那么一回事，太太回来也是那样，太太不回来也是那样。（复坐下）

老　妈　（摇头）看那样子，太太不像肯答应把这房子租给你。

男　客　不把这房子租给我？谁教她受找的定钱？

老　妈　是的，那只怪小姐不好。其实——唉——太太的脾气也太古怪了。像你先生这样的人，有什么要紧？深更半夜，屋里有一个男人，还可以有个照应。

男　客　这房子以前有人租过没有？

老　妈　这房子已经空了有一年多了，也没有租出去。

男　客　这房子并不坏，为什么没有人来要？

老　妈　没有人要？谁看了都说这房子好，都愿意租。这房子又干净，又显亮，前面还有那样的一个花园。

男　客　这样说为什么一年多没有租出去呢？

老　妈　你先生也不是外人，告诉你也没有什么要紧，你知道，我们的太太爱的就是打牌，一天到晚在外边。家里就只有我和小姐两个人。有人来看房,都是小姐去招呼。有家眷的人,一提到太太,小孩,小姐就把他回了。没有家眷的人,小姐才答应,等到太太回来,一打听,说是没有家眷,太太就把他回了。这样不要说是一年,就是十年,我看这房子也租不出去。

男　客　怎么,像这一回的事,以前已经有过么?

老　妈　也不知有过多少次。每回租房,小姐都要和太太吵一次。不过平常小姐不敢作主,这一次她作主受了你先生的定钱,所以才生出这样的事来。

男　客　她如果早作主,这房子老早就租了出去。

老　妈　是的,不过平常租房的人,听说房子不能租给他们,他们也就没有话说,不像你先生这样的……

男　客　古怪,是不是?是的,你们太太的脾气太古怪了,我的脾气也太古怪了,这一回两个古怪碰在一块儿,所以这事就不好办了。不过我也觉得这房子不坏,尤其是前面的那个小花园。

老　妈　看你先生的样子,一定也是爱清静的。这里一天到晚听不到一点嘈杂的声音,离你先生办事的地方又近,所以……我曾在那里替你先生想……

男　客　你替我想怎么?

老　妈　……就说你先生是有家眷的,家眷要过几天才来,这样一说,太太一定可以答应把这房子租给你。

男　客　好了,如果过几天没有家眷来,怎样?

老　妈　住了些时,太太看了你先生什么都好,她也就不管。

男　客　不行不行,一个人没有结婚,并没有犯罪,为什么连房子都租不得?

老　妈　喔,我不过觉得你先生这样的爱这房子,如果租不成功,心里一定不舒服,所以那么瞎想罢了,我原是不懂事的。——啊,这大概是太太回来了。(走到门口,高声)是太太么?(答应外边)是的,在这儿。(走出,客人也站了起来少停,房东太太由后门走进,老妈跟在她的后面)

房　东　对不住,劳你等了。

男　客　我对你不住,打搅了你。我教你们的老妈子不要去惊动你,她没有听我的话。

房　东　那没有什么。(从一个皮夹子里拿出一张票子)啊,这是你先生留下的定钱,请你收起来。

男　客　啊,对不住,我今天是到这边来住宿的,不是来讨定钱的。

房　东　怎么?昨天我不是对你说明白了么?说这房子不能租给你?

男　客　啊,是的,你说的很明白。

房　东　那么今天你还教人把行李送到这儿来是什么意思?

男　客　(高兴得很)因为教我不要来是你说的,不是我说的,我并没有答应你说不来,我答应了没有?

房　东　(渐渐的感到不快)你这话我真不大明白,你的意思,好像是说这房子的租不租要由你答应,是不是?

男　客　喔,不是,这房子的租不租,自然是要由你答应。不过,既把房子租了给我,这房子的退不退,就得由我答应。你知道,现在这房子不是租不租的问题,是退不退的问题。

房　东　(渐渐生起气来)我这房子是几时租给你的?

男　客　你既受了我的定钱,这房子就算租了给我。

房　东　真是碰到鬼!我几时受你的定钱?那是我的女儿,她不懂事。

男　客　不懂事?她又不是一个小孩子。

房　东　喔,现在这些废话都不必讲,我这房子并不是不租,我是要租一个有家眷的人,如果你先生有家眷来同住,我这房子租你,我没有话说。

男　客　你这话说的毫无道理。你租房的时候,说明了要家眷没有?我骗了你没有?

房　东　(改用和平的方法)租房的时候没有说,可是我昨天已经对你先生说过,我们家里没有一个男人……

男　客　(停止她)唉,唉,我问你,你租房的时候,你家里有男人没有?为什么现在才想到?

房　东　你这人一点道理不讲，我没有这许多工夫来和你争论。

老　妈　（想做和事佬）喔，太太，今天时候也不早了，天又下雨，现在要这位先生另外找房子，也不大方便，可不可以让这位先生暂时在这儿住一宵，明天再想旁的法子。

男　客　（固执）不行！这话不是这样讲，如果我不租这房子，我即刻就走，既是受了我的定钱，这房子就非租我不可！

房　东　那么我告诉你，你今晚非走不可！

男　客　（冷笑了一声）哼！（坐了下来）

房　东　（站到他的面前）你走不走？

男　客　不走！

房　东　王妈，去把巡警叫来。

老　妈　喔，太太！

房　东　你去叫巡警来。

男　客　巡警来了又怎样？巡警也得讲理呀。

老　妈　太太，我想……

房　东　我叫你去叫巡警去，你听见了没有？——你去不去？

老　妈　好吧。（由后门走出）

房　东　要他即刻就来！（由后门走出，用力将门一关）

男　客　（没有了办法。袋里摸出烟包和烟斗，包里的烟又完了，从皮包里取出一个烟罐，开了一罐新烟，先把烟包装满了，然后装了烟斗。正想抽烟的时候，忽然来了敲门的声音，厉声的）进来！（仍然背了门立着）

女　客　（推开门，轻轻走进。身上着了一件雨衣，一手提了一只小皮包，一手拿了一把雨伞。一进门就开了口，一开了口就有不能停止的势子）啊，对不起，请你原谅。（男客人急转过身来，这时他才看见进来的是这样的一个人）这是很无礼的，我知道，但是我没有办法，你们的大门没有关，我一连敲了好几下，都没有人答应，所以只好一直走进来。

男　客　（气还未平，但没有忘记把衔在嘴里的烟斗拿下来放在桌上）你有什么事？

女　客　我？我是到这边大成公司做事来的。今天刚从北京来，下午三点的车子，直到六点钟才到，九十里路，走了两个半钟头，你看！现在我要找一个住宿的地方，在火车站上，我打听了好几个地址，一连走了三画家，都没有找到一间合用的房子。有人告诉我，说这边还有几间空房……

男　客　（遇到了对头）啊，你是来租房的！

女　客　是的。不知道这边的房子租出去了没有？

男　客　（狠心的回答）你的运气不好，这房子刚刚租出去。

女　客　啊，你说我运气不好，我的运气可真不好。碰到这样的天气，这乡下的路又不好走，你看，我一身的衣服都打湿了。两只脚走得发酸。（叹了一口气）唉，我可以借你们的凳子坐了歇一回么？

男　客　对不起，请坐。（气全没有了）

女　客　（放下皮包雨伞）谢谢你。（坐在桌儿里边的一张椅上，向四边观察房里的一切）

男　客　（引起了趣味，坐在方桌旁的一张小椅上）刚才你说你是到大成公司来做事的，不知道在那边担任的是什么事？——啊，也许我不应该问。

女　客　不应该问？那有什么？这又不是不可以告诉人的事。前两个星期，他们在报上登了一个广告，要聘请一位书记。那个广告，什么报上都有，我想你一定看到的。

男　客　（点了一点头）

女　客　上星期五，他们又在报上登了一个启事，说"敝公司拟聘书记一席，现已聘定，所有亲友寄来荐书，恕不一一做复，特此声明。"这个启事，你看见了没有？

男　客　（又点了一点头）

女　客　那位聘定的书记就是我。你没有想到吧？——你没有想到是一个女人吧？

男　客　这倒没有想到。

女　客　(得意得很)不过现在怎样办呢？你替我想想，后天就要到公司里去接事，现在连住的地方还没有找到？从六点半钟一直走到现在，就没有停脚。不瞒你说，我连饭还没有吃呢。(起身整理了一回衣，走到镜子的前面照脸)

男　客　(好像很同情的样子)饭还没有吃？那怎么行？这一层说不定我或者可以帮助你。(起身倒了一杯茶)

女　客　谢谢你，我不过是告诉你。我不是来骗饭吃的。

男　客　喔，对不起！——好，请先喝一杯茶吧。

女　客　谢谢。(复坐原处)

男　客　(袋里摸出纸烟盒)你不抽烟吧？

女　客　我不抽烟，不过我并不反对旁人抽烟。(喝了一口茶)

男　客　谢谢你。(放回烟盒，收了烟斗，背转了身，燃火抽烟)

女　客　(摸到她的脚)喔，天呀！你看我的这双脚，还像是人的脚么……

男　客　(急转过身来)怎么样？

女　客　不仅是水，连泥都走进去了！

男　客　(殷勤起来)那真糟。要不要换袜子？如果要换袜子，我可以走到外边去。

女　客　谢谢你，我不要换袜子。就是换袜子，也用不着把你赶到外边去。

男　客　不要紧，如果袜子没有带，我还可以借你一双。

女　客　谢谢你，你的好意我很感激，不过换它有什么用处？反正是要到水里走去的。

男　客　要到水里走去？——干什么要到水里走去？

女　客　不到水里走去有什么办法？这样漆黑的天，一到街上，你还分得出哪里是水哪里是路来么？

男　客　(如有所思)

女　客　(又喝了一口茶，叹了一口气，起身告辞)啊，打搅了你，对不住得很。(拿了皮包雨伞，预备走出)

男　客　(阻止地)不用忙，再歇一回儿。——刚才你说，你是要租房的，是不是？

女　客　(面向了他)怎么！我说了半天，你还没有听懂么？

男　客　听是听懂了。不过……唉，你看这三间房子怎么样？

女　客　怎么，你不是说已经租出去了么？(放下皮包)

男　客　租是租出去了，不过也许可以让给你。

女　客　(高兴起来)可以让给我？真的么？(放下雨伞)

男　客　自然是真的。(又替她倒好了一杯茶)

女　客　(坐下，接了茶)谢谢。不过为什么可以让给我？是不是这房子如果我愿租，你就可以不租给那个人？

男　客　(摇头)

女　客　不然，你刚才说的是句谎话，这房子就没有租出去？

男　客　不，我说的是实话。这房子是已经租出去了。现在也不是不租给那个人。我说可以让给你，是说已经租好了房子的那个人，自己愿意让给你。

女　客　那我可不明白。为什么那个人愿意把房子让给我？他连见都没有见过我，为什么要把房子让给我？

男　客　那你不用管。

女　客　这房子闹鬼不闹鬼？

男　客　怎么，难道你怕鬼么？

女　客　喔，我是不怕鬼的，我说也许那个人怕鬼。

男　客　喔，那个人也是不怕鬼的。——不管有鬼没有鬼，让我们来看看房子，好不好？(从桌上拿了灯引她看房)这是一间睡房。(开了右壁的门,让她走进)芦苇的顶篷,洋灰地,洋式床,现成的铺盖。窗子外面是一个小小的花园。一清早就可以听到鸟的声音。白天撩开窗帘,满屋里都是太阳。(女客人走出。又把她引到右边的耳房)这边也是一个睡房。铺盖家具也都是现成。房间的大小,和那边一样。就是光线差一点。一个人住的时候,这里可以做睡房,那边可以做书房。(女客人走出)中间可以吃饭会客。(放下灯)这屋子又干净,又显亮,一天到晚,听不到一点嘈杂的声音。这里离你办事的地方又近。我看这房子是于你再合适没有了。

女　　客　这三间房子租多少钱?(坐下)

男　　客　喔,便宜得很。这样的三间房子,只租五块钱一月。

女　　客　房子倒不错,房价也不贵。(想了一想)这房子真的可以让给我吗?

男　　客　自然是真的,为什么要骗你?

女　　客　不过今晚就来住,总不行吧?

男　　客　行,行。(好像忽然想起一件事来)不过——你结了婚没有?

女　　客　(跳了起来,挺了胸脯,竖起眉毛)什么!!

男　　客　(还要补一句)你结了婚没有?

女　　客　(怒了)你这话问的太无道理!

男　　客　太无道理!

女　　客　简直是一种侮辱!

男　　客　(高兴起来)"侮辱",对了,一点都不错,我也是这样说。但是现在有房出租的人,似乎最重要的是先要知道你结婚没有。

女　　客　我结婚没有,干你什么事?

男　　客　是的,一点都不错,我结婚没有干她们什么事?可是她们一定要问,你说奇怪不奇怪?

女　　客　我完全不懂你的意思。

男　　客　谁说你懂?你自然不懂我的意思。不过你不要性急,让我告诉你,你就会懂。——刚才你说,你是到这边大成公司来做事的,是不是?……

女　　客　你这人的记忆力真坏,怎么刚说过了的话,即刻就忘。

男　　客　不要生气。我不过是告诉你,我也是到这边大成公司来做事的。

女　　客　你也是到大成来做事的?

男　　客　是的。你没有想到吧?

女　　客　你在大成做什么事?

男　　客　我在这边当工程师。

女　　客　这样说,你并不是这里的房东?

男　　客　谁说我是这里的房东?我说了我是这里的房东没有?你看我的样子,像一个房东么?

女　　客　(抢着说)啊,我知道了!你是这里的房客!这三间房子是你租的,现在你觉得不合式,想把它退了。

男　　客　想把它退了!谁说我想把它退了?

女　　客　刚才你不是说这房子可以让给我的么?

男　　客　是的,我是说可以让,没有说要退。

女　　客　那我更加不明白了,你既不想退,为什么要让呢?

男　　客　你真的不明白么?

女　　客　真的不明白。(坐下)

男　　客　因为——我看了你……喔,不是,因为房东不肯租给我。

女　　客　为什么房东不肯租给你?

男　　客　啊,就是这婚姻的问题。现在我们讲到题目上来了。一星期以前,我到这里来看房子,碰到了房东小姐。一见了我,她就盘问我,问我有没有老太太,有没有小孩子,有没有兄弟姊妹,直等到我明明白白

356

的告诉了她我是没有结过婚，她才满了意。连房价也没有多讲，她就答应了把房子租给我。

女　客　懂么？她一定知道了你是一个工程师，她想嫁给你！

男　客　真的么？这我倒没有想到。——昨天下午，我到这里来的时候，她们老太太告诉我，说如果我没有家眷来同住，她这房子不能租给我。她明明知道我没有家眷，她把这话来要挟我，你说可恶不可恶？

女　客　为什么没有家眷来同住，这房子就不能租给你？

男　客　我不知道啊。她说她们家里没有男人。

女　客　笑话。

男　客　这简直是一种侮辱，是不是？

女　客　是的。——后来怎么样？

男　客　后来我把她教训了一顿。

女　客　她明白了这个道理没有？

男　客　明白了这个道理？一个人一过了四十岁，他脑子里就已经装满了旧的道理，再也没有地方装新的道理，我告诉你。

女　客　现在怎么样？

男　客　现在？现在我不走！

女　客　她呢？

男　客　她？她去叫巡警。

女　客　叫巡警？叫巡警来干什么？

男　客　叫巡警来撵我！

女　客　真的么！

男　客　为什么要骗你？你如果不相信，等一会儿巡警就要来，你自己看好了。

女　客　这倒是怪有趣的事。不过巡警如果真的要撵你，你怎么样？

男　客　你没有来之前，我不知道怎样。现在我有了主意。

女　客　你预备怎样？

男　客　我把巡警痛打一顿，让他把我带到巡警局里去，教房东把房子租给你。这样一来，我们两个人就都有了住宿的地方。

女　客　那不行（若有所思）。

男　客　那为什么不行。

女　客　你还是没有出那口气。——唉，我倒有个主意。

男　客　你有什么主意？

女　客　（少顿）让我来做你的太太，好不好？

男　客　什么？！

女　客　喔，你不用吓得那么样，我是不向你求婚。

男　客　喔，你误会了我的意思，——我——我——因为我实在没有想到这个方法。

女　客　这是最妙的一个方法。她说你没有家眷同住，这房子就不能租给你。现在你说你有了家眷，看她还有什么话说？

男　客　她一定没有话说。不过——你愿意么？

女　客　我为什么不愿意？这于我有什么损害？——又不是真的做你的太太。

男　客　喔，谢谢你！

女　客　你不要把我意思弄错。我不是说做了你的太太，我就有什么损害，那完全是另外一个问题。

男　客　是的，那完全是另外一个问题。不过你帮我把租房的问题解决了，我总应该向你道谢。

女　客　嗤！道谢，无产阶级的人，受了有产阶级的压迫，应当联合起来抵抗他们。（侧耳静听）

男　客　不错，不错。

女　客　我听见有人说话。

男　客　那一定是巡警！（急促的）唉，不过我已经说过我是没有家眷的，现在怎样对她们讲？

女　客　就说我们吵了嘴，你是逃出来的，不愿意给人知道……

男　客　（巡警已经走到门外，急忙的点了一点头，教她不要再讲话）吁！

〔男客人坐在方桌边，装作生气的样子。女客人坐在茶几旁边。后门由外推开，走进一个巡警。手里提了一个风灯，后面跟了老妈和房东太太。他们看见房里来了一个女人，非常的惊讶。房里来的这个女人，见她们来了，起了一回身，向她们行了一个很谦和的礼。巡警将风灯放在桌上，与那位生气的先生行了一个礼。

巡　警　您贵姓？

男　客　（不客气的）我姓吴。

巡　警　（把头点了一点）喔。——府上是？

男　客　府上？我没有府上。

女　客　（起始做起受了委屈的太太来）啊，你是拿定主意不要家了，是不是？

巡　警　（注意到插嘴的人，向男客人）这位……贵姓是？

男　客　（答不出，看了女客人一眼，女客也正在代他为难，他只好起始做起依旧赌气的丈夫来）我不知道。你问她自己好了。

巡　警　（真的问她自己）您贵姓？

女　客　（很高兴的）我？我——也姓吴。

巡　警　喔，您也姓吴。

女　客　是的。

巡　警　（再也想不出别的话）府上是？

女　客　我？我住在北京西四牌楼太平胡同关帝庙对面，门牌三百七十五号，电话西局四千六百九十二。——啊，你把它写下来吧，等一会儿你一定要忘记。

巡　警　（真的摸出一本小簿子来）北京……（写字）

女　客　西四牌楼太平胡同。（让巡警写）关帝庙对面。

巡　警　门牌多少？

女　客　三百七十五号。电话西局——四千——六百——九十二。

巡　警　（写完了）谢谢您。（藏好了簿子，又转到男客）您是来这边租房的，是不是？

男　客　不是！我是来这边住宿的，这房子我老早就租好了。

巡　警　（难住了。没有办法，又转到女客）您是来这边？……

女　客　我？我是来这边找人的。

房　东　（不能再忍耐了）你到这边找什么人？

女　客　（很客气地向她点了一点头）我到这边来找我的男人。

房　东　找你的男人？谁是你的男人？

女　客　我想你应该知道吧？——你既把房子都租了给他。

房　东　怎么！这位先生是你的男人么？

女　客　我不知道。你问他好了，看他承认不承认？

老　妈　（也不能再忍耐了）太太，你看怎么样！我老早就对您说过，这位先生一定是有太太的，您不信。

巡　警　（糊涂了）怎么？刚才你们不是说这位先生没有家眷，怎么现在他又有了家眷？

老　妈　不要糊涂吧，刚才这位太太还没来，我们怎么会知道？如果这位太太早来这里，还可以省了我在雨地里走一趟呢。

女　客　对你不住。这实在不能怪我，五点钟的车子，六点半钟才到这里。

老　妈　请您不要多心。我不过是说他太不懂事。

巡　警　这话可得要说明白了，太太要我到这边来，是说这位先生租了这三间房子，要一个人在这边住。这屋里住的都是堂客，他先生一个人在这边住，很不方便，是那么个意思，现在这位先生的太太既是来了，这事就好办。如果太太是和先生在这边同住，那就没有我的事，如果太太不在这边住，这件事还得……

老　妈　不要瞎说吧。太太自然是在这边住，——一看还不知道——先生和太太不过是为了一点小事，闹了一点意见，你不来劝解劝解，还来说那样的话。太太不在这边住，到哪里住去？——好了，现在没有你的事了，你赶紧回去打你的牌去吧。(把风灯送到他手里)走！走！

巡　警　这样说，那就没有我的事了。好了，再见，再见。

女　客　再见。你放心好了，哪一天我不在这里住的时候，我通知你就是了。

巡　警　对不起，打搅，打搅。

〔巡警走出。老妈兴高采烈的拿了茶壶走出。房东太太承认了失败，看了她的客人一眼，也只好板了面孔走出。

男　客　(关上门，想起了一个老早就应该问而还没有问的问题，忽然转过头来)啊，你姓什么？

女　客　我——啊——我——

（幕下）

导读

《压迫》创作于1925年，是丁西林独幕喜剧的代表作。作者在1935年出版的《西林独幕剧》"前言"中说，该剧是为了纪念一个在北京因为无家眷而没有租到房子、最后死于瘟热病的朋友。作者在剧中寄托了自己的激愤心情和对不合理的旧社会的抗议，特别是他借女客之口说出"无产阶级的人，受了有产阶级的压迫，应当联合起来抵抗他们"的话，说明丁西林已有了朦胧的无产阶级革命意识。尽管他还不能准确地把握住时代矛盾的特点，但作者的民主主义思想和现实主义精神，较之他的前几部剧作有了明显的进步。

在艺术上，《压迫》别具一格。作品反映的事件，本来是正剧性的强烈冲突，但作者写成了一出轻松淡远、妙趣横生的幽默喜剧。作者采用聚焦手法，生动地层示了剧中人寓庄于谐的喜剧性格。剧本含蓄蕴藉、意味深长的喜剧效果，正是剧中人机智幽默的喜剧性格所带来的。喜剧情节单纯，但布局精巧，平中出奇，特别是开头结尾，更显示了作者在戏剧结构方面的独到功力。在这出戏里，题材的社会意义、作家的乐观主义和喜剧的情趣，有机地结合起来，给人以在压抑解脱之后所具有的舒畅之感与情绪的鼓舞。

泼妇（存目）

欧阳予倩

导读

这个剧本是剧作者告别文明戏旧风，摆脱幕表戏编剧方法而创作的第一个完整的话剧剧本。

剧本在"五四"时期的爱情剧中有自己特殊的视角，它不是一般地表现个性解放、婚姻自主，而是着眼于"五四"风潮之后复杂的现实，从男子对爱情不专的现象入手，提出了在整个社会政治、经济体制未经根本改革之前"自由恋爱""妇女解放"能否得以实现的问题。剧本对此作否定的回答，并热情地歌颂了被封建势力称为"泼妇"的新女性愤然离家出走的反抗行为。剧本显然受到易卜生名剧《玩偶之家》的影响，并在内容上表现了当时中国特定的现实，在形式上充分把握了独幕剧的艺术特点。女主人公素心的"泼"，透露着时代的光彩，是对"五四"精神的真诚、执着追求，是对自己独立人格的护卫。陈慎之，则活画出当时某些所谓"新派人物"背叛"五四"精神的虚伪、丑恶嘴脸。

五奎桥（存目）

洪　深

导读

　　独幕剧《五奎桥》是《农村三部曲》的第一部，创作于 1930 年，是洪深 20 世纪 30 年代最优秀的作品。剧作以久旱成灾的农村为背景，围绕一场拆桥与保桥的激烈斗争，表现了农民与地主豪绅之间的尖锐矛盾，赞颂了青年农民的反抗精神。象征着封建统治权威的五奎桥的最后被拆毁，预示着封建统治势力的崩溃。剧本的深刻之处，还在于抨击了反动官吏的为虎作伥，揭示了法律对地主阶级利益的维护，从而反映出整个社会制度的黑暗。该剧是洪深奉献给左翼剧坛的优秀之作，在它问世之前，中国话剧舞台上还没有一部如此尖锐地正面表现农村阶级斗争的剧本，它无疑是有开创意义的。

　　该剧在艺术上也颇具特色。作者注重在矛盾冲突中层层揭示人物性格，成功地塑造了正直无私、勇敢坚韧并具有斗争精神的青年农民李全生，老实质朴、胆小怕事但有正义感的老汉陈金福，以及外表温文尔雅、内心狡猾凶残的地主周乡绅等人物形象。情节集中紧凑，又波澜迭起；结构完整、严谨，技巧圆熟。开端简洁明快，按照时间顺序展开戏剧冲突，随着"旱情"的发展，戏剧矛盾不断激化，将剧情推向高潮。结局由高潮顺势而下，戛然而止，简短含蓄，引人思索。但由于作者对农村生活不够熟悉，剧作缺乏浓郁的乡土气息，一定程度上减弱了艺术感染力。

雷雨(第四幕)

曹 禺

导读

　　曹禺的 4 幕剧《雷雨》创作于 1933 年,最初发表时有"序幕"和"尾声",表明是发生在 10 年前的故事。它是作者在对宇宙的憧憬探索中怀着极大的苦闷创作的,由于作者当时世界观的限制,他无法找到人世间痛苦与纷争的根源,因而作品不免带有某些神秘和宿命的色彩。

　　但《雷雨》毕竟是一部杰出的现实主义剧作。全剧的情节线索有明暗两条,明线是周朴园与繁漪的矛盾冲突,是剧情发展的中心线索,反映着封建势力对爱情的禁锢压迫与资产阶级女性争取爱情、婚姻、家庭的民主自由的斗争;暗线是周朴园与侍萍的矛盾冲突,带有阶级对立的性质,反映着被侮辱被损害的下层人民同剥削阶级势力的斗争。其他还有反映工人阶级同资产阶级斗争的鲁大海与周朴园的矛盾冲突;周萍与繁漪、四凤之间的爱情纠葛等,它们都围绕以上明暗两条线索而展开。总之,它通过带有浓厚封建血缘关系和矛盾纠葛的描写,深刻地反映了"五四"前后长达 30 年间半殖民地半封建旧中国社会的某些侧面,表现了作者对这种黑暗现实的批判态度和否定精神。它"是一个对传统中国社会制度和道德作彻头彻尾批判的剧本"。

　　《雷雨》在艺术上取得了杰出的成就。剧作成功地塑造了一系列栩栩如生、性格鲜明的典型形象。剧中8 个人物,每个人物都是"一个世界",每个形象都具有它的审美价值。特别是繁漪、周朴园、侍萍,已经成为中国现代戏剧史上不朽的艺术典型。《雷雨》戏剧冲突尖锐,阶级矛盾、爱情纠葛彼此交织在血缘关系之中,甚至任何两个人物都有矛盾关系。如此错综复杂的戏剧冲突,在中国现代话剧史上还是空前的。《雷雨》结构精巧谨严,采用了"封闭式"的结构方法,而且是中国话剧"封闭式"结构的杰出范例。其精巧之处是戏从临近高潮的地方开始,以表现当前的戏剧冲突为主,不断以"过去的戏"推动"现在的戏"。它按照西方"三一律"的创作原则:时间集中,全部故事发生在从上午到午夜 2 点之间;地点也相对集中,3 幕在周家客厅,1 幕在鲁家;登场人物经过严格选择,动作统一。这样,情节集中紧凑,人物性格富有深度,收到了良好的艺术效果,充分显示了作者表现戏剧冲突、组织戏剧结构方面的非凡才能。《雷雨》的语言经过充分锤炼,含蓄生动,简洁凝练,具有浓郁的抒情性和丰富的潜台词;而且是真正个性化的戏剧语言,合乎每个人的身份地位和性格特点,克服了以前不少剧作千人一腔的弊病。

　　总之,《雷雨》以生动的人物形象、曲折的故事情节、严谨的戏剧结构、杰出的艺术技巧和戏剧语言,为中国话剧的民族化、群众化作出了范例。它是我国话剧史上第一部成熟的多幕剧作,它与《日出》一起,标志着我国话剧文学的成熟。

第四幕

景——周宅客厅内。半夜两点钟的光景。

开幕时,周朴园一人坐在沙发上,读文件;旁边燃着一个立灯,四周是黑暗的。外面还隐隐滚着雷声,雨声淅沥可闻,窗前帷幕垂了下来,中间的门紧紧地掩了,由门上玻璃望出去,花园的景物都掩埋在黑暗里,除了偶尔天空闪过一片耀目的电光,蓝森森的看见树同电线杆,一瞬又是黑漆漆的。

朴　(放下文件,呵欠,疲倦地伸一伸腰)来人啦!(取眼镜,擦目,声略高)来人!(擦眼镜,走到左边饭厅门口,又恢复平常的声调)这儿有人么?(外面闪电,停,走到右边柜前,按铃。无意中又望见侍萍的相片,拿起,戴上眼镜看。)

[仆人上。

仆　爷!

朴　我叫了你半天。

仆　外面下雨,听不见。

朴　(指钟)钟怎么停了?

仆　(解释地)每次总是四凤上的,今天她走了,这件事就忘了。

朴　什么时候了?

仆　嗯,——大概有两点钟了。

朴　刚才我叫账房汇一笔钱到济南去,他们弄清楚没有?

仆　您说寄给济南一个,一个姓鲁的,是么?

朴　嗯。

仆　预备好了。

[外面闪电,朴园回头望花园。

朴　萝架那边的电线,太太叫人来修理了么?

仆　叫了,电灯匠说下着大雨不好修理,明天再来。

朴　那不危险么?

仆　可不是么?刚才大少爷的狗走过那儿,碰着那根电线,就给电死了。现在那儿已经用绳子圈起来,没有人走那儿。

朴　哦。——什么,现在几点了?

仆　两点多了。老爷要睡觉么?

朴　你请太太下来。

仆　太太睡觉了。

朴　(无意地)二少爷呢?

仆　早睡了。

朴　那么,你看看大少爷。

仆　大少爷吃完饭出去,还没有回来。

[沉默半晌。

朴　(走回沙发坐下,寂寞地)怎么这屋子一个人也没有?

仆　是,老爷,一个人也没有。

朴　今天早上没有一个客来。

仆　是,老爷。外面下着很大的雨,有家的都在家里待着。

朴　(呵欠,感到更深的空洞)家里的人也只有我一个人还在醒着。

仆　是,差不多都睡了。

朴　好,你去吧。

仆　您不要什么东西么？

朴　我不要什么。

［仆人由中门下，朴园站起来，在厅中来回沉闷地踱着，又停在右边柜前，拿起侍萍的相片。开了中间的灯。

［冲由饭厅上。

冲　（没想到父亲在这儿）爸！

朴　（露喜色）你——你没有睡？

冲　嗯。

朴　找我么？

冲　不，我以为母亲在这儿。

朴　（失望）哦——你母亲在楼上。

冲　没有吧，我在她的门上敲了半天，她的门锁着。

——是的，那也许。——爸，我走了。

朴　冲儿，（冲立）不要走。

冲　爸，您有事？

朴　没有。（慈爱地）你现在怎么还不睡？

冲　（服从地）是，爸，我睡晚了，我就睡。

朴　你今天吃完饭把克大夫给的药吃了么？

冲　吃了。

朴　打了球没有？

冲　嗯。

朴　快活么？

冲　嗯。

朴　（立起，拉起他的手）为什么，你怕我么？

冲　是，爸爸。

朴　（干涩地）你像是有点不满意我，是么？

冲　（窘迫）我，我说不出来，爸。

［半晌。

［朴园走回沙发，坐下叹一口气。招冲来，冲走近。

朴　（寂寞地）今天——呃，爸爸有一点觉得自己老了。

（停）你知道么？

冲　（冷淡地）不，不知道，爸。

朴　（忽然）你爸爸有一天死了，没有人照顾你，你不怕么？

冲　（无表情地）嗯，怕。

朴　（想自己的儿子亲近他，可亲地）你今天早上说要拿你的学费帮一个人，你说说看，我也许答应你。

冲　（悔怨地）那是我糊涂，以后我不会这样说话了。

［半晌。

朴　（恳求地）后天我们就搬新房子，你不喜欢么？

冲　嗯。

［半晌。

朴　（责备地望着冲）你对我说话很少。

冲　（无神地）嗯，我——我说不出，您平时总像不愿意见我们似的。（嗫嚅地）您今天有点奇怪，我——我——

朴　（不愿他向下说）嗯，你去吧！

冲　是,爸爸。

　　[冲由饭厅下。

　　[朴园失望地看着他儿子下去,立起,拿起侍萍的相片,寂寞地呆望着四周。关上立灯,面前书房。

　　[繁漪由中门上。不做声地走进来,雨衣上的雨还在往下滴,发髻有些湿。颜色是很惨白,整个面都像石膏的塑像。高而白的鼻梁,薄而红的嘴唇死死地刻在脸上,如刻在一个严峻的假面上,整个脸庞是无表情的。只有她的眼睛烧着心内疯狂的火,然而也是冷酷的,爱和恨烧尽了女人一切的仪态,她像是厌弃了一切,只有计算着如何报复的心念在心中起伏。

　　[她看见朴园,他惊愕地望着她。

繁　(毫不奇怪地)还没睡么?(立在中门前,不动。)

朴　你?(走近她,粗而低的声音)你上哪儿去了?

(望着她,停)冲儿找你一个晚上。

繁　(平常地)我出去走走。

朴　这样大的雨,你出去走?

繁　嗯,——(忽然报复地)我有神经病。

朴　我问你,你刚才在哪儿?

繁　(厌恶地)你不用管。

朴　(打量她)你的衣服都湿了,还不脱了它。

繁　(冷冷地,有意义地)我心里发热,我要在外面冰一冰。

朴　(不耐烦地)不要胡言乱话的,你刚才究竟上哪儿去了?

繁　(无神地望着他,清楚地)在你的家里!

朴　(烦恶地)在我的家里?

繁　(觉得报复的快感,微笑)嗯,在花园里赏雨。

朴　一夜晚。

繁　(快意地)嗯,淋了一夜晚。

　　[半晌,朴园惊疑地望着她,繁漪像一座石像似的仍站在门前。

朴　漪,我看你上楼去歇一歇吧。

繁　(冷冷地)不,不,(忽然)你拿的什么?

(轻蔑地)哼,又是那个女人的相片!(伸手拿)。

朴　你可以不看,萍儿的母亲的。

繁　(抢过去了,前走了两步,就向灯下看)萍儿的母亲很好看。

　　[朴园没有理她,在沙发上坐下。

繁　问你,是不是?

朴　嗯。

繁　样子很温存的。

朴　(眼睛望着前面)

繁　她很聪明。

朴　(冥想)嗯。

繁　(高兴地)真年青。

朴　(不自觉地)不,老了。

繁　(想起)她不是早死了么?

朴　嗯,对了,她早死了。

繁　(放下相片)奇怪,我像是在哪儿见过似的。

朴　(抬起头,疑惑地)不,不会吧。

——你在哪儿见过她吗?

繁　（忽然）她的名字很雅致，侍萍，侍萍，就是有点丫头气。

朴　好，我看还睡去吧。（立起，把相片拿起来。）

繁　拿这个做什么？

朴　后天搬家，我怕掉了。

繁　不，不，（从他手中取过来）放在这儿一晚上，（怪样地笑）不会掉的，我替你守着她。（放在桌上）

朴　不要装疯！你现在有点胡闹！

繁　我是疯了。请你不用管我。

朴　（愠怒）好，你上楼去吧，我要一个人在这儿歇一歇。

繁　不，我要一个人在这儿歇一歇，我要你给我出去。

朴　（严厉地）繁漪，你走，我叫你上楼去！

繁　（轻蔑地）不，我不愿意。我告诉你（暴躁地）我不愿意！

〔半晌。

朴　（低声）你要注意这儿，（指头）记着克大夫的话，他要你静静地，少说话。明天克大夫还来，我已经替你请好了。

繁　谢谢你！（望着前面）明天？哼！

〔萍低头由饭厅走出，神色忧郁，走向书房。

朴　萍儿。

萍　（抬头，惊讶）爸！您还没有睡。

朴　（责备地）怎么，现在才回来。

萍　不，爸，我早回来，我出去买东西去了。

朴　你现在做什么？

萍　我到书房，看看爸写的介绍信在那儿没有。

朴　你不是明天早车走么？

萍　我忽然想起今天夜晚两点半钟有一趟车，我预备现在就走。

繁　（忽然）现在？

萍　嗯。

繁　（有意义地）心里就这样急么？

萍　是，母亲。

朴　（慈爱地）外面下着大雨，半夜走不大方便吧？

萍　这时走，明天日初到，找人方便些。

朴　信就在书房桌上，你要现在走也好。

（萍点头，走向书房）你不用去！（向繁漪）你到书房把信替他拿来。

繁　（看朴园，不信任地）嗯！

〔繁漪进书房。

朴　（望繁出，谨慎地）她不愿上楼，回头你先陪她到楼上去，叫底下人伺候她睡觉。

萍　（无法地）是，爸爸。

朴　（更小心）你过来！（萍走近，低声）告诉底下人，叫他们小心点，（烦恶地）我看她的病更重，刚才她忽然一个人出去了。

萍　出去了？

朴　嗯。（严厉地）在外面淋了一夜晚的雨，说话也非常奇怪，我怕这不是好现象。（觉得恶兆来了似的）我老了，我愿意家里平平安安地……

萍　（不安地）我想爸爸只要把事不看得太严重了，事情就会过去的。

朴　（畏缩地）不，不，有些事简直是想不到的。天意很——有点古怪：今天一天叫我忽然悟到为人太——太冒险，太——太荒唐；（疲倦地）我累得很。（如释重负）今天大概是过去了。（自慰地）我想以后——不该,再有什么风波。(不寒而栗地)不,不该!

[繁漪持信上。

繁　(嫌恶地)信在这儿!

朴　(如梦初醒,向萍)好,你走吧,我也想睡了。

(振起喜色)嗯!后天我们一定搬新房子,你好好地休息两天。

繁　(盼望他走)嗯,好。

[朴园由书房下。

繁　(见朴园走出,阴沉地)这么说你是一定要走了。

萍　(声略带愤)嗯。

繁　(忽然急躁地)刚才你父亲对你说什么?

萍　(闪避地)他说要我陪你上楼去,请你睡觉。

繁　(冷笑)他应当叫几个人把我拉上去,关起来。

萍　(故意装做不明白)你这是什么意思?

繁　(迸发)你不用骗我。我知道。我知道,(辛酸地)
他说我是神经病。疯子,我知道他,要你这样看我,他要什么人都这样看我。

萍　(心悸)不,你不要这样想。

繁　(奇怪的神色)你?你也骗我?(低声,阴郁地)我从你们的眼神看出来,你们父子都愿我快成疯子!
(刻毒地)你们——父亲同儿子——偷偷在我背后说冷话,说我,笑我,在我背后计算着我。

萍　(镇静自己)你不要神经过敏,我送你上楼去。

繁　(突然地,高声)我不要你送,走开!(抑制着,恨恶地,低声)我还用不着你父亲偷偷地,背着我,叫你小心,送一个疯子上楼。

萍　(抑制着自己的烦嫌)那么,你把信给我,让我自己走吧。

繁　(不明白)你上哪儿?

萍　(不得已地)我要走,我要收拾我的东西。

繁　(忽然冷静地)我问你,你今天晚上上哪儿去了?

萍　(敌对地)你不用问,你自己知道。

繁　(低声,恐吓地)到底你还是到她那儿去了。

[半晌,繁漪望萍,萍低头。

萍　(断然,阴沉地)嗯,我去了,我去了,(挑战地)你要怎么样?

繁　(软下来)不怎么样。(强笑)今天下午的话我说错了,你不要怪我。我只问你走了以后,你预备把她怎么样?

萍　以后?——(冒然地)我娶她!

繁　(突如其来地)娶她?

萍　(决定地)嗯。

繁　(刺心地)父亲呢?

萍　(淡然)以后再说。

繁　(神秘地)萍,我现在给你一个机会。

萍　(不明白)什么?

繁　(劝诱他)如果今天你不走,你父亲那儿我可以替你想法子。

萍　不必,这件事我认为光明正大,我可以跟任何人谈。
——她——她不过就是穷点。

繁　(愤然)你现在说话很像你的弟弟。
——(忧郁地)萍!

萍　干什么?

繁　（阴郁地）你知道你走了以后，我会怎么样？

萍　不知道。

繁　（恐惧地）你看看你的父亲，你难道想像不出？

萍　我不明白你的话。

繁　（指自己的头）就在这儿：你不知道么？

萍　（似懂非懂地）怎么讲？

繁　（好像在叙述别人的事情）第一，那位专家，克大夫免不了会天天来的，要我吃药，逼着我吃药，吃药，吃药，吃药！渐渐伺候着我的人一定多，守着我，像个怪物似的守着我。他们——

萍　（烦）我劝你，不要这样胡想，好不好？

繁　（不顾地）他们渐渐学会了你父亲的话，"小心，小心点，她有点疯病！"到处都偷偷地在我背后低着声音说话。叽咕着，慢慢地无论谁都要小心点，不敢见我，最后铁链子锁着我，那我真成了疯子。

萍　（无办法）唉！（看表）不早了，给我信吧，我还要收拾东西呢。

繁　（恳求地）萍，这不是不可能的。（乞怜地）萍，你想一想，你就一点——就一点无动于衷么？

萍　你——（故意恶狠地）你自己要走这一条路，我有什么办法？

繁　（愤怒地）什么，你忘记你自己的母亲也被你父亲气死的么？

萍　（一了百了，更狠毒地激惹她）我母亲不像你，她懂得爱！她爱自己的儿子，她没有对不起我父亲。

繁　（爆发，眼睛射出疯狂的火）你有权利说这种话么？你忘了就在这屋子，三年前的你么？你忘了你自己才是个罪人：你忘了，我们——（突然，压制自己，冷笑）哦，这是过去的事，我不提了。（萍低头，身发颤，坐沙发上，悔恨抓着他的心，面上筋肉成不自然的拘挛。她转向他，哭声，失望地说着。）哦，萍，好了。这一次我求你，最后一次求你。我从来不肯对人这样低声下气说话，现在我求你可怜可怜我，这家我再也忍受不住了。（哀婉地诉出）今天这一天我受的罪过你都看见了，这样子以后不是一天，是整月，整年地，以至到我死，才算完。他厌恶我，你的父亲：他知道我明白他的底细，他怕我。他愿意人人看我是怪物，是疯子，萍！——

萍　（心乱）你，你别说了。

繁　（急迫地）萍，我没有亲戚，没有朋友，没有一个可信的人，我现在求你，你先不要走——

萍　（躲闪地）不，不成。

繁　（恳求地）即使你要走，你带我也离开这儿——

萍　（恐惧地）什么。你简直胡说！

繁　（恳求地）不，不，你带我走，——带我离开这儿，（不顾一切地）日后，甚至于你要把四凤接来——一块儿住，我都可以，只要，只要（热烈地）只要你不离开我。

萍　（惊惧地望着她，退后，半晌，颤声）我——我怕你真疯了！

繁　（安慰地）不，你不要这样说话。只有我明白你，我知道你的弱点，你也知道我的。你什么我都清楚。（诱惑地笑，向萍奇怪地招着手，更诱惑地笑）你过来，你——你怕什么？

萍　（望着她，忍不住地狂喊出来）哦，我不要你这样笑！（更重）不要你这样对我笑！
（苦恼地打着自己的头）哦，我恨我自己，我恨，我恨我为什么要沽着。

繁　（酸楚地）我这样累你么？然而你知道我活不到几年了。

萍　（痛苦地）你难道不知道这种关系谁听着都厌恶么？你明白我每天喝酒胡闹就因为自己恨，——恨我自己么？

繁　（冷冷地）我跟你说过多少遍，我不这样看，我的良心不是这样做的。（郑重地）萍，今天我做错了，如果你现在听我的话，不离开家；我可以再叫四凤回来的。

萍　什么？

繁　（清清楚楚地）叫她回来还来得及。

萍　（走到她面前，声沉重，慢说）你跟我滚开！

繁　（顿，又缓缓地）什么？

萍　你现在不像明白人,你上楼睡觉去吧。

繁　(明白自己的命运)那么,完了。

萍　(疲惫地)嗯,你去吧。

繁　(绝望,沉郁地)刚才我在鲁家看见你同四凤。

萍　(惊)什么,你刚才是到鲁家去了?

繁　(坐下)嗯,我在他们家附近站了半天。

萍　(悔惧)什么时候你在那里?

繁　(低头)我看着你从窗户进去。

萍　(急切)你呢?

繁　(无神地望着前面)就走到窗户前面站着。

萍　那么有一个女人叹气的声音是你么?

繁　嗯。

萍　后来,你又在那里站多半天?

繁　(慢而清朗地)大概是直等到你走。

萍　哦!(走到她身后,低声)那窗户是你关上的,是么?

繁　(更低的声音,阴沉地)嗯,我。

萍　(恨极,恶毒地)你是我想不到的一个怪物!

繁　(抬起头)什么?

萍　(暴烈地)你真是一个疯子!

繁　(无表情地望着他)你要怎么样?

萍　(狠恶地)我要你死! 再见吧!

〔萍由饭厅急走下,门猝然地关上。

繁　(呆滞地坐了一下,望着饭厅的门。瞥见侍萍的相片,拿在手上,低叹,阴郁地)这是你的孩子!(缓缓扯下硬卡片贴的像纸,一片一片地撕碎。沉静地立起来,走了两步。)

奇怪,心里安静的很!

〔中门轻轻推开,繁漪回头,鲁贵缓缓地走进来。他的狡黠的眼睛,望着她笑着。

贵　(鞠躬,身略弯)太太,您好。

繁　(略惊)你来做什么?

贵　(假笑)跟您请安来了。我在门口等了半天。

繁　(镇静)哦,你刚才在门口?

贵　(低声)对了。(更神秘地)我看见大少爷正跟您打架,我——(假笑)我就没敢进来。

繁　(沉静地,不为所迫)你原来要做什么?

贵　(有把握地)原来我倒是想报告给太太,说大少爷今天晚上喝醉了,跑到我们家里去。现在太太既然是也去了,那我就不必多说了。

繁　(嫌恶地)你现在想怎么样?

贵　(倨傲地)我想见见老爷。

繁　老爷睡觉了,你要见他什么事?

贵　没有什么事,要是太太愿意办,不找老爷也可以。——(着重,有意义地)都看太太要怎么样。

繁　(半晌,忍下来)你说吧,我也可以帮你的忙。

贵　(重复一遍,狡黠地)要是太太愿做主,不叫我见老爷,多麻烦(假笑)那就大家都省事了。

繁　(仍不露声色)什么,你说吧。

贵　(谄媚地)太太做了主,那就是您积德了。——我们只是求太太还赏饭吃。

繁　(不高兴地)你,你以为我——(转缓和)好,那也没有什么。

贵　(得意地)谢谢太太。(伶俐地)那么就请太太赏个准日子吧。

繁　（爽快地）你们在搬了新房子后一天来吧。

贵　（行礼）谢谢太太恩典！（忽然）我忘了，太太，你没见着二少爷么？

繁　没有。

贵　您刚才不是叫二少爷赏给我们一百块钱么？

繁　（烦厌地）嗯？

贵　（婉转地）可是，可是都叫我们少爷回了。

繁　你们少爷？

贵　（解释地）就是大海——我那个狗食的儿子。

繁　怎么样？

贵　（很文雅地）我们的侍萍，实在还不知道呢。

繁　（惊，低声）侍萍？（沉下脸）谁是侍萍？

贵　（以为自己被轻视了，侮慢地）侍萍就是侍萍，我的家里的——，就是鲁妈。

繁　你说鲁妈，她叫侍萍？

贵　（自夸地）她也念过书。名字是很雅气的。

繁　"侍萍"，那两个字怎么写，你知道么？

贵　我，我，（为难，勉强笑出来）我记不得了。反正那个萍字是跟大少爷名字的萍我记得是一样的。

繁　哦！（忽然把地上撕破的相片碎片拿起来对上，给他看）你看看，这个人你认不认识？

贵　（看了一会，抬起头）你认识，太太。

繁　（急切地）你认识的人没有一个像她的么？（略停）你想想看，往近处想。

贵　（抬头）没有一个，太太，没有一个。（突然疑惧地）太太，您怎么？

繁　（回想，自己疑惑）多半我是胡思乱想。（坐下）

贵　（贪婪地）啊，太太，您刚才不是赏我们一百块钱么？可是我们大海又把钱回了，你想——

〔中门渐渐推开。

贵　（回头）谁？

〔大海由中门进，衣服俱湿，脸色阴沉，眼不安地向四面望，疲倦，愤恨在他举动里显明地露出来。繁漪惊讶地望着他。

大　（向鲁贵）你在这儿！

贵　（讨厌他的儿子）嗯，你怎么进来的？

大　（冰冷）铁门关着，叫不开，我爬墙进来的。

贵　你现在来这儿干什么？不看看你妈找四凤怎么样了？

大　（用一块湿手巾擦着脸上的雨水）四凤没找着，妈在门外等着呢。（沉重地）你看见四凤了么？

贵　（轻蔑）没有，我没有看见，（觉得大海小题大作，烦恶地皱着眉毛）不要管她，她一会儿就会回家。（走近大海）你跟我回家去。周家的事情也办妥了，都完了，走吧！

大　我不走。

贵　你要干什么？

大　你也别走，——你先跟我把这儿大少爷叫出来，我找不着他。

贵　（疑惧地，摸着自己的下巴）你要怎么样？我刚弄好，你是又要惹祸？

大　（冷静地）没有什么，我只想跟他谈谈。

贵　（不信地）我看你不对，你大概又要——

大　（暴躁地，抓着鲁贵的领口）你找不找？

贵　（怯弱地）我找，我找，你先放下我。

大　好，（放开他）你去吧。

贵　大海，你，你得答应我，你可是就跟大少爷说两句话，你不会——

大　嗯，我告诉你，我不是打架来的。

贵　真的？

大　（可怕地走到鲁贵的面前，低声）你去不去？

贵　我，我，大海，你，你——

繁　（镇静地）鲁贵，你去叫他出来，我在这儿，不要紧的。

贵　也好，（向大海）可是我请完大少爷，我就从那门走了，我，（笑）我有点事。

大　（命令地）你叫他们把门开开，让妈进来，领她在房里避一避雨。

贵　好，好，（向饭厅下）完了，我可有事，我就走了。

大　站住！（走前一步，低声）你进去，要是不找他出来就一人跑了，你可小心我回头在家里，——哼！

贵　（生气）你，你，你，——（低声，自语）这个小王八蛋！（没法子，走进饭厅下。）

繁　（立起）你是谁？

大　（粗鲁地）四凤的哥哥。

繁　（柔声）你是到这儿来找她么？你要见我们大少爷么？

大　嗯。

繁　（眼色阴沉沉）我怕他会不见你。

大　（冷静地）那倒许。

繁　（缓缓地）听说他现在就要上车。

大　（回头）什么！

繁　（阴沉地暗示）他现在就要走。

大　（愤怒地）他要跑了，他——

繁　嗯，他——

[萍由饭厅上，脸上有些慌，他看见大海，勉强地点一点头，声音略有点颤，他极力在镇静自己。

萍　（向大海）哦！

大　好。你还在这儿。（回头）你叫这位太太走开，我有话要跟你一个人说。

萍　（望着繁漪，她不动，再走到她的面前）请您上楼去吧。

繁　好！（昂首由饭厅下）

[半晌。二人都紧紧握着拳，大海愤愤地望着他，二人不动。

萍　（耐不住，声略颤）没想到你现在到这儿来。

大　（阴沉沉）听说你要走。

萍　（惊，略镇静，强笑）不过现在也赶得上，你来得还是时候，你预备怎么样？我已经准备好了。

大　（狠恶地笑一笑）你准备好了？

萍　（沉郁地望着他）嗯。

大　（走到他面前）你！（用力地击着萍的脸，方才的创伤又破，血向下流）

萍　（握着拳抑制自己）你，你，——（忍下去，由袋内抽出白绸手绢擦脸上的血）

大　（切齿地）哼？现在你要跑了！

[半晌。

萍　（压下自己的怒气，辩白地，故意用低沉的声音）我早有这个计划。

大　（恶狠地笑）早有这个计划？

萍　（平静下来）我以为我们中间误会太多。

大　误会？（看自己手上的血，擦在身上）我对你没有误会，我知道你是没有血性，只顾自己的一个十足的混蛋。

萍　（柔和地）我们两次见面，都是我性子最坏的时候，叫你得着一个最坏的印象。

大　（轻蔑地）不用推托，你是个少爷，你心地混帐！你们都是吃饭太容易，有劲儿不知道怎样使，就拿着穷人家的女儿开开心，完了事可以不负一点儿责任。

萍　（看出大海的神气，失望地）现在我想辩白是没有用的。我知道你是有目的而来的。

（平静地）你把你的枪或者刀拿出来吧。我愿意任你收拾我。

大　（侮蔑地）你会这样大方，——在你家里，你很聪明！哼，可是你不值得我这样，我现在还不愿意拿我这条有用的命换你这半死的东西。

萍　（直视大海，有勇气地）我想你以为我现在是怕你。你错了，与其说我怕你，不如说我怕我自己；我现在做错了一件事，我不愿意做错第二件事。

大　（嘲笑地）我看像你这种人活着就错了。刚才要不是我的母亲，我当时就宰了你！（恐吓地）现在你的命还在我的手心里。

萍　我死了，那是我的福气。（辛酸地）你以为我怕死，我不，我不，我恨活着，我欢迎你来。我够了，我是活厌了的人。

大　（厌恨地）哦，你——活厌了，可是你还拉着我年青的糊涂妹妹陪着你，陪着你。

萍　（无法，强笑）你说我自私么？你以为我是真没有心肝，跟她开心就完了么？你问问你的妹妹，她知道我是真爱她。她现在就是我能活着的一点生机。

大　你倒说得很好！（突然）那你为什么——为什么不娶她？

萍　（略顿）那就是我最恨的事情。我的环境太坏。你想想我这样的家庭怎么允许有这样的事。

大　（辛辣地）哦，所以你就可以一面表示你是真心爱她，跟她做出什么不要脸的事都可以，一面你还得想着你的家庭，你的董事长爸爸。他们叫你随便就丢掉她，再娶一个门当户对的阔小姐来配你，对不对？

萍　（忍耐不下）我要你问问四凤，她知道我这次出去，是离开了家庭，设法脱离了父亲，有机会好跟她结婚的。

大　（嘲弄）你推得好。那么像你深更半夜的，刚才跑到我家里，你怎样推托呢？

萍　（迸发，激烈地）我所说的话不是推托，我也用不着跟你推托，我现在看你是四凤的哥哥，我才这样说。我爱四凤，她也爱我，我们都年青，我们都是人，两个人天天在一起，结果免不了有点荒唐。然而我相信我以后会对得起她，我会娶她做我的太太，我没有一点亏待她的地方。

大　这么，你反而很有理了。可是，董事长大少爷，谁相信你会爱上一个工人的妹妹，一个当老妈子的穷女儿？

萍　（略顿，嗫嚅）那，那——那我也可以告诉你。有一个怒容逼着我，激成我这样的。

大　（紧张地，低声）什么，还有一个女人？

萍　嗯，就是你刚才见过那位太太。

大　她？

萍　（苦恼地）她是我的继母！——哦，我压在心里多少年，我当谁也不敢说——她念过书，她受了很好的教育，她，她，——她看见我就跟我发生感情，她要我——（突停）——那自然我也要负一部分责任。

大　四凤知道么？

萍　她知道，我知道她知道。（含着苦痛的眼泪，苦闷地）那时我太糊涂，以后我越来越怕，越恨，越厌恶。我恨这不自然的关系，你懂么？我要离开她，然而她不放松我。她拉着我，不放我，她是个鬼，她什么都不顾忌。我真活厌了，你明白么？我喝酒，胡闹，我只要离开她，我死都愿意。她叫我恨一切受过好教育，外面都装得正经的女儿。过后我见着四凤，四凤叫我明白，叫我又活了一年。

大　（不觉吐出一口气）哦！

萍　这些话多少年我对谁也说不出的，然而。（缓慢地）奇怪，我忽然跟你说了。

大　（阴沉地）那大概是你父亲的报应。

萍　（没想到，厌恶地）你，你胡说！（觉得方才太冲动，对一个这么不相识的人说出心中的话。半晌，镇静下，自己想方才突出的原因，忽然，慢慢地）我告诉你，因为我认你是四凤的哥哥，我要你相信我的诚心，我没有一点骗她。

大　（略露善意）那么你真心预备要四凤么？你知道四凤是个傻孩子，她不会再嫁第二个人。

萍　（诚恳地）嗯，我今天走了，过了一两个月，我就来接她。

大　可是董事长少爷，这样的话叫人相信么？

萍　（由衣袋取出一封信）你可以看这封信，这是我刚才写给她的，就说的这件事。

大　（故意闪避地）用不着给我看，我——没有工夫！

萍　（半晌，抬头）那我现在没有什么旁的保证，你口袋里那件杀人的家伙是我的担保。
你再不相信我，我现在人还是在你手里。

大　（辛酸地）周大少爷，你想想这样我完了么？（恶狠地）你觉得我真愿意我的妹妹嫁给你这种东西
么？（忽然拿出自己的手|枪来）

萍　（惊慌）你要怎么样？

大　（恨恶地）我要杀了你，你父亲虽坏，看着还顺眼。你真是世界上最用不着，没有劲的东西。

萍　哦。好，你来吧！（骇惧地闭上目）

大　可是——（叹一口气，递手|枪与萍）你还是拿去吧。这是你们矿上的东西。

萍　（莫名其妙地）怎么？（接下枪）

大　（苦闷地）没有什么。老太太们最糊涂。我知道我的妈。我妹妹是她的命。只要你能够叫四凤好
好地活着，我只好不提什么了。

　　[萍还想说话，大海挥手，叫他不必再说，萍沉郁地到桌前把枪放好。

大　（命令地）那么请你把我的妹妹叫出来吧。

萍　（奇怪）什么？

大　四凤啊——她自然在你这儿。

萍　没有，没有。我以为她在你们家里呢。

大　（疑惑地）那奇怪，我同我妈在雨里找了她两个多钟头，不见她。我想自然在这儿。

萍　（担心）她在雨里走了两个钟头，她——没有到旁的地方去么？

大　（肯定地）半夜里她会到哪儿去？

萍　（突然恐惧）啊，她不会——（坐下呆望）

大　（明白）你以为——不，她不会，（轻蔑地）不用想她没有这个胆量。

萍　（颤抖地）不，她会的，你不知道她。她爱脸，她性子强，她——不过她应当先见我，她（仿佛已经看
见她溺在河里）不该这样冒失。

　　[半晌。

大　（忽然）哼，你装得好，你想骗过我，你？——她在你这儿！她在你这儿！

　　[外面远处口哨声。

萍　（以手止之）不，你不要嚷。（哨声近，喜色）她，她来了，我听见她！

大　什么？

萍　这是她的声音，我们每次见面，是这样的。

大　她在这儿？

萍　大概就在花园里？

　　[萍开窗吹哨，应声更近。

萍　（回头，眼含着眼泪，笑）她来了！

　　[中门敲门声。

萍　（向大海）你先暂时在旁边屋子躲一躲，她没想到你在这儿。我想她再受不得惊了。

　　[忙引大海至饭厅门，大海下。

外面的声音（低）萍！

萍　（忙跑至中门）凤儿！（开门）进来！

　　[四凤由中门进，头发散乱，衣服湿透，眼泪同雨水流在脸上，眼角黏着淋漓的鬈发，衣裳贴着皮肤，雨后
的寒冷逼着她发抖，她的牙齿上下地震战着。她见萍如同失路的孩子再见着母亲呆呆地望着他。

四　萍！

萍　（感动地）凤！

四　（胆怯地）没有人儿？

萍　（难过，怜悯地）没有。（拉着她的手）

四　（放胆地）哦！萍！（抱着萍抽咽）

萍　（如许久未见地）你怎样，你怎样会这样？你怎样找着我？（止不住地）你怎样进来的？

四　我从小门偷进来的。

萍　凤，你的手冰凉，你先换一换衣服。

四　不，萍，（抽咽）让我先看看你。

萍　（引她到沙发。坐在自己一旁，热烈地）你，你上哪儿去了，凤？

四　（看着他，含着眼泪微笑）萍，你还在这儿，我好像隔了多年一样。

萍　（顺手拿起沙发上的一条紫线毯给她围上）我可怜的凤儿，你怎么这样傻，你上哪儿去了？我的傻孩子！

四　（擦着眼泪，拉着萍的手，萍蹲在旁边）我一个人在雨里跑，不知道自己在哪儿。天上打着雷，前面我只看见模模糊糊的一片；我什么都忘了，我像是听见妈在喊我，可是我怕，我拼命地跑，我想找着我们门口那一条河跳。

萍　（紧握着四凤的手）凤！

四　——可是不知怎么绕来绕去我总找不着。

萍　哦，凤，我对不起你，原谅我，是我叫你这样，你原谅我，你不要怨我。

四　萍，我怎样也不会怨你的，我糊糊涂涂又碰到这儿，走到花园那电线杆底下，我忽然想死了。我知道一碰那根电线，我就可以什么都忘了。我爱我的母亲，我怕我刚才对她起誓，我怕她说我这么一声坏女儿，我情愿不活着。可是，我刚要碰那根电线，我忽然看见你窗户的灯，我想到你在屋子里。哦，萍，我突然觉得，我不能就这样就死，我不能一个人死，我丢不了你。我想起来，世界大得很，我们可以走，我们只要一块儿离开这儿。萍啊，你——

萍　（沉重地）我们一块儿离开这儿？

四　（急切地）就是这一条路，萍，我现在已经没有家，（辛酸地）哥哥恨死我，母亲我是没有脸见的。我现在什么都没有，我没有亲戚，没有朋友，我只有你，萍（哀告地）你明天带我去吧。

〔半晌。

萍　（沉重地摇着头）不，不——

四　（失望地）萍！

萍　（望着她，沉重地）不，不——我们现在就走。

四　（不相信地）现在就走？

萍　（怜惜地）嗯，我原来打算一个人现在走，以后再来接你，不过现在不必了。

四　（不信地）真的，一块儿走么？

萍　嗯，真的。

四　（狂喜地，扔下线毯，立起，亲萍的手，一面擦着眼泪）真的，真的，真的，萍，你是我的救星，你是天底下顶好的人，你是我——哦，我爱你！（在他身上流泪）

萍　（感动地，用手绢擦着眼泪）凤，以后我们永远在一块儿了，不分开了。

四　（自慰地，在萍的怀里）嗯，我们离开这儿了，不分开了。

萍　（约束自己）好，凤，走以前我们先见一个人。见完他我们就走。

四　一个人？

萍　你哥哥。

四　哥哥？

萍　他找你，他就在饭厅里头。

四　（恐惧地）不，不，你不要见他，他恨你，他会害你的。走吧，我们就走吧。

萍　（安慰地）我已见过他。——我们现在一定要见他一面，（不可挽回地）不然，我们也走不了的。

四　（胆怯）可是，萍，你——

［萍走到饭厅门口，开门。

萍　（叫）鲁大海！鲁大海！——咦，他不在这儿，奇怪，也许从饭厅的门出去了。（望四凤）

四　（走到萍面前，哀告地）萍，不要管他，我们走吧。（拉他向中门走）我们就这样走吧。

［四凤拉萍至中门，中门开，鲁妈与大海进。

［两点钟内鲁妈的样子另变了一个人。声音因为在雨里叫喊哭号已经暗哑，眼皮失望地向下垂，前额的皱纹很深地刻在面上，过度的刺激使她变成了呆滞，整个激成刻板的痛苦的模型。她的衣服是像已经烘干了一部分，头发还有些湿，鬓角凌乱地贴着湿的头发。

她的手在颤，很小心走进来。

四　（惊慌）妈！（畏缩）

［略顿，鲁妈哀怜地望着四凤。

鲁　（伸出手向四凤，哀痛地）凤儿，来！

［四凤跑至母亲面前，跪下。

四　妈！（抱着母亲的膝）

鲁　（抚摸四凤的头顶，痛惜地）孩子，我的可怜的孩子。

四　（泣不成声地）妈，饶了我吧，饶了我吧，我忘了你的话了。

鲁　（扶起四凤）你为什么早不告诉我？

四　（低头）我疼您，妈，我怕，我不愿意有一点叫您不喜欢我，看不起我，我不敢告诉您。

鲁　（沉痛地）这还是你的妈太糊涂了，我早该想到的。（酸苦地，忽而）天，这谁又料得到，天底下会有这种事，偏偏又叫我的孩子们遇着呢？哦，你们妈的命太苦，你们的命也太苦了。

大　（冷淡地）妈，我们走吧，四凤先跟我们回去。——我已经跟他（指萍）商量好了，他先走，以后他再接四凤。

鲁　（迷惑地）谁说的？谁说的？

大　（冷冷地望着鲁妈）妈，我知道您的意思，自然只有这么办。所以，周家的事我以后也不提了，让他们去吧。

鲁　（迷惑，坐下）什么？让他们去？

萍　（嗫嚅）鲁奶奶，请您相信我，我一定好好地待她，我们现在决定就走。

鲁　（拉着四凤的手，颤抖地）凤，你，你要跟他走！

四　（低头，不得已紧握着鲁妈的手）妈，我只好先离开您了。

鲁　（忍不住）你们不能够在一块儿！

大　（奇怪地）妈，您怎么？

鲁　（站起）不，不成！

四　（着急）妈！

鲁　（不顾她，拉着她的手）我们走吧。（向大海）你出去叫一辆洋车，四凤大概走不动了。我们走，赶快走。

四　（死命地退缩）妈，您不能这样做。

鲁　不，不成！（呆滞地，单调地）走，走。

四　（哀求）妈，您愿意您的女儿急得要死在您的眼前么？

萍　（走向鲁妈前）鲁奶奶，我知道我对不起你。不过我能尽我的力量补我的错，现在事情已经做到这一步，你——

大　妈（不懂地）您这一次，我可不明白了！

鲁　（不得已，严厉地）你先去雇车去！（向四凤）凤儿，你听着，我情愿你没有，我不能叫你跟他在一块儿。——走吧！

［大海刚至门口，四凤喊一声。

四　（喊）啊,妈,妈!（晕倒在母亲怀里）

鲁　（抱着四凤）我的孩子,你——

萍　（急）她晕过去了。

[鲁妈急按着她的前额,低声唤"四凤",忍不住地泣下。

[萍向饭厅跑。

大　不用去——不要紧,一点凉水就好。她小时就这样。

[萍拿凉水淋在地面上,四凤渐醒,面呈死白色。

鲁　（拿凉水灌四凤）凤儿,好孩子。你回来,你回来。——我的苦命的孩子。

四　（口渐张,眼睁开,喘出一口气）啊,妈!

鲁　（安慰地）孩子,你不要怪妈心狠,妈的苦说不出。

四　（叹出一口气）妈!

鲁　什么?凤儿?

四　我,我不能告诉你,萍!

萍　凤,你好点了没有?

四　萍,我,总是瞒着你;也不肯告诉您（乞怜地望着鲁妈）妈,您——

鲁　什么,孩子,快说。

四　（抽咽）我,我——（放胆）我跟他现在已经有……（大哭）

鲁　（切迫地）怎么,你说你有——（受到打击,不动。）

萍　（拉起四凤的手）四凤!怎么,真的,你——

四　（哭）嗯。

萍　（悲喜交集）什么时候?什么时候?

四　（低头）大概已经三个月。

萍　（快慰地）哦,四凤,你为什么不告诉我,我,我的——

鲁　（低声）天哪!

萍　（走向鲁）鲁奶奶,你无论如何不要再固执哪,都是我错:我求你!（跪下）我求你放了她吧。我敢保我以后对得起她,对得起你。

四　（立起,走到鲁妈面前跪下）妈,您可怜可怜我们,答应我们,让我们走吧。

鲁　（不做声,坐着,发痴）我是做梦。我的女儿,我自己生的女儿,三十年的工夫——哦,天哪,（掩面哭,挥手）你们走吧,我不认得你们。（转过头去）

萍　谢谢你!（立起）我们走吧。凤!（四凤起）

鲁　（回头,不自主地）不,不能够!

[四凤又跪下。

四　（哀求）妈,您,您是怎么?我的心定了。不管他是富,是穷,不管他是谁,我是他的了。我心里第一个许了他,我看见的只有他,妈,我现在到了这一步:他到哪儿我也到哪儿;他是什么,我也跟他是什么。妈,您难道不明白,我——

鲁　（指手令她不要向下说,苦痛地）孩子。

大　妈,妹妹既是闹到这样,让她去了也好。

萍　（阴沉地）鲁奶奶,您心里要是一定不放她,我们只好不顺从您的话,自己走了。凤!

四　（摇头）萍!（还望着鲁妈）妈!

鲁　（沉重的悲伤,低声）啊,天知道谁犯了罪,谁造这种孽!——他们都是可怜的孩子,不知道自己做的是什么。天哪!如果要罚,也罚在我一个人身上;我一个人有罪,我先走错了一步。（伤心地）如今我明白了,我明白了,事情已经做了的,不必再怨这不公平的天,人犯了一次罪过,第二次也就自地跟着来。——（摸着四凤的头）他们是我的干净孩子,他们应当好好地活着,享着福。冤孽是在我心里头,苦也应当我一个人尝。他们快活,谁晓得就是罪过?他们年青,他们自己并没有成心做了什么错。（立起,望着天）今天晚上,是我让他们一块儿走,这罪过我知道,可是罪过我现在替他们犯了;所有的罪孽都是我一个人惹的,我的儿女都是好孩子,心地干净的,那么,天,真有了什么,也就让我一个人担待吧。(回过头)凤儿,——

四　(不安地)妈,您心里难过,——我不明白您说的什么。

鲁　(回转头。和蔼地)没有什么。(微笑)你起来,凤儿,你们一块儿走吧。

四　(立起,感动地,抱着她的母亲)妈!

萍　去!(看表)不早了,还只有二十五分钟,叫他们把汽车开出,来,走吧。

鲁　(沉静地)不,你们这次走,是在暗地里走,不要惊动旁人。(向大海)大海,你出去叫车去,我要回去,你送他们到车站。

大　嗯。

[大海由中门下。

鲁　(向四凤哀婉地)过来,我的孩子,让我好好地亲一亲。(四凤过来抱母;鲁妈向萍)你也来,让我也看你一下。(萍至前,低头,鲁望他擦眼泪)好!你们走吧——我要你们两个在未走以前答应我一件事。

萍　您说吧。

鲁　你们不答应,我还是不要四凤走的。

四　妈,您说吧,我答应。

鲁　(看他们两人)你们这次走,最好越走越远,不要回头,今天离开,你们无论生死,永远也不许见我。

四　(难过)妈,那不——

萍　(眼色,低声)她现在很难过,才说这样的话,过后,她就会好了的。

四　嗯,也好,——妈,那我们走吧。

[四凤跪下,向鲁妈叩头,四凤落泪,鲁妈竭力忍着。

鲁　(挥手)走吧!

萍　我们从饭厅出去吧,饭厅里还放着我几件东西。

[三人——萍,四凤,鲁妈——走到饭厅门口,饭厅门开。繁漪走出,三人俱惊视。

四　(失声)太太!

繁　(沉稳地)咦,你们到哪儿去?外面还打着雷呢!

萍　(向繁漪)怎么你一个人在外面偷听!

繁　嗯,不只我,还有人呢。(向饭厅上)出来呀,你!

[冲由饭厅上,畏缩地。

四　(惊愕地)二少爷!

冲　(不安地)四凤!

萍　(不高兴,向弟)弟弟,你怎么这样不懂事?

冲　(莫名其妙)妈叫我来的,我不知道你们这是干什么。

繁　(冷冷地)现在你就明白了。

萍　(焦燥,向繁漪)你这是干什么?

繁　(嘲弄地)我叫你弟弟来跟你们送行。

萍　(气愤)你真卑——

冲　哥哥!

萍　弟弟,我对不起你!——(突向繁漪)不过世界上没有像你这样的母亲!

冲　(迷惑地)妈,这是怎么回事?

繁　你看哪!(向四凤)四凤,你预备上哪儿去?

四　(嗫嚅)我……我……

萍　不要说一句瞎话。告诉他们,挺起胸来告诉他们,说我们预备一块儿走。

冲　(明白)什么,四凤,你预备跟他一块儿走?

四　嗯,二少爷,我,我是——

冲　（半质问地）你为什么早不告诉我？

四　我不是不告诉你；我跟你说过，叫你不要找我，因为我——我已经不是个好女人。

萍　（向四凤）不，你为什么说自己不好？你告诉他们！（指繁漪）告诉他们，说你就要嫁我！

冲　（略惊）四凤，你——

繁　（向冲）现在你明白了。（冲低头）

萍　（突向繁漪，刻毒地）你真没有一点心肝！你以为你的儿子会替——会破坏么？弟弟，你说，你现在有什么意思，你说，你预备对我怎么样？说，哥哥都会原谅你。

　　〔繁漪跑到书房门口，喊。

繁　冲儿，说呀！（半晌，急促）冲儿，你为什么不说话？你为什么不抓着四凤问？你为什么不抓着你哥哥说话呀？（又顿，众人俱看冲，冲不语。）冲儿你说呀，你怎么，你难道是个死人？哑巴？是个糊涂孩子？你难道见着自己心上喜欢的人叫人抢去，一点儿都不动气么？

冲　（抬头，羊羔似的）不，不，妈！（又望四凤，低头）只要四凤愿意，我没有一句话可说。

萍　（走到冲面前，拉着他的手）哦，我的好弟弟，我的明白弟弟！

冲　（疑惑地，思考地）不，不，我忽然发现……我觉得……我好像并不是真爱四凤；（渺渺茫茫地）以前——我，我，我——大概是胡闹！

萍　（感激地）不过，弟弟——

冲　（望着萍热烈的神色，退缩地）不，你把她带走吧，只要你好好地待她！

繁　（失望）哦，你呀！（忽然，气愤）你不是我的儿子；你不是我的儿子；你不像我，你——你简直是条死猪！

冲　（受侮地）妈！

萍　（惊）你是怎么回事！

繁　（昏乱地）你真没有点男子气，我要是你，我就打了她，烧了她，杀了她。你真是糊涂虫，没有一点生气的。你还是父亲养的，你父亲的小绵羊。我看错了你——你不是我的，你不是我的儿子。

萍　（不平地）你是冲弟弟的母亲么？你这样说话。

繁　（痛苦地）萍，你说，你说出来；我不怕，我早已忘了我自己（向冲，半疯狂地）你不要以为我是你的母亲，（高声）你的母亲早死了，早叫你父亲压死了，闷死了。现在我不是你的母亲。她是见着周萍又活了的女人，（不顾一切地）她也是要一个男人真爱她，要真真活着的女人！

冲　（心痛地）哦，妈。

萍　（眼色向冲）她病了。（向繁漪）你跟我上楼去吧！你大概是该歇一歇。

繁　胡说！我没有病，我没有病，我神经上没有一点病。你们不要以为我说胡话。（揩眼泪，哀痛地）我忍了多少年了，我在这个死地方，监狱似的周公馆，陪着一个阎王十八年了，我的心并没有死；你的父亲只叫我生了冲儿，然而我的心，我这个人还是我的。

（指萍）就只有他才要了我整个的人，可是他现在不要我，又不要我了。

冲　（痛极）妈，我最爱的妈，您这是怎么回事？

萍　你先不要管她，她在发疯！

繁　（激烈地）不要学你的父亲。没有疯——我这是没有疯！我要你说，我要你告诉他们——这是我最后的一口气！

萍　（狠狠地）你叫我说甚么？我看你上楼睡去吧。

繁　（冷笑）你不要装！你告诉他们，我并不是你的后母。

　　〔大家俱惊，略顿。

冲　（无可奈何地）妈！

繁　（不顾地）告诉他们，告诉四凤，告诉她！

四　（忍不住）妈呀！（投入鲁妈怀）

萍　（望着弟弟，转向繁漪）你这是何苦！过去的事你何必说呢？叫弟弟一生不快活。

繁　(失了母性,喊着)我没有孩子,我没有丈夫,我没有家,我什么都没有,我只要你说:我——我是你的。

萍　(苦恼)哦,弟弟!你看弟弟可怜的样子,你要是有一点母亲的心——

繁　(报复地)你现在也学会你的父亲了,你这虚伪的东西,你记着,是你才骗了你的弟弟,是你欺骗我,是你才欺骗了你的父亲!

萍　(愤怒)你胡说,我没有,我没有欺骗他!父亲是个好人,父亲一生是有道德的,(繁漪冷笑)——(向四凤)不要理她,她疯了,我们走吧。

繁　不用走,大门锁了。你父亲就下来,我派人叫他来的。

鲁　哦,太太!

萍　你这是干什么?

繁　(冷冷地)我要你父亲见见他将来的好媳妇再走。(喊)朴园,朴园……

冲　妈,您不要!

萍　(走到繁漪面前)疯子,你敢再喊!

[繁漪跑到书房门口,喊。

鲁　(慌)四凤,我们出去。

繁　不,他来了!

[朴园由书房进,大家俱不动,静寂若死。

朴　(在门口)你叫什么?你还不上楼去睡?

繁　(倨傲地)我请你见见你的好亲戚。

朴　(见鲁妈,四凤在一起,惊)啊,你,你,——你们这是做什么?

繁　(拉四凤向朴园)这是你的媳妇,你见见。(指着朴园向四凤)叫他爸爸!(指着鲁妈向朴园)你也认识认识这位老太太。

鲁　太太!

繁　萍,过来!当着你父亲,过来,跟这个妈叩头。

萍　(难堪)爸爸,我,我——

朴　(明白地)怎么——(向鲁妈)侍萍,你到底还是回来了。

繁　(惊)什么?

鲁　(慌)不,不,您弄错了。

朴　(悔恨地)侍萍,我想你也会回来的。

鲁　不,不!(低头)啊!天!

繁　(惊愕地)侍萍?什么,她是侍萍?

朴　嗯。(烦厌地)繁,你不必再故意地问我,她就是萍儿的母亲,三十年前死了的。

繁　天哪!

[半晌。四凤苦闷地叫了一声,看着她的母亲,鲁妈苦痛地低着头。萍脑筋昏乱,迷惑地望着父亲同鲁妈。这时繁漪渐渐移到周冲身边,现在她突然发现一个更悲惨的命运,逐渐地使她同情萍,她觉出自己方才的疯狂,这使她很快地恢复原来平常母亲的情感。她不自主地望着自己的冲儿。

朴　(沉痛地)萍儿,你过来。你的生母并没有死,她还在世上。

萍　(半狂地)不是她!爸,您告诉我,不是她!

朴　(严厉地)混帐!萍儿,不许胡说。她没有什么好身世,也是你的母亲。

萍　(痛苦万分)哦,爸!

朴　(尊严地)不要以为你跟四凤同母,觉得脸上不好看,你就忘了人伦天性。

四　(向母)哦,妈!(痛苦地)

朴　(沉重地)萍儿,你原谅我。我一生就做错了这一件事。我万没有想到她今天还在,今天找到这儿。我想这只能说是天命。(向鲁妈叹口气)我老了,刚才我叫你走,我很后悔,我预备寄给你两万块钱。现在你既然来了，我想萍儿是个孝顺孩子，他会好好地侍奉你。我对不起你的地方，他会补上的。

萍　（向鲁妈）您——您是我的——

鲁　（不自主地）萍——（回头抽咽）

朴　跪下，萍儿！不要以为自己是在做梦，这是你的生母。

四　（昏乱地）妈，这不会是真的。

鲁　（不语，抽咽）

繁　（转向萍，悔恨地）萍，我，我万想不到是——是这样，萍——

萍　（怪笑，向朴）父亲！（怪笑，向鲁妈）母亲！（看四凤，指他）你——

四　（与萍相视怪笑，忽然忍不住）啊，天！（由中门跑下，萍扑在沙发上，鲁妈死气沉沉地立着。）

繁　（急喊）四凤！四凤！（转向冲）冲儿，她的样子不大对，你赶快出去看她。

[冲由中门下，喊四凤。

朴　（至萍前）萍儿，这是怎么回事？

萍　（突然）爸，你不该生我！（跑，由饭厅下）。

[远处听见四凤的惨叫声，冲狂呼四凤，过后冲也发出惨叫。

鲁　四凤，你怎么啦！

（同时叫）

繁　我的孩子，我的冲儿！

[二人同由中门跑出。

朴　（急走至窗前拉开窗幕，颤声）怎么？怎么？

[仆由中门跑上。

仆　（喘）老爷！

朴　快说，怎么啦？

仆　（急不成声）四凤……死了……

朴　（急）二少爷呢？

仆　也……也死了。

朴　（颤声）不，不，怎……么？

仆　四凤碰着那条走电的电线。二少爷不知道，赶紧拉了一把，两个人一块儿中电死了。

朴　（几晕）这不会。这，这，——这不能够，这不能够！

[朴园与仆人跑下。

[萍由饭厅出，颜色苍白，但是神气沉静的。他走到那张放着鲁大海的手枪的桌前，抽开抽屉，取出手枪，手微颤，慢慢走进右边书房。

[外面人声嘈乱，哭声，吵声，混成一片。鲁妈由中门上，脸更呆滞，如石膏人像。老仆人跟在后面，拿着电筒。

[鲁妈一声不响地立在台中。

老仆　（安慰地）老太太，您别发呆！这不成，您得哭，您得好好哭一场。

鲁　（无神地）我哭不出来！

老仆　这是天意，没有法子。——可是您自己得哭。

鲁　不，我想静一静。（呆立）

[中门大开，许多仆人围着繁漪，繁漪不知是在哭在笑。

仆　（在外面）进去吧，太太，别看哪。

繁　（为人拥至中门，倚门怪笑）冲儿，你这么张着嘴？你的样子怎么直对我笑？——冲儿，你这个糊涂孩子。

朴　（走在中门中，眼泪在面上）繁漪，进来！我的手发木，你也别看了。

老仆　太太，进来吧。人已经叫电火烧焦了，没有法子办了。

繁　（进来，干哭）冲儿，我的好孩子。刚才还是好好的，你怎么会死，你怎么会死得这样惨？（呆立）

朴　（已进来）你要静一静。（擦眼泪）

繁　（狂笑）冲儿，你该死，该死！你有了这样的母亲，你该死。

［外面仆人与鲁大海打架声。

朴　这是谁？谁在这时候打架。

［老仆下问，立时令一仆人上。

朴　外面是怎么回事？

仆　今天早上那个鲁大海，他这时又来了，跟我们打架。

朴　叫他进来！

仆　老爷，他连踢带打地伤了我们好几个，他已经从小门跑了。

朴　跑了？

仆　是，老爷。

朴　（略顿，忽然）追他去。跟我追他去。

仆　是，老爷。

［仆人一齐下。屋中只有朴园，鲁妈，繁漪三人。

朴　（哀伤地）我丢了一个儿子，不能再丢第二个了。（三人都坐下来）

鲁　都去吧！让她去了也好，我知道这孩子。她恨你，我知道她不会回来见你的。

朴　（寂静，自己觉得奇怪）年青的反而走到我们前头了，现在就剩下我们这些老——（忽然）萍儿呢？大少爷呢？萍儿，萍儿！（无人应）来人呀！来人！（无人应）你们跟我找呀，我的大儿子呢？

［书房枪声，屋内死一般的静默。

繁　（忽然）啊！（跑下书房，朴园呆立不动，立时繁漪狂喊跑出）他……他……

朴　他……他……

［朴园与繁漪一同跑下，进书房。

［鲁妈立起，向书房颤颤了两步，至台中，渐向下倒，跪在地上，如序幕结尾老妇人倒下的样子。

［舞台渐暗，奏序幕之音乐（High Mass-Bach）若在远处奏起，至完全黑暗时最响，与序幕末尾音乐声同。

幕落，即开，接尾声。

日出（存目）

曹　禺

导读

　　4 幕剧《日出》是曹禺继《雷雨》之后的又一部现实主义杰作，创作于 1935 年，一问世即引起轰动。该剧以旧中国 30 年代半殖民地半封建都市社会为背景，选取高级交际花陈白露华丽的客厅和三等妓院宝和下处这两个特定地点，以陈白露的活动为中心，展示了上层社会和下层社会、"鬼"与人的两种不同的生活画面。其主题的现实性和战斗性不仅表现在对腐败黑暗的资本主义制度作了正面抨击，深刻揭示了以金钱为中心的社会罪恶的实质，而且也表现在作者对旧社会给予了彻底的否定。

　　《日出》的写作，标志着曹禺现实主义文艺观的正式形成。他在《日出·跋》里说："一件一件不公平的血腥的事实，利刃似的刺了我的心，逼成我按捺不下的愤怒。"他的《日出》就是在这种现实生活的刺激下写成的。与《雷雨》的写作并非是完全自觉地走上现实主义的道路不同，《日出》则自始至终体现了"作品是生活的艺术再现"的原则。作者深入观察了上海、天津两个大城市的社会面貌，熟悉有关的生活和人物，使作品充满了浓厚的生活气息。曹禺的爱憎感情强烈，因而倾向性也十分鲜明，但体现在作品中的倾向性并不表现为剑拔弩张，而是在人物形象和情节的进展中自然流露出来的。尤其值得重视的是，在《日出》中，曹禺探索了社会黑暗的根源，在未出场的金八身上，让人们感受到旧社会的支配势力。同样，在未出场的打夯工人身上，让人们预想到未来，真正代表光明的前途的将是那些同太阳一起生活的劳动者。从《日出》的构思看，作者意在写光明与黑暗的对比，而重心在结束黑暗上。不公平、不合理的黑暗社会应当被光明的社会所代替，这是作者的理想，也是《日出》的寓意。

　　《日出》在艺术上也取得了杰出的成就。剧本采用人像展览式的结构方式，描绘了高级交际花陈白露的多重复杂性格，以及大丰银行经理潘月亭的狠毒、高级职员李石清的狡诈、小录事黄省三的卑微、顾八奶奶的庸俗、张乔治的媚外、小东西的不幸、翠喜的辛酸等，多侧面地展示了半殖民地半封建大都市社会各色人物的遭际命运和精神面貌，从而大大扩展了剧本表现社会生活的容量。比起《雷雨》，《日出》的戏剧色调更加丰富多彩，他把悲剧同喜剧、讽刺、抒情结合在一起，显示了作者卓越的艺术才能。在整部悲剧的情节发展中，喜剧人物接连粉墨登场，喜剧乃至闹剧的场面也穿插其间，悲剧和喜剧的情势交替转换，隐喻的讽刺和诗意的抒情随处可见，收到了极佳的舞台艺术效果。

　　《日出》与《雷雨》一起，不仅奠定了曹禺在中国现代戏剧史上的地位，而且对中国话剧艺术走向成熟，起了决定性的作用。

上海屋檐下（存目）

夏　衍

导读

　　3幕话剧《上海屋檐下》创作于1937年5月，是夏衍的著名代表作。剧作集中体现了夏衍戏剧的现实主义特色，在中国现代戏剧史上占有重要地位。它通过对上海一弄堂房子里5户人家一天生活的描写，真实地表现了抗战前夕上海小市民物质与精神生活的痛苦与不幸，从一群备受压迫、历尝辛酸的平凡小市民的生活，透视整个社会的黑暗现状，从而较好地体现了"由小人物反映大时代"的创作意图。

　　《上海屋檐下》成功地塑造了一群下层知识分子和小市民的形象。如怀着一颗伤痕累累的心希望得到妻女爱抚的革命知识分子匡复，为与朋友之妻同居难释负罪感而终日郁郁寡欢的林志成，由同情革命者而变为庸庸碌碌的家庭主妇的杨彩玉，贫病交加的失业小职员黄家楣，郁郁不得志而只好安贫乐命的小学教师赵振宇，因想念阵亡的儿子而神经错乱的老报贩"李陵碑"，沦落风尘、欲挣脱泥坑而不得的"廉价摩登少妇"施小宝，自私狭隘、尖刻吝啬的赵妻等。作者在表现他们不幸的命运遭际的同时，着重刻画了他们各自不同的性格特征，个个鲜明生动，这正是现实主义的力量。

　　《上海屋檐下》是一部具有独特艺术风格的现实主义杰作。它深受契诃夫剧作的影响，既平实朴素，又含蓄隽永。它从平淡的日常生活中开掘出具有重大社会意义的主题，从司空见惯的小人物、小事件中，揭示时代的脉动。在人物塑造上，作者不是浓墨重彩地描绘，而是用淡墨描画人物的灵魂，"细致而不落痕迹，浑成而不嫌模糊，真正的感情深沉地隐藏在画面的背后，不闻呼号而有一种袭人的力量"（唐搜）。它的结构新颖别致，作者采用截取生活横断面的结构方法，按照生活本来的样子，在同一舞台空间里，5个家庭的生活和矛盾同时展开，齐头并进，而又重点突出林志成、匡复、杨彩玉3人之间的家庭悲剧，将其他4户人家的悲喜剧穿插其间。可以说，夏衍从该剧开始，充分表现了自己的创作个性，确立了自己深沉、凝重、清新、淡远的艺术风格。该剧的现实主义艺术成就，是夏衍对我国现代戏剧的杰出贡献，它的独创的抒情散文式的美学风格，对我国话剧艺术的发展，产生了重大影响。

屈　原

（第五幕　第二场）

郭沫若

〔东皇太一庙之正殿。与第二幕明堂相似，四柱三间，唯无帘幕。三间靠壁均有神像。中室正中东皇太一与云中君并坐，其前左右二侧山鬼与国殇立侍，右首东君骑黄马，左首河伯乘龙，均斜向。马首向左，龙首向右。左室为一龙船，船首向右，湘君坐船申吹笙，湘夫人立船尾摇橹。右室一片云彩之上现大司命与少司命。左右二室后壁靠外侧均有门，左者开放，右者掩闭。各室均有灯，光甚昏暗，室外雷电交加，时有大风咆哮。

〔靳尚带卫士二人，各蒙面，诡谲地由右侧登场。

靳　尚　（命卫士乙）你去叫太卜郑詹尹来见我。

卫士乙　是。（向湘夫人神像左侧门走入）

〔俄顷，一瘦削而阴沉的老人，左手提灯，随卫士乙由左侧门入场。靳尚除去面罩，向郑詹尹走去。

靳　尚　刚才我叫人送了一通南后的密令来，你收到了吗？

郑詹尹　（鞠躬）收到了。上官大夫，我正想来见你啦。

靳　尚　罪人怎样处置了？

郑詹尹　还锁在这神殿后院的一间小屋子里面。

靳　尚　你打算什么时候动手？

郑詹尹　（迟疑地）上官大夫，我觉得有点为难。

靳　尚　（惊异）什么？

郑詹尹　屈原是有些名望的人，毒死了他，不会惹出乱子吗？

靳　尚　哼，正是为了这样，所以非赶快毒死他不可啦！那家伙惯会收揽人心，把他囚在这里，都城里的人很多愤愤不平。再缓三两日，消息一传开了，会引起更大规模的骚动。待消息传到国外，还会引起关东诸国的非难。到那时你不放他吧，非难是难以平息的。你放他吧，增长了他的威风，更有损秦、楚两国的交谊。秦国已经允许割让的商於之地六百里，不用说，就永远得不到了。因此，非得在今晚趁早下手不可。你须得用毒酒毒死了他，然后放火焚烧大庙。今晚有大雷电，正好造个口实，说是着了雷火。这样，老百姓便只以为他是遭了天灾，一场大祸就可以消灭于无形了。

郑詹尹　上官大夫，屈原不是不喝酒的吗？

靳　尚　你可以想出方法来劝他。你要做出很宽大，很同情他的样子。不要老是把他锁在小屋子里。你可让他出来，走动走动。他带着脚镣手铐，逃不了的。

郑詹尹　（迟疑地）你们是不是有点小题大做呢？

靳　尚　（含怒）你这是什么话？

郑詹尹　我觉得你们把屈原又未免估计得过高。他其实只会做几首谈情说爱的山歌，时而说些哗众取宠的大话罢了，并没有什么大本领。只要你们不杀他，老百姓就不会闹乱子。何苦为了一个夸大的诗人，要烧毁这样一座庄严的东皇太一庙？我实在有点不了解。

靳　尚　哈哈，你原来是在心疼你的这座破庙吗？这烧了有什么可惜？国王会给你重新造一座真正庄严的庙宇。好了，我不再和你多说了。你烧掉它，这是南后的意旨。你毒死他，这是南后的意旨。要快，就在今晚，不能再迟延。南后的脾气，你是知道的。你尽管是她的父亲，但如果不照着她的意旨办事，她可以大义灭亲，明天便把你一齐处死。（把面巾蒙上，向卫士）走！我们从小路赶回城去！

〔靳尚与二卫士由左首下场。

〔郑詹尹立在神殿中，沉默有间，最后下出了决心，向东君神像右侧门走入。俄顷，将屈原带出。

郑詹尹　三闾大夫，请你在这神殿上走动走动，舒散一下筋骨吧。这儿的壁画，是我平常所喜欢的啦。我不奉陪了。

〔屈原略略点头，郑詹尹走入左侧门。

〔屈原手足已戴刑具，颈上并系有长链，仍着其白日所着之玄衣，披发，在殿中徘徊。因有脚镣行步甚有限制，时而伫立睥睨，目中含有怒火。手有举动时，必两手同时举出。如无举动时，则拳曲于胸前。

屈　原　（向风及雷电）风！你咆哮吧！咆哮吧！尽力地咆哮吧！在这暗无天日的时候，一切都睡着了，都沉在梦里，都死了的时候，正是应该你咆哮的时候，应该你尽力咆哮的时候！

尽管你是怎样的咆哮，你也不能把他们从梦中叫醒，不能把死了的吹活转来，不能吹掉这比铁还沉重的眼前的黑暗，但你至少可以吹走一些灰尘，吹走一些砂石，至少可以吹动一些花草树木。你可以使那洞庭湖，使那长江，使那东海，为你翻波涌浪，和你一同地大声咆哮呵！

啊，我思念那洞庭湖，我思念那长江，我思念那东海，那浩浩荡荡的无边无际的波澜呀！

那浩浩荡荡的无边无际的伟大的力呀！那是自由，是跳舞，是音乐，是诗！

啊，这宇宙中的伟大的诗！你们风，你们雷，你们电，你们在这黑暗中咆哮着的，闪耀着的一切的一切，你们都是诗，都是音乐，都是跳舞。你们宇宙中伟大的艺人们呀，尽量发挥你们的力量吧。发泄出无边无际的怒火把这黑暗的宇宙，阴惨的宇宙，爆炸了吧！爆炸了吧！

雷！你那轰隆隆的，是你车轮子滚动的声音！你把我载着拖到洞庭湖的边上去，拖到长江的边上去，拖到东海的边上去呀！我要看那滚滚的波涛，我要听那鞺鞺鞳鞳的咆哮，我要飘流到那没有阴谋，没有污秽，没有自私自利的没有人的小岛上去呀！我要和着你，和着你的声音，和着那茫茫的大海，一同跳进那没有边际的没有限制的自由里去！

啊，电！你这宇宙中最犀利的剑呀！我的长剑是被人拔去了，但是你，你能拔去我有形的长剑，你不能拔去我无形的长剑呀。电，你这宇宙中的剑，也正是，我心中的剑。你劈吧，劈吧，劈吧！把这比铁还坚固的黑暗，劈开，劈开，劈开！虽然你劈它如同劈水一样，你抽掉了，它又合拢了来，但至少你能使那光明得到暂时间的一瞬的显现，哦，那多么灿烂的，多么眩目的光明呀！

光明呀，我景仰你，我景仰你，我要向你拜手，我要向你稽首。我知道，你的本身就是火，你。你这宇宙中的最伟大者呀，火！你在天边，你在眼前，你在我的四面，我知道你就是宇宙的生命，你就是我的生命，你就是我呀！我这熊熊地燃烧着的生命，我这快要使我全身炸裂的怒火，难道就不能迸射出光明了吗？

炸裂呀，我的身体！炸裂呀，宇宙！让那赤条条的火滚动起来，像这风一样，像那海一样，滚动起来，把一切的有形，一切的污秽，烧毁了吧，烧毁了吧！把这包含着一切罪恶的黑暗烧毁了吧！

把你这东皇太一烧毁了吧！把你这云中君烧毁了吧！你们这些土偶木梗，你们高坐在神位上有什么德能？你们只是产生黑暗的父亲和母亲！

你，你东君，你是什么个东君？别人说你是太阳神，你，你坐在那马上丝毫也不能驰骋。你，你红着一个面孔，你也害羞吗？啊，你，你完全是一片假！你，你这土偶木梗，你这没心肝的，没灵魂的，我要把你烧毁，烧毁，烧毁你的一切，特别要烧毁你那匹马！你假如是有本领，你就下来走走吧！

什么个大司命，什么个少司命，你们的天大的本领就只有晓得捉弄人！什么个湘君，什么个湘夫人，你们的天大的本领也就只晓得痛哭几声！哭，哭有什么用？眼泪，眼泪有什么用？顶多让你们哭出几笼湘妃竹吧！但那湘妃竹不是主人们用来打奴隶的刑么？你们滚下船来，你们滚下云头来，我都要把你们烧毁！烧毁！烧毁！

哼，还有你这河伯……哦，你河伯！你，你是我最初的一个安慰者！我是看得很清楚的呀！当我被人们押着，押上了一个高坡，卫士们要息脚，我也就站立在高坡上，回头望着龙门。我是看得很清楚，很清楚的呀！我看见婵娟被人虐待，我看见你挺身而出，指天画地有所争论。结果，你是被人押进了龙门，婵娟她也被人押进了龙门。

但是我，我没有眼泪。宇宙，宇宙也没有眼泪呀！眼泪有什么用啊？我们只有雷霆，只有闪电，只有风暴，我们没有拖泥带水的雨！这是我的意志，宇宙的意志。鼓动吧，风！咆哮吧，雷！闪耀吧，电！把一切沉睡在黑暗怀里的东西，毁灭，毁灭，毁灭呀！

〔郑詹尹左手提灯，右手执爵，由湘夫人神像左侧之门入场。

郑詹尹　三大夫，你又在做诗了吗？你的声音比风还要宏大，比雷霆还要有威势啦。啊，像这样雷电交加的深夜，实在可怕。我连庙门都不敢去关了。你怎么老是不去睡呢？是的，我看你好像朗诵了好长的一首诗啦。你怕口渴吧。我给你备了一杯甜酒来，虽然没有下酒的东西，请你润润喉，也好啦。

屈　原　多谢你，请你放在那神案上，手足不方便，对你不住。

郑詹尹　唉，真是不知道要闹成个什么世界了。本来是"刑不上大夫，礼不下庶人"的，这个体统也弄得来扫地无存了。连我们的三闾大夫，也要让他带脚镣手铐。三闾大夫，这脚镣手铐假如是有钥匙，我一定要替你打开的啦。可恨的是他们把钥匙都带走了啊。

屈　原　多谢你，这脚镣手铐我倒并不感觉痛苦，有这些东西在身上，倒反而增加了我的力量，不过行动不方便些罢了。

郑詹尹　我看你的喉嗓一定渴得很厉害的，这酒我捧着让你喝。还要睡一睡才能天亮呢。

屈　原　多谢你，我现在口不渴。我本来也是不喜欢喝酒的人。回头我口渴了，一定领你的盛情好了。请你不要关照。

郑詹尹　（将爵放在神案上）慢慢喝也好。其实酒倒也并不是坏东西。只要喝得少一点，有个节制，倒也是很好的东西啦。

屈　原　是的，我也明白。我的吃亏处，便是大家都醉而我偏不醉，马马虎虎的事我做不来。

郑詹尹　真的，这些地方正是好人们吃亏的地方啦。说起你吃亏的事情上来，我倒是感觉着对你不住呢！

屈　原　怎么的？

郑詹尹　三闾大夫，你忘了吧，郑袖是我的女儿啦。

屈　原　哦，是的，可是差不多一般的人都把这事情忘记了。

郑詹尹　也是应该的喽。她母亲早死，我又干着这占筮卜卦的事体，对于她的教育没有做好。后来她进了宫廷，我更和她断绝了父女的关系。她近来简直是愈闹愈不成体统，她把你这样忠心耿耿的人都陷害成这个样子了。

屈　原　太卜，请你相信我，我现在只恨张仪，对于南后倒并不怨恨。南后她平常很喜欢我的诗，在国王面前也很帮助过我。今天的事情我起初不大明白，后来才知道是那张仪在作怪啦。一般的人也使我很不高兴，成了张仪的应声虫。张仪说我是疯子，大家也就说我是疯子。这简直是把凤凰当成鸡，把麒麟当成羊子啦。这叫我怎么能够忍受？所以别人愈要同情我，我便愈觉得恶心。我要那无价值的同情来做什么？

郑詹尹　真的啦，一般的老百姓真是太厚道了。

屈　原　不过我的心境也很复杂，我虽然不高兴他们的厚道，但我又爱他们的厚道。又如南后的聪明吧，我虽然能够佩服，但我却不喜欢。这矛盾怕是不可以调和的吧？我想要的是又聪明又厚道，又素朴又绚烂，亦圣亦狂，即狂即圣，个个老百姓都成为绝顶聪明，你看我这个见解是不是可以成立的呢？

郑詹尹　这是所谓"大智若愚，大巧若拙"的话啦。

屈　原　不，不是那样。我不是要人装傻，而是要人一片天真。人人都有好脾胃，人人都有好性情，人人都有好本领。可是我自己就办不到！我的性情太激烈了，我自己也觉得有点偏，要想矫正却不能够。你看我怎样的好呢？我去学农夫吧？我又拿不来锄头。我跑到外国去吧？我又舍不得丢掉楚国。我去向南后求情，请她容恕我吧？她能够和张仪合作，我却万万不能够和张仪合作。你看我怎样办的好呢？

郑詹尹　三闾大夫，对你不住。你把这些话来问我，我拿着也没有办法。其实卜卦的事老早就不灵了。不怕我是在做太卜的官，恐怕也是我在做太卜的官，所以才愈见晓得它的不灵吧。古时候似乎灵验过来，现在是完全不行了。认真说:我就是在这儿骗人啦。但是对于你,我是不好骗得的。三闾大夫,像我这样骗人的生活,假使你能够办得到,恐怕也是好的吧。我们确实是做到了"大愚若智,大拙若巧"的地步,呵哈哈哈哈……风似乎稍微止息了一点,你还是请进里面去休息一下吧,怎么样呢?

屈　原　不,多谢你,我也不想睡,请你自己方便吧。

郑詹尹　把酒喝一点怎么样呢?

屈　原　我回头一定领情的啦,太卜。

郑詹尹　你该不会疑心这酒里有毒的吧?

屈　原　果真有毒,倒是我现在所欢迎的。唉,我们的祖国被人出卖了,我真不忍心活着看见它会遭遇到悲惨的前途呵。

郑詹尹　真的啦,像这样难过的日子,连我们上了年纪的人,都不想再混了。

屈　原　大家都不想活的时候,生命的力量是会爆发的。

郑詹尹　好的,你慢慢喝也好,我还想去躺一会儿。

屈　原　请你方便,怕还有一会,天才能亮呢。

〔郑詹尹复提着灯笼由原道下场。

〔大风渐息,雷电亦止,月光复出,斜照殿上。

屈　原　啊,宇宙你也恬淡起来了。真也奇怪,我现在的心境又起了一个不可思议的变换。我想,毕竟还是人是最可亲爱的呵。不怕就是你所不高兴的人,在你极端孤寂的时候和他说了几句话,似乎也是镇定精神的良药啦。(复在殿中徘徊)啊,河伯!(徘徊有间之后,在河伯前伫立)请让我还是把你当成朋友,让我再和你谈谈心吧。你知道么? 现在我最担心的是我的婵娟呀! 她明明是被人抓去了的。她是很尊敬我的一个人,她把我当成了她的父亲、她的师长,她把我看待得比她自己的性命还要贵重。(稍停)她最能够安慰我。我也把她当成了我自己的女儿,当成了我自己最珍爱的弟子。唉,我今天实在不应该抛撒了她,跑了出来。她虽然在后园子里面看着那些人胡闹,她虽然把我的衣裳拿了一件出去,但我相信那一定是宋玉要她做的,宋玉那孩子,他是太阴柔了。(将神案上的酒爵拿起将饮,复搁置)唉,这酒的气味,我终究是不高兴。河伯,你是不是喜欢喝酒的呢? 你现在的情形又是怎样? 我也明明看见,别人也把你抓去了。你明明是为我而受难,为正义而受难呀。啊,我真不知道该怎样报答你的好呵!(复在神殿中徘徊。)

〔此时卫士甲与婵娟由右首出场。屈原瞥见人影,顿吃一惊。

屈　原　是谁?

婵　娟　啊,先生在这儿啦,我婵娟啦!(用尽全力,踉跄奔上神殿,跪于屈原前,拥抱其膝,仰头望之,似笑,又似干哭。)

屈　原　(呈极凄绝之态)啊,婵娟,你怎么来的? 你脸上怎么有伤呀? 你怎么这样的装束?

婵　娟　(断续地)先生,我高兴得很。……你请……不要问我。……我……我是什么话都不想说。我只想……就这样……就这样抱着先生的脚,……抱着先生的脚,……就这样……死了去吧。

〔屈原不禁潸然,两手抚摩着婵娟的头,昂头望着天。如此有间。婵娟始终仰望屈原,喘息甚烈。

屈　原　(俯首安慰)婵娟,我没有想到还能够看见你,你一定是逃走出来的,你是超过了死线了。你知道宋玉是怎样吗?

婵　娟　(仍喘息)他……他跟着公子子兰……搬进宫里去了。

屈　原　那也由他去吧。谁能够不怕艰险,谁才可以登上高山。正义的路是崎岖的路,它只欢迎勇敢的人。……那位钓鱼的人呢?

婵　娟　听说丢进监里去了。

屈　原　(沉默一忽之后)婵娟,你口渴吧?

〔婵娟点头。

屈　原　(两手移去,将案上酒爵取来)这儿有杯甜酒,你喝了它吧。

〔婵娟就爵,一饮而尽,饮之甚甘,自己仍跪于地,紧紧拥抱着屈原的两膝,昂首望之。屈原以两手置爵于神案上之后,仍抚摩其头。俄而,婵娟脸色渐变,全身痉挛。

屈　原　（屈膝俯身，以两手套其颈，拥之于怀）啊，婵娟，你怎样？你怎样？

婵　娟　（凝目摇头）先生，……那酒……那酒……有毒。……可我……我真高兴……我……我真高兴！（振作起来）我能够代替先生，保全了你的生命，我是多么地幸运呵！……先生，我是一个普通人家的女儿，我受了你的感化，知道了做人的责任。我始终诚心诚意地服侍着你，因为你就是我们楚国的柱石。……我爱楚国，我就不能不爱先生。……先生，我经常想照着你的指示，把我的生命献给祖国。可我没有想到，我今天是果然做到了。（渐渐衰弱）我把我这微弱的生命，代替了你这样可宝贵的存在。先生，我真是多么地幸运呵！……啊，我……我真高兴！……真高兴！……

屈　原　（紧紧拥抱着婵娟）婵娟！你要活下去呵！活下去呵！婵娟！婵娟！……

婵　娟　（更衰弱）……啊，我……我真高兴！……（喘息与痉挛愈烈。终竟作最大痉挛一次，死于屈原怀中，殿上灯火全体熄灭，只余月光）

〔屈原无言，拥着婵娟尸体，昂首望天，眼中复燃起怒火。卫士甲在前直静立于殿下，至此始上殿至屈原之前。

卫士甲　三闾大夫，请你告诉我，那酒是谁个送给你的？

屈　原　（回顾，含怒而平淡地）是这儿的太卜郑詹尹。（说罢复其原有姿态）

卫士甲　哼，就是那南后的父亲吗？我是认识他的。（急骤地向左侧房屋走入）

〔屈原仍如塑像一般，寂立不动。

〔少顷，卫士甲复急骤而出。

卫士甲　三闾大夫，请你容恕我，我把那恶人郑詹尹刺杀了。在他的身上还搜出了一通密令，我念给你听。"太卜执事：比奉南后意旨，望执事于今夜将狂人毒死，放火焚庙，以灭其迹。上官大夫靳尚再拜。"密令是这样，因此我也就照着南后的意旨，在郑詹尹的床上放了一把火。这罪恶的神庙看看也就要和那罪恶的尸体一道消灭了。

屈　原　那很好。我还希望你帮助我，把婵娟安放在神案上，我们应该为她举行一个庄严的火葬。

卫士甲　待我先解除先生的刑具。（解除其刑具）婵娟姑娘穿的还是更夫的衣裳，应该给她脱掉啦。

屈　原　（起立先解婵娟之衣）哦，戴得有这样的花环。（更进行其它动作）

卫士甲　（一面帮助，一面诉说）先生，这还是你编的花环呢。在东门外被南后给你要去了，后来南后又给了婵娟姑娘。她一身都是挨了鞭打的，你看这手上都有伤，脸上都有伤，鞭打得很厉害。南后更打算明天便处死她，把她装在囚槛里，由我看守。……夜半将近的时分，你的两位弟子宋玉和公子子兰走来劝婵娟，要她听从公子子兰的要求，做他的侍女，他们便搭救她。但是婵娟始终不肯。……她所说的话和她的精神太使我感动了，因此我就决心救她。从宋玉口中听说先生今晚上也有生命的危险，所以我也就决心陪着她来救你。……我们是从宫中逃出来的，就是用了一点诡计把一个更夫来顶替了婵娟。在我替她换上更夫装束的时候，婵娟姑娘还坚决地不肯把你这花环丢掉呢！

〔二人已经把婵娟妥置于神案，头在左侧。

屈　原　（整理婵娟胸部，自其怀中取出帛书一卷，展视之）哦，这是我清早写的《橘颂》啦。我是写给宋玉的，是宋玉又给了你吧！婵娟，你倒是受之而无愧的。唉，我真没有想到，我这《橘颂》才完全是为你写出的哀辞呀。

卫士甲　先生，那么，你好不好就拿给我念，我们来向婵娟姑娘致祭。

屈　原　好的，你就请从这后半读起。（授书并指示）一首一尾你要加些什么话，也由你斟酌好了。

〔屈原移至婵娟脚次，垂拱而立，左翼已有火光及烟雾冒出。

卫士甲　（立于屈原之右，在神案右后隅，展读哀辞）维楚大夫屈原率其仆夫致祭于婵娟之前而颂曰：呵，年青的人，你与众不同。

> 你志趣坚定，竟与橘树同风。
>
> 你心胸开阔，气度那么从容！
>
> 你不随波逐流，也不固步自封。
>
> 你谨慎存心，决不胡思乱想。
>
> 你至诚一片，期与日月同光。
>
> 我愿和你永做个忘年的朋友。
>
> 不挠不屈，为真理斗到尽头！
>
> 你年纪虽小，可以为世楷模。
>
> 足比古代的伯夷，永垂万古！——哀哉尚飨。

〔屈原再拜，卫士甲亦移至其后再拜。礼毕，卫士甲将帛书卷好，奉还屈原。

屈　原　现在一切都完毕了，请问你叫什么名字？

卫士甲　先生，你不必问我的姓名，我要永远做你的仆人，你就叫我"仆夫"吧。

屈　原　你今后打算要我怎样？

卫士甲　先生，你怎么这样问我呢？

屈　原　因为我现在的生命是你和婵娟给我的，婵娟她已经死了，我也就只好问你了。

卫士甲　先生，我们楚国需要你，这儿太危险了，你是不能久呆的。我是汉北的人，假使先生高兴，我要把先生引到汉北去。我们汉北人都敬仰先生，受了先生的感召，我们知道爱真理，爱正义，抵御强暴，保卫楚国。先生，我们汉北人一定会保护你的。

屈　原　好的，我遵从你的意思。我决心去和汉北人民一道，就做一个耕田种地的农夫吧。你赶快把服装换掉啦。那儿有现成的衣帽。（指示更夫衣帽）

卫士甲　哦，我真糊涂，简直没有想到，幸好有这一套啦。（换衣）

〔火光烟雾愈燃愈烈。

屈　原　（高举手中帛书）啊，婵娟，我的女儿！婵娟，我的弟子！婵娟，我的恩人呀！你已经发了火，你把黑暗征服了。你是永远永远的光明的使者呀！（执帛书之一端向婵娟抛去，帛书展布于尸上。）

——幕徐徐下

〔幕后唱《礼魂》之歌：

> 唱着歌，打着鼓，
>
> 手拿着花枝齐跳舞。
>
> 我把花给你，你把花给我，
>
> 心爱的人儿，歌舞两婆娑。
>
> 春天有兰花，秋天有菊花，
>
> 馨香百代，敬礼无涯。

1942年1月11日夜

导读

5幕6场历史剧《屈原》脱稿于1942年1月，是郭沫若历史剧的代表作，体现了他历史剧的最高成就和基本风貌，也是中国现代历史剧创作的典范。

《屈原》是一部借古喻今、以古鉴今的历史剧。当时蒋介石反动当局一边破坏抗日，一边加紧反革命围剿，制造了许多血案。作者在《序俄文译本史剧〈屈原〉》中追述道："我的眼前看见了不少的大大小小的时代悲剧……全中国进步的人们都感受着愤怒，因而，我便把这时代的愤怒，复活在屈原的时代里去了。换句话说，我是借了屈原的时代来象征我们当前的时代。"剧本通过人民诗人、爱国志士屈原一天的经历，突出地描写了他与以南后郑袖为代表的卖国集团的分裂、倒退错误路线的斗争,热情歌颂了他热爱祖国,关心人民,反对卖国投降,不畏强暴,敢于同黑暗势力坚决斗争的精神,展示出抗战与投降的矛盾、正义与邪恶的矛盾、光明与黑暗的矛盾,讽喻了国民党反动派的黑暗统治和卖国投降行径。该剧在4月上演后,轰动了死气沉沉的雾都重庆,起了从精神上动员人民反对国民党反动统治的作用。

剧本集中塑造了屈原光明磊落、坚贞不屈的光辉形象。作者一开始就借《橘颂》揭示出屈原爱国爱民的情怀,展现出他那"洁白芬芳无比,植根深固不怕风霏"的高尚品格。气势磅礴的《雷电颂》,更是集中表现了屈原热爱祖国和人民、坚持真理、追求光明的刚正不阿的伟大人格。这一形象的深刻的典型意义,在于他是一切历史和现实的进步力量的化身,是民族忧患意识和为正义而英勇斗争的象征,为捍卫祖国和人民利益而献身的榜样,在他身上,充分体现了中华民族争取独立自主、反抗侵略的历史传统精神。这是一个既作为伟大民族灵魂的代表,又具有独特性格和历史具体性的丰满、鲜明的艺术典型。

《屈原》在艺术上的最大特色是它的浪漫主义色彩。作者不拘泥于历史真实,而是驰骋浪漫主义的想象,以艺术的概括和虚构,来反映历史的本质和基本面貌,即大胆运用"实事求是"的方法,达到了历史、现实与虚构三者的统一。屈原是个理想化了的人物形象,婵娟、钓者、卫士也是作者想象和虚构的,他们是屈原形象的陪衬和补充,是屈原精神的发扬和渗透。该剧在艺术上的又一特色是构思精巧,结构严谨。作者把屈原三年的悲剧经历集中浓缩在一天之内来描写(从清晨到午夜),情节紧张紧凑,气氛雄浑悲壮,显示了作者惊人的概括能力和卓越的结构艺术。全剧又洋溢着浓郁的诗意,剧中不时穿插抒情诗和民歌,渲染气氛,烘托人物;人物台词是诗化的口语、有节奏的散文,一些抒情独白本身就是形象优美、铿锵有力的诗篇。

升官图(存目)

陈白尘

导读

　　3幕政治讽刺喜剧《升官图》创作于1945年10月,是陈白尘讽刺喜剧最优秀的代表作,也是中国现代喜剧史上一部里程碑式的作品。它通过两个流氓强盗的升官美梦,淋漓尽致地暴露了国民党统治区暗无天日的现实,对国民党反动政治集团的贪污腐化、勾心斗角进行了猛烈的抨击和辛辣的嘲讽,对反动腐败的官僚政治制度进行了狠狠的鞭挞和彻底的否定。而最后通过暴动的民众抓走众官吏的描写,反映了人民群众的觉醒和反抗,预示反动派的末日就要来临,光明就在眼前。该剧无疑是国民党黑暗统治的真实写照,也是戏剧舞台上的一部新型的《官场现形记》。它出现在抗战胜利后国民党的"接收大员"们大发"劫收"之财,大搞"五子登科"之时,因而剧中所讽刺嘲笑的种种丑恶现象,引起了广大群众的强烈共鸣,反响空前热烈。

　　《升官图》在讽刺喜剧艺术上达到了很高的成就,作者运用漫画式的夸张手法,嬉笑中有怒骂,诙谐中见严肃,讽刺泼辣犀利,通过高度夸张,把反动统治集团内部的种种丑行生动地再现出来。特别在喜剧人物的塑造上,作者采取人物的漫画化和性格化相结合的方法,以犀利的笔触,绝妙地勾画出了旧中国政界上下左右各类人物的丑恶嘴脸。如表里不一、贪得无厌的省长,表面上温文尔雅、仪表非凡,满口"廉洁奉公"之辞,骨子里却寡廉鲜耻、既贪财又贪色。这个形象,仿佛就是中国式的"答尔丢夫",与法国喜剧作家莫里哀笔下的伪君子形象和俄国讽刺作家果戈理笔下的钦差大臣形象有异曲同工之妙。其他如面圆耳肥、一副发福样子的财政局长,公然拿公款去放债收利;油头粉面、外号"摩登贾宝玉,洋装西门庆"的工务局长,则大肆贪污城镇建设捐款;身材奇短、却总爱耀武扬威的草包警察局长,不但包庇烟赌,还买卖壮丁。作者不仅展示出这些利欲熏心的官僚败类各自的性格特征和搜刮贪赃的手段,而且表现他们在贪污分赃中既明争暗夺,互相狗咬狗,又沆瀣一气,彼此利用的丑态,从而给我们描绘了一幅国民党官僚政治制度下的群丑图。此外如集官僚政客、土匪流氓、反动商人于一身的假秘书长,卑贱下流、虚伪做作的知县太太等,也无不生动逼真,呼之欲出。

　　该剧艺术构思大胆奇特,手法巧妙。剧本借鉴了西方表现主义戏剧的表现方法,以虚拟的梦境折射现实,在荒诞变形的情节中展示畸形、扭曲的人和事,是梦境与现实、荒诞与真实的有机统一。剧作结构严谨,故事情节波澜起伏,剧情环环相扣,人物之间始终处于紧张的冲突之中。戏剧语言风趣活泼、尖锐泼辣,因而揭露酣畅淋漓、入骨三分,充分发挥了"笑"的武器作用。剧本还巧妙地运用误会、巧合、重复、对比等艺术表现手法,且不落俗套。总之,陈白尘的喜剧创作把中国现代喜剧艺术向前大大推进了一步。